山西新文学小说文丛

·第一辑·

中条山的传说

李健吾作品选编

李健吾◎著　　段崇轩◎编

山西出版传媒集团　北岳文艺出版社

·太原·

图书在版编目（CIP）数据

终条山的传说：李健吾作品选编 / 李健吾著；段崇轩编. 一太原：北岳文艺出版社，2020.12

（山西新文学小说文丛）

ISBN 978-7-5378-6299-8

Ⅰ. ①终… Ⅱ. ①李… ②段… Ⅲ. ①短篇小说一小说集一中国一当代 Ⅳ. ①I247.7

中国版本图书馆CIP数据核字(2020)第180807号

终条山的传说　李健吾作品选编

李健吾◎著　段崇轩◎编

//

项目负责人
陈学清

责任编辑
左树涛

书籍设计
张永文

印装监制
郭勇

出版发行：山西出版传媒集团·北岳文艺出版社
地址：山西省太原市并州南路57号　邮编：030012
电话：0351-5628696（发行部）　0351-5628688（总编室）
传真：0351-5628680
经销商：新华书店
印刷装订：山西新华印业有限公司

开本：890mm×1240mm　1/32
总字数：1032千字
总印张：46
版次：2020年12月第1版
印次：2021年1月山西第1次印刷
书号：ISBN 978-7-5378-6299-8
总定价：198.00元（全套4册）

《山西新文学小说文丛》编辑出版委员会名单

《山西新文学小说文丛》编辑出版说明

一、山西二三十年代新文学，开创新潮、成果累累，留下了宝贵的文学传统和创作经验，但却淹没在了历史尘埃中。为了追溯新文学源头，贯通山西现当代文学历史，给今天的读者提供独特的精神产品，山西省作家协会的评论家历经数年，探赜索隐、爬梳剔抉、逐渐丰富，形成了“山西新文学小说文丛”课题。这一课题得到了山西省委宣传部的重视和支持，2019年被列为宣传部专项资金扶持项目。

二、这里所谓“山西二三十年代新文学”，只是一个简略的称谓，主要指当时一大批山西“守土”作家与“外出”作家，秉承“五四”文学精神，开创的那种崭新的、蓬勃的新文学，成为山西现代文学的源头。这些作家的创作集中兴起于20世纪二三十年代，有的创作则延续到40年代之后。这是需要特别明确的。

三、山西二三十年代新文学，鲁迅先生称为“开垦时代”，它与20世纪40年代到60年代的“山药蛋派”，与80、90年代的“晋军崛起”，构成了百年山西文学环环相扣的三个“高峰期”，成为中国现代文学史重要组成部分。

四、山西二三十年代新文学，其成果体现在诗歌、散文、报告文学、短中长篇小说、戏剧剧本、文学评论等各种文体上。而小说无疑是其中的“重镇”。这一时期的作家绝大部分是“多面手”，小说家也往往兼写诗歌、散文，诗人也可能兼写散文、小说。作为“小说文丛”，我们主要精选他们的小说，但部分作家也选入他们有代表性的诗歌、散文等作品，这里特别予以说明。

五、全套“文丛”每种前面有“文丛”主编撰写的导言，宏观论述山西20世纪二三十年代文学的时代背景、发展态势、作家作品等。每种选集作品前面有编选者撰写的作家综论，包括作家人生经历、创作特征、艺术风格等。期望能对读者的阅读有所助益。

六、“文丛”的整理选编，严格尊重原作，保留白话文草创时期和作家的语言风貌；同时进行多方核对、校勘，尽量改正原书籍报刊的排印错讹，为山西新文学作品的传播、阅读，做好基础性工作。

七、“文丛”拟出一系列的作家作品专集、多人作品合集。由于项目经费、编选力量等方面的原因，分批出版，先出版四种，以后陆续出齐。

八、“文丛”由山西省作家协会和山西高等院校的专家、学者分工选编、撰写文章。

九、随着时代的发展，百年前的写作、出版与今天大不相同，特别是一些字词的用法，今天看可能就是错误的。我们在尊重原著的基础上，校正了过去的一些别字、错字及错词。譬如书中的“的”“地”“得”，“那”“哪”，“阿”“啊”，“它”“他”，“付”“副”，“做”“作”，“支”“枝”，“忿”“愤”，“唯”“惟”等等，都按现代汉语规范要求做了

校改。缺字处用“□”表示。亦请读者留心。

十、本“文丛”是一项“文献性”“考古性”的“工程”，由于资料的残缺、匮乏，工作经验的不足，难免有这样那样的缺点、差错，诚请广大读者及专家、学者提出宝贵意见！在此谨致谢忱！

《山西新文学小说文丛》编委会

2020年4月16日

导言:追溯山西新文学源头

段崇轩

“开垦时代”

进入时间隧道,逆行,直达1933年6月20日。在遥远、闷热的上海,鲁迅先生为太原一家木刻社郑重地修书一封,曰:“新文艺之在太原,还在开垦时代,作品似以浅显为宜,也不要激烈,这是必须察看环境和时候的。”① 这个木刻社叫“榴花艺社”,是唐诃等人发起成立的,他们知道鲁迅热心提倡木刻,便寄赠新刊,并致函索求木刻作品,给予支持。鲁迅在回信中解释了不能赐稿的客观原因,嘱咐他们要注意斗争艺术,并对太原乃至山西的新文艺做了自己的评价。鲁迅没有亲临过山西,但对这个内陆省份是了解的。他与十多位晋籍作家从20年代中期起,或来往,或共事,或通信,知晓他们的生存、活动和创作,也熟悉山西二三十年代的文学情况,以他敏锐的眼光和深广的洞察,窥见了山西新文艺的发展态势,用

①《鲁迅全集》第12卷,人民文学出版社,1991,第188页。

“开垦时代”做出了形象、精辟的概括。

所谓“开垦时代”，就是正在开拓，收获可观，但尚有距离，还须推进。山西新文学作为全国新文学中的一个“版块”，虽不能与得风气之先的北京、上海、南京等大都市相比肩，但在全国各省中已然是走在前列的。正如评论家杜学文所说：“山西地处内陆，环山靠水，有表里山河之誉。这种地理环境在客观上形成一种比较封闭的状态。但是，山西恰恰又是一个并不封闭的区域。”① 要论述山西新文学还须回溯到20世纪初期，景梅九、景耀月等辛亥革命先驱，他们赴日留学，成立了山西同乡会、同盟会，创办《第一晋话报》《晋乘》《夏声》等新文化报刊，还率先从事文学创作，倡导白话文学。景梅九1905年发表长篇小说《玉楼影》，1907年发表短篇小说《清快丸》等，是当时正在滥觞的白话小说中的优秀之作。董大中评价说：“景梅九是新旧文学之间的桥梁。”② 景耀月是新文化活动家、政治家，创作有诗歌，还有小说《虚无党奇谈》。梁启超1902年在他的《论小说与群治之关系》一文中，就说：“欲新一国之民，不可不先新一国之小说。”③ 他把“小说革命”纳入政治社会变革纲领之中，直接推动了古典小说向现代小说的转型。景梅九等白话小说的实践，有力引导了山西新文学乃至中国新文学的前行。

“五四”新文学最显著的变化是小说文体，而山西作家的创作

---

①杜学文：《文学的百年流变》，《长江文艺评论》2018年第4期。

②董大中：《景梅九，新旧文学的桥》，载张成德主编《跨越沧桑的美丽》，山西人民出版社，2003，第10页。

③引自郭绍虞主编《中国历代文论选》（一卷本），上海古籍出版社，2001，第408页。

大多以小说为主，因此我们的论述也便从小说创作切入。

20世纪初期，中国社会在西方政治、文化的冲击和内在变革力量的撼动下，经历着剧烈而深广的文明转型，引发了1919年前后的新文化和新文学运动。山西文学作为中国文学中的有机组成部分，也运演着由古典文学形态向现代文学形态的蜕变。1919年8月，山西省立一中的王振翼等人，就在早期党的领导人高君宇的指导下创办了《平民周刊》，传播新文化、新思想，揭露封建社会的黑暗和腐败。1920年4月，山西大学"新共和学会"成立，随后创办了《新共和》期刊，宗旨是"研究学术，宣传文化"。1921年成立的"晋华书社"，是传播新文化、新思想的集散地，不仅出售北京的《新青年》《每周评论》《向导》等革命书刊，还秘密翻印发行《共产党宣言》《共产主义ABC》等政治书刊，与北京的新文化、新文学运动遥相呼应。1925年起，山西新文学运动出现了风生水起的局面。山西大学成立"曙光社"并创刊《醒狮》半月刊，太原成立"红光文学社"同时创刊《红光》刊物，文化同仁组织"滂沱社"即创刊《滂沱》杂志，还有"海涛社"出版刊物《海涛》，"火花社"出版刊物《火花》，"晨曦社"出版刊物《晨曦》等等，特别是"太原文学社"的《文学周刊》和"晋新书社"的《国鸿》，发表了新文学运动的活跃人物胡适、沈尹默、孙伏园、孙福熙等人的多篇文章，推出了新文学的大量作品。此时影响最大并在全国"北战南征"的是"狂飙社"。1924年8月，省立一中肄业的文学青年高长虹，约集高沐鸿、段复生、荫雨、籍雨农以及胞弟高歌六人，在太原成立"平民艺术团"，筹备《狂飙》杂志，开展狂飙运动。9月，《狂飙》月刊第1期在太原出版，一年之内共出版三期。同时高长虹独自赴京，创办了北京版《狂飙》周刊。

1926年，高长虹与“狂飙社”又移址上海，出版《狂飙丛书》。“狂飙社”在五年的时间里，举办了多种文学活动，编辑了《狂飙》以及《莽原》《弦上》等数种文学书刊，不仅促使编辑成为新文学中的重要作家，同时扶植了一批文学青年。它在二三十年代的新文学发展中功不可没，直接推进了山西新文学的成长壮大。但在历史的长河中，由于各种各样的原因，却寂寂无闻。

20世纪30年代的文学，山西同全国一样，发展到“左翼”文学时期，山西文坛发生了两次论争。第一次是1931年至1932年关于“小资产阶级文学”与“普罗文学”的讨论，第二次是1934年关于“大众化”问题的争论。两次论争，对于新文学走向现实社会和广大民众产生了积极的影响，同时带动了文学理论与批评的成长。这一时期，除了如上所述的文学社团和刊物继续开展活动、推出新人、发表作品外，有几家报纸副刊，在新文学发展中发挥了重要作用。有高沐鸿主编的《山西日报》“前线上”双周刊，史纪言主编的《民报》“副刊”，高沐鸿主编的《太原日报》“开展”专刊，这些报纸副刊周期短、发行大、受众广，所发表的诗歌、散文、小说在社会和民众中产生了广泛的影响。山西新文学从“开垦时代”已然进入了“收获时代”。

1937年，随着抗日战争的爆发，中国现代文学进入抗战文学时期。山西文学在这一时期，呈现出多元共存、蓬勃发展的态势，成为整个中国文学的一面“窗口”、一方“热土”。其时，至少有三种形态的文学“绽放”在山西文坛。一种是从全国汇聚到山西的文化界人士，其中有不少著名作家，如丁玲、沙汀、周立波、艾青、周而复、阮章竞、萧红、何其芳、陈荒煤、刘白羽、柳青、田间等等，他们创

作了大量优秀诗歌、散文、报告文学、小说。另一种是山西各个抗日根据地的作家，如赵树理、冈夫、李古北、马烽、束为、西戎、孙谦、胡正、郑笃、吴象等，他们创作了一大批诗歌、散文、报告文学，特别是短篇小说、长篇小说力作。“山药蛋派”文学开始显现、成形。第三种是山西国统区或阎统区的新文学作家，加上流散到全国的晋籍新文学作家，如姚青苗、李健吾、贾植芳、穗青、张颔等。他们在二三十年代充分展示了他们的创作实力，在抗战文学中同样表现了他们的艺术风貌和个性，奉献了多篇小说精品。抗战文学自然成果卓著，但毋庸讳言的是，存在着李泽厚所说的“救亡压倒启蒙”“革命战争却又挤压了启蒙运动和自由理想”[①]的现象。而正是这些新文学作家，在创作中坚守了“五四”启蒙思想和对艺术的探索。

山西新文学在二三十年代创造了一个发奋开拓、弃旧图新、多姿多彩的瑰丽景象，它是由两种作家共同营造的。

第一种作家是晋籍输出作家。这类作家率先走出娘子关，或求学，或从文，或谋生，努力吸纳现代思想和文学，潜心探索新的艺术方法和手法，并带动、引导着山西新文学创作，成为山西新文学作家的中坚力量。石评梅（1902—1928），山西平定县人。山西省立第一女子师范学校毕业，1919年考取北京女子高等师范学校，毕业后在北京师大附中任国文和体育教师。她与高君宇的生死恋情，成为现代史上的一段佳话。她陆续在《晨报副刊》《京报副刊》《语丝》《文学旬刊》等报刊上发表了大量诗歌、散文、小说、剧本等。1928年因患脑膜炎在北京病逝，终年26岁。李健吾（1906—

①李泽厚：《中国现代思想史论》，东方出版社，1987，第41页。

1982)，山西运城市西曲马村人。幼年随父居住北京，1925年考入清华大学读西洋文学专业，1930年毕业后留校任教，1931年赴法国巴黎现代语言学校学习。1933年归国，为上海暨南大学文学院、北京大学文研所、中国社科院外国文学研究所教授、研究员。在戏剧、小说、文学评论、散文、文学翻译等领域成果卓著。高长虹(1898—1954)，山西盂县人，山西省立一中肄业。1924年至1929年，先后在太原、北京、上海等发起并组织文学"狂飙"运动，创办《狂飙》刊物。作为鲁迅"莽原社"的重要成员，参与编辑《莽原》月刊。30年代曾远涉重洋，到日、德、法、瑞士等国学习经济学。1938年回国，在武汉、重庆等地从事抗日救亡宣传活动。1941年赴延安参加根据地工作，1946年到哈尔滨，加入东北文协。1954年因患脑出血在沈阳去世。他创作勤奋，出版诗集、散文诗集、散文集、杂文集、小说集有17部之多。高歌(1900—1966)，山西省立第一师范肄业。1926年赴京参加兄长的"狂飙"运动，负责编辑工作。大革命时期在武汉编辑《革命时报》副刊，后到上海参加全国总工会工作。以小说创作为主，兼写散文。作品有浓重的现代派色彩。贾植芳(1915—2008)，山西襄汾县人。曾赴日本大学学习，后任《时事新报》《文艺周刊》主编。新中国成立后历任震旦大学中文系主任、复旦大学中文系教授。50年代被划为"胡风集团骨干分子"。一生住过三次监狱。著有多部中国现代文学论著，创作有一批短篇小说。常燕生(1898—1947)，山西榆次人，思想家、哲学家、历史学家。著有诗歌、散文、小说等多篇。二三十年代，山西还出现了"三大才女作家"，这在全国也是鲜见的。石评梅之外，还有关露(1907—1982)，山西右玉县人，中共地下特工，一生创作有诗集、散文集、长篇小说、短篇小说和儿童文学多部。吴曙天(1903—1942),山西翼城县人[1],一生辗转在南京、北京、上海、成都等地,与文化名流章衣萍结婚。创作有表现个人生活和爱情经历的纪实文学数部。1942年在爱情的绝望中病亡于家中,时年39岁。

第二种作家是山西守土作家。这类作家虽然都曾短期离开过山西,但绝大部分岁月特别是20年代至40年代是在本省度过的。他们与前类作家一样,同样接受的是"五四"新文化新思想,并同前类作家保持着密切的关系与联系,他们更长于取材脚下的土地与生活,对本土的文学肩负着自觉的使命。这里我们首先要说到赵树理(1906—1970),山西沁水县人,出身贫苦农民家庭。1925年考入山西省立第四师范。上学期间热衷"五四"新文学作品。20年代后期在乡村底层社会流浪。1929年开始创作,发表新诗、短篇小说作品。这些作品有浓郁的"五四"新文学味道。1937年抗战爆发,他加入故乡所在县的牺盟会,进入根据地,成为一位代表性作家。他是一位由知识分子作家,经过漫长的生活磨炼和文学探索,转变为人民作家的。高沐鸿(1901—1980),山西武乡县人,1917年考取山西省立第一师范学校,"五四"时期就与同学组织"共进学社",创办《共鸣》刊物。1924年与高长虹交往,加盟"狂飙社",是《狂飙》杂志的中坚人物。20年代后期,主编《山西日报》专刊"前线上",《太原日报》副刊"开展",在发展山西新文学事业中做出了突出贡献。1936年之后进入太行革命根据地,担负文联的领导职务。新中国成立初期任山西省文联主任。有评论家认为:他

① 关于吴曙天的籍贯,有资料明确注明:"山西翼城人。"但也有其他说法,却无证据。

是山西文学发展史上起过重要作用的人物。1957年被错划为“右派”。后曾任山西省政协副主席。他出版有诗歌、散文、长中短篇小说多部。他与赵树理都是由“五四”新文学作家转变为根据地作家的，但二人的精神轨迹却不尽相同。姚青苗（1915—2004），山西临猗县人。1931年考取太原三晋高中。1932年在太原参加“左联”，1938年考入延安鲁艺文学系。后在西安、北京等地主编过多种文学报刊。1949年到山西文联工作，1950年调山西大学中文系执教，直到退休。曾被定为“胡风分子”“反革命分子”。他发表有大量短篇、中篇小说。新中国成立后从事文学研究与评论写作。田景福（1911—2002），今山西汾阳市人。1930年考入北京大学社会学系，1935年毕业后回到太原，联合进步青年发起成立“太原青年文学研究会”，当选主席，主编《青年文学》专刊。在全国重要刊物上发表十多篇有影响的短篇小说。1948年后在西安从事基督教会工作。穗青（1918—?），原籍山西安邑县人，1936年开始在太原车站工作，当站务员、车守，后在侯马参加同蒲铁路工人抗敌自卫队，1937年考入晋南二战区民族革命大学，在《民族革命》《西线社》《文化通讯社》等任编辑、记者。抗战初期开始创作，发表了一批文艺通讯、中短篇小说。张颔（1920—2017），山西介休人，考古学家、古文字学家，40年代发表有诗歌，出版有短篇小说集。

山西新文学作家，在二三十年代谱写了山西新文学的灿烂篇章，为中国现代文学增添了浓重的一笔。这一代人已经完成了他们的文学使命。陈思和说：“自战争开始，中国文学史的发展过程实际上形成了两种传统：‘五四’新文学的启蒙文化传统和抗战以来的战争文化传统。……它们有时是以互相补充或者比较一致的

方式,有时则以互相冲突以至取代的方式来影响当代文学,这就构成了当代文学的种种特点及其辩证发展的过程。”① 中国现代文学是一个环环相扣、不可分割的整体,但每个时段又有迥然不同的形态。

新文学的承传

在新文学的长足发展中,文学各文体如诗歌、散文、小说、报告文学以及戏剧文学,都不断地成熟、壮大;特别是小说文体,成为文学中的“重器”,受到作家们的偏爱。这种现象,在山西新文学中表现更为突出。小说作家是人数最多的,一些长于写诗歌的,如高长虹、高沐鸿,也兼写小说,且同样写得不错。像冈夫那样纯粹的诗人,成为个例,他早期的诗歌如《世界》《告诉我》《告别》《别离之歌》等,是为优秀之作。在新文学的实践中,作家们认识到,小说更能表现多样、深广的社会生活,更能抒发作家复杂、隐秘的思想感情,更能施展新异、变幻的艺术技巧。鲁迅、郁达夫、茅盾等就是新文学作家的榜样。

山西新文学作家承传了“五四”文学的启蒙和批判精神。鲁迅说:“我也并没有要将小说抬进‘文苑’里的意思,不过想利用他的力量,来改良社会。……说到‘为什么’做小说罢,我仍抱着十多年前的‘启蒙主义’,以为必须是‘为人生’,而且要改良这人生。”②“改良社会”“为人生”,成为山西作家的自觉追求。

---

①陈思和主编《中国当代文学史教程》,复旦大学出版社,1999,第4页。

②鲁迅:《我怎么做起小说来》,《鲁迅全集》第4卷,人民文学出版社,1991,第511页。

20世纪二三十年代的山西社会，一片衰败、混乱、昏暗的景象，同时也蕴蓄着矛盾、革命的生机。真实表现社会情状，书写下层百姓生存，便成为山西新文学作家的创作重心。石评梅自然有许多描述知识分子个体的作品，但也有表现广阔社会和下层生活的小说。阴柔与阳刚，在她的创作中呈现出两极状态。《董二嫂》的故事情节取材于作家的故乡，作家刻画了北方农村家庭妇女董二嫂，在婆婆、丈夫的淫威乃至整个社会的封建礼教下的悲惨命运，作为知识分子“我”在悲剧面前的软弱无力与沉重反思。作品与鲁迅的《祝福》息息相通。《红鬃马》的题材同样来自山西。作家用遒劲的笔触，塑造了一位革命军人郝梦雄的英雄形象。他戎马一生、屡建奇功，但与反动军阀不合，惨遭杀害。“我”作为一个赴京求学的年轻女子，在现实中跋涉得身心疲惫。面对英雄的坟冢，感觉“重新发射出一种光芒”。小说写得悲凉凄婉而又铁马金戈，显示了作家性格中阳刚的一面。田景福是一位严谨的现实主义作家，鲁迅答应为他写序的诺言，激励着他的创作。[①]《卖鸡子的妇人》是作家的代表作，小说塑造了一位乡村寡妇的悲剧形象，丈夫去世，她决定守节不嫁，扶助儿子成家立业，延续香火。但儿子积劳成疾去世，她也贫病交加而亡。作家肯定了她自立自强的性格，但也批评了她的守节意识，更揭示了乡村社会对寡妇的道德贬抑和阴暗的窥测心理。《刘二哥》中的刘二、《守忠叔》里的守忠，都是北方农村中那种勤劳、善良、忠厚的农民，但在富人阶级以及村政权

①1935年，田景福准备把自己的六篇短篇小说寄给鲁迅，先致函请鲁迅指点、作序。鲁迅9月9日复信答应为他作序。但田听闻鲁迅健康不佳，未敢寄稿。一年多之后鲁迅逝世，田深感悲痛。

恶霸的剥削和压迫下，最终走向了盲目的反抗，导致了自我的毁灭。作家揭示的是农村社会的阶级矛盾，导致革命时代到来的社会规律。李健吾是中国现当代文学史上的大家，戏剧创作、文学翻译、文学批评、小说写作等集于一身。前几项的杰出成果，遮蔽了他的小说创作成就。他发表有长篇小说《心病》1部，中篇小说《西山之恋》等3部，短篇小说《萤火虫》《机关车》《坛子》等31篇，字数有近50万字。其质量与数量，在新文学史上也是出众的。他的小说取材宽广，既有童年记忆中的乡村，又有置身其中的城市，还有正在不断发生的各种战争。长篇小说《心病》，用细腻、沉郁的文笔，描绘了二三十年代，在社会动荡、经济凋敝的背景下，北京的三家官宦、中产家庭，秦家、洪家和朱家，他们的日常生活、人际交往，特别是儿女们的爱情婚姻故事。作品刻画了老一代父母辈的沉浮、挣扎，新一代儿女们的追求、挫折，预示了传统社会的崩溃和现代社会的萌发。在思想和艺术上，作家显然受了《红楼梦》的启发和影响，是30年代长篇小说的一部力作。短篇小说《坛子》，书写的是30年代的乡村社会，故事以一个女人的命运为主线，展示了再嫁的乡村女人在家庭中的卑微地位和任人欺辱的遭遇。那个古老、丑陋的瓷坛子，被人漠视，又极易破碎，正是她命运的象征。小说寄寓了作家对乡村妇女的怜悯与对封建伦理的批判。高沐鸿是一位诗人，出版有多部诗集，在诗坛负有盛名。他的《天河》《夜风》等诗集，颇有影响；但在小说创作上不懈耕耘，成果累累，有多部中篇小说和短篇小说，既有现实主义的，亦有现代主义的。中篇小说《东山王》用讽刺艺术方法，刻画了一位国民政府的典型的县长形象，时兆庆辗转多地，颇有政声，但却是一个自私狡猾、见风使舵、

铁心反共的反动县长。作家旨在提醒社会和人们,要警惕这样的危险人物。阎宗临的中篇小说《大雾》,创作于留学的欧洲旅途中,而描述的是故乡五台县农村的故事。作家展示了大山深处朴围村原始般的日常生活,底层农民同地主、官府的尖锐矛盾与斗争,外面世界对这个宁静山村的牵动和冲击,几户人家众多人物的喜怒哀乐和命运变迁。意境悠远、叙事蕴藉,是一部颇见功力的乡土小说。

表现知识分子自我的情感精神,直面个体生命的生存困境,坚持文学"为人生"并"改良人生"的宗旨,是山西新文学作家小说创作的又一重心。钱理群等指出:"我国文学史上很少有哪个时期的文学像'五四'时期文学这样,出现那么多'个人'的东西。写个人的生活,个人的情绪,是普遍的现象。"① 高长虹以诗鸣世,代表作有《精神与爱的女神》《闪光》《给》等诗集;而在小说上同样下了辛苦,多有佳作,但却很少被人关注。他出版有《实生活》《青白》《游离》等多部中短篇小说集。如果说他的诗歌突出抒发了他的愿望、激情、意志的话,那么他的小说着重表现了他的生活、情绪、思想。他的小说更带有自传性,写得平静、含蓄、简练。短篇小说《革命的心》,写诗人刘天章被上海监狱释放,再返北京寻找恋人,在革命与爱情之间的选择,对知识分子与社会革命关系的反思。大抵可以看出高长虹某一时段的真实经历,表现了"五四"退潮之后,一代知识分子的人生苦闷与探求。《结婚以后》写一位中学生象山,本是一位听话、孤僻、好学的青年却渴望一种崭新、火热的生活,向往一

①钱理群、温儒敏、吴福辉:《中国现代文学三十年》,北京大学出版社,1998,第27页。

种全新的爱情、婚姻；但他的家庭恰恰给他包办了一场旧式婚姻，配了一个没文化、不开放的旧式女子。表面上他言听计从，内心里却酝酿着逃走、休妻的计划。这是“五四”时代多少青年知识分子包括一些文化名流的命运啊！高歌是一位以小说见长的作家，出版有短篇小说集《清晨起来》《压榨出来的声音》，长篇小说《高老师》《情书四十万字》等。董大中认为：“高歌的写作，受西方现代主义思潮影响明显。……偏于印象主义，又染有未来主义的色彩。”[①] 他的小说有些表现了自我的经历和感受，如《生的一瞥》写“我”“遗弃了旧的路而走新的路”时的所见所感；《生的旋律》表现“我”面对危险、黑暗的从容机智和不懈斗争；《佚秋老人》则塑造了一位孤独、静穆、沉思的老人形象。这些都是作家作为知识分子个体情感、精神、理想的一种外化式表现。山西二三十年代的女作家，则大多把笔触深入到女性的爱情、家庭、婚姻领域中。关露出版有短篇小说集《仲夏夜之梦》，长篇小说《新旧时代》《黎明》等。短篇小说《殁落》写小知识分子老九与滨夫妻俩，从爱情到婚姻的变化历程。他们经历了自由、浪漫的爱情。但结婚之后，丈夫到汽车公司工作，妻子陷入家务之中，爱情渐渐消亡，妻子在情感的压抑中患病去世。这样的情节和构思，显然受到了鲁迅《伤逝》的影响。它再一次提出了爱情与生存的关系问题。《新旧时代》是作家的一部自传体小说，作品书写了“我”—— 一个出生在“诗书礼仪家庭”，但渴望外面世界的新青年，终于冲破旧式家庭和长辈的束缚，投身到了上海的革命潮流之中。吴曙天的《恋爱日记三种》，是

①董大中：《狂飙社纪事》，北岳文艺出版社，2017，第162页。

一部个人日记的艺术加工，可以称为纪实小说。作品记叙了“我”与丈夫章衣萍，在“乡间”“上海”“医院”的几段日常生活、夫妻爱情以及与鲁迅、周作人等文化名人的交往等，让我们看到了30年代知识分子的生存、情感和精神图画，情节新颖、动人，语言温润、隽永。这里还需要特别论述常燕生的短篇小说，作为一位思想家、政治家、哲学家、历史学家，他写小说只是偶尔为之，有短篇小说《教育家的梦》、历史题材《新撰李斯传》等，《老聃的逃亡》也是一篇历史题材小说，写孔子拜见老子的情景，把孔子的年轻、进取、担当，老子的散淡、睿智、超然，写得出神入化，其中寄托了作者对人生、社会、世界的深思与洞见。还有荆有麟，创作有长篇小说《间谍夫人》和大量短篇小说，但大多已散失。常燕生和荆有麟与鲁迅过从甚密，也有恩恩怨怨，都是山西新文学中有作为的青年才俊。

中国抗战文学中，山西抗战文学是其中重要的、核心的组成部分。因为山西是抗战的前线和主战场。山西新文学作家，在抗战文学创作中，依然坚守了“五四”新文学的启蒙思想、世界视野、现代理念，使他们的作品避免了某种简单化、理念化的弊端。譬如贾植芳的《我乡》，真实地展现了故乡在战争中的混乱、破败情景，民众的艰难生活和他们的觉醒抵抗，达到了生活真实和艺术真实的境界。再如《嘉寄尘先生和他的周围——中条山的插话》，以纪实的手法塑造了一位由乡绅转变为抗日英雄的感人形象，作为知识分子“我”对自己懦弱的反思和对民众力量的敬佩。譬如穗青的《车站上》，以铁路生活为背景，刻画了车站副站长姜尚志，怎样在抗日战争中，由一位散淡、消沉的工人成长为机智、勇敢的领头人，写出了战争中人的自省、自强。《脱缰的马》是一篇抗战文学名篇，

小说取材于晋西吕梁山农村，主人公成庆根，由一位贫穷的放羊娃，抓壮丁成为抗日士兵，重返故乡又变回梦想致富的农民，最后思想醒悟又奔赴前线，真实而充分地展现了一个普通农民在民族自卫战争中成长为坚定的抗日战士的曲折历程，是一个中国农民的代表性形象。譬如张颔的《蝙蝠》，刻画了一个在抗日军队和日伪军之间，两头欺瞒、自私狡猾的汉奸形象，最终被抗日军长识破，是一个特别的反面人物形象。姚青苗写了多篇抗战题材小说，无论是情节、思想，还是写法，都别具特色。短篇小说《马泊头》写日军屠杀下的一个小山村，农民的生活、言行、抵抗，揭示了民众的麻木、愚昧、迷信，渗透着作家的"启蒙"和批判思想。中篇小说《中条山的杜鹃花》，描述日军疯狂大扫荡，抗日部队机关战士的四散逃亡，报社编辑碧生与剧社女演员杜鉴的邂逅、相爱，其主题是表现"战争与爱情"。作家把二位年轻人在战争中的惊恐、互助和相爱，写得舒缓、浪漫、温婉、悲怆，凸显了永恒人性在战争中的萌发、绽放，反衬了战争的残忍、罪恶。小说突破了战争题材小说的模式和写法，具有了某些西方战争文学的特征，成为抗战文学中一篇鲜见的经典之作。

艺术的创造

正如钱理群等所说："在'五四'时期，虽然鲁迅成熟的现实主义创作已经出现，但一般作家更加向往浪漫主义，各种文体的创作中都充溢着强烈的主观情绪与抒情色彩。"① 山西文学在人们的印

---

①钱理群、温儒敏、吴福辉：《中国现代文学三十年》，北京大学出版社，1998，第27页。

象中，是现实主义的“重镇”。但在新文学的二三十年代，不仅有现实主义的建构，也有浪漫主义的探索，更有现代主义的实验，呈现出一种兼容并蓄、百川汇聚的澎湃气象。它比山西后来80年代的文学变革，走得更远，现代主义创作成为重要潮流。这在全国文坛上，也可能是独领风骚的。

现实主义小说创作走向成熟。山西古典文学，是以现实主义为主的。譬如诗经、唐诗、元杂剧、明清小说，关注底层社会和百姓生活，表现作家忧国忧民的人文情怀，是突出的创作倾向。山西新文学作家，承传了这一文化传统，但在小说形态上，采用的是西方的现代小说模式和方法，而不是古典白话小说表现形式。赵树理是一个例外，他在20年代后期创作了几篇现代的欧化小说，如《悔》《白马的故事》等，但到30年代就决然转向了通俗化、大众化之路，创作了《有个人》《盘龙峪》等。这些作品具有浓郁的现实主义特征，而在表现形式和语言上，则是古典小说和民间文学的有机融合。但绝大多数作家钟情的是西方小说的表现模式。田景福的短篇小说，如《卖鸡子的妇人》《刘二哥》《水警》等，已是成熟的现实主义小说，小说的重要元素如环境、情节、人物，如主题、结构、语言等，都处理得十分合理、圆熟了。这些作品大都是表现北方农村和农民的，真实而深切地呈现了现实生活的情景和走向。当然，不足之处是表现生活有简单化、作家艺术个性有雷同化之感。穗青是工人作家，作品不算多，但篇篇是佳作。他严格遵循现实主义小说规律，精心安排故事情节，倾力刻画人物形象，努力营造结构形式，专注锤炼叙事语言，达到了现实主义小说的新高度。他的小说有两个显著特点，一是人物形象坚实，如《脱缰的马》和《在车站上》，

作品中的主人公抗日战士成庆根、车站副站长姜尚志，不仅表现了他们的性格特点，而且揭示了他们的成长历程和精神演变，使人物形象有了立体感。这两篇小说发表后，受到了茅盾、姚雪垠等人的高度评价。二是结构模式多样。这两篇小说是以塑造人物为主的，可称为人物型小说。《归来》写一位老张厨师，在乡绅家里和在抗日工作队做饭的经历，人物也写得不错，但是以故事情节为重心的，因此属于情节型小说。而《草原夜话》着力描绘了浩瀚的沙漠、壮阔的草原，插入了羊与狼的民间故事，在这样的背景下写了"我"与老牧民的夜谈。故事、人物退居边缘，自然环境与民间故事成为主体，则可谓之意境小说。现实主义小说表现模式并不多，情节型、人物型、意境型是主要模式，直至今天依然在普遍运用。张颔更青睐现实主义的表现形式。中篇小说《债与偿》，叙述的是一个传统乡村社会中的新女性——丁媛，她向往自由自主的爱情婚姻，但现实等待她的是包办婚姻、强权逼婚，她只能以死抗争。作品揭示了传统乡村的封闭、愚昧，年轻女性难以逃脱的悲剧。短篇小说《杜鹃》写一个被虐待的放羊孩子，深夜中的悄然出逃。寒冷的深夜、杜鹃的啼鸣、孤苦的孩子，构成了一幅悲凉的人间图画。这些作品都具有现实主义的力量和价值。

浪漫主义小说创作，风行文坛。浪漫主义与现实主义是西方18世纪至19世纪出现的两大文学思潮，它深刻地影响着中国现代文学的发展。但现实主义与浪漫主义并不是泾渭分明的，常常交集、融合在一起。所谓浪漫主义就是在真实表现现实生活时，侧重从主观心理出发，抒发对理想世界的追求，赋予现实生活以诗意，显示出更多的主观色彩来。纯粹的浪漫主义也有，但不多。山西

新文学作家中的姚青苗、石评梅、李健吾等，他们的部分作品就富有浪漫主义特征，亦可称为浪漫主义小说。而高长虹、高歌、高沐鸿（早期）的小说，更主要的是现代主义特征，但也有浪漫主义元素。姚青苗性格天真烂漫，钟爱俄罗斯文学，他代表着山西浪漫主义文学思潮。他的《中条山的杜鹃花》，没有像主流抗战文学那样，把表现重心放在反侵略战争的艰难、胜利上，放在军民团结的英勇战斗上；而是把笔墨挥洒在对中条山巍然幽深的大自然描写中，对两个逃亡青年美好人情人性的细腻展示上，对十几个战士组织的临时大家庭——“柏拉图理想中的共和国”的深情书写里，特别是对女孩子被鬼子枪弹击中，男孩子献上杜鹃花这一高潮情节的浓墨涂染，使小说具有了一种凄美的情调和盎然的诗意。今天读来依然感人肺腑！作家的另一个短篇小说《猎》，刻画了一个绿林好汉出身的抗日将领镇河东，在一次战役中被敌人追捕，奇迹般逃脱的故事。他打扮成送葬队伍中的孝子，巧妙摆脱了日军的追杀，最后又化装成樵夫，悠然地去寻找他的队伍。小说尽情表现了一个抗日英雄的机智、从容、勇敢。作品具有传奇、浪漫气息。石评梅的小说有着很强的主观主义和理想主义特质。《匹马嘶风录》写“我”——知识女性何雪樵，历经人生坎坷、情感波折，最终决定奔赴前线，做一回英雄。小说展示了她九曲回环般的内心世界、向死而生的人生理想，把浪漫主义手法用得淋漓尽致。《白云庵》中的主人公刘伯伯，从富家子弟到革命军人，到山中隐士，洞彻了世事人生，但仍对青年寄予希望。作品饱含着一种“消极”浪漫主义。李健吾的小说现实主义成分更多一些，但有些作品富有浪漫主义特点。《西山之恋》书写一个非现实的爱情故事，青年大学生萧方碧爱

上乡村的有夫之妇竹贞，故事本身就是虚妄浪漫的，结局也只能是一场悲剧。《终条山的传说》发表后，鲁迅选入《中国新文学大系·小说二集》，称赞说："《终条山的传说》是绚烂了，虽在十年以后的今日，还可以看见那藏在用口碑织就的华服里面的身体和灵魂。"① 作家用华美、悠远的笔致，描绘了静穆、壮丽的终条山，讲述了一个神奇的民间传说。樵夫、农夫、怪物、矿藏，暗含着这座大山的神秘、珍贵。这是一篇典型的浪漫主义小说。李健吾、姚青苗、贾植芳，他们都写了中条山的故事，足见山西的山河在他们心目中的位置。

现代主义小说，引领风骚。现代主义小说是19世纪末20世纪初西方多国风行的一种庞杂而含混的小说创作潮流，包括意识流、超现实主义、象征主义、存在主义等诸多创作流派。山西新文学作家，在20年代就开始了现代派小说写作，他们与西方现代派几乎是同步的。当时，他们是怎样翻译、引进西方现代派小说的？是如何吸纳并形成自己的创作方法的？值得我们深入研究。高长虹是山西现代小说的开创者，他的《那个人》《革命的心》《这只是一个梦》《结婚以后》等一系列中短篇小说，都有浓厚的自传性色彩，表现了他幽深、朦胧、复杂的思想、精神和心理。高歌的小说比其兄更加先锋，在他的《爱之沫》《爱的报酬》《衬衣》《最初的接吻》《走回了家里》《高老师》等或长或短的小说中，支撑文本的是作家的意念、心理、梦境、潜意识等，而现实生活、事件、人物等，只是作为碎片、镜像闪烁其中，当时"狂飙社"同仁，甚至鲁迅都认为"晦涩难

①鲁迅：《中国新文学大系·小说二集·序》，《鲁迅全集》第6卷，人民文学出版社，1991，第246页。

解”。高沐鸿早期的小说，走的也是现代派路子。如《梦里的爱》《寡妇语》《孤婴》《狭的囚笼》等，虽然文本呈现的世界是模糊、错乱、拼接、变形的，而背后都有一个现实事件或人物，文本显示的反而是现实的折射、倒影。但高沐鸿后期的小说，逐渐转向了现实主义。至于荒诞派、象征主义、意识流，甚至元叙事等具体手法和技巧，在这些作家作品中可谓俯拾即是。其他如李健吾、石评梅、姚青苗、贾植芳等，只是作为一种表现形式和手法，借鉴了现代派。在中国“五四”文学时期，像山西新文学作家这样大规模、大尺度地探索并实践现代派艺术形式的，或许是独此一家吧?

山西新文学作家对山西现代文学的开创，对中国现代文学的丰富，其作用、贡献是显而易见的，是不可低估、不应淡忘的。但山西新文学作家的局限、缺点，也是不可不察的。譬如写作状态，有些是为了发表、出版而写作的，且同仁刊物也缺乏把关环节，这就难免造成作品的鱼龙混杂、质量参差，有的堪称精品，有的是为庸作的不平衡现象。譬如思想理论的准备，他们匮乏稳定的世界观、人生观、文学观，反映在作品中就导致了思想芜杂、观念混乱，或者概念化，或者无主题的倾向。譬如文学修养，他们接受了大量的新文化、新文学，但并没有经过消化、整合，表现在作品中，便出现了形式新异，但非驴非马、难于接受的问题。但最核心的问题是，他们恪守知识分子思想立场，而距离血与火的现实较远，闭门造车、沉湎自我，使作品疏离了现实社会，远离了底层读者。他们的作品渐渐淡出文坛，而根据地和解放区文学、新中国文学成为主潮，也是势在必然的事情。

源头与后浪

中国现当代文学走过了百年历程，在这长长的历史中，山西文学出现过三次高峰期："开垦时代""山药蛋派""晋军崛起"。文学历史犹如一条波浪相连、前呼后拥、奔涌不息的河流，但山西的现当代文学史却出现了模糊、"断裂"的现象。20世纪二三十年代的"开垦时代"文学却似乎消失了。这一时段的山西文学像碎片一样记载在崔洪勋等编著的《二十世纪山西文学史》，屈毓秀主编的《山西抗战文学史》中，特别是评论家董大中的《狂飙社纪事》等众多著作里；而且这些成果是80年代以后才出现的，局限在学术圈子里。对于绝大多数作家，更广大的普通读者，"开垦时代"的文学有如"天方夜谭"，他们知道、谙熟的是40年代开始出现的"山药蛋派"文学，以为那就是山西现代文学的序幕。

山西二三十年代的新文学建树卓著，这一时期的作家如群星灿烂，其文化和文学精神是一笔宝贵的财富。山西这一段文学所以被埋没、淡忘，有两方面的原因。一个方面是，亦如洪子诚说的："'当代文学'这一时间，是'五四'以后的新文学'一体化'趋向的全面实现，到这种'一体化'的解体的文学时期。"[1] 说通俗点就是，当代文学是经过不断地整合、排除、建构而发展起来的，到新时期文学这种状态才逐渐终结。山西新文学的"五四"精神和传统，既是进步的、革命的，但有时又是"异质"的；特别是那种过激的现代派文学实验，是与革命现实主义相背离的。另一个方面是，山西新文学作家，其中精兵强将的文学活动和创作，是在全国的大城市，如

---

①洪子诚：《中国当代文学史》，北京大学出版社，1999，第IV页。

北京、上海、重庆等；但这些发达区域的文学并不接纳这批流动作家的文学创作和作品，不会把晋籍作家的文学成果写进自己的文学史。而山西文学界，又把这些输出作家当“客人”，一方面接受这些作家的相助、引导，也承认他们的作品植根于山西土地，但却“不好意思”把他们拉进山西、写进本土文学史。漂泊的作家，其实没有“家”！

“山药蛋派”文学是山西现当代文学史上的第二个高峰。它从40年代兴起到60年代“走红”，始终代表着革命现实主义文学的方向。“山药蛋派”作家与山西新文学作家，是一种师生关系、承传关系。马烽曾经说，在他们那一代作家特别是他自己的成长上，“狂飙社”尤其是原“狂飙社”成员高沐鸿等人，给予过很大的影响。[①]事实是，“山药蛋派”作家总结了新文学作家的局限、教训，把他们的艺术目光投向农村社会和普通农民，创作了一种通俗化、大众化文学，这可以称为批判性继承。山西新文学作家代表的是知识分子文学，“山药蛋派”文学代表的是大众文学。赵树理与“西李马胡孙”、李古北、刘江等作家，突破了“五四”新文学与人民大众之间的“难关”，创造了一种民族风格的表现内容与叙事语言，这是他们对中国现当代文学的重大贡献。两代作家各有优势、特点，也各有局限、问题。新文学作家文化修养较高，思想视野宏阔，文学观念开放；“山药蛋派”作家文化素养偏低，生活经历丰富，现实主义观念坚定。新文学作家恪守“启蒙”思想，信奉创作自由，热衷自我表现；“山药蛋派”作家固守大众立场，青睐现实生活。新文学作家接

①董大中：《狂飙社纪事》，北岳文艺出版社，2017，第90页。

受西方文学，追求阳春白雪，偏爱欧化语言；“山药蛋派”作家热爱民间文艺，倾心雅俗共赏，化用大众语言。作为文学传统，都有自身的价值，都须努力承传。

“晋军崛起”是山西现当代文学史上的第三个高峰期。董大中说：“进入新时期，山西的文学创作同样引人注目，1985年就有‘晋军崛起’的美誉。追根溯源，这是跟狂飙社的出现密切相关的。……这其中第一个作家群又起着极其重要的奠基作用。”① 其实在80年代前期，对绝大多数山西作家来说，山西二三十年代新文学在他们脑子里只是一个模糊的影子，知道有那么一批作家和作品，知道高长虹与他的“狂飙社”，但并不清晰、具体，似乎落满了尘埃。晋军作家文化素养较高，阅读视野宽广，他们读取、借鉴的是“五四”新文学和西方现代派文学，在这样的吸纳中才发现和认识了山西新文学。我们不能忽视“山药蛋”派的作家对晋军作家的影响，同时也必须认识到晋军作家与山西新文学作家，有一种隐形的思想精神上的相通之处，绕了一圈，由远及近，才与山西新文学对接。这时一些评论家开始了对山西新文学的发掘和重评。晋军作家是由两部分人构成的。外来作家如成一、李锐、柯云路等，本土作家如张石山、韩石山、张平等。他们一面坚守“五四”新文学的思想立场，一面又融合“山药蛋派”文学的思想理念；一面遵循现实主义的创作规律，一面又借鉴现代派的艺术形式和手法，在一个更高的层面上，熔铸和发展了两代作家的文化精神和文学传统。在80年代的伤痕文学、反思文学和改革文学潮流中脱颖而出，创造

①董大中：《狂飙社纪事》，北岳文艺出版社，2017，第24页。

了山西文学的又一个高峰期，推进了中国新时期文学的蓬勃发展。

追溯山西新文学源头，是为了拂去尘埃，呈现历史，贯通山西现当代文学长河。唯有总结历史，赓续传统，文学才能面对今天的复杂现实，开创新的未来。

有鉴于此，我们编选了这套《山西新文学小说文丛》，将它呈现给广大读者，呈现给新的时代。

2020年3月13日于太原

李健吾小传
（1906—1982）

中国现当代著名作家、戏剧家、文艺评论家、文学翻译家。1906年8月17日生于山西安邑县（今运城市）西曲马村，常用笔名刘西渭。其父李鸣凤参加辛亥革命，1919年被北洋军阀暗害。李健吾幼年因父亲在北京陆军部供职，就随母亲和姐姐居住北京。十岁起在北京上学，1921年入北京师范大学附中。曾与同学蹇先艾、朱大枬等组织文学团体曦社，编辑《国风日报》文艺副刊《爝火》，并常在《晨报副刊》《语丝》上发表作品。1925年考入清华大学，在朱自清教授建议下，次年转入该校西洋文学系学习法语。1930年毕业后留校任助教。其间由王统照介绍加入文学研究会。1931年赴法国入巴黎语言专科学院，并开始研究福楼拜。1933年回国，在中华文化教育基金董事会编辑委员会任职。1935年赴上海任暨南大学文学院教授、孔德研究所研究员。抗日战争期间在上海从事进步戏剧运动，是上海剧艺社及众多剧团的中坚。抗战胜利后，与郑振铎合编《文艺复兴》杂志，与黄佐临等创办了上海市立实验戏剧学校，任戏剧文学系主任。1954年起任北京大学文学研究所，中国科学院文学研究所、外国文学研究所研究员。还曾担任国务院学位委员会评议组成员、中国外国文学学会理事、中国戏剧家协会理事、法国文学研究会名誉会长。

李健吾的剧作，从1923年的《出走之前》到1980年的《吕雉》，近五十部，20年代写的都是独幕剧，如反映城市下层人民生活的《母亲的梦》等。30年代的作品题材面扩大，有反映革命斗争的《十三年》，有反映爱国抗日的《火线之外》，有反映农村生活的《梁允达》等，多数是多幕剧。40年代他以改编中外名剧为主，如《金小玉》《王德明》《秋》等。李健吾的剧本贯穿着反对帝国主义、反对军阀的爱国民主思想，着意刻画不同阶层的人性和精神，有布局严谨、情节紧凑、语言流畅、人物性格鲜明的特色，被称为具有浪漫主义色彩的剧作家。描写北伐战争背景下革命斗争生活的《这不过是春天》，是他的戏剧成名作、代表作。

李健吾的小说取材广阔多样。有乡村题材，如《萤火虫》《田原上》，他的短篇小说《终条山的传说》，鲁迅评价说："是绚烂了，虽在十年以后的今日，还可以看见那藏在用口碑织就的华服里面的身体和灵魂。"该小说被选入《中国新文学大系·小说二集》中。有城市中下层生活，如《一位妇人的堕落》《心病》等。有青年学生及知识分子的生存，如《西山之云》《使命》等。有战争题材，如《机关车》《一个兵和他的老婆》等。他在艺术方法和手法上，既吸纳中国传统表现手法又借鉴西方现代技巧，在中国现代小说中独具特色。

自30年代中期起，李健吾以刘西渭的笔名发表文学评论和戏剧评论。文学评论有《咀华集》和《咀华二集》等。戏剧评论方面，建国后新编出版的有《戏剧新天》《李健吾戏剧评论选》。他的评论不以判断作品优劣为主旨，而是融入自己对生活和艺术的发现，旁征博引，展开想象，往往有独到见解。

李健吾还创作了不少散文，有散文集《意大利游简》《希伯先生》《切梦刀》等。1961年发表的《雨中登泰山》，曾被长期选入中学语文课本。

李健吾有大量的翻译著作。译著有《高尔基戏剧集》《契诃夫独幕剧集》《托尔斯泰戏剧集》《屠格涅夫戏剧集》《包法利夫人》等，以及巴尔扎克、司汤达、缪塞等人的作品和论著。

作为法国文学研究者，他著有《福楼拜评传》《司汤达研究》《莫里哀的喜剧》等专著与专论。2016年北岳文艺出版社出版了《李健吾文集》11卷，2019年上海译文出版社出版了《李健吾译文集》14卷。

为中国现代小说“培根育魂”

——论李健吾的小说创作

段崇轩

踏出中国式的现代小说之路

在中国小说漫长的演进历程中，“五四”文学时期发生了蜕变，实现了古典小说向现代小说的转化。在这一过程中，几代杰出的作家，从不同方面做出了自己的贡献。李健吾是一个学者型作家，小说创作只是他全部文学事业的一部分。但由于他深广的文化学养、独到的审美追求，使他在小说的现代与传统的融合上，特别是小说的民族化、现实性上，做出了卓越的探索，与众多现代作家，推进了中国现代小说的长足发展。

陈平原在《中国小说小史》中指出：“如果说在20世纪初期的文学变革中，话剧基本上取法西方，散文更多地继承传统，小说则是接受新知与转化传统并重。不是同化，也不是背离，而是更为艰难而隐蔽的‘转化’，使传统中国文学在小说转型中发挥了不容忽视的作用。”[①]“五四”新小说，是借鉴西方现代小说，进行移植、变革、创造的，很容易造成水土不服、难以成活的现象。这就必须一方面要强化小说的本土性、现实性，另一方面要激活中国传统小说的表现形式和手法，使现代小说的根基建立在现实内容和民族魂魄上。

李健吾在文学研究和文学创作上，几乎是一个“全能选手”。韩石山在《李健吾传》“新版序”中，列举了许多评论家对李健吾在各个领域的高度评价后说：“噢，这么说来，该叫他小说家、散文家、戏剧家、文学批评家。你还是急了点。”“那就再加上翻译家、法国文学研究专家。”[②]他一生创作与改编的戏剧剧本有四十多个，外国剧本改编占大多数，代表作有《十三年》《梁允达》《金小玉》《秋》《这不过是春天》等。他以刘西渭为笔名发表文学评论和戏剧评论，著作有《咀华集》《咀华二集》《李健吾戏剧评论选》等。他的评论不以判断作家作品的优劣高下为目的，着重抒发自己的艺术感受与发现，褒贬分明，被称为印象主义批评。他有大量的小说、戏剧翻译著作，如巴尔扎克、司汤达、福楼拜等人的小说，如屠格涅夫、托尔斯泰、契诃夫的戏剧。他是法国文学研究专家，著有《福楼拜评传》《司汤达研究》《莫里哀的喜剧》等专著与专论。他还创作有不少散文，有散文集《意大利游简》《希伯先生》《切梦刀》。1961年发表的《雨中登泰山》曾被长期选入中学语文课本。2016年北岳文艺出版社出版《李健吾文集》11卷，2019年上海译文出版社出版《李健吾译文集》14卷，两书总字数九百余万。

---

①陈平原：《中国小说小史》，北京大学出版社，2019，第231页。

②韩石山：《李健吾传·新版序》，山西人民出版社，2006，第2页。

李健吾在小说创作上成果丰硕。从1923年到1944年，在二十余年时间中，创作短中长篇小说35部（篇），总字数48万。小说取材广阔多样，有乡村生活，有城市中下层生活，有战争军人故事，有青年学生及知识分子生存。短篇小说重要作品有《终条山的传说》《牧羊小史》《坛子》《机关车》《使命》等；中篇小说代表作有《一个兵和他的老婆》《西山之云》；长篇小说力作有《心病》。他在小说的创作方法和艺术手法上，既汲纳西方现代小说的特征，又继承中国古典小说的元素，形成了一种水乳交融的中国现代小说。他是“京派”小说中的中坚作家。

李健吾走过一条由底层到上层，由作家到学者的人生道路。他1906年出生于山西安邑县（今运城市）西曲马村，其父李鸣凤参加辛亥革命，1919年被北洋军阀暗害。他从小在家乡长大，在私塾读书。10岁时随母亲和姐姐迁往北京。先读北师大附小，后上北师大附中。从中学开始文学创作，并与同学蹇先艾、朱大枬等组织文学团体曦社，创办文学刊物《爝火》，常在《晨报副刊》《语丝》上发表作品。1925年考入清华大学，在朱自清教授建议下，次年转入该校西洋文学系学习法语。其间由王统照介绍加入文学研究会。1931年赴法国入巴黎语言专科学院，并开始研究福楼拜。1933年回国后，在中华文化教育基金董事会任职，从事外国文学翻译与研究，进入北京的主流文学界。1935年任暨南大学文学院教授、孔德研究所研究员。抗日战争期间从事进步戏剧运动，与郑振铎合编《文艺复兴》杂志，与黄佐临等创办上海市立实验戏剧学校，任戏剧文学系主任。1954年回到北京，在北京大学文学研究所，中国科学院文学研究所、外国文学研究所任研究员。1982年去世。

“京派”是20世纪30年代前后，新文学中心南移上海，留在北京从事文学活动与创作的自由知识分子作家，松散形成的独特的文学流派。这一群体先后出版了富有文学流派意味的《骆驼草》《文学月刊》《学文月刊》《水星》等文学刊物。特别是1933年沈从文主编的《大公报·文艺副刊》，成为流派确立的标志。1937年朱光潜主编《文学杂志》，成为该流派的“重镇”。京派在文学活动与创作过程中，逐渐形成了一个阵容庞大的作家队伍。重要作家有沈从文、林徽因、萧乾、汪曾祺、何其芳、冯至、卞之琳、朱光潜、李长之等等。在小说、散文、诗歌、戏剧、评论等各个文学门类中，李健吾身兼数职，不可或缺。他在16岁中学时期，就创办刊物、发表作品，在北京文坛崭露头角。短篇小说《终条山的传说》受到鲁迅、茅盾的关注与好评。20岁在清华读书，受教于朱自清等先生，一边学习一边创作。《一个兵和他的老婆》《西山之云》等中短篇小说在文坛上风生水起。27岁留法归来，不仅出版了长篇小说《心病》，更捧出了沉甸甸的传记文学《福楼拜评传》，先后被聘为《文学季刊》《学文》《文学杂志》等刊物的编委、编辑。他不仅是这一群体的活跃分子，也是实力派作家。

“京派”是一个松散的文学群体，但作家们却有着相对一致的社会观念和文学信念。朱光潜在主编的《文学杂志》的编者文章中，鲜明地亮出了这一流派的文学宗旨，不仅反对“拿文艺做工具去宣传某一种道德的、宗教的或政治的信条”，而且反对“为文艺而文艺”的“不健全的文艺观”。[1]他主张“使文艺植根于人生沃壤”，“尽量地吸收融化，是树立广大深厚的基础”。[2]从李健吾的评论与创作中可以看出，他是认同并践行这些文学思想和理念的。他承传了“五四”文学精神和思想，却不剑走偏锋，他不赞成“左翼”文学那种激进的文学倾向，也不苟同“右翼”文学那种保守的文学主张。他把自己的艺术视野和笔触投向广大的、偏僻的社会人生，乃至底层社会和民众，努力用现代思想和理念去观察、审视表现对象，又竭力发掘生活和人物中的普遍价值观念。这就使他的小说具有了深远的现实品格和浓郁的民族韵味。

文学研究会的文学观念，对李健吾也有着潜在的影响。这一社团中的重要作家，如郑振铎、王统照、朱自清等，同李健吾都有紧密关系，他与他们的思想观念有诸多共鸣。这一社团主张“文学为人生”，“文学应该反映社会现象，表现并且讨论一些有关人生一般的问题”。反对“以文学为纯艺术”的观点。这些基本思想同京派是相通的。但在如何看待现实政治、现实生活这些重要问题上，李健吾乃至京派作家，与左翼作家是有区别乃至分歧的。激进的、“左倾”的文学理论认为：所谓现实就是正在发生的重大社会现象与问题，文学应当追踪和表现这种现实变动。而李健吾认为：“现实即是真实。只要现实——那最高的现实存在，一部艺术作品便

---

①朱光潜：《我对于〈文学杂志〉的希望》，《朱光潜美学文集》（第二卷），上海文艺出版社，1982，第495页。

②朱光潜：《我对于〈文学杂志〉的希望》，《朱光潜美学文集》（第二卷），上海文艺出版社，1982，第495页。

不愁缺乏时代的精神。"①"过去属于历史,在它没有过去以前,它原本即是现时。"②他把真实、现实、历史,进行宏观思考,打通了之间的壁垒,扩展了现实这一概念的内涵。这一思想支配着他去观察和表现更广大、更深远、更细微的现实社会与现实人生。

青年学人段修娜说:"李健吾不仅有丰富的文学创作实践更有发达的理性文学批评,其小说的审美取向和艺术创造是在自觉地融合本土文学传统和外来艺术新质的基础上形成的,具有独特的美学价值,也体现了李健吾在小说艺术方面的巨大创造潜能。"③确实,李健吾蹚出的是一条现代与传统相融合的小说之路。但遗憾的是,由于个人精力有限,涉猎领域太多,他未能在小说创作上不断深入、拓展精进,写出更多的精品来。同时,正如钱理群等所说:"李健吾在话剧、评论、翻译和法国文学研究方面有许多成就,小说文名反而被掩。"④乃至建国之后,研究李健吾小说的成果极少。使他的小说处于被淡忘的状态。现在,我们要重新发掘和评价他的小说,进一步认识二三十年代小说的发展规律和独特价值。

---

①李维永编《李健吾文集》(文论卷1),北岳文艺出版社,2016,第322页。

②李维永编《李健吾文集》(文论卷1),北岳文艺出版社,2016,第319页。

③段修娜:《向人性深处探寻:李健吾小说创作的现代性》,中国知网·学位论文库,2015年3月10日。

④钱理群、温儒敏、吴福辉:《中国现代文学三十年》(修订本),北京大学出版社,1998,第319页。

培植社会的、人生的根基

现代小说的变迁，不仅是艺术形式上的，更是内容与思想上的，而且二者往往是同时进行的。上世纪初期风行的“鸳鸯蝴蝶派”，虽然也算一种新的小说流派，但无论是内容还是形式，都是旧小说的一种“翻新”。而30年代初流行的“新感觉派”，所表现的内容与思想虽有一定的时代性，但大幅度采用的意识流方法却是“舶来品”，难以让更广大的读者群接受。文学研究会小说、京派小说，都把直面社会现实与人生，作为自己的创作圭臬。尽管对现实的理解，各个流派、每位作家不尽相同。这样就使这类现代小说，深深植根于当下的、民族的土壤中。在小说艺术形式的融合上，沈从文、废名等更具中国古典小说韵味，而李健吾则呈现出较多欧化特点。但由于李健吾的小说内容与思想的民族化、本土化，使他的小说接受同样通行无阻。

中国二三十年代的社会，处于一种贫穷落后、民不聊生，军阀割据、内战频仍的状态。李健吾作为一位青年学生、知识分子，虽然生活阅历还算丰富，却远离革命斗争的中心。但他努力表现更广阔的社会生活，如乡村、城市、战争，深入更多样的人生，如农民、市民、军人、知识分子，通过表现现实的、历史的“枝节”，呈现出“老中国”的面貌与走向来。《哨探兵》是一篇情节精巧，背景阔大的小说。它表现了在内战中，两支部队在战前各派化装的侦察兵互探军情，发生在茶馆的一幕。两位侦察兵对坐饮茶，心知肚明，却佯装不知。但当本地恶棍出场，开茶馆老人讲述了恶棍杀子暴行后，两位侦察兵忘记了自己的身份和任务，同时出手制服了恶棍，保护了开茶馆的老人。二人也各走一方。小说揭示了内战给社会、给民众造成的种种灾难，乡村社会尖锐的阶级矛盾、斗争，普通士兵依然恪守着的良知与道义。《乡绅的国事谈》表现的是另外一种乡村图画。C镇的四位有权有势有钱的大绅士，傍晚聚集乡公所大谈国事，从他们的举止、神情、对话中，充分暴露了他们对在华洋人的迷信、恐惧，对青年学生运动的鄙视、仇恨，对现政权的失望、无奈…… 这是封建遗民的一种典型心态。中篇小说《一个兵和他的老婆》是一部富有传奇色彩的优秀之作，发表后朱自清撰文给予好评。小说展示了民国初期，一支败军退守到河南与湖北交界处一个镇子上。大批的民众已逃亡，军队所到之处抢劫、奸淫，一片混乱、恐怖。就在这样的情势中，排长王有德巡查驻地，发现手下的三个士兵正在欺凌一个姑娘，就在他们即将动手的时候，他轰跑了士兵，救下那个叫章玉姐的姑娘。他要送姑娘回家，姑娘却硬是不肯。原来姑娘是镇上一位财主的女儿，由父亲主婚要把她嫁给一个丑而懒的男人。她宁愿跟随大兵远走高飞。而王有德也喜爱这个漂亮聪慧的姑娘。二人在野地里的山岗下度过一夜，第二天在附近的村子里拜堂成亲。后营长派王有德以贺喜为名去敲诈章家，他又带新婚妻子去拜望章财主，终于让老岳丈接受了这门亲事。小说不仅揭示了旧军队的软弱、腐败、堕落，以及内战给社会、民众造成的各种灾难。同时表现了乡村社会封建婚姻的根深蒂固，一个士兵、一个村姑对封建婚姻的反抗、挑战。小说有很强的故事性、传奇性，叙事人物与视角也别出心裁。

京派作家一方面发掘、表现乡村田园的古朴、美好，另一方面揭露、批判城市与城市人的假、丑、恶。正如严家炎指出的：“京派所谓批判现代城市文明，并非否定工业化带来的现代文明，而是揭露资本主义生产关系所带来的人的异化现象，特别是揭露拜金主义对正常人性的扭曲。”[①]李健吾写乡村生活的小说更多一些，写城市生活的小说稍少一些。但有几篇写城市的小说，格外深切、犀利。《买卖》展现了北京大杂院底层市民的日常生活和矛盾纠葛，揭示了普通人幽暗、扭曲的精神情感世界。一方小院子，三面九间房，住着三户租户。二房东马麻子，他的年轻媳妇，“我”——何其玉，还有一位带着孩子的老年寡妇。同是底层人，但却为房租，为一顿饭，为几张戏票……互相疑神疑鬼，钩心斗角。“我”与房东年轻媳妇有共同语言，竟让马麻子抓住“把柄”，命媳妇联手“挖坑”，榨取“我”的钱财。城市社会拜金主义、自私自利、以邻为壑的现象，让人不寒而栗！长篇小说《心病》，在更宽阔、复杂的背景上，描述了20世纪30年代，在社会动荡、经济萧条的状况下，北京的三家中产官宦家庭，秦家、洪家、朱家，他们的日常生活、人际往来和家运变迁，特别是儿女们的爱情婚姻故事。这些家庭中的男主人，在衙门供职，地位不高不低，薪水不多不少，维持着中产家庭的规模、门面，住着独门独院，雇着男仆女佣，出门要坐马车。这样的情节故事，颇有点《红楼梦》的味道。小说的中心情节，是秦家的大女儿绣云与洪家的外甥陈蔚成的一场悲剧婚姻。绣云是一位传统女子，婚姻大事听凭父母做主。陈蔚成是一个大学生，但婚姻上只能受舅母、舅父支配。在现代社会，两个年轻人却按照旧式婚姻，强行结合在一起。新婚之日，触电致残的陈蔚成以为迎娶的是儿时所恋的芳，想不到却是一个陌生的女子；而绣云本想着新郎是一个

①严家炎：《中国现代小说流派史》，人民文学出版社，1989，第243页。

文雅、英俊的大学生,却变成了痴呆、丑陋的残疾人。于是陈蔚成悄悄离开家庭,走上自尽之路。绣云本想维持无爱的婚姻,但却只能落得守寡的命运。这样的人物和故事,又让读者联想到"宝钗黛"的爱情婚姻悲剧。中国已进入新旧交替的现代社会,但古都的这几户人家依然遵循着陈腐的封建婚姻礼教。这种礼教依然支配、主宰着年轻人的命运。陈蔚成、绣云已是现代新青年,但他们在家庭中还是弱者,不得不受旧式婚姻的束缚、摆布,成为无辜的牺牲者。李健吾在小说出版时的"跋"中说:"生活在这阴暗角落的男女,蒙着传统的灰尘,呼吸着恶浊的空气,心灵自来就不健康。"[①]小说里的男男女女,他们的心灵不仅浸泡在传统的染缸中,而且熏陶在现代的迷雾中,使他们整个的精神、情感都被扭曲、异化了。小说表现出作家沉重的启蒙、批判意识。

表现城乡社会底层民众特别是妇女的生存命运,体现作家的人文情怀与社会反思,是"京派"小说的一个重要方面。《一位妇人的堕落》以自叙的形式,讲述了"我"——一位城市女子,从父母或走或亡,寄寓教会学校,到在教母抚育下成长,与一男子相爱,到丈夫变心堕落,自己带着孩子走投无路,到决心离婚出走、法律判决孩子随父。把一个城市底层女子的曲折命运、忍辱负重、孤苦无依的现实处境写得力透纸背。在这里,到底是女人的堕落?还是男人的堕落?或是整个社会的堕落?答案是明明白白的。《坛子》写的则是乡村社会女人的遭遇。这位女子年轻时"上眼"、勇敢,与喜欢的男人远走他乡,最后贫困归来,丈夫早逝。曾经喜爱她的老头

①李维永编《李健吾文集》(小说卷),北岳文艺出版社,2016,第494页。

子收留、续娶了她，但在家里却受到后儿后媳的百般欺辱、役使。老头子死后她被小一辈的钱娃收留，年轻人竟在酒后欲行非礼，她奋力反抗。一个女人历经三个男人，在哪里都得不到安宁、幸福。这样的女人，在乡村社会并不少见。在《死的影子》中，作家把目光投向了那些旗人的后代身上。小说中的那位校役，本是镶白旗出身的公子哥儿，但在民国时代却只能做一个大学校园打杂的仆人。他在为学生服务办事时，显得那样勤快、温和、恭顺，显出一种教养和修炼，而在母亲面前却暴躁专横，在妻子面前又忍气吞声。他在患病的昏沉中，却做着二等护卫来接驾的幻梦。作家在小说中表现出对这一人物的怜悯、同情之心，也表现出讽刺、批判之意。

表现青年知识分子在社会变动、转型中的人生追求、探索，以及他们精神情感的变化、走向，是李健吾小说的一个突出主题。探寻、剖析知识分子问题，是鲁迅小说的一个特色，李健吾继承了这一传统。《使命》中的小学、中学教师以及二年级大学生，一行六人，趁着政治事变，学校停课，临时失业，共同约好去偏远山村搞思想道德建设、文化启蒙。他们在荒凉的山村召集农民开会，苦口婆心地宣传新思想新知识，收获的却是麻木、敷衍、怀疑，甚至“告密”。但当他们来到一个西方教会管辖下的村落，却让他们大吃一惊。这里表面看来教徒虔诚、神父庄重、一片平和肃穆；实际上政教勾结，充满欺骗暴行，是一个独立王国。青年们的想象、理想，瞬间破灭。他们真正认识了底层社会的沉重、复杂，以及一些西方教会进入乡村的隐患、危机，知识分子的幼稚可笑、束手无策。中篇小说《西山之云》，写的是北京某大学的学生萧方璧，在城市和学校感到沉闷、无聊、苦痛，趁着假期到西山避暑，期望在大自然中获得放松、休息。不期然却遇到了自然、朴实、美丽的有夫之妇竹贞，不由地滋生了爱情。其实大学生爱上村妇，并非真正的爱情，他爱上的是一种纯朴、实在、担当的人生状态。但却点燃了竹贞深藏的情愫，导致了一场不应发生的悲剧。最后，竹贞当兵的残废丈夫归来，发现了妻子与大学生的隐情，雇人活活打死了妻子。萧方璧在悲痛中决心带走竹贞的养女回城。年轻大学生的这趟西山之游，目的在于从精神困境中走进大自然，但竹贞的出现使他发现了另外一种充实的人生。当知晓她处在婚姻的绝境中时，他希望拯救她，私奔远走，想不到美好的愿望却把她送上一条死路。知识分子面对底层社会，面对被困的民众，竟然是这样脆弱窝囊，甚至把好事办成坏事。作家痛切地揭示了30年代知识分子的精神轨迹，反思了知识分子在社会使命面前的无能为力。《无名的牺牲》也写的是青年知识分子的爱情故事。两位主要人物，一个是日本男子秋言次郎，一个是俄国女子鲁意丝。而他们凄美感人的爱情故事，发生在中国的哈尔滨。作家用诗的画面和语言，表现了在战争的背景下，男青年在国家与爱情之间的痛苦选择，女青年对爱情的忠贞不渝与苦苦等待，表现出作家对自由爱情的讴歌，对爱情与现实关系的思索。

李健吾是一位进步的知识分子作家。他秉承“五四”精神与思想，遵循“为社会”“为人生”的文学宗旨。但他又像大多数京派作家一样，疏离政治意识形态，避开社会热点与焦点，使他的小说难以与社会和读者发生更多的共鸣。这不能不说是他的小说的一种局限。但他的小说着力表现中国社会普遍的、边缘的生活和人物，在今天读来倒更显示了一种长久的艺术生命和魅力。

注入传统的、地域的魂魄

李健吾有着丰厚的中西方文化学养与积淀。他有条件、有能力把二者进行融合，特别是把民族文化与地域文化注入小说创作中。他从小就接受传统的私塾教育，阅读和背诵四书五经之类。父亲是前清秀才，酷爱古典诗文，在父亲的影响下学习古典文学尤爱历史小说。他以优异的成绩考入清华大学中文系，受到古典文学修养深厚的朱自清的悉心指点与教育。对“四大名著”及《金瓶梅》《儒林外史》等，他都做过研究与评点。同时，对西方文学特别是小说，他也有浓厚的兴趣，在中学、大学时期浏览甚多，在朱自清的建议下，由中文系转到西洋文学系，专门学习法语与法国文学，法国文学翻译与研究成为他后来的学术专业。而“五四”新文学，不仅是一场革故鼎新的文学革命，也是一场新旧交融的文学建构。李健吾说：“作品应该建在一个深广的人性上面，富有地方色彩，然而传达人类普遍的情绪。我梦想去抓住属于中国的一切，完美无间地放进一个舶来的造型的形体。”①这就是说现代小说的思想意蕴、表现形式等，可以取法西方小说；而故事与内容、文化与精神等，则应该是中国的、民族的、地域的。同时要把中西方元素，进行融合、再造，变成完美的艺术。他的审美思想、小说理念，比之单纯的小说家，更为丰富、成熟、超然。

怎样在小说中体现一种传统文化呢？其实它就灌注在作品的字里行间，氤氲在文本的时空之中。读李健吾的小说，常常能感受

---

①张洁、许国荣编《李健吾文集》（戏剧卷1），北岳文艺出版社，2016，第490页。

到那种积极进取的儒家精神，也能偶尔感受到那种平和超然的道家文化。但这些并没有冲淡他的小说中那种自由、民主、启蒙、批判的时代主题。这种传统的、地域的文化“魂魄”，更强烈、集中地彰显在小说中的人物身上。

李健吾刻画了城市人物的病态性格和心理，同时书写了底层社会特别是乡村人物的正面性格和心理，在他们身上就体现出一种传统文化性格。《末一个女人》中，作家揭示了30年代的国内战争中，正规军清剿土匪武装，往往不是一种正义行动。有些村庄是为了抵抗官府的征粮征税，才无奈成立自卫队的。官军不分青红皂白予以剿灭，实际上变成了“土匪”。在这样的情况下，作家刻画了一个独特的老奶奶的形象。堡子被官军攻破，自卫队大部分战死，民众悉数逃走。老奶奶的丈夫、儿子在战斗中死亡，她坚守在家，埋掉儿子，要守护亲人的冤魂。官军安抚她，要她干做饭、洗衣的杂活。她不能不从，但却变得沉默、痴呆。但当连长来驻地宣读上峰的嘉奖令时，她突然愤怒地喊道：“谁是贼，问问你们自己？”并控诉了官军入侵、烧杀掠夺的罪行。最后，在月黑风高之夜，她悄悄点燃了自家的房子，要烧死官军、报仇雪恨。她的目的没有达到，自己却被兵士扔进了火海。小说写得低沉、酷烈、悲壮，塑造了一个沉默、忠贞、坚韧、抗争的底层妇女形象。在她身上凝聚了底层民众的一种宁死不屈的传统精神与性格。《又一身》讲述祖父、父亲、“我”，一家三代人决然从军，为革命事业捐躯，留下血染的军装，作为家传之物的故事。尽管三代人的时代不同，人生经历不同，但都信奉“国家兴亡，匹夫有责”的人生道义。祖母、母亲两代女人，虽然不忍一代一代男人去当兵，但一旦男人出征，又能深明大义，支撑家庭，度过艰难的生活。他们都是一些平头百姓，但都懂得家国一体，把卫国保家当作一种应尽的职责。这样的文化传统与信念，或许只有中国人才有吧？《机关车》发表于1928年，所谓“机关车”就是动力机车，俗称“火车头”。这是一个抗日斗争故事，发生在日军占领下的山东某车站。火车司机熊寿，面对日军杀害儿子的暴行，面对日军残酷的侵略与统治，他悲痛、隐忍，不动声色。当得知有日军列车开来的时候，他已谋划好了复仇的计划。他从容地指挥同伴扳好道岔，迅速逃走，然后驾着车头向迎面而来的列车撞去，他要同日本鬼子玉石同焚。木讷、坚强、从容、英勇的精神性格，不正是民族的危难之际爆发出来的英雄品格吗？

表现地域形貌和地域文化，是中国现代小说发现、发掘的一座文学“富矿”。无数个地域的形貌和文化，才构成中国姿态纷呈的地理和文化，而每一地域的特征和文化，又是独一无二、不可替代的。现代文学史上许多杰出作家，正是凭借独特地域走向全国、享誉文坛的。吴福辉说：“‘京派’小说并不限于表现旧北平，它的色调也不仅仅统一在地方性的京味上面。‘京派’的文学世界远比这个广大。……但是更多的京派作家主要写的是农村。”[1]譬如沈从文创造的湘西世界，废名书写的湖北故乡与北京城郊风景，芦焚营造的河南果园城天地，汪曾祺描绘的苏北乡镇图画…… 这里还要加上：李健吾打造的晋南乡土世界与文化。

李健吾的童年、少年时代是在晋南的乡村度过的。直到10岁时离开乡村进入城市，后辗转在北京、上海之间。但乡村已成为他

①吴福辉编选《京派小说选·前言》，人民文学出版社，2011，第10页。

的生命与精神之根。即便是在大都市，也依然与故乡保持着密切联系，只要有机会就会回故乡的土地上走一走。在他的全部小说中，有写北京古城生活和文化的，如《一位妇人的堕落》《死的影子》《心病》等，但地域特色并不鲜明。而他写故乡晋南的小说，则洋溢着浓郁的晋南韵味，并倾注着他全部的赤子感情和生命体验。需要指出的是，这些地域小说大都出自他的青年时期，还缺乏理性的沉淀、精心的构思，因此显得清浅、稚嫩一些。

晋南是一个开阔、平坦、富庶，有山有河、风景独特的地方，是一个文化发达、源远流长、古风浓郁的文化发祥地。在晋南民众身上，流淌着古老的儒家文化正统思想。这是可贵的，但也往往表现出一种守旧、落后倾向。

《终条山的传说》是李健吾18岁上中学时的作品。作家的故乡就在中条山下，文中的终条山有着明显的中条山的影子，这是山西南部一座长条形大山，横跨临汾、运城、晋城三地，是山西南端的屏障。小说描绘了这座美丽、神奇、富饶的大山，记叙了流传在这里的神话传说，书写了这里的农民代代相传的农耕生活。他们“安分守己，诚实不欺”。“太阳、月亮是他们惟一的作息标记。”“关帝、岳爷是他们心目中的英雄。”1935年鲁迅编辑《中国新文学大系·小说二集》，选入了这篇作品，并在“导言”中说：“《终条山的传说》是绚烂了，虽在十年以后的今日，还可以看见那藏在用口碑织就的华服里面的身体和灵魂。”[①]鲁迅肯定了这篇小说文采的“绚烂”，窥见了用口碑和文字传颂的——晋南人的形象和精神，晋南人成

①鲁迅：《鲁迅全集》（第6卷），人民文学出版社，1991，第246页。

为中国农民的某种代表。这一评价是精辟的。《萤火虫》是一篇带有童话色彩的地域小说，想来亦取材于中条山。作品写夏天的炎热、草木的葳蕤、天空的蔚蓝、小溪的清澈，歌颂了萤火虫“为谋大家的幸福抛弃了自己活泼泼的生命”的献身精神。李健吾对中条山地域特色的书写，丰富和扩展了人们对晋南土地的了解和认识。

《田原上》表现了晋南地方风俗与地域文化。小说原拟写成长篇，最终成为中篇，情节显得松散，但主线是突出的。作品在晋南农民日常生活的画面中，演绎了一个错位的爱情、婚姻故事。望生与张木匠的女儿真心相爱，但张木匠欠望生爹一笔旧债。经过赵掌柜别有用心的撺掇，张木匠以女顶债许配给望生爹做续弦。这样的事情，在开放的地方大约是不会发生的，但在古老的晋南并不奇怪。在这里“父母之命，媒妁之言”依然是婚姻的准则。而望生与张木匠的女儿，虽是民国年代的青年，渴望着爱情、婚姻的自主。但却没有力量、勇气去违抗传统婚姻与父母之命。作家表现了乡村农家的伦理亲情、父慈子孝、阖家和睦；农民纯朴、善良、勤劳的品德。作品刻画了望生、望生爹、张木匠、张木匠女儿的传统文化品德和性格；更揭示了旧式婚姻的荒唐、严苛、不人道。作者是怀着一种复杂、矛盾的心情，去写地域风俗和地域文化的。

李健吾在小说中还描写了另外一类人物形象。《牧羊小史》中写“我”受父亲之托，去城南放羊，陪伴、保护“我”的是毛儿爷。他贫穷、孤单、勤快、和蔼，但为了提神，背着“我”吸鸦片，给“我”留下了深深的记忆。《曾祖母和狼》里写麦子已熟、等待收割，野狼出没、众人胆寒。古稀之年的曾祖母却深夜潜出，勇斗野狼，人狼双亡，保护了子孙、保卫了麦收，凸显了一位胆大、勇敢、坚强的老祖母形象。当然,这一形象有夸张之感。李健吾在地域小说上是卓有成就的,他丰富了山西乃至全国的地域小说,遗憾的是并没有引起学界的关注和研究。

建构现代、传统相契合的小说叙事

中国古典小说与西方现代小说,是两种不同文化传统、不同叙事体系所结出的艺术“果实”。要把二者从内容到形式融合在一起,谈何容易?但众多的新文学作家,硬是凭借他们丰厚的中西方学养、执着的艺术探索与实践,实现了二者的完美融合。中国古典小说在艺术上可谓博大精深,但它的叙事套路、劝诫主题已经不能适应新的时代。而它的文体形式如传奇、章回、笔记体式,表现方法与手法如白描、空白、写人等,依然可以被“激活”,成为新的艺术形式。西方现代小说包括现实主义与现代主义,在艺术上发展神速、花样翻新,但移植到中国未必水土适应、读者买账。这就需要大胆实践、谨慎选择,把那些优秀的表现方法与手段,如创作方法、结构模式、叙事语言等积极“拿来”,形成一种全新的艺术。找到古典小说与现代小说的契合点,取长补短、打碎重建,中国现代小说艺术就应运而生了。应该说,中国现代小说具有更多的西方小说特征,中国古典小说的元素、方法等,经过“转化”,才成为现代小说的支撑、血肉。20世纪一二十年代是大胆引进、探索的时期,到三四十年代就成为融合、建构的时期,古典小说传统得到了创造性继承。现代小说的基本形态,一直发展到今天,没有重大改变。在现代小说的发展进程中,“京派”作家发挥了重要作用。正如李健吾所说:“形式和内容不可析离,犹如皮与肉之不可揭开。形式是基本的，决定的：辞藻，用得其当，增加美丽；否则过犹不及，傅粉涂红，名曰典雅，其实村俗。一个伟大的作家，企求的不是辞藻的效果，而是万象毕呈的完整的谐和。”[1]他肯定了内容与形式的不可分割，但又突出了形式乃至语言——辞藻的重要性。而一个作家不懈追求的，是小说艺术的完整与和谐。

小说的创作方法在作家的创作中是至关重要的，它往往决定着作品的基本面貌和艺术风格。严家炎在谈到“五四”之后小说的诸多变化时说：“归结到一点上，就是创作方法的现代化和多样化，就是以自觉的现实主义为主体的各种新的创作方法（包括浪漫主义、象征主义、表现主义、新感觉主义）的运用。这些新的创作方法的运用，使文学与生活的距离一下子缩短了，使新小说比过去任何时期的小说都和现实的人生结合得更紧密了。”[2]古典小说中，本身就有现实主义、浪漫主义思潮，但却没有把它梳理、提升成一种系统理论。在李健吾看来，现实主义是一种原本的、基础的创作方法，它与浪漫主义、现代主义并不隔绝，现实主义可以充分运用别的创作方法，以表现出更真实、丰富、超拔的现实来。他的小说大部分有着丰厚的现实主义根基。譬如写乡村生活的《田原上》《牧羊小史》等，把乡村的社会情状、人生百态、自然风景、地域特色等，写得真实、鲜活、深情。譬如写城市生活的《心病》《张太太这样的母亲》等，把城市的五光十色、人情冷暖、人性变异、精神困境等，写得逼真、丰富、透彻，显示了作家扎实的现实主义功底。但在这些小说中也运用了其他创作方法。他的小说有一部分运用了浪漫主

①李维永编《李健吾文集》（文论卷1），北岳文艺出版社，2016，第64页。

②严家炎：《中国现代小说流派史》，人民文学出版社，1989，第27页。

义手法，譬如《西山之云》写一位城市大学生爱上一个村妇、还要带她远走高飞，譬如《无名的牺牲》写两位异国青年在战争中的生死爱情，都是具有强烈的浪漫主义色彩。这些爱情故事的结局都是悲剧性的，但恰恰显示了这些青年男女对自由、对爱情、对精神的追求。李健吾的小说有少数篇章采用了现代主义方法，譬如《母亲的心》用静态画面、精雕细刻了一位母亲对失去的孩子的回忆、想象、悲痛的心理活动，运用的是新感觉主义与意识流手法。譬如《影》用碎片化的情节呈现了两位恋人的谈情说爱，时有时无的影子对他们的窥视，使用的是朦胧的、蒙太奇的表现手段。李健吾十分爱用意识流表现手法，譬如《最后的一个梦》中的大学生对表妹的相思病，使他沉浸在幻想中。但李健吾主要是通过人物的行动、神情来表现人物的意识流动的，较少直接地、静止地刻画人的内心，这样就使读者的阅读毫无障碍。他还善于运用象征的手法，譬如《坛子》中那个古老、丑陋、易碎的醋坛子，就是主人公乃至乡村妇女悲剧命运的象征。《又一身》里一家三代人的战场血衣，象征了军人的尽忠报国的悲壮精神。

中国现代小说最显著的特征，是情节结构的自由开放与丰富多样。中国古典小说主要是一种“说书人”“说故事”的叙事文学，模式较为单一。西方现代小说主要是一种供人阅读的书面叙事文学，在情节结构的营造上就有了广阔天地，多样的创新。中国新文学作家多方引进、博采众长，又吸纳古典小说的结构手法，形成了姿态纷呈的现代小说结构形态。李健吾的小说在结构形式上也显示出旺盛的创造力。在其创作中，情节结构小说所占比例最大，譬如《一个兵和他的老婆》，全篇讲述的是军队排长与一位财主女儿的婚姻爱情故事，叙事人就是排长，故事波澜起伏，紧凑完整，大团圆的结局。而章节的安排上，又继承了古典小说的章回体形式，叙事人的讲述颇有点传统说书的味道，是中西两种结构形式的创造性融合。譬如《终条山的传说》那样写地域风情的小说，其中也有一个神话传说故事贯穿全篇。作家不赞成小说过度的故事性、戏剧性，但在小说中埋设一个“诱人”的故事伏线是他竭力而为的。人物小说模式是以刻画人物形象为重心的，譬如《末一个女人》中的老奶奶，采用了先抑后扬的写法，人物遒劲有力。譬如《死的影子》里那位旗人后代，选择了由浅入深的手法，揭示了他的精神世界，形象独特。但总体看来，作家笔下杰出的达到典型高度的人物形象并不多。意境小说模式是着力创造独特环境和氛围的，譬如《乡绅的国事谈》中几位乡绅在乡公所里的高谈阔论，譬如《猎》里几位官兵从地里到家里对一位军官的紧追不舍，都是情景浓郁的意境小说。自叙、心理小说是以人物的叙述展示意识、心理、情感为主线的，譬如《买卖》是“我”——一个租房者，向警察局巡警交代与房东的关系、交往，叙述中夹杂着大量的内心活动、情感变化。譬如《一位妇人的堕落》是“我”——一位城市底层女子给教会学校教母的一封信，把一个悲苦女子的人生命运与精神困苦，倾吐得如泣如诉。小说情节结构的精心选择与营造，不仅有利于更真实、深广地表现社会人生，同时提升、扩展了现代小说的审美品格。

现代小说的叙事语言，不再是单纯的叙述工具，而是具有了更丰富的内涵和功能。它承载着叙述事件、凸显人物、体现作家艺术风格的多重使命。李健吾的小说语言蕴含着多种成分，总体看是一种精英知识分子的文学语言。这种语言雅致、丰沛、清晰；有欧化语言特点，舒缓、飘逸、理性，流溢着法兰西意味；更有民族语言特色，明朗、温厚、阳刚；还有晋南方言的底蕴，质朴、厚重、刚正，从一些词语中能读出晋南人的“愣”劲。他的小说，由于题材、人物、视角等不同，往往一篇小说是一种叙事语言、一种艺术风格，很难用几个词把它概括出来。他说：“从我晓得什么叫作文学创作以来，我把风格看作一种人生的质素，可以因人而异，因书而异，不必篇篇雷同。不是人生之外另有什么风格。风格区别作者的个性，然而也区别作者自己的观察和方法，合起来看，全是我，一篇一篇去看，是不同的我的经验。”[1]这样的小说追求，是独辟蹊径的。

①李维永编《李健吾文集》（小说卷），北岳文艺出版社，2016，第326页。

目录

中篇小说

短篇小说

萤火虫①

离现在很远很远的时候，萤火虫原是不会发光的。如果知道他们为什么会发光的那段故事——那些缘故，恐怕都要叹息不止呢！

第二季的白天是多么灿烂呵——蔚蓝的天空画着许多云样的山，远远的数不清有多少奇异的山峰高高悬耸在半天空里；不是山，简直是雪白的棉花堆积着。和蔼的太阳像才生气一般，狂怒着从口里吐出热气，漫天喷下来，直熏得遍地的狗尾巴草、蟋蟀草和蒲公英都垂头丧气，热得蜻蜓、蝴蝶和人一般，满身都是汗。金白色的光线，穿透云间那么高、那么厚的山峰，照耀得遍地像铺满了银子似的亮。谁说不是灿烂的白天呵！

这是一座山。沿山碧绿的小草像褥子一样一直延长到山旁缓缓流着的溪水边，可怜都让太阳喷出的热气，一片一片熏得软瘫在

① 本篇署名“仲刚”。——《李健吾文集》编者

地上。谁说山野的花不如家园里栽培的呢？看呀！野花呼吸着没有边涯的新鲜空气，在大自然里硬挺挺的嫩枝儿上开着金黄色、粉红色、淡紫色的小小花朵，比园里的花儿实在另有一种美丽。不过如今不然了，从太阳眼里射出钢针似的金光，早炫耀得花朵都展不起来，闭着眼，垂下头，闪躲那金煌煌的光线。哟！太阳的怒竟这样凶猛，于是萤火虫的朋友们一个个都难堪到极点了！

一个大蝴蝶，披着绝美的纱罗，像仙女那样飞舞在空。伊热极了，浑身都淌着汗；伊怕那五彩的翅膀敷满的粉都要粘湿，于是极力飞进花草丛里，寻清凉的地方歇息。可爱的花草都奄奄仆在地上，你倚着我，我压着你，挤得密密的没有地方可以容身，便又飞向空中。太阳射出无限远的金光，将美丽的蝴蝶的眼扰乱得快要睁不开。伊有些烦恼，像瞎子似的闯来闯去。汗加倍地增多，点点滴滴地往下流。伊没奈何，只得轻轻站在一枝小花上歇息，更不住摇动着翅膀挥去浑身的汗，并且诅咒着说："真讨厌呵！这般热！又如此地睁不开眼！实在太恶作剧了！"

那枝扶摇不定的花，只有三寸来高，小小的粉红面颊像退了色泽一样没精打采地向着地。从花朵里微微发出嘤嘤的声音，如同唧哝似的说："谁在花上站着哪？简直闷得我要死！方便些，大家都好！谁也不要妨碍谁呀！"

蝴蝶从来没有这样烦恼过，站在衰弱的花朵上，伊一丝的乐趣也没有，什么消遣的方法也想不出来。万般无聊里，只低头看着那花朵叹息道："不幸的花，怎么萎败成这样了——已经皱起纹来！真令我心里不快活啊！"

花朵里微细的声音又响了，很急促，比起初还放大些道："是谁呀？这样不凑趣！把我闷得要死了！请闪开些！”

蝴蝶像做梦一般，迷惘地向四围仔细望了望，不觉露出惊讶的面色，很尖细地叫起来：“这是鬼！为什么只听见声音不见形影呢？这真是命运里不幸的时辰啊！”

那微细的声音像带哭的样子，震颤得花朵不住摇荡过来，摇荡过去，将那哭声引曳得像洞箫似的音调：“外面站在花朵上的是谁？没有长耳朵吗？怎么会听不见我嚷呢？”

蝴蝶壮起胆子，一字一句地问道：“你——是——谁？在什么地方呢？我怎么会——瞧不见你？”

凄惨哭声忽然止住，又像理会出蝴蝶的着急、恐惧，反发出蝇子飞似的笑声来：“我吗？我就在你的脚下，美丽的花朵里。你闪开些，让我出来给你瞧一瞧。快些吧！”蝴蝶明白了，急忙飞到叶儿上，留神看着他出来。果然，不大的工夫，只见那衰颓的花朵，慢慢一瓣一瓣地展起，轻轻向四外分开，显出嫩黄的花柱。从那围着花柱的黄丝中间，悄悄飞出一个奇异的小物件。真是小，小得像蝇子一般！浑身披着带亮的黑衣，隐约呈着紫绿的光泽！那小小的眼睛嵌在面上，直是碧莹的绿珠子。绡纱般的一双小翅膀，薄得如同透亮的纸儿一样——恐怕比纸还要薄得许多！这真是奇异的小生命呀！

小萤火虫轻轻飞到花朵上。那花朵依旧一片一片地合上，倾斜着垂下去。他简直要嚷起来，实在是从来没有经过的热，“好热呵！又这样地炫耀眼睛！在这样的热度下，不知烧死多少可怜的同类！”

蝴蝶出神地看着他，好容易才回过神来答道：“是呵！我热得实在要死！你藏在那美丽的花儿里边，真幸运！唉！可惜我身体太大不能钻进去，不然，也很幸运，是不是？那里边真是美丽的居室！多么爽神！”

萤火虫扭转身躯向伊诧异地看去。“请你不要羡慕，那美丽的居室里，一样能闷死了呢！”

“你？你那翅膀简直是五彩绣成的呀！那是如何的悦目动心呀！是，一丝风儿也没有，实在没有清爽的兴趣！”

蝴蝶将翅膀抖了抖，震得叶儿也要翩翩地飞舞。“实在，没有风是多么扫兴的事！可是也别刮得太大了，因为风沙打得难受呀！”

蝴蝶的忧愁一直感动到萤火虫的心里，他很替伊忧愁，碧莹的眼睛注视着伊那汗湿的翅膀，叹息着说：“唉！这真是我从未曾见过的美丽，可惜都让汗湿了！这真是你的不幸呵！”

伊又回过头，注视着自己美丽的带着汗的双翅，徐徐摇动着——虽是好看，只可以骗那些粗心的，细心的仍然是要瞧出破绽来呵！——伊那面色很快地变成粉白色，两个眼睛包满了泪珠，只是没有落下来；伊的心摧伤得要哭出来。这是无声的悲哀，心碎了的悲哀呀！伊带着悲愤的样儿，无聊地唱道：

湿湿的汗珠，
　　一滚一滚地滚到怀里；
湿湿的泪珠，
　　一滴一滴地滴到怀里。
多么伤心的情景啊！
　　汗珠和泪珠混合得分不出谁是谁来了！

这比那杜鹃的哭声还要凄凉呢！

小萤火虫看见伊这样的痛苦，不知怎样安慰伊才好，含糊地说："虽然没有韵，这的确是很沉痛的！"他不敢向伊看去，不忍呀！他抬起头向半空悬耸的山峰望了望，又高兴地说道："这是多么大，多么好看的棉花呀！竟这样高，这样层层叠叠地悬在空里！"一个意外的思想在他鲜红的心上跳出来。他想如果我飞起来，一定能扇动些风，风吹着伊，汗珠儿下去，慢慢凉快着，想伊自然就更美丽了。于是他很喜欢，几乎将花朵摇得震下来。

他没有声息地飞向天空，旋绕在蝴蝶的四围。蝴蝶并不明了，只是振动着双翅。很久很久了，伊还是汗珠泪珠交流；那美丽的双翅，更像泥粘着似的要胶起来。他很不明白这不是急迫的事情，慢慢风吹起，伊自然就清爽了。

不幸，风一点也没有音信！

他飞得两个嫩小的翅膀都要酸麻，举不起来！

蝴蝶站在叶儿上，眼睛四面溜转，看他这样轻巧地翱翔着，不觉赞叹道："飞翔的能手呵！这种姿势！像水波一上一下一起一落的曲线！像杨柳倒垂着随风飘扬地摇荡！像小燕儿在半空捕虫儿吃的回旋！好呀！我简直不如你！"

实在，小萤火虫飞得太好看了！

从飞起到如今，还没有停止，谁能说时间距离不长呢？

然而，唉！风依然没有起来！一丝一毫的微风都没有！真是不幸的事呵！

他那两个翅膀将要垂下去，再没力气鼓舞着飞了。他心里想：

时候很长了，但是不要紧，继续着，不要停息，风终于会起来的……

太阳的怒气像消失下去了，口里吐出的热气慢慢散在四处，一片稀淡的黄色也弥漫在空气里。绿油油的小草连身仆在地上，那好看的花朵垂下头，一瓣一瓣地合抱着。如今都如同从死里逃生，渐渐地有了些生气。花儿草儿都渐渐挺直地立起，微微呈露着浅浅的笑靥！

蝴蝶轻快了许多，汗渍慢慢地退下，眼泪也悄悄地收起。伊羡慕萤火虫飞得那般可爱，于是振动着双翅，也翩翩地尾随在后，和悦地歌唱起来。

伊——无论是谁——不晓得他为什么这样拼命地飞着，疲倦得要死呀！

风微微地挟着笑悦的面色，轻轻飏起，将沿山的小草摇曳得嘻嘻笑个不住，那花朵也高兴得片片都透出粉红、淡黄的各样喜色。蝴蝶的烦恼早随着太阳的怒气一同消下去了！

小萤火虫的嫩薄翅膀，实在再没有力气鼓舞着飞翔了！他头晕目眩，倾斜着身子，一声也没有叫出来，一直跌向花心去了！

很快，太阳失掉了耐性，落到山后，虽然将头伸出，还想往上挣扎，可是已经没用了。太阳睁着一双金铃似的大眼，往山下遥望。呵！他瞧得清清楚楚，那小萤火虫从半空跌到花心里，他不忍往下看，静悄悄地顺着山儿跑回家中。

可怜啊！你们看：

小萤火虫直僵僵地躺在粉红的花心上，那鲜红的心还不住地一动一动地跳跃。

请闭上眼，默默地想想这是怎样惨的情景呵！

没有一刻地停留，黄昏悄悄从面前逃走。蝴蝶两个眼睛什么都瞧不见，伊竭力地睁着——像豆子般的大小，更拼命地将瞳孔放大，像水银那般透亮，依然什么都瞧不见。伊从心里直要喊出来，不过这是没用的。伊飘飘摇摇落到花的旁边，紧紧扶住花瓣，没有一条腿敢放松。

黑暗的夜色，不是骤然跑到地上的。最初是淡黄色，慢慢浅灰色从东面树林里安详地渗过所有的树叶树枝，映到鲜丽的花朵上，青绿的小草上，于是什么物件立刻都变成灰色。这时萤火虫正跌入花心里！灰色不住地拥拥挤挤，从树梢上走过来，深一点，更深一点，灰色呀、黑色呀，趁大家不防备，就接连不断偷偷地将那灿烂的天空一齐抹成黑色，直落下来遮住了大地。夜真是伶俐的妖怪，没有一个东西能说大话把夜捉住，锁在铁箱里，沉到汪洋无底碧蓝的大海里！

那粉红的花朵从明妍的花心深处，很费力地托起小萤火虫，深深感动着怜悯着他。谁也没有闻见过的幽香，不但笼罩着他的四围，而且钻入那跳动的心里。

小萤火虫像睡熟了似的直僵僵横卧在花中间，那垂下去的翅膀，不知从哪里得来一股神气，竟伸缩起来，那晕眩的头脑，也好像让一股清香，熏得清醒过来。看呀！这真是不可思议呵！他摇了摇翅膀，揉了揉眼睛，一翻身站到黄色花柱上，惘惘地向东西南北望了几望，又向遥远的天空眺视着，忽然奇异地叫道："唉，唉，这样的黑暗，一些都瞧不见。蝴蝶儿呢？唉，唉，这是什么地方？那可爱的小草和好看的花呢？"

他心里好像哑声地叫唤起来！

飒飒的风从北面不息地吹来，带着许多清凉的水，处处都洒得清凉起来；一面吹拂着嫩弱的草、娇妍的花，把伊们的烦热都刷洗个干净。伊们凉快得要笑出来，不住地全身摇曳。如今，黑夜烦恼得伊们又要滴下泪来了——因为什么都瞧不见。

萤火虫仔细观察着自己站在什么地方，明白了，原来是站在这可爱的花心上。他那刚醒的心儿让风吹得轻浮在胸里。猜吧！他将要怎样快活！唉，还是不能快活哟！因为黑漆漆的什么都看不清呀！他心里想：白天热得实在难堪，夜里黑得也要烦闷死！

他振动着双翅，打算向四下望一望。但是他猛地想起那美丽翅膀的花蝴蝶来，立刻引长着声调呼道："这么黑暗，蝴蝶儿！你停在何处？可是到了山那边？还是飞向树那边？呵，呵，你究竟在什么地方呀？这样的黑暗！"

蝴蝶紧紧抱在花片上发抖，伊在糊里糊涂中，听见有细小的声音叫着伊，于是柔和地问道："我是蝴蝶，你是谁呀？"

萤火虫顺着声音的方向，也飞到那花朵上，坐在蝴蝶的身旁。他欢喜得不住用手摸挲着伊的翅膀。伤心呵！伊眼睛像蒙着一层黑布遮掩得一点都瞧不见。伊悲哀地呼着："是谁呀，有这样像母亲一般的柔手？这是谁在抚摸着我？"

小萤火虫说："是我，你的朋友萤火虫呵！你怎么会不认识我？"

蝴蝶使力睁大眼睛，急得泪珠不觉沿着眼眶淌下来了！"是你？呀，你怎么来的？唉，唉，这样的黑，黑得我什么都瞧不见，一步也不敢妄动！这真是不幸的命运呵！"

小萤火虫也叹息着说:“不过,我还可以模糊瞧见你,怎样,你一点都不能看见?”

“你比我好,我,我一丝都看不见!”

萤火虫的心如同锅里煮开的水,一点一点地沸腾上来。他出神地想着:“这样清爽的夜,为什么没有雪亮的光芒照耀着呢?要是将白天那样亮的光,移到这可爱的清爽的夜,那是怎样好的事啊!于是我瞧着蝴蝶飞在花心,飞在草丛里,伊们也瞧着我……那我们将要怎样地快乐啊!”

蝴蝶悲哀伊自己的不幸,只是振荡着那被黑暗遮住的美丽的双翅,微微发出唏嘘的嗟叹声。

绿绵绵的小草青嫩得异常可爱,只是黑暗,黑暗得一点分辨不出伊的模样。一阵和煦的风吹过去的尾音里,杂着伊凄苦的泣声。

粉红色、金黄色的小花朵,原是呈着浅浅的微微的笑靥,只是黑暗使得那生动的面容皱起了额纹。

唉,唉,静肃的原野里,隐隐约约透出一片凄惨的哀声!

萤火虫寂寞地听着这些,实在忍耐不住,那心田的火就像才从火山口喷出来的一样,不禁自告奋勇道:“我去寻些光亮来,让大家快活吧!”他不知道飞向哪里可以寻着光亮,盲目地振起嫩薄的双翅,轻盈地飞入黑魆魆的前途。

如今,他在空中停住,很快地向下方仔细看去,黑呀,一点明亮的地方也没有。忽然,那碧莹的眼睛望见许多模糊的黑影一片一片地在空里浮动,他心里想,或者在那里能寻出光亮来,于是奋力向那黑影飞去。

飞呀!飞呀!

寂静的四野只有萤火虫不可听闻的微细的飞声。他心里充满了希望,认定方向,全身竟投向那朦胧的黑影里。

他喜欢得像发狂,因为黑影就要显在眼前边。

飞呀!飞呀!快乐的旅行的终点终于要降临了!

夜神用力将大地掩住,起初伊很放心地巡行着地面,并不注意到萤火虫的举动。但是,伊后来发觉了他妄诞的心理,伊明白这于自己是很不利的,不觉恐惧起来。伊想不出用什么方法来阻止他的野心,只是失神地吐着黑气。

伊像驾云似的,一秒钟就来到一片丛林里。一枝粗糙的大树枝上卧着夜神的伴侣。那伴侣简直是妖魔:一双灯笼似的金碧色圆眼,头上竖着一对毛角,苍黄色的衣服披在身上,这真是夜神的伴侣,可怕的伴侣呀!

猫头鹰怪声地大笑庆贺夜神的降临。他瞪起金铃似的圆眼,奇异地望着夜神惊惧的面色,呼呼地叫道:"欢迎!怎么了,有什么事发生吗?我知道,我知道没有坏事出来,你也不肯降临呵!"

夜神故意镇定自己的忧惧,沉默了一会儿,才大声地说:"是的!如今有一个小东西居然想逃出我的范围——衣服外面,异想天开,真是不自量呵!"

猫头鹰很狡猾,从这语气里,早猜到夜神的心儿还正扑扑地跳个不住。但是他知道如果夜的衣服蒙不尽这大地,那么,自己也就要在这树枝上站不稳,一直坠到没有底的坑里头了!于是很关心地问道:"什么?想逃出大衣外面?那真是愚妄的东西呀!这样寂静美丽的黑夜不愿享受,还想做什么?一定是疯子吧!"

"不错,一个疯子!他这是做梦!你帮我一个忙,如果他来这里求光明，你就把他捉住吞下去，在肚里慢慢地消化了他！”夜神用奖慰的声调嘱咐完毕，依旧回到原处。不过慢得像腿上有病似的走不动了。

猫头鹰呼呼地冷笑着，送夜神走出树林。“如果我把他吞下去，愿你弄得大地更黑暗些，永久的黑暗不明。”

夜神走了，他翻身站在树枝上，大声地嚷道：“来啊！来啊！那些起傻念头的小东西们！我将要用这样大的嘴巴把你们当作一顿美餐吞下去！”

深丛丛的黑影已经清清楚楚显露在萤火虫面前，他很小心很谨慎地钻入树枝里头，寻那发光的物体。他急得像有东西在身后追赶着一般，从那枝叶的空隙地方，穿到东面，穿到西面。他各处都搜寻到，只是，唉，没有啊！

这里的树高高耸着，密密的枝叶连天空都遮住。外面和煦的风虽然还不息地吹着，可是一点都吹不到树林里来。猫头鹰伸着头，竖起鹅翎似的双角，瞪起闪电似的金眼，仔细往四处听，往四下看。谁不替萤火虫提心吊胆啊！

他痴痴地竟然飞到那恶魔面前寻找光亮去了！

唉，唉，叫他回来！

不过，呀，赶不上了！

他那轻薄的翅膀早从树的这一枝飞到那枝——就是猫头鹰司夜的地方啊！

唉，危险呀！他们竟开始谈话了。

萤火虫很客气地低声问那妖魔道：“请教，这是什么地方呀？”

猫头鹰只顾出神向四外瞧着，一点也没有看见谁飞到自己身边来，还当作树林外的风吹打得树枝叶儿的响声。

这正是逃走的好机会呀！

喂，喂，躲开那猫头鹰吧！不然，他要吞下你哟！

萤火虫羞得脸通红，像搽上胭脂一样。他觉着这是一个狂妄自大的东西，眼睛里一点都瞧不起别的同伴——然而，猫头鹰真没有瞧见他呀！不然，怕不……

他很快地扭转身躯，向树林外飞出，仍是没有定向地寻那光亮。

啊！啊！谁能说不是幸运呢？只差猫头鹰一回头呀！可怜猫头鹰还惘然地用力向四外瞭望，留心地听着呢！

飞呀！飞呀！

萤火虫一点不感觉着疲倦，努力地飞，不歇地飞！

沿山铺着的一片绿草，不住地这个推着那个，微微地说着亲密的话。他眼光注视到伊们，忽然想，那密密的草地里，也许藏着发光的物体吧！

不久，他完全失望了，一点也没有，那只是一片无边无涯的绿草地！

他终于有些疲倦，轻飘着站在一株草上，叹息并且灰心地拭去身上热出来的汗。"夜更黑暗了，还是没有希望；但是我也十分辛苦，没有勇气再去寻找了！"

沉默的空气里，忽然传出一种声音来。

缓缓的音节，不住地一高一低一抑一扬地传到憩息在草上的小萤火虫的耳朵里。

这是原野地里自然动心的音乐啊！

从谐合的音韵里弹出些优美的话来，温柔地敲开了萤火虫的心门："来呀！来呀！这里有无穷的美景！如果你有心魄，看见了一定会惊心动魄！"

萤火虫的哀痛好像都随着那美妙的音韵散了出去。他陡然间飞起来，向那声音的出处寻去。"那里许有照耀大地的光，不要自馁，不停息地寻找啊！"他振起双翅，兴奋地说着。

他仰起头，凝神听这优美的音调从哪里传来。的确，的确是从山下传来。萤火虫顺着沿山的草斜身往下飞去。

飞呀！飞呀！已经飞到半山腰了。

他望见一道丈宽的白布在山下铺着，没有尽头的平静的隐隐映出些光彩。他喊着："好呀！这么长的一匹白丝布！"

他仔细地听着，一点没有错，那声音实实在在是从这白丝布上悠扬地弹出来。欣慰二字骤然跑进心里，他高兴得几乎飞不起来。他努力地往前飞去，但是自己以为飞得太慢了，恨不得立时就站在这白布上。那鲜红的心跳跃得比飞的速度还要快，其实哪里还能再找出比这更快的飞行呵！

那发亮的白丝布终于映在眼前，那悠扬的音调也终于领略出来。

猜吧！

什么白丝布哟，只是一道丈宽的清凉的河水呀！什么音乐哟，只是河水潺潺的缓缓的流声呀！

萤火虫在河面上回旋地飞翔着，往那河里瞧去。河水并不深，只有一尺来深；平平的一片片小石子，零乱不整地铺在河底，让河水冲刷着；还有绿油油的水藻散漫着在水里漂浮。几尾可爱的小小鲫鱼——那是一群自在的小生命，无拘束地游泳在藻里。没有一点泥滓混在微波里，真是清澄得比镜子还要亮呢！

但是，萤火虫搜遍了水底，数清了石子，依旧没有发光的物体。

他完全失望了，心冷得如同冰凌一样。他慢慢地扇动双翅，垂头丧气地顺着河流往下飞去。他不由得落下泪来，点点滴到河心，融化在清流里。

如今河水缓缓地从山脚流过，萤火虫只是呆呆地随着流水往下飞。看呀！萤火虫收起了泪珠，竟大声地笑出来！如果谁这时跟着他飞，一定能看到从没见过的这样欢喜的笑容！

他那一双碧莹的小眼睛望见了从来没有见过的光亮！

远远的河水里，闪闪发出霞一般的光彩，映得天上都闪烁起来。萤火虫满心充盈了欢喜，忘神地呼喊道："寻着了！寻着了！"他这时没有别的心思，只记住这一句话。

他不知道自己现在是怎样飞着，并且忘了自己是在什么地方，实在是出乎意外地欣慰啊！他只是知道现在是从那霞光里往河底瞧去，那是一块大而圆的玉石在水里浮沉着；那种美丽，那种灿烂，是萤火虫第一次见到！他那鲜红的心在胸腔下也浮沉起来，如同这块美丽的玉石在水里一般。

他想把那发光的玉石取在手里，好照耀着大地，安慰在黑夜悲哀的友伴，于是竟向水中飞去。

唉，唉，那是一尺来深的河水啊！

他为谋大家的幸福，抛舍了自己活泼的生命了！

啊，啊，亲爱的小萤火虫，你不要忘记你是不会在水里游泳的啊！

他那鲜红的心竟迷惘地主使自己往水里钻，这是愚妄者做的事，你千万不要这样粗鲁地去尝试，那无情的水是不会体谅你的苦心的呀！

唉，唉，没用了，他已经钻下去了！

那清澄的平静的水微微起了一个旋涡，一个可爱的小身体竟漂浮上来，如那灿烂的玉石一般，又沉淀下去了！

伤心啊！他那热烈活泼的红心还在胸腔下跳跃着呢！

可怜蝴蝶还紧紧地抱住花瓣，不住地惦念着他成功回来呢！

那河边的小草都替他难受，不觉潸然泪下！

可怜他这一生就这样结束了！

他的死信很快就传遍了全体萤火虫，他们都成群地围绕着这光辉的明珠和他的身体，伤心地掉下泪来，几千几万的萤火虫都在凄清地哭着。

一个萤火虫止住哭声，呜咽地嚷着："我们不要没用地哭泣了！应当学他！把他没有做完的事挪移到我们的肩上！"

大家静静地听他讲完，同声地嚷道："是呀，我们应当继续他那未完的事情！"

转眼间，一个可爱的小萤火虫又从霞光里钻入水中。清朗的水又微微冒了几个小小的水泡，漂起他那轻盈的身体来。

唉，唉，他们都忘记这是很深的河水啊！

只见一个大的萤火虫又下去了，依旧是在水心沉浮起来。

接连又有四个碧绿的钻入水里，向那明珠边飞去，只是……

这时凄惨的空气充满了四围，河水的流声更加大了，如同痛哭一般。所有的萤火虫都默默地不作声，心潮像海口的波涛起伏不定，那海绵似的心的细孔，正不知贮留着什么样的思想——是庄严，还是悲哀？

奇怪！一个异样的河神——披着蓑草制成的衣裳，戴着耀眼的金冠，脚上穿起一双麻草的鞋；还有一丛苍白的长胡须垂在胸脯前，微风吹散开，像银丝般飘扬。他从水里走出，轻轻站在水面，身上一点水珠也不沾。他睁开眼，两道电光注射在萤火虫们身上，喟叹着说："我看清楚了！我都瞧见了！"

他们向河神望去，悲哀的神情迅速变成诧异的面色：竟会有人轻盈地站在河面上。这简直是他们从来没有料到的。忽然嘈杂地嚷起来："这是谁？这是谁？"

那河神和善地微笑着说："不要惊惶，也不要恐惧啊！我是管河水的神。你们做的事，我都清清楚楚地瞧见了。本来这颗明辉的玉石，是这道河里无价的宝贝，你们想用那灿烂的光亮破了暗暗的黑夜，但是河水不干，你们怎么能取啊！"

萤火虫们如同梦醒了一般，叫道："是呀！是呀！河水不住地流，我们怎么能取出来呀！"他们回想到以前同伴的牺牲，都不禁唏嘘呜咽起来。

河神的心充满了同情的悲哀，一句话也没说，只是低头望着他那无价的宝贝放出的霞辉。他心里犹疑不决，叹息了几声，于是像苇叶漂浮在水面似的徘徊着。最后，他拖曳着声调问道："你们真愿意得着这颗玉石吗？"

萤火虫很兴奋地一齐答道："我们愿将我们活活的心呈在面前，都愿得到那能使大地永久光明的宝贝；如果让我们听着看着伊们在夜里凄凉的情况,倒不如让我们永久听不见看不见伊们的悲哀。可敬并且可爱的河神!”

河神感动得颤抖起来很急促地说:“我希望如你们的心愿!我愿帮助你们成功!”

萤火虫们浑身的鲜血,都从血管中倒流上来;那小小的心也好似膨胀起来。“希望”密密地在四围笼罩着,激动的“欢喜”在各个萤火虫的心里如烟云一般浮摇。

河神安闲地走到岸边,唧哝着向河水望去。只见碧澄的水忽地干得一滴也无,露出那灿烂的玉石,如同白天的太阳射出的光线一样亮,映得遍地都光明起来。

伤心的蝴蝶紧紧抱住了花瓣,振荡着被黑暗掩住的美丽的双翅,静悄悄等萤火虫寻着光亮回来。很久,他还没有返回。伊不禁失望地要哭了。那碧绿的小草,还不住地发出唏嘘难受的声音;金黄色的花朵也仍旧皱着很深的额纹。但是,蝴蝶忽然能看见了!小草和野花的鲜妍也都让光明照见了!

凡是被灿烂的光亮映到的,都显出了快活的笑容!

萤火虫们高兴得心房都要破裂了!拥拥挤挤地围绕在明辉的玉石边,他们试着想举起那宝贝,只是,唉,谁也举不动!可怜热得出了一身汗,没有移动了一厘远。他们没奈何,又转回身向河神哀求道:“我们没有那样大的力量,丝毫也举不起来,你是聪明的,请指示我们一个方法,我们将更感谢你!”

河神很和悦地说:“你们谁愿意举起这颗重宝贝,我将指给他一个方法。”

萤火虫们的心,如同清澄的水一般,都是同样地明澈。他们心里想:我爱大地上一切的生命,情愿为伊们照耀着光明。

河神看出他们的心思,反想不出一个合适的方法来帮助他们。他沉默地注视着那发光的宝贝。

他们都沉下心静静地听河神的方法。

河神忽然说:“最好,将这颗灿烂的玉石分成均匀微小的细粒,与你们的数目一样;那么,一个萤火虫举起一粒明珠,可以照耀在空中,使大地永久的光亮。”

“这是一个最好并且公平的方法,就照如此办吧!”萤火虫们都同声嚷着。

于是河神很快地举起那颗玉石,轻轻分成无数的细粒,正好一个萤火虫一粒。

“如果你们一边飞翔,一边举起这粒明珠,我想,你们一定是很辛苦的;不如固定地嵌在腹下,你们依旧可以在空中自由地翱翔。”河神很仔细很周到地说着。

他们非常感谢河神体贴得这样细微。

自然,河神很敏捷地将玉石一粒一粒地嵌在他们的腹下。很快,那些灿烂的明珠就在他们各个的腹下闪烁起来。

萤火虫们都庆贺着,并且很高兴地飞在空中。

河水仍旧缓缓地流着,奇异的河神也就立刻隐没到水底,从此再没有现身水外。

萤火虫们四散在空中,各飞到一处照耀着所有的生物。

真是成功了吗? 伤心啊! 这只是一场悲剧罢了!

凄凉的夜依旧黑,黑得什么都瞧不见! 美丽的蝴蝶,可爱的小草和鲜艳的花朵,仍然在和煦的风的尾音里,透出悲哀的泣声!

一块大的发光的玉石，可以和太阳差不多地灿烂，但是分得太小了，光辉有限，所以大地仍旧黑暗！

唉，仅仅照耀着萤火虫自己在光亮里飞着罢了！

这真是不幸的事呀！

夜神原是心里忐忑着，失神地恐惧着，但后来伊只微妙地笑了笑，讥讽地说道："我早知道你们是不能成功的。虽然你们自己有了光明，这样黑暗的夜里，只你们几个小东西逃出了我的衣服外，那又有什么要紧呢？"

那许多可爱的生物对于萤火虫们慰藉的苦心和重大的牺牲，毫无所得，于是完全失望了！

萤火虫心里的悲哀，是永远忘不掉了！

唉，唉，萤火虫的悲哀，自从自己有光一直到现在，还是隐隐存留着悲哀的痕迹呢！

十二年一月十七日晚十时于会馆内

（载1923年2月10日《爝火》创刊号）

哨探兵

村外大道旁，石砌的斜坡上，有一个小茶馆。一天下午，不前不后有两位服装不同，似乎非一样职业的人，在那里吃茶。谁也不理谁，都不讲话。他们全疑心生暗鬼，以为谁都清楚谁的底细；其实，他们并不相识，谁也是谁的生客。屋里很静寂，只有啜吸浓茶的微响。有时阳光从窗牖或墙罅映入，有时顶棚烟熏的尘网无声地飘动起来。

主人倚在门旁，眼睛向外直直地望着，他毫不注意自己的主顾，好像在吃力地思索。

有位客人咳嗽几声，斜瞥了桌旁那位一眼，耸了耸肩，好像自语似的嗫嚅着道："唉，明天，明天还不知怎样呢。"

"是啊，我们并不是神仙。"那位搁下茶碗，不在意地答着。于是自语的客人好像不放松这个开始似的，向前移近些，很高兴地跷起右腿，不露声色和婉地叹道："对，我们要是神仙——先生，你何处公干？"

那位并不以为唐突，端起茶碗，暗暗里从头到脚将邻客打量了一下，用诚实不欺而带忧愁的口气缓缓道："不要见笑——我生来就没有正经本事，开一间小铺子，做点小本经营。我姓郑……不敢问，你高就什么呀？"

他立即向郑商弯了弯腰，显出十分相信的模样。同时，他觉得毫无把握起来，不敢断定这生人是否撒谎；假若是骗孩子的官话，岂非……他想：我要设法探出他的机密，也许遇到好运气呢。很自然的，他面上透出可爱的笑容，迅忙答道："我——我吗？说起来也可怜，我来投奔乡亲，不过运气飞到别人身上去了，那位朋友不知去了什么地方……我是外省人，姓赵——你没有在军队当过差吗？"

这句话吓了姓郑的一跳，心里突突不已；但是仍旧很镇静地、拘谨地摇了摇头。他一面照常喝茶，一面细察赵某的姿态——一位多么老实的乡下人，很可以托心的朋友。他站起来，坦然向邻客斟了碗茶，微表敬意，然后坐稳，低声道：

"不，我从来没有干过军营的差使——不是吗？打仗是很怕人的。倒说你那位乡亲做什么阔差事？"

赵某叹了口气："流血杀人，天下事就数这残忍了。我是一个胆小鬼，就连枪声——"什么？他是一位阔财主。同样，他急忙还敬郑某一碗茶，脸上一副又像羡慕，又像悲叹自己不走运的神气。这有趣的样子，使买卖人觉得很好玩。

屋外吹起一阵和煦的微风，窗前的破布片，招揽主顾的幌子，迎风摇舞，好像在取悦它那个不快乐的主人。麻雀在主人四围唱着，跳着，有时惊于干咳的微声，飞到屋檐诧异着。从斜坡四望，似乎万物宁静，生气勃勃，做着和平的梦。而主人十分疲倦，无精打采，头俯垂胸前。他几乎忘了还有主顾在屋里吃茶。

这时屋里茶客全不说话了，在默然饮茶中间，都感到情绪的起落。他们以为这是一个意外的甜蜜结合，从未有过的友谊和同情。“他真是个老实人。”郑某这样想着。同时，赵某也想：“他实在比谁都有趣。”

“掌柜，再泡壶茶来！”

主人为叫声唤醒，四面张望，以为听错了。“掌柜，泡茶。”他像苍蝇飞似的应了一声，一步一步挨到茶桌前，于是慢慢地换了壶茶。那苍白的稀发如蓬草一样，细长的手指露出了它们的筋骨。他在对面长凳坐下，悲愁无语，忽然想起一件大事似的，冲口问两位茶客道：

“真快要开仗了吗？”

那两位茶客——谈得很亲密，如忘形的哥们一样——一齐折转身，不安地、诧异地望着主人。显然这个触动了他们的隐怀，使他们不乐意。不过，老人依然不知觉似的静静听讲。赵某回道：

“是，快开战了。”

主人微微挣扎着伛偻的衰腰，要站起的模样，其后摇了摇头，只低低地、颤索地长叹一声。

这立刻引起茶客们的好奇心来，不觉全注意于这奇怪而有胆力的老人——茶馆主人不是间谍，便是半傻子。高岗以外，无论村镇，无论贫富，好像全在狮爪下嘶咽，慌慌忙忙地躲避恶运，唯独他——多么不可思议！客人重新向屋子各处观察着，看有破绽没有；没有什么特别，只是寂静。

“你为什么不远避——有什么丢不开吗?”

老人似乎很难受,闭住下陷的眼睛,点了点头。他右手指着窗外,那粗老的泪珠强忍在眼睑里,从苍白的嘴唇发出悲咽的细声:“我舍不下这些地方。”

窗外金波似的麦穗,一望无涯,前推后拥,都像取媚于自己的老地主;靠近麦田有棵娇小的松树,亭亭玉立,荫影正投遮在下面一座新坟头。

“那是我儿子的新坟,啊,前天我亲自埋的。他让恶棍打死的。没有向我说半句离别的话。他在坟里孤单单一个人,一定很凄凉……

“他抱着我的头,吐口血,好像有话说不出来。我知道……

“村里人几乎都逃走了,他们没有可留恋的事情啊。我不怕打仗,那些恶棍到如今还常来欺侮我,不要紧,我要报仇……唉,我老啦。打仗、报仇、逃避,这些都是我可以重见我孩子的道路。我要等着……

“先生,那松树不到十年就可以长成一棵大树……为什么我要逃走呢?

“我舍不下自己种的麦子……去年我孩子帮我种的……孩子……”

两位茶客坐不住了,眼光闪着,像要冒出火星来,强自忍住火爆的性情,看着那可怜的老人。他们忘掉一切,嘴里哼哼起来,于是在屋里无聊地徘徊。

“看,那恶棍来啦!”主人像看见鬼怪一样,忽然哆哆嗦嗦地站了起来,畏惧的模样,喘吁不已。

窗外探进一个人来，从矮小的鼻子里哼了一声，便全身一跃而入，骄戾的，直挺挺立在屋子的中心，似乎谁也没有看进眼中。他挤了挤眼，摇摆到茶客中间，故意失足踩在他们的脚上，摆出一副满足的模样，端茶就喝，尽性哈哈大笑。

"嘘，嘘，请来的好打手！失敬得很，贵姓呀？"

两位茶客不言语，彼此会意地望了望。

恶棍恶作剧似的，轻轻拍拍他们的肩膀，仿佛理直气壮地嚷道："对不起，带茶钱来了没有？"

他们像胆怯似的点了点头，毫不介意地解松衣扣——老人蜷缩在墙角，失去知觉的样子，那种待救的衰弱的呼吸，似乎有力地挑动着茶客的沸血；而那尖刻的笑声像听惯的铜喇叭声音一样，使他们有些战栗。他们静静的，等待动手的机会。

恶棍刚要转向老人，突然茶客们扔掉外褂，像飞鸟似的，直扑向恶棍。但是恶棍毫不容让他们，两臂平平将他们推开，预备伸拳还敬。赵某往后一闪，从腰间拔出手枪，瞄准了恶棍的咽喉；至于郑某手枪正飞擎到手中。奇怪，这两个平凡的小百姓却暗携凶器。

恶棍大惊，半步不敢前行——忽然，他灵机一动，微微惊讶地呼道：

"哈，你们不是仇敌吗？"

两位义愤的兄弟愣住了，彼此警醒地凝视起来。就在这时，恶棍纵步跳出，飞奔而逃；隐隐还可听见他得意地嘲笑："哈，你们自己相打吧，恕不奉陪了。"

从窗户射进稀黄的阳光，映照得两位茶客军服上的铜扣、肩章都闪闪发光。

老人从暗陬爬起，向他们道谢，重新泡了壶热茶。

赵某坐在桌左，郑某坐在桌右；你望一望我，我望一望你。他们不同式不同色的军服全很刺目。两人各自将手枪装插原处，默默无语。主人捡起外褂，拍去灰尘，送到他们桌前。于是各自穿起掩饰军服的外褂，脸色通红——原来一个是这边的哨探兵，一个是那边的哨探兵。

“喝碗热茶，喝碗热茶……你们是一营的伙伴吧？谢谢……我总算出气了……不是吗？明天我要离开这里，快开战啦。”主人精神很振奋，给斟了满满两碗茶，咕哝着。

很圆很大的汗粒从两位茶客的脸上滚下来。

他们谁也不好意思抬头看谁一眼，茶桌中间仿佛有条十分显明的界线。这无形的界线是什么？谁也说不明白，可是中间的确有些东西隔阂着。他们脑中同时都动了奉行军令的念头，不禁战栗起来，几乎不知自己还有呼吸没有——他们不敢回想殴打以前那种坦白、亲爱、知己之交。

外褂紧紧捆身的军服极不舒适，皮肤有些痒痒。

无意中，赵某右手不放心地触着腰带，冰冷的枪柄使手指麻木起来；郑某也很不自然，急忙朝胸前伸手。他们视线偶然交在一起，彼此低下头，赧赧地微笑。胸前的手，也微微发抖，为一种无名的潜势力激动着，不安地各自放下来。

他们扶桌立起。

恍惚在他们各自眼前，横躺着自己相好的朋友，紫血从腹中一滴一滴地流出，渐渐淹没了那模糊的面孔——而催战鼓还在身后像饿狼似的呼嚎。屋外的风加大起来，好像震醒了两个茶客的懵怔。他们各不交谈,立即付清茶钱。

晚风徐徐吹来,隐隐带着麦田的芬芳;明月从东山升起,浮云倏忽遮去。

两位茶客仍旧不相识的模样,不前不后走出茶馆,老人送出馆门高声祝道:“愿你们打胜仗,打胜仗。”

两位哨探兵走下土坡,依然默默,不久,一个转身向东,一个径往西去。

一九二四年四月二十日

(载1924年9月11日《晨报副刊》)

终条山的传说

王屋山与龙门山绵亘于山西南部，巍然静卧，像几只贪睡的猛狮。黄河在山中滔滔而流，怒哮似的冲溅着沙石——如今，仿佛疲倦了，于是缓长地叹息着，顺山势折向东去。相传：那安居水底的河伯于深夜寂悄的时候，踞坐岸石，嘘唏达旦，以泄吐久困峰间与不见阳光的积郁；他的银须轻拂地面，陷为裂罅，便喷出丈高似的水泉。同时，觅食的虎狼耸起耳朵，倒曳垂尾，逃入岩穴，屏息以观恶运降临；沉浊的浪漩像疯狂地跳舞，一阵阵旋风卷起愠怒的黄沙，打在两岸；于是悬崖的石砾战栗起来，有些斜坠丛林，惊自己的奇游，有些却砰砰地晕坠在河心。一切景象都显得惨淡。据山下居民的揣测，以为黄河终安于这种窘迫的环境，因为有许多年不再能听见河伯急切而兴奋的呼声了。

河的北岸，奇峰盘结的四围中，住有安分守己、诚实不欺的百姓；耕田、经商、贮钱、睡眠是他们平日的职务；太阳、月亮是他们唯一的作息标记；关帝、岳爷是他们心目中的英雄；并且，他们保持着数千年古帝足迹的荣耀，做闲谈中嗟赏的资料。总之，平安和幸福从先祖就充满人群之中。至于那些伟大的山河常常在他们安眠后，随风呼号，哀自身不为俗民所赏识——难道命该如此？

从一个最高峻的山巅往下望，隐隐可以望见无数坟墓似的小白堆，这是一种宝物，日常食用的盐池。有时他们对内省人自傲道："我们不缺乏白盐。"但，现在公有的盐池归官府与外国人协办了。东北不远便是中国四大村之一的潞村——运城，一个很繁华的镇市。紧靠盐池西南，在龙门与王屋之间，一座静穆的高山，就是终条山。它的高险使乡民很少前游，除去几个结队的樵夫为生命做着游戏。

有一次，一位冒险的樵夫，年轻人，独自翻过险巇的山峰，因为他失了伙伴。从丛蔚的林中，黑夜偷偷掩覆了四山，他只好握紧板斧，蹲在深洞度宿。第二日清晨，同伴在山下相聚，查出丢失一人；于是大家向可怕的山云微微瞥去，各自怀着恐惧的悲悼，岑寂无语。灰鹰在空中盘旋，树叶槭槭若诉。远远迷漠的云雾锁住的山头，只见那青年樵夫踉跄跑下，仿佛有什么不可见的怪物追逐在身后。他们扔下柴担，潮涌般地迎上去。苍白、紧张、出汗，那位青年，乌鸦飞似的跃入樵夫群中：板斧和柴筐都不知遗失在什么地方；头发乱披脑后，布衣撕破了，条零飞舞；他喘气、摇手，狂号了一声，僵挺在地上。

"金头、银身、铁尾巴！"那青年最后像哑谜似的遗嘱，没有一个聪明的樵夫能猜破，全以为这不过是一个奇异的恶兽。

自然，所有樵夫都放弃了这种生涯，远远避开这个隐秘的怪地方。他们时常在饭后谈起这个故事，并默默诵读那句哑谜，于是想到那可爱的青年同伴，滴下粗大的眼泪；至于听者，依然无人分外聪明，除去老虎和野牛以外，他就猜不出别的什么东西。后来樵夫们陆续从床上寻找他们勇敢而年轻的伙伴去了，这隐谜便同它的故事一齐埋葬在土坑里，再也没有人提起。

隔了许多年月，忽然有位游历者发现了终条山壁下的一个洞门，便传扬开来，那洞里像蕴藏着不可测议的神秘，与世相隔。两扇玉样亮的平滑的大石门，紧紧关闭，从无一人见它敞开。一座平岩突伸在洞上，如檐椽似的屏遮着落雨。离此不远，一条小溪潺潺低唱，经过门前，水底浅铺的沙砾像猫儿眼石般发光。一棵无年代的古松挺立溪旁，枝叶横布空际，像浮云停在山腰。半熟松子落在绿茵中，如同由母怀转就情人肩下般微笑。有些蛛网远远织在石罅、松端，仿佛了然于洞门的怪密；并且，两扇门上很显明、很深刻地嵌着两个大字——“石门”。但是，没有一个人见过那石门敞开，走出居主来；所以人们都以为那不过是两扇假门罢了。后来有些私心的人想搬运这两块厚石，不过他们渐渐明白这不可能。因为就在他们动身的时候，不是忽撄重疾，便是在路上遇见些不幸的灾祸。不久，石门便被认为是神怪的仙窟。

当光绪皇帝从京城避难到陕西，经过潞村的时候——这一天百姓是永远不能忘记的，他们竟然能瞻仰那最尊严的圣颜——就在这一天的黄昏，有一个叫作张世芳的农夫，著名胆大的老实人，从城里走回村来。他满腔地高兴，在路上摇摇摆摆，破格地唱着素不喜好的鄙曲，像一只幸福的黑肥鸭子；有时向道旁野蔓看一看，仿佛这些花草如蒲公英狗尾巴草之类都谄媚自己的光荣；有时向碧空浮云望一望，仿佛这些晚霞都映呈着绯赪的笑颐，羡慕自己的好运。"多么和气白瘦的皇帝,多么威严肥胖的太后呀。他真是一个好人,收下自己的红枣,还下车拍着自己的左膀……"他一面沉入幻想,一面又觉得左臂轻飘飘的,像要高飞远离身体的样子。他想应当饶恕老婆的过失,她不过摔碎了两个鸡蛋。什么事他都不在意,扬长从终条山下走过。

很快,高峰的阴影将他笼在灰色的黯淡中。从谷缝吹出和煦的微风,同他的新竹布大褂相嘲戏。一排排的枣树在道旁自傲地站着,垂下生青的小果。半山腰的白杨叶像鬼似的尖啸,使四围的酸枣树只是颤摆。岩端斜悬着几只松鼠,很疲乏地彻声叹息。他的喜乐的梦噤然而逝,不自禁地哆嗦起来。一刹那间,他记起幼时听来的各样变幻无端的鬼怪,与许多可怕的故事——而关于终条山死去的樵夫和幽闭的石门这些传说,更觉得似乎就在眼旁飘动。他不敢欢唱了,眼睛笔直向前看去。

山顶上显出月亮的笑脸。

从树林中传出一个清厉的音调,渐渐加大,如奏乐一般。的的确确,他恍惚听见有人曼声叫他的名字,连续不断,从山这边回响到山那边。"张世芳! 张世芳!"他勉强静神一望,没有一个人影。小溪平稳地流淌,荡映出银似的皱纹;松子偶尔落在他的帽上,随后滚到草地;空中大雁军一队一队地飞过,一递一唱;落叶窸窣,像耳语生命的短促;一切现象使他感到奇异的恐惧。忽然,一块小石头从他眼前坠下。他向上仰望,只见一块像屋檐的大石突伸在头上,遮住下射的星光。他不清楚自己怎样走到这里。

那可畏的仙窟就在身旁。

他刚要拔腿飞跑,就听见一个更急迫的呼声:"张世芳——挑去这里的灯花！”但是，依然不见人影。

那石门慢慢地敞开，恰容一人进去的隙缝。隐约在暗处摆着一张桌子，桌上一盏旧式的白铜油灯，昏昏欲眠，白菜花头的灯心浸在灯盏的油里。那清脆的呼声依旧继续：“张世芳！快来挑去灯花！”

这失去意识的农夫忽然想到神灵的关帝和岳爷，脑中转着以正克邪的念头；并且很有趣味地觉得心里跃跃欲动。“进去试它一试——我可以赶快地挑去灯花。管它呢，死生有命。挑去灯花，试一下……”他最后决定下来。

于是他挨蹭进石门，像青蛙似的摸到桌前，哆哆嗦嗦，提心吊胆的样子。他不敢向别处瞥看，赶快挑去黑锈的灯花。微弱的灯光如流星似的闪烁，驱去四围的阴凄景象。使他最惊异的，就是没有一个人或仙的气息。但是，他看见了一件东西，这是如何可惊的遭遇啊。就在灯盏旁放着一锭银子，映光发亮；一张平整的纸条压在银锭底下，上面写着：“挑灯花有功，赠银五十两。”

他感到一种说不出、梦不到的甜蜜的惊讶，在心头激动——自然，人人见钱都要发狂的。五十两纹银，真是一个大数目。他敏捷地装入腰袋，高兴极了，想流连在洞里，永不出来。这阴沉的洞中，无一处不显得可爱。但是他终于明白过来，两三步跳出洞外。丝毫不差，当他最后一只脚刚刚站在门外，就听见砰然一声，两扇石门紧紧闭住。从此以后，永久、永久，那隐秘的石门再未敞开。

他回家以后，自然隐瞒了这令人难以相信的故事，捏造些别的事由，譬如那五十两纹银，就假说是光绪皇帝赏下的。直到他临死的时候，才完全告诉家人。他说：“……就在地下，桌子旁边，有一把生锈的板斧……和一个破桑条柴筐……”最可惜的事情，就是他并没有讲到那年轻樵夫死前的哀呼：“金头、银耳、铁尾巴。”——幸运的农夫又说道：“一定的，在石门里，好像金银气息充满了我的鼻子。”

他驯良的老婆流下眼泪，安慰着他，在床前喃喃道：“是啊，你不要多说话，静一点……”就在那一晚晌，我好像又听见河伯在山那边哀哭。

如今，革命告成，终条山变成了一座荒凉的土堆，宁静地卧在盐池西南。外国人游历到此，仔细测量后，断定终条山有一个最富的矿苗。至于那些老实巴拉的百姓和忙碌的官府，并不过问这件事情，安然度过自己平静的光阴。除去黄河积怒的喧号，日夜不息，一切自然物仍静默无语，和它们的老百姓一样。

一九二四年十二月

（载1924年12月15日《晨报副刊》）

闲　人

“你们父亲哥哥都在耻辱中度日，静静等着你们成长呢！好好地用功——中国更盼你们长成呢！”这些话的深意虽然我不大明了，但是从我最爱的老师嘴里说出来，又有力气，又有情感。我那时端端正正地坐着，倾神看他嘴动，听他演说（我想这就是所谓的讲演吧），几乎禁不住泪流下。这真给我留下一个很深的印象：第一次，在讲台上伸缩着黄皴的枯手，那和蔼的面容一点一点紧张起来，喉咙好像让什么东西拘窒住似的，音调颤颤的，仿佛从前赶清校门前摆零食摊时发怒的神气。我一生不会忘这一天，国庆日。他用那充满忧思的声调，一字一字深沉地说道：“今天不是国庆日，是你们深思的一天，想该怎样好好用功的一天！不要变成没用的废料，白吃饭的啊！”这些话直到现今，还在我耳边震着。

我决定，从今以后，不再贪玩，要努力用功啦。为什么？我们国家正需要我们啊！

学校清晨八点钟才开始上课。今天我起床特别早，不等妈用手推我的小被，急喊我小名半天，我便在熹微的晨光里爬起床来。费了不仅半点钟功夫——好容易才穿齐系好衣裤，还出了一身汗。真的，老师说得一点也不错。从小什么事自己都要练习来干；如今不要妈妈帮助，比有她帮助还觉得痛快些哩。花公鸡在院笼里高声地叫鸣；阳光好像害羞，起到了我的后面，没有一丝光线从窗隙射进我的小床上。我一声不响，悄悄地摸索着书包，戴上制帽，削尖铅笔，收拾好了一切——母亲知道这些，不知要怎么大吃一惊哩！我要努力做一个好国民；我要从房间偷偷溜出去，显出我不靠人的本事。

妈妈在背后叫我道："孩子，起得这样早！来，洗脸……"实在，我怎么竟未想到洗脸？……刚六点半的光景，老王推开大门，才要扫地，我趁他揉睡眼的时候，从他身后跑过去。我很高兴，觉得浑身浮在云空似的。母亲夸我早起，自己穿衣裳，这固然使我欢喜，但我满心还要同学的、老师的夸奖。我简直像吱啁的小麻雀似的，得意地蹦跳着。

今天早晨十分清凉，冬至节好像就在眼前，什么都有点颤索的样子。我没有顾母亲让披外氅的话，仍穿着童子军的制服，一点不觉深秋冷意。老师说过，小孩应该锻炼身体啊。

街上很少过往的人，卖精米粥的挑着担子呼唤着，巡警拿刀在地上画着意想中的建筑；除去寂静，没有能引我多看一眼的东西，这的确有点使我失望。忽然，我的耳朵恍惚听见一种声音，远远传来有些隐约，却非常清厉、动听，我立即站定，想满足自己的好奇。也许老师会责备我不应在半途逗留，不过这声音含有莫名其妙的魔力，很诱动如我这样的孩子。

向四围仔细一看：离我不远，路西有家杠房，铺门紧紧关着，门外有十来个衣衫褴褛、乞丐样的人，零零星星聚在一起。有些斜倚在电杆旁，有些横卧在铺外砖阶上，有些缩肩来回小跑着，有些在背风的墙角蹲一圆圈，仿佛做什么秘密事。从这群人里绝不会发出那引动我心怀的声音：如箫鸣，如泉流！远远从北边走来卖烧饼麻花的，敲着油腻的木柝子。在我背后又响起卖白菜青椒的喝唤，无论如何，我所追寻的音调不是藏在他们筐里的。真奇怪，这会儿，这清厉的声响连一点余音也听不见了。我想，这是什么鸟儿的鸣声，定然的。从我头顶飞过一阵一阵的鸣声，那只是我听烦了的乌鸦和喜鹊的拙叫；天空飘浮着几片微黄的蓝白云彩，什么鸟也不见在它底下翔来翔去。啊，这神秘的天上的绝响！

我懊丧地向前慢慢走着，经过一条狭窄胡同的巷口，只见一位上流人往我这条街来。他的衣服足能表示他是很注意天时的：戴着发亮的青绒帽，披着绿灰呢外氅，颈下绕着一条黑白相间的长丝带，从大氅边缘下微微露出碧青缎袍。他的脸色微微发白，但依然秀丽、有风韵。他的两只手里，一边提着一个鸟笼子，摇摇摆摆——笼子里一定有鸟儿，刚才的歌调一定是鸟儿唱的。

他渐渐走近我的身旁，我望他一望，想过去看一看那可爱的鸟儿。这是第一次，我冒冒失失想同街上不认识的人谈话。鸟笼四面紧紧围着青绸套，我可以清清楚楚听出鸟在笼里轻跳的微响，好像琴拍子一样，低低应和着我心弦的激越。但我觅不到向他吐出自己欲望的机会，因为他正低头审视着鸟笼里的声响，那种注目昵爱的神情，就好像那是他颓败的祖国和自己生命似的。他没有向我瞥一眼，我很怏怏。最后我鼓起勇气，更走近些，但是我真羞怯，比二姐让婆家端详的时候还要腼腆,不晓得怎样开始才好。无意中,他回头向我笑了笑,仿佛觉察出旁边还有我也在注意他的宝物。

“先生,鸟儿吗?”

一道霞光从他乏神的眼瞳映出,唇角泛漾着心笑的微波,两肩向上一耸,好像我馁弱的问话触中他痒情似的。他并不讶异我这突然的念头,毫无厌绝地柔和地反问道:“你想看一眼吗?”

“刚才是它们唱——唱得多好听!”

这句话恭维得他很高兴,他一面选置身旁适当的地方,小心翼翼地放下左手提的笼子,一面解开那不给笼里一丝光线的围绸,用手引逗着那如梦方醒、向四外张望的鸟儿。他嘴里哼唧着一种我不懂的曲调,又要去掉地上另一只笼子的围绸,但他忽然缩回手,仿佛不忍搅动它的样子。我听见那只鸟急跳的声音,虽然我看不见它如何焦急,我想,不至于流泪吧。

“是——唱得脆吧——本来是!你看——就是这小如意唱的——中意不,小伙计?”他举起这只能唱的鸟儿(大约那只不会唱吧,否则为何不给我看呢),高高的,和我的目光相齐。

这鸟儿,这样的小鸟儿我从来没有见过,真是第一次!春天去万牲园旅行,我看见各式各样的鸟儿,仿佛自然故意造就千变万化的它们,让我们小孩惊叹似的。但是这只小如意(它主人这样称呼的),不能形容,不能描写(假若老师叫我默述一遍,一定不及格)。在我小心怀里只感到它整个的美。它应当唱出那天仙似的歌调,应当天天清晨在我的小软床边鸣一会儿。这小鸟中的佼佼者!无须乎我开口赞美,他已经从我天真的小圆面庞领略出我的诧羡和誉美;他十分有兴致地向我指出小鸟金羽上的霓迹,并详说起它的身世。

“……小伙计，于是我送了那朋友两百元，好说歹说，他才送给我。你看，不值这样大价钱吗？我顶爱它！”

我不能回答这个问题。但是——两百元，好贵的鸟儿！他爱它，把所有钱消耗在它的小金羽毛上！我的学费每年十元，这可以供我连续不断地读二十年书！到二十年后，我的学问总要算全球第一吧，我能够把五色国旗插在山前水后了吧。老师说过，生在这时候的人能多读一天书是有运气的——二十年！小鸟儿是非常地美丽，我不清楚它价值的大小，在我的小心眼里，这数目好像大到我不能算了。实在，我还从未见过爸爸衣袋里有二十元呢。二百元积叠起来，总比我最长的铅笔还高吧。

我的瞎想忽然让他的问话打断了。他拍着我的大毡帽，弹了弹我的蓝粗布领巾，摇了摇我的小书包，微笑地问：“小伙计，你上学去吗？”

“是的——昨天是国庆日，校长让我们好好用功，早上学……先生，您这早上就上衙门去吗？”

真的，爸爸上衙门还从来没有这样早过呢。起初，他很淡漠地微讶地呢喃着“国庆日”这三个字，像从我们身旁大颠大踏走过的骆驼，反嚼出白沫一样；后来他却大笑起来，仿佛我发了一句极傻的话。

“那么，先生，您也是上学……”

我还没有说完，他连续一阵狂笑，左眉向上斜扯一下，右眼连挤了两挤，额间布满衰老的皱纹，将头向天空一仰。这使我有些不好意思，我觉得他十分傲慢，方露头的又大又圆的太阳似乎也赛不过他的光焰。爸爸说过，人人全要有一种职业；但这位先生的职业是什么呢？每天清晨上课，下午三时放学，回家温课一小时：这就算我的职业。我想问"先生,您每天做什么?"可我不敢。

"伙计,今年多大? ……十二,十三……"

"先生,我九岁。"我不喜欢他叫我"伙计",为什么他称呼不文雅一点?

"九岁——"他好像让我的岁数吓了一跳。最后他怜惜似的,硬说我母亲不爱我,因为当他这么大的时候,他母亲任他做自己爱做的事情。从小他就喜欢鸟儿,但是他更爱用自己养的鸟儿来赌钱,他还养了一大群家鸽。我不明白怎样拿小鸟来赌钱,他对于我的外行很不感兴趣。他的话使我脸红了半天,我不大高兴,径直问他道:"先生,您如今做什么?"

"放鸟儿去!"

"以后呢?"

"吃茶……"他提起那贵重的鸟笼,轻轻吹着口哨,吹出各样我不懂的好听的曲调。

"孩子,不冷吗?"他打了一个冷战,扣紧胸前外氅上的黑铜扣子,向东方云空望了望,叹口气向我道,"冬天要来啦!"

我诧异自己穿得这么单薄,反不感觉多大的凉气。

仿佛理会冬天就要来临,南下洼的蛤蟆,在黑夜鼓破肚皮乱嚷,如今又应和着清晨各样单调的音响,在苇塘高唱起象征生命快乐的歌:呱呱!呱呱!街上卖杏仁茶的挑着担子,颤巍巍地停在我们身旁。奇怪,卖杏仁茶的大约认识他,张开大嘴,尽力向他媚笑、点首,并且请安道:"刘爷早晨好,踏青去吗?今天您去得比往常早多啦!"

杠房的铺门已经开了好久,那些乞丐你吆我喝,兴奋地跑出跑进,掮着出殡的仪仗,喊着我听不清的口号。"刘爷"的眼光有时落在他们身上，有时注视着自己的鸟笼；仿佛蛤蟆的呱呱引动了他的心思，想折身往南。但是一霎间，他微白的面容映出一层不愉快的黑影，皱着双眉，向卖杏仁茶的低低叹道："看——那掮着黄宝伞的不是关二爷吗？"

"哦，是啊！"

"奇怪，他怎么会堕到这种地步……讨饭！前半年他还和我在万春茶馆后院掷骰子，他有老娘、老婆、一群儿女，还有几张地契——你看，他望见我，又躲开啦！"

卖杏仁茶的摇头无语，一点都不惊奇，好像这些事常常从他眼前过，看得平常了。后来他一面洗碗，一面不在意地说道："前三月他还喝我的杏仁——"

但是，就从杠房里，悠悠传出一种震耳的、熟悉的——啊，钟敲八下！我几乎忘掉上学的事，忘掉昨天国庆日老师的嘱咐，忘掉我的一切。我可怜的小好胜心，中途被诱惑了！"不要白吃饭啊！"老师的话在我左耳边震震地吼鸣，"中国更盼你们长成呢！"我几乎吓出眼泪来。太阳的金光已经洒遍各处，夜的黑暗已经藏在地穴，无影无踪。从车马群里，我夹紧小书包，有缝就钻地向学校狂跑。只要想一想我迟到的模样吧！

那放鸟的拿平两个小笼子，诧异地望着我的后影，忽然恍惚地为我的急狂大笑道："小伙计，慢跑啊！"

一九二五年四月二十四日，草完

（载1925年5月15日《晨报副刊》）

乡绅的国事谈[1]

真奇怪啊！C镇的四位大绅士，居然也大谈起国事来，要不是外交万分地紧急，洋鬼子万分地跳脚，他们顾得谈这无关痛痒的闲事吗？虽然他们不过是谈谈而已。

一线夕阳，在两株三株高杨上逗留了好久，经树枝筛过的晚照的光线，也不像晌午时那样逼人了，小鸟儿吱吱喳喳地从这枝跳到那枝，从那枝又跳回这枝。一条看不见尽头的大路上，断断续续地走来受了一天辛苦的赤膊赤脚的农人，个个脸上充满了无限的愉快。因为他们筋肉换来的工钱，不久就平安到手，并且还有一顿工作后的晚饭，说不定盘子里有几块肉，酒壶里有几两酒呢——虽然不在秋收的时候，这种奢望十有九是失败的。

C镇的大家、贵胄、书香、士绅们，据人说，向来是不吃晚饭的，他们九点多吃早饭，都在C镇耀武扬威，骄气凌人，固然他们的住

① 本篇署名“健吾”。——《李健吾文集》编者

所、服装、语言、举止……“与众不同”，但不吃晚饭，他们也常觉得是唯一的“与众不同”的地方。四位绅士既然是C镇的“不无而仅有的”大人物，当然是不吃晚饭的。且绅士都是大家、贵胄、书香的出身，那么，不特晚饭不当吃，就是早午饭，也很有取消的必要了。但好奇的C镇人，却已发现绅士家里吃晚饭的铁证，并且被绅士家辞退的厨子，也供出绅士家吃晚饭的旁证——或者就因为他泄露秘密，才把他辞退了——虽然异口同声地都说绅士家里吃晚饭，但绅士们却十二分地否认，仿佛这会败坏他们名誉似的。的确，这很有败坏他们名誉的可能啊！正当C镇平民吃晚饭的时候，以不吃晚饭自命的四位绅士，不约而同地都到×公所了。×公所每天这个时候热闹得很，因为绅士们天天在这个固定时间光临——除非是刮风下雨；并且捧场的、凑趣的，也都笑眯眯地到场。为什么四位绅士要在这个时候到×公所？有的人说公所凉爽，但冬天也是如此啊；也有人说公所里有蛮好的龙井，绅士们是为饮龙井去，但这未免太小看绅士了吧。

“英国人真厉害，在上海、汉口残杀个不停，又在广东残杀起来了！”六十上下、花白胡子的绅士说，嘴里用的死劲，几乎要把胡子也竖了起来。

“这不是学生惹来的祸吗？八国联军，是义和团惹来的，这回的残杀，也是学生惹来的。不想法子阻止学生的暴动，恐怕会再闹到北京也说不定……”

众人听了，都默然了，因为这是一位前清廪生，会合婚、会观相的L老先生所说的话。他的话向来是天经地义，不会错的，他可不是凭空杜撰、信口雌黄！而且他又是目下的绅士，你想，他的话会错吗？拿义和团比学生，不但大家能明白这回事的真相，还能明白这回事的错处是在中国学生；还能明白现在不赶紧收拾学生，结果更要一塌糊涂：这是何等的历史眼光啊！听差的听了更万分沉默了；但在默然之中，还没有忘了给绅士们倒茶——龙井茶，尤其是对于刚闭了口的L绅士。

“对于手无寸铁之学生，开枪乱击，旁若无人，这还有厚非之余地也乎？”一位目光闪闪，带着三分稚气的W绅士接着说。原来C镇的绅士有文有武，文的能看《三国演义》，能讲四书五经；武的能投石抛砖，能射箭拉弓。像C镇这般的人才济济，恐怕在A县找不出第二处来。W绅士就是武将家风，他是武举出身，以射箭著名。他说话的时候，把不能发泄的少年拉弓余气，恨不得都拼在眼睛里，所以眼珠仿佛要夺眶而出似的。他怕人看他不起，所以之乎者也，似通不通的话儿，多少要说几句，表示自己同L先生一样地渊博；接着又说了一句：“还不用武力解决吗？”听众们有的失笑了，有的黯然了，有的表示佩服他的胆量，有的表示佩服他的果断和热忱。

“武力解决，中国有武力吗？”一位洋钱上老袁模样的F绅士说，“有可以打洋鬼子的武力吗？没有怎么办呢！——要扳我的孩子去打仗，我是不干的……”

W绅士正在兴高采烈的时候，骤受了一支暗箭，马上就把兴头扫尽了。同时等量的兴头，又转到老袁模样的F绅士脸上。炎凉气重的L先生，即刻转过头来说了几句“不错，是的，哪里有武力”的话，同时闪电般地瞥了W绅士一眼，仿佛说他没动脑筋似的，又仿佛是责怪他失言似的。

“武力千万用不得，就是战胜了，也不过以力服人，不是心服；拿德行感化他们去，方是心服哩。你看历史上‘千邦进贡，万国来朝’，哪一宗不是心服的结果？”L绅士接着说。

“是啊！学生们各处嚣张，各自混闹，我们先就失德了。我们要想正人，先就该正己，自己正了，‘人孰敢不正’咧。”F先生正要张口的时候，不料敏捷的D先生，早把他的发言权优先取得了。F先生虽然深深地瞪了D先生两眼，但这于他的对方并没产生什么效果，因为L绅士的笑脸，早把D先生迷得魂飞魄散、心满意足了。

房子静谧了几分钟。壁上的挂钟铛铛地振了九响，绅士们起身要回公馆里去。虽然他们拿“匹夫有责”的态度，大谈了一顿国事，但除了L绅士外，都不很高兴。因为他们的“苦心孤诣”的金言，却不大被人采纳。听众虽然也会点头说是，但头之点与是之说，充其极也没有到对L的半数。所以三位绅士，很不高兴，踽踽地走回公馆去了。

不知什么缘故，L绅士在最后走的，临走时还拿了两包茶叶——或许是龙井吧。有人说，L绅士向来是如此的，因为他当绅士是太尽义务了。也有人说，L绅士只是那一次，因为若日日如此，其他绅士也会不甘心啊——但L绅士每回在九点前后从X公所回去的时候，走在其他三位之后，这是无疑的啊！

（载1925年7月14日《京报》）

一位妇人的堕落

——一封信

我最敬爱的教母，以你的大爱和至德，请饶恕你小女儿，你最疼爱的小羊，许久未曾请安的罪愆吧。信纸上字里行间，时时隐约显出些小蓝晕圈儿，这不是水，不是，啊，那是我的眼泪！这对于你是大不敬。但是，我的教母，我无法抑忍了，你女儿正与忧愁为伴呢。你可以想见你女儿的真情——心里如焚地难过！什么缘故你的圣明许已了然，至少可以想象出些。实在，做女人的，尤其是有夫之妇，除去家庭间的纠葛外，还有什么可诉苦的？你许以为我同他家中什么亲人不和吗？自从我结婚后，我始终还未曾有封信向你，我亲爱的教母兼我亲爱的证婚人，细述我婚后的生活；如今我却要做这件未曾做的事，看完了，你就明白女儿的一切了。我没有撒谎；我热望你的圣鉴。

在未说以前，我先透给你一点线索，就是三两天以内，我要忏悔地将定婚戒指送还原主。

追溯我同他相识的时候，太快了，已经是十年的光景。你在孤乡僻壤，费尽心力，终于办成一所教会学校；那时学校的铃声，丁丁当当，恰与革命的雷声抑扬相应。那时我正十三岁——你还记得我第一次见你惊涩的小样儿吗？父亲要到武昌去，他很有见识，将这无母的小伶仃亲托在你慈爱的膝下。最初我有点怕——怕你的容貌，你的浅陋的教室，甚至于你那红紫映妍的小花园。几个月过去了，我开始于茫昧中感到一种无上的温柔，你的严师的母爱。在我的灵魂里，天真里，没有其他人物为我信仰；有：我的远征的父亲，与我的虔敬的教母；自然，我并未曾敢忘掉那位在天上的，永世鉴佑女儿的圣灵。我在你的安琪儿般地翼抚之下；啊，你那金灿的卷发！那晨阳的目光！那教室！那花园！

我几乎忘掉世外一切！还有我不常有信的父亲！

《圣经》、法文、《论语》、《女儿经》、唱歌是你为我定的功课。我最喜欢唱歌这一科；它好像有种异力，能替我吐出我的郁思——这个名词不恰当，情愫许妥帖些。你教我祈祷：三餐前，上床前，遇厄难的时候——恕我，从婚后到如今，未尝行过几次呢。但是，教母，女儿持笔的当儿正在热泪哀祷呢！我还记得每星期下午，若是天晴气朗，你便携我田间旅行。这件事现在偶而想起，还觉得仿佛有一丛野花在我手心握着。

亲爱的教母，这不是人生最烂熳的、一逝无踪的快乐的时期吗？从前我只知无意义地享受它；现今，在这大社会里，我追忆它，它像一条黑影子，迷漠着，远了。

时光流水般又过去了一年。

有一天，怎样晴美的晨光啊，我一生不能忘记这一天。在我还未起床的时候，几只喜鹊冒着秋寒在窗外噪叫了一阵；我想，难道要有什么客人、亲人——父亲有什么好音信？待我推开窗扇，往外一望，却又变成四五只乌鸦了。果然，用毕午餐后，有位远方生客来望候你。我很无聊地蹀躞到门道，心里怨恨着叫噪的恹气的乌鸦。我的脚步不知不觉又转向通花园的小道去。那些可怜的快将凋谢的花，我必得看一看它们，不然要待到明年了。

我走到园门，正要进去，忽听见后面一个招呼的叫声："喂，姑娘！"

一位与我年岁不相上下、衣服端整、相貌清俊的童子从大门那边跑过来。他又黑又大的眼睛在我四围旋绕着，渐渐转到我的身上。他不觉微微透出诧异的神情，痴痴地对面站着，似乎忘了他要问的事情，两只手不住地搓着。这种蠢样很令人发笑。但是，不知怎的，一种微惧的心情漾起来，使我向后倒退几步。

"姑娘，你看见我父亲没有？"

他的声调很柔和、很腼腆，使我不由得不回了一声"是"。不到十分钟，我们彼此熟识了，亲热地拉着手，我领他到花园里。他告诉我他的名字，也知道了我的。

你在院阶高声唤我。我们手拉手地从园里飞跑出来。他父亲在院心站着，向我微笑。你，我的高贵的教母啊，不晓得是有意无意地向客人笑道：

"这不是很好的一对吗？"

我撒开了他的手。

"实在，一个少有的伴侣！哈哈！"客人奇怪地笑着。

虽然那时你们的言语我不高兴听，不久却证实了，他的确是一个少有的伴侣。

三年以后——我十七岁了。在每晚祷告时，总觉得还有一种渺忽不清的思绪想说而说不出——呵，天父鉴宥！对了，我应该学做人了。

命运怎样铺排，我毫不能违避，如同浮云为各样的风吹散一样。一个在我生命里最甜蜜的回忆——也许是一个最痛心、深永的伤痕！我独自在花园静坐，桃花缤纷满地，有些飘落在我的身上；远远墙角下有七八只麻雀在半绿的新柳条上唱跳；天西云彩像一片散开的雨虹；乌鸦一群一群地从天稍飞向西南姚家林去。我沉醉在这夕阳将落的春光里，四围异样的寂静，仿佛这常来的小园，第一次让我赏鉴它的美丽。

不知什么时候，他悄悄走来坐在我的身旁，眼光直绕在我的身边。我觉出他与往常似乎不同了。天西的红霞仿佛映上我的双颐，心跳着，眼睛望着飞来飞去的归鸟。我向外移动一下，离他远些。我觉着他又移近了。大约我的鞋袜上有了什么参差，他忽而低首凝视着，我缩回脚。哦，教母，他握住了我的手！你猜我要发怒吗？不，我让他用力握住。我们都没有说话，我的眼斜望着夕阳，天际尽是重重叠叠的粉色的云山，和下面雾幕的青山对映得十分别致。我忍住目腔里欲流的双泪。突然一阵奇异地颤嗦——他搂住我亲吻，剧烈的！我无力拒绝这种狂妄，教母，恕我的无知！

“我们可以结婚！”

“不，你晓得我没有一点嫁妆的。”

“我爱的是你！”

“怕你后悔的——不对吗？我父亲也不在这里。”

墙下的麻雀都飞走了，一阵夕风微飏起来，桃花落了我俩满怀。我打算立起抖去这些飘零的花瓣。

真出乎我的意外，他跪在我的身旁，流着珠似的泪，忘却生命般发着可怕的恶誓。如今，我不愿重述那动情的、值得女子爱的誓词，这是件最难受的事。我想：世界上情人最同情、最动心的时候，怕就是情人发誓的一刹那吧。我忘去自己圣女的贞洁，恕你的女儿，于是我投在男子的怀抱中。

那时，假若你要说一个字“不”，我也许会从这美幻甜醉的梦里醒来，不输心以待他了。只有你的话我深知是最合乎正理的，因为天使就在你的耳边。不过，后来你发觉我和他相爱，却欢喜得至于晕去——哦，教母，你像是早蓄有这个意思了。你写信给我们的父亲，我是怎样切盼父亲的复函呀！

在夜静的时候，睡眼朦胧里，我恍惚觉得数载未睹的父亲站在床边，欲言无言地摇着手，隐隐消失了。我伸出的手只握住一个悲伤。我的卧枕让失望的泪水晕湿一大片。日间我懒得应酬。

父亲的复函：“此为女儿终身事，设汝能决定前途之光明与幸福者，父复何言？……寄千元为吾儿充嫁资……上帝佑汝夫妇！……”

我和他婚后的生活，有绮丽浪漫的风味，一切平安。他在这个海口的小社会上，渐渐争得了地位和名誉。我鼓舞他要疲茶的精神，使社会上人认识了他的才干。他自己也很勤奋于工作。海滨的风景别具一种使人沉醉的引力。晚餐后，我们总要携手在海滨散步，商语着过去、现在和将来，享乐着海上夜间的奇景、光明和幸福！教母，我感谢你。总而言之：我们就是快乐。

唉，最亲爱的教母，如今是我独自伏在桌上与你写信呢。我是一个年轻的女人，不清楚这种种错综复杂的事理：譬如那些罪恶，是社会造成的，还是掺有其他繁复的因素？教母，我愿伴着你，我愿孤独。

我们过了五年快乐的海滨生活，他的差事提移到北京了。我们都希冀着早到这令人望眼欲穿的大都会——有多少古迹、名胜和繁华！

自然，我们来往的朋友一天比一天多，交际应酬更是免不掉。他年岁轻，官运红，人物漂亮，差不多立在友朋中，好比鹤立鸡群。人人都喜欢他柔和的性情。他不轻易谈吐，对于我也如此。他变得更沉稳了。什么事他办得都是一副老练的样子。我喜欢他这样，更爱他，也为他在四处活动着。我觉得前途更有希望。

“你真老实啊，一点也不过问你老爷外边的事！”他一位同僚的太太，有天向我说出这奇话。

“我放心他！”

“哈哈，你在鼓里哪！他常在外面嫖赌，你真会不晓得？”她连讽带叹地说给我听。我不信；但是，事实总是事实的。

他忽然同一位我素不相识的年轻姑娘到家里来——我的教母，你以为谁家的小姐吗？一点都不是！是一位妓女！他竟然不预先通知我一声，把她引进房里！他乜着眼向我微笑。我是他的妻，一家的主妇，从未经过这种意外的事，只好暂忍气招待那位妓女。我仔细审察了她一刻，看不出她任何一点好处：轻狂，吐痰，吸烟，胭脂粉黛的面孔，紧小的衣服，尖薄的腔调——什么地方我不如那妓女呢？我简直不自信，走向内室；他随进来，低声说这是一件他和朋友打赌的事情，求我的原谅和忍耐。他立忙走出和那位姑娘说笑去了。我站在穿衣镜前——啊，今天我才觉得美和媚的需要！

我的教母，他们竟在外室搂抱、亲吻，各种的丑模样！——当然，我立即下了逐客令。

教母，恕我的无知，随后我也改成时髦装束，学起时髦举动了。我没有权利引诱自己的丈夫吗？在汽车里，我撒娇地倚在他的胸怀里；繁华场里，我故意柔媚地紧握着他的臂膊。我伴着他赌牌，在家里我特地四处代他约赌友。我设法探他的口风，设法献殷勤，设法献媚，设法讨自己丈夫的欢心。我同那妓女还有什么分别呢？我怕丢掉这位可贵的客人，他的生命从前和我是一个，现在我觉得它慢慢要和我离开——我的杞忧，我的恐怖！

我是他的妓女！

你知道女儿是不喜人吸烟的，但是，在短时间，你女儿学会了社会上所谓点缀品的香烟。从前蜜酒的一滴都为女儿所叱拒，但是，如今在宴会上，我竟能饮猛烈凶辣的白酒。社会上需要这个，我不能不学会；我的丈夫需要这个，我尤其不能不立即学会。自然的，我们家庭情况也因而变动了。从前我们相爱，现今我却求他爱我，勿舍弃我。我不是前二幕的娜拉？

什么事对我全如过眼云烟，只要我与他和家。

当屋中只有女儿一人的时候，我对着床边墙上悬的玉十字架跪着，我一句祷词也没有，我配向救主祈求什么呢？我想哭，但是没有声音，没有眼泪。一切美好都成为过去了。罪恶在我灵魂上种了根。我又想你，圣洁的安琪儿；但是，女儿堕落在绝望的坑里，怎能再亲近步于狭直的天途的你的衣襟呢？教母，女儿的泪不能洗净灵魂上的污点了，晚祷时节，愿你摘去女儿的名字。

他的脸色渐渐变为瘦黄，双颧耸起，可怕的病容；有时精神颓丧，无故流眼泪、鼻涕，有痨病似的。他已然失去了壮年的雄美。他进门后，一句话也没有，随意房内院中一走，就出门而去。他不愿同我多谈笑，最多鼻孔哼一下，算知道了。随后半月不曾踏进家门。我不清楚他在外做些什么事体。一切都变了。

我费尽无限心机与忍耐，学得了社会的时髦，学得了堕落，如今失掉它所能产生的引诱力。

我也病了，不时地呕吐，喜食酸物，懒动：这是不是症候？我到医生那里，请他诊治。我觉得他嘴角露出微微笑的意思，我脸热了，明白了一切。从医生那里出来，我急忙跑到一位最相好的太太家去。我告诉她我近日的情况和医生诊后的言语，让她给我一点指导、主意。

"你应当有个亲人来照料——你老爷近来没有回家吗？"我摇了摇头，眼泪差些流下来。她叹息一声，接着低声道："你不要为这事生气，好好保重身体吧。我告你件新闻，风闻你老爷和一个土娼很要好——啊，你现在身子要紧，我真不该向你随便讲！"

教母，想一想女儿是如何地苦恼啊！我现在需要一位妥帖的亲人来照护，却寻不出半位。他没有回一趟家，似乎我这里真变成一家旅舍了。不用提，日常生活渐渐拮据起来，我不得不向各处探听他的消息。结果是：他别赁房舍，与一土娼同居；他变为鸦片烟盘前的奴隶。

忽然有天黄昏他轻轻走进家里，脸的黄瘦恰似这时的暗光，说话微喘的音调使我听了简直要哭。但是，我依然可怜他，爱他；因为有许多的话想同他讲，真怕他一时走出去。他居然坐下；我趁空理了理鬓发，亲自捧上一杯热茶。我告诉他，自己有孕了，愿意有个亲人照应。我觉出自己心的忐忑,脸上微微发热。好像我做了错事,在问官前供着罪状。

“我已经听说了。好好养身子吧。”

什么希望都在我眼前消灭。

什么地方都是夜的势力。

“家里还有存钱吗?”

“不多了。”

“给我!”

我惊诧着,在黑暗里望着他迷漠的形影——迷漠得我差不多不觉得是人在那椅上坐着。我哭着。

“我知道你看不起我这穷丈夫……”他唧哝着,往烟窟去了。

我进医院了,不清楚什么时候来的。我觉得有人在床边谈话,但不知道他们说些什么。我挣扎着扭转身来,看见一位看护坐在旁边。她搁下手里的书,向我笑了笑,站起来。我问她这是不是医院,几时来的,谁送我到这里。从她的回答里,我才知道是几位好朋友在那晚晌的第二天早晨送我到这里。随后一男一女走进病室——啊,我的父亲和我的姨母!我喜晕过去——我的亲人!

我想起父亲从前给我们贺婚的那封恳切的信。

教母,那时我在病中所热盼的只是死,死能了结一切。我在病前,只觉得四围可厌可憎的虚伪,自己周旋在里边,生息在里边,如在梦中,一天比一天堕落得更深。我的爱人被它夺去了。我却半生半死地躺在病榻上,迷里迷糊地也不晓得几许光阴从枕边逝去。我也不晓得自己是什么病。医生诊脉后若稍一有皱眉的表示,在我清醒时,心里以为距地狱近些,便舒坦下去——死可以摆脱这尘世，不是吗？

有天只剩看护妇坐在我的床边，我转过身，突然问她道："我丈夫来过医院没有？"

她很吃了一惊，注视着我紧张苍白的面孔，嗫嚅道："你丈夫？哦，来过。"

"几次？"

"安神睡吧，太太。"

"告诉我！"我的声音很干涩、低沉。

"他来过——太太，听说第一次是你那几位朋友打电话请他来的——你的面色很不好，静静养神，太太。"

"不要紧——以后？"

"你父亲来的时候——睡吧！"

"以后？"

她摇了摇头，眼光从半开的窗扇穿出去，耸着肩。

从这天以后，我恍惚听他们唧唧哝哝，说我热度增高了。我觉得自己在一座小花园里，在桃树下站着，粉红的花瓣飘落在我的肩上、我的四围，同几个麻雀赛着蹈舞。教母，我还看见你，一点未改曩昔的状态，敬肃中带着和蔼的笑容。但是，我却只能从窗隙向你屋里这样觑着，眼泪无量地向下流，似乎盈溢了满院——我忽然醒了，仿佛听得有人说我正在梦魇呢。

我不知在医院已经病了多久，时而清醒，时而迷蒙。

这天我正闭目养神，听着仿佛有人议论我。

"他害得我女儿真不浅！"父亲发怒的声音。

"实在，老先生，有梅毒的妇人生产很难呢！"看护妇的低音。

我早预料到这层——堕落的妇人！我希望弃世，天终于将机会赐予这可怜的女子！现在我的心安宁极了。

但是，生产终于平平安安过去，孩子瘦小些，却无妨碍。我随后大病一月，险些如了我的初愿。我不愿死了，孩子抚养成人，是我一生孤寂的安慰。我爱他——我的孩子。教母，天父既然赐他与我，想必不会再从我手里夺去。我要亲自乳喂我的孩子。教母，我的病毒却不幸使我的乳汁绝了。

在我完全清醒的第二晨，看护妇微笑地向我道："太太，我告你个好消息。从你的小少爷出生后，你的老爷差不多三天一来，大约是改悔从前的疏淡呢。"

我心里明白，没有说什么。

从出医院家居以来，事情便越变越坏，我几乎无日不在忧烦之中。他——我的丈夫——和我恩绝义断，除去偶尔看孩子一趟外，什么事也不同我商议；平日见面除去关于孩子的话外，也没有其他心事同我讲述。我要生存，为我的孩子生存在这俗世；但是我自己一时却寻不出一个谋生的方法。他有几个月未曾过问这边家计了。我要在这大社会中奋力地挣扎着；不然，怕我们母子要堕落在贫民窟里。我决计自立，绝不向他伸手。最初我把自己贵重的衣饰一点一点地典当，度了半年节俭的日子。这种方法渐渐无济于解决我们的生活费用了。我想谋一个适当的职业，自念尚可教几个小学生，于是每天留心的只是报纸上聘请女教师的广告。我在世界上成了一个孤独的妇人：除去几位感情上相得的朋友，可以说没有交际了。

有位太太请我做她的家庭教师，月薪三十元，我很高兴地答应了她的聘请。她丈夫是农商部的参事，性情很和蔼，两位少爷读书也勤奋。第一天授课后，急忙回家，因为我心里唯恐奶娘有个不小心，惊伤了孩子。黄昏时，来了一位相知的朋友，劈面就对我讲道：

“你不知道你丈夫今天的事吗？他正式娶过那土娼，碍着熟朋友多，只得称为姨太太，另立了一份家。你真不关心？”

第五天教书后，回到家里，奶娘告诉我一件可惊的事，使我整整一夜未曾合眼。

“太太，上午老爷来，把少爷抱出去游了一趟，直到你回家前一点钟才亲自送回少爷。”

我写了一封辞去教师职务的信，送到我的主人家里，我打算当些积蓄，离开北京到南洋一个朋友家里去，在那里谋事或者容易些。不过，奶娘去不去却是一个大问题。次日下午，我的主人亲来拜谒。她问我为什么不愿教她的少爷，并说她十分喜欢我，希望我不要辞掉她家的事情。对这么一位可敬的热肠的太太，我丝毫不瞒她，把自己苦衷说出来。

“我现在唯一的希望，是避开这位堕落的男人，带着我孩子到远处谋生去。”

“我的先生，第一你先要同他离婚，割去一切纠葛。”

我不禁流下泪来，说自己不懂得法律，也没有人指导。她想了想，让我明天下午两点到她家里，同一位律师仔细商量一下。我心中有万种说不出的谢意和伤感。

次日在主人家和律师最重要的谈话如下：

“依照中国的法律，孩子无论如何是要判与男子的。”

“孩子是我抚育的，先生。”

“法庭并不过问这些琐事。”

“但是，先生，”我已经不知怎样往下询问了，“先生，我们都是信教的，不能停妻娶妻的——这不犯罪吗？”

“娶姨太太在中国法律上并不犯罪，太太。”

教母，我如今不成了一个弃妇，带着无形锁链的弃妇吗？

女儿什么野心也消失了。我不忍自己的孩子跟着父亲堕落，如同我跟着丈夫堕落一样。我是一个堕落的妇人。母爱的权利渐渐我也要失掉了；什么都要失掉的。堕落的妇人在社会上没有地位，天父已明示我了。孩子在床头睡得极宁静，呼吸平匀，未来的光荣似乎从他粉嫩的双靥一闪一闪地向上升着。啊，我的小生命！夜静人阑，我伏在灯下写着这封烦长的信——教母，不要视为你女儿的信，只当作一个平常妇人的，这样使我心安些。我又想起父亲贺婚的信……女儿实在不好意思求父亲的怜悯。

在这黑沉的深夜，我想求天父饶恕他小女儿一切的罪过，洗救她已污的灵魂。哦，我怕……

最亲爱的教母，这封长信或许能让你明了女儿；但是晚了，完了。我决心同他离婚；我要做人。孩子——啊，天父！教母，求你将我的证婚书掷下。我需要它。

实在，恕女儿无知，从第一次在小花园见他，直到如今，无论他变得如何，教母啊，我还存着一颗爱他的心！

十五年四月，病中

（载1926年6月4日《清华文艺》）

死的影子①

镶白旗在圆明园后面东北附近，从前禁卫的眷属，在皇恩浩荡之下，住在圆明园四周，过着荣华富贵的日子。如今，胜景过去了，一切回到遗忘怀抱，自生自死地湮灭下去。离他们不远，就是我们的学校。下了课，放了假，我们时常走进圆明园，踱上太湖石砌成的废墟，凭吊着侵略者劫掠的残迹。这些残迹渐渐踱出人工的破坏，湖海成了青蛙的池塘，柱表成了拴马桩，替代精致的艺术的是荆棘苇荻的自然的风姿。我们很少在镶白旗这类村舍流连的。这些破败的房屋，和里面的老少一样，从前因为寄生而存在，如今主子不见了，虽说未曾遭受侵略者垂青，却东歪西倒，活活画出一副不争气的面貌，一家挨一家，并不零零星星地散开。南北两排，中间一条宽阔修直的大路，暗示当年栉比的盛况。掩映着各色的树木（榆槐杨枣全有，最多是柳树），有的房屋少了墙，有的缺了门，有

① 原题《关家的末裔》，1940年3月经作者改写后收入小说集《使命》，改题《死的影子》，文化生活出版社，1940。——《李健吾文集》编者

的索性全不见了，就剩下几根栋梁，撑着一个空架子。夏天黄昏，追着蚊蚋，是若干一丝不挂的赤脚小孩；冬天早晨，他们披着一件人而无当的棉袄，缩在窗户下面的太阳地。母亲，有的沿着平绥铁路去拾车头漏下来的煤块，有的提着筐子去捡粪。老年人帮着年轻的母亲做活，要不然，躺在炕上，不言语，疚心似的回忆着过去及身的辉煌。

青年男子大都是我们的校役。

这个近代文明的育养场合，成了他们唯一的出路。它是有名儿的贵族，但是，我疑惑它的贵族性和这些出身阀阅的校役，不无关系。他们的工作那样轻适，时间那样悠闲，我不是在他们打瞌睡之中把他们唤醒，就是看见他们站在运动场旁边欣赏我们的成绩。他们从来是不慌不忙，轻轻答应，缓缓移着步子。他们中间有一个是我的朋友，因为对于做学生的，什么人全可以来往，不大留意职业上的差别。

他不爱闲谈插语，假如不是扫地续水，我们这一排学生就不用想多听见他一点动静。他忧郁的性格十分显明，而且极其柔和，好像一个害痨病的女孩子。举止温文尔雅，有时我简直以为是腼腆。他不大掺在他的同伴里面说笑，所以，孤独而无助，不像一堆柔韧的海绵，倒像一块矗立海面的礁石。他在学校没有伴侣，在家乡也是这种情形。别人仿佛嫌憎他这种貌似尊严的矜持。他不习惯说话，往往才开始的语言，被自己的情感纠缠住，陡然停住了，望着对方，等着那只字半句的反应。他低幽的语调、他杌陧的神情，显出他有所畏惮。我猜测他的家庭是道德的、严肃的，甚至于酷虐的，不然的话，他不会那样拘泥，那样具有过多的礼貌。然而礼貌，正是学生嘲笑的对象。

他的年龄大约是二十五岁的光景。

他没有火气。他的瘦脸平静和美，从来看不见愤急，我相信他有脾气。因为，有一次他替同学买零食买慢了，同学骂了他一顿，他不像别人寻找一个理由回护自己，然而，我看见他，沉住气，放下一包一包的零食，两只玉石一样苍白的手颤索着。这不是忍耐，这成了功夫。但是，我觉得这里面还藏着一种哲学。他抱住了“小不忍则乱大谋”的教训。什么“大谋”呢？他的眼睛在盼着什么事成功，可是他的模样不像会创建一番勋业。没有当校役以前，他不似别人种麦栽稻（学校西边毗连着不少水田）、贩货挑担，甚至于去做巡警。同邻居谈话，他永远带着微笑，然而这些不得罪人的文理，他一回到家，就不知不觉移向额头皱在一起。

他褊急的性子只有他母亲知道。她的叹息和僧侣的呢喃一样长久，然而，说也奇怪，她轻易不同他唠叨。她的不惬意是一般的、注定的；她指责一切，她儿子只是一切之中的一点。就是这么一个独生子，她不忍心把家道中落的命运推在他无辜的身上。小时候，她顺着他；大了，她朝着失望叹息。他却学会了吃饭摔筷子，给她脸色看。她瞥他一眼，原谅他反常的心情，犹如了解彼此的无能。别的命不来了，他们母子相依为命。

宣统末年，他六七岁的时候，隔上四五天，母亲提着筐子，他随在后面，跨进圆明园断垣的豁口，在残砖碎瓦之中蹒跚着。拾柴不过是一个借口。坐在石头上面，她看着他和别的小孩子跑进那巍然独存的西洋楼。玩腻了，坐累了，他们换到一个殿基还在的石台上面徘徊。这荒凉的苍老的景色，加上暮秋的夕阳，好像紫色和灰色的衣服,披着一件透明的面纱。母亲的感伤不是一种痛苦,而是一种莫名其妙的安慰。她给小孩子讲着这些宁静的木石的身世,繁琐、富丽,充满了生命,溜出她龙钟的记忆。她老涩的声音越来越高,好像石子流下一道瀑布,欢悦在她故事的表皮跳掷着。他惺忪着一双小眼,半懂不懂地听着、梦着。绚烂一片的服色、音乐、器皿、形态和仪式酩酊住他小小的心灵。他相信母亲住过那样一座金碧辉煌的宫邸。谁能把故事说得那样正确、那样活灵活现?不远就是那根龙柱,不远就是那只画舫,女伎唱了,鞭炮响了。看!什么阿哥从云端里面下来了。将来(可能吗?)他有进去游游的机会吗?

革命的风冷不防就吹来了,吹灭了紫禁城内的灯火、紫禁城外的灯火。

他忧郁的性格或许有些是受了故事和事变的影响,但是,就我旁观者的推测,他身体的虚弱更其近乎重要的原因。事变只是给绝望加上绝望,故事的本身已经干枯,只有迷漠的阴影留在他的心头,好像圆明园的影子罩住四村的茧壮。它的倾圮做成居民的噩梦。

这心志薄弱的校役,虽说好不容易抓到这样一碗太平饭吃,对于他有损家声的职业,未尝不起反感。坐在我们寝室过道的小凳上面,无论是倚着白墙,还是望着地板,他盘旋在过去的幻想。他没有力量抵抗现实,但是,他逃到另外一个角落,用他所有消极的力量,钻研它富丽的陈设。在一个所谓贵族化的学校,当一名清闲无比的听差,他觉得疲倦,就和他看着小秃子在大太阳底下去捡粪一样疲倦。给我沏完茶,倚住我的书桌,他会发出一声细微的怨抑,似乎自问自,幽幽地道:“我——我——在这儿待得太久了——太久了!我应该——不是吗?——干点儿别的!”别的什么呢?他永远说不出来。我安慰他近乎愚騃的怅惘,这在别人一定要讥笑他一阵,可是,当着别人他也不会开口的。

生活靠着职业,却又讨厌职业,实在要算一种痛苦的折磨。母亲接过他的薪水,一张一张数着他的八块纸币,同时轻轻发出一声叹息。她给他预备一顿可口的茶饭。母亲想起父亲在世的时候,按月领取的银两口粮。他什么事也不做,日子自自然然就过掉了。如今孩子给人扫地冲茶揩地板跑小腿,一半个月不照面,不过是纸票八张。她为孩子和他清高的门楣难受。她甚至于要他辞掉他仅有的职业:“孩子,这辱没——辱没我们的姓!”

他柔柔笑道:“挨一天是一天,算了吧!”要不然,他就慨然道:“我们已经改了汉姓,有什么辱没的!”

两年之前,他娶了一位邻村姑娘。据说从民国以来,旗上还少见到这种热闹景象:一顶软呢花轿,五对吹打手,四挂鞭炮,按着吉时接来了新娘。喜礼足足行了半天。新郎的笑容含着光采,给长辈请安也分外谦恭,因为兴奋,他的举止虽说不自然,却更温柔了。那身借来的长袍马褂显得他分外俊秀。母亲红光满面,既持重,又客气。他们热望这位新人带进福星财神,撑起这大厦将倾的家族——一个月过去了,“吉祥话儿”不生效,两位妇人合拢不来。我们不清楚谁先表示不快。也许是母亲,有所不满于她的儿子,为什么却没有讲出口。最初她保持她的身份、尊严和体面;后来,奇怪的是她不唯不抵抗,反而低首下气,依从媳妇的吩咐:新人做了婆婆。据说她怕的不是媳妇,而是儿子。她爱儿子,太爱了,逢事要看他的脸色。

不要以为他不再爱母亲了,他小时候对于她的印象——她是见过大世面的人——始终留在他的心头,几乎本能地引起他对于她的尊敬和体谅;但是,令人纳闷的,却是他从不回护她一句。无论面前有人没有人,妻子总是冷嘲热讽地挑逗他,就像戏弄一条不入目的狮子狗。她显然不喜爱他。她私下告诉她一个"小姊妹",前世不知道怎么修的,今世嫁了这样一个丈夫。

不久他离开镶白旗,来到学校顶了一名校役。母亲一个人蹒跚在一年荒似一年的圆明园,来得不像往年那样殷勤,但是,偶尔来一趟,回去总要对人讲:"园子又少了一根柱子!"一种在她能力以上的权威,不声不响,一块石头一块石头移空了她耳鬓厮磨的荒园。园子越发荒了,几乎成了一片高低不平的土丘,有人租了来种高粱。她也越发老了,饮食少用了,说话颠三倒四,记忆成了一节一节脱了环的链子。她拄着一根拐杖走路。脸上的皱纹和土丘的阡陌一样纵横。人听不清楚她的烦叨,听清楚了也不大了然——这是许多古里古怪的物事,除非一个神仙见得着。她往往倚住门前的老槐树,眼睛透出微微的亮光,指着不远一个没有主家的破石狮子,唧哝道:"这儿!这儿!他坐过!"什么人?她说不上来。大家以为她痰迷了心。一看见媳妇,她清醒了,硬挣起来,一拐一拐去烧火煮饭。她很想同儿子多谈两句,嘴唇颤动着,泛白了,吐不出一个字——她的心碎了。她爱儿子,却怕媳妇。难道是因为疼儿子才怕媳妇吗?

可是她儿子,性格多温顺呀!他整天坐在我们寝室的过道口的右侧,两只脚或者蹬住方凳靠下的横木,不是闭住眼睛养神,就是百无聊赖地数着地板的木纹;或者翘起来,交叠架住,望着过道的天窗。一张瘦黄泛白的长脸,“大背儿头”,两条弯斜的淡眉,各自包着一只柳叶似的窄长小眼,衬着嘴唇犄角无意之中流露出来的近乎讽刺的悲哀的微笑:他完全不像我们日常接触的仆役,抽你一个冷不防,不是“使坏”,就是“调皮”。呼唤他的时候,他总是“死样活气地”、抑抑扬扬地来一声:“唉,是呐!唉,是呐!”

一阵一阵的空想袭着他沉郁的心情。家庭的纠纷、弱者的感觉、幻景的辽远,仿佛一级一级的嶝蹬,他走在上面,失了力,倒下去。他不时发出一两声干咳,太吃力,他不得不倚住过道的粉墙。有时我问他,他回说受了寒,天时不正的缘故。他的精神萎靡不振,目光柔软散开,眼皮总想合在一起——有一次,他告诉我,夜晚他睡不着,睁着眼睛,好像等候什么东西光降。

足有两个月,我没有看见他。我猜想他的寒症更重了,因为我忘不掉他痨病似的优美的面孔,一种不可形容的抑郁的神情。另一位校役,他的邻居,说他胸前闷胀,似乎隐隐作痛,喉咙壅着痰一样的东西——叹息、咳嗽、吐血!问他想什么,要什么,他摇摇头,埋怨别人唧哝,因为他听不清别人的问候。医生一总看过三次,开了一服草药,叫他静静休养,以后大约看破没有钱,医生就是请也不来了。母亲流着泪,说他聋了,快要瞎了。其实,最妨害他的是他害怕的念头:灯焰、黑影、尘丝,摇摇晃晃,一直让他不安。他疑惑一切,甚至于母亲走过他的面前,也引起他的惶虑。他说她要带了他去,带到一个人间没有的地方。母亲的关心是间歇的;一时她闪在旁边哭泣,一时她叫别人放心,说是不久会有救星来的。她指着外面的石礅:“只要‘他’在那儿坐上一坐,我儿的病就好了,‘他’

就要来了！”她挤着老皱眼，似揶揄，又似充满了希望。奇怪的是，昏昏沉沉躺在炕上，只要他女人一靠近，他就战战兢兢，不做声，不违拗，换了一副可怜面孔。她狠辣极了，他们母子延喘在她的高兴上！

在一个星期日的下午，他的邻居要回镶白旗看看，我忽然动了念头张望那个病人。一种感兴、同情，杂着好奇心，把我诱向这式微的家族。风吹着枯枝在冬天的阳光里面颤摆。小道两旁的稻田冻成一片发亮的青石，中间透出一簇一簇的枯梗，再往北去，展开连绵的麦地，披拂着两寸来长的新芽，荒凉之中仅有的生命，一种滋润的绿的感觉。

我们到了一所残圮的院落。

围墙东面贴着一个三尺来高的土堆，迈过土堆不远，有一条小道通到偏后的打麦场。南面——门这面，只是一排叠了四尺来高的破砖（原来的墙倒了，房主叠起破砖代替），夹着一个脱了漆的门框，两扇门一转动，或者风一大，就颤巍巍向前倾着。完好的只有西墙，墙头砖缝摇曳着一丛一丛的枯草。紧贴西墙是一间砌了不久的小屋子（他成婚时候搭盖的厨房），旁边霉着一堆破砖。三间正房也是一砖到顶，上面长着一尺来高的枯草，微微向东歪着。一棵苍老的枯槐，杈枒四布，三五个人合抱不来，从大门左面一直横铺到院里的瓦檐。一只孤零零的石狮，前脸削平了，臀部看不见，也许埋在土里面，蹲在三丈以外的路旁。

就在老槐树的虬结的粗根上，坐着一个褴褛的老妇。我们远远在她旁边站住。她望着浅绛的穹远，欷歔了一声，随后，凝住神，听了听，惊道：“什么声音？马蹄响——”她抬起头来；看见我们，她挣扎着站直了，欢欢喜喜呼着："他来了！"

邻居过去扶住她的胳膊："是我，还有一位学生。"

她不相信，向更远的地方望着："他没有来？他不靠在那石头狮子上面？"

随后，转过她沉重的身子，她用她翳瞀的眼睛细细打量我。她的兴奋下去了，摸索着树身旁的拐杖，喃喃自语着："我等得——盼得太久了！"

屋子里面传出一个年轻女人焦躁的叫骂。

这落在她的耳鼓，生出一种想不到的效果，制住她的痴癫，摧毁她的海市蜃楼；她屏住气，听着叫骂的下文，恐惧着，手是不知所措。拐杖哆嗦着，向院落颠踬着。邻居轻手轻脚，扶住她走。

看着他们一步一步往里挨蹭，我觉得心里回旋的还是对于那声叫骂的反感。它象征权威——生的意志。它不留恋过去，它厌憎现实。因为它急欲把握未来——媳妇可以后嫁，可以转变一下她的命运。它是一种要索，说实话，我把那年轻女人看作这两个弱者的另一种债主。然而在人与人之间，谁又不是谁的债主？站在媳妇的立场，为什么她一个年轻力壮的女子不许她也存在着憧憬、希望？难道他们母子不也就活在那一线希望之上吗？但是怎样一层烟雾隔着他们和他们的希望！随便一口气就吹灭了他们心头的微焰。

我这样思维着，同时骂詈静了下去。北风渐渐卷起沙粒，轻轻打着我的脸庞。一个男性似的年轻女人走出屋子，站在台阶向院外张望，然后，看见我了，显出客气的微笑。心想她是请我进去的，我一边问着："他的病不重吗？"一边走进那孤露的大门。

她向我谄媚地微笑着，趋迎下来，蹲下身子请安。

她把我让到屋子里面。一张两端翻卷的长条几占满了正墙，上面堆着些破烂的碗碟，旁边一块小砖垫起一盏缺座的洋灯；另一端放着一个玻璃碎了的长匣，里面躺着一根完好的如意。长条几前面，贴着一张红木方桌，两把红木高背椅子，因为年月久远的缘故，有的椅角发乌，有的椅角磨成灰白颜色。我不了然的是，这样人家，正墙会供着一张关羽读经的彩像，下面的长条几还摆着一个铜香炉。尘埃和蜘蛛网占据了其他阴暗的角落。我听见左手小屋传出一阵一阵的喘吁和咳嗽。

邻居掀开门帘，低声招呼我进去。她的脸色有些惶虑，把我让进去，她却一转眼就溜掉了。

我在门帘旁边站住：啊！我可怜的校役！他横倚着炕头的方枕，蒙着一条肮脏的棉被，惨白的脸向着我，一种忧郁的笑意，在他突出的嘴唇之间颤索。眼睛陷进了，颧骨露在外面，一咳嗽，额头就往下滴汗，黄白的两颐骤然转成绯青颜色。屋子里面没有火炉。不知道是否由于冷，我战栗着。他不时用左手拍挠胸口，什么东西在里面让他痛苦；有时他伸出右手，在空里摸索，然后山一样垂下来，叹息着。有时他记起了我，向我点点头，不说一句话。

屋子里面透出一种沉静的杌陧，掺着一种怪味道。

他母亲坐在窗户底下的方凳上面，仿佛一堆衣服，晾在有阳光的地方。她呢喃着。媳妇在外面呼唤她；她哆嗦了一下，慢慢爬下方凳；她不马上出去，站在炕前，迷迷惘惘，看看她心爱的儿子。她的瘪嘴颤动着；她期待的儿子，呓语一样向她嚷着："你——你害了我！"她唧哝了一声，昏花的老眼闪着泪水，悄悄摸索出去。

他的左右手不停地抓搓胸口。忽然，他住了手，翻过身子，看着西墙的小圆窗户；一道白光，穿过纸隙，颤颤索索，落在他的棉被上面。他猛然伸手向光一捕，他没有捕住；他恐怖了，流着汗，咳嗽着。他听见了什么响声，坐直了，自言自语道："来了——来了——二等护卫——世袭——"但是，他女人掀起门帘进来了，仿佛顽童叫先生捉住了，他缩回去，倒在枕头上面。

"死人，你忘了我的嘱咐……"

他的病容简直透青了。什么隐情触动他恍惚的意识，静了静，他微笑着，眼睛挤成了一道比柳叶还窄的细线，似作弄，似哀求道：

"先生，可怜——赏她点儿钱吧！"

年轻女人拼命摇头，头髻散开，头发披满了肩背；她的脸铁一样青，噘着厚嘴唇，发出不清晰的诅咒。在这艰窘的情境，我听见外面的北风，和绵羊一样，贴着窗户破纸哀号。他兴奋地重复着："来了——来了——来接——"眼睛睁得异常之大，射出不能慑人的目光，说他听见马蹄在奔驰，怪模怪样地笑着。他伸出右手向空里握去，握住了什么——是马缰？马鞭？忽然，那道白光隐去了，窗户的破纸嗖嗖地响着。他好不害怕；什么妖精在作祟；他的嘴角渗出血来；阴暗笼住他的形体。

我支不住了，恐怖超过我的同情，我狼狈地一直蹿出正屋。腿不是我的了，耳边响着年轻女人的诅咒，走过槐树底下母亲的一团黑影子。我看也不敢正眼看她一眼，急忙掏出两块现洋，抱歉似的丢在她身上。

云端撒下一片黯淡的月光。

她伛偻的腰躯陡然挺直了，一脸严肃气象，活似我在故宫看见的一位什么福晋的庄严的画像,抖着蜡一样的枯手,拾起那两块钱,一块一块丢出去,碰着石狮,丁丁当当,和着她怒叱的不屑的声音,一同在响。月光映着灿亮的银币。

年轻的女人跑出屋子,喘着,绞着手,瞪着眼睛,头发散开,慑惧着,低到不可闻地呼吁着:“先生,他喊——喊哪!”

杂着北风的狂吼,我听见后面一代人尖锐绝望的呼声。

十五年七月

(载1926年10月18日、20日、21日《晨报副刊》)

猎[1]

从被围的家里逃出来。

在丈来高的半熟的高粱地里，他蹲着，耳朵同猎犬一样，本能地竖起，向四外静静地听——这里有什么响声？他的心跳起来，回首向后瞥，犹如一只被困的野兔：只是几片高粱的叶子在綷縩。这一切是太意外了，如今他会藏到这里。但是他有什么法子？他不能够无声无臭地死——不是终老天年，是被暗杀！只要想一想这种死时的惨状！如果就在这时，地面忽然裂成一个幽邃的罅洞，他也肯冒险钻进去，只要那是一条到生命的路。他希望生——用全份力量、用全份精神，和仇敌奋斗，不，从仇敌手里逃生。忽然一个极细微极窎渺的声音从头上嘶过去，他侧着踡伏的身子向上仰望，什么东西都没有。天空一碧到顶，阳光无处不在地四照着。高粱低垂丰饱的穗实，做梦一般酣沉着，在那金黄的顶端，栖着一只失

① 本篇原题《红被》，1931 年收入小说集《坛子》时改题《猎》。——《李健吾文集》编者

掉情侣的小燕,神秘地向高粱秆中瞪着圆豆似的红眼睛。这引起他心中的纷扰:它仿佛在嘲弄他;不,这简直是敌人的助手,他们许是汼意到这小鸟。从高粱地里,两手交替地拄在硬土块上、如髭的乱根上,一点一点地向更隐秘的地方爬着——那些沉重的穗子在空中摆来摆去,小燕受惊地飞掉了。从天北起了一阵微微的风。

他绝不会怕死,可以说,他和死还是朋友。无数、无数的人,他曾亲眼看着他们不住地喘吼,做着最后的挣扎,浑身筋肉都在掣动;无量、无量的血,也曾飞溅到他的身上——他常和三殿阎君开玩笑!假如这事情发生于三小时以前,他可以毫不含糊、爽朗朗地跨上千里骥,避开再大也不过的莫须有之灾——然而不然!这时他伏在高粱地里,长剑似的黄绿的叶子簌簌地响着,四周是这样地寂静,仿佛更易引起人的疑惧,尤其敌人的猜度。在金蛇四耀的阳光下,在一丛一丛的高粱的后影中,他想起省城递来的短笺,那上面的字在他的视线之下,变成狰狞的奇异的形体:"速逃,督府派人刺君——"

但是在高粱地的西角有了说话的声音,很幽细、很隐约,仿佛怕惊走了罟网下的禽兽一样。他们初似议论什么事,争吵起来,渐渐音浪扩大,隔着汪洋一片的高粱,传进他的耳朵——这样灵警、这样敏捷,去接受一切的响声。他决定另换一个稳妥的藏身地方;在这里太孤露,并且继续下去,终久不是了局。他们不会想不到在这样秋熟的时节,高粱地里,有人隐藏着。一阵风刮起来,他利用这时机,从最稠密的田禾中,爬向它的尽东头:从这里有条小道,可以通到史可轩的村庄;在他家里,以他们的交情,他总可以暂避一时吧。

他蹲在那里，向高粱地外静听，果然那些嘈杂的音浪，渐渐不清楚，远了。他伸出头——简直是伸出眼睛，向前瞭望。连一个人影也没有。尤其使他觉得宽心的，是那条奔向坡下的曲曲折折的小路，这样窄、这样幽，差不多像埋在郁郁苍苍、熟到了极度的野草里头。蒿枳最多，遮尽坡头，比人还高。除非本地土人，才能想到这条神不知鬼不觉的隐秘的路。并且还有一层无比的方便：出了这条小径，走不上几步，便是他的朋友家的后墙；有半堵墙因为下雨太久，塌倒了，还未修好；他可以从这里跳进去，不会让人瞅见。并且那堵墙的四围，有几株老到不能再老的大槐树，披枝布叶，在浓密的绿荫中，恰好把他隐在里头。暗探不会知道这些。

从高粱地到小路上，却隔着三丈来阔的旷田，以前原种着玉蜀黍，可惜已经割掉了，只剩下一株一株的枯根盘结在地上。这里有显露的可能，有为敌人望见的可能。他心里计划着，杌陧着，不知怎样才能缩短这几十尺远的距离。他伏在地尽头向内数的第十排高粱下，踌躇着，听着一切的微声。由南往北，从他身上跳过一个被惊动的油蛄蝼，约有人拇指那么肥大。暂息的风又吹过来，他向前移动，仆在第九排的高粱根上；那个庄严的油蛄蝼，由北向南，又从他的背上跳过去。又是一阵风，他爬到第八排，第七排，第六排，第五排；他竖起耳朵，按住心神，向外边窃听——什么也没有。又是一阵风，他爬到第四排，第三排；还是鬼一般的静。那不知所趋的油蛄蝼又跳过来，这次简直在他头上扫了一下，把他吓了个不轻。他咒骂着，一手向那小鬼头扑去，用了这样大的力气，用了这样快的动作，出其不意地把它握在手心，并且那小东西就在他擦破的泥血的手心，被揉烂了。

于是他恼怒起来，咒骂着，骤然间不顾一切地直立起来。高粱的伛偻的充实的穗子，摇摆在他的头颅旁，警告他似的。他完全探出头——探出上身——脚在田塍间移动着，过了第二排，跑——跑出第一排，跑出高粱地，跑出满是断梗的旷田——并且一声不喘，提起脚滚下坡去，这凹凸的、遍地荆棘的斜坡——只在一刹那间，他立在万绿蓊翳的小道上。

他立在道口内，回首向后望去，没有敌人在追踪他，于是转过身向东北奔窜。衣服撕得一缕一缕的，风吹过来，时时要挂在小酸枣树上。他的心现今只是一片空白，什么思索也没有：过去记不起，将来想不及。有时他本能地停住，低首向前后听——尤其是风从耳边吹过，于是树响，草响，他的心也响！他留神到了万分。路有二里长，一口气——这能说两口气吗？——来到它的出口。他把身子伏在蒿秆下，又向四面听，四面望。他听见前面有啁哳的声音；不错，还是成人的。他的汗和土混合成的面孔，带着血的伤痕，立刻变为灰白的颜色。这声音哪里来的呢？从乱草丛中，他望见那几棵苍老的槐树，前三天，在那底下，他刚和朋友畅饮快叙过。树后便是颓墙，略经叠修好，只差一个人跳过的缝隙。但是一种奇异的势力抑制住他，实在，他有所恐惧——那是什么声音？——是督军府暗探的？

“他会跑到哪里呢？你到村前想法截住他，告诉他——快去快来！”

声音从槐荫下传过来，多么急促，显然是一种——像什么？像命令！他突然从荆草中跳起来，眼睛瞪得既大且圆，茫然立在一株极茂实的白蒿下面。这简直不是人受的，匍匐在地上等死！并且连死的把握也没有！生有什么趣味！这个生命一世总在危险中，总在忧患中，总在红血中！同狼嗥似的狂喊了一声，他从伏莽丛中跳出去，跳到槐树底下，凝视着对面的人——那人伸出手掩住他岔息的、愤怒的干唇，脸上透出惊喜的神情。

“是你——可轩！”

“是我。”他的朋友微微颤抖着，低声向他道，“我想你总要逃到这里来的，不过——”

“什么？”他的眼睛向地下望着，向院里望着，向自己身上望着，“什么？”

“放心，”他的朋友暂且安慰地抚着他的膀子道，“我怕他们也会搜到这里来。”

他们一同从后墙罅口跳进去，他觉得自己完全没有主意，不知怎样做才好，连一句完整的问话都说不出来，只是愣愣地随着他的朋友。他觉得自己的勇气一丝也不在了，弱——弱到让旁边的朋友用怜悯的眼光、强壮的双臂把他扶拥着。那惨痛的梦境过去了，但是它的黑影可怖地笼罩着他的思想、他的生命、他的灵魂！槐叶落在地上，仿佛落在他的心上，惊得他狼狈四顾，犹如丢了魂的小鹿。那些不可捉摸的暗探在什么时候、什么地方都许出现——这正是他和他的朋友所急于要解决的问题。他并不怕那些拿钱雇来的，以血为戏的捕快；他怕死——他怕死后！他倚在朋友的臂围中，缓缓从花叶扶疏、荔枝和牵牛花架成的过道，向内院走去。

院中异样地静，从恐怖里生出来的静，所有的妇女和小孩早已闻风避开，仿佛死神从什么幽暗的窟穴走来。在北房窗外有五株向日葵，垂头丧气，你摇我曳地耳语着，要折的样子。他们战栗的身影，从过道口投入小院。这是后院。从这里过一个小厅，便是前院；前院出去，便是一条门巷，通到村中的大路。他的朋友说，在每一个转弯的地方或是门道，他都已派好佃夫在那里，为了报信迅速。他们从北窗下经过，屋内发出一个老颤的低呼，使他不觉毛骨耸起。这是朋友的母亲，在焦急中的问声。

他在小厅中憩下，沉闷地望着对面的壁画——这是一张古香古色的《冬猎图》。为专一自己的精神起见，他只看着画上的一个物件，那只带箭狂奔的——是什么呢？他不信自己会失掉视力，然而他认不清那究竟是一只狼或是一只鹿；但是它在雪地上是毫无疑义地还滴着血。不是朋友从隔室捧出一盆洗脸水和一杯热茶给他提神，他几乎忘掉了自己。他接过解渴的茶杯，因为嘴里充满了尘渣；他把杯子举在唇间，很快又放到桌上。他的眼睛疑问地望着桌旁的朋友——又把杯子举到唇上，张开嘴要啜一口；噢，杯子又低放到胸前！

"可轩！"他的手哆嗦着，低低地呼道，"你听，这是什么声音？"

"什么也听不见。"他的朋友奇怪地、心疑地看着他，踱到门侧，凝神向外听，于是脸色渐渐白了。

那些嘈杂的声音好像是从画上传下来的：骑士狂呼着，猎狗吠嗥着，马嘶鸣着。

他靠着桌子，努力将视线移到画上——那带箭的是什么东西？——但是很远、很远的，又是什么声音？这样嘈杂，这样高嚣，这样让他不安，以至于右手端住的茶杯，一口未沾，砰然粉碎在砖地上！在门口站着的屋主，脸色青中带白——更青更白，和画上的雪一样。那幅古香古色的《冬猎图》，让过道的风吹得拂动起来。

他们一句话也没有，对视着，同时又都移目画上——噢，这幅古画今天真是格外地生动！

“后面去！”他的朋友下意识地喊了一声，从门内一踊而下，向前院奔去。

他靠着桌子，惘然地看着他的朋友奇怪的举动，呆呆地凝伫着。现在他只有等——他恍惚的目光又落向对壁的画上，那里有能飞的犷禽，有善跑的野兽，虽然猎人骑马在后面遥遥狂追着。现在他只有等——但是巷外的喧声移到巷内了，更近——更近，移到大门外了。现在他只有等——他的朋友在窗门外伸着胳膊，唇焦舌敝，向外争辩着；于是门外闹声更大——更大了。现在他只有等——被等的朋友狂也似的跑回来，汗流着，喘哮着，翻身遮住门，向他急促地喊道：“到后面去！”

从过厅跑出，一直穿出后院，他来在花叶槭槭的、浓荫的花架下——只见后墙罅口显出无数的人影，来来去去，唧唧嗷嗷地隐伏着。

他又折回后院，迷里迷糊，踏折了一株徬徨无主的向日葵，窜进北房。一位老妇人蜷伏在炕角，抬头瞥见他，吃惊地叫着。他用左手扶在炕边的小红漆桌上；但是，这是什么东西在手心磨得痒痒？他举起左手——就在拇指下面的手纹里，还粘着那已死的油蛞蝼一只肥实的后腿——他微微笑了一笑！这样奇怪的笑，当他甩掉手心里的后腿的时候——老太太爬下炕，欲问未问地，向门外探出发髻脱散的头；但是立刻又喊了一声，缩回头，迎身挡住门，仿佛有无限的活力，来防卫她儿子的知己好友。他靠在小桌旁哆嗦着。

“诸位!”他的朋友竭力拦阻着黑魇魇的一片人影,在靠近房门的仅余的一株向日葵下立着,用手指着迎住门的老妇人,涩苦地嚷道,“诸位请看,这是我母亲——我母亲!她上了年纪,你们谁要伤她一根头发——诸位,督办也是我的好朋友——小心我和诸位算账!”

于是静了——静了——一秒钟,五秒钟,五十秒钟——一分钟!他藏在这颤巍巍的老太太的身后,脸色鬼青,忍耐地等——但是他的神思疲茶了,目光无聊地移向炕基,移向炕帷,移向炕端:在这里叠积着夏日用的夹被,玉色的本地绸,杂着天青色的小梅花。这是人们白日生活归宿的地方。毫不踌躇地,他一跃上炕,扯开被子,将自己从头到脚裹在里头。没有声音可以让他听见了;没有形色可以让他看见了。为什么要这样做,他自己也不清楚;然而他不是有所恐惧,是倦了,在这无可为力地挣扎之中。

同时从石阶下,跃上一个穿灰色军衣的兵,推开那拦在门口的顽固的老妇人,大步踏进屋里;于是接着第二个、第三个……于是炕上的一裹圆的绸被,白地青花,渗出红的——殷红的,一滴一滴——渐渐全浸入红水中,变成了栏里红芍药的颜色。

十二年十二月

(初载1924年1月22日《晨报副刊》)

买　卖①

一

巡长，您听我仔细讲。

我并非不懂人情世故，能马虎就尽着马虎。不过像他今天这样对付我，可真有点儿昧良心，害故人，出我意外了。我们是近邻，一直住在同院，无论事由儿大小，中间底细彼此总意会的。说到这件事，我还真不愿意当着许多人张扬，可不……这也真难出口哪。

好，是非曲直，请公断吧。

二

他这个人我不说怎么怎么坏，一点不，一点不。他坏，我想不一定是打心里坏，左不过是钱逼的，一文钱能逼倒英雄汉。可是他这人并不怎么好；他懒，爱花钱，好摆大爷架子，不知道廉耻。你们

①原题《陷阱》，1940年3月收入小说集《使命》时改题《买卖》。——《李健吾文集》编者

瞅，他的顶门鼻头上有颗巴豆大的麻子。这破像，怪招人笑，所以街上孩子都笑他。

“麻子—！”街上这样浑叫他。

“叫我马四爷做什么？小杂种！”他咧着嘴，嘴够漂亮的，还有那副勾人的贼眉眼。

他姓马，这就算了。可是他既没有哥儿们，又没有子孙，他用心狡黠，就可想而知了。

三

我自个儿，我明白也不是天字第一号儿的。不过我有良心，再说我还有一座不三不四过得去的买卖。我爱我自个儿，这就是说，不愿因为我自个儿作害了别人。我有钱，可是从前我年轻的当儿，不瞒您说，我穷得毁了我一辈子。这得解说个干净，它跟我们的纠葛有些牵扯。

我叫何其玉。

原来我的家底并不错，不知怎么就塌下了，我断了学，离开了爹娘，让送到一家公馆当书童。这伤了我的志气，我觉得自个儿从此被踩在人家脚底下了。我那时不像现在这样蠢，外表上也真有一下子，主人怜恤我，许我伴着小主人在私塾里念书。您可以瞅出我那时要多得意。在那私塾里还有小姐们……这我可以不必聒噪了。总之，我是一个糊涂虫，主人骂得好，把蛇养在肚里了。我就是那长虫；不过我有志气，凭我这样的人才，终有出头的一天。我走了。

我在外混了几年，混得我一点志气也没有了。但是我不灰心，天有好报，我总要弄到那位我爱疯了的小姐。

她出嫁了。

我死了心，混着，混着，一直从前清混到民国，混到现在，住在他家的院子。

四

人人都有不堪回首的事儿，人人就喜好向外人吹打这个，不管人家愿意听不愿意听。我不然，这有两层缘故：先不说我怕这毁了从前我那位小姐，再说这也引不起人来可怜我。可是有一个人可怜我，就是他的老婆。她听得下我的故事，听完了以后叹息一句："唉，可怜人！"这能把我几十年的郁气扫动一扫动，让我觉得这究竟还值得点儿什么。一个老光棍为了负心的女人吃苦，只有在女人那儿还寻得出个嘘寒问暖的知心……她可以为我流眼泪……

日子是要过的。她闷得慌，听我一遍又一遍地讲着这桩伤心的事。想不到这如今会是我唯一的快活，我好像也只有这个记得清楚。她年纪不算大，知书识礼，在穷人群里很少见。我们很处得来。我常常觉得，不瞒大家说，她跟从前我那位很相像，尤其是笑的当儿。

有时我忘记讲了，她在我窗户底下，特意向里头提醒。

五

请听我说。

大家不要瞎猜我跟她有意思，这不成人话；我从来只把她当自个儿姑娘看待。当着她丈夫面前，您可以根究一下。我恨女人，见了她们就远远躲着。说实话,起初我真还有些怕她,因为她有些像“她”;随后她熨帖我了,因为她真有许许多多地方像“她”。我尊敬这样的女人,我没有存过一丝坏念头,天地良心!

她跟丈夫很要好,这个四邻都知道。他们穷,这个四邻也都知道。可是穷挡不住夫妻要好,也是真的。不过穷能立时就让他们饿着,这可也是真的。说不准夫妻两个里头,就许有一个生了翅膀。我说他们穷,譬如这所院子本来是他们自个儿租的,三面九间,场面总算不小了,不久东西厢腾出来,在门口电线杆子上贴出转赁的红条子。偏不巧我正在找三间房子,就寻问到这儿,碰见麻子一,把东厢房租给我。

我搬来了,从上房走出个小媳妇,对我道:“先生,您是单身吗?”

我在这世上连个鬼伴儿都没有。

她呆了半晌,冲我笑道:“这怕不方便呐!因为……因为……不,先生,这怕对我不方便。您瞧,我是一个年轻媳妇,丈夫又整天不在家。”

她的笑,她羞上来的红脸,让我觉得像坐在针尖儿上。她的干脆跟客气,真叫我佩服。我决定住下了。所以我说:“不过你男人并没有……”

“噢!我并非撵您走——只是西厢房能赁出去就好了,不是吗?”

三天以后,一位老寡妇来瞧西厢房,付了定钱。她后面还跟着两个野小子,这让那小媳妇特别欢喜。

六

我讲的那座铺子，是个小杂货店，就设在大街上；开头本钱小，我总是不分黑白，在前后柜照应着，另外有一个伙计。我很忙，人缘也好。后来我约了一位朋友入股，铺务便由他经理。至于我，除去一天在那儿用上饭铺送来的两顿菜饭，此外便扔开歇腰去了。我连饭也慢慢不在铺里用了，这是因为……

巡长，您听我的。

这是因为后来我在他家灶上用饭。我不知道这怎么弄成的，不过有一上午我的确跟他夫妻在一张桌子上吃着饭，这饭自然是他女人做的。大概这样开始的：那天我从他们房外窗子底下走过去，他坐在院子台阶上晒太阳，看《群强报》，他女人坐在案板前头小凳子上，切下四四方方几堆白面皮，在那儿捏饺子。

我不禁夸道："饺子包得真高！这是一份儿手艺哪！个子要圆，皮儿要薄……"

"噫——哪儿话！别见笑！这是他今儿个在家里，我才包几个。"

他搁下报，接着问我道："老爷子，你用过啦吗？"

我说："还没有偏过哪。"

"这！好，就在这儿用些吧！自个儿人，别嫌肮脏。"

我说："哪儿话，不过铺子里头还等着我哪。"

他女人低着头不作声，忽然望着窗台上的空瓶子，拍手道："呀！醋还没有打哪！"

我说，要吃还得一会儿，反正我得到大街绕一趟，就顺便把它打了吧。他们怪不好意思的，强着我一定得回来用饭。我提起醋瓶口的绳子,兴兴头头地走了。

从此我就不再大远地,为一顿冷饭,赶到铺子去。不过这也是实情,就是每顿菜饭总归我垫钱,开头他女人不肯,随后也就罢了。

七

我始终还没有提到他在外干些什么营生。原先他在一家公司充跑外,很有起色。公司交了他四十块,那一夜他就身连魂儿丢在"胡同"里头,随后倒霉蛋儿就让公司裁掉了,真有些冤得慌。后来转到一家工厂,不到两个月,他回家对女人讲,这不是人干的,便辞退了另找事。事情可不容易谋,结果便流落在东城电影院,当了一名差役。这离家太远了,他便改到珠市口戏院。这离家太近了,他倒很少回来。

做这种男人的管家婆,滋味是不会好受的。

自然这不能怪他,年轻人,出身是公子哥儿,从小出脱惯了,长大成人只有下山路溜着顺当。从小人都替他设想,所以他从来不会替人设想。可是死的死,丢的丢,如今就剩下这个女人死跟着他了。我不骂他,这不算他的错。有人说他同那位老寡妇暗地有两手儿。这我从来不信。为她标致?这是笑话。为她的压箱钱?这就难说了。不过这您知道,他长得可够让一个老寡妇动心的。好在这不是我的事。

有一趟他从戏院回来,在院里对大家讲,明晚是梅兰芳的《天女散花》。

"噢!我就是没有听过这个!"那个老寡妇坐在院子台阶上,叹着气,好像她整天在戏院过活。

“那是个坤角?”他女人小着胆问,好像一生没有见过戏报子。

“我可以请你看去,要是……”这是他的话,这明明是对那位老寡妇献的殷勤。

这时候我正从屋子里头拖着鞋出来。

八

您听我一丝不漏地讲。

就是那老寡妇跟他们吵架了,决定要搬走,不再在这儿住了,连一天都不肯多留。我从铺子回来,正碰着她在抽窗外灰炉子红火火的煤球,指东数西地骂着。我觉得她疯了,这样儿抽着煤炉子。我像没有提到她平日为人怎样,其实这用不着我多嘴,一个四十多岁的半老女人,带着两个野孩子,在南下洼有的是。我走近她那边,问她做什么。

“做什么? 我卸炉子!”她真气迷了性,“可不! 我搬家! 今天!”

我觉得出奇。

“为什么? 不为什么!”这真是一个地道的老泼妇。“不! 你问他去! 问她男人去!”

我走到北房窗底下往里听,只见女人抽抽搭搭的声音。我问老马有没有在家。

屋里回的是:“刚出去了——您是谁? 请进来吧。”

我进去了。她倚在里间床上,眼睛是红的,头发是乱的,上襟纽子有失了扣儿的。我吓了一跳。她装着笑,迎到外间,轻轻问我有什么事。

“我要吃饭——”我打岔道。

她吃惊了，叫道：“哎呀！我——我忘了做！”她的脸蛋儿跟眼圈儿一样红了。

我问她为什么西房要搬走。

她向里间转过身子，不在意地答道：“是吗？真的？噢，要搬家？我不知道为什么。我真不知道。我男人刚——他刚出去！”

我问她：“你愿意他们搬家吗？”

“噢！我怎么知道？”她跑到屋里，伏在桌子上哭起来，忍不住了。

我始终莫名其妙，这葫芦里的药！

九

那位老寡妇叫了两辆破胶皮车，装上一件一件的破零碎，一个儿子跟着一辆车，她自个儿在后头押着，摇着手里的扫帚，给我道了一声扰，真他妈走个无踪无影了。连着两天我没有见老马一面，跟他女人只不过是饭时一会，谁也不多讲话，日子过得一点不挂劲。后两天我简直躲到铺子，一直到天黑才溜回我那冷屋子，晚晌总是她开门，除去家常一句问候，闲话一概不提。这样到第三天晚晌，等她开了门，放我进来，我嘴里故意哼着戏调儿，避着同她答应，窜进自个儿屋子。

她跟着我，冲着我这傻样儿直挤眼乐。我从窗台上端下洋灯，她抢过来擦起火，取下罩子，点着了它，替我捻亮了。我回头哆哆嗦嗦问她傻笑什么。

“自然笑你呀！”她更笑得厉害，这狐狸精！“我同你说话你也听不见，我跟你走你也不睬我，我为你弄好饭你也请它凉着，我为你点亮了灯你也不谢我，我——”

我叽里咕噜着铺子忙得不得了。我问她男人回来没有。

她拉长了脸不作声。

我笑着说他真也放心；然后用手指着她跟我，开心道：“——你跟我！哈哈，哈哈。”

她哑着嗓音，好像骂了我一句老羔子，立刻气愤愤地扭了出去。过了些时，在我窗户底下，她忽然用顶冷的口气问我道：“你明天不也搬家吗？”

“绝不！”我老老实实答着。

十

第二早晨我起来舀了一盆水洗完脸，正打算要悄悄溜出去，忽然听见她隔着窗子在屋子里头叫我停住。我很不自在，觉得跟受大刑一样。

“你上午不回来用饭吗？”她挽着髻子，往外走着多心地问。

我回说不。她倚住北房有太阳的墙柱子，好像盘算着什么，然后瞅着地上的麻雀，向我郑重其事道：“我劝你早些搬家，因为……”

我问她是不是要撵我走，跟老寡妇一样。

“不！不！”她急着辩道，“我只觉得你——你该搬家！”

“为什么我应该？我在这儿住得舒服，房钱又不欠。”我想过来，“你是不是目下缺钱使，我的小太太？”

我这轻薄调子显然不招她欢喜，她吐了口唾沫，扭转脸，生着气，走到我跟前，问我把她当作何等人。

我说我绝不敢损她，这是真心诚意的话。我猜她男人近况不佳，她这些日子一定很窘。我说我从来没有跟女人取笑过，请她想想我是怎样一个过来人，然后问她："不是吗？"

"不是吗？"她小嘴半张着，上牙咬紧下嘴唇，轻轻学着我的口吻，然后转过身子，抬起手指着睁大的眼睛。

我从皮腰带的袋子里摸出两块老袁头，走过去放在她身旁的窗台上；觉得没有话可讲，我扬起脚便走。不过这我又错了。小娘儿们！她喊了我一声站住，抢过那两块雪亮的大洋，往我眼前哗地一扔，正滚在我脚前地上。

"我不要你的钱！"她的两条眉竖起来，眼睛放着亮，伸出小粗手指头，一只脚跨在台阶上，一只蹬在砖头上，斜弯着上腰，怨天骂地道，"噢！你们男人没有一个好的！没有一个！没有一个！"

"你男人也不是好人？"我故意逗她道。

"不——不——不要提他！"

"那么我也不是好人？"我追着窘她。

"啊！天呀！"她的眼泪让我挤出来了，她将身子扑在窗槛上，像六七岁小娃娃委屈了撒野，"你——你们都是——都是好人！"

我耸着肩，撇着嘴，一溜烟出了大门，上了大街，留下她独自拾那两块惹是非的老袁头。

十一

我这儿讲的全是真的，一点假意思不搀进去，这不是杂合面。

不过我有我的想法。

我明白我现在应该搬家,那还用说。我:一个没有娶过亲的男人,年纪不算太老(说实话,我只过了四十三个整生日,加上一月又十天的零头),人还将就,手头松泛。她:这我不愿多嘴,大家都清楚的。大家都清楚的,她一个年轻媳妇,独自孤零零地住着三间大空砖屋子,丈夫不肯回来,这样长的夜、这样静的院子,还有白天的劳苦、黑夜的愁闷,再加上穷……穷……这些我都晓得。我不是没有心肝的老油鬼,这样的女人我不单只佩服,而且真是踏地地尊敬。我知道我该走,随便哪儿也好,都比这儿穷窠强。

不过大家总该相信我没有存过半点儿坏念头,我自个儿信得过。小时候我受够了苦,不用人教,我早会做人了——做人不像放屁那样轻易,可是我能够,而且也真做得到。而且我每一想到我那位小姐,她为我疯过,为我被拘禁起来,……是的,她像改嫁了,不过那跟我有什么关系呢?这我不信。这些就都在我眼前头,她跪在那位镇台大人面前……我也跪着……我们哭着说,打死也要在一处,没有鬼神能分得开……于是我让吊在马号柱子上……上天见证,这些话我常跟他们夫妻讲……

啊,我又该走了,混着,混到头发白了。不!我说实话,如今没有人赶得了我走,离开这三间破屋子,还在臭粪厂里头。我——我爱这个可怜的小妇道!不过我信得过自个儿,我有一种力量,常人没有的力量,我绝不做丧尽天良的混账、缺德……

巡长,这一番老话就算您没有听见。

十二

上午他回家了,我们一处用饭,跟往常一样。跟往常一样,他女人低头捧着碗筷，不一样的就在她直拿眼睛偷偷瞥我一下，再偷偷射她丈夫一下，趁我们不经意的当儿。我猜她心里有不堪出口的苦，说不定是由于瞅着她男人那种大言不惭的穷酸样子。他扯到时局的紧张，论到米粮的抬价，笑着衙门候差事的老爷……可不，没有一桩事关着他，又都像跟他有些牵挂。

我们一块儿出了大门，顺着野池塘，向大街走。我虽说听着他滔滔的话头儿，可总想着他女人分手时候那副求我什么似的黑眼睛……多怪气！

可是不怪气，您听我讲。

他先问我这一向生意兴旺，接着叹一口气，攥紧拳头打着左手心，一语三转地道："这，您瞧，在这种年头儿上，没有几家买卖能及得上您的。而且这种年头儿真不好混，阔人不提，穷人更是一言难尽。有钱的地方门都关着，穷人就让才气行，也挤不上。就说我吧，鞋跑得只剩下这一双了，然而还是混不出一碗正经饭。您知道，我原是心高气傲的年轻人，从前也干过正点儿事。不过我还是我，这不是我的错，这是——你看我女人怎么样？"

"怎么样？"我觉得他的来语有些突兀，便思索一下道，"她为人很好。"

"噢！我知道，我知道。"他顺手从塘里揪起一根苇子，有许多懊恼像借着这个劲儿泄掉，然后抡着半截苇子，发狠道，"您瞧，我不常在家，您知道，我不能，我没有脸见她——不，我在外头太忙！她年纪轻，不过有您——您！我晓得您一定会好好照顾她的。唉，如今好人真少！真少！"

我问他最近干些什么营生。

"营生？我喝西北风。我从这家公馆跑到那家，连那门槛可怜还没有迈过。"他把左脸向下一扯，筋像抽痛了，随后举起右手顶住那个地方，怕它掉下来。这种情境，谢天谢地，我是从里头混过来的，现在已然——好，他接着微笑道："我告您实话吧，不过我盼您不要告诉别人，尤其是我老婆。我正在做一个赚子儿的买卖，您信我，我还有朋友，不过我——您瞧，喂，怎么样？"

"怎么样？"我猜不透他的意思。

"哼，嗯，哼，您能借我二三十块钱吗？"

我愣住了，盯着他，问他要那干什么。

"那买卖，您瞧，总得大家合股，我可一文不名。"

我问他那是什么。他说我将来自然会清楚。我摇了摇头，老实不客气对他说我没有钱。我们对立着都不讲话。

然后他笑道："你真要知道我的底细吗？"

我说自然，因为——

"因为怕我拿去洗姑娘们的账吗？"

我说我怕跟这差不了许多。

"哦！那自然！"他带着恶意向我笑道，"不过你可有钱借给我女人——我那位年轻的媳妇！哈，哈，哈。"

不等我急得转过念头来揪他，他跳着早从小道上跑了，手里掂着我早晨给他女人的那两块现大洋，哗哗地响。

十三

我转过了念头，我也转回了身子。我觉得我一肚子霉了三十年的闷气都得泄在他女人身上，什么？拿我来做你丈夫的把柄？

而且……而且……天地良心！

她在门口向我这边路上望着，脸上衬着种种可气堪怜的焦急，见我来了，跟哈巴狗一样，往旁一闪。我没有睬理，连正眼也不看，昂起头来，一直走进我自个儿的屋子。啊，这才是有气派的人哪！我连头也不回；有脚步声跟在我后头——这种女人！我甩着袖子，就像甩掉顺治门洞叫化子。我站在床前头，不知道想了些什么，然后抖开床上叠好的被窝，铺平了来打行李卷。转动的当儿，我觉得有一个人影在小门晃着，我没有管它。

我打好了铺盖卷，塞进去毛巾、胰子盒、洗脸盆、瓷茶壶、一对洋瓷花茶碗……我冲着支起的窗子出了一口长气，舒服多了。我转过身来，正冲着靠门立的女人，面无人色，眼睛在我身上旋着。

她声音低得几乎让人听不见，哆哆嗦嗦地问道："何掌柜您真要搬走吗？"

"自然，一定的，没有错。"我气着道，"请问，不是你赶我走吗？"

"我？"她一惊，仰起头，打窗户望着外面的天，慢慢向我道，"我可没有请您走，可没有！是的，我先头那样讲过，可是那不是我的本心，不是我的本心。不过，那时候您可以走，因为我怕……噢，不过，如今，您不能走，因为他……他……因为我怕……噢，何掌柜。"她忽然在我脚头跪下，头扶在两只手里哭着道："我该怎么说好呢？怎么说好呢？我一个人，无依无靠，在这样空的地方怎么好呢？您——不，你，你你不爱我吗？你不看我做亲女儿一样吗？"

小狐狸精！我搀起她坐在桌旁椅子上。等她气喘定了，我站在她身后问道："你男人在外做些什么营生？"

她哆嗦了一下，低声回道："他从来不告诉我。你知道吗？"

自然我更无从知道。“你还欢喜他吗?”

“噢,让我想一想;”她抬起头瞥了我一眼,带着泪,转向房角暗的地方,“是的,我疼他。”

我转到她面前,用手扭过她的头,猛然问她道:“告我实话,他逼你什么来吗?”

她静静看着我,慢慢答道:“没有。”

“真的?”

“没有!”

“那两块钱怎么到他手的?”

她脸色白了,不说什么,然后转过语气问我道:“他刚才亲自对你说的?”

“不错,那杂种!”

她忽然推开我,狂笑起来,跟夜猫叫唤一样,抢向外屋道:“嗬嗬! 嗬嗬! 我真佩服他!”然后她在门口转过身来,向我俏皮道:“何掌柜,您还走吗?”

“不走! 不走! 小娘儿们! 这儿是三吊铜元票,晚晌给咱包一顿好饺子!”

十四

铺子我那位伙伴想是发了狂,忽然对我讲他不干了,请我另想办法。他要到济南府去谋事,有位亲友在那儿队伍上充营长。我劝他三思而后行,少冒无谓的险。狗骨头不识好货,他一死儿要挺尸去。好在他不提动本钱,只要些盘缠,我也就不好拦阻。他第二天动身。

上午吃饭的时候，我把一肚子没好没歹的气诉给我那位厨师娘。她问我以后怎么办。

“好他妈的！左不是我跟那铺子死在一起！他走了以后，我就搬到铺里去。这年头！这种交情！这种生意！”

她呆了半天，忽然问道：“这边呢？”

“这边？”我也呆了半天，叹了口气道，“且看吧！”

十五

洗碗碟的当儿，她忽然怪怪地对我扭捏道：“老爹，待一会儿我要出去——到土地庙去，今儿个是十三。”

真稀奇，她居然也会想到逛一逛去；去吧！在家里反正是怪闷的。我临走交她一块钱花去，叫她记住回头锁门。至于以后她是不是去了土地庙，那我便不得而知。不过晚晌我从铺子用完饭回来的时候，却见大门敞着，院里也没有人声。我进来关好了门，一直走上北房的台阶，才听出屋里有哭声。我怕庙上坏人欺负了她。我在中堂站着，问她鬼号什么。

“没有，没有。”她抢出屋来，向我媚脸儿笑着，拿手理上散下来的头发，赶紧辩道，“嗬，今天真热闹，人山人海，什么物件我也新奇，我也欢喜，我都想买。后来——后来我一样也舍不得买。我没有花一个镚子。去时走，回时走。噫哟，你用过饭啦吗？你今天回得分外晚。”

我走到她跟前，伸出手，冷不防道：“还我那块钱！”

这时她是什么惊慌神情，简直用不着我多嘴。她随后走到我跟前，眼睛长虫似的灼着我，用小手翻弄着我开了线的领襟，轻轻道:“那你不是给我的吗?你这人真没有信用。老爹,我这儿沏了一壶好茶,你靠在床上给我讲故事不好吗?来!我许久不听你讲了。那位小组,你那位小姐,那位叫你受了一世苦的小姐……”

这要在从前,我一定欢欢喜喜,叹气流鼻涕,把那死故事向她重来重去的。不过我是男子汉,并不这样弱,这样易于受骗,我活够了,什么我都经过,什么也蒙不住我的老眼。不过,无论如何,她这欺孩子的本领越发让我可怜,这女人——女人都是这样没有出息。她一定又给那男人送钱去了。每天油盐上省下来的零碎,加上我那一块钱,这些够讨穷小子的欢心了。我都明白,我晓得这能害女人一辈子。

“来,孩子。”我坐在里间床上,指着床旁小板凳让她坐下。在黄昏的时光里头,我看着她草草拢住的头髻,跟她讲下面的老话。

十六

“打明天起,我便要住在铺子,不再轻易回来了,这对你我都好。我情愿指给你一条做人的路子。我年轻尝到的苦要比你现在厉害得多。不过我想你是女人,比我还苦。我总算过来人了,这就是我给你的教训。你听着——

“这要在前清的话,孩子,像你这种情形,除去踩着男人的脚后跟,做女人的简直找不出第二条路去过活;男人不然。不过,孩子,在那时就是做男人也不易。没有人帮他,他没有门第,高一级梯子不许爬,这是没有法子的事。他志气挺大,我告诉你,他摔得挺重,重得他再也没有爬上去的机会。这就是我,孩子!我认的字跟我从前伺候的公子认得一般多,比他还要多,然而我仍旧是个穷人——不,我如今总算凑合了,也还逃不掉一个未入流的小本生意。这对我够了,因为我早就死了那种想入非非的心肠。

“我那时从府里叫人给赶出来,身上除去她打发丫头偷着送给我的半副赤金小镯子,什么也没有。我先得找口饭吃,弄个安身处所。这有两条便当路走:到小站当兵去,或者到街上去摆货摊儿。两样儿都可以省去求人的难处。当兵吃粮我觉得低了身份,也太辛苦,摆货摊儿太没有出息,也怕让府里碰见查出来。于是我跑去伺候旗上的贵家哥儿们,当了那只我丢舍不开的镯子,盼他们能够替我走一句人情。我错了,什么我也没有捞回来……结果我出了京,奔到小站吃了一口皇粮。

“好,我再说你,你听着,那是男人顶便宜的出路。说到女人,那时真不是她们的世道,只有影子不见形。如今民国了,女人好歹也有喘气的地方,只够喘一口气,总比那时好多了。这就是,女人能够独自弄碗饭吃了。除去当窑子,做暗娼,她要是有胆子有见识,可以进一个工厂,寻一桩事做了。

“我并不是劝你扔开你男人。不过你也应当想一想,他是一个人,力气比你大,见世面多,既然把你丢开不管,却又偷偷摸摸来盯住你干吗?不行!不行!你得拿定主意!我不能够这样帮你下去,就让我爱你跟爹疼姑娘一样,也有一天要走我自个儿的路。撒手不相识的时候,那时候你该怎么办?你男人不要脸皮,还得回来压在你身上。那不是做人的法子,我的姑娘,那绝不是!

“这只是哄你自个儿,可是哄不过你的良心。因为你背了人,就忍不住要流下眼泪的。你想一想,也许我从此不再回来了,跟从前一样,我不认识你……你想一想……”

十七

我停住了，看着她往下低到膝盖的头，肩膀动着，喉咙抽噎着。这——这简直是二十五六年前我那位小姐跟我偷着分别的光景。我记得那时我末几句话是：

“小姐，你明白我的心，走到哪儿都忘不掉你。只有你——噢！你不是我，你没有我的身子跟自在，你——你不要后悔今天吧！我们都还小，我怕大了你会忘掉我的。你想一想，也许我从此不再回来了，死到你不知道的地方……你想一想……”

我做着自个儿的梦，忽然床底下有了什么声音。我疑心床边的女人对我讲话，可是没有，她没有抬头。不过这不能够说她没有听见，因为她马上抬起头，对我解说道：“没有什么——”为折服我起见，她拿眼睛往床底下扫了一扫，哆嗦了一下，瞅见了什么吃惊的东西，叫道：“咦！一个小耗子！”

我说：“去他妈的小耗子！”

我们面对面静静坐着。

十八

她把板凳慢慢移到我脚旁边，上身靠着桌旁椅子的前腿，气断了似的问道：“你能够告诉我一句话吗？”

“什么话？”

“你为什么那样爱她？”

“这……这……这……”

“她要是同今儿个女孩子一样，你还肯那样守着她吗？”

“不过她不是……啊，啊……那在二十五年前……”

“她长得漂亮吗？”

“漂亮！”

“比我呢？”

“那……那……我讲不来。”我转过话头道，“你真怪！”

她站起来，摸着桌边的洋火，点上灯。她眼睛看着玻璃罩里头亮起来的灯捻儿，两颗又大又亮的眼泪从鼻梁直滚下来，跌在罩子里头，恰恰灭了那一点点的焰头。

“你比我还怪！”她瞧着灯焰又放出光来，像在笑道，“是呀，你没有答出我一句话！”

十九

她又坐在我脚旁边，哆嗦着。她好像着了凉，病着。我问她身子是不是难过。她摇一摇头，挺直了腰。可怜的女人！我明白她心里头有东西捣鬼。

我动了情道：“孩子，不过你今晚让我觉得比她还好，这是实情！你跟我一样受过苦，受的苦也跟我一样。你不言不语忍着，瞒不过我的眼睛。这就是为什么我更喜欢你——你才是个女人！”

她的眼睛时时往床下瞥着，脸色背着灯我瞧不清，忽然她有了什么主意，疯了一样，头跟手往我怀里一扑，冲我颤颤索索哀求道：“你今晚在我屋里睡吧！”

我扳起她藏羞的脸，厉声问道：“孩子，你怎么了？”

她失了光的眼睛躲开我，看着床底下，嘴唇哆嗦着，急着道：“院子静得很，只有你跟我——”她嘴唇哆嗦着，全身在我手里跟树叶子一样。

“这是你自个儿——你真熬不住了吗?”我忽然转过一个念头,吓唬她道,“你自个儿真这样想吗?”

她发狠哭了,从丹田里嚷道:“才不是我! 才不是我!”她的头低到自个儿的怀里,她的天良发现了。我觉得床活动,跟前年地震一样。我从床头跳下来,站在屋子当中,迷里迷糊,不清楚怎么一回子事。她不等我惊得叫出来,就拼命扑在我身上,胳膊紧紧搂住我的脖子,头发散下来遮住我的眼睛、我的全脸,嘴里热气全喷进我张开的大嘴里头……

可不,我瞧清床底下爬出一个人影子,那是一个男人,是她丈夫。

二十

现在,巡长,我不再烦叨了,您总可以猜个大概吧。

我觉得他无耻、下贱,逼自个儿女人干丢人的事。这太丢人了,禽兽行径。不过谢天谢地,我可不是那么容易上钩的大头鱼。不错,我喜欢他女人,不过我们没有干过他控的那种丧祖德的丑事。我没有,您可以拿我那些话做见证,我讲得也许太详细太琐碎。这可以看出我问心无愧。

他方才说我得赔他四十块大洋,我不干,他敲不上我的竹杠。我不是那类浑蛋;他自个儿才是。他说他女人真爱我,这我可不敢相信,这是钱逼他,他逼她,走上这条绝路。我不能要这种女人。打官司也成。

不过我可怜他女人,再说我们感情也不坏,万一他真不要她,那我情愿收她做个干女儿,跟她住在一处,守一辈子。我喜欢她,她长得像我那一位,并且是我老年一个好靠背。他说要是我能出八十块钱,随我领他女人到天涯海角,永不过问,大家都听见来的。她自个儿——她如今还躺在她男人脚旁,跟死人一样,难受过去。她做梦也想不到这个。她凡事不先想到自个儿,结果她男人卖了她。好,我不再说什么了。

我只出六十块钱,不过他先得立一个休妻的字据。

她醒来了,让我扶起她,怪可怜人的!没有一个人想到她。就是关于卖她这桩事,她打头到尾也没有说过一句话。

十六年十月

(载1928年5月25日—26日、5月28—31日《晨报副刊》)

机关车

这座小车站，在两小时内，由喧阗混乱渐渐变成一块荒凉无主的土地。北军已经撤退得干干净净，站上所剩下的，除去一些无用的枪械，龌龊破烂的皮带制帽，等等，还有些被弃的濒死的伤兵，在沙地上呻吟哀号，等候最后的解脱。那一间窄黯的候车室，因为临野的窗扇全给兵士捣毁掉，由西面投入通黄的斜阳，显得屋内特别空旷，加以桌椅东倒西歪，仿佛已有十年颓隳的历史。出口正中墙上那架最触目的时钟，不知哪里去了，只有一枚黑锈的铁钉，愔愔独立；告示牌也尘黄不堪，有的拱起背来，睥睨向下，有的卧地自掩，貌若羞愧。幸而此地尚非交战中心，否则恐怕连这些点缀也难得了。

站前六根车轨上，有些在匆忙中被遗下的车皮，凌杂无章，东一辆，西一辆，衔接的也有，空立的也有。在稍远东头的路轨上，停着一辆机关车，庞然笨大，烟筒起初还送出一点稀薄的白雾，时或发出微弱的喘吁，在这冷落的场所，很像一只奄奄一息，疲苶到极度的怪兽。

轨道两侧凹地蔚出两排暮春的榆柳，披垂着青绿的嫩枝长叶。树顶夕阳斜掠，闪出熠耀的金色，往东一点一点消淡下去，直到树梢和细轨在渺漠的黯青的天际，凝聚成一个微小的黑斑。柳絮漫天而飞，无忧无虑，随风而靡，似乎是空灵的小妖，又似乎是自洁其身的雪花。不久由东北飞来两只乌鸦，各栖在站台上一根灯柱的顶上，报告恶兆似的呫呫地叫噪着。地上的伤兵，辗转匍匐，随即力竭了，晏然静卧，看去和死了许久的腐尸差不多。站上的职员似乎早已逃匿了一个净尽。

沉静仿佛这样地扯长，这样地饱涨，预示着某种可怖的爆裂一样。

忽然从站台对面木排后头，破空响起一阵窘急的鸡叫声，随即从木排临地的破口窜出一只母鸡，慑于四围的幽静，迷蒙在轨道旁边。同时从木排上面爬出一个年轻人来，上身向前耸起，踊身往下一跳，轻轻落在鸡侧地上，猛然伸出两臂，于不意中，将它攫住。他的脸上显出天真的胜利的微笑，挺直了腰，望着凄凉的四野、空虚的车站和它的房屋、七零八落的车皮。最后视线转在东首那辆机关车上，透出惜恋的意味；犹疑了一下，他便径向那里走去。

那只巨灵额前一盏明睛似的大灯，它的玻璃反射出落日的强光，迎面欢迎他。他握紧了手中颠扑不稳的鸡翅，跳上车厢外的过道；在转身往后瞩目的时候，沿着远处车道，他望见一群兵士，正向他这里蠕蠕行动。忽然他们撒腿跑起来，好像是以他为目的物的样子。他吓呆了，靠住身后的铁板，就和钉在那里一样；什么都飞离了他的脑子，更想不到逃走了。

这是一队全副武装的步兵，军服深黄色，循着轨道两旁的狭径，往这里奔来。无论从服装上，从步伐上，都显然表示出他们不是中国任何方面的军队，原来他们是来“保护”侨民侵入山东的日本军队。铁轨中间有若干段为败军拆毁，防备南军立时地追击。因此他们只好徒步出发，打算在南军进占此地以前，先行据为己有。在站口外他们陆续排齐了，然后有秩序、有计划地散开，包围住这座空无所有的车站，如对待交战国的要冲一样。

灯柱上栖止的乌鸦受惊飞走了。一刹那间，这荒凉的地方意外地热闹起来，仿佛从一个噩梦又转进一个更噩的梦里，仿佛一个人好容易得到暂时的休暇在打盹，立即又醒到所厌忌的现实生活里头。

一个日兵在伤兵前顿住，非常冷漠和轻鄙的样子，倒下枪管尖头的刺刀，拨动着他抽搐绵软的颈项，随即照他的胸前蓦然戳下去。伤兵疾声一呼，和想象中的鬼号一样；转过垢污苍白的面孔，眼睛睁得异常圆大，显出神经上不堪形容的紧张和恐怖；血立即渗透了胸前军衣的左方。

“啊，没有死哩！”

日兵不禁大笑起来，从他伸缩不定的身上跳过去。

伤兵的眼皮，于无可为力中，又闭住了。然而从旁转过一个较为高级的日官，跟着几个荷枪的兵士，用生硬的中国话问他道：“喂！你的同伴们？”

他摇一摇头，同时神志更加昏瞀，仿佛身上哪里又碰在一个尖锐的东西上头，渐渐更仿佛浑身揉卷在一张刺猬的针皮中。他呻吟着。

“喂！你说！”

日官向他怒吼着，诅咒着。于是两个日兵在他的身边提头抱脚，把他一下子掷入站台木棚外面的碎砖和焦炭坑里，一阵刺耳的狂号，接着便什么也没有了。

“来呀！来呀！”一群日兵围住站东的机关车，欢呼道，“这里有人，有司机的。”

在他们当中，车厢外的过道，立着那位年轻人。他不知所措，木然无语，胸前紧搂住那只落胆的母鸡，它的小灰眼皮被吓得垂了下来。年轻人原是随他的父亲在铁路上做工的，穿着宽腿土布蓝裤，白洋布小衫，头上戴一顶旧棕呢便帽，处处沾着油腻尘土。他还从来没有同外国人谈过话，日本人或日本军队，对于他算比较熟悉些，因为这条铁路时时输送他们，见惯了便不觉得怎么样；然而他们那机械式的笨腿，人工的短髭，修整的军服，和隐约其中的粗矮的壮躯，总不免向他表示一种或然的可畏。

这些热狂的日兵的语调是如此地怪特，他不明白这些暗示着何种意义。不过于嘈杂中，他辨晰出一件事情，就是他们有意地在凌辱他。这也正因为他听不惯这种语音，所以每一个声音落在他的耳朵里头，都好像是有分量的恶鄙的蛮话。他原来隐匿在车厢内的暗隅，屏住气息，哆嗦着，不久他就被搜出来，给拖到门外的车板上。他如同站在暴雨之中，一句话也不知道回答。他背后一个日兵不耐烦了，提起枪戳了他的后胫一下，使他惊痛得跳起来。他茫然蜷曲在那里，如他怀内困住的母鸡一样；他的久为日光所炙的壮健的面色蜕褪成了难以入目的铅白。第二下他肩上受击的时候，他可以支住战栗了，转过头看着那轻侮他的粗矮的日兵。

“哈哈，他恼了呢，这支那狗！”

但是兵士忽然都肃静了起来。从车下走上一个日官，极和悦地站在这工人前头，嘴边漾出一种虚伪的笑痕。好像他自己也觉出这个的不自然，不时举起手理弄他上唇鬃样的短髭，来掩饰他的虚情假意。

“只有你一个人，朋友？”

工人莫名其妙地望着他，特别是他的短髭。

“好朋友，”他过来拍着他的肩膀，微笑道，“不要这样看我。你我都是好朋友。告诉我，你是司机的？”

工人仍旧看着他，奇怪他何以这般向他笑着，不清楚这是善意还是恶意。

日官走入车门，指着各种机件，力使这年轻人明了他的语意。

现在他懂得他们的需要了，他们缺少一个能开火车的。他不由得联想到他的父亲，就是这辆机关车的司机。他迟疑着，一边向木排那里望去，好像望见了什么，脸上的肌肉抖动着，手从胸前松脱下来。于是那只母鸡扑落在车板上，溜过两个日兵的腿隙，呆在车沿，眯张着悬隔的石道。车下一个日兵，于不意中，捏住它的脖子，提了下去。

日官变得很恼怒，用力摔打着一件一件的机器，然后走近这个无用的年轻人面前，怒詈、恐吓，颓然而废。年轻人偷觑着那绝望的色变的日官，立即本能地感到他确确实实是在危殆的境地，然而不等他想出他迷漠的结论，猛地有一个巨声在他的耳际震撼起来，他头晕目眩，终于失掉了所有的知觉，重重地摔在车板上，头垂在车梯的第一级，哼唧一声也未曾来得及。

这时母鸡正预备从日兵臂下挣扎出来,自然太晚了。

军官倚着车沿的细铁柱子,若有所思。由木排那边走来一群日兵,押着一个四十多岁的铁路工人,吵吵闹闹,打断了他行兵计划的思路。

“做什么?”他向车下问道。

兵士排成一个人字形,包围住那个工人,肃然回道:“长官,他是一个司机。”

军官缄默的面孔,立即有兴趣地熠耀起来,他明锐而老练的目光,和一位考古学家遇见了周缶汉瓦一样,向工人上下推敲着,然后和颜悦色地道:“朋友,请你老老实实回答我的话;我待你会特别地好。”

由工人神情的镇静和姿势的自然,可以看出他的有经验和坦适,至少他的畏惕还没有流露在外面。他非常谦卑安怡,应着日官似亲似疏的微笑,表示他诚心实意地听从,一切都准备好了。他也是短打扮,油污发亮的黑布裤,蓝布小褂,一条银质表链从一个白骨纽横垂在左面的衣袋,浑身差不多敷满细煤渣。他的身量,在常人中,要算高的,比起日人就显得更高。不过他并不骨瘦如柴;腰围十分壮实,手上的筋肉非常发达,显而易见,他是一个生活在车头上的人。

“你能开车,不是?”

他恭恭敬敬地鞠着躬。

“这车有损伤吗,朋友?”

“这车走得很好,兵退的时候我跑了,所以它没有给带走,大人。”

“贵姓?”

“熊寿。”略停了停,他问道,“不过车往哪里开呢?”

“济南府。”

军官挥手命他上车来。

迟疑一下,他便轻快地一步一跳,由车梯奔上了车,后面跟住两个步步紧随的日兵。在过道的那边出口,斜躺着那个绝了气息的年轻人,面向下,头在车外;他软软的脖项偶尔还抽动着,脚胫也间或转动一下。当这个老工人重新鞠躬仰起头来的时候,他立即发现了眼前的东西,并且认出这就是他顶疼爱的儿子,他是他一生的希望、荣耀和栋梁,现在死了。他的目光立刻变成直的,呆滞、犷野,他的手伸出来颤抖着,脸上各部极丑陋地缩挤在一起,如一只猩猩张嘴时的难看。这意外惨痛的景象,打在他的心上,这样突兀,这样强烈,他的情感一时寻不出相当的语言来泻达,只有痴痴地立着,中了魔一般。他绝望地扑倒在死者的身旁,无意义地狂号,摸索着尚有温气的胸脯。他这骤然地变迁,惊呆了四围的日兵。

“啊,啊,血!啊啊,血!”他看着白衫上渍透的红血,不禁恐怖地狂喊道,“哦!告诉我!告诉我!”

“他是你的什么人?”这话似乎太少了。于是日官更加以动情地安慰道:“很可惜的,他不会活了。”

“我孩子!我孩子!”他只有叫唤的机能,而且这种号啕与其说是回答日官,不如说是以此更证实了他的损失。他抓住自己蓄长的头发,茫然而伤心地望着四围的日兵,和一只陷于绝地、狂性将发的牲畜一样。

“你儿子？他！”日官惊着，给四周递过一个眼风，然后走近他，惋惜道，“哦，哦，真是顶难受的事！上车的时候，我们就看见他这样躺在这里。我相信是他们打死了他，那群没有纪律的败兵！”

他再没有应对什么，渐渐从过度的刺激、惊慑与情感的昏瞀，转入理性的常途。他的眼泪和骤然间开了闸一样，从眶内滚了下来。他奋然抱起死者的尸体，微伫着，定了定神，慢步拾级，沉沉地走下车梯。日兵不知不觉给他闪出一条过路，一种神圣的冷气逼住了他们，这超过人类的兽性以外。他的脚步机械地向前蹭动，全不顾脚下的碎石、铁轨和枕木。他后面尾随着两个日兵。

在木排后面不远，就是几所工人的住室，它们的外表都是同一的样式；里面除去空乏和恐怖，只有些破旧的木料工具。就在这样一个小房间狭而矮的门前，他们止住步。日兵吩咐他从速了当，以便转回车站工作，并且说了两句让他宽怀的话。他们坐在门外一侧的长凳上，不时向内瞭望，显然他在他们的监视之下。他横侧着身子，曲下腰，顺起沉重的尸体，径直迈入屋里。

他把尸身平放在砖炕上，忘掉了为什么，呆立在前面，凝睇着死者平静的青灰的面容：他的眼帘眯缝住，只露出底下一丝的眼白，下唇给门牙啮成两个深紫的凹痕，鼻梁中折了，后脑破裂，为血所淤塞住；这些令父亲坠入一种不堪自信的幻境。他解开了死者的衣扣，手是如此地颤抖。他魁梧高大的身躯慢慢地往下伛偻，直到低伏在儿子微动的胸口。他的意识朦胧得只剩下两个断断续续的概念——儿子和死。于是他惨然地恸哭起来。

但是他觉出屋里还有一个人在陪他啜泣，虽然没有立刻就抬头看一下这是谁，心中却不知不觉宽慰了许多。随后他看清在斜对面暗角落的小板凳上，坐着那为众人叫作小老儿的，瞪着焦灼的泪眼，神秘地向炕边一步一步踱过来，似乎有机密透与他的模样。他不时向门外偷窥着，显出非常地谨慎，一边在他的耳根嗫嚅。

“他死了!”因为没有回声，于是他继续道:“我亲眼瞅见他走进车头，我想跟上去，可是我没有。我望见从东来了一大群的东洋兵。”他伸起拇指向外指点着，然后停了停，见仍然得不到答复，便接下去道:“那时我打算叫他，不过我没有，这来不及了;啊！我叫了他，太远，声音低，他没有听见。我藏到装货的空桶里头，我从桶缝里往外张望着，我瞅不清。”

“——你张望着，你瞅不清，哦!”

“可是我瞅清了他们打死他。”

“他们?”父亲焦急地看着他的伙伴。

“那一定是他们，我想，”他皱了皱眉头，“我瞅不清，不过那一定是他们，没有别人。”

“你说的是东洋——”

“唉！正是。”他和释掉重负一样，长长地缓了一口气，拇指向外动着，随后用力重复道:“唉！正是!”

死者的父亲坐在炕沿沉思着，头拄在右手上，左手搁在死者僵冷的手背上，不自觉地轻轻地抚摸着，怕惊醒了死者似的。在他的前头，木立着忠实简单的小老儿，不住用手拭着老泪。

日兵在屋外唧哝着，一同站在门口，催促他们往车站去。

这立即把他们招回到痛苦的现实中。熊寿抬起头来瞥了他们一眼。他的脸上是忍耐住的哀静，他的伤恸好像溶变为某种迷蒙的意念。他扯过一条蓝印花布被单，盖在死者的身上;然后于匆遽中，不稍恋惜地硬起了心肠，他和伙伴在日兵面前，一直向车站奔去。

在路上这两个人很沉默，神情颇似被押解的囚犯，低首看着脚前的碎石地，间或斜首瞥一瞥道旁堆积的新旧枕木和多余的铁轨，毫无依恋的感情。他们心里是怎样的情况，没有人能知道。这在小老儿，或许是慑惧，或许是麻木不仁，或许是无可奈何；但是在他，熊寿，这种人类的通性仿佛已经随死者死掉了；他心里是一块灰铅，它苍白的颜色在他的脸上反映出来；他心里是一团闷火，它的郁热把脸又烤成了可怖的油紫色；于是他就和一片决意要落雨的乌云一样。他粗长的睫毛，一闪一闪，忍住了悲哀的泉源；上下唇用力闭拢住，反而令人觉出它们的颤动。小老儿感到不安，他还从来没有见过他这种神色。但是快到机关车前面的时候，他脸上的那块乌云忽然破裂，透下意外的煦弱的阳光。

在机关车上，有四个日兵跟住他们，加以督责监视。和它相连的煤车前面的小门打开了，平放在前者的车板上，做成一个渡桥的样子，小老儿立在上面，开始拿起大铁铲把食料一下一下递入这饿兽的腹中；从那海口内，渐渐发出咀嚼的爆裂的声音。这庞大的睡狮不久苏醒了过来，伸腰呵欠。轮轴在轨上缓缓地滚转，汽管向下喷出热气，烟筒输出由白而灰，由灰而黑的浓烟，发出突——突的声音。然后在水楼底下，它餍足了它的渴欲，从无精打采的颓废和麻木中，站上的一切都活动起来。生命由尖厉的笛声向四空激散出去。

他们浑身浴在汗水里头，尤其是熊寿，立在锅炉前面，脸色仿佛一枚焕然的铜钱。他的同伴显然在异常的激刺中；他好像就是动的化身，心情浮乱，已经忘去了四围的恐怖；他在车尾看着一辆一辆的车皮挂在一起，自己也变成了机器的一部分。但是在机关车内的司机，却分外地郁闷，什么都逗不起他往日开车时的兴趣；这不是在工作，他的呼吸很急促，心神也很烦躁，好像处在一种重压之下。

车停在站旁的时候，他从小窗探出头来，看见灯台上高插着一面白地红日绸旗，飘扬在空中，以此为目标，许多日兵奔聚拢来，在一刹那间，分队排齐，好像有一根线在牵动他们一样。他看见他的伙伴伏住车沿，面上露出痴呆的惊异的神情；至于他自己，只觉得奇怪的喧嚣、奇怪的威武、奇怪的严肃，和他奇怪的沉重的心情。他的儿子似乎没有死，然而……然而这是真的。他痛苦地缩回头来。这时有一队日兵奔上了火车。

他从夕阳中转过头来，向车内四个日兵微笑着，目光闪灼，一若表示一种不可言达的敬畏和赞颂，至少这使四个日兵这样想。其实在这种浮光之下，正隐伏着一种惨怖的复仇的念头，和附属于它的坚毅的耐力，为常人所不易感觉出来。他所缺欠的，我们可以说，只是适当的机会。

然而机会来了。

站长室里电话机上的铃忽然作祟地响起来，不久站上就传遍了这个消息：由上站开下来一辆兵车，不知是属于党军的，或是败兵的；然而在这里要错一次车，是确而无疑的。一个日兵从站长室里跑出来，在机关车小窗底下，向内吩咐着。

司机不动神色地听着，直到每一个字的意义都在他的脑内绕行了几周。于是他忧郁、焕亮的赭脸不自主地抽动了一下，眼里闪出焦热的恶毒的光焰。他扭回身来,向着那两个脱去军服共同工作的日兵,奇怪地、不自然地微笑着,和从胜利的战场归来一样。他的右手触扪机件的时候,不自制地颤抖起来,他觉得车门旁的两个日兵怀疑地看着他。他恨他们,同时又机警地向后退了一步。

"要候十分钟哪。"他咕噜着。

"什么?"门外的日兵问道。

"我说等上站车开到,还得十分钟呢!"他大声答道。

他身旁一个跟他练习司机的日兵,抬起向着炉火的前胸问他道:"那我们怎样呢?"

"怎样……怎样……"他似吞吐似思索地答道,"不怎样……不怎样……把那边道闸扳上去就好了。"

他从车窗伸出头喊住迎面跑来的小老儿,用由于匆忙的戟刺而微颤的声音,命他到站西扳上道闸。他的两眼暗示地皱挤在一起,头向左摆了摆,手指不可解地勾连着。

"你怎么了?"小老儿细细地看着他,为他的变态所迷蒙住,忧灼地问道。

"我怎么了?怎么也不怎么,滚你妈的!我要你扳左面那闸!"他盯住那向后倒退的畏缩的伙伴,喊道,"左面那闸!"

"可是你疯了……那要……要碰……"

"可是我要……要……死哪,老杂种!"这样威令完了,他转回头,向车内的日兵狞笑道:"真可恶,这老东西!他能把人烦死。"

日兵只微笑着,称誉他的能干。

小老儿如同置身于浓云深雾之中,忽然一道光线就像雷电劈空而来,击醒了他愚昧的脑筋。他向西飞跑着,不敢深究自己所悟解的是什么，仿佛有一种神怪的力量鞭策着他，去执行他老友乖谬的使命。在铁轨纠结的地方，两个道闸的中间，他立住了，痴痴地看定两旁的道闸，它们扬首翘尾，和两只各不相下的孤傲的雄鸡一样。他来回地、迷惘地看着它们，一副哀怜的样子，向这两个没有生命的东西要主意、求勇气。他是一个没有知识的敦实的工人，从来是被支配的、服从的，尤其忠心于他这位老伙伴。但是如今这对于他的要求真是太多了，许多人的生命在他的手中和一转念间，实在不是他所能忍受的；同时他还一点没有联想到他自身的危险。他扭转身子，看见从机关车小窗伸出的焦急愤怒的面孔，在黯淡的晚照中，遥遥地监视着他；那上面的两只眼睛死盯住他，蕴有无限的可畏的魔力。他觉得那目光中复仇的烈焰已经传染到他的全身心内。他从来没有过地不耐烦起来。

夕阳已经完全沉落下去了。西北方只余下一段一段的锦霞，南风徐来，道旁的柳条拂摆着，渐渐所有的景象消没于黄昏的灰黑里头。从上一站开来的火车开始发出警告的粗洪的笛声，铁轨嗡嗡地颤鸣着；坡下电杆奏着迷漠的音乐，车轮迂缓地发出哐咚哐咚的声音，令人感到一种要坍散了的破车的滋味。

在铁轨中间痴立的老工人，忘了形地、陡然激怒地跳了起来，跑过去，扳上左面的道闸。

站旁的巨灵烂醉了一样，在同一轨线，向前迎驰上去。

“危险！危险！”全站的人颤抖起来。在这千钧一发、群心惊慑的时候，从未有人为复仇的思想辖制得如此完全，激刺得如此狂烈，像这老司机似的。他已经失掉了理性，几乎整个行为支配在兽的本能下面；他用尽全身的力量，用不知从哪里来的胆量，一下子就把开车的机关扳了起来。全车出其不意地震动起来,各车内的日兵如在迸裂的火山口附近一样。他恶意的喊声埋在全站的喧哗和全车的轰隆声中;他裸露的腕臂上青筋暴涨起来;同时他握紧机件的右手,为背后的枪刺猛然扎伤,立即松脱下来。但是车轮速度并不减缓,继续朝前滑了下去。他倾伏在他旁边工作的日兵身上,后者因为开车时剧烈的震动,先已来回碰撞,晕在他的脚下。

他的同伴趁人不备,在黑暗和惶恐中,已经翻过木排逃走。

十七年七月

(载1928年8月《东方杂志》第25卷第16号)

牧羊小史①

让我想想，这已经十六年了。那时候我不过才十一岁。除了上地送饭以外，便在关帝庙里跟父亲念书，再也没有想到会有一天到南山做牧童。那群黑的山羊、白的绵羊，它们在平野上啃草，山沟间饮水，远望云青色的重重叠叠的峰峦，近观坟冢似的银灰色的盐堆，这种种情景直到如今尚在我脑子里盘旋。偶然在什么地方瞥见了一只羊，我心中总由不得要跳动起来，觉得这一时的情感就和遇见了多年的故友一样；如果这相遇的地方是在广衢之间，而它被缚在一条板凳的腿上或者一根细桩子上，这能使我整日不安宁，仿佛我自己对它犯了罪过，啊！一点不错，我辜负了我过去的好友们的亲密之情。

我不记得是哪一天了，祖母在院子里洗衣服，母亲在那间狭的

① 本篇是李卓吾、李健吾兄弟的首次合作，以李卓吾的笔名“李藻”发表于《晨报副刊》，收入小说集《无名的牺牲》时，由李卓吾、李健吾共同署名。——《李健吾文集》编者

小黑房子里头磨面，父亲忽然从外面走进来，神色颇露急躁，高声叫道："学儿，学儿……"我记得这是在一个秋季的九月的时候。我在磨房推着磨小步跑着，听见这叫我的枯涩的声音，抬头看了看变了脸的母亲，便规规矩矩探出了房门。父亲好像在对祖母解说："帅娃不在家，只有叫学儿去……"祖母不洗衣了，呆望着我，半天没有做声。

原来是父亲叫我和巷口上的毛儿爷赶羊到南山去。院子里静极了，晒太阳的麻雀飞掉了，只余下母亲还在磨房里筛面。父亲装出安详的神态，道："教学儿去，送羊到那里就回来。"母亲仍然捏着箩子，不做声。于是祖母有一点愤抑地道："哪有不和他娘提一句，便把孩子使出去的道理……"箩子停住了，可是母亲始终没有出来，随后就听见推磨的声音。父亲从来保持着他"长子"的尊严，讲一句算一句，自然没有母亲做主的余地。并且家境困难，衣食无着，便是在父亲，他也出于不得已，这个母亲早就明白的。

"好。"我愣愣地答应了一声，便到庙里看羊去了。

在清朝末年，头脑清明一点的秀才，受了东洋学生的暗示，往往多以重兴祖国为志愿，在当时官吏的重压之下，只有提倡实业是最稳当的一条明路。父亲和少数维新的朋友自然而然地也就在这方面努力讲究。养蚕的成绩便是村子西门外一大片的桑林，绿郁郁的，如今大约也弯下了腰了吧。其次便是豢猪，这件事情立刻就失败了。最后便是牧羊——那些羊！可爱的团团！近乎百只吧，在村外田野牧放，过了许多日子，忽然有几只硬生生让村邻赶了去，说羊啃了他地里的谷子。于是出来了一位老绅士，纠合起乡邻，不许在村头田里牧羊。这牧羊的事情，当时在我们乡下，村人引为一件大耻辱。不久我听说父亲和朋友商量，要把羊送在离村二十里远近南塌的荒地，雇人牧羊，同时打地窖圈羊。于是邻村出来一位杜绅士，跑到庙里，在柏树下摇摆了半天，只是嚷："不行！不行！"最后宣言，他们如果打地窖，他一定弄一把火把圈里的羊尽数烧死。

这样，他们便决定送羊到运城去，出城往南十里左右，有野山可以任意牧畜。

我们同行共有四人：焦清平先生、父亲、毛儿爷和我，引导着羊群向运城出发。这路程要走一个上午，我在羊群前前后后跑着，吆喝着，慢慢同它们一个一个发生了交情。有一只小绵羊，月余的年纪，一身黑绒，光油油的，当额一个银白的小粽子，非常可爱；它柔嫩极了，常常步履踉跄，踬倾下去。我特别疼爱它，还赠了它一个名字：小包黑儿。它总在母羊身旁挨蹭着，有时追不上了，便咩咩地叫唤。如果我把它热煦煦地抱在怀里，它总是小眼闪灼着，望定母羊，向我哀吁着。我欢喜而且常常地抱住它，并且请求毛儿爷替换我来抱它。杂着我们的吆喝同鞭子的霹雳，还有羊群的鸣声，我们赶着黄昏进了运城。我们住在张笃恭先生家内。

住过几天以后，他们各自走开，只余下我同毛儿爷。他们在离别以前，决意叫我们到太阳庙去。因为这些羊已经把张先生的大院子搅得太不成样子，再住下去实在不过意。

太阳庙在城外南山下面，平距不远是太阴庙，已经荒败得不堪居人。在两座庙周围四十步远近，有倾斜残圮的短垣环绕着，正前的大门还兀然立在那里，透出穷酸气息。草莽遍地，在九十月天气，多半有些黄意了。最惹人厌的莫过于小酸枣树，横列左右，稍不小心就把自己连衣服挂在针刺上，这些针刺对于羊简直是一种威吓。每值放羊的时候，我便同毛儿爷割些较干的柴草，背回庙里，供我们夜间燃烧，暖房煮水。在离庙一里多地的山坳，有一道小泉水，点点滴滴琤琤作响，引得羊成群和它游戏。这水是不能供人饮的，并且天一冷它就冻涸了。

我们连人带羊都在正殿歇宿，殿门无闩，有环子却没有横柱子，每夜天黑临睡前，我们便搬来一块石头顶住。在山野我们不得不谨慎。我们只有一条破棉被，从张先生家里带来的一张草席，铺在神龛的左边；它右边的空当便套起来改成了羊圈。我们的大葱馒头是不愁不同羊膻和羊粪掺和在一起的——谁知道那时起的是什么化学作用呀！

我的工作除去每天进城取一次馒头，便是跟毛儿爷放羊。张先生发给我们一个折子，凭它领馒头；还有一把洋铁水壶，由他家里取水供我们山上用。有一次天已黑了，城门合住，只差顶柱子，我远远从街头灼见，也不知道喊叫，急得哭着，后来幸喜硬从门缝挤出去。毛儿爷果在山坡等我半天了。他恐怕我出了危险，无法交代主人，同时他也早该饿了渴了。

有时最窘人的事情是缺水喝，便由毛儿爷提上我们的小洋铁壶，到下面贮盐厂寻讨一点水。贮盐厂离我们约有二三里地，因为庙在高处，所以一眼望去，我们会把半壁盐池整个卷入我们的目光里头。清晨从山顶往下望，在云雾迷蒙里，平野上或高或低的盐堆，绵延一片，仿佛秋霜遮遍了山上，砌满了山下，变为苍然一色。做工的人们就歇宿在贮盐厂附近。太阳出来，他们便下池工作；太阳掉到山后，他们就回厂休息，带着两条盐水淋淋的湿腿，一瘸一拐地离开了那发掘不尽的盐海。

初到山上，什么都给我乐趣。我为给那些羊起名字，几乎搜空了我可怜的小书库，我还记得有些叫作大月亮、黑旋风、大山猫等等。那些小羊我差不多都欢喜；我也没有忘掉我的小包黑儿。我所引为最有趣的，而对于毛儿爷最惹厌的，是有时一只乖羊忽然见了鬼，出个新主意，独自拣着岔道跑。如果这让毛儿爷发见了，立刻就要手忙脚乱，"死羊的，死羊的"先骂一阵；同时我兴奋起来，钩心斗角，把羊兜转回来，再交给毛儿爷教训一顿。

天气渐渐更加寒冽了，在清旷的山地，非特令我们不舒服，并且增加了我们的忧惧。尤其是夜里，从断棂吹入一阵紧似一阵的利刃似的狂风，殿内寒气森森，神龛内的金身也仿佛发出嘘嘘的噤音。草席铺在冰冷的砖上，那一床棉被薄极了，烂得花絮也透出来，真可谓聊胜于无了。我同毛儿爷拥在一头睡眠，听着殿外狂风呼呼的吼声，杂着殿内阴沉极了的窸窸窣窣的碎响；有时羊挤挤蹭蹭，颟顸起来和闹鬼一样。我在中宵竭力往小缩，往被里缩。毛儿爷紧紧挨住我取暖，他衰朽的残年使他没有一点元气来抵御深夜的奇冷：他皱瘪的肤肉和柴瘦的骨节隔着我同他的两件棉袍，我仍然觉得全在颤索。我们身旁的火，在黄昏燃起的，这时也灭了，我们也懒得再去翻弄它。有时我想起在母亲被里的温暖，便抽抽噎噎地哭起来。

他初听见我哭，想劝我却没有话说，只颤颤地问我道："学儿，学儿，你哭啦吗？"

我哭着。

"你冷吧？让我生起火来。"可是他的年纪同懒惰不许他爬起来，于是他便缩得更紧了。

后来没有办法了，他只好安慰我道："好孩子，睡吧，天亮就好了。"

天总会要亮的，并且阳光一见到山头，风也就渐渐住了。我从殿里把羊赶到山坡上，挥起小皮鞭子，在晴空响得同爆竹一样，吆喝着、跳着、跑着，几乎忘掉还有深夜的绝寒了。羊在一起挨蹭着，领头的老羊向有阳光的山头奔着，地上的霜和霜下的草都让踏得吱吱作响。毛儿爷一人跟在后面，打着冷战，拿着桑条鞭子，也许是腿软了跟不上我们，也许是筹划什么心事，总是落得远远的；我常在前头向他喊道：

"瞅羊呀！走呀！快点呀！"

我向他这样喊叫的时候，差不多我少壮的力量都集拢在这里了，我的头连回也不回，高声喊着，和狂歌一样；我差不多要为我元始的健康骄傲起来了；我向上跑着，怀有无穷的希望；在一日的开始我是第一个在山顶上望见太阳的。羊散在半山坡上，成群结伴，啮草去了。我自己犹如一只小猴，往更高的峰峦攀缘；等我站稳了往下看的时候，才见毛儿爷蹒跚到羊群旁边，坐在一块石头上平气。

我爬在一块最高的石头上，趾高气扬，忘掉了自己。最先入我眼的是东方的云天，从蓝色中间渐渐透出黄来，于是一点一点变起，成了橘红，成了淡红。太阳起初是半个，和一面黄铜大锅倒覆在地角头一样，随即升出，成了一个大铜盘，却不很黄了。等到它从云霞堆中探出头来，却缩小了，变得也真切洁白了。陷在迷雾重围的古城，起初完全望不见，直到四山的云气略略消散了些，它才迷漠可观，露出一线轮廓。坡下做工的贫民向盐厂慢慢走着。等到晌午时分，地上的银霜也开始消融。

“学儿，好好看羊，别让溜掉一只呀！”

于是我开始在高处数羊了。

“多少只，学儿？”

我报出数目来，然后向他坐的地方跑下来。

毛儿爷已经顺着下坡的路，转过身走了。他每早总要到坡下去一趟，这对于我已经成为一种照例的文章。其初我只知道他去盐厂借水用，后来有几次不缺水，但是他仍然去了。我最诧异的是他每次归来精神比较旺些，否则这一天他便过不去。后来因为我追问的缘故，他说他服药去了，什么药我自然无从晓得。可是我明白毛儿爷绝不会做坏事，他年纪太老，并且身体也过于虚弱。他真可以说是骨瘦如柴；背弯着，头总是看着地，很少仰天看的时候；腿是软软的，走起路来一点不带精神。我对于他的印象很好；他从来没有在我面前诉过一句苦或是说过关于他自身事情的一句话。

我能言语的时候，他已经在村里了，东食西宿，从来没有一定的住处。我不知道他从哪里来的，仿佛还是我本家的一个旁支呢，这我就不清楚了。我从小就和他相熟，可是我同他认识的时候，他已经衰老到一点不可救药，这也许是为什么父亲命他放羊的缘故。他在村里快饿到没有饭吃了。

自从在南山牧羊以来，我不由自己很欢喜他。他全身带着一种神秘的味儿，这很能魔住我这样童子的心情。

但是他忽然病了，躺在铺上，好几天没有陪我出去放羊。我把羊放在庙垣以内，也不敢让它们到远处去。天气没有晴好的一日了，风扯紧地吹着，天上阴云霾霾，颇有落雪的倾向。羊烦恼，人烦恼。果然有一早晨漫空飞起霰来了，雨不似雨，雪不似雪，冰到脸上同针扎一样。遍山野濛濛起来，连天成了一团灰色。山路滑泞，上下都非常艰难，白天可以说无法放羊了。夜里我冻得哭，哭醒了又哭睡过去。毛儿爷渐渐顾不到我了，躺在一旁不断地哼唧，间或听我哭得腻烦了，也许可怜了，于是他伸出手，哆哆嗦嗦，勉强安抚着我，用老话鼓励道：

“学儿，天亮就好了。”

山风整夜刮着，直到四更了，才渐渐收住。圈里的羊在神龛一旁拥拥挤挤，发着咻咻的气息。等到天亮，我便一人跑出殿外，立在石阶上，看着空中已经凝成了米粒似的雪珠，落在地上滚着，还带着声音。我希望它们会变成大雪花，比这好看好玩多了，并且打到脸上也不像这样地疼痛。有几只小羊跟着我出来，不一会儿又溜回去了。

忽然在断垣外显出一个和我高低相若的童子，在山路上彳亍着，一直往庙里走来。他穿的衣服比我还破烂，两只手筒在胸前不肯露出来，所以上起山来更显得费气力。我心里想他一定是一个上山的老手；我瞪住眼睛看他走进庙门来。

“好家伙！路真滑，上到半路我真不想来了。”他先同我谈话道，“你们老伙计呢？几天不见他，我爹怕他出毛病，让我冒这大雹子来看一下。”随后他跳上石阶，站在我旁边，问道：“冷不冷？”

我告诉他毛儿爷病了，起不来，躺在殿里头。

他从怀里掏出一个小纸包，递到我手心，然后郑重道：“把这个交给你们老伙计，说是我爹送他受用的。”

我问谁是他爹。

他觉得奇怪了，看了我半天，然后惊道："你不知道我爹！？啊！那你晓得这纸包里头是什么东西吗？"

我把小纸包折入的纸角抽出来，往里望着，却一点不认识里面的东西，黑黑的，有些发灰，像碎墨块子。

"这叫作烟灰，是过了口的烟膏子。"他很同情地告诉我道，"你们老伙计天天早晨到我们那里抽一趟，起初他不在我们那里，在偷私盐的那群鬼那里。从前他吸的是烟膏子，后来嫌他们奸猾，也许因为自己手头缺了钱，便改到我们这边来了。"

我问他住在哪里。

他脸红了，向我斜挤着眼，不自在地道："你真不知道？我们就住在北边土窑里头，比这里大殿暖和多了。"

原来是化子呀！我心里不由得想。

但是我并不因为他是小化子而轻蔑他，尤其在这举目无亲的时候。渐渐四空有晴朗的意味了，从灰云中隐约分出几丝阳光，破开全山的单调同沉默。我一直把他送出庙门。霰是决意不下了。我们一同站在一块石头上，面向东南望着。

"太阳出来就好了！"我欢喜得拍手道。

"太阳一出来，山上湿润润的还好，路上可够走呢。你欢喜大雪以后出太阳吗？"

"不，它把雪都变成泥了。"

"对呀！路上全成泥滩了。"他向深山里望着，忽然怯怯地问我道，"夜里你不怕吗？"

"怕什么呢？"

“听说山里有野猫呢。”他小声道，“可是我还没有见过。你见过吗？”

我说我没有。

“你那位老伙计一定见过。”他肯定道，“我爹说他见过。好，我要走了；告诉你那位老伙计，说我爹惦念他呢。”

他转过身跳下石头，往山下走着；他头也不回一回。我一直到瞭望不见他才转回大殿来。毛儿爷已经起来了，靠着一根柱子，怀抱着一只小羊，眼睛向殿外望。看见我进来，他放下羊，打了一个寒战，向我似叹非叹地道：“学儿，羊今天不能放了。”

“太阳露出头来了。”我回他道，“老爷爷，有人看你的病来了，还送了你一包烟灰。这儿是。”我把纸包递给他，便跳到羊圈里去了。

他一边打开小纸包，一边嘴里唧哝道：“什么，什么——呵哼！”半天他没有言语，眼睛盯住烟灰又盯住我，他的手哆嗦着。忽然他走近圈门，喊住我道：“谁送来的？”不等我回答，他立刻转过身，又唧哝道：“啊！我知道是谁送来的……”

我从羊背上跳下来，看见他往殿外走，便追过去问道：“你干吗到外面冒寒呀？”

“那人呢？”

我扶住他道：“早走了。”

他扭回身往神龛左边蹒跚着，嘴唇发颤，不知唠叨些什么。他靠住神龛躺下来，扯过被子掩住腿部。他把那个小纸包打开了摆在眼前被子上，直直地看着，和中了魔一样。他叹了一口气，嘴边却像笑呢。他忽然把那纸包攫过来，将烟灰倒在嘴里头，黑黑的一口，倒让我害怕起来。他慢慢地嚼着，并不咽下去。他折起那一张纸，把它藏在胸口，然后和身睡下去。我从来没有见他这样难受过。

“天气还要冷，谁来才好……”在我转身往羊圈的时候，我听见他这样呢喃着。

在这天黄昏的时候，我也缩在毛儿爷身旁睡熟了，忽然让他的呼声把我吵醒来。“羊跑了，”毛儿爷想立起来道，“羊都跑出去了！”这些羊许是发了狂，要不然天气奇冷，山里各种生物几乎都隐伏起来，偏偏它们要独自逞能；也许在阴森的古殿里头，梦思最易于下降，它们为自己的梦思所惊，也许它们正在入梦中，让什么声音惊得失去了本性。无论如何，它们都跑出了。幸而它们虽然奔散了，还圈在庙垣以内，惘然若迷，在雪地乱窜。我好容易七忙八乱把它们又赶进殿里头。我把小包黑儿老老实实地教训了一顿。

然而这还不算顶意外的事情。几天以后，在寒静的深宵里头，毛儿爷忽然从被里跳起，和一个精灵的年轻人一样，从梦中把我推醒，叫道：“有东西碰门啊！”果然我听见殿门被撞得咕咚咕咚地响；顶门的石头虽然不小，也活动起来了。

“贼吗？……狼吧？……”我们乱猜道，“不管什么东西，我们撑住门要紧。”

在黯影里头，我可以觉出羊吓得团在一角，仿佛屠夫的刀已经挨住它们的颈子。我们用力顶住门，屏住气，不言语，一老一少似乎变成一个人。起初撞声甚急，渐渐隔一刻才撞一下两下。我们凝神听着殿门外的动静，直到什么响声也听不见了——那神秘的东西走了，我们可以觉出它愤愤的样子。门总算没有让打开，可是我们的心早已跳出窝儿了。

但是最坏的结果，却是对于我的老伙计的影响。毛儿爷心里担忧，衣食失宜，年纪和天气又逼着，他的病立即转深了。

家里张伙计来了。竟能看见一位久别的亲人啊！我的欢喜可知。就在他到的那一天，我离开了太阳庙，离开了病如秋叶的毛儿爷，离开了那些柔驯的友伴，尤其是那可爱的黑亮的小包黑儿。牧羊生活与牧童生涯从此再没有掺入我的蹊径。那时我不过十一岁；每天要吃一斤多馒头，有个笑话留作我后来的把柄："学儿吃一斤馒头，还要花五百钱！"但是回到家里以后，人人都说我瘦了。母亲欢喜得流了许多眼泪。

我回来不几天，张伙计陪着一身病的毛儿爷也下了山。毛儿爷，这不走运的老光棍，有一天终于闭住眼，在村里辞了这个颠顿的世界。父亲的实业计划没有一件成功的，便是他自己，也是早已瘗恨而逝。张伙计到现在还在村中耕田，差不多五十岁了。同时我自己流落异域，举目无亲，每每引为恨事的是始终未曾弄明白：那群羊到底飘转到哪里去了。

（选自小说集《无名的牺牲》，1930年9月岐山书店）

无名的牺牲[1]

一

一九〇四年二月到一九〇五年九月，日本和俄罗斯在中国的地面起了激烈的大战。当时俄罗斯颇为强大，海陆军密布东亚，蓄有并吞全亚的气焰。在这种恐吓之下，维新不过数载的日本，朝野上下，战战兢兢，都亟亟以爱国主义相号召，整军经武，大有剑拔弩张的情形。于是在积雪方消的二月六日的那一天，在无辜的第三者的辽东半岛，日俄终以兵戎相见。结果日本占夺了中国旅顺口，宣告胜利。在庆贺天皇福寿的万岁声中，于长年地杞忧之后，母亲欢会了爱儿，妻子重见着爱婿，至于孤儿寡妇的凄咽，在锣鼓喧天之下，很少人们再注神一听，更不用说闻后怅然了。

想一想那时的热狂！在宫庭上，在议会中，在街头上，甚至于

① 原题《爱国志士》，1928年2月连载于《东方杂志》第26卷3—4号时，改题为《无名的牺牲》，署名李藻、李健吾，1930年收入同名小说集《无名的牺牲》时署名李卓吾、李健吾。——《李健吾文集》编者

在国民小学的教室内，在阴风霾霾的囚牢里，都只见血在沸着，心在跃着，口在呼着：为国而死！效力天皇！每一株樱花都枯萎着，仿佛在回应道："死吧！只有血！只有牺牲！"

渐渐这种通行的精神错乱的症候，如一阵旋风，从小岛上蔓延到了中俄交界的一个城镇，就是我们小史所要开端的地方。

二

秋言次郎住在哈尔滨已经有二年多了。这时维新的潮流使日本思想界起了很大的变化，一般人自然而然地喜欢和西洋女士交游，为多多吸得更新更深的知识，并且洗去那陈旧的精神上的压迫。恰巧俄国米可夫夫人和她的女儿鲁意丝小姐，因为同圣彼得堡一般友人的龃龉，避居在西伯利亚。以非常简单的经过，秋言次郎和她们相识了。

在东正大街路西的巷口，秋言次郎发现了一所小花园，里面装点着几间小屋，似乎没有什么人居住的样子；及至走近园门一看，不高不低，在门旁一块长方的红漆木板上，他便见到了这个广告：

西洋乐音专授
女教授米可夫意丝女士
钟点面商

这一天正是星期日的上午，天气清明，是平常稀有的日子，对于旅居外乡有孤寂之感的青年，正是一个最适宜不过的虫饵。在他这散步中，那有些使他微微自惕的，是他想着自己快要堕到一种浪人的生活，诚非预料所及了。中学校卒业以后，和当时许多富于

冒险性有创造精神的青年一样，不满意于本国种种方面的蒙蔽，于是他离开了那蒙着黑云似的环境，在高丽、海参崴和哈尔滨各地巡游，最后便住在这么一个地方，设法营生，不觉习惯下来，懒得再往别处活动。他给东京某报充一个通信员，还做一点关于贸易的小事情。

三

在专制皇帝的淫威之下，生命的代价便只有奴颜婢膝，凡是思想稍微新奇，有一点独立性的人民，十之八九便会触犯法网，被罗致在莫名其妙的罪案里头。在俄国当时，成千成万的人被流放在西伯利亚做苦工，甚者或囚或杀，实在平淡极了。米可夫夫人便因为要避开俄皇的耳目，才特意带着她的女儿，远远离去京都，经过千辛万苦，跋涉到了哈尔滨，逍遥自在，如居桃花源，做着温馨和平的美梦。

原来鲁意丝的父亲，米可夫，是俄皇的一个军官，曾在波兰住过多年。米可夫虽然执行着宫庭的命令，但是因为少年时代他曾习染上一个法兰西教师的自由风度，总觉得俄皇待遇波兰的凌暴和压制的方略有些不近人情。虽然为着生活问题，不得不执行这些残虐的上谕，他心中终有点不高兴，因为他究竟脱不了那刽子手的恶名。他平日对于自己的言行，颇为谨慎，然而在家中也就不免要发泄一点，流露出内心的烦恼。那时鲁意丝已经十五岁了。在她十七岁的时候，有一天圣彼得堡忽然传下来一封加紧的上谕，要米可夫立即晋京。因为诏书上对于事由丝毫未曾提及，家人禁不住就杞虑起来。米可夫相信他没有做过错事，便坦然动身到京都去了。孰知米可夫这位实心的军官,在京中事情还没有交代,当即暴病弃世。报纸虽然暗示出他死亡的不明,可是每件事情还不是过去就算了吗?

当时的情形和她的经验与恐惧把米可夫夫人教得很聪明,晓得不离开那是非场的圣彼得堡,是难以平安自由的。十八岁的少女自然更乐意于自在舒适和空气的变迁。所以在秘密中,她们母女便带着轻便的行李和一些积蓄,弄了两张护照,决意向东方出发。从圣彼得堡乘火车经过莫斯科,穿乌拉岭(那里被人划作欧亚两洲的分界),绕着贝加尔湖,最后从中国北部到了海参崴;她们的目的地是哈尔滨。这一切行程中的艰苦,对于两个伶仃无助的妇女的难处,留给读者去揣测吧。

鲁意丝在波兰的时候,她父亲因为膝下别无男儿,便竭力在教育上供给女儿的进益,尤其在与女子性格相近的音乐方面。鲁意丝为取得双亲的欢心,自己特别用功,结果她非特学好弹琴的技艺,即歌唱也是普通剧场中轻易所不能聆见的。如今这立刻生了很大的效验。她们在哈尔滨住了一年之后,觉得这样徒手消耗下去,存款无几,终有沦没到流氓生活的一天;然而让女儿独身出外,万一遭逢不幸,老夫人孑然无依,也不妥当;所以最适宜的办法,便只有鲁意丝在家内教授一点私人的音乐课程。这就是那门口挂着一个木牌的缘由。

四

秋言次郎不知不觉走过了那块无足稀奇的木牌,心里不由想:我虽然会唱大和歌,可是大西洋的风味……于是他叹息了一声,便转过去计划他的生活。在他的根性里，那最牢固的怕是艺术家的性格吧，这夜闭目以后，一个红颜色的东西便仿佛在他面前唱起来。维新后日本少年求知欲的旺盛，不满足心的发达，真可以令人吃惊而有余。

第二天他又立在那块木牌底下，右手在衣袋内翻着几块洋番叮当地响，他决定会见米可夫小姐。他晤见了米可夫太太，一个和蔼可敬的五十岁左右的女人，随后她女儿出来唤进去，谈论关于学习音乐种种的实际问题。秋言很高兴于他的决定，因为这虽然耗去他数年的积蓄，生活上却增加了不少的乐趣。在米可夫小姐四五个学生中，他要算是最忠于所事，绝少缺席过。这样一年后，她的钟点更为增多：星期二和星期五，每次二小时，却是他来教米可夫小姐的日本乐理。自然他如今已经成了她唯一的免费生。

在他的生活中，这成了一个愉快的变迁。对于他，鲁意丝的玉手纤纤随便搁在那里，便是节节的音韵；她细绒般的葛发纷披在乳红的靥上，他是时时地注视着的。

实际上他们彼此已经发生了互相瞭澈的爱情，所谓黄白人种的界别早已让它天真的利箭射穿了。这二年的友谊使这两个青年一点一点地渗透了彼此忠诚的灵魂。在鲁意丝二十二岁，秋言二十四岁的那一年，米可夫夫人觉察到了他们中间的需要，便在这一天约请这对年轻人，做一个小小的茶会。

五

米可夫夫人说："我们好几年没有朋友了，这世道也许不是我们从前的世道；可是，年轻人，"她把视线转在秋言身上，继续和蔼地说:“你该明白一个上了年纪的母亲的心;她的儿女的幸福就是她唯一的安慰。我求你把这个给我。你们结婚吧,这样长久下去,终究是危险的;并且说实话,我很有些道地俄国女人的性情……可是我听说日俄外交上,风云很是紧张呢。”

鲁意丝端定了一杯可可茶,看着那在愁思的少年一双扭结住的手。

他慢慢答说:“夫人,听了你的教训,我实在没有话能说出我心中的欢喜和感谢;而且你这样相信我,一个无家的外国人,这给我莫大的荣幸。可是我不愿意欺骗你和鲁意丝小姐,因为这结婚的事情关系我们的一生,非同小可。现在我有两件重要的事情,一件是祖国,一件便是我和令嫒的相爱:都是牵动我全生命的问题。你知道我的祖国不久要有绝大的变故,差不多这和她来日强弱有非常的关系,将来万一宣战,在在需人,我身为壮丁,负有保护祖国的责任,势必使我不能久居此间,与你和鲁意丝小姐永聚。一个国家的存亡比起个人的幸福,实在是大洋比起了一摊雨水。并且万一……我也不愿意她有寡居的痛苦!”

说到这里,鲁意丝将茶搁在桌上,深为感动地伸出了手,在桌下握紧他曲展不定的右手。

可是他又继续说:“总之,大战了结的那一天,秋言一定来承受夫人和鲁意丝小姐的盛情,如果我还有这无上的幸福的话。虽然这样讲,不过外交上要是有了转向,像这种国际上凶险的风云,也就会平静的。”

他转首看着鲁意丝,在微笑中含着忠诚和无限的哀痛;于是她承着他的意旨说:“你的话我母亲很明白;不错,我们不能阻止你爱国的热忱,绝不能。我自己是受过教育的,就是我母亲,她晓得人有爱国的义务不下于别人。只是秋言先生,你想外交能转到好的方面吗?”

“我这样希望。”

于是茶会转在寂静里头,仿佛那不堪预期的恐惧就要出现在他们的面前。

在花园小道上散步的时候,鲁意丝挽着秋言的臂,偶然长长地叹息说:“秋言,为什么你生在日本呢?”

他打住了步,揣度着她的似嫉似怨的面孔,然后继续前行,感慨地说:“可怕的念头啊,我的鲁意丝!”

她柔婉地回答他说:“不错,我是你的鲁意丝,唯一无二的鲁意丝,可是那念头一点也不可怕。你看,我就算一个没有国籍的女人呢,表面上看也许我是一个俄罗斯人,可是她杀害了我的父亲,放逐了我们这弱无可为的妇女。幸而我不是男子,否则说不定我会跟着你到日本应征。这又可怕了,不是吗?秋言,你一定得知道我们俄罗斯女人的性情,为了爱,为了信仰,我们会做出男子所不敢做的事情。妇人的情感更为纯挚,更为优美,然而比起日本的女子,我们还要更为热炽。是的,你清楚你怎样燃着了它——我的情焰……可是那战事真会发生吗?”

他悲惨地点了点头,然后看着脚前的菜畦,低声说:“我向领事馆要证婚书,因为你是俄国人,已经遭拒绝了。战事怕要不可免。”

“他们不准你和敌国的女子结合?”

“是的。”

“啊,上帝,饶恕这些主持战争的人们呀!”于是她的头从仰望中低落下来，藏在她爱人怀里呜咽着。

六

鲁意丝盼着她的婚期已经有了几个月，如今好似她陷落在一种无期徒刑的黑暗生活里头，尤其因为她自己蓄有一个难以出口的绝大的隐秘。

米可夫夫人渐渐察觉到了女儿的忧郁，便以十二分同情的眼光，看她在沙发上懒洋洋地坐着，痴痴地望着窗外的冬景。从前她常爱在园里徘徊小步，现在却非常消沉，总是在这张软椅上坐着，仿佛由一个活泼泼的少女一变而为闺愁少妇了。鲁意丝觉得自己悬在一个无终止的暗坑当中。她不能言语，只有愁闷地恐惧地想着，想着……

“孩子，”米可夫夫人不禁走近她的椅后，怜恤地低呼，“鲁意丝！”

鲁意丝浑身哆嗦了一下，然后仰起头向她母亲黯然地微笑着。她伸出手握住母亲抚摸着她柔发的指头，嘴里轻轻呢喃着：“妈，妈！”和十年前的她无意识地哀吁着一样。

“你这样待在这里，孩子，对你是有害的；不要想了吧，想，一点不能减轻你的忧愁。”她顺身坐在她的身旁，看着她微微向外闪避的正胸。“让他丢开你吧，秋言只有一个，并且那也留着他为他的国家。可是你老躲着我——你是的！你——你现在——你不愿意我说他的坏话吗？我怎么能够？我的姑娘爱着他呢！好了——这样对着我。”

“你的眼睛总是看着我——我！妈，让我亲一亲你的手，这为我们操作衰老了的手。”鲁意丝动情地吻着那只握在她手里的糙手，久久不肯仰起头来。

“这手从前和你的一样，还要白些细些呢！”母亲唧哝着，沉入于她甜美的过去中。忽然她惊了似的捧起鲁意丝被云发遮住了的面孔道：“你哭呢，鲁！告诉我，为什么？”

“饶恕我！饶恕我！”鲁意丝挣扎着，“妈，饶恕你的女儿！她——”她在她耳边说着她的不可轻恕的罪过，随后便将头藏在她的背后，等候她的裁判。

“你？！”米可夫夫人惊得圆瞪双目，静了半晌，没有开口，然后苦笑了一声，搂住鲁意丝伤感地说：“姑娘，你犯了我在结婚前没有敢同你父亲犯过的罪孽！”于是吻着她的泪容，表示她的宽恕。

“也饶恕了他，我的秋言，妈！”鲁意丝哀求着。

米可夫夫人点着头，她的泪眼里闪出宽宥一切的光明。

“我们不能在目下结婚，”鲁意丝委婉地如梦地细语，“因为他们国家不允许，不过将来——将来他一定会回来的。我知道。他不能骗我——我为他已经违犯了礼教！他爱我；战事一了，他一定会回来看我们——那不会远的，我想。”

然而就在这时，从园门外走进秋言来。他的迂拙的步态和惨白的面色令这两位妇人恐惧地注目在他身上。他走得分外迟钝，好像某种有分量的思想从后把他拖住了，他立在她们面前，和一座石像一样，许久才显出一点微笑的意思。他取下帽子，那不自然的模样能够使旁观者发笑，虽然鲁意丝会意似的战栗起来。米可夫夫人让他坐下，但是他欢喜站着。米可夫夫人很想斥责他一顿，因为他毁坏了她女儿的将来，可是她如今没有这样的机会了。

秋言说他想他就要回国了;他希望翌日重晤,并且在米可夫夫人面前明白领罪。

“你什么时候起程呢?”

“明天下午三点半钟的火车。”

“我的上帝!”米可夫夫人惊叫着。

“上帝!”鲁意丝抱怨道,“如果有上帝,他还爱着这些无辜的青年,我愿他永在,并且铲绝人间的残杀!”

次日三点半钟,无情的火车把秋言和许多同伴在愁氛中载走了。直到它行远,远到望不见,送行的人们才恍然若失,无精打采地转回家中。

七

政府很难做出人民所希企的事情。尤其是妇女们,她们热盼着不打仗的心思终归成了泡影。火线上的枪炮非她们梦想所能及地爆裂了起来,而且有无期限赓续下去的趋势……

一九〇四年七月,鲁意丝怀孕的第八个月,某天清晨,邮差从花园门缝递入一封信来。她拿在手中一看,立刻晓得是谁来的,全身不由自主地战栗起来,仿佛一种狂喜的情绪噎窒住她的呼吸,和电一般顺着她的血管传播着。她把信封撕开读着:

亲爱的鲁意丝:

前两月曾写两次信给你,想来收读以后,母亲和你总知道我生活的情形了;可是我现在的情形却有点不同。从上月起,我受了监视,被罚在营里做苦工;在我写这封短信的时候,长官下了命令。明天我要加入大军出发。我预祝我们的胜利……

你的秋言次郎，六月

她心中的纷乱真是不可名状，她堕在疑惶不堪的深阱中。这封信的简短让她烦苦，它的内容使她焦灼，这些实在不是现状下的她所能支持的。他被他的长官监视了，为什么呢？为她吗？这些疑团呀！

在这种忧急中，她想："是啊！他们胜利，我的秋言便归我了！"但是她立刻又想："如果他们真胜了，哎！可怜的俄国同胞呀！"

她唯一的安慰是重读他从前的两封远信。

八

第一封信：

亲爱的鲁意丝小姐：

自从车站上握别。我仿佛立刻又回到我昔日孤独的奋斗的世界，什么都要失掉了。我待在车窗边凝思着，然而立刻就认出我的幻误了，啊！在我如今的心里存在着你永在的爱和倩影，它们伴着我，给我慰藉、鼓励和最甜蜜的美梦，在我一步一步踏向艰险中的时候。这里我又错了，那不是艰险，是我获得我最后的奖赏（你！）所必经的巇途！是的，一切光明的开始！

在车中我有两种心情：一是此去为祖国而战，愿借天皇之威而胜，这个我相信，胜利要在日本的一边。因为比起狰狞的俄罗斯来，她是那弱小者。二是我希望战事不会爆发，即或爆发了，唯盼能早些结束，这样我们可以团聚，享受着我们深湛的青春的爱。我爱你；我不因为你是俄国人便不爱你——我不能。在情感上，我是你的；虽然正义现在把你我分开——没有！没有！我和你是二是一。其实我又有什么要恨俄罗斯的人们呢？

然而我要做一个兵！为什么你一定要问。我不知道，许为祖国的存亡吧；许为我的生活吧。不过这没有什么要紧，只要想到俄皇的暴虐，我就想跳在战火下了。

记着吧，无论如何，我爱你的心只有时时增加，绝不会减于昔日。

致候米可夫夫人，说我是她的好儿子。

鲁意丝，我想你目下一定在祈祷："唯愿战事告终，化凶为吉！"

愿和平女神降临！

秋言次郎

第二封是：

亲爱的鲁意丝：

我祝你平安，同母亲的康健。

我时时刻刻想着逃回来探望你们，尤其是你，身怀有孕，我怎么能轻视我所害的女子呢？我尊重她，并且她还正是我亲爱的鲁意丝。我追悔我爱情上一时的热狂，致你今日受累，心中实在不安。为着爱的缘故，请你饶恕了我吧。在我心中只有一个人：是鲁意丝。

现在我可以告诉你们我在此间的工作，请你们宽心。每天清早六时起床；我们一共十五个人，睡在一个棚子里头，在地上铺些干草，带一半条被褥，这就很好了。我们吃两色米，人各一份，是预先分配好了的，幸而我的食量不大，这你知道。离床后我们留下一人守棚，其余荷枪到东北十里内外巡哨一周，察看有无特别动作。上午有两点钟的休息。随即一位军官来教我们一些地理和其他的课程，再操演两点钟。用过晚餐，仍留下一人守棚，分出五人随大队巡视前方防线，至夜中方回。轮流值事。日日如是。

近日消息有转坏的传闻，因此令人更思念你们。

我们要出去了，不能多写，下次再谈吧。

你的秋言

每次信封的背面上，总盖上一个显得是检查过后的蓝墨印章，这给喜慰中的鲁意丝一种黑暗似的不安。

九

接到第三封信，她难过得几乎晕过去，整天她坐在外面的窗下，没有言语，随后她跑到桌前，提笔写：

亲爱的秋言：

为什么你会被监视起来，并且罚在苦工队里呢？

写到这里她又愣住，不知道如何往下续了。她发狠地咬着她的小指，一直痛到了骨髓才放口。她的腹内忽然一阵一阵地疼起来，这使她扔掉笔，躺在安乐椅上，许久不敢动弹。夜静静地过去了，米可夫夫人在她对面忧愁地坐着，她的苍发已经白掉了大半。

次晨，鲁意丝心平气和了许多，于是重新提笔写：

我明白了，因为你爱我。是或不是，我恳求你即速来信释明，因为这关系着两个人的性命：不是连你也说在里头，也不是指我母亲，她还在不知中，这你该晓得，我和我们的他或者她，因为这小东西就要出世了。我害怕得很，为了她，为了你，我是在两重的恐惧中。

我不告诉你人们对我要如何地蔑视，我一个未曾正式结婚的女子，会临盆分娩，这能惊了全城贞节的好妇女。这可卑可耻，我切肤地感到；然而为了我的秋言，什么过错我又不能犯呢？我还可以死，是的，要是你有意外的话。但是从此以后，我就要失掉人类的同情和许多的朋友——他们现在已经有厌憎的表示了。这只好任他们去吧；他们也许会追问到我的脸上，谁是我的情夫，如果听说是日本人，他们会把我看作间谍也说不定。然而我缄默着，很少离开园门一步，也就看不见一切世人的讥笑和揶揄，于是我就安心想着，想着你——我——和我们光明的未来！哦！上帝！实现你孤女的痴梦！

这一切，这一切，都由于那魔鬼的战争！我诅咒它，诅咒你们的事业。它分离了我们相亲相爱安居乐业的情意。你们男子把那当作责任，我们（至少我们母女）把它看作残忍。也许那是更光荣的吧，要不然，我的秋言怎么会被折磨在里头呢？啊，上帝赐福那些从事于战事的人！

保重你的身体，把一位强壮的父亲给我们带回来。

为什么你会被监视起来——告诉我们！祝你平安！

你的鲁意丝

这封信秋言自然见不到，虽然他的长官细细地有兴趣地读了一遍，便揉在纸篓里了。

十

从此鲁意丝再没有秋言的音信，这对于她简直是一种不堪撑持的囚于站笼似的惩罚。一天一天她数着、熬着、烦苦着，时间好像故意拉长了来欺侮这憔悴忧急的女子。自从她怀孕的事实不可掩饰以后，那门前的红木牌早已摘掉了，旧日的学生处在各自对她的恶观念驱使之下，也纷纷停止上课，就是她自己活似害了歇斯底里症，时时以授课为最乏趣最枯燥的生活。她慢慢陷在不可解脱的苦恼里头……

甚至于她母亲过分地殷勤，也能招起她轻微的反感。她看着她从厨房的小门里出来，手里托住一杯羹汤之类的东西，在满脸的皱纹间映出柔和的慈母的微笑，背也显然弯了起来。这些使那在沙发椅上静捱的少女痉挛地转过身子，用手遮住面孔，心中像受了利刃一样地钻痛着。

“孩子，孩子，你哭呢，你哭呢……”

日子就是这样沉闷地过着。

如果说对于人生无望，鲁意丝对于秋言的忠心的信赖却最牢靠不过。这一直影响到被命运所征服的高龄的米可夫夫人，因为她信仰她唯一的女神：鲁意丝。

“啊，孩子，我相信你！你总是对的……我知道。可是他如今没有信，这是我们唯一的信物，我……我不怀疑你的秋言！然而怎样能得到他的消息才好……”

“我一个日本人也不认识，妈。”鲁意丝消沉地在她寝室里徘徊，隔墙答着她的母亲。沉默了许久，她忽然掀起丝帘，容光焕然地探出头来说：“为什么我们不能到他们的领事馆去打听一下呢？这很可以！”

“孩子，你忘了你是俄国女人……”

“是的，这又在交战的时期，对于被访的人会引起很大的嫌疑，况且我——”话没有说完，她已意兴索然地将头缩回去。

但是在这谈话以后，米可夫夫人便老了似的，坐在女儿对面，毫无声息地看着前面；一个从未曾有的想法在她心里出现了，活动起来。她几乎连慰藉女儿的痛苦的语言都忘掉了，只是出神地凝睇着懒散的女儿。第二天下午，鲁意丝突然出其不意地问道：“你想什么呢，妈？”

“什么，鲁？”她茫然地看着她。

“我问你想什么。”鲁意丝走到她身前，握住那一双操劳的枯手，如今颤索着。

“我在想——想——让我明天告诉你，不要逼我，我会全说给你。”

鲁意丝以为她在想做什么糕点来给她吃，于是松下她的手，搂住她的颈项，感谢地吻着她的银发。这给母亲的决心增加一种非常的力量。

第二天早晨，她上街购买什物，在外延宕了两点多钟，这惹起鲁意丝种种的猜疑。随后她在屋内听见园门轻轻开了又合住的声音，接着是她很熟悉的柔弱的步声，只是更迂缓了。她推开窗扇，探出上身，但是她立即惊呼了起来，跳起奔到门外，迎住米可夫夫人。

“妈，你做什么了？”

“我到日本领事馆探望他的消息。”她向厨房走着，似乎一点不注意这说出来会有怎样重大的效果。她极力镇摄自己失望到了十分涣漫的心情，颤颤地说：“他们告诉我，从前这里有那么一个人，随后调回本国入伍，现在大约正在战线上。我什么也没有问出来，他们好像很秘密的样子，以为我是俄国的侦探呢！”

“你是俄国人！”她女儿心思零乱，用力揪住身后的门帘，若无声息地加重地说。

“不！我告诉他们我是法国人，一个法国人！”米可夫夫人说着带上轻蔑的微笑。“我没有忘掉我那几句法文，那还是我做女儿时学的，他们起初听不懂，哼！”

鲁意丝真想跑过去，再吻她母亲一下，然而两条腿似乎不听她的话了，一步也不移动。她挣扎着，感到腹中绞着似的奇痛，头晕眩着，随后便支持不住地瘫痪下来，倒在门边，口内努力地送出一声细弱的：“妈！”她浑身浴在冷汗里头。

十一

她睡在医院的白铁床上。

婴儿是用手术从她子宫内很小心地取出的。她在床上晕厥了数次，面色惨白，这多半是由于难产和她下腹的坠痛，同时思虑的反复也是延长她痛苦的一个原因。她不时断断续续地呓语；间或刺心地呻吟；热度在产后又有些增高。医生对于她的诊治很觉棘手，没有多大的把握。

米可夫夫人坐在床的里边，在椅上悲忧地看着她的女儿，心里积着一层一层凄凉的印象，如今仿佛叠到了最高楼，不堪忍受事情上一点点地转坏。但是她忍耐着，以她最高贵的勇毅来承受着未来的黑暗。她守着这神经错乱的女儿，看着她平静、瘦削、灰白的面颐渐渐透出粉润的柔怡的光明，仿佛在梦中倩美地笑着。慢慢她睁开了眼，触着迷怅的慈母的视线。

她微笑着，幽幽地道："我睡着了，又长又香……什么时候了，妈？"

"黄昏——让我吻你一下。"

"天还没有完全黑呢。在夜里，我的宝贝要把这屋子照亮了——他像不像秋言，妈？"

"那是一个女孩子，亲爱的。"米可夫夫人俯过身，理平她揉散在白枕上卷曲的长发，然后吻着她的左鬓，在她耳际轻语着。忽然她全身颤索起来，急忙立起向外室走去，像要逃开内心的什么阴影似的。

"妈！"鲁意丝伸手触着左靥上的泪水，微惊地叫。

米可夫夫人在门边转回身来，心神牵绕在外边的喧嚣，奇诧地望着她的女儿。

“妈，妈，你哭呢！你……”

但是米可夫夫人没有应答什么，便匆匆向外边去了。

鲁意丝极不安宁地注目在那雪白的布帘上，看着它从波动渐渐静止了，随即移开视线直直看定她头上白垩的天花板。在她脑中映演着那些甜蜜的过去和美丽的希望的幻影，于是她不自知地微笑着、叹息着、怨抑着、呼吁着……终于她听到了外屋争辩似的嘈杂的声音，这些在她宁静的心灵上，显得分外的洪大、嚣张，不由她不奇怪，她的嘴唇微微颤动，隐约可闻地唧哝道：“炮声呢。像枪——我在战地呢。轰隆——是的——这是我的希望！”

就在这时，从外室走进一位年纪很轻的看护妇，在她床前小几旁立了一下，仿佛呆呆地思索着什么，面上露出一些紧张的神情。她哀悯的眼光反而令病人恐惧起来。但是她立刻就拿起几上的药瓶，向外悄悄地退去。

“告诉我，那是不是枪响？”病人忽然尖厉地问她。

“这里有枪？”那年轻的看护妇惊诧着，随即和悦地答道：“没有。”

“要不是她哭——我的女儿呢？”她又用力地问。

“她哭？刚死了呢！”但是这年轻的看护妇立即觉察出自己的错误，加以纠正道：“是的，她哭呢。”

鲁意丝下陷的长目睁得可怖的圆大，一直吓得她退出门外，好容易才叫了起来。没有一个字音能够逃过病人的耳朵。她的手抓着白单子，搓揉着，想推开身上的棉被，跳下床看一下她还未曾见着的女儿(她的秋言的女儿),然而结果还只是躺在软床的中心。等到米可夫夫人和医生进来看她的时候,她挣扎出一身冷汗,在她额上和鼻端上,凝成亮珠似的水粒。

十二

一阵暴雨急骤地打下来,在它的威凌中,一大队湿淋淋的苦工立在沟上沟下工作。电光游龙似的扫在他们泥垢的脸上,显出他们黑而瘦的忧郁的皮肤。雷声随即怒吼起来。这对于他们,和听惯了的震慑的炮声一样,差不多引逗不起他们已经生了锈的情感,或者畏慑的心理;他们反而郁怒着、诅咒着,然后仍旧驴马似的挖掘下去,赶着筑好这道急需的战壕。渐渐乌云向西北展开,雨愈来愈小,随即完全住了。但是沟里已经积下不少的泥水,淹过苦工的膝盖,好像故意同他们作难一般。

沟外积起的土埑平滑得如同油漆了一样,往外送土的人们感到非常困难,脚步要落得格外加意,否则便有倒滑下沟里的危险。每两个人一个大筐和一根木杠。如今这一筐泥土显得格外沉重,杠头摩擦着肩胛,很不容易放稳了。沟内是很少抬起腰来挖土的人们,有些口里吆喝着,有些唱着情歌,有些郁闷地不耐烦着,有些机械地一斧一铲掘下去。在沟上平地这面,每隔十步守卫着一个武装的步兵,间或有些马队在巡逻着。

“小心,秋言!”一个抬土的工人在沟边向身前的苦工喊着,警告他步下留神,免得跌入沟底。但是就在他说这话的时际,他自己却仰仆在泥土上,木杠落下来,正打在他的胸口。

附近的工人仍然默默地做着各自的事情,和没有发生这意外一样，只有一个人忍不住哈哈狂笑起来。他的伙伴扔下杠头，回身来搀他。这正是那渺无音信的秋言，虽然很难有人能在这种情形下认出他的容貌。

他被派在这临时的工程队里，已经将及一个月了。对于正式的兵士，在战火下这算一种宽容的刑罚。这些苦工多半是乌合之众，没有知识，因为战略上一时的急需，被迫在这里做这种毫无荣升企望的苦工。这些人大半是高丽、奉天的，其中日本人最少。在秋言，这最初感受完全是一种深深的羞辱，以后他想出这同样是为国家服务，内心便坦适了许多，虽然他被遣贬到这里的原因，时时刻刻使他痛苦，为自己抱屈不平。

事情是这样的。秋言发出第二封信以后的第三天，他正安安逸逸地躺在棚里铺上，脑中充满了有关迷漠前途的种种问题，忽然棚外值班的弟兄探进头呼他出去，说长官有事传他见面。他急忙从铺上的窝里爬起，整好军装，随着传他的弟兄来在他们队长前面。路上他很沉默，心里有一点茫然的杌陧的感觉。

长官从袋内取出一封信，冷峻地递在他面前道："这是你写的？"

他犹豫了一下，随即答道："是的。"

"但是收信者是一个俄国的女子——不是？是的，我知道。她同你是什么关系？"

"信上写得很明白。我以为——"

"你以为！"队长向他恶意地笑着，然后赶他出去道，"下去听裁判。"

但是队长是一个特殊聪慧的军事学家，所以将秋言这封信仍然付邮，寄到秋水望穿的鲁意丝的手里，因为要骗到她的回信。战争是没有道德的。

这结果就是他被派来做挖战壕的工作。在这次惊天动地的大战中间，他的一腔热血和嫩花般的希望，便全消耗摧残在这泥泞的劳苦上，也就没有人会想到他了。

十三

光阴似箭，日月不停地转着，在东亚史书上留下血痕的日俄大战，于精疲力竭、无数的呻吟中，终于告息了。

火车照旧驰行着。旅客一样地拥挤、颟顸，往车上抢着，在他们脸上映出方从幽沉的地窖放出而奇喜的光。车里的谈资几乎多半是关于过去的恐怖，好像人心仍旧麻醉在那烟火的空气中，一时还脱不掉那种奇臭的味道。在这样一群旅客堆里，靠着车窗坐着一位饱经风霜、衣服褴褛的日本人，在他黑瘦的脸上显出对四周漠不关心的神情，头向外望着车前一闪一闪的风景。他的左手伸起搁在窗沿上，那最使旅客们诧异的是那只直垂下来贴在身旁的右袖。在他的对面，坐着一个老年的慈祥的俄国人，他的椅下臃肿出来一大袋的皮货和一大包的毛货。其余的位子让中国人占着。

这个日本人虽然专心思索着自己的事情，却也禁不住感到那些好奇的追索的目光，时时向他的右侧射来，这使他有些不安。在他回过头来的时候，正碰着对面那位老人怜悯的视线，于是他局促地缩回左手，摸着右面的空袖管。

俄国人赔下笑脸，仿佛晓得自己伤了对面坐客的尊严，同时嗫嚅着，表示他愿多知道一点的欲望。“你的右臂是——”他最后说道。

他的同伴很痛快地满足了他的欲望，答道："是的，它折了，完全——"

"啊！"四围人的目光都聚到他那只没有胳膊的袖管上，同时深致同情地惊叹着。

"恕我，先生，"俄国人追问道，"怎么会这样的呢？"

"我在一个土沟里面工作，头上的土因为大雨旋虚了，于是一大块土在我不知觉中落下来，运气不佳，正砸在我这条胳膊上面。因为骨头已经折断，医生只好把它锯掉了。"他很直爽地叙述着，好像那不是他自己的遭遇一样。

那两三个中国人已经失色惊呼起来。

"那是什么样的沟啊？"

"那不是平常的沟，是有甬道的战壕。"

这时火车已经在站上停住，他立刻站起，左手提起一个简单的行李往门前挤着，不久就在身后恭敬和哀恤的目光里消失了。

但是隔了不多时候，这个残废的日本人便从他的领事馆出来，转向东正大街那方面匆遽地走着。在他眼里露出兽一样的贪切的光，他在街上横冲直撞，仿佛有绝大使命在前面，唯恐一刻错过，受人生小儿的拨弄。他对于这些街市好像十分熟悉，从前在这里——哈尔滨——住过很久的样子。随后他转入一条小巷，在一家花园门前停住。他粗大的呼吸不平均了，左手按在门铃上发颤，他的目光仿佛要穿过那紧闭的门。

他嘴里唧哝着："那红牌子不见了呢。"

从门里走出一位他不认识的壮硕的中国男子，挡住门口问他做什么。

他的嘴唇哆嗦起来，慢慢地、犹疑地吐出一个俄国的姓名："鲁意丝——米可夫小姐——米可夫夫人在吗？"

那个中国人谦恭地答道："我是这里的房东，先生。"随后有些黯然地继续道："你来得很不巧，她们已经不在——她们母女都死了。"

访问的人向后退了一步，如受了电击一样。他惘然地看住那房东，不是没有听懂他的话，就是根本没有听见。许久许久，他才缓上一口气来，面色却在污黄中透出惨白，迂徐地重复说："她们死了——为什么？"

"看样子，先生！你许是她们的朋友，然而你来得太晚了，先生。"房东似乎抱歉地顿了一下，然后讲下去："那位女音乐教师去年忽然搬到医院里，据说是为了生儿子的缘故，大约难产伤了性命，便在那里去世。米可夫夫人孤单单剩下一个人，女儿埋掉以后，如痴如聋，不言不语，和傻子差不多。我常来送饭，看见她老多了，头发全白了，嘴里总是咕噜着：她遇见魔鬼了，她遇见魔鬼了。老年人真可怜！这样没有过了两个月，便跟她女儿一道走了。她们埋在一处，俄国的义地里。"说到这里，他忽然看见那只奇特的右臂，不由问道："先生，你的右胳膊——怎么了？"

"它给割掉了！"他惨笑着。

"啊！割掉了！"房东不由内寒起来，仔细地向他打量着，然后思索似的问，"我仿佛见过你——那是——嗯，先生贵姓？"

"我是那魔鬼，"这残废的日本人惨笑着，"秋言次郎。"

十四

房东看着他，眼里透出怜恤和厌恶的目光，身子往后退了几步，随后凄凉地微笑起来。在房东简单的脑内，秋言早该被捕，来偿还那无辜母女的性命。他明白他们中间的经过，平日固执着，以为秋言是唯一可以明指的道德上的罪人。然而如今他尝到这种惩罚！他的右臂完全折了，这证实了房东对于上天的信仰，同时也使他奇怪地同情起这残废了的异域人。

“她们房内的家具和器具呢？”秋言呆了许久，转过一线光明似的问道。

“全拍卖了——俄国领事馆执行的。”

秋言的眼前完全黑暗了，带刺激性地痛苦着。一种沉重的压迫愁云惨雾般覆在他受了伤的心头。他挣扎着，努力抓住他破碎了的灵魂，唯恐其离去。他眼里一时闪出暴烈的火焰，渐渐浅淡下去，变成仁柔的月似的微光。这一切对于他是如此地不可理解，笼罩着他失了主宰的心神，最后把它活活烧死在它们黑暗的势力里头。他的右袖在胁边拂动着，他的左手机械地握在一起，然后微微抬起来松开了，颐间露出悲凉的微笑。

“这实在出乎我的意外！”

“是的，事情往往是这样。”房东有点恐惧地安慰他。

他好像没有听见这个，转过身，沿着小巷的墙根，往更幽僻的地方走去。在二十步远的电杆一旁，他忽然站住了，仰首望着爽朗的晴空，有什么疑惑似的。这样四五分钟以后，他随即不自主地狂笑起来。

“这个人疯了！”房东黯然地唧哝着，随后转进门内，抱定不管闲事的态度。但是他立即为什么忧伤的声音擒住,立在花畦上静聆着,忽然如有所悟地感叹道:"这是鲁意丝小姐教他唱的歌呢——"于是他静下心来,听那一点一点遥远的悲呼似的歌声,最后的一句是:

Give life to this dark world which lies dead.(活起来呀,这死了的黑暗的世界。)

(载1928年2月《东方杂志》第26卷3—4号)

又一身①

在那时候，孙军渡江的已有三万余人，抱着有死无生、有胜无败的决心，一直冲过龙潭，向栖霞山车站奔来。如果这里也落在他们的手中，南京——我们辛辛苦苦打下来的金陵——就可以算是失守了。最初是炮火遥遥，其后因为距离太近，枪弹失效，便白刃肉搏，整整相撑了两昼夜。到第三天早晨的时候，我们只要一扬手，孙军便会应声倒下去，他们已经有两天粒米未曾沾口了。我们大队从山上冲下来，就和开了口的堤坝，怒涛翻卷而下一样，生龙活虎，把敌军又一直逼过江去。

我亲身所受的恶战以此为第一，而现在影响我最深，令我精神上时时杌陧的，自从北伐迄今，也就数这一次了。我们是一小队一小队地向前密集着，有进无退，战后侥幸生还的真是托着总理在天之灵了。如今在这一家小客店的黑房里头，静夜回思，我每每犹不

① 选自小说集《坛子》，开明书店1931年4月。——《李健吾文集》编者

禁冷战起来。然而在当时却就如同一只身临绝地、狂性发作的野兽，在炮火下，枪林弹雨中，浓烟迷雾中，叫嗥跳掷，剥衣搜钱，血热眼红，那种英勇残忍绝非文字所能言其一二。那时正是九月天气，泥雨滑泞，青草犹绿，我们在地上爬着，把一身的灰军衣染得和在绿浆内滚了一遍一样。我们唱着革命歌，已经凯旋了似的；见了敌军，便彼此你娘我爹地诅骂着。我们没有一个敢于临阵脱逃，那真是再丢脸不过的事了。

我们那一小队的队长是一位血气方刚的有志青年，当我在他的手下的时候，也不过是二十三四岁上下。他姓方叫玉廷，曾经在中学肄业，弃笔投戎，半年以来，升到现在的连长。论年纪我虽然忝居长兄，然而论起人品，便是给他提鞋我也情愿。平日对于发肤他保重到了万分，绝不轻易言笑，也绝不傲慢凌人，这些想来都是受过教育的好处。这样的孩子，在成人看起来，正所谓乳臭未干，绝不能引起敬重。然而只要枪声一响，他的耳朵会竖得比别人分外尖，跳起来格外麻利，赛过一只小老虎。

就在他的指挥之下，我们这一小队时仆时起，或趋或止，同大队衔接着，把敌军一直追下龙潭去。我们趴在一道短沟似的土坳下面，预备趁机往前扑出。子弹从我们头上戛然而过，炮火在江面连天响着，差不多整个天地都包在烟雾之中。我们这样蛰伏了有十分钟的光景，鸦雀无声，神经异常紧张，绝没有一丝念头联想到自身的危险。忽然听队长喊道："上呀！"

就在这一声口令犹未遍及全队耳朵的刹那，他已经一步跳上了土堰，往敌方追去。我站在他的旁边，紧跟住他的脚印蹬了上去，我的头还没有仰起来，便见一个沉沉的重量朝我压下来，与我一齐翻滚在泥沟里头。我的脑袋正碰在一块石头上，晕得眼前一黑，直冒金花，但是立刻我就疼醒过来，发现我们的队长躺在我的脚下。他呻吟着；弟兄们挤在沟内，相睹无声。

“怎么了，队长？”我惊起问道。

“队长胸口上带了彩。”

“我呢？”我抚着我的后脑愕然问道。

“你没有。”

我从我倚住的地方爬到队长的头前。我俯下身看着他惨白的面孔，也许摔伤的缘故，耳前耳后还挂着鲜血。他用手指着他的胸口，点头、呻吟。他的嘴唇颤着，仿佛有话出口而又说不出口的模样。这时枪声反而逼近了，子弹在沟上不时地飞，我们不得不都把身子曲起来。他用了很大的力量忍住呻吟，向四外凝神静气地听着，随后他抬起头来，看定我们这些为他悲哀的弟兄们，神情有些急躁，喘道：

“傻东西，你们站着做什么呢？等我死吗？还不赶快出去接应前队！怕死不要吃粮！怕死总理还不革命！”

弟兄们的目光都集在我的身上。

“队长的话有理，”我顺遂他道，“我们总理少了这样一位同志，弟兄们总得报仇。干吧！走！”

“队长一人扔在这里吗？”一个士兵提道。

“大家说怎么办？”我转问道。

“排长也受了伤，不如由你背他到临时医院再说。”又一个士兵建议道，“其余我们这就跳出去！”

“上呀！”于是这一小队都离开了掩身的地方，跳出应战；只有队长和我两个留在沟里头。

他已经晕过去，我把他拖起来，弯下腰，沿着天成的地沟，一步一步向后方退着。拖着虽有伤，但是背起来伸直了身子太危险，我们也只好如此了。我的胳膊又酸又麻，出了一身大汗。他有时醒过来，凝目看着我，随后又不由自己地闭住；头垂胸前，手坠两旁，口里哼唧着。快到车站的时候，我们好容易遇见红十字救护队。他们用软床抬起他，一直送入车站西边的临时医院。

他一人占了一间极小的房屋，这是很不容易的。我的后脑起了一个大疙瘩，脸皮和手背都擦破了许多地方。等从外面捆扎停当进了小屋的时候，我看见他躺在一张干草床上，那毫无血色的纸脸向我勉强微笑着，这几乎令我哭出来。我过去坐在他的床边。彼此半晌不言语，看着看护匆匆忙忙地跑出跑入，最后便不见来了。

“我快了。”他忽然声气微弱地道。

我回过头看着他，尤其他那让白布包起的地方。我摇头令他安心。

“是的，我快了。”他加重道，“我求你一件事。”

他伸出手来，我的和他的握在一起。

“你帮我的忙，把我这一身军衣换下来。”

我以为他是嫌他那一身沉重的衣服把他捆得不舒服，便扶起他倚住后壁，慢慢地脱下他的军服。他的脸痛苦地掣动着，牙关咬住，嘴里始终不发一声。那一身血溅了的破烂衣裤！我每一见到它们，便重返到当日可痛的情景。我把它们团在一起，预备从后窗扔出去。

“不!”他急呼着,然后指着床前地上,他向我道:“搁在这里!”

我虽然遵从他的意思,心中却非常诧异。我不觉问道:“留它们有什么用呢? 又脏又烂的!”

半晌他没有答话。随后他把头往内翻转,为的让我看不见他流眼泪。其实我立在床前,什么都看得清楚。我心里十分难过,觉得这样年轻力壮的好小伙子真是一百个也不该死。他的为人、他的毅力、他的精神、他的志趣,甚至于他的平日行事,没有一处不表示他前途的无限和希望,如今算完了。我是一个将近四十的人,我情愿替他挨那一枪。

他缓缓出了一口气,转过头,望着我惨笑道:“我没有想到我会有这一天——我的父亲这样死的,我的祖父这样死的。好,请你坐近些,让我告诉你为什么我要留起这一身军服。

“我是我家里唯一的嗣子,没有弟兄姊妹,在我十五岁的时候,我便没有了父亲。我大了以后,见他面的时候很少,因为他轻易不在家乡,四处劳碌。其先在河南教育厅做事,不见出息,也便不敢接出家眷,后来投到第三师,渐渐受师长的知遇,境遇充裕起来;然而连年战祸,萍踪无定,自然无有心思顾虑到接家人出去。我当时在本地一个小学堂念书,这天我回到家里,方进了大门,就听见祖母在上房叨叨,指着母亲吵闹;母亲分辩着,随后躲到下房哭起来。那原因是由于父亲的家信,讲他入了伍的事。这伤了祖母的心,勾起她老人家几十年的苦境和旧创重发的杞忧;她无处发泄,便自然而然地归罪到他女人的身上。就是我,也很受了老人家一时气上的白眼。可是等到母亲在下房呜咽的时候,祖母便软了心,牵着我,把母亲好容易哄出来,大家一齐说着往好里想的话。

“提起祖母,她有她的伤心事。在前清洪杨之乱的时候,祖父武生出身,在向荣部下充校尉,以后渐渐升到协统。祖父当时正在年轻力壮的时候,一家对他抱着无穷的希望。然而天有不测风云,就在第一次围攻南京的时候全军中了埋伏,后路也让敌人遮断;祖父原来在后防驻扎,闻讯之下,立即由小道抄出,赶到前方救应。当时在深夜行军,一时仓卒,加以探报不灵,洪杨早有防备,所以半路让敌军包围住,兵少势孤,结果一败涂地。祖父战到无可为力的时候,看见自己全身受了伤,于是嘱咐随身旗牌替他脱下战袍,叫他设法逃走,把它带回给祖母做信物,见证自己的阵亡。

“祖母的难过不言可喻,她把那一身鲜血淋淋的战袍用绸袱郑重包起来,供在祖父的灵牌前面,香炉后面。她有三年未曾见她丈夫的一面,最后看见的便只是这一身可为纪念的血衣,那上面的尘土她每早要亲自拂拭一遍。我听母亲说,初时她一打开那灵袱的时候往往哭晕了过去,后来渐渐好了。直到有我以后,她的眼泪才可以忍住。

“她怎样辛辛苦苦地抚养起父亲,我不知道,然而我也可以想出大概。据说她年轻的时候是很漂亮的,但是在我出世的时候,她已经满头白发,一额老纹,虽然体质和精神因为亲自操劳心志专一的关系,并不衰弱。在清末家中还可以领到一些恤金,加以祖母勤俭治家,人口不多,勉强维持了父亲成长。这时正是武昌革命,清帝逊位的时候。父亲是很孝顺的,从来不做冒险的事业,所以家境虽然艰窘,然而因为祖母坚持着受穷也比分离强,父亲便在乡间苟且因循着。

“然而民国以来,生活一天比一天难以维持,便是祖母心中如何反对，也不得不放他外省谋事。这时我已经八岁，在家人看起来，总可以顶持门面了。祖母所以肯放他出去，是因为他在教育界做事。然而她老人哪里晓得教育界是怎样地清苦，毫无出息呢？而且当时教育厅厅长换了人，社会上各方面一逼，父亲便只好不先同家人商量，投身发财的捷径。我不能形容出祖母和母亲的忧惧。祖母越发龙钟了，母亲镇日沉默着。我是她们眼下唯一的安慰。”

接着队长的眼泪又滚下，急促地喘着，脸泛红了，红得令我为他怕起来。我请他养一养神，有话留在后面说。他惨笑着，伸出手握住我道：“我没有多少话了，我也没有多少时辰了。

“啊！女人们所忧惧的终于实现了。我父亲在直军，已经实升团长，紧跟着这个喜信便是直奉之战。我们全家人许愿磕头，每天急于看报，看报以前先哆嗦。报纸上始终没有父亲一个字。哦！那看过报的欢喜我都记着，这如今好像都回到我的脑子里头。是的，邮政局就在那一天把它寄来的。那包袱，正在母亲给祖母读报以后，我亲自从邮差的手里接过来的；邮差还和我笑哪，说这一定是我爹从京里捎回的衣料。我捧着它，跳过门限，我喊着，一直连蹦带跑地滚到了上房。我站在她们的面前，欢喜得半天喘不出一口气来。母亲瞥清了邮包上的发信地址，告诉祖母，于是她们都忙乱起来。母亲从桌上抄起剪子顺着线缝挑了下去，我帮着往开里撕那封裹严密的布袱。啊！只是一身灰军衣！

“一身血迹模糊的破烂军衣！我记得清清楚楚，是的，是的，一身受了无数枪伤的肮脏的灰制服。母亲的手从包袱上软了下来，我把上衣和军裤抖开，铺在桌上她们的眼前。我莫名其妙地看着两位老人，看着这莫名其妙的制服。母亲和祖母对视着，痴痴无言。忽然祖母扔下眼镜，挨蹭到祭桌旁边，将正中的黄包袱取出，解开了，把里面的东西也抖落在桌上，衬着父亲寄来的一身灰制服。啊！屋子静得真怕人，我要哭出来。是的，我如今把两件血衣服一时都看到了！那衣服！”

他用手推开我，移过头，向外看着床前地上一卷他方才脱下的血迹淋淋的制服，视线直直的，和中了魔一样。不久他微微地叹息道：“祖父那一身衣服上的血迹已经黑了，一点看不出像红的，红的血来。父亲的有点发紫，有的发绿。是的，我说不上那颜色来，它们没有这一件的红，红，这也就要变成紫的绿的——而且——而且深黑的！深黑的，和四十年前祖父穿过的戎装一样！”

他把头抱住，眼泪从手缝里挤出来，好像一个犯了罪的人忏悔、申诉、哀祷一样。在这种神圣的情境里头，我坐在他的床沿，仿佛我正在重生。我诅咒干戈、内乱，和一切活动在它们中间的败类。我寻不出一句话来慰解他。

“女人们渐渐更加老了，祖母非拐杖不能下床，母亲的头发有些苍白了，除我，她们此外没有希望也没有野心，静静等着死和老来催她们。我高小毕了业，由县里保送到省立中学校；我已经长大成人，因为家里没有力量，所以并未按照乡俗成亲。父亲的阵亡是无从领到恤金的。家产在母亲手里差不多让外族骗没有了，因为她不是一个理财的人。但是她并非没有勇气，她毫无希望地挣扎着。她变得爱叨叨了，烦烦絮絮，整个成了一个讨人厌的老婆子。我在家里过得没有一点趣味；我的心跃着，血热着，我想动，我愿意把我生命的血洒在人间。我做梦，这梦不是女人们所能梦见的。

“我见到了革命的书籍，是的，这里面讲的都是我所感觉而讲不出来的。我要革命！我天天这样发誓。我要为我的祖父和父亲复仇；我静等机会。我忍受不了那种沉闷的家乡生活；我存心反抗一切。我有一夜把我的心思给母亲说了一半，她愣愣地瞪住我，不言语；她不能了解年轻人，于是我非常懊恼。

“第二天早晨，祖母还没有起床，母亲忽然在上房招呼我，她的声音有些发颤。我走进去，看见她立在祭桌旁边，在她的前面摆着那两个黄包袱，她把它们打开了。我不清楚为什么，但是立刻我就猜出来了。我低下头，我不敢看那抽抽噎噎的女人。

“‘孩子，你过来。’她用手指着灵袱向我柔和地道，‘你看见它们没有？’

“我不敢做声。

“‘这里已经两身了，孩子，你还愿意给我再添一身吗？’

“于是我们在一齐哭着。

“我当时绝了不安分的念头。我——我没有绝了这念头！”他发狂地嗥叫着，然后转下去道，“我跑了，我没有让她们知道。是的，这和我念的一本新译的小说中所叙的差不多：我少壮的火燃灼着我；我不安宁；我需要我眼前的世界；我要征服它上面的罪恶，为了正义、光明和人道。我托人给她们写了一封信，然后就跑到广东去了，自然还有几位同伴。我入了革命军。一切正如我所希望。我每月往家乡汇十块钱。”

忽然他转过视线看着地上的军衣，断了他的思路，随即嘴里唧哝着说：“血……血……”于是他仰起头，热烈地握住我的手，和疯了一样地哀道：“把它们寄回去……寄给我的母亲，我求你。还有我的祖母，她还活着，还活着哪！我对不住两位老人……她们以后该怎么好呢?”

他扭过头去,将脸藏起,以后也就再没有向我这面转过头来。他死了。

我没有力量将他的棺木运回故乡,只好草草地薄葬在临近的义地。战后我升了他的原职,于是每月省下十块钱,代我这位死友汇给他的两位老人:我不知道她们是否还活着,那位节义可风的老祖母死了也难说。我只有一件事未曾照死者的遗嘱办理,把他血迹淋淋的军服寄回故乡去;我没有。我为什么要使那位可怜的母亲的预言中了呢?让我再给她添一身新的;不,不!我没有那种勇气;我简直不敢往这件事想:三身血衣摆在一张祭桌上……但是我并没有弃掉这一身留作纪念的战衣,我好好地保存着它们,我把它们封起,锁在箱子里头。最近我打开一看,那些有血的地方已经变得紫不紫,绿不绿,一片一片和干皱了的糨子一样。

十八年二月

(载1929年3月《认识周报》第1卷第7期)

最后的一个梦①

在我们的那一个公寓里头，我们没有一个不爱他的，对于他过去的历史，大家是同样茫然，然而这在我们还是一样：凡是我们这般醉生梦死的学生永远不谈往事，除非特别洽心的。他的身体颀长如玉，在端正的五官中，突出一架有些勾起的高鼻子，无形间增浓了眼睛的光彩和面部表情的深刻，同时显示出一具深思遐想的头脑，令人觉得这种人的性情一定是古怪的。这种感觉有它自己正确的道理，至于古怪到什么程度，也不过偶而从小事情上看出来。

如果对于他的性格还需要详细地解释，我为方便起见，便平铺直叙下去，这样比抽象地诠述当然来得充实。在普通的生活方面，从大体和外表来看，他同一般大学本三的学生差不多，学校的规程已经不在心上，又不须赶毕业论文，于是浪漫、消沉、无所为。各人有各人的环境所造成的烦恼，有的因为快乐过了度，有的因为失

① 选自小说集《坛子》，开明书店1931年4月。——《李健吾文集》编者

望,有的因为生活的平淡乏味。每天黄昏或者临睡的时候,如果大家得闲,我们便三三两两聚在一起,信口开河,由天而地,由人而我,由笑而哀,由庄而谐。

有一晚晌我已然上床预备安息了,他隔着板壁用手敲起来。他随即问我睡了没有,知道我睡了,便又问我困不困。我说有什么话请讲吧,这样别扭怪难受的。我静下神听他开口,许久不见他吐出一个字,只是几声干咳和踱步的脚声。我想他一定有严重的问题要提出讨论,看他现在踌躇的样子,和最近一两个月以来他扯长的兴奋,不由我不转念到这一层。于是我在被中坐直了等候。

“你的门关了没有?”他忽然问我道。

“你从外面使力一推就开开了。”我答道。

于是我转身望着门,同时听见隔室的门一开一闭,不久便有很轻的脚步声经过我的窗下,随后我的屋门一响,他就进来了。

他踢趿着拖鞋,浑身裹在一件蓝白毛线的睡衣中间,光光的头,露出漆亮的黑发。从他拙滞的举动同面部畏涩的表情,我看出他的内心藏着一件秘密,搅得他的灵魂不能安守。我不觉问我自己:这是什么呢?

“我的理想终于实现了!”他跑在我的床侧坐下,面向我,带着一种再也不堪沉默的狂热。我立刻悟到我的睡榻又要为他的玄想所包围、所充溢、所淤窒。他向例说话是不愿被打断的,所以我不发言,静静地往下听。

“我在那棵老柏树底下发现了她,我所追求的美丽的女性。”于是他止住想了想,给我留一个惊羡的机会,继续道:“你知道我无时不在寻找,但是我绝没有想到在一个早晨我会找见了她。而且每天的早晨,同神圣的处女一样的清晨,在人迹罕到的皇城的对过,柏树林子里头,我碰见她。清早八点多钟,你连梦也梦不到！二十天以前,我第一次看见她。正是春天的开始。四围略略透出清洌的气味。经过许多的失望以后,你想想,我会有这样的奇遇！遇见我所遇不见的女人,便在梦里也难证实。

"你知道,我们学校名为开课,实际上是没有先生的,所以我决定每天清晨到公园一趟,既可以避开公寓的叫嚣,又能够在雅静的地方读一点书。就在这样的一个早晨,八点钟的光景,我从水榭无意中闲步到后面的河沿,刚刚出了迎住药石亭的正红门,就瞥见离河边的铁栏杆不远,在一棵柏树后的长椅上,一位少女的背影。我假作无所事事的样子,从她的旁边绕到前面,但是我没有胆力回头望她。她穿着一件素淡的鹅黄色的绸皮袍,眼睛望着开冻不久的河水,头发是新式的、剪短的,此外,只有从背后瞥见的瘦长的腰躯。我想象那些绮丽的绿叶一定烘托着一副如花的美靥。我的身子背着她,伏在铁栏杆上,俯视着清澄的流水,间或仰起对着灰色的古城和城角的古楼。我发了疯！我再也不能抑住我好美的良知同热血的冲动。我转过身,我和她面对面。

"哦！我吃惊！我吐不出气来！那脸！好像不是我从来所醉梦的,然而立即深印在我的灵魂中,明昭我道:'我是你的！'是我的,而又在我的知识以外:是神圣的。这是净罪所,在这里我可以洗涤我尘世的业障;是天堂,我可以息止我的彷徨;是虚幻中的真实——不要笑！我求你。"

他极感动地伸出右手,让我握着,吁止住我的笑意。他对着他神圣的情感和对着真正的神明一样,虔诚而尊严。我的疲倦完全被他自炽的兴奋逐出屋外;我不禁诧异,我会这样地入迷。

“我这次没有错;我不能再错了。”他叹息着,继续道,“是的,我在人世发现了那异绝的理想,我自己的。我每天早晨见她一次;我只在远座位站着瞻望,从来没有同她交过话。我的卑陋会污了她的圣洁。她不移动地方,总在那棵苍老的柏树下面。我盼她看我一眼,然而没有;我不知道她看着什么,为了这个我发狂地探索——她看着碧空,桃花似的碧空。我站在二十丈以外,遥遥地瞭望;我不敢再走近了,怕惊断她美湛的遐思。这在我是罪过。我仿佛从地上望着迷漠的云端,她就织在我虚构的彩霞里面。她也许注目到我,我不清楚;我生活在我理想的现实中。

“但是我不相信自己,你知道我的脑筋怎样地紊乱,神经怎样地脆弱。我求你来证实我的信仰,你是健康的、实际的、有批评的天才。明天早晨——一定!明天早晨。这次你会惊异的。我晓得我从前的错误:她们同她比起来,犹如野鸭与仙鹤、影子同真实、丑恶和美丽。”

他大睁而发亮的目光惊慑住我,不由我不向后缩。我仿着往昔的惯例,漠不在意地,轻呼道:“那么你的初恋——你的表妹呢;也不如她?”这是我惟一能克制他癫狂的针灸。

他看着我,一言不发,然后离开我的床铺,往门边踢趿。他走出我的屋子,使力把房门阖住。随后我就听见他走进他的房间,在屋内徘徊。我熄了灯。

我的眼睛闭住不久,床边的板墙便又被敲得响起来。我实在不耐烦了,含着怒,问他做什么。

“明天一清早到公园去,我怕你忘了。”他低声提醒我道。

"再瞧吧!"

我转过身睡了。但是我再也不能入眠,在我的耳边永远是他的拖鞋烦人的磨蹭,间或夹杂着他的干咳。好容易他的床吱嘎地响了,然而不久,那种讨厌的、不终止的脚步声又从他的屋里缓缓地送过来。同时干咳声更加频急。我不知道我怎样睡着的,然而仿佛一眯眼的工夫,我便让窗外的呼声吵醒。蒙眬中我辨出他的腔调。

我们七点钟到了公园门首。路上彼此全很沉默,如果披上盔甲,我想我们一定是一对非常可笑的材料,尤其我矮他高,正如Cervantes小说里的一双怪物①。一夜的失眠刻画在我的脸上,迎着清爽的晨曦,实在不相衬。我完全出于好奇心;而我的同伴仿佛一只刚出林的小鸟,精神焕发,脸上映着异采,好像朝阳升起就为欢迎他一个人。他时时看着我,不好意思地微笑起来,仿佛一位有了隐秘的处女,颧骨红润润的,举止兴奋而不自然。我酬应着他的微笑,这使他自足,比语言还有效力。他的步子很紧促,差不多我一路追着他。

我们进了公园。他的脚步忽然纡徐起来。他挨近我,可以说要把我挤入松墙里头。他害起羞来;我可以听出他的喘息。他开始用手整理他的领带、衣扣和前后襟。他领我在社稷坛的前后犹豫着,随后他坐在石阶上,凝望着醺然的东方。他的姿态仿佛一座玉雕。我催促他。

"慢些!这不是她来的时候,现在还没有八点钟。让她先在那里,

① 指西班牙作家塞万提斯(1547—1616)的代表作《堂吉诃德》中的一对主人公:堂吉诃德与桑丘。——《李健吾文集》编者

否则她见有人先候着,会害怕哩。我拿得稳她的脾气、性情、习惯。”

我掏出表来,无聊地数着分针的移动,我的烦躁使我对于它的信用发生了动摇,并且由此怀疑到我朋友的健康。他呆坐在我的对面,仿佛一位诗人坐在山顶,出神地望着汪洋的蓝海,一句话没有,努力集中他的感触,但是集中不起来,神秘地微笑着。我从来没有见过这种孩子似的腼腆,那种温煦同忍耐反而把我魇住。如果我相信我在爱情上的经验,我敢说他内心的焦灼一定在清晨公园任何人之上。我钦佩他的作伪,从他的外表,便是我也看不出他在伫候他所爱的女郎。

“八点了!”他跳起向我喊道。

我的分针恰好指在午刻,同时我仰头见他跳起来。他的习惯使他对于时间的感受这样准确令我惊羡不止。我们一起向后面移步。我觉出他灵魂的骚扰又外现到他的脸上;他的两手伸缩着。忽然在大殿一侧,他止住我,带着我所难于理解的歉意,向我嗫嚅着:

“你先在这里等一等,只等一等,我去一去就来。”

他向正红门那里跑出去。

不到两分钟,他就转回来,向我怀疑地望着,仿佛有所需求于我。我走近他,看出他的目光发直,面色微白,表现出强烈的激刺和失望。

我低下声问他道:“怎么样?你看见她没有?”

“没有。”他回答道,“她不在那里坐着——我没有看见她,我不知道为什么。”

我握住他微微颤索的左手,一同向药石亭走去,除去几个老头子同年轻人在柏树中间的空地上练拳以外,我没有看见任何女性。

我们围着柏树一棵一棵地转，希望在粗壮的树身后面发现他的玄想。穿过零乱的茶座，我们踱到西头草亭的前边，然后沿着大道往南走。我们在公园里面绕了三个圈子，始终没有发现一位勉强上眼的女子。

"不，我不能再跟你发疯地遛了。"我在石坊下向他道，"我回去还要做别的事，你明白，我虽然没有福气看见她，由你如醉如痴的忠诚的神情，我很信得过你的鉴赏力。对不住，晚晌再见吧。"

一个倒了霉的人才愿意陪着一个失望鬼。我决定逃开他，否则我怕我也要失恋了。他看着我，忍住他满眶的热泪。他的尊严和自信受了重创。他向我微笑。

"好，我们再见吧。你看，"他补白道，"这连我都没有想到。为什么她不来呢？你知道吗？我真不明白。我还没有同她说过一句话——我只是远远地望着她。你好像有要紧的事，好，晚晌我们再谈吧。"

因为手头一时拮据，同他分别以后，我在公寓我那间小屋闷了一天，回想着早晨的傻事，直是好笑。我相信这是我末次信任他，这位神经有点失常的朋友。一时我度量公园没有什么窈窕淑女，只是他说说好看，骗我白跑一趟；一时又记起他那副痴情痴意的可怜相，我也不敢过于冤枉他，说他无中生有，每早遇了鬼，或者看见他的蜃市在空里幻现。最后我觉得这或许是事实，天地间原本充满了可能性。他的行径令我不得不相信，不然他就是情盲，或者神经错乱。

这天直到深夜他才回来，映着十五只烛的电灯光，颜色憔悴，似乎一天粒米未曾沾口。他走过我的门首，样子不想进来，听见我招呼他，才有些苏醒过来。我推他在床沿坐下。他涣漫呆滞的目光诉出他一天的辛苦。

“你在公园待了一天，这时才回来？”

“啊，我刚回来。”他的声调幽幽的，带一点老苍；这一开口反而使他兴奋起来，继续道：“我一天没有找见她。我不知道我在公园怎么过的。我坐在一条长椅上，离她通常的座位不远；有些人在那里休息，然而都不是她。女的都比不上她；她是人世惟一的美人；她的像貌好像从小就印在我的心上。可惜你没有看见，不然你会——会和我一样。我除去她没有别人；我在远处膜拜她；她是我的世界。”

他感伤的语调显出他疲茶过度的兴奋。我为他同他的身世杞忧。我怕他入魔太深，这会变作他的病根，破坏他一生的成就。这样的人不宜于人世。我截断他的话，干脆道：“好啦，你辛苦得真可以，你也该歇歇了。”

“我也这样想。”他走在门边，扭回身立住道，“你知道她为什么不到公园吗？你不知道！你摇头。我问我自己，我也解答不出。明天——啊！明天她一定去的。我求你，明天我们——”

不等他说完，我接住道：“对不住，我这几天要赶出一篇文章来，实在不能奉陪。”

他无可奈何地叹了一口气，然后放柔声音道：“她是我的火，我的光，我的理想；我给了她一切，在精神上、在我可能的范围内；我的想象为她燃烧着。”

他的痴情使他出口成诗，在他不自觉，在我是刑罚。我用力把他推出门外，然后从里面把门锁上。我的隔室不停地响着，扰我一夜不能安眠。一直到天亮，我诅咒了他几声才睡过去。十一点钟醒来，茶房告诉我，他早已出门了。我猜出他去了什么地方。

天黑以后，我早早锁上门，熄了灯，防备他来缠扰。但是我睡不着，我的头脑内充满了他可怜的色相。不久，我听出他的皮鞋在过道橐橐地响着，在我的门前停住，迟疑一下，然后转到他自己的屋子。我以为我躲过了。他在屋内或行或止，翻腾了半点钟，忽然忆起什么事，走近墙板敲着，死命地敲着。

“我今天一天没有看见她。”

我装睡不睬，听他似乎向我或者向自己诉说。

渐渐这种诉说在他成了一种必修的功课。这声音拉得很长很长，幽幽的，含着真实的悲哀的分量。它在我的耳际震颤了半个月的光景，我移居的意思也随之而有加强的趋势。我已经判定这是他一个不可改变的恶习，即是每天清晨出去，深夜归来，然后隔着墙无精打采地向我单调地重复他那一句话。我怕他读《卢森堡公园》中了迷，弄出同样的傻事。

然而这并没有永久下去。从某一个清晨起，他忽然不再往公园去了，差不多整日在公寓闷着，闷极了，便慢慢从前院遛到后面的侧院，然后在各院无聊地闲转。见了同院的居者，他赧然一笑，点头作礼，这种极端的改正方法最初我很赞同，但是这样过了几天以后，我又不得不加以怀疑。

“我终于找见她了！”他沉闷得实在耐不住了，某天下午走进我的屋子，傲形于色地向我道，“我真地找见她，起初连我自己都不相信。你看，我发现了她的住处，就在我们公寓后面的小旁院。你不信？真的！我敢向天发誓！来，我领你看去！”

他抓住我的袖管往外走，不由我不跟在他的后面。就我所知，公寓里面是半个美人也没有；如果有，不劳他发现，我的消息比他灵通。我们进了他所说的院子，他用手指着东厢房，悄悄地向我道："就在这屋子。"

我摔开他的手，唾了一口痰，扭身走回前院我的屋子。我晓得清清楚楚，那屋子住着一位四十岁左右的妇人，带着一个小孩子上学，任何亲人没有。她长得并不丑陋，然而说她是天仙化身，实在罪过。他一直追入我的屋子，预备征服我叛逆的心情。

"你整个是开玩笑。"我向他忿然道。

"不！你没有看见她，她是我从来所见的第一个美人。我没有取笑你——那是取笑我自己！为什么我要取笑你呢？"

我摇头表示不信。

"我有一个方法证明我的——"

"谢谢你！"我道貌岸然，谦㧑道，"我亲眼不知看了她多少次，几万万次，我同她说过话，她的孩子我也认识。"

"你简直取笑我！"他向我分辩道，"叫茶房来，请你问问，便知道谁对谁错。"

他自己把那个爱闹的小茶房喊进来。

"有新搬进来的吗？"我斜枕在被上问道，"我指女客。"

"女客没有。"

"后面西套院的东厢房有新来女客吗？"

"没有。"小茶房莫名其妙地答道，"还是他们母子俩。"

"这几天有女客同他们来往吗？"

"哦！鬼也没有。"

我回头看住我的朋友狂笑。他靠着桌子,立在屋心,半天急不出话来。他清瘦的两颊上青筋暴涨着,手揉搓着,嘴唇颤索着,眼内射出一种稀有的神光。

“你们编好了来骗我的!”他最后喊出他的情急,截住我们的问答道,“我亲眼看见她的。那不是她的儿子,是她的弟弟,她的小弟弟! 我晓得,我全晓得。她的脸是一个瓜子模样,一头乌亮的头发,前面留着齐眉的小刘海,后面梳着一根长长的辫子,垂下来,垂下来,走起来随着全身摇摆。她的眼睛像一片叶子,那里面的光向我说出不敢出口的恩情! 她的嘴,哦! 像一片又嫩又甜的羊肉。她站起来正到我的耳边。我都找着了;我找了八九年——九年! 你们骗我,说我没有找见她。我找见了她! 我——”

小茶房瞪着眼,不清楚他说些什么。但是我立刻就从床上跳下来,我晓得他说些什么。他所形容的完全是另外一位,一位他所永久失去的,一位在他的心中留下深深创痕的,那如今又在他的遗忘中复活起来,和海面下的暗潮一样。她悠久的魅力仍然潜伏在他的意识界。他每天所找的,在他不知不觉的心理的变态中,仍然是他不可复生的初恋,那埋在他心底的,那被他称为表妹的,梳着一根长长的辫子,带着一张小小的红嘴唇……我决定给他请一位著名的医生。

十八年四月

(载1929年4月《认识周报》第1卷第15期)

末一个女人①

我们也不知道为什么同土匪开火。自然来由很多,然而你所猜想的冠冕堂皇的文章却一点不是我们的原因。那一次的原因是说不得的,虽然我只是一个芝麻大的排长,负不了那么多的责任,可是我每一想起这回事,黑脸膛也禁不住透出红来。那种文章我们旅长并非没有做,左不过是土匪猖獗,奸淫掳掠,无恶不作,本军奉命来诛伐的那些话头。其实揭开了看,不过旅长们和匪首分赃不均罢了。

然而为了这次的进剿,上面却补发了我们一个月的薪饷,至少这可以维持十天的战事。我这一辈子里头还没有见过像这次火并的凶狠。我们平常有一个经验,宁可同邻省正式的军队接触,也不愿意招惹土匪的仇视:那种打法简直不是人同人干。就是这一次我几乎把命送掉,直到如今,十年前的事了,只要我一想起来,还免

① 选自小说集《坛子》,开明书店1931年4月。——《李健吾文集》编者

不掉牙对牙，打几回冷战。

从地利上这一点来看，我们最初的形势可以说是很坏，差不多有一点常识的小兵都知道。我们要从下往上攻，同时又要采取联络包围的阵势，然而最困难的是所有扼要的小道，高一点的土疙瘩，密一点的树林子，都让土匪先占了去，即使我们一节一节地把它们攻下来，他们还有机会退到堡子里头，隔着土城死干一阵。头两天我们不分昼夜冒冒失失地往前进攻，吃了一个很大的亏。不等我们探出他们掩藏在什么地方，耳边就听见嗞的一声，接着一声哎哟，紧跟着就倒下一个伙伴，连提防都不用想打算。最气人的是我们没有法子挑他们出来，长枪短刀地拼一下；这不能不说是残忍了。

头两天弄得我们简直没有主意，胆子寒了许多，后悔自然说不上，然而眼看着上好的弟兄们，粗粗实实，让人家像打鸟一样地收拾了，真有说不出的惨，而且死到土匪手里头！起初我们对他们并没有什么深仇大怨，了不得的事体，我们也不过是借此唬一唬他们，骗一骗上头罢了，然而眼睁睁看着老弟兄们，连一句喏都来不及唱，却不是一个月的关饷关得来了。我们士卒马上就团结成一气，大有不捣黄龙不回家的滋味。旅长从省里把几只破炮也请了下来。

土匪渐渐支持不住了。他们以为我们只玩上七八天就疲了，我们却抖起精神干了半个多月。不到四天的工夫，我们便抢了几个小寨子过来。俘虏来的女人是不用提了，至于男人们由上头拷打了以后，便发下来听我们处置。在往常是要等钱来赎的，现在却不然了。他们大多数都是带着辫子的，弟兄们有的淘气不过，拿辫子挽成一个花鬏，老老实实把他们五花大绑地挂在老树杈子上。他们的身子在空里摇摇摆摆，和脱了线的风筝一样，和地里风吹着笑的纸扎人一样，煞是好看。有时他们招得弟兄们气上来，拿着刺刀在他们身上隔几分钟扎一下，看着他们抽搐，血往底下跌；有的忍痛不出声，只是哼唧，有的怪声吼着，老子爷都叫出来，逗得弟兄们大笑起来。有时我实在看不下眼，便一枪把他们了事。这种野兽的办法，叫土匪远远从城垛子上望下来，足够寒了他们的心。

围了半个月的工夫，我们算把堡子打下来。土匪晓得大势已去，收拾收拾，趁黑从西门溜走了。直到天亮，弟兄们才奉令由大道追下去。只有我们这一营，带着些受伤的弟兄们，赶晌午的时分，缓缓地进了堡子，留守在这里。

堡子里头凄凉极了，整个是一座空城。那些土匪大多是世居在这里的老百姓，大大小小，好好歹歹，凡可带的都带走了。没有一个女人的影子。大巷小巷一样的静。门都从外锁着，砸开了门什么东西也没有，有也不值钱。满院是空的。真是凄凉极了，活像几百年前荒弃了的村落。我们奇怪他们带走的居然那么齐全，就连一声鸡叫唤，一声狗汪汪，也没有人听得见。他们仿佛早就存心扔了这堡子，一点东西也不留给我们解馋。我们说不出地生气、失望，觉得他们太不够义气。

堡里空野的地方填满了新坟，土虚虚地堆起来，一个连一个，前面各自栽着一个木牌子，上面画着死者的名姓。我们真佩服他们百忙里还有这闲工夫。

我们住在堡子西头一家半砖半土的房子，一共有一二十个弟兄们。全堡子就是这一家的大门没有上锁。院子总算宽大，从这里穿出过道，墙后便是一片平整的压麦场子，紧靠西北犄角，差不多就贴着院子那面的后墙，是两个和房脊一样齐的麦秸堆子。这可以免得我们弟兄到远处去捡柴了。迎面是堡子的土城。围着场子有一棵榆树、两棵槐树，在东北犄角还有几棵石榴树，老气横秋，长到这样子也算不易。我带着两个弟兄顺着城下面绕过来，草在脚底下绊个不停。东边那里故意辟出一块地，好像是一个小花畦子，除去石榴，还有些草花，我们也叫不上一个名堂；花儿是有的，开得红红的、大大的，一脸没有出息的模样。

这些野花长得有两三尺高，像一个开了屏的金孔雀，就在这座大屏风后头，我们看见一个女人。我们的神并没有不守舍；我们的眼也没有花。花畦后面有一个新坟，堆上去的土还不到一尺高，四围堆着一圈浮干的土，旁边有一堆铁家具。她半跪半坐地扑在坟的土堆上头，下身衣裤沾满了土星星，手里还攥紧一把土。在她身旁躺着一把铁锨。她的背向着我们。我们过去在土圈子外头围住了她：一张绝望的老脸，两只绝望的泪湿着的眼睛。这要不是大白天，我们简直会疑心她是从坟里爬出来的。

她的身子向前倾在坟上头，动也不动，连我们在她跟前都没有觉察出来。她的年纪在五十岁左右，穿着一件黑粗布长衫子，嗓子里发出哽噎的响声，像极了冬天炕头上猫打的呼呼。她家里人会把她忘在后头，我们不得不稀奇了。

过去一个弟兄把她推了起来。

在我的意想中，看见我们这些生涩的奇怪的兵士，她一定不是惊呆，便是叫唤，和见了鬼一样。然而事情却又这样出人意外，平淡无奇。她好像是一个心里空无所有的傻老婆子，脸上不见感觉，也没有表情,那种样子和见了见惯的熟人一样。她的态度再安闲没有了。

“他们都走了,没有一个肯帮我的忙。”她抬起头来,语气又自然又柔和,祈求我们道,“我求他们,他们不听,都走了。他们叫我跟他们走,我不走。那有什么用呢?他们都不是我的亲人。我老了,我不怕。十多年前我男人就死了,现在我孩子也都死了,我走哪里?”

我们看着她,不作声,心里掂掇着好不好把她结果了。

“你们不肯帮我的忙吗?这是我孩子的坟!”说着,她一面拄着铁锨站起来。

我们的心动了。她眼睛里的话比嘴里的话还克制人。我们可以杀一个土匪,但是我们得替一个母亲埋了她的儿子。我们不得不答应帮她最后的忙。给一个土匪修坟,这种光景我们还从来没有经过,我们踟蹰着,臊起来。

差不多费了半点钟的工夫,我们帮她把坟堆高,用锨背把土打结实。她的力气比我们的力气还耐久。

“老太太,”我问她道,“你是这家里的吗?”

她扶在铁锨的把上,顿了顿,好像没有听清我们说什么,又弯下腰。

她慢慢地喘起来。她立在坟前面,看着,不动弹,眼泪从沉穆的脸上一点一点地滚下来。我们虽然是粗人,也晓得这种神圣的光景,静静地立在她后面,等她一同走。她心里好像有了很大的变化,如今母亲的心也尽了,聚在一起的念头也散了。她的凄凉一直逼到我们的眼帘,我们不由得各自把头转过去,望着西面的天空。

太阳悬在西天上，一层薄薄的云正好飘过来遮住了它，云虽然透亮了，底下却黯多了，好像黄昏就要来的样子。

忽然她扭转身，嗓子哑哑地问我们道："你们为什么不弄死我呢？"

我们诧异地看着她，第一她的问话太突兀，第二她居然晓得我们是什么人了。年轻的弟兄忍不住好笑起来，跺着脚；他明白我们刚才扮了一出什么戏。女人很不安宁地望着他。

"你多大年纪了？"他带笑问她道。

她的嘴唇颤动着："我是属狗的。"

"可别咬人呀！"他笑下去道，"我瞧你有五十多，够我奶奶的份儿了。"

我们俩也笑起来：她做他的奶奶！

"干吗我们要弄死你呢？"他调皮下去道，"咱们是老亲家，你老儿家忘了吗？我们还帮你上坟哪！老奶奶，走吧；算你老人家上了年纪，我们把你打入灶房吧！这么一个大堡子，也就是你老儿一个东道！"

头一两天她看我们总是斜着从眼眶犄角射出来，好像一个老奸巨猾的油子，未开口先揣摸我们的神气。她的外表很消沉，木然的样子，好像日子扯着她过。她轻易不作声，顶多你问急了，她唯唯两声，或者唧哝一句。但是她并不十分倔强，虽然有时装着耳聋，不听我们支使。好在弟兄们骂她两句，也就过去了。忙的时候她给我们添柴、拉风箱、择菜、切菜，高兴的时候还帮我们缝洗走了线的旧衣服、破袜子；或是做一些别的零碎事情。但是没有事的时候，她就坐在灶房炕锅前头的草垫子上，想着她没有事的心事。往往我从门口过,瞥见她头垂在怀里,似乎睡着了。但是一走进屋子,她就灵醒过来,抬起头像没有看见我似的望一望我,然后眼睛转下去盯着那个小黑洞的灶门,再也不动弹。

没有一个弟兄能挡得住她发脾气;她爱发脾气。只要她以为事情同她有关系了,十之九她总要掺进来,找机会和弟兄们过意不去。例如弟兄在案板上切菜,不用说,从来不会细致,但是她一定要把那个弟兄教训一顿,直到那个弟兄举起菜刀把她撵走,或者请她来切了事。随便她家里什么东西,由我们毁坏,她绝不开口,顶多留连两眼,透出怜惜的样子,然而毁东西不要毁一个半截!她会口里嘟嘟囔囔把我们骂一个半死。她似乎什么也明白,同时又非常糊涂。

她自己的事她是绝口不吐一个字,就是堡上的话,她也是装聋不理会,好在一个上了年纪的女人,我们也就不怎么她了。我们就晓得那坟里是她新死了的儿子,此外她便一字不提,打好了主意不让晓得她的身世。这身世一定凄凉非常,有时我都不敢替她想。后面园子我不记得她再去过,连这个她也有些忘怀。

慢慢她同我们一起住惯了,也就不显生分。我记得有一次她从她的瘫症里头爬起来,大发脾气,险些把老命送到上头。但是从这以后,她也就越发沉闷,脸上轻易不见动静。我不欢喜看到她,她那副脸总是扯得长长的,左一道沟,右一个坑。黄昏时分她摸着墙往屋里蹭,骤然从眼里一过,我心里说不上的别扭。

我们这一次剿匪,进行上总算顺利,省府还特别来了一通奖慰我们的电报,上头印下来,每连发了一份。年轻的弟兄们不管认识字不认识字,拥拥挤挤、乱喊乱闹地抢那一张分文不值的破纸。后来连长走过这里，让大家在院子坐好，由他念讲给大家听。说来也巧，我们有的站着，有的坐着，正好围着灶房门口。

连长正经其事地向我们念着，大家有心没心地听着。在他兴奋的讲解中间，忽然有一个尖溜溜的嗓子从灶房里头出其不意地打着我们的耳朵。含含糊糊大家也没有听清嚷些什么。

连长不念了，我们一齐回过身，凑到门口往里望，有的撕破了窗户纸，低下头凑在纸眼儿往里看，我们以为这婆子不是发疯就是做梦。她坐在她那个草垫上头，手里拿着一块劈柴不知在地上画什么，低下头，正眼不睬我们。

"——也不知道谁是贼！狗屎的！"她扬起嗓子唧哝着，这和电打一样到了我们耳朵。我们看定她骂，半天没有开口。奇怪的是她会听清我们的电报，那样半傻半癫的老婆子。

连长一摔手里那张纸，扔在脚底下，走到她跟前，气得脸差不多都有一点青紫。他的身量很魁梧，堂堂一表，站在她身旁，威严凛凛的和一座山差不多。她抬起头望着他，莫名其妙，带一点吃力，又有一点吃惊。她的眼睛闪着，像一个见了苍蝇的壁虎子。她不清楚为什么我们围住她，脸上像挂了云的茫漠。

"你说的什么？"连长追问她道。

"我听不清你说的什么，官爷。"她坐在草垫上连动也不动。

"我问你谁是贼？"他向她耳朵喊道。

"谁是贼？"她搜索着他的脸，缓缓地应道，"没有人是贼，没有人是贼。你们丢东西了吗？那除非是你们自己偷的！我苦老婆子要它做什么用呢？"

"少废话！"他一巴掌向她肩后打下去。

她全身不觉扑在灶台上面,半天缓不过气来。这样上年纪的糊涂虫,同她计较些什么,也就是连长,心性高傲,脾气暴躁,要是我们就不睬她。忽然她挺起身子,从草垫上跳起,上身靠住墙,手里挥着那根劈柴,从上到下哆嗦着,和逼急了的虫蚁儿一样。连长往后退了一步。

“谁是贼?问问你们自己。”她那一双瘪下去的老眼横向我们门边一扫,一口气骂下去道,“还有谁是贼?为什么你们不住在你们自己家里,跑来作践我的家呢?谁敢这样明目张胆?堡子上人是土匪,他们跑到堡子外抢过你们没有?啊啊,你们派兵来要钱粮,三天交不齐,就要挨家来搜,还绑下我们的人做扣头。山里的强盗待过我们这么一次,我们求你们打强盗,你们扎在堡子外头跟我们要钱粮。我们啃树皮,从光绪朝啃到今儿;这两年好不容易收下了粮,却要养强盗。我们不给,就说我们是土匪。啊啊,我们完不起,你们就要洗我们。为什么不许我们防守我们祖先的田地、房产、坟山、我们自己?你们不打贼也不打毛子,却来欺侮我们百姓。

“我恨你们!我恨你们!你们吃了官俸,还要吃我们的!我是一个苦老婆子,我没有男人,我可有儿子!我把他们教养大的,我一辈子守着他们,我看着他们学好,走歪了步要挨打!他们求功名,功名你们也给打消了。没有法子,来种地,你们逼他们完了说不清的地亩钱,回头咬他们是土匪。他们死了,是你们杀的!

“你们为什么不把我也杀了呢?还有我一个没有埋。他们是我的命!你们没有娘吗?你们也有娘的,你们也有娘的。问问你们的娘,她也有孩子的,她也有孩子的。问问你们的娘,我也有孩子,孩子都死了,死了见不到尸首,还落了一个贼名!啊啊,啊啊。”

她的脸上挂满了眼泪，起初用袖头揩着，慢慢撑持不住，倒在草垫上，抽搭起来。我们一句话都没有说，瞪起眼睛听她诉苦，听她教训，好像我们被绑到山头上，见了女大王。连长头一扬，就一直出去了。他连电报也忘了。

"真有你的！"连长一出去，弟兄就跑到她跟前嚷起来。

外面弟兄堵住窗眼夸道："她奶奶，骂得真脆嘛！"

我走过去，劝她不要伤心，人死有命，这话一点不差。随我们怎样喊闹，她封住口，只是不言语。

从这以后，晓得她火性大，我们轻易也不招惹她。我们做弟兄们的心眼并不全坏。她每天仍是在灶房里头，整日都像打盹，坐在草垫上头，和瘫了一样。她的记性越来越坏，往往告诉她做什么，要是不把事情摆在她的眼前面，一转身她就忘了。问她什么，她总是装哑巴，要不就是推听不见。生起气来，她还是照样地不饶人。弟兄们顺着她的心性，由她支派，日子一多，也就分不清她是不是自家的老太太。

她的性情有时变得很古怪，军队上以我这样能体谅人的人也常常叫她迷瞪住。说她是死心眼儿，有时她转得很快，恰好出人意外，没有法子捉住她，滑得和鱼一样。不过她执拗起来，比老牛还难使唤；高兴的时候，她又能替我们做许多事。

有一个弟兄从外面带回两只鸡来。这比我们占了堡子还要高兴。我们许久没有闻见肉味，不用说这样肥实的两只鸡。我们在院子把他围住，追问他从哪里弄来的。他告诉我们他用了什么手法从营长那里骗来的。看着从上官那里骗来的两只活鸡，大家不禁哄然大笑。她这时坐在灶房门槛上，跟着我们一起笑。她的破天荒的鬼笑逼得大家转过头望着她。她扶住墙慢慢站起来。

“给我！让我给你们宰了煮着吃！”

弟兄打趣她道：“老奶奶，你是要宰谁呀？煮鸡呢，还是煮我们呢？这可不是玩儿的呀！”他打起手势，挤着眼，脖子一伸，逗得大家又都笑起来。

我们特别欢喜她自告奋勇替我们弄鸡吃。只要她兴头好，她做出什么来，都是可口的。我们觉得这样稀罕的东西非女人做拿不出手。把鸡扔给她，大家就都散了。

过了半点多钟，屋子就剩下我一个人，说不出的无聊赖，朦胧住眼睛，正要倒在桌子上面，忽然我听鸡咯咯地叫唤，直声直气，头两声穿过这我耳朵就和传了电一样，不由我打了一个冷战。我的眼睛一要闭上，它就隔着墙吱喳起来，不知犯了什么病，咯咯个不停，好像受了什么酷刑，要不就是见到什么邪怪。我心里烦躁上来。

“我的奶奶，你积积德，别让它叫唤好不好？”我拍着桌子大声喊道。

不到几分钟，我就听见另外一个鸡嗓子吵起来，比前一个的还尖还急，简直是半夜的鬼嚎。我不相信她不会宰鸡。拿鸡开玩笑，人间还没有这样残忍。我跳出房门，走向隔壁的灶房。我不觉在房门口呆住。

她处置鸡就和我们末后收拾土匪一样，把两只鸡五花大绑地分开吊在一条板凳的两条腿上。她坐在它们中间的草垫上头，看着两只挨磨的鸡。我从来没有见过这样宰鸡，不知什么使她有了这种离奇的念头。她脸上显出一种残虐的有意味的微笑；她手里拿定一个绱鞋的锥子，带一种疯狂的意志，照准鸡身上扎下去。鸡的痛苦的喘息和叫唤使她兴奋地笑了起来。鲜血从鸡身上一滴一滴地滚下来。两根凳腿同四周的地上染得一片猩红。两只鸡忍住疼痛，小眼睛一时睁开，一时闭上，眼盖子灰灰的抽搐着翻动着。她坐在那里，好像没有意识的小孩子，高高兴兴地拆她的玩意儿。这种宰鸡的法子我有生以来头一回看见。我说不出我心里那份难过。冷不防我把她手里的锥子打下来，拿脚踢远了。

“我的老奶奶，你下一辈子还想做人不想？”我把板凳踢开，向她喊道。

她吓了一跳，大失所望，瞪住两只透亮的老瘪眼盯着我，郁怒的样子，和半道被人打食的猫狗一样。

她指着鸡叫道：“我二仔就是那么死的！”

“那么死的？”我退到门口，机械地应道。

“他吊在树杈子上，在树杈子上吊死的！”她忍住苦，低着嗓子道，“他们看见了的。天杀的一刀一刀把他扎死，就和那鸡一样，那鸡一样。鸡到了人肚子，我二仔到了狗肚子，还不如鸡，不如鸡。你相信吗？”

我觉得浑身不舒服，说不定她孩子就是我吊上树的。

“那是你们干的，我想起来了！”她从草垫上跳起来，倚住身后案板的棱角，恍然大悟的样子。我不知道有多少怨恨和自艾藏在这嗓子里头。忽然她小了声，残酷地道：“我多么想看他和他那死法！吊在树上头，上也不能，下也不能，那一定很苦的，我可怜的二仔！那鸡抽搐着，想撑开绳子，我奇怪二仔怎么挨受的。”

“别那么大狠性了吧，你上了年纪的人。我们看着你可怜，才饶了你一命，过去事你也犯不上死追究，那报应还有个完吗？”我劝她道,“你瞧弟兄们待你不很好吗?”

“我恨你们!”她切齿道。

我没有回她的话。我实在不愿意听人说我们收拾孩子,又结果娘。

她又坐到草垫上,一边唧哝着。

我不觉对她有点儿不放心了。那种不屈不伸的阴郁神气实在对我们不相宜。可是她好像又一点记性也没有,想起什么说什么,至于你回她的话,做的表情,她全不懂得理会。而且她一个孤苦的老婆子,颠三倒四,也就是嘴头上辣一点,阴狠不到哪里。

隔了许久,她算把鸡扔到锅里头了。我看她蜷在那个黑犄角,有兴趣地看着弟兄们抱着柴火进来,那种微弱的样子,和那几十年安驯惯了的柔顺的面孔,不觉遣散了我的疑心。起初她只是出神地看着柴火,也不言语。但是弟兄们却不会那么老实,有些故意把劈柴一捆一捆地在她四围堆起来,逗她发脾气,她推开脚前的柴火,蹒跚到门外来。

她看着院子堆满喂牲口的草料。弟兄们聚在一旁忙着,有的抽草,有的理草,有的搬铡刀,有的来回搬运切碎的草料。她不做声地看着。忽然她联想起什么,瘪嘴窝子那里抽出几根带笑的丝来,同时口里唧哝着。

“老奶奶,我们的鸡呢?”弟兄望着她喊道。

她看着他。

他走到她跟前,抬手端起她的下巴,一只眼斜向她,一只眼飞给大家,挑逗她道:“你没有偷了我们的鸡吧,奶奶?”

她不明白他是什么意思。她把脸甩过去。

满院的弟兄们不觉触着痒痒，粗野地笑起来。

她退回灶房里头，骂着大家听不清的话。

那一天的晚饭我是在营部吃的。我决心躲开那两只一身溃疮的烂鸡。吃完晚饭，留在营里同弟兄们押宝，一直闹到夜深一两点钟，我实在睁不开眼了，便挤出这一圈子赌棍。夜里的风也起来了，吹得我又是清爽又是冷。营部离我们的住所有半里地的光景，差不多要走完那条大车路。我刚溜到营盘门边，只见守卫的弟兄们聚在门外的台阶上，向夜里望着，吱吱喳喳，交头接耳地议论纷纷。我问身前遮路的弟兄他们看什么。他很慌张的样子，拉起我的手，一同迈到门外来。我们向漆黑的夜里望着。

说是漆黑，实在夜空里还弯弯地挂一个月牙，加着闪闪烁烁的碎星星，各处隐隐约约地都露出一个大概。

大家都留神向我住所那边望着。仿佛是我住所那一带吧，从房脊四边往空里升起似雾非雾的烟来，迎住月光，发出透亮的银灰色。我们都呆在地上，想认明它究竟是什么东西。慢慢它从浅的银灰色变得深灰，颜色越来越浓，往上也越升越高，四围也越扩越大。忽然在我们惊疑之下，它忽然带着许多的黑渣子，往空里喷上去。我们忘了冷，也忘了风；紧连房脊透出一点红，接着就是火星子迸上空里。

“火！”

这一声呼喊把我们从这种奇景的迷梦里头叫醒过来。我们一起叫唤起来。我第一个往我住所那里跑去，心里唯恐应了我的猜测。有些弟兄各处送信去了，有些弟兄跟着我跑下来。不用说了，正是我们住的那所房子起了火。火势越发大了。顶凶顶亮的时候,是麦秸堆引着了,火星乱迸。近处没有井,我们只好听它延烧。起火的地方正是我们住的那院子,风卷起火,一直扑到大门道。里面还有枪响。我们把四近的土墙推倒,给火腾出空地。

但是我们的眼睛立刻都从火那里转到大车路上。不远站着一个女人,在黑影里发狂地吼笑着。我们过去围住她。她似乎没有看见我们,全神都在火上面。她的衣服和她蓬散的头发上沾满了没有切过的一根一根的柴草料。从她手心掉下一个洋火盒子。一个弟兄爬过去,从地上把它捡起来,一个空盒子。

“救出里面的弟兄!”我向大家喊道。

她回转头向我狞笑着,带着一种得意的神气,和咬胜了的公鸡一样。在嘈杂之中,大家都听见她高声唧哝道:“我拿柴把门堵上了! 我先从那里点起的!”接着和夜猫直声地嚎叫一样,她笑起来。

“把她扔到火里头!”

“扔到火里头!”

“火里头!”

不等我来拦阻,留她做活证,大家一拥而上,有的揪住她的头发,有的摇起她的臭脚,把她从地上横扛起来。我听清她嘴里还沉声地嚷:“我恨你们!”然后大家跑近火势顶凶的地方,二句话也不问,笔直从空里把这老婆子摇到火里头。这是堡上末一个女人让我们收拾了的。

十八年十二月

(载1930年5月《清华周刊》第33卷第9期第488号)

坛　子[1]

她很小心，很小心地捧住坛子。

小坛子，短短的脖项，粗粗的腰躯，矮矮的，带着一张妖样的大嘴，酸味从里面冲出来。那两只捧住它的手哆嗦着。老了的皮，棕黄色，松松的，和离开了骨头一样，上面还有密集的黑赭色的斑点，一张曝干了的蹙起眉的猪皮。这奇丑的小坛子，带着它浮亮的黑釉子的肩围上的积尘，捧在这样的两只手里，和手一起哆嗦着。

砰——嚓！

然后水溅着响。

屋里躺在炕上的男人吃了一惊，跳下地。他正要闭上眼，但是不等闭上，便又睁大了。他的心是虚的，和他的身子一样地孱弱。他听见他的女人在灶房里喊叫，尖尖的，表示不满、失望和厌恶。

"嗐！你怎么啦！"

①选自短篇小说集《坛子》，开明书店1931年4月。——《李健吾文集》编者

他的女人是强壮的，精神饱满的。她一步跳出灶房，立在砖阶底下。悟出这一定是砸了什么东西，他也很快地迈出屋子。他不过二十五岁，但是他的吝啬仿佛五十岁的老人。他晓得父亲死后，家产全是他的。

夫妇看着匍匐在砖阶下的老婆子。

她跪在地上拣那一片一片的破坛子。醋泼了一地，湿了她的手、她的衣裤，顺着砖阶的棱角往下流。这是半坛子上品的高醋。

男人忽然跳起脚来。他疼惜那碎了的坛子和里面自制的黑醋。

他的女人冷笑着。

他在院子跳得高高的，和公鸡一样。他怒嘲着："你怎么不摔你自己，单单拣好碎的坛子摔呢？手也不说拿稳些，上了年纪的人，白吃饭，也该知道个小心。砸的不是你的，你不心疼！"

"她是聋子！"他的女人讥讽着。

老头子从庙里回来，看见匍匐在砖阶下的老婆子。没有人过问她。儿子骂完，仍然困觉去了。他的女人跟着他进了屋子，叽喳着。

老婆子很恐慌，陪着小心，拣起醋水里的破片，摆在砖阶的墙角。

老头子回家看清这些。

"怎么回事呀？"他站在她的身旁奇怪道。

她仰起头，惴惧着。

"我……我……坛子！"她嗫嚅着。

媳妇从屋里飞出来。她的脸上是遗憾似的同情的热笑。

“噢！爹回来了。妈把那小醋坛子砸了。妈自己心疼，爬在地上一片片儿拣。”

她过去搀起惶惶无主的老婆子。

“你可好好地怎么就把坛子砸了呢？”

他的语气是柔和的，和他的心地一样。

“拣它做什么呢？锯锅的也没有本事锯。”他看着碎片，继续道，“叫钱娃来，把地扫扫。”

钱娃挑着饭担子，从地头一摇一摆地走来。他累了一身汗。在海洋的麦田里，他粗粗的身子好像让担子压扁了。他的一只手帮着扶住前面下坠的粥桶，后面的馍筐便斜飘在半空。他吆喝着。

熟黄的麦秸成把成把地叠在割过的地上。还有成畦没有刈割的麦子迎着阳光发亮，披拂着。

蹲在麦地的佃伙们都伸直了腰，有些用手遮住眉梢，有些把眼睛挤小了，望着十点多钟熨热的太阳。有的放下镰刀，有的把镰刀挟在腋下，向井台聚拢来。他们顺着水渠缓缓地走。

在井台的槐树底下，大家生龙活虎地吃起来。有些顺手从菜畦掰下青椒子沾盐吃。

钱娃脱了上身，坐在水车的旁边。

“我告诉你们，”他报告道，“今早老婆子把坛子砸破了。”

“哦！砸破了坛子！”

“砸破了什么样的坛子？”

“那个小的，盛醋的。”钱娃解释道，“喜娃嫂子叫她倒些醋，她把坛子抱来了。喜娃嫂子舀了一勺，又让她抱回去。不过迈上砖头阶，绊倒就摔了。别的没有什么，喜娃从屋里骂着跳出来，约莫他爹要回来,又骂着跳进去了。”

“老头子没有生气吗?”

“老爹没有生气,”钱娃回答道,“叹了一口气。我在灶房里头听得真真的。老爹把她搀起来,还叹了几口气。喜娃嫂子就不敢言语了,反而帮她掸土。老爹说别捡那破坛子了,碎了就碎了。”

“老头子的情意不浅哪!哈哈!”

“你别急!”钱娃自己情急道,“顶有趣的是老爹问她爬在砖头阶底下做什么,她说她和坛子一样。”

“她和坛子一样!哈哈!”

“钱娃,准是你听错了,没有人跟坛子一样。”

“我猴在灶房门口听的!”钱娃辩白道,“她亲自说的,‘我——我——和坛子一样。’老爹听完了这话,紧跟着就叹气。”

“你别瞅,这话有意味,一定狗它娘的用这话动了老头子的心。她不会妖法,我不信。”

“那老婆子会妖法?你真会说!会妖法还能平白叫喜娃跟喜娃老婆欺负个死去活来?要是我,有人气,也不后嫁那老头子。上了五十多岁,什么穷罪没有受够,给人家来填房,十有九成是心眼老糊涂了。”

“老头子还套骡车接她过来的。那天老头子打扮得活像一只野鸡,脑后梢子就差一只野鸡翎。清早就忙活着喂牲口,瞅儿子跟媳妇不瞅睬,自己赌气来刷洗车轮子。活像二十来岁的小伙子,跟头婚一样,把喜娃气了一个头发晕。”

“人家说是,”钱娃怯怯地插口道,“老爹早年和她很热了一阵子,不知怎么又散了。”

“嗯，我知道，我知道，后来她嫁了，跟别人走了外乡。过了二三十年，夫妇又穷得精光跑回来，起初瞒着人，没有人知道，慢慢有人瞅见她，面目有些像，却也没有人敢说准是她。我妈说她年轻时候很上眼，跟老头子正是一对，可惜她爹把她嫁错了人，说是把她折账的。她年轻时候不知怎么个媚法，瞅我们的老头子到如今还是迷瞪。”

“都是五六十岁的人了！”

“奇怪的是她也会后嫁，偏偏还就是她年轻时候的老头子！”

“这里头有缘分的。我知道。这些我都是听田老三说的，田老三专爱在黑夜鬼混。老头子有一晚晌闲遛到村外池塘子，那晚有月亮，田老三在树后头瞅见的。随后他瞅见从对面来了一个女人。他有一副夜猫眼，要在平常人，不把她当作饮水的牲口，就当作狐狸。可是他一下子就瞅准那是一个上了年纪的女人。他说他吓了一跳，瞅着那女人往池塘里跳。他一瞅那模样就不像我们村里的，可跑到我们村里的池塘子惹祸。田老三那样大胆的夜猫子，也让她吓了一跳。不过她没有跳下去，老头子从后拦腰把她抱住。”

“后来呢？”

“真是，老爹认出她来了不是？”

“田老三从树后溜出来，也溜到他们跟前。他说老头子正在申斥她，说她上了年纪的人，心地还这样窄。那老婆子只是哭，坐在草地上，不言语。老头子回头瞅见田老三，就说：‘你要不从实招来，我叫人把你扭送到官府。’”

“送没有送去呢？”

“田老三说没有，那只是老头子吓唬她的。”

“说得是，上了年纪的人，就剩下末几天也等不了，还要寻个短，又跑到别人村子！”

“别瞅，老婆子有心眼！”

“你们不知道这里头有情由。白天她汉子死了，没有钱买棺材，她自己是男人哪时候死，她哪时候死。她好像很爱她男人。其实听她的口气，田老三说，她好像活着怕见人。老头子问田老三可认识这女人，田老三那精灵小伙子，什么不知道，就说这是谁的老婆。老头子好像从来没有听人说过，想了半天，才想起一个影子，那影子还想错了。后来还是老婆子自己说她是谁的姑娘，这才点醒了老头子。可惜咱们不在跟前，田老三又没有进过学，只会说老头子那份神情再可怜没有了。”

“后来呢？”

“后来老头子替她买了一副棺材，把她汉子埋了。看着她可怜，想到从前要好的光景，就把她拿骡车接过来了。”

“喜娃哥可气了一个半死！”钱娃注解道。

“老婆子一定有妖法。她要炕上没有两招子，老头子绝不会那么带劲。”

“你才有妖法哪！”钱娃愤然道，“把你当作人！”

“别吵了。老头子这一晌很不带劲，心里沉沉的，像想着什么事，脸也瘦了。”

“老爹在家还好，”钱娃收拾家什道，“平时喜娃跟喜娃嫂子把她支使得够份儿的。她也不比新来那时候，老得好像心都干掉了。她说她和坛子一样。”

老头子的心里沉沉的，村里的人都看出来，只有他自己和他的家人没有体察出来。

从那一夜，他救了他现在的妻，他便和中了魔一样，不走正经的老道，反而异常地少艾。

儿子怨抑着。

儿媳唧哝着，在娘家唠叨着。

但是他娶了那贫苦的老婆子。在这件事上，他用他自己的幻想做主见，没有别人插嘴的余地。

他回忆着他四十年前的浪漫的生涯。每一个人在生活上都要丢失一点东西，虽然幸福了，被别人称羡。渐渐他走入顺境，然而每逢郁沉起来，那件不幸的事——那弥补不起来的破绽——仍然在眼前游荡着。幸而四十年的长日月终于填平了这个漏空。

但是和梦一样，那伤他的女人出现在夜里。他禁不住好奇，他的良心挑逗着他。

他知道他的梦破碎了，看着她龙钟在他的面前。

她现在大约有五十六七了吧。

在那一夜，彼此已经不认识了……然而她的贫苦使他不安宁。这是他自幼年所痴恋的女人。听她那样穷着，流而为丐，男人在硬板上僵着，好像他自己的天良穷着，流而为丐。

于是他问她："现在你男人好歹入土了，你怎么办呢？"

老婆子看着他，慑惧地、吁求地，和困在墙角的狐狸一样。

"那么，那么，"他最后鼓起勇气道，"你到我家去吧。我待你不会错的。我打发骡车来接你，就算后天吧。"

老婆子扑在他的脚前，感谢他的搭救。

于是他们沉默着。

该多好,这要在四十年前……如今膝下应该是一群的儿女。

他亲自套上骡车来接她。

喜娃和喜娃的媳妇要称她“妈”。

老头子是很专制的。

但是他渐渐瘦了,便是精神也不及从前贯注。大家纳罕什么使他这样不称心。

他把老婆子娶过来,好像娶错了。但是他向例执拗到底。他没有想到一个女人老了,便和这穷老婆子一样,窥伺着、卑屈着、谄媚着、怯懦着。

连四十年前的一点影子都没有了。

儿子本来不务正业,越发荒唐了。

老头子从来没有过问到他的生存。然而他渐渐恼怒起他来,有时很难听地呵责着。

村人明白他快要死了。

看着老婆子,老头子倚在枕上说:“你,你,坛子——”

但是黏痰涌上喉咙,淤住他的下文。

她自然不懂,但是她伤恸着。

什么她懂呢?也许只有生活:没有饭吃她会饿死,没有衣穿和炕睡她会冻死。再没有比这简单的,再没有比这苦难她的。她的心情完全集中于可怕的生活上。那窘人的流民的生涯!什么时候才能够中止呢?

“你还记得我们从前——”老头子活着也许问。

她缩在炕角的黑影里。她在想她的前夫和他给她的贫苦。

她并不爱她的丈夫。她爱什么呢?

那也许只是生活。

饿着、冻着,是怎样地痛苦呀!

只要能够活着,她甘愿活下去的。

她和坛子一样。

但是老头子死了,她发愁地伤恸着。

喜娃是一家之主,一家之主撵她走。老头子咽了气,喜娃正好把怨气吐出来。他把脚跳得高高的。他把孝子的眼泪也忽略了。

但是他的女人守在尸首的旁边号啕起来。

钱娃看着不平,斗胆道:“喜娃哥,老爹刚闭上眼,她总算娶过来的妈……”

喜娃把脚跳在他的面前。

“我没有那妈,”喜娃凶狠狠地喊道,“你要她做妈,你把她捧回去!我不稀罕!她这破坛子!你也给我滚!我也不稀罕你这破坛子!”

两个人都被赶出来了。他们很恐慌,很生气,在拐角的榆树底下计议着。

钱娃到村长那里叙说来由,老婆子跟着蹭进来,趴在村长的脚前。村长叫她把老头子的长辈亲族求请出来。这世界是有公道的。

看见黑压压的一片人走进院子,喜娃躲在屋子,不敢露面。他的女人哭丧着脸,从停尸的上房扭着小脚扭出来。她以为大家是来吊祭的,随后瞥清人群里的钱娃和老婆子,便杌陧起来。

喜娃分五亩地给后妈,补请中间人一顿酒席。

钱娃跟着老婆子,管理她的地亩。

“钱娃那小伙子是有眼色的……”

钱娃对人说，那地亩应该是她的，不过他有良心，不像喜娃那畜牲。

老婆子越发龙钟了，特别害怕钱娃。她用她的全心神窥伺着、卑屈着、谄媚着、怯懦着。

钱娃有一点和喜娃相同：使唤她和使唤牛马一样。牛马也有休息的时候。老婆子是很知足的。他们还听见她谢天哪。

冬天来了，北风刮着枯树枝子，发出呜呜的呼声。老婆子蜷伏在炕上，冰冷的炕上，拥在破絮里头，听着那可怖的残酷的风声。她爬不下炕来，一天没有吃东西。

钱娃白天不知在什么地方。夜里他回来，本来喝多了酒，让风一吹，更加醉醺醺的。他诅咒那半僵的老婆子。屋子这样地冷，并且这样地黑。

他摸索着把油灯点亮了，坐在炕头上，迷迷糊糊地看着她。

他心里想：“老婆子要年轻些，该多好呀！”

老婆子在破絮里哆嗦着。

钱娃脱下鞋，觉出窗隙的冷气，扯起破絮，也往炕角歪斜着。他同她挤在一个炕角。北风带着它的疯狂的怒涛停留在屋顶上。

酒沸腾在壮年的心里。

钱娃伸手把老婆子搂过来。他揪她的裤带，那松松地扣住的布丝绺。

老婆子叫唤着。那没有齿音的呼声仿佛从深洞出来的。

她用嘴咬住钱娃的手皮，和疯狗一样。

钱娃从她的嘴里挣脱他的血手，跳下炕，坐在灶前的草垫上发呆。

“妈的……”

钱娃看她在炕上摸索着。

他在草垫上盹了一夜。醒来，他发现自己呕吐了一地，油在灯盏里熬完了，并且老婆子在炕角冻僵了。

北风仍然在门外怒吼着。

她和坛子一样。唉唉，多么可笑呀！

那坛子，应分烧成瓶子的坛子！短短的脖项，粗粗的腰躯，矮矮的，带着一张妖样的大嘴。今天用来盛醋，明天用来存酒、酱油……那奇丑的沙锅色的小坛子，粉碎了。

十九年八月

（载1931年1月《东方杂志》第28卷第1号）

使　命[1]

北方之人，饱食终日，无所用心，难矣哉！

——顾亭林

走了将近五十里地，不见人烟，我们中间最熟悉途径的一位，也摸不清方向，在这无头无尾的山野，诧异惊讶，做成我们沉闷的步伐的注脚。起初他还自负，渐渐他微笑着，最后微笑索性也消失了，只有"咦，咦，这就怪了！"我们走得累极了，心和身子一样沉，就想靠着一堵土墙憩憩。最后二十里路，荒凉到一棵像样的大树也没有。饿是不怕的，我们都带着干粮。但是渴，在这沙漠一样高亢的地上，正如那古舟上的水手，喊着"水！水！"然而没有一滴水润泽他们的嘴唇。这样走下去，是没有止境的，我们需要变换方向。

——可是路就这么一条，而且太阳落在西边，是我们顶准的路

① 原题《书呆子》，1940年收入小说集《使命》时改题《使命》。——《李健吾文集》编者

标。这绝不会错。

我们一共六个人，然而至少有五个人，心里却不这样想。我们已经跋涉了十天，什么也没有得着，除去一点劳而无获的失望。出发的那一天，我们满是兴高采烈，觉得共患难同生死，要去完成一件有意义的事业。我们清楚，而且有人当面这样讥笑我们是三对傻瓜。然而聪明人做下些什么呢？我们问自己，同时也把讥笑的人们问住。我们中间，两个小学教员，一个大学二年级的学生，三个中学教员。我们在一个有点儿名气的县城共事。有一晚晌，那大学二年级的学生来了，拿着一封信，眼里挂满了泪水，向我们道：

——省城我去不成了。

这是——我们都知道——由于那惊天动地的事变。我们轮流传看那封信，谁也不作声。我们的眼睛都望着那盏昏昏不亮的洋灯，大约是光线照耀的缘故，全充满了泪水。我们从来没有想到的一个观念，不期而同，跳上我们的心头。“国家”那两个字，我们平日在黑板上写了又揩掉，不知有多少次，如今却沉沉地窒住我们的咽喉。一礼拜了，我们接不到省城的报纸，现在我们不再纳闷，明白为了什么。因为没有人发表意见，我们苦笑着分了手。出来我仰起头，看见太白高到天空，夜已经深了。

第二天，我们照样上课。我特意选出一篇小说，亲自油印，预备当作讲义发给初三的那一班学生。这是胡译的《最后一课》，普法大战以后，一个叫作都德的法国人，写给他的同胞的。第四天早晨，我抱着这卷讲义，走进教室。我没有见到一个学生，值班的校役告诉我，学校已经停课了。当天下午，我和那五位同志遇在一起，我们如今全成了失业的高等流民。因为大家是教育圈子里的，所以我们生活虽说清苦，思想却极其浮泛，不切实际。我们的主张如若说作抱残守缺，毋宁夸作一份书生的良心。我们的结论是，同胞需要心理的建设，这就是说，道德是我们一切活动的基本，而最高的道德是认识自我。所有我们的愚昧、怯懦、丑陋、苟且、马虎、畏惧，全出于缺乏健全的精神生活，我们这些手无缚鸡之力的文人，去乡村完成这件未来的工作。我们应当出去布道，应当把种子撒在最深厚的田原……但是我们迟疑着。

就在这时，我收到一份文学杂志，看见一篇题目非常生涩，出于好奇，我信手先翻到这篇读着。对于我们这些远在边鄙教学的人们，外来的一字一句，都要细加咀嚼，不容一丝忽略。我们急于进益，我们又是那样可怕地浅陋。这不像短篇小说：一个先知叫人砍掉脑袋，可是没有比这里面的力量更其猛烈的了。我把它介绍给那五位同志看。第二天，各自收拾了一个小铺盖卷，带上干粮，和几本各自爱好的书籍，没有等到天亮，我们就溜出县城，往更荒僻的地方走去……那感动我们的，不是先知的使命，而是他的预言，那可怕的民族的崩溃：

——有你们苦受的，噢百姓！犹大的叛逆，以法莲的酒鬼，住在肥沃的山谷，酒喝得蹒跚的人们！和水流一样，和蚰蜒且走且溶一样，和一个女人不见太阳的三寸丁一样，叫他们流离四散！摩押，你要和麻雀一样逃入柏林，和跳鼠一样逃入山穴。城堡大门比胡桃壳碎的还要快，墙要倒而城要烧；上天的惩罚仍不会中止。他要在你们自己的血里翻转你们的四肢，好像毛在染坊的缸里。他要像把新锄撕烂你们；他要把你们的肉一块一块散在山上！

我们走了不到十里地，就听见奇怪的嗡嗡的响声，从我们后面的天空隐约传了过来。这是飞机，我们在想。不知别人怎样，那先知可怖的预言，仿佛画幅，涌上我的眼帘：

——靠近他们母亲的尸首，小孩子们要在灰上爬着。大家要在夜里寻找他们的面包，走过破烂房屋，说不定碰上刀剑。晚晌老头子谈天的公共地方，獍要来叼走骨头。你的女儿，咽下泪水，要在外国人的宴席上弹弄竖琴，而你最勇敢的儿子，掮了过重的东西，皮要叫磨掉，脊椎要叫压折！

我重复着这么一句话。站在几十个老百姓前面，站在庙外的台阶上，我临了用的总是类似的意思：

——咱们说的是一样的话，咱们是一个国家的人，咱们人人要挑起这救国的担子。古人说的好，国家兴亡，匹夫有责！咱们不能看着叫人家拿去咱们的城市，欺侮咱们的弟兄！过不了几天，这就会轮到咱们自己头上，那时咱们的女儿，会在外国人的酒席上，咽着泪，供人家玩弄；那时咱们最有胆量的儿子，也得给外国人做牛马，下场也许还不如牛马！

这样逢村讲演了十天，我们渐渐觉出心力的徒劳。我们的呼号，和扔出去的石子一样，落在人海，不见一丝痕迹。我们先去拜见村长或者一村的耆老；他们怀疑，却又畏惧；他们不敢拒绝，却也不便招呼。不顾这样唯唯否否的神色，我们借来一口铜锣，或者一只铜盆，走在各家巷口敲起。渐渐一群男女老少，三三两两，随着破天的响声，聚在一个适当的公共地点。有时在打麦场，大家围着一个石碾，我们公推一位演说；有时在村里唯一的大路中央，我们站在一块较高的石头上，或者临路的房檐下面的台阶上；但是最好的，自然是庙……于是我们中间一位讲演着。因为是教书先生，所以我们有的是当众开口的经验。然而站在这样一群学生面前，我们不得不承认我们失败。我们和新出台的戏子一样，急于观察我们的效果。不等我们中间一位演说到一半，妇女几乎散得干干净净，孩子们有的让她们牵了去，留连不舍的也让她们尖锐的呼唤调开。余下些男子，大部分游手好闲，或者老而无用，做我们的听众。渐渐我们明白，这少数男子也不在虚心接受，而在默然批评。我们倒欢迎那类斗起胆来质疑的农夫。不过他们的问题，那样琐碎、那样灵巧，有时窘得我们不能立即答复。于是他们得了意，笑着，招呼一声邻居，回家去给牲口拌草料。女人们唧哝着，抱怨她们空跑了一趟，因为我们不是耍猴子的，变戏法的，唱小戏的。

村里的私塾先生尤其于心不安。我们先去拜访他，说我们是学校的教员，大学的学生。他疑惧交迫，赔下笑脸，以为我们是所谓的视学、调查员或者特派员；渐渐明白我们的来历，越发疑惧交迫，赔下笑脸。然而一有机会，他就溜出去张扬，或者报告，我们是城里下乡的“赤化”人员。有一次，我们刚好放下行李，就来了十名壮丁，或者村警，把我们客客气气押到二里外的光景。

他们有的是机诈，然而机诈正好显出或者做成他们的朴实。眼前的生活占有他们全部的心灵：这好像两扇铁门，把一切属于未来、理想的东西，全盘都关在外面。他们完全有理，一种结实而自私的存在。“我们这样就很好了，只要不过兵，不催粮，不遭匪……”从他们黝黑而淳厚的面孔，我们看见一只鳄鱼，卧在尼罗河滩，永生在晒太阳，或者一只蜘蛛，有一根丝动，马上就溜回稳妥的藏身之所。对于这良善守成的德性，天命是他们对任何灾祸的解释。人力不是没有用，然而要用在一日三餐之上。

这多基本！然而这离我们的教训何等遥远！

好像对着一群低能的学童，遇见实际的困难，便是顽石，我们也得思索一个诱导的方法。他们并不钝拙。拒绝我们往里观察的，是乡下人单调的生活方式。我们钻不进那层坚韧的外皮。他们不缺乏热情，更不缺乏信仰。由于一种习惯，他们渐渐凝定，和他们宝爱的大地化成一种气质。而最高的灵性的活动，仿佛雨水，一点一滴渗下地壳，于是太阳晒着，北风刮着，地壳干裂了，而他们的心随着高粱叶子早黄了。

怎么办呢？我们问自己，这样下去是不成的。

这不是一班虚心受益的儿童。年岁把他们的成见积得那样高，要想给他们一点新东西，我们必须设法驱除他们既有的执拗，一种和生存一样深厚的东西，差不多可以说作气质。这不是一篇演说可以叫他们心折的事。他们要事实。他们要亲眼看见，亲身感受，哪怕戏一样地做给他们看，只要不是空口无凭，他们古井一样的伏流就会慢慢掀起一点浪头。这正是他们厉害的地方。他们的感应是迟钝的、迂徐的；到了利害交关，或者浪头真正掀起，力量却大的犹如瀑布下山，水闸开放。否则舌敝唇焦，我们得到的也不过是冷漠的同情。自来短少抽象的想象，他们的领会力是窳弱的，然而把一张画摆在他们眼前，他们的天真会马上命令他们接受，因而恐怖、忿怒，甚或意气用事道：

——咱们也跟他们拼！捉住揍他们！活埋了！

实际根据我们心理建设的主张，我们绝不坚持他们打仗。这是暂时的，而且，我们明白，这要求是过分的。我们有时想，叫他们到前线去，不仅仅残忍，而且欺骗了这些老实人简单的灵魂。我们知道我们自相矛盾。但是我们的良心是一个复杂东西。我们受它支配,不是它受我们支配。所以即使可笑,我们的话多半是关于一些消极而有永久性的品德。在我们教书匠的眼里,只有品德的澌灭才是一个民族真正覆亡的征兆。

这征兆,有志之士三百年前已经体会出来,而我们如今才想到补救。这老大的民族聚在一起,真纯地活着,可以说最合乎自然的法则,一无所为,只像海边许多蛤蜊,有了事缩进介壳,没有了事探出头来,不想结成一个社会的有机体,打入近代的组织。从这一村,走到那一村,我们遇见多是安分守己的良民;他们的领会告诉我们一个可怕的格言,帮他们解答一切,就是"苟全性命"。我们六个人用力驳斥他们这种沉疴似的哲学。

我们的辛苦和我们的失望,是可以想见的。我们并不因为辛苦而失望;因为辛苦,对于边鄙地方教书的人们,早已习惯自然,当作一己的分内。然而失望却是真的。我们并不由于人民而失望。和英国小说家写的那个可爱的牧师一样,我们从来乐观,因为,别瞧我们打不进他们的世界,我们绝不想把过错推在一群无辜者身上,我们明白过错在我们自己。知识是罪恶,然而只有不完全的知识才值得可怜。我们这六个人,应付小孩子有余,开导大人却就不足了。他们的经验往往难倒我们这种半斤篓子。他们有时狡黠似的道:

——请问,你们不朝东去,为什么倒要往西?

一句简单的疑问,却窘住了我们。这需要长时的解说,然而对于乡下人,凡不能立即用一句话作复的,全不会理直气壮的。所以跋涉了十天,走了将近三百里路程,我们觉得虚此一行。我们不说出我们的疲倦。我第一个用那先知粗率的语言提醒大家道：

——我要熊一样，野驴一样，产妇一样叫唤！

于是我们抖擞精神，间或唱着歌，甚至于做一个怪样子，引逗大家高兴。这样走了整整半天，眼看太阳就要下去，我们还没有遇见一个可以歇脚的地方。天气渐渐冷了上来。但是我们在意的，不是冷，却是风沙。土砾灌满了我们的五官，最后连一棵树也看不见，仿佛我们迷了路，走进一座罕无人迹的鬼境。我心想，我们真也许走近蒙古的戈壁。我们顺着山脚，一高一低，希望不久会逃出这荒凉的旷野。山是秃的，黄色和黑色做成它的表皮。山并不高，也不陡，但是因为没有一点绿意，只能给我们一种枯燥的感觉，好像我们蹭蹬着千仞的险巇。一道旅客喜爱的山涧也不曾看见，我们要想埋怨，然而话来到口边，又缩了回去。我们的性情非常刚强，不过也非常温良。

然而苦恼，和病一样，郁在我们各自的心头。

今晚我们睡在什么地方呢？眼前一座破庙也没有。

而且口渴……

忽然一个同伴，向我们指着天空道：

——瞧！老鸹！

从我们背后的天空，飞来一队乌鸦，浮过我们的头顶，向西北冉冉逝去。这表示不远就有树林，就有村庄，就有我们驻脚的地方。我们兴奋上来，步子提高，走动也加快了。这样五里以后，拐过山脚，我们望见一片树林，太阳掠过，梢头好像戴着金冠，迎着我们远行者招徕。

这让我想起《桃花源记》，尤其是“豁然开朗”那一句。难道这里的居民，也是“不知有汉，无论魏晋”吗？但是，我的痴想叫道旁一块板条撵走。这有三尺长，五寸来宽，钉在入口第一棵树的中腰，上面写着这样的字句：“你不要害怕，因为我救赎了你。我曾题你的名召你，你是属我的。”我们六个人面面相觑，作声不得。我们真像在神话里面，走进什么魔窟，或者仙境吗？这不可能，然而这又如此引人往不可能想着。走不上二十步，在另一棵树上，我们看见另一块板条，上面写着：“信奉上帝，因为上帝的国是你们的。”我们不复疑惑了。

从树木的行列和培植，我们看出这不是一个等闲的村庄。我们常常听人讲起内地教会的势力，想来我们如今碰上这样一个特殊的区域。一边走，一边欣赏，我们不得不赞扬人家一切的设施。这是一座山谷。围着谷底，四山种满了松柏果木。我们望见一个高的尖顶。我们听见狗的吠声。我们放缓步子，觉得终于到了一个理想的过夜的地方。看见旁边一道浅溪，我们丢下行李，俯在水面，掬起一口漱着。水呢呢喃喃，一直向村里流去。我们望见两扇大门，一开一闭，简直和城门相似。风似乎小了。我们提高喉咙，表示各自的欣快。

对着村门，是座三间进身的庙宇，匾额不见了，只有土墙上，横写着一行“不要信偶像，因为偶像是人做出来的”。我们背向着村门，等到我们扭回身，便见已经关住。有人从后招呼，一个高大的壮年，手里拿紧一把盒子炮，瞄准我们的胸口。就在我们出神吃惊的时候，他站在庙前台阶上，向我们道：

——你们是干什么来的？

我们踌躇了一下。

于是他左手向里一招，往前蹿出一步，喝道：

——你们有没有家伙？

这完全出乎我们意外。足有五分钟，我们不明白他的作为；我们把他当作强盗也难说。他一步一步走下台阶，命令道：

——放下你们的行李！不准乱动！站好了！背朝我！不许回头！

于是，在他强硬的威迫之下，我们完全依照他的话做。我们看清庙里影影绰绰的埋伏，违抗毫无益处。随后，果不然，从庙里走出十二个人，一边一个，紧紧揪住我们的胳膊。那领头的，按着次序搜检我们的衣服，看见身上没有什么可疑的携带，语调和缓了，向自己人道：

——带他们见神甫去！

于是一声唿哨，村门慢慢打开一扇，放进我们一队囚犯。我们的精神，疲倦透顶，如今一经变动，反而振作起来。鱼贯而行，我们谁也只看见前行的脊背。然而我觉得，由于自信心强，我们并不颓丧。就是这样，不交一言，我们被押解到路北一座小教堂前面。那领头的，不走正门，过去敲着旁边窄小的红门。不久从里面走出一个姑娘，神甫的使女。他向她唧哝了两句；她瞥了我们一眼，点点头，不见了。

我告诉领头的，我们不是匪人。

他摆摆手，叫我们等候神甫出来。

足有十分钟光景，一位教士慢条斯理地从小门踱出，来在我们前面。他穿着一裹圆的紧袖的黑色长袍，下摆差不多掠着浮土。这是一个欧洲或者美洲人，一脸绕腮的长髯，尖梢飘在胸前，更加显得深不可测，令人望而生畏。但是他微笑着，嘴角往上松开，衬着几根深长的皱纹，完全一个仁慈长者的模样。他举步举得很慢，但是落足落得很稳。他把右手放在左手上面，一同举在胸前。

领头的恭而敬之地向他报告。他伏在山顶望见我们。他下来安排好了人、枪，把我们带给神甫审问。他搜过我们的身子，但是行李还没有检查，也许……

教士吩咐他去检查我们的行李，眼睛始终没有离开，他拢近我的身边。

他说的一口流利的官话。音调微微有点儿发硬，不知是有意或者无意，间或他把一个字音拖得长长的，给他思索或者寻觅下一句话的工夫。

——你们是老实人？

我点点头，他端详着我们，好像在思索什么，最后决定了，向我微笑道：

——你们是念书人不是？中国的念书人一看就看出来了。

我苦笑着。

——你们不用着急，等看过你们的行李，我就把你们当作客人接待。我这里很好，常常有人，不知是官家，不知是强盗，带了人马扰乱我们。他们以为我有钱，是个洋鬼子。其实我是一个传教的，一个替天行道的上帝的奴隶。你们呢？回头进去讲也好，我看你们都很累。不过检查行李是件麻烦事，总得多等一等的。

他的态度非常煦和，然而处处流露出一种难以形容的威严。看守我们的十二个民勇，和奴隶一样，简直和兵一样，在我们背后挺直立着。

钟声在近处响着。这是悠长而谐地的敲打。

不等钟声停止，我们就听见门声、步声，随即零零星星，好些男女来在路口，向我们这面走来。

教堂的黑门从里打开，出来一个老头子，站在门旁石阶最高的一层。

男女渐渐多了，走过我们，好奇地瞥一眼，私下议论着，但是没有一个人表示什么惊异。他们曲下膝盖，向教士画着十字。他带着微笑祝福。

不久钟声又起来了，然而快了，好像催促着落后的男女。

忘掉自己的灾难、疲倦和万目睽睽之下的窘迫，我们反而观看这奇异的进行，犹如一个远方人流落在一个风俗全然不同的国度。

教士向我们抱歉道：

——对不起，我们到了晚晌讲经的时辰。我想你们不会是坏人，你们可以坐在台阶上憩憩。好在行李总得一会儿工夫检查，着急是无济于事的。

他急忙走进小门，长袍的下摆綷綷縩縩地响着。我们并排坐在台阶上。十二个民勇紧紧立在我们后面。

钟声最后一次响着，较远的住户也在这时赶到了。钟声停止的时候，教堂前面就余下看守和我们，十八个人，静悄悄的，听着从里面将要发出的声音。

起初是风琴响着，渐渐有了歌声伴着，最后歌声大了，掩住风琴的弹奏，这始终随着一个音节进行，单调、沉着，然而在这黄昏的时际，分外动人。我们几乎忘记我们在什么地方了。风琴的抑扬把我们带向一排丁香树，两间低陋的教堂，六行红漆的书桌，四五十个可爱的面孔。我看着我右旁的那位小学教员。他望着对面的石墙发呆,两颗晶圆的泪珠从眼眶静静地滚下面颊。随后合唱终止,接着起来的是教士布道的声音。他的声音有些发颤,自低而高,渐渐也就凝定了。

——今天我要念给你们的一段,就在《耶利米书》第四章中间。在这里,先知耶利米说:“我的肺腑啊,我的肺腑啊!我心疼痛;我心在我里面烦躁不安;我不能静默无言;因为我已经听见角声和打仗的喊声。毁坏的信息连绵不绝;因为全地荒废;我的帐篷忽然毁坏,我的幔子顷刻破裂。我看见大旗,听见角声,要到几时呢?耶和华说,我的百姓愚顽,不认识我;他们是愚昧无知的儿女,有智慧行恶,没有智识行善。”

然后歇了歇,他解释道:

——这段话是先知耶利米说的。他看见到处都在打仗,他问自己,什么时候我的土地才不让敌人蹂躏呢?角和大旗都是古时人们打仗用的东西。所以他说:“我看见大旗,听见角声,要到几时呢?”于是耶和华,我们的主,就把缘故告诉了他,说,由于百姓愚顽,忘记天上的父。听了这话,先知耶利米就来警告百姓,说,你们要信奉上帝,只有你们的主能够救赎你们……

我们六个人,你看我一眼,我看你一眼,摇摇头,只是不做声。我倒想跑进去给那些百姓讲:不对!不对!不要信他!他在用一本古书哄骗你们!救我们的不是什么耶和华,是我们自己!自己!你们自己!

头垂在手心,我连抬也没有抬起。别人还以为我过分疲倦。我问自己,我们能和教士一样,把这群忠厚而又绵顺的老百姓说到我们这边吗？我简直不相信我们有那种力量，然而我却真正是为了他们的生死！那么，什么错了，在他们和我们之间？于是我看着一个一个教民走出教堂，下了石阶，转回身，曲下膝盖，画着十字辞别。他们充满了信仰。他们赞美那宣道的教士，说句句话都打在他们心上。

检查行李的人终于回来。

教士迟疑了一下，把我们请进教堂，因为只有这里宽大，可以容下我们。他吩咐备饭，招呼我们休息。看见我们实在疲倦，他给我们留下一盏灯台，嘱咐我们早睡，然后祝福一句，从讲坛后边的小门转往他的住宅。我们把行李在靠墙的空地打开，躺下来，熄了灯，预备合住眼死睡一宿。

什么时候醒来的，我自己都不知道，黑洞洞的。但是我惊醒了，一种凄凉的呼号仿佛在我耳边作祟。我不是做梦，那声音延续着。这不是在教堂里面。我伸长耳朵辨别。它停了。夜依旧沉沉的，盖住我们的四周。是什么声音在呼号呢？我问自己。于是我靠墙坐起，重新听着。不久那声音又起来了，仿佛哭，又仿佛叫唤，离我们很近，却又隔着一层，那样迷漠。我推醒我两旁的人，叫他们和我一齐听着。

——这在地底下。

我告诉他们，我好像听见两种声音，同在哭喊，却不是一个人发的。

听了听，他们证实我的揣测：

——这是两个男人。

呼号渐渐弱下去，终于完全止住。我们听见有人走过教堂外面的院子。从关紧的窗缝,晃进一丝的黄光,不到两分钟,也就消逝了。

——是两个人挨打的声音。我听清里面杂着哎哟和求情的语气。

隔了好久,我们的确什么也听不见了,带着满肚的疑团,躺下预备重新入眠。这次却不那么容易了。我听见两旁辗转。一个同伴叹息着。好像实在忍不住了,他唧哝出来道:

——我们跟在化外一样!

我们谁也没有答理他。我们远远听见打更的声音,渐渐近了,终于又沉下去。这时是三更光景。随后我们也就蒙眬过去。醒来的时候,教堂的窗户已经打开,一股清冷的空气随着薄薄的阳光透了进来。那老头子掸着一排一排的桌凳。我们急忙跳起,捆理铺盖。

老头子指点我们道:

——放在这儿不成,回头这儿要做弥撒。我领你们搁到外头。

我们提起行李,随他走出教堂,拐进旁边一个夹道。他叫我们放心,寨里没有人偷的。自从有了神父,全村领受上帝的感化,没有一个坏人站脚。我们问他,教士来了多久。

——我瞅瞅看,少也有十七八年。中间他离开四次,回他本国去,他喜欢我们这个地方。他一手经营起我们这个寨子。有十年了,我们不纳税,不上捐,全仗神父老爷的力量。官厅也不敢招惹。他收买了好些枪火。寨里没有一个人比他打枪打得准的。好几次土匪来抢,都叫他领人打退回去。

我们问他是否听见昨晚的哭喊。他愣了愣,眨眨眼,然后笑向我们道：

——你们听见了！两个不成材的东西！一个跟神父老爷借钱输掉，一个跳墙做贼，都叫神父绑了来，吊在地窨子。

我们彼此看了一眼。我接着道：

——那在教堂底下？

——你不知道，教堂底下还有好大的屋子，也供着我们天上的父。

我们奇怪一个教士会有这样大的势力。看我们是过路人，老头子把他的秘密泄给我们一部分。教士起初租一间民房住；他和官府来往；他交接当地的绅士；有些绅士偶尔需要现银，他当作朋友借给他们。日子一久，债越积越高，他们也越没有力量偿还。平时他不索要，于是忽然一天，他催促起来，说他急需款用；既然无力偿还，他们便用房产抵押。总之，他在寨子扎下根，而且根扎得那样深，人民的身体和灵魂一齐收入他的掌握。

我们随着老头子去洗脸，用早饭，我们决定离开这个地方。

出来，我们正好遇见教士。他方才做完早课，迟到现在来看望我们。他微笑着，问我们和他握不握手；他自己，赞成中国的礼貌，觉得握手，尤其亲吻，是野蛮的遗留，从这一点来看，他说，中国真是一个最古的文明之邦。于是他问我们从什么地方来，做什么，经过寨子，要到什么地方去。从我们半吞半吐的话里，他听出若干非常的意义。他点头表示同情，然而想到了什么，他捋住胡须，狡猾地、揶揄地向我们道：

——孔圣人说："贤者避世，其次避地，其次避色，其次避言。"你们都是贤者了。不过，怕我弄错了，记得一个贤者批评孔圣人，

“是知其不可为而为之者欤?”你们全是圣人。不过……

他忽然郑重起来,举起左手,好像嘱咐,又好像倾吐肺腑之言,放低声音,继续道:

——不过,孔圣人是一个了不得的人物。我告诉你们,我有的是经验,孔圣人说的不错,“中人以上可以语上也,中人以下不可以语上也”。你们现在要不厌倦,过些日子,你们一定厌倦的。真的,这很苦。把真理传给别人,安慰只在你们自己的……

他用手指着他的心。他希望我们赞同;看见我们不作声,他改了话题,说他昨天收到寄来的报纸,愿意借给我们看看。

我们在教堂外面候他取报纸来。

上面登载的,大半是事变以后的消息。我们教书的县城,在我们起程的第二天,投降了敌人。我们经过的村庄,一大部分已经遭到兵火的蹂躏。所有我们的恐惧,如今全实现了。

我们噙住眼泪,谢别那微笑着的教士,过去扛起我们各自的行李。我们出了堡门,一直往西走去。钟声在我们后面响着。太阳跨过树梢,也露起头了。

(载1935年7月21日《大公报》)

结　束[1]

一个学生站起来，出其不意，问他道：

——先生，您下年还在这儿教书吗？

再有一个礼拜，学期就告结束了。他的心情正很恶劣，好像乘着一只海船，不知道哪一天风平浪静，而平静之后，难保不有更大的波涛卷来。风声早已就紧了，然而等到事变来了，那阵惊恐过去，余下的没有什么特别，心头不过有些惶惶罢了。校长招集他们教员开过两次会议，说了几句保持镇定静待局面发展的不痛不痒的常谈，便陷入沉默了。大家露出焦忧积虑的面孔，凝住神，仿佛他们的学生竭力收敛浮散的念头，预备应付目前的难题。彼此茫然望了望，便一同把视线转向校长那面，发现他的眼角湿润，好像碰到了什么禁忌，立即向四空脱粉的白墙旋了旋，没有目的，却又

① 本篇原题《中国的最后一课》，1940年收入小说集《使命》时改题为《结束》。——《李健吾文集》编者

似侦出一点什么值得注目的东西,留恋在上面,忘记那些统计表格的意义,从上面的颜色、曲线和方格,寻出一种新的拼合。大家挣扎着,原先从来没有发觉自己有灵魂的,或者便是发觉,却从来没有留意它的存在的,都不清楚怎么就平空掉在这座迷宫,再也绕不出去它的廊庑。渐渐大家意识到他们缺少一个链子,这就是说,那最爱发言的党义教员不在了,奇怪的是先前谁也没有看出这突兀的现象。然而即使开口,除去表示无知和鲁莽,谁又不是围住疑团打漩呢?是的,这是个漩涡。一个中学教员,不是顶天立地的英雄,会轻轻易易卷下去的。最后,一位同事看了看校长,有些神秘地,不如说腼腆地,指了指校长身后的白墙,然后低低地,低到哑了嗓音似的开口道:

——我看,把这些东西先摘了吧。

这是开会的结果:摘下会议室、接待室、校长室、礼堂,以及各教室有关党国的一切标志。

怎么应付这黯淡的来日呢?一个中学教员,在这相当偏僻的地方,只有一筹莫展。他自己,不是没有经过光荣的奋斗;"六三""三一八",还有许多零碎然而同样惊心动魄的学生运动,他都是当仁不让的打手。左额的疤痕是他惟一的酬劳。然而就是这点儿酬劳,曾经在心头留下最长的波动的,自从毕了业,在人海混迹三四年之后,他也学会了掩饰。起初是声苦笑,渐渐明白掩饰有了必要,他会对人讲他这疤痕由于有次赶火车,怎么怎么来的。这成功一件真正的事实,有时不等对方见问,他就自自然然说起他那次赶车的不幸,仿佛他以往的勋绩是另一个人的,他不过带着点儿传奇的遗憾罢了。

然而他恨这社会！他能和别人一样，远走高飞吗？他想起他的宿命观，他生活的阴沉，也就是他对人生最高的诠释。他学绩的总评只是中等。都市没有他竞争的机会。他发愿回到故乡，为人所不敢为，满足他解放民族的热情。实际是，他仅仅接到一份聘书，还是本县一个做财政局局长的亲戚给他谋来的出路。这惟一的聘书，是他有生以来最高的光荣纪录，证实他不是一个赘疣，而是不负亲友期托，一个具有前途的青年，一个社会国家的柱石，总之，算得上一个良善的公民。

他有一家人等待养活。

所以，教了三年书，他和从前显出绝大的变异。他学会了拘谨、诚恳、圆滑，而这些做人的美德，仿佛游艺场的几面凹凸镜，很快就把他理想的事业照成十分肥瘦可笑，或者犹如转动的机轮，把他带进人生正常的轨道。花、梦、进取、正义，多少美丽的字面，和少女的容颜心情一样，隐隐消失在一个中年妇人粗糙的皮肤里面。

他并不消沉，例如，他不通宵打牌。

而且有时在教室，他会发出令他自己诧异钦服的议论。他并不过激，然而不由自主，激昂也是真的。这不全由于他的童心未死，而是——说出来也颇足奇怪，——大半由于教科书的启发。

多谢连年患难频仍，便是教科书，也好像这风雨飘摇的国家，今日一个是非，明日一个改革，而每次后出或者新式编制的，一律邀蒙教育部批准通用。每次虽说面貌相似，然而犹如一个婚后的妇人，雀斑总是日见其多，不见其少——从雀斑似的国难想到个人额角的疤痕是可能，而且值得同情的。所以他有时忘了形，竟会高谈阔论，痛古疾今，好像另一个自我，不甘雌伏，意外把他出卖一次，看他事后懊悔的种种可笑行径。但是，教科书如若做成他的揶揄，却更其充实他的知识。所以他并不反对每年更换教科书。他比学生多番综合功夫，然而每次功课预备完了，对灯独坐，在静静的深夜，听着妻子的鼾声，他觉得他的心大了起来，大到他感觉非常的寂寞。他叹口长气，从疲倦里体会出自己的落伍，而那番综合功夫，在他身上，倒比在学生身上，影响来得还要深广。

这薄薄一本教科书，几乎就叫国难的掌故占掉半截去！书讲到末尾，他照例加上两句鼓励。学生是切齿、是兴奋，等到下课，游戏了十分钟，一切终归遗忘。是文学缺乏表现的力量？是他未尽传达的职责？他不是没有热情。他亲身经过多少爱国运动——不过这离他又那样远、那样远！当年他那点神圣的火烬，如今有什么东西可以扬得起来吗？他从来没有想到这问题。从学生时代跨进这教书的生涯，好像一种奇异的海底动物，等到打捞上岸，和植物一样似乎缺少生命，却又那样合乎自然。他是那类不开花的树，吸收，然而不开花。连小芽都不肯冒出一个吗？有时当着一个过路的都市名流，他不禁心问心地愧赧起来。良心，或者那颗惺松的心，经不起现实的尘埋，虽说不开花，却也得活着，而一种实际利害念头扩大成功他全副精神活动的对象。对着教科书的血泪，好像想着一个十年不归的远人，模糊一片，感觉不出他真实的存在。有什么办法？他这边鄙地方的中学教员，孤陋寡闻，有时未尝不想奋翮远扬，然而——借着昏黄的灯光，他看见妻子油漉漉的发髻，散乱在枕头的四周。

但是，什么都可以忍受，叫他—— 一个受过大学教育的人——做亡国奴，或者准亡国奴，他是不干的。走出会议室，走出校门，不顾寄宿生围住校长询问，他一直走向毗连校墙的那片菜畦。怎么！这么快！天天在教室宣讲国亡家破的惨状，现在眼看自己就要做亡国奴，不为人齿的生存！菜畦荒芜着，应着塞北的风土，应着他的心情。他忘记自己走的不是路，而是阡陌了。他用拳头打着他的脑壳，咬紧牙龈，和他当年参加爱国运动一般无二。什么声音在招呼他。原来他靠近菜畦尽头的茅舍了。

老头子望见他笔直奔来，蹒跚上去道：

——我远远就觉得是学里的先生。有话吩咐吗，先生？

他醒了过来。

不见他回答，老头子望望天道：

——今年冬天格外冷，春天怕是不来了。

他嗓子里咕噜了一下，点点头，抽转身，踩上小道，往家里走去。

这类有生不如无生的穷人！褴褛的衣服、褴褛的知识、褴褛的精神，无一不是贫苦的化身。这偌大的县城，有一个健全的男女，不分老幼，甚至于不问阶级？校长说，县里有首富已经到邻县筹议改制和欢迎的节目去了。这群没有国家观念的人民！应当受教育的不是他们的子弟，而是他们自己。应当示众的不是愿愚，而是闻风先逃的党义教员。想到淋漓酣畅的境界，他不由赞美起来，所以当他一脚跨进家门，便见他连声忘形呼喊，对！对！

他女人过来问道：

——什么对不对的？

他瞪了她一眼，恶声恶气地回答：

——管我什么对不对的！

太太缩回步，唾了口痰，倚住厨房门，看他走进上房。他今天回来特别早。难道学校有了什么意外？她凝了凝神，蹑手蹑脚地随了进来。

他一屁股坐在书桌前面的椅子上。坐得太猛了，椅子叽喳一叫唤，裂了缝的桌面微微颤动。

她嗫嚅道：

——你怎么了？你没有在学堂跟谁吵嘴？

看他不言语，以为猜对了，她继续道：

——我说的，你真应该忍忍才是，犯不上跟人闹口舌，常言道，知人知面不知心。幸而是昨天聘书发下来，要不闹到校长耳朵……

他忽然斜转身，喝住她道：

——你就不会闭住你那张老鸹嘴！这时节也是你女人家插嘴的当儿！小毛子呢？你也不看着他，尽他一个人在外头野跑！啊！娶了你这种土头土脑的……

明知话不投机，女人轻着脚步溜出去了。

她刚一出去，他就空虚似的烦躁起来。要是他一个人倒好了，早该跑到什么地方投军了。妻子！妻子！一个男人没有家室就不能单独生存了吗？照现在他的心情看来，他满可以。有什么可留恋的呢？难道同居了十年，还丢舍不开这糟糠老妻？而且，他自己做亡国奴不够，连妻子一股脑儿奉送？不！不！他提起身子，走向卧室的土炕。

他好像瘫在什么似软似硬的东西上面，说不清是什么感觉，和他心头的义愤一样惘然。他闭住眼睛，睡不着，嗅着枕头上刨花油和发垢的混合气味。屋子越发黑了，他听见太太轻手轻脚的声音。

隔了半晌，她挨近床沿坐下，小心翼翼捧住他的腿腕，把鞋褪了下来。他任她做去。鞋脱了，他把脚往炕里一收。她以为他妥协了，随即低声下气问道：

——到底有了什么事，值得这么大气？

他不做声。她重复了一遍。

——国家大事，什么事！

他背向她，涩涩地哼了一声。

——噢！我当学校有了什么事，原来不是！这就好了！起来吃饭去吧，回头你还要预备明儿的功课。

他简直不明白这是他的女人，跟他同居了十年，离他的灵魂那样远、那样远！他翻过身挥她出去道：

——你女人家晓得什么好歹！

终于忍不住腹饥，他爬起炕，走到堂屋用饭。但是，吃了不过一碗半面，他就放下筷子，用袖头揩了揩嘴，来到他的书桌前面。他的视线落在那张聘书和封套上。怎么样，答应吗？可是答应下来，留在这里做亡国奴，做帝国主义者的顺民吗？那么，不答应。是的，只有一条路，拒绝。他不能出卖他的人格。他不是中华民国的国民吗？自然，他没有受到国家一点好处。然而有什么用，他生而是中华民国的国民。他要是没有享到国家丝毫权利，大半岂非由于帝国主义者的压迫、离间、侵略吗？教科书上一条一条写得明明白白，便是没有像他参加过爱国运动的，也应该接受这里的提示和教训。所以他坐在椅子上心想，他不能接受这张聘书。至少，在浑沌的现象没有揭开以前，他不能贸然答复。这是他一生成败的关头。这样思索着，他打开他特地托人从都市捎来的一本学校日记，望着昨天那一页："接到学校聘书。"——啊！这寥寥六个字含着多大的欢乐，在昨天，甚至在今天早晨！他看着女人特别给了孩子四枚铜元，孩子蹦蹦跳跳上了街，然后太感动了，忘记是他十年的陈货，过去搂住，洋人似的表了表情，简直把女人粗糙的面孔红到耳根。然而现在，如有所恨，他用力推开那本珍贵的日记。他出着神，最后，忽有所得，他拉近日记，往上提笔一挥道：

——在这县里，最有灵性的人，也没有灵魂。

第二天，他九点钟来到学校。他企望事实来决定他的去留。但是学校静静的，和座寺院一样，只听见讲读的声音。他心想没有事了，既然××没有军队开来，仅仅出自传闻，也许竟是庸人自扰了。多可笑，他们这类书生！手无缚鸡之力，井底观天，斗室闻道，一有个风声鹤唳，比谁也感觉锐敏，比谁也先凋零枯朽。想到自己没有张皇失措、失言无状，和那仓皇亡命的党义教员一比，觉得自己究竟高人一等。门房一号听差看见他，远远就笑嘻嘻称呼问候。院子偶尔有个学生，瞥见他的身影，顺着墙边一排枯树溜掉，不见了。一个逃课的学生，他对自己说。往常他一定要看准是不是他班上的学生，现在他一径奔向教员休息室，分不开心过问。他正要进去，就见闪出校长室的听差，说校长在那边等他。这在过道的末梢。听差向前小跑了几步，过去把门打开。

不等思索，校长就迎头招呼他道：

——你来的好，我们正在等你。

教务长、庶务课主任、图书馆主任和两三位级任教员，坐在贴墙的小椅上，都转过头来同他寒暄。校长给他两本薄薄的册子。

——你看看再说。这是我们下半年要用的新教科书。

接到手，他瞥了瞥四座。大家安安详详，完全不复是昨日下午惶惶无主的情态。在这十六七个小时之内，有什么事体发生，或者有什么保障出现，安绥住他们的杞忧。最高当局有了办法，他们这些小民不至于沦亡了。是的，没有第二个可能。他挨近初中三年的级任，坐下翻动教科书，心头涌起一句趣话，不由脱口道：

——这跟我们的聘书一样，改成半年一换了。

大家哄笑起来，然而临到闭嘴时节，嘴角抽动着，显出若干苦相。校长想起昨晚家里的不速之客，来客的要求、压迫、妥协，答应陪同参观：一切只为瓦全本县最高的学府。他私人的地位，他绝不在意。他已经一再向外声明过了。个人的利害可以不顾，公众的权益他无不拥护。这是他自来的信条，是他办教育的精神，也是他今日行为的解说。然而正因为良心还没有完全变质，所以不等笑波自然流散，他便咳呛起来，同时不顾面赤耳热，赶忙向四外摇手，表示这只是生理上偶然的现象，值不得大家殷勤有加。他喝了杯听差特地给他备好的热茶。他开始说出他连夜备好的委婉的辞句。最后他结论道：

——我未尝不可以一走了事。我不在本县做校长，可以进省城谋碗饭吃。但是，我得想到跟我相处多年的同事。所以不得已，我接受了对方的建议，就是改用教育委员会的新教科书，只有这样，我们才可以避免学校的解散，甚至于无谓的牺牲。其实这些教科书跟我们现在用的没有两样，只不过删掉些东西，添上些东西，材料还是大体相仿的。我担保大家预备上没有什么特别困难。

他停住，张望大家的脸色。大家陷在一种难以形容的窘境：近乎喜悦，却又那样杌陧；近乎痛苦，却又分外轻适。有的望着窗外的寒阳;有的翻着新教科书;有的手拉着下颌思维;有的对着粉墙一个长方的空白出神,奇怪它何以特别发白,像要突出来有所申诉的模样。校铃脆而且柔地响着,忽而近,忽而远,这鸾鸾的金声好像有心恶作剧,让他们的精神从丑恶的挣扎,跌进无力的集中。在过道底端,他们听见学生天真的呼唤,于是,自从说了句笑话便沉默的高中三年的级任,不知从什么地方得来一点神圣的力量,站起向校长道:

——你听,外面他们的声音!我们忍心叫他们忘记他们的祖国吗?要是有人要叫他们忘记,可不该我们下手。

他挺直了身子,等着——怎么!没有一个人赞同他这几句话吗?校长站起冷冷道:

——权在大家,我没有私见。好在聘书刚发出去,谁要不愿忍辱,或者别有高就,还可以及早表示。

因为下一课要到,这秘密会议便不欢而散了。走出校长室,每个人带着异样的感觉,特别是他,好像灵魂隐隐作痛,当头受了一拳。这是恐吓——不是吗?虽说是几年来的同事,一旦遇见目前利害,便把正义和交情踏在脚跟。这种侮辱不属一两个人,而属四万万同胞。随着铃声,他忿然走进教室。

这群熟稔的可爱的面孔,关切地、异样地朝他望着,级任先生会告诉他们一些消息的。然而级任先生,捺住他揣想的热情,打开课本,一声不响,握起粉笔,预备回身往黑板上写——写什么?这不将是他最后一课吗?他苦笑一下,眼睛迎住下面射来的焦灼的目光。他听见最后两排低声的唧哝。他翻到他要开讲的一课。他放下握成两截的粉笔,扯近椅子,坐在上面。他从前总是站着讲书的。学生窃窃的议论让他的干咳打断。

——这怕是我们最末一堂了。

他的声音有些发沙，前两排学生看清两颗晶圆的眼泪挂在他的眼梢。大家好不肃静。一个学生开始不耐烦了，起立问道：

——学校下半年怎么样？先生不妨告诉我们，究竟有没有变动？

从先生发颤的嘴唇，慢慢吐出几个有声无音的字来：

——没有什么大变动，暂时还很浑沌。你们现在用的教科书是第五册，下学期大概不用第六册了，也许另换一种，内容不免相当改动。

另一个学生站起问道：

——哪一家出的？

他迟疑着——照直说出来吗？宁可留给校长在朝会宣布吧。于是，没有答复，他仅仅说了句“不清楚”。实际，这也是真情。平常，选用教科书，得由教员会议公决。如今是派下来的，真还说不出什么书店出版。

同时从讲台上，他远远瞥见校长陪同三个穿西服的生客，向教室门口走来。这是来参观的。门刚一响，学生就坐得越发端正了。然而只要细心研摩，就晓得他们斜转眼角，想从外表看出参观者的底里。一个和校长身量一样高，两个几乎矮了一个头，然而浓重的眉毛，粗硬的线条，立即透出不同的根苗。学生的注意交割在猜测和先生单调的“上一课我们讲到……”中。虽说天气寒冷，先生的额角渗出汗来。参观者终于走出教室。学生忘记了上课，忘记了他的存在，纷纷议论着。

他丝毫没有体会耳边的嘈杂。他只有一个感觉:为了习惯的掩饰而惭愧。学生中间忽然发出一个响亮的声音,惊醒他的痴惘。他用力搜寻,然而辨不清声音的所在。他掉转话题,似关心又似泛泛,询问学生毕业的计划。这抓住了学生涣散的心灵,然而重新陷入茫然的景况。没有一个学生提前想到半年以后的问题。他一个一个侦伺着他们天真地流露,等着他们的回答。

然而一个学生站起来,向他道:

——先生,您下年还在这儿教书吗?

这太意外,而且那样窘人。他自己还没有想透彻这严重的问题。他很诚恳,也很聪明地答道:

——我不知道。我看——我们提早下课吧,留着这没有讲完的一课,做你们跟我的一个纪念,也是好的。

他明白学生怀着多大的悲哀,望着他的背影消逝。这类似一种永诀。谁知道他们是否还有聚首一堂的可能呢?他要是恋恋不舍他的职位,他更依依于他的学生。他的学问,老老实实讲,只是半瓶子醋。他的心却真实无欺。他爱他们,然而他怎么稽留下去呢?良心的苏醒、人格的自觉、民族的气节,甚至于校长的恐吓——这卑鄙的恐吓!说什么他也得撕掉聘书。从明天起,他就可以不到校了。然而,到什么地方去呢?他不得不重新估量一下前后的因果。校长的话卑鄙,却也属实。一个可怜的中学教员,高不成,低不就,有什么地方可去?他的妻子靠谁过活?他又如何维持他的家计?校长说自己省城有的是机会,然而宁可在这青黄不接的边地委屈。这自然一半是诳。但是他这样的教员,不用说省城,就是本县,也难得活动第二件差事。那么,那么,只有接受聘书，晚晌拜访校长，解释一下晨间的误会？话出无心，校长总该多所体谅。

他慢慢踱进家门。太太从厨房出来问他，学校上月的薪水有没有音信。他简直把这忘记了。

半年以后，报纸的角落用六号铅字排出一段小新闻，说天津某大书局，因教科书销路锐减，宣告休业。

（选自夏丏尊编《十年续集》，开明书店1936年7月）

中篇小说

西山之云

第一章

“先生，就是这些行李吗？啊哈，这个皮箱子很有分量哪！里头都是书吧？”

“是的——屋子裱糊好了没有？”

“一崭新！先生——我说句笑话，比办喜事的新房还要新！那不会错，您自个儿会看到的。好了，先生，就是这间——先生，请进！我不扯诳，这合不合您的意？”

他站在屋心，四面看了看，唇上带着疲茶的微微的笑意，向房东表示满意地点了点头。这能说不是出乎他所预料的精舍？一套两间的北房，中间隔着板壁，分出里外；窗户开在东面，当中镶着一块大玻璃，白帷低垂，四围围着青纱。清晨从这里望着朝阳渐渐地升起，倒也有趣。屋中桌椅应有尽有。他移步向内室的门边，先伸进头瞥了一下，北墙下是一副床铺，迎面有一个和外间相似的玻璃窗，南面也开着纱窗，并且比上述的还要宽阔些。他走近南窗，揭起白帷,好像有什么疑问似的。

这时房东已将书籍搁在外间屋的桌上,随着走进里间;他立刻觉出这位年轻人的心思,向前紧趋了两步,指着窗外道:“看! ——两棵丁香树! 正午的时候,太阳一点也射不进来,都让它们给遮住了。”房东没有说到这层:那丁香树浓绿的枝叶,纷纷披披,映在窗上,投入屋里,也正好看。

“先生,在这儿摆上一张书桌,”房东转身向西窗指着,像说书似的,向他道,“对面正望着玉泉山,玉泉山的塔——您上那儿逛过吗? ——您坐在窗下吟诗写字,最好不过!”于是他又转过身指着外屋桌上的书箱,向正往外走的歇暑的客人猜谜似的道:“我敢说那里面全是洋书! 学校现在用的都是洋文,不是吗?”

这年轻人嘴边漾着似笑非笑的微痕,一边由着房东自卖自夸,一边向院内走去。他站在门口,告诉房东替他解开行李,先把屋内布置好。房东刚又想起几句自谦的话,眼看他已经走出去了;于是倚在行李上,看着院心纤长的背影,低声自语道:“这家伙有点儿傲劲!”

从山上吹下一阵微风,年轻人从丁香树旁走过,兜起他月白色的绸衫。阳光为浮云掩住,他站在院心向四面看。与其把这里叫作院子,还不如改称家园,又雅致又妥帖。居室的对面,五丈来远,靠墙有一座叶蔓扶疏的葡萄架;架下的中间有一个开口极小的水井,旁边水槽里盘着绳子和汲桶;从这里分出的水道,曲曲折折向两边菜畦流来;畦里种着油菜、韭菜、玉葱,都正开着白的、黄的绣球般的小花。西墙角斜欹着一棵垂丝万缕的绿杨柳,飞燕穿来穿去,互相戏语着。在自己居室的后面,还有几棵更高更老的榆树,摇曳在瓦檐上。这是最后的一进院子，除去两间北房，在柳树旁，还有一间小屋，积了许多农耕用器和破家具。

离小屋一丈远，在院墙上开了一个小门，从内倒锁住。

这些半俗半雅的情景，如释重负地使他叹了一声。往远看，这些秀峰青峦更扩大他烦郁的胸襟！山后还有山，塔上还有塔，云在其间游来游去，一片迷离。眼前是绿的色香，更远处是淡碧深青，渐渐和烟霞混成一物，辨不清色和像。这里仿佛别具一种世界，简单、高雅、伟大；惟有这一类的地方，才能重生新的灵感，洗去城里的暑热、郁闷和虚伪！

他信步向前院踱来，觉得自己现在极自由，无拘无束，犹如刚出了阴惨牢狱的囚犯，重睹天日，不禁更显出惊讶的神气。这好像很奇怪，他会有一天，并且有连续三个月的时间，过上一种燕似的生活！在这质朴的小园中，他能说不像一个游魂？实在，用不着替他隐瞒，他在北京所过的很难说是一个大学校学生甚至于人的生涯。它们对于他是如此新颖、奢华、漂亮、喧嚣，富有吸引力。但不久他就觉得索然无味，并且给他一种说不出的苦痛的刺激，可以说是忏悔、烦闷，寻不到同情的情感。他决意暂时和它们分手，到西山下来避暑，过一种清静自娱的生活。

前院是南北遥对的两座平房，住着房东的家小。这两面房子全是白纸（已经尘黄了）糊好的窗棂，只是南面的当中有一块五寸见方的小玻璃，从这间屋内发出妇人们隐约谈笑的声音，其中有一个声音特别尖锐。他觉得有人从小玻璃窗中偷看他。天下最少见多怪的，再莫过于乡野的妇孺，他们不仅好奇地斜眼看你，并且让你听见又听不见地、低低地评判你。在院阶上摆着的几盆月月红、夹竹桃，展放着它们鲜妍的花蕾，山明水媚之下，格外透出精神。在北房窗外挂着一个鸟笼子，里面关着一双小黄眉。院墙是石块乱砌成的，虽不算高，却结实得可以。这一切都给他一种新的意趣。城里平常人家的院落，其实和这里差不了多少，但是，它们都缺乏几样东西来陪衬，例如：新洁自由的空气和真实质朴的自然。

穿过院子，他慢慢踱到门外，这里临着一条铺满细碎小石的背山道，是一条斜上的羊肠小道，通往薛家山：历年松树栽了又栽的地方。两旁有几棵枣树，开着和叶子一样颜色的小花。莠草十分茂盛，直铺下山坡，蔓延到大路上。相隔不远，在山道拐弯处，有若干村舍，也多是石块砌成的。站在这里，能望到无限的延扩，因为一面虽是连绵不绝的高山，另一面却正是无尽的田家的绿畦，配置得非常匀停，能引起画家的美感。

从山道上跑下一个小姑娘，天气热，又加以跑的缘故，在她苹果的小脸上，衬出俏丽的海棠红，流着汗水。她在他身旁站住，两只眼睛像水晶豆似的翻滚，向门内望着。

“先生，您瞧见我娘了吗？”小姑娘向他问道，“我知道您刚从院子出来。”

他微微笑了笑，轻轻回说不知道；于是小姑娘扭转头，喊着他听不清的话，跑进去了。他跟着也走进去，已经看不见那天真烂漫的小女孩，不知进了哪间屋子。小玻璃窗上的纸帷垂下来。浮云里露出阳光，洒满了院子。在窗阴下的笼中，小黄眉慵慵地闭拢双睛，做着春去的梦。无处不是夏的寂静。

他走进自己的屋子。

在东窗下摆着一张小长方桌，上面放着盥浴应用的什物，最迎目的是一盆新绿的海棠，房东才移来的。在内室对面的窗台上，也放着一盆。椅上有房东打好的一盆凉水，预备他揩脸。房东汗流浃背地在里间铺床，听见他的脚步声，伸起腰向他望着，诧异地——第一因为他打开那些行李，觉得太奢华，与往年来住的学生不同；第二因为他弄不清这位年轻先生究竟是什么脾气。萧方璧是他的名字，但这对房东有什么用？假如房东能清楚他的房客，不用说，对他是很有利的；譬如说，这学生的习惯、嗜好、家世等等。

萧方璧脱下长衫，问房东关于洗衣、用餐，种种问题。

“饭由我或者我儿子给您送来。”房东在他弯下腰洗脸的当儿答道，“至于洗衣服呢，离这里不远，有一家女人来洗——先生，您刚出去没有瞧见一个年轻的女人吗？呵哈，就是她！她的事情很可怜，以后再慢慢向您说吧。她洗的不会错！”

“我看见一个六七岁的小女孩。”他把头整个浸入盆里。

“那是她的养女儿。”房东转过身来要走，在门口又站住，问他道：“您看屋子收拾得怎么样？”

“很好，随后再整理吧。”他从面盆伸出水淋淋的头，用面巾揩着，问道：“我想起一件事，西头那个小门为什么上锁？”

“先生，假如——”

“好，你把钥匙交给我。”他走到那所谓装满洋书的皮箱子前，把它打开，取出一把满洒着金花的玉柄扇子，继续道：“高兴的时候，我可以从小门出去，免得再走你们前院。”

“要是上山，还可以省掉许多路，先生。”

第二章

下午四点钟，他从午睡中蒙眬醒来，起初还诧异这是谁的房屋，觉得它和自己很生疏。屋子是这样静，只听见微风吹着窗外的丁香枝，枝上有麻雀在啁哳。阳光映在西窗上，但是屋内并不觉得如何郁热。他看着屋内的配置，觉得和城里不同。这可以叫作茅庐了吧？它在自然中，和自然一致。这里仿佛是一个诵经吟诗的地方，自己却不是诗人，更不是隐士，所以书桌上摆不出那种珍贵的诗集，实在令人可惜。但是他的心是真诚的，尤其对于大自然。因为除去这天时的暑热以外，他到这里是为避社会的暑热，为了宽慰自己心头的烦闷。他从城里带来了许多书，洋装的、线装的，大半属于讲哲理的。因为现在只有这一类书探讨人生的真理，或许能解救他的过去。他来避暑的计划，没有通知任何朋友，他愿这样做，甚至于永久地与世隔绝。

他从床上站起来，拿着面盆、面巾，走出屋子，在葡萄架下用小桶汲取井水。这对他可以说是第一次，现在他觉得这不仅是一种新的感受，并且带来另一种乐趣。他把面盆放在井旁的石礅上，游戏似的把面巾甩进去，甩出来，忘掉自己是在做什么。今年他二十五岁，有五分之三的时间，他牺牲在“子曰学而时习之”的家庭教育，剩下的五分之二，他跳出了小圈子，却又跳进了大圈子——社会，他始终不了解享乐的真正意义。但是今天什么都不同了：就是这一盆新凉的清水，也使他感兴趣。他俯下身喝了一口。

风吹过来，架上的绿叶微语着。他心里非常恬适，不知做些什么事，才可以消磨这里清静的尘境。他忽然想到读书——这不是他现在可能的娱乐吗？

他回屋里来取书,但是瞥见桌上的笔墨和信笺,又引起他写信的念头。他并非真愿向谁写信,没有人他现在愿意来往;只是有一种遏止不住的冲动,想让外人知道自己眼前幸福的情境。他坐在桌前,摆好纸笺,手里握着笔,想着给谁写才好。记忆中的姓名简直没有一个让他高兴写上。这样无聊地过了几分钟,他插好笔,脸上显出微笑的神情,推开椅子,从衣架上取下长衫,披在身上,朝前院走去。

他从小道往山上走,心里空空虚虚,好像无物不能容纳的样子。凹凸不平的石子,撒遍了小道,各样的颜色,各样的形状,踏在脚下滚来滚去,发出细碎模糊的声音。让骄阳晒得恹恹的杂草,微微有了生气。夕阳西下,吹来一阵阵的山风,差不多把他从城里带来的忧闷都给消溶散了。

忽然有一个柔脆的声音,这样熟悉、这样快地传入他的耳内。路的右边,隐在邻居山墙的凹处,一家门首的石阶上,坐着一位老妇人。她睁着昏花的老眼,吃力地望着他,仿佛惊异什么地方走来的生客闯入她幽阒的山居。在她怀里,倚着一个小姑娘,正是她问的。她们大约正在谈论他,因为他听见这样一句话:“奶奶,就是他——”小姑娘伸出噙在嘴里的手指,向他指着。

他不觉在小道上站住,回首向小姑娘微笑着,走近她们的面前,她们茫然望着他,不知所措。

“找着你娘了吗? ——老太太,这是您的孙女儿?”

“先生,是的;她很淘气哪!”老妇人拍着怀中小姑娘的右肩,并未觉察出她正向自己挤着小眼。“先生,您是在周家歇暑的吗?”

“正是——老太太,你们贵姓呀?”

“奶奶，我们不是姓赵吗？”小姑娘插进一句似答非答的问话，得意地向他继续道：“先生，您想要知道我的名字吗？我叫菱花。不是吗，奶奶？”

“多嘴！”

但是菱花已经跳开她的怀里，跑到小道上，朝坡下望去；忽然看见什么似的，兴奋地嚷道：“奶奶，娘来了，我瞧见她——”

他转到菱花身后，果然远远看见一个女人吃力地向山上走来。她的上身向前微伛着，左手提着一个小手巾包，右手斜攀在左肩后，仿佛背上压着东西怕掉了似的。或者是身上负担过重了，或者小道太崎岖难行了，她一时摇摇不定地彳亍到这边，一时又到那边。她望见坡上的人了，举起左手示意，脚步稍为放快了些，渐渐走近了。她浑身浴在夕阳的霞光中，看见一位陌生人站在菱花身后，凝目望着自己，她显然有些吃惊。

她低头从他身旁蹭过，如释重负地叹息了一声，倒身坐在门前的平石上。她松下右手，把背后的布袋放在身旁，用手指着它，向老妇人道：“米又涨价了，这个年头儿怎样好？”她的两颊分外地红妍，汗从额上滴着。

“苦了你——”

“不，妈您干嘛这样讲，都是一样的。”她用手解开小包，递给身旁的老妇人，向她道：“这里是盐——您瞧比往回要白净得多！可是——”她觉得很不舒适，因为离她不远的那个男人差不多是目不转睛地向她看着；她很不高兴，小声唧哝道：“奇怪，这是谁！”

“娘，这是周家新来的先生！”菱花从小道上跑过来，坐到她的身旁。

他随在菱花的后面，向她们微笑着，倚在近墙的石头上，道："小姑娘很好玩——不错，我就住在那边。"他举起手向坡下指，但是因为身旁是山墙，所以正碰在上面，使他微痛。

她稍觉缓过气来，热也渐渐下去，脸上绯红的颜色也褪了。她扶着石礅站起，觉得对面的眼睛还在上下打量自己。让菱花拿着小包，她自己提起米袋，一同走进门里。

"您瞧，先生，我如今老了，全靠这么一个好媳妇。她成天忙着替一家人做事情——"

"您的儿子在哪里呢？"

"他吃粮去了。到如今五年了，我们还没有接到一点他的信息。"老妇人下陷的眼睛充满了泪水。"这有什么法子呢？我们总还要过活，怎样苦也还要过活的。不过，您看，我从来不敢提起他，好像他——我怕他——先生，这几年不是天天在打仗吗？"

他心里泛起一种奇怪的想法，但是他不能说与任何人，因为这显得自己太卑鄙、太不人道。他安慰她道："虽然常打仗，不必担忧——他迟早会回到您跟前的。"

她媳妇从门内探出身来，叫她进去，并且出乎他的意料，向他道："先生，您也该回去用饭了——"

他掸了掸大衫上的尘土，在她转身向里的时候，声调轻轻地向她道："房东告诉我，洗衣服——"

"是的，先生。"她突然转向门外，眼睛射出异样的光亮，看着他，仿佛半讽半刺带点愤促地截住他的话道，"我是给您洗衣服的，日子太苦，我们女人除去这种事，也找不出别的事做。先生，您在城里，不知道乡下人有多苦。"

“我是说——”

“好啦，先生，有换下的衣裳，送来就是。”

他从小道上走回来，不晓得什么缘故，心里沉沉的。西天上一片红霞，秋叶似的灿烂，几丝阳光影影绰绰地映在四山，清风徐来，吹得他遍体生凉。这些风景虽然值得赏玩，这时却引不起他多大的兴趣。他的心里充满了别人的悲哀吗？这很难说，最多也不过是迷离的灰影而已。“这不可能！”他不禁自言自语道，“这不可能！”但是他毕竟有点不相信自己，无论这是怎样的偶然、怎样一个笑柄。

房东在门口仿佛候着他，老远就笑道：“逛得有味吧？就要开饭——先生，饭怕不对您的口味！您在北京城用惯了燕窝——先生，我敢说您是江浙人，怎么样？”

他没有说什么，只向房东点了点头，走进院内。窗下的小黄眉这时歌唱起来，几盆花也都挺起腰肢，随风摇曳着。一阵清芬，说不出从哪儿来的。他走进自己的屋子，看见房东还跟在身后，便倚在门边懒懒地向他道：“晚上没有事，咱们讲故事好不好？菱花家里的事情，我都想知道。”

房东诧异他会知道那小女孩的名字，但是他只笑着答应了一声。房东转身去开饭的时候，看见他立在书桌前，向窗凝目出神。

信笺还在桌上斜摆着，有两张飞落在床下，他把它们捡起来，掸去土，平铺在面前。他不觉地坐在椅上，抽出笔往纸上写道：“我的朋友：如今我在西山避暑，这件事，也许你想不到，我先向你告不别之罪。但是事情的发生，无论苦乐，多半总有些冷不防的味道。譬如现在我——还是痛快地说给你听吧。我遇见了一个平常的、聪颖的女子，是有夫之妇，并且是那样的穷苦。请你不要发笑，由这个妇人，我发现了一件东西，至少可以说发现了我自己。我现在只见了她一面。她是如此的壮实、坚毅、美好、动情……我愿意知道她更深些……不要疑惑你的老友！是的，相信我！……不久，你会惊讶我和从前是多么不同……”

第三章

第二天早晨八点钟，他睁开睡眼，倚在枕上，看着对窗丁香花映上的披离的绿影，慢慢向床角移动。房东已经探视了两次，最后才忍不住隔窗叫醒了他。因为这一次打来了洗脸水，他怕又要换温的，并且他没有这种高雅的习惯，还需镇里赶市去。于是这被惊醒的人，神思惘然，横倚在床上，脑中燃沸着昨夜晚房东说给他听的故事。

这不太让人好笑吗？他把自己的注意力完全耗费在一个穷苦女人身上，彼此不过一面之缘，而且她言语中对他似乎也没有什么好感。他追寻这种情感发生的根由。自然，他相信，动机大半是好的、纯洁的；假若承认自己从前在城里是胡闹，无意识、盲目的，那么，现在就不会不是好的，而且是对的。这完全来自一种高尚的启示。凡是发生得偶然的，中间不留思索或斟酌的余地的，一般看来，总是高尚的，不能以世俗的眼光来衡量，尽管它们也是本能的、兽性的。这到底算什么情感？他相信这是同情于弱者的心；他否认这是一种由上而下的怜悯，更否认是为娱乐个人的无聊。

女性的相识，在他并不算少，各式各样，都能给他以满足，不过全是一些引诱的、沉湎的、自隳的、忏悔的事情。如今他厌腻这种快乐,他正在想办法摆脱它们的控制。但是昨天他遇见的,不过是个一瞥之下,乡野间的贫妇人,却在相反的方面,给他一种不可名状的刺激,提高他的性灵,使他认识自己,使他向上。他所需求的是解脱灵魂的药剂。在城市中他见到了些庸方,反而骗了他,增深了他精神上的痛苦;绝未想到顷刻之间,他从榛莽中剔拨出一株灵芝,将萎的仙草。

“是的。”他从床上跳下来,披起单衫,踱向外室,富有决心地思索道,“我应该和命运宣战!”

她父亲,据房东说,在前清做过四品大员,因为攀缘显贵,当她不过十岁左右,许婚与一位旗官的公子,如今改姓赵——不用说,革命以后,父亲的梦给打碎了。那愚顽的父亲,在病榻上喘末一口气的时候,为遵循前圣的名教,为执行昔年的信约,亲眼看着女儿行了终身大礼,便满意地安然地殉了国。假使当时她能反抗,这可能吗?不,连萧方璧自己都不信——在浓烟迷雾的旧制度之下——这可能?在他也同样醉生梦死于恶势力之下,不知生命的真正意义的时候!假使她的丈夫不是一位纨绔子弟,不是指望旗饷度日的消费者——不过命运最嫉恶妇女,所以在她刚刚走进世界的刹那间,给她找来了一个不太称心的伴侣——这能怨她自己吗?不,萧方璧想,为什么我们要责备一个人,在他没有选择力,又无人给他选择机会的时候?

那嗜酒的、挥霍尽了祖产的公子爷——她的丈夫,忽然生发出一阵狂想,在新婚第二周年的前几日,抛下鬼混生活和家人,不知跑到什么地方当兵去了。从此音信隔绝,犹如老妇人所云,有五年多的光景。最奇怪的是——在葡萄架下,房东握紧拳头,这样讲道——她像失掉心肝一样，无动于衷！一个妇人不想自己的亲夫！她来到西山底下，有七年了，但是她依然和新嫁娘似的那样的美、那样的温柔、那样地令人捉摸不清。她悔恨吗？平时她未曾露出半个怨尤的字，只要你听她那轻锐的笑声！她有过隐匿的失德吗？——房东从石座上跳下，似拼命三郎向天立誓道——绝不曾！

这不叫作孝顺的儿媳？上山下山，为养活一个五六十岁的老婆子！并且这些事情最好的证明，就是她收养那小姑娘名子叫菱花的。第一，这可以免去孤栖的嫌疑——我们可爱的房东这样讲；第二，她上市买卖东西的时候，老太婆不至过于寂寞；第三，这小姑娘若非遇见她，谁会晓得如今流落在哪里？

从一般社会的眼光来看，这其实只是一个颇不足道的下等女子，没有受过高等教育，没有陶冶于时髦社会，尤为令人可鄙的，她穷——并且不同于都市中的穷。但是，萧方璧想，她诚然缺少以上种种，不过，她有一种不灭的向上的精神，是现今社会所罕见的。而且她有一种不可言说的风韵，沐浴在大自然中，不萎靡、不虚伪、不怨尤。她还有些倔强，萧方璧觉得，这也只能更显出她的情操，她的美丽和她健全的人格。在她的面前，金粉、珠饰、汽车、咖啡、电影——这些曾经让他屈膝于一时的诱惑，都失了功效。

“无论如何，”萧方璧洗完脸，照着镜里的自己，鼓励道，“你要好好地结识她，哪怕尝试之后失败再失败。”

他走回内室，从箱上取下一条海青色的毛巾，平铺在床上，把被旁几件汗污的小衣衫包在里头，提出外屋桌上。房东已经端进早餐，摆在他的面前。

“你看，以后我自己来好不好？免得什么事都要你们忙。我想你每早总还有别的事要做吧?”

“噢,先生!”房东吃惊地望着他道,“这种下流事怕不脏了您?您在北京城里——”

“没有什么,”他像受蜇似的,闷闷地答道,“我可以慢慢地学。”

“其实,不怪先生恼,”房东从盆架上端下面盆,走近门限,带着长者的神气道,“年轻人倒是应该这样的——”

他吃完早餐,在屋里走来走去,看房东匆匆地归理家具。这时太阳已经升得很高,渐渐有点正午的味道。他从书桌上拿了一本所谓的洋书,到外屋挟上衣包,向院前走来。

“先生!”

“什么事?”

“那包袱——”

“这是要洗的衣服。”他觉到脸上热烘烘的,低头看着它向房东道,“我到山里走一走,顺路把它送给赵家。”

这种屈尊的行为,他自己也感到有点出奇。假如这是在城里,他肯定十分骄傲,对成功总有若干把握,如今多么可笑,他向一个穷妇人求做朋友,而他们各自生活在各自的环境里,他根本就不明了她。他的良心未尝不谴责自己,为什么要搅扰一个人的和平世界呢?立刻他又激起一种抗衡的心思:为的是挽救自己,至于事情的结果,谁能预测那辽远的将来,下一句金不换的论断?而且现在——

他站在小道上,望着山墙旁掩住的双门,不禁生出一种自惭自詈的念头。这样静静待了几分钟。他走过去,轻轻叩动门环,没有应声。他又叩了两下,三下;里边有轻快的足声回响了。门开了半扇，露出一条窄缝，伸出菱花的小头，立刻又缩回，转过身往里跑，一边嚷道："娘，那边先生来了！"

他跟着她的后影，走向院内。院子要比房东的小些，整洁、紧凑却胜过一筹。南北对立两座平房；从西墙后伸过两株大槐树，遮住了整个院子，枝叶间透下斑斑驳驳的阳光。院内落满了嫩槐荚，在西墙下种着几畦绿菜，中间搭着一个小小的花架，垂着花香淹淹的牵牛和粉蝶似的豆花。北房窗下的石阶上，摆着一张小矮桌，上面有两本纸角卷皱了的旧书，一本是初小的国文教科书，一本是女子高等国文。

从屋内走出菱花的娘，微诧地扶住门边，站在他的对面。

"对不住，"他开始有点不自然，指着腋下的衣包，向她微笑道，"我顺路送点要洗的衣服来——在这里真不觉得热！"

她从门阶走下，向他指着身旁的小桌，大约是让他把衣包放在上面——这真让他觉得进退两难。但是她忽然弯下腰，从阶上将一个矮凳摆到院心，漫不经意，脸上带着微笑的神情问道："外面很热吗？您在这里歇一歇再上山不好？"

从屋里发出一个低颤的声音："谁？"跟着走出老妇人，坐在菱花为她搬来的小凳上，菱花倚在她的膝上，凝视着他手里的金皮书。

他把书递给菱花，翻开有彩画的地方。菱花满脸紧张成了好奇的神色，和老妇人把头埋在画上。

"这是谁念的书？"他拿起小桌上的两本教科书，问窗下站着的年轻妇人。

"菱花的。"

“这一本高等国文?”

她的脸红得和牵牛的喇叭花一样。

“我知道你,”像鬼一样的声音,吹进女人的耳朵里。“我知道你念过书——我的房东告诉我。起初我未尝不奇怪,在这样荒僻的山下,穷苦人家,也会有——不过,这也很平常,因为你原来——西山我还是第一次来,所以觉得特别有意思,并且这里你——你在这里住惯了,也许和我现在的感觉不一样。你从前刚来的时候,怎样想的呢?”

“先生,从前? ——我想和您如今的感觉一样。”她不禁笑起来,但是立即停住,思索着道:“不过如今和从前却两样,这里变成我的家。一个人对于家总格外亲密些——您在北京没有家吗?”

“没有。但是哪里能算作我的家呢? 因为忍不住家中的拘束,我逃到北京来读书——”

“您的父母一定很挂念您。”

“是的。如今我可以自己做主。”他换了沉浊的声调,继续道,“不过在北京,我只学到许多坏处;自然怨我自己——如今我又躲到这里来。”

看画的老妇人忽然抬起头,向他们望了望,低声问道:“先生,现在还打仗吗?”

“年年在打。”

“我想他不久许会回来,你丈夫——竹贞?”

竹贞是她媳妇的名字。

他们都没有回答。他从矮凳上立起,看着倚在窗棂前的媳妇;他们的目光遇在一起。他在院里徘徊着,望着槐叶隙间的阳光渐渐收了，从西北天角浮过一片灰云来。风吹得嫩黄的槐荚，从枝头坠在地上，扑簌地响着。

“先生，您瞧这房子，”老妇人伸出枯手指着南房，口气颇不平地向他忧叹道，“这房子从前我儿子住着，如今空下六年了。按我的意思，把它修理一下，照周家的办法，租给城里歇暑的。不过，我媳妇不愿意——好像她丈夫就要回来！自然我也这样想——为什么我们不能多赚些钱？可是竹贞不欢喜；其实房子空空的。”

“妈，我是说，”她走下石阶，向老妇人分辩道，“怕没有女学生肯来住。”

“假如我，”他的眼睛看着竹贞，拿话打断道，“假如我要搬到这里，您愿意吗？”

“再好没有！”老妇人很兴奋地嚷着。

“先生，”竹贞校正她的话，低低地道，“我说的是女学生。”

“好，我情愿替你们找个女歇暑的。”他的脸上显出笑痕，向她们道，“这很容易办得到——不过，天上的云积得更厚了，怕就要落雨。”他走到像要吞下那些彩画的菱花面前，向她笑道：“怎么样？看完了没有？明天我再给你带些新的来。”

他拿起书向外走着。老妇人在后面向他招呼道：“先生，记着——”

他翻开书的末一页，从颌下襟边取下自来水笔，一边向门道走着，一边匆匆地往纸上写着字。在门限外，他把它撕下，转过身子，凝视着送他出来、立在门边的媳妇，踌躇着，终于嗫嚅道：“我走了以后，请把现在我给你的这张纸看一下。”

她两眉疑惑地颦蹙起来，手里拈着那张撕下的书页，一直望到他走下坡去。

第四章

夏天的雨来得真匆匆，只要风起云生，它就要落个两点三点，甚至于滂沱三日，也未可料。这时雨已住了，破云出月，雨洗过的夜空，更显得清谧爽人。小园里的花叶潇洒精神，随着微风，送出一阵阵的芳馨。从树的枝叶间，不时听到雨露滴到地上的微妙的细声，杂着山虫的吟咏，令人觉得别有境地。

在葡萄架前的花蹊上，映着朦胧的月光，只见一个人时行时止地徘徊着，若有所思。夏夜虽姗姗来迟，此时也约有九点钟了。要是一位山居高士，于微雨初过，静聆自然界的万籁，自己也神化其间，随兴曼吟，正有无限雅趣。要是他兴趣更浓的话，在垂柳袅娜之下，聚集三五农夫村妪，演讲当年的风流胜况，发一番抚今慕昔的感慨，月光照着，清风吹着，想那蓬莱仙岛谅也不过如是而已。但是现今这草地上散步的，只是一个人影，沉寂得能听出自己胸臆间的喘息。他忽然像决意了地步到西墙边的小门前，从身上掏出钥匙，把它推开，走向墙外。

他回过身把门虚掩住。

月光映着一片峰峦，在烟霭中，似沉沉入梦。让雨润湿了的小道，脚踏在它的石土上，软软的，增人一种快感。这个奇怪的人还是不作声，向坡上慢慢走去。远远奏着白杨树潇潇的哀乐。小道的东北，一座松林在眼前扩露出来。他转入别一小径，向那里奔去，隐约可以听出心脏的击跳。他盼望什么？这样神秘，山鸮也惊得叫着。

他在坟茔边立住，侧耳向四山听，除去松子在嘀嗒地坠落，白杨叶子在颤啸，此外和在死境一样。他沿着坟茔外的土道，慢慢地搜索地走着。他不时向后望望，脸上显出微惧的神色，一无所得地又绕回原地，变成失望的样子。但是从林内发出一种低幽的声音，起初他吃了一惊，细听却渐渐露出欣悦，从墓门穿进林里去。

在古墓的祭阶的左旁，矗立着一个高大的石碑，在石鼍上斜倚着一团人影，听见走近的脚步声，要移避的样子，继而决意不动地轻咳了一声。这是女人的声音。她的脸在月光之下，显得惨白，虽然透出毅然的样子，尤其是一双秋水似的明睛所闪出的目光。旁边的石碑和她一般白，一高一低仿佛是沉思不语的姊妹，凛然若不可犯。

掩过膝头的宿草，迎在眉际的松枝，让人触动着，抖下清露，沾湿了中间的夜行者。他跳开一只埋在草中绊足的石马，在正中的砖道上站住。他迟疑地向墓侧望着，显然他看见了那石碑和它座旁的女影。停了停，他抬起步还要向前走，这时一个声音向他叫：“停住！”他向她望着，但是她仰首望着瘦月。

“先生，我没有失约，”她从石鼍上跳下，用右手扶住它的冷濡的石颈，向墓道上的人，清清楚楚地道，“我按着您的嘱咐到了这里，不过您却来晚了——不，听我说，我没有多少时间在这里拖延。您来的时候，让人看见了吗？”

“我想没有。”

“最好不要让人看见，您想不是吗？我很奇怪您为什么把我约到这里，只不过见了两次面——您不是拿这个来解闷的？要不然——更奇怪的是我居然会来，这总有点出乎您的意外吧？本来我不打算照您的话办，因为您瞧，”说到这里，她踌躇一下，又继续道：“因为我自己是一个女人，丈夫不知生死的年轻媳妇，您又是——这不很明白吗？但是我忽然变了心，为什么呢——”

“我有许多话要同你讲，我不骗你，这是从我心里生出的话：我爱你！”

“为什么忽然我变了心，”她的眼里闪着泪水，毫不理会地、继续向对面失望的人道，“您不要奇怪，没有别的，我多年失踪的丈夫回来了！他回来了！”

“他？什么时候？”

“就在下午落雨的时候。先生，如果他值得您的结识——如果我也值得，自然我今晚绝不来，在这样夜静人旷的时候；但是我们都不值得，无论从哪里看。所以我决定偷偷来践您的约，为的告诉您一句话：‘以后不要到我家里来。’至于那几件要洗的衣服，明天晾干了，我想法给您送去。以后您自己另寻洗衣服的人家，附近也不少。”

“有这样巧的事——”

“不然，您明早自己来取衣服，可以和他会会面。不过我不愿您和他见面，说不上有什么缘故，只是我不愿意罢了。将来您会明白一切。现在夜深了，怕他们要疑惑，我得回去——您瞧，我不是胆子小的，我也不是不识好歹的。为您自己起见，我特意来告诉一声，并且为我起见，劝您也要想得开。”

她从石碑前走上墓道，从他身旁闪过。他跟在后面，嗫嚅道：“告诉我，你看了它——我给你的那纸条以后，怎样想？”

“我？”她回身立住，眼光落在他的肩头，渐渐移上颐间，微颤地道,“我不明白您的意思。”

“我愿意——你觉得我很奇怪,是不是?不过你要晓得我的从前,就明白你自己如今在我眼中的分量。我说的是实话。你在这家里有什么意思?他们谁真喜欢你?我愿意——”

“我劝您把傻念头扔掉得好!”她转过身向前走着,她的脸色像一个病人的脸色。但是她依然鼓励着自己,不显出丝毫女性的怯弱。

“你愿意把一辈子毁在那样的家里?”

她回头诧异地向他望了望,没有说什么又转过去。她的眼神有些黯淡了。

“哪怕这是末一句话,告诉我,”他从松林里走出来,跳在她前面的小道上,拦住她道,“你丈夫,他和从前一样吗?”

她倚在墓门上,哆嗦着,竭力抑住自己的悲伤,低声答道:“先生,他残废了,丢掉一条腿!”

他茫然地看着她慢慢从山脚消失掉。松子和露水滴在他的头上。阴暗的林里,发出耳语似的声音,仿佛惊问谁在搅扰它们的清居,又仿佛探听这两个微渺的生命在商议什么。有一个夜鸮凄凉地鸣了一声,仿佛答道:我爱那女的做伴侣。此外都和山一样,在夏梦里酣沉着。松下的人影凝伫了许久,奇怪自己今夜太没有胆力、太恇怯,于是举目向月光四洗的烟峰无聊地望去。

第五章

隔着床帐,萧方璧睡眼迷漠,隐约看见一个十岁左右的孩子向内室探着。他问是谁。

“先生,我以为您起来了哪。”孩子轻声轻气地答道。

“你爸爸呢?”

“他到那边赵家——听说他家昨天回来一个当兵的,爸看他去了。”

这自然是她的所谓丈夫了。他想自己要睡也不会再入梦,索性从绸被中坐起;花影斑斓,已经映上了纱帐。现在他觉得这个地方,虽只住了两天,对他仿佛已经很够了。是呀,假如是享乐者,何以处处不久全让他感到无趣和烦郁?未来此地前,他以为城市中的苦闷在这样一个安静的地方,可能一洗而空,得到自心的真我和解放。然而这不可解的势力,无形中总是遥遥地追着,有时追过了他,遗下丈长的黑影裹住了他。在生活上他不承认自己失败,“我是尝试;在我没有找到生活的真正价值以前,怎好轻易断定我已经无望了呢?”

想到这里,他不觉从床上跳下,向外间踱来。房东的孩子打好洗面水,放在架上。洗完脸正值孩子捧粥点进来,他坐在桌侧向他问道:“你见过他没有?我是指那当兵的。”

“我不记得——先生,您要看他去吗?”

他没有回答,但是从他端着粥碗欲饮而不饮的神气,可以揣测出他正在思索一件事。看那兵士,再没有比这事使他不舒服,起恶感。这种人还不值得憎恶?一个如花似玉的女子,在他名义之下,整个给摧残了。并且试想一想,这个女子和她的丈夫有了多年的疏冷和怨抑,仍肯低首下气来维持这种没有感情的关系,至少就读过洋装书的眼光来论,总觉得她有点怯弱,过于牺牲个人的幸福和快乐。但是现在他更深一步想:这女人在他面前所呈现的,已经是坚忍、痛快和刚毅，一切现代女子所缺乏的勇气；不过她同时还缺乏——还有什么，金钱、学识、妆饰、社交？不！这些都不是她所需要的——只是，我们的学生想，更超逸的勇气！

我们的学生虽然没有见过那浪子似的丈夫，在自己脑中，也未尝觉不出他是多么浮荡、粗鄙、兽行的蠢样。在他荒唐的时候把自己所有应视为可亲可爱的，全弃而不顾，将责任转嫁在一个不相了解的女子身上。如今他丢掉了腿，又拖回这半残的生命，重担子似的放到几个在和颓运撑持的妇人肩上。我们的学生想到这里，不觉把粥碗放下，向桌旁发愣的孩子道："我要看他去！我要看他去！"

于是他披上夏布褂子，往外走去。剩下小孩莫名其妙地看着他的背影，看着桌上的点心发痴，自己唧哝道："怪不得爸说城里学生——"他端起残粥的碗，向自己嘴里送去。

在赵家门外的石礅上，坐着那叫菱花的小姑娘。她低头在地上不知画什么东西，津津有味，一点不觉得旁边有人在看她。她的小眼睛向左转了一转，忽然瞥见地上一双灿亮的皮鞋，继而白丝袜，白……她从惊疑中跳起，欢呼道："噢，先生！您给我带洋书来了吗？"

"没有；你可以到我那里看去，为什么不去？"他转过话头，问她道："你怎么一个人在这里？你的——"

"先生，我怕。"她向门里瞥着，还带着余惧的样子，答道，"昨天回来一个兵，我怕他。"她忽然向他粲笑道："我知道您干嘛来，衣服娘已经洗好了，您准是来取它的！我给您说去。"

她抬起脚向门里跑去，头还向他点着。他跟进院子，立即听到久无人居的南房里的两种话音：一个是房东的；一个是生涩的、狂俚的、轻浮的。他不知道向前走好，向后退好。在犹疑之中，他看着菱花跑进北房里。北房却异常地静。

房东从屋里望见他，趋向门限，头向内室，手向院子，用奇异的笑声，漫无目的地喊道："呵哈！您瞧，萧先生来了！请到屋里坐。"他代主人欢迎着来客，向在内室看不见的主人介绍道："我们歇暑的先生，他来看您——您不要下炕，免得麻烦！"

他乘势走进这阴沉的、平日不见阳光的南房。房东给他掀起内间的布帘。他的鼻端触着一种霉湿的闭塞的土味。在内间的砖炕上，他的眼光立刻落到对面阴黯的墙角，那里斜靠着落伍的伤兵。他——她的丈夫，依然穿着一身污旧的腻灰色的军衣，敞开前襟，露出干瘠的黝胸，两手横交遮在上面。他的下身为被子盖住，所以若非他上身时时向左微伛着，简直看不出底下只有一条半的腿。他的面颊非常削瘦，虽然看不出战火下的焦痕，却带着一种青黄的病色。他的表情颇能启人哀怜，同时杂着几许厌恶之感。

他们的眼光交在一起。

在炕下的小凳上，坐着老妇人，如在烟雾中，不断地偷偷凝视着她归来的浪子。她慢慢将头移向门帘边，眼里含着还未灭尽的黯光，右手拍着那被子空陷的一端，向我们的学生道："先生，这是我儿子——他回来了！他回来了！不过他的左腿——他在雨里又受了点湿气，这真不好，他得好好地躺一躺。"

伤兵隔着来客的肩膀，含意不明地向依然举着布帘的房东望着。

"我不出租这房子了，无论男的女的。"他母亲将脸转向较明的窗这边，仿佛外面有什么声响，因为没有听出来，仍然继续道："我媳妇究竟有远见，她相信她丈夫一定会回来，不是吗？"

她儿子哼了一声，忽然若有所忆，向对面的来客狂也似的拍手道："哈，哈，我想起来！我想起来！我记得好像在哪里见过你，你的面貌我熟极了。你让我想——"

"你？绝不会！我从来只在学校——不会的！"

"会的！我想起来！并不是在学校，"他的嘴斜向上抽开，显出丑恶的讥笑的样子，确然有据地答道，"对不起，是在石头胡同！但是那门口挂的是什么牌子，我想不起来。"

屋内的目光都惊诧地看着他们，尤其是我们的学生。这好像是一场噩梦，又把他带回如今自己所痛恶的罪薮，并且出于这样一个残废的口中，开他的玩笑、侮辱他。他努力安抚自己，轻轻地、不知向谁地道："这样巧！这样巧！"

"我不记得那小班的名字，但是我记得那是你！我随着我们大人把你从屋里——"他的黄牙完全露出来，回忆在他是如此的甜美，狂笑道，"哈，哈，哈，一点不差，我们把你——"

他的难堪真不知要到什么程度，若非从门外露出一个人影，把这滔滔的话头给打断了："萧先生这是您的衣裳。"

她在窗外听了这些诬蔑的话，才走进来给他解围的吗？没有人知道。她很快地向屋里瞥了一下，漫不在意地，将衣包搁在身旁的小几上。她的脸色和平日似乎两样，眼眶陷下，射出的光有点发死，但是屋里人谁也没有朝这方面注意。她毫无表情地问候我们的学生道："先生，您到山里去吗？昨天下了一阵雨，游山分外有趣。"

“是的,我正要到玉泉山逛去。但是——”他匆匆将一角辅币放在几上,顺手拿起旁边的衣包。他向闪开路的房东点着头,朝房外走去。没有人阻挡他付洗衣费。他的神态也很自如。他觉得后面有人跟出来,并且明白这是谁的脚步声。

他们一前一后,向门道走着,都听见屋内发出粗鄙地咒骂:“妈的我女人! 倒没有想到——”

他回头向她看着,苦笑着,但是没有注意她失色的面容。在门道外,他扭转头向身后送出的主妇道:“早知听你的话,这一趟我真后悔来。”

她没有答话,倚在门边,看着他走上坡去,眼中觉得湿润润的。她不清楚自己是一种什么心情,这好像被冷淡、压抑了七八年,而今重新活了起来。她将来怎样做,对于没有多大见识的女子,真是最苦莫过的事情。幼年的一切影子都消失了,就如同现今的一样。这时快到天中的夏阳,穿过门旁的枣树,透下炙热的光,照在她身上,然而照不到她古井一般憔悴了的心。

第六章

他的身影渐渐从她眼中模糊着,越变越小,一时让山道的崎岖给隐蔽住。这完全是一个生人,然而在她的脑中——数年来停止了思想的——他并没有什么特异,好像她早已熟悉他的容貌、言语和举止。是的,这是幼年做女儿时,在幻想里,她给自己所描出的人物的模样,经过许多变迁,自己早已冷淡了,如今她的梦才死灰复燃,在她眼前豁然亮起来。这太晚了——在这许多年月以后! 她已经不是七年前,玲珑无知、有风韵的闺女;世事把她欺骗,把她教育成一位柔驯的安于命的妇人，如今已经二十三岁。

是的，过去在她的眼前重新亮起来，而且这样地诱惑着！从来有人爱过她吗？从来有人视她如天仙吗？她早已预备自生自灭，让这一朵花萎弃下去，勿需灌持。这花，经过了七年荒芜，还能像幼年那样嫣姹吗？在她第一次触着我们的学生的目光时，她便明白以后的一切——不，以后的结果。这正是王卓君的故事。但是不能！不能！她今日的身世是如此的卑贱，她今日的竹贞不是幼年多情的闺女；这中间有一条深渊她不能越——不敢越。他约她幽会——噢，有这样的事情！她不因此而轻视他，什么事能使她轻视他？他满足了她幼年的遐思，他让她重新认清了自己天赋的美丽。

这样回想着，她倚在门口，痴痴地向山上望着，心里替那身影即将消失的、受侮的学生悲哀着。阳光耀在遍山里，鲜绿的枣叶闪出烂金的光彩。为欲念压抑着，她不知不觉走出门限，在小道旁向远山望去。从山的转角处，依稀有一片白锦，渐渐迷漠入云空里。她失望了，转身向坡下，只见走上一个骑在驴背上的妇人，远远向自己招手。这是刘家的儿媳。她走近了，在驴后尾随着她亦步亦趋的丈夫，用袖子在揩汗。在竹贞的身边，她拢住缰绳。

"我要回娘家去啦。我爹打发人来，说受了点暑气，让他送我回去。他——"刘家的儿媳回首向驴后挟着小红包袱的丈夫颦眉笑道："你前面走吧，我要问竹姐姐一句话，可别走太快了啊！"一直看丈夫离有十步远的光景，她才俯过身，向不安的竹贞关切地问道："姐姐，听说你女婿回来了，是吗？"

"昨天回家的。"竹贞淡淡地答着，眼睛转向山道上欲行不行的女伴的丈夫。

“姐姐，这太久了，不是吗？他还疼你——”她羞涩地顿住，视线也转向自己的丈夫，脸微红了；但是立即回首继续道：“多意外呀！你怎么办？”

“我不知道。”竹贞转过话锋，指着前面彷徨中途女伴的丈夫，笑向她道：“快走吧，不让人家等急了！”

“我爱让他等着——今早他死不愿我回娘家，谁不知道他的心眼！可是姐姐，”她的脸更红了，踢过身向竹贞的耳边微嘘道，“我盼你和他会好起来，就像我——啊，再见吧！别让他等急了！”

竹贞看着她用右手拍着小驴后臀，如飞地向山道奔去。除去阳光外，四山仿佛再没有什么惹人注目的了。心里怅然若失，她走向门内——多么凄凉、多么孤单啊！在这家庭里的三个女人，老的已经不需要任何人，因为自己的儿子回来了；只有其余的两个是相依为命的，然而她们也各自有各自的世界。但是这世界对她已经够了；这五年平静的苦生活已经把幸福赐给她了。她的力量竭了，她还指望什么呢？爱？我们的学生为什么不在七年前，甚至于一年前出现呢？这是命。

她立在门道内，听见南房里的笑声，随后看见房东从内走出。他在她的身旁停了停，眼睛仿佛疑问地，或要搜出什么隐秘似的，向她直视着；他立即又低下头来，讪讪地向自己唧哝着。举步跨下台阶的时候，他忽然情不自禁地、轻蔑地向她笑道：“萧先生走远了吗？”于是带着奇怪的鄙俚的笑声，匆匆向门外走去。

这是什么意思？他明明在讥嘲她。自然他们猜出——不会！她的言态没有什么可疑的。房东的鬼鬼祟祟，和自己的丈夫又嘀咕了许久，使她感到十分不快。走到北房窗下，她听见从对面屋里发出一个不入耳的呼声，于是静伫在院心。

“外面是竹贞吗？”

“是我。”

“你为什么不进来同我谈会儿话？你想，我们分开得太久了，不是吗？”这是丈夫有生以来第一次用这种恳切的声调，向她请求着。这很让她心里不安，不由走进南屋。他仍然坐在炕上，母亲仍然在炕下；他们的眼光都向她射来。沉默了许久。还是丈夫嗫嚅地先道：“我在军队上变野了，一点也不懂得礼节——怎么样，他很恼我吗？”

这个代名词是她所能意会的。“我不清楚，也许。”

“我走到哪儿都得罪人——你看，竹贞，你替我向他赔一句不是，好吗？”

“我？”她的脸飞红着。

“你！”丈夫目不转睛地向她看着。

“好吧。”她觉得自己不便再说什么，忍住羞怒，向外屋走去。“饭怕好了，你不下炕吧？”

“就在这里。不过你停一停——”他语音更柔和，简直连自己都不相信了。她怀疑地看着他和蜷曲在炕沿的老妇人——这样的沉寂，像一只了无生气的动物。他将身子向左斜了一斜，向立在布帘旁的媳妇道：“我真想不到你还和从前一样——我是说你长得比从前还要美；真的，比城里女人好多了。不要走！为什么你不可怜我？我如今连从前还不如，腿也丢了——我可怜你，竹贞！我真想不到你会等着我回来。但是我错了，竹贞；我死在炮火下面，也比跑回来累赘你强——你一个年轻女人，正当寻乐的好年月！不要走！眼看我们都要靠你一个人过活，老的小的——我奇怪你从哪儿弄来她！加上我这残废的，以后怎么办呢，我可怜的妹妹？”

只听见窗外嫩槐荚摇落的微声。

“我叫你妹妹；不错，这样对你我都好些。”他不见答话，只得继续道，“现在我越看你才越觉得你美；为什么从前你不多灌我些米汤？自然不是你的错，你疼我；你等着我。但是我不忍让你再受罪了——为什么你不也撇下我们，远走高飞哪？京城的女人现在都自由了，喜欢怎样便怎样，倒更显得大方——其实贞节又算什么！不要走！你哭了，不是吗？不要哭！我原是有话同你商量的。”

老妇人干咳了一声。

“刚才周家——我是说那学生（妈的，我在窑子和他碰过！）——那见色就迷的学生，拿你的漂亮——这话真难说！你看，我们这样穷，要是你——不要走！不要走！妈的，我真不会说！不要走！”

但是她掀起布帘走远了，迷惘地转进自己的屋里。平日这些拭拂干净的器皿仿佛也都落莫地看着她和衣躺在床上，受了伤地痛哭着，枕上全让泪水渍湿了。在她稍微清醒以后，觉得有人在背后随着自己呜咽，她转过身来，只见菱花向自己怀里扑来。于是她抱住菱花，在床上坐起，向着阳光，给这小姑娘揩着一双泪眼，泉涌似的。

第七章

乡民向来是随夜睡的，在这山隈，从林梢头虽然时时露出一灯如豆，究竟也少得很。他们心地简朴，夜里又少什么正当或不正当的消遣，清早要上城下田，所以只要上了炕，立时会打起鼾声来。房东前院的灯火，大约只燃了一个叠被的工夫，就又吹熄了。小园里的灯光虽然还未曾捻灭，也已黯得很，隔着纱窗遥望，像云端里的星光。

在灯座的前面摆着一本打开的书，中间夹着一封前半月萧方璧接到的信，是一位新在清华学校任教的朋友来的，大意是请他到那边游玩两天，或者就在那里度暑假。他谢绝了朋友的好意。这已经很久了，今天翻出使他不觉沉吟了半晌；因为心绪紊乱，便踱出房子来。

事情常走在他希望的反面，现在把他弄得简直不知如何才好。在这里他原想多待几天，假如好，尽可以延长下去。不过就最近的情形来看，恐怕有点不可能了。他不能忍耐一个无赖鬼东鳞西爪的讥讽；今天早晨已给他很恶的印象，将来还不定要怎样。本来是下流的种子，一旦加上糟不可言的军队中的熏育，回家又成了残废人，他自然免不了任性胡闹。但是最使他难受的，是想到那年轻女人。她最初满怀怨气，渐渐从艰苦中、从恬淡中，得到了自慰自适，如今又让她回到比昔日还要糟糕的处境，并且现在她又被我们的学生热狂地爱慕着，她对他如何，虽然难以揣测，不过这能引起她多年在外的丈夫的疑妒，是不用说的。他把这女人弄到一个更困难的地位了。

这些情形现在他都仔细思索到，譬如要有勇气，他可以把她带走，就算淫奔吧，也无妨碍。这是他解救她的唯一方法，也是解救自己的方法。不过事实上不许他这样做，他也不信自己有多大的把握。所以当他偶然寓目于那张日久发黄、邀他去清华的信，未尝不想到离开此地，另换一个地方来住。但是这未免显得自己太懦弱，从家里避到社会，从城里避到乡野，而今又从西山下——这是一个多么无聊的生涯，不免叫人发笑！

他不能睡，并且最坏不过，因为她丈夫的话，竟让他想起以前的生活，似乎它们有绝大的诱惑力，又令自己心旌摇摇。无论如何，好像他总该离开这里。

不知从什么地方传来了一阵微弱的断碎的响声。他向四面静听，不久辨出是从那棵柳树邻近发出的。声音是这样的幽袅，绝似海里投下石粒，因为在万籁俱寂的夜里，便显得它的浪头有很大的掀力，惊起了听者的心神。仿佛在试探的样子，间隔一下才响一声。有人在垣外敲叩小门。他走过去问是谁，但是四山很静。带着好奇的念头，他抽掉木闩，开了小门，没有人。

他走出墙外，向山径上望去：在月华静碎的清光里，离自己三丈多远，显出一个人影，大约听见了他的脚步声，回身向他立住。这是竹贞，踟蹰地静伫着。他向山径上迎住她。诧异地，差不多吃惊地，默默地站在她的对面。在这种情境里，人最易感到凄凉的景味，尤其是两个都想吐出自己的真情实况，都想往一点上聚合，无奈他们的思想或身世，在中间织了一层轻软的夜网。山上没有一丝的风，只听见他们的心在击跃。

最后还是女方先开口，声调战栗，幽然地道："您想不到吧？"

"我原未想到再见你一面，因为——"他向她瞥了一瞥，立即又将视线转到碎石地上，仿佛很羞愧地继续道："因为我打算四五天以后离开这里。"

“真的?”

“现在我不过偶然这样想,并没有决定。假如你——要是你也爱我的话,我自然继续住下去,虽然你丈夫——”

“早晨他很让您过不去,是不是?我告诉你,他后来很后悔,让我给您道歉。”

“那完全不关重要!他说的是实话。不要误会——你看,我也荒唐过。假如你心里以为我是怎样不得了的人物,这完全是因为你和我太隔绝——其实一样,或者还不如你,噢,我不如你。”

“我原以为他跟您取笑。”

无论怎样不光彩的人,总愿人说他体面,尤其在自己情人的眼中,希望做一个理想的被尊崇的偶像。但是我们的学生却另有看法,以为男女既要忠实,便应赤裸裸地露出自己,世间没有完全的忠实。不过如今他实在不愿再提到自己的过去,尤其在女人面前。他在她的身旁,走来走去,忽然顿住问道:“我真奇怪,他会想到赔不是,并且让你。”

她的脸在月光下虽看不出红晕,从她不安地移动上,可以推测她正有一件难于出口的隐情。她向四周缜密地望了一望,将身子倚向道侧的石块上,然后低声道:“他让我设法勾引您,骗您的钱。”

他呆呆地注视着她,显然受了惊。

“这是您的房东和我的丈夫一同想出的好主意。”她将脸移向有月亮的一面,因为不见他答话,便缓缓继续道:“在我小的时候,记得父亲教我《列女传》,读了以后,自己常常也想做到她们的地位。后来读些学校的书,略微改了一改这种傻念头,觉得她们太勉强。我出了嫁,只想苟且做个本分人也罢。我不爱我丈夫,那怎么能勉强得来？不过这在年轻女人是常事，我只可忍着。他走了，我们没有亲戚。这五年来，穷也穷极，苦也苦极，然而我平平安安的，未尝不觉得快乐。女人能这样一辈子，就算不容易了。

“如今我走到两难的地步。这好像是天意吧！当女儿的时候，在姊妹行里偶然听见说我美的话，自然心里暗暗地骄傲。自从出嫁，我便什么也不在意了，美又算什么，如果命也穷，命也苦。但是，自从我见了你，这不过三天——你是怎样的人你自己会明白——事情又两样了。我是一个乡下女人，不过看见你苦苦想和我要好，未尝不心动，觉得自己还未失掉孩提的心。唉，梦呀！这些都不能做，我自己心里不许，天老爷也不许。

“我也许喜欢你——听我说！让我痛快一气把它说完，以后不会再有机会了——喜欢你有什么用？我不能让我害了你；这很清楚，我知道你是谁，我是谁。说不上什么守节，只是我不该——不配——不值得！现在他们让我勾引你，假如我——我不能！为什么我要骗一个无知的学生，自己喜欢的人？假如我——我可以说是由于人的逼迫，遂了你的心愿。只是我想了又想，还是觉得我们分开手，各走各的路好。我知道我应该怎样做。”

我们的学生眼睛望着天上的银星，这时低下向她看着，决然道：“离开这里，跟我走——我们一同到城里住！”

她转过脸诧异地看着他，但立即又望到那远不可及的明月，柔脆地答道：“不，我不能跟你走。这里有三个可怜的女人，她们在一块住惯了，分开后，其余的两个该怎么办？平日她们唯一的依赖只有我，我怎能丢下她们？并且至少那小女孩，她很惹人爱，不是吗？但是——”她忽然将头捂在一双手中，哆嗦着，渐渐从手缝里渗出泪水来。她强自支持着，依然昂起头向天上望去，继续道："我绝不能撇下她们的！"

他走近她的身旁，得了一个新的念头，兴奋地道："为什么我们不能借着他们的意思，反而骗他们呢？"

"我没有胆量。这有什么结果？只是害了我，害了你！我和你差得太远；这不是救我，算了吧。"

"你不爱我吗？"他想握她的手。

但是她从石上站起来，似乎毫不在意他在讲什么，向前走了两步，立住向他笑道："我想起来，刚才你不是说打算到别处去吗？这个我最赞成，并且我今晚就为劝你走才来的，以后怕难再见面了。你能明早就动身吗？"

"为什么？"

她的脸动了一动，苍白中显得更加苍白，微笑道："一点不为什么，我只愿您——"这个客气字眼儿又来了，落在他耳中很是生硬。"早些离开这里。我求您听我最后一句话。为什么？您以后许会明白的，但是我还是盼您不知道的好。"

她立即转身向坡上走去，觉得眼中酸溜溜的，怕又要流出泪来。她再没有回头向他望一望，一直走到小径分成两条的岔口处：一条通她的家门，一条通向不远的黑魆魆的松林。她坐在径旁突出的石头上，疲茶地彷徨地想：走哪一条路呢？月光让浮云给掩住，只剩下满天的银星映在西山上，渐渐迷漠了她的身影。不久云过了，月亮又放出灿烂的寒光，但是在岔路上已经不见了她，只有石罅里的虫子在歌唱。

第八章

从这迂曲的小道，过了赵家的门首，忽而折入峰里，忽而折入峰外，远远又分成两岔，一个可以奔向薛家山，早已提过；一个是奔往山里各处幽僻的村舍。这时太阳升得已经很高，差不多是乡间午饭的时辰，山里的小道上是这样郁静，在它金蛇乱舞的一个拐角处，忽然出现一对年轻男女，向山外彳亍走来。女的骑着一头灰青色的小驴；男的挟着一个大红包袱，烦躁地紧跟在后面。对于如此炙热的天时，男子的确有无限的恼怒。但是在他心里却含着一个欣快的思想，这从他半张的，被太阳炙焦的微笑的厚唇间可以看出来。他不时向骑在驴背的少妇偷看着。从少妇的鼻中，他渐渐听出一种咿唔的细音。

"哼什么，你？"

少妇回过头狠狠地瞪了他一眼，睬也不睬，又转身向前看去。小驴被她颤抖的双足夹得跑得快了些。但是她忽然松下缰绳，因为她听见他在驴后追得喘起来，而且让笑噎窒得咳着。等他手搭在驴背，缓过气来，她轻轻地向他怀着怨意地问道："你笑什么？"

"我笑你——生气，哈哈。"

"我生气，你笑着！——你笑我生气！亏了你是丈夫——我的丈夫！我没有见过再比你脸皮厚的了。我爹病着，你家里只让我带那么一点礼物行人情。我爹病着，你看如今你挟的这包袱多么大！我爹病着，你不愿让我回娘家。我爹病着，你连让我在娘家多留一夜都不肯！我知道你的心眼——想一想，羞不羞，一个男子汉？噢！我真愿有一天能和竹姐姐一样，多么清净，多么自在，无束无管的，自己做自己的主。你们男子，唉，我娘说得好，十个有九个负心汉！”

“好在她丈夫回来了——我也决舍不下你，另找婆娘。”

“呸！昨天你在路上还给我讲她漂亮，比我还生得美，只可惜脸色——嘻！不要想我再会信你！”但是她忽然换了激怒的声调，仿佛脑子被一种担忧或者害怕的思想左右着，低低向男子问道：“你说她脸色不好，活像——死人，真的，我怕将来总有一天她能够丢下这家去——去——我怕将来总有一天！我告诉你一句话，可别向外人学舌！”

“什么？”

“昨天我向她提到她丈夫，”这位少妇神秘地回首望了他一眼，继续道：“她却冷冷的，好像——是呀，冷冷的！”

“管他哪！我不过瞎说罢了，值得你这般经心，活像她是你的命；至于我——喂，这不是赵家小姑娘吗？”

小道在前面向东转折，直通往坡下，只见在蹊侧乱草上，菱花孤零零的，不知弯着腰在做什么。这样专一，青驴咻咻的差不多已经到了她的背后，她依然低着头，看着地上的野花。这是一丛粉钟儿，它们的淡红小花开得遍地皆是，仿佛家里小架上缠来缠去的牵牛花。她的左手连梗握了几朵，已经奄奄不堪了。她的脸上零零落落地挂着几颗银珠似的泪，这在她让驴惊得跳起的时候，他们才看出的。

“菱花！做什么，你一个人？”刘家的儿媳从驴上往下看着，向这孤独的小姑娘笑问道，“你娘呢？我知道，一定是她打你了。”

“不是娘，是他们——我不认识那些人！”

“那你娘呢？”

“我不清楚娘什么时候出去的。早晨他们把她抬回来,用这样长的一块木板。”于是菱花伸开一双握满粉钟儿的手,来比方它的样子,一边继续道:“还有被裹着;娘许是在外跌了一跤——去年她跌过,还流着血。但是他们不让我上前看她;他们打我——”

“所以你一个人跑到这里。”刘家的儿媳回头奇怪地看着自己的丈夫,似乎在征求他对这事情的看法。窅然深思着,他只摇了摇头。“菱花,那么你娘只是轻轻跌了——”

“不,她死了!”

这个枯涩的沉浊的声音,是旁边一个生人发出的。他早已站在这里,像倏然而临的幽灵。他们根本就没有觉察到,并且他的邃静的苍白面孔,正和山魈之类的相似。听到这句话,驴上的少妇若非她的丈夫在旁搀住,会惊得摔下来。她不久清醒了,凝神向生人痴痴地看着,于是蓦然哭起来,拍着小驴,直向山下奔去。丈夫落在后尘,追着喊道:“小心呀!——她怎么死的——小心呀!”

菱花莫名其妙,翻着小眼睛向身旁的人问道:“萧先生,什么叫作死?”

我们的学生在山里已经绕行许久了。他的心不能安宁,每走一步,便好像踏在棉花上。她死了!这真是事实吗?在松林里——活似自己把她勒死的!如果他在城里,不忽而生出这种狂念头,跑到西山来避暑,不知要免去多少的烦恼。他在屋内徘徊着,觉得自己一无所有;在窗外是绿的菜畦、矮的石垣、青的松林和郁郁的云峦。这些有美的意味在里边吗?这些能解救人生的苦痛吗?他走出小园,遇见些不相干的男女向坡上奔着,他们的脸上显出好奇和怜悯。如今他孤独地徨栖着,失去了一切。

他坐在远迎松林的一块青石上，无思想、无情感，阒然茫然，望见一只鸟从碧空飞落林里，不久又飞出来，自然界依旧恬静着。于是渺无所觉地这样消磨了一点钟。他站起身沿着山径，从赵家后墙外，绕向这条小道来。在那墙里，传出嘈杂的喧声，这太显然了，没有一个是为她而悲悼的。眼神四散，漫无目的，他向山腹缓缓走着，人世的烦嚣他忍受不了。但是骑驴的少妇一腔同情的热泪，将他空虚的心又给充实了。世间不只是他一个人在这里为她的不幸哀恸。还有菱花——在这三个妇人之中，她是最可怜的，没有人来过问她，被抛掉、被忘掉，而且生命在她前面还有极长的路要走……

"菱花，我告诉你，"他握住她的小手，她手里的花早软软地垂下来，"你娘不能再和你见面了，因为她死——你望见那边的坟吗？她不久也要埋在土里。不要哭，菱花；您不欢喜我吗？跟我到城里去，那里有书，那里有画，那里有学校，那里有你未曾见过的奇奇怪怪的东西。在这里没有人肯再照管你，菱花，他们打你，不是吗？我可以把你暂时寄在我姑母家里，她为人顶和气，顶爱小孩子。不要想你娘，菱花，想我！明白吗？"

她哭着，愿意再见娘一面——只一面！于是我们的学生坐在路侧的石上，抚着她的浓发，和死者生时一样，用绸绢给她揩着泪眼。一块悬崖突出在他们的头上，遮住炙阳，将他们掩在清荫中。从山头吹下一阵午风。那几朵野花从菱花手里落在地上，不再惹起她的注意。

（选自小说集《西山之云》，北新书局1928年3月）

一个兵和他的老婆①

第一章　他说他怎样认识他的老婆

兄弟，我的为人怎样，你知道的。我只晓得有一件事干一件事，不会外想到第二件。你们叫我傻子；你们也爱我这样。你还记得我们跟曹大人打云南吗？那时我们打了个败仗。照我们那样的军纪，兄弟，不败要算天不睁眼。我们从前线上退回来，狼狈到了家，趁势放火打劫；我们快活到了极点，百姓遭殃到了极点。我们这一营离开全师，住在湖北河南交界的一个小镇市，叫作刘店。镇上家家户户关了门，不关门的是穷汉。营长办公处和大半弟兄占满了那唯一的小店，只有几小棚分扎在民家，我们是一个。在这儿我们等着省里的命令。

那时大家都是足吃足喝，不知道王法，成天给营部惹事。镇里

---

① 小说第1章载1927年12月《清华文艺》第5期；小说前4章载1928年7月《北京文学》第2期；1929年6月收入同名小说集，岐山书店出版。——《李健吾文集》编者

富家的小姐和年轻媳妇，早都藏了一个干净，女人的影子只有几个穷老婆儿。这扫了大家的兴。你那时顶年小，什么都要由你起头，可恶极了。可那一排人，我就是爱你，兄弟；然而我真怕你，兄弟。你不懂得军法，任性胡闹，简直不分轻重；为你我常担忧，总有一天你要吃亏的。

我们借住的那家民房，在全镇最西头儿，偏僻得很，清静得很，这我十分合意，免得在热闹地方你们瞎来。我是老实人。我真看不下你们平日的样子，所以搬来以后头一件事，便是不准你们喝酒，向东家发凶。他姓陈吧，人是上好的，县里有买卖，镇上有房产，田里有水浇地；他把老婆同女儿早就送回舅家，这办得真够我称好的，虽然这大叫你们没趣。他留一个伙计伺候我们，他自己陪你们在一个土炕上睡。我独自歇在上房，从这儿有一个小门通到后面菜园。他们房舍倒不少，搁家具的、存粮食的、马房……

你们日子过得闷闷的，好歹都不成，尤其你的火苗子按捺不下。我只装没有看见。

好哪，有一天黄昏，我独自用完了饭，在房东的菜园里头闲溜达。我觉得无聊，这种规规矩矩的生活连我也腻烦了，干一点儿什么消遣好哪？没有事。唱戏我不会；《三国演义》我没有瘾；掷骰子我讨厌；我是个一无所能的闲光棍。我坐在菜畦旁的石凳上，看着西面天上一颗顶亮的星星已经出来，慢慢一个一个都跟着散了出来，仿佛头一个是老大哥，领头的。月亮在云里露了雪白的脸，像它们的妈。四下安静极了。一忽儿有狗乱汪汪，接着像让人喝住了的声音。一忽儿在树影里闪出亮灯儿，说不清往哪儿去了，这时我心里不禁难过起来，想到了从前，在这世上没有两个人爱我的，妈爱我，可惜我刚十四岁她便死了，东飘西荡，如今做了兵，升了排长，年纪慢慢大了，将来生死还没有准头。哪怕有人恨我也好，究竟还显得自己值点儿什么，不至于像山坳里一根孤草，就连风也吹不着。我流下泪来，觉得自己脑子有些缭乱；我站起来，在小道上来回地走。忽然我听见了什么声音。

兄弟，我当时细细一听，的确有一种哭的声音，哀哀的和鬼嚎一样，一点一点传上我的耳朵。我凝神立住，并且有些害怕，不清楚为什么。这不是狗的怪声怪气的叫唤，这不是房上野猫走夜的可憎的叫唤；这是小孩的哭声。这尖嗓子慢慢弱下去了，让我越发听不清，想有什么堵住了那张开的嘴。不过我总可以听出这是呼救的，而且它从西南犄角来的。那儿是东家的马房；马早已让他藏到远处亲戚家，谁在那儿？我悄悄地向那儿走，发急，不住地奇怪。

马房离我们安歇的院落，还有二百来步，很得走一会儿工夫；我的脚步虽是落得轻轻的，走得却格外快。眼看我就要到马房的后墙；墙上离地三尺高，有一个拳大的窟窿，可以望到里面。灯光从这儿闪出一星星，很不容易让人觉出来。我诧异谁敢在我们军队附近行凶，这一定是杀人的案子。那种哭法叫人不由得不这样想。我放倒身子，趴在窟窿口往里望，里面的光暗得跟没有一样，显不出什么动静。我只能瞅见一排马槽，干草扔得满地散着；再往外伸出半堵低墙挡住了我的眼睛。我有些发恼。随后我将耳朵放在窟窿口，听清有三个男人的低粗嗓音；我再仔细一听，从那嘈杂中，慢慢辨出你的腔调。我心里说不出的难受，你们又在偷偷摸摸地胡闹，丢面子，坏营部的名声。无怪乎吃饭时候我不见你们。

我转身到马房前边，停了步，进去也好，不进去也好，倒让我两难了。我不知道你们干什么,不过猜起来总不会是好事。我实在不愿意当面扫了你们的兴头,明天都不好回话;我决定不闻不问,免得自寻苦恼。正在我迟疑要转身的当儿,便听见你狂笑的声音,在静静的夜里非常刺耳;我忍不住重重地咳嗽了一声。你们静下去了,一会儿吵起来,像是疑神见鬼,却还不出来。我气起来,分外大声地咳嗽着。这一群不知好歹的东西!你晓得我怎样爱你。

果然立刻里头又静了,我从腰下掏出手枪,看你们谁敢反抗。你们从里头跑到马房门口,伸出头向外探望。我哼了一声,你们彼此望了一眼,开口不得,垂头丧气得一溜烟儿跑掉,停也不停。我用手招你们回来,要问个明白,你们早已没有影子。后来我才想出你们见我手里拿住家伙,怕来拼命。

不过这一跑倒把我弄糊涂了,马房里头究竟是怎么一回子事哪?这尖细的哭的声音,我一阵子没有听见了。我怕弄错了事情。我举起六轮子,一步一步往马房里走,从这门道转过另外一堵不到人肩的矮墙,才是你们捣鬼的地方;就在这座墙头儿上,放着一盏半明不灭的洋灯。在墙尽头要拐弯的地方,我听见极细微的人的喘息。这定然是一个小孩子,白天不清楚怎么开罪了你们;他的小胆一定吓破了,要不然怎么不乘这个当儿逃走哪?可怜的孩子!我刚转过墙,呀,我的天!

呀,我的天!在我眼前那根柱子上捆着的,嘴里塞着破布的,是一个女孩子啊!她浑身一丝不挂,让皮带绑在靠里头短墙前的高柱子上,这儿原来是拴马的,头发披在两肩上,散下遮住她整个身子,头垂着,像噎了气的死人。我吓得靠在身后的墙上,移动不的:这是我头一回看见女人,光了身子的女人,在这么破烂空房和阴暗的夜里头。我的眼睛想避开她,不成,只在她身上转着,忘记自己在哪儿,在做什么。她的奶头肥得真美,肉同雪一样,头发像老鸹一样,不像地上的人。我不清楚自己该干什么。不过我终于瞥到了那捆得紧的带子,从胸口到下面,连手到脚。我定过神,跑上去从后面替她解开了它的扣头,手哆嗦得要命,心不知道在腔不在腔,我用手顶住她的前胸,怕她骤然倒下去;换过手来,从她垂下的头,我取出她口里的破布。我回身退下军氅,在我一手扶她,一手往地上铺它的时候,她的软软的面条儿身子,扑向我的怀里。

我放她在地上我的外套上面,蹲下闻了闻她鼻子还有热气,心舒展了许多。我是一个粗人。你要看见我在那儿救她的模样,不发笑才怪哪。那时我自己差不多也晕了,这比杀人还难,瞅着光身子的晕了的女人。我走到门外呼了几口气,想多叫一些帮手。继而一思索,这反更不妙;头一桩,这事张扬出去,传到上官耳朵,对我更没有光彩,再说,它越隐秘越好,对那姑娘自然更得这样。我那时简直忘掉你们这几个混蛋。打好了主意,我重新回到她躺的地方:她的气出入得也平也匀了,嘴里发着像哽咽像咳嗽的声音。我不敢细瞅她,转向马槽旁边,等她活过来;在马槽下面的乱草上,我发现了一堆的女人的衣服。我拾起它们,在黄黄的灯亮里头,我辨出它们的颜色、材料和样式。这不像穷家女儿的。我走回她的身边。

她苏醒过来,在我脚下呜咽着,缩成一团,上曲住两条玉佛的细腿。我把衣服丢在她身上,不记得是否说过一句:"快穿上!"她举起头来,不哭了,翻开那样大的亮的眼睛,隔着泪水同散发,像两颗闪灼不定的猫眼睛,望定她身旁的军官。我觉得害起臊来,赶紧往外躲开，留她独自在后面穿衣裤。隔住墙我听见里头窸窸窣窣的响声，一忽儿抽噎着，一忽儿停着，这样静待了许久。这时候夜里该打几更，我也不清楚。我在想着，对着门外的黑夜，活像我对着一张白纸，想着。一种奇怪的念头攒在我心上。天下没有比我傻的。我想跑过去，跪在她面前，说我爱她，求她给我快活。我的脚同钉子一样；我的心同点着的烧酒一样。

慢慢我从这种胡思乱想清醒过来，觉得有一团黑影要从我的眼前飞过去；我伸出手，原来抓住了她的衣襟；她打算从我手里挣扎，往外逃。我真不高兴，为什么她要怕我哪？我救了她，保全了她的贞洁；然而她不谢我，还要从我身旁战战兢兢地偷跑。狐狸见了狼是这样；女人是这样。不，她站住了，在我的胸前定定地站住了，死死地瞅着我。

"老爷，你要我做什么？"

我说不出话，低下头来。

"老爷，你不放我吗？"

"我放你。"我的手松了她的胳膊，极文明地答道："放心，在我手里，没有人敢来欺负你。我是排长；我是君子人。他们一群混蛋让我轰跑了，明天我得好好惩办他们一顿，解你的恨。但是我不放心，在这样深的夜里，镇上只有队里守夜的弟兄们。你逃开这儿，逃不过那儿。告诉我，你家在哪儿？"

"谢谢，"她在门前收住步，往黑夜里望着，"谢谢。如今我不害怕了。"

"为什么？刚才——"

"刚才我怕，不过如今有你老爷——你是好人！"

我是好人。自然,我永久都是好人,至少对我老婆总是好人。她后来做了我的老婆。那时我让她等一等,自己到屋里拾起军褂,掸去土。如果她不趁这机会溜走,一定是绝顶的傻子;然而她是傻子。我把军氅披在她的身上,告诉她这可以免得守夜的弟兄们的查问;在洋灯旁边还留下一顶军帽,我拿起盖在她的头上。于是吹熄了灯,我随在她身后往外走着,彼此一句话也没有,谁都听得见谁的心跳。

围着马房前面的墙,有一垛塌下来,我们便从这儿走出去。她的脚步落得很不稳,要倒的样子。我低声吩咐她不要胆怯;她摇了摇头,那顶军帽从她蓬松的头发掉到地上。我捡起它来,趋前为她戴上,趁机擒住她的胳膊,不放回去。她靠在我的肩上,带我向大街走。我如今成了她的护卫。在一个小巷口,经了一位弟兄的盘问,我们进去了。于是又转了几个小弯,我这时分不清东西南北,只晓得快到她的家了。她忽然在一家门前立住,向我幽噎道:

“假如他认出了我装的哪,那守夜的?”

我请她摸一摸我肋下的手枪。她求我把这个赏她一看,因为她从来没有见过。我,说实话,没有勇气拒绝她这种要求,不过我却起了疑心,她求我的声音像打定了什么主意的样子,又哀婉,又坚决,并且亲自动手从我腰带上往外拔它。我哆嗦了。我问她干什么,她不作声,和盘在空里的鹰一样来叼抢它。我按住她一双竭了力的小手。她低下头用牙咬我的手背。这却出了我的意外,并且她那样用力发狠,手背上的皮疼着,破开,流出血来。我说不要糊涂,人命不是儿戏的,并且这有什么用哪?她扑在我怀里哭了,说她不敢进家门。她不在外头死,进家也得死,因为她做姑娘的身子让生人看见了。我劝她想开些，看见身子同失掉身子完全是两件事情，回家把苦诉给爹娘，老人们总该体恤的，要不然我陪她进家，给爹娘做证人，老人们非特不责备，恐怕还要疼惜一个不了。

“疼我？妈也许；不过妈是爹的人。家里没有谁疼我；从前有姆，可惜死了。而且，老爷，后天我就要出嫁。”

“小姐，那你更该回去。”我吃惊着，“他们丢了你一定万分着急。”

“噢，别逼我回去！让我死吧！让我死吧！别让我嫁给那样的人家！我恨他们！那不是我的意思！让我死吧！”

我现在没有法子再劝了，并且，你爱的人在你胸前绝望地嚎啕着、哀告着，铁石心肠真是也得软化。但是我自己又没有地方送她过夜，为难之极。我问她有什么近处可以投奔。她摇着头，呜咽着。我问这儿是不是她家，她哭得更厉害。不管三七二十一，我拉着她的左胳膊，就往石阶上扯。她抗拒着，缩住步，随后发出一声极长的叹息，向我表示顺服道：

“老爷，你——为什么——要——救我，那时我死了，也比后天活着死强——老爷！”

我立刻觉出自己做得太过火，女人的委屈，男人不容易体贴出的。为什么我要逼她嫁那她不认识不爱的人？这和让人强奸死有什么分别？而且我真恨这两扇门，和棺材盖似的，纹丝儿不动，里头静静的，仿佛丢了姑娘和死了猫狗一样。我不倔强了，晕头晕脑地向她要主意。她轻轻地扑哧笑了。笑什么？她说她忍不住，因为我的傻，因为她晓得我要屈服的。我们臂靠臂，向前缓缓走去，又转了一条小巷。我们都不清楚往哪儿走，走到哪儿为止。我觉得我又年轻了，和在妈跟前一样。我搀着老人家跌跌打打，往爹的坟头去。一样的夜晚,不过如今我身旁换了一个年轻的女孩儿,带着和我一样的年轻的心。她问我为什么掉眼泪。

“小姐,在你身边,我不由得想到我的母亲。”

“停住!我也正在想——你还是送我回家去吧。噢,妈妈!不过——不过——好,走吧!”

“回去?”

“不。”她横下心,决然道,“随你走到哪儿,只不要回去。”

我们漫无准头地瞎撞着,直到出了镇店,往东北一高一低地走去。地里分不出什么绿的谷子,只是黑幽幽的一片,夹着我们摇来摆去,让人感到一种惊怕的意思。她紧紧贴住我,戴着军帽,扣紧军氅,喘出来的气全喷在我的脸上。夜很深沉了;月亮让云掩住,剩下那颗大的星星还在天边闪眼。我们都觉得冷;她直打冷战。风迎面吹来;我用手按住她头上的军帽。离镇店这时约莫有五六里的光景吧,在一个背风的土冈后头,我和她面对面,各坐在一块石头上。各自想各自的心事。她的头慢慢坠在胸口,帽子跌在地上,滚到我的脚前。她不动。

“你困吗?”

她猛然抬起头向我笑了笑,望我捡起的军帽道:“它又掉了,我奇怪你怎么会戴得那样牢实,啊,你是男人!”待了一会儿,她才答我的问话:“我不。我在想——我有一点儿冷。”

我没有法子制住她冷,所以只问她道:“想什么?”

“我冷,我冷。”她咕噜着,“你晓得我姓什么吗?不?我叫章玉姐。你呢?”

“王有德——玉姐,我问你,以后你打算怎样哪?”

“有德，你打算怎么办？”

“我如今在队伍上，这儿又举目无亲，你一个姑娘家，我实在不晓得把你安顿到哪儿。”

“唉。”她深深地叹着气，然后柔声道：“我问你，除了那三个人，真再没有谁看见我——我的吗？你该明白我的意思。”

我说完我救她的情形，随后颤声道：“只有我——而且我的玉姐，你肯嫁我吗？”她不作声。“我是一个光棍，除去家乡有几亩地，什么家私也没有，那还远在洛阳。你要真跟我的话，咱们先在这儿不远落了店，草草成一个亲，以后兵事一闲，我便带你回老家，种田过日子，白头到老。你要另有主意的话，那我——我——”

“你怎样？”

“我弄死你！”

“我弄死你。”她站起来，“好吧，请你弄死我！”她走到我坐的石头前，把头斜给我；忽然要倒的样子，她在我胸前道：“我冷！我冷！我冷！”于是我明白她的意思了。和接那颗大的亮的星星一样的，我伸出了胳膊，也就和那颗大的亮的星星一样，她飞入了我的怀抱。那一夜我们就这样在地里盹坐到天亮。

第二章　他说他怎样安顿他的老婆

这不是梦。她真睡在我的怀里，和她儿子如今睡在我的怀里一样。我不能说那一夜是怎样过去的；我的眼睛闭不上，事情前前后后在我心里头上了来，又下了去。慢慢从朦朦的天地交头划出一条白线，变成淡红的，映得东边蓝天都透了亮。天快亮了，我也拿定下主意，这你可以看出来，她什么事都不懂，孤零零得和我一样,在这世上无亲无故,家也等于没有,还不如我,走到哪儿都有得怕。她是又想造反,又没有见过世面,见了我就把她什么一股脑儿都交给我。幸而——谢天谢地——我不是坏人,要不然,这和打仗冲锋差不多,是生是死真难说。不过这总比不死不活强,不是吗?咱们是人,有血气。这你也可以看出来,她跟了我,并不是她的好运气,这是我的好运气;你可以说我狗运亨通。这比丢骰子还没有把握。

她醒了,睁开眼向我诧异地盯着,立刻诧异去了,显出笑的意思,轻轻来了一声:“噢。”她跳脱了枕着我的胳膊,对面站住,向后扒拢搅散的头发。我头向上地望着她——她的脸上透着歇过来的神气,让那半个大太阳照得活像一朵嫩花瓣。

我告诉她我想的主意。第一就是先得找一个店住。我们都不清楚远近哪儿才有,真别扭死!我从石头上站起,爬到身后的土疙瘩上向四面望。我的浑身都在太阳里头,美和极了。但是还有使我更高兴的;我狂叫了起来:“嗬,家伙!什么?转过这儿,往南不远就是一个小村子。昨儿晚晌我们都没有瞅见!妈的,离这儿不到几百步!”

我连跑带蹦地滚到她身边,两个人都发傻地笑着。妈的!早知不在这儿露天冻一夜。我拉她往外走,转过土犄角就是一条大路。勉强走了两步,她忽然停住皱起眉头道:“等一等!”她脱下那件还穿在她身上的军大衣,连帽子裹在一块,夹在胳膊底下。我夸她真细心,催她快撩脚,她不走。她的小脸蛋儿都涨紫了,蹲下腰一语不发,我问她怎么了,她倒索兴一屁股坐在路旁草上。

“我走不动!”

“好好的，怎么会走不动？”

“哟！我的脚真疼呀！”她向自己唧哝着，伸手捏住一双小脚，眼泪也掉下来。

男人不知道，也不会体谅出女孩儿的苦楚，她跑了一半宵，当时觉不出身子好歹，这一睡可就把她什么勇劲儿也睡掉了，只剩下心疼肉颤。她的脚是缠的，夜里黑地我没有留神，瞎拉着她走，这时心里真过不去。可是现在怎么也得走。她让我先去看店房，回头再来这儿迎她。我摇一摇头，这不妥当；在这种时光，无论上天下地，两口儿也得手搀手地走。她看出我为难的意思，冲两只脚叹息了一声，硬扎着，一只手拄在地上，挣起半身，扑通又坐下去了。

“你先看店房去吧，好人！你怕我扔开你吗？——不？你怕我独自去寻死？——放心，我不骗你！有德，我等你，你回来时候，我还在这儿等着不动。你看我在我四围画一个圆圈儿，你要不来，我便一世不走出它。可怜我！我实在脚疼。这是我头遭走了这多的路——哦，天呀！悔不该——”她低下头抱住脚抽搭起来。我正要坐下安慰这可怜的孩子，她猛地抬头瞅我道：“你干吗不信我？我身子都给了你。你还要什么？”

我想不到这件小事，让她生那么大的气，奶奶的！我有了姑娘，我一辈子不许她缠脚。

嘱咐她两句话后，我拔开脚就向前面镇店跑。后来我打听出那儿叫作下马桩，离刘店已经二十里远近。清晨上地的庄稼汉扛着犁头，看见我这样一个大兵进了那座活赛土地爷的小低门楼，都吓得睁开了睡蒙眬的眼，揩了来，又揩了去，简直不信他们出了梦。我走了半村子，没有瞅见半爿子店，想就近问一问两旁过路的，那猴儿头样子，见我向他们一动步，便散了个干净。在一家门前砖台阶上，坐着一位穷老婆儿，手里端着簸箕，一上一下扬麸子。我走到她跟前，低声下气，问她本地有没有客店。她慢慢抬起头来，只见哆嗦了一下，连米带簸箕一起翻在地上，急忙站起向门里缩。我揪住她的大袖子；我请她不要穷怕。

“大爷我没有钱。”

“老太太，我问你这儿有店没有？”

她喘过一口气，倚在门扇上打量了我一眼。揣我没有恶意，于是弯下腰，用手扫砖地上的麸子，埋怨道：“可惜都掺上土了！我的谷子！我的好谷子！你问店吗？前面过去那不是？啊，我的谷子——好谷子！”

“对不起，我回头赔你。”我撒开她的大袖子，睐了她一眼，这让她跑进门里，谷也不敢拾了。

我的脚步刚落到眼前那座小茅草店，立刻从厢房发出一个哑嗓子，细得和老鼠一样，问进来的是谁。我这时心里急得要死，单怕我那位玉姐在那儿出了错儿；并且我真疑惑，故意留在后头，她不为寻死，就为逃开我这夯头，我后悔自己太信了她！所以我一跳进店里，便生龙活虎地喝道：“快！店东家！有人吗？有轿子吗？”

“哎呀！我的妈！”一个人影儿从屋里揭开门帘，喊了一声，把头又缩进去了。

我问他是不是店主人，静得连个屁也不响。

我耐着心烦等他出来。

还不见影儿。

“你出来呀，难道你前生注定这时做哑巴？”我说着气起来，一步踏进他的屋子,从桌子底下把他好歹不顾死活地提溜出来。他吓得简直不成个人模样,哆嗦成了一把粉团子。我先弯腰在他耳边讲明自己是打尖儿的,加以我的神气稍微平和了一些,不等听完,他立时明白我不是打劫的,陡得把腰展直,好家伙,这丈三的大金刚!他用鸡叫的嗓子,拱着手说他弄错了。我撇过这个,吩咐他赶紧弄顶轿子,到村头去接一位走不动的太太。

“轿子?轿子?”他搔着头问,“我的爷,这里哪儿来的那神气东西呀?不敢问,她老人家离这儿远吗?”

现在我说不出的松了劲儿。他大约以为她老得头发白到了根呢!我告诉他那位年轻太太虽然就在村子外,目下却走不动。

“那!大爷,这才几步路,你同我搀着她不也就行了吗?”

你瞅!我自己不用说搀着她,背着她不也就行了吗?何至于如今提心吊胆,总觉得再见不上她的一面哪?于是我出了店,同他前前后后向村外跑着——因为我再也不愿拖延时候,怕那儿出了什么意外。

我一转过土坡,可放了心!她安安稳稳地坐在她画的圈子里头,向我带笑地问店房找到了没有。我喘不过气,只用手指着身后的店东家。他起初大大地害了臊,不好意思再往前蹭,随后他一步走上来,要和我一齐扶起她来。

她从地上跳起来,靠着我的胳膊,急向店主人道:“不!不!我现在可以走了,不劳你搀我!先生,你先回店里给我们收拾一间静一点的屋子,好不好?”

他细声细气地应了一声,脸上显着多少不自在,笨手笨脚在前头小跑着。

她倚着我,问我寻店的情形。我一五一十说给她听,引得她笑起来,然后我说我把她掉到后头,怎样怎样地不放心,扯住店东狂跑起来。她追问我不放心什么。我怕把话讲得大意惹怒了她,便回道没有什么要紧。她鼻子哼了一下,又用手重重捏了我胳膊一下。我正在惭愧自己,便听她低声道:“你看我有什么改变吗?”

我觉不出什么改变。

“你看我这个髻子挽得好看吗?这是我头一回——从前我总梳着辫子——记住回头给我买几把通头的篦子、梳子。这样人们就不疑惑我——会信我是你的太太——呀!多不好听!”

兄弟,我这样细模细样讲下去,你一定会觉得厌烦。但是兄弟啊,人对从前触心的事,要不是老糊涂了,它们在心上眼中总是活灵活现着啊!

我们住的那间屋子就在店里偏西的一个小院里头,这真不能说不清静,这般小的毛村子,这般小的野店,平日也不过为来往行客歇一歇脚,饮一饮马,喝一盅清茶,煮两个鸡蛋罢了,店房自然从来都是空着,何况我们单住在一个只有三间向南的偏院!店东待我们殷勤到了家,绝口不露一丝猜疑的意思。村里也没有半个鬼影来管闲事。洗脸罢了,我让东家先弄些饭来吃,然后我问他这儿能不能出赁几条被褥。

“什么!被褥?我这小店从来不备那些玩意——不敢问,老爷的行李不随后就来吗!”

“是——是——随后就来。”你可以猜出我那时狐狸怕露尾巴的那份难受。“不过你先弄一个半个的,让我们先躺下歇一歇,这一道真不是味儿。”

好容易不知他从哪儿弄来一床霉褥子。我躺在炕上想养一养神，不知怎么就呼噜睡着了。醒来已经快到午时，玉姐坐在我的身旁，挥手替我赶着苍蝇，眼睛却定定地望住那扇合上的门。她轻轻地出了一口气，又像叹息，又像咳嗽。我握住她替我轰苍蝇的手。她吓了一跳，随即回头向我微微地笑着。

“你真睡得稳，我一个人坐在屋里直害怕，空空的，听着外面老鸹不住地叫唤，又不愿喊醒你，如今好了。”

“怕什么?”

“什么也可怕；我想着什么也可怕，我不过是个女孩子，没有见过世面，藏在家做一辈子人也还罢了，忽然发了狂，这样跟你飘来荡去，将来究竟算怎样一回结局呀？噢，我并不是说不跟你！我要跟你一辈子，只要你不负心；就让你负了心，我的心也要跟你一辈子。不过你看，如今为你——自然先是为我——我把家也扔掉了，来同你藏头露尾过些苦日子，这个自然我高兴。不过你看，你不能整天和我在一处，地方生疏，离我爹也不算远，说不定——哦！妈呀！妈呀!”

她搂住我的脖子，低低地哭起来，泪全洒在我的领子里头。这一阵儿过了，她忽然撒开手，离我远些，指着窗户让我看。

我从炕上跳下来，一面向门走，一面问外头是谁。我推开门往外一望，真是半夜鬼敲门，什么也没有。

“奇怪，我明明听见脚步的声音!”她心里虚极了。等我在她身旁椅子上坐好，她仍旧接着道:“我单怕有人来把我同你分开，让我再受罪去死，不过你看，不久你还得到队上去，什么时候回来还说不定，我独自在这儿没有排遣，那才真难处。我一个年轻媳妇，跟着一个大兵来歇店，人人不是瞎子都要起疑心的，而且我怕这儿有人认识我，到过我家里，那便更不好办。而且我爹在这一乡有名有势，丢了女儿，这风声远远近近怕都要传到。唉，有德，我不是故意说气话来扫你的兴，这是真的！不过要是我真做了你的太太，有德，这不是一个怪名儿吗？”

“自然你是我的太太，那还用着说！”

“啊，不是那么讲！要是我真是你的太太，那自然我胆子也壮了许多，也敢抬起头来正眼不输人。啊，真的！在你我还没有拜天地以前，我真不敢说要做你的太太。”

“这！孩子，来，咱们马上就来对天磕头！这儿我无亲无故，便是打遍天下我也还是一条单身汉。只要对得起天地良心，你我就对天九叩首，彼此拜三拜，以了终身大事。”

她不作声，静静地听我着急发誓，忽然慢悠悠地问我这一生顶爱谁。我告诉她我在这世上心里从前只有谁。

“有德，你去买一张大红纸，写上你我顶爱的人的牌位，我们就来对他们叩头，求他们在阴间保佑我们一生。好不好？”

“好！我现在就去！”

我刚走到门口，就听见唧唧哝哝议论的声音。原来店门外顺墙摆有两三张茶桌，围着一张茶桌坐着立着四五个人，争争吵吵不知攒下头来咬什么耳朵。里头有两个老家伙，一个是指我店的老婆子，还有一个二十岁上下的小伙计。剩下那位不是别人，正是店东家。他们一见我从里出来，便停住嘴，看着我，好像见了洋鬼子。只有店东晃着水牛身子，笑眯眯地向我走来。我问他这儿有什么地方可以买出纸张和其他杂用的东西。他回说村子东头有一家万保全的小铺,要什么有什么。我谢了谢他,正要转身向东,就见这边桌子前的那位老婆子向我叫道:“老爷,你不是说赔我谷子吗?”

我让她别心急,冤不了她那三把米。

这村子要说人家真算不多,不过零零碎碎分开了,便摊上一大片,倒像有那么一回事的。这时地里人们正拖着家什回来歇晌午,远远见了我,东躲西溜,乜斜眼地张望着。我心里盘算着,信步向前走去。兄弟,你知道我是一个光棍,向来不攒钱,可是我素性节俭老实,就算和兄弟们花上百儿八十,手头也还存一些。我身上这时一总还有十块老袁头、七毛小角子、三十几个铜。这很不错了。不过这拿来供两个人花销,这样长年下去,究竟不算办法。然而一时我还想不出弄钱的手艺,只好过一天看一天吧。

到了村子东头,果然有一家半间门面的杂货铺,我进去东拉西挑七凑合,买了一大堆零使必用的东西,多半是女人用的,自然引起铺里老板娘不少的疑惑。现在我只剩下九块老袁头、八毛小角子、几十个铜子。

我赶回店门前,只见那位年轻伙计一个人坐在板凳上,颠头颠脑地向我这面张望;初一见我,倒把他愣住了,眼睛盯着我手里一大包东西。我刚走进店,忽然他想起什么,像疯狗似的叫着,跳起冲过我就往里跑,把我买的零碎全碰得跌在地上。我伸手把他像提小鸡似的揪回来,指地上七零八散的东西给他看。你猜他说什么。狗肏的,我恨不得一脚把他踢死!

“对不起,老爷,快放手,我要给他们报信去,他们都——在——在——西院子。”

他们在我女人的屋子?干吗?我不管地上的东西,三腿两步就冲进了西院月墙，这时就听见屋里乱哄哄你劝我吓的声音，还夹着喊救的声音。我跳进院子，就见三个老家伙，还有店主，围住在炕上坐的女人，吵个不休。她见我进来，立即推开那老婆子，扑到我怀里，哭哭啼啼，数落他们怎么我走了不久，就来逼住盘问她的底细，叫她吐实话。我让她不要怕，把她搁在椅子上，自己从皮带上的盒子里掏出家伙，一闪眼摆在桌面上。那四块骨头正要溜出去，回头一瞥我的神气和那送死的宝贝，腿全酸了，呆呆地软在门两旁。我骂道：

“妈的，你们算什么东西，也来管老子的事，先摸稳了你们的脑袋长在哪儿！这是我明媒正娶的老婆，妈的也要你们来过问！咱们行军人，走到哪儿不带太太，难道他妈的违法不成？违法也违不到你们鳖羔子手上去，白瞅你们活了五六十岁，怎么那么不懂人情世故？

“告诉你们实话吧，妈的这（我指着椅子上坐的女人，她已经不哭了，眼睛睃着我，又是佩服，又是羡慕）就是让我抢的人家小姐也不碍你们的腿事！就算咱抢的，不过被抢的主儿却又甘心做咱压寨夫人，你们瞧着办吧！说个不含糊，我是从刘店来的，叫作行不改名坐不更姓的排长王有德。我老婆不远千里来投我，那边一时没有妥当房舍，又扎满了弟兄们，所以我一清早送她到这儿店上暂住，妈的，请问这就违了它哪一宗子法？

“杂种不说你们少见多怪，倒寻到我的头上来，不说见了外乡人帮个忙儿，倒疑上我的没有见识的小老婆，难道你们都老僵了心肝？好，进这屋子容易，出这屋子难，她一个年轻的女人在这儿，试问你们进来逼她什么？讲！请讲！

“要是讲不出一个明白，那可别怪——”

我从桌上呼地端起枪来，呀，我的兄弟，他们都跪在我女人面前，求她说一句好话。这一群老糊涂虫！自然她代他们讨了饶，他们也发誓不再瞎闹，于是这场风云我就款款地收了劲儿。我从皮包摸出一块钱，交给店东弄些大肉大菜，明天一早来用，因为我要请他们都来大吃一顿，贺一贺我们夫妻重聚。店东立刻心花都开了，急忙应了一声“是”。那三个老古董，满脸的皱纹一松一紧，顺嘴说着不敢打搅。

他们起身要出去的时候，那老太婆又扭过身向我道：“排长老爷，那谷子——”我把那十几个铜子全给了她，塞住她的吝嘴。

送他们走以后，我刚转到屋里，玉姐从门旁闪出来，一句话不说，抱住了我亲了个嘴。这时候听见外面一个人敲着窗户哆嗦嗦地问道：“先生在吗？”我问：“什么。”“先生，那些东西——我都捡起来了。”我走出去谢了谢那小伙计，请他明早也来吃饭，然后捧住我买的那些东西，一件一件请我女人过眼。她却隔着窗户叫那小伙计回来，我奇怪她要做什么。她吩咐他去借一份笔砚、香炉这类东西。

我把那张大红纸裁成三尺宽一尺长的两个帖子。等笔墨来了，我便问她顶爱的是谁，该怎么写。奇怪！这一下把她脸弄红了，赛过桌上那红纸条子，半天说不出一个所以然，后来她说她也能写字，让各自写各自的。我写的是：“王门赵氏先母之灵。”她的是：“章小阿之灵。”我问“小阿”是她什么亲辈。她说目下不用管，随后慢慢自然我都知道。

这两个牌位我们用糨子贴在近桌面的墙上。

第三章　他说他怎样拜谒他的岳父

那天下午我便独自回到刘店，怕你们大家见我不在乱起来。兄弟，我记得我回来让你们吃了一惊，尤其你们夜里犯事的三位；大家围着问我做什么去了，直到现在才回来。我向大家撒谎，说我在营部里耽搁下，鬼混了一夜。大家觉得这不稀奇，便散开了，各自干各自的事去，那时只有你们三个还在屋里，一个拄着一条腿靠住桌子，一个拢起手挨在左边的门扇，至于你，便懒懒地斜靠住右边那一扇，都等我说下文。我也想到你们绝不会信我告诉大家的那一套鬼话。我瞅见你们在作鬼弄神挤眼睛，碰膀子；我猜透了你们的心眼儿，你们当我把那女孩子藏在暗处，独自受用了呢！幸亏我平日为人忠厚，你们还不敢往过分的地方想。

“你刚从营部回来，排长？”你头一个开炮了。

“是的，我从店里营部回来。”我老起脸皮，一板三眼地道，“难道你们疑惑老哥不成？不说你们自己干了禽兽的事情，反而往我身上栽桩子，真是相处了几年的好兄弟们！我搅了你们的兴，三位兄弟给我一个大包涵。不过你们违了军法，我该怎么办？弟兄们总该晓得我向来的为人。我劝大家还是少张扬一点好，也免得上头耳朵长，查下来，你我都不便交代。是不是，你说？”我专把你挑出来，你这混蛋！

“那女孩子哪？”另一个弟兄死乞白赖地问。

“那女孩子！是你问吗？我劝你少问为妙！你难道还想她活过来，妈的由你再糟蹋？”我转回头又向你道：“看这家伙！妈的谁没有一个姐姐妹妹？”

“排长话对！”你向他们挤眼睛，“只是排长真刚从店里来吗？”

这一下把我逼住了，对自己也不敢信得太厉害，嘴里只含含糊糊地道："怎么?"

"回排长，你回来半点钟以前，"你立直向我行了个军礼，妈的我真恨不得当时一脚把你踹出窗户去!"营长大人亲自到这儿来问了你一趟，像有话同排长讲。"

"我?"这真毁了!"我? 哈哈，瞅这个笑话! 哈哈，哈哈。真有这种巧事! 哈哈，哈哈。"

"吗?"你们瞪起眼来，心却塌了死地，我得笑扫掉你们的瞎思索。

"吗?"我笑得泪花都溅出来，"我打发了那女孩子，怕你们火气还没有下，便到刘店副官那儿胡闹到现在，我俩都听见营长带着护兵走出了店，妈的谁想到就专为找我? 哈哈，哈哈。"

"哈哈，哈哈。"你们也跌腰笑着。

"哈哈，哈哈，又得累我跑一趟! 哈哈，哈哈。"我一直笑出屋，笑出胡同，笑死你们三个大混蛋。

营长手里折着两张中国银行票子，正往一个大红信封套筒放进去；他喜迷迷地看我在门前行完了军礼，掂着它道："猜这干吗的?"我摇了摇头，回说猜不出。他接着道："我给人送喜份子! 哈哈，怪不怪?"

我答怪，问他送谁。

"你听我细说。"他拿右手二拇指拍着左手心，半庄重半玩笑地道，"这有一个道理。昨天我偶尔听人说，这儿镇上有一家土财主要在明天嫁姑娘，当时我也就没有分神。可巧刘副官今早进省，见师长催关这两个月的饷，这一下子触动了我的灵机：看! 咱为什么不这么一办哪？就是我向这位土财主送上两块钱的喜礼，亲近亲近。你不要以为我是村头，不！我这买卖有赚头儿。既然咱营长肯下就赏他一个大面子，他无论如何也得请咱去吃一盅喜酒呀！反正闲着没有事，总得寻一个事儿来开开胃口才好。不过副官们前前后后都进了省，上了县，这件事又得谨慎些，所以我就想到让你去送礼。”

“可是在乡下两块钱的礼也太重了。”

“排长，一点也不重，我还嫌不过意哪。两块钱换二千，这真是再轻没有了。”

“两块钱换二千！”

“你真是有名的老实！你到他那里看一看风水，可多可少，咱们弟兄这月的饷不就有了着落了吗？”

“营长真高！”我口头捧他天来高，心里贬他到阿鼻地狱，这家伙！我接着道：“这家伙——他姓什么？”

“这帖子上都写明白了，你自己想法办去吧。”我刚转身出了屋，他隔着纸窗叫住我道：“他越装得穷，才越有来头——你带我的两个护兵去吧！”

那红封儿上写着——

送

本　镇

章　万　善　先　生

封　内

助妆喜银二元　名内具

这不是别人,我想正是我女人的爹。谁也猜不出当时我那份儿得意,无巧不巧,便都巧在我手上。我从下马桩回来,唯一的公干就是探听她爹的消息,丢了女儿以后的情形。最让人觉得诧异的,就是这位老先生仿佛哑子吃黄连,毫不见什么动静,真不知道他暗里捣的哪种鬼。天下谁见过这种怪事,失落了女儿不出寻人帖子?他自然猜不出事情会无中生有,意外有了意外,核桃外头还贴着一层绿皮,我会是他的尊婿,一个穷浪荡的大兵!不过我既然披着老虎皮,便装着闲人前去,代他老人家着急着急,露点儿风声,探点儿口气,还不算不合算。如今却真成了天意,要和好我们这一对冤家似的,不知从哪儿刮了一阵仙风,将他嫁姑娘的喜事,像错不错,吹到营长尖耳朵里头,而我们这位营长又——妙绝!而我这位差遣官——妙绝!

不过在这中间,我倒并不想去打抽风,我是老实人。营长的命令我看势能来就办,章老先生和他亲家起了什么纠葛,我能和事,就给他们松一松绳头儿,人家明天娶媳妇,你把人家媳妇在嫁期上来一个窝藏,骗去男家的彩礼,告到官里也够出落的呀。在路上我想着左左右右,为我这位名正言顺的老丈人真是捏着满把汗。说着说着,领路的本镇人就把我们引到昨宵我走过的小巷。我同两位护兵彼兄此弟地说笑着,存心要把人家喜酒喝一个不醉不休,一直来到一家门前的石阶下停住。这正是我女人拼死不入的棺材盖。却怪!门前还是冷冷落落,同坟地一样。

领路的指给我们这家就是那姓章的,然后向我们讨饶道:“老爷,我是在这镇上混事的,诸位老爷在本地面歇马,我应分伺候;不过诸位一高升,我就得扭身来恭维我们地面上的财神。所以我想,诸位现下大概不用小的了,可以放我走吧?”

我问他这家究竟有人没有。

“噫,有人！前不久我还瞅见他亲家带着老老少少、男男女女,奔向这里来哪。诸位敲门吧,准没有错儿。”说完了,他便夹住尾巴,转进别一条巷口。

我们砸门;我们砸门;我们又砸门。

门道里响起了脚步声,隔着门缝有人向外送气道:“谁呀?”

“我们!”

“你们谁呀?”

“我们自己人!”

“什么自己人？你不是小铜娃吗？家伙,好,这里正办不开交哪！你带了多少人来？今天非得栽他章老头一个跟头不可。”

门后那位一面说着,一面就听他移顶门柱,下门闩,砉的一声门开了。他刚要关门,我们紧跟着就跨了进去,吓得他没命地叫了一声。“哎呀！不好!”不等我们来拦,他撒开腿就向后进去了。接着便什么也没有听见,一会儿便哭的叫的、跑的跳的、砸家伙的一起都来到我们的耳朵,一会儿什么声音也没有了,只不见有人出来招待我这位大差遣官。

实在等不耐烦了,瞥见门道旁凹进一间小屋,里头发出吱喳吱喳板子压得直响的声音,有一个护兵就进去了,跟着就听见:“我的妈哟!”随着这还没有噎气的肉麻调儿,主儿的小辫儿揪在护兵手里,从屋里摔荡了出来,跪在我面前,喊:“祖宗饶我狗命,我带你们找主人去!”

我和颜悦色地叫他不要害怕，说我们并非抢犯，是本镇吴师长营下第三营白营长派来走情的差官。我把名片递到他手里，吩咐他拿稳了，禀上章老爷，我特来拜望他。这伙计一听我们是来做客的，又是营盘上的，便体面了许多，高高举起大长片子，跑进去报信。后来我晓得了他叫刘福儿，一个好伙计。

我们在门道又待了半天，好不容易看见一位五十岁的半白胡子的土老头儿，掬手哈腰，一路笑着迎了出来。我讲他笑，其实谁也可以瞅出这笑劲儿是恐慌从腮帮子里挤出来的，可怜的人！他就是章万善。他的小猪辫儿上头挂着一绺索一绺索的蜘蛛网，额头还沾着一分厚的地上的黄金土，小窄长袖儿往上挽起，这时趁着举手下来，他赶紧把它们一左一右地放下来。他客客气气地请我们在前头走，自己跟着，一面叫刘福儿先跑向上厅打帘子。小伙计神气极了，仿佛有点儿故意地向屋里喊道："营里差官王老爷！"

厅里的摆什，后来我才知道，一大半让他懂礼貌的亲家砸毁，一小半在初听我们来的时候，自己给摔了一个干脆。那领路的所说的一帮子男女亲戚，半个影儿我们也没有碰见，不晓得预先钻到哪儿去了。我心中不觉起了三分哀怜我这位坐在下首的老丈人的意思。他还在笑着！

"恭喜，章老先生！"我拱起手，先开了口。

"不敢当，不知大人到舍下有何贵干，未能远迎，恕罪恕罪！"他谦恭地笑着。

"哪里话，老先生太见外了。老先生在这一方急公好义，为民之父，敝军自从驻扎贵镇，便久已闻说大名，真是十分瞻仰。尤其我们营长大人常想偷暇来拜谒，无奈军务在身，为了国家，便不顾得私情,所以老是错过机会。这一次又听得老先生的令嫒即日就要出阁,机会不可再失,所以敝大人特地派兄弟——”

“是,是。”他不笑了,脸上老纹全抽在一起,嘴里结结巴巴,赶紧打断我的话头道,“不过——不过——我并没有令嫒——真的!”

“笑话!老先生这样的喜事,平生也不过一次,何必瞒私?”我现在越发可怜他。“这就是敝大人特为小姐上妆的一点点意思,不要见笑!哈哈,不要见笑!”

“这更不敢当。”他的大汗滴挂满了又粗又长的眉梢。“小姐——不,女儿从前我倒有一个——不过——她得暴病死了——”

话到这儿,我要特别先点明他屋内几件引目的东西。靠东墙一连摆着三个黑釉釉的大瓷缸,上面盖着石板,近缸底都凿开一个如今塞住的大窟窿,旁边还有几口小缸,平地躺着几根竹管。这自然是乡下做醋用的。就在他刚咒完了我女人得暴病死掉,就见中间那一口缸盖自己活动起来,从里头送出一个变糟了的声音,把我们都吓得一个好不轻。

“他……撒谎……”从缸里来的,又像从地下来的。

妈的什么?我一步跳到缸前,一面用手揭缸盖,一面回头瞥见老先生僵在椅上,脸都青了,气也喘不过来。这时护兵已经掀开了盖——瞅!就在半缸醋里头,淹着下身,有一个老头子蹲在缸盖底下。他嘴里还嚷着:“他撒谎!”但是一看有三个大兵站在缸的四围,立刻胸脯也缩到醋里去了,像宰了猪的喊道:“快给我盖上呀!修修好呀!我的钱不在炕底下第一排第三个砖下头呀!”

这时候我想起来,肚子笑得还要疼死。家伙!谁也不给他盖那王八盖子!好容易他睁开眼睛,看清我们没有恶意,便设法往上爬，这才更缺德，你听吧！扑通——扑通——扑通——最后："修修好吧！这醋浸着人不是好玩得呀！"我实在看不过眼，和刘福儿把他从缸里死活拖出来，醋淋淋的，满地都洒了一个湿，他还不住抱怨道："你们笑吧！这才可笑哪：藏在醋缸里头，多可笑！不，老爷们，帮一帮忙！我刚瞧见他们也都照我样子进了缸哪！"

从左边缸里，我们捞出他的老婆；从右边缸里，他的儿子。

等他们借了几套衣裤，在客堂里间换的时候，我仍转身到屋里，接住章老先生的话头道："照老先生讲，令嫒早已去世，不过这明天的喜事又怎么说哪？"

"回军爷，"他这时候又羞又恼，加以性情素来顽固守旧，所以话讲得非常冰冷干脆，"明天我家绝不办喜事。"

"你得办，你这老鬼！"我们那位亲家不知怎么耳朵尖，从套间跳出来，又打断了我们的话头；他的样子挺凶，话是一气而下，让人拦不得："你明天不办喜事？那我哪？狗□跌我要媳妇！好，好，咱们今天得把话说明白，当着这位总爷面前，求个公正是非。总爷，我姓黄，是离这儿不远牛庄地面儿上的。也不知是哪世冤家，我生了这儿子，诗书易礼，无一不精，风里光烫，我弄不来的事情他都弄的来（他推着那位醋令郎到我跟前。说实话，这位令郎没有麻子，也不是拱腰，也不是瘸子，可是我和我女人的意思都一样：他是太不漂亮了。我女人自然一生没有见过他，不过她总信我的。她说天下再没有比我长得好的）。好，我满心满意要弄一个好媳妇，家里也正缺口人使；倒了霉，左不右不跌就相到了他家；倒了霉，他家也就答应了。看八字，换喜帖，下红定，万消停，千妥当，眼看到了明天就要打轿相迎，他忽然一早打发人来送信，说他姑娘急病死了。总爷,你看这出奇不出奇?这里头一定有花头,来得也太稀奇古怪不明白。我们一家大远地赶到这儿来,不为别的,也得让我们瞅一瞅我媳妇的尸身,这才能令人心服到地啊!总爷,你猜他说什么?他咬定了牙,说他姑娘前夜急病身亡,因为镇上如今不安静,便昨天不劳神鬼跌私下埋了。埋了;塞到他驴□的□眼子里!问他埋到哪儿,他也回不出个所以然;问他为什么不早报我一声,他反栽个来不及;这样那样,没有一桩牛头对马面。总爷,这里头有花样,不知他怎么悔了心,攀上什么高门子,把女儿窝藏到哪家土堂子,给我个照面不知情。好呀,总爷,这还亏了他一县出名的书香人家。别臊他祖宗的脸了!如今总爷来得好,请给我个公道,判个谁是谁非。我不要别的,只要我的儿媳妇!总爷不是来吃喜酒吗?好,好,我回去请总爷一席,不过我得先求个公道!"

他手爪齐上,沫花四溅,说完了,顺着屋子大步转来转去,也不管他妈的醋水从他衣服上滴了一地,活把我丈人气死,瞪着两只眼睛往外冒金星子,干瞅着人家把他什么都骂出来。我这时真从心里可怜他,我过去拍他的肩膀,和和气气问他这可是真的?

"不,她——她——实在——死——急——症!急症!"老头子顽固得真够格儿。

我丢开他,过去拍拍那位亲家肩膀,说这姑娘既然死了,他可否另相一家儿媳妇,天下女孩子反正是蚂蚁一般多。

"不行!他家得陪我一个,非原人不要!"

我看他们都硬往死路上走,不通情理,只顾自己,便退到正座上坐定,高声喝道:"这种事情,原不是我们军人所应过问,不过照得本军所到城镇,应有维持治安,保护四乡之责,既然有这种事情发生，自不得不徇情下问，聊尽本分。然而兄弟只是一个粗人，不理文墨，说话难免不合人情，这还得两位原谅。

“照黄地面的口气，娶媳妇只为雇个丫头。

“照章老先生的神情，嫁女儿也不过是死条牲口。

“依兄弟看来，冤家可解不可结，从前大家既错，现在改悔撒手，也还不算迟。否则你告他一状，他递你一呈，耗财伤身，你儿媳妇还是弄不到手，他女儿也难得再活，岂不两空？

“不过我原是个军人，这种事情也不该多管，如果你们两下愿意，尽可以告到县里，听官解决，求个你死他灭。到时候你再想找儿媳妇，怕没有谁家女儿肯来送死；便是他的家声不用提，也一败无余。话既到此，听不听由你们，不过我今日原有公干在身，凑巧两位老先生都在一家，我还是趁早交代我的公事要紧。

“原来我们全营弟兄，听说两位老先生在这个年光点儿要办喜事，便商量下来，交付兄弟来送上一份薄礼，表示与民相乐的意思，顺便叨扰二位些喜酒，想来总不至于碰一鼻子灰吧？”

“好说。三位的喜酒我应承，只要他家有女——”

“既然黄地面肯一力答应，体谅我们为国奔走征讨之苦，兄弟真是不胜感激。”我这时倒很高兴他自己来上龙套，免我良心不安，“不过合营弟兄要上千上万，打搅起来太不过意，老先生设备上也不方便，依我看，倒不如痛快赏他们些酒钱（他的脸白了）让大家也好领情。这数目大约总得四千，两位老先生就好歹平分了吧。”

“我的姥姥！这——这——这——”

我那两位伙伴并着肩膀，在门口一站。

“我的祖宗！这——这——不过他女儿既然说是死了，那我也就认了。”

“不过你方才答应了我们的喜钱两千——”

“两千！两千！我的妈呀！这一世我也没有见过半个银钱呀！”他急得抓住三根黄毛的小猪辫儿，眼睛发愣地望着两位门神，跳着脚和蛤蟆精一样。忽然他好像想过来了，一手牵着半走半退的老婆，一手推着面无人色的儿子，围住我跪下道：“大王爷饶了我们，一辈子也念大王爷的好处。我的穷人人都知道，天也知道——”

我半天没有提及章老先生，其实他心里是又恐慌又高兴又——简直愣在椅子上，咧开老瘪嘴，找不出一句应说的话来。不过这时他夹在中间来了几句，不知道是恨哪，还是出卖朋友：“你穷？你穷我还不把我女儿许给你哪！倒免得我家破人亡——”

我拉起跪在地下气得要死的黄地面，一直拖出屋子，安慰着他，说我有两句秘密话同他讲。他求我不要信他仇人毁谤他的话，说他是世上再也没有的穷人，简直比化子还不如，还拿他祖宗来做见证。我大大地安慰了他一阵，然后和他咬耳朵，说出以下的话：

“老先生，我明白你的起家不易，不过我也不信你会比要饭的还穷，你的钱在炕砖底下，对不对？得，得，别强辩，你要不认账，我再告诉你它是在第一排第几块砖底下，好不好？得啦，你我心会就是了。我让你出两千，这不过是为你仇人听的，其实我们营长很明白你的底细，也原谅你的为人，所以我说你掏一千好不好？得，得，别下跪！你听我说，你现在的倒霉自然不用提，娶不着儿媳妇，还得赔下千把块现大洋。然而你想，万一军队弟兄们一不稳，说变就变，那时不但拆了你的炕，连你的妻子也要拆一个东离西散，永不见面。所以我劝老先生还是再三思为妙。

“至于同章家的亲事,我也略略听说一二,告诉你实话吧,他女儿并没有死!你别叫唤!我告诉你,她没有死!不过我劝你也就拉倒了吧,那门亲事也做不上什么好处。第一他就根本没有嫁妆,这是实情,你进来看见他什么箱子柜子吗?没有!我说没有。再说你打碎人家的家具,告到官里,你还得照件儿赔。第二,我索性再告诉你一个秘密,风闻他家女儿让不知哪儿来的一位弟兄——你明白了吧?”

我连唬带哄,软里硬,刚中柔,把这位倔老头儿弄得也没有可说的了,只求我不要向人说出他那藏钱的地方,我自然满口答应。这样鬼祟了半天,我就同他回到屋里。请他稍微再候一下,然后我把满腹疑团的老丈人也请到外头墙阴,先抱歉我们来得不凑巧,随后把我解纷的情形告诉了他,问他我的办法有没有伤了他什么。他流着老泪,使力握住我的手,说他记住我一辈子的好处;并且说我是天上飞来的恩人,能这样保全住他的家声,并且求我永久替他瞒着这个耻辱;又说我自己一个人什么时候到他家来,他都欢迎,只不要带队伍上人来骚扰。我问他女儿是不是真死。他呆了半晌,叹了一口气,说有话以后慢慢再细谈吧。

进到屋里,我向两个护兵道:“黄老先生已经恩准赏与弟兄们慰劳费。这时天不早了,你们不用跟我回营,就一路保护着老先生家眷到牛庄,镇上遇见守岗的弟兄们,吩咐他们多来几位陪着,好好护送老先生到家。万一出了差池,路上有了什么危险,唯你们是问。我这儿自己去见营长,报告一切。好,再会吧,小心风紧。”

黄地面临行又同我咬了一个耳朵,嘱咐我不要讲出他炕下的东西。我千肯万诺地发了一个大恶咒。然后他才放心又不放心的,跟住垂头丧气的家人,让护兵押走了。我这是第一次瞅见我老丈人的老脸上露出来笑,那真心诚意的笑纹儿。我向他讨了一杯体己茶,将喜封里的钱取出一块硬赏给刘福儿,做一个面子,也就起身往店里营部来。见了营长,我一五一十把可说的都说了,惹得他捧住肚子直流眼泪,夸我真能耐,该记一大功。卸下了自己的干系,盘旋到六点钟光景,告辞了这该枪毙的,我便心急如箭,奔往下马桩,去过我和玉姐头一宵的恩爱。

第四章　他说他们头一宵的恩爱

那店里只有一盏气死鬼的菜油灯,线搓的芯子,浸在一个破了半面的碗里头,这碗又放在炕头墙上挖的一个四方窟窿里头,所以与其说灯把屋子弄亮了,倒不如干脆说天外的月亮穿过破窗子,照得屋里清白。我轻着脚步进了屋子——噢!我的玉姐,她靠在椅背上呆呆地发着痴,头垂在胸口上,连我进来也没有觉得。她忽然抬起头,瞅见了我,惊得悄悄地叫了一声:“有德!”便扑到我怀里,嘴上不知唧哝些什么。我举起她的头,映着月光她的两道眼泪直忍不住往下流——怎么!她哭了?我搂住她,问她有什么委屈。

“我高兴地哭了!”她把我拉到椅子上坐下,自己坐在挨近的炕沿上,拾衣襟揩着眼泪,带笑地向我道:“我真怕!天也黑了,我以为你不来了呢!要是再一会儿你不来,我——我借东家的火,亲自给你做了几样菜,搁在这里也早凉了。”她下炕用手揭开桌上盖着的罩子,露出四碟菜来,然后失望地道:“这样晚,我怕你用过饭了——什么!还没有呀!”说着她立刻跳出屋子,留下我糊里糊涂地等着。一会儿她满脸喜色地回来了，端着一盘馒头，后面跟着东家，捧住两大碗稀粥。他问了我一声晚晌好，说用他的时候只要叫他就得，临走时道："天不早，吃完饭你们也该熄灯了。"

我过去把墙上的油灯拿下来，从地上捡起一块小砖头，把它垫起搁在桌子上，便坐好不顾冷热大吃大嚼起来。吃一口我夸一口菜好，她站在我身后看着我举筷子，放筷子，只是微微地笑。忽然我想起一件要紧事情来，问她吃了晚饭没有。她冷冷地谢了谢我才想到的好意，说她像有点子饿了呢，因为她等我一同吃等到现在。我骂我是笨驴，趁着没有人，亲自喂了她一口(真的！兄弟，我不撒谎)，用筷子，于是我们说说笑笑地吃起合宝饭来。

"你同他正是一对子呐！"我故意端详了她半天，弄得她脸红到耳根后头，疑惑她身上或者衣服哪儿出了错。然后我有意无意地道："我指你那黄家的女婿。"

"什么？我从来没有见过他！我也不要见他，和他爹一样，人人知道是地痞子！"她昂起头瞪了我一眼，忽然停下筷子问道："怪呀！你怎么认得他呢？你们在哪儿见的？"

我说我玩了一下午的好把戏，并且不单见了他，他一家人，而且连她爹都见着了。这让她越发吃惊，半信半疑，求我往下说个清楚，不要把她搁在雾里头。这时我饭也吃完了，心里想着那醋缸的笑话，不禁未说先笑了个畅快。她沉下脸问我是不是笑她的亲老爹。我说难道笑他就不该吗？

"不该！"她鼓起小嘴，摇着头，教训我道，"他是我的父亲，也是你的！而且——而且你偷了他姑娘，还要背后笑他老人家，这也——"

“得，得，好妹妹，我认错！算你有理。”我站起向她行了一个军礼，接着道：“不过我笑得并不是你的，是他的爹！至于我们的爹，我却真可怜他哪！”

“你可怜他？”

“不，我说我救了他。”

“你救了他！”

我怕真急坏了我的太太，赶紧接着把当天下午的事，详详细细，有声有色地告诉了她。她静静地听着，却不像我那样地有兴趣，见到那些该笑的地方，她却一点也不可笑，仿佛更伤了她的心，妈的！可是等我讲到替她老子解了围，这一点不可笑，妈的她倒嘴儿显出笑的样子！我说她和我们不一样，什么事都和别人两样看法。你听她答话吧：“是啊，我的有德，你是兵，不过我是人，还是一个女人呀！”

“哦，有德，不要为我这句不知轻重的话生气！”她见我站起来，立即过来捧住我的手，问我是不是生了她的气。听我笑着说不是，她便回身坐在我离开的椅子上，看我在她面前来来去去地走着，于是一手握住她的瘦脚。她极动心地道：“啊，有德，但愿你我一辈子和好，不像张三李四家的终年吵闹啊！人家打闹还有可说的，那是爹娘给他们撮好的对头。不过像你和我也要常别扭，那才见不得人，对不起各自的良心呢。并且我这样不光不明、不正不经地跟了你，埋头藏身，你要再有一个长短折磨我，那！有德，我真不如死了哪！

“好人，你听我说，从昨夜到这时，我不知想过几趟死哪。你不要惊，不过为了你，为了舍不得你，我便打断了这种坏念头。这是坏念头！你困觉以前，我把心上想的都说给你听，以后我便什么都归了你了。不要瞧我是一个寸步不出家门的女孩儿家，不懂天下的愁苦，有德呀，就光为我自己的愁苦，我也不记得死过去多少次哪。

“我小的时候，日子过得也不算不快活，家里除去我顶小，还有一个比我大三岁的哥哥，在我十岁的光景，可怜他便病死了。爹顶爱他，看作眼珠子，不到五岁大，就请一位老先生来教他识字念《孝经》。这样到我七岁的时候，便也得爹的允许，跟着哥哥走书房。从我会爬起，便常听见爹说我是赔钱货，自然我不懂那怎么讲。不过姆同妈听了总要把嘴子噘得天来高。这个我想，自然是爹不大爱我的缘故了。镇里男孩儿们，爹从来不许我和他们一块儿玩，我也觉得他们野得可憎，就是女孩儿们，要是我和她们来往，也得经过老人家的挑剔。这样我就一个伴儿也没有了。不过究竟有一个亲哥哥，便比连这个都没有的总要好得多了。我们有时可以在一起，不过他打我，逗我哭的时候挺多。然而就是这个爹也不大欢喜的：他说这样在一起能害了哥哥的长进。姆和妈表面上是一样看待我们，心里却疼我厉害些。哥哥常为这个不美气。她们便对他讲——这时我就坐在姆脚下的蒲团上，她拍着我的小头——我在他家终究不会待久的，所以更该疼些。我奇怪为什么。后来哥哥也许因为夏天吃东西不小心，肚子疼不到两点钟，滚在地上就咽了气。我们都围住他，爹抱住他大哭着，说为什么天不睁眼偏偏要了他儿子的命。我哭得更伤心，因为我清楚以后再寻不到一个打我的好哥哥、好伴儿了。从此爹总是躲着我，看见我仿佛看着一张没有字的白纸。姆和妈情知我的命苦，便老把我从爹面前藏起来。

“噢，有德！我从小就觉得活着也不过是那么一回事，简直还不如死！我只见过哥哥的死，他死了便再也没有在书房罚跪挨手板的苦了。不过我只是这样想，却不敢去死。因为，实在，哥哥滚在地上乱喊乱闹那种难过的样子，真寒了我的小胆；而且有姆在，究竟比连一个兄弟姐妹都没有的强，再说老人也真爱我。你听吧，糟心的事就都来了。不用说，教书先生给辞掉了。从这时起，我便跟着妈学针线，挑字绣花。除此之外，我只坐在姆屋里窗底下，望着外头种地赶集的男男女女，别是一种天地，好像在那亮太阳下头，让野风刮着，有许多我想知道而又不敢去知道的东西。姆一天到晚给我讲那一个老讲不厌也说不完的故事，就是长毛子。她原是说他们怎么怎么的残忍，放火杀人，却不想倒成了我梦里的英雄。每早我还得为烫脚、裹脚，这些活罪，挨一顿打和骂。姆和妈什么都可以宽容我，只有这一件事上却非得照办不可，好像这些不是我的脚。”她把垂在地上的一只脚弯上椅子，叹了口气，把桌上我剩下的稀饭喝完了，接着讲道：

“我十五岁那年冬天，爹从外头回来，让妈把我叫出去见一位客人，还要打扮周正些。我心里想，爹有些疼我的意思了，便不禁脚轻身重，暗暗纳罕高兴。那位客人是一位极不入眼的土老头子，翻起两个老鼠眼直上直下地打量我。爹给我说：‘这是牛庄的黄老伯。’后来，哎呀！我才慢慢东听西闻，晓得爹已经把我许给他家儿子，只有半年就要娶了。我的天！这一个家就够我受的，平地再换到别一个家里，半个相识的人也没有，说是为我好，而且为我一辈子好，算了吧！我不情愿嫁。可是我这话对谁也讲不出口，眼看嫁期就要到了。

“我说过姆顶爱我，其实倒不如说我顶爱姆。我从来晚上总是同她老人家一炕睡，自己也不知道怎样的，离开了姆我便要哭闹一个不休。姆说和我前世有缘分，得了这么一个比儿子还孝顺的孙女；爹越在我们面前，她老人家便越发夸我，弄得爹总是哭不成笑不成，一耸肩膀就走。好，出嫁的日子近了，夜里我便常留难在姆枕头上，偷偷地哭，等她问我为什么，我却也说不出个道理，只是哭。姆后来猜出我的小心眼，骂我别发傻，出嫁就好了。我说不愿出嫁，那里全是生人，尤其我不喜欢——这是真的——男孩子。姆说这是爹的主张。我说爹不疼我，干吗管我分内的事？姆打了我一巴掌，问我还敢忤逆不。这一来我哭得更厉害、更委屈，求姆陪我一块儿出嫁，一辈子跟着我。她叹了口气，亲着我，说我是好孩子，只是不要胡思乱想。

“第二天早晨吃饭时候，我不识高低，冒着胆子，小声问爹可否答应我一件事。爹这时见我忽然撇开孤拗性子，开恩和他说话，自然有三分高兴，便和声问我要什么东西。我就说这是关于我出嫁的事情。好，话刚出口，妈先骂了我一句不知羞耻，坏她的门风。姆拿住我的小手，问我这两天是不是有些发了疯。爹却抱着肚子把饭喷出来，说这是姆教出的好孝顺的古董！不过好歹我总说了我的想头，就是非姆跟我一同嫁，我绝不离开姆一步，打死也罢。果然爹听完了，把我打一个小半死。

“不过人是我的，我便不管来客生熟，哪门亲戚，见了就告诉我这主张。人人问我爹，这是不是他的小姐。然而我决定下来，便谁也移不动我这死心眼。

“姆向爹哭，说是她害了他，后来却说他害了她。

“妈装聋子。

“爹天天同姆辩论是非。

“结果，在我出嫁的前三天，姆忽然痰涌上来，气绝过去，就让我抱住她怎么哭怎么喊，也哭喊不醒来。我的婚事便由爹做主张，按古礼延了三年。唉，谢一谢姆哪！”说到这儿她停住了，眼睛哗哗地流着泪，头扑在我怀里，一时都没有话说。我问她要不要水喝，她摆一摆手，让我吹熄了灯，免得店东来麻烦，她自己好往下讲。我照样办了，屋里只有清凉的月光映着黑屋子，这儿一朵白花，那儿一朵白花，衬着透亮的窗纸，反而觉得更好。我并肩挨她坐下，听她接着道：

“现在什么疼我的人也没有了，我成天待着，坐在那窗下姆常坐的软椅上，看着那些不认识又像见过的过往生人，自由自在地在外头溜达。就是这时候，我头一回想到寻死。然而日子久了，对于姆呀、嫁呀，我也就慢慢淡下去了。妈像有些真疼我，常常没有事便来伴着我。这样倒让我们娘儿两个更接近，更明白了许多。她劝我往开里想，不要老一死地记着姆，这也不济事，也白糟蹋精神。我从前爱姆，爱得要死。这时我却又爱上——不，我什么也不再爱了。有德，你信我，从此我再什么也没有爱——我——我如今只爱你！不过那时无论谁要在我面前提起黄家来，我便会晕过去。真的，有一次我晕过去，为——为我不愿意嫁！姆是他们气死的，至少他们脱不掉干系。一提到他们，我就要想到姆死时那份神情，真安帖得怕人！这三年里头，我学了不少乖，晓得做媳妇起头是多么苦，到了婆家是怎么不自由，而且他——那孩子，你明白我指谁——在县里怎么和他父亲一般坏：那些更叫我提起嫁就害怕。我那时又爱——爱一个人孤呆呆地坐着！一家人都没有法子办我。

“慢慢我年岁大了，心也开了，傻也就更傻了。眼看姆的三周年就要满，我的命从此也就要定下，我说不出的怕，却没有一个人帮我了。我想，嫁也好，为了这么一件小事，惹得家里鸡狗不宁，都和我作对，也真不值得。在这家里或在那家对我又有什么分别？这正和那挨宰的羊一样，脖子让绳套住，绑在凳子上，叫唤也是死，哼唧也是死，不叫不哼也是死。我叫够了，把人的耳朵都吵聋了，然而，唉！没有人肯理睬我。我这样想着，一直到嫁前的第四晚晌，我听了一件新闻，把我引到别的念头上。这说的是县里某家的小姐，背着爹娘，夜里跟人跑了。好！我想，我何不带着——我说带着钱，你别瞎猜——钱，趁着人不知鬼不觉跑了呢？怕什么？反正比嫁到小鬼家里强！而且离了家自由自在的，该多好呀。我平日看着男男女女在外头来来去去，真够这时引我冒险的。我决定第二晚晌便同——我说带着钱！——偷偷跑掉。

“哎呀！这几个月镇上天天闹兵嚷兵。家家都挂在嘴头，记在心上，我却偏偏就把这个忘掉，一点没有想到。

“天黑了，我从院子后面菜园的篱笆底下，拣那破开容我身子的地方，躺下爬了出去；冒里冒失，顺着墙，摸见墙角就转弯，心里跳得要死，我又怕遇见了人——不但熟人，生人我更怕呀！转了几个巷子，我不知不觉便后悔——然而也晚了！我正在探头藏身地不知往哪儿走，便见从别一条巷口迎面转出三个人影。呀，我的有德，我还没有躲开，就听中间一个人问我是谁。我吓得浑身发抖，不敢答应。他们过来了，不等我拔腿向后跑，把我和我的——我的钱，我说——唉，什么也晚了！后来的事情不用我说，你也都知道了。

“说到为什么我跟你，一个生人，这个我却不知道。不过我是诚心实意地爱你。这个你也用不着疑惑。想一想我的难处，当时的孤独无救和你的恩德。再想一想我的怪脾气和你的那种——我就欢喜这个！从昨夜到现在，你离开我一回，我便想寻一回死，真的，我想死！虽然我心上明白你不会是坏人，不过究竟我少见世面，对你有点不放心——”

我向她发了一个大誓。

“你不要再扔掉我，有德。这世上我就有你一个好人，我爱你，也要爱到死的!”

我把她抱在怀里，揩干了她的眼泪，让她不要再存一丝的恶念头，放心同我过一辈子，平平安安的。等她好过一些，我们就商量以后该办的事情。我说我在军队上，这儿不能常来，她在店里，离我又远，孤单单的，也两不放心，总得谋一个万全之策。她靠住我的胸脯，仰起头瞅着我，说她一点不懂事，随我怎么好就怎么办。我说这最好，那么，我的主意就是我们一同求爹去。

“见我爹去?”她跳开我的身子，惊地叫道，“做什么?”

“你看，玉姐，”我过去捧着她的一双哆嗦的手，彼此靠着桌子，在月光里站着，我向她解释道，“这很清楚，就是世事逼得你我非走这一条路不可。我爱你，不过这样鬼鬼祟祟、苟苟且且，我想你我都不会愿意老这么下去。在这儿，你见不得天日，我走了，你更要不得了。在那儿，他们总是你的亲人，就让他们不给你好，也总不会给你坏；我也可以体体面面出出入入，免得瞎操心，害相思。再说我一时也不能扔下枪杆不干，送你回到我的家乡；况且在小店住着，万一出了意外，让你爹娘访查出来，终久不是了局。就是为你自己设想——”

“算了，为你自己设想！”她哭了，要摔开我的手，“你只为得好离开我——我要见不着你！”

“不，你爹待我很和气——”

“噢，噢，我要见不着你！”

“妈的！并且以后要是你有了孩子——”

“我？我一辈子也不要那东西！噢，噢，你不是好人！”

“去他妈的。你不要孩子，那么你是说连我也不要——今儿晚晌？”

“不，不，你别扔下我！不过——不过——我不要那脏东西！”

“妈妈劲儿！我真不爱见这样！一句话还没有说完，便哭闹个——”

“什么，你不爱我？”

“我爱你。”我口气平和了，骂自己混蛋，头一宵他妈的就同我女人吵嘴，“可是你哪？”

“我——我——”她也认错了，正要往我跟前凑近，就听见院子起了脚步声，真够瞧的！这时还来打搅。

我问是谁。

“我呀！”店东的细猪的嗓音，“我听见你们夫妻说话的声音很大，怕出了毛病，又听见仿佛女人哭——不是吗？”

我回说没有事。她也赶紧破涕为笑地谢他劳神。

“噢，这就好了，两口子少吵闹才是呢！军爷，我说你待女人要和气些！”说着他王八蛋就踢踏踢踏地走了。

我女人直直地站着，听他脚步声走得远到一点也没有动静，屋里屋外静得只有月亮的光像在活动着，树枝子映在窗的白纸上，像听新房子的男女挨挤着，然后喘一口气，要晕的样子，细细地接着前头的话道："我——我——我起誓再也不敢同你吵了。"随后她像说梦话，在我耳朵边幽幽地道："要是你不能常伴我，怕我一人无聊，好人，我盼你给我弄一个——弄一个小猫——小猫——黑的——大眼睛——白尾巴——耳朵还会动。"

第五章　他说他的老婆重入家门

这三四天虽然风平浪静过去了，其实我奔来奔去，真是两地担心。外面谣言一天一天地盛起来，活活把下马桩也要卷了进去。有一次店东家竟然问到我脸上，说刘店新近出了件怪事，章举人的女儿让——他那尖嗓儿像锥子扎着我，眼睛闪闪灼灼地睃着——大仙藏了起来，接去做了媳妇。我发狂地笑着，一直笑到他的鼻子缩进了房门。到了第五天的黄昏，我决心去拜望我那位老丈人，找一个机会来扯穿事情，便带了一位没有走过世面的弟兄，从下马桩奔向刘店来。我说这位弟兄没有走过世面，自然讲得并不过分，可是如今我也没有工夫分身在这上头，随后自然就可以看出来。

在静悄悄的章家门前，我那位护兵倚着墙歇过气来，又犹疑不决地徘徊了半天，才由我上石阶去敲门。好容易里边起了人声，门开了半扇，露出刘福儿半截身子。我问他主人睡下没有，随后说营里闷得无聊，到这儿来打搅半宵，接着我低声告诉他有些关于他小姐的事情。这句话效验很大，他立刻跑进去，嘴里嚷着："玉子有信儿啦！玉子有信儿啦！"将我们请进院子。嘿！足有十来口人，男女老少挤在院台阶上，仰首跷脚，盼着我们这一对活神仙。护兵在后头揪了我一下衣裳，偷偷地只够我听见道："我不敢——我怕！"

可怜的孩子！这些不过是好心好意的老百姓，要是上前敌，建功勋，那岂不要一见树影就吓倒吗？——好，我向心神不宁的章老先生道："老先生，我顶怕在人群里头谈天儿，你给咱们寻一个清净所在，细拉细唱不好？"他连声应着，喝开院里的男女，领着我们——我的护兵浑身发抖，可怜的孩子！——穿过小夹道，到院子后头菜园子，在东墙角一个葡萄架子底下坐定。那位护兵独自靠在架子里头深暗的地方，脸贴住黑团团的叶子，往外望着天上的星星，看他那份神情，好像连气都屏住不敢喘，怕出来冲散了半空的云彩，露出大月亮来照着了他。刘福儿冲了一壶龙井，提来为我们斟，我让他放下干自己的事，扫去了他满肚子要听消息的兴头。我和对面坐着的主人，静静的都不知怎么先开口。于是过了几句长短的家常，我便谈到他和黄家的纠葛上。他谢我前次为他的费神，说那边已经凭媒送还庚帖，这边也退了定礼，如今两家总算没有关系了。我说这样才好，免得以后麻烦。

"是呀，王副官，"他沉沉地道，"这桩事把我麻烦了整整四年，有了这种不孝顺的儿女——"

我请他把前后的情节细述一遍。

"唉！王副官，我告诉你其实无妨，"他饮了口茶，然后道，"不过这些都是中篝之言，请你千万不要向外人讲才好。"

我请他看我是不是那一路的小人。

"副官，我知道你不是，在军队上像你的为人真是很少。"等我谢过他的谬奖，他接着便半冤屈半忿怒地讲道："凡天下为父母的，无论为好为歹，一生总是替子女辛苦，像牛马罢了。然而做子女的，却十个有九个都在为老人添辛苦，加罪受。我的女儿玉子，生来就是这样一个下流东西。你一定以为我说得过火，其实只要你同她处上三天，便晓得她的脾气是多么怪诞，和普通的女儿不一样。我是她的父亲，说实话，我从来弄不清她是什么糖捏的面揉的，我只觉得她不入眼。不过，副官，我也爱她，天下父母没有不疼自己子女的，即使疼错了，究竟还是疼。就是这么一个姑娘，我也不得不疼她。我有儿子，但是她的命硬，克掉了他。请问我这份儿家业，死后归谁呢？然而她究竟是我亲生的，我自该疼她。可是我疼错了，这不是说我害了她，是她害了我。我，你知道，向来在这一县里要强好高，因为她这临嫁一逃，害得我从此不能再见人！

“我告诉你，她是夜里私逃的。

“她的性格从小就怪，要爱上什么人或者什么东西，便得爱到两下都拆了台才得完事——”

我打断了他的话头，因为听见那位护兵低低地惊叫着，好像瞅见了什么异样的东西。虽然他说得高兴，并不觉察出来。可怜的孩子！我过去在他哆嗦的身旁，问他怎么了。他头也不回，只摇一摇我，让我不要管他。我走回原地坐下，请老先生再续下去。

“这种根性我不知她怎么养成的，因为，说实话，我很少同她在一块儿过。她从小就跟着家母，这种恶习性，我相信都是她老人家惯纵成的：家母太溺爱不明了。事情就是这样，我为她选了一门亲事，就是黄家，这你晓得的。那时她不说不愿意，却也不说愿意。本来女孩子嫁鸡随鸡，到了年岁给她寻一个男人，也不过就是那么一回子事，只要门当户对，钱势两有，儿女当岁，这便是最美满不过，何况黄家小孩子还算一个可造之材哪？她既然不言语，做父母的自然看作她心上乐意。然而她不说愿意，也不说不愿意，却一死主张非同家母嫁过去不可，这成什么笑话！起初我们还以为只是孩子脾气，撒娇讨老人欢心而已，岂知她简直把心死在这上头！如果是只让家母送嫁，这也未尝不可。不过她的真意并非这样，那男家如何能够应许？任我们什么劝解打骗，都改不了她这种拗劲儿。随后家母因为这个，加以上些年纪，便在她出嫁的时候，让她活活气死——这完全和我没有关系，副官，我敢对天明誓——我明誓！家母虽然有时不断和我吵闹，然而引子还是她——她！

“家母去世以后，我们也就由她任性胡闹，看她的神情，安心针线，很像醒悟过来的人。这叫我倒也欢喜，心想过上两三年，慢慢忘掉老人家，她便也好了。天下的事情正不是这般如人意。这时又不知她从哪儿弄来一个——你猜什么——不是别的，是一个——而且她又爱上这个！”

我抱歉又打断了他的话头，因为我又听见那位护兵见鬼似的叫了一声，我走过去，看清他在葡萄叶子里头直打冷战，怕是受了寒。他哑着嗓音，头也不回，说他没有事，烦我不必结记他的。听见老先生向这边的脚步声，我急忙迎回去，说我这护兵害想家病。我们都忍不住笑了一阵，然后各自坐定，他仍旧接着道：

“副官，她这次爱的不是别的，是不知从哪儿弄来的一个大野猫——猫，真的！她从来不肯说出这是谁送她的，把这当作命根子：要是谁把它藏起，或者怎么样，她能跟你寻死觅活，闹一个天翻地覆，非得好好把这活宝贝亲自递到她怀里，才算完事。这种女孩子！她爱这猫就和爱她祖母一样，简直还要厉害些；更可以讲她宽容这猫，就和她祖母宽纵她一样。吃要一桌，睡要一床，谁要气了她，她就抱住它哭，诉委屈，比对她爹还要亲近。有一次我生气问她，是不是出嫁上轿还要把它像抱牌位地抱上？

“你猜她答我什么？真是失了王法！她说：‘爹，自然哪！我同它一起上轿，要不——’我揍了她一顿，她妈数落了她一场，你瞧，她咬定牙关，不成还是不成。唉，我的副官，天下会有这种奇事，抱着一个黑猫——那猫是黑的，多不吉祥！抱着一个白尾巴的黑猫上轿，这种新娘子！这比带她祖母拜堂还要可恨！多么丢脸的事情！男家绝不能答应，而且四乡传出去，这——这——副官，你知道人是雨点小雷声大，三言两语会把你毁了。我也猜出她那小心眼活活来给我难题做，专同老爹作对，于是我就让大媒往男家通融通融，好歹等她过了门，四围物事一变，也许能改过这种怪拗脾气。就在这夜里，我向她妈说，如今这可没有什么周折了，可回头连她连猫都不见了。她妈见她屋里灯亮着，以为她在赶做嫁妆，便没有去过问。大家也都晓得她好静孤僻，便更没有人敢去打搅。但是夜深了，那盏灯还是亮着，屋子仍冷冷的，她妈在窗外喊她睡了吧，不见答应，便掀开帘子进去——啊！没有人。我们想她索来安分守己，绝不会有什么意外，也绝不会出了院子，而且大门是从里倒锁住的，怕镇上的不安静。过了许久，灯已经黯下去，但是她仍然没有踪影。我们点起灯在家里四处寻找，唉！既然她决心走了，那如何能寻得着呢？我气得吩咐大家暂且睡去吧，明天再说。到了明早，我们便想到后面菜园子，怕多分是跳入了那边的井，正打算要叫人淘井，便有刘福儿从篱笆那里拾来挂在竹竿上的一块撕下的破布衫，正是她的。这显见她是从罅口地方爬出去了。我吩咐家人严守秘密，谁要透出一个逃字，我就要谁的命。唉，还有什么可说的呢？

“在如今这种乱哄哄的时光，就连我们大人出去还得加意小心，何况她一个单身的小姑娘，没有思虑，抱着一个不通人性的黑猫——唉，副官，不必提了！不必提了！”他长长地呼出了一口气，低下头半天没有抬起，他心里一定是酸甜苦辣，有一种难向人表白的味道。他的嘴虽然硬挣，语气自然有些懊悔，随后低头道：“我吩咐大家不必费神搜寻她了，既然她肯丢下我不管——我是疼她的，而且就只有她一个——就听她死活去吧。谁晓得她这时在外头——她妈虽然没有说出什么，不过哭哭啼啼，总担忧——她从来还没有出过远门。”忽然他仰起头来一双眼盯了我一会儿，有声无息地问我道：“我听说你晓得她的下落，是真是假？”

“是真的。”我答道，“不过老先生能否先回我一句话呢？”

“你要我答什么？”他奇怪起来。

“这就是，”我一针见血道，“要是令嫒回来——”

“不！她死在外头了！”

“那你简直就不爱她！”我急了，觉得要坏。

“我——我——我爱她！只是，唉，我的——”

他刚说完那句“我爱她”，就听见架子里头哗啦一声，像什么东西重重地摔在地上。我们都吓得个不轻。我拿眼搜寻我那位护兵，我的岳爷爷！连他影子也没有！我连跳带蹿，跑到他原坐的地方——啊，可怜的孩子！他直挺挺面向地，扑在架子外头菠菜畦上，戴的那顶又深又大的军帽，早滚在一丈开外。我从架子折断的地方蹦到他身边，一把扶起他，放在自己胸口，看他喉咙一抽一抽的。好半天，好半天，好不容易的，他这才哭出一声：“我的爹。”

我想你大约早已猜到这是谁了，不过我那位老丈人满没有这样快的眼睛,又是在黑地里。他站在我身旁直发傻,后来不知想到什么,便向前院去了。一会儿只见他提一壶冷水,拿着一个小白纸包,后面跟着刘福儿和一位老太太,三脚两步地赶来。他老先生以为我的伙计中了暑哪!不过究竟是年轻人心灵眼快,一下子便看破我怀里的女人,蹲在我身边狂喜地大叫道:“什么!玉子!这不是我们的玉子?”

老头还没有掬下腰,就见她推开我在她胸前上下顺着的手,跳过去,紧紧抱住他一条腿,哭着爹,求他饶她的死罪,因为她知道她是该死的。他这一手撒了水壶,那一手丢了药包,就像立在梦里头。

不过我忘了提到老太太,其实这无须我废话,当过妈的都明白这时候该是怎样一个滋味;孩子出了错,经过大苦大难,疼还来不及——尤其是没有人理自己的心肝儿姑娘。不过我这位丈母娘却疼得个别,她飞过来坐在她女儿身旁,一手围住她的腰,一手替她拢起散开的头发,口上百般怜惜话儿叫完以后,便出奇地问道:“咦,你的小阿,那黑猫哪?”

“他们——把小阿——踹——踹——踹死了!”我女人哭着。

“谁们,我的孩子?”

“噢,噢,那些兵!”她回头像电闪飞了我一眼,接着哭道:“不过,妈,我——我——我不爱它了!噢!噢!”

第六章　他说他的岳父母的反目

兄弟,你一定觉得我狗运太亨通了,我告诉你,还有好的在后头呐。她们母女搂住哭了一场以后,彼此扶依着,我们跟在后头,刘福儿早已飞跑在前头，一起向前面院子来。我们进了她妈的房子，里头亮晃晃的，在炕头扶手上点着一盏洋油灯。老太太搀她女儿上炕坐好，然后说她怎么瞅见我身后藏藏掩掩的那个兵像她的玉子。她问我怎样寻见她的玉子，不等我开口，先亲自下炕给我搬了一把红木椅子坐，千谢万谢，杂着叫了一百声佛菩萨。我刚起头要说事情的始末，她又眉开眼笑地指着拿眼睛瞥我一下瞥爹一下的姑娘，问她爹是不是她穿着军装出落得更俊俏。爹拿鼻子冷冷地应着，转过问我从哪儿寻到他女儿。

这时一家的男女都挤在门口往里探望，伸伸缩缩，头接头、耳朵对嘴地议论。我张望着老先生，臊得开口不得。他理会了我的意思，便吩咐大家明早再来看玉子，各自歇觉去，少在外头播弄是非。大家怏怏地慢慢地散了。

我喝了一杯茶，聚了聚精神，就开始讲有一夜我怎么听见哭的声音，怎么跑过去，怎么看见他们令嫒让几位弟兄捆在马房，怎么我就把他们轰掉，后来便救活了她。我讲一句，老太太高声念一句佛号，听到我救活了她女儿，便抱住身边的女儿亲了一下，说她女儿命好，不知前世修下什么福，这辈子才遇见我这位救苦救难活菩萨，于是转过头问她丈夫这话对不对。这位爹先只在屋里走来走去，静静地听我说，这时鼻子又出了一口冷气，问我以后怎么样哪？

兄弟，你看我该怎么往下说哪？我咳嗽又咳嗽，挠头又挠头，正在十分为难，哎呀，好玉姐！她仿佛猜出我的满腹鬼胎，便故意装出乏极了要晕的样子，将胳膊软软地伸起，懒懒地勾住她妈的脖子，头倒在她妈怀里，轻轻地说她想睡一睡，问姆的屋子开着没有，她想过去躺一下。这时我还得谢一谢我的丈母娘，好老太太！她吃惊了，说："可不是！经过那几个挨刮的给你捆了一宵，这时又走了一路，是得歇一歇！不过，你就在这儿睡吧，你爹让他随便滚到哪里好了。"

"老糊涂！她挨捆是前四五天的事，你问她这些日子在哪儿？哼！"爹的冷劲儿真够我们难受的，不过，天保佑我们，他忽然又问他老婆道："再者，你让我滚到哪儿去睡？哼！"

"她在哪儿？反正不会在你家里！"我的好丈母娘无名火升起来，据说这还是她头一次和丈夫破脸。妈为了委屈的女儿，什么都会做出来。"你睡到哪儿？反正我今晚不会留你！"这时她叫窗外站的刘福儿道："进来把你老爷的铺盖搬到西厢房去——"

"妈，让爹在这儿，我——"

"不，好孩子，我晚上还有话问你——"

"那！我丈夫睡在哪儿？他——"

"什么，你丈夫？"老夫妻一同嚷着，老眼瞪得圆圆的。

"噢，妈呀！他——他——他就是我丈夫！"我女人横在妈妈胸口，羞得哭着。

"谁？他是谁？"老太太甩开她的头，跳在炕下，愣里愣怔地坐在椅子上。

"老太太！"我这时不得不插进来说话了。我站起向她深深行了一个大礼，柔声低气地道："就是我！这不是别人只是我！请你千万不要怪她，我的女人、你的姑娘，这不是她的错；这是我——老太太，完全是我一人的错。请你千万不要责备她，可怜的孩子！她这几天跟着我罪也受够了。要是你——老先生，你们二老不愿收我做女婿的话，那我自然难受，不过为她少在外头奔波，跟我受罪起见，你们说什么我都绝对照办。我从不撒谎！我是救了你们的小姐，不过，我们都是小孩子——”

“哼！小孩子？”老先生喘过气来，话好容易来到舌头尖上，攥紧拳头向我喝道，“你，我说你是大骗子！大骗子！这些兵！这些王八蛋！”

“我说不是！”丈母娘让我收复了，站在我们一边，气冲冲地对她丈夫道，“我说不是！他是好人，活菩萨救了我女儿的性命——”

“你瞎了眼！他败了我的家风，毁了我女儿——”

“那是说你自己！你自己！”

“我瞧你忘了为妻的身份——”

“我要它做什么用？它害了我一辈子，害了我女儿——”

“告诉你，我绝不要他做我章家的女婿！”老先生正眼也不瞅我们，跳起脚就往外走，嘴里骂着我听不清的怪话。

“告诉你，我要他做女婿！”老太太这时也不睬丈夫，扭身爬上炕，叫她心肝女儿不要哭，说她拼掉老命，也要为女儿争这个体面，哪怕跟着我们过活也好，反正她是没有别的子女的。我女人抽抽噎噎越发哭个不了，说她离开我活不成，如果爹妈不要我，她也就只好舍下富贵，跟我到兵营里上操去。

这时屋里男人只剩下我和刘福儿，两个人都呆在地上，不知该劝哪家才好。忽然他走近我跟前，问我要是真和小姐睡了的话，不如亲自向他老爷说明白，求——我不等他说完，立刻灵机一动，推开他跳向院子来。老先生一个人在院心背住手，大步地踏来踏去，噗噗地往外吹气。我踮起脚尖走到他面前，低声下气地求他听我一句话，然后我便永远离开他家，再也不来。他点一点头，不耐烦地站住。

“老先生，这是我们营长命令，如果你不给我女儿，便得掏两千块钱——”

他的脸皱纹动了动，随后一跺脚，向我晃起拳头道：“好，你还吓唬我！两千我也不给你我的女儿！”

“不是那么说，老先生，我绝没有那样心思，一点也没有。你听我说，况且那时令嫒捆在马房柱子上，是衣裤全剥掉，光着身子的，她要不跟我——老先生，我绝不想要令嫒，不过礼法，先王的礼法——老先生，这个你该比我明白得多。”

他脸上的筋抽得难看极了，月亮又惨又白，映得他脸色发青。除去我的难过，我也真有些为他老人家难过。他的手哆嗦着，松开拳头，慢慢搭上我的肩膀，嘴边显出打了败仗惨笑的意思，半天哆嗦不出一句话来。我明白他，我这混蛋！我仰起头望着天上的星星，他们看着我们笑呢，给咱道喜也说不定。

“我不管了，随你们死活去吧！”我不晓得他冲我还是冲屋里的女人讲，好容易挤出这句话，泄了他老人家一肚子的气愤。说完了，他提起脚，便一步踏到转过墙的黑影里头。一会儿，我们就听见他在菜园那边来回走的声音。刘福儿从屋里跑出来，蹲在小月门后头，不声不响地看住他，怕出了意外。这时夜里静极了。

十六年夏

（选自小说集《坛子》，开明书店1931年4月）

田原上[①]

父子[②]

秋天一个晌午，翻完了半亩白薯，望生拖着翻秧钩子，满腹心事，从地角头走回家里。他走得慢悠悠的，好像村子西头的教书先生，而铁钩子，磨得和镀了银一样，迎着太阳发亮，往常扛在肩上，今天却拖在背后，随着少主，嗞嗞地细声响着，一路划着一条蜿蜒的浮线。他看着将要踩过的草地，好像用心听取一种绿色的同情。忧愁仿佛渐渐消散，他的嘴角漾出笑意。他迈过田陌，踱下斜坡。

在对面道旁的坡上，立着一个光脱脱的八岁左右的孩子，张开口，一瞬不瞬地望着来人，远远用手热情地招呼道：

——望生哥！

但是望生没有理会招呼，低着头，一无所觉，沿着晴天是车路，

---

① 作者原拟写12章《田野交响曲》。——《李健吾文集》编者

② 小说第1章《父子》原题《望生的私情》，载1935年12月16日《文学季刊》第2卷第4期。——《李健吾文集》编者

雨天是池沼的大道向西走去。

小孩子转过头，又向高粱篱笆里面叫道：

——妈！

从柴扉后面伸出一个中年妇人的蓬头：

——什么事？

——瞧，瞧！妈，我叫他，望生哥不理我。

——他没有听见你。你没有大声喊他，我就没有听见。歇！你滚进来吧！

这最后一句，是她看见他在那儿抱住一棵玉米，要想摇它的穗子下来。她放下簸箩，一直奔向她的淘气精。他撒开脚，颠下土坡，站在积存的雨水塘子中间，向她吐着他的小红舌头。但是他望见了什么，丢下他气笑不得的母亲，向前指道：

——哦！妈！你瞧！他爹骑着那匹红走骡，打西来了。

——谁？

——望生哥的爹。

这显然引起她的兴趣。她斜身立在半坡的草地上，顺着孩子的手指往西观望。起初她只看见在小巷口外站住的望生的脊背。不久从村外拐进一只小跑的走骡，上面骑的正是望生父亲，才从海甸回来。

望生拉着翻秧钩子，在一间屋的小茶馆前面等候他父亲。他搜索着离他五十步左右的骑骡人微微下俯的面孔，看他抖开缰绳的神情，好像兴致很高的样子。这对他倒是一个吉祥兆头：在这黝黄的长面孔上，是一种难以捉摸的可忧可喜的表情，尤其是粗长的眉毛倒垂下来，遮住上半的眼睛，叫人无从利用眼神分辨。他的两颐凹了下去，鼻旁衬出两条粗线，延长到下颔两旁，嘴更显得高凸、宽大了。上唇的短髭分开，仿佛一个蒙古人的样式。他是长打扮，倒像出份子回来，不戴帽子，额头微微挂着汗珠。

走骡嗒嗒的蹄声响得分外清亮了，随即来在望生面前停住。他过去兜住缰绳，移近肩膀，好做父亲的扶手。但是父亲，好像对于旧礼习开始感觉不安，先从鞍鞴上面跳下来。老人一点不老，他把牲口交给望生，接过后者的翻秧钩子，露出一口健康的黄牙，和他并肩走向巷里。

——你刚打地里来，怎么样，秧子该翻完了吧？

——还剩下不多的，我交给谢二了。今年出来的东西不会坏，雨量合适，我们土也犁得虚，白薯个儿一定小不了。

他仰起头，碰着老人的视线，立即转向一旁的土墙。静了静，他问道：

——爹，你从铺里回来？

老人迟疑了一下，看着儿子，觉得在某种情感之外，一种新的忧郁罩住他，不得不延宕一下回答的时候。最后只是随口说道："是的。"他们走进那将朽的车门，立刻从坐南的院门石阶上，跃下一只核桃色的大狗，摆着尾巴，过来嗅一嗅这个的腿、那个的脚，不知献媚谁才好。它终于选定了小主人，跟随在一旁，向马房跳去。从挂着泪的大榆叶眼，走骡射出疑忌的视线，摇摆着它高大的身躯，极力表示不信任这种疯狂的殷勤。望生在它们中间尽量排解，让它们全以为在分享小主人的宠幸。

马房是一间不见日光的幽深的长屋，由一间积草的堆房改成。原来的马厩正对车门，要有五六倍宽大，仿佛官府两旁长排的马槽样式,木槽向着敞亮的旷地。然而这早已成为旧话,在这兵荒马乱的时际,在如今这连年内战的年月,正迎着车门存放牲口,要算最危险的事了,而且说实话,就没有几头牲口来装点这排场的东西。所以一间不透气的严密的土房应运而起,代替了那无所用的马厩。这里一小半是沿墙堆积的干草和一把生锈的铡刀;一大半靠着柱子,却是一排木槽。两根支柱一边钉着一个铁环,因为也就只有两头牲口:一匹走骡,另外还有一匹叫驴。

狗盘旋在马房门边,明白到了它的禁地。走骡抖擞了一下它光滑的细毛,神气活现地吼着,然后伸出宽大的舌头舔着为它添料的手,不时向门那边瞥一眼,在槽口抖动一下它的头。望生卸下了它背上的鞍鞴,夹在胳膊底下出来,顺手把门扣住。父亲已经不在空场。

那细月形的铁钩,已经挂在门道的墙上,两旁横竖多是秋收使用的农具。他把鞍鞴放在窗户下面的台阶上,拿起一把布掸子,拂净身上的灰土。父亲在堂屋咳嗽着。厨房里是柴火噼啪的响声;从熏黑了的窗洞,袅出一缕灰烟。院心太阳地的两棵石榴,深绿的叶子发着亮,仿佛洒了一片细金屑子。麻雀啁哳着。

父亲隔窗向他喊道:

——进来洗洗脸,望生,我已经洗过了。

走进堂屋,他看父亲正在来回踱步,从这件家具摸到另一件家具,仿佛有生以来,第一次细心赏鉴。靠近长条几的凳子上,放着半铜盆用过的洗面水,手巾搭在盆口。望生感激地看了父亲一眼,不言语,静静挽起袖口洗着。他随即走进套间。这不像外间明敞,隐隐一种土湿的气味散向阴潮的空气。窗下一座大炕占了整整半间的地面。这是砖砌成的,外沿还嵌着一条蚀落的枣红木板。一张梳妆镜台,母亲陪嫁的东西,和一把缺背的乌木硬椅。另外还有两张高大的红漆木柜,四角由方砖垫起,占满了下余的空当,仅仅留下中间三尺宽窄的一个过道。

他站在四四方方的匣镜前面。镜面映出他的前额到胸口的一部分。他的上胸似乎比常人宽大些,肩膀也是。粗壮的颈项露在汗污的衣领外面,皮肤呈出浅棕的颜色,显得粗糙了些。他的嘴唇很厚,淤红的。鼻子平正,耳朵的轮廓比较简单,藏有不少的泥垢。他在椅子上坐下来,额头有些浅短的皱纹,大概由于阳光的炙烤吧。他一无所视,目光从布鞋渐渐移高,看着面前的布帘。

深思在他已经成为一种习惯了。他并不生来忧郁;环境虽说沉闷,他却有的是年轻人的明快和热烈。不知从什么时候起,他学着思量,甚至于考究一件事由的首尾。小时他在私塾进过四五年的学,略识之后,便丢下了书本,开始田地的生活;他没有了拘束,学到许多实用的知识。他有一位姐姐,在母亲去世一年以前就夭折了。十年以来,就是他们父子二人,相依为命,早晚聚在一起。他们不大谈论事务,仿佛父父子子,各尽其责,问心无愧就成了。他们的性情全有些孤僻。他不能从父亲得到母爱,父亲也不知道如何把这给他。意见有时不免分歧,然而双方具有绝大的忍耐,尤其是父亲方面,所以我们未尝不可以说,和平笼罩着这与寂寞为伍的家庭。中间除去天性,最亲切的维系便是那已故的忠实的妇人:她的消逝比她的存在力量好像还要大。和千里沙原上的平川一样,他们的生活迂徐地流下去,永久流不到下游。

最近不同了,暗波渐渐翻起,大有洄漩泛滥,一发而不可收拾的样子。父亲老多了，额头的皱纹也多了、深了。腰虽说直直挺着，肩架已经搭了下来。他更不爱言语了。望生猜想，铺子的生意这一向大不如前，不过怎样坏法，他却推想不到。他的责任是种地。父亲很少把铺子交给他过，或许因为他年轻没有经验，对付不了花言巧语的赵掌柜。但是赵某如若不可靠，父亲何必信用他呢？这超出望生单纯的理解以外。他可以意会的是，铺子不久会坍下来。而父亲每次从海甸回来，仿佛两肩已经感到它倾圮的重量，越发向前弯了下来。今天稍微有点儿异样，父亲好像心情舒展。难道铺子有了转机，甚至于起色？他想父亲回头会告诉他的。

于是他转而想到他日夜念念不忘而踌躇莫决的私情。她生得满标致，是相离不远五道口张木匠的女儿。他第一次遇见她，是在几年前大钟寺正月的庙会上。一个早春的天气，阳光醉酽酽地撒下来，把道旁土沟里的残雪映得银光万点，把红男绿女的容颜照得喜色融融。他在人群里望见了她。她父亲停住和他父亲讲话。她低下头，只露出两朵大红面颊（这还是她第一次上装，铅粉胭脂涂抹得那样厚、那样不匀停，然而却那样天真，叫你分辨不出她羞赧的时辰）和一股乌黑头发。正是“天下无难事，只怕有心人”，就在一个月以前，在深茂的玉米地，他得到她的信誓。她担心自己贫寒、微贱，因为门户不当，不免遭人遗弃。他扳转她的脸，眼睛像团火一样看定她，然后回身拍着墓碑，说他的心和石头一样坚。她觉得不吉利，同时心头涌上一种喜悦的情绪。

一个月过去了，他无所举动。他盘算好了，然而他缺乏勇气，说不出口。这比求爱还要窘人，而且那样不自然，出乎人的本性。他明白父亲的为人和平日的溺爱，他依然犹疑着，并非他不相信自己会成功，他没有适当的机缘启齿，倒是千真万确。父亲一个月以来常在海甸，轻易不回村子；即使回来，也仿佛密云不雨，一副不十分喜欢旁人搅扰的神情。他不由畏缩了，觉得自己过分自私，毫不顾虑到老人的烦劳。但是，延宕下去，对不起另一个良心；而另一个良心，含有女孩子的杞忧，仿佛离他的灵魂更近。他决定冒险一试，父亲即使反对，也会设法宽容。这妨害他们父子的情感，然而解释得当，一切误会不难消除。

现在是最好的时机，他坐在椅子上思索着。

堂屋又是一声浊重的咳嗽，不安的足声随即在桌前停住。他可以觉出父亲的眼睛，和自己的一样，直直地看着布帘。一种怜恤的情感不由让他喊道：

——爹！

父亲立即回答着，显然在等候他开口：

——什么？你换完衣服没有？

这提醒他到套间做什么来了。他站起挪开椅子，打开柜门，同时回道：

——爹，还没有。

父亲的拳头轻轻敲着桌面，诧异道：

——哦，还没有！这半天你在里头做什么？

他的呼吸微微急重起来，静了静，接下去道：

——望生，我有话跟你讲。有好些话，我老早想跟你讲，不知怎么，总耽搁下来。让我今儿个说了吧，因为我还有事跟你商量。想是想不到的，不过你也许高兴听。

他呼了口气，慢慢道：

——你晓得我这一向发愁,我瞅你知道!你见了我,总像要问又不敢问,我全明白。不是别的,铺子生意不好,要支持不下了。我不清楚怎么就到了这步田地,赵掌柜是我的老人手,账目也不会错,只有怨天了。市面冷落多了,各行全有歇业的,京里的同行也不肯帮忙,眼看只有一家一家倒塌了。外头只要债不太多,东家都情愿收了买卖不做。

——爹是说咱们的也要歇业吗?

——很难讲,我老拿不定主意。你赵叔他撺掇我支持几个月再说。自然,谁都要体面,能多磨一天总多磨一天的。我怕的是亏空越来越大,倒了,咱们忍这口气,也就罢了,怕的是亲友也有股份,回头闲言蜚语,毁坏咱们四乡的信用。再说,老爷爷的买卖,倒在我这一代,心下总瞅不过去。这些日子,头一桩事,就是整理旧日的账目,万一措手不及,我做东家的也好有个准备。

望生换好衣裳,从套间出来。他的私情,仿佛一道清澄的细流,流在湖口淤住,而湖口,正是他孝子的至情。好像犯了罪,他偷看了父亲一眼,见他面孔沉沉的,自己眼泪险些夺眶出来。一种茫然的悲哀,为老父、为家庭、为自身,漂浮在他的眼前。父亲的大手背,好像鸡皮,上面染着许多发乌的斑点——伏住桌子犄角哆嗦着。父亲一生全在失意、辛苦与挣扎之中生活着。起初他私下祷告清室的复辟,渐渐这仿佛一个英雄的梦,破得和个水泡一样无影无踪。于是荣华富贵,好像一只脱了绳的吊桶,掉在一口十丈来深的古井,没有人能也没有人打算捞它出来。他并不算老:就实际的年龄来看,他也不过四十四岁,躯干也算壮实,只有面孔透出一点老样,然而我们知道,乡下人照例比城里人显得老些。

灶房传出锅勺的交响。他们从门洞望着对面冒烟的窗口。七伯，一个老仆人，走出灶房，端着一个大白木盘，上面搁满了饭菜和碗筷。他把木盘平摆在桌心，呢喃着，好像遭到什么不痛快。和他待久了，就晓得这不是语言，只是一种不由自主的表情罢了。头因为拱腰几乎挨上桌沿，远远从背后望去你仅仅看见一个亮晶晶的后脑勺，上面贴着一根小白辫子。和那只狗一样，他是一个不言语的活动物。他极其安静，除非唧哩咕噜诅咒柴火。坐在锅灶前面的草垫上，他一边顺手往里扔进干柴，一边梦似的呢喃着，看着那时衰时旺的红光。饭在桌子上摆好了，他望望老少主人，嘴边漾着一圈笑意，点点头，溜回他的安乐窝。从来没有人抱怨他的厨艺的。

望生等他父亲坐好，也就打横坐下。他们不言语，渐渐饮食提高他们的精神，断了的话重新续起：

——我说有桩事跟你商量，其实这很可笑。

老人兴奋上来，额角冒着汗，黑黝的脸色有些透紫。

——我今儿个做了桩事，也许错，也许不错，管它呐，别人说我荒唐也不定。外人不相干，我倒要听听你的意思。

但是他不说下去，反而移开视线，看着地。望生急于知道他的隐秘，不由冲口而出：

——爹，你说。

——我说，望生，咱们中间要有个女人，你说，望生，要有一个女人主家，咱们不方便些？

父亲终于仰起头，看着望生，等候他的答复。他却心乱了，喜的是父亲点破了他无从开口的题目，但是题目下来，又不知怎样应付才好。他最后道：

——我……我也这样想。爹虽说身体好，精神旺，不过年月久了，迟早总得有人服侍。我又常在地里，家里就仗着七伯，再过两天，正经饭也要吃不到口，要是有一个女人，替我服侍爹，洗洗衣服，做做饭……

父亲赶忙承住道：

——是呀，是呀。我告诉你，因为清理账目，我查出张木匠欠我的那笔款子。我叫人催了他好几趟总不见动静。我知道他没有力量，不过这搁得太久了，所以你赵叔私下不知怂恿了我多少回，你赵叔是精明人，他以为张木匠迟早归还不了，搁下去终不是事，索兴挤他一挤，说不定效验。今儿早晌，我在老虎洞西口外遛达，无意碰见他。我约他到铺里柜房，把我的苦况老实说给他听，请他早些想办法，就算我不要利息，那五十四块钱的本钱总该归还我。他坐在箱柜上，望着窗，老了十几年的样子，我真不知道怎么往下催索了，还是你赵叔好，对他发狠道：

——没有钱，卖掉你女儿，反正债不能拖一辈子的。

——我们三个人待在屋里，半天谁也没有开口。张木匠低下头——怎么！望生！

望生的眼睛瞪得圆圆的，手里的筷子停在半空，脸白得和中了邪一样。经父亲这一惊问，他醒了过来，敛一下神，嗫嚅道：

——他很可怜……我不晓得他欠爹那么多，五十四块钱，这……

老人以为他仅仅是可怜张木匠，于是接下去道：

——可不是，我要不是害怕铺子倒闭，绝不无故挤他。他是个

老实人。他坐在我面前动也不动,后来搓着手,问我道:

——你真逼我还吗?

你赵叔回道:

——不是逼你,是你还不还?

他看着我道:

——大爷,你知道我一天不如一天,周转不出来的。

不等我说话,你赵叔就抢到前头道:

—— 一家有一家的苦处。

他低低说了声“是的”,我们就又不言语了。随后他走到我跟前,疯了一样,哆哆嗦嗦道:

——那么,我就把女儿折给你,怎么样?她,十七岁,叫招姐,是你见过的。

望生急忙插话道:

——你怎么样?爹,你不的!

——哦!我简直莫名其妙。我没有心思逼他走绝路,我当他说笑话。我看了他一眼,马上我明白他说的是真个的了。我倒哆嗦了。我没有心思作孽的。全亏你赵叔,走在傻老头子跟我中间,伸出手,冲我们道:

——好!一言为定!

——我吃了一惊,从坐的地方站起来,我来回只是走。慢慢我想,只要他情愿,未尝不好。咱们家里正也缺个女人。他女儿我见过的,总算个正经姑娘。娘家穷也就罢了,好在是填房。我就跟张木匠讲,真要这样的话,不算还债,我就明媒正娶过来算续弦好了。

望生的脸色变成可怕的惨白,外表仿佛一座石像,内心却是一锅的沸水。他找不出话来表示他纷繁的情绪。好像晴天一声霹雳，或者迎头一棒，他所有的情绪全麻木了，整个变作一张白纸，和他没有活过一样。然而他活着，手里小半块的馒头叫他捏成个球。他苦笑着。他没有听清父亲继续讲些什么，他低下头看着他的鞋头。他只意会他们商量定了交易，赵掌柜算是大媒……这太胡闹了，卑鄙、可耻，对他简直是一种说不出来的刺心的侮辱。他痛苦到了万分。他站起来，翻身望着院子。屋里忽然静了。

——做什么，望生？

——我到地里去。

他走出去，奇怪他有腿，有脚，居然会在地上行动。在太阳地停了停，不等狗欢欢喜喜奔过来，他就拐出过道不见了。

父亲很难受，以为这是儿子反对娶继母的表示。

秋野①

在恬静的晴空下，从高粱地隐隐传出一首小曲，仿佛一种粗犷的低音，统治而又融于诸般天籁。这自然的音乐，仿佛一把钥匙，轻轻打开过路人锁住的灵魂，于是在这万绿蓊郁之中，静静立住，目光穿过一丛交割的小叶，或者扫过一片谷子的波浪，一心想寻见那忘我的歌者。

但是那歌者，却是唱了为自己开心的。他正坐在深密的高粱地里，离小道还隔半亩的距离。两排长鞘似的绿叶随着微风，送来些诉不断的耳语，在他头上调情似的游荡着。他不唱了，望了望四

① 载1935年9月8日《大公报·文艺》第55期。——《李健吾文集》编者

外，然后站起来，继续工作。他走在两行削长的高粱中间，用手劈着左右的叶子，握满了手，便一小堆一小堆抛积在地上。他墨玉似的麻脸毫无表情。任谁也狂不透他当时的心思，是快乐，是悲哀？走近小道的时候，听见什么声音，他用袖子揩着汗，把头伸到空地。

从北面慢悠悠走来三位他认识的老少：前面是曾家的小学生，中间是他的先生，后面一位叫先生遮住。小学生穿着一身新竹布袍子，上面套着个小青缎背心，手里拿着他嵌着一颗朱玉的瓜皮小帽。他的眼睛不安分地射向高粱地，希望发现他憧憬的什么东西，但是他胆怯地、狡黠地不时朝后瞥瞥他的先生。这位村学究有五十岁左右，从他干瘪的脸，苍悴的肤色和四方的步子，你就可以看出他的博学来。他轻易不向人笑，尤其当着妇孺面前。他似乎没有家，至少他不随便和村人谈起他有家，即便谈起，也绝不露出什么情感来。他好像生下就为教书来的，所以人人对他十分尊敬，有时还掺上几分畏惧。他的右手握着一根长旱烟管，而且不知怎样巧妙地一绕，手缝坠下一个小烟袋，穗子一样摇摆着。落在后面的，是一个三十多岁的农夫，不是白塔庵，是东大院的。他臂上挂着一个竹篮，盛着一二十颗白净的大鸡蛋。他低着头，好像一肚子心事，却又不大愿意和人道破。

——黄九，你在这儿！

小学生忽然叫了一声，在歌者面前停住，好像寻找的就是他。然后他指着先生，说道：

——我们到五道口去了才回来，走小路，绕远，可比大路好。啊，你在去高粱叶子！

黄九扔下手里一把叶子，走出地边，和大家问候。先生问他道：

——庄稼好！就你一个人吗?

——还将就,只要没有兵骚扰。我哥挑回一担去了,剩下我一个人,眼看也就完了。

他转回身问落在后面的农夫道：

——刘哥,你怎么也打这儿过?

——劳你惦记,我这是到我姐家去了。许久不见,你发福多了。

先生接住道：

——我们正在谈论他姐的事。她姐病了,他来看她的——好,那儿有棵树,我们过去歇歇。

指着不远高坡地方一棵老榆树,他走过去。显然他想听完刘哥的叙述。他有一个怪习惯,常常寻找机会打听别人的事故,不是表示他的才学,就是因为自己一身清净,有心可分。村人通常总把他看作万能,事无大小,都会前来请教。他不过依照情况,表示一点情感,然而对于村人,这也就很够了。

小学生跳进高粱地,拦住黄九道：

——我一路没有瞧见一个蛐蛐。我在那边坟上看见一个,怕我先生说,没有敢逮;贴近一瞅,只是一个小油蛄蝼。我不要什么,什么偏偏多。你瞧,这高粱秆儿上就是一个！真怪,飞得这么高！

黄九微微不耐烦道：

——它爬上去的。

——爬上去的！你为什么不送我几个蛐蛐呢?你答应我的。我自己不敢逮,先生会说我的。

——你在这儿待着,先生要说你的。我们看他们去吧。

他们过来,只见先生靠住树身,舒舒泰泰,盘住腿,席地而坐;刘哥蹲着,像个心不在焉的孩子,拾起一根枯梗,在土块上描画。一个面向北,一个面向东,他们坐在树荫那边。黄九和小学生悄悄溜过来,坐在他们两旁。刘哥叙述道:

——我本来不晓得她病,直到今早在海甸街上,碰见张木匠,我才听到。本来许久我没有走亲了,当时买了些果子点心,决定看她去。张木匠说她就想吃凉东西,浑身发烧,所以我想到买些果子。回家跟老人家一提,她可真着了急,说怕是姑爷欺侮了她女儿,又不知是请了大夫没有,催我丢下地里的活快去。

先生插入问道:

——他们夫妻打架了,不是?

——您听着。这一回可真麻烦,还是为了些啰里啰唆的家务。祸根子是艾花的亲事。她如今十八岁了,该是说婆家的时节;其实一桩小事,原本用不着大争小吵。姐夫有个脾气,凡事不大和家人商量,说什么就是什么,从不想到这合不合别人的心思。我姐又是种怪脾气,越不跟她商量,越要插到里头,好歹全不赞成。男家媒人以为权柄统在男人手里,就专同我姐夫接头,本来在这文明的年光点儿,总算欠点儿情理。我姐夫是死心眼儿,一床的夫妻,就半个字也不透他女人知道。大概是男家八字送了来,惹得她满心不高兴,当晚跟她男人吵了一场,说她不把女儿嫁给那样人家。艾花这丫头,跟她妈一个鼻孔出气,尽是哭哭啼啼的。姐夫大概是打了我姐两巴掌,后来就跳起脚走了,直到现今还没有回来。千不该,万不该,他不该打自己女人。

先生应和道：

——这是不该。他到哪儿去了呢？总还是找回来，大家慢慢说合说合才好。他们夫妻平日又不是不要好。

——是呀！这才让我姐伤心，说她活够了，二十年的夫妻，临了为女儿挨他一顿打。她直闹着寻死觅活。她对我哭了一场，求我这兄弟替她做主。您瞧，我为难不为难？姐姐是姐姐，姐夫是姐夫。我走的时候，张木匠的女人跟小女儿都在那儿，陪着艾花劝她娘。

说到这里，大家听见榆树向阳那边发出一声哼唧，吓了他们一跳，立刻都回过头看。这不是别人，正是望生，懒洋洋倚住榆树，就站在先生后背。他们不明白他什么时候走来的。

他向他们点头微笑，心里好像什么事也没有，仿佛一个游手好闲的小光棍。冲出家门，他失了魂似的踉跄着；随后靠住车门，他向北望着庙前朝天的牌楼，脑子空空的，和六郎庄荷花池里的草人差不多。老狗悄悄来在他的前面，逡巡着，看见自己引逗不上他的抚爱，便伸过鼻子，在他的肥裤腿上磨蹭着。他觉得小腿痒痒上来，恢复了他茫然的知觉，低下头看着它可笑的献媚的动作，他无动于衷，喊了一声："去！"抬起脚把它踢远了。老狗跑进去，蹲在二门的石阶上，眏着眼睛，仿佛伤了尊严，懊恼地望着它变了心的小主人。

他举起步子，穿过晒高粱叶的空场，走向对面的大路。他从一口小井旁边过去，那样近，他也不想想他会掉下去。他看着大路上积存的一坑一坑的雨水，和在太阳下蒸成白碱的泥块。这对他像有一种意义，却不是他所能猜测出的。他听见后面有女人的嬉笑和脚步声，他暗骂了一句，没有回头，顺庙转过去，和逃犯一样，三跳两纵，跃上大路，跨进谷子地里。谷子快熟了，棕黄的穗子围住他的四腰垂摆着、惊语着，吻着他新换的衣裳。他穿进玉米地，仿佛疲倦了，靠住一棵枣树坐下来。

这可能吗？她做账抵给自己的父亲！不惟野蛮，简直残忍、荒诞，她来做自己的继母，还要和自己走一个家门！

他不能往下想了，这刺激太深，也太意外了。他好像等着自己心身俱亡，一点力气也没有，软软地贴住枣树，仿佛一只失了方向的帆船，在怒涛上颠簸，或者一只断了线的纸鸢，在云空里翻转。他奇怪天气会那样晴和，景物会那样平静。这是七月最好的一天。任何地方都是油绿、金黄；任何地方都是茂蕤、收获；任何地方都是光明、和平。他头上的枣树，迎着斜阳，好像开了一蒲篮灿烂的小绿蝴蝶，中间垂着万千的果实，而果实柠檬色的面颜，犹如羞涩的闺女，映出浅浅的玫瑰。他四围的玉蜀黍，垂着长长的穗头，中腰迸出露着笑靥梳着髻的子女，挺在叶秆之间，彼此挨摸着，发出微微不谐的窣窸声。空里清澄得和海面一样，云浮在中间，好像雪山，镶着各色反光的珠玉。太阳照着一切。一切好像从中午苏醒出来，散出温暖的似香非香的气味。

他烦躁得厉害。整天和自然在一起，他也就看不见自然的美好，但是他逃不脱它的势力。

用手遮住前额，他测量一下太阳的位置，然后看着树的斜长的阴影，终于扶住树身，毅然跳了起来。他听见有人狂歌，很远又像很近。这腔调他是熟悉的。他静静听着传来的情歌，觉得他沉重的心灵清洗一新，全身不似那般沸腾了。他走向歌者所在，玉蜀黍的穗头在他的脸前拂来拂去，肩膀撒满了纷零的碎花朵。他渐渐踯躅到小道。他望见榆树下的小群人。他不打算闪避，也无心过去问候，只是无聊赖地彳亍过去。他倚住树身，起初没有注意他们说什么，目光扫过他们的头顶，一直望下坡去。直到刘哥说到张木匠母女，好像他灵魂无主的浮荡有了依凭，他不由叹息了一声，而这一声他自己听见了也吃惊。

小学生走到他身边。他向大家笑着，止住小学生道：

——听他们说什么，不要打搅。

刘哥继续道：

——白先生，您瞧，我应当怎么办？我该不该把事详详细细禀给我娘知道？

先生思索着。

刘哥解释道：

——听说女儿女婿打架，她一定要着急的，生气还不用提。

黄九愣里愣症问道：

——老人家为什么生气，你说？

——你想，她外孙女婚嫁大事，连她也不先禀一声，她还有不埋怨的？

于是先生最后指示道：

——那么，你不要对老人家过细讲，你就说你姐夜里着了凉，出回汗就好，稳住老人家的疑心。

刘哥感谢地看了先生一眼，随后道：

——我回去先这么说着。不过，顶难的是怎么安排他们夫妻两口的事，如今一个病着，一个不回家，终久不是个办法。方才我姐还提到地里总得有人常去才对。

先生犹疑道：

——这……

黄九快口道：

——先请个大夫，再烦人帮他们说合一下子。先生，您说？

——就这么也成。下午你到海甸药铺抓上两剂清心败火的草药，有现成方子，用上几回就会好的。你姐夫那面，你就托人找回来，古人说，夫妻相敬如宾，何况……

望生没有听下去，他的注意力集中到视线所及的坡下。这曲曲折折的小道，夹在两旁的高粱中间：向东拐进谷地，随即又往北露了出来，便一直没入一座大坟地，四面全是小灌木和高大的白杨。就在那谷地的小道上，忽然突出一个人头，渐渐上半身，最后走近高粱地角头，显出全身。望生抑不住他潜伏的怒潮热血，把脸色也变成可怖的赭紫。他提不动他的脚，他越发和自己生气。他始终没有想过的念头，和魔鬼一样，如今骤然跳了出来。他的痛恨，忽然无理由地，全集中在来人身上。

这是他父亲信赖的赵久福，赵掌柜。

他是一个将近四十岁的壮年人，因为背拱了起来，所以身量显得短，奇怪的是，面孔也因而皱在一起，透出饱经世故的神气。鼻子高高的，好像一道土堰，隔断了两个泥坑，而泥坑发出了灰黑的光亮。如若鼻子在外面遮住它们会合，却挡不住二者敛回光亮，内里有所阴谋。他的眼睛所要掩饰的，他语言的应对却替他宣泄了出来。他知道调整他的语气、手势，甚至于嘴角。他明白人类的弱点，便用这种知识做他生存的不二法门。

但是他依然不免为人嫉恨，惟其人与人间，知识不能总有一切，而真正的百宝钥匙，倒是一种我们生而具有的微妙的感觉。这就是望生不待见他的情形。他不明白父亲用他做掌柜的理由。两下的交谊最初并不真挚，然而现今父亲把他看作心腹，铺子完全交他管理。望生是一个率真的青年，所以赵掌柜无论怎样堆下笑脸，他只还他一个视若无睹。他并不因之少所畏惧。赵掌柜知道人人的隐秘，甚至于望生私情的一二。他有意作弄这年轻人。不是他从中捣鬼，逼人卖掉自己的女儿？用女儿抵债，原和出卖一样。他心爱的女孩子一旦变成他父亲的填房，这可能吗？对于生长在田野的男女，要想毁掉一个热情，必须另来一个热情。他们是原始的、本能的、冲动的。一分钟以前，望生心里没有一丝赵久福的影子，一分钟以后，他便只想杀掉他。

他的手指不由自主地握在一起，而下唇紧紧咬住，他努力捺抑住无名的怒火。赵久福正好在这群人前打住。他走得急促，微微有些喘吁。他向大家热笑着。他走向望生，忽然收住步，后者狂异的目光凝住他，仿佛遇见了什么煞神僵尸。他不自然地问道：

——东家回家了吗？

望生点点头。

——他没有出去吗？

望生摇摇头。

赵久福转回身，向大家透出神秘的模样，放低声音道：

——你们猜我在那边林子碰见谁来？

大家全看着他。

——啊！她长得那么标致！真想不到！我有两年不见她了，

猛然一见，倒吓了我一跳。我奇怪哪儿来的这样秀气的姑娘！我过了五道口，正要穿进那座坟地，就见从东边袅袅婷婷走来一位姑娘。我愣住了。我想起这是谁了，她也闪在道旁站住，害羞的神气，好像认出我来。我就搭讪道："姑娘好。"她给我请了个安，回道："大叔好。"我正要转进林子，她就在我背后问道："您打海甸来吗？您见我爹了没有？"我笑了，说他已经回家了。我真想不到她出脱得这样好看，真是女大十八变，隔上一年不见，就另是一副长相。这一乡怕要数着她了！

刘哥以为说的是他甥女，脸上不免带出一点骄傲。黄九问她是谁。赵掌柜幽默道：

——还有谁哪！她就是……

不等他说完话，便听扑通一声，他倒在高粱地了。这动作是如此不意、敏捷、猛烈，人们全惊得站了起来。他们望着石像似的青年和地上哼唧的赵掌柜。望生审量着脚前抱住头的可怜虫，然后发狠笑了一声，跳出围住他的壁垒，一言不发，往北跑掉，好像他已经不属于这初秋的世界。

这时风刮了起来，地里各处，从叶子到穗子，从高粱到毛豆，发出不同的呼啸，而天色也往黄昏多走了一寸。隐伏在白昼的郁怒终于随着黑暗散开。小道上的人们喧哗了一阵，搀起受伤的人，怀着各自的疑团，向南缓缓走去。他们有一个共同的想法，就是一路不谈本题。他们谁也没有想到追回望生，因为赵掌柜虽然按住青肿的鼻头，不住地呻吟，始终没有吐出一个复仇的字眼儿。太阳往西坠落，他们身上也洒满了高粱的影子。

这条小道静了，不过十分钟以后，在白杨林里，榛莽遍地的草径上，显出一对少年男女来。他们牵着手，披开丛菁，坐在一张破裂的发乌的石桌上，四周是密密的深绿的白蒿，和伸出长蔓缠绕各色野生植物的奶心草。他们可以望见行人，而不为行人窥觑。这是一个长形的大坟地，足有四亩宽窄，砖垣早已颓圮，由各种小灌木封闭或者代替。正东剩下一个巍巍独立的大门；中间是一块绵软如茵的草坪，南北斜踏成一条便道。过来便是没遮拦的壮实的野草，下面掩藏着若干坟冢与石器。望生和张木匠的大女儿，不言语，看着腿边红透的酸枣，听着秋野的天籁。乐天的要算蟋蟀了，隐在草根或者土缝，一递一收地唱和着；同时高大的白杨，摇着镀了银的圆叶，在半空弹出悲壮的音响，哀悼人间的罪恶和腐朽。悲哀渐渐网住这一对痴情的男女。天开始黑了下来。

田原上

到了夏秋之交，所有的农植从绿而碧，从碧而黄，全发展的蓬天铺地，于是一楹两椽的简陋的民房，在它们的稠枝密叶中间，偶而闪露出来，仿佛大自然的眼睛、大平原的灵魂。忽而竹篱，忽而高屋顶，增加无垠田野的妩媚。没有了它们，大好景致就像失掉归宿，眼看阡陌荒芜下去。仿佛美丽，没有了爱情，就要萎弃；好像一天的碧蓝，没有了银亮的星星，显得分外地空虚、黑暗、怅惘。然而冬天来了，北风平地刮起，一切的收获贮在仓房，或者粜进粮店。在一些枯枝烂叶中间，这几所民房立在那里，赤裸裸的，和茅棚底下的牲畜一样，寒寒瑟瑟，仿佛去了翎的孔雀，剩下的惟有丑恶。

这些民房散了开，较近的几家自相联结起来，称作一个村子，便在某家临路的墙角，或者十字交口的大树身上，钉着一面蓝地白字的木牌，写出那代表不到十家的惊人的名称。说它“惊人”，是因为你看不见村子，看不见任何成为一所村子的徽记。请教五道口在什么地方，你老？于是一方长而且窄的蚀落的木牌，钉在一棵老槐树最大的一枝上面，而这棵老树正好长在两条大路交口的一旁。但是那些房舍在什么地方，那些风吹雨打的房舍？

什么地方，就在二百步以外，藏在两棵千条万叶的杨柳后面，是张木匠的家。啊！多么紧密而又旷野，多么寂静而又孤独！仿佛它要隐住它的秘密，然而它的外表又是那样招惹飞短流长！

这是一排三间向东的屋子，用破砖和石块垒成，后墙毗连着将近一亩的郁茂的玉蜀黍田，前面是一个不大的院落，用玉蜀黍和高粱的长秆做篱笆围住。靠着东南角，砌起一堵一人高的土墙，草草架起一间牛棚。窗下放着一个桑条编的鸡笼。大门是四根木柱夹上高粱秆，另外插了好些酸枣枝好像防备偷盗。门前偏南，紧靠北面的菜畦，是一块不整齐的小打麦场。一架磨石，仿佛怕人笑话，用南墙掩住它的粗窳。有一条小道，从大路斜着曲折到大门前面：两旁一边一棵柳树，洒下大片的荫凉。

那扇大门平时多半关住，如今忽然推开，从里走出一位五十岁上下的老人，弯着腰，手交握在背后，慢慢地穿过打麦场，然后在磨旁站住，脸上木木的，靠住石盘坐下来。夕阳的残光眼看就要消失，留下几丝照着他的老脸，然后在石盘的顶端收住步，好像临别秋波故意一转，映出五色的宝星。然而犹如回光返照，一层深虑焦忧的暗影随时会掠上他的面孔。北风跳下舞伴似的篱墙，吹直他一头的乱发，不等落平，立即奔向邻近的农田。

他想着那无数欺骗他的往日：脚压住木板，手提着锯，腰弯在凳子上,他苦作不休,但他所有的指望全随着木屑飞散。

他不是本地人。不到二十岁的光景,他便跟着父亲,离开河南的信阳,到外路谋生。他们是手艺匠,所以糊口并不困难,其后流落在海甸,赁了一间铺面,而且前清末年,市面比较现时兴盛,他们很赚了几笔小财。他们因之在五道口附近买了十亩地,立门成户,俨然是个小康人家。三十岁左右,父亲出来做主,给他相了一家破落户嫁不出去的姑娘,娶作贤惠的中馈。因为一家全是老实人,心直口爽,或者心短口拙,而且常常在外做活,远近十里的人家总算相安无事。于是民国成立,随着顾主地位的低退,市面骤然荒凉,他们的小门面也有些摇摇欲倒,好比俗语所说:城门失火,殃及池鱼。

然而不知怎样一把火,烧掉海甸的小门面和它的老主人。这过分悲惨的结局,正好在一个午夜发生。老主人一个人在铺里过宿,而小主人先在白天回转五道口。直到现在,一提起来,人家还说他不是,有时候轻轻噢一声,带有不少讥笑的分量。甚至于有人暗示是他自己放火,好省一口棺材!无论如何,他不谨慎。没有一个人想到,这所小铺面由他们父子赤手创成,如今连贮藏的木料一起烧成灰烬,把张木匠带上一条负债的长途。

人类永久相信自己的能力,预期未来的成功。不过未来,唉!是海滩上日光下的蚌壳,一到现在的阴影里面,便露出本来的石灰质。在悲恸之中,他用希望自励,以为自己一定能够归还不期而来的债务。他忘掉他已经四十五岁;他忘掉他处在怎样一个时代和环境:于是五年过去了,他的老腿直是跨不过他的债台。起初他在一家桅房佣工,大约因为有所憎恶于棺椁,他设法夤缘到一家大木厂做活，希望未尝不高。可惜他仅仅应个短工，因为每逢农耕期间，他必须回家走走，帮着妻女上地。他不得不两头兼顾，而这两头，原本都该轻快，如今却变成双重负担。同时连年战祸，兵匪骚扰，市面萧条，全凑在一起，打碎不知多少将圆的好梦。木厂被军队占住，改作什么办公处；而木料，杂着商人的呼号，噼里啪啦地当作柴火烧掉。于是他只好丢下海甸，专心务农。有时他依旧背上一匣锉锯，给近村的乡绅修理桌椅等等木器。

渐渐年月和他的衰老一起增高，不见债主催索，他也就从记忆一点一点勾消。最后慰帖自己，债主或许忘记他这笔银钱了。这正是人类共同的惰性，起初存心还账，随即想法赖债。但是张木匠，虽说在海甸做了将近二十年的活，六七年来始终打算凑足这五十四圆大洋（加上复利，该有一百多了吧），并不像人意料的那样不堪。但是他凑不出这小小的数目，而且他晓得望生家不会逼他。最初借的时候，望生家向他慨然道："拿去吧！拿去吧！我不计较你的利息。这满应当，拿这钱置口棺木。我不该计较你的利息的。"随后又道："等你手头宽了再还我吧。"听着这样仁德的话，拿着那样长的一包现洋，虽说上了些年纪，他感动到流下了泪。他坚持立一张借据；他相信自己会如数清偿。对于一个自来勤苦的壮年人，这简直近似惭愧。然而人事无常，他慢慢不再相信自己，慢慢他想忘掉这笔宿债。

不过，噢！今天早晨——有什么能够描写他每况愈下犯下的更深的错误呢？当时良心和感激仿佛四堵高墙，封住他的去路，于是——他有别的办法吗？——他用下一代了结上一代的罪恶，形成另一种罪恶。现在他回到家，看着四周的物事，醒了，另一种良心和温情涌上他的面前,他惟有懊恼、悔恨,和这一切情绪交战之后的一种空虚。怪罪自己吗?也许。然而他那样忠厚,做一件事,总有一件事的道理。然而他的心情究竟不是一个遗憾可以括尽,而且这沉沉的、沉沉的,仿佛他失足跌下井口,晕眩着、旋转着,或者在一个地窖底下工作,窒息,打冷战。他不得不步出屋子、院子。但是风从他的耳边吹过,也像幽幽地说他错了、错了。于是万籁齐鸣,仿佛每一种农植都在说着各自不同的理由。他从磨盘站起,蹒跚到后墙,踱向他父亲的坟墓。

这时他女儿正推开大门,走进院子。因为走路急促,她的脸色更加红润,不像心里带着一团疑惧。她眼角的泪水已经干了。站在门阶,不由自主,她就哆嗦起来。她晓得父亲在屋里,而且还坐在什么地方,吸着他那不见断头的旱烟,怎么样,进去吗?一路她无二的思想是当着父亲,亲口问个明白。但是如今不知什么地方忽而兜来困难,叫她觉得不便开口。她在风门前面迟疑住,看着一只花颈的母鸡,从里钻出风门,在她脚旁扭向鸡笼。

她父亲不在屋里。看着桌上的空烟管,她感到一种奇异的轻松,刚才兴奋过久,她开始感到疲茶,和身坐向椅子。两只小鸡彳亍着,在炕边寻觅食物。她出神地望着它们,什么想法也没有,仿佛一切神智都停止活动。牛在院子的棚下面哞哼着。她听见它从地上站起全身抖擞的响声。风在窗外嗞嗞地吹着。台阶上像有什么洋铁家什滚在院心翻转。

陡然她想起该干活了。于是,她敛住摇摇欲坠的心旌,重新站起走向院子。她从台阶抱起一捆柴火,搁在灶门旁边,预备燃火煮粥。起初是淘米淅沥的水响,随即是锅里添火的声音,于是风箱一抽一送地呜咽着，干草和劈柴在锅下面也因声作势起来。渐渐音响全止住，只有案板上切菜的急切。天眼看要黑，已经发黯了。

她推开风门，奇怪父亲到哪里去了。从小道上来了一个人，却是她兄弟，他的背上扛着一大捆蔫蔫的绿高粱叶，弯着腰，几乎压得看不见头面。她跑过去，先为他开好院门，说了一句"回来了"，跟着他走到牛棚外面。他放松手上的绳头，一仰身，扔下背上的重负。他有十四岁了，比起姐姐矮半个头，然而身体壮实，已经赶着学习成人操劳。

——妈还没有回来吗？

"没有；他们留住她，还有妹妹，我一个人先回来的。"她过去拉开风门，等着他一同走进屋子，然后道："你没有见爹吗？我先前回来没有看见，可是他早回来了。饭差不多了。你不饿吗？今天饭晚了。"

"我饿了。"她兄弟答道，"你看爹去，要不我先吃了。"

"等等，乖孩子。"她笑着向他道，"小心爹回来看见骂你。"

"我？"他坐在椅子上，一边伸懒腰，一边讥笑道，"我倒替你担忧。一顿饭做到这时候，不怪一提找婆家，爹就发愁！"

她瞥了他一眼，有些怨抑，扭头走出屋子。这仿佛一针扎在她心上。她知道他无意，不过她受了伤。她推开院门，向四野张望，然后转到打麦场，依旧不见父亲，她不知不觉有些害怕，叫了一声："爹！"风应着，压下她尖锐的呼声。她想父亲或许没有回来，路上的人错告诉她。平时她绝不介意，不过如今她有一种强烈的矛盾的欲望：寻见父亲证实自己忧惧的无稽。然而她又怕见他，不幸证实它的真实，她该怎么办呢？反抗——这有史以来在她的生命线外。她自小只知道服从、无条件的服从，这几乎融成她生命的一部分，牺牲——哦！她没有那样高的精神教育，遏抑她人性的呼唤。她茫然于她的一切。

转到房子后面，隔着玉蜀黍交织的长叶，在灰压压的一片当中，她望见露出一个较黑的身影，于是披拂开两行玉蜀黍，她跑过去，喊着："爹！爹！"她看见他转向她，愣住，而且微微吃了一惊。他站在一个土冢前面，极不安宁地等候着他的女儿——为什么她忽而寻来，莫非——他不敢往下想，两只手机械地颤抖着。女儿颠着小步跑来了，看着他——他像更老了，仿佛隔了几年重晤，不由她不奇怪：为什么他丢下烟袋，一个人逗留在冷清的坟头，倒像有话传禀九原的祖父。他从来没有这样动过感情。

"哦！你一个人在这儿！"她鼓起勇气道，"爹，我真没有想到。路上我听赵掌柜说你回来了，可是回来屋里不见你，我正说你到哪儿了。我瞅见桌子上你的烟袋。"

"我回来时候，你们都不在。"父亲嗫嚅着，最后询探似的问道："你在什么地方碰见赵掌柜？他没有对你说什么？"

"我在穿过松家坟地的小路上碰见的。"她踟蹰一下答道，"我认得他，可他那样子像不认得我了，他想不到我长成大人了。他没有跟我讲什么，就是你回家还是我问的他。"

父亲点着头，心神不定的样子，随即指着坟，向她枯涩地道：

"记住，这是你爷的坟！"他的声调有些改变，一种非常的力量附在他身上。静了静，他添上一句道："他是火烧死的，他的铺子也烧了。我们赊来的木料也烧了，什么都完了。我欠了人家好些钱。"

他不能再继续下去。这对于他已经算太多了。

她颤索着，和四围的玉蜀黍一样。她头上编不进长辫的短发，迎风飘扬着。她长大没有特别看过西山和夕阳一眼，如今觉得它们整个叠在她的生命上面。她不明白父亲的言外之意。她过去扶住他，向打麦场走着。

用饭中间，外面跑进一位七八岁的小姑娘，破开屋内的沉静。她是张木匠最小的女儿。她用小手揉搓着自己的辫子，站在门限上，望着围桌而坐的家人。院子是鸡叫和扇扑的声音。

“妈呐?”姐姐回身问她。

“招姐，”母亲在窗外应道，“你回来也不说把鸡关在笼里头，天黑了，保不定有黄鼠狼来。你爹他们都回来了吗?”

“都在吃饭呐。”她答道，“妈，你们吃过没有?”

“我吃过了。”母亲不等说完，就转问她小女儿道：“不过二丫头，你不饿吗?”随即她向屋内解释道：“这孩子才会做客呐。艾花妈直让她吃，她只是装羞。”

“我不饿，”二丫头拢近屋里正中靠墙的饭桌，“我也不装羞。”

“外头做客，敢情要老实些!”她哥哥接着道，“可是你们吃了些什么好东西，也不说说?”

“有什么好? 还不都一样!”母亲从外进来，一句话短短截住。

她比丈夫看起来小八九岁。在一家大小里面，她的身量最高，肩胛宽大，腰围粗实，一看就知道是一个下苦耐劳的农妇。这种女人的心肠，和她男性的外貌正相反，是温柔的、顺从的。她没有什么正经亲族，所以她感觉不到这方面的悲哀。这要是有影响的话，倒让她和家人更亲昵，同邻居更和悦，对自己更刻苦。她简单的头脑容存不下过去，她看见的只有现实，结局她接受一条：操劳。她不是那类乐天派，所以她会答人一句："我的命很苦。"如若追问下去，她立刻会告诉人："天待我已经很好了。"她好像地母那样宁静，她忧虑的是她的儿女、她的家、她的男人。

她从套间拿出油灯点上。黯淡的灯光，通黄的，只照着桌子近处。

"艾花妈怎么样？"她丈夫装上一袋烟，问她。

"好多了。"她坐在招姐腾下的凳子上，看后者揽住二丫头腰，一同走进套间，然后继续道："其实她生气并不全由艾花她爹打她，在男人跟前委屈这不算什么。她嫌男人太不把她当人看，亲生女儿一点不许她过问。我劝她想开些，夫妻吵回子是小事，女儿终身究竟搁不得。况且她爹错处只是事先没有和她商量，其实不是我说，女人实在跟不上男人，见识也不过半间屋子大小。说来可笑，她今儿个虽说不好讲出口，我猜也猜个一半。不是别的，她男人一天没有回家吓坏了她。"

——她男人还没有回来，那么她兄弟呐？我在海甸碰见他，告诉他去的。

——她兄弟早晌来看她，还带了一筐果子点心，全是上好的东西。她回了二十颗新孵的鸡蛋。她求她兄弟给她做主，她的错儿她认，不过——不过——你知道，她的意思是要他查访一下艾花她爹。我明白她的心。哪一个女人不心疼自己男人？就让他错反正总是自己男人。再说男人不像女人，就是错也按着个道理走。

张木匠静静地听着她的伦理和哲学，低下身，在鞋底上磕掉烟嘴的灰烬，许久抬不起头来。

“艾花姑娘也真好。”见他不言语,她继续道,“她今年十八岁,比我们招姐大一岁,什么都明白,一点不是那路糊涂孩子。我问她愿不愿意她爹说的那人家,你猜她回我什么?好孩子!她起初不肯说,后来红着脸道,只要爹妈都合意,她不算什么。不是吗,招姐?她藏在你背后说的。”她转身问向套间。

“是的,妈。”招姐低声答着,她跪在炕席上铺叠被褥。

“其实我们招姐也不小了;”母亲放低声音,向她如在梦魇中的丈夫提示道,“我说,她爹,你在外头平时多留点儿神,别耽搁了她,叫外人笑话我做妈的不是。”

招姐不禁在炕头坐下来,幸而是在黑夜,不然看着她睁圆了的眼睛和呆板的身架,二丫头会叫起来。她急于听到父亲的答覆。

但是外间静静的,只有她父亲粗糙的不匀的呼吸声。在这长而无望的等待中间,母亲叹了口气站起来,向对屋的儿子问道:“你睡了吗?牲口你喂了没有?——这孩子!我就知道你要忘记!”她过去推开风门,走向牛棚。她移开挡住棚口的板门,正要进去,就听身后跟来一阵零碎的脚步声。她知道是招姐跑来帮她的忙。她们都没有言语。招姐提起槽旁的木桶,看见里面还有半桶水,顺手搁在槽口倒下去。她盼望她的心事能像水这样畅快地流泻。

这是一个初秋的月夜,风已经收住,蚊蛾乘势在空里飞扑,蟋蟀、金钟儿全出来在草地歌唱。母亲倚住棚壁,看着招姐拌草。牛伸过头,在她身旁咻咻地闻着。母亲的视线充满了慈爱怜惜,以及一种说不出的母性特有的情感。这一刹那带她回到少女的时代,另一个温馨的世界,虽说当时贫无立锥之地!这绝不是自己从前所敢想到的:面前立着和她一般高的一个姑娘,爱她,而且代她操劳。牛拴在槽头,女儿站在她的身旁。

——妈,你听我!

“什么事,孩子?”她本能地觉出女儿的奇特和热情。她握住女儿的手;这一双手,连同女儿的身子,全在颤抖。

——妈!我害怕——我难受——帮帮我,妈!

她的眼泪滴向母亲一双粗大的手背。后者极想在月光下看清她的面容,但是她拢近了,将脸贴住母亲的前胸。

——妈,你晓得我的心、我的心,你不要跟爹一样叫我难过。爹今天跟往常不同,你没有觉出来吗?他半天说不出一句话,他有心事,不肯告诉我们。妈,问问他,我怕他想的是我——

——你什么?告诉我,我就说他今晚有点儿怪。他早晌去的海甸,不知做了些什么事。

——我不知道。我只觉得——妈,你问明白他,说不定你一句话就中用。

“好孩子,你困去吧。”母亲摸着她的肩膀,轻轻推她走出棚口道,“等他脾气好点儿,我自己慢慢问他,要不他会生气的。你先困去吧。我就来。”

招姐走进屋子,和她方才出去一样,父亲低着头,依旧坐在椅子上,吸着烟,一点没有体会她们母女在为他发愁。望着他苍白的乱发,她失掉她一腔的怨怼,明白他内心的纷扰根本在她稚弱的经验以外。平时她会立刻跑过去,站在他身边,设法引逗他的兴趣,暂时遗忘一日的辛苦;如今,什么东西隔着他们父女,通黄的灯光也不像从前那样燃起他们的温情。她希望他能够抬头看她一眼,同时她又惴惧不安,因为她知道,她会诉出她一切的疑惧,甚至于她和望生的私情。但是直到她走进套间,他坐在灯光里头,一动也没有动。

“姐,是你吗?”二丫头听见她轻轻的脚步,在黑地里问她。

“你还没有睡着?”她过去摸着妹妹的头发,“我也要睡了。”

她们不再言语;招姐在妹妹一旁躺下来。她们听见母亲走过窗下的响声。

“姐!”二丫头在她耳边悄悄喊道。

“什么事?”

“噢,我在想!”她神秘的样子,如有所疑道:“你能告诉我吗?我纳闷你跟艾花姐——她趴在你怀里哭,背着人,为什么?”

“哦!”招姐缓了缓,然后不在意道,“傻孩子! 她为她妈难受。困吧!”

“不,我知道。”妹妹咬定道。

“还有什么呢?”她出奇地看定妹妹闪灼的眼睛。

“不用瞒我,”妹妹傲然道,“我傻,可是比你机伶;我猜到她为什么哭,可是你不知道,她是为她爹难受。”

“是的,你机伶,你猜对了!”招姐夸她道,“不过,妹妹,困吧!”

但是招姐自己睡不着。她一丝的困意也没有。怎么睡呢? 她闭上眼睛,可是一天的事映在前面。她想着女伴、望生、她自己:个个陷于不可知的类似的黑暗。油灯依旧亮着,父亲仍然坐在桌子旁边,母亲已经阖住风门进来。母亲只问了父亲一句睡不睡;父亲应了一声,站起到对间去了。灯熄了。母亲走向她这边,随即在炕头横下身子。窗上洒着青灰的月光,引诱住她渐将疲倦的视线;同时月光移动,向下、向右,渐渐全窗变为黑色。她终于入睡了。

不知什么时候，只见窗上重新现出乳白的颜色，她忽然醒了过来，听见黑地有什么东西响着。她辨出父亲的声音。他坐在母亲枕头旁边。母亲幽噎着。

——我不能卖掉老人家立下的家产，替你们打算，也不应该。

——她爹的话对，不过我的招姐——我苦命的女儿！

——这没有法子。我想了一天，我没有法子。

——可怜的爹！我一进屋子就觉出来，招姐这精灵孩子，怕也早就看出来。她叫我问你。

——是吗？

——喂牛的时候。

一阵沉默。母亲接着说道：

——为招姐打算，倒也好。虽说做填房，男人年纪大些，究竟强似嫁到穷苦人家。我怕的是，他家有个孩子，跟招姐年纪差不多，回头欺负她。

——不过他们家也赶不上往年了。

又是一阵沉默。

——这事真说定了吗？

——还不算一定，不过，我从来没有改过口。

——我就怕你这种脾气。

还是沉默。

父亲拖着沉重的脚步，走出去了。母亲坐在炕头出神，渐渐什么声音慑住她的耳朵。

——招姐，你醒来啦？

“噢！妈！好妈！”招姐将脸伏在枕上，呜咽着。

“你都听见了?”母亲围住炕沿,爬到女儿旁边坐下。

“是! 妈妈!”招姐移过头,枕在母亲怀里。

“叫我替你想,孩子;”她抚着女儿的乱发,柔声道,“叫我替你想,孩子;叫我……”

她搂住女儿,眼眶重新湿润起来,她望着外面。这时纸窗透出浅浅的黎明的颜色。和昨日一样,放下各自或者共同的忧愁,她们又该下炕,开始另一天的劳作了。

一九二八年

(选自小说集《使命》,文化生活出版社1940年)

山西新文学小说文丛

·第一辑·

我乡

贾植芳作品选编

贾植芳◎著　傅书华◎编

山西出版传媒集团　北岳文艺出版社

·太原·

图书在版编目（CIP）数据

我乡：贾植芳作品选编 / 贾植芳著；傅书华编. —太原：北岳文艺出版社，2020.12
（山西新文学小说文丛）
ISBN 978-7-5378-6299-8

Ⅰ. ①我… Ⅱ. ①贾… ②傅… Ⅲ. ①中国文学—当代文学—作品综合集 Ⅳ. ①I217.2

中国版本图书馆CIP数据核字(2020)第181522号

我乡 贾植芳作品选编

贾植芳◎著 傅书华◎编

项目负责人
陈学清

责任编辑
范戈

书籍设计
张永文

印装监制
郭勇

出版发行：山西出版传媒集团·北岳文艺出版社
地址：山西省太原市并州南路57号 邮编：030012
电话：0351-5628696（发行部） 0351-5628688（总编室）
传真：0351-5628680
经销商：新华书店
印刷装订：山西新华印业有限公司

开本：890mm × 1240mm 1/32
总字数：1032千字
总印张：46
版次：2020年12月第1版
印次：2021年1月山西第1次印刷
书号：ISBN 978-7-5378-6299-8
总定价：198.00元（全套4册）

《山西新文学小说文丛》
编辑出版委员会名单

《山西新文学小说文丛》编辑出版说明

一、山西二三十年代新文学,开创新潮、成果累累,留下了宝贵的文学传统和创作经验,但却淹没在了历史尘埃中。为了追溯新文学源头,贯通山西现当代文学历史,给今天的读者提供独特的精神产品,山西省作家协会的评论家历经数年,探赜索隐、爬梳剔抉、逐渐丰富,形成了"山西新文学小说文丛"课题。这一课题得到了山西省委宣传部的重视和支持,2019年被列为宣传部专项资金扶持项目。

二、这里所谓"山西二三十年代新文学",只是一个简略的称谓,主要指当时一大批山西"守土"作家与"外出"作家,秉承"五四"文学精神,开创的那种崭新的、蓬勃的新文学,成为山西现代文学的源头。这些作家的创作集中兴起于20世纪二三十年代,有的创作则延续到40年代之后。这是需要特别明确的。

三、山西二三十年代新文学,鲁迅先生称为"开垦时代",它与20世纪40年代到60年代的"山药蛋派",与80、90年代的"晋军崛起",构成了百年山西文学环环相扣的三个"高峰期",成为中国现代文学史重要组成部分。

四、山西二三十年代新文学，其成果体现在诗歌、散文、报告文学、短中长篇小说、戏剧剧本、文学评论等各种文体上。而小说无疑是其中的“重镇”。这一时期的作家绝大部分是“多面手”，小说家也往往兼写诗歌、散文，诗人也可能兼写散文、小说。作为“小说文丛”，我们主要精选他们的小说，但部分作家也选入他们有代表性的诗歌、散文等作品，这里特别予以说明。

五、全套“文丛”每种前面有“文丛”主编撰写的导言，宏观论述山西20世纪二三十年代文学的时代背景、发展态势、作家作品等。每种选集作品前面有编选者撰写的作家综论，包括作家人生经历、创作特征、艺术风格等。期望能对读者的阅读有所助益。

六、“文丛”的整理选编，严格尊重原作，保留白话文草创时期和作家的语言风貌；同时进行多方核对、校勘，尽量改正原书籍报刊的排印错讹，为山西新文学作品的传播、阅读，做好基础性工作。

七、“文丛”拟出一系列的作家作品专集、多人作品合集。由于项目经费、编选力量等方面的原因，分批出版，先出版四种，以后陆续出齐。

八、“文丛”由山西省作家协会和山西高等院校的专家、学者分工选编、撰写文章。

九、随着时代的发展，百年前的写作、出版与今天大不相同，特别是一些字词的用法，今天看可能就是错误的。我们在尊重原著的基础上，校正了过去的一些别字、错字及错词。譬如书中的“的”“地”“得”，“那”“哪”，“阿”“啊”，“它”“他”，“付”“副”，“做”“作”，“支”“枝”，“忿”“愤”，“唯”“惟”等等，都按现代汉语规范要求做了

校改。缺字处用“□”表示。亦请读者留心。

十、本“文丛”是一项“文献性”“考古性”的“工程”，由于资料的残缺、匮乏，工作经验的不足，难免有这样那样的缺点、差错，诚请广大读者及专家、学者提出宝贵意见！在此谨致谢忱！

《山西新文学小说文丛》编委会

2020年4月16日

导言:追溯山西新文学源头

段崇轩

“开垦时代”

进入时间隧道,逆行,直达1933年6月20日。在遥远、闷热的上海,鲁迅先生为太原一家木刻社郑重地修书一封,曰:“新文艺之在太原,还在开垦时代,作品似以浅显为宜,也不要激烈,这是必须察看环境和时候的。”① 这个木刻社叫“榴花艺社”,是唐诃等人发起成立的,他们知道鲁迅热心提倡木刻,便寄赠新刊,并致函索求木刻作品,给予支持。鲁迅在回信中解释了不能赐稿的客观原因,嘱咐他们要注意斗争艺术,并对太原乃至山西的新文艺做了自己的评价。鲁迅没有亲临过山西,但对这个内陆省份是了解的。他与十多位晋籍作家从20年代中期起,或来往,或共事,或通信,知晓他们的生存、活动和创作,也熟悉山西二三十年代的文学情况,以他敏锐的眼光和深广的洞察,窥见了山西新文艺的发展态势,用

①《鲁迅全集》第12卷,人民文学出版社,1991,第188页。

“开垦时代”做出了形象、精辟的概括。

所谓“开垦时代”，就是正在开拓，收获可观，但尚有距离，还须推进。山西新文学作为全国新文学中的一个“版块”，虽不能与得风气之先的北京、上海、南京等大都市相比肩，但在全国各省中已然是走在前列的。正如评论家杜学文所说：“山西地处内陆，环山靠水，有表里山河之誉。这种地理环境在客观上形成一种比较封闭的状态。但是，山西恰恰又是一个并不封闭的区域。”① 要论述山西新文学还须回溯到20世纪初期，景梅九、景耀月等辛亥革命先驱，他们赴日留学，成立了山西同乡会、同盟会，创办《第一晋话报》《晋乘》《夏声》等新文化报刊，还率先从事文学创作，倡导白话文学。景梅九1905年发表长篇小说《玉楼影》，1907年发表短篇小说《清快丸》等，是当时正在滥觞的白话小说中的优秀之作。董大中评价说：“景梅九是新旧文学之间的桥梁。”② 景耀月是新文化活动家、政治家，创作有诗歌，还有小说《虚无党奇谈》。梁启超1902年在他的《论小说与群治之关系》一文中，就说：“欲新一国之民，不可不先新一国之小说。”③ 他把“小说革命”纳入政治社会变革纲领之中，直接推动了古典小说向现代小说的转型。景梅九等白话小说的实践，有力引导了山西新文学乃至中国新文学的前行。

“五四”新文学最显著的变化是小说文体，而山西作家的创作

①杜学文：《文学的百年流变》，《长江文艺评论》2018年第4期。

②董大中：《景梅九，新旧文学的桥》，载张成德主编《跨越沧桑的美丽》，山西人民出版社，2003，第10页。

③引自郭绍虞主编《中国历代文论选》（一卷本），上海古籍出版社，2001，第408页。

大多以小说为主,因此我们的论述也便从小说创作切入。

20世纪初期,中国社会在西方政治、文化的冲击和内在变革力量的撼动下,经历着剧烈而深广的文明转型,引发了1919年前后的新文化和新文学运动。山西文学作为中国文学中的有机组成部分,也运演着由古典文学形态向现代文学形态的蜕变。1919年8月,山西省立一中的王振翼等人,就在早期党的领导人高君宇的指导下创办了《平民周刊》,传播新文化、新思想,揭露封建社会的黑暗和腐败。1920年4月,山西大学"新共和学会"成立,随后创办了《新共和》期刊,宗旨是"研究学术,宣传文化"。1921年成立的"晋华书社",是传播新文化、新思想的集散地,不仅出售北京的《新青年》《每周评论》《向导》等革命书刊,还秘密翻印发行《共产党宣言》《共产主义ABC》等政治书刊,与北京的新文化、新文学运动遥相呼应。1925年起,山西新文学运动出现了风生水起的局面。山西大学成立"曙光社"并创刊《醒狮》半月刊,太原成立"红光文学社"同时创刊《红光》刊物,文化同仁组织"滂沱社"即创刊《滂沱》杂志,还有"海涛社"出版刊物《海涛》,"火花社"出版刊物《火花》,"晨曦社"出版刊物《晨曦》等等,特别是"太原文学社"的《文学周刊》和"晋新书社"的《国鸿》,发表了新文学运动的活跃人物胡适、沈尹默、孙伏园、孙福熙等人的多篇文章,推出了新文学的大量作品。此时影响最大并在全国"北战南征"的是"狂飙社"。1924年8月,省立一中肄业的文学青年高长虹,约集高沐鸿、段复生、荫雨、藉雨农以及胞弟高歌六人,在太原成立"平民艺术团",筹备《狂飙》杂志,开展狂飙运动。9月,《狂飙》月刊第1期在太原出版,一年之内共出版三期。同时高长虹独自赴京,创办了北京版《狂飙》周刊。

1926年，高长虹与“狂飙社”又移址上海，出版《狂飙丛书》。“狂飙社”在五年的时间里，举办了多种文学活动，编辑了《狂飙》以及《莽原》《弦上》等数种文学书刊，不仅促使编辑成为新文学中的重要作家，同时扶植了一批文学青年。它在二三十年代的新文学发展中功不可没，直接推进了山西新文学的成长壮大。但在历史的长河中，由于各种各样的原因，却寂寂无闻。

20世纪30年代的文学，山西同全国一样，发展到“左翼”文学时期，山西文坛发生了两次论争。第一次是1931年至1932年关于“小资产阶级文学”与“普罗文学”的讨论，第二次是1934年关于“大众化”问题的争论。两次论争，对于新文学走向现实社会和广大民众产生了积极的影响，同时带动了文学理论与批评的成长。这一时期，除了如上所述的文学社团和刊物继续开展活动、推出新人、发表作品外，有几家报纸副刊，在新文学发展中发挥了重要作用。有高沐鸿主编的《山西日报》“前线上”双周刊，史纪言主编的《民报》“副刊”，高沐鸿主编的《太原日报》“开展”专刊，这些报纸副刊周期短、发行大、受众广，所发表的诗歌、散文、小说在社会和民众中产生了广泛的影响。山西新文学从“开垦时代”已然进入了“收获时代”。

1937年，随着抗日战争的爆发，中国现代文学进入抗战文学时期。山西文学在这一时期，呈现出多元共存、蓬勃发展的态势，成为整个中国文学的一面“窗口”、一方“热土”。其时，至少有三种形态的文学“绽放”在山西文坛。一种是从全国汇聚到山西的文化界人士，其中有不少著名作家，如丁玲、沙汀、周立波、艾青、周而复、阮章竞、萧红、何其芳、陈荒煤、刘白羽、柳青、田间等等，他们创

作了大量优秀诗歌、散文、报告文学、小说。另一种是山西各个抗日根据地的作家，如赵树理、冈夫、李古北、马烽、束为、西戎、孙谦、胡正、郑笃、吴象等，他们创作了一大批诗歌、散文、报告文学，特别是短篇小说、长篇小说力作。“山药蛋派”文学开始显现、成形。第三种是山西国统区或阎统区的新文学作家，加上流散到全国的晋籍新文学作家，如姚青苗、李健吾、贾植芳、穗青、张领等。他们在二三十年代充分展示了他们的创作实力，在抗战文学中同样表现了他们的艺术风貌和个性，奉献了多篇小说精品。抗战文学自然成果卓著，但毋庸讳言的是，存在着李泽厚所说的“救亡压倒启蒙”“革命战争却又挤压了启蒙运动和自由理想”①的现象。而正是这些新文学作家，在创作中坚守了“五四”启蒙思想和对艺术的探索。

山西新文学在二三十年代创造了一个发奋开拓、弃旧图新、多姿多彩的瑰丽景象，它是由两种作家共同营造的。

第一种作家是晋籍输出作家。这类作家率先走出娘子关，或求学，或从文，或谋生，努力吸纳现代思想和文学，潜心探索新的艺术方法和手法，并带动、引导着山西新文学创作，成为山西新文学作家的中坚力量。石评梅（1902—1928），山西平定县人。山西省立第一女子师范学校毕业，1919年考取北京女子高等师范学校，毕业后在北京师大附中任国文和体育教师。她与高君宇的生死恋情，成为现代史上的一段佳话。她陆续在《晨报副刊》《京报副刊》《语丝》《文学旬刊》等报刊上发表了大量诗歌、散文、小说、剧本等。1928年因患脑膜炎在北京病逝，终年26岁。李健吾（1906—

①李泽厚：《中国现代思想史论》，东方出版社，1987，第41页。

1982)，山西运城市西曲马村人。幼年随父居住北京，1925年考入清华大学读西洋文学专业，1930年毕业后留校任教，1931年赴法国巴黎现代语言学校学习。1933年归国，为上海暨南大学文学院、北京大学文研所、中国社科院外国文学研究所教授、研究员。在戏剧、小说、文学评论、散文、文学翻译等领域成果卓著。高长虹(1898—1954)，山西盂县人，山西省立一中肄业。1924年至1929年，先后在太原、北京、上海等发起并组织文学“狂飙”运动，创办《狂飙》刊物。作为鲁迅“莽原社”的重要成员，参与编辑《莽原》月刊。30年代曾远涉重洋，到日、德、法、瑞士等国学习经济学。1938年回国，在武汉、重庆等地从事抗日救亡宣传活动。1941年赴延安参加根据地工作，1946年到哈尔滨，加入东北文协。1954年因患脑出血在沈阳去世。他创作勤奋，出版诗集、散文诗集、散文集、杂文集、小说集有17部之多。高歌(1900—1966)，山西省立第一师范肄业。1926年赴京参加兄长的“狂飙”运动，负责编辑工作。大革命时期在武汉编辑《革命时报》副刊，后到上海参加全国总工会工作。以小说创作为主，兼写散文。作品有浓重的现代派色彩。贾植芳(1915—2008)，山西襄汾县人。曾赴日本大学学习，后任《时事新报》《文艺周刊》主编。新中国成立后历任震旦大学中文系主任、复旦大学中文系教授。50年代被划为“胡风集团骨干分子”。一生住过三次监狱。著有多部中国现代文学论著，创作有一批短篇小说。常燕生(1898—1947)，山西榆次人，思想家、哲学家、历史学家。著有诗歌、散文、小说等多篇。二三十年代，山西还出现了“三大才女作家”，这在全国也是鲜见的。石评梅之外，还有关露(1907—1982)，山西右玉县人，中共地下特工，一生创作有诗集、散文集、长篇小说、短篇小说和儿童文学多部。吴曙天(1903—1942),山西翼城县人[①],一生辗转在南京、北京、上海、成都等地,与文化名流章衣萍结婚。创作有表现个人生活和爱情经历的纪实文学数部。1942年在爱情的绝望中病亡于家中,时年39岁。

第二种作家是山西守土作家。这类作家虽然都曾短期离开过山西,但绝大部分岁月特别是20年代至40年代是在本省度过的。他们与前类作家一样,同样接受的是"五四"新文化新思想,并同前类作家保持着密切的关系与联系,他们更长于取材脚下的土地与生活,对本土的文学肩负着自觉的使命。这里我们首先要说到赵树理(1906—1970),山西沁水县人,出身贫苦农民家庭。1925年考入山西省立第四师范。上学期间热衷"五四"新文学作品。20年代后期在乡村底层社会流浪。1929年开始创作,发表新诗、短篇小说作品。这些作品有浓郁的"五四"新文学味道。1937年抗战爆发,他加入故乡所在县的牺盟会,进入根据地,成为一位代表性作家。他是一位由知识分子作家,经过漫长的生活磨炼和文学探索,转变为人民作家的。高沐鸿(1901—1980),山西武乡县人,1917年考取山西省立第一师范学校,"五四"时期就与同学组织"共进学社",创办《共鸣》刊物。1924年与高长虹交往,加盟"狂飙社",是《狂飙》杂志的中坚人物。20年代后期,主编《山西日报》专刊"前线上",《太原日报》副刊"开展",在发展山西新文学事业中做出了突出贡献。1936年之后进入太行革命根据地,担负文联的领导职务。新中国成立初期任山西省文联主任。有评论家认为:他

① 关于吴曙天的籍贯,有资料明确注明:"山西翼城人。"但也有其他说法,却无证据。

是山西文学发展史上起过重要作用的人物。1957年被错划为“右派”。后曾任山西省政协副主席。他出版有诗歌、散文、长中短篇小说多部。他与赵树理都是由“五四”新文学作家转变为根据地作家的，但二人的精神轨迹却不尽相同。姚青苗(1915—2004)，山西临猗县人。1931年考取太原三晋高中。1932年在太原参加“左联”，1938年考入延安鲁艺文学系。后在西安、北京等地主编过多种文学报刊。1949年到山西文联工作，1950年调山西大学中文系执教，直到退休。曾被定为“胡风分子”“反革命分子”。他发表有大量短篇、中篇小说。新中国成立后从事文学研究与评论写作。田景福(1911—2002)，今山西汾阳市人。1930年考入北京大学社会学系，1935年毕业后回到太原，联合进步青年发起成立“太原青年文学研究会”，当选主席，主编《青年文学》专刊。在全国重要刊物上发表十多篇有影响的短篇小说。1948年后在西安从事基督教会工作。穗青(1918—?)，原籍山西安邑县人，1936年开始在太原车站工作，当站务员、车守，后在侯马参加同蒲铁路工人抗敌自卫队，1937年考入晋南二战区民族革命大学，在《民族革命》《西线社》《文化通讯社》等任编辑、记者。抗战初期开始创作，发表了一批文艺通讯、中短篇小说。张颔(1920—2017)，山西介休人，考古学家、古文字学家，40年代发表有诗歌，出版有短篇小说集。

山西新文学作家，在二三十年代谱写了山西新文学的灿烂篇章，为中国现代文学增添了浓重的一笔。这一代人已经完成了他们的文学使命。陈思和说：“自战争开始，中国文学史的发展过程实际上形成了两种传统：‘五四’新文学的启蒙文化传统和抗战以来的战争文化传统。……它们有时是以互相补充或者比较一致的

方式，有时则以互相冲突以至取代的方式来影响当代文学，这就构成了当代文学的种种特点及其辩证发展的过程。”① 中国现代文学是一个环环相扣、不可分割的整体，但每个时段又有迥然不同的形态。

新文学的承传

在新文学的长足发展中，文学各文体如诗歌、散文、小说、报告文学以及戏剧文学，都不断地成熟、壮大；特别是小说文体，成为文学中的“重器”，受到作家们的偏爱。这种现象，在山西新文学中表现更为突出。小说作家是人数最多的，一些长于写诗歌的，如高长虹、高沐鸿，也兼写小说，且同样写得不错。像冈夫那样纯粹的诗人，成为个例，他早期的诗歌如《世界》《告诉我》《告别》《别离之歌》等，是为优秀之作。在新文学的实践中，作家们认识到，小说更能表现多样、深广的社会生活，更能抒发作家复杂、隐秘的思想感情，更能施展新异、变幻的艺术技巧。鲁迅、郁达夫、茅盾等就是新文学作家的榜样。

山西新文学作家承传了“五四”文学的启蒙和批判精神。鲁迅说：“我也并没有要将小说抬进‘文苑’里的意思，不过想利用他的力量，来改良社会。……说到‘为什么’做小说罢，我仍抱着十多年前的‘启蒙主义’，以为必须是‘为人生’，而且要改良这人生。”②“改良社会”“为人生”，成为山西作家的自觉追求。

---

①陈思和主编《中国当代文学史教程》，复旦大学出版社，1999，第4页。

②鲁迅：《我怎么做起小说来》，《鲁迅全集》第4卷，人民文学出版社，1991，第511页。

20世纪二三十年代的山西社会，一片衰败、混乱、昏暗的景象，同时也蕴蓄着矛盾、革命的生机。真实表现社会情状，书写下层百姓生存，便成为山西新文学作家的创作重心。石评梅自然有许多描述知识分子个体的作品，但也有表现广阔社会和下层生活的小说。阴柔与阳刚，在她的创作中呈现出两极状态。《董二嫂》的故事情节取材于作家的故乡，作家刻画了北方农村家庭妇女董二嫂，在婆婆、丈夫的淫威乃至整个社会的封建礼教下的悲惨命运，作为知识分子"我"在悲剧面前的软弱无力与沉重反思。作品与鲁迅的《祝福》息息相通。《红鬃马》的题材同样来自山西。作家用遒劲的笔触，塑造了一位革命军人郝梦雄的英雄形象。他戎马一生、屡建奇功，但与反动军阀不合，惨遭杀害。"我"作为一个赴京求学的年轻女子，在现实中跋涉得身心疲惫。面对英雄的坟冢，感觉"重新发射出一种光芒"。小说写得悲凉凄婉而又铁马金戈，显示了作家性格中阳刚的一面。田景福是一位严谨的现实主义作家，鲁迅答应为他写序的诺言，激励着他的创作。[①]《卖鸡子的妇人》是作家的代表作，小说塑造了一位乡村寡妇的悲剧形象，丈夫去世，她决定守节不嫁，扶助儿子成家立业，延续香火。但儿子积劳成疾去世，她也贫病交加而亡。作家肯定了她自立自强的性格，但也批评了她的守节意识，更揭示了乡村社会对寡妇的道德贬抑和阴暗的窥测心理。《刘二哥》中的刘二、《守忠叔》里的守忠，都是北方农村中那种勤劳、善良、忠厚的农民，但在富人阶级以及村政权

①1935年，田景福准备把自己的六篇短篇小说寄给鲁迅，先致函请鲁迅指点、作序。鲁迅9月9日复信答应为他作序。但田听闻鲁迅健康不佳，未敢寄稿。一年多之后鲁迅逝世，田深感悲痛。

恶霸的剥削和压迫下，最终走向了盲目的反抗，导致了自我的毁灭。作家揭示的是农村社会的阶级矛盾，导致革命时代到来的社会规律。李健吾是中国现当代文学史上的大家，戏剧创作、文学翻译、文学批评、小说写作等集于一身。前几项的杰出成果，遮蔽了他的小说创作成就。他发表有长篇小说《心病》1部，中篇小说《西山之恋》等3部，短篇小说《萤火虫》《机关车》《坛子》等31篇，字数有近50万字。其质量与数量，在新文学史上也是出众的。他的小说取材宽广，既有童年记忆中的乡村，又有置身其中的城市，还有正在不断发生的各种战争。长篇小说《心病》，用细腻、沉郁的文笔，描绘了二三十年代，在社会动荡、经济凋敝的背景下，北京的三家官宦、中产家庭，秦家、洪家和朱家，他们的日常生活、人际交往，特别是儿女们的爱情婚姻故事。作品刻画了老一代父母辈的沉浮、挣扎，新一代儿女们的追求、挫折，预示了传统社会的崩溃和现代社会的萌发。在思想和艺术上，作家显然受了《红楼梦》的启发和影响，是30年代长篇小说的一部力作。短篇小说《坛子》，书写的是30年代的乡村社会，故事以一个女人的命运为主线，展示了再嫁的乡村女人在家庭中的卑微地位和任人欺辱的遭遇。那个古老、丑陋的瓷坛子，被人漠视，又极易破碎，正是她命运的象征。小说寄寓了作家对乡村妇女的怜悯与对封建伦理的批判。高沐鸿是一位诗人，出版有多部诗集，在诗坛负有盛名。他的《天河》《夜风》等诗集，颇有影响；但在小说创作上不懈耕耘，成果累累，有多部中篇小说和短篇小说，既有现实主义的，亦有现代主义的。中篇小说《东山王》用讽刺艺术方法，刻画了一位国民政府的典型的县长形象，时兆庆辗转多地，颇有政声，但却是一个自私狡猾、见风使舵、

铁心反共的反动县长。作家旨在提醒社会和人们,要警惕这样的危险人物。阎宗临的中篇小说《大雾》,创作于留学的欧洲旅途中,而描述的是故乡五台县农村的故事。作家展示了大山深处朴围村原始般的日常生活,底层农民同地主、官府的尖锐矛盾与斗争,外面世界对这个宁静山村的牵动和冲击,几户人家众多人物的喜怒哀乐和命运变迁。意境悠远、叙事蕴藉,是一部颇见功力的乡土小说。

表现知识分子自我的情感精神,直面个体生命的生存困境,坚持文学"为人生"并"改良人生"的宗旨,是山西新文学作家小说创作的又一重心。钱理群等指出:"我国文学史上很少有哪个时期的文学像'五四'时期文学这样,出现那么多'个人'的东西。写个人的生活,个人的情绪,是普遍的现象。"[①] 高长虹以诗鸣世,代表作有《精神与爱的女神》《闪光》《给》等诗集;而在小说上同样下了辛苦,多有佳作,但却很少被人关注。他出版有《实生活》《青白》《游离》等多部中短篇小说集。如果说他的诗歌突出抒发了他的愿望、激情、意志的话,那么他的小说着重表现了他的生活、情绪、思想。他的小说更带有自传性,写得平静、含蓄、简练。短篇小说《革命的心》,写诗人刘天章被上海监狱释放,再返北京寻找恋人,在革命与爱情之间的选择,对知识分子与社会革命关系的反思。大抵可以看出高长虹某一时段的真实经历,表现了"五四"退潮之后,一代知识分子的人生苦闷与探求。《结婚以后》写一位中学生象山,本是一位听话、孤僻、好学的青年却渴望一种崭新、火热的生活,向往一

①钱理群、温儒敏、吴福辉:《中国现代文学三十年》,北京大学出版社,1998,第27页。

种全新的爱情、婚姻；但他的家庭恰恰给他包办了一场旧式婚姻，配了一个没文化、不开放的旧式女子。表面上他言听计从，内心里却酝酿着逃走、休妻的计划。这是“五四”时代多少青年知识分子包括一些文化名流的命运啊！高歌是一位以小说见长的作家，出版有短篇小说集《清晨起来》《压榨出来的声音》，长篇小说《高老师》《情书四十万字》等。董大中认为：“高歌的写作，受西方现代主义思潮影响明显。……偏于印象主义，又染有未来主义的色彩。”[①] 他的小说有些表现了自我的经历和感受，如《生的一瞥》写“我”“遗弃了旧的路而走新的路”时的所见所感；《生的旋律》表现“我”面对危险、黑暗的从容机智和不懈斗争；《佚秋老人》则塑造了一位孤独、静穆、沉思的老人形象。这些都是作家作为知识分子个体情感、精神、理想的一种外化式表现。山西二三十年代的女作家，则大多把笔触深入到女性的爱情、家庭、婚姻领域中。关露出版有短篇小说集《仲夏夜之梦》，长篇小说《新旧时代》《黎明》等。短篇小说《殒落》写小知识分子老九与滨夫妻俩，从爱情到婚姻的变化历程。他们经历了自由、浪漫的爱情。但结婚之后，丈夫到汽车公司工作，妻子陷入家务之中，爱情渐渐消亡，妻子在情感的压抑中患病去世。这样的情节和构思，显然受到了鲁迅《伤逝》的影响。它再一次提出了爱情与生存的关系问题。《新旧时代》是作家的一部自传体小说，作品书写了“我”—— 一个出生在“诗书礼仪家庭”，但渴望外面世界的新青年，终于冲破旧式家庭和长辈的束缚，投身到了上海的革命潮流之中。吴曙天的《恋爱日记三种》，是

①董大中：《狂飙社纪事》，北岳文艺出版社，2017，第162页。

一部个人日记的艺术加工，可以称为纪实小说。作品记叙了“我”与丈夫章衣萍，在“乡间”“上海”“医院”的几段日常生活、夫妻爱情以及与鲁迅、周作人等文化名人的交往等，让我们看到了30年代知识分子的生存、情感和精神图画，情节新颖、动人，语言温润、隽永。这里还需要特别论述常燕生的短篇小说，作为一位思想家、政治家、哲学家、历史学家，他写小说只是偶尔为之，有短篇小说《教育家的梦》、历史题材《新撰李斯传》等，《老聃的逃亡》也是一篇历史题材小说，写孔子拜见老子的情景，把孔子的年轻、进取、担当，老子的散淡、睿智、超然，写得出神入化，其中寄托了作者对人生、社会、世界的深思与洞见。还有荆有麟，创作有长篇小说《间谍夫人》和大量短篇小说，但大多已散失。常燕生和荆有麟与鲁迅过从甚密，也有恩恩怨怨，都是山西新文学中有作为的青年才俊。

中国抗战文学中，山西抗战文学是其中重要的、核心的组成部分。因为山西是抗战的前线和主战场。山西新文学作家，在抗战文学创作中，依然坚守了“五四”新文学的启蒙思想、世界视野、现代理念，使他们的作品避免了某种简单化、理念化的弊端。譬如贾植芳的《我乡》，真实地展现了故乡在战争中的混乱、破败情景，民众的艰难生活和他们的觉醒抵抗，达到了生活真实和艺术真实的境界。再如《嘉寄尘先生和他的周围——中条山的插话》，以纪实的手法塑造了一位由乡绅转变为抗日英雄的感人形象，作为知识分子“我”对自己懦弱的反思和对民众力量的敬佩。譬如穗青的《车站上》，以铁路生活为背景，刻画了车站副站长姜尚志，怎样在抗日战争中，由一位散淡、消沉的工人成长为机智、勇敢的领头人，写出了战争中人的自省、自强。《脱缰的马》是一篇抗战文学名篇，

小说取材于晋西吕梁山农村，主人公成庆根，由一位贫穷的放羊娃，抓壮丁成为抗日士兵，重返故乡又变回梦想致富的农民，最后思想醒悟又奔赴前线，真实而充分地展现了一个普通农民在民族自卫战争中成长为坚定的抗日战士的曲折历程，是一个中国农民的代表性形象。譬如张领的《蝙蝠》，刻画了一个在抗日军队和日伪军之间，两头欺瞒、自私狡猾的汉奸形象，最终被抗日军长识破，是一个特别的反面人物形象。姚青苗写了多篇抗战题材小说，无论是情节、思想，还是写法，都别具特色。短篇小说《马泊头》写日军屠杀下的一个小山村，农民的生活、言行、抵抗，揭示了民众的麻木、愚昧、迷信，渗透着作家的"启蒙"和批判思想。中篇小说《中条山的杜鹃花》，描述日军疯狂大扫荡，抗日部队机关战士的四散逃亡，报社编辑碧生与剧社女演员杜鉴的邂逅、相爱，其主题是表现"战争与爱情"。作家把二位年轻人在战争中的惊恐、互助和相爱，写得舒缓、浪漫、温婉、悲怆，凸显了永恒人性在战争中的萌发、绽放，反衬了战争的残忍、罪恶。小说突破了战争题材小说的模式和写法，具有了某些西方战争文学的特征，成为抗战文学中一篇鲜见的经典之作。

艺术的创造

正如钱理群等所说："在'五四'时期，虽然鲁迅成熟的现实主义创作已经出现，但一般作家更加向往浪漫主义，各种文体的创作中都充溢着强烈的主观情绪与抒情色彩。"① 山西文学在人们的印

①钱理群、温儒敏、吴福辉：《中国现代文学三十年》，北京大学出版社，1998，第27页。

象中，是现实主义的“重镇”。但在新文学的二三十年代，不仅有现实主义的建构，也有浪漫主义的探索，更有现代主义的实验，呈现出一种兼容并蓄、百川汇聚的澎湃气象。它比山西后来80年代的文学变革，走得更远，现代主义创作成为重要潮流。这在全国文坛上，也可能是独领风骚的。

现实主义小说创作走向成熟。山西古典文学，是以现实主义为主的。譬如诗经、唐诗、元杂剧、明清小说，关注底层社会和百姓生活，表现作家忧国忧民的人文情怀，是突出的创作倾向。山西新文学作家，承传了这一文化传统，但在小说形态上，采用的是西方的现代小说模式和方法，而不是古典白话小说表现形式。赵树理是一个例外，他在20年代后期创作了几篇现代的欧化小说，如《悔》《白马的故事》等，但到30年代就决然转向了通俗化、大众化之路，创作了《有个人》《盘龙峪》等。这些作品具有浓郁的现实主义特征，而在表现形式和语言上，则是古典小说和民间文学的有机融合。但绝大多数作家钟情的是西方小说的表现模式。田景福的短篇小说，如《卖鸡子的妇人》《刘二哥》《水警》等，已是成熟的现实主义小说，小说的重要元素如环境、情节、人物，如主题、结构、语言等，都处理得十分合理、圆熟了。这些作品大都是表现北方农村和农民的，真实而深切地呈现了现实生活的情景和走向。当然，不足之处是表现生活有简单化、作家艺术个性有雷同化之感。穗青是工人作家，作品不算多，但篇篇是佳作。他严格遵循现实主义小说规律，精心安排故事情节，倾力刻画人物形象，努力营造结构形式，专注锤炼叙事语言，达到了现实主义小说的新高度。他的小说有两个显著特点，一是人物形象坚实，如《脱缰的马》和《在车站上》，

作品中的主人公抗日战士成庆根、车站副站长姜尚志，不仅表现了他们的性格特点，而且揭示了他们的成长历程和精神演变，使人物形象有了立体感。这两篇小说发表后，受到了茅盾、姚雪垠等人的高度评价。二是结构模式多样。这两篇小说是以塑造人物为主的，可称为人物型小说。《归来》写一位老张厨师，在乡绅家里和在抗日工作队做饭的经历，人物也写得不错，但是以故事情节为重心的，因此属于情节型小说。而《草原夜话》着力描绘了浩瀚的沙漠、壮阔的草原，插入了羊与狼的民间故事，在这样的背景下写了"我"与老牧民的夜谈。故事、人物退居边缘，自然环境与民间故事成为主体，则可谓之意境小说。现实主义小说表现模式并不多，情节型、人物型、意境型是主要模式，直至今天依然在普遍运用。张颔更青睐现实主义的表现形式。中篇小说《债与偿》，叙述的是一个传统乡村社会中的新女性——丁媛，她向往自由自主的爱情婚姻，但现实等待她的是包办婚姻、强权逼婚，她只能以死抗争。作品揭示了传统乡村的封闭、愚昧，年轻女性难以逃脱的悲剧。短篇小说《杜鹃》写一个被虐待的放羊孩子，深夜中的悄然出逃。寒冷的深夜、杜鹃的啼鸣、孤苦的孩子，构成了一幅悲凉的人间图画。这些作品都具有现实主义的力量和价值。

浪漫主义小说创作，风行文坛。浪漫主义与现实主义是西方18世纪至19世纪出现的两大文学思潮，它深刻地影响着中国现代文学的发展。但现实主义与浪漫主义并不是泾渭分明的，常常交集、融合在一起。所谓浪漫主义就是在真实表现现实生活时，侧重从主观心理出发，抒发对理想世界的追求，赋予现实生活以诗意，显示出更多的主观色彩来。纯粹的浪漫主义也有，但不多。山西

新文学作家中的姚青苗、石评梅、李健吾等,他们的部分作品就富有浪漫主义特征,亦可称为浪漫主义小说。而高长虹、高歌、高沐鸿(早期)的小说,更主要的是现代主义特征,但也有浪漫主义元素。姚青苗性格天真烂漫,钟爱俄罗斯文学,他代表着山西浪漫主义文学思潮。他的《中条山的杜鹃花》,没有像主流抗战文学那样,把表现重心放在反侵略战争的艰难、胜利上,放在军民团结的英勇战斗上;而是把笔墨挥洒在对中条山巍然幽深的大自然描写中,对两个逃亡青年美好人情人性的细腻展示上,对十几个战士组织的临时大家庭——"柏拉图理想中的共和国"的深情书写里,特别是对女孩子被鬼子枪弹击中,男孩子献上杜鹃花这一高潮情节的浓墨涂染,使小说具有了一种凄美的情调和盎然的诗意。今天读来依然感人肺腑!作家的另一个短篇小说《猎》,刻画了一个绿林好汉出身的抗日将领镇河东,在一次战役中被敌人追捕,奇迹般逃脱的故事。他打扮成送葬队伍中的孝子,巧妙摆脱了日军的追杀,最后又化装成樵夫,悠然地去寻找他的队伍。小说尽情表现了一个抗日英雄的机智、从容、勇敢。作品具有传奇、浪漫气息。石评梅的小说有着很强的主观主义和理想主义特质。《匹马嘶风录》写"我"——知识女性何雪樵,历经人生坎坷、情感波折,最终决定奔赴前线,做一回英雄。小说展示了她九曲回环般的内心世界、向死而生的人生理想,把浪漫主义手法用得淋漓尽致。《白云庵》中的主人公刘伯伯,从富家子弟到革命军人,到山中隐士,洞彻了世事人生,但仍对青年寄予希望。作品饱含着一种"消极"浪漫主义。李健吾的小说现实主义成分更多一些,但有些作品富有浪漫主义特点。《西山之恋》书写一个非现实的爱情故事,青年大学生萧方碧爱上乡村的有夫之妇竹贞，故事本身就是虚妄浪漫的，结局也只能是一场悲剧。《终条山的传说》发表后，鲁迅选入《中国新文学大系·小说二集》，称赞说："《终条山的传说》是绚烂了，虽在十年以后的今日，还可以看见那藏在用口碑织就的华服里面的身体和灵魂。"①作家用华美、悠远的笔致，描绘了静穆、壮丽的终条山，讲述了一个神奇的民间传说。樵夫、农夫、怪物、矿藏，暗含着这座大山的神秘、珍贵。这是一篇典型的浪漫主义小说。李健吾、姚青苗、贾植芳，他们都写了中条山的故事，足见山西的山河在他们心目中的位置。

现代主义小说，引领风骚。现代主义小说是19世纪末20世纪初西方多国风行的一种庞杂而含混的小说创作潮流，包括意识流、超现实主义、象征主义、存在主义等诸多创作流派。山西新文学作家，在20年代就开始了现代派小说写作，他们与西方现代派几乎是同步的。当时，他们是怎样翻译、引进西方现代派小说的？是如何吸纳并形成自己的创作方法的？值得我们深入研究。高长虹是山西现代小说的开创者，他的《那个人》《革命的心》《这只是一个梦》《结婚以后》等一系列中短篇小说，都有浓厚的自传性色彩，表现了他幽深、朦胧、复杂的思想、精神和心理。高歌的小说比其兄更加先锋，在他的《爱之沫》《爱的报酬》《衬衣》《最初的接吻》《走回了家里》《高老师》等或长或短的小说中，支撑文本的是作家的意念、心理、梦境、潜意识等，而现实生活、事件、人物等，只是作为碎片、镜像闪烁其中，当时"狂飙社"同仁，甚至鲁迅都认为"晦涩难

①鲁迅：《中国新文学大系·小说二集·序》，《鲁迅全集》第6卷，人民文学出版社，1991，第246页。

解”。高沐鸿早期的小说，走的也是现代派路子。如《梦里的爱》《寡妇语》《孤婴》《狭的囚笼》等，虽然文本呈现的世界是模糊、错乱、拼接、变形的，而背后都有一个现实事件或人物，文本显示的反而是现实的折射、倒影。但高沐鸿后期的小说，逐渐转向了现实主义。至于荒诞派、象征主义、意识流，甚至元叙事等具体手法和技巧，在这些作家作品中可谓俯拾即是。其他如李健吾、石评梅、姚青苗、贾植芳等，只是作为一种表现形式和手法，借鉴了现代派。在中国“五四”文学时期，像山西新文学作家这样大规模、大尺度地探索并实践现代派艺术形式的，或许是独此一家吧？

山西新文学作家对山西现代文学的开创，对中国现代文学的丰富，其作用、贡献是显而易见的，是不可低估、不应淡忘的。但山西新文学作家的局限、缺点，也是不可不察的。譬如写作状态，有些是为了发表、出版而写作的，且同仁刊物也缺乏把关环节，这就难免造成作品的鱼龙混杂、质量参差，有的堪称精品，有的是为庸作的不平衡现象。譬如思想理论的准备，他们匮乏稳定的世界观、人生观、文学观，反映在作品中就导致了思想芜杂、观念混乱，或者概念化，或者无主题的倾向。譬如文学修养，他们接受了大量的新文化、新文学，但并没有经过消化、整合，表现在作品中，便出现了形式新异，但非驴非马、难于接受的问题。但最核心的问题是，他们恪守知识分子思想立场，而距离血与火的现实较远，闭门造车、沉湎自我，使作品疏离了现实社会，远离了底层读者。他们的作品渐渐淡出文坛，而根据地和解放区文学、新中国文学成为主潮，也是势在必然的事情。

源头与后浪

中国现当代文学走过了百年历程，在这长长的历史中，山西文学出现过三次高峰期："开垦时代""山药蛋派""晋军崛起"。文学历史犹如一条波浪相连、前呼后拥、奔涌不息的河流，但山西的现当代文学史却出现了模糊、"断裂"的现象。20世纪二三十年代的"开垦时代"文学却似乎消失了。这一时段的山西文学像碎片一样记载在崔洪勋等编著的《二十世纪山西文学史》，屈毓秀主编的《山西抗战文学史》中，特别是评论家董大中的《狂飙社纪事》等众多著作里；而且这些成果是80年代以后才出现的，局限在学术圈子里。对于绝大多数作家，更广大的普通读者，"开垦时代"的文学有如"天方夜谭"，他们知道、谙熟的是40年代开始出现的"山药蛋派"文学，以为那就是山西现代文学的序幕。

山西二三十年代的新文学建树卓著，这一时期的作家如群星灿烂，其文化和文学精神是一笔宝贵的财富。山西这一段文学所以被埋没、淡忘，有两方面的原因。一个方面是，亦如洪子诚说的："'当代文学'这一时间，是'五四'以后的新文学'一体化'趋向的全面实现，到这种'一体化'的解体的文学时期。"[①] 说通俗点就是，当代文学是经过不断地整合、排除、建构而发展起来的，到新时期文学这种状态才逐渐终结。山西新文学的"五四"精神和传统，既是进步的、革命的，但有时又是"异质"的；特别是那种过激的现代派文学实验，是与革命现实主义相背离的。另一个方面是，山西新文学作家，其中精兵强将的文学活动和创作，是在全国的大城市，如

①洪子诚：《中国当代文学史》，北京大学出版社，1999，第Ⅳ页。

北京、上海、重庆等；但这些发达区域的文学并不接纳这批流动作家的文学创作和作品，不会把晋籍作家的文学成果写进自己的文学史。而山西文学界，又把这些输出作家当“客人”，一方面接受这些作家的相助、引导，也承认他们的作品植根于山西土地，但却“不好意思”把他们拉进山西、写进本土文学史。漂泊的作家，其实没有“家”！

“山药蛋派”文学是山西现当代文学史上的第二个高峰。它从40年代兴起到60年代“走红”，始终代表着革命现实主义文学的方向。“山药蛋派”作家与山西新文学作家，是一种师生关系、承传关系。马烽曾经说，在他们那一代作家特别是他自己的成长上，“狂飙社”尤其是原“狂飙社”成员高沐鸿等人，给予过很大的影响。①事实是，“山药蛋派”作家总结了新文学作家的局限、教训，把他们的艺术目光投向农村社会和普通农民，创作了一种通俗化、大众化文学，这可以称为批判性继承。山西新文学作家代表的是知识分子文学，“山药蛋派”文学代表的是大众文学。赵树理与“西李马胡孙”、李古北、刘江等作家，突破了“五四”新文学与人民大众之间的“难关”，创造了一种民族风格的表现内容与叙事语言，这是他们对中国现当代文学的重大贡献。两代作家各有优势、特点，也各有局限、问题。新文学作家文化修养较高，思想视野宏阔，文学观念开放；“山药蛋派”作家文化素养偏低，生活经历丰富，现实主义观念坚定。新文学作家恪守“启蒙”思想，信奉创作自由，热衷自我表现；“山药蛋派”作家固守大众立场，青睐现实生活。新文学作家接

①董大中：《狂飙社纪事》，北岳文艺出版社，2017，第90页。

受西方文学，追求阳春白雪，偏爱欧化语言；“山药蛋派”作家热爱民间文艺，倾心雅俗共赏，化用大众语言。作为文学传统，都有自身的价值，都须努力承传。

“晋军崛起”是山西现当代文学史上的第三个高峰期。董大中说：“进入新时期，山西的文学创作同样引人注目，1985年就有‘晋军崛起’的美誉。追根溯源，这是跟狂飙社的出现密切相关的。……这其中第一个作家群又起着极其重要的奠基作用。”① 其实在80年代前期，对绝大多数山西作家来说，山西二三十年代新文学在他们脑子里只是一个模糊的影子，知道有那么一批作家和作品，知道高长虹与他的“狂飙社”，但并不清晰、具体，似乎落满了尘埃。晋军作家文化素养较高，阅读视野宽广，他们读取、借鉴的是“五四”新文学和西方现代派文学，在这样的吸纳中才发现和认识了山西新文学。我们不能忽视“山药蛋”派的作家对晋军作家的影响，同时也必须认识到晋军作家与山西新文学作家，有一种隐形的思想精神上的相通之处，绕了一圈，由远及近，才与山西新文学对接。这时一些评论家开始了对山西新文学的发掘和重评。晋军作家是由两部分人构成的。外来作家如成一、李锐、柯云路等，本土作家如张石山、韩石山、张平等。他们一面坚守“五四”新文学的思想立场，一面又融合“山药蛋派”文学的思想理念；一面遵循现实主义的创作规律，一面又借鉴现代派的艺术形式和手法，在一个更高的层面上，熔铸和发展了两代作家的文化精神和文学传统。在80年代的伤痕文学、反思文学和改革文学潮流中脱颖而出，创造

①董大中：《狂飙社纪事》，北岳文艺出版社，2017，第24页。

了山西文学的又一个高峰期，推进了中国新时期文学的蓬勃发展。

追溯山西新文学源头，是为了拂去尘埃，呈现历史，贯通山西现当代文学长河。唯有总结历史，赓续传统，文学才能面对今天的复杂现实，开创新的未来。

有鉴于此，我们编选了这套《山西新文学小说文丛》，将它呈现给广大读者，呈现给新的时代。

2020年3月13日于太原

贾植芳小传
(1916—2008)

贾植芳，著名的中国现代知识分子，中国现代文学学者，比较文学学者，“七月派”作家。1916年出生于山西襄汾县南侯村，刚一出生就浑身抽搐，差点夭折，愈后留下了微微嘴歪的痕迹。是年，袁世凯在自号“洪宪元年”称帝失败后死去，贾植芳将其生年与反封建的使命联系起来，自称“洪宪生人”。

贾家以务农为主，家道殷实富裕，有三进七十多间的宅院。贾植芳排行老二，上有长其三岁的哥哥贾树芝（即贾芝，著名作家、民间文艺学家），下有两个妹妹。贾植芳的伯父贾翠丰，一生经商，是济南亚细亚火油公司总经理，开明务实，对贾植芳兄弟的人生之路有着重大的影响。贾植芳从小对民间故事与地方戏剧有着浓厚的兴趣，迷恋于江湖英雄之气。1928年在伯父资助下，与哥哥一起赴省城太原。贾植芳入成成中学读书，最初大量阅读武侠神怪小说，写有章回体小说《古堡笳声》。后大量阅读中国新文学作品，曾以笔名“冷魂”大量写作小说、诗歌、戏剧。1931年《太原晚报》刊发了其小说处女作《一个兵的日记》。1932年6月，与哥哥到北平读书，入美国教会所办贵族学校崇实中学高中部。该校授课均用英语教学，贾植芳得以打下了坚实的英语基础。其间，贾植芳大量阅读俄苏作品，用鲁索、霍达森、张四笔名在天津《大公报》《京报》《世界日报》发表以社会现实为题材的小说和杂文多篇。1933年初，由父母亲包办，与邻村高婵娥完婚。四年后，高因肺病去世。1935年春，因"思想不良"被学校开除学籍。此后，每天到北平图书馆自学，读了大量俄苏作品及马克思主义著作。1936年大年初一夜，被北平警察局以"危害民国""共产党嫌疑犯"罪名入狱。最后，伯父以一千大洋和五十两鸦片烟将他保释出狱，并替他买了张法科经济系的大学文凭，送他到日本留学。在日期间，贾植芳入日本大学经济科旋即转入社会科攻读社会学，但仍对文学保持强烈兴趣，创作有小说《人的悲哀》并刊发于《工作与学习丛刊》，由此开始了与编者胡风的交往。

抗战开始，贾植芳回国参加抗战，先后在国民党军任过上尉日文干事、少校日语翻译及国民党政府军事机关报《扫荡报》编辑等职。在这一期间，创作有自传体长篇小说《霍林上尉》、短篇小说《新尸》、独幕剧《家——呈婵娥君之亡灵》等，并为胡风主办的《七月》写作战地通讯、散文等。1942年6月，与山西汾阳人任敏结婚。任家祖辈开钱庄。任敏在家中排行最小，为父母所宠爱。其因爱读《七月》而结识了在上面发表文章的贾植芳。抗战期间，贾植芳因思想进步，多次被排挤、追捕，并于1945年5月被日伪警察拘捕。三个月后，因日本投降获释出狱。解放战争时期，贾植芳以卖文与编辑书刊为生，创作有小说集《人生赋》、作品集《热力》、社会学著作《近代中国经济社会》等等。其间1947年9月，曾因“煽动学潮”罪入狱一年余，后为其伯父以五亿法币将他保释出狱。

新中国成立后，贾植芳在震旦大学中文系任教并担任系主任。1952年院系调整，至复旦大学中文系任教并担任现代文学教研室主任。1955年5月，为胡风集团案所累入狱。1966年，上海人民法院以“胡风反革命集团骨干分子”罪名判处贾植芳有期徒刑十二年。“文革”时期，贾植芳在复旦大学被监督劳动改造，其间遭多次批斗，包括1968年8月的“彻底批判和肃清胡风集团骨干分子贾植芳反革命罪行”的三千人大会。1978年，贾植芳被解除监督。1981年初，复旦大学恢复了贾植芳教授职称。从此，贾植芳进入了自己老当益壮的人生黄金期，开始招收中外研究生，担任复旦大学图书馆馆长、中国比较文学学会名誉会长、中国现代文学学会顾问、中华文学史料学会会长等职。

贾植芳的人生形态、人生道路及其人生品格、思想特征、精神元素在中国现代知识分子中有着独特的深刻的代表性，这方面的作品最能代表贾植芳的创作成就。主要有记叙自己经历的回忆录《狱里狱外》《我的人生档案——贾植芳回忆录》、口述自传《世纪老人的话——贾植芳卷》、与其妻子任敏合著的书信日记集《解冻时节》、散文集《把人字写端正——贾植芳生平自述与人生感悟》等等。与胡风和朋友们的交往，对学生的培养，也是体现这些方面的重要内容，这方面的主要代表作有散文集《不能忘却的纪念》《历史背影》《暮年杂笔》、随笔集《老人老事》、书信集《写给学生》等等。在这些作品中，贾植芳通过自身的经历，通过对胡风、对自己、对朋友的人生历程、人生形态的回忆，生动具体而又深刻地揭示和刻画了中国现代思想的曲折进程,中国社会构成的繁杂,中国历史进程的坎坷,中国现代知识分子的思想品格、精神风貌,既具有丰富而深刻的精神含量,也有着重要的史实价值。

贾植芳在中国比较文学领域、中国现代文学领域的大家位置是举世公认的。在这方面,他的主要成就体现在他所主持、参与的全国性的重大的学术活动,体现在他对其后成为著名学者的范伯群、曾华鹏、陈思和、李辉等众多学生的培养上,也体现在他主编的《中国现代文学社团流派》《中国当代文学研究资料·巴金专集》《中国当代文学研究资料·闻捷专集》以及与俞元桂合作主编的《中国现代文学总书目》等中。这些工作与成就实际地影响了中国比较文学、中国现代文学的发展进程。

小说及散文创作是贾植芳早期最主要的文学成就,代表作有《人的悲哀》《人生赋》《在亚尔培路二号》等。这些成就在小说集《人生赋》《贾植芳小说选》、散文集《热力》、小说散文集《悲哀的玩具》中得以集中地体现。这些小说,以写实的笔法,如实地生动地记写了旧时代的残酷人生,特别是记写了当入狱成为日常的旧时代形态,内容的独特,记实的写法,对主观世界精神领域的深入揭示,在中国现代小说格局中,在中国现代小说的创作观念上,均有着其独特的位置。

与其同时代的现代知识分子一样,贾植芳外语功力深厚,对西方世界的"在场性"理解与评介,既开阔了他们的精神视野,也为步入现代进程的中国及时地输入了新的精神资源。贾植芳在这方面翻译的主要作品有西泽富夫等著的《人民民主主义的长成与发展》、恩格斯著的《住宅问题》、基希著的《论报告文学》、契诃夫著的

《契诃夫手记》、谢尔宾娜等著的《俄国文学研究》等。

作为一位热心于社会活动的中国现代知识分子，贾植芳对社会科学亦有着独到的研究，这些成就主要体现于专著《近代中国经济社会》、序跋集《劫后文存》、学术自选集《历史的背面》。

目下能够比较全面地体现贾植芳写作成就的是北岳文艺出版社2020年版的十卷本的《贾植芳全集》。

把人与文“写端正”

——贾植芳的人生与小说综论

傅书华

说到贾植芳，人们马上就会想到四个关键词语：胡风集团骨干成员；监狱人生；中国比较文学及现代文学学术带头人。如果说，这三个词语是对贾植芳人生身份的界定，那么，第四个关键词语——把“人”字写端正，就是对贾植芳人生身心的高度概括。

用这四个关键词语来概括贾植芳的整体人生，基本是恰当的，但却不够精准与深入：

他是胡风集团的骨干成员，但更是中国知识分子作为“个人”存在的一种稀有形态的典型性体现。如果说，胡适是“个人”在上层文明形态中中国知识分子的代表，赵树理与老舍是“个人”在农民及下层民众形态中中国知识分子的代表，那么，或许可以说，贾植芳是“个人”在下层或平民知识分子形态中中国知识分子的代表。这不是用胡风集团骨干成员这一标识所能涵盖的。“集团”只是其表其“形”其载体，“个人”才是其里其“神”其灵魂。

他的人生，确实四进监狱[1]，民国监狱、日本人监狱、新中国监狱，如果加上失去人身自由的改造时间，长达二十七年，占其九十二年人生长度的近三分之一。但监狱人生只是狱外人生的一种极端形式的体现，其实质二者并无二异，贾植芳有名著《狱里狱外》，从中正可看出这狱里狱外的内在关联，而这狱里狱外，在深隐层面体现的，则是“个人”在中国的存在形态。

他确实是中国比较文学及现代文学学术带头人，但他之于这两个学科的，更多的却不是对这两个学科的学科性构建，更不是对这两个学科的具体的知识性贡献，而是那精神视野的广阔，精神资源的博大与深刻。

他确实自言自己这一生，“生平最大的收获，就是把‘人’这个字写得还比较端正”[2]，以至于一生似乎“像《西游记》里的唐僧取经一样，命中注定要经历九九八十一难”[3]。

但如果做认真的细细辨析，这“人”字，乃是“个人”之谓也。由于长期以来，社会各界也包括学界，常常将抽象的“整体”中“人”与具体的“个人”混淆为一，将作为“整体”符号的人与有着具体内涵的“个人”混淆为一，所以，做这样的认真的细细辨析，就更有必要，

①贾植芳“1936年在北平，因为参加‘一二·九’运动，第一次被捕。1945年因为‘策反罪’，被徐州敌伪警察局特高科逮捕。1947年在上海，又因为写文章支持学生们的‘反内战、反饥饿、反迫害’运动，被人告密，以‘煽动学潮’罪进了国民党的中统特务监狱。1955年，因为当时的胡风事件，先被关押了11年，后来又被判刑12年。”参见《把人字写端正》，东方出版中心，2009，第191页。

②《把人字写端正》，东方出版中心，2009，第7页。

③《情谊·名人·美文》，北方文艺出版社，2011，第302页。

也才会对此有精准的明晰的理解与表述。

要读懂贾植芳，不能就贾植芳论说贾植芳，而是需要把他放在广阔的中国现代人文版图、思想版图上，定位他，解读他，评价他。

一、贾植芳人生形态之解读（上）

任何个人及其人生形态，总是在特定的历史时空与具体的人生环境中成长并形成的，贾植芳也不例外。

贾植芳是山西襄汾人。山西这个地方很有意思，其真相可谓百窥莫见。时人多认为山西是封闭、保守、落后之地，其实却未必然。粗线条回顾一下几次大的历史性的社会转型节点，你会发现，山西均居于时代前沿。春秋五霸，晋国居其一；作为古代中国顶峰的唐代，山西却也是李氏王朝的发迹之地；从农业文明向商业文明的历史性社会转型，晋商曾经风云天下以至源于江南经济富裕之地的徽商都要居其下；武昌起事，山西紧随其后，为北方首义，孙中山事后高度评价曰：南方革命，屡次失败，而“去岁武昌起义，不半载竟告成功，此实乃山西之力……使非山西起义，断绝南北交通，天下事未可知也”[①]；民国黄金十年屡屡为后人津津乐道，而山西则为民国之“模范省”；及至历史向延安这一社会政治经济形态转型，八路军的三个主力师驻防山西，建立抗日根据地，山西作为敌后抗战的主战场；作为精神形态的文艺生产，虽然中心在延安，但那作为“方向”的赵树理，却是纯粹的山西本土；之所以如此，或许与其地理位置相关：山西表里山河，无论农业生产，还是工矿资源，

①《孙中山文集》（上），团结出版社，2016，第336页。

均可自给自足。而作为与外部世界之关联,山西古代关隘之多之险在全国首屈一指。关隘既可自保亦可外出,这种保守与开放的二重性,是山西作为山地文明的显要标志之一。如果说,蓝色文明、黄色文明、大河文明、游牧文明作为历史上曾经有过的主流文明多被人所认知,那么,作为独立却未入主流的山地文明,则少为人所探究。这或许也是山西多为人误解或未解的原因之一吧。在此大背景下,我们来审视贾植芳的人生,或许会因之有着更为精准、厚重与深刻的把握。

贾植芳其家家道殷实,家有三进七十多间的宅院,父母虽然务农,但其从曾祖辈起三代均曾进京经商,伯父则为实力颇强的大商人。这样的家庭出身,对贾植芳一生的影响不可忽视。其一,因了这样的经济条件及相应的文化视野,贾植芳才得以在高小毕业后,在其伯父的引导与安排下,顺应山西时风,与其兄贾芝(著名民间文艺学家)到省城太原读初中。也因了山西的开放环境,才得以在初中遇到北师大毕业的现代青年教师,并在其指导下大量阅读"五四"新文化新文学作品及外国文学译作,大量阅读包括马克思主义在内的社科启蒙读物并尝试写作、发表新文学作品。也同样因此,他也才能够在初中毕业后,到北京入读美国教会办的贵族型高中,在那里打下坚实的英语基础并大量阅读国内外的现代人文、社科、文学书刊。在其因参加学潮被开除学籍且入狱后,也是其伯父用重金保释出狱并买得大学文凭送其到日本留学。其二,这样的家庭出身与青少年时期的成长经历,也使得贾植芳在其后的人生旅途中,即使在物质条件最为困窘艰辛之时,也不会被物质生存而局囿而左右,而是将其抛之一边,重在自己精神上的实现。即使在自己被打入最底层甚至失去自由时，也不会丧失自尊自信。譬如他在监狱中，拒绝吃刑事犯罪犯人之食而要享受政治犯的伙食标准。譬如，他在长达二十七年的监狱及被改造的生活中，也不失自己对人对事的独立判断与交往。贾植芳的家庭出身对其一生之影响自然不可忽视。

对外语的娴熟及留学日本的经历，对贾植芳人生形态的影响不容低估。正是对英语日语的娴熟及对国外期刊书报自由而及时的阅读，极大地开阔了贾植芳的精神视野，也使贾植芳的精神资源得以丰富得以鲜活与旺盛，使得贾植芳得以与国外思想界同步对话同步发展，从而在思想上精神上位居时代的前沿。这其中，既包括了对马克思主义的接受，也包括对俄国文学对鲁迅精神的汲取。留学日本的经历对贾植芳的人生形态精神构成更为重要。中国知识分子在“五四”及1930年代中国现代进程的起步阶段，就留学海外，受海外思想谱系影响并形成相应的知识分子群体，主要可分为三部分：一是受英美影响。这一知识分子群体，更多的是出身于并生存于上层社会，其所接受的思想谱系及切身的体会，也更多地与上层社会的人生形态有着更为融洽的亲缘关系，强调个人自由的个体本位，譬如冰心、徐志摩、梁实秋、陈源等人，其领袖人物则是胡适。他们在中国社会思潮中，始终未能占据主导位置，却对中国社会的现代进程，有着相对重要的作用。二是受俄苏特别是受苏联影响。这一知识分子群体在“五四”及1930年代，更多的是在思想、精神接受层面，受到俄苏特别是苏联思想、精神的影响。在1940年代之后，日渐占据了中国社会思潮的主导位置。他们更多地强调“整体”本位，强调“整体”对社会改造的力量及其意义。三是受日本影响，这就是中国近代及“五四”并1930年代前期大量留学日本的学生。他们大多出身于破落户或者平民家庭，对社会抱有强烈的批判与改造意识，在“个人”与“整体”关系上，受日本立足自身广约博取的多元文化的影响，对应形态也最为复杂。譬如以郭沫若、胡风等为代表，都从“个体”转向不同的“整体”，而以周作人、郁达夫等为代表，则坚持不同形态的“个体”本位。贾植芳则是这坚持“个体”本位之多种形态中的一元。

经历的复杂与强调做社会中人，是贾植芳人生形态的重要表征。贾植芳参加过学潮，两度担任过国军文职的上尉、少校军官，既在国民党政府军事机关报《扫荡报》及国民党新闻检查机关任过职，也编辑过左翼报刊，且是为左翼报刊撰稿的主要撰稿人；他既任过大学教授且其后成为学界领军人物，也是文化界的活跃人物，是以胡风为首的“七月派”的主要作家之一；他既从事文学创作，也从事人文学科、社会学科的翻译与著述。他撰写的《近代中国经济社会》短短时间就印了三版，发行多达三万册。他集文学创作、翻译、学术研究、教学、出版及各种社会活动于一身，在这些方面都有着不同的影响与建树。他的朋友中，既有相交甚深的胡风这样的左翼密友，也有王瑶这样的学者，施蛰存这样的所谓“第三种人”，邵洵美这样的“海上才子”，郑超麟这样的中国“托派”领袖，甚至汪伪淮海省长郝鹏举等等。可以说，广交三教九流是贾植芳人生形态的一个重要特点。他那简朴的住处，几十年一如既往，始终是五湖四海、三教九流频繁光顾的场所。而在这其中内涵深蕴的深刻真义，是他对每一个“个人”的尊重，是他对集中于一尊的恐惧与排斥。所以，他以写作为生，但他的写作，不是书斋里的写作，不是脱离改造社会现实的写作，而是将写作作为直接参与社会改造的实践活动。保持与改造社会现实的血肉联系，生命投入于改造社会现实的亲身实践。时时与社会现实的“在场性”对应终其一生。贾植芳自己曾借梁漱溟先生的话自言：“我不是学问中人，我是社会上的人。”[①]这可以说，是贾植芳先生对自己人生的点睛之笔。

二、贾植芳小说创作之解读

文如其人。这句话用于对贾植芳小说创作的解读，是再恰当不过了。

读贾植芳的小说，你会觉得，在这小说中，时时有着作者自己的身影在里面。如果你事先对贾植芳的人生经历有所了解，那么，你简直可以把作品中的人物视为贾植芳自己了。你有时候甚至会觉得，贾植芳的某些小说，是可以作为纪实文学的，也可以是作为贾植芳的自传体小说的。郁达夫在《中国新文学大系·散文二集·导言》中说：“五四运动的最大的成功，第一要算‘个人’的发现。”[②]这样的对“个人”的发现的时代特征，也必然地体现在“发现者”自己的文学创作中。所以，郁达夫在同一文章中还说：“现代散文之最大特征，是每一个作家的每一篇散文里所表现的个性，比从前的任何散文都来得强。”[③]散文创作是这样，小说创作也是这样：“小说都带有些自叙传的色彩的，因为从小说的作风里人物里可以见

①《把人字写端正》，东方出版中心，2009，第7页。

②《中国新文学大系·散文二集》，上海文艺出版社影印本，第5页。

③《中国新文学大系·散文二集》，上海文艺出版社影印本，第5页。

到作者自己的写照。”①

“五四”时代之前的小说，除《红楼梦》《金瓶梅》外，多是群体意识的表达。“五四”时代的小说，伴随着对“个人”的发现，表达的内容是“个人”的，表达的形式也多有“个人”的标识，那就是叙述者多为第一人称“我”。譬如郁达夫的小说，学界公认其小说主人公即为郁达夫自己“个人”的写照。而鲁迅小说中，多用第一人称叙述，那第一人称“我”，也多有鲁迅自己的经历与认识在里面。

贾植芳的小说，这样的特点也是十分鲜明的，粗略分之有二：

其一是贾植芳先生对自身经历的如实记述。小说中的叙述者“我”明确地标示为贾植芳先生自己。如贾植芳唯一的一部中篇小说《在亚尔培路二号》，可以说是贾植芳自己在该监狱中经历的如实写照。譬如说，作者入狱的原因，被审讯的过程，在狱中相识的各色狱友及其各自的命运，狱中的日常生活，妻子的随其同时入狱及妻子出狱后对他的营救方式等等。作者对此还有一个标题《在蒋匪特务机关监狱中的回忆录》可谓是名至实归。这样的自叙传性质与色彩，在他记述自己狱中经历的《在亚尔培路二号》的续篇《人的斗争》中，在他记述自己回乡经历的《我乡》及记述嘉寄尘先生的《嘉寄尘先生和他的周围》中，体现得特别突出。其二是将自身经历化作小说第一人称叙述者“我”来给以表述。譬如在《草黄色的影子》《一幅古画》中，我们可以看到贾植芳在国民党军队中经历的影子；在《人的悲哀》《理想主义者》《人生赋》《剩余价值论》《更下》中，我们可以看到贾植芳先生在人生奔波中的所遇所感；在《歌

①《中国新文学大系·散文二集》，上海文艺出版社影印本，第5页。

声》中我们可以切身感受到贾植芳先生在政治动乱中对自身品格的坚守等等。

贾植芳先生的小说如同“五四”时代的小说一样，其表达的内容是“个人”的。从表层上说，其所表达的内容是作者自身的亲身经历。从深层上说，则表达的内容是“个人”的而不是某个“整体”的“符号”，是对各色人物每一个“个人”的尊重与怜悯。这尊重不是在价值形态上的肯定，而是对人物性格与命运的忠实；这悲悯，则是对人物在价值形态上不应该如此的情怀。就以他的小说《在亚尔培路二号》为例吧。在这篇小说中，我们看到各色犯人，无论是作为政治犯的“我”及骆仲达，还是作为报贩子的小宁波，抑或是做买卖被误抓来的李与聂，甚或是作为犯人的江特务等等，他们每一个人，都有着自己独特的具体的入狱经历及相应的狱中感受。作者在描叙他们时，更多的是出自“个人”对“事实”的忠实，而不是在某种预设的理念下对“事实”给以“编码”。如是，这些人物身上，就毫无群体理念支配下的概念化的印痕，而作者的悲悯情怀，则流淌于描叙他们的字里行间。说贾植芳的小说，如同“五四”时代的小说一样，其表达的形式也多有“个人”的标识，既是说其小说中的主人公或叙述者“我”本身既是作者自己或作者自己的化身，同时也是说，贾植芳小说中，对其笔下人物言行描叙的分寸，也是符合每个人物“个人”的现实情境下的实际的。譬如那个作为犯人的江特务，面对狱警，既因自己曾是高于狱警的同类因而有着不同于其他犯人的优越感，又有着现在同为犯人而对其他犯人讨好的一面。这样的一种对人物在内容与形式上的准确把握，我们在阅读贾植芳的其他小说时，亦时时有着一种扑面而来的强烈感受。

这样的一种自叙传式的如实记写，就使得贾植芳的小说有着极高的对现实对历史的认识价值。譬如，在《在亚尔培路二号》中，我们看到了国民党监狱对入狱知识分子的态度："他们对知识分子是这样一种方法，你要有证有据，或报告得有眉有目，他们绝不客气，比一般人要严重；要是你没有什么确切证据，他们还不敢随便下手，中国到底是老封建社会，他们不能不多少有一点顾忌，不过知识分子一进这个门就是麻烦，他绝对不相信你，轻易不会放掉的。"[①]譬如还是在这部作品中，我们可以看到其时监狱的日常生活，如犯人小宁波负责监舍及每个人的卫生"如倒尿桶，打水，拭地，洗碗，按人轮流值日，由他负责监督"[②]；犯人老骆负责外交，贿赂看守给犯人购物、添菜、私下会见探视的亲人等等。这样的如实描写，特别强调细节的真实。譬如作者写犯人"我们都在屋里大便，我们大家规定，每天集中一个时间，挨次大便，那办法是用毛毡弄成一面幕布挂在屋角，马桶（只是一个粗盆）放在后面，每个人依次轮流，全体完毕后，和警卫商议开门去倒，每天一人轮值……这有十五斤重的一大盆粪便，捧在胸前，由拿着手电的警卫引导去花园内的大厕所倒去"[③]。

这样的一种自叙传式的如实记写，也让我们得以通过贾植芳笔下林林总总的各色人物，体味到百味人生，看到纷纭繁复的世相。而这，又是与贾植芳广交五湖四海三教九流的社会中人的为人品格是分不开的。读他的小说，你会时时觉得，你如果用时习得

①《贾植芳文集·创作卷》，上海社会科学院出版社，2004，第184页。
②《贾植芳文集·创作卷》，上海社会科学院出版社，2004，第211页。
③《贾植芳文集·创作卷》，上海社会科学院出版社，2004，第213页。

来的对小说世界人物分析归类的方法解读他笔下的人物，总是力不从心充满遗憾。他笔下的人物，或可谓之曰：一花一世界，一叶一菩提。你在提炼概括之时，总是会必然地丢弃什么，总是会失去那原本的鲜活与丰富。我们或许只能勉为其难非常牵强地做一些例示。在他的小说世界中，我们看到那些哀其不幸怒其不争的芸芸众生，譬如在《人的悲哀》中店里的一众人等，让人联想到鲁迅笔下《药》中的茶客，《示众》中那众多的看客。在《人生赋》中，让我们看到普通人等为着生存而奔波的种种无奈。在《理想主义者》中，看到某些知识分子的窘况与天性的缺陷。当然，在与社会搏斗的时代环境中，也让我们看到黑暗世界中的那令人发指的罪行，那种种丑恶的行径。譬如《人的斗争》《血的记忆》中那监狱中对志士的酷刑，譬如《一幅古画》《草黄色的影子》中那不择手段的利己肥私。也让我们得以看到革命志士的高迈情怀坚贞不屈。譬如《歌声》中那大声的吆喝声："要活得像一个人！"譬如《在亚尔培路二号》《人的斗争》《血的记忆》中虽遭百般酷刑而不改其志的志士们。

也正是这样的自叙传式的记写，使贾植芳的小说，在描叙的文字中，充满了浓重的主观色彩。这一主观色彩，就内在的内容而言，贾植芳的小说创作，不是为着某种写作目的去细致深入地观察生活并进而去试图真实摹写并揭示客观生活，无论这客观生活是有史诗般的宏大还是有着滋润人心的诗意。贾植芳的小说创作，是来自自己生命中对生活的鲜活的痛切感受。这生活，已然内在地成为贾植芳生命血肉的一部分。他的创作，是来自自己不发不快的生命的苦闷与宣泄的需求，全然不会顾及是否符合外部的某些标准。这也就是他的小说何以自叙传色彩格外浓厚的动力与原因。这一主观色彩，就外部表现形式而言，其描叙文字，时时处处字里行间充满了主观色彩、感情色彩。譬如，他描写店主人对“我”的发话过程：“他的声音可怕地抖动，像是一种气体，整个楼上的空间都在痛苦着，阴暗得像皱着眉。声音停止以后，却又和童养媳当婆婆暴怒后一样，小心翼翼，怀着鬼胎，恐怖地期待着。他的眼光，我看见渐渐退萎，脸上的红光也在可怕地剥落，像在一只无情的残忍的手的支配下。他忽然瞪紧我，愤怒像又燃起，我的嘴角歪了一下，空气便滞忤，像一块坚硬的石头，担心地悬着，随时有垂下来的可能。”①

西方浪漫主义的文学，有着这样几个根本性的特征：一个是“个人”价值本位，将“个人”看得至高无上。如雨果在《九三年》中所说：“在绝对正确的革命之上，还有一个绝对正确的人道主义。”一个是将生命形态不一的每一个“个人”的表现看得至高无上，丝毫不顾忌这一表现是否触及既定法则。还有一个就是在做这一表现时，文字修辞上浓烈的个人感情色彩。中国古代小说，因为中国传统文化的群体理性本位，所以，这样经典性的西式浪漫主义近乎于无。“五四”时代，在小说领域，郁达夫的小说，可谓是兼具这样三个特征，只是这三个特征，都更多地凝聚于个体肉身。贾植芳的小说，承袭“五四”之风，也兼具着这样三个特征，这就是“个人”自叙传的创作本位；表达时丝毫不受既定理念束缚的“个人”生命血肉感受的如实展现；描叙文字中，字里行间个人感情色彩的浓烈。只是这三个特征，更多地凝聚于“个人”精神追求与外部世界的碰撞，

①《贾植芳文集·创作卷》，上海社会科学院出版社，2004，第14页。

这是不同于郁达夫的，却也因之构成了贾植芳小说在中国文学史上的独特位置。

三、贾植芳人生形态之解读(下)

贾植芳是胡风集团的骨干成员，这是一个不争的事实。

胡风的文艺思想，受日本厨川白村《苦闷的象征》及鲁迅文艺思想的影响，强调的是文学创作源自作家生命苦闷的宣泄，强调的是“处处有生活”，作家生活就是这生活的主要组成部分等等。这与贾植芳对文学创作的理解与追求高度吻合。所以，贾植芳在留学日本时看到胡风主编的《工作与学习丛刊》时，马上就从它的编辑风格中看到了与自己的趣味相投并随即将自己的小说《人的悲哀》投寄于它。而胡风也对之十分激赏，从此开始了二人的刎颈之交。胡风曾说过“虽然许多朋友因我受牵连，我也感到内疚，但是他们靠近我时，已经有了自己的思想和理想，我更多地是出于一片爱才之心”。这话是说得很到位的。其后，由于胡风所受到的政治迫害，贾植芳出于正义、仗义，更加重了二人之交的“刎颈”色彩。其实，贾植芳的这种正义之心、仗义之心，不仅仅只是对胡风的，对于其他人，也是如此，只是由于他与胡风关系的密切，由于胡风集团在中国现代文学史思想史上的重要位置，使这种“刎颈之交”的色彩，这种“集团骨干成员”色彩，显得特别突出。

但也正是因为这种“突出”，因为这种耀眼的光芒特别强烈，所以，对贾植芳人生形态的“本义”及这“本义”在中国现代文学史思想史上的重要意义，构成了“遮蔽”而为人所忽视：那就是，他是胡风集团的骨干成员，但更是中国现代文学史思想史中，坚持“个人”

价值本位的一脉支流中的代表人物。“胡风集团骨干成员”是其作为这一代表人物在胡风集团中的显现形式。但这一显现形式却绝不是贾植芳人生形态“本义”的全部，甚至其性质也与“集团成员”有着很大的不同。

胡风作为胡风集团的领袖人物，其“集团性”、排他性是有目共睹的，在学界亦是个不争的事实。但贾植芳却不是这样。这种“集团性”、排他性，在贾植芳身上是看不到的。甚至可以说，贾植芳对此是排斥的。他在1948年对胡风的直言相劝[①]，在1952年劝解胡风退出纠纷，专注于写鲁迅回忆录及翻译《天方夜谭》[②]，其实也都隐含着自己的独立立场。他更多地是持一种“个人”本位。只要不是在实际的政治斗争中迫害他人，他对其他的“个人”都持一种兼容、宽容、尊重的态度，且对不允许兼容、宽容、尊重的时习，持一种反对立场。这只要看看他与三教九流的交往即可了然。在他的朋友与交往中，有着许多不同思想派别的人，有着许多的与他思想观点不尽一致的人。譬如作为通俗文学作家的中国旧式文人还珠楼主李寿民先生，海上才子邵洵美先生，所谓的“第三种人”施蛰存先生，中国托洛斯基派的领袖郑超麟先生，大右派陈仁炳先生，旧知识分子卢克绪先生，一度被视为是国民党文化特务谱系的“战国策”派的林同济先生，屡遭磨难的知识分子朱锡侯先生，原圣约翰大学校长潘世兹先生，一个以经商为目的的普通商人国光印刷厂老板等等，如此对“集团性”的超越，是胡风根本不可能具备的。如

①参见《贾植芳文集·创作卷》，上海社会科学院出版社，2004，第413页。

②参见《狱里狱外》，上海远东出版社，1995，第69页。

此的对"集团性"的超越,在贾植芳自己所译介或推介的书的杂多性中也可见一斑。你就看看他所译介或推介的书单吧,既有恩格斯的《住宅问题》、纪德的《访苏联归来》、《契诃夫手记》,也有《晨曦的儿子——尼采传》《人之子——耶稣传》,还有维特弗格尔的《东方专制主义》等等。书的杂多,其实体现的却正是对思想资源的丰富与多元的追求。

人与"个人"概念的长期混淆,使得对"人"这个概念的理解,因价值立场的不同而有了完全不同的含义。或视为某一"整体"中"人",或视为"人民"中"人",或视为"个人"。"五四"时代"人"的这个概念,其实就是"个人"。作为"五四"时代文学理论标帜的周作人《人的文学》,是"个人主义的人间本位主义";鲁迅《狂人日记》中所说的两千年来所"吃"的人,其实也是"个人";郁达夫则明快地说:"五四运动的最大的成功,第一要算'个人'的发现。"之所以如此,是因为洋务运动的技术革命,戊戌变法、辛亥革命的政治革命之后,伴随着自然经济这一中国社会结构的解体趋向,商业经济日益成为重构中国社会结构的方向,而商业经济是以"个人"作为价值本位的。五四运动正是以思想启蒙运动的形式,成为这历史行进中的一环,并最终在这技术革命、政治革命、思想革命的三级跳之后,迎来了黄金十年。但中国现代商业文明的成形期,却正是1929年世界商业文明内在根本性的危机期。这一内在根本性危机,注定了中国的商业文明要在被制衡中走向否定之否定,而在这一历史螺旋发展中,"个人"失去了经济的基础性根本性的支持,也就注定走向了无根的漂泊之旅。鲁迅的《过客》、周作人的《乌篷船》就是这漂泊之旅的形象写照。作为思想潮流,胡适为代表的

“个人”在上层社会的文明形态，张爱玲为代表的“个人”在日常生活中的文明形态，终于漂流于海外。赵树理笔下的农民“个人”、老舍笔下的底层“个人”，则被“阶级”的“整体”外衣所“遮蔽”。在这样的时代大潮中，贾植芳所代表的与底层人血肉相联的知识分子的“个人”，其自然与胡适、张爱玲分属于两个阵营，却也与赵树理、老舍笔下偏重于物质生存的农民、底层的“个人”相异，而更多地注重于精神世界中“个人”的解放。在这其中，没有胡适那样的上层的影响力，也没有赵树理、老舍假手于“整体”的强大。贾植芳这一中国现代知识分子的“个人”流脉，被人忽视不见了，或者被合并到了左翼“集团性”的“整体”之中。

新时期之后，贾植芳成了中国比较文学、中国现代文学研究的领军人物，他在这两个领域颇多建树。贾植芳的“气象”为他的后学一代所不及。他们更多地成为了学有成就的学问中人，而不是如贾植芳是社会中人。他们驰骋于专业领域，而不是如贾植芳那样驰骋于教育、文学、出版、政治经济学、翻译等各个领域。这或许可以归之于刘勰所说的“文变染乎世情，兴废系乎时序”。他们身边没有了贾植芳身边曾经有过的五湖四海三教九流。孙犁评价赵树理的话用在这里，或许也是恰当的：“每个时代都有它自己的歌手，但是，歌手的时代，有时要成为过去。”①但或许也未必然。当今天商业经济已经实际地在变革着中国的社会结构，当“个人”在这变革中，重新寻找自己的历史位置时，当中国的知识分子身处其中却茫然失措时，贾植芳的意义或许才刚刚浮出历史地表。

①《赵树理研究文集》（上卷），中国文联出版公司，1996，第26页。

目录

中篇小说

在亚尔培路二号

——一个人和他的记忆

第一章　缘起

一九四七年的夏末，我听了友人D君的劝说，搬到吴淞路的义丰里九十一号他的不用的房子里。这是我来到上海的第二年。因为原来寄寓的亭子间热得像蒸笼，终日除了挥汗，和苍蝇打架外，简直无从做事。D君在一个机关做抄写工作，义丰里的房子是他分配到的敌产，里边住满了所谓留用的日本"技术人员"，D君是一条光杆，他寄住在迪斯威路的一个大亭子间里，义丰里的两间半小房子原来是D君借给几个大学生的同乡办《学生新报》的地址，在五月末的"学潮"后，报社被封，编辑人员逃的逃了，抓的抓了，只剩下一些旧报纸空洞地堆在那里。我因为曾应该报之邀，在纪念"五四"的特刊里，写过一篇叫作《给战斗者》的短文，所以和这个报的人员，都还有往来，那里房子大些，尤其是傍着晒台的那一间，凸出在走廊的极端，好像和其余的屋子没什么关系，还有两个窗子，空气可以对流，虽然是日本式的（这原来是一个二层建筑的日本旅馆），讲不起场面，但还安静清洁，我搬到这里，真可以说是出于幽谷迁于乔木。再说，邻居都是日本人，在这里建筑一个孤岛，鲁滨逊似的生活，我想来一定比住在中国人的杂居里放心一点。

D君在管理日俘的机关混小差事，穿着军衣，在日本人看来，这个机关的人似乎都是他们的上司，这里的保甲长是日本人，却成了我的顶头上司。他们用什么技术，被何机关留用，实在不清楚；不过他们还保持着大东亚时代的威风倒是千真万确。他们说，他们花了钱买的头衔，这和做生意一样，"我的给""你的给"，交钱交货，当然享有权利，可以维持他们的"自由生活方式"了。这时候，徐州战事火烈进行，他们告诉我说，冈村大将替老蒋上前线打共产党去了，他们在这里已然等出了希望，不久的将来，哈哈……露出金牙笑起来了，我听了茫然，在日本人的笑声里打了一个寒噤。……但是我在这里住下来了，他们是保甲人员，受中国当局委派，当然有进我屋子办公事的权力，也就有哈哈地露出金牙得意地笑一场的权力了，我恍惚地觉得，我好像是汪精卫大人治下的臣民，这才真叫操他奶奶！

我还有"最高领袖"呢，那就是日侨自治会的理事叫什么郎的，我虽然不是日侨，却因为这个义丰里是他们的王国，我好像又变成"外侨"了。他们说，中国当局的命令，所有弄堂内的中国人，中国当局托他们"通通地管"，所以这个什么郎就成了名正言顺的最高领袖了。这是一个典型的日本浪人，肥胖，臃肿，满脸横肉，阴气的眼睛，挺着肚子走路，满是汗毛的粗胳膊上刺着蓝色的龙，穿着又宽又肥的元宝领子的黑香云纱裤褂，时常哼而吓之地来这里"巡视”,在弄堂出入,坐着挂着警备司令部牌子的吉普车。有一次,D君和我坐在屋子里闲话,他又在我的室外哼而吓之地吆喝了,D君蹿出去,实行“上司”的职务,照那个胖脸上很响地打了两个耳光,什么郎肩膀一耸,呆了一下,就发出很响的声音跑走了。我大为抱怨D君,你虽然凭了一身军衣,把房子借给朋友办报没有挨抓,但是到底不可孟浪过甚。日本人既然公然宣称,老蒋都要靠他们了,那么你打了什么郎,实在就和打了梁鸿志或王克敏,汪精卫和蒋介石一样,“犯乱纲纪,莫此为甚”,说不定祸事就在眼前,因为在战前,那时候日本在提倡中日联合剿共说的时候,就在那个理论阶段,许多人都因为有抗日反日行为或嫌疑,吃官司或亡命,我就深尝过这个痛苦,在北平监狱里蹲了一个时候,现在日本人的联合剿共说已到了“凡吾同志,一体身体力行”的实施阶段了,你打日本人?D君大概因为正还是一个血气方刚的青年,不大明了“国情”,听了我的说法,很不以为然,他甚至以为我“意存蔑灭当局”吧。这也难怪,这个时候的青年只在报上看到过南京当局的谈话,说反美等于反祖国,因而激愤,提起当日反日等于反祖国的旧话来,在年轻一些的耳朵里听来,在一些从抗战中长大,又处于僻冷之乡受教育不多的青年听来,难免就有一点大不相信了,D君还好,是一个混小差事吃饭,一边又想读一点书,挣扎着往正路上走的纯厚的青年,他还相信我的人格,我的旧话重提,增加了他的苦闷,倒是真的。

我还得一说我在这个九十一号居住时,我的几个邻居和友人。

这个九十一号的“中国侨民”,除过我,还有两家,一家是靠楼梯口住的做中学校长的段华先生,是我尊敬的一位好教育家,办着一个出色的中学，他携妻带子的一家好几口挤在一间小小的房子里，自从报社被封后，他只有晚上偶尔回来转一下，不敢住下来，他想找一间房子搬场，又没有钱，所以只好做贼一样地在这个敝破的有阴谋气的建筑里低下头进出。再有一家，住在辽远的走廊又一端的，是三个青年，我的妻子中学时代的同学，那是肺病已然极严重的刘，一只眼睛半盲的李，和两只腿走起路来一拐一拐的黄。三个残废了的好青年。他们都是抗战后沾了政协的光，从国民党的集中营放出来吃了长期苦头的青年，他们残废的肢体，都是受刑过甚的结果。他们混到上海滩来在一起营着生活，刘已然动弹不得了，李和黄做着小学教员，三个人贫乏地过活着，他们那种默默地相依相从的生活场景，时常使我觉得眼睛变湿。我现在写字的这杆笔还是刘的赠予，那是一个早晨，我因为妻在屋里生火做饭，闹了一屋子烟气，跑到他们屋子里聊天，李和黄都到外面工作去了，只剩下刘一个人枕得高高地睡在地铺上闭着目短促地吸气。我默默坐在他的侧面矮桌旁吃烟，刘疲倦地睁了眼说：

“贾先生没出去走走吗，我躺在屋子里觉得今天天气一定很好，在外边荡荡一定很好。”

我说，没有去，在马路上无头无绪地乱走，精神极容易混乱和疲倦，所以不如在屋子里做一点事或看一点书好。

他把手从胸上拿开，重重地放在日本席子上，晃着头苦闷地说：

“我半年多就没出去过了，小李和黄禁止我动，其实扶着墙我还可以走走的，我觉得还是空旷的地方好，天气又这么晴朗。”说着，他的深陷的眼睛忽然睁圆了，闪出一种奇异的光辉睨视着高高的敞开着的窗户，微风吹来，窗布飘动着，市声模糊如音乐，那是从宏壮的人间世界来的声音。他无望地闭了眼，叹了一口气，重重地捶着席子，头歪向里首，低微地像是向自己说：

"我活不久了，这两天血咯得厉害，小李和黄把苦苦挣来的几个钱都扔在我的病上，他们连菜都舍不得吃，小李的眼睛，黄的腿……"他静静地淌下了泪，忽然声竭地说，"要死就快一些死去吧，这样把朋友也拖垮了，我真不忍心他们把有用的钱扔在无望的地方。"

我发出空洞的声音照例安慰他，这种安慰，在他听来，不过是一种美丽的骗词，没有用场的，这我也知道。

我兀自任香烟燃烧地坐着，又断断续续地说了几句自己也不十分明白的话，后来自己也莫名其妙地突然中止了。

窗外电线上，几只小雀子欢快地喊喳着，互相追逐，翅膀发响地撞在窗沿上，又一齐飞鸣而去了。高空晴明而洁净，云悠然地走着……

刘发出声音，我惊疑地收回目光的时候，他手里就抓着这支金星笔伸在我的面前，这时他重复似的说：

"贾先生你拿去用吧，你应该多预备一支笔。"

我推着他的手，请他自己留下用，笑着说，我们这种人，只要有一条裤子穿，就应该有一支笔在身的。

刘偏不缩回手去，并且用一种在家庭中似的声音说：

"你有用，我把笔给你，希望你多写出一点来。"

接着，他眼睛完全睁开，放出那种特有的奇异的光辉，沉静而美丽，仿佛他霍然痊愈了的健康的亮光，我打寒噤一样地抖了一下，觉得这个场面有如在夕阳将沉的声寂的战场上，流了血倒在地上的勇士，把他的剑带着祈求和安心的送给战友的样子。我接了笔，他的眼睛才熄了一样地闭上了，发着不正常红润的脸上显出安静幸福的笑容，我觉得这管笔以超过我的体力负担的力量压在我的生命上，那么无声的沉重，我仿佛一堆尘末似的堆在席子上……

去年我出了狱以后听妻说，我们被捕后，小李和黄在第二日的一早就用席子抬了刘，甩下一切用具和屋子，逃走了，现在还不知道讯息，尤其是刘的死活，小李的眼睛，黄的腿，……现在我坐在解放了的青岛小店里写我的狱中回忆，走笔到这里，我抬头凝望，衷心地祝望他们都还健康，在解放了的中国，正式过人的生活……

D君的另一间屋子，靠着楼梯口和段家的居室斜对的，一直空了一个多月，在九月初旬突然搬来一对夫妇，我想大概是D君的朋友吧，没作理会。男的有三十多岁，身体高得有点歪斜，生着一个长而黑的马脸，头发很长，女的苍白而衰弱，一副像永远没有睡醒过的样子。他们的门整天地大敞开着，正对着楼梯口，上下楼梯都看得见这一对夫妇永远都睡在地铺上，男的四肢伸挺，女的蜷得像一个虾子，我觉得这种生活方式很出奇，我问D君，这是什么人，他含糊其词地说亲戚，但D君没有介绍，我当然没有前去请教。他们本来用D君的锅子在汽油炉子上烧饭的，这一天却绝无动静，门还是敞开着，夫妇两个躺在地上一动也不动。晚上十时我送朋友下楼才发现了这个情景，回来问妻，才知道他们继续了这么一天多了，我想到这大概是到了绝粮的状态，妻也说大概是的，我一向认为陷在这样情状中的人，在旧社会上，不是强者就是弱者，都是被这个社会所仇视和摈弃的人们。我激动地向妻说，既然D君说是亲戚，D君这两天又没有来，我们不能看着他们饥饿，有什么你送一点去吧，妻笑着盛了半盆子面粉送过去了，我吸着烟凝望窗外，觉得一种激动和安慰，自己平息着汹涌而来的感情。后来在狱中重读《西游记》，看到猪八戒把妖精错认作难民的蠢相，自己才恍然地笑了。妻愉快地拿了空盆子回来，说他们这就做饭，不过问有没有菜，送一些去。我听了愕然，我们也吃菜很少的，大概没有存余了，问妻，她说，家里没有什么菜，一边她补充说，调料倒还有，于是又送了过去。第二天早晨我正伏在小桌上写字，这个马脸闯入一样地跑进我的屋子，我大吃一惊，连忙收拾了摆在桌面的书籍和纸张。他却早坐在我的旁边了，我让了他一支烟，自己点了一支。他自我介绍说，姓曹，我这里才知道他的姓氏了，沉寂了一会儿，他忽然说：

"真是，专制使人变成冷嘲。"

我停止吃烟，歪着头看他，对于这样突然来的人突然的言论我向来不敢贸然否肯，只是觉得此公有点怪，值得研究研究。

接着他才说到题目上来了，他说，想周转一点钱。我问妻我们有多少钱，妻开了皮包看着说，还有五万。

"三万就行了。"他接着说。

妻数给他三万。我目送着他的在这个低小的屋子里高得显着有点受曲的发弯的背影，停止了吃烟，我向弯着腰正在揉面的妻说，这大概是一个江湖派吧，妻响亮地笑了。我又把烟递到嘴上去……

一直到九月十七日前，这么有好几次，我们仅有的一点钱，这么消耗了不少，我只好自己来一下修正，由金鼠牌香烟改吃一种三猫牌的香烟，好省下钱来。对付此公，我又不能敬而远之，只好痛苦地敷衍着了。你想，他在屋子里大小便，有时光着上身只穿一条绿色的短裤子在弄堂跑，后来又见他穿了一身不三不四的军衣，声称干了青年军了，可是还来要钱，而那态度，简直像官家向老百姓收税一样。我问D君，他发火地大声说，这个东西……后来自己低声说，是亲戚，但是我们不大敢招惹他，他他……他又咽住了，我有点闷，他忽然用异样的声音说，他找到这里来，我又没有办法，所以我才不大敢上义丰里来。我发急地说，你怎么一回事呀，D君慌乱地四顾，没有结果。D走后，我向妻说，我们得快搬家，妻眼睛瞪得很大，接着低下了头……

这才该说到九月十七日了，我们的被捕，和我在国民党CC的特务机关的监狱中一年来的生活和见闻，我要都把它写出来，这不是个人的文字事业，这是蒋介石中国的记录，这是我所以不允许蒋介石和他的匪帮再活在世上的公诉状！这是我的向一切主张温和和宽容这些兽类的人们的抗议书！

第二章　第一夜

一九四七年九月十七日，晚上的时候，我从刘他们的屋子里出来，顺便踅到刘相对的日本人荒川屋子去。这荒川和刘他们是久邻的关系，和我还有来往。这是一个年老的建筑工程师，来中国四十多年了，娶的中国妻室，因为要保护财产，所以疏通了中国官方，伪称和妻子离了婚，房产尽归妻子享用，自己却化作一条光杆住在这义丰里待时，又在一个官家的工厂里买了一个头衔，挂着徽章，除过按月随物价比例倒送钱给那机关的主管外，就是在屋子里喝酒,睡觉,营着一种醉中的生活,貌似无为,谈起话来,却颇有见地。每晚夜静更深,我坐在小桌前工作的时候,都听见这个喝醉了的荒川在楼梯上趿着木屐出声地跑来跑去,一个人大声地说着生硬的上海话或断续的英语,大笑,狂呼,呕吐和漱口,还有的时候,他就卧倒在走廊上睡去,像鸟一样地生活。这人还不失为浪人中的好人,对我们这几个耗子似的中国人,还不显得太歧视,他颇有藏书,深爱老子,更于醉酒之余,孜孜不倦地钻研古代西洋的建筑艺术,是一个浪人学者。在生活沉闷的时候,还可以谈谈的一个人。这晚,在荒川的小屋子里,他向我侃侃而谈百老汇大厦的建筑,一边在纸上画着建筑图式,一边吃着正宗酒。大约快十二点了,建筑内已然显得沉寂,荒川的半开的纸门前走过几个德国人到隔壁屋里去了,那里住着一个朝鲜舞女的。妻来找我回去,她刚进屋门不久,忽然走过四五个提短枪的便衣,一边走一边寻找,我瞥见这些人,大为刘他们担心,因为前边就是他们的屋子,而前几天就有警备司令部的便衣来他们屋里搜查过一次的。这时,这些提枪的英雄返回来了,就站在荒川的屋前,我才看到内中就有那个姓曹的,他用手指着屋中坐在小桌旁的我,于是有一个穿短裤和灰洋服上衣的弓背瘦子抢到前面,一只脚踏进屋里,伸出了手枪,向屋里吆喝:

"出来!"

我明白,我被捕了。

我和妻走出屋子的时候,他又喊荒川出来。

我平静地说:

"与他无关。"

虽然是日本人，但是我一贯的主张，不愿别人为自己受累，这是比割了头还难过的精神负担。所以我继续说：

“他是日本人，我的邻居，我来这里闲谈的。”

面貌狞恶的瘦子——这人两颊无肉，面色苍白，两只充血的眼睛突出着，额上青筋纵露，一看就是一个荒淫于酒色的标准特务，大声说：

“到你屋里去！”

在走到我屋里的走廊上，我才看到到处都是特务，只听到枪栓哗啦哗啦的声音，我回到屋里，又是一个油头的短胖子，穿着上等的短裤和衬衣，在屋口伸进头来张望，向我说：

“你是贾某吗？”

我点了头。我转向瘦子说，——这时已由另一个屁股上插着快慢机的穿军便装特务，在翻我的堆在屋角的书籍。瘦子提着枪，皱着眉峰，两只阴森的眼睛，在屋子四边溜来溜去，我和妻站在屋角上。我平静地说：

“请你给我看拘捕证。”

他气壮地说：

“没有这样的必要，你到我们那里就会明白的。”

这时书籍已然检查完了，大部分好像都是可疑的，他都抢在一旁，其实这些都是一些古典的政治经济军事的著作，几乎全是外文，我不相信他能懂得书名，它们更无犯罪的资格的。那个专司检查的特务，又把目标移向箱子了，我向妻子大声说：

“把钥匙扔给他！”

大概我的声音不入耳，瘦子瞪着我，像要大发脾气，却忽然不

在乎地冷笑地说:

“你放心,我们一件也不会要。”接着用一种公事的口气说,“你自己看好东西,日后少了东西,我们可不负责任。”接着说,“走吧。”

我走出屋外,觉得滑稽:我人跟你们走了,屋子都留给你们了,可还要声明这么一下,真是妙极了。这是地道的国民党政治的精神之本质。

这里还要补述一下的,是D君的那半间屋子,这紧挨着我的屋子的没有窗户的房子里,本来是我和段家堆聚杂物的一个所在,在学生报时代,住着几个来上海考大学的女生,她们都搬到学校去以后,我的一个莫名其妙的同学硬把他的一个女友塞在这里住下,这是L,一个到处飘零的伤感的女人,在一个什么小报上当记者,但大部的时间,是躺在黑暗的屋角的小床上吃烟和悲伤。一副自叹薄命的样子,有时拿着一面小镜子站在走廊上的光亮处对镜忸怩半天,读泰戈尔的诗和徐小说的角色,这人颇为我不喜。

我随特务走出屋子,我的妻也跟出来了,我正在讶然,瘦子就向我解释一样地说:

“她也得去。”

去好了,我们全家两口,这样倒省事。我低头笑了一下,出了声音,觉得这真是一出滑稽的妙戏。但我一抬头,我就看定L穿了新做的白短大衣,脸上现出一副可怕的颜色,手里挟着香烟,站在两个特务的中间,等在屋门口,屋里正在翻得一塌糊涂。楼梯口的段家,也正在翻得马翻人仰,初生的婴儿大声地哭着。我突然感到一种大的悲愤,我站住了大声说:

“这都是我的事,请你们不要骚扰我的邻居。”

我的话还没有落脚,半间屋子和段家屋子里的特务,就像受了伤害似的发出一片只有特务才有的声音说:

“你自己管不了自己,你怎么敢干涉我们?”

我更大声地说:

“我不愿意牵累别人!”

一片怒斥声:

“闭嘴,与你无关!”

另一个调侃的声音:

“你好,倒管起我们来了!”

在我身后的瘦子,整理了一下枪栓,重重地推了我一下,不耐烦地说:

“走吧,到我们那里再说。不要故意耽误时候。”

于是我们夫妇,后面是L,连拥带推地下了楼梯,两个青年力壮的小特务,紧紧地抓住我的两个臂膀,嘴里发出要打架一样的无赖声音说:

“不要捣蛋,老实跟我们走。”

这时全建筑像在恐怖中已然僵死了,家家闭门熄灯,毫无声响,我一路下了楼,走出建筑,进入弄堂,到处都布满了持枪以迎的特务,我略一数认,不下三十个人,我不禁低头又笑了,真好厉害呀!

弄口的马路另一侧停着两辆大卡车,和一辆小汽车,在我们走出弄堂门的时候,那一个看弄堂人开的小纸烟铺还没有打烊,守弄堂的老夫妇俩,都站在小屋门前,我是他们经常的顾客,有时大家也谈谈闲话的,老夫妇俩看到这种情境,似乎讶然地呆着了,他们大概想不到是抓中国人的我们，而且在他们的印象说来，大概不会承认我们是杀人放火的强盗和摸人口袋的偷儿吧。老头哆嗦着，在特务的吆喝下，吃力移动着身子去开铁门，但是特务们要显一显威风，皮鞋也然纷乱地踢着铁门了，老头失了主宰地惊慌了，手里的钥匙老找不到锁孔，我想，这大概是特务进入义丰里以后，要老头锁的，这时，老婆踅了过来，才帮着开开了。我们在众特务的推拥下，一下到了马路上，特务们向三个车子散开，车上看守的特务也跳下来了，有的特务先抢着摘下车前的照会，扔在车上，我们在特务的推拥下，半爬半跌地上了第二个卡车，两个特务挟着我们一个人，我和妻坐在对面，L坐在我妻的前边，这时我才发现D君早坐在我的身旁了。一副笑嘻的样子，和我点了头。车子开动了，一个穿着漂亮的大褂的恶少一样的特务向我们说：

“不准谈话。”

一向为我不喜的L在大衣口袋里掏出了烟盒，默默地递给我一支，自己往嘴上送了一支，她没有让特务，这倒颇使人得到报偿似的愉快，L开了打火机燃了烟，我们默默地吸着烟，妻从对面伸过冷冰的手，紧紧地握着我的手，我们有着仿佛互搀着向一个悬崖跳下去的心情。

车子飞奔一样地在冷清的大街上狂驰着，在颠簸中驰过夜风很大的外滩，我们几个失了自由的人，忽然都哈哈地大笑起来，我觉得我们好像雇了一个车在郊外旅行。这种笑声，好像是对车内特务的嘲弄和抗议，有一个特务安静地说：

“笑吧！”

我们更大声地笑着，表现着一种奇特的欢乐情绪。……

在这个大上海，在这个罪恶和欢乐，愤怒和痛苦交混的黑夜的魔都中，我们这一个小小的行列，向恐怖和死亡挺进。……

车上了爱多亚路，转过我看过一回戏的金门戏院，我们到了亚尔培路，我才恍然大悟，这是哪一路的妖精，——车拐进一个僻街口，喇叭初次地响鸣了三下，跟着前面的车子，我们进入了魔窟，——亚尔培路二号，紧邻就是苏侨俱乐部，斯拉夫的雄壮宏大的音乐正在嘹亮地奏着，挟着男女的康朗的笑声，这自由和解放的徽帜，这经过痛苦而来的畅笑，在我们受难者的耳旁有一种奇异的意义！……

车子停在没有灯光的花园里，我初次嗅见了恐怖和死亡的气味，特务们取出了手电筒，半推半拉地喊我们下了车子，排成一个行列，又被查点了一次数目，我们才像一队兵士似的，转过，在特务的挟持下，转过几个曲折的弯，走入那个阴森的建筑，这大概是礼堂吧，正对我们的面悬着巨幅的孙中山像，不知为什么，我涌起一种奇怪的情绪，觉得这孙中山有点可怜相，似乎还不如我们这被押解的一群气壮，至于那两边的照例的对联，那墨黑的大字，也似乎闪着凶手的眼光，带着绝望的可怖色调。

那个监视我的瘦子放了一条心似的冷嘲地说：

“请贵客们上楼上大客厅休息吧。”

我们就被押着上了楼进入了所谓大客厅，一进门，迎面就是一幅持着军刀的蒋介石彩像，那两只狼眼睛，正对着我们，他那开在嘴旁的两条用黑色画的褶纹，有如沟壑，那种似笑似嘲的流氓面相，仿佛向我们说：

“伙计们，你们来了，哈哈……”

我们被指定坐在周围的沙发上，特务们围着屋中央的长餐桌坐着，像从危险的旅行里饱载而归的自得和快活，他们纷纷掏出烟卷，互相在空中扔着，放肆地大笑，但在这种空虚和疯狂的笑声中常常突然止住了笑声，阴险地偷视着我们，笑声就在鼻子里打旋着，发出嘿嘿的恶音来，暴露了失掉人性的残酷性格。我们都安静地坐着，我和L吃烟。瘦子忽然站起来，手指着坐成一排的我们，向正在打闹的特务用一种似笑不笑的鼻音说：

“你瞧，这些新客人多体面，多沉着气！”

特务们都带着一副混合了鄙夷惊奇和无耻的笑容，全停止了笑声地睨视着我们，忽然都转过脸，面面相向，仰着脖子大笑起来，有的跌一样地倒在椅子上，有的把一只脚跷在桌上。在车上不准我们说话的那个家伙，油头粉面，一副恶少的下流样子，穿着毛货的浅色大褂，翻卷出两圈雪白的绸小衣袖子，带着发光的金表，这时一只手提着衣襟，脖子伸前，躬着腰，一冒一冒地摆到L前，就坐在沙发的靠手上，转面向着L，笑嘻嘻地说：

“小姐，在哪里恭喜？我们这么面熟。”

L仰面吐了一口烟，腿互搭着，手指掸着烟灰，视若无睹地说：

“在××报。”

“呵，”油头拍着沙发背，装作恍然大悟的样子说：

“这就对了，咱们同行，我就在《中央日报》，怪不得这么面熟，往后这才真成了朋友了。”

说着，眯着眼睛，做了一个鬼脸，向着鉴赏着他的动作的一群特务说：

“我和这位小姐是老朋友。”

“恭喜！”

特务们又嘻嘻哈哈地仰面捶桌，歪身摸脸地笑起来了。……

我狠狠地把烟头摔在地上，D站起身来说：

“我要回去睡觉了，请说明白把我带到这里的理由。”

特务们对于D的严肃的神情，和抗议一样的声音，忽然感到事出意外般的愕着了，停止了笑声，和突然关了收音机一切声音立刻沉寂了一样，瘦子先走过来，瞪着D的脸，好像要下手的样子，D的脸这时放出一种霜一样的凝然的亮光，瘦子突然注意到D衣襟上的徽章，忽然找到题目似的，冷笑地说：

“怎么，你拿你的军人身份吓人？”

紧接着就伸上手去扯了D的徽章，扔在桌子上，赫赫地发出声音随即又变作一副狼的凶相，大声地说：

“坐下，不许动！”

D不服气地闹出声音地坐在沙发上。

特务们的欢快场面，现得寥落的样子，但是在屋子里面涌起了一种惨然之气，凝结着，好像从消散的云雾后面渐渐显出无底的黑色深渊洞口一般。

瘦子回到椅上去，忽然又变得一副轻快的样子，点了烟悠悠地吸着，放出安闲的声音说：

“不用忙，有的是时间，我们得休息休息，老爷。”

特务们于是又爆发了欢声，但是一个一个地都渐渐露出了狞恶的兽相，空气呆滞而泼辣，带着受难的象征。

胖子说：

“你们等吃东西吧，我要回去睡了。”

于是,应声而起的特务们纷纷站起来,胖子和瘦子跑到晒台外耳语了一会儿,回来了以后,大部的特务吵闹着跟胖子走了。我记得一次和刘兄逛南市的城隍庙,刘兄指着不是嘴歪眼斜,目突腮瘦,就是体肥身短,蠢然而凶的大殿两壁的牛头马面画像笑着说:

"谁要描写特务的神色,倒可以照这个样子描摹,一定典型出色。"

在屋子里清静下去的时候,我忽然想起这样的事……

这里只剩了几个特务了。我得慢慢把我在这里所遇见过的特务——给他们留一副尊容,因为这些东西眼看着就要绝种,我们的下一代决然没福气看到这批嘴脸了,马而虎之地画出来,为艺术而艺术一下吧。

第一个先说瘦子,他的尊容,我前面描写过了,这家伙一口北京话,我向他请教过说姓苏,后来知道他叫苏麟阁,又名苏君平,一次我故意问一个叫全吼的警卫,他又说他姓王,我做出奇怪的表情向这个姓全的说,他不是姓苏吗,这个小特务仰着头说,谁知道,你只知道他姓王就得了,难道还要记下预备报仇吗?这姓全的东西最可恶,是一个标准的小流氓式的小狗腿子,后面我要描写他的地方很多,现在按他的角色,还写不到。在我问姓全的关于姓苏的话的时候,我的同室寄押的一个犯敲诈吃官司的特务姓江的正坐在铺上,拿着罐头盖做的夹子对着小镜一下一下地夹着胡髭,听见全的答话,忽然笑了,向我说:

"你这才多事,问那些干吗,反正这里边的人都是野鸡养的,哪有一定准姓。"

总之,这个姓苏的我记牢他了,这是最毒辣,最阴险,最无耻的一个奴才，一头禽兽，我的妻子走出监狱后，找到路线托到他的名下，他向她处处要钱，要东西，答应一些寻开心的不负责的话，又随时恐吓她。以后当有详细的叙述。这家伙是这里的一个二等角色，审问组的组长和工作大队长（这是我们慢慢打听和证明出来的）。原来是日本时代的警察局特高主任，胜利后面目一新，他原来是国民党派来做汉奸的特务，奉派和日本人联络来反共的，满手都是血，凭了他的手段辛辣，他爬到这样的地位，我的案子归他管理。

胖子和一群特务走出屋子后，气氛一清，这里就开始以这姓苏的为中心的沉静下来了，几个特务趴在桌子上吃送进来的吐司，在这期内我忽然看到我面前椅背上贴的一个油印标签，这是财产证记号码，也证实了这里是“中央调查统计局上海特派员办事处”。特务们吃完了东西，进进出出地忙乱起来了，只有这个姓苏的特务一副大派头，坐在桌一端的大椅子上，掏出一支烟，一边心不在焉地在桌上拍着烟头，纵起眉峰，两只充血的眼睛复活了一样地盯着对面的窗户，像在考虑着什么，后来却自己微笑了，一种恶笑；忽然又敛了笑容，把那双锐利的眼睛扫射了我们一会儿，才转过头懒洋洋地点了手里的烟，喷了一口以后，复转过头来一边用手指敲着烟灰，微倾着头看着桌子，向我们说：

“不要着急，吃过东西得休息一下，我今天得陪你们一个通宵了。”

油头坐在桌子的另一端，低低地弯着背，眼睛睨视着L，一直没有改变他的下贱的恶笑样子，两只手摆在桌上，手指轻轻地打着桌面。

进来了一个穿中山装的青年特务，显然是从睡梦中来的，手插在裤袋里，一进门，正看到坐成一排的我们，忽然把胸部鼓了一下，像拿出藏着的精神来，就随便地坐在苏特务外旁的椅子上，等着。

这时坐在进门处转角的大沙发上的三个特务，——一个就是检查我书籍的家伙，一个是一个穿着军服的黑瘦的长子，有三十多岁，满脸都是鼓起的黑痣，头发梳得奇怪的亮，这人后来知道姓杨，是一个行动队员。另一个是一个穿着旧的蓝长衫的小瘦子，嘴里有几个金牙，后来知道姓什么吴，原来是敌伪期间七十六号的小角色。这三个都围到桌旁来了，长沙发上换坐着三个屁股上插着快慢机的警卫，一个黑脸尖发的大胖子，这叫费大赓，也是七十六号的角色，听说拳脚功夫很好；一个就是说过的全吼，穿着一身蓝学生装，弓背，面色苍白，小眼睛，头发常拖在眉脚；还有一个显得颇有气魄的角色，精神饱满，满面红光，是一个机警，聪明，笑嘻嘻而阴险的家伙，叫作向辉，这三个警卫都面向着餐桌，眼睛发亮，神情紧张，是所谓在伺候着的角色。

场面开始了——苏特务已闭目养完了神，烟也吃完了。他向烟灰碟拧灭着烟头，奇怪地咯咯地冷笑了几下，好像出于无奈般的，眼睛却不放松我们地又伶俐地转向他们的人说：

“都准备好了吧，”没有回答，他也不等待回答，继续咯咯地冷笑着站了起来，一边说，“慢慢来，——不用忙。”

他笑吟吟地站着，又自言自语地说，“等我脱了衣服——慢慢来。”

把洋服上衣挂在椅子上，又问了一句：“准备好了吧？吓吓……”

笑声变了,——由鼻孔出音,忽然他头一转,全然不见了笑容,脸色铁青,像初来的神气,命令我们说:

“全站起来!”

我们站起来,他头一转,说:“先搜身上,后解裤带,鞋带,戒指,手表,钢笔。”

我和D先被解除了,L突然说:

“我的裤带是宽紧带不用解吧?”

特务们色情地笑了起来,我知道L说这种侮辱自己话的意思,不过为冲淡恐怖的气氛,苏特务果然又变成原来笑吟吟的样子,说:

“小姐,公事得公办,——懂吧?”

我的妻先被带了下去,她苍白地回首望着我,脚步迟疑着,显然她不愿意把我放在屠场里自己走开的。

苏特务笑吟吟地说:

“下去吧,今天先不问你,不要挂心,我保险你们还能见面的。”

妻被全吼押下去了,他一边走,一边在口袋里摸出一大串钥匙,叮当地响了下去。

D被穿军服的和检查我的书籍的穿军便服的两个特务带出去到另一个房间里;L坐在油头的一端,蓝大褂陪着;我则由苏特务和那个睡眼惺忪的穿中山装的特务伺候。这是一个记录。

苏特务样子装作和气地说:

“久仰得很,贾先生。”忽然哈哈地笑开了,记录则鄙夷地跟着笑,露出了两个虎牙,在整理十行纸。

我镇定着自己,我今晚来到这里所看见的事情,使我明白了特务们对“犯人”的精神虐待的残酷方法和恐吓交混的战法，这种笑声当属于前一种。

他的笑声似乎还可以延长的时候却骤然而止，他威严地瞪着我的面孔，忽然声音冷酷地说：

“你什么时候入的党？”

“什么党？”我接着问他。

“哈哈，”他又笑了，“你们贵党——共产党呀，要是国民党，你还会坐在这里吗，先生？”

“我不明白，”我说，“你有什么根据这样问我？”

“没有根据？”他生气的样子，两眼睁大，“你说国民党三个月垮台，这是其一；再有，——”他翻着挂在椅子上的洋服上衣口袋，拿出一本折叠的杂志抛在我的面前，“这就是铁证。”

我哈哈地笑了，我说：

“你开玩笑吧？”

“玩笑？”他惊奇的口气，“打官司还有开玩笑的，真奇怪极了！”沙发上的警卫们发出了讥笑的声音，这明明是助威。

这是一本香港版的《群众》，我有一点小慌乱，但是我镇定了自己，因为家里的这种东西，我看过后都烧了的，这绝不会是我的东西，这是一种诬赖的手段。我说：

“因为我还没见过这个杂志。”

“你的东西你没有见过？”他瞪着我，“奇怪极了。这是我打你家里早偷出来的。”

“先生，”我笑着说，“我家里虽然没有什么值钱的物事，但是经常还小心门户，从没失过窃的；至于你的杂志，我还是第一次看见。”

“是一个老举吧?”他问着书记,书记嘻嘻地低头写着,已然出了汗。

“那么你怎么敢说国民党三个月垮台的话?”

“这就更没有根据了,”我说,“国民党三个月垮不垮台是一回事,你在什么地方听我说的?”

“听谁说的? ——自然有人——我们的情报员。”

“我在屋子里是说话,不是讲演呀,我没见过你什么情报员。”

“那么,你说国民党三个月垮得了台吗?”他突然转了题目。

“这你要问国民党才知道。”我干脆地回答说。

“好吧,”他站了起来,“我得先看看你那位朋友去,咱们回来再谈,你考虑考虑吧。”他走了。这时书记问我道:

“你认识什么人?”

我说:“我读书十几年,在社会跑了十几年,认识的人有好几千。”

他说:“你这就不是坦白的态度了,要知道,我们对你客气,你老说没边没际的话,你实说,你认识什么人?”

我说:“很多很多,无从说起。”

他说:“你和什么人来往?”

我说:“我现在闭门家中坐,既没有做官又没有发财,就是来往的人也不会和我来往了。”

他说:“你认识商人吗?”

“商人?”我摇摇头,“这一行可没有什么朋友。”

“你们贵省在上海有一大帮,难道不认识一个?”

“我们贵省在上海发财的自然很多，可是我是一个单帮客，没福高攀。”我玩笑地说。

“你还跑单帮？”他惊异地问。

“我靠这个生活。”我说。

“那么怎么把你独独抓来了，照你这么说，你是冤枉了，上海七百万市民，为什么只抓你？”

“那是我运气不好，”我说，“我在家里喝酒，糊糊涂涂地来了，我正想问问你我犯了什么法哩，难道喝酒有罪？”

他陡然生气地说：“我不问你了，你毫无诚意，你开玩笑。”

我已然打过两次这类的官司，我觉得在这种场合，只可抱定生死由命的旧说法，这些东西你绝不能当人看待，你只要随便说一点不相干的事，他们就跟着挖根，得寸进尺；他们要打你，那你就挺着挨，没有话说，所以说说笑话顶好，这种人的方法，是一吓二哄三圈四套，我们应付的方法，是一赖二挺，装傻浑说，否则，一切却是不智，没事也得闹事。我在监狱的时候，和难友开玩笑说，我想写一本“如何打官司”的小书，想来销路一定很好，因为在国民党治下，这几乎已然是每个人有机会碰上的生活场合，所以应该是“国民必携”的必要读物。像我这样的一个人，今年年不过三十，就已碰过两回这种事，这回是第三次了，我虽然也写点什么，但是那和向黄浦江小便一次一样，毫无功用，只可说是我自己地督察自己，但是这样，还被兴师动众地抓来了。所以人既然是环境的动物，打官司又成了国民义务之一，则打官司的常识实不可不备，这真是小而防身大而卫国的一种技能和技术，我想不到我打过两回官司的经验，在所谓中国已成了“四大强国”之一的时候，既没有杀人放火，又没有奸淫偷盗,但还得把已然贴了封皮的经验箱子在这里打开了,此所谓不走的路也要走三回之故欤?真不大明白了。

苏特务这时又进来了,他佯笑着说:

"考虑好了吧?我这人讲面子,你的那位朋友可吃过大苦头了,我刚过去,他出了满头大汗,到底是军人出身,没有叫出来,我劝说道,何必呢,才算下来了,他倒老老实实地全说了,这才叫怪,所以得看人下面,一点不错,我对知识分子先生,一向就讲面子,他自然也得给我面子,要是工人什么的,那我就是另一套,一进门,先灌他两桶凉水,冤不冤是另一回事,给你看个下马威,倒是真的,——怎么,贾先生,考虑好了吧?"

"我不知从何考虑起,"我说,"我先请问你,我为什么到这里来?"

"你为什么到这里来,这问题才天真,"他不屑地笑着说,"我问你,"他瞪着我,形势严重,"你认识一位白先生吧?"

"白先生,"我莫名其妙,我真不知在世界的哪一部分有一个白先生,"是什么一个人?"

"你不认识?好——"他像蕴藏着许多东西的表情,"我说明白吧,河南人,大个子,黑长脸。明白了吧?"

"哦,"我说,真是恍然大悟了,"这人我只知道他姓曹,要是不错的话,大概就是他,——我们打过架。"我沉重地说。

"大概不错,他也姓曹吧,他是我们工作人员。"他告一段落似的说。

我大声地纵笑了起来,全屋子都吃了一惊,苏特务停止了吃烟,出乎意外地带着监视的神气瞪紧我,我笑着说:

“我和他打了架，他大概就报告我了，这也难怪，不过他要是你们工作人员的话，容我说一句话吧，这人简直不仅没做一个官的资格，连做一个人的资格都没有，谢谢吧，他既然到你们这里告了我，那就按照办理好了，我可懒得说什么了。大丈夫生死有命，我既然不幸碰上这个晦气，那我认了运气吧。”

我这种流氓口吻，对流氓是一个意外。

苏特务的面孔沉得铁青，眉宇之间藏着一股杀气，我想，他大概恼羞成怒，要动手了，这也只好听天由命吧。他忽然在沉思中由椅子上出其不意地跳了起来，这种急骤的动作，使我的精神跳跃了一下，他可又出去了。

少顷，他又转了来，又换成一副笑吟吟的样子，好像获得了什么，有了伟大把握的神气。

他眯着眼看着我，突然放肆地大笑起来了，我的精神泼辣地在膨胀，所谓横了的心，就是这样吧，我也更大声地纵笑起来，这笑，使我沉醉于恐怖，超越于恐怖，获得了自己的精神的苏生。

沙发前的警卫向我们移近，好像要防止什么意外。

苏特务突然止了他的笑声，——我跟着也止了我的笑声，他又是一副铁青的面孔，我不知道我自己的脸上表情，——我只觉得我在挺然地微笑着，但是精神上感到一种寒冷的侵袭，好像我的形体已脱离了自己，只剩下一个精神的存在撑在这里。

他用着仇恨的眼瞪着我，忽然尖声地吆喝一样地说：

“你领导谁，谁领导你，说！”

“什么领导，”我大声说，“我不明白！”

“自然是你的组织关系。”他还是一样的严重。

“这才是笑话，”我笑着慢慢说，“我看，我们这样没有结果地吵下去，有点无聊，是吧？所谓犯罪，第一先得搜查证据，是不是？这样空口吆喝是解决不了问题的，请你们先把证据搜集好，那我抵赖也没有办法，我也决不抵赖，公事公办，这全由你了。要不，”我怒气地接着说，“我不是一个小孩子，你该明白，不能由你说什么就认什么，你要是办公事，照例不会有结果；你要不往道理上讲，那就悉任尊便了，我决不再说一句话。”

“那你是不是左倾？”他的口气缓和了。

“这我也不知道。”我冷冷地答道。

“连这个也不明白？”他不服气地问。

“不明白——”我说，“请你先给我解释一下左倾的定义。”

“不满意现状反对国民党，就是左倾——你就是！”他肯定了我的身份了。

“拿证据来！”我笑着。

“这不要证据，”他又沉沉地笑起来了，“你总是左倾分子。”

“先生，”我说，“你要随便戴帽子那就戴高一点的吧，那我也光荣些，这种不明不白的帽子，我不高兴戴！”我的态度决绝。

“你不承认是共产党呀，”他摊开两只手，好像一筹莫展的样子，“我只能说你左倾了。”

“怎么你能随便说我左倾？”我的话还没有落脚，他却突然夺口而出：“我问你：你说政协破裂，说谁负责？”

我想，这是现地贩卖，搜集我的左倾证据了，我打这个官司，我要替我个人的人格负责，而且我的能力，也只有替我个人的人格负责，保卫自己的人格的尊严，我不假思索地说：

"这该国民党负责！因为它没有一个政党的风度和诚意，所以破裂了！"

"你瞧，"他讥笑地向低着头写字的书记说，"全是学者派头！"于是又抬起头来向我说：

"这你可不能抵赖左倾了吧？"

"如果这就算左倾，我不想抵赖，我在这个地区生活，看的全是你们允许发行的报纸，我的意见，不过一个老百姓的感想，你认为左倾，那没有办法了。"

"你说D是怎么的一个人？"他又转了题目。

"我看他是一个知识不足，老实得过火的青年。"我本来想说D还热情，但在口边咽住了，因为热情在这个国度里往往也构成可疑的罪行。

"恐怕不这么简单吧？"他摇着头。

"可惜我看不出复杂的部分。"我说。

"你的楼口住的姓段的是共产党，可惜今天没有抓到他。"他又转了题目，不放松地看着我。我没有听见似的无表情地看着他。

这时，D和审问的两个家伙都进来了，苏特务打了一个呵欠，自语似的说，"真麻烦，我懒得再问了，反正有的是时间，我们这个地方你该明白，好进难出，要想出去全看你们自己了！"

对于这种恐吓意味的话，我只干坐在那里嘴唇都没动一下，既来之则安之，只好这样打主意了。

D的面色苍白，毫无表情，坐在一只沙发上，拖过自己带的毡子盖了腿部，头枕在椅背上，睡去了。

屋子陷入了一种奇怪的沉默，L则早问完了话，下去了；在L问话的过程中，我没听到什么，只留下油头那种不时发出的嬉笑声，这种记忆。

这个兽类只是拿她打趣，做一种肆无忌惮的精神蹂躏。

窗户透进了青色的曙光，园子里扶疏的花木从黑暗中渐渐显出，电车空虚地在街上驰过；大沙发上那个胖子警卫，已然鼾声如雷。

我向静静地坐着吸着烟还在考虑什么的苏特务说：

“我要睡了——安置一个地方吧。”

“不要忙，”他说，“吃过点心再说。你吃什么？”他仰着头问我，观察着我。

我迟疑了一下，知道这又是一种方式的审问，说：“北方人就吃油条大饼吧。”

他又伸起腰来，喊D：

“咳，你吃什么，先生？”

D大概睡着了，没有回答；他再喊了一遍的时候，D醒来了，显着不耐烦地说：“随便！”

苏特务腮肉牵动一样地笑了一下，吩咐了警卫。

我说：“我先睡一下吧。”不等同意，我就找了一只沙发躺上去，不久就奇怪地睡着了，我忽然被什么声音惊醒地张了眼，我才看到苏特务站在我旁边，伏着身子，研究一样地窥探着我的面部，一副严烈而狞恶的样子；这时，见我醒了，掩饰地说：

“不盖一点东西，怕着了凉。”就走开了。

我吃了两个油条和两个烧饼；D却吃了三个油条和烧饼，大概每人只准备了两套的，D吃得很快，连特务的那份也吃过了，所以又添了一回,D又吃了一套。

吃东西的时候,苏特务的眼睛时时忽然地尖锐地注意我们一下,那意思很明白;D的那种不顾一切大嚼的吃法,我很佩服,精神上觉得是对特务们的一种抗议。

吃过东西,苏特务把我们带了下去,我被押在二号室,D押在一号室。天色已然完全黎明,我从此开始了我的政治犯生活。

第三章　二号囚室

在身后关门的声音里,我醒来一样地凝视着我的对面:对着门的地上密密地依着墙坐着一群杂乱的人群,而挨窗坐的一个长发蓬松,面白如纸,两眼特别深陷的穿着一身深灰中式褂裤的中年人,特别地耀眼,——这是骆仲达兄,一个知识分子,一个伟大的战士,这里的身份是印刷厂老板,他是我监狱中的挚友和侣伴;在我旧年逃开上海前,偶然踏足到T报馆里看刘兄的时候,听到高小姐告诉我说,在李匪宗仁下了所谓"祥和措施"——释放政治犯的命令以后,南京《新民报》的浦熙修小姐从南京伪宪兵司令部被保释出来带到外面的消息:在浦小姐释放不久前,押在她隔壁的骆仲达兄,陈子涛兄(这是我的另一个挚友)和卢子扬先生在一个夜间都被下了手脚上的铐镣带了出去再没回来,翌日听看守的伪宪兵说,这三位人民之子都在那个夜间被绞杀了,——我乍一听到这个消息,呆住了,我低头一直走回到我逃难住的虹口小客栈里才醒来似的和妻相对着大哭了一场,以血还血,我们要向人命贩子蒋介石匪帮讨血账!……

我疲倦地坐在靠窗的小长凳上,温暖和慰问马上包围了我,我的昏眩的耳边绕满了一切亲切而陌生的口音：

“受刑了吧?”

“一点没睡吧?”

“要喝水吧?”

“饿吧?”

脸白如纸的中年人递给我半截香烟,说：

“吸烟吧,——吸吧;不过不要给看见。”

屋中央搭一个竹梯子通到上面的阁楼,从阁楼上下来了人,这个小屋子里围着我挤得满满的,脸白如纸的人——他一直坐着,在原地方,这时俯身向前向大家说：

“叫他先休息一下,我们这么挤着他,给看见了,不好。”

于是,在本来挤得密密的地铺上,大家挨着身子挤,给我让出一块空隙,许多声音争着说：

“你上铺上躺一躺,躺一躺。”

我移到铺上坐着,觉得硬得慌,一注意,才知是水门汀上只铺一层席子,许多地方都破了;这时,有一个留着尖头只穿一条蓝色的短裤衩的黑面孔少年,在窗台上的水罐里舀了一碗水,放在我的面前铺上,一口宁波话说：

“你先喝水,——我们都是自家人。”

大家又聚拢来,问我外边的消息：

“半个月这里没新生意了,昨晚卡车一响,我们就知道有新朋友要来了。”有人这么说。

我只报告了一件外面的消息：

“国民党下了总动员令!”

“啊!”几乎不约而同地大家发出叹息,接着有人说:

“特务们往后生意交关了。”

这时,窗外出现了看守的面孔,——全吼,板了面孔,没有表情地站在那里,像已然站了好久,现在大家注意到了,于是无声地散去,有的就爬上楼梯,上了阁楼,却把脑袋排成一行似的,从楼门上伸出来。我手里的烟早被难友夺去弄到角落里弄熄了。

这是一间厨房式的屋子,四壁脏破不堪,空中占了半个屋子大小的面积,是一个阁楼,没有一人高,最小的身材也得弯下腰来,原来大约是放东西的,现在却成了睡人的地方;左边有两个窗,在两窗相距之间那一截墙上,镶着几块白色的瓷砖,上面用墨笔写着我们的日历,逐日更写,有专人负责;在靠外那一个窗户沿上,放着两个黑粗盆子,是我们的饮水处,靠墙放一只水桶,角里是一个尿缸,这一带地上虽然我们不断地拭擦,但永远是湿漉漉的,墙拐角就是一面木门,在外面加两道锁子;我们的隔壁是一号囚室;窗外是一个低下的小院子,和一列墙,站在窗前,可以看到墙外的街上,和对面的店铺的上半截;靠里首那个窗外的斜对面,往里缩的地方,是一间警卫室,警卫室的里首,是三号室,——女号子。窗外是一条通道,通到楼房内去;靠外的一个窗子外面,正对着一个有遮篷的木头楼梯,附在墙上,由此可以上到建筑的楼上去,在楼梯脚下,靠内有一个小弄堂的空隙地带,经常摆一把竹子长躺椅,和一个小茶几,警卫们经常坐在那里聊天。

我们这个二号室里,这时的朋友是:骆仲达,报贩子小宁波王文彬和小广东老周,某出版社的欧阳胖子,——他的案子才奇怪,他们出版社因为和《文萃》社相连,大家共用一个厕所,在《文萃》出事的时候，他们不知道，他的一个伙友去小便，被抓去了没有转来，欧阳因为等他不回来到厕所里去找他又碰上了，被抓了来，伙友现在关在一号室里，因为小便的关系吃官司，已然两个多月了，这事情恐怕只有中华民国才有吧？——《文萃》的发行人吴二男，三轮车夫王云生，另外有一个特务，就是我在前文提过，说这里的人员都是野鸡养的江特务。听说，这时一号室有五六个人，三号室有七八个人，大批人都押在苏州；还有襄阳北路一号，迪化中路七号，高思路三号等处，都押有人。

我觉得头脑昏眩，胸中恶心，像要呕吐的样子；我不愿意说话，只想安静，清静地孤独地坐在一个地方，疲倦而却不想睡觉，想什么却又毫无头绪，——陷入这样奇怪的精神状态。我的逝去的三十一的生命呵，欢笑和痛苦，挣扎和拖延，希望和失望，死亡的恐怖和重生的愉悦，这些记忆，这些闪光的日子，都像突然地在我面前滚滚而飞逝了，毫无踪迹，我仿佛是一个低着头沉思走路的旅人，猛一抬起头，才看到自己又面对着绝处，——第三次的走到这样的地方，——这生命的转弯处，正在痛苦的中国之命运的最大的一个转弯处。

我蹲在窗下吃烟，大口地吃，和吃食物一样的，狼藉而凶狠的……

门声响了，难友们精神一振，随即抢到一种希望的东西似的交口地说，——只是为说而说地说：

“饭来了——”

这是生物在绝望的地方的生命性能的表现，虽然正常地说来是一种多余和浪费，——我今日还多少是这种不幸生活的旁观者，第二天，我就不自觉地也跟着叫饭来了，到了后来，听见门响的声音，我往往第一个叫起来“饭来了”的声音，有时却并不符合事实，惹得大家都笑了。贫乏的精神症呵！

门只开了一条缝，有人从外面地上推进来一盆漂着菜叶的汤和一个木桶的饭，门又出声地关上了。人们早就纷纷站在地上，蔽住了亮光，屋里阴暗而混乱，人们弯腰屈背，仰首跷脚地找出自己的筷子，——有的放在铺下，有的放在挂在墙上的自己衣服的口袋里，有的放在窗台上，……饭桶在屋内出现后，大家一挤而上地去拿它，警卫人员在外面吆喝着，“不用乱动。”一边赶快锁了门，抢前的人抱了饭桶到铺上来——铺上铺褥子的地方都卷起来了，——洋溢着笑容，虽然饭桶并不重，但是他表现出一副吃力的神气：脖子挺后，脚音很重，这大概是一种表示事情本身庄严的心理表现吧？

小宁波正蹲在地上，在活日历下的屋里唯一的一只靠着墙才能站起来的椅子上，歪着头，用那罐头筒的盖子做成的刀子一本正经地切大头菜，也不过切了薄薄的四五片，就和那一盆公汤摆在一齐，大家围起来吃饭了。

有人替我盛了饭，又在窗口向警卫给我讨来筷子，但是我不饿，没有动着，他们欢快地吃着饭，有人向我说：

“吃吧，勉强也得吃一点，谁初进来都吃不下，但是既来之则安之，来到这里身体第一，他们要我们死，但是我们自己要坚决地活。哈哈……”

这是欧阳胖子，这个乐天家却是一派正论。

老骆驳着他的话：

“留下一点饭，——等他饿了再吃，勉强吃总对胃不好。”

我初次明白了骆对任何事情顾念周到的精密性格。

饭后，又换了一幅生活场景，骆吸着烟，和我对坐着，他先告诉我这里的规矩：现在屋里这几个人，大家已经建立了一种生活秩序，大家相望相助，过集体生活，经济方面，不准自己存私钱，除过吃香烟的人以外，交由老吴管，譬如手纸，肥皂，买菜，生病买药，都公开公销，而最大的一笔开销，是给警卫的“赏钱”，这里负责看守的有两个警卫，一个就是全吼，最坏，得小心一些，因为他窃听谈话，打小报告，但又最贪财；一个是宴希众，这人比较“好”一些，但是我们只能存一个心理：大小特务没有一个好人，到这里来做事总有一些名堂，我们只可取坏人中偶然发现一二好人的办法，不能以为貌像好人就以好人视之，因为这好人之中有一种“技术”的好人呀……

“总之，来到这里我们大家就全是弟兄，别的不谈，我们是同一命运！”他结束说；这时，他看看屋里，老周坐着补裤子，三轮车夫躺下睡觉，眼睛却一翻一翻的；老吴和我们坐在一起，脸上红红的，兴奋地吃着烟，好像他们寂寞的生活中添了我这样一个新朋友，如沉闷的屋子忽然打开一只窗子似的，透出清新的空气来，……剩下的江特务、小宁波、胖欧阳都上了阁楼，打扑克去了；——骆把我的头拉得靠下，大家倾着身子，他在我耳边说：

“那个姓江的是他们自己人，这最要注意，我们彼此谈话得避着他点；我们大家向来对他的态度要不露痕迹地有个绝对距离，他可以公开接见送东西，我们在经济上，不强他拿钱入公账，他送来的吃食，我们让他自己吃，他一定要送大家吃才吃。不过这个人是警察出身，又是山东人，性情还直爽，还大致过得去，我们至多就把他当一个江湖派的人看吧。”

吴笑嘻嘻地添上说：“这是一种远之则怨，近之则不逊的人呀。”

吴很年轻，个子细长，长长的突出的下巴上长着一颗明显的黑痣，他性格沉着，不轻易表示自己的意见，乍一看来好像不懂世故的样子，其实却还有点世故，他的热情和世故可以说是相爵；这和骆恰恰相反，骆言谈态度像是很深于世故的样子，但是感情冲动起来，却什么都不顾了，是感情压倒理智一型的人。

这大概是十一点钟左右，没有阳光的天气，在吃饭过后，我从窗上看到押在对面女室里的妻，她们屋子因为紧挨警卫室，大概因为是女性吧，白天放几个小时的风，可以走到天井里来，我们这两个男号子却绝对不行，除过去外面倒水倒尿，和每晚间每人准出去大便一次外，想出来绝对不行。妻这时面孔完全苍黄，分外的憔悴，她往我们窗里看了看，又做了手势，意思问我受过刑没有，我朗然笑着摇头，她才焕然地笑了，跑回屋里去。

老骆在我坐下后，向我说：

“是你太太吧？”

我点了头说，“我是打官司还带家眷的。”

骆哈哈笑着说：

“这不稀奇，老吴连爱人都带来了，”他玩笑地去摸吴的耳朵，吴笑着拨他的上来的手，骆忽然专心地和他开玩笑，“这又不是上公园，带爱人来这里，你这小家伙。”

他们寂寞地开着玩笑，这我们大家都叫“给自己制造娱乐”，也是生活中重要节目之一。

房门忽然推开，那个姓曹的被推进来了，屋里的空气突然泼辣了起来，阁楼上的人都下来了，那个江特务叉着腰站在地上，面孔严厉，像一个要斗的公鸡似的向神情惊慌的曹用上海话说：

“操伊啦，三光麻子，上铺老子打杀伊。”忽然又用普通话说：

“你明白规矩吗？操你妈，就站在尿盆那里，不要惹爷叔生气。”

别的难友都显出一种鄙夷、愤怒的样子，像要打架似的瞪着姓曹的，大家都站在地上。

姓曹的畏怯地蹲在尿盆边了，江特务这时转过向我说：

“贾先生，这只赤佬麻子顶坏，昨天他就跟一个野鸡样子的女人来了这里，和警卫一块儿喝啤酒，又在警卫室睡了一觉，天一黑，坐上卡车走了，我们就晓得有人要来了，我顶恨这种三光麻子，——我也吃亏在这种人身上。”

说完，他又眈眈地瞪着低着头蹲在那里的曹。屋里的空气由泼辣渐化为悲愤和激动。

这里我才明白，我这次的被捕这姓曹的是直接凶手之一。他在那里一个人带着恐怖地蹲了一阵，正巧姓全的警卫从窗下走过，他站起来，喊着他，向他耳朵密语了一会儿，姓全的转过身走了，姓曹的又蹲在地上，摸着头。

江特务这时照着一面小镜子，靠在铺上用罐头盖做的夹子一根一根地挟胡髭，这时向着重又蹲在地上的姓曹的说：

“赤佬，你报告你老子，小心你的狗命，你老子不是普通犯人，老子姓江，你报告去吧。”

姓曹的没有动,门开了,他像一只夹着尾巴的狗仓皇地从门缝中拥出去了,屋子突然爆发出一阵奇怪的笑声,江特务转向我说:

“贾先生,你只要是替匪宣传,不过六个月就出去了。”

对于这种安慰,和对我身份的说明,我没有理他。

江挟了一会儿胡髭,渐渐露出不能耐的神气,站起来伸长脖子看看窗外,忽然满面笑容地向院子里说:

“宴先生,吃过了。”

院子里传来宴姓发嗄的回声,但是他没有走近窗子和他聊天,他显出一种分外寂寥和失望的表情,皱着重眉,忽然上了楼梯,到阁楼上去了。

屋子陷在奇怪的寂静里,从那里嗅出大家对江特务的界限和距离,江特务上了阁楼后,虽然仍然没有人说话,但空气换作了清新和活气,有一种统一的感觉。我问骆,江方才对姓曹的表示是什么意思。他说:

“他在这里孤独,向谁发脾气吧,没有人得罪他,大家有时候个人还看一点无聊的书,他又不看这些;你新进来,他这是向你讨好的表示罢了。其实他妈的,特务全不是东西,猪笑狗黑。”

骆的激奋昂扬,他的苍白的脸上现出一种黑气,眼睛瞪得很大,向着前面,吴笑眯眯地说:

“老骆,你妈的又发神经了。”

他才从梦里旅行转来似的,恢复了原状地笑了。向我说:

“老贾,咱们睡下谈一谈。”

老吴挤过去,我和骆靠着窗下的角落,缩作一团地谈着。骆严正地说:“我大概知道你这个人,——你应该是我们的朋友,不过,这些话我们不谈，有一日自由了回到外面，我们可以有许多话谈，这地方却不能说什么。你的案子我虽然不明白，但是打这种官司，得有一种打法，第一要赖掉一切，如真的有什么证据，那就挺住好了，受点刑没有什么关系。我们在这里起码要挣一个人格，至少放到外面去，不会脸红，不会对不起朋友。”他一边亲切地看着我，继续说，“方才姓江的对姓曹的那一堆话，却也是事实，但不是完全事实，姓曹的在你案子内起的作用，不过只是导火线作用，一定还另有因素，”于是他突然考虑地停了声音回视着我问道，“你的邻居是些什么人？”

我说：“多半是日本人，几家中国朋友，都是好朋友。”

骆半迟疑地说：

“这日本人留在上海的大概多半和特务有关，也许你的案子日本人要负一点责任。”

在骆的缓慢的语调下，我忽然想到那个自己说当过骑兵军曹的五十多岁的长着狼眼的日本的甲长和那坐吉普车进出弄堂的叫什么郎的理事……

我向骆说了我昨夜审讯的经过，骆眼睛一闪一闪会神地听着，我说完了，骆才说：

“这里边的特务，汉奸很多，那个姓苏的也是汉奸，他对抗战后方的情形知道很少，看样子，他们告你，不会有什么确切的证据，他问你的话只是一味乱撞；你要真在他手里有一点什么，那你昨晚上起码垫三个砖头，这样看来没什么大不了。”他又结束一样地说：“他们对知识分子是这样一种方法，你要有证有据，或报告得有眉有目，他们绝不客气，比一般人要严重；要是你没有什么确切证据，他们还不敢随便下手,中国到底是老封建社会,他们不能不多少有一点顾忌,不过知识分子一进这个门就是麻烦,他绝对不相信你,轻易不会放掉的。”

吴这时在一边打趣地说:

“你这种理论不通,你不是读书人吗?你怎样一进门就被没头没脸地打了一顿耳光,操哪……”

骆呵呵笑着说:

“我是一个商人呀,烂商人打几下有什么关系,——”他转告我说,“我一进来才倒霉,刚一进了审问室,那里围一堆不三不四的人,一见我就说,这是一个汉奸吗,没头没脑地打了一顿便宜。”说着凄怆地笑了。“其实,打我的这些东西才多半是些汉奸坯子哩!”

我忽然惊醒一样地向骆说:

“姓曹的怎么会上这屋里来?”

骆顿了一下,紧接着说:

“这不奇怪,这有什么奇怪?这是他们的手法,把他放进这里,叫你看看不是他告的你,他其实也是被抓了来的;再则,他来做一点工作,看看你的表情言谈怎样,因为这种东西,无所不用其极,昨天晚上又没问出一个结果,他们以为我们犯人无所不谈,派他到这里来,收集材料罢了,却不想进来就碰了姓江的钉子,不能待下去只好走了。”说着,得意地笑了,却忽然止住笑声,认真地看着燃烧着的香烟烟雾,它滚滚而飞,寂寞而急切,严正而无阻……

后来从D的口里我才知道,这个姓曹的是一个托派分子,当日晚间先是放在一号室里,他一进门就自得其意地自言自语地说:“往年古怪少今年古怪多,我一来就拖了四个来。”室里的人这时都靠着铺躺着,静静的,大家只用眼睛冷冷地看着他,没有人作声,他无趣地往铺上坐去,印刷工人老头子老杨,戴着老花眼镜正在近视地看《二国演义》,对于这挤在他跟前的古怪,用奇怪地高声说,"请你坐过去,这是我自己的被褥。"他移了一下,又遭了同样的命运,结果只好在地上蹲了一夜,早上吃早饭的时候,大家都低着头吃自己的饭,他因为没有碗筷,只好在旁边干瞪着眼看着。……

他的太太放在女室里,下午两点钟,他们都走了,后来警卫宴某告我们说,这一对三光麻子,领了三十万走了,他们警卫向他讨来十五万,他只留下十五万走了。

宴在窗前说完话走了,挟着胡髭的江特务哈哈地自己笑起来,这时向窗子看了一下,才嘻嘻地卖弄地说:

"这小子吃亏大了,上边规定的数目比这大得多,准是给吃了,这小子领了这一点钱,又被警卫吃了一半,"他仍然哈哈着下结论似的说,"这是土匪碰见强盗,全不是东西,全是属老虎的。"

我们大家听了愕然,小宁波站在当地,双手拉着短裤子,眼睛迷迷的,要想出什么,老骆瞅了他一眼,他才寂寞地笑了几声,咽住了。小宁波的意思很明白:姓江的忘了自己的身份了,他不是敲诈后,因分赃不均,被弄进来的吗?……

下午二点多钟,太阳出来了,淡而黄,但是我们仰着头从窗户看远远的墙外的街头,对面的铺子都浴在阳光里,这里照不到阳光,连院子也不会浴到阳光,小宁波先叫出来充满喜悦的声音说:"哈,太阳出来了。"于是,三轮车夫、小广东、老吴、胖欧阳,都赶快站起身,像听到释放的命令似的,爬到窗前去,眼睛都发亮,像见到亲人,去欢迎太阳,老骆受过刑的腿颤颤地也跟起来,趴在老吴的背上，去看太阳。我这刚从自由里来的人，也不堪寂寞地凑上去，小宁波跪在窗沿上，鼻子嘴巴都伸出铁窗外去，用嗄音声报告着，“哈，公共汽车过去了，……哈，一个外国人………哈，一对轧姘头的又过去了，女的还笑，穿了红色秋大衣……哈，下来，王文彬。”独自闷着头坐在铺上的江特务抬起头苦闷地发怒地说，小宁波看都没看一下，仍然喜悦地报告外面的见闻，哈呀哈的；老骆呵呵地笑着说，拍着老吴的肩膀，“对面那个丝棉店才混蛋，对我们监狱，他的字号却叫个起首老店，这有点不祥。”老吴轻轻地说。“你放屁，你这老迷信家。”小宁波又报告着说，“呵，两个女人进丝棉店去了，……哈，买了两卷出来了，……哈，一个娘姨进去了，……哈，翻袍子哩……哈……和店里伙计打绷了，这娘姨真嗲……”老骆摸着自己干涩干涩的下巴，摇头说，“人家都预备冬天的衣服了……”叹息着，江特务在铺上发火地说，“王文彬，操你娘，你下来不下来，你是拿老子取笑……”恰在这时，窗外发出脚步声，窗台上爬的人都快快地回到铺上去，小宁波在人头上一下翻下来……我吃了一惊，我看到赵革非和小竺跟着进来了，后面跟几个拿短枪的，赵仰着头，小竺鼓着嘴，进了女号子了……

我呆然地想，她们大概是去义丰里才抓来了，那里一定有特务看守……赵革非小姐是D的大同乡，她是从去年暑假就来上海投考大学的高中毕业生，她有着北方人特有的硬派脾气和执拗性情，她奇怪地非要考北京大学的哲学系不行，去年考不上，今年又没有考上，她准备明年再考，非考上不行，从前一直住在义丰里，帮助《学生新报》跑跑邮政局，这个暑假却忽然搬到小竺上的上海法学院去了。竺是一个娇小活泼的女性，黑而圆的面庞，一副健康的笑容,头发剪得短短的,衣着很朴素,她是政治系二年级的学生,暑假中因为参加义卖工作筹备自己的学费在义丰里那半间屋里住了半个月,这个姑娘动中有静,生活紧张,热烈,刻苦,欢乐,每天晚上电灯亮得很长,她坐在小桌前热心地读陀思妥耶夫斯基的《罪与罚》,有时也跑过来,歪着头坐在席上听一听我的议论……

六点钟吃晚餐,我吃了一碗,这米饭是沙子、谷子、虫子一齐俱全,我这个没吃米饭习惯的北人,吃了半碗,我的精神已不那么恍惚了,我要在这里建筑我的新生活,保卫自己,住下去吧,在这个遍地苦难的时代,这毋宁是一种福气——做着这样的打算,我重重地叹了一口气,一口气吃了半碗饭,就鼓腹地靠在铺上,悠然地从窗户看着无云的秋空,没有什么悲苦……

黄昏降临以后,屋顶上那盏惨黄的小灯无聊地闪出光亮,起了风,市声嘹亮地闯进囚室里来,这是诱惑,是嘲笑,是鼓励,是打击,……人们精神却混乱了,这是苏生一样地激动,一天又完了,明天……明天的观念,在人类中没有任何种人比囚人对这个观念强烈和固执。大家在地上乱动,伸开的腿却都自然地又缩回去,回去又伸出来,这个斗室,大半个屋子是地铺,剩下靠门一条窄狭的空地,没有二尺宽,长度虽然有四步宽,但是被堆积的杂物一占领,是连步都伸不开的,虽然铺前有两三双半湿的草拖鞋,但那功用,只在每日出去大便一次时轮流地穿穿,和请准倒水倒尿时穿穿外,毫无功用。

晚饭后,就是出去大便的时间,厕所是在正对着我们的狱室门的大厅的一个角上,——就是那个大礼堂,我进来是从前门进来的,这是它的后门,这个狱室的小院子是这个建筑后边的一个附属物。

厕所沿途都有警戒，我们只能一个人一个人地走进走出；厕所里贴一张告示，说，请他们的同志爱惜物力，不要用公文纸拭屁股，如此实属不自重云云。落款是“中国国民党党员通讯处上海办事处”。这个告示贴在抽水马桶的后面，大家就对着这个告示小便。

挨次地去过厕所后，门锁上了，拿着钥匙的宴警卫在窗口露了一下面孔，向屋子交代说：

“不要吃烟，晚上有公事：——准备问话。”就开第一室的门去了。

这里的“规矩”本来不准吸烟的，上边的理由说，怕我们放火暴动，但是看守的警卫说，这其实是瞒上不瞒下，只要不给上面的人看见就行了，所以不准吸烟的时候，他们都关照一下，因为这些烟和火柴都是警卫卖的，价钱比外面贵一倍以上，那个全警卫口袋里钱一没有了，要敲我们的竹杠，就是板起面孔不准我们吸烟，待把“礼”送上去了，他又眉开眼笑地说，这是他妈上面的意思。这种法子屡经施行，其灵如仙。……姓宴的交代晚上有公事要问话的话出来，给我们屋里吹进了恐怖，因为这“夜审”，总有点严重，在这机关里，简直是凶多吉少的事情，老骆马上向我说：

“老贾，准备一下。”

江特务也看着我，——全屋子都关注着我，为我担心，江发笑一样地说：

“没有关系，有什么说什么，就行了。”神色之间，一股习惯的冷漠之气，这就是他不同于一般难友的地方了。这表示他是一个特务。

三轮车夫向我挨近，瞪着他的没有光的圆眼，用江北话向我说：

“贾先生，你要小心，这些屄养的半夜问话总要打人，一次还要枪毙我哩——，”接着在众人奇异的笑声中他说出他的故事来：

他进来快两个月了，一进门就不容分说地给上了老虎凳，垫了四块砖头，又用布子绞了一回头，他没说什么，没有结果；第二回深夜间，他又被提了上去，一个屄养的特务，把他的公事扔在他面前说：

“你看，上面批准枪毙你，说了吧，要不，哼……”

他两手一张地说：

“先生，我是个好老百姓，我不知道我犯什么法！——”

话还没有落脚，脸上就挨了一个耳光，特务火气地嚷着说：

“混蛋！你不想活，老子没有法子，你考虑考虑，你这么一个起码人，你就死了，共产党还会给你开一个追悼会？你的老婆孩子不是全得饿死，你还落一个匪名？你他妈图了一场什么？你这个糊涂蛋，你简直拿自己命开玩笑，我本来不要和你多话，你看——”他指着公事纸上那枪毙两个黑色大字说，“我要不是可怜你，我执行命令就行了，我还和你多话？我看见你可怜，没有知识，受人利用，死了不过做一个冤枉鬼，所以才一片好心，打算救你，你说了不就没事了，明天就可出去了吗？——怎么，考虑好了没有，你要死还是想活？”

他直直地立在那里，说：

“我没有什么说的，你要我死我也没办法。”

“好，”特务绝望了的声调，“你死吧！”于是伸长脖子大叫着：

“来人!”一下拥进来四五个带枪的赤佬,他就被拥被推地弄到花园里了。在花园里的树丛里,他们要他跪在地上,在他身后上子弹,拉枪栓,互相争论着谁下手,后来决定下手的人了,这个下手的人,一边拉着枪栓,一边向别的赤佬说,你们站开,我这就干了,别的赤佬也应声地站开了,立在他身后的赤佬大声吆喝着,“准备,——”忽然一下毫无声响,他俯了头,忽然又糊糊涂涂地被人拖起来了,说,这个地方不好,再换一个地方枪毙,于是又弄到一个角落上,照样来了一次,又换了一回地方,在花园里跌跌撞撞地游行了和一百年一样的一个多钟头,最后才说,今天日子不好,哪一天看好黄历再枪毙,……又把他拖回号子里来,他一点精神没有地躺在阁楼上,认识了好多事,彻底知道国民党是一种什么东西了……

“这些屄养的最可恶。”他结束一样地说完了他的话,好像还咽下去许多话说,眼睛里发出火焰一样的湿的光亮。

江特务发笑地说:

“你他妈的不当民兵大队长,他会要枪毙你?”

这个出身农民的三轮车夫,轻蔑地盛气地说:

“你怎么知道——”

大家正在纠缠在一堆里的时候,门突然推开,这有点意外,因为没有人注意到开门的响声,那个叫向辉的警卫,一副嬉笑的样子,站在开门口,手里拿了一张提审条子,喊我。

我在难友的担心而沉静的目送下,跟向辉上了楼,又到昨天那一个大厅里。

这虽然不是一个正式的审判,但比正式的审判还使人恐怖和恐惧,桌子四周坐了五六个特务,地上又围站着六个带枪的警卫,一点声音没有，他们都睨着你——我坐在桌子的一端，昨夜那个问过D的穿军服的特务，先给我递了一支烟，从那种故作的亲热里，我知道今晚形势的严重，果不然，我刚吸了两口烟，靠外一面坐的一个中年的戴眼镜的特务，一脸阴沉的凶气，闪着恶狠狠的光，开宗明义地问我：

“你什么时候入的共党，谁领导你，你领导谁，实说！要不我们要给你颜色看看！”说完，他眼睛低下地瞪着我，眼里好像伏着凶猛的东西，随时可以冲出来。他对面的一个瘦下巴的特务，跟着用浙江官话说：

“我们要给你看看颜色了！”

和我正对面的一个头发立了起来的特务，一边翻看一张《学生新报》，接着用一种冷静而嘲笑的恶毒声音说：

“快说了吧，吃了苦头你还是要说的！”

给我香烟的军服特务，铺好了十行纸，调好了笔，歪头向我和气生财式地说：

“你说了吧，说了明天就出去了。”

我悠然吸了几口烟，在特务们的狼视的环顾下缓缓地笑着说：

“先生，我们似乎不需要采取这样的方式，大不了是公事公办——”我才说到这里，戴眼镜的特务，却似乎已然怒不可遏地突然拍着桌子，嗥叫了起来！

“你混蛋！”

咿，这真太凶了吧？

瘦下巴特务接着也拍了一下桌子，——不过，此公大概体格不好，声音没戴眼镜的先生来得雄壮响亮，也大声说：

“在我们这个地方，人命向来不值钱，我们干掉了你，不过和踩死一个蚂蚁一样！”他大概紧张过度，后面的声音已然有点不大接气，勉强说完了，就伏在桌子上咯咯地咳了起来。

此公的咳声响动了好一会儿，这真破坏了创造出的那种杀气腾腾的气氛，戴眼镜的特务带着功亏一篑的神气，露出苦闷的样子，皱紧眉毛，手伸在桌上，无聊地把一块碎纸玩成球形地在指甲之间转着。

那位先生咳呛完毕了，向我又补充一样地说：

“你快说——”

声音是哑而又虚。一边掏出手绢来满脸地拭着……

我接着说：

“你们这话，昨天已经问过了，我说过，空口无凭，我相信你们目的是办公事，我不能凭口胡说，这失我的人格，——”我刚说到人格，戴眼镜的特务火躁地叫着：

“人格——你还有人格！”

我大声地说：

“先生，公事是公事，你不能侮辱我，我没有杀人放火，抢劫偷盗——”

“你混蛋，——我们要给你颜色看！”

斯可耻孰不可忍——这些东西把人看得太不值钱了，我想，大家拼一下吧，这样的中国，活着也没什么乐趣！

我身子一冒一样地挺立了起来，把香烟摔在地上，我大声说：

“随便！你们欺负人太甚，你这不是办公事，你这是欺负人，我不是一个小孩子，抗战中我也做过军人，命本来不值什么钱，我的脑袋我认为就没长在脖子上，谁要我就给他，——看看颜色，——随便！”

我的这种突然的举动，和我极端激怒的声音，使特务们面面相觑，乱了既定的步骤，倒不知如何是好了。

我仍然立着，成了一种僵持状态，我鄙夷地看着这些群犬的尴尬样子。

穿军服的特务这时打破沉默，拉我坐下说：

“老兄不要发火，这有什么发火的；你只要不是共党说就是了——”

戴眼镜的特务这时恢复了知觉一样地说：

“你是社会的败类，共产党的走狗！”

我歪着头笑着说：

“照这样说，你原来知道我不是共产党，只是共产党的走狗，这和打倒帝国主义的走狗的走狗并不是帝国主义一样。”

我的这种毒恨论法，旁边几个站着伺候的警卫笑出了声音来。

“你是不是民主同盟？”我的对面头发立起来的特务抬起头问我。

“你们是一个特务机关可以去调查一下，问我没有用，你调查明白了，也就可以决定处置的办法了，那办起来省口舌。”我说。

“那你这文章是什么意思？”他把一张《学生新报》推在我的面前，那是该报的“五四”特刊，有一张叫“五四笔会”的版页，这里有我的一篇文章，《给战斗者》。他接着站起身子伏在桌上指着报纸向我说，“这里有马叙伦这些人的文章，马叙伦是民盟分子，你写文章，自然也是民盟分子，这还能抵赖吗？”

我说，“这报又不是马叙伦办的，他不过个人在这里写文章，我在这里写文章我只能替我个人负责，我不能替马叙伦先生负责，你说马叙伦是民盟分子这与我无关。”

“这报是反动报纸，你知道不知道？”

“我不知道，”我说，“它在社会局立过案，警察局登过记，发行手续合法，印刷公开，这好像不是一个反动报纸能找到的条件。”

这时戴眼镜的特务把报抢过去，眼睛在报上扫视了一下，就抬起头来说：

“你写这文章是什么意思？”

“就是文章里说的意思。”我答。

他又看了一下报，“你为什么骂坏人？”

“你难道拥护坏人？”我问他。

特务们交换了一下目光，又一齐凝视着我，穿军服的特务翻着十行纸向我说：

“你回去，仔细考虑一下，不要自己耽误自己。好，”他向地上的警卫摆了一下头，“带下去。”

“带他太太上来。”

我走出门的时候，后面向带我下去的向辉喊，我心里缩了一下，特务们的狠毒是不是要在我太太身上出？但我闭了眼，随便吧！

我回到屋子里，难友们都在被内睡下了，只有老骆一个人静静地靠在墙角吃烟，我身后的门锁上以后，地上睡的难友个个都爬了起来，阁楼上睡的都从楼门口伸出一排头，纷纷地问我。

老骆拍了一下床铺，发暗的脸上露出热切的笑容向我说：

"先在这里憩一下吧,我们都替你担心,——"他看着我的面孔,我笑着,"没受苦头吧?"

我接着老骆递给我的香烟,向老骆接着火,一边说:

"没有,几几乎了。"

老骆和大家放声欢快地笑起来了,一似庆祝我的重生一样。

"不过,"我笑着说,"说我是共产党走狗,社会败类。"

"操哪,"老吴笑眯眯地说,"这不是无聊!"

我和老骆和吴在其余的难友睡去以后,说了我的受审经过。吴说,"操哪,这伙家伙是专门挨硬鸡巴的,他只要没有什么你的证据在手里,你和他硬干,他倒出乎意料地得考虑一下,要不,你今天晚上简直凶多吉少!"

骆已然睡了入被,说:

"这是一进门的下马威,你逃过两关,大概不至于会受刑了,不过一下似乎也走不了。"

说了,他微弱地闭了眼,咳嗽着……

我爬上阁楼,挤在三轮车夫和小广东当中睡下,我睁开眼看着龌龊的屋顶,有时又侧起耳朵,听远处的声音,夜已然静了,一辆救火车尖锐的鸣叫着在街上驰过去了……

我的妻子……

第四章　人多起来了

第二天我爬起来,下了阁楼,屋里又多了两个人,都穿着破旧的黄色警察制服,呆然地靠着墙躺着。外貌都是北方人,我一下阁楼,他们都抬起眼睛来看我,——我是起来最迟的一个,太阳已然

很高,院墙上的边沿上抹着新鲜的阳光。其中一个光头的青年用河南口音向我说:

“你就是贾先生吧?”

我还没有回答,他就站起来,向我说:

“我昨天从开封来,我是D的亲戚,我一下火车上义丰里找D,却不由分说地抓来了。”

说着,悲苦地笑了。

这个光头姓李,在开封警察局当书记,那一个留着头发的姓聂,是李的同乡;因为在乡下要抽壮丁,逃到开封来,和李混着,这次他们带了一点土产到上海做买卖,聂也胡穿了一套警察制服地跟来了,想不到一来刚碰上。

“你的货呢?”我问他。

“和我们一块儿拉来了,”他说,“这本钱还是借的钱,贾先生,你说,东西他会没收吗?”他声音变了地问我。

“我怎么知道呀。”我苦笑说,一边在木桶内洗脸。

“他要没收了货,这不等于土匪吗?我贩的又不是禁品呀!”他还在我耳边说,我没有什么话可以回答他,对这样一个地方,光说有什么用呢?……他们默然又躺回原来的地方,戚然地垂着眼睛,听候命运的裁判了……

洗过脸,饭送来了,我端着一个碗立在窗前,心不在焉似的吃着,眼向着前边,茫然地看着什么,什么也没有看见……妻忽然从她们的屋门口挨出头来,看到我,几步跑到面前,气急地悄声说:

“他们向我问过你许多事情,我都说不知道;他们拍桌子,恐吓,我只说什么也不知道,这样下来了。……”

她的眼睛惊惶地四顾着，忽然跑走了，我正在奇怪，全吼的铁青面孔就代替了她站过的位置，——他从另一边走过来的。他向我申斥地说：

“明白规矩吗，要再看见你们谈话，我就要不客气地铐起来。”说完，头一扭，背着手，向女号子去了。……

我的眼睛发湿，呆立在那里，我觉得有人拉我的裤子，重重地拉着，我回头看到是骆，他还端着饭碗，面上是一种又惊又急的神气，他要我坐下来，后来他向我说：

“忍一下吧，忍一下吧，这些小赤佬没理好讲呀。……”

吃过饭，我和骆对坐在窗角下吸烟，骆看着我的不豫的面孔，笑着安慰我说：

“你这人也太固执了，和这种小瘪三生什么气，来来，我跟你谈谈我的事，那才叫气人哩。”接着他说着他的“案由”：

骆自己在曹家渡开了一个小印刷厂，机器房子都是东张西罗凑起来的，他印过一期《文萃》杂志，这就成了吃官司的理由——

“可是，”骆不愤地说，“这是生意呀，我们只接货就行，我一个印刷商人有权检查客人的货色吗？”

他是经理，副经理是他的一个亲戚费先生，他也进来过了，待了两天才出去，原来费先生的私人汽车，和厂房，——五十两黄金顶来的，都“捐献”了，才换得一个人的自由。

“他们也要我捐献机器，可是这是许多股东的东西，我怎么敢擅自做主捐献呢？”

“再有，”他叹息说，“《文萃》的编辑人陈子涛到我家里来玩，凑巧厂里出了事，特务到家里来找我，又碰上老陈，好，他们说老陈是什么党，我和什么党人来往，当然就是什么党了，你想，我们这种人根本是一个江湖人，交一个朋友，不能先要人家送履历表来考查一番，反正他不是一个坏人吧，这他妈的就说不清楚了，一抓来，我就上了老虎凳，上了五块砖头，你看我现在的脸色，就知道我的身体了，——这样又是快三个月了，还没有下文，这当中又问过一次，我的头又用布子绞了一次——”

老骆悲愤地结束了他的谈话，我们大家眼睛发亮地互相望着……

我闷着头在阁楼上睡了一觉——这里的人都营着婴儿似的生活，除过吃饭，就是睡觉，睡过了觉又盼望吃饭，饭是没有什么味道的，睡觉也是没有什么意思的，除过这种生活外，就是亮着无光的眼睛，盼望明天，明天呀，美丽的明天，你快来吧……我被吃饭声喊醒。我刚端起一碗饭送到嘴边，门忽然开了，塞进来一个商人，我一看就愣住了，忘了手里的饭碗——这是王先生，我只见过一次的一个旧式商人。——

“贾先生，你在这里呢？”他面色灰白地看到我，浮着一种得救的欢笑说，“这是什么地方？”他放低声音，恐怖地问我，“这是土匪窟吗？”

我觉得好笑，我先说：

“这是机关，怎么是土匪窟，你怎么当是土匪窟呢？”

“我哪里知道这是一个机关，”他带哭声地说，“我同住的郭先生今天上午去看你，没有回来，我急得慌，就去你那里，你那里我只去过一次，又不大认得明白，这里打听那里问的好容易才找到了，我推你门进去，地上正睡两个人，我以为是你的朋友，我不该去推醒他，——我推了一个，连那个也醒来了，两个人猛然坐起来，我看出有点不对路，就在这时，我才看到靠他们的身子里首有两杆短枪，我一下吓住了，这不像你的朋友。他问我，找谁，我不敢说找你，我说找郭先生，他们说，等一下吧，忽然要我举起手来，我口袋里的零钱都给搜去了，一个出去了，回来了以后，两个人把我架出去上了汽车，汽车开得特别快。忽然开进这里，门上又没有招牌，我还当是绑票的土匪哩。"

老吴没有声音地笑着说："操哪，这是官用土匪。"

我对着流出眼泪的王先生尴尬地笑着，我这才知道同乡郭先生也进来了，但不知他被押在哪里，这是一个五十多岁的老商人，……我的罪孽太大了……我大声向王先生说：

"王先生，我对不起你，既然来到这里你安心吧，保养自己身体为重……"我说不下去了……

我没有吃饭，完全不饿，我站在窗前，忽然我忘了自己似的，大声喊警卫，我的声音使同室的难友都变了面色地吃惊地看着我，我似乎一个人站在野地里，仍然大声地喊，姓全的警卫面孔喝得红红地跑了过来，手倒握着屁股上的枪把，说：

"什么事？"

"我要见你们上司。"我大声说，眼睛发直……

"有什么事？"

"我不能叫只和我有一面之识的朋友们来这里受罪，我死了也不要紧，我得脸色无愧地死……"

这家伙开朗地笑起来了，手从枪把上放下去，双臂抱在胸前，像站在动物园前的怡然神气说：

“你不要发神经了，——我看你这人神经不健全，我们虽然思想不同，我最讲人道主义，你急有什么用，朋友进来了，这只能怨个人的运气，又不是你把他卖进来的，空急有屌用？你休息一下吧……”他伸起头向屋内人说，“你们大家安慰安慰他。”

我被难友们拖坐在地上，我只低了头，一声不响，周围是一片叹息，江特务一边擦筷子，一边抬头看着老全走开的背影，说：

“你他妈的还充人样哩，你懂什么你妈的人道主义，小瘪三！老子出去了，非揍你不可，小鸡巴操的……”

老吴干笑地说：“他还讲思想哩……真是一大古怪！”

江特务笑着说：

“混鸡巴半碗冷饭，还神气得了不得，老子当连长的时候，管过你这样的小瘪三有一百多，还没有这副样子哩，操伊拉小瘪三！”

……

我躺在老骆的铺上吸烟，忘记了周围，我觉得自己像一团烈火，想不顾一切地向一切冲去，要毁灭一切……

王先生被难友照应着上阁楼睡觉去了，两个报贩子和两个警察还有三轮车夫老王正聚成一个圈子谈什么，因为彼此言论不通，有时候还笔谈，小宁波时时歪了头想字的写法，光头的老李神经地看着他，老聂一直忧郁地低了头，头发垂下来，用手挖鼻孔……

江特务却忽然把头靠在窗上，换成一脸笑容，向左边叫着：

“全先生，全先生！”

姓全的警卫吊儿郎当地过来了，说着上海话：

“啥事体，老江？”

“唉，”老江露着牙齿笑着，“扑克借一下吧。”

老全一手把在窗上，眼睛溜着女号子，转回头来说：

“这怎么行呀！”

“嗳，我一个人玩，我又不和他们玩。”他说，这里他显出和我们不同的身份了，也表示了他受着与众不同的优待身份。

“好吧，”老全放了手，插在裤口袋里，“可是约法三章，不准和他们玩，上边知道了，我要吃巴头。”

“一定一定。”江特务敬着军礼，嘻嘻地说。

“我拿去。”老全走掉了。

江特务在窗上等着，从姓全的警卫接过了扑克，一步就跳到里首，向谈话的这圈人说：

“蛋炒饭，移一移。”

这蛋炒饭的称呼，据江特务解释说，是他在工部局的时候对犯人的称呼，这也是他的习惯。于是这个谈话圈被解散了，他硬拉着老吴、胖欧阳、老骆在墙角玩扑克，原来的五个人上了阁楼，我一个人孤零零地面朝天躺着，附近的壁上，涂满用铅笔写的小字：南无救苦救难观音菩萨，阿弥陀佛，画着圆圆的太阳，和它的强烈四射的光亮，还有共产党万岁，特务可杀等字句……斑斑驳驳，这是前人苦心经营的创作，也是这个政治犯监狱特有的风景，和犯人的心情。

一夜晚上没有动静，天气闷热，到处是臭虫，四边出动，我在阁楼上无从入睡，伸头从阁楼口望下去，难友们挤得密密睡着，互相枕着，伏着，有的头歪在一边，有的头并在一起，在阴黄的灯光下，一派黄绿色，浮肿着的面孔上，是痛苦，希望，忍受……有的人牙齿发响声地龇着……我找到一本书，上面盖着图记，又是什么国民党党员通讯处，书名叫作伟大的蒋介石，是一个日本浪人的著作，我没好气地把它摔了过去……

晚上，我梦见仍然睡在友人H氏楼下的客堂里，我仿佛睡在地上，脸色苍白的H太太站在地上关切地向我说，往里睡，雨会飘到你身上来，我笑着说，没有什么，但雨脚似乎已经飘进来了，外面正是暴风雨的天气，阴沉低暗……这个梦增加了我的烦恼，我在狱中的生活中，一直祝着H兄的健康，和健斗，不用飘上这个时代的暴风雨，……我出狱后，一个晚间坐在H兄的客堂里吃酒，H兄扶着杖地回来了，他在友人家里已然吃醉，向我笑着说，朋友不放心让他一个人回来，害怕路上被国民党抓去，但是他大笑着，借了一支手杖扶着回来了……在他的笑声里，我突然想起狱中的梦，现在又不觉地把它写到纸上来……

第二日黄昏以后，我们在精神上大家显得不安，两个警卫跑来跑去，特务们似乎非常忙碌，大家都无声地坐在地上，没有人说话，苦闷地等着什么，天黑了以后，狱室的门开了，推进来三个学生模样的人，外面卡车又响动了，我们的狱室空气混乱，女号子门关得紧紧的，一号室的门也大响着，老骆附在我耳上说：

“今天外面大概抓得厉害。”

大家包围了带着行李的三个青年，正在谈论什么，我和老骆对坐着，老吴从谈话圈子里跑过来说：

“威海卫路的富通印刷公司今天午间就被包围抓了二百多人，这是第一车，还有来的哩。……”

后来谈话圈子扩大了，我们几乎围成一个大圈子，只有江特务一个人睡在一角里没来参加谈话，他今天下午接见过，他的二太太

来的,他回屋以后,神色就不对,老骆问他说:

“有希望了吧?”

他说,“有屌希望。”接着倒下一样地坐在地上,抱着头,忽然又抬起头来,神经错乱地嚷着说:“请你们评评理,我在海员党部不过是一个行动员,就算敲诈吧,是我的主任叫我去的呀!要人家三千万,也不是我的意思,这宗生意也是主任看出来的,不想偏偏他又看得不准,敲的铺子和军统局有关,好,把我抓到警备司令部,又全成了我一个人的责任了,与主任无关!操他奶奶,你们上头吃肉,老子们小角色不过喝一口汤,吃起官司来却是老子一个人的事,拿我们小职员做牺牲品,我的太太今天又哭得一把鼻涕一把眼泪的,她去找主任想办法,这个屄养的说,还要严办,操他奶奶,我今天给屋里人说了,我叫她往顶高处告状,我得把这个主任拖下水来,你要我死,我不要你活,老子原来花钱活动这个差事为什么,老子原来不吃这行呀!……”

“操哪,这叫作跑在前头,拿的零头,挨的拳头,零头没吃到,拳头先挨到了!哈哈!……”老吴笑眯眯地说,监房里爆发了一阵哄笑,但随即又消失下去了,好像觉得这么笑一阵子,是一种精力上的浪费,有些多余。

老骆只干笑着,坐开了;江特务就一直不快活地一个人待在一角尽想,……这来的三位,黑而瘦的是蔡兄,史地教员;另外两个,漂亮的是小华,声带发哑的是小王,他们两个是老蔡的高足。老蔡原来兼办《学生日报》的编务,这个报是社会贤达王云五的儿子办的,王少爷原来拿了老子的五千万块钱,在政协开得火烈的时候,大概想投一下民主的机,政协一破裂,王少爷坐飞机上了美国,富通公司的几间报馆房子，几个没有人管的职员住下了，富通今天被包围，他们鱼池遭殃地给抓来了。他今天请一群学生在家吃饭，都抓起来了，小华小王不过客人之一，大部分还押在公司里，那里已然画地为牢，押了许多人，今天晚上才纷纷送往各秘密地方去。

老蔡的故事还没说完，外面卡车又吼进来了，大家赶快散开，四坐着，等候新人。少顷门开了，塞进了一个留着东洋头的中年人，他一进门，就倒在铺上，一言不发地缩作一团地睡去了。

铺上已无法挤了，只好把另一少半空隙的地方做铺，勉强留下放水桶和鞋子的下脚地方，空气蒸热，姓全的警卫在窗口又交代了一句："你们从今天就在屋子里大便吧，人多了，照顾不过来。"说完，不管我们的抗议，掉头走了。

大家都只穿一件短裤子地站在地上，像一片森林；手不停地摸着胸上脸上的汗，拍出声音来地打着叮在腿上的蚊子。这是秋热的天气，本来凉了几天，今天天气却像突然由睡梦中跳起身来地大发脾气，好像专一和我们这些受苦人开玩笑，小宁波歪着头，悲苦地叹息说：

"唉，人堆成山了，还只管往里塞人，我们好像货色了，就是仓库吧，也该有一个满呀！"

只有叹息，没有说话；老骆发出重重的叹声又坐在他的窗角，一边在铺下摸香烟，一边看着大家说：

"反正做了这个地方的中国人，生活生命都自己管不了的，做了犯人，那就成了名副其实的牲口生活了。死活只由命吧。"说完，呵呵地笑起来。

"但是我们自己总不能把自己当作牲口呀！"胖欧阳说，啪的在胸上打死一只蚊子,嘴吃力地咧着。

"这就是打这个政治官司的原因了。"骆低低地说。

这时,好几个人一拥到遮在近门的窗户前,倾听着,小广东回过头来说:

"上边用刑法了,全吼在厨房里拿了一把新筷子上去了。"

所有的人,脸色倏然一变,好像这筷子要夹的是自己的手指。

附在建筑旁的木楼梯接连着咚咚地响着,小特务上上下下地跑着,小广东又转过头来说:

"又拿砖头上去了。"

屋子里奇怪地静了下来,静得真是掉一根针掉在地上都听见响;特务们似乎都集中到楼上去了,看守的两个警卫也不见了,这时楼上传来特务大声的吆喝声,清脆的接连的耳光声像一阵鞭炮,又是吆喝声,人跌在地上的声音,椅子倒地的声音,脚踢的声音,忽然沉寂。

屋里有人叹息,窗子上拥得密密层层的,几个新来的犯人,面孔苍白,眼睛受惊地转着,王先生也从阁楼上下来了,他的踩着梯子的腿嗦嗦地和梯子一齐抖着。他也凑到窗上人背上去。

老骆摸着脚趾,寂寞地说:

"这是拳打又脚踢,这不过一盘小点心。"

骆的话还没有说完,传来一个女性的尖锐的叫声,这声音激烈地高涨,像伸向无限,一下忽然沉寂了,接着变成模糊的呻吟声延续着,忽然又直线地提高了,比第一次的音阶还要高,窗上谁咬着牙齿的声音说,"又加上砖头了,——这是坐老虎凳。"——声音又继续加上去了,"又加了一块了,"咬着牙的声音说,——声音再往高抑,像已到了体力所能发出声音的极端,“又加上了,真辣手!”这时,声音变成一片模糊的呻吟,特务失掉了人性的喊声:“你招不招?”啪,啪,啪,……一连串耳光的响声,女的尖声的呼叫,却没有回答,于是,又是啪,啪,啪……

“这是坐在老虎凳上打的,”咬牙的解释说,“这个女的真崭,有种!”

老骆躬着腰铺被,一边叹息说:“谁无父母,谁无妻子,这个世界呀! ……”

女的竭尽全副力量地大叫了一声,便毫无声息,砖声砰砰地掉在地上。老吴咧着嘴说:

“这是搬腿了,——人的腿伸得直直的,砖头垫得高高的,砖头一取,他猛不防地把你麻痛的腿使力猛折了回去,这才叫痛彻肺腑呀……”

他说着,像回忆自己的经验,铺上坐的就我们三个人,——吴、骆、我;江特务则另外在一个角落里,沉入自己的思想,眉皱得重重的,闲事不管;窗前拥挤着的人层忽然崩溃一般的溃了下来,外面特务大声吆喝着:

“趴在窗前干什么?——要这么不要体面,我就把两个窗都关上,睡觉!”

大家在愤怒的沉默中,互相依附着躺下身子,但是耳朵都竖了起来,楼上的惨剧并没有停止,女的仍发出恐怖的叫声,在深夜的静寂中,这是一种非人间的声音,又换了别的刑法了,它一直继续到天亮,才止息了。这夜没有人能睡着,女号子传来了悲泣声,在我们屋子里,有人捶壁,有人叹息,有人失常一样地赤着身子坐起来，爬上窗户去，外面天空晴蓝，月光水银一样地泻在庭院里，花园里有什么虫子唧唧地叫着，凉风习习地吹了进来，有人大声地拍着肉体上的蚊子，今晚我睡在下边的铺上，义务和责任地听着楼上的惨切的喊声和哀号，一个正直的生命正在被侵害，侮辱，剥夺，……但是她英勇地挺着，所以这个拷问一直没有结果地进行着，以至天亮。

天色一清亮，我们从铺上争着爬起来，挤在窗前，在两个咧着嘴笑的警卫的搀扶下，受刑者下来了，这是向女士，一个战士，在我的监狱生活中最英勇的受难者之一，这时她的面色浮肿而苍黄，垂着头，仍然戴着深度的近视眼镜，衣服揉成一团像一块破布似的披在身上，她的腿弯曲在地上被拖着走，整个院子静悄悄的，全警卫放了搀她的责任，重刑者的半边暂扶着墙，他去开了女狱室的门，她们都拥一样地跑出来了，迎接亲人一样地跑到受刑者面前，这搀扶受刑者散步的工作，就由她们轮流担任着，全警卫站在我们窗前，笑眯眯地说：

“这个女的真行，上了六块，又绞头，夹指甲，都一个字不说，只是喊和嚎，却没有眼泪……”

我们没人回答，他哼着《夜光杯》轻快地在空中耍着一连串钥匙走了……

受刑者微弱地说，走不动了，一个女犯人连忙替她把凳子搬在我们窗前，扶着她靠墙坐下，这时，我们才发现又加入了一个新的女犯，这是瘦而美的陈小姐。她是向的朋友，一块儿抓来的，硬硬“参观”了一夜自己朋友受刑，她们都是小学教员，一块儿去富通公司印什么，正走到公司门口，看着门口几个不三不四的提枪的特务。向失色地开了自己的手提包，把一张纸头连忙吃下嘴去，特务立刻围上来，就在大街上，围殴着她，向她讨嘴里的东西，有的特务就掰开她的嘴，掏出浑湿的纸团，这样她们两个被拖了进去，晚上坐卡车来，一来就上了受刑室，由七八个特务，逼打了一夜，陈小姐只挨了几个耳光，但没有搜出什么东西，所以还没有受别的刑法，只要她站在一边“参观”向小姐的受刑，表示你要不坦白回答，就和她一样的意思，这有如中国旧式的陪绑，是比身受者还惨烈恐怖的精神虐待。——这是当日下午，L在窗前说给我的，是陈小姐的口述。

我们大家看着疲倦地靠着墙的向小姐，老骆声音发轻地说：

“老贾，我还有用剩下的一点药酒，拿给你太太，给受刑的小姐擦擦腿，免得残废，擦擦腿，再教她们扶她遛几个圈子，现在不能就休息不动，要不筋就僵直，腿就不作用了。”

我拿了药酒瓶从窗户递给妻子，一边说了用法，她刚弯下腰，打开瓶塞，猛然被从木楼梯旁奔过来的全吼把瓶夺了去，并且气势汹涌地在我们窗口发威：

“谁给她的？这是谁的主意？你们是同志哦？”

没有人答话，眼睛都沉沉地盯着他，江特务笑着说：

“全先生，算了，你不是讲人道主义吗？这不过是难友的好心吧。”

“好心？这他妈的是鼓励，我们做坏人，你们做好人？我报告上去，都铐起来，他妈的不识抬举的东西！”

这时，他索性把女号子的人，连受伤者一齐都赶进屋里去，锁上门，又在门上踢了一脚！一个人站在院子里，挺起胸，背着手，一副势利者的胜利样子。

江特务也受了伤害一样的,火气地在屋里说:

"小赤佬,你妈的不要太威风了,你连老子也捎在里头……"他转过头向我们说:

"出去我不干这个了,这简直是断子绝孙的事情,把什么人都不当人,怎么,人家又没强奸你妈,哪里来的这大的仇恨?"于是解释一样地向我们又说,"我原来是一个军人,不过去海员党部给人帮忙,万万想不到是他妈的这种有理无处讲的混账机关,我们在这里都是兄弟,他再要不客气,和狗肏的干,我领头,妈的,当了犯人并不就不是人了呀!"

这是向我们的好意表示,但谁敢相信他,我们只好尴尬地笑着,老骆说:

"老江倒是够一个江湖朋友,总不把我们当犯人看,真是难得。"

老江解放了一样地纵声笑着……

在另一个机会,老吴悄悄对我说:

"老江这种人是狗性,翻脸不认人,我们必须和他有个距离才好,不过大家捧着他,和警卫打交道的时候,他在前头总好些。另一方面,我们总希望他在现实教育下有一种觉悟,能恢复他的人的自觉。"

王先生在中午叫上去审问了一次,他下来的时候,浑身仍然抖动着,有声无音地向我说:

"贾先生,这是一个什么机关呀,人都是红眉绿眼睛的神气,一点不把人当人,我小时候在山东老家被土匪绑过一次票,土匪似乎还没这么凶狠叫人怕，我站在那里，腿直哆嗦。……”

我笑着说：

“不要紧，他总不至于用你的刑……”

“我看靠不住，他打你几下你总得挨……”

我说：

“他问你些什么？”

“他一来就向我拍桌子说，你是奸匪派驻上海的商业负责人吧，你指挥谁，谁指挥你？我说，我是一个老实买卖人，这生意在上海也有十来八年了。他用鼻子笑着说，你不是共产党，你怎么和共产党来往，那个姓贾的是共匪呀？我说，我见过人家贾先生一次，他也没有和我提过那种话，我怎么知道他是共产党，共产党头上又没刻字，我们老百姓虽然没有什么知识，但是看不出人家是共产党来。他又笑着说，你做什么买卖，我照实说了。他停了一下又说，共产党杀人放火你知道不知道？我说，报上这么说，我们商人不大注意这些。他又说，国家剿匪这么苦，你们商人赚钱享福该不该？我说，我们一个买卖人，将本求利，又不做投机，摊派又大，只是混一个生活，挨不着享福。他说，你明白有钱出钱有力出力这句话吗？你应该给国家捐献一下呀，这才能表示你拥护政府的诚意。我说，我只是一个伙计，做不了柜上的主。他问，你的老板在柜上吗？我说，不，老掌柜一直住在青岛。他半天看着我没说话，后来说，你们商人没有好东西，一味狡猾，你下去考虑考虑，你捐献国家，早日恢复自由。我没说什么，低头下来了。”

“你没答应他吧？”我着急地问。

“我怎么敢答应他呀，这又不是咱自己的生意！所以，”他低哑着声音说,“这不是活土匪吗?真是多经一事多长一智,我在外面还看不出国民党这么坏!”他气愤地说完,忽然像忘了坐在什么地方似的,愣着,眼向前边。

我安慰他说:

“这里说话要小心。”

他好像没有听见,眼泪掉下来了。

我低了头走到靠外首的那一个窗前,却发现郭先生坐在警卫坐的长椅子上一个人哭着,老年人的眼泪,是比战士的眼泪还使人碎心的,他看到我,竟放开声音地哭着说:

“贾先生,活不成了,我是光绪年间生的人,在外面跑了多半辈子可没摊过这种事,这是第一次,第一次,临死还要经世事……”

我眼睛发干地大声说:

“郭先生,你不用难过,保养自己身体要紧,到这种地方来,谁也不愿意,总是年头赶的呀……”

他说:

“是,是,是年头赶的。我两天没吃一口饭,又跑肚,今天左请求右请求才准我在外面坐坐,一个小房里有十几口子人,要不我真得闷死了。”

“问过话吗?”

“没有呀,”他更悲伤地说,“两天了我还不知道我犯了什么罪,这可把人坑死了。”

“你安心一下吧。”我默然地退了回去……

老蔡问过一回话,摸着肿起的面孔走回来,他笑着说:

“挨耳光啦!”

昨天晚上抓来的东洋头，接着被喊去了，他一直睡在铺上，曲着腿，什么也没吃，有时候抬起身来吐痰，往往吐到铺上，我们的卫生部长小宁波说过他，他说，他看不见，眼镜被摘去了，他有八百多度的近视，现在外面喊吴什么他出去了，我们知道了他叫的名字。一个多钟头，他带了几张十行纸回来了，就紧张地坐在倚在墙上的椅子前，歪着头用铅笔写字，时时歪了头沉思，一直写到吃晚饭，他又出去了，搁了半个多钟点下来，又带回了几张十行纸，坐在老地方写，始终没说一句话。

江特务跑近去说：

"老乡，你写些什么？"

他抬起头直直地看着江特务说：

"你先生贵姓？"

"江。"

"你也是共产党关系进来的吗？"

江特务大笑着，说：

"我是本机关的人，为一点小事来休息几天。"

"我是一个美商公司的，"他招供一样地说，"上面要我把关系交出来，我把公司的职员工人，就我所知道的造了一个表交了上去，又说不对，还说我狡猾……"

大家哄笑起来。这个人有点莫名其妙，他却是一副悲苦的认真样子，继续说：

"他还要我交共产党的组织关系，这我怎么知道，我又不是共产党！"

江特务作弄地问他：

“那你又写什么，这里又不是你的写字间。”

“他要我把公司里活动的人写出来，譬如谁爱国，谁活动，谁替工人争利益，——他要这些人，我现在正写这个。”

老吴抢上去说：

“吴先生，你这么写就害了人了。”

他强辩地说：

“我又不负责说他们都是共产党呀，写写有什么关系。”

吴说：“不是这样，你这么一写，他们准把他当共产党的抓来吃官司了。”

他瞪直了眼，好像觉悟到这事情的严重。

江特务向他说：

“你在公司干什么？”

“我当英文书记，快十五年了，昨天去富通取印就的表册，就莫名其妙地给抓来了，公事上还批着，说我是要犯。听说这个机关是专门抓共产党的，我怎么成了要犯！……”

“真是拿着鸡巴当脑袋，中统局人眼瞎了。”江特务笑着走开了。

他却又歪了头吃力地写去……

第二天上午这位吴先生又拿了纸回来写着；我们买的咸菜又恰巧送来了，包纸是一张当天的《申报》的本市新闻，上边登着他的公司罢工，包围了社会局，要求释放被捕职工吴姓，并举行扩大慰劳吴的家属，当地治安当局正采取有效措置云。老吴把这张半湿的报纸送去给歪了头写字的这位吴先生看去，他费力地看了一遍，茫然地瞪着眼，忽然转过身来，发现什么一样地说：

“坏了，坏了，他们这么一闹，我真成了共产党了。”

我们看这个人老实糊涂得可怜，我向他说：

“吴先生，这是你们同人的一番好意，怎么能说坏了你的事呢？外面这么一闹，你或许就可以早出去了，你那些东西还是少写吧。”

他怀疑地看着我说：

“你先生是共产党吗？”

我觉得可笑，向他说：

“这不是什么共产党不共产党的问题，这是个做人问题。我们运气不好给抓来这里，只好自认倒霉，你不用说不知道人家是不是共产党就敢胡写八写，就是人家真是共产党，你也不应该写，你又没吃中统局的饭。你这么一写，害人害己，说不定你就走不了了，别人还得进来，你这简直成了人口贩子了。”

“贩卖人口！”小宁波在铺上翻筋斗，学着叫贩的口气叫着，大家乱笑着，好像是给这位吴先生的一点示威。

他不服气地说：

“我是不写不行，上头还嫌我写得太少哩，所以我今天又想写几个上去……”

老吴在一边，哈哈地说：“你这泥坑掉得深了，写吧！”

他真的歪了头写去了……

我和骆、吴都挤在墙角吃烟，老吴不能忘怀似的说：

“老天爷呀，世界上怎么有这种糊涂蛋！”

小宁波在另一个角落里翻筋斗，大叫着：

“贩卖人口呀！”

第五章　集体生活

秋老虎的余威正厉，我们屋子里人口继续增多，现在又塞进来一个中纺公司的染色工人小张，这是一个低额角，性情极端沉默的人，他在地上茫然地站了一下，看到伸向阁楼的扶梯，就爬上去了，三轮车夫老王和报贩子老周两个人躺在上面聊天，我们听到他们三个热切而低小的谈话声。

老骆说：

“我们这个屖子的秩序和治安得建立起来了。”

原来我们这里大家有一种公约和制度的。我进来的时候，这里还是一个“小社会”，人数又少，倒是颇井然有序的；在卫生上，原是小宁波的卫生部长，管理屋内一切清净事宜，如倒尿桶，打水，拭地，洗碗，按人轮流值日，由他负责监督；再还有监察个人卫生情况，谁的衣服脏了，提出来请他洗换，如无衣服可换，就借穿难友的，以防止白虱，保卫大家健康；老骆办理外交，——这所谓外交者，对象只是两个警卫和一个饭师傅，事项不外购物，添菜，“送礼”，再还有一种特别的事项：这里原来不准家属公开接见，就是勉强送一点东西来也很难，更毋庸说通信；两个警卫却兼办走私生意，术语叫“跑条子”，这是他们最大的收入所在。但是这又不能公开委托的，所以无形中形成了一种手续法，由一个老犯人总负接洽责任，汇集要跑的条子，在老犯人之间再大家——讨论一下，如条子是新来朋友的条子，一定得先明白他的案情，和跑条子的地方和他的关系：如是家属顾忌自然少，如是亲友，那就得考察一下了，第一得考察他和犯人的关系程度，有两种人处绝不可去，一种是与特务有关者，一种是与他的案子可能牵连者；前一种人往往容易使事情暴露,后一种情形又有危及外面的友人的安全的危险,都是容易败事的。然而在姓全和姓宴的两个警卫之间却各有范围,互不相侵,各有一定“户头”的,在我们犯人之间,对于维持他们两个利益上的收入平衡,还得费一点小脑筋,使他们各得其所,天下太平,否则,利益一不均匀,他们就会发生暗斗,造成僵持,而这种不幸的结果,吃亏的还是我们,截断了经济来源,因为虽然吃的共产官司,却还得资产阶级才配吃这个官司,因为手纸、开水、咸菜,这些起码物事不仅都得自掏腰包,在价格上受一层剥削,而且对于警卫的送礼,则简直成了不成文的法律,否则,他不能让你安生,我们抱着小不忍则乱大谋的见解,不得不凑钱进贡,——这钱,虽然都是血汗钱,眼泪钱,事实上,绝没有一个资产老爷会吃这种官司的,而吃这种官司的,又都是不幸者,有人就有饭吃没有人就没有饭吃的各种肉体和精神的劳动者,往往有些都是家无隔宿之粮的瘪人,一吃了这种官司,不但家破人散,无业无家,官司一吃长,家人们几乎要转乎沟壑的。所以这种钱,真是来之匪易,思之惨然的一种钱,但是小豺狗们还瞪圆眼睛伸手向你讨,这简直是谋财害命。我们之建立集体的经济制度和生活制度,还是在钱上着眼的。因为有的难友根本毫无接济,有的虽然似乎有接济,却不知牛年马月才来一次,也可以说是没有接济,若不实施集体制度,有些人简直非死不可,这一点,我们倒是厉行“共产”了。这财政归老吴掌管。这财政、卫生、外交三部,是我们的“建国”要务。现在人口愈益增加,所以老骆一提议,我们这个地狱王国的一体臣民们一致通过了拥护这个集体生活制度的继续实施,但为了使“新人”有“参政”和以资熟手的机会,各部添了一个“次长”的角色。

“这一方面是为了办事的效果，一方面我们这种聚合，集散无常，说不定下一分钟，就有人被释放，调押，枪毙。这样多几个人下手一下，可以使我们的制度，不至有人亡政息的危险，并且可以发扬光大下去。”老骆幽默地讲完了“立国要义”。

我们这里还有一个注意点，就是犯人中有工农，知识分子，特种分子(所谓他们本机关的人，如现在的江) 三种成员。对于第三种分子，我们原则上和他隔离，他来参加我们的生活制度，我们也不绝对拒绝，我们给人重新做人的机会；在我们自己是绝无私财的，但是对于他们，我们只收留他部分的钱，而且是他拿出来方收，决不收要。至于第一、二种人，我们也有个安排，就是在一切劳动事务上，知识分子应该站在前边；这时，我们都在屋里大便，我们大家规定，每天集中一个时间，挨次大便，那办法是用毛毡弄成一面幕布挂在屋角，马桶(只是一个粗盆)放在后面，每个人依次轮流，全体完毕后，和警卫商议开门去倒，每天一人轮值，在时值夏末的时候，这是一件苦差事，第一天由我开头倒起，这有十五斤重的一大盆粪便，捧在胸前，由拿着手电的警卫引导去花园内的大厕所倒去，这晚是全吼领我，这东西顶坏，他故意作弄你，引你尽在花园里转，好像老找不到厕所似的，足足转了十几分钟，他才把你引到，倒毕，他又要你冲洗厕所，而水管子地方在另一端，你就捧着这个臭气扑鼻的盆子跑来跑去弄水，冲洗，扫拭，他还不耐烦似的叱你快些。第二天，是老骆，第三天老吴，第四天老蔡，工农分子都在后面，至于那个江特务，他是无份的，我们就当没这个人一样。

这时香烟也实行配给制，因为吃香烟的多半都是知识分子，这是歉然的；两个河南老乡吃不来米饭，每天由公账买大饼吃。

我们这个社会，过得快乐而“安全”的。和我们窗口遥遥相对的女号子，她们五六个人（向、陈二位只住了一夜又调走了，听说调到劳而东路去了）。这时经济上陷于绝境，似乎连手纸、肥皂和咸菜也买不起了，这是一个早晨老骆发现的，——女的们就在我们窗下蹲着，吃白饭。

老骆立即转过身向全体说：

“我们的邻人三号，似乎穷得很了，我们似乎应该援助一下！”

“赞成！”一片欢呼声。

“财政部长，”老骆笑着说，“库存若干？”

老吴摸铺下面，掏出用手纸包着的钞票来，数了一数，仰起头来，说：

“库存十万。”

“援助五万！”小宁波说。

“赞成！”又是一片欢呼。

但是这援助的技术问题，还得商量一下，若是以全体名义送去，警卫一定要借生事端，他要咬定你们是什么“同志”之谊了，这对于大家的案子都不利；在女号子中的现押人犯，和我们这个屋子有外面关系的，只有我和老吴。因为，赵革非，小竺，我的妻子和我是一个案子；另外水小姐，是老吴的爱人，还有一个小姑娘韩月娟，则是《文萃》社的“娘姨”，和老吴有关。吴他们这一案因为进来两个多月了，经济情况，警卫一目了然，而吴是没有什么经济援助的，现在由吴出面送，似乎不行；我则因进来不久，经济情况，警卫似乎还不很清楚，虽然我已然不名一文，由我送给我的妻子比较不露痕迹。但是还不能直接接受，否则，警卫一定猜疑，又是麻烦，他必要

赖你们通信。结果,我把钱给了姓宴的警卫说:

“我腰里还有几个钱,请你交给我太太。”

他还好,没有像全警卫,要把钞票一张一张地张在亮处照一下,他只数了一下,就交过去了。

警察老李提去了问话,这是在吃晚饭前,过了半个钟头,愤愤然地满脸气得发火地回来了。

“怎么样?”大家仰起头来问,不胜盼切的样子。

老李茫然地走上铺,靠墙坐下,摸着自己的光头,半天没有说话,像忘了人类的言语。

一直到吃过晚饭,他才在大家的围坐中,公布了他的审讯经过:

他们先要他承认,他是替“奸匪”做生意,拍桌子,打板凳地恐吓他落供,但他坚持这是他上司的钱,他们灵机一动,又咬了一口,说这款来路不明,准是贪污来的,要他签字“捐献”,否则,要按贪污治办云。他还是不认账,但又说不出所以然来,最后只好签字“捐献”,——因为他的上司这个款子实在也是“搞”来的,他说不出一个正当的来由来。承认了“捐献”,他们说他最近就可以出去。

“这是做贼的碰见拦路的了。”老吴笑眯眯地评论说。

接连几天,特务们似乎都非常忙碌,日夜似乎都有新案子,在我们屋子里,最显目的人,该是那位光头的吴姓近视眼,他几乎每天都被提出问话,只是歪着头写东西的时候渐渐少了,他露出一副悲苦的神气,找人谈话,像有意地做出来驱除他的恐怖,和培养他的希望似的,因为可巧一次买咸菜的纸包又是一张什么报,上面又登了他的消息,帽子戴得很高,他成了他的公司的工人运动的“最高领袖”了，同时又登着市政府悬赏缉拿另外二十六名“奸匪分子”的布告，他看了这报，茫然地摸着自己的光头，凑近江特务，小心地问着：

“这是怎么一回事，他们把我抬得这么高？这二十六个人，怎么都成了受我指挥的？”

江特务用罐头盖子挟着胡髭，浮肿的脸上，闪过一抹冷笑说：

“你在上海滩出了风头，—— 一举成名了，这还不好？”

他着急地分辩说：

“不要开玩笑，——他们简直胡说八道，我又没这么招认呀？这不是冤枉人？”

“冤枉人？”江特务停止了手里的工作，瞪着他，“不冤枉人，他们怎么能领赏？你还不知道哩，为了你这种案子，还死了一口子哩！”

光头拍着赤瘦嶙嶙的膝盖，低了头。

屋里荡起一片轻蔑的笑声。老骆打趣地说：

“吴先生，你读过《四书》吧？”

“读过，”他连忙抢着说，“我在乡下读了几年古书，就跑到上海学英文，进公司，共党的书却一本也没读过，我下了班就回家，闲事不管……”他像在公堂上的神气。

在大家的哗笑中，老骆笑得仰着身子说：

“《四书》上说，已所不欲，勿施于人，——你以为责任推到别人身上，就会没事，却不想越弄越麻烦，结果就成了天作孽犹可为自作孽不可活的情形了。”

他悚然地低了头没有话说，有着像忽然发现掉在深坑里的表情。

大家谈论到江特务所说的死了一口子的问题。原来在富通公司的案子后，特务们大开庆功宴，一个特务狂饮过量当场倒下死了。可不知是哪一个。谈着这些事，大家带着复仇的愉悦心情纷纷猜论，希望死了的那个家伙，就是审自己案子的那个家伙；有的人带着不满足的口吻说，这些东西可惜只死了一个，要是多死几个才好——最好全死了才好，这些东西没有活的价值。话说得激越，似乎忘了江特务在旁边的忌讳了。

光头老吴一个人寂寞地自言自语说：

“唉，运气！家里五个孩子，一个老婆，一月四百万的薪水，这下完蛋了，他们骗我说，说出几个来，马上就放我出去，想不到才是骗局，四百万拿不到了。”

没有人答腔，他又凑过来问道：

“我可以就出去吗？”

有人嘿嘿地笑着……

另外还有中纺的染色工人老张，他整天睡在阁楼上，除过吃饭就不下来，提出问了一次，摸着被打得又红又肿的脸颊回来，又上了阁楼。一天的中午，全警卫带着一个穿着黑大褂，歪带着黑呢帽的人到了窗旁，喊他去窗前谈话，这个人露出满口金牙，向他交代了一句：“你好好坐几天，就出去了。”并且塞进来一包饼干就转身走了。

他眼睛苏醒过来似的，灼热着，显得又黑又深，没有看见饼干似的回到铺上，自己却两手捧着脸地坐在铺上。

“他怎么能直接进来？”有人惊异地问道。

“他在厂里不干活，带手枪，是一个特务。”他声音发涩地说，眼看着前面。

“哦，”江特务向后仰着头内行地说，“这小子是三光麻子，他卖了你，又做好人，这包饼干，是毒药呀！”

那包饼干孤独地在窗台上，没有人动手，后来全警卫拿去了，他和江特务把这个“毒药”分了。

老蔡、小华都问过一次，似乎都没有结果，小华挨过几个耳光。看来特务们现在集中全力在外面捕人，这里的人似乎不大顾得了，好像把要洗的衣服都泡在盆里一样，听其泡了。

人口虽然增加到在屋里没转身余地的程度，大家却都厮混熟了，一天没有寂寞的悲苦时间，不觉得日子长，常常发出很高的欢笑声。就连三天都吃不下饭的商人王先生，也颇能自寻快乐地找人聊天了。老骆提议说，屋子应该糊一糊，这么看来清爽一些，有人还笑着用官不修衙客不修店的老话作为理由反对，但老骆说，不然，我们不能不作长久打算，就是我们放了，或调走了，甚至呜呼哀哉翘了辫子了，但还有后来的难友，我们不在这里了，后来的难友们一进来，先有一种清净之感，不仅可以驱除他的恐怖阴暗之感，而且予他以安慰，觉得吃这个官司的人，是长江后浪推前浪似的多，在精神上得到安定和安慰。这么一说，大家雀跃似的站了起来，爆发了欢呼，全体赞成。

老骆站在窗前和应请而来的全警卫商议，要旧纸和打糨糊，这个小特务满脸惊讶的神气说：

“怎么，这又不是你的家呀，还要建设一番吗？”

但答应了拿纸张和糨糊了，因为这与他们也不无荣焉，上面一看，功劳还是他们的，这就是所谓管理有方吧？他哪里知道，我们的行为背后，有悲惨的决意和用心呢？

报纸拿来了，是一些过了时的旧报，这个小特务又捎上一句说：

“我知道你们捣鬼，借题目要报，所以我拿了旧报来了。”

他的“笑话”，在我们耳朵听来，不仅是一种侮慢，简直是一种无耻。但就是这旧报纸吧，我们还争夺着一个字一个字地看去，如遇故人似的感到亲切。糨糊一到，工作就开始，自然地分了工，——在纸上抹糨糊的，传递的，往墙上贴的，还有人做着纠正的工作，——因为还在希求糊得整齐和美观，高一些的地方，是人踩着人的肩膀贴上去的。

半个钟头以后，屋子焕然一新，女号子的人都在窗外拥挤着，参观新房，于是又激动地一哄而散——她们也糊去了。

大家的这种激动，似乎还有别的原因，——那是这天下午发生在院子里的一件“花絮”。

四点多钟的时候，在木楼梯旁警卫常坐的椅子上坐了一位衣着显得刺目的女人，她在那里显得悲戚地坐了一个多钟头，后来姓苏的特务来了，命令警卫把她关进去，而后发生了可怕的场面：这个女人号啕着跪在地上哀求，用一口广东官话说，请把她先放回去，她在工作的地方被捕，家里只剩下一个托邻居照应还吃奶的小孩，她要是不回去，孩子准会饿死的。这个姓苏的特务，在别人的痛哭中，嘿嘿地冷笑着，声调安闲地说：

“小姐，进去吧，不要啰唆。”

“先生，你救我们母子吧！”女人哀求不已。

"哈哈,"姓苏的特务还笑着,瞪着她,她已抱着他的腿,"你这有什么用?"忽然面目一变地,大声喝着,"废话!你进去!"

"先生,你做好事!……"

姓苏的特务面孔铁青,喝着旁边的警卫,"拉她进去!"

于是,这个女人放声大哭着,腿拖在地上,被两个警卫拉进了女号子。

在这之间,全监狱毫无声音,阳光寂寞地照着院墙边沿的一角……

但是半个钟头后,这个一直没有断了哭声的女人又被提走了,再没回来,过后听警卫说,这是一家毛线公司的出纳员,公司被查封了,老板出来转圈,结果全公司所有的毛线都算"没收"了,特务们每人都分到毛线,连起码的角色,都分到两三磅,这个女人才出去了。

但是这个事件,给我们的激动很大,这大概就是老骆提议糊墙的动力之一吧?女号子的响应糊墙,也是这个事件所造成的结果,这其中的意义,是伟大的!请读者仔细想一下吧!

中秋节的前一日,与我案子有关的商人王先生、郭先生,还有我的妻子突然在快开午饭的时候都释放了。——他们共住了十五天。

这天天气晴朗明丽,热气似乎也褪去许多,我们烦躁的精神,似乎清静了一些;但是这三个人的释放,又造成一种新的激动,——替别人高兴和庆幸的欢快的激动。

当好心的难友们把我推在窗子最前面,和妻告别的时候,四周都爆发出零碎的笑声,这笑声是仁慈的,亲切的,虽然有着戏谑的成分,但那更增加了那种仁慈和亲切的丰厚性。

我扶着铁栏杆,眼睛发亮,微笑地看着妻,她穿了进狱时那件宽大褪色的蓝布衫,消瘦,衰老,苍白,显在她的脸上,她却用异样的微笑向着我,我的心胸中汹涌着感激的激动情绪,我不知道我们那个巢还在不,在这偌大的上海滩上,她将如何取得她的生活资料,和这是不是永别。我只向她说,只管自己生活为好,在警卫的监视下,不能再说什么也没有什么可说。两个商人朋友,显出复活的欢快,都穿了他们的绸长衫,显得亲切的,向窗口挥手,妻眼光忽然阴暗地向窗口痴望着,在警卫人员的督促下,几次回眸地走了,——一直还笑着。向监狱笑着。

释放的人走了以后,欢快的激动,突然崩陷下来似的消失了。但是有一种凝然之感,意志力量无声地凸现了出来。

江特务则大声骂着刻毒的话,光头老吴跑去问他,关于自己是否可以出去的话时,碰了他一个钉子。

我和骆坐在窗下吃烟,老骆说:

“你太太既然能出去,你似乎没问题,似乎又有不少问题。”

“怎么呀?”我询问着。

“这很明白,这次释放,表示你们的案子已大致告一段落,该放的放了,该押的就押下去了。看样子,你似乎是常客了,但他放你太太出去,或许是放她出去活动的意思,比如她能弄到一笔钱,或许就把你赎出去了,否则,出去似乎不易。”

人既然是感情的动物,那么或多或少地总有一种自私的幻想的,在监狱里,谁都渴望自由,虽然这自由似乎是不可能的,但他在这种希望里生活,这种希望要变成纯粹幻想的话,那不是跌倒，——出卖自己，就是疯狂——残废自己，要是这种希望成了理智的东西，那么，除过死去外，就坚强了自己，这就叫锻炼和考验。整个的监狱内，是在这种精神状态中迷漫和汹涌着的。在我们这里随了时日的迁延，流行着一种问答体：

“你什么时候出去？”

“民国末年。”人笑着回答。……

下午，胖欧阳也释放了，——这事先我们知道，宴警卫昨天给他跑回条子时，就知道。条子上云，已有了路线，“手续”已办妥，说票的人保证日内即可释放云。但是仍然带回吃食——牛奶和牛肉罐头。

胖欧阳出去了，我们还吃了两天他留下的罐头，每逢开罐头的时候，动手的小宁波总要说：

“欧阳先生现在大概洗过澡，荡马路去了。”

下一次又说：

“今天大约和朋友吃饭去了。”

别人响应着，有一种精神上负担又减了一些的庆幸感觉。

黄昏的时候，宴警卫悄悄地给了我一个条子，是妻送来的，在大家的放哨下，我在隐蔽的地方读它：信上说，王先生和郭先生都花了一笔钱出去的；至于我们的巢，现在被特务们占据着，一切用具衣物都被拿光了，她交涉住回去，特务回答说，要我出来才能发还云。她现在先住在K朋友家里。老宴说，她还在门口的小铺里等着，要我写几句话去，我在手纸上写着，原则要她托几个朋友替她找一个职业，做长期打算。送给她去了。

她带来的吃食，我留下一份，另外送给女号子一份，一号室一份。

今天晚上很平静，特务们似乎都在家准备去过节了。小宁波歪着头，在墙上日历的地方写明天的日历，用墨笔写了四个大字：

“中秋佳节。”

我们则挤成小堆，讨论过节事宜，我们要欢快地过一个节。一号室里这时送过来一副用香烟壳子做的扑克，还附了一个便条：

“谨祝佳节。二号诸难友哂纳，一号公民工业社敬赠。”

佳节来了——大家有这种喜悦的激动。在惨暗的灯下，眼睛都发亮，嘁嘁喳喳地谈着各种过节的快乐。空气一转换，似乎成了茶馆的风气了。

第六章　中秋佳节

这个节日的天气很好，要是自由地在外面，一定更好。但是我们是牺牲了这个“更好”的人们，我们要在这个阴惨的世界里创造比那个“更好”的“更好”。

特务们今天似乎没有上班。老蔡用教员的风度，论特务机关说：

“这真是一个标准的国民党式的机关，这些东西为金钱而工作，在金钱里毁灭自己。而且品类低劣，全是一些和牛马驴羊知识程度差不多的东西。要有一个新中国，这些东西非全数毁掉不可。耶稣在十字架上说，原谅他们吧，因为他们不知道他们做的什么；其实他们之不可原谅，不能原谅，正因为他们很明白他们做坏事的意义，而且加倍努力去做。”

老蔡的理论，在身受特务的魔手迫害和虐待的我们耳朵听来，是有绝对的真理性的，我们真想要寝其皮而食其肉，如果有这么一天，——一定会有这么一天，我们就为这一天而生活，这一天就是我们跑到世上做人的最大目的和野心。大家眼里放出毒光，工人出身的弟兄粗糙地破口大骂着，用力地向地上吐口水，像向特务们丑恶的面孔上吐出似的愤烈。老江脸色灰白地低下头，他才清楚地看到他的孤独，他的失掉人的意义的身份，他的可怜的存在。——而在这个习惯上意义重大的节日，这种发泄，愤怒和狂暴，是有着它的根源的。老江灰白地笑着，像一个可怜的战抖的鼠子，知识分子的我们看来，却又生出一丝怜悯，老骆先用别的话头想换过这种发展下去的泼辣空气，但毫无成效，于是，他又得到果实一样地明朗地笑着，我们大家的眼光相遇，觉得像在初夏的小河里游泳似的快感，觉得工农分子的坚决性，是我们这些常常油然生出莫名其妙的恻隐之心的知识分子要好好学一学的。陀思妥耶夫斯基说，知识分子的无用和无能，最大的致害处，就是凡事都有一种解释，我们又往往美其名曰“策略”的那种不彻底的妥协性的东西，所以才常常有着悬在半空的痛苦存在，知识分子真要变作一种有用的存在，就非消灭这种习性不可，而消灭之道，就是向工农学习，和工农一道。

这种对特务的烈性攻击，不仅没有破坏我们节日的美好空气，相反，它增加和丰富了这个节日，使它显得结实和泼辣、乐观和可爱，——使它显得“更好”的凸出面。

两个警卫今昨两日特别忙碌，向各处跑条子，到黄昏的时候，我们已积聚了月饼、罐头、咸蛋、几包上色香烟和两瓶白干。这个节日的豪华，是我一年来监狱生活中一切节日中最丰富的一次，虽然规模似乎比较小，——只二十多个人的相聚。小广东的老母亲上午突然到了——这是站在窗上的他自己发现的，这天窗台上整天没断人，一个个的都伸长脖子，眼里发出炽烈的光眺望墙外的街上，寻找自己的亲人，人们有一种奇怪的自信，觉得自己的亲人总会在这天来望望的，虽然大部分人失望了，因为家属们实在不知道他们的人被押在哪里，那个时候的被捕，是所谓"失踪"方式的，警卫跑条子，第一个禁条，就是不准在条子上写明人在什么地方，家属们能发现人在这里，都是在外面花了钱东一捞西一拐地找出路线后的事情。上午，站在窗上的小广东忽然向屋里回过头来，声嘶一样地说：

"我妈来了。"说完，又赶快转过头去望街上，脖子伸得更长，脸颊变得紫红，泪在脸上流了下来，向着街上扬手，又做出一种古怪的笑容，——泪中的笑，健康的笑，世界上最有价值的笑容之一。大家一拥都挤上窗户，但是都不侵害小广东的权益，有人甚至扶着小广东的脚，使他更高一点，看得更清楚一些，但是头都伸向前，脸子都是灼热的，口张得大大的，嘶哑地说着不成话的短句。小广东的母亲，好似是大家的母亲。监狱中儿子的母亲，是属于监狱全体的母亲的。

褴褛的老妇人站在那家起首老店的台阶上，白发银丝一样的在阳光下飘拂闪烁着，她机械地挥着手，手里拿着一个罐头似的东西，又时时提起衣襟拭眼睛，脸上辉映着奇怪的笑容，——这种笑容是和监狱内儿子面上的笑容统一的，同属的。全警卫忽然出现在窗前，发现这一情境，这匹畜生阴沉着脸向挤在窗前的人群说：

"这是谁的家属?"

“我的妈。”小广东忘记了在什么地方一样地欢欣地说。

“谁叫她来的呀?”畜生有点要咆哮了的神气。

小广东站在窗上仍一动不动地说:

“她自己来的。”

“她怎么知道你在这里? 下来!”

小广东双手紧紧握着铁栏杆,对于畜生的发怒的口气,没有听见似的,毫不作理会,脸上仍然浮着热切的笑容,专一地眺望着街上。

退到一旁的我们众人,向这匹畜生求情,众口纷纷地说:

“全先生,得了,就让他看一下吧,这是不容易的事,晚上我们请客。”这类的带着内心愤激的不自然的笑声说。

这匹畜生摆出一副威严的架子来,使力推小广东下去,连声地叫着,“下来,下来,要不,我就报告上去,给你铐起来。”

小广东还挥着手,就被从外面的手推下来了,他跌在地上,仍然向窗口扑去,畜生大吼着,摸着屁股上的枪,发出哗啦的声音,我们就又一拥而上,站在小广东的左右和身后都准备挨他的放出来的枪,畜生连连地怒吼着,提了手枪,风一样地跑了出去,大约要抓小广东的母亲去了,我们想,我们忘记了一切地把小广东抬上窗沿,他向外挥着手,示意让她快走,脸上没有笑,是决然的神色,老妇人仍然不舍地,忘记了所在地呆站着,小宁波又爬了上去,挥手做出叫她快走的姿势,于是老妇人才跄踉地走去了,又不断地回过头,拿起衣角拭眼睛,终于杂入人丛去了。他们两个迅快地从窗上下来,我们都沉默地坐在铺上,没有言语,但是空气突然显得一种无畏的坚强,和准备抵抗的决意。

畜生仍提着枪地回来了，在窗口大声叫着：

“周××！”

小广东站起的时候，这个畜生破口骂着说：

“你妈的，谁叫你母亲来这里？”

小广东还没有回答，老骆忽然冲出一样地站起身子，说：

“警卫先生，请你不要开口骂人！”

“什么？”这个畜生意外地吃了一惊，却迫近窗口。

“你不能骂人，你没有权利骂我们！”老骆大声说。

“这是我的自由！”这个畜生放屁了。

“自由！这里没有这种自由！我们做犯人有我们的人格，枪毙可以欺负人可不行！”老骆顶上去。

“骆仲达！”这个畜生显得狼狈了，却把责任推在老骆身上，“我没有骂你呀，你想暴动吗？”

这时我们全体，——除过江特务和光头老吴外，都一律挤在窗口，眼睛放出毒光似的抗议地瞪视着这个畜生，准备打这个畜生，他更狼狈了，不等老骆还口，就抽身子跑了，大声说：

“我报告去！”

老骆紧加上一句：

“随便！”

这时，宴警卫跑过来，问着：

“什么事！”

没有人答话，眼睛都直挺挺地瞪着他，使人有置身刀剑林立中的感觉，他自己先缩了下去，江特务这时上前来了，显然这是他讨好我们的机会，他朗声笑着说：

“宴先生，本来没有事，大家站在窗前往外看，老全就神经过敏地说和外面打招呼了，他跑到外面走了一次，又没找到人，回来就大家起了误会。今天是好日子，请和全先生解释解释，晚上我们请客，哈哈……”

宴，这个还没有完全失掉人性的青年，歉然地笑了笑，向窗内说：

“没有关系，我和老全说一句，往后不要和他闹才好，他这人脾气不好。”

“宴先生，帮忙帮忙。”江特务加上说。

宴走去了。于是江特务又成了活跃的人物，朗声地和大家谈着，拍着胸脯说，这事绝无关系，我写保票，姓全的小子要真不识抬举，我和他干，趁机他拿出昨天下午他家中送来的两瓶啤酒，一个菜盒，和一盒月饼，硬交给掌管伙食的小宁波。他算又窜进我们的晚上的团聚中了。可怜的人呀，精神的孤独和寂寞，是生存中最大的威胁呵！

警察老李站在当地上，不服气地说：

“操他奶奶，这东西太不成东西，丈人才不敢打这舅子！”一边卷着他的油污的制服袖子。

“算了，老李，”江特务哈哈着，“我们打扑克吧！”

于是，他拉了老李、小宁波和小广东上阁楼打扑克去了，向老吴讨了一号送来的礼物。

黄昏在盼望中莅临，特务们鸡飞狗散地忙于在家中过节，我们清静地过了一天，没有问讯，没有新朋友进来。倒过马桶后，我们开始布置，大家精神十分兴奋，动作活泼，好像是一个住在小店的演剧队的情调,你整理铺上的东西,他弄饮食,很快就妥当了。我们照吃饭的秩序分成三摊,每摊都有月饼、酒和一些熟菜。由老骆做主席,大家团团坐定后,我们的“鸡尾酒会”开场了。浑圆清冽的月亮,透过铁窗,射进昏浊的狱室来,照在暗污的赤膊上,尖瘦的脸孔上,映出一种奇异的光彩和跃动,显示出这些不可侮的受难的生命的庄严和高贵。奇怪的是每个人都彬彬有礼地下筷子,酒只倒在三只茶杯里,一个递一个喝着,发出声音来,月饼都切成小块,每人有指头大的一块,但大家都不忍一下吃去,恐怕食物一光,早早地散了会,有着难分难离的心情。两个警卫都喝得醉醉的,站在窗外,显出寂寞地艳羡地望着我们的欢诚的聚饮,有说有笑,一如一个劳动家庭的团聚,他们灼红的眼睛里,初次露出无邪的人性来。全这匹畜生上午和我们闹过一场,现在摇着手里的钥匙,站在窗前,但是没有人理他,我们沉醉在自己创造的欢娱里,他就像一匹在荒野中失落的兽类,无聊而岑寂,失掉了存在的价值。那点威风,和残性,好像也失落了,像几个纽扣没有声响地掉在黑暗里的地上一样。渐渐他搭讪着靠近窗子,显出一种可怜无邪的笑容,喊老骆,老骆背向他坐着,没作理会,他正在香烟的尘雾里和老吴高谈着,发出他特有的结实的笑声来。他显然装作没听见,又喊了几遍的时候,老吴才机警地推了他一把,他应声地站起来,拿着香烟站在窗前,几个人马上跟着也站起来,防护地站在老骆左右,嘴里嚼着东西,眼睛却发亮地注视窗外的畜生。这个畜生笑得眼睛成了一条缝地用一种小人的甜蜜开始向老骆解释说:

“老骆,上午的事你不要误会,我这人虽然思想和你们不同,站在敌对立场,但是我最讲私情,最顾朋友。这几天正颁了动员令,上面工作正紧，我不能不小心一点，你们诸位也不能不受屈一些，尤其你已然来了两个多月，我们可以说是故友了，还有说的吗？今天我实在出于不得已。”说到这里他装作地后顾了一下，好像看有没有人，似乎并没有人，他又接着说，放小声音：“我怕老宴，因为正是我值班，他要发现你们私自和外面打招呼，他一报告，我就要吃苦头，所以我不能不制止，当时我说要往上面报告，其实我并没报告，好在别人也没发现，我何苦呢？你们在里边实在太苦了，我真心同情你们。不过希望你们以后要自爱，免得出毛病，你们不看报，不明白外面情势，现在自从一有动员命令，你们的身份都成了国事犯，罪名也成了叛国罪，这以后要受军法审判的，听说要送到南通的绥靖区司令部处置，所以不可不小心一点。其实，人谁不爱惜生命，既然吃了这种断命官司，总是安分一点好，你越安分守法，越出去得快，越有希望出去，你越调皮捣蛋，上面对你的印象越坏，你越没希望出去，处境也越危险，你们都是聪明人，自己都有数的，我不和你们是好朋友，真不愿意费精神说这些话，老子要是公事公办，你犯规，我就先铐起来，你再闹，拉出揍一顿，重的就枪毙，这还有客气吗？我和你们闹一点小脾气，这是为你们好呀，你们应该明白我的心啊，是不是？”

老骆哈哈着，那声音是愤怒的，表现是宏阔和无畏的，他说：

“谢谢你，全先生。我们犯人有我们犯人的人格，不能为了吃官司连祖宗都不要，我们既然吃了这个官司，家破人散，活着也觉不出什么意思来，人以礼待我，我以礼待人，人若把我们看成乌龟王八蛋，我们就要抗一抗。你全先生人好，我们明白，我们谢谢你，哈哈……”

小特务在老骆和众人的笑声威胁下，狼狈地挣扎着自己说：

“老骆，你太固执了，何必这么悲观呢？”

“你们要我们悲观呀？”老骆调弄地说。

小特务词穷了，他想逃脱，于是换了一副口气说：

“你们喝酒吧，我不耽误了，”他脸向着月亮，纯白的月光照亮了他的丑脸，他惋惜似的说，“可惜今天人少，要不我就开了门，教你们到花园赏月去。”说着廉价的骗词自说地走了，咚咚地跑上楼梯，凄凉地唱起了“一马离了西凉界”。

我们得到补偿地大笑着，这笑表示了我们的无畏和坚定，自由和高贵。有人嘲讽一样地与其说是恭维不如说是虐待地在后面喊着：

“全先生，喝一杯呀！”

这个夹着尾巴跑掉了的小畜生早就听不见了，他早在那个空洞的楼房内不顾一切地凄凉地哭一样地高声地唱他的“西凉界”去了，这时又唱起“我好比”，信口乱唱，像是坚强自己，又像是打自己的耳光。——可怜的东西呀！

空气泼辣而混乱，人被友情所陶醉，三轮车夫老王，工人小张，和两个报贩子，——小宁波和小广东，老蔡的两个高足，都立了起来，在窄狭的地上七歪八扭地扭秧歌，像忘了这是监狱的，唱起“八路军，真光荣”，光头老吴，坐在一个角落里吃惊地瞪圆了两只失光的近视眼。江特务说：

“老弟们，有几个脑袋呀？”

“一个，交给中统局了。”他们不考虑地应着，大声笑了，更高地唱着“八路军，真光荣”，像给江特务示威，精神上揍了他一顿。

女号子门没上锁，小姐们却都聚在屋子里，L穿着她的漂亮的短白外衣，口红涂得红红的，却是泪眼模糊地跑到我们窗前，拿着一个广东月饼，两只香蕉，和一包骆驼牌，向窗内说：

“二号，这是我们的礼物。”

小宁波接了礼物，小广东连忙弯下腰倒了满满的一杯酒双手捧上去，说：

“还礼！”

“三号万岁！”大家随着爆发了欢呼，隐约又听见隔着砖墙的一号在喊：

“二号万岁！”

我们又爆发出：

“一号万岁！”

女号子的人们都拥出来跑到窗前，小姐们好像没预备酒，这时一个传一个地喝了酒，隔着铁窗，互相问候着，交谈着，正像家人重聚。有人拍墙，隔壁的一号也在拍墙相应。

“鸡尾酒会”零乱了，只有老江和电力公司的老吴还一动不动地孤单地坐着，我们都立起来，屋子里充满了快乐的烟雾和自由散发着的酒香。月亮照得更明亮更清冽，小院子完全浴在月光里。干瘦的面孔红润，发歪，旋转……

一直到女号子的人们渐渐回去，我们才恢复了秩序，老吴小声地唱过“跟着共产党走”后，光头老吴身子发颤地站起来，向四周鞠了一个躬，说：

“我也贡献一下，我唱一支《苏武牧羊》，这还是我在山东老家念小学学的，唱不全的地方请大家原谅！”

这和古树开花一样，大家虽然觉得可笑，却也奇异，鼓掌欢迎，老吴笑眯眯地向我低声说：

"操哪，这个人唱的歌和这个人一样的老旧了。"

我笑着摇头制止他，听这位吴先生的歌声。

他大概有二十年没有唱过歌了吧？他挺直地站起来，手先无从安放，最后放在背后，歪着头，想了一会儿，空气停滞，团坐的脸孔都朝着他，带着热望和好奇，嘴巴都半张着。他终于艰辛地唱出来了，那陈旧、迂腐的调子，却奇怪地带着一种新生的光润从这个中年的麻木的身子里发出来，使人觉得它的完整和悲剧，好像一个苏醒了的古老的梦。在他的鞠躬下，赢得了热切的掌声，有人还不满足地吆喝着再来一个，这要求，是仁爱性质，是要把他从旧梦中拼命地拉到新鲜的广场中的一种用意。他结巴地笑着，又一鞠躬地安谨地坐下身子。老蔡站起来说：

"我有一个提议，"他好像还站在教室的讲台上说，"你们可不可以这么决定？我想，五年以内，中国终该是一个好中国了吧？所以我想，今晚我们在场的难友，不妨同意一下，五年以后的今天晚上八点钟，只要是我们在场的人，都各自去外滩公园相聚，最好带着自己的老婆孩子，我们像这样地欢聚一场，那一定是欢笑渗着眼泪，意义满大。要是不在上海的朋友，顶好按时起来，实在赶不来，写一封信给我们中的一个人和自己相好的，大家可赞成哦？"

"五年太多，用不到五年，明年就行了。"他的高足小华先吵着说。于是，在时间上展开了争论，老蔡的期限太长，小华的又似乎短一些，最后，决定了三年的这一天，通过了。

这个提议也许引起了人们的回思吧？屋里的空气渐渐奇怪地

沉静下来,高度创造出的欢乐似乎痛苦地渐渐撕成片片,烟雾加重地凝滞着,我们听到三号的啜泣声,这准是L,和隐约传来的一号的欢呼。人们都靠在墙上,彼此间像筑起墙似的沉静下来,沉重地低了头想心思,没有人愿意说话。

这是监狱啊,苦难的中国,苦难的人们！在黎明前的黑暗中呼吸困难的人们啊,在自己所创造的节日的欢娱中,突然沉在深渊中一样地发现了自己,想起了破碎的家庭,流落着的亲人,和展开在自己面前的命运！战士的眼泪,是最伟大的,这是敌人必须灭亡的信号!

在极端的静默中,我不愿意打扰别人的幻想,站了起来,拿了一支烟站在窗前,望着外面,月亮已在移过去了,小院子恢复了黑暗的阴影,花园里的虫声发着单调的悲鸣,我才看到女号子年纪最小的肥短的韩月娟一个人站在我们窗前,正吃惊地研究我们的沉默的屋子。

我问她:

"韩小姐,怎么一个人站在这里?"

她扭了扭头,带着少女的天真和娇羞说:

"她们都在难过,她们都是小姐呀,想家,我不愿意看见眼泪,一个人出来了。"

我抽着烟,不能回答什么。

她转过身去,望着天空,忽然用低小然而是健壮的充满情感的声音,唱起"茶馆小调"。越唱越激昂,声音越大,唱到末句"倒不如干脆",她顿了一下,就很快地响亮地接下去:"大家痛痛快快地说清楚,把那些压迫我们,剥削我们,不让我们自由讲话混蛋操的,通通杀掉!”

她在原词外特别加上“操的”两个字,骂了“混蛋”的两辈,惹得屋里低着头的人们都笑了起来,这笑声是平和的,但使屋里又突然站起来似的,恢复了活力,但是没有了泼辣和狂乱,只是清澈的温厚和明畅,人们恢复了交谈,清朗的笑声,划火柴的声音,茶杯在木桶里汲水的声音,……秩序地进行着,成了普遍的生活状态,但又异于普通的生活状态的气氛,节日走过去了,但是它雕刻了每个人的灵魂深处,使它整理了自己一下,又负着笨重的压体的行囊仰头出发了……

翌日,在节日的余绪中,给我们增加了新的欢快。吃过早餐,宴警卫向我们说,今天开追悼会,追悼在富通公司喝酒死了的那个野兽,所以今天大概不会问案子的,因为昨天大家都玩了一日,疲倦了,乐得今天开追悼会这借口,胡乱报一下到,再回家歇一天。

宴警卫离开窗口后,我们大家以这为题目地讨论起来了。

骆说,“特务这东西毫无心肝,彼此之间绝少感情,这仿佛一群拴在一个槽上的畜生,胡踢乱咬,争权夺利,一个死掉了,别的还很痛快,因为这匹畜口拴在好一点的位置,就又要有一匹‘提升’的拴到这个好一点的位子上了,你看,警卫不是说吗?今天开追悼会,原来不过续放假一天的意思,他们又可以痛痛快快嫖赌一天了,这些兽类。”

老蔡则补充他对特务机关的观察说:

“国民党的特务机关,其实和日本帝国主义的特务机关有别,就是这伙东西,除过可惊的愚昧无知,用脚后跟思想,和穷凶恶极以敲诈发财,在别人的痛苦中找欢乐以外,却并没有什么信心和它自己那一套的政治认识，所以没有什么政治的责任心，全是混吃等死的东西，譬如这中统局，是国民党的心脏地带，但是你看看他们的行事，不就是说明这国民党不仅没有一个政党的风度，简直不能说是一个政党，没有一般政党的资格，只是一伙图财害命，杀人放火，无恶不作的匪帮！”

话题转到追悼会，小华叹息说：

“这个家伙说起来还算好运气，他倒自在地死了，所谓死得其时，我们则希望这些东西现在万万不要死，到那一天再死，那才热闹哩！”

说着，这个少年的美丽的眼里闪着清朗的光辉。

但是，在现实的意义上，死亡了一头，好像在我们身体上拔去一根刺的感觉，我们总是愉快的。所以这一晚间，我们的狱室成了俱乐部，阁楼上和铺上有两摊扑克，只剩下我和老蔡两个在墙角围着那只三条腿的椅子喝酒（昨天晚间剩下的），蔡在微醉中向我说他的恋爱故事，分析着自己，认为知识分子在行动上往往是懦汉的缘故，就是理论太多太杂，所以往往演悲剧角色，使别人失望自己失败，——算作他的恋爱结论。说完，我们这两个知识分子，歉然地举起了盛酒的茶杯子相对大笑着，仰着脖子喝了一大口酒，像痛击自己，要力改前非。但是在后一天，情形变了，空气紧张，下午四点多钟，L在窗口悄悄向我说：

“老全说，今天晚上有人要押送南京。”

说完，恐怖地走了。当时中统局的“犯人”，似乎解决不了的案子或定了的案子，都送南京和苏州两地，听说苏州的监狱现在有一百多人，都是由上海解去的，这没有什么了不得，反正在那里也是吃官司，送到美国都一样。但是在情绪之间，激起了骚动，那不是不安，而是我们同难的朋友眼看要分散了，谁要是被释放，我们是愉快的，但要是谁被调押，则却增加了我们精神上的负担。因为这样地离开后，真不知有没有再见的机会了。我们既然已把生命交在国民党的手里，那是只有抱定“悉听尊便”的主义的，就是要杀，也只有伸长脖子的这唯一的“自由”。

吃过晚饭，宴警卫来打招呼了，但不能证实L的消息的正确性，因为他只笼统地说，今天晚上有事，希望不要吃烟等等，光头老吴凑到窗前，颜色大变地急忙问着，是什么事，宴警卫却一笑走了，又笼统地说，没有什么大不了。这是一个还没有完全腐乱的灵魂，还存在着人心的人。

在惨黄的灯光下，空气落寞，大家孤坐着，听候命运安排，像都在准备自己，想象新环境的生活，和这以后的命运。但一直到十二点还没什么动静，全警卫在路过窗户的时候，面上露出一种怜悯和示威的笑容，大声地摇着手里的钥匙，紧张地在楼梯上发出急迫声音地跑上跑下，好像他很忙的样子，一次路过窗口，他非常着急似的自己念着说，警备司令部的卡车怎么还不开来，向屋里投了一眼，又咚咚地跑上楼了。老骆打破沉默说：

“睡吧，我们身体要紧，反正那里也是吃官司，旅行一下也好。”说完，他先曲着身子，拉着被子角盖了肚子闭眼睡去了。

只有江特务似乎高兴，他认为他是不会调走的，反之，他倒希望我们调走，而且相信我们必然调走，尤其对几个知识分子，他的内心非常痛恨，这个屋子因为知识分子和工农的团结，使他无从展翼，而且还要低曲一些，才使他在这里可以不太寂寞地活下去，他认为这都是知识分子的“坏心眼”才有以致之,而他是无可奈何对抗的;再则,他认为要调走的人,一定是案情严重的,而知识分子打这种官司,当然严重,只要在屋里的知识分子一调走,他就可以出头露面,支使一切,即或再有知识分子进来,但在他的既成力量前,也得低头的。所以他从下午L报告消息以后,就喜笑颜开,拿出他的“本机关”身份来,发言人一样地大声大气地说话,光头老吴恐惶恐惶地坐在他身旁,不断地问这问那,问他可有资格上南京没有,到南京后是不是永远出不出来了,他照例恫吓他,捉弄他,——这当中自然还蓄意恫吓我们全体,老骆提倡睡,就是对这种恫吓的抗议。我们都睡去了,只有光头老吴越来越不安地一会儿在窗上望望,一会儿又趴在江特务身旁问讯问过不只一遍的话说,“我有没有关系?”“我会不会调南京?”“去南京是不是就永远出不出来了?”等等,回答的还是恫吓和恫吓,这个可怜的人儿好像拿一条绳子系自己的脖子似的,越系越紧,越紧越显出恐怖的苍白和失措,后来跌倒一样地叹息说:

“唉,个人运气,四百万元的薪水拿不到了。”

江特务却枭鸟一样地露着白牙齿哈哈地成功地笑了。

但凡转入这种畜生道的东西,都是不可饶恕的!——我愤愤地这么想着,一直到睡着了。

忽然被嘈杂的人声、步声、钥匙声,搬动枪机的金属声警醒,睁开眼睛的时候,门开得洞圆,门口站着几个提手枪的特务,难友们都警觉了,但没有抬起身子来,门似乎才打开,特务们正在围着查看人名表,那个细高的,两腮无肉的姓王的警卫队长,闪着小眼睛向屋内望张了一会儿,才低了头看人名单子喊人名,第一个就是江特务,第二个就是我,在每喊一个人的名字后,照例说,带上自己的东西。我拿了自己的毡子,和坐起来的难友一一握手,我们眼光关切地相遇,说着“保重”,我刚要转过身出门,小宁波喊着我,递给我一双筷子和一个饭碗。我被引到大厅内,那里已然有几个带自己行李的难友排好队,我挨次站着,特务又点了一回名,于是被监护着引导到花园里,我仰起头,鼻孔贪婪地吸着新鲜的空气,好久不见这么高大广阔的天空了,它还是这么高大和无际,没有月亮和星子,灰色的云层不动地停滞着,犹如不屈的坚强的人类,向下凝视。犯人谁寂寞地说:

“要下雨了吧。”

特务们没作响,用手电照着地上的路子,园里停两辆黑色小轿车,我被推在第二辆,车里没有灯,犯人坐在当中,两旁都是特务,车开了,冲出大门,拐了一个弯到了马路,飞也似的疾驰起来了,我伸头从玻璃处看街,地上已有了落叶,街睡沉了,偶尔有一个有灯光的窗户,显示出人间生活的温暖和幸福,这窗户里的人们,当然不会知道这时有政治犯,坐着车子在死寂的马路上急驰,向不知其所的命运里奔去。

车子拐了许多弯,我实在辨不清这是什么地方,忽然看到上海戏院,我才知道这是拉都路口,记得我初次到上海就是和妻在这里看过《保卫莱茵河》的,引我们看这电影的是H兄,他们当不会知道我在这时候坐着特务的车子在这里驰过,祝福他们的平安吧!

车子终于开进了一个洋式大门,在一个铁门前停下了?我想,怎么不到火车站呢?还是把我们送到警备司令部了呢?我正迟疑着,车门开了,特务跳了下去,我们被命令下来,被排成队,数了数目，鱼贯地进入铁门，迎面的照壁上，写着蓬莱警察局，我才知道我们被送来这里了，怎么送警察局了呢？我们站在照壁前，从楼梯上走下来中统局的警卫向辉，我们被赶上楼去，我才明白，我们还在中统局的管辖内，不过换了地方了，但是腾出亚尔培路的房子来，一定有许多人又要被请进去了。

这是一个两层的方形建筑，四边都有房子，当中是一块空地，屋顶是平台，有岗，有电网。这是一个正式的监狱设计，房子是红色，门窗都是铁的。我们这一群被关在右首正北的屋子里，这是第四号室，门和走廊相对。屋里除过一只马桶，和一个微弱的悬得高高的电灯，空无所有，原来我们还是开创者呢。

D也来了，他瘦了，但显得坚朗一些了，我又发现陈子涛兄，原来他和D关在一号室，他吃惊地说：

"老贾，你也来了？"

我笑着说：

"来陪你的。"

"不寂寞了。"陈笑着说。

陈又介绍我认识了记者老张，他来得更早，已然三个多月，陈笑着说，这是亚尔培路的元老。还有印刷工人老杨，是老骆那个厂里的，——这就是一号的客人。二号是我和江特务，我关照了陈，说明江的身份。陈又把话传给他的同室人。

不久，第二批人马到了，老骆、老吴、小华、小宁波、三轮车夫老王，五个扛着行李包袱笑嘻嘻地进来了，不是小宁波还提着我们那个黑盆子，倒像刚下了火车的客人呢。

这个屋子广大，比起亚尔培路来，使人有解放之感。

第三批又来了，这是陌生的一批，说是富通公司来的，有七八个人，行李却不多。

我们先不去整理床铺，老陈腰里摸出了一包烟，大家吃了起来愉快地谈着，——我们会师了。

结束了亚尔培路的一个月的生活，我们到了一个新环境，展开了新的命运，我在这里有了十一个月的生活历史。

短篇小说

相　片①

这是六月带来的事情。

三子毕业了，在县立高小学堂里，接着预备升县立中学。

“妈，我得照张相……”

做妈的不待孩子说完，就惊异地：“怎么，你要照……”

“我要照一张相，为考学堂。”

三子坚决地说：恳切，希望。

做妈的瞅了孩子一眼，在蓝布大襟上抹了抹那双水漉漉的手，一声不响地，低了头坐在浑身皱纹的矮凳上。

炉内发出吱吱的声音，像火车的水肚，那是嫩枝芽——一些不易被火化的嫩枝芽和火花决斗的声音。

三子也默默地站在炉旁，低头。合着每隔三二分钟有一次抽鼻涕的响声，除外便寂然。

①本篇作者署名鲁索，原篇名为《像片》。原载《大公报》，一九三四年六月八日。

关于这次的升学,她本来是不同意的。

“这个年景,棒子面都没得吃,念什么书;书不能当饭吃哇!”

“不是这么说,妈。”孩子驳,“我们先生说,万事在志向,寒门出贵子,岳飞什么的出身原来也很穷苦呀! 只是……”

做妈的哼了一声,用眼擒着孩子:方脸,长身材,只是面皮略黄瘦了点儿。

她心内好笑,可是孩子:

“这次招生通共没多少人哇,有津贴,费用也很少,妈! 放心!”

“那么为什么能没多少人?”做妈的回过头来反问。

三子惘然,半会儿只轻轻地应了声:

“哪……不知道。”

做妈的便冷笑了一声,接着便寂然。

经不住三子的再三取闹,央求,做妈的终于也只得由他,横竖没什么费用,孩子年纪也小,做庄稼一来屈才,二来自从做爹的“阵亡”过后,所有的土地也早已出卖光了;当徒弟,未免可惜,或许这就是一条走得通的路——由学堂毕业找一些高点的事情做。于是她答应了。

可是:

“要照相?”做妈的回转头;三子看她眼圈已然有些微红。

“得照。”声音发颤,他回过脸去。

麻雀在太阳光晒着的院心里跳,叫。

做妈的用手抹下眼睛:

“得多少钱,不照不成吗?”

“那怎么能成? 才说过这是手续——四寸半身的要一块二,外加洗一片是四毛。学校要拿这个呈报呀!”三子有点急躁。

沉默。

“手续”“呈报”。

尽是一些难懂的新名词,她觉得自打丈夫死后,这个世界真是一天天地变了,变了。

突然——

“你就给你们先生说……说……我们家……我们家是……”像是气塞的样子,她反转上半身,两只手支撑着三子的两个肩头颤然地说。

幻灭破了,三子踉跄地折回身,冲进屋里,躺在磨得发亮的芦席上碎声地抽咽起来:义,义……

第二天,做妈的起得比太阳还早,她穿好那件褐色破旧布衫,拿手巾包好两个棒子面窝头,望了外面一眼:太阳光才在东边的地平线上闪亮。

她把身子倒在矮凳上,咀嚼着夜来的计划,炕上三子的鼾声好响。

她决定:她要亲自到城里去,去央求中学的校长,她想他也不是铁铸的心肠,她要向他披肝沥胆地诉说自个儿的苦衷,她需要他帮忙、体谅……

纸窗渐次透红,太阳的力量渐渐增大了,她伏在炕头上,在三子的耳旁说了几句,便挟起那个包窝头的手巾,步出,扣了门,往南,……

“官道”上,寂然。土圩上布着的仍然是陈旧的、破碎的足迹。两旁只有一些老朽的秃树根,像婴孩头似的,张目四望,灰色的堡子,稀少的树,没一声狗吠,寂寞得叫人寒噤。

一个女人在尘埃上颠簸着像湖里的一叶扁舟;她已脱去了那件破旧长衫,挟在臂下。

太阳偏过,她进了城。

窄街,污水,叹气,灰脸,烟雾……

"先生,你做做好事,我们家是,我们……"

她几乎要跪下来。

那个摆一摆手,接着转回脑袋:"不成,不成,吓倒我你是……你,你别废话,咸三淡四的,我们这是学堂,……"

她叹了口气,回到家里,三子正在生炉子。

"你们的学堂是不是官立?"

"是。"

沉默。

炉内吱吱地响着,那是一些嫩枝芽——不易被火化的嫩枝芽和火花的决斗的声音。

一会儿,炉内:滋,滋,……

做妈仅有的一些银首饰现在是在当铺了。镇上原本有一家照相馆,可是现在已关门久了,城里有一个,还是临时的,过了七日便要告结束。

三子照了半身像。

"证书呢?"中学堂的报名处一个瘦子说,带着不耐烦的神色。母子像被扔在冰窖里。

证书?

"是不是在高小校长那里领?"三子惴惴地问那个瘦子。

他点了下头，便折回头跟旁人谈话。

“嗬，那个娘们的浪劲儿，嗬……”

“张先生，我的证书呢?”

“你的证书?”

尖下巴，秃头，小胡子；尤其那双蛋形的小眼睛向他们母子节节迫近。

母子们听着自己的心跳，连屋子是个什么样，校址是个什么样都再没轻溜一眼，三子在这儿上过二年的学，对这里当然有个熟悉的了解——这不过是一座文庙改造的，可是在做妈的，她简直是莫名其妙，在她所感觉到的，不过这个屋子没中学堂的大，阔气，同时对面的人物好像也没那边的维新。

“你交了证书费吗?”那个尖下巴在抽屉翻了半天，又仰起首来问，脸子是一个斜坡式。

什么?

那个仿佛已明了似的，“噼啪”闭了抽屉。靠在椅背上，尽义务似的说了方才的话。

“毕业是不成问题，谁也能毕业，可是证书费，即印花费，这共总一块五毛钱你交了吗?”

什么?

仿佛挨了一掌似的，三子木呆着；做妈的知道难题又来了，她的脸色像要哭，可又像笑，她的两个嘴角向下弯。——扑通，她跪了下去。

“先生，先生，你知道……我们家，……我们家，……三子爸是打仗阵亡，孤儿寡妇，……年场又，先生，喂，先生……”

那个先生往椅背上靠起来，踮着脚，头摇得像窜进抽屉内似的，右手乱晃。

“又来了，又来了，谁问你这套！别，别，再别废话，没钱想念书，你想想！我们这个地方是官立学堂，你想想！你……”

一个思想泛上三子的脑子：

——有志气什么事也办得成；只要有志气，岳飞什么的大忠大贤原来也不都是很穷的吗？……

可是，他妈的！

做妈的两个嘴角溢着白沫，她拿着膝跟往前移，吃力地：

“先生，做做好事，做做……三子聪明有志气，我们家……”

人的悲哀

自一个人的记忆

你快隐藏吧！
罪恶与羞耻是不能隐藏的。
你要空气吗？光吗？
可怜你呀！

——V. 歌德:《浮士德》

我坐在麻袋店门首靠墙放的板凳上，另外也有几个人，和我一样。大家袖着手。早晨焦黄的阳光从匾上溜下，光亮箭一般的在一排挺直的身子上斜穿过，又折进高的剥落了的柜台，在秽湿的地上，扩大成一个四方形的圈子。圈子里不断涌起雾样的细沙，激荡着，飞散着，整个店子内部，被炫耀得模糊和昏暗，像将要凝聚成一团固体。

大家低着头，因了光和冷的交迫，眼睛迷怅着。薄的棉袍子实在抵不住侵来的寒冷，彼此有点抖擞，无形间愈凑愈近，渐就挤作一团，互相寻取着温暖。眼睛有时溜向宽阔的柏油街心，太阳尚未照临它；没有车，冷风在上面寂寞地呼啸，破纸随着飞扬，阴惨，丑恶，好像被遗弃的古旧废墟的旷荒街道。阴沉，寂寞，无聊和苦闷在每个心上缓缓地爬着，纠缠着，生命的继续在这里像是多余和累赘。……

有哆嗦的京戏调子摇摇落落地飘过来，似乎就在眼前。这引起大家的好奇，松弛的静默如一条橡皮带子般的渐呈紧张，一群寂寞而饥馑的眼睛，灰色里埋着希冀，在街上逡巡。失望地折回来时，一个短小的乞丐模样的中年人在门外的步道上已然出现。一身褴褛，油滑不称身的黑色短裤袄，发霜的黑呢帽显得过小地遮着额前的一部分，乱发从它的下面贪婪地四向伸出，蓬蓬松松的，包围着显得无知和乞怜的两只陷进去的眼睛，半嘴巴的乱髭上荡着一堆稀薄的白气。他两手紧抱着前胸，在白气荡漾的紫黑厚唇里发出颤颤的声音，移近门前，向柜台上匆匆地瞥了一眼，便身子和声音一样地颤颤地闪过去了。

"……吓……得……我……啊……"

这是什么戏里的一句，被他唱得把那紧张悠扬的韵词完全破坏，孤零零的，像拆了房子下来的几根木料。

"你妈的，吊嗓子哩！——光景离登台不远了。"

一个短个子头顶秃了的中年人说。他站在柜台里首，显然是才从麻袋堆背后的"柜房"里赶出来的。他有一只突出的假眼睛，陈旧的灰布袍子穿得异常整洁，是店子里的管账先生，大家喊他

“刘大”，小伙计喊他“刘爷”的。他一手拎着布帚子轻快地甩着袍子襟，襟就一飘一忽的，一边向走过的人开了一个玩笑。方而小的脸上从嘴边荡起的世故的圆滑皱纹，在猛然扬起的烟火般的哗笑声里，才悻悻地胜利而逝。

在接续腾起的声音里，连吐痰和咳嗽声音也复杂，像突然由阴晦转到了风和日丽的天气。他们显得炫博地抢着向我说，那过去的家伙是“打闲的”，住在鸡毛洞里，很可怜；接着说：这几天天气霸道，于他们很不利，前天晚上公益成山货庄货栈后门的倒尸就是这一类人，死得像一只狗，冻得又红又僵，还要受路人的嘲笑和警察的咒骂；装一只“狗碰头”，挖一个二尺不到的坑埋掉，运气好的，老天落一场雪，上面那一层土被雪渗着变成冷泥，算保险了；要不，还不是随埋随就给群狗拖出，吃了，骨头都凑不到一块呢！……

随着又乱说了一阵。

我点点头，谢谢他们的热诚。一个回忆此时在我脑里像山峦丛中的月亮，渐渐地升起。但像蒙了一层薄雾，模糊而暧昧。记得曾有爱美的诗人，说是读完了阿尔志巴绥夫和波特来尔的一切诗文，花钱雇了穷人，从城边的土冢里挖出整齐的头骨骷髅，用酒精浸过，说是它象征着悲哀和恐怖灭亡等等，摆在幽暗的书斋里。那么，这就是什么“打闲者”一类人的脑袋了？于是，发出颤颤声音的紫黑厚嘴唇和它所属那一颗头脑，使我猛烈地打了一个寒噤！

我恐怖地望着四周，人们的态度一如乌云退后的天空，明快而闲适，闲适得简直有点残忍；他们得到欢乐，不再自恼了！……我知道他们对他是嘲笑，或是咒骂，人间哪里找得到真正的怜悯和同情呢？……

于是我恍惚地奇怪地想到我在他们眼中的地位，是不是也像“打闲者”？那些人，连学徒的也瞧不起：因为他们没有职业——“打闲者”！而我呢，却是一个刚自由不久的囚徒，没职业是确凿的，只靠了家庭的“面子”，能闲住在这里，而且住到一月之久了。起先他们对我和对一个高贵的客人一样，这是皮鞋，眼镜，而最得力的，自然便是那“面子”的力量，和我的“职业”是不相干的。但这态度维持到不久便渐次改变，终至完全改变。这原因，其一自然是我没有贵客的行为表现给他们看，再则，他们不惟彻底了解，而且曾纷纷议论的，那便是我已陷于孤立，有成为流浪者的趋势，因为关于我的新“职业”问题，家庭的意见和我差得太远，简直对立。“掌柜”的态度，便是一具寒暑表，他们分明看到对我的热度一味地降，我的失却保障于是明如镜，清如水，连小伙计当着“掌柜”的面也和我对面坐着喝茶，这在一般商界规法上，对一个客人是绝不许可的。我于是无形中化作他们的一员，那些老资格的店员，怜悯或是示威地向我谈着他们自己的身世，一个个都是受尽辛苦，熬到现在的地步，却不容易哩。所以，我曾为那进了监牢的“梦想”，他们就以为浅薄得可笑。

“你把世事看得太容易，简直是胡闹。没有一步越过天的，命里注定是真龙天子的，也还要在战场上九死一生哩！”

对于这些玄妙的教训，作为回答，我点点头。耳若无闻的样子闭了眼，耳边再听到一阵悠长的叹息后，一切就都静寂了。

买卖是在歇业的危机中支持着，“掌柜”对它像已然绝望。那不是一个常人，或凡人；方而阔的脸面，魁梧的身材，整年穿得和一条缎棍一样。店子里很难见到他，他的出入之所，是贵邸、酒楼、妓馆、饭店、头二等车厢，舞场兴隆的时候，他也曾是顾客，店子在他不过是偶尔过夜的地方。他的交际和时髦程度，真使知道他的底细的人吃惊，羡慕，嫉妒。有的誉为一个天才，有的说是失掉生意人的本分，有的不表示意见，摇头不绝。但这一切绝不影响他，他毫不在乎。不错，他出生于荒僻的乡壤和穷困的家庭，先做学徒，因为胆大性子暴，升到伙友时，做了几宗使人赞叹的事情，于是地位巩固，信用提高，终至自己集股，独立地开了门面。这使一般老商人吃惊而且害怕，便用“横财发不长久”或“没有天良要遭雷击”等胡说灰他的心，而告诫后者；但他却看穿这把戏，认清世界人生了。渐渐的，守本分的生涯使他不能满足，后来就不顾一切地向前做去。他说世乱出英雄，他的天才绝不只是做一个商人，还有更大的前途。况且，是要人去做事，不是事情做人。于是他的朋友范围渐渐扩大。买卖要塌台的时候，更增长了他的意志，这时候“土膏”公卖，他的去处，又增加了一处。回来总是在夜深街静的时候，面颊红喷喷地坐在楼上的椅子上，吸着纸烟，把所订的一份叫作《天华报》的小报过一下目，或兴致勃然过话瘾似的，向我说着外面听到的一切，比如报上登载的什么新任职的常委之类，他显得平常的样子，指着向我说，“瞧！这玩意儿，也是什么鸡巴长了，我们是老朋友呀，天天烟馆见！哈哈！”接着便是那个人的身世，甚至逸闻，他都源源道出，十分熟悉。

第二天他九时左右起来，太阳的光塞了半楼，街上已然热闹非常。他洗过脸，穿戴好，提了手杖，于是脚步一下一下地像铁锤似的，沉重地在楼梯上响着，楼下一切声音立刻消灭，移去似的清静，但空气又紧张得像皮球一样；地上走着的站定，板凳上的便一字站起。他转下楼梯,圆而锐利的眼睛透过镜片四下扫视着,大的红鼻头冷峻得一动不动,压着阵角八字的黑油胡髭在空中倔强地抖动,像两个威武非凡的门兵。他迈着方的步伐,一身绸缎衣服,没有华丽,只显得严肃,一步一步地走出,到了街上,便过了关口般的,脚步放紧,很快地消失在人丛里。大家如醒来似的透过一口气,在难堪的沉默里,老伙友眼睛瞅着地,摇着头凄清而愤恨地说:

"这,夜一点以后见!唉,操他妈妈的!……"

但这绝引不起一声欢笑,整个店子像失去太阳的宇宙一般,人只是动物般的,显得渺小和可悲,无知的蠕动和静止。……

没有一点生意,柜台上躺着茶具。电话原是为叫生意安的,但现在,除过探听关于"掌柜"的消息,便没有别的用处。和电话接触一次,大家的眉便皱一次,后来货物停止买进的命令下来了,店子像是被判决了死刑,空气里的活气完全没有了。存货在各处堆积着,冷冷的,和几块大石头一样;接起来像一座连绵的山脉,上面盖着一层浓厚的土液,发着灰黑色。在这座山的怀抱中,伙计们摆桌子吃饭,喝茶,搭床睡觉,聊天,相骂,这店子仿佛开在荒岛上一样,我觉得这些人渐次颓唐下去,动作显得勉强,无聊,机械,就连劝正我的话也很少听见了。

"打闲者"过去,哗笑和一切声音,就像微风起后的树叶,不久便渐次停止了飞舞,又是一个灰色的寂寞降到头上,渐渐浓厚,这里就只剩下钟声是唯一的活的东西。连阳光也显得灰沉,像喝过砒霜后难看的面孔,死滞在这里,等候没落的命运来临。我被刚过去的事情弄得异常混乱和苦闷,便离开板凳,踅入柜台里,低了头,啃着唇,踱着步子。

“他妈的，这老玩意儿又到了。”

像在梦里一般，我终至给这枯燥干嘎的声音所惊觉，不假思索地，我知道是叫作起发的那个学徒的声音。他是向我说的。他也是一个笑话过“打闲者”的人。这时，一颗焦黑的方头，像谁从火灾里抢出来的，上边贴着一双迷紧的眼睛，在我意识里自然地浮起；背是驼着的，说话时也还看见那又黄又黑破落般的牙齿。我抬起头，向街心瞅去，街上已布满了像是毛毡一样厚的阳光，和这里显得是另一个世界。各种声音也各处杂凑了起来，街车急驰地走着。就在门前的街沿上，一只稀见的身材高大的羊，态度昂赳地领着一群仪容大相悬殊的小羊走着。它们颇通人性，竟是秩序井然，和有名气的中学校学生整队去开什么纪念大会一样。

这并不足为奇，每天都有这一回。至少从我住到这店子起，便是这样了。但像现在才经发现，使我颇吃一惊。怎么回事呢？我赶到门口，细细观察那领首的老羊，是一只怪慈祥的家伙呢，肥壮整洁，甚至是华贵；两支角，很有修养的样子，老乌木一样的颜色，发润；一双窄小，但澄清如水，显得蔼然的眼睛，高高地凸出于长瘦洁净的面孔上，温和地转动；裂痕一样的阔嘴很有主张地闭着，长须飘然。全身高大，扑直，雪亮，像一只鸵鸟；屁股上盖一团厚重的圆尾巴，也还是一尘不染。街道因之显得寒碜，阳光被衬得阴暗不振。——我真吃惊了，这简直是羊群里的一位缙绅，至少也该是个善公，但一方面又不敢置信，因为生来是羊，历史上和自然史上写着，那全盘大功用是供给高等动物做食品的，或鲜吃，或装在罐头里藏着吃，怎么能泰然自若呢？而且那寿数也大概已经不小，这样老而整洁的动物，我似乎也曾看见过，那是教堂里的外国牧师。总之，我实在吃惊，又看到所带领的那一群，却又是那样的愚蠢，不洁，令人失望，甚至厌恶。它们你撞我，我踢你，顽皮天真，一身乱污，却还是一团温顺地跟着走去。很快，转瞬间，就只剩下一阵腥气的烟雾，在一切热闹的声音上，寂寞地随风荡于街空……

比“打闲者”还要平凡，除过我，就再没有第二个人注意到它们。人车照常通行，正像水流，便是门口那个摆橘子摊的孩子，也正鼓着歪脸，沙沙地直喊。我想，这或许因为过得太多，大家的神经已经麻痹，而且，又大概不明白那群是做什么的；或者因为是羊，不是人，于是很难招来青睐，连提醒过我的起发，却也早皱紧一双镰刀样的睡眼瞅着灰浊的麻袋堆，像想心思。

但在我，由他刚才的谈话的气势上，和亲眼看到的事实上，感到它们比“打闲者”还要兀突和神秘。我压着一颗好奇的心，脑子发着热，但又空白得没有一点痕迹，在地上踱着。一切是静寂，等到再没法忍耐下去时，我发问了：

“喂，那一群是干什么的呢？”

“干啥的？阢——”这声音使我一惊，扭转头我看见一只假眼睛幸灾乐祸地突出来，随即很快地转作庄重，那一只真的却始终闭着般的迷惘着，只在开口的一刹那睁了一下，但又藏宝般的赶快闭了。“说是那呀——”

那个提醒过我的嗄声音，此时却醒过来似的，突地插进来响亮的一句：

“那老羊好王八蛋哩，——操他舅舅！”

但到他不经意地转过头来的时候，映上眼帘的是那两尊大炮一样的两只威严的突出的眼睛：一白一黑，像两个磨光的棋子，都非常严重,全世界的力量此刻似乎全集于这里。他感到失落般的恐慌,连忙把坐着的身子往后移了移,一只手很不自然地摸了摸光头皮,眼睛戚然地瞅向动乱的街市。

假眼睛这时才解了严:一睁一闭。他完全胜利,于是他说道:

“咿,你瞧!巧妙的还是人呀!可不是!省事多哩!……你说,只消养好一只羊,由羊圈到宰杀场的路子教熟,——羊是最老实,体贴的——每天就由这一只带领一群,不要半个人,就平平安安自然地到屠杀场去了。……背后这些小家伙,还是你撞我踢,尽玩儿,真是不知不觉,稀里糊涂!不想吃不了一袋烟工夫,就皮是皮肉是肉,挂到架子上称斤论两地卖了。……你等着瞧!那老秃崽子,过不了一会儿就独个一摇一摆地回来了。每天,就办这一趟公事,可他妈的不是东西!好杀那妈的——呸!”

一股白练似的痰由他口中笔直地喷到地上,撒开成一条斜线,他的一只脚悠然地在地上上下地踩着。大概这一些话,他很感到安慰吧,于是又呸了一声。接着轻俏地,不介意地,把两手搁在背后,眼睛随着脖子长长地伸到前边,鼻头几乎要贴到窗玻璃上,眼神在乐观悠然自在中多少含点鄙视地,瞅到街上。但突然又折转头,像街上一点没有看头,态度立刻转变,整个是烦乱和暴怒,像人生希望完全破碎地,向柜台前已然睡熟了的人们喊了起来:“起来,起来!不要尽瞌睡,老爷们!多少瞧点门呀!东家拿出白白的洋钱,就雇你们睡觉吗?——好没心肝!——瞧点门呀!耳朵没塞驴毛,听见吧!”说过以后,他不管效力如何,这只是习惯地奉行故事,有时还摘下柱子上挂的布帚子各处乱拍一通。这时他低了头,不知是咒骂还是哼小调,脚步错落地转过麻袋堆,那光头在黯然的阳光里匆匆闪烁了一下，便突地隐去，进入“柜房”了。

板凳上的大伙计们，被惊悸得身子往后一折，有的猛然清醒，刻着密密的皱纹的眼皮下的眼睛在困顿里含着气愤，灰白的眼珠挤到眼角，不屑地，斜着瞥了一下，接着从袖口里伸出手，在口沿上抹了一把，手掌在柜台上再一擦，照旧又放进袖口去，渐渐闭了眼，荡着的上半身终于不动，头低到胸前，微微的鼾声接续响起。

在想着心思的小伙计起发在吆喝声里，苍蝇伸着翅子似的不声不响地站起，低了头，垂着手，那个身子进去以后，他又一屁股地倒下去，陷下的阴晦的眼睛里，带有红丝的眼珠拼命地抢向外面，向我瞥视着，声音干枯，但却温和地说：

“周先生，坐下吓！”

我向他微笑地点点头，身子一边歪过去，我便坐下了。我看他还是不住地用了畏缩的眼光向身旁那些睡着了的注视；我也照样袖了手，只是心里说不出的紊乱，什么又在蠢蠢地蠕动了。

“冷吧！你看，吓，真冷哩！”

我又点点头。随着他的话语，却是有一股宝剑的光芒般的毫光由皮肤穿到心里，整个的身心是一阵可怕的抖擞。他又自语般的说：

“那老羊看见了吧！吓，好王八蛋哩，经它的手不知死了多少小羊了，还有多少要预备死。明天你会看见它再过去，后天也一样，大后天……没个完！我是去年七月上工的，打那时就看见了……”

“那么，跟你看老羊的将来怎样呢？”

我觉得这问题颇天真，虽说是怀了愤恨说的。

“将来吓,吓,你想能有好结果吗,周先生?心田坏了的人都没有好结果的,一点没错,从古来就这样。那老羊老得动弹不了,主人就会再弄别的一只,替过它;老羊呢,也还是要给杀了的,价钱卖得更要便宜:因为肉干了,难咬。吓,简直不如小羊呢!是不是,周先生?你看我说得可对?…… 唼?……”

我苦笑,也是得意地笑,像出了一口恶浊的气。但是对于这天真诚恳而阴晦的眼光,我感到恐慌和悲哀!什么使他这样地阴沉呢?他知道“心田坏了的人是没有好结果的”,但他却也曾笑过“打闲者”。这是传染到他身上的,在他算一种娱乐,借此可以笑几声? ……这世界我看出些微的头绪了。我想逃走,彻骨般的痛苦迫着我,于是我站起身,自己也不明白是怎样说出的,我问:

“吴先生,楼上有人吓?”

“啊啊,周先生,折磨死了!你怎么也跟我开玩笑呢?你叫吧:起发,我不是吴先生,我是起发,吴起发……”

他的枯暗的脸,从耳根起渐渐涌起红晕,青筋明显地耸出,他激动地挥着发哑的声音向我辩,这“吴先生”对他像是炸雷。但不妨这激动的声音,惊动了别人,在他的一旁,随着两只可怕的眼睛出现,响起一个模糊暴怒的声音:

“操你妈!卖什么嘴!还有你讲的话吗?终了饿死你卖窝窝操的!……”

紫黑干裂的嘴唇颤了几下,枯暗的脸上罩满受屈的绝望,两只浓厚的眉皱紧着,他低下头去。那个模糊地嚼着,嚼到字眼分不清,又睡着了。我觉得一切都不复存在,我像是暴怒,但我苦笑了,我觉得我在嗫嚅地说:

“人生下本是一样的,谁都有自由说话的权利! ……”

我不知道他听见我的话没有,我是再也没勇气停留下去。我转过身,像一只受伤的兽,愤怒燃烧得不顾那些睡客,脚步沉重地踏着楼梯,跑上楼去。

我感到又空虚又愤懑,我把书本用力地歪了一眼,觉得“思想”并不存在于这里,它是存在于需要里。书上只告诉了抽象的学理,很暧昧的,而且书本用钱就可以买到。买到的东西算不得真的东西。但我觉得真理是被历史的沙土埋得重重的,透不过一口气。……

这世界大概便靠这沙土维持吧? ……

我要把自己化作一只铁锹,在这种意义上,我又感到书本是友人般的可贵! ……啊,我是这样地矛盾,混乱,和不安!

晚上,我在给一个遥远的友人寄信,结末我痛苦地说:

“……这世界正在发育,真理和生命一样地存在于我们的本体中啊! ……”

封好以后,感到痛快和兴奋。钟正打过一点,街头不知由几时起,已变得没有一点声音,周围颤动着寂寞,在阴暗的光亮下,我踱着步子,在心里重现的痛苦和激动交织着,步子很吃重。突然一辆汽车由远处扑来,一阵狂风一般,世界被支配于这个单纯的发狂的声音,它已用不到再叫,似乎就在门口,戛然站定,靠街的半面纸窗被震得颤了一阵,整个楼身像都显得动摇。在噤住的极端静寂里,汽车门响了,又砰的一声闭了,在剥剥的打门声里,马达又在喘气般的响动,窗纸一晃一晃有节奏地颤抖着。平静下来的时候,楼下正喧嚷着,我知道是“掌柜”回来了。他今天显得和平日的态度不同，他在闷气地讲：

“刚才听到的：土匪过河了，督军着了急，匪军有十万多人呢。哦，铺天盖地而来！……”

“啊！”

在一个吃惊的声音后，泛起一片嘁嘁喳喳的私语声。楼梯于是沉重地响动，整个楼身在混乱低弱的声音里，做梦般的战，脚步声中夹杂着手杖拖在梯阶上的清脆音响，楼口先冒出一顶浓灰的呢帽，接着是咖啡色大衣裹着的臃肿身躯。当他脚步踏上楼板的第一声，全楼响起一片空前的震动，像是弱小者的绝望的呐喊。他转过身，给两个粗黑眼镜圈子占的上半部脸部外，全脸面血饼似的红润；小胡髭像是得了充分灌溉的花草，在清晨精神地开放着，挺得很硬；眼睛透过镜片分外圆，像两颗劣质的宝石。没有向我打招呼的，他把手杖向一个阴暗的角落一丢，手杖呻吟着倒下去的时候，他已伸平两臂，由在背后跟上来的起发脱去大衣，他趁势把两手伸得高高的，支起脚尖，凄凉地打了一个大呵欠，嘴城门般的张圆，然后放下脚跟，嘴又猛然地闭紧，两手随着死了般的摔下来。起发在衣架上挂好大衣，转过身恐慌地睨了“掌柜”一眼，——他的眼睛比白日更为阴晦，脸上罩了一层黑烟，皱着眉，紫黑的嘴唇高高翘着，背显得越躬下，倒过开水，便跌下似的下楼去了。

我站着，“掌柜”已坐在桌旁的椅子上，像个法官，闭着一只眼在抽烟，暂时之间，我在他眼里的地位和烟土一样地不重要。过了几分钟，楼下清静下来时，他首先叹了一口气，打破沉默，磕了磕烟灰，懊丧地说：

“简直没他妈人活的路了！简直他妈的！家里头土匪进去了，

扰得个一塌糊涂,人走鸟兽散;外边时局不说,买卖一点没有,东家直嚷着要关门,唉,简直是操他妈的!……”

他的声音可怕地抖动,像是一种气体,整个楼上的空间都在痛苦着,阴暗得像皱着眉。声音停止以后,却又和童养媳当婆婆暴怒后一样,小心翼翼,怀着鬼胎,恐怖地期待着。他的眼光,我看见渐渐退萎,脸上的红光也在可怕地剥落,像在一只无情的残忍的手的支配下。他忽然瞪紧我,愤怒像又燃起,我的嘴角歪了一下,空气便滞住,像一块坚硬的石头,担心地悬着,随时有垂下来的可能。我折转身,装作随便地踱步。我觉得空气已在松弛下去时,便用一种不关心的态度问他道:“我怎么全不知道呢?……你在哪里得的消息呀!恐怕不确,报上一点不显呢!……”

“哼,报!那些新闻记者敢登这个,他不要脑袋吗?他们只会报阔人老太爷过寿,名人儿子结婚,什么盛况空前,一片昏话!比如今天这报,你看——”他顺手把摆在桌子上的小报擎起,在我眼前一晃,小报像躺了整天躺乏了,随又无力地倒下去,一点声响没有,外界的侮辱像也顾及不到了。他接着说:“——你看!鬼娶媳妇!用这大的字登,上头可又一片天窗,到处空白鬼话!哪会有的事呀!我操他姥姥!真无聊!这就值两个子儿吗?……唉!这消息呀,我在烟馆里听到的,是麻子说的,他是一头大官,你不看报吗?千真万确!……你看我!消息比你这专喝墨水的灵通呀,哈哈哈……”

他方阔的脸,在笑声里恢复了有过的红润,而且更加宽阔,光亮;两只眼在玻璃后抖动成一片灰暗;那声音,是野兽般的野,枭鸟样的阴,似乎有一股寒气袭来。我失了抵抗地颤抖起来了,只放大步子，像要把那火一般的燎燃在空间的声音踏灭。……

顷刻他又恢复了静寂，像一个木人，打了几个食嗝。空气在静寂里响动，可怕的威胁气焰逼迫着，烟雾渐次地稀疏着。……

就这样过了一段时间，我们各自睡了。我完全感不到床的硬，和被窝的冰冷，像失去理性和知觉，只是一团难解的绳索，在被一只无形的手翻弄。灯光熄落，静寂涂着黑暗，死似的冰冷。我似乎躺在荒原里或闹市，许多可怕的东西，渐渐成形，猛兽般的向我袭来，监房的血泪和铁镣，寒冷和阴森，咒骂和啜泣……再转来，背负了重压，我跟着法警在大街上的孤单的影子，欢乐的阳光正在做梦般的照临着。……于是突地又展开一幅室内的图画，烟雾里突现着许多头，大家都在蠢蠢地动，有的放着光，有的放着亮，也有这个方阔的脸在。我在这些脸的注视中，像一株荒地的野草或一根广场上的擎天高柱。我愤怒，愤怒地凝结，于是我听见这样的声音：

"……再说你们这些青年呀，爱国呀！救社会呀！不平等呀！革命呀！哇里哇啦，吵得别人心烦耳聋！但人家也好办，简单得很！像山东的老韩，那办法多便当？捉住这种人物，那就不问三七二十一，反正捉住了，好吧，那该你倒霉，往麻袋里一装，口一缝，哼！和一袋粮食一般，——但可没粮食值钱，粮食可以充饥呀！——搭上火车，运到海边一个个填下去，真是神不知鬼不觉；尸首喂了鱼，到鱼长大了，被打鱼的捞起挑进城，于是'鲜鱼上市啦！'被送到公馆厨房，那看吧，鱼的吃法多着呢！结果是搬上食桌，卖国的吃了，……你看，就是这么一个变化，多简便！哈哈哈……"

这是从那个涂着红光的方阔的脸上的浓黑的胡髭中响出来

的，接着是一片大的响动，仿佛风卷起的海潮一般：这时我好像真在海里，在被鱼们吃着了……

……我的枕头冰冷而潮湿，我觉得在哭了。这或许是一个噩梦，但我明明白白地听见楼下床的吱吱声和人的呓语，甚至翻身的声音。我的眼前是一片漆黑，渐渐变得灰暗，而终于是一片无谓的白色……

第二天我醒来时，“掌柜”已走了。没有阳光。只听见车声和一切嗡嗡的声音在街上凑作一团，辘辘地滚动，闷雷一般。屋子的内部已收拾干净，“掌柜”的床已铺叠整齐，但更显得空虚和阴暗；间或临街的纸窗随着车声的震动抖两下，楼下也听不到一点声响，像还在睡着。我的身子像一堆软的绳子，只是头分外沉重，打了一个深沉的哈欠，拭了挤出来的泪花，便起身收拾停当，无力地踏下楼去。

这一夜，仿佛是童话里的顶得一个极长时间的一夜，一切显得都有改变。虽然是三月，春深，接着该是夏了，但天气还是分外寒冷，前几天是雨中泞着雪，今天天气又是低垂阴晦。靠墙的板凳上照例又是挤满了人，照例又都袖了手。只是比以前更静寂，基督教教堂是我在中学时被迫常去的地方，但除了庄严，却没有这里的静得可怕。空气像一根新的绳子。人们的两眼都罩了一层黑圈，眼神灰沉无光，夹杂着红的丝纹，死滞地瞪着。起发垂着手，站在柜台旁的柱子一边，那张背显得更加下弯。我的脚步像不存在一样，没人回头看一下，只在下楼时一只脚刚踏到地上，伸出的眼睛便遇见那个假眼睛，那张脸像也改了样，换了棉袍，一只活的眼睛向我瞥了一下，带着畏缩和愤恨，自进“柜房”去了。

洗过脸，本想在柜台里的地上踱一阵，但看到柜台外板凳上的难堪模样，于是就决定不去，改到麻袋堆后的那一条窄胡同般的地方踱步去。发酵的面粉气息夹杂着霉气息在空气中荡着，地上潮湿阴暗，头顶上的顶篷苍老模糊，尘埃泪似的撒下。这里似乎窒得暖一些，但随了思想的混淆，一切渐又失掉了存在，我整个人像只是一个脑子，它是一块烧红的铁块一样，在放着热和光。……

外面终于又起了一阵低弱而激动的扰乱，但在我步出时，就已平息。报到了。那张正被展开高高地擎在空中，前面摆了一堆脑袋，上边放着急切的光，和一群蚂蚁一样地四处窜动。我走到门口，没人注意到，只是在我的身后有咳嗽声和匆忙的脚步声，回过头，是假眼睛正从“柜房”里赶出来，他吐了口痰，便把脑袋凑上去，接着脑袋之间起了一阵调位置的忙碌，于是又是死似的静肃。那半张专载小说和戏目的小报，平日最被爱戴，今天却死尸般躺在柜台上，随了微风，有时缓缓掀起。我一个人看着街市，街市是哄哄的，一团乱七八糟的声音在阴暗里显得沉闷和嘈杂。我刚要转身的时候，照例的那一桩事情又出现了，那一只老羊带领着一群小羊在街的另一旁走着，我暂时就把时间用在鉴赏上了……

日子迟迟地度着，报是急切地被需要。那消息已被人当作一项大题目登载了。每天接了报，大家便热烈地讨论着，店子已与他们不相干，连平时没有来往的小商人也常踅进店来，坐在板凳上，说着一些传闻的消息，有时是静默的叹息，有时是疯狂的笑声。电话也显得忙碌了。便是那假眼睛，也常见围了又宽又厚的围巾，缩着头，袖着手，走出店子，到一些同乡的店子去打听消息。吃饭是悲惨地举行。“掌柜”那张红脸也罩了一层阴影，每天走得更早，眼睛显出疲乏的光。有一夜,他没有回来,在一点多钟的时候,电话铃响了,是一个女人的声音,喂喂喂几声,接电话的伙计皱紧的眉笑开了,直到对方没有声音,他才挂上电话,迟迟地说:

“妈的,掌柜住下了,可稀奇,是那个婊子打的,你听那腔调,操那婊子的!”

于是在微弱的灯光里泛起一阵激动,老伙计叹息着,说“掌柜”自从前年闹过病,便没有再住过,现在却又住下了;年轻的却说着,“赶早”呀“摔腿”呀等等的窑话,但这些全被假眼睛的话压下去了。灯光熄灭,于是又是静寂……

第二天早晨,“掌柜”回来了,他像温和了一些,在楼上和我说,市民银行快要成立了,行长呢,他认识,是一个瘦得和柴一样的家伙,老子做过道台,挣的三千多万,他全抽了烟,段执政时,自己挣的一千多万也抽光了。他抽大烟,起码一百口,才睁得开眼,这十几年闲着,节省了,现在可又交了运。这是一个好人,他身上有路的,“掌柜”昨日和他谈了半日,很合契……,他问起家乡事,光润的脸上马上蒙上一层灰暗。

他睡到过午又出去了,从此晚上就不断地不回来。

渴望了许久,家乡的信始终见不到,像园林失掉耕耘,心都荒芜了。我持续着沉默,在楼板上和麻袋堆后,幽灵似的踱步。有的人已绝了食,躺在阴暗的“柜房”里抽咽,说着一些模糊的字句。“掌柜”在百忙中常打电话回来问讯,深夜回来时,早有人跟着上楼,在那喷着酒气的“掌柜”面前站定,阴惨但很坚决地说:

“我打算回去,看报情形很不好,家里又长久没有信!”

说着,袖子提上去。

"掌柜"先是一语不发,用大拇指弹着烟灰,接着站起来。

"怎么说的,你想回去? ——好傻,好傻! 我问你:怎么回法,咹?"

"走旱路火车坏了不坐。"

"旱路,"他带了轻蔑地继续着,"你还想活不想活? 现在进境根本危险,走旱路被当作匪探杀了的,老子听得多了。我看还是待下去,听信就是。——怎么,还是回去? 啊,天掉下来压大家,只你一个人有家吗? 你看我,比你担心多哩! 你呀,家里会有什么,叫人拿,问人家要吗? 没问题。我啊,要比你们被注意,外边买卖又混不下去。啊! 我心乱死了! 你下去,天掉下来压大家! ……"

他的眼珠先是要伸出来般的瞪着,之后缩了进去,闪着亮晶的光。那个抽搐着下去了,楼梯响得十分重。房内异常沉默。"掌柜"站起来踱了几步,又坐到椅子上,任香烟燃着,呆呆地沉思,半晌,在把香烟往嘴上凑的时候,忽然看到站在阴暗角落里的我,死瞅了一眼,把香烟使劲地扔进痰筒里。

我就这么生活:踱步,思想,过着日子。那个假眼睛一天对我说:

"你看,奔了半辈子,我今年四十五了,没有田地,就只有一个老婆,土匪公妻,这下完他妈的,外头买卖又没法做! ……"

"他公你的,你公他的呀! 换换口味不一样!"

另一个大伙计插进说。随着声音的激动,一张张开的大嘴在扬起的面孔上占了小半个面积。假眼睛阴惨地看他一眼,这位便是请求"掌柜"要步行回去的,是店子里的跑外。

"真没心肝,还乐什么!"

笑声荡起，又平静下去。近日空气反倒缓和了一些。起发在翻着一张报，跑外先生袖着手踱步，忽然站到起发的背后，伸手抢去报纸，往地上一掷，在那个脸上，重重打了一掌，愤愤地说：

“你怎么也看起报来了，谁准的你？土匪早操了你的妈，孙子！老子告诉你，不必看！……哼，连你也充起来了。怎么，家乡反乱，就没规矩了吗？告诉‘掌柜’叫你孙子活泥！上什么地方去？家回得去，这里找得下事情做？告诉你：现在想给提夜壶，也没有主，你糊涂着哩！……”

这声音在空中单独发挥。起发握着被打的脸，抽咽了一阵，低着头，踏着沉重的脚步，跑到楼上去。

那个余怒不息的朝空虚的楼口瞪了一会儿，随后吐了一口口水，回过头来，瞅了我一眼，又重重地吐了一口！……

我不能再忍受，天气是这样的严寒，我开始离开一向深居的店子，在街上各处走，晚上回店子安憩。旧日的友人，有的还认识我，但离远了，持着和店伙一样的态度。我的吃饭成了问题。痛心的是某一些友人，从穷苦中节省下来的一些钱供给我，但我除了吃烧饼，便是到酒缸去。……这地方除过难耐的寒冷和交加的风雪，就是深厚的不平和四溢的血腥。人们显得可悲的，像没有声息的动物，只准看着自己的鞋尖，低着头挣活。

就是这样的一个世界，痛苦在啃着我的灵魂。夜深了，车辆已很少见到。稀疏的洋车夫缩着脖子，在胡同口跳着脚，电线在高空颤动，发着悲鸣。我从一个酒缸出来，在走着回去的路。身子在风里像要倒下去似的抖着，路灯凄迷。在离店子不远的一个胡同口，我忽然吃惊地站着脚：白的石路，被风扫得清清的，胡同口拦着半人高的绳子,就在胡同中间靠墙的地方,蜷伏着一团,旁边一个红纸灯在闪烁,是一具倒尸。……我像被击中要害,在恐怖的一瞬间,一个影子在眼前闪过,还有那唱着戏文的冒白气的嘴……

我突然感到稀有的快活!但很快地更厉害的恐怖向我袭来,扼住我。一辆汽车吼叫着从我身旁驰过,沙土拥在身后,吼奔着,像一群追兵在呐喊。我狂奔,到一直把身子贴在熟悉的黑漆门板上,门吱的开了一扇,我斜着身子,要倒下来地挤进去,摸到头上的冷汗,我清醒了。在美丽的光亮里有一种温暖围绕着我,但这种难得的温暖,在一群静默的愤怒的脸中消失了。灯光阴沉地在打旋,我看见起发迅速地跑上楼去,假眼睛走近我,打量了一下,说:

"这些日子,你不晓得往哪里跑,地面这样紧;'掌柜'回来了,等着你要说话,上去吧!"

我就上了楼,背后是一群奇异的眼睛,像送葬行列后的眼睛,饱含着惊奇和悲哀。楼上灯光混着烟雾,许多小光圈星星般的在我眼前闪烁,"掌柜"脸红得耀眼,眼向我瞪着,阴森的。我好像看见自己和烟土一样的灰暗衰老。沉默终结的时候,他开口了,声音是冷峻的。

"出去了?"

我点点头。

他把香烟灭掉,吞了一口茶,站在一旁的起发,诚惶地拿起茶壶,于是房中只有水往下滴的清脆声音。酌好茶,"掌柜"仰起脸来向他看了一眼,他便放下茶壶,跌似的下楼去了。

谈话就从这里开始。

"我也回来不久,"他温和谦恭地说,这态度很使我吃惊,"——

哦,我回来恰恰你不在,听他们说,这向你很多出去了,上哪里去呢?呵呵……我说,这向被家乡事弄得我们没有工夫谈,大家心情不好。现在我们可以谈一下。呃,你看,家乡呢,信老没有,闹成什么样真不知道。这里生意没有,我整日各处跑,你看见的;也算旧日交了几个人,现在马马虎虎算有个小事了。……买卖暂时没法关门,东家再抱怨,也由他了!……不过你住到这里……吃喝我不在乎,但这地面就不好对付,稍一不慎,就出乱子;你这向又常不在,所以,我格外担心!你以前是……今天就有消息,……自己的事我本不该说出口,何况我们是世交?但有什么风吹草动,伙计人家受不了,你说是不是?我算什么呢?我看,你还是想一个办法好,自己有目的,就动手做。实在,自己人,我是一片好心话,你却不要生误会,其实你住到这里,吃喝我还在乎吗?哈哈……"

这话很明敞,在那笑声里,我打了一个寒噤;带回的一身疲倦,却一扫而去,眼前闪着过去、现在和未来的情况,像几千百只眼睛……

实在,我应该走一条路,这路应该是我的旧路。近两个月的痛苦而神经质的生活,证明我的敌人已不是先前的可怖的侦探,而是现在自己的怯懦,因为我有了一个避难所,人是惯于苟安的,但现在连这受侮慢的避难所也失去了。

一日一夜我不知是怎么过去的。有记忆的时候,正是夜晚,我已坐在火车的三等车厢里……

神户急行列车

七时半的神户急行站台，六时半就挤满了人。车皮是在七时到的。人数虽然这么多，一个精明的观察者，却就看出其中的种类，可以列为典型。虽然他们的“使命”都是“一致”——用他们的话说，是为了“皇国”。

他们在家里做些什么梦，是不得知道的，这里却是一幅清楚的展览会，每个人摆出他的应分的表情。流汗的猪肝色脸的男子，兴奋地向碰头的人谈论，伸起两只肥短的胳膊领头呼“万岁”，那是这里的“精华”，主要角色；别的撑“祝出征”的锦旗子的男子，和拿小太阳旗的国防妇人会员，都似乎是“君子”，他们那么寡言笑，眼睛一双双地看一个什么理想的地方，猪肝色脸的男子振臂一呼，他们便举起旗帜咧出声音，脸上显出盲目的紧张，待到声音一静，他们脸上迫出的红晕，便像在一只魔手下的渐次剥落，笑也没有了。脸孔像秋天的树叶子。

远离这“盛况”，在站台的阴暗地方，隐藏一般的几个支那人静悄悄坐在自己的行李上，他们把帽檐拉得遮过眉尖，低着头想什么，没有人谈一句话，像是忘了言语。猪肝色脸的男子经过这里，停下看看，像对抛在地上的香蕉皮。

宪兵和警察出现了，车站的铃子紧凑地响起来了，车到了。

“万——岁！”

许多手和旗子举起来。

“万岁！”

又是许多手和旗子举起，又猛地在空间消失。有人咿咿呀呀地哼“君子代”，有人唱流行的国民歌谣，像是破旧的风琴压出的声音，破碎支杂，还有人狂笑。客人们提了行李向车门奔去，帽子戴在眉尖的支那人，像是因为没有心思，都很快地上了车，占了好的位子。

出征军人规定在开车前五分钟上车。他们现在被人拥着，在站台出现了。嘴里应酬地笑着，眼睛却像在看别的地方。宪兵一手撑着腰，在车窗前踱，眼睛巡视着车内，碰见支那人，便扬起头，高傲地笑。这些支那人全是青年，穿着黑色的大学生服。他们算是走得较迟的一批。也可以说，原都打算慢走的一批，近来便衣警察每日地搜查他们，盘问意见，传去问话。有些则就在食堂和路上失踪了。他们这一批家伙，就不能不卷起铺盖走，然而走也很讨厌，据警察的议论，则凡是要走的家伙，个个都会扛着枪杆抗日的。

这些家伙缩在车角，如一些被掷在荒原上的黑色点子。身旁的“万岁”声和歌声，和趁了间隙从站外随风刮来的显得紧张的卖号外的铜铃声，都纷纷向他们奔去，然而却没有得手，他们像是很“冷静”。有一个黑瘦的家伙，居然留心起周围的环境来。他的斜对面坐着一个穿和服的中年妇女，伸着长长的擦粉的脖子，脸向着地，她的身边的花绸包袱上趴一个五六岁戴白色海军帽的孩子，显得冷静无聊的样子。这时妇人的肩膀一阵轻微地战，便像再无法忍受下去，面孔猛地向伸平的两只手心倒下，歇斯底里地抽咽起来，孩子带着恐惧地看定她，像是习惯了，冷静得一动不动。不久背后伸来一头苍发的脑袋，温和地说："哭什么呀。绝不用担心，矶部君马上就胜利地回来了。"妇人像是不懂这几句日本话，只把身子一扭，带出细微的嘶声继续抽咽，苍头仿佛害怕了，回头匆忙地瞥了站台一眼，就趄到妇人的身边，躬着腰嗫嚅似的说："太太，你千万不要哭，这是什么时候，什么地方呀。……你们不是到名古屋拜过祖，矶部君还有几日的停留吗？……"

妇人像还不懂这几句日本话。躬腰的人急得像热锅上的蚂蚁，只是把腰更躬一些，嘴凑到妇人的耳旁，仿佛要找到一种话语劝解她。

灯光一暗，拥进来一大批，是一批出征军人。便衣的口袋上都挂着红布条，稍显得平静的车厢，此时又加进一点忙乱。空位子塞满了，没有座位的人就跑进另一个车厢。随着窗外的吼叫海浪一样地啸过，像要把列车卷去。

一个新理过发穿灰洋服的男子，用一块白色手绢抹着红脸上的汗渍，像逃难似的，眼里带着惊慌，在妇人的对面坐下了。孩子得救般默默看着他，他看着妇人，她却一点反应没有，严肃地低着头。劝过她的苍头，这时放心地扭头看了这里一眼，新进来的人表示谢忱地向他点头，却没说什么话。霎时，新进来的人眼里的惊慌退去，他的凄然面孔，转向窗际，黑发和胸前的红布条，被风掀得一抖一抖的。

车开动了，使人厌恶的噪音在车声里渐渐减弱，终于消灭了。一个有精神的人，这时就该把全副精神，注入车内，所以我们说的那个黑瘦支那人，他又找到目标了。

离他不远，一个座位上坐了两个学生模样的支那人，他们的脸上是暗黑的，对面一个苍老放浪的声音迫着他们，像在跟车声比赛，坐在另一处的他也可以听见几句，所谓听不清楚的地方，倒不是给车声压住，而是给那疯狂的笑声吞没了。那说话的是一个又矮又瘦的老年人，看他的举动和衣饰，一目了然他是怎样的一种人。

“唉唉，上海也不好，北支也不好，南京政府……日本的军人呀，哈哈……”

他疯狂地笑。于是斜转过身子，向他邻近的一个肥人笑。那肥人的一只脱了胶鞋的脚搁在凳子上抖晃，穿着洋服背心，两只线一样的眼睛神秘地看着老人对面的支那人，他在鉴赏一件稀物，这时随老人的笑声，昂着头哧哧地笑起来了，但笑声不很高，老人像是满足了，又把身子正面转向支那人。

“你们都是大学生，将来回到贵国做了支那大臣，要和日本这个——”他的一只手握着另一只手，“亲善呀，哈哈……”说到这里他自己先倒在座位上笑起来了，肥人就哈哈地响应着，仿佛在看一张得意的画片。两个支那人的暗黑的脸转作灰白，他们把脸转向窗外，觉得被人类征服了的自然现象，那无知无识的烈风，都比这什么“友邦人士”客气些。

黑瘦的支那人到底不是一个有超然精神的观察家，原因也许因为他的祖先是支那人，他自己也是支那人，他的子孙也将是支那人的缘故。他站起身，跑到餐车里去了。去那里要了一杯浓咖啡，脑子里也像装满了一脑子"气"，思想毫无。然而自己又觉得脑子里的面积广博，他凑到窗跟前，"唔，它正像那照着月光的原野！"然而他没有去赏夜景。他的头更低下些。

不久那两位受揶揄的支那人也到了，大家眼睛碰着眼睛，凄然地点头。他们就在他的对面坐下了。没有说话，在这开着电扇，豪华膳车的热烈香郁的空气中，他们像三块冰冷的岩石。

后来他们用极小声的中国话说："那老头子是大连商贾，然而天知道他是什么东西；他能听懂中国话，千万别讲，不要学过去的同学，在车里或码头上或船舱里再给拉回东京，可就麻烦！肥人是大阪的木材商……"

说着车就到站了，站上喊着万岁！经过的村落，村民们都提了灯笼候在车站旁。因为车快，只看见一只只手机械地举在空中，没有声音，像一些木偶，现在到了车站，不仅听见喊声，而且很响亮。还有夹杂其中的疯狂笑声，车门又拥进人。他们三个很想掘三个洞，把自己埋起来，幸而不久车就开了。

他们动身返回自己的车厢。在餐车后的第二个车厢里，一个穿洋服的胖子，皱着眉头，粗短的手指在一只皮箱里翻，旁边站着一个他们的"同类"用自己擦污的白色手绢拂着发红的汗脸，微微笑着。四周的客人都伸长了脖子，像一群瘪臭虫，没有一丝声响地瞪着这"严重"的事情。车轮激急地响着，衬着车里这片出色的静默。他们却打了一个寒噤，是怎样的一个寒噤呀！便低了头，迈起步子，逃出来了。

自己的车厢凡是间隙的地方都填满人，像小学校的课程表，塞得那么满。他的座位旁站着一个戎装的年轻出征兵士，斜胸缠一条宽大的红布写着出征的字样，曲身和那大连商人谈话，木材商仍旧眯着眼睛摇腿。他看见自己位子上的什物没有动，蓦地"邻邦"公民道德好的观念涌入了脑际，但刚才的一堆黑影却已争先恐后地跳在这层"好"的土地上，就一声不响地坐下了。

新来的出征兵士，像是得了大连商的称赞，菜色的颊上显出农民忠厚性的红光，眼睛发亮，粗糙地笑着，于是发宣言一样，直起身子像对全车人说：

"我这次荣幸出征，总得大大地打他一仗啊。日夜不睡觉地打仗！"

声音所及的地方，人们都笑了。只有那在东京驿上车的灰洋服的出征兵士和他的家属，他们没有讲过一句话。男的这时转过脸看了嘴边冒着吐沫点子的青年兵士一眼，接着往地上吐了唾沫转过身子。

青年的出征兵士从此成了车厢的权威人物，他高声发着可笑的议论。木材商的里首，一个中年的也是商人模样的人，站起身，毅然把座位让给年轻的出征兵士了。兵士高声唱了一声"多谢"，低着身子进去自坐了。那站着的商人，竟也向各处车里瞪眼睛，完了发现没有人注意他，才又看了看自己的原座位，引颈望着窗外。各种热闹的声音渐渐沉淀下去，除过有心思的人，乘客都慢慢地沉入睡乡。车厢更显出疯狂和单调，像象征着这个国家。

年轻的兵士在经过的几个站里，都兴奋地和窗外欢送的人握手、敬礼，后来就扒在窗沿上，打起不平凡的鼾息。木材商人敛起笑容，转首看了扒睡的兵士一眼，往身边拉了拉自己的衣衫，开始闭起眼晃身子。

站在地上的行揖让的商人，那张斜长的灰脸像一只毛虫，一点一点地低到胸际，冷不防腰折了似的，上半个身子向前倾下，受这震动影响的第一个是木材商人，他很不高兴地睁开了眼。年轻兵士的鼾息，就在这一刹，讽刺般的显得特别响。

远远的有鸡在鸣，随着外面原野上黑暗的分裂，车内更显得暗淡。车到了京都，站台上卖吃食的吆喝和欢送人们的呼吼，把许多人惊醒。年轻出征兵士红红的眼睛，像老鼠似的四出流动，外面欢送者的喊叫，好像不再和他有关系。他终于让出位子，原主人便毫不客气地一屁股倒下去。

年轻出征兵士此刻很孤单，他竟没有一个谈话的对手。那大连商人买了一盒子饭，兔子似的专心忙着吃。

车开动了以后，车里的空气落得惨淡静寂。外面村子里鸡叫得很紧，就要天亮了。年轻的兵士早就伏卧在地上，继续起他的非凡的鼾声。

大连商人梳毕他的仁丹胡子，一双小眼睛毕毕剥剥地各处溜动。即刻把脸凑到前面，向那两个一直没有合眼的支那人发议论，指手画脚的，看上去像一只孤坟里的兔子。两个支那人冷静地微笑，更瞪着平淡的目光，看窗外发亮起来的原野。大连商人愈讲愈热烈，语中甚至挟了日本腔的中国话，哧地发了一声笑，大阪木材商睁开眼了，接着打了一个喷嚏，用肥手指揉鼻子，随大连商人笑了一阵，就站起身收拾行李。

车内没有了灯光的时候，到神户了。

车站出口处站满了洋服的刑事，渔夫似的把客人像渔网里的鱼一样地瞪着。站外，迎面来了一小队人，彩色的出征旗帜，随了狂呼在早晨的阳光里翻腾！

几个人张着失眠的眼睛走入一个不算小的食堂，等了半会儿竟没有一个人出来招呼，抬起头，在墙上写着西瓜冰激凌的各色纸条中，挟一块颇严肃的“通告”，就是本店的伙友奉令出征，所有伺应不周之处，尚祈原谅……

十分钟以后，从纱帘后走出一个洁白工作衣的下女。又过了一小会儿，他们才低下头饮着这异国的最后一杯咖啡。

嘉寄尘先生和他的周围

——中条山的插话

去年阴历年底吧，在北方特有的严寒中，我陪着到山西战地来做短期放赈工作的W君，在中条山沿山一带敌我交错而居的地区，整整游行了半个月。同行着的，有地方县政府的一个科员谷君，另外一个十七岁的县牺盟会干事洪君。这两位都是本乡人，关于本地的人与事，风物与典故，尤其那位谷君，是像用功的小学生背诵一本课本一样的熟稔。这些，好像是我们间的燃物，无论在崎岖的路途或窄小的农舍，我们就用着这样的谈助，和自己身上的一件棉布大衣来抵御那不住的寒冷的侵袭。

一个夜里，谈到近来敌人在铁路沿线烧焚参加抗日同志们的家屋一事，大家是愤怒了，好像是眼看着自己的屋宇被焚火了一样的愤怒。谷君插嘴说：

“嘉寄尘的家也在近日给鬼子烧了呵。”

是短短的一句话，但给了我一个惊愕，和一个接连而来的近乎模糊的记忆。——嘉寄尘，从前行军的途中，曾任曲沃县县长的姚君告我说，是本地的一流人物，有名的游击队长，并且还说了有空一同去看一回吧的话。当时曾受了一个冲动，但看的事实没有实现。——脑子里存在着的，关于这位人物的事情，就是这点稀薄而可怜的东西，谷君这么一提，我的冲动，就反胃一样地过激地倾动了，愤怒的感情停滞着，我接口问他，那嘉寄尘现在跑到哪里去了呀？

“嗯，”谷君说，拉了拉他的猫皮帽了，“那可谁知道！这人神得很。不过这一带有着他的队伍，那大概总在什么山村中走着吧。这个人……”他感喟般的说了末一句话，轻声的。

嘉寄尘——冻冷而寂寞的辗转途中，在我脑里就火石的磷光一样的，刻刻地闪烁着了。

“景梅九、李岐山，和这位嘉寄尘，这是晋南的老革命、老英雄，都是河东人。但只有这嘉寄尘神通大，故事多，又是一个无人不知无人不晓的人物。”又一个夜里，谷君坐在土炕上说。这回谈话，竟窜牛角尖一样的，窜到嘉寄尘这个“专门问题”了。窗外，风在拼命地怒吼，近乎发疯的绝望的呐喊，和着远处的炮声，交混成了一种雷霆般的震力，全个屋子结连着周围有无关系的一切，都像要被搬开地震撼着，抵御着命运似的。灯光青弱弱的，躲难者一样，挟着泪眼般的动荡不定的昏弱的光。谷君仍戴着他的猫皮帽子，围坐着，荡着他的上半身，充满了世故的安闲，话声吟咏一样地继续着。我们这三个把头互相攒集在一块儿倾听，只偶尔耳朵伸到一旁，分辨远处的炮声，这在战地人看来近乎神经过敏的注意，也渐渐给话语中的内容消灭掉了。我们在听取着一个和我们一同呼吸在牛岛师团侵袭下的同一战地活跃着的人物的战斗生涯。

嘉寄尘是夏县其毋村人，一个大地主兼商人的庄户，中条山内有着他的田庄。现在，其毋村的家屋给敌人烧焚一次了，(他们打听出是他的房屋，专门来烧焚的，好像是宣抚班干的，他们在烧焚后，还召集了一次地方的百姓讲了一次话，说这是抗日的结果云)而山内的庄子，××村，则是游击队的留守地，而且，更是中条山的文化供应地——那里有一个书报社。从前是农民们给主人交纳粮食、牲畜、银钱的血泪的，惹起农民畏惧兼嫌恶的地方，现在却被一个“不肖”的主子嘉寄尘先生人工地变换成了农民赞叹神往的近乎“圣”的村子。真是，我们只有承认人类的意志和力量有改变一切的决定性。这个嘉寄尘先生，就使我们联想到托尔斯泰的《复活》里的南赫留甫侯爵。——但像托尔斯泰不同于高尔基一样，嘉先生决不同于南赫留甫或陀思妥耶夫斯基的卡拉马梭夫，是有着新的呼吸气魄的人。

嘉老先生，现在是五十开外的高龄了，但直到现在，他的使生命闪烁着光彩的反抗力，就一直光亮着。反抗，这革命者的第二生命，是一直在嘉老先生的胸中停着、荡着，变作血液、力量。老先生在东京的明治大学留过一个时期，他起初也是和那一代的革命者一样，被热情支配着，在都会里，写写文章，至多在学校类的智识群中讲演讲演，余外就是奔波与奔波。也有走向乡间去的，但那真是南赫留甫式的，穿着体面光彩的绅士衣物，甚至洋装，在自己的庄子里召集着农民“训话”，所以南赫留甫虽然确是诚意地愿意一己吃亏，来和自己的佃农们“公地”但农民们听到这个话，那表示，就是舐舐那厚涩的嘴唇，两只风火眼相信不相信地麻木地困惑地瞪着,彼此无语地相觑而已。他们简单的脑里这样想,这是主人老爷吃饱了给他们开玩笑,万万不敢附着说愿意;要不就是主子发了疯,但又决不会有这事。结果,农民们又麻木地走开,“无情的”,没叹一口气。南赫留甫直跺脚,也许这些土拨鼠的家伙不识抬举吧,算了算了,很快地回复了他的“理智”。——这是一个智识阶级革命者的标本。嘉老先生初次返乡,也是这样经验,这样苦恼,弄得他直在天津买了船票,二次地跑到日本。再转来的老先生,那就大大不同了,他香客一样地诚恳而沉静,悄然地在运城出现了一个中学,苦心经营,没钱的学生直受着他的津贴,所以和一切私立学校的所谓教育家们把学校看作一种捞钱买卖的行径,那个学校决然没有,名副其实的一个平民学校。于是,嘉老先生的风潮紧了,各种谣言和消息,像灰暗厚重的晚空层云急进式地包围月亮似的,它们很快地胜利了。喊嘉老先生是“疯子”的亲友,变得恍然大悟,接着勃然大怒。——嘉老先生登报,和家庭脱离家属关系!……

“那一年,”谷君接着说,我的脑里,关于嘉老先生的“行述”和自己的怒潮一样奔腾而来的感想还纠缠得难分难解的时候,谷君却进展到具体的故事的叙述了。“山西发生了一次战事,你知道,那两年,山西情况不好,他的学校早就不在了,学生也不在了好些个,连他要不是两条腿快,也就早上阎王殿去了。可是人都不知道他云游到了哪里。哈,才是远在千里近在目前,面前的中条山上当大王呢。他纠合着一班佃户,还有一些他的学生,就把一个区公所占领了。而且声势浩大,说还要下山攻城咧。当时的县长姓杨吓得把家眷都送过河了。可是到底是老百姓不行,下面派了一团人剿山,直到他的那个庄子,都给包围了。老百姓们跑光了,他也溜了,可是满山是有枪的兵,他能往哪里跑,所以还在山里。你听,据说是他提着一个粪筐在村外路上捡粪,恰巧一个奉命来捕他的当兵的过来了,当兵的看见收粪的老头,马上站住说:‘老头,嘉寄尘跑到哪里呀,知不知道,你说出,上边有赏的。’嘉老先生从容地指着另一个方向说:‘啊呀,老总,可真不凑巧,你看,只差一步,嘉寄尘跑到那里了,要追还能追上!’老总还直说麻烦呢,其实见鬼。队伍就直在山里搜了一个多月,直到战事平静了,才撤下山来。这期间人们都不知他怎样活着,山上的村落又小,是难以隐藏的。所以,后来老百姓嚷着说,嘉寄尘会驾云,队伍一来捉他,他就一拍屁股,身子飘到半天空了。那时候,不像这次打日本,没有飞机,有飞机,他就跑不了了,除非又会土遁。老百姓这样传说着。而且还说,嘉寄尘会七十二变,有孙悟空的本事,有一次一个兵刚下手拿他,就看见其实是一个老婆子躺在那里,发病发得哼。关于他,从这以后,就流行着很多的说法,而且说他不食人间烟火,在修炼哩。其实,那时候嘉寄尘还是住在老百姓家里,而且就和队伍的团部住在一个村里,兵们却不知道,他也是一个老百姓呀!……”

到此为止,我们真要笑出眼泪来,……

*

再过了两日,在一个飘着浓雾的寒冽的早晨,我们穿行过一个叫作×峪的小山村。地方在一个突出而又有遮蔽的山坡上,离敌人占领的××镇不过十二里,我们的军事哨,配置在这村子靠后二里的村子,所以这村子,照直说,不惟在敌人的炮火控制下,而且在敌人步兵的控制下。我们要在这里用早餐,也是因为工作的情况使然，其实，“外国人吃棒子面，没有法子”，人总不希望平白无故地跳到火坑里。汪精卫早就悲切地宣言说，跳火坑呀，我先跳呀，可是抗日战争正走到要紧处，没有名气的人继续着一个个跳进了战壕，牺牲在战场，而他，却一溜烟摸进了日本军阀的温暖多金的怀抱，真他妈妈的！所以，宣言的价值就是宣言！书归正传，我们就决定在×峪用早膳了，决定了后，一两个人帮带来的弟兄买给养造饭，一面为节省时间，我就和W君决定吃饭前把这里要发的赈款发完，那么，饭一吃过，嘴一抹，就可以摇摇摆摆地离开这个多少有点担心的地带。我们首先找到本村的闾长，他姓郭，是一个中年人，有着山村人的高壮得看来近乎歪斜的体魄，焦红的脸颊满是胡髭，他那带微红的一双三角眼，旋转很灵活，看起人来很认真，好像怀疑一种食物能吃不能吃似的。问到这村遭受敌人糟蹋的情形，他顺嘴就说：

“来过两次呀，村中牛都光了，就是没烧房子，还杀了一个人呢。现在嘉师傅在这里，不要紧了。”

嘉师傅？——“谁呀？”我们一同吃惊地讯问。

“其毋村的嘉师傅，跑过两回外洋，日本怕他。”闾长说，还是不放松地打量着我们两个，说到嘉师傅，像拿出一张菩萨的神符似的，带点骄傲的神气，有意向我们夸耀。

唔。我和W君点头，我们竟会碰到路上曾作为谈资的这个人。但在这样一个地方，所以又不觉暗吃一惊。“真是前生的缘法。”W君笑眯眯的，他那被风吹红的胖脸，仿佛都亮一些了。

村子是螺旋式的土窑构成的，有三四层，窑洞的周遭和空隙，密植着枣树林，从远处看去，这一带山岭地方，都是这样的枣林，甚至岩石的皱褶下都有，错杂丛生，像把山岭的凹入部分都填平了，这时，笼罩着浓雾，在寒风里悲啸着，纠结成一片铅色的海样的软体，颤动着。……

我们用棉大衣裹紧了身躯，忘了寒冷，雾，周遭的风和枣林的战斗所激起的普遍而深咏的悲鸣，被就要会见了这传说中成了神话式的人物的激动所震撼，像跳在沸水里的鱼，开始感到切肤的昏迷，热辣而又恐慌。闾长带着路，他那敞开的羊皮马褂的宽襟，被风拨弄着，像两个翅膀般的向后张开，他的脸完全地赤红，像是感奋了，注视着我们，一边弯着腰走上冻僵了的土坡，一边转过头来向我们声述着什么，但语声全给风势俘获而去，我们什么也未听见。

嘉老先生的居所就在中间的一层，外面有一层低围墙的窑洞。窄而小的院落内，在成堆的干草旁，十多只杂色的小鸡，咯咯地觅取着食物，那绉绸一样的细密光润的翎毛，被风卷作波浪的一团，很是可爱。这是这寒碜而寂寞的小院子的设置。宽大而阴暗的窑洞内，地上堆满粮食堆，农具，做饭的锅灶，墙上斜挂着几支步枪，要不是墙角几堆零星的手榴弹，和染血的灰布子弹带，你真要怀疑这不过是一个兼作狩户的农民的家庭。嘉老先生在炕上靠窗的一端团坐着，炕上铺着羊毛毡和狗皮褥子，他的身旁，坐一个年逾七十的老太太，黑布包着头。我们一进门，嘉老先生警惕地站了起来，在我们坐到炕沿彼此间寒暄的一刹那，老先生复坐了。把我们进来时在他手里正在查看着的一支白勃宁手枪轻轻地搁到身旁，微笑着。又说了几句闲话，他又站起来，探手从吊在顶篷的竹篮内取出一个土布手巾包。嘉老先生蹲下，这手巾包里的花生和麻糖，早就一齐滚落出来，摆一个阵一样地，撒下半炕。

“请吃一点吧，真是辛苦了。”

老先生笑着说，洋溢着慈祥和安泰。

我的近乎颠簸的情感，是不平常地混乱。瞪大着眼睛，看定面前这个微笑的人，的确的老庄稼汉！肥大的蓝布棉袄和棉裤，白布袜子；鬓角苍灰，还有唇边的丛杂的短髭；但奇异的是那微笑，是温和慈爱，明朗得浑然一体，像秋初的阳光，是人生幸福的手，人愿意任他的抚摩，但又是智慧的闪烁，那闪烁中透露着一丝细若丝而韧若钢的光辉。还戴着油腻得发亮的灰色旧帽子。

我们吃着，……也谈着话，主要的，我们感到一种温和，像依靠在初春里一条活的溪水旁，或是在靠近一个沙笼里的壁炉，不，简直是读着一本启发心灵的伟作，那所有近乎醉人的拂暖。……所谓闲谈的话，也是随口的，不是一条一条的，什么意见态度之类；在这里，打起架子来这一套，我们就早忘了，所以算是杂谈。外面的风好像刮过另一个世界了，出奇地温暖。没有距离。

“在前方，友军们合作得很好，比如我们负伤的弟兄，就被友军的卫生人员抬到他们的医院治疗，……”

老先生笑着说，像是欢迎词。

W君问他队伍的情形，老先生自己剥了一颗花生米，抬起眼睛来说，都是本地的年轻人，家都给鬼子弄了，所以出来抗日，都分散在鬼子占领地活动着，不过武器不行，还得努力，……又谈到晋东战争，……态度是出奇地简单，像一个初秋的天空。

一个头包着布的老农妇，闯入者一样地进来了，她的眼睛发着奇异的亮，脸上蒙着灰土，就和嘉老先生身旁的老太太推让开了，——她松开手里污黑的手巾，里面有五个玉面饼。

“收下吧，自己家里做的，没正经。”

老妇人是跑了路来的，这是一种邻人爱的馈赠，她现在带着微笑地上了炕坐着，……

突然，轰的一炮！——××镇敌人的炮又向这个山脚射来，落弹的地方离这个村不会过远，我们听见爆破以后的碎片散落的声响……

嘉老先生还是笑着，要我们再吃一块麻糖。……但一个思想也突然在我脑里爆裂开来：经常地住在这军事前哨的村落，也还是那么泰然吗？但这真是本能的随感，接着还自己把这个思想吞咽了，我恍然悟出嘉老先生在这里安居，并不完全是什么有超人之才必有超人之胆的辽阔的理论，只是他也是一个百姓，而又不同于四周的百姓，却有着百姓们特具的真实……

这样，我们告别了出来。在途上，像忘了饮食一样的，我们也忘了人间的伟大的恒产——言语。彼此都沉浸在一种什么感奋里，只自由地让风暴剥开我们的大衣，扑击着我们的面颊，……

*

当夜，我们憩宿在山坡正面的村子。敌人到过这里五次，房子烧了一半多，全村是可怕的空洞，粮食糟蹋得很多。我们憩营后，勤务们在全村转了五六个圈子，没找到一两白面。居民是吃着量来的棒子面。这村领赈款的人特别拥挤，大家的心最齐。一直到深夜，我们才了结了工作，我和五个工作同志，给闾长派在一个小炕上去睡。这屋子的主人是一个孤独的老者，他歪在炕角，靠近灯火吃烟,时而爆发着呛咳……

天气是更坏了,从下午起,就是一派阴沉的云色,吼着凄厉的风;我看过年轻的孀妇,也还没有这样教人感觉到闷压欲死的气势;觉得生命这东西也真是除过用短促而急遽地踱步,和紧皱双眉来应付外,心地真是铅一样地灰暗滞重,全个人是昏昏的一团。这时,像黑色而臃肿的云幕占领空际,一片浓密仿佛含雨的忧郁积垒,很快地袭占了我。所谓知识分子,尤其在动乱时代,萧士托夫层的知识分子的忧郁、幻灭、变态、渴求、懵懑苦恼着我,我没有能睡着。五个工作同志,随了粗壮的鼾声的兴起,那大胳膊粗腿,代表着生命和创造的东西,纵露在被头上,横满了全炕。我傍着老人蜷伏着,老人就蹲卧在我脚边的角落。他那一张秋草色的瘦脸,在摇曳着的灯光的侧照下,痉挛着,闪着一种时现时灭的暗色的光,仿佛是被生命所抛弃的标记。他是寂寞的,时时停止了吸烟,带点畏缩地凝视一下对面的小窗。外面,黑暗勾结着风暴,扑击着窗子,仿佛在流氓控制下的弱小的少女,发出哀婉的求救的鸣声,一面又在做尽力的抵御;远处,院落里的大槐,就以它的光滑而壮伟的枝干,毅然地和侵来的敌人相扑,傲视着一切,像是代表愤怒的吼唤,哑然地在震鸣,周遭的物事,甚至连土地,像都向这个英勇的抵御伸出友爱的手,一齐替他助威似的,卷起一片决然而模糊的呐喊。声音驰向远方的原野,隐然听见枯枝的折裂声,和栖息在树巅的鸣鸟的惊逃的翅膀击着那一刹那静止的空气的颤声,然后很快又消灭掉。……一阵激烈的呛咳后,老人低叹了口气。像被自然的威力所慑的我们,距离更接近,我们就这样攀谈了起来。

“这些日本贼寇,真是害死人,比黄巢还厉害,可是嘉师傅说,不打又不行，要亡了国，唉唉，……”老人独语般的叹息。嘉师傅，又是嘉师傅！我的阴郁的心，像裂出一线亮光。计算着，这里离×峪至少有三十里。

“是嘉寄尘吧？”我说。

老人转脸盯视着我，像是要发现什么，很认真；他的语声里渗进了力素，音波的振动又活跃又高亢。“我是，我的儿子也跟他去了，他在运城的嘉师傅学堂念过书，早跟了嘉师傅了。”

“你不想念他吗？”我不自觉地也提高了嗓子。

“想念是想念，可是要打日本，为贫人求福利，就不能想念了，嘉师傅的话是靠着的……”老人像忘了吃烟，头歪到一旁，眼睛像看着一个目的地地呆瞪着，声音肯定地说。

我再没有话。在长久的静寂后，老人在炕沿上敲着他的烟斗，又剧咳了起来，……

*

四月中旬，中条山内的冰冻化开了，小河流清新愉悦地流荡着；山们，绿茸茸的，渐渐肥胖了起来。夜里静坐着，仿佛真听见自然的生长声，蚕食桑叶般的到处发出轻微和细密的音响，急骤而严肃。不久，飘散着的花草的醉人的芳香，山鸟的啼唱和回翔，土地蒸发出的酵味的喘息，都降临人间，交混着。冬季蛰伏久了的人们，仿佛苏生过来，想到生命，想到决意的战斗。松散的山路上来往着频繁的人群，飞驰的马蹄，笨重的炮兵车轮碾压而过，辘辘的呻吟，……部队向山下移动。转瞬间，枪炮和飞机爆弹的交响，又淹没了自然苏生的歌唱，彻底祛除了人们悠然自得的狭小心境；只是行走间，路旁溪水的急剧而清脆的跳跃式的流唱，向人启示自然的潜力，但更使人惊觉和严肃，体念着战斗的艰巨和健康，……这时候我和几个工作团体的同志，在山内的一个庙里，举办着一个农民训练班。我们共有六十二个学员，有五十九个挨过日本人的打和踢，其余的三个，在冬天还领受过日本人的马刀，因为刀下得匆促而没有死。这些都是敌区的农民干部，红枪会和游击队的头领。

阳光很好的一个上午，我一个人坐在庙前的土坪上，抱着头，在想着一些什么事情，梦境一样地悠然。前线的炮声很紧，敌人的飞机，一排一排地向西飞去了。近处很静寂，偶尔也听到崖下河流的喘鸣，这时，一个小学生，戴一顶捡来的“皇军”的尖顶黄呢帽子，在河流近旁的路上走过，唱着“抗日的烽火燃烧在中条山上”的歌；他像是看见了坐在土坪上的我，站着，向这边行了一个军礼，笑像一朵金色的小花，在他的颊上纵开了。

“哪里炮响呀，小同志。”我问他，用手遮着额。

“山前，打日本哩，我们自己的炮。”

——好像交代清楚了一样，又一跳地走了，继续着歌唱，一直到歌词中的“兵强马又壮”，河流的鸣声才把它遮断了。小学生像一个小黑点，转进了山脚下那一片绿色的树林，那里是村子，……

阳光混合着寂寞，晒着我的剃光的头顶，有一点辣刺味；于是就索性把抱拢的头靠在膝头上，茫然地瞅着地面。一群黄黑色的蚂蚁，正在这微潮的土地上匆忙地运行，我发现了，我全神贯注地参观着这蚂蚁的生活。心头的忧郁酿造着。我得等这训练班完毕了才能到前线去。……

“教官,好美的日头呀!”

一个带点吵的声音吆喝着,我猛一抬起头,阳光就像一块黑布似的,蒙了我的眼和感觉,什么也没有看见。但我觉得,说话的人是靠近了,眼前一晃一晃的黑影子,也马上变得清亮。他现在就坐在我的旁边了。

“没有上课去?”我随口问,把目光定在他的炫耀着阳光的臂章上。那是用红布做的,印着黑色的八卦图,和“乾门”两个字;他是红枪会的会员。“叫个什么呀?”一边这样努力记忆起他的名字。

“挂病号了,医院里给打了防霍乱病的针。”他整了整黑袍子襟,手塞到腿弯下面。

“教官,”接着把头直对着我,显得正经的,可又含有一些神秘的意味,“我和你商量一宗事,”——他把声调放下来,“就是我们红枪会里要成立一个游击队,现在已然有了三十几个人,十来支捡来的步枪,预备训练班完了就起事,教官那时候下山看看去吧?”他的一双圆眼诚实而大胆地瞪着。

我却在思索着这事:“叫什么名字呀?”但此刻从他的圆眼里悟出来了,“你是孙宾吧?”

他的身子几乎一愣,但随即放平了,“是呀,教官,快一个月了,你还弄不清我们叫什么吗?”有点失望的,他把眼睛低下,暂时沉默着。

这孙宾个子短小,额顶很窄。他从小认得几个字,据他在一次辩论会上演说,他当过“汉奸”。那是敌人初来的时候,他喂过马,后来溜了出来。根据他的讲演结论,日本兵简直一个一个都是畜生,回来就干红枪会,现在升作师兄了,他差不多没有农民一般的迟钝性，反之，有一股原始性的狡诈和猛烈。廿五岁还没有老婆。这回全村人推他上山受训了，他的几句当汉奸时学的日本话，“摩西摩西”，“赛古赛古”，很受人欢迎，说着这些外国话的时候，他学着“皇军”们的姿态，扬着面孔，挺着胸，迈着一歪一歪的鹅式脚步，头壳傲慢地晃来晃去，完了，在大家的笑骂里，他就咯咯地笑得弯下腰来。“这就是那些狗×的走兽样子呀！”“狗驴×的，学走兽的样子呀！”别的老乡喃喃地咒詈着。孙宾却毫不声辩，在这个场合，慢慢全体会变得很静寂，以至空气里濡入伤感，人们想起了自己的村子和家，一家子的可怜的遭遇。……但孙宾却在功课上很认真，发给他的草本上，填满了苍蝇大的铅笔字；每回小组讨论，都站起来讲话。——暂时沉默着，我们并坐在阳光下的土坪上。一股泥土苏生的酵气，悠悠地刺着鼻孔，什么小虫子不耐烦嗡嗡地飞来飞去。

“你是哪个村子的？”我转过头问他。

“其毋村。”他平淡地答，没有动。

我突然地记起山下通讯员的报告。

“日本人近来又在你那个村烧过一回房子了？”

“妈妈的，”他的身子像受了震动地歪了一下，“鬼子宣抚官说，其毋村抗日分子太多，嘉寄尘就是顶厉害的游击队长，他们恨透他了。……”

“那么房子一次一次地烧，村里人恨不恨嘉寄尘？”我试探着。

他狡猾地看了我一眼，又寂寞地瞅着地面。蚂蚁们又像起过什么变故，混乱地爬行。孙宾像是要把一只脚伸出去，但马上他仰起头。

“妈的日本鬼子不要做梦，其毋村人不是这些蚂蚁，整天只顾自己过日子，受不了人家踏一脚，不是糊涂的。×娘的，你只顾烧，终竟有一天，其毋村的人全干了游击队，教你回不得东洋。”——这里，我就懊悔了，孙宾起了误会，他以为我在讲他的反面话，小觑了他们其毋村。农民的感受是最纯真的。他类乎辩白的，手掌握着膝跟，大声地嚷着，口沫飞溅，脸上的斑痣一个一个像要爆开，全脸是困恼的，有一股黑色。说完了话，接二连三地向地上吐口水。

“你真有种！”我笑了，向他跷起拇指。

孙宾也跟着笑了，摸了摸头壳，又拉了拉黑袍子襟，眼睛在阳光的炫惑里低下来。

“×娘的，背着这个棉袍子真是热，这山内的天气，真不比山下。”

“你穿的还是棉袍子？”这个新的事实倒使我颇为吃惊了。

“妈教我穿呀，”孙宾悲戚地歪了头，“就是说，这回来训练时妈交给我的。我家的房子离嘉寄尘的不远，他的烧光了，我家的没有烧，可是险，妈才把袍子给了我。妈的，真是非打游击不行了，这回训练完，把妈接到山上，向县政府借五元钱做本钱，她就摆个什么小摊子吧。”

说完，暂时的沉默后，孙宾就扬起了头，唱起新学来的歌，“大刀向鬼子们的头上砍去”，咿唔地哼着，拍着膝跟。

“啊呀孙宾，嘉寄尘的房子烧得怎样呀？”

“啊呀，妈，全光了，全光了，还烧死许光子的两只鹅。”他什么也不看，卖弄般的说。“嘉老师母（指嘉寄尘的母亲。——作者）还在屋里呢,鬼子就在外边放火了,正晌午,人还没从田里回来。鬼子们放着火,全都围着房子拍着手笑,笑得东倒西歪,不知道有什么可笑,这般畜生!嘉老师母从楼上的圆窗探出身子,烟已经快到她的跟前了。还好,鬼子像是没看见她,看见她的大约是一个汉奸,因为他一边拍手,一边用咱们中国话说,'可要小心走,上了年纪了。'没有打枪。嘉老师母顺着房顶,好容易才跑到邻家,大受一惊。近来嘉师傅回去看了她一次,他看着满村的瓦砾堆,哈哈大笑;老师母抱怨他,说全是他弄游击队把村子给烧了,他回答说,'我抗日房子给烧了,活该!可是许光子呢,许光子土地多一点,他没参加游击队,也没进红枪会,还有时候被鬼子派去修汽车路,可是完了房子也给烧了,而且还烧死那两只鹅。你说这是我牵连的吗?鬼子见了咱们中国人就杀,是咱们中国房子他就烧,你有什么办法,不抗日还能活着?'"——肯定地结束了议论,孙宾仿佛脱去一件衣服,简直是快活起来了,歌唱来得响了,虽然词句还是颠倒遗漏。

我沉默着,燃烧在炽热的激动里。但这激动很快地使我感到疲倦,就闭了眼。阳光炫耀着,眼前荡漾的光圈涟漪里,涌现着一幅幅的构图,那是一片浓烟,杂着红的跳跃的火舌,贪婪地向一切东西吸吮。烟蒙住了一切。就从这寂寞的烟云中,透出断续般的疯狂的笑和歌声,干木材的碎裂声,砖石的倒塌声,一个白发的老妇,扬着挂满泪珠的苍灰的脸,伺偻着身躯,颤抖着,无声地,在一列房顶上匍行,烟与火追逐着,敌人的恶笑和歌唱包围着……

我要抑制这样神经气的战栗的想象,伸起手去搔光头皮……

蚂蚁们又映入我的眼里，但数目似乎锐减了，剩余的一些，阳光在它们身上像成了一种过重的担负，它们吃力地运行着。……

……孙宾的粗笨地歌唱，“后面有全国的老百姓”，猛地窜进耳朵里，又飘了开来，像占领了整个空际。我抬起了头。

人生赋

……光！

——歌德临终时语

春天了，残雪还未融化；清晨与晚间仍为寒冽的风所统治。在算是好天气的中午，穿着棉衣的脊背虽晒得暖烘烘的，坐在屋子里还得袖着手咳声叹息。——是这样奇特的北方天气。

——我从山西战区过来，和一个友军上尉副官坐在驴背上漫谈着天气的事。副官着一件甲种细呢皮大衣，深厚的狐皮领子，一直遮没到耳际。

"呀，这件大衣吗？——"副官拍着尘封的衣襟，不止一次向我夸耀与赞叹地说，"是战事初起，我在上海作战发的哩！现在，我的乖乖，起码也得八九百，了得！"

于是，又谈到头痛的物价了。

物价，天气，战场上的敌人，和个人所遭遇的各种战役，——在到达华阴庙火车站漫漫三百多里的山途中，是我们谈话的兴味与中心；它刺激着我们木然的神经，慰藉着我们漂泊的寂寞，忘了彼此的个别的存在这一事实似的，很快地在我们中间燃烧起友谊——几乎是毫无间隙的彼此同情而谅解。……

“啊呀，火车！”副官正在嘶嘶地谈说着什么，忽然发现了出现于灰暗的远方的列车，喜悦得近乎叫喊地说。尘封的面孔上，闪出一种孩子似的洁光。

“啊！”我近乎诘问地答着。

于是，拥塞于胸怀中的阴郁，一扫而空；我们停止了行进，从驴背上把身子抬得高高的，睁大迷惑于风沙中的眼睛，紧紧追逐着在荒野中奔驰过的列车和那绵延在苍空里的黑恶烟雾，显出婴儿发现生命的奥秘似的一种纯新的喜悦，和一种强烈的民族情绪的压迫。

在头等车厢里，出着满头大汗，在拥挤的人和行李堆里，我们找到两个位子。——行李还没安置好，我发现副官一双复活似的眼睛，早就穿出玻璃窗，盯着一个徘徊在月台上的艳装幼妓，一直到那瘦小的身子一扭一歪地消失在较远处的山一样的货堆群里。那里稠密而哄杂，像一些不规律的灰黑线条，在衰微的阳光里，抖动和闪烁；松散的尘灰激扬着，像一个烦躁的梦境。副官吐了口口沫，吃重地摸脖颈，两眼燃烧着兽性般的光芒。

就是这顷刻，车厢里响起一片哗笑。副官却像没注意到。这是两位体面的客人。靠左坐着的是一位年约廿八九的瘦长青年，憔悴的面庞上两只灼灼的眼睛被暗影围绕着，是扰乱的，疑问的；一双浓重的眉毛随着在打结。他着一身半旧的蓝哔叽西装，没有领带，衬衣的领口敞开的，身傍斜放一个破旧的黑公事包，茶几上那顶褪色的却仍显出原来的浓红色的“航空帽”，大约也是他的。他时时用那细白的手捋着荒芜了般的尖下巴，像不久才从溺水里被救出来，那么疲惫和无聊；说得透彻一点，简直是一件穿旧了出诸头等裁缝手里的上好料子做的衣服。右边一位是个又宽又肥年在四十以上的机关军人，一张胖得像肿起的歪脸，闪着油亮的红光，着一身外国料子的马裤呢军衣，袖口和胸头有几处大小不等的油腻点子。一双闪烁无定充满肉欲和刻毒的小眼睛，嘴角向下爬着，时时爆发出一阵表示满足、贪婪、得意、幸灾乐祸的哗笑，阔嘴里挤满了金牙齿；笑声像夜鸦一样地深旷，像置身于寒夜的荒原，使人战栗和厌恶。他盯着我们新进来的两个，摇荡着身子，“哈吓”地哼着。左近那位老在摸下巴的青年，专心地看着窗外的景色，嘴角偶然警惕地向旁猛伸一下，好像表示着无论如何还要活下去的一种挣扎的表示；有时也为对方的笑声引诱，转过头来，失神地微笑着。这笑，像百姓们纳税时的神气，是惨然地在尽一种义务。副官经着这样的哗笑，醒过来般的倒在位子上，低下头，两手摸着膝跟，盯着塞在行李夹缝中的自己两只罩满尘灰的破旧帆布军靴。

*

这正是一个乘车常识：在车子开行后，嘈杂的声音，拥挤的人与物，等等一切，都自然地沉淀下去，各人有环境与情绪，考虑和处置自己的事；纯然旅行者，不惟如鹤见佑辅所执着的在旅行中可以看见许多熟悉的和美丽的面孔，而奉为旅行之乐，而且在陌生的同车人间，可以自然地找到谈话的对手，甚至彼此连名姓都没有请教，就自天气、人事、时局、风尚、逸闻等等，谈到个人可喜的遭遇和可悲的身世。这是作为故事的消遣的谈论，兼而就博得人们趣味以外的同情与同感；尤其战时的非常旅行线上，常常是这样的机遇，在在都加深了我们的智慧和感喟，……

"你知道，我是个牙科医生，"车开过约半小时后，车内空气由清新显得沉闷的时候，坐在靠窗左侧的青年向歪身躺着的机关军人这样说。显然，他们又开始了停车以前的谈论。这车厢内加上我和副官两个共四个人。我坐在自称牙科医生的青年下侧，副官坐在机关军人的下侧，和我是直对面。行李都安置得妥了，车厢内显出宽阔充足，兼有一点堂皇的感觉，——这自然是久于荒乱的战地生活的我们感觉。牙科医生把长满黑髭的尖下巴向我们两个同情地转示了一下，像暗示着我们两个也入于这个谈话圈，成了一个组织内的自家人了。我们也就被吸引得微微斜过身子去，副官像是从一个梦想里转来，深深打着呵欠。

"我到洛阳去，就全为那事情，——这可说抗战以来我得的一个大教训，挣扎了好几年，结果一切乌有，——世界事真想不透。"牙科医生继续说。他的瘦脸在起着痉挛，倦惑的眼神换作一种绝望的近乎尖利的光，薄的嘴唇好像更薄，他停了话语。这对我们两个陌生者只觉得茫然，像打寒噤以前的感觉。副官木然地舐舐他留着尘迹的厚嘴唇，两手在膝上不安地摸着；像颇悉事情底蕴的机关军人，这里变得沉重，他伸开左脚，费力挪动着笨重的身子，感叹般的微喟着："啊哈，……哪里哪里，……这个时代，……"

牙科医生全无意义地向窗外闪过一眼，枯灰的旷野上，暗晦的阳光惊惧般的在逃遁，退缩，夹着低弱的风啸，发着一种单纯可悲的响声，像一根琴弦的呜咽，一个惨然的春日又将过去了。车内越发黯淡，空气向着严肃凝结。

“但这事就怨我运气不好，眼睛瞎了。”他大声地像在报复地说；脑后微乱的黑发震惊般的抖动。

“那你到洛阳司令部，就为那回事？”机关军人重复般的询问着，闭起眼睛，像在抑压一种袭来的不安，军人般的。

“就是，一点不错。一月前我腰里还有七千多块钱，现在是一个负债的穷光蛋了。”牙科医生像是重复地回答着；说着伸起细白的手在头上拼命地抓搔，长短不齐的细发和头屑纷纷坠下来，飘散着一阵稀薄的凡士林味。这个人身子亏狠了，我暗暗说，不是借着搔痒显示后悔与自怨吧？

“其实，一句话，怪我傻；我们吃这口饭的，不懂什么玩手段，转脑筋，这是我们职业规定的个性。”他的因为感情的苦恼望着近乎发歪的颜面，一刹那间，闪过一抹正常的亮光，是电光火石般的，一下就逝去了。一种变态的微笑浮在嘴角，像在轻蔑着一切，抑了抑身子，“比如我，”他用一种广告员的神气，镇静而大声地说，——“在西安吧，我是有名的牙科医生。这不是牛皮，也不是膏药，这咱们弄不来。你只要到西安一打听，就全知道，是不是？——什么参谋处长呀，主任呀，中少将呀，各色阔人们，我都到他府上看过病，你向他们提到我，只消一说，知不知道张大夫呀，牙科的？那他会满脸是笑地说认识认识。他们绝对认识的，绝对一定。可是我们做大夫的架子也大喽！这些抗战年，真是医生年。妈的皮，我住在一个最讲究的什么别墅里，别的大夫看病订时间，我没有这个规矩，没得钱用时，是病人就给他看，正所谓昼夜不分，风雨无阻；只要腰里票子硬邦邦的，像在那里跳舞。他的妈，我五天不开张，朝床上怪舒服地一躺，抱着我那口子困觉！哪怕就有熟病人来，或哪个牙痛得要死喽，就打死我我也不给他看，同时叫用人回他一句，说大夫出去了，咱们就卖的这块牌子。——老子不高兴吗！”他很高兴地继续着溅着口沫，像把方才的悲怨忘得干干净净，脸上闪着一种复活般的亮光。“就是这种满不在乎吊儿郎当的作风，不满一年，虽然生活日日在高涨，今天一块钱的东西隔夜就是两块，除过开支，我还剩了七千多块，这下完蛋了。”说到这里，声音变轻了，前刻的悲苦，一下更形汹涌地折转了来，接着又伸手狠命地搔头，一堆细发和头屑立刻又带着不耐烦的神气坠下来。“我从此才晓得骗子不是一种东西，并且这个家伙，据司令部调查，还是汉奸哩，你瞧！”他又有点轻松了。“可是这家伙也太不讲良心了哩！”他慨叹般的说了这句话，像一个沙漠间的长途跋涉者，这慨叹是抑痛而艰辛的。

“汉奸他妈的有良心，婊子还讲贞节哩！”副官补充了一句，机关军人没有考虑地，往后掷着肥胖的身子，夜鸦般的哈哈开了，满口的金牙闪闪地像要跳出来，他像要把心肝五脏都笑出来地狂笑着。副官也接着野兽般的哈哈开了，那张焦红的尖脸上纵露着青筋，像是更尖了，车内沉郁的空气变得泼辣而狂乱。

“不过我这个个性也得变变了，”医生双手抚了抚发，像换过一个声音似的平静地说，“我这人个性就是过分暴躁，过分不服人，也过分相信人，对一宗事不会考虑。”牙科医生肯定地说，眼里闪出哀然的光，像跑回到一个深远的时代。

“都是娇生惯养的个性。像我，妈的蛋，从小光屁股放牛，十五岁进军队吃粮，虽然越来越什么不怕，对什么人什么事都不信，可是好不容易哩！”副官声调悲戚地说，又像是开玩笑地说，摇摇头，伸伸左脚，看着自己破旧的军靴，他没得话说了。

“是呀，我可以给你说一说我的过去，只要你愿意听就行。”牙科医生像受了深的感动，马上接下去说；像一个饿极了的人乍然见到食物就想一口吞下去。大家在这新的激动下沉默了，发生了一种新的紧张，在期待着一幕新的剧作一样。

“我生长在上海，”牙科医生像得了大家的默许似的舒过一口气地说，“确是和你同志说的一样，娇生惯养大的。家里人做洋行，有几个钱；我廿三岁时在德国人办的同济大学医科毕了业，弄了万把块本钱，——那时万把块钱真抵万把块钱用。——就在闸北一带开了个中等规模的医院，专门牙科，附设花柳病科。我算独立地生活起来了。上海是我的老地方，熟人多，生意很过得去，就一直平静舒适地生活着，我没有结婚，喜欢看点流行的书报，算是唯一嗜好。碰到什么公益事，有时我也捐几个钱，算是尽一种职业以外的义务。‘八一三’以后，我可是真的醒过来了。战事越打越紧，谣言又很多，简直就生活在谣言里，谣言像夏天的苍蝇似的可怖。我可没有跟别人一同搬家，我拿鼻子笑这伙不识大体的家伙！我发疯似的捐这个捐那个，我把医院改成伤兵医院，连我的候诊室地板上都躺满了伤兵。我因为不替自己打算，就和家里闹了一点风波，家里人就丢下我回乡下老家去了。我反觉得痛快。我想在战争里尽点责任。钱是个什么东西呀！真的，那时候我看钱满不在乎，像日本人看不起中国人一样，……啊，笑话，胡说！听见是我们的炮，看见是我们的飞机，我兴奋得血管要破裂的样子，像谁请我吃了我喜欢的糖醋鲤鱼一样。……一直到上海完了，我的医院更早就完了，我还在军队上工作着，不觉得什么，后来别人在我肩上拍了一下，我才醒过来般的感到上海不是立脚地方，我非离开不可了！就胡乱凑足路费，跑向重庆，反正我们是手艺人。船上出色地拥挤和混乱，多半都是伤兵和难民，我心里激动得很，不觉得就把自己的路费拿出来，和人公用着。一到重庆，我是毫无法子，我活到这么大，第一次受困，你瞧！一到地头，我腰里就只剩得一块二角钱，除过一个小皮箱里的几件衣服，——被盖在一次路上轰炸里失落了。——还有一架背在身上的照相机——一块二角钱！"牙科医生滔滔地说着，像是沉在一种热病里，脸孔因为兴奋过度，显出不正常地红润，害怕别人听不见似的，上半身几乎全倾倒下来，他的玲珑的鼻尖几乎要触到机关军人像是敷着酱油的又厚又黑的下唇，机关军人一边歪着肥重的脑袋听着，"是，是，那是，是呀！"一边向副官避闪似的费力地挪着身子，像在逃避一种灾难。他说到这里，大家爆发了一阵轻轻的笑，——但其实是沉重的，苦闷的；随即很快地熄灭，像一堆小小的野火。医生平衡了身子，一双完全迷惑于过去的奇异的眼睛，四下闪烁着，有一点狂乱；像一块泡在水里的海绵，他的精神渐渐膨胀，人像变得年轻了。他继续说："所以当天虽然下着小雨，我又是人地两生，才吃到半饱，钱就用光了。第二天一早我离开旅馆，——我住在一家小旅馆的地下室里，没有窗子，没有阳光，坐在发着酸臭的屋子里，只听到街车混合着一切都市的嚣叫，一阵明亮一阵模糊地在头上辘辘滚动；发着霉的壁角，老鼠们公开地在打架，它们毫不畏惧我这个人，像忘了我的存在一样——或许我在它们眼里并不存在；遭到老鼠们的蔑视，真是可哀可悲。换言之,我是被我生活过的生活忘掉了,遗弃了,旅馆老板还以为我是一个失业的汽车夫哩！这仿佛又很滑稽又好笑。但想到战争在残酷地改变一切,我又是贡献了自己所有于战争的人,倒是一种安慰和锻炼。但是这比老鼠还孤独的地下生活,总不是生活。第二、第三天都是接连的雨天,因为那正是九月,重庆正进了雾和雨的季节。空着肚子,在这个完全陌生的城市的弯曲的街道上巡行着,昏昏沉沉,老听到肚子呜呜地叫,坚强的膝跟也在抖动,意外地疲倦。忽而我觉得一切都完了,完了,转而又觉得这是生命上的转换期,好像有一条新光线在眼前闪烁不定。然而的确是有那么一条光线在前头导引着,于是又是莫名地兴奋,一天有几个不同的思想和情绪。后来我什么也不觉得了,我的嘴唇皮要干裂开,我只有一个单纯强烈的思想,我想找一家当铺或拍卖行卖掉我的照相机,来换饭吃。吃饭,这是人生的基本原理。抱着这样目的,一直走到第二天黄昏,才在一条遭过敌机轰炸满是瓦砾堆和壁立的焦黑柱子的街中找到一家寄卖所,算是老天保佑！承那位洋服穿得笔挺的老板发慈悲,——他的胸上挂一个蓝白色的证章,想是一位官员。在那间布置华美,铺着地毡的小客厅里,我像一个傻子似的坐在沙发上,裤子上满了泥污,头发垂到眼下,听着那位指间挟着雪茄,一面用低下的眼光打量着我,一面踱着小步的老板的高声议论,间发着愉快的笑声。结果我拿了廿八元出了大门,给他留下照相机,他还笑嘻嘻地向我鞠了半躬,敬佩我在战争里的牺牲精神。……这相机是战前一百二十元买的,现在三千元也没货。(医生说到这里,副官惊醒似的拍拍自己细呢大衣,把衣襟往腿间挟紧,似怕人剥去似的)真正德国货,带自动机。就以这样的价目送入所谓战时的新兴商业的玻璃窗去了,我自然没有话说。因为他们调剂战时物资,贯通后方金融,像招牌上所说。……总之,管他妈的吧！进了一家小酒馆,我饱吃了一顿,像复仇似的;但是经过了两天饥饿的肚子,在好几个菜的阵势前,倒不觉其饿了,颇像新兵上阵,又有点惶惑。所以我和尽一种义务一样地吃了一顿,分不出菜的味道,也不知道应该吃多少,和先吃哪一种菜,哪一种菜好吃;像鸡子啄食样地胡乱吃着,汤汤水水弄了一桌子,我好像是一个没有味觉的动物,胃也失却了作用,单由手处理一切。这真是听都没听到的话！从酒馆里出来,歪歪斜斜地走着,疲惫而寂寞,像受过重刑的人,在这万家灯火的普照里,是有着各种和多量的欢乐存在的。我感到一种茫然,像浮在海上,……这样有时惊觉有时麻木地生活着,是一个都市的可怜儿了。……有时我也想到做一种所谓特别的长途旅行——自杀,但又本能地觉得在这个时代,这是惹人笑话的行为,旋就又本能地忘掉这最后的思想了。这样一直生活了好几天,没有什么更改和变迁,想都想疲倦了。有时我真茫然不知我是否有过过去,我现在是个什么。我现在好像在一个完全陌生的世界上生活着,像婴孩一样。……正是一天早晨,我到邮局送封家信,——我并不向家族忏悔,我诉说着我的源源末末,甚至为安慰乡间生活的双亲,我造谣说我生活得很快乐,'一切平安,祈勿远念',就是物质上,希望有一些帮助,因为生活的高涨,……——这样,在街头上头撞见一个同学,——他自然也是一个医生,他张大了嘴巴,眼珠像要冲过眼镜玻璃片走下来。……这样,我又回到我从前生活的生活里了。但这中间是一种怎样的经历和改变！

“慢慢我又买到做牙医应有的技术器械和药类，在一条窄街楼上，我有了一间布置精美的医室，一切算又沿成轨地进行。但不知为什么，我时常有一种奇异的冲动，一种不满足的渴望，——这或许是一种病态；有时对着病人工作到半途，会猝然放下工作，像有一种只有我才听得到的声音低低地喊我，我像塑在那里地呆站着，失了知觉一样。一直到像是苏醒过来，才又继续着工作，手脚都经过激烈的劳动似的发颤，对于工作的本性，我非常厌倦。这种失常情形，连我的好主顾们，都瞪圆了眼睛表示惊异，我的好同行和友人们，搔着头发闷，我也觉得奇怪。有人说我变性了，这真得研究研究！……所以我的工作又是间歇性的，有时我会吩咐用人看家，有时更忘了照应他，我自己像一阵风似的刮了出去，一个人在马路上，——尤其曲僻阴暗的街巷中，——一直没目的荡到深夜，有时发疯一样地疾行，发里渗满汗湿；有时是失魂般的拖着漫长的步子，然后像吃醉酒地走回来，……我简直害怕着一切人，仿佛人可以吃人，我有一种潜伏的激昂，一切渴望，不能满足的东西，这不是属于职业和物质的，我自己说不明白……

“但这样的生活也为时不久，——不到一年的工夫，转瞬春天一过，所谓雾季就过了，天然的防空帐幕撤销了，敌机又开始肆虐了。就在那有名的轰炸之夜，我的医室所在的那一条僻街，一瞬化为灰烬！当我痴痴地站立在困扰的街心，简直像在梦中；在这激烈的轰炸下，我就有时像《空城计》里攻城未遂的司马懿，怀疑自己是否还活在世上。……我亲眼看见，开得圆圆的我的医室的窗子，像一张吃惊张大的嘴，先是烟硝，后来是火头，——是的，是火，一层卷着一层，穷凶极恶争先恐后逃难似的从窗口奔出，卷向房檐，卷向四周的墙壁，有的更伸着长的下贱的火舌拖向近处歪斜的电杆，和闪亮的紊乱的电线，还有更远的被火光照耀得半透明的天空，……我听到木材毕毕剥剥的爆裂声，轰然的倒塌声，……我又似乎听到我的医室里药瓶的爆裂声，似乎那一个卷形的火头里边，飞跃着碎裂的玻璃瓶块，……药的浓烈气味，……不久，我经营了近年的医室，就在一阵烟硝和混乱中完结了。……我沿着嘉陵江向市外走着，我感到茫然，疲惫，愤怒，那么压人欲倒的感情，……身旁混乱的人群默默走着，像一群影子。市外月色很好，江面上笼罩着一层薄雾，月亮清丽的霞光映在灰色的江面上，显着一簇簇的金箭，静寂而美丽，……我想，离开这个都市吧！不久，我就搭了汽车，向西北驰来了，带着梦想和精神。车到广元停了好几天，我又走到狼狈不堪的境地，我在重庆花近三百元做的西装，——这时两千元也买不到，（副官又一次地看看他的呢大衣，警惕的）我脱下来卖了，卖到廿五块；我在街上的石板上过过两夜，活活像一个丧家之犬。这个小县城里，深夜有一种拉着二胡沿街卖唱的瞎子，多半都是一男一女，互相搀扶地走过空荡的街心；辗转于店铺下冷冰的石板上的我，听到比猫头鹰叫还惨然的弦声，我自己哭了，那么大把的眼泪，合着北方人一句口语，像决了口的黄河，……好容易到得西安。到了西安，大概是疲劳和刺激过度吧，我就休息地生活着，生活成了另一幅景色，——大家的共同景色，吃吃喝喝，玩玩乐乐，天塌下来压死大家，或者我多有几个铜板，逃难还来得及。……同乡同学们帮了我一下忙，我又在一个在西北算是建筑蛮讲究的什么别墅里开了医室，渐渐我和大家的生活合了拍子，也不觉什么了，除过想钱应该更多更多一点，如法国人所说，这万王之王的钱，可以说一切问题的问题的钱,生存的灵魂,地上的盐,……在上海的激愤,和在重庆的忧郁,被称为孩子气的玩意儿,慢慢也都忘掉了,就连那一点看书看报的习惯,——战事后,这成了我的恩人,操纵着我的生活和感情,我前面提过;这时也早丢掉了。实在也没有什么可看的,我就更远离它们。我开始健全地生活着。我想,人生的具体内容,第一是钱,第二是钱,第三是钱,钱的朋友是女人,——女人,世界上最快乐的地方,是女人的肚皮上,古人早就说过,——也顶顶要紧;我的努力向着这个目标,——钱和女人,其实是一个目标,因为女人是钱的一部分。——进行,进行得很顺利。你不要以为我说广告话,我这样手术的牙医,在上海是蹩脚的,但在西北是缺货。——"

"那你就遇见那个骗子和汉奸了,是不是?"牙科医生说到这里,听众中最出神的副官突然插进一句,随即兴味浓郁地把身子凑得更靠前,像要和牙科医生拥抱。兴奋过度的牙科医生在洋装口袋里摸出麻纱手巾,轻轻地拭着额上的汗粒。在回忆中洗一个澡,像在春光明媚的天气里做一次有意义的旅行,可以滋养精神。他笑着,瞥了窗外一眼,外面一片墨黑,看不见一点有轮廓的事物,黑暗放肆地吞噬了一切,像我们把馒头往嘴里吃一样地自然;风凄厉地吼过原野,没有阻挡,追逐,奔驰,自由得像一位皇朝的帝王,没有睿智的残暴,自私,过糊涂日子,……远远的地方,在风带过来的犬吠的地方,像有一点火光一样的小东西,旋生旋灭,旋灭旋生,这样不屈的奋斗壮志,给我们凄旷的胸怀以壮烈的安慰,……一阵沙子混合着雪粒横掷进窗里来,风头追吼着到别处去了。……车疯狂地嗥叫,摇撼,仿佛代表着苦恼的人类之子,抓着地球母亲的白发，大声求救，悲壮而严厉，……车跑得更快。

“不是，还不到那个时候，”牙科医生说；一边半抬起身子关玻璃窗，“好他妈的大风！”地微嚅着。车内显得平和黯淡，他坐平身子，又用兴奋而高亢的声音继续着，“这时我还不认识他，——王永春，那个王八操的。我先弄了一个女人，一个姑娘。我觉得要追求人生的快乐，——却不是幸福；快乐和幸福虽是两个同义词，但在生活的实验中，又往往是相互反对的，不谅解的。人们却把它们误会了，真是遗憾！其实这两个词的不同正像两个面貌相同的人不一定是兄弟一样的简单。——还要找姑娘出身的女人，因为她入世深，懂人生三味，了解快乐，也明白痛苦，而且对快乐这回事还有深湛周到的研究。但她不是我的妻子，我声明在先；这只是人生暂时的结合，所谓伪组织……就像咱们今天无意碰在一块儿一样，只是人生暂时结合，而妻子则属于永久性那一范围，这需要弄清楚。再说钱，过了一年，虽然我这医生是吊儿郎当，像前面说过的，有时候心里不高兴，五天不开张，可是就是这一年工夫，除过开支，虽然物价日日在涨，我的开支又很大，我还剩了七千多块！——”

“那是好生意！比我们强，我们干一个月，还不如一个当姑娘的摇两下屁股弄得多，哈哈！”副官生硬地笑着，像是吞一种难吃的药物。

“是啊，这年头，只要有一门手艺就不愁钱用，钱他自己有腿，我说——”牙科医生做着手势，像要扑灭副官哭一样的笑声，谈话的对手，好像完全是副官一个人，机关军人不知什么时候起，已倒下他那有福气的臃肿身躯，在昏暗的角落里，响起呼呼的鼾声。牙科医生更高重的声音，在显得落寞的空气里响动着。植物油灯早点燃了。在浑浊的光亮里,他的眼里闪着一种解放的激光,好像也忘记了他的嗜好一样地搔头皮。“老实说,我真不愿意再干医生,一个原因,是我开罪了一个医界老前辈,这人颇有点政治势力与我们玩手艺的不同;我在一个地方打了他一个耳光,他当时跌跌撞撞地出了门,临出门气势汹汹地歪着头向我说,‘好,你再能在西北混到饭,算我不是人养的!’我怒跳着:‘你睁开你的瞎眼,你老子早就不想干这个了,老子腻了!’‘那就好说。’他说,走掉了。虽然这是酒后的事情,可是这对我损失不小,事后我心里也慌慌的,所以就贸然听别人劝说,请客道歉!可是我真不想再吃这个饭了,这里起我才认识那家伙。”

“事情是这样:经过这回闹架的事情,几个朋友也劝我说,暂时避一下风头,休息一下吧!有人就提议叫我改行做生意。我自己想了想,先在西北很驰名的铁算盘那里卜了一卦,也很好。现在的后方,简直是姑娘和算卦看相的世界。我现在相信命运,正像过去不相信命运一样地信。我就决定了:反正咱们目的是钱,何况做生意是这年头顶昌明的事情?听说连教堂的牧师也在做生意。于是一个朋友介绍,我就和王永春认识了,而且在堂子里联络两次,就变成蛮熟的朋友了。真是活见鬼!这家伙会吹牛皮,人长得也有个样子,打扮又趋时,用钱更大方,满口京腔,很有那么个派头。他向我担保,一千元一星期起码有两百元以上好赚,办法是我把钱交给他,由他包办,他说他路子熟,各方面也有个联络,办事容易。我想有靠得住的人介绍,不会有什么差错,就全拿给他了。那时我心里着实有一番梦想,或许过个一年半载,我也是个什么小富翁,那时候,我要在荒凉落后的西北,创造上海租界的生活,按现在抗战话说，要在西北造一个根据地！可是事实不然，所谓事与愿违。他去了一个多月，如泥牛入海，音讯毫无！我先是恨他，妈的，怪不得古代外国商人和强盗供一个神，因为他们是一样的货色，正像狐狸和狼是一个祖宗一样的道理。我去找介绍人，介绍人不知什么时候离开西北，现在做生意，'大资本用嘴，小资本靠腿'，他资本不大，我不见怪；我反正没事干，哪里都是一样地玩，我就到××去找王永春，给我一下就找着了。他还是那个派头和那副神气，交游也更广，都是官界中人。可是晚上我和他一道吃饭，他喝醉了，咦，我才发觉到他腰里有一支手枪！商人玩手枪！我这个人胆子小，虽然在上海也听惯了炮声和炸弹声，可是那时候情形不同，情绪更不同。现在我发着财，做着发财的梦。有了钱当然怕死，这是和人必须吃饭才能活命一样的一个常识。这么想着第二天一早我就偷跑了，同时这个案子不迟不早地就发了，我这回上洛阳就是这个意思。打了一场官司，又负了三千多块钱的债。在我国，法律这块坚固的士敏土，是面子和金钱做原料。现在，妈的，又是一个穷光蛋了。"牙科医生的声调渐渐悲怆，最后他张开两臂，失望地摇摇头，接着拼命地搔头发，事情就这样结束了。

*

一切是沉默的。点燃在车厢角落的植物油灯，像是听烦了这个无意义的冗长故事，越来越黯淡，不可救药地疲惫了。车声长长地舒气似的吼叫着，厢外的走廊里，人声和步声频繁；茶房用低气调的声音哑然地哼着，"西安到了，西安到了。"车的机械吼声统治了车内的沉默。各人都拉拉衣服，感到浓重的凉意。

机关军人打着呵欠地醒来了,捏着脚。

“那你就到西安吗?”他用发哑的声音询问着牙科医生,同时挪动着身子,“太胖了真不方便!”嘴微嚅着。

“我不到西安到哪里去呢?”牙科医生微微歪着上身,声音平板而干枯,“现在我没有理想了,什么也没有了;回到西安,再次道一次歉,重开医室吧。不过,——”他的嗓子更暗哑下去,“我唯一的财产和我唯一的担心,就是家里那口子,她是姑娘出身,我说过;她现在知道我也是一个穷光蛋,这种人水性杨花,要是跟什么人卷起被盖跑他妈的了,那才晦气!”说着,他哈哈地笑开了。这是一种寒人心脾的笑,这笑又是有传染性的笑,机关军人与副官也无谓地哈哈开了,是疲然的笑。

我更深深地感到近乎麻醉的疲惫。

剩余价值论

……想不到在这个镇上，我又一头撞见子固了。

那是在战争的第三年。整个中国像一把快开的茶壶冒着雄伟的蒸气，普嘟普嘟地进行着热烈可贵的战争生活。好像在街市上走着肘子突然被人触了一下，战争使人们惊觉般的懂得生命的真谛，像信仰生命一样地信仰着战争胜利。……我在西北山地旅行里遇了劫，以偷吃沿途瓜果为生来到这个黄土高原上的小镇上，眼奔到镇外的小店里，在疲惫和疾病两重侵袭下，倒在连蒲席都没有的土炕上，一连几日像死了一般。过往的旅客们，在我身旁交替地更换着，他们露出一副惊异的神色，远离着我躺下身子去，那种在无可奈何中表现出的谨慎，恍如对付一具没人收殓的死尸，教人可笑。——这都是事后那店家的瘦子老板告我的，摇着他那像一面鼓似的头，叹息着出门人哀怜，说到后来，竟也禁不住地呵呵干笑着。我只感到滑稽，没有所谓悲哀；正像在结婚典礼中突然被烫伤拇指，是没有什么意义一样。实在，战争使人们变得坚强和可爱，血液正在盛旺流转着的时候，也只有在字典上才找得出“个人”是一种什么讲法了。

这个小镇战前是土匪出没所在，没有什么历史的一个躲在山里的镇。自从一个政权中心移到这里，它就被赋予了一种新的意义和生命，活在热闹地方的人才开始歪着头向它看得出神，不断地被注意了。层层的黄土岩上到处轰响着爆炸的音响，新的窑洞在开辟中；岩下的凿石声，山腰的伐木声，建筑工人原始的吆喝声，凑成暴风雨似的紧张交响；山背后吼着马达低闷的声音，是小规模军需工厂在努力生产。面孔绷得紧紧的，灰军服的人，像被追赶着接连在窄小的茅棚当中的街心流过。被群山衬得低下的苍空，挤满厚絮般的云，一条涨溢的绿色小河绕着镇子弯曲地流转着，那种匆忙和严肃的神气，像是为这新来的客人的生活方式所引诱和激动了。……

我在街中人群里走着，肩膀突然被人拍了一下，惊愕地回过头，我愣住了。——拍我肩膀的是这样一个被衰老征服了的年轻人！我只看到他那褪色的军服的胸际一个红边胸章，下意识地知道这是一个将官。“啊，碰到你了！”他激动地说，声调喑哑；两只被皱纹围着的陷下去的眼睛里，闪着一种湿湿的哀凄的光，两耳以下的面部长满刺一样发黑的短髭，使人有一种被刺着的感觉，不由得去摸自己的下颏。但我茫然了。我听见那像断了一样的声音，“你不认识我了？……子固……”那张凄然的脸继续抖动着，背像更弯曲了。

“啊，子固！”我醒来似的喊着，“是你，总有七八年不见了。”他凄然地笑着，藏在浓黑胡须里的纹皱一条一条很残酷地裂开来，两只眼睛低垂着,像被长长的杂毛遮掩了,……但只一闪,那一双阴凄的眼就吃惊般的盯着我,竟像藏着毒药,闪着一种奇异的光,紧紧地盯着我胸前的一块证章。

“你在部队上?”是他的声音,更加紧地盯视和搜索。

“没法子,战争把咱们都赶到军队上了。”我说。

“呵……”他迷惑般的叹着,在握着的手也松弛了。一种反常感情地表现,我想,觉得很难堪。“你现在怎样呢?”我不得不追着自己说着一般人所谓的寒暄话来敷衍,另一面,我对于这种无意义的邂逅微觉着一种被刺着似的不快。因为世界最不痛快的事,莫过于被人当作商货样地放在眼前呻吟着考查,那是一种把人的价值忽略了的行为。

“在司令部当参议,没有什么事。”声音是那么平淡没有感情,像说着别人的事;全神却紧紧地盯着我,面孔上的黑须一根一根地在跳动,他好像在空屋中发现了一条蛇似的呆哑。我可有点烦躁了,这是一种什么寂寞呀！我心里说:就想摆脱这个奇异的相遇。

“好,那么我们改天长谈吧。”我终于这样说了。

“我住在北面山上的洞里,和无线电台挨着。”他说,神气不改前态。于是我就迈步向前走我的路。在相当距离后,我偶然回转头,看见他还在原地方垂着头呆站着;在这荡着烟尘窄小的街上,竟像是一件新添的建筑物,匆匆过往的人们,本能地从他身旁绕过去。我的情绪竟被这事所搅乱,就轻轻地咬着下唇,大步向前走去。

*

子固和我相识,既不是同学,也不是同乡关系;我们被这“中国的命运”追赶着，碰在一起做了朋友了。他真算得上一个朋友，也够得上是一个真正青年。虽然为生活的不良和过度的努力，那高大而挺直的身躯，蓬乱而尖硬的头发，和那无论在什么境地里永远浮在苍白面颊上的坚定的微笑，发自坦然心坎里的健康而硬朗的笑声，温良坚决的眼神……那一切仿佛便是希望的化身。虽然有时也发着所谓知识分子的忧郁症，但这症候在他正像夏季偶有的雨天，很快就过去了；他的洋溢着热情的款款的谈论里，虽然有免不掉的感情消化不良的表征，但总是一种发自生命本原的朴实的声音，泰半是健康的。一个新认识他的人，往往吃惊于他，觉得和他做一个朋友真是命运安排好了的，虽然那一身永远穿着的旧蓝布长衫，连领子也洗掉了。我没见他红着脖子发怒，他却能在和平的永远的微笑里保持自己的意见而很少退让，倒使反对他的人在不知不觉间退让了。他是肯迁居的，在无论怎样的房间里，他都保持着清洁和秩序，正像他仿佛雕刻一样的坦然的微笑。所以虽是经历了不少变化，我还能记忆着子固，就是他这种性格和这种近乎不朽的微笑；尤其是那微笑，真可说是典型的笑，好像一首诗，一个启示，一个信仰，秋夜高空的星，峻岭幽谷中的溪流，静月下的花瓣，少女梦中的呓语，……是一个难忘的记忆。记得有一次我在一个法国人开的书铺里无意间看到一帧达文齐的*Mona Lisa*，那驰名的微笑激动了烦恼中的我，使我深切地想到子固不能自已，竟将荷包里仅有的饭钱买了这帧像回家，觉着像对着故人一样。虽然这记忆往往增添我的苦恼，鄙视自己不能独立的感情。

*

在同一个城市里，子固和他的微笑突然不见了。……这是一种命运，也是我们时代青年的一种义务，像当兵纳税的被称为国民义务一样。我的心排齐着，忽然我涌起一种意外的可以被称为“中国的感觉”，我模糊记得他家里在青岛有一座洋行，有几个钱。

钱和面子，是中国的医生和圣人。

于是，就对我所怀念的子固和他的微笑感到一种纯属于友谊的欣悦。虽然内心里我责备自己的自私，但这就是人性的两面，无可奈何的。

*

好几年以后了，我在北方的一个滨海的城市里旅行碰到子固。是在海水浴场里，要不是他的带着喜悦的拍肩的招呼，我简直想不到这样高贵的地方竟还有我的一位友人。

他着一身上等的蓝色游泳衣，黑色的皮肤，在阳光的曝晒里闪烁着一种健康的亮光，迷漫着一种喜悦的气息，涂着发蜡的头发烫得时髦而光亮，平滑的额角还颤着一滴一滴的水滴……他的那种咧开嘴露出雪白牙齿的表情，和那种可称为富人的眼睛使我想逃开去。

“你怎么？……”我随意地问道。

他的脸红了。在外头又多漂泊了几年，懂得点所谓世故的我，这里就深责自己的孟浪了。

“我现在在这里一个什么机关，当一名干事。”倒是他坦白。说着他转过脸去，用手招呼一个随浪潮冲到岸上的娇艳的红游泳衣的女郎。她含笑地进来了，没有帽子，一头烫得发黄的卷发湿腻地拖在背后，两只深黑的大眼睛，低低地向人狡诈地窥视，两颊红晕，嘴角浮着矜持；她摆动头的时候，一大部卷发飘到左肩上来，同时眼里露着过多的眼白，黑瞳孔沉了下去：一种无情的表征。她有适中婀娜的身材，背一个绿色的大游泳圈，显得疲倦地把身子倚到子固的身子旁去微喘着，用着怀疑的眼白窥探着我，接着又向上微扬着头用那同一表情的眼神向子固询问，嘴有点鼓。……子固洋洋地笑着，伸出丰满的左臂抱着她的肩，女的像发出一种模糊的呻吟，卷发在子固突出的厚胸上擦掠着……子固抬头发现了我，低低地像是向自己说：

“这是娟。”

我托故向远一点的地方走了去。他们两个开始躺下来，把身子埋在沙里，互相往身上抛着沙子，女郎银铃似的笑声里混合着我久违的子固的粗朗的笑声，但却是无节制和色情的。我的被引起的记忆一下就消灭了，像海水的一个小泡沫。

这高朗的晴空，没有平静的海，和像停滞在透明的空际的银色海鸥，快乐地喧嚣着的五颜六色的人群……一切都像离我远去了。我看着面前两个用沙子建塔的肥壮的孩子，塔将要成的顷刻，一个大的浪头奔了过来，沙上留下一摊湿迹，潮退了，塔没有影子，躲在一旁的孩子拍着手欢呼，于是又蹲下身子匆匆忙忙地开始工作。……失败和成功是分不开的。我惊讶着孩子们纯真的感情。

下午我在街上碰到子固，他着一身雪白的西装，黑衬衣，小白领结，没有帽子，戴一副墨镜，斜着身子坐在一辆崭新黄包车上，驰了过去，接着是那娟的车子，她也是一身白西装，一顶宽沿的白色法国女帽歪压在眉角，斜遮着半个脸，也是墨镜，子固向我扬起一只手，女的露着矜持的嘴角，但车子已走过去了。

*

……各种关于子固的记忆在我的脑海里涌现着，直到觉得混乱和疲惫。我没有遵约去他那里。第二天恰好有一辆轿车，我就搭了这车向西北一个城市驰来了，再由这里转到我的作战的部队上去。

这车子另外还搭一个女政工员，她带着一个出生不久的婴儿。她是一个有健康的身子和嘹亮嗓子的女郎，圆脸浓眉，老是咯儿咯儿地笑着，更喜欢谈话，像一只麻雀的唧喳，没有停憩。她也要到我去的那个城市的。在各种原因下，我们决定在B镇换乘本战区运输部的汽车，我有一张能交涉到车子的公事，她喜欢不尽，向我尽在谈说着她在这里所认识的人所知道的事。比如有一个漂亮的女工作员，除过右额角有一个疤外，她一切都无可非议，突然和一个做大官的老头"平等的"结婚了，可是她还和一位勇敢的男孩子来往着，一天，她写给他的一封信被老头查到了，信里有着像演剧口气一样的话，"呵，我的肉体虽是属于他(老头子)，我的不朽的灵魂却永远是你的。……"老头子大怒，回到住家的窑洞里，一句话也不讲，把她绑起就打；她发怒地说，你为什么平白地打人呀！老头子平静地说，反正你的肉体属于我的，我就打这属于我的肉体，这不关你灵魂的事，有什么喊的。接连着噼啪噼啪地打下去，像敲石头，哈哈……

她笑得喘不过气来。有时候，说到一个人她还学着那个人的声音和动作，眼睛灵活地闪烁着，像一只发笑的猫。倒是我不断地提醒她：

“张同志，你宝宝的头撞着了。”

“张同志，小孩子像饿了。”

“张同志，小孩像要瞌睡了。”

“……”

她还是不经意地纵声哗笑着，沉湎在自己制造的快乐里，哪里像是一个母亲！

第二天过午我们顺利地换了汽车，她好像感激着我公事的帮忙，在那拥挤的人堆里，仍然絮说着她以为是好笑的人和事。……车扬着尘灰，像一匹狂疯的兽，在曲折的山路上野蛮地蠢动着。

“我还认识一个人，也还有意思，谢先生。”她说，声音闷闷的，她用毛巾遮着嘴。

“小心你和你的宝宝吧。”我不耐烦地说，舐舐发干的唇皮，在毛巾里喘过一口气。

“那是一个司令部的参议，蛮有意思。”她继续说，并不注意我的忠告。这里我对女人起了一种弹性的反应，她真是与我们男子不同的一种生物，莫索里尼说女人只会分析不会综合的话，被我无聊地想起来了。

“这个人才有意思，好像另一种生物标本。他少和人来往，见了人脸红口讷，就喜欢一个人坐在河边山头和野地，呆看路上的风景，像被鬼迷了的沉默。路上的风景是一个样的：一群一群驮着子弹和给养的毛驴子，是送到黄河岸上，过战区去的；一队一队地唱着‘我们的热血沸腾啦’的新兵，三句倒有两句音调不对，正在这里集中训练。他像做梦一样看这些单调的景色，仿佛这景色里藏着一种什么。这人有一双温和的眼睛，一看就是个好人，但可怜却有白发了，背也躬了，听说年纪还不大，战后受了一个大刺激，什么都完了。生活好的人是经不起大的打击的。他和我们的队长还要好，他和他很谈得来。吓，我们的队长，过去是一个了不得的角色，以至一下弄到不得了。一天下午他路过到我们队部里，正凑我们都在院子里玩，他就和队长闲拉起来了，我听到他漫漫沉沉地说什么'我愿意一个人离人群坐在荒原里，山头或水边，但坐长久了，太使我痛苦，仿佛时间就是痛苦。真的，我在这些地方，好像常听到一种呼唤的声音，这声音像在热情地有力地召唤着我，像是一种复活的诱惑，听着这声音我就惶惑战栗起来，不知所措，就像转回到前些年，……我早忘了想起就使我痛苦的那些年。但这结果呢？是更多的痛苦添在我的心上，我没有法子。我疲倦了。自己把自己毁了。……'这回战事真是一种了不得的力量，我们快乐的队长，满面红光的队长，和我们在一起唱歌的队长，听到这些结结巴巴的话，眼看地叹了一口气，一边拿着棍子在地上画着一些不成形的东西。他不说什么。但结果还是劝他，要他看得开。这位参议，"——她机警地向我身边凑近些，"他叫余子固。"——这倒使我吃了一惊。"我们队长问他说，'老兄，你也弄了一个少将了，还想那些无聊的事干什么！况且我们总在为抗战工作，并不是做什么低三下四的事，我就很痛快这种生活，仿佛洗过一个热水澡。'他说着，瞟到我们，——他的眼真管事，吆喝着，'你们不趁天没黑去排戏，尽挤在院子里干什么！'我们看见那参议不相信地摇摇头，佝着背走了。我们队长颓丧着神色，眼睛不离开地面，挟在手里的棍子尽在地上画着,显然陷入了一种沉思。我们就给这个参议起了一个绰号,叫‘乌鸦’。”……

我想不到会从她嘴里听到子固的事。我默然,我难于忘却。我陡然记起《野性呼唤》里的狗巴克了。巴克做了家狗,过着麻木而安适的日子,日子长了,尖的耳朵里时时被风吹进一种声音,这声音在它是熟悉的,但又辽远,使它喜悦、愤怒、痛苦,经历着各种繁复的感情。最后它对于违反本性的现实的生活忏悔而遗弃了,重回到山野的月光下,过它的狼的不羁的生活了。……在形而上学的动物的子固身上使我想起一匹狗的事总是奇怪的,人没有刺激就不能像人的生活吗?什么是一个人的生活呢?不过这在残余的人性中发现的呼声是不是比狗的强烈,真能引起行动呢?……这需要生物学家的答复了。

我身子大大地震撼着,同时婴儿刺耳地啼哭起来。我惊醒似的发现车子正艰辛地迂回在一个险峻的山头上,西边的半个天空抹满美丽的巨大红色,落日像一匹兽的血红的大口,要吞没一切地走向沉坠。钢色的群山耸立着,空气是暗紫的。没有鸟迹和风声,一幅沉默的晚景。山旁暗绿的峡谷里,一小队骑兵正在纵马奔驰。马嘶着,人的身子伏在马背上,突出的枪尖闪着暗沉沉的光。……

我的激越的感情又向战斗转过来了。让我们向这真正的人间勇士致无涯的感激,为他们的健康祝福。

我　乡

一切痛苦都带来多少好处。

——悲多汶

是溽热的战争中的暑天，在战地生活得麻木了的我，趁一次战役后部队整憩的机会，请了短假，返回我那别了整整四年的家乡去。

这四年里，世事虽然变得格外迅速和复杂，如万花筒般的使人目眩，但一件事我还记得很清楚，就像昨天的事一样。我离故乡的那年，故乡也正陷在一种战乱里，当时以脑疾旅居青岛的我，因为又将有一次不平常的长途漂泊，遵了当地就商的长辈的命令，装作一小买卖人，剃光了脑袋，扎着棉裤角，穿起马褂，除过吃饭，“不必用嘴”地回到家乡去。那一次留给我的混合着黑色恐怖的欢快和悲哀，我永世不会忘却。但是，四年以后，我又要回到我的陷在战争中的故乡了。

在贫乏的西北高原上迂回了十三天，天气是这样的干燥，悬在半空的太阳，像一个敌人似的高高在上地监视着。我啃着干裂的唇皮，充军一样地前进。一身深灰军服差不多变成了淡白色，衬衣像胶布似的贴在背上。我充满了干燥的希望。从父亲谨慎的来信中，我知道我不能一直到达我那躺在平原上的故乡，像过去一样，家早搬在离故乡不远的山村里。我总是快活的，无尽的快活。是的，这次还乡是不平常的，我竟真的穿了军衣，以一个军人的身份走回来了。还有，和我结婚不久就离别了的妻死在战争第二年春天，我想看看她的大概已盖满了青草的坟墓。我心里悲戚地想，这样低头回到故乡，真不知哪年哪月再能回去了，世事是无涯无际的，我们虽然早一脚踢倒了命运的谬说，但是欣逢着一种怎样的时代啊！

第十三天的黄昏，我终于到达住家的山村。和这村毗连的前一个村里，驻着移来的县政府，和本县人民自己组织的抗敌自卫队本部。匆忙地走在朦胧的村路上的人，吃惊地盯视着骑在驴背上的我，我也吃惊地盯视着他们。啊呀！不少是我所认识的村人和邻村的人，他们都已穿了宽大的手缝的各色军衣；在一个坝场里，正挤满了人唱“我们再也不能忍受，我们再也不能忍受”的歌，指挥人的两只手在空中有力地挥动，声音是我们的本地腔，虽然不合抑扬顿挫的音乐乐理，感情的昂扬奋发，却深符歌词的意义。一大群乌鸦绕着树林旋噪着，像为这激越的歌唱感动了。我怀着激动的心情走出村子。一线白线的路渐渐模糊不清，只好下了驴背摸索着行进。眼前山崖下伸长着一片混杂着晚烟的郁结的树丛，像一群抬头瞭望的兵士。脚夫指着说，大概就是那树林里的村子了，我的心腔起了剧烈的跳动。

走下一条直坡,算是在树林下面的村里了,紧接着一家门旁,坐着几个乘凉的人,一个老太太和几个年轻的姑娘,静静地像在期待什么。哪里是我的家呢?——我迟疑着;上去问一下吧,这样想着我就一直逼近到那坐在门前石上的老太太面前,旁边站着的几个姑娘,一瞬间惊鸿般的跑进门去了。老太太吃一惊地抬起头,从那高而宽的前额,和那恍然失神的眼睛,我认识这就是我的母亲!

"奶!"我用我们本地的称呼喊着母亲,眼睛觉得湿润了,面前像起了一层薄雾。

她紧紧地瞪视着,手扶着墙颤巍巍地站起来,发了失神的声音:"你是谁?"但一下她就觉醒似的喊出了:"你回来了,呀,是你!"我看见她的遗传于我的高而宽广的打着重重皱纹的前额,和那深深的泪,我木然了。……

于是院里起了一阵激动,至处处响着硬朗的发颤的笑声。母亲点燃了一大把香火,青色的火焰,照耀着母亲的笑得发颤的闪光的脸,母亲的脸添了更多的皱纹了。她跪在院里向漠空祷告,我坐在院子里的阶上,呆呆地看着悬在乌黑的天上的半个月亮,脑子里像一个战场。一个清脆的女孩子声音说:

"哥,你走时候买的鱼缸我们打了。"

"啊啊……"

"打了几年了。"

"呵呵……"

"是新打的。"

"新?"

我似乎从疲倦里惊醒了。新是我的弟弟，说话的是我的二妹，她的大而有神的眼睛，看着我，微笑着。

“新吗？他不在，他在干部学校当兵，哈哈……”母亲抢着说。我愕然了。

“他今年是十四岁，可是比他小的就去当兵的多得很，像东侯村的几个，就和他在一块儿呢。”母亲补充说。

玻璃鱼缸，嬉戏的金鱼，翠绿的水藻，围观的孩子们的笑脸，和我发着这样的声明：谁打了谁赔。于是孩子们都注意着自己，怕万一撞倒了鱼缸。……呵呵，蒙着厚重的尘埃的镜子一样的我的记忆啊！……但是，我想到新弟，我在战地接到过弟弟一封信，那信曾引起正在围观地图的同事们的哗笑，“二哥，现在是民族革命的时候了，所以我们青年都要民族革命了，做一个民族革命的战士。完了，此致，民族革命的敬礼！”瘦小的月亮下，我强烈地想到我那个黑瘦短小个性倔强的弟弟，现在他也正在暗晦的月亮下，开着小组会吧，旁边一定燃着一堆作为照明用的野火，会照得孩子们天真的脸，更严肃，更勇敢，更美丽。或是和他一样是儿童就穿了军服的同志正围在昏黑的菜油灯下，用心地看着土纸印成的写着斗争知识的书报吧。……

“金鱼，二小煮吃了。”一个男孩的结巴声音。于是，起了一片哗笑。这是我的侄子，他歪了头，热心地告诉我说。可是，那时他还不是金鱼的保护者之一呢。

可是，我听见母亲叹息说：

“对了，二小死了。”

“死了？”我非常惊异。

“死了，当汉奸，拿我们的炮打死了。”妹妹们大声说。

“胡说！”母亲叱着，于是，又是一片笑声，母亲却感动地说着二小的事。

所谓二小这个人，他不是我们本地人，是一次黄河决口时逃到我们这里来的山东难民。祖母在世的时候，他就来到我们家里做厨子。人老实沉默，头剃得和脸一样地发青。全身有点弯曲，像一条没长壮实的青头萝卜。深深的眼里布满迷惑于生活的哀光。可是，他是我的一个真实朋友，在野地或山涧，捉起兔子，或捕起雀子来，他是一个机智老练的好手。记得一个雪天，他在打麦场捕到两只灰色的鸽子，他先砍掉一只的头，把明晃晃染着血迹的厨刀递给我笑着说：“杀一个试试看。”我心里打了一个冷噤，在他鼓励杀伐的情绪下下手了。他称赞着我的勇敢，所以他也是我的一个师傅。他竟是这样死的：被敌人捉去当伕子去进攻中条山，在敌人败溃中私逃了半里地，被我们追击的炮打碎了，是一个战争中平凡的死。

“听说，是无声炮打死的，是英国炮呢！”二妹说。但没有笑声了。一片沉默，仿佛为我们的厨夫举行一个追悼。我又突然想起一宗事：就在我前次还乡的时候，故乡正陷在草木皆兵的危乱里，家中为预防万一，衣服什物都交由二小经手隐藏，他居然没有逃难地死守着家园，事后两个衣包不见了，问二小，他红着脸否认经手过这两件，不久他却穿了衣包内的衣服，可并不胆怯。

父亲回来了，灯光映着他的白发，人很瘦削了。他手里拿着一包书报模样的东西。

“你回来了，我在自卫队队部坐着呢，”他说，“这是合作社新到的书报，来拿去。”他说着把书递给跟进屋里的妹妹们。院子里泛起一片孩子们的歌声，是暴风雨一样雄壮的合唱。父亲打量着我，呆滞的目光里散出一丝热意的柔和，而且这柔和在渐渐增添着。……

不久，院子静寂了，家人和孩子们都憩息去了。我和双亲坐在灯光下喝茶。母亲黯然地说述着妻病死的经过。我却想着妻在致我的一封信里的话："幸福是偶然的。"妻是一个没有很高的教育程度的女子。据母亲说，妻在病危的时候，地方已然乱糟糟的了，家人都逃到山村里，妻却没有逃，她借住在本族的穷苦人家里，在死去的前一天，她拿我的照片和一束母亲交给她预备万一家族被冲散各人逃难用的钞票，这些都缝在她的衣袋里，她觉得自己不久于人世，所以交给母亲，"我没有力量再保存这些了。"她说，第二天的晚间就寂寞地死去了。

"那时你跑到哪里去了呢？我们还以为你仍在南方。"一直沉默的父亲说，声音是暗哑的。……

远远的炮声响了，不久又是机关枪打石子一样的交鸣。这在我的感觉上是疲然的。父亲说："恐怕又接触了。"随着叹了一口气。

外面起了夜风，枪炮的交响一阵比一阵激烈；父亲皱着眉看窗外，院子里漆黑的，半个月亮隐下去了，槐树上栖息的老鸦感觉不安般的飞了起来，哇哇地凄然鸣过，翅膀振着空气沉重地响着，飞向不知之所了。

*

这样，我又是我们可爱的家庭的一员了。在炮声里，忘了恐怖和悲哀，浸在一种天性的欢娱和骄矜里。我感到生命激烈地跳跃，心里像有一把刀子在乱搅，仿佛一睁眼，便看见使人战栗的裸体的将来，这人类的将来，时代的将来，我自己的将来，一切生物的将来。这里，陡地想起佩服过一时的John Avebury的话，觉得要反对起来。他论家庭说，是“躲避世途中难免要遭遇到的暴风雨的海港”，在这个血腥遍地的时代，是不存在这样一个海港的；有的，却是人工的“沉醉的海港”，但那就是不幸和毁灭。于是，我想逃开爱我和我爱的家庭。但我一提到走，母亲本是欢快的面孔顿呈灰白，嘴唇失色地抖动着；父亲是孤寂地沉默着，摸着瘦尖的下巴上的短髭，整个家庭是一片内里起伏激烈的沉默。只有两个妹妹是不觉得这种人生之悲哀的，她们都在县妇女动员会工作，每日一早，馍和书都塞在布袋里，面孔红红地出去了，晚时饿着肚皮走回来。虽然都是初中或高小程度的学生，但在生活的教育下，大妹已在看流行的如美国斯诺所作的《西行漫记》一类的书，她在做县妇女会的组织工作；二妹则在进行村妇女的识字工作，用粉笔在钉在墙上的油布上写“自卫队是老百姓的军队”一类的口号当作课本。晚间的家里充满她们欢快的笑声和歌声，她们不懂这是一个多难的时代，甚至把苦难看作一种昂扬的欢快。在灯下翻半天书，就呼呼地睡去了。

这中间，我见过几个来看我的本乡人。年轻的穿了军衣，做战士或工作员，红红的面上现着没有畏惧的笑，嘴里说着一些生硬的名词，人与人之间“同志”普遍地称呼起来，正如我作战的地区所见；中年以上的人多半蓄了胡须，穿了比平日破十倍的衣服叹息说没有法子，或抬起一双畏怯无神的眼问你：“你看咱们到底有没有办法?”眼里电光般的闪过一抹希望的活光。而且,一向以权威的地位维存着人与人间的存在关系的“架子”和“面子”,这两件宝贝像给战争吓得开了小差,人还原成人,也正同我作战的地区所见。至于少数的村里老知识分子,像永远在用蓄得长长的手指甲挖鼻孔,一张灰白的面孔,除过神经质的颤动外,很少变动。我担心地想,他们拚命地挖鼻孔,仿佛是种不祥之兆,还不如说是在挖自己的六尺之穴吧。

一个夜间,我和家人谈话终了不久,山下突然泛起一片紧密的枪声,远近的狗子接着在互相接应地狂吠,像和枪声做比赛,或想替枪声做掩饰。院子的房主,一个老农,和他的年轻的儿媳先惊觉了,老农在诅咒般的走出走进地唧咕,儿媳在低泣,他的儿子,也是她的丈夫,是一个自卫队员,本晚在战地值夜。母亲说,不要紧,这是常事,安然地睡去吧。但在侧着的耳朵听来,枪声不仅愈趋紧密,而且接近,而且加入小钢炮的吼声。纸窗发疟疾似的震动,构成一种战争存在的状态了。战争在向着我们的村庄前进。父亲说:“你现在休息着,跟我们尝一次逃难的滋味吧。”天还是紫黑色的时候,我们离开村子沿着山路前进,正像其他扶老携幼,带着粮食和耕牛的村人。自卫队员都匍匐在山野里,迎接战斗,同时,以笑脸和战士的骄傲迎接他们父母故乡的村人。有的不可忍耐般的一次又一次地拉着枪栓,在队长的命令下,等候着敌人接近射击。我们背后,战争正在激烈进行,远处的山头,在晨曦下剪彩般的活动着各式短小的战斗者的姿态。我搀着母亲正走到山腰,一只机枪的射击弹忽然向我们的方向猛烈地扑来,我发现我们已成为目标,流弹就在近处匍匐不绝地响着。妹妹们恐惧地藏下身子,但我想在这里还未构成一个完全的火网前，不如迅速地前进安全，母亲也这样急呼着，要在前边的妹妹嫂子和侄子们“快跑”，同时她摆脱我的手，“你快跑，不要管我！”地边喘边嚷着；父亲大声说：“这孩子，怎么不听话！你远走你们的，不用管我们。”母亲更着力地推着我，气喘地拼着生命之力喊着：“留着你们年轻有用，你们快跑你们的，不用管我们。”愤怒地催促着。我没有眼泪，我懂得这是什么意义的战争。我单独地走出一段路，回头看见在阳光里蹒跚前进的双亲默然地相互搀扶着的姿态，我忘了是在战争中地走回去，他们立刻大声叫着我，“滚你的！”妹妹们也在远远地呆视着后面的双亲，像忘了似的停止了个人的行进，……

在回忆里写到这里，我觉得这管笔的沉重，我要用全部的生命力量支撑着它。我要大声地呼喊和赞叹，这和我在写着的稿纸一样纯白圣洁的人性和爱！不久，我们全家欢聚在一个凹处的树下，妹妹们吃着馍说笑，我顺着母亲伸出的手杖，眯着眼看在阳光下的山头上的战争。“那该是鬼子，”母亲说，“闪光的可是钢盔。”“你看奶的眼睛，那是刺刀的光。”二妹辩解着。“又要肉搏了。”父亲叹息说。——这样讲论着战争，和默祷着一次新的胜利。下午敌人退了，我们欢快地回到我们家里。我搀着母亲，她满脸笑容。“又是一次胜仗！”她说。父亲则大声嚷着，要送两只猪慰劳战士，母亲笑着说：“你看，又嚷起来了，回到家里你送你的猪去，不就完了，现在半路上，就嚷了。”父亲在儿女的笑声里沉默着，忽然微叹地说：“我们阵亡了两个战士，一个是很好的机关枪手。明天又要开追悼会了。”

但是，我一再觉得我要离开这里了。我平和地向母亲说，要赶回部队上去，母亲低了头没响，突然说，“那走你的吧，我们不再耽误你了。”一刹那间，我看见母亲脸上闪过一种光，一种可称为圣洁的光，但马上就布满了宽大的泪珠，使我悲然地想起一幅叫作《牺牲》的外国版画……

父亲说：“那么下午下山回村一次吧，总是回来了，也好看看家乡的样子。”随着嘴角露出一丝凄然的苦笑。这正合我的意思。我要看看我的在痛苦里打滚的新的故乡，还有，新增在故乡的土地上的妻的坟。下午我换了乡装，一个破草帽压到眉尖，跟着父亲下山，母亲黯然送我们到门口，只说，要小心，明天一早转来。小的侄子在我一旁跳着，说着“叔叔回家去吗？我也一块儿去”。可是给父亲叱回去了。

我们低着头默然前进；在山口，父亲指着近处的映在夕阳里的灿烂的村子，说，“看，这就是我们村子！”是的，这正是我记忆中的村子，丰盛繁茂的村子，现在控制在敌人刺刀下的村子。

暮色中我们进了村，村民正背着农具从田里回来，看见我，灰色的面上，露着一种寂寞亲切的神色，低着嗓子说：“你回来了。”于是，在我们的园子里，跑过来大群的村民，他们好奇地围着我，听说我在军队上，眼里闪着新的感激的光，重新地估量着我。

“好的，好的！军队，军队！快杀这伙驴球肏的！”一个近邻的老农双喜突然激动地说，大家吃惊地看着他。

园子里繁茂的花木在黄昏里摆动着，我仍被人们围绕着，喑哑的声音，破旧的衣服，神色寂寞而胆怯，仿佛走路都害怕有声音，是一群幽灵似的生物。用人在田里搬来几个西瓜，大家黯然地吃着。园外池塘里的蛙咽咽地凄苦地叫着，老者们抽烟丝丝地发响，火在暗里一颤一抖的。

“你们的红马不见了吧?”双喜用他的干哑的声音问我,“你小时候心爱的那匹红马,给鬼子拉去了。”

“他拉了有什么用?”我的一个同族青年吉安吃吃地说,像在梦里似的,摸着他光光的头。

“有什么用? 他也许把它杀了,这伙驴子肏的!”双喜激昂地说。接着又是厚重的沉默,这沉默压抑着一种疲倦。

我们乡间的习俗,我是知道的:一个畜生,待它老了的时候,除过吃好的草料,供儿童们嬉戏外,它是不再做什么工了。一旦老死了,主人就给它穿两只旧鞋,戴一顶破草帽,送一个饭碗,和一双筷子,像一个受苦的农人终结了他的勤苦的一生地埋葬了,“它受了一辈子苦,希望来世变成一个人吧”地被赞叹着。这仿佛是真正的东方哲学和道德的徽记。我们的老红马,它是温良的,它的昂着鸣叫的姿态,和老是有一匹小红马偎在它的身旁吃乳的情况,在我的记忆里一再涌现。它现在在自诩是文明人类而且自称是替文明来征服我们的敌人俘虏下的生与死,我真不敢去想象,不愿想象,其实在敌人的眼中,我们这人的价值和马并没什么差异的。

父亲提着灯,默默打开各处的门,要我参观他这几年的建筑,有几处给炮打倒了,地上堆着厚厚的木料,从这里发出腐木的气息。于是我又把草帽拉到眉尖,低头走出村子,向邻村找睡觉的地方去,而就在一个长辈的屋里待下来。

我的这位长辈,曾在大地方干过洋行经理,自从洋行关门,退回故乡后便成了一个迷信大家。他每天要烧成箱子的黄表,烧香也是整斗,而且不能间断一刻。他用灰白的面孔迎接我,吹过一口气似的说,“你回来了,你大概不信神的,可是现在是该信的时候了。”滔滔地谈论着《烧饼歌》一类的话,结末他说,“这战争,这灾难,这是神对人的一种惩罚,只有忍耐,是唯一的应付办法。”于是说,“你脑里应该有一个神字。”两只毛玻璃似的眼睛骨碌骨碌地转动着,……

在黯然的灯光下,和继续不绝的炮声中,听着这种残破的声音和这种声音所代表的意义,使我奇怪地想到苍白的寺钟之声,这是灭亡的代表。

第二天的黎明,我就离开这位神的弟子家里,他在苍白的沉默里送走我,一直走出村子,我的眼前仿佛还闪烁着那一张恐惧而绝望的灰白的脸,觉得十分丑恶而哀怜。

在自己罩着晨雾的园子里父亲摘了几个沾着露珠的肥大的梨子默默地递给我。我们向山走去,就在近山脚下,我看到妻的孤墓,正在朝阳里曝晒着,我脱了帽子,静立了几分钟。我想,胆小的妻的墓旁不知经过多少次激烈的战争了,但她既然告别了人间的幸福,也就忘却了人间的悲苦吧!……

*

当日下午,我离家向黄河前进。房主老农,一直送我过了两个山头,才辞别了。我走得很远,偶然回转头,还看见他那挺立在山巅上的高大的身躯,和他手里的闪光的镰刀。他是在伫视着我,怕我万一会走错路子的,我听到他的高大而枯老的声音:

“对了,对了,就是那条路,放心走你的吧!”

我在这万山丛中的崎岖路上转进着,重穿了我的军衣,想到我们东方人所悲观的梦的人生，和并不是梦的残酷的现实人生之绘，我的眼睛湿润了。但是，我们正如牧者站在四顾茫茫的苍野，对于生命的设想，是不应该茫然和忧郁的。应该挺身高歌，呼喊生命的愉快和伟大；更不是纯然动物式的生活，而应该努力增润生命，发扬生命的真价。

生命吗？就是生命。斗争，创造，征服。

故乡，战乱的故乡是赋予我们以人生和战斗之勇气的。它是这样的一个新的人生之港湾。

理想主义者

一

“可又找到你了，——老李！”

这声音非常熟稔，虽然充满苍老和疲倦，甚至有点悲凉，确使我吃了一惊。

“哦，你，史英！”

我说，站起来，请客人坐下去。于是，她就像一件货物似的颓然倒在椅子上，拭着额上的汗。接着进来了她的孩子咪儿，和另一个像她的丈夫方善里，但是比方善里疲老细高得多，戴着近视眼镜的中年人。史英懒懒地介绍说，这是老方的胞兄，我们握握手，大家坐安定了。

这三个人，史英，她比三年前我们在西北聚会时老多了，虽然才二十岁上的人，头发已脱了许多，甚至有几茎白发；两个外眼角，更加垂下，猛一看，好像是肿着的样子；衣服却比三年前还破旧，而且，就是三年前的一套，一件不成样子的黑布棉袍。咪儿虽然已是六岁，却还那么弱小，怯生生的，把指头尽塞在嘴里，呆看着，接着看看他的母亲，不出声地嘿嘿傻笑，鼻涕拖得很长。这个表情，给他的伯父，方善里的哥哥，招来不快，他使劲地推他一下，威胁地怒视着；小孩就显得更麻木，更怯生。他的伯父，这才应酬地笑着，憔悴的脸上堆着困惑的光，深度的近视镜片后，眼睛无所依地烦恼地睨视着。

我忽然记起了什么似的，问道：

“你的那个小的呢？还留在重庆吗？”

在这样的问题下，本来还平安的甚至有点活泼的空气，一下被搅动了。史英首先就抽噎起来，咪儿的伯父，用手扶扶眼镜，也把头低了下去。咪儿却东张西望的，又把手指塞到嘴里去。

这样，马上形成的悲哀和严肃，连我也出乎意外地吃惊。一阵难堪地沉默后，史英抽噎地说：

“死……了！”

“哦！”我和妻一同惊住了。

“真倒霉！”史英拭过泪，拉了一下衣服说，“我们前一个月就从重庆到这里了。善里在重庆混了几年，胜利了，他才在交通部弄了个小差事，坐飞机回到北平，目的是趁机会回家，于是我们就和五哥，”他指着咪儿的伯父，他这时一点表情没有地坐着，脑里像在酝酿一件事变。忽然又把吃着自己手指的咪儿厉害地推了一下，比前一回还形势严重；咪儿咧开嘴，几乎爆发出哭声。史英这时拉过孩子来，像是照例地叽咕着，“你管他干什么！”接着看着吃惊的我们说下去：“我们就随五哥辗转到这里来，再想转到北平去。满以为沿途顺利，不想在这里就待下去。我们一直不知道你在哪里，这是善里来信才知道的。五哥在这里的职业专门学校找到了事,"这里,她顿了一顿,看看五哥,他已站起身来,低着头在屋子里踱着急速的步子,像根本没注意到这里的谈话。"五哥在抗战前是大学的物理教授——"她说。

"提那些废话干什么!过去,过去,都算死了。"

五哥几乎是愤怒地叫着,忽然站定了,责备地瞪着史英。

"那有什么,我们是无话不谈的老朋友,你坐你的。"史英望着五哥说,抗议似的。

"唉,他妈的!"

五哥沉重叹气,又急速地踱起步子。史英继续说下去:"五哥既然有了工作,我们就不着急了,满想这样待下去,等路通了再走,——"

"谁待下去,你待下去,这鬼地方,满街军人,夜夜抢案!——"

五哥又更汹涌地插进来了。史英奇怪地望着他,停了一下,继续说:

"可是,事有意外。先是给小偷光顾了一次,五哥的被子,和我的大衣,都丢了,再接着小的一个就得了急性传染病,死了!"

说到这里,史英就冲动地,出声地哭起来了。咪儿吃着指头,惊奇地望着。我看着五哥,他像置身在另一个地方似的,仍是激急地踱着步子,妻劝慰着史英,我搓着手叹息。最后,最后,还是史英说:

"这地方真倒霉,所以我想搬到你这里住住再说。"

我们劝慰过了史英,五哥这时坐下来了。他的神色紧张,黑瘦的脸仿佛扭歪了。他像演讲似的,大声地激动地说:

“妈的，中国这个地方，我真待不下去了。我从前在燕大毕业后，本来就想到美国走走，可是，可惜得很，因事耽误了；一半也是决心不够，觉得这个国家还有点可爱；虽然脏，可是不能马马虎虎地活。这次一抗战，那算完了，在重庆逃这几年难，我算活够了。这还是个国家么！遍地土匪！可惜，我失去了机会，去年美国在重庆招考华文教师到旧金山去，我没有考上，要不，早就在美国了。哼，在美国，当苦力我觉得比在中国做绅士强。这样的国家，没有秩序，没点上进的样子，简直没一点生气！报上说，第一次世界大战后，法国因为通货膨胀，民众把印钞票的印刷厂打乱了，中国，哼，谁有那个勇气？……”

我一边吃惊于他这样爆发的议论，一边开玩笑地说，其实法国老百姓蠢得可爱，你把这里的钞票厂毁了，那里还能印。而且，像我国，钞票就多是在美国印的，难道老百姓坐了飞机到美国去示威去不成？哈，哈，哈……

我是想借此缓和一点空气的，但五哥还是挺认真的神气，而且更愤怒地说：

“我是不能在中国待了，非想法子到美国不可！”

说着，竟用拳击着桌子，咪儿赶快把手从嘴里掏出来，更紧地靠着母亲，非常恐怖。

这样，空气僵下来了。五哥突然害了热病似的，他更狂乱了，眼睛睁得更大，脸上泛起一层不正常的红光，他好像怀着伟大的愤怒，这时不可收拾地泛滥起来了。

“这地方，我是决不待了。校长从南京回来我就辞职。这样的地方，马路这样坏，没一点都市的样子；而且，军人这样多，老百姓这样不讲理，一群混蛋，我算待够了，我要走了。”

说着，他霍地站起来，我也站起来。

“方先生，”我说，“你上哪儿去？我们马上吃饭，你太激动了。”

史英也接着站起来。五哥低下头去，忽然迅快地又抬起来，恢复了他的苍白，现着笑容说：

“咱们不客气，现在生活这么高，两便，两便，你留步，学校要开饭了。”

我解释着，挽留着，但是他坚持着“各人吃各人”，说得非常坚决，好像是一条真理。这使我仿佛想起在初中念书时英文教员给我们讲的欧美礼俗。最后还是史英说，我和方善里不是普通的友谊，在他们夫妇民国卅年从游击区中看清楚了“中国事就是这么一回事，谁牺牲了谁倒霉”这样的道理，而决然地回到后方来，想不到又不被谅解地受了一点委屈，而生活在恐怖与恐慌里的时候，我虽然是责备了他们，但却也同情了他们，甚至援助了他们，能使方善里在西北一个新兴的城市中去做电影院的广告画师，以维持他们的日子，总算是不见外的自己人。这样，五哥带着充分感谢的神气，才勉强留下了。

二

饭后，五哥说还有课要上，告辞走了。我得和史英沉静地坐谈了很久。

她先说她那小孩子的死，本来有救的；可是，因为这地方的医院，私立医院没有充足的钱，不敢进去，而公共医院，却见大门上尽是封条，因为接收，早停办了。

“这是运气，该有这么一回事。”

我拿命运说劝慰着她。这在前五年，我要这样说，一定要被她打几个嘴巴。那时，她和方善里正沉醉在一种伟大的理想里，以至双双以人间最美丽的名称同志关系跑到华北的敌后战地，把自己沉没在战争的潮浪里，而且就这样地结了婚。但是在几个冲天的波浪中，他们颓然退回后方来了，而竟睁圆了眼睛，梦想着逸乐。看见街上走的脑满肠肥的圆胖胖的新兴国民，他们舐着饿得发干的嘴唇，用羡慕而又相嫉的口调说：“这才是人的生活，这才像个人！”但是，命运竟像和他们开玩笑，他们先是在不谅解的恐怖里发抖，继而又长期地在饥饿里打滚；而好多次地跑到城隍庙里，抽签问自己的流年。所以这里我像一个商人迎合顾主似的，拿命运来安慰她。

“但是，我的运气就老不变好吗？”她翻着眼白看我，认真而悲楚的。

“那你最好去问运气它自己去，一定有个结论。”我笑着说，这仿佛刺伤她了，她默不作声。妻打圆场地说：

“你这个人，在人家悲哀的时候，还开玩笑，算朋友吗？”

“那我答什么呀！”我也仿佛很悲哀地说，“那明天吧，我们上城隍庙抽签。这里的城隍老爷，”我补充说，“真像陕西人说的，灵得很！据说他名字叫纪信，是汉高祖赴鸿门宴的五个随员之一，后来替汉高祖死于项羽手中的，是一个有大大勇气的人。这地方的老百姓强得很，大概因为他的勇敢才崇拜他的。”这话里，也含着刺。史英一点声音没有了。妻白了我一眼，我笑着走了出去。其实，我的心里非常地沉重和难过，像每一见到和想到他们夫妇一样，好蠢的人呀，我心里喊着说，……

我再回到屋里来，史英和妻正躺在床上细语着。咪儿一手拿一个馍啃着，脸上糊满了鼻涕和馍花。我进来她们都起来了，史英低下眼睛。还是妻说，史英的意见，还是回北方去，但是回到北方也没确切办法。方善里混的差事，每月所得，依那地方的生活水准说，三口人不够吃开水；而五哥，口口声声不愿在中国待了，只苦于机会，就要上美国去。于是，我问史英，到北方生活成问题，怎么办呢，家庭可有什么依靠吗？这一问，史英像活泼起来了，赶快接着说："善里的姐夫倒是光景很不错，是美国留学生，很占个财政位置。""那你们也能沾点光啰！"我说。

"屁！"史英很重地屁了一声，鄙夷地咧着嘴唇，"这些留美学生顶自私。在重庆，我们倒见过面，那是我们刚到重庆的时候。满指望投奔他们，不想刚踏进门，老方的姐姐，那个老妖精就首先声明，我们住个把天还行，日子久了可大家不方便。住了两天，她教我们在厨房里吃饭；朋友来了也不介绍，人家还认为我是新雇的老妈子哩。老方的姐姐还一个劲地哭穷，说她的孩子喝不到新鲜牛奶呀，本地老妈子又懒又偷，从前四个，现在只能雇起两个呀。其实我们的孩子这么大了还没见过牛奶！老妈子的梦，我们早就没有了。她的丈夫，那个留美学生，洋气十足，斜眼看我们，除过做官，还和美国人合资开公司，整天在舞场混。可是，我们早就一个钱没有了。这样，我才和老方负气走出来，老方在重庆附近的县城里民教馆里画画，我做小学教员，各人在自己做事的地方搭伙。这年头，谁有了谁好，谁吃了谁饱，你靠谁？"她说得激动了，吃力地瞪着我，眼里充满了活力，我仿佛又看见五年前的史英的表情。

“那到北方怎么办呀?”我担心地问。

“碰运气!”她说,随着又有力地加添了一句:“天不灭曹!”

“哈哈,这才是驴子推磨,又回到运气了。”我笑着说。史英带着吃亏的神气看了我一眼,把头低下去。忽然,我听见咪儿哭,回转头,是五哥正夺他手里的馍。原来他又转来了,他夺着,一边怒斥着:

“妈的,你是光绪三年生的,一天老吃不饱!”

咪儿挣扎着,但到底给伯父夺去了。这仿佛就是教育。但史英反对这教育,她抗辩了:

“他吃馍,也关你事?”

做伯父的没答话,他把馍很重地扔在桌子上,低着头,在地上激急地踱步子。史英抚着哭的孩子,把扔在桌上的馍捡起还给他,咪儿马上不哭了,一边恐惧地望着伯父,一边拼命一样地张大了口,吞一样地啃着馍,仿佛害怕又被夺走似的。于是,连鼻子两旁流着眼泪的地方也沾满了馍花。

“这地方不能待了,不能待了。”五哥暴躁地嚷着说,活像一头被关在笼里的兽。我奇怪地看着他,这样寒冷的气候,他还穿着夏天用的灰派力司单洋服,而且衣服早走了样子,变成黄黑色。他的声音里还夹着冷得打寒噤的声音。我真奇怪,生活已经沦落了的他,竟还坚持着因为这里不算一个真正像样的都市,比如马路不平之类,而说不能住下去了;明明一点线索没有,却声声说要到美国去生活,甚至说,一辈子都不想回来了。我真佩服他的超现实的冷酷。史英不耐烦地辩驳他:

“不想待了,那到哪里去呢?嘴里说说倒容易。”

“到哪里，”五哥停了步子愤怒地看着她，“往北去。”

“路不通呀！再说，你不是说，因为北方混乱，不想回北方吗？”史英答着，脸子很难看。我想，大约来这里很久的时间里，他们每日就在辩论这个过日子。

“那到南边去。”五哥又踱起步子。

“你爱走哪里走哪里！”史英显然地生了气。

我说：

“这样吧，方先生，你们真要往北走也容易，我替你联络商人，相随着走，听说路上倒是挺平安的。”

“瞎，想送死吗？”他对着我睁大了眼睛，“对不起，我虽然没有钱，我可还要命。走旱道，不仅我犯不上冒险，也犯不上去受罪。你想，沿路上的小店多不干净，中国老百姓最脏，再给土匪一抢，那，那……”他生气地说不下去了。

“其实，”我觉得这个人很有意思，真是有伤忠厚地又要开玩笑地说了，“其实，干土匪也没有什么。知识分子干土匪，在这年头，我倒认为是知识分子的一条伟大的出路。”

“这不是笑话！”他怒斥着，“我虽然没有钱（我后来注意到这也是他的一句口头话，又仿佛是创伤），但我在燕京大学毕过业，做过人的导师。你老兄的意思，做土匪固然也算出路吧，可是他土匪能给我吃好的吗？能给我穿好的吗？能……这般无知识的人！对啦！这个年头，知识固然是累赘，没有大粪值钱，我正翻译了半本俄国人做的智慧之悲哀的戏曲，翻译完了，我愿意不要一个版税，请书店印出来给中国人都看看，知识固然没有用，可是，我还有知识的身份！”

“你和土匪平等地干，自然吃穿都会好呀，哪怕人生就是简单追求个人的吃穿！”我笑着发表我的意见。

“那，”他停了一下，讥讽地，或竟是恶毒地问着我，仿佛受了伤害，“我能和没知识的人在一块儿吗？我看你老兄还有点梦想精神，其实，世界上除过面包外，再没有更真实的东西，浪漫蒂克的思想早过去了。”他哈哈地笑开了。忽然停住笑，抱歉地说：“真对不起，打扰您，不该说这样的话！”

我还笑着说：

“我们都算知识分子，谈谈也是好的。”

他忽然感动似的，抓着自己头发，沉思地，竟是痛苦地说：

“这三四年，我用全力追求面包，虽然还往往失利，生活的机会越来越微小，但是我这个目的也愈来愈坚决；我不信世界再有什么比面包更伟大可爱了。不过，当我发现了在这样的社会中枉费力气地追求到面包，而不能愉快地啃你自己的面包，那真不如到美国去，那里好得多了。”

三

这样，史英他们在我这里就住了一个月。五哥上着课，一边骂着校长混蛋，说他在抗战前大学校教书，校长教务长等等负教育行政责任的，哪一个要不是教育家，他敢跨进学校门？可是，现在，他再进了相别八九年的学校大门，想不到校长之类，不仅是教育外行，而且，……他说不下去了。结论说，“有什么办法，这年头？有知识的人侍候没知识的人还要看脸子，还吃不饱，真不如叫花子。”有时，他上课回来，悄悄地跑到我的屋子里，脸色惨白，使我颇吃一

惊。他在我耳旁轻轻说,形势非常严重:

“听到什么吗?情形很不好,北方绝不能去了。这地方,将来也危险,也绝不能待了。赶快往南走是上策。李先生,我劝你,赶快离开这个军事范围。”

我哈哈笑着说:

“方先生,你哪里听到的,不要神经太敏感呀!”

“千真万确,”他沉重地说,“将来,将来,……战争,战争,……”他就这样吞吞吐吐地发表意见,“不过,我希望你注意我的意见,不要当笑话看!”他结末说,满脸焦急的样子。

于是,像周期疟疾似的,我的耳边时时听到这种不宁静的发抖的声音。……

今天天气非常好,是真正春天了,阳光充满了热力,虽然还刮着微风。我们坐在院子里晒太阳,我剥光了上衣,露出胸脯,在阳光下曝晒,觉得像得到了一种力量。史英和妻坐在一旁,默默的。史英近来更忧郁,她发着许多的愁,惦记着老方,惧怕着到北方后的生活,可是又怀着一种侥幸,她甚至每天注意到报上的救济新闻。我维持着我的意见,如其急于要到老方那里去,那就找商人同伴起早走吧。可是,她始终摇头。她要等待。她怕抢。我开玩笑地说,你这样的蹩脚行囊,怕不会惹起什么土匪的兴趣吧?她说,命要紧。我说,只有图财才会害命,没有把害命当义务尽的吧?她仍摇摇头。于是,她也不知道她该到哪里去。这当中,五哥一次告诉她说,可以发一笔洋财,他们都惊喜得一跳。五哥说,美国人将发给每个中国教职员一套上等料子的崭新洋服,这很值几个钱,这一笔款,……于是,他们就在这笔款下发表了他们的明丽可爱的生活计划,仿佛马上就要实现,世界也突然明朗。第二天他却又懊丧了,他妈的,原来是救济机关有个传言,是就救济的旧衣服内分给每个教职员一套,而且,也只还是传说而已,哪一天发下来还难说。这样兴奋了一阵的欢悦,给痛苦与失望代替了。五哥骂着:

“妈的,人家把我们看成难民了。”

这样,他就辞了学校的职务,不干了,积极地想动身。这个地方,在他的眼内和想象内更丑恶,也更危险了。但是到哪里去呢?却还没有一定。他们希望找到一块罗斯福总统所宣言的有四大自由的地方,可惜,目前还没有这样的地方,他就只有抱怨和愁闷了。

我们正在晒着太阳,突然看见五哥比往日更匆忙地走进来,神色慌张,小咪,照例的每个手一个馍地从门口跟着伯父进来,只是,他已在伯父的怒容的教训下,变得聪明了,他已能在看见伯父的时候把馍藏到背后,而且虽然是胆怯的却仍故作镇静地跟他进来或走在他的附近,借以保护自己的既得的权利。五哥迎面向我说:

“今天晚上我们一定要走,先到南边去。形势更紧,不走太危险了。”

“哦!”我们都吃了一惊。

“犯不着冒这个危险,离开危险越快越远越好。”五哥解释着,最后的一句,竟像是格言。

我正想问是什么危险,他忽然大惊小怪地把嘴唇凑到我的耳边:

“我向你说了几十遍了。”仿佛危险就来到了,压着他似的。我点点头。

晚上,我送他们上车站。夜里天气又变了,路上化开的冰冻又冻上了。乌黑的天空,风很尖利地刺着皮肤;冰发着白色的亮光,好像是一条平坦的路,你真的走上去,却会拿稳地给摔得爬不起来。一辆车子拉着他们的很少的行李,我们就借着洋车的微弱的灯光,在这给冰封锁的道路中找着道路的平稳的空隙前进。小咪在妻的肩膀上睡着了,手里紧紧地抓着吃剩的大半个馒头;史英低着头在前边走着。我和五哥相随着,他冻得牙齿直打响,我觉得他的浑身发抖;他的近视程度又深,吃力地寻找着放心的路,真是好容易走过一步,还不知下一步如何地在寻找着。直到史英和妻随着车子早走远了,我们还留在黑暗的路上,走起来越艰难了。他重复地劝我早点离开这里,不可用生命作儿戏,后来打着抖地咒骂着,这个国家不能住下去了,他这次无论如何先避开这个地区,南方较为平安,假如有机会的话,他准备就到美国去,或许一生能快活地在那里终老。路真难走,我伴着他,前面车上的灯光早就一点影子也没有,我听见他的累得喘气和冷得发抖的打战。这样很长久地留在暗黑的道路上,我真担心会误了火车的时间。

更　下

黄昏的时候，窗外铃声大声响起来，何天民从床上跃下，神情紧张，仿佛准备应变的兵士，一边大声吆喝用人，“有人叫门，去开门去！”一边却习惯地站到镜子前面，从模糊的镜光里看着变得通红的自己脸色；忽然又匆匆地向门口走去，忙得不知所措。

黯然的霭色里，来客苍白扁平的面孔，已然出现在院子里。他刚踏进屋门一步，却正和一步就要跳出屋门的何天民相碰，差点撞在一起。客人背后，肿脸的用人，一副麻木神气，困惑地睨着这两个互相退让的朋友，露着担心的样子。一匹气势汹汹紧紧跟进来的小黑狗，鼻子在客人身上乱嗅，这时看见主人和客人退让一番后，互相握手，呵呵寒暄，才赶快摇着尾巴，轻声地汪汪，爱娇地表示歉意和亲热。主人叱了一声，连用人带狗，就都恐慌地转身去了。

“你怎么老不来，把我可等急了，呵呵……”

主人兴津津地说。客人坐在对面的椅子上，不好意思地微笑，摸摸下巴，两只木枯的眼睛却望着门外，像在仔细地考察什么。院子继续黑暗下来，院当中那株嫩洋槐已然模糊在黑暗中；黑暗正争先恐后，声势浩大地在进军，蠕动着，拥塞着，叫嚣着，仿佛蚊阵地嗡嗡轰鸣，使人神经战栗。屋内的黑暗阵势，有的从院子涌进来，有的像潜伏者似的从屋子的各个角落悍然不断地涌出着。黑暗在繁殖着。趁这两个朋友沉默的俄顷，两只老鼠竟吱吱地出现在桌下，互相打架和喧哗，毫无禁忌，像蔑视这两个坐着的叫作人的生物。客人仿佛从沉静的考查中转来，声音喑哑，嗫嚅似的说："对不起，我因为打拳来迟了。其实四点半就下了班。"

一直紧张地期待着的主人，候了半天，忽然得到这样的回答，像体会到无穷的兴味和惊奇，竟一步踏到客人的面前，歪着头说：

"怎样，你在打拳？"

"是的，我练习打拳，已经半年多了。"客人平板地说。没等得客人的话落脚，他睨着那个扁脸上掀动很快的鼻翼，竟哈哈地大笑着，扭歪着身子。

客人跷起一只腿抖动，摸摸转动的下巴，脸上浮起一层淡淡的麻木的微笑，像在不幸地防御主人的无涯无垠的哗笑的袭击；一直望着门外，又算是一种精神上的逃亡。

现在，黑暗已半固体地塞满了院子，人仿佛听到它的互相拥挤着，喧哗着，斗争着的声音：嗡，嗡，嗡，嗡，……使人越发手足无措，不胜恐惧。

……哗笑还是和黑暗纠缠着，增加着，……客人不禁抗议地喊道：

"看你，就有什么好笑，也早该笑够了。其实，又有什么好笑的。”

“好笑?”他笑得呛咳着,却仍揶揄地嚷着,“我的老同乡呀,好在咱们是多年的关系,可是,今天,我才发现了你,——”接着呛咳打断了话语,在呛咳中,客人好像得到报复地好过些了,但是忽然听得主人用另一种像期待了好久的紧切声调问说:“先说正经的吧,黑货的事情,问得有结果没有?”

听着这严正的问讯,客人忽然惊慌地站起来,跑到门口去,没发现什么动静,这才复归原位地坐下,声调更喑哑地警告对方:

“小声点,是闹着玩儿吗?”

对客人的莫名其妙的动作正在出奇的主人,从这发颤的语调里一下得到领悟,他从心里鄙笑这个被生活压扁了的胆怯的苍白的老乡,一边不禁又失笑起来,嚷着说:

“你这个胆子,还敢做大烟买卖!其实,怕个卵!这时代,胀死胆大的饿死胆小的。放心说你的吧!这里没关系。行市怎样?能不能提高点,咱们多抽几个佣钱?这货,是干货,是我一个军人朋友搞的;他也不是正牌军人,起先和我在北平一齐干过学生运动的,抗战后我们又一块儿进了队伍,现在又一块儿退下来营商。”他忽然停顿了话语,沉重地觉得屋内外的黑暗已然统一成稳固的局面;黑暗压得使人窒息和麻痹。他忙惊觉般的燃起了蜡烛,马上从开花似的光亮里,跳出什物的形状和轮廓,渐渐融成一片黄澄澄的光海。客人望见他的兴奋发光的脸,紧皱的浓眉,他却注意到客人木然的眼珠忙乱地转动,嘴唇微翕了好几次,像在挣扎着要说出什么来,可又有所障碍地冲不出口。他把洋火头使劲地摔在地上,再一脚踩灭了,用一种近乎狞笑似的声调说:

“怎么,你肚子里算盘还没打清楚?”一边就挨近客人,像要加以研究一番,忽然退后了一步,骇异地叫起来:“呀,你穿了新裤子了,这么亮！实在没有想到。多少钱置办的?要不是点着灯,简直注意不到。”

客人羞涩地笑着,怪难为情的,却还多少带点骄矜地说:

“凑合穿吧！一条布裤子,这就是两千多,嘿嘿!”

“我看,老夏,”主人直起身子来,背着手,低低看着凄然微笑的客人,一股自己亦无从压制的情绪,突然淹没了他,竟抛过卖大烟的事,他激动起来了,“这个时代,你的这种作风,活的不敢抓,死的不敢拿,把自己的希望全寄托在别人身上,不相干的机关身上,混一条布裤子,就觉得满足阔气,我奉告你:再这样混下去,那恐怕将来连得布裤子也穿不上了。可是,给你找的这条出路,公余之暇,给买卖人跑点腿,再积点本钱,咱们自己干大的,你却又推三推四,疑神疑鬼,干得一点也没有劲儿!”说着,白了仍在惨然微笑的客人一眼,吐了口口水,大踏步地踱起来。

客人在他汹涌无情的言语扫射下,脸色越来越苍白,他忽然看见自己赤裸裸的可怕阴惨的将来,这就是他的一生结论。他不禁打了一个寒噤,但却仍是声辩地答复,声音更干哑和勉强:

“哪里哪里,哪有的话。我还没告诉你,我这就快升成一等科员了。我们这个机关讲年资,有保障,只要你努力奉公,忠勤奋发,都有出头的日子。我已然苦煞了十二年,处长不断向我说,干吧,好好干吧,大器晚成,再过个三年两载,我给你弄个秘书,那和主官日夕相近,地位就会蒸蒸日上了。干公事,你得有守的功夫,才有前途;三日打鱼两日晒网,不仅不成,就是求急功近利,也终必失败。只有守，渐求上进，才能有所成，以至蔚为大器，所谓守成。——哦，说你给我交办的事吧，我哪一天下了班不跑？莫说没上劲儿干，谁跟钞票是仇人？不过，却得分外小心，这时人心坏完了，不深交的，不知根底的，不用说做这门交易，提一提你都危险。可是，我今天来就是告诉你这个批发处：这个货行市掉狠了，直泻两千多！据说，还有续泻趋势，听说一个大头目运来八十卡车那货，而且急于脱手，所以就掉狠了，呵呵呵……”

总算把自己的意见说完了，他一边干笑着，仿佛已然胜利鸣金；一边却担心地看着地上踱步沉思的主人，得意地挨挨鼻头。听到他的叙述，何天民不仅不如他意想之中的沮丧和惊奇，他只淡淡地说：

“掉了？竟这么巧吗？看你的运气！不过你可不用灰心，一时的风气，压压就好了。”

交易的事，这样就算结束了。主人一边踱着步，一边在细密地打量着客人，带着一种怜悯的神气，走着说道：

“好老乡，这个时代，你这种人生观，需要大加修正了。这是什么时代呀！”他大起声音来，“这个时代的精神，你先得把握到，那就是百分之百的今天主义，所谓无远虑就有近忧，明天的事，谁也顾不了，管不了；今天就是一切，一切属于今天。我们合伙做大烟生意，我们要用一切努力来建树自己的今天，有了钱就什么也有了。钱是一切。咱们是多年的老关系，因为你地方熟，所以我才请你做推销员，一方面，我要纠正你，站到实际的岸上来，像人地活人。总说一句话，我们要在这贩土的事业上来兴家立业。这比干别的来得快，虽然有危险，可是，宁肯痛痛快快活一分钟，不别别扭扭地活一百年，这就是今天主义的哲学，也就是时代精神。”

他的激辩，像从前在战地向军民宣讲敌人恶行的姿态。客人营养不良的脸上，在这种热力的烤灼下，渐渐泛起辉煌的光彩。在这种有声色的描述里，他又像看到自己辉煌灿烂的将来，像一堆夺目生光的金子，闪着永远可爱的光辉。他简直呆了，像受了魔术指点，连连地应着“是是”。这时不知所措地立起来，声音发颤地说：

“是，全凭老兄的抬爱，我一定尽力！……”

他再不知继续说什么好，只舐着发干的嘴唇，忽然呵呵地干笑起来，算是结语和祝贺；主人看着这个尴尬的表情，也就哈哈地应和地大笑着。客人觉得，他们已然在笑声里完全融洽无间，于是，就更加卖力地笑着，像在用心办一件主官亲交下来的公文。

笑着，笑着，忽然客人一下顿住了，翻着眼睛，原来他想起了一件事：局子里今晚上的讲经会，好像到了开会的时间了。于是，他抓起帽子，抱歉地说：

“局里今天晚上的讲经会，我倒忘记了，今天是秘书主任开讲，《大学》全书已然讲完，今天讲《中庸》，非到不可，这是机关学校化地实施，不到要受处分的。”

主人惊愕了一下，随即低下头去，说了句：“卵！”接着说，“真是，端了人家碗得受人家管，那你走吧！可不要忘了推销的事！只要弄成一宗像样的交易，比你干一年公务员还强得多。”

客人已然戴上帽子，笑着点头答应“是”，于是一块儿走出屋去。客人死推着不准再送并郑重地表示了自己无论如何要努力推销的意志，就告辞去了，留得主人一个在院子里。

院子里，黑暗已完成了它的坚强的统治基础。静静的，什么也看不见；悄悄的，什么也听不见。屋内青弱的灯光，虽已有损于广大的院内黑暗体系所统治的尊严，但是坚强的黑暗对它的抗压是更严厉的。青弱的灯光，被风吹得抖动一秒，黑暗的斗争威力就趁机增强一秒，毫不放松。……何天民继续停留在黑暗的院子里，自从送走了客人，他先感到一个征服者所有的愉快，充满了精神的力量，以致每晚照例要去的大街上一五三号里，或是大旅社的他的艳窟，这时也暂时地忘记了那里给他的享乐；这次征服的胜利，忽然和他在北平学生时代因为做学生运动坐在牢狱中的精神愉悦，以至他初到部队上因为不惯于长官的腐化恶化退化的三化作风，因而被一次又一次地送到禁闭室的精神愉悦，以及他现在的追求等等，奇怪地都联系了起来，成了一片汹涌的波涛，冲击着他。他先是抵御般的啃着嘴唇，强硬地站在院子的当中；后来又像抵御的防线已形崩溃地急遽地来回踱着短促的步子。他仿佛是一匹负伤的兽，在这黑暗的包围中，快短地踱着像是无尽的步子，头低得更下，更下，……

草黄色的影子

哈啰，上海到底是一个大地方，所谓五方杂处，华洋荟萃，在这里，我又和史得彪将军碰头了。

天继续落着雨。虽然季候已是春天，实在可是深冬的样子。雨不断地落着，人都要发霉了；雨略一停，雾又把城市包围起来，接着风又来了，它像一个酒醉的狂夫，任意地驰扫过一切，掠夺着一切，走在路上，衣服要被剥下来似的撑开去，而嘴和眼睛也很难张开。晚上坐在屋子里，在昏暗的电灯下抽着烟，它的发狂地鸣叫，带着毁灭性的震撼，跑过来，追过去，城市静静地匍匐着，你感到这个世界不能容易地住下去，先是焦急地在地上踱步，接着就会塑像一样地坐在凳子上，把自己抛入一个严肃深邃的思考里，浑身充满了要决斗的力量，马上可以向一切扑击。可是，今天，雨平静地落着。我吸着廉价的三猫牌，站在窗前，披着一件褪色的军衣。妻又穿了厚厚的布棉袍，两个袖子和前胸闪着油污的暗色的光，她缩着肩膀，不断地嘀咕着，“我们的北方……”惦念着北方，说着无论如何还是赶回北方去吧，一边提着篮子上小菜市了。

我继续站在窗前，看着蓝色的烟圈在冷冽的空气里奔跑，追逐，然后消失在落雨里。窗外是一片广场，静悄悄地淋在雨里。旁边的便道上，妻的打着伞的影子孤独地闪动着，不久也就转过弯去了。便道上和发黑的马路上没有一个行人。我从雨天的惘怅里感到一点沉闷，这个城市仿佛还在睡梦中；远远的街车声模糊地响过去，偶尔飘来一声清脆的车铃声。这时，转弯的地方，出现了一个草黄色的影子，我弹了一下烧得长长的烟灰，伸长脖子，哦！原来是个披着斗篷的军人。他的马靴在雨地里托托地响着，一张苍白的脸向上仰，陌生地巡视着，穿过广场，停在我的门下了。

“老陈！”

这个发沙的声音是喊我，很熟悉的，但我记不起是谁，我哦地答应了。在疑虑中稍稍感到不快。我虽然也在抗战中做了整整八年的军人，可是复员后，早离开了军队，而现在，看见草黄色的影子，我就反胃一样地要呕吐，对于旧日的同事们，我一律规避，躲在上海这个小房间里，清算着自己，啃着自己灵魂一样地过活；一个终点走过了，我又从一个新的起点出发了。带着比八年前还激动的悲愤，觉得这个国家，要讲求“卫生”，就非彻底地用血洗刷一下不可……

我正迷乱着，楼梯已然响动，妻外出没有关门，当我一转身，客人已站在面前了，他的罩着玻璃皮的大檐军帽，四周滴着油亮的水滴，他正在脱斗篷。

“你，将军！”我吃惊地将身子退后去，这是史得彪，“你也跑到黄浦滩上来了，你好吧？”

他已然把帽子抛到桌上，两手提着裤膝坐下去，手伸向烟缸，脸仰起来，一张灰长脸，鬓角更是苍灰的，头发蓬乱着，肌肉松弛的脸上颤动着一种忧闷和不快，好像许多小虫子密密地爬动；一双肿起的扁眼睛无神而迷乱，嘴咧着，像笑，但又不成一种笑，两个发黑的金牙却露了出来，扁鼻子两旁的肌肉在抖动，互相收缩。

"好个屌毛！"他低沉地答道，忽然自己笑起来，"可把你找着了。"

接着又长长地叹了一口气。我看见他大口抽了一口烟，忽然皱了眉，脸上现出失惊的神色，把纸烟在手上转了一下，就扔到痰盂里了。

"你怎么抽这熊烟？"他说，"现在还为过日子打算盘，那用不着喽！活一天，算一天，吃喝好点算了。"他乏力地笑着，在自己口袋里摸出一包白锡包来砰地摆在桌子上，扔给我一支，往自己嘴上放了一支，掏出一个蛮考究的自来火点烟。

"你怎么也跑到上海滩来了，将军，前方军事火急呀，你还有这个心情来玩？"我重复着我的问题。

"火急什么！我，我下来了。"

"下来了？"我吃了一惊，"怎么能下来？"

"下来就下来了，有什么能不能！告诉你，队伍垮了，我下来了。"

"那你是仅以身免？"

"谁说不是。"他平静地吸着烟，眼睛一眨一眨的很平静。

"那你不干了？"

"我是不干了。"

“那你穿着军衣,还带领章?”

“唉,”他提高声音,不耐烦地往后仰着身子,“今天冷,我才披这身皮,下次你准保看不见我穿军衣了。可是,”他歪着头,眯怅着眼睛问我,“你怎么考我考得不停?你还是军法官吗?哈哈……”他哗笑着,“老谈这样的屌事干什么,我是来约你的……”

不等他说完,我也忽然地笑起来了。

“早不是军法官了,”我笑着说,“我不当军法官足有四年半了。”

我的后一句话他没听进去,话就停在军法官这件事上面了。他像忽然掉在一个坑里一样地掉在回忆里,深有感触地说:

“那年要不是碰到你,我就准算了伙食账喽!”

我在笑里怅了一下,仿佛一双关得很紧的门,不意地被他打开了。

不错,抗战的第二年,我从一个短期的军事学校毕业,因为原来在大学里读法律系,这时被分派到西北一个高级军事机关里做军法官。时候正在夏天,我正趴在桌子上抄什么,汗珠在眼毛下晃着,墨盒附近爬满了苍蝇,我非常不快,抄到一个段落,我抬直身子,却发现对面坐的是我的处长,他从眼镜下探视一样地看着我,已然有好一会儿了。我有点杂乱,正准备趴下头继续抄写时,我听见我的处长吆喝我的名字:

“陈敬中!”

声音非常柔润低沉,其中显然包含着什么考虑了好久的事,而经办的人也考虑很久才决定了是我这层意思。我是处长的同乡,虽然私交上不大接近,可是按照大家的说法,我这小子还“单纯”,

“价廉物美”，这种人，正是衙门里理想的摆设。主官放心你，因为起码不会为害，而没有害，就是利。所以在什么“机密”上，我也往往充当助手地参与一点。

我摸摸领子，放下笔，绕着桌子走到处长的面前，立正，敬礼。他取下花镜站起来，下巴点了一下，暗示我站近，我迈进一步靠拢桌子。“好！”他说，脸色显得紧张地把放在面前的一张公事拿起来，走向我，“这个，”他呻吟了一下，微微歪着头，像考察公事，兼也考察我的面色，“有这么一件怪讨厌的案子。两个高级军人贩鸦片五十两，被抓住送来了。你瞧！史得彪、王久文，可又都是咱们老乡，”他把案卷放下来，绕着椅子踱小步，眼睛深深地打量着我，我的鼻尖上全是汗湿。“这个事真讨厌，按法办吧，老乡伙里一定不能原谅你，而且我们在外面跑腿的人，谁没个坎坷？做事总得留个余地。所谓予人方便自己方便。况且你把这两个按道理枪毙了，资历都这么好，实在可惜得很——”他一个字、一个字地小声低吟着，摇着下巴。我知道，既然叫我来了，他也早就决定好了，这些呻吟，都是一种过程。这些老狐狸，他要吃葡萄，却引诱别人去摘，最好再放到他嘴里。我舐着自己发干的唇说：

“报告处长，是不是先问一问再说？”

“我约略问过一下了，”他有点笑意地咬着下唇，两个眼角全是褶皱，好似猎人看到自己想狩取的动物进入陷阱了的那种表情。这时他瞪圆眼睛看着我，表示坚决了的样子，“你，陈敬中，可以先到拘留所看看，不说是我的意思，看看他们两个的话头，回来商量。”他把嘴对着我的耳朵，“晚上来我家里，再说你得到的结果。”

这时，我的耳旁像放了一炮，我的神经震动，全身冒汗。真是年轻识浅,可笑自己怎么能把自己陷入歇斯底里的状态里。可是,我这种犹豫和战栗,全到我的处长眼里了,他把这叫作年轻人的幼稚冲动。他笑了一下,向着我,两只眼睛稀有地明亮。

“去吧,”他坚决地说,“年轻人,要慢慢历练,才会明白,原来中国的事,你不能照书本子做,那都是瞎说;你要看事做事,给自己踩一条通路,这么就离发达不远了。千万不可固执;最有办法的人,就是自己没有意见的人。……哦,去吧,晚上到我家里来。……”

他知道我的“毛病”又犯了,所以把这类照例的规劝话,又背了一遍。这就完全是私谊了。因为我们既是老乡,他看到我这人又实在,虽然有点不识大体,可是这是受了“教育的毒害”,慢慢可以改过来的。他要提拔我,所以才这样苦口婆心地劝我。“你总有一天会明白我句句话都是真理。”正如他的历次所说的结论。我不待他的训词念完,就敬了礼到拘留所去了。他才满意地笑着,伸手在桌子上拿过一支烟。

晚上,我在处长公馆里报告:

“史得彪,这是一个看着不大正经的人,他看样子挺害怕,和我攀同乡,称我老弟,要我想办法,他是只要人的,东西怎样处分他不问;他说做这事,全出于无奈,被刷下来了,搞别的又搞不来,所以只有干这一套,他保证下次不再干这种犯法的事就是了。那个王久文却是一个厉害的家伙,样子很沉得住气,火气也很大,他顽强地说:‘随便吧,我们革了二十多年的命,连伙食也没得了,政府又不给你想办法,自己动脑筋,搞一点买卖吃饭,还留难你。我也不想活了,大家拼了算了,死了干脆。’我说:‘你干的是犯法买卖呀!’他还是倔强地说:‘只有我们两个贩毒吗?有枪杆子在手的,动不动就整卡车地贩,你们怎么不办一个?况且,这总比贪污清白呀!反正中国事就是这样:你有势力,什么全有理;一失势,毛病全来了。我们两个人弄五十两烟土,还是迫于生活,不想不被原谅,还给押起来!给你们上级说:谁能永远在台上不下来?不要把事情做绝了!这次落在你们手里,我死了就算了,这是命该如此;万一命大死不了,我出来咱们再算账,我拿手枪请客,他非倒不可!'这有什么屌了不得?还是史得彪活劝硬劝,他才低头不作声。你看怎么办,处长?"

这是我的报告全文。

处长却开朗地笑了。他解开桌子上的皮包,拿出公事来。

"你看,"他呻吟着,"我们积个德吧,都是在外头跑腿的人,你费点事把五十两改成五两,那么这宗事情,就算全顾到了。五十两据理应是死刑,而五两呢,就可以判个姑念初犯,取保释放,烟土没收。"

"那么我拿回宿舍改吧。"我说。

"不,不,这使不得!宿舍人多嘴杂,这个年头,两张信纸、一个信封、五分邮票,就可以告你一个撤职查办,你在这里改好了。"

于是,在光度不足的电灯下,我就在处长家的黑漆方桌上,歪着脑袋,先用小刀轻轻地刮去"五十"两个字,然后拿笔写了一个长一点的"五"字,再在洋蜡上烤了烤,给处长看,处长在灯下看了半天,又挑剔出几处黑迹,我又流着汗用小刀刮,直到他舐着嘴表示满意了。我心里却郁闷地喊着:法律呀,你妈的!……一直弄到夜深,我在处长的称赞下,莫名其妙地走回宿舍来,好像做了一个糊涂的梦。

过了大约三天，案子宣判了，判词是：“查该二员俱系高级军人，且早岁即投身革命，战功卓著，今为生活所迫，出此下策，本应严予惩处，以昭炯戒，惟姑念初犯，事非得已，且为数尚微，按照禁烟条例，亦不足构成严重罪状，今姑准取保释放，鸦片五两没收。”等等，在这一拐弯抹角的官腔下，他们虽然空着手，却都带着脑袋地出了拘留所了。至于那四十五两鸦片，谁也不知道到哪里去了。我因微劳，处长送我一套阴丹士林布军服料子，并再三严嘱，不准声张。又过了几天，处长请两位犯事的军人吃饭，另外几个老乡和我都是陪客，从这里起，我和史得彪成了朋友。在处长的慷慨陈词下，什么为乡里计，我们应该资助史、王两同乡，使他们可以再有个前途，也是大家的光荣云云，当席大家捐了路费，他们两个都上了重庆。

这以后，我在河南的一个火车站上碰到史得彪一次，他又是一个指挥官了，面孔吃得方方的，拍着我的肩膀，很快活地说了他得意的现状，这以后再没看见了。

现在，对着这颓然的神态，我涌现着许多所谓法官时代的可笑的回忆，我心想，他大概又掉在狼狈状态里了，我看着悠然地眺望着窗外的史得彪说：

“将军(这是有点开玩笑的意思的，因为史得彪是一个非常有意思的人，他有可惊的坦白的脾气，所以我惯称他将军)，”我说，“那你不搞军队，跑下来了，你是厌战或反战了？”

“不是，这才是胡扯蛋，”他站起来，在屋子里踱，“中国的军队大概都给磨成橡皮性了；而且，正如韩复榘所说，我们军人的立场，就是立在操场上，吃谁的饭替谁打仗，不讲什么是非黑白的。可是这个仗不能打了,不敢打了,起码死掉不够本。”

“你是怎么说法?”我追着他转动的身子问。

“那简单,”他站定了看着我,眼睛睁得大大的,一动也不动,仿佛他又置身在战场了,那里充满了由恐惧所生的疯狂,“这是一种什么战法呀!老实说,老弟,我混了快三十年的队伍,可就是没有见过这个战法:无前方后方,无白天黑夜,无刮风下雨,四面八方,时时刻刻都有危险盯着你,你像趴在棺材口上,时时都有进去的可能;再说咱们那些兵,经过这回抗战,可和张宗昌时代不同喽,那时呀,你只要说:兄弟们,干呀!把地方打下来,放假三天,金银财宝、姑娘媳妇,都是我们大家的,公家只要地方,东西不要,那真是士气百倍,杀声震天,老总一个一个都是红眼绿嘴的,急着发洋财,命早不顾了。清朝的曾国藩带兵也是这个教育法。可是这一次大大不同。打日本,我说,谁退,是孬种,是汉奸,所以军纪顶好维持;现在呢,不能这么说,老总们,又多半是乡下善良的百姓,常常叽咕着回家,老兵油子这八年里,不是死了,就是升了。于是我只得用张宗昌办法,可是更糟糕,到紧要三关,我们的枪都不响了,老总们都自己找好地方藏起来,枪都扳到前面去;我冒着汗,用脚踢,我就看见另一个兵提着手榴弹要向我摔过来;还有人喊叫:不打了,打不得了,投降了算了,反正做了俘虏,一个当兵的是死不了的!我说,好我的弟兄们呀!看我的脸子,国家不亏待我们呀!就有人说,国家是个屌!它是谁的国家?打这个喝兵血的龟孙!我只得赶快提着腿逃命。突然有人吆喝:打也行,你给多少钱叫打,论枪的算,打一枪五万,现钱现货!又有声音叫嚣着:十万!二十万!我的老天!我这个指挥官可没得办法了,你枪毙哪一个呢?全不打了!敌人眼看着扑过来，我只有狠着心地溜下来了，成了一个‘空军总司令’！打！打！打！上面闭着眼睛说空话，前方整团整师地垮，再打下去，就剩他一根光屌！我不打了，打死我也不干这熊事了！”

他喷着口沫，像被一种大的力量压迫着，不能自已地在地上跳着、喊着，脸上煞白，嘴唇厉害地抖着，从两只扁眼睛里放出一种恶毒的光，像要吞掉什么才甘心。他说完了，又一块石头一样地倒在椅子上，我看见他的枯黄的手指，在拿烟的时候，索索抖动。我想，我们这个乐天家，这回像受了教训了。可是我又想到那一回他的“出此下策”贩毒的事，这些人只能在不正常的手段上争取不正常的生存的，现在可再搞些什么呀？

“那你，将军，可准备怎么办呀，还是干老行道吗？这回再贩毒，我也准备参加一份。”我笑着说。

他的全身颤动着，这是感情激动后的疲惫；一边他的体质这时看来显得分外衰弱，他到上海滩里，恐怕生活是荒唐的。

他说，算回复我：

“笑话！我现在用不着干什么冒险的勾当，咱这几年年纪一大，人变得乖些了。中国的事就是这么一回事：只要有权有势，谁拿到手里是谁的；而且不论你是怎么拿来的，人家都尊重你，这就是中国的道理。我人在前面作战，军需可留在上海做买卖。这时候，做个高级官，还不是骗骗，谁不是咬着牙根，看在钱的面子上，给人家卖命，一边拼命多搂几个钱，为自己的后事打算？这时候，你只要有个地位，打三个月内战，只要运气好，侥幸不阵亡，不当俘虏，那退下来，吃三辈子都够了。什么事业、革命，都是他妈的狗屁！谁信那个，谁干那个！”

他换过一支烟，把还剩下的大半截丢在痰盂里，又站起身来，在屋里走着大步，忽然看着自己的军帽，疑惑地笑了起来。

“老弟，”他说，忽然换成一副轻松的口气，这才是我记忆中的史得彪应有的神态，“世界上总有气数这回事，你信吧？”他歪着头问我，一副暧昧的样子，眼睛一紧一闭，嘴唇微张着，“我参加北伐的时候，就是戴着大沿帽子的，可是现在倒霉的时候，又戴上大沿帽子，你说奇怪不奇怪？我看一本清朝野史，说是清朝初进关是一个女人和一个小孩，这是顺治和他的母亲；而清朝亡的时候，也是一个女人一个小孩，这是西太后和宣统。你说奇怪不奇怪？”

他自己反复地问着，鼻子里哼哼地响，掸着烟灰。对于他的这一种奇怪的历史逻辑，我不感兴趣。由着他在地上踱，扑这个抚那个，在他的变得消闲的姿态里，我沉入深思中。……

“你发什么呆，”史得彪看着沉默的我，奇怪地嚷着，“这才是驴尿打胯骨，犯不着！走，穿衣服，咱们先去喝两盅，今天天气冷，先暖和暖和，完了我再请你去一个好地方。还给你讲：我弄了一个小女人，不坏，你看看，品评品评！”他快活地笑起来了，那像爬满虫子的虚黄的脸上，泛着朵朵不正常的红润，额上的青筋一条条绽出来，他的眼睛眯起来，从那一线的缝里，射出一种黑黑的亮光，眼角布满皱纹，构成一种淫猥的笑容。

我皱了眉，摸着下巴向他说：

“那你这就算了？”

“可不算了！”他歪着头，两手一扳，肩膀斜着，“这年头，我是有了钱，明天可还不知道是谁的呢！快活一天算一天，明天，明天……”他忽然痛苦地痉挛着，很重地摔下手，回到椅子上，低了头，说不下去了。

雨已然住了,窗外早迷漫了雾,空际像塞满了湿棉絮似的云彩;起了风,雾在迅速地奔驰着,撕裂着,又结合着。一阵风撞进屋里来,窗门咯吱咯吱地拍响着,桌上的纸片都飞舞起来了。史得彪沉默地眯着眼,向着窗外,香烟的火星随着风势一个一个地飞出外面去;我嗅着潮湿的空气,背着手,低头在地上踏着步子。

史得彪忽然转过脸说:

"好了吧?"

"什么?"我停着问。

"衣服穿好了吧?"

"衣服?"我醒来似的一惊。

"穿你的衣服呀,"他失望地喊着,完全出乎意料之外,"先醉一下再说!"

"我的太太还没有回来。"我说,心里非常嫌恶,连一点动的意思都没有,所以讲出太太来拒绝。

可是他催促着:"走!"

我拖着步子到床下去摸鞋,找到一双破旧的皮鞋,这还是一双军鞋,底子上有洞,前后跟都破了,本来已是件废物,可是,在扔到窗外广场上的垃圾堆以前,我准备最后地穿它一次,去踩踏泥泞的街道,陪史得彪去忘了明天!

一边吃力地穿着鞋,心里嫌恶着,就像不愉快地去参加一个敷衍的葬仪。

一幅古画

一

离部队溃散已快一年了。李尚功将军说是因为战败责任，在被比他更厉害的将军们把他手下的几个师吃掉以后，现在在“花钱消灾”这一圆通的说法中，摸摸自己在队伍中混得花白的头发，一点火气没有地带着那个四十多岁还打扮得像二十岁的太太，和那个唯一的，已经十三岁，除过会挺着脖子吆喝用人，在金色领章前叫伯伯，还是小学一年级的少爷，和船破还有三千钉子的一些被敲剩的资金，晦气地移到上海滩了。

用儿子李小功的名字报过户口（因为他还是一个“黑人”，拿过钱的将军说，还得避避风头云云），他就是一天低了头，戚然地不说一句话。碰见熟人，或和家里人没事闲扯，他的牢骚也有限得很，也不过：

“唉！早知今天，抗战一胜利，我就不干了，结果落得一个人财两空！这下我是下了大决心了，我再有孙子也不让他穿军衣，我懊悔透了!”

这照例遭到了太太的反驳,这个不识大体的、随手花钱、开口就要枪毙人的女人,到了上海,倒反出落得更加美丽,她除过完全成了一个上海的外表,也正学习一套上海派的作风。她对丈夫的泄气很不以为然,甚至有点气愤,她比将军还有“见识”,她还留心天下大事呢。虽然她天天老在开牌九,呻吟着运气。她这时一翻那被美容师开过刀的有点不大灵活的眼皮,尖声说:

“老说泄气话!你不看报?第三次世界大战马上就起来了,我们阔的时候有的是,泄气干吗?”

将军下巴尖抵着出汗的、散发着浆洗气味的衬衣领,疑惑地、服从地笑着,像尽一种义务。这时,那和他们同来的太太的堂弟也就是原来的副官处长的吕华民,穿着一身洗浆得发硬的国民服,缩头缩脑地进来了。

“报告,”他有声无音地说,从那被折纹挤满的小眼睛里透出一点云母色的空洞的光,“王秘书,王兴文来了。”

正在将军和他的夫人惊愕得互相怨恨地望着的时候,一个细高弯长的身子已然绕过吕华民,向沙发深深地鞠了躬,这是一种日本式的鞠躬法,将军脸上发烫,有点迷乱,而只在嘴角纵出一种抵抗袭来不幸的鄙夷的皱纹。太太伸了一下脖子,要喊出什么,但在丈夫的深沉的目光阻止下,只好倒身在沙发上,把牌弄得哗啦哗啦地乱响,红的唇高高鼓起,整过容的眼睛露出刻毒的鄙视。

来客已然很自然地坐在将军对面的长沙发上,这是一个苍老黑瘦的人,头顶已然半秃,一副白边的近视眼镜松松地溜在扁平的下鼻梁上,镜腿已然露出铜绿;当便服穿着的褪色的显得又短又窄的旧军衣，满是折纹和油垢，散发着强烈的汗臭，而在胸前却挂着个怀表；没有帽子，窄小的领扣扎得脖子发红，领口的油黑像镶着的一条黑镶边，旧式的黑军靴，已然纵裂得不成样子，沾着厚厚的尘土；军服的口袋都鼓胀着，他这时先缓缓地把手伸到右边的口袋里，掏出一些陈旧的东西：烟盒、洋火、烟嘴，和不知是什么颜色的皱成一团的手巾，还有小刀子，都一件件地摆在桌子上，像是临时减轻负担；完成这些照例的过程后，这才伸到摆在桌子上的玻璃盒里拿烟，一边相看着吃惊得脸子发白的将军，声调缓缓地说：

"事情了结了吧？"

又缓缓地把烟在桌子上碰了碰，往长长的烟嘴上放。

"哦。"将军摸着自己日渐尖瘦的下巴，把腿搭在另一只腿上，嘴唇神经质地动了动，像咽下去什么。

本来把脸背过的太太，这时忽然把身子扭过来，尖声地说：

"了结了？几个钱都给人家拿光了，这叫花钱消灾，这时候我们是吃了一顿没一顿，比不得从前了，我们还要靠朋友接济过活呢！"

她深深地瞟了来客一眼，尖利地瞪着呆站在门口的堂弟，声调更严刻地吆喝着：

"华民，你到张总指挥家里看看，我托他太太卖的那个镯子，卖掉了没有？请他先借我们几十万块钱，好付水电费，人家公司里催了好几次了，再付不了，人家就要剪线了。"

吕华民周章狼狈地笑着，用手掌擦着圆圆的油汗脸，向来客点点头，斜着身子出去了。

一直逼视着将军的来客，像完全了然太太这一幕演出，并显示出有充分克服的自信；他冷笑着，发暗的眼睛，无所事事地看着天花板，显出一个读书人应有的风度。

太太陪着吕华民也出去了，她的高跟鞋踩在地上特别响亮，屋里留下淡淡的、随着她的动作而从衣衫上散发出来的香气。她出去和吕华民又商量什么去了。留在屋里的两个人想。

“唉！”将军移动了身子，忽然艰辛地叹了一口气。

“尚功，”来客缓缓地拖长声调说，一边在烟碟上掸着烟灰，“我的事——其实这事是你的事，你考虑好了没有？现在物价虽然涨了，若是由我主持一个学校或是一个小商店，却用不了多少钱，顶多一万万就够了。”

暴风雨来了，将军痛苦地惊觉到了。

“那，”将军摸着自己沁出汗珠的鼻子，在泛滥的情绪上竭力地化防御为抵抗，一边觉得像忽然穿了一件肮脏衣服似的很不舒服。“我的经济情况，你该明白了：部队垮了，剩余的那几个钱，当时我就给大家分了，大家捧我几年，我还不是一个不识好歹的人；你那时虽然只分到五百万，可是那时物价，五百万还能办一宗不大不小的事。接着我吃官司，自己手里的一点，全给抢光了。你不看我现在还是这个阔气派头，这都是虚架子，不撑不行；撑了撑得你好苦，好比搭梯子上墙，人家已然把梯子搬开了，你立在墙上下不来，那个苦呀，才是苦！咱们是多年的老同学，你的苦境我知道，可是我自顾不暇，还说办什么学校，开商店，我连伙食也成问题了。”

来客不相信地倾听着，歪着嘴巴抽烟，灰暗的眼神有时闪过一眼，已然表示出他的整个计划了。

“我不能强人所难，”他缓缓地说，“我这次到上海来，还有自己的事。其实，办学校也好，先开商店积蓄资本再办学校也好，这都是替你设想。为你的将来，先得创造你的社会地位，以便东山再起，用另一种姿态在社会上出现。倒不是全为我的生活，我有我的生活之道，去请我当中学校长的多着哩。又比如，那幅古画——这是咱们共事一场，我留的唯一纪念品，就是那回挺进山东作战，驻地民众送我的。卖掉它，就满够我办一个学校或生活的。你知道我是一个念书人，它和我的命一样，简直就是我的命。"他激动地说着，伸出发抖的手，把随手搁在身边的一个鼓得圆圆的皮包和一个用报纸包得细紧的长条随手放在桌子上，"可是你既然这么穷了，我不能迫人上吊，是不是？"

将军"哦哦"地应着，他心里点着火一样地痛苦。

"我就只有自力更生了，"来客漠然地接着说，"现在这个时代，一天一个样子，天天早晨看报以前，你心就发跳，不知又有什么不得了的消息了。我说办学校或是先办商店后办学校都是替你想。你想，你虽然苦，你虽然也受气，可是你是统治阶级呀！"他忽然严重地把头塞到将军的耳畔。

将军苍白的脸抖动了，他听到大炮还没有这么怕；来客的这些言论，仿佛证实了他和他一样身份的人们日夜所烦恼的幻景的真实性。

"有这个决定吗？"他声调紧张地说，眼睛求救地四向伸出。他完全慌乱，像水淹到脖子的人们将要死前的神态。

"有！"来客已然回到他的座位上，正在换烟，"我亲耳听见的：广播！"他郑重地加重语气说。

将军颓然地倒在椅子上，看着来客忽然变得愉快开朗的笑容，他分外痛苦,也分外憎恨。仿佛对面坐的那个吸烟的人就是要"决定"他的命运的人。他恐怖地大声说着另一个现职将军和他说过的话:

"我们这种人,到时候,钱多的跑外国,钱少的上山落草,可是我,"他痛苦地发现了自己,"我一个钱没有——他们该不至于吧?"

"那说不定,"来客的声音像从鼻子里发出,"倒霉的就是你这号人。你想,有钱有势的人家跑到外国去了,有枪杆的拉队伍上山去了,还不是拿你们这号人举了例子?天下事不幸就不幸在这里!比如这次捉汉奸……"

"那,"将军大声地说,截断了来客的话,眼睛瞪得很圆,"请你不要再说下去了,我是只好听天由命了,有什么办法!"这回是只好完全把身子埋在沙发里了,像被枪打中的人倒了下去。

来客忽然又从愉快里紧张起来,他那青青的额角,纵露出深深的折纹,他在失望面前颤抖起来了。他原来想,这么一吓就可以一榨,想不到完全扑空了,对方原来变成一个要钱不要命的死党。他抑制着空虚的自己,还是把声调放得缓缓的,同时又有了一个计划:他就要执行第二个计划了。

"尚功,"他温和地说,"我也是四十多岁的人了。你想,我办了一辈子的教育,抗战时期,又被你拉去帮忙,我本想,我们能安危相共地打出一个局面来,不幸队伍垮了,可是我想帮你挣扎的这点心意并没有改变,现在情况如此,真是出乎意外!我这几年虽然和社会失了联络,可是各方面的朋友还不少,我到上海,就是恢复从前的关系,我战前在陕西闹思想问题,你也知道。我现在想在上海卖出古画,拿这作基金,我要弄一点自己的小事业了;可是对不起,上海寸金寸地,少不得住宿方面又要打扰你了。我的一点小行李就在外面。”

“那——”将军又惯常地“那”了一下,痛苦虽然减少一些了,可是客人提出的实际问题,要住到这里,他又头痛起来了,他担心地向门口看了看,好在太太还没转来,他明明知道太太要为这和他大吵一场的,但他斗胆地逼使自己答应了。

“好吧,”来客开始往口袋里装那些摆出来的东西,“那我就和吕华民住在一个屋子里吧。”

“行,”将军恍惚地说,“他就住在这客厅的隔壁。”

来客缓缓地站起来,正弯身去提他的皮包和画卷,太太忽然像一股烈风似的卷进来了。她狠狠地瞪着屋子里的一切,正要用力闭身后的门,来客已然一条鱼一样地从她的身后溜走了。

于是和躲避一场暴风雨似的,将军被逼着从沙发上站起来,应付着太太的指责,自己没有声音地干笑着,像一个做错了事的小孩子。

“这些乱七八糟的人,总是送不走的鬼,使你死也不能清静!尚功,不准你再给他一分钱,他的那些花言巧语,都是混账话,我们千万不要上当!什么办学校和替你想办法,都是骗你的钱的花招。笑话!我们要你想办法吗?我们有我们的办法!不久,世界第三次大战一爆发,少不了你当官。你再不听我的话,我就带着孩子走,你和他过去!”外面就可以听见太太的响亮的声音。

“哦,哦!”将军尴尬地微嚅似的应和着。他茫然地觉得,来客的耸动听闻的要处置战犯论也好,太太的第三次世界大战论也好,都和现在的他无关,他只想握紧自己的已经瘪下去的钱袋,不妄用一文，一直到死，这才是最有把握的事。

二

“这女人呀！”来客勃然地从心里咆哮着，一脚已经踏在另一个门里了。吕华民正弯腰坐在床上，咧着嘴，失神地搓着脚，看见狼狈的来客进了门，大声说：

“欢迎、欢迎！秘座，我一个人不寂寞了。”

来客像没有听见这些热烈的欢迎辞句，他微嗫似的接续说：“他妈的！曹操倒灶遇蒋干，李尚功该算个好人，坏事就坏在这个婆娘手里！”

“怕老婆才能升官发财呀！”一个声音接着说。

一抬头，他才发现穿着短裤子、坐在床上的笑嘻嘻的吕华民，连忙弯腰握手：

“呀！吕公，失敬，失敬！”

“巧呀。”吕公笑眯眯地说，他的忧闷的生活，忽然开了花似的灿烂起来。

“这间房子成了收容所了！”来客仿佛发泄似的讽刺着，一边用尖尖的暗色的鼻子嗅着屋子四处，屋里有一点肥皂味，吕华民正洗过自己的短衣服，地上还摆着一个冒着胰子沫的脸盆。

来客故作失惊地说：

“吕公，你不是到什么张总指挥家里借钱去了？”

“没有的话。”吕公坐在床上，把几张散开的小报塞到枕头下面，给来客让出坐的地方。“这都是太太对付你的话。”

来客实在吃惊于这个“皇亲”这样的坦白程度，惊愕了一下，许多在部队时的不快回忆都涌上来了。记得有一次,他和几个同事曾为大家调剂一下苦生活,而把一个年轻的过路的贩卖金子的客人加了一顶政治帽子谋害了,他自己分到了五两金子,但是吕华民去告密了,要不是自己和李尚功是打小的朋友,那还了得! 因为可恶的是吕华民还一方面把案子告到总司令部去,总部密令查办的结果,是大家把分的金子拿出来,充为所谓部队的“公积金”,以贪污罪名枪毙了一个排长了事。自己有一个时候,弄得灰灰的,除了整天睡在那个寡妇家里,和她的孩子玩玩,鉴赏着她的那双迷人的小脚,不敢上办公室里面去。真是弄得人不像人,鬼不像鬼的。现在他站在地上,心里非常不愉快,简直有点羞于与这人为伍,但他忽然醒悟出来:吕华民光棍住在这里大约也有挺多牢骚,这么一转念,他又觉得这人实在情有可悯,可以和自己暂时结合在一起,称之为同志也不妨了。更重要的是,自己的第二个计划,可以从这里开始实施。他精神抖然一振:

“这种人头脑简单,只会用脚后跟思想,激他几句,怕他不卖力,李尚功的兵血钱怕拿不出几个来!”这个明快的思想,一刹那在他的复杂的脑中驰过,那些忽然涌现在脑际的过去的不快,一下子就消失得踪迹全无了。

他快活地坐下来,一边接过吕华民送过来的香烟,看过烟牌子以后,像煞有介事般的吃了一惊:

“好我的副官长哩!”他叫着吕华民的原来官称,正像吕华民在他一进门的时候称呼他的旧官称一样,大声地说,“你怎么这么节省了,吃这个坏烟!”

“不吃这不行,”副官处长苦笑着,“我的事情你还不知道,我要有一丝一毫的办法,我也不在这里当气筒。”

来客皱着眉地吸着糖精味的烟,一边酝酿着自己的计划,一边做梦似的听着副官长的自述。

忽然隔壁的客厅里,一个女人一进门就放声痛哭起来,像死了人似的悲痛欲绝。

副官处长刚说到他在送家眷回家乡的路上被自己的兵抢劫的紧张场面,听到这个刺耳的哭声,立即止住了,他竖起耳朵倾听,不禁大为吃惊地说:

“这不是老总的太太吗?”

“什么?”来客陌生地说,他忽然领悟过来了,“有钱有势的这么哭,我们穷人该上吊了!”

副官长苦涩地笑着说:

“这就是一家有一家的苦,谁家锅底下都有黑。你还不知道哩,老总现在变了性子了,这回战事失利跑到上海来,听说连军服都不穿了,动不动就打人耳光,踢人,每天夜里不回来,白天整天不起床,听说又弄了好几处小公馆哩!太太挨了耳光受了气,就跑到这里来哭诉。记得当初我们这位军长下台,太太很被那些太太们小看了一阵子,现在,可又成了好姊妹哩!”

这时像给吕华民的话举例证,客厅里正喧闹着一个女人失望之极的沙声的哭诉声:

“不瞒你老妹子说,当初我要知道他是这号人品,我也不闹离婚跟他跑,人家狠心地抛了丈夫孩子,哪晓得他事情一好,就是这副吃人的样子!”她边哭边嚷着。

“时候不对呀!太太!”是将军的沙嗓子哼着。

"什么时候不对?"女人停止了哭泣,凶狠地嚷着,"尚功,你们男人总是一个样子。"

"不是这么说,太太,"将军干笑地更正,"这个时候么,可真难熬。谁不忧,谁不愁? 仗这么难打,兵这么难带,上头火气这么大,你当指挥官,是老鼠进风箱,两头受气呀! 总座现在的情况,我很知道,苦闷呀! 没有办法呀! 好太太,我不是说泄气话,谁叫我们碰上这个倒霉的时候呢?"

女人还嘶嘶地絮说着,已然停止了哭嚎,只间歇地高声抽噎着。屋子里可紧张起来了,太太大声吆喝用人,毛巾在脸盆拧水的声音,仆役紧张的脚步声音,茶碗和嘴唇相撞的声音,接二连三地交响着。不久,一切又沉寂下来了,像突然搬走了一样,声息杳然——将军的一家,陪着来哭泣的太太出去解闷去了。

"真他妈的作孽!"副官处长先打破沉静,倒在床上,像从一场暴风雨中避难出来,非常不快。

来客的眼睛迷怅着,烟灰已积了长长的一大截,他也从自己的梦中醒来,而且有所决定了,他弯着腰,神秘地把嘴凑到副官处长的耳朵边,副官处长的肥脸上的肌肉收缩着,像要发出声音,黑痣一颗一颗地站起来,忽然大笑地滚到床上。

"有道理,有道理! 秘座,还是你们念书人有点子,我住在这里,被他们糟蹋得不像话了! 有道理,有道理! 你出去买回来,今天晚上我就大声地念,给他们听听,给咱们也解解气!"

来客呻吟一样地考虑着,文雅地说:

"其实,这是替你想的办法,我不靠这个。我这幅古画,只要卖掉,我就能办成一宗事业。比如说,卖一万万吧,我就吃利,一月也有个二千多万好拿,我吃喝用不了!李尚功,我不沾他的光!”

副官处长出声地拍着自己黑而多毛的腿,嘿嘿地应和着,粉红色的牙床鼓鼓地纵在外面。

来客已然平整地躺在副官处长对面的床上,烟雾把他包围起来,他正在复习着自己的如意算盘:如何拿上介绍信找专家鉴定或承认这幅古画,这不过只是一种手续,一个过程,不会成问题的。它当然是真的,应该是真的;然后租所房子,把留在小城市中过苦日子的太太和孩子接来,太太先得有件像样子的衣服,孩子也该上学,等等。对这一切的成为现实,他是充满了自信力的。他在烟雾中已忘了刚才在李尚功面前碰到的失败和难堪,过瘾似的又沉浸在这幅古画的价值所给他的快乐里,他忽然出声地笑起来了。

“笑什么呀,秘座!”躺在对面床上的副官处长转过脸来,吃惊地说;来客的出现,好像把他的寂寞生活结束了,待来客给他出了主意,再经过快乐的兴奋以后,略一沉静,他不禁又有点悲哀,“这是一种什么办法呀!”他自责着,“这和无赖躺在街上打滚有什么分别呢?”这时,他更有点惶然了,“但无论如何,总能出一口气!”于是他变得坚决而快乐了。“况且老王说得也对,他们要是害怕了,准会给老王拿钱,这事情是我出头办的,老王他总得分给我几个。那个时候,自己再找一个房子,把太太孩子接出来,做个小买卖,自由自在地过活,总比在这里当受气筒强多了。这个女人简直是只豺狼,眼睛长在额角上,像我也是有年纪有身份的人了,但她用起你来,骂起你来简直不留一点面子,不把你当人,还口口声声说是亲戚,是她照顾和关心你哩,你受了委屈还得感恩戴德哩!他妈的真混账透了!”他激动地想着,因为太兴奋了,一身肥肉像装了马达似的颤动起来了。他非常愤慨和激烈，恨不得马上就照王兴文的意思实行起来，这才痛快。“妈的，太气人了！”他下结论似的说。

来客已然站起来，在解开他的画卷。

副官处长伸长脖子，一边响亮地拍着大腿，看着来客的谨慎小心地展开画幅的样子，跟着紧张起来了。

“哦，吕公！”来客呻吟地说，“你来看看我这幅画吧！”

“什么？”

“这幅古画！”

“古画？”副官处长闭气似的肃然了。

“是的，这是无价之宝，就凭这幅画，做事业，你可以办一宗；要生活，利钱吃不完！”

“谁的画呀！”

副官处长热心地把头凑到展开的画前，用鼻子嗅着。

“这不是嗅的问题呀！”来客发笑地说，心里觉得这个人太蠢了，“天生的奴才！”他从心里说，“这是宋代名画，是宋徽宗的真迹，是无价之宝！懂吗？”

他大声说，又觉得自己简直是多余，这个蠢货懂什么宋代，宋徽宗！说不定还把它当成一件什么东西呢，这真是对牛弹琴！

“真的吗？”

“凭我这个眼光，还能假吗？这是世家藏的呀！”他像受了伤害似的愤然地用训斥一样的口气说。

副官处长茫然着，露着不胜羡慕的样子。

来客一边小心地卷着画，一边笑眯眯地看着发愣的副官处长。

“这个可怜的人儿精神上完全被压倒了。”他快乐地想。

“你请内行看过了吗？”副官处长忽然显得不无怀疑地说，从来客过去的和现在的身份，他不相信他会有一幅真的宋徽宗的画，就像他不相信马路上的野鸡戴的黄澄澄的镯子是金的一样，这就是他的认识论。

来客哈哈地大笑起来了，像忘了这话对他的侮辱和伤害性质；实在，他的自信力坚决极了。

“自然要请专家看。不过，”他非常自信地说，“在南京有好几个内行都看过了，没有问题！”

“值多少钱呢？”副官处长说，声调非常空洞，像忽然感到无聊似的，要打起呵欠来了。他还是不相信这个画会是真的。

来客作弄地、神秘地说：

“你算算？”

“五十万？”副官处长恍然地说。

“什么？”来客几乎要叫起来，“有只值五十万的古画吗？你真外行极了！”

“多少呀！”副官处长不服气地说，又有点紧张。

来客已然把画小心地卷好，眼睛向屋子里转了一周。

“这座公馆吧，”他很有分量地说，“大概和这幅画不过相等。”

副官处长没有什么话好说了。

他悻然地陷入沉思里，还是有点不服气，可是觉得这事到底与自己无关，也就懒得争论了。

“吕公，”来客得意地大声说，“我有这幅画，还靠李尚功吗？笑话！不过我想不到人这么不讲道义，眼光只看二寸远，完全不顾将来！这种人呀，将来不倒霉，那才算我的眼睛瞎了。”

“所以，秘座，”副官处长欢然地凑上去，他们的神情又配合了，“非弄他们一下不可！他可以说是毫不觉悟。说办就办，今天晚上我就开始！”

来客慌忙在翻自己的鼓胀的皮包，他终于找到一个土纸本的小册子。

“这本正好。”他说，庄重地递给副官处长，“随便念哪一段都行。就是这一类书。”

就在副官处长郑重而热心地接过书的时候，他怔了一下，像游击队埋好地雷时的感觉，他匆忙地收拾着画卷和照例从口袋里掏出来的那些零碎。

“我走了。”他说，副官处长刚把身子缩成一团，面向着墙热心地读着小册子，听见他说走了，吃了一惊地把头转过来。

“我办我的事去，”他拭擦着眼镜，一双显得阴灰的眼睛向上地估量着什么，解释着自己的逃避，不使对方起疑，“你好好努力吧，不过，”他加添了一句，“我的行李请你招呼他们给弄好。”

“不成问题。”副官处长响亮地拍着自己的大腿，眯起的眼睛和来客阴灰的眼睛忽然相遇，他正在把眼镜戴上去，于是两个人放肆地大笑起来了，副官处长的雄壮的呼号一样的笑声压倒了秘书的呻吟一样的干枯的笑声。……

在这座死一样沉寂的公馆里，只有这些哗然而起的笑声了。……

三

来客一夜没有回来。一直等到将军夫妇回来在客厅里争论着什么的时候，副官处长才关了门躺在床上，把泡好的一杯茶放在床头的小凳子上，搭起腿，清了清嗓子，和戏台上的名角一样，把客人留下的小册子高声地朗诵起来了。这是一本激烈的时事小册子。他每念完一段的时候，就露着幸灾乐祸的神色把耳朵贴着墙地听去。起先，是没有什么效果的，将军夫妇继续争论着：男人苦恼的时候，是否应该“玩玩”解闷，而做太太的是否应该原谅这一问题，太太是绝对的否定者，而将军的肯定语气也并不激烈。后来念过二三段，他发现隔壁屋子里渐渐静下来了。他快乐地觉得：他已然取得了初步的胜利——将军夫妇显然在注意听着了。过了大约近一个钟头吧，他再次停止下来的时候，他听到太太尖声说：

“都是鬼话，说这些鬼话就应该拉出去枪毙！”

将军显然掉在烦恼中了，他像在制止太太，声音微弱地说：“你不要吵！这些说话，我也早听见了。”

“都是坏人造的谣言呀，尚功！”太太的声调更尖地说，“一些，穷小子的胡扯，真该枪毙！”

再沉默了一下，他听见将军沉重的叹息，像一个掉在深坑里的人的呻吟，他有气无力地说：

“就是这个道理。不过，淑琴，”他吩咐太太，“我看我们明天还是先算一个卦去，看流年怎样。要是坏的话，趁早我们混个商人身份算了。临时逃难我们又没有钱。要不，真弄得别人偷了牛，把我们当贼办，那就大大地不上算了。”

“你老信这些鬼话。”太太驳着；不过，这个自信力极强的小女人，显然已开始发慌了。

“现在几点钟？”将军生硬地问着。

“你不是戴着表吗？这才是骑上驴的寻驴哩！”太太没有好气地回答。她的心里显然在酝酿着什么，从口气上可以听出的。

“哦，”将军木然地惊觉了，“还早，我们现在就出去吧，再找找上一回那个陆半仙去。”说着，沙发摇动了一下，像在起身的样子。

“说风就是雨！”太太发火了，“刚刚进门，又要出门去，其实，离得还远呢！着什么急？”

“不，你不知道，”将军声音有点梗塞，“我心里本来就有个疔，这一下长大了，不赶快医治，简直没有办法！”

“那又不是急病，”太太的尖嗓音，“又不是马上要人死！”

“比马上死了还难受！”将军抵抗着，“其实能干脆死了倒还好！哦，出去！”

“唉！”太太叹了一口气，“那我给你开开牌吧，自己先算一算。”

于是，桌子上的清脆的牌声，夹杂着将军迟缓的脚步在地上沉闷的响声。

他伏在自己枕头上咯咯地笑了起来，他觉得他活了四十几年，只是这一刻才像个人似的活着。于是清了一下嗓子，带着响声地呼呼地喝了几口茶，更高声地朗诵起来了。

忽然他吃了一惊，他听见牌哗啦地摔到地上，将军也停止了踱步。他的心激烈地跳动起来了，他全身紧张，肌肉在厉害地收缩着：他意识到祸事来了。果不然，太太大声地喊他：

“华民，过来！”

一刹那间，他把刚才得到的快乐完全忘却，像不留神掉在枯井里，不知所措。他歪歪斜斜地从床上起来，一股寒流在他的脊骨上流去，觉得自己的膝头在发软，到他站在客厅门口的时候，几乎站不稳了。他一方面怨恨自己的软弱,一方面从心里叹息自己这样听见李尚功夫妇的声音就发抖的坏习惯。他先发现将军脸色惨白地木立在地上,太太却满脸红得和她的红宝石耳坠一样地鲜艳可怕。

“华民,”太太大声说,“你哪里学的这一套?”

“哦哦。”他的嗓子已然干涸了,哼不出什么来。

“你住到这里,”太太盯着他说,“还不是因为是亲戚关系?我们有什么得罪你的地方?你不知道军长近来的精神不好吗?你却专念这些无聊的鬼话,你哪里长的这个好脑筋呀?”

“嘿嘿!”他的心脏在别别地跳跃了。

“你说!”太太一手撑着腰,迈到他的面前,“这是你的意思吗?你哪里弄的这种反动书?快说!你亏得住在我们公馆里,要换在别的地方,你早没有脑袋了!这些混账话念得吗?”

“嘿嘿!”他恭垂着两手,腰习惯地躬下,脸色阴惨了起来。

“你说呀,是谁教你的?你领的谁的高教?”太太尖尖的手指着他冒汗的鼻尖。

“王兴文。”他吞吞吐吐的,自己也不知说什么。他的头依然在嗡嗡地吼着,觉得像踏在云里走,“是王兴文的一本书,我无聊就念起来了,其实军长一家对我是天高地厚;我靠谁吃饭呀!况且还是自己人,嘿嘿……”

不等他说完,太太已一个箭步跳到军长面前,将军的苍白的脸上,那一双杀气很重的眉毛在打结。

“又是王兴文!全是你,”她这次是指着将军的发暗的鼻子尖,“我说这是个阴险小人,早就不能搭理了,你还是要留他,看!可好,他倒欺负起你来了,你的好同学呀!"

她在地板上跳着,不可救药地发怒了。一转眼,又跳到副官处长的面前。

"这里还有王兴文的东西没有?有,都扔出去,叫他滚,他要发赖就押起来!"

将军一直摸着自己的下巴,这时抬起头,意外和气地对副官处长说:

"不要难为他,他回来,托个原因请他走。"

"你还做好人哩!"太太鄙夷地说,"他又要卖你了,你还是不记心。你是属老鼠的吗?忘性这么大!上一次部队告你吃空子走私,不是他暗里写的公事吗?你真是好人!这年头,好人做不得喽!人家拿刀子杀你,你还赔笑脸,真是!"

"不!"将军沉重地叹息说,"我们做事不可太过,不能和他一般见识。他再厉害,再毒辣,在社会上还是没有我们站得高。凡事必留余地,我们现在顾不到他,可是我们不能得罪他!"

"不得罪他!"太太刻毒之极地尖声说。

"是的,不能得罪他,"将军肯定地说,"这种在社会上东走走西跑跑的人,这种江湖客,在这种变乱的时代,还是以不得罪人为妙!他什么做不出来?我们现在是个'黑人',见了谁都得小三辈,请他走就是了,不可得罪!"

副官处长已悄悄地退回自己的屋里,他的发昏的耳边响着太太最后的一句话:"你要再这个样子,我不仅要你滚,我还要枪毙你!你不是三岁的小孩子,应该知道好歹。别人叫你杀人你就去杀人吗?傻蛋!"他无味地睡到自己床上,连气也不敢大声出,眼睛睁得很大。他轻轻地抚摸着自己被蚊子咬的大腿，继续听着太太开牌的哗啦哗啦的响声和将军沉郁的步声。

“上了王兴文的当了！”他忽然发现了真理似的想道，非常懊恼，“念书人没有好玩意儿，他出个名堂要你出头搞，他自己躲到一边去，有祸是你的，有利是他的。这小子，这小子，可杀！”他越想越愤怒，一下子从床上翻起来，笔直地站在地上，好像要准备去打架。这时客厅的钟打了一点，他完全暴怒，“他不会回来了，这就是他的诡计！好，有你小子的，这账非算不可！”他痛彻肺腑，真想打自己几个耳光，在情绪的混乱中，他对王兴文的愤怒不断地扩大化和尖锐化。他联想到，王兴文在部队时的卑劣与无耻。比如，他处处自称是李尚功的同学，到处招摇撞骗，李尚功一次过生日，他就给李尚功做传，说李尚功如何革命，如何伟大，如何英武，如何仁慈，甚至李尚功妈生李尚功的时候，还梦见什么，生下来的时候，又是满室异香，天空中隐隐有丝竹之声；又说李尚功是唐朝李世民之后，早年在日本上陆军大学的时候，就认识孙中山，等等，而这一本薄薄的油印小册子，他用军部命令分发各单位，少尉以上每人必备一本，他一边通知军需处扣饷，狠赚了一笔，而这些来路不正的钱，照例又送给那个满脸雀斑的寡妇了；还有，李尚功在垮台前，队部闹人事斗争，告李尚功的黑信，就是他起草的，“这还算个人吗？这有一点人味吗？”他几乎要大声地喊出来。这时，他的脚又痒起来了，他的脚气病已然有十多年的历史，他不得不跳到床上去，一边皱着脸吃力地抓脚，一边牙咬得咯咯响，“可恶至极！”他继续想。

这次李尚功因为部队作战垮了，撤职查办，这个王兴文当时是留守后方的，不仅不能替李尚功分忧分怨，而且趁火打劫，向李尚功要钱;李尚功一吃官司,他又不见人影了;现在李尚功花钱买平安地住到上海,他又寻来了,还是老一套:想方设法骗钱,而且说得吼雷闪电,他又是个什么了不得的东西了。李尚功不上当,他又找到了我,利用我。

“弄到老子头上来了!”这里,他简直完全觉悟了,自己真对不起李尚功夫妇,自己倒了这样的霉,几个钱和行李,在送眷回乡的路上完全被那团没有良心的兵抢光,自己是孤身流落上海,李尚功夫妇人家在困难中,总算还顾念到亲戚情谊,把自己收留了,而自己竟这样?没良心,跟在王兴文的屁股后面起哄。“人家总算是有身份的人,只说你一顿,”他觉得非常侥幸,从这里他又模糊地想到,只要自己知情,能真心替人家干,就是受点气,甚至挨耳光吧,都是人家不把你当外人看的表示,“到那时候,”他快乐地想,“人家只要认识你的忠心,怕不把全部家当交给你管?那你就可以喘过气,把家眷接到上海来,安安稳稳地住在这间房子里,等到世界第三次大战起来了,李尚功怕不当总司令?那时候,到那时候,自己更该飞黄腾达了,看相的先生说得好:自己一过四十五才交正运,怕就是这个机会了。……”他想得非常快乐和自在。

“王兴文这小子还不回来,”他忽然又掉进原来的烦恼里,可是他的情绪是乐观的,“准定给车子轧死了,这种人,活该,应该有这个报应。”

于是,他快活地打了几个滚,呼呼地睡去了,而且在甜蜜的睡眠里,完全忘记了悲愤的奴隶生涯,做了许多他的愚笨的脑筋所想象不到的快乐的美梦。

四

第二天午后，客人面色惨白，喝醉了酒似的，东倒西歪地走回来了。昨天一出门，他先去尝了一下“上海的味道”，就是说，由一个“蚂蝗”先生的引见，他到一个什么混杂的弄堂内，带着恐惧和兴奋过了一夜。第二天过午他才无精打采地低了头跑出来，精神毫无，像被人重重地打了一顿。他拖着发软的双腿，接连地打着呵欠，按照介绍信上所写的地址，找到那个南京朋友所说的古画权威鉴赏家家里。

鉴赏专家在铺着地毯的精美的客厅里接见了他，这是一个五十多岁，看上去才有四十左右、保养很好的人，白皙的脸上充满着傲慢和自尊，穿着很整洁的流行时样的西装，拖着鲜艳的绣花缎子拖鞋，没结领带，从半敞开的英国麻布衬衣的领口里，露出没有血色的白而细的胸肉。这个人飘洒安逸，达观自在，不像是在这个苦难的国度里能生长培养出来的动物。

来客在这个高雅的环境里，显得是一种极寒碜的，甚至是污秽的存在。他竭力克服着自己的局促，不停地用那块污秽的手巾拭着泉水一样涌出来的满头满脖子的发酸味的汗湿。在把古画展开的时候，他才得到安定，甚至自得，向着歪着头眉毛拧成一堆注意地鉴赏着画面的专家，得意地说：

“南京的王先生看过了，说是没有问题是真的，该是一件值钱的东西了。”

专家咬着鲜红的薄薄的下唇，脸上显着不快的宁静，用没有血色的白皙的手轻轻地抚摸着画面。

“不见得吧！”专家把身子往后一仰，眼睛虽然还睨视着画，可是那张宁静的脸色已变得十分冷酷，冷冷地说。好像一股寒冷贯穿过他的全身，他停止了拭汗，口和眼都张得很大，耳朵里嗡嗡地响开了，好像从一个高处忽然摔了下来。

“请先生再费神仔细看一看。”过了一刻，他才恢复了意识，声音发抖地说；他一边吃力地支撑着自己，觉得完全解脱了似的，一切原来使他感到局促的设置和环境、酷热的天气，忽然都从他的感觉上消失了。

“用不着看了，”专家轻蔑地似笑非笑地说，一边又敷衍般的在画面上虚晃了一眼，腰就完全伸直地离开了，“就凭这个印鉴就不是真的。宋朝的印色到现在决不会这么鲜亮，这是一；再则，宋徽宗的印谱，没有这个形式的，你查查历代名人印谱就知道。不过这张画模仿得还不坏。假的是假的了。”

“不过，”他支持着颤动的身子声辩着，像要拼命地挽回自己的失去的荣誉和利益，虽然明明知道这是无济于事的多余，“南京的王先生说是没有问题呀！”

“王先生，”专家的轻蔑变得更深刻了，简直变成嫉恨，“他是有名的糊涂蛋，他懂个屁！他要敢断定是真的，也不要你来找我了。他只是在我这里学得一点皮毛知识呀！”接着就开朗地笑起来了。

“不过，”他呻吟着，几乎是哀恳的，“还是请先生再费心细看一下！”

“这还用再看吗？”专家大笑着，已然倒在沙发上，“假的！假的！我说假的就是假的！”

“但是，”他觉得自己已然在坚强了起来，奇怪地大声说，“我总希望它是真的！”

专家正在打自来火点烟，听见这种奇怪的议论，吃惊地愣了下，接着大笑起来。

“那不能由你的意思呀，老兄，”他要呛住似的说，连忙用手绢按着嘴，“我也不希望看一件假古董哩！”

“先生，”他一下子站到专家的面前，弯着腰，鼻子尖几乎挨到专家的稀疏的油亮整齐的头发，专家对他的突如其来的吃醉酒一样的莫名其妙的举动，非常震动，显出怜悯和厌恶地竭力把身子靠后埋到沙发里，像在逃避一种突然袭来的灾难。

“先生，”他温婉地说，神情恍惚，“我希望你说它是真的，你要我做什么我做什么。你不知道，我是多么苦，我的前途，我的事业，我的生活，我全寄托给它了。我虽然是一个军人，可是我是一个讲良心的军人；抗战前，我是一直办教育的。我有我的事业抱负，这完全是为了国家民族和社会福利的。请你说它是真的吧，只要你的一句话。你只要负责介绍，我的理想就实现了。”

“哦，”专家脸孔红红的，烦恼起来了，他认为这是一个精神病患者，非常不快，“我怎么能随便把假的说成是真的呢？”

“不是这么一回事，”他痛苦地解释着，“这不是一幅古画的问题，这是一个人的问题，一个人的事业问题。”

“对不起！”专家的脸绷紧了，不高兴地站了起来，“我的朋友介绍我鉴定的是一幅古画，不是一个人，你明白吗？”

“可是，”他纠缠着，非常顽强，“你先生不愿意负责，可不可以转介绍另外的专家，或是古董店的老板，证明这是真的，少卖几个钱不要紧，我就非常感激了。”

“买古画的都长得有眼睛呀，”专家啼笑皆非地嚷起来了，“这明明是假的,你能强说是真的吗？就说它是真的吧,人家一看还是假的呀!”他显得没有办法地推开手。

“那么就算是假的了?”他的声音在不服气中颤抖得很厉害。

“假的。”专家坚定地看着他,露出玩弄的笑意。

“真是假的?”他痛苦地逼进一步,觉得有谁拿刀子在他的胸上戳了好几个窟窿。

“就是假的。”专家也逼进一步地肯定,玩弄得更残酷了。

“你敢负责吗?”他全身战栗了,非常愤怒。

专家悠闲地在烟盒中取烟,鄙视地大声哈哈着,像拍着石像似的拍着他的肩膀,安慰地说:

“算了,不要难过。”他揶揄地说,“这没有什么可以难过和发怒的。真的就是真的,假的就是假的,嘴里说了不管用,要拿事实来决定。我不能欺骗你,否则,你兴高采烈地去卖了,到那时碰了钉子,那才痛苦哩。承认这个事实吧,不要痛苦,你是上了人的当了!你多少钱买的,在什么地方?”

但是,他已然没有回答问题的勇气了,连停留在这里的能力也没有了。不过,他事先没有打听明白,这个鉴赏专家,坐在这“东方的魔都”上海滩上,是用什么来维持他的豪华的生存的。他专门制造假古董来哄骗中外的暴发户,他是一个地道的老骗子,只不过在别人的假古董面前才摆出神圣不可侵犯的专家尊严,他是这么才取得了专家的权威,而从这权威魔术中,站在中国废墟上大吃大喝笑声朗然地过日子的。被专家压得昏迷半死的来客,是整个地陷于崩溃了,他挟着卷得松松的画幅,忘记了收拾照例地摆出来的他的各种零碎,苍白着,颤抖着,失去知觉般的,在专家的嘲弄的笑容下，惊慌失措地跑到街上了。他踏着云雾似的走着，额上渗着冷汗，觉得像在一个烦躁的梦中旅行，非常难受和饥渴。奇怪的是，他终于回到将军的公馆里，他恍惚地闪着一个希望：赶快躺下去吧，好好睡一觉；还有，痛快地喝喝水，他快要烧焦了。

他上了楼，一下倒在住屋的门上，门像铁桶似的关着，他虽然整个身子用力地抗了好久，门还是屹然不动，一点动静也没有。他非常痛苦地竭尽全力般的喊着吕华民，但也和在山野地里吆喝一样，没有回响。他觉得很奇怪。他再碰客厅的门，也是和铁打的一样，屹然不动。他想，真的在倒霉的梦中么，要不还是李尚功全家搬走了？最后，他出力地喊着李尚功的名字，就在这个时候，一个穿着条布衬衫、脸孔红红的青年副官在他面前出现了，他觉得这人像从地下蹿出来似的突然，越疑惑是在梦中了。

“王先生。”副官的声调，一听就气倒人。

“我是王秘书，”他不知从什么地方涌出了力量，严重地纠正李尚功的副官，他称为小奴才的，“谁叫你叫我先生，你配？这么没有礼貌！”他一如在部队当官时那样，端起一副长官派头。

这个副官露出一副怜悯的样子，上下打量着他，几乎要失声地笑出来，随即弯了一下身子，用两个指头轻轻地拎着早就捆好放在那里的来客的可怜的行李。

“好，那么就是王秘书吧，”他开玩笑地说，“军长的命令，这里地方小，放不下你老人家，行李我替你收拾好了，请你走吧。”

“笑话！”他怒斥着，“李立德，”他大声地喊着副官的名字，“你跟李军长也不是一天半月的了，我和军长的关系，你该知道吧？军长这次请我来上海住，我好容易才脱开身子赶来，你怎么敢对我这个态度？你受过训练没有？我和吕处长同住，也是军长吩咐的呀！”

副官早就挺着胸下楼去了，只在半楼梯转过身瞪了他一眼，好像警告他：再啰唆就要更不客气，这才负气地下去了。

只留下他一个人在这阴暗的楼上走廊里了。

“可恶！”他烦躁地想着，有点惶惑，“这是怎么一回事？”他一下觉得非常冤枉，几乎要大声喊起来。但他还有念书人临危不乱的冷静，“这一定是吕华民捣的鬼，”他想，他于是很愤怒，“吕华民，这小子头脑简单，一副奴才相，挨耳光还笑的家伙，准是嫉妒我，在李尚功跟前说了什么坏话了。”他分析着吕华民，觉得这个结论非常正确，更大的愤怒又涌上来了，“吕华民，”他几乎要出声地怒骂他，“咱们井水不犯河水，你为什么这么损人不利己？”接着又恍然悟到：吕华民这次对自己殷勤，吕华民的破产和在这里的受气，“他也是个可怜人呀！”他想，吕华民自己这么苦闷，对李尚功夫妇这么憎恨，绝不至于捣自己的蛋的。于是他又非常懊丧，觉得错怪了人，对吕华民非常抱歉。“但是，”他又惊觉到，“吕华民是个标准的奴才，准是李尚功那个可憎的女人吩咐了他什么话，他才不敢接近自己避开了，准是，准是！这种人毫无骨头，畏首畏尾，听见李尚功的话声和脚步声就全身发抖，并且绝对自私自利，毫无道义可言，说得天花乱坠，挺着胸充好汉，一到紧要三关，溜得比谁都快。真是可恶之至！”不过关于他唆使吕华民念激烈的小册子恐吓李尚功夫妇希图诈财的事，他早忘却了。

他完全陷于混乱和愤怒。李尚功的儿子小功这时忽然跑到楼上来了。这个十三岁的孩子，头发就梳得雪亮，而且还绅士派地打着领带，虽然自己曾是他的家庭教师，但这孩子完全不服教导，对读书毫无兴趣，他虽然在李尚功夫妇的面前一再夸奖这个孩子的英俊、聪明，并且说，依照星术，这个孩子口大额宽、龙行虎步，声音洪亮，将来必有大的发达；至于不用功读书，但大人物都是不读书的，像希特勒、朱元璋，还有当今的领袖，等等。可是心里也非常恼恨这个富家气十足的孩子，或羡慕这个孩子。现在，在这个孩子的同情眼光下，他非常受感动了。

“伯伯，”小孩子仰着头说，“你要搬到什么地方去呢？”

“我吗？”他睁大了阴暗无光的眼睛，全部的愤怒都高度集中起来了。但当他正要像喷泉一样地喷出自己的全部愤怒和怨毒的时候，忽然一下子陷下去似的，他又失去了他的愤怒和怨毒，精神却奇怪地开朗起来了。

“我要搬去的地方，”他几乎是快活的声调，“比你们这个公馆大得多，阔气得多，也凉快得多！你们这里只有一个可怜的小花园，我那个地方却是树木花草、各种鸟兽，无所不有，而且有一百亩大。要多阔有多阔，要多好有多好。你虽然没有福气去住，但是你和你父亲坐车子来吧，你来开开眼界吧。”接着，哈哈地大笑起来了。

这笑，像一个开始，或一个结束。他从失望的狼狈中肆意地哗笑着，笑得东倒西歪，觉得自己一下子变得非常轻，和一根羽毛一样；他动作这么轻决，他毫不费力地提了自己的行李，胁下挟着画幅，像一股疾风一样地刮到街上。强烈的，使人战栗的笑声很久很久地留在死一般寂静的楼房里，飘散着，凝结着，振荡着，像一个生命般的终竟消灭了。

夏天的太阳正毒辣地迫害着街市，稀疏的行人硬着头皮焦躁地匆匆走着，像忍受着残酷的刑法。他完全沉默了，像走在荒野里般的，他快步急行，笔直地向着他自己也不知道的地方由着脚步走去，而胁下挟着的古画，已不知在什么时候悄然地掉了下去落在火烫的马路上，又被一辆急驶而过的汽车轧碎了。可是他再不知道什么，也不关心什么，只是贸然地疾行和疾行，像一个断了线的气球，盲目地滚着和滚着。……

人的斗争

——《一个人和他的记忆》续篇

在一九四七年中秋节后的第三个深夜，我们由亚尔培路二号被押到蓬莱监狱来了。在亚尔培路二号，我们两号室的朋友包括了骆仲达和吴二男，这是在监狱中结识的；陈子涛则押在二号里的一号室。这时，在蓬莱监狱的第四号监房中我们会师了。

老吴和老陈也会师了，他们蹲在隐僻的角落里，谈着彼此的遭遇，老陈要我去听他的故事，老骆也早参加在那个谈话堆里。

老陈他们的杂志，为了坚持斗争，在一些进步的报纸和杂志都被黑手扼死了以后，仍然不懈不惧地坚持了更尖锐的斗争，简直成了文化界的中心和重心，特务的鼻子追嗅着他们，他们转入游击方式，仍然艰苦地做到不脱期的努力，老陈的一只皮包就是整个的办公室，他东到一个地方西到一个地方地营着游击队员的生活。在被捕前两个月，这才住到了老骆家里。被捕的那天，说也奇怪，他下午还在亚尔培路二号的门口等公共汽车，那是十路车子的站口，在等车子的时间他还无聊地向这个魔窟望了望,想不到回到老骆家里,刚洗过澡,特务们就大群地冲开了门进来了,在书室里一把抓住他。

“这全是知识分子的小趣味主义惹了祸,”陈说,“我的一支笔上刻了我自己的名字,特务一搜到笔,在电灯下一照,如获至宝似的喜欢地说,可找到你了,马上啪、啪、啪的就是一顿耳光。”一说完,他清朗地笑了。

到了二号,不容分说,他一直就被押到楼上会客厅里,一个穿长袍肥头大耳的戴眼镜的中年胖子,高高坐在桌子的上首,吸着雪茄。他立在地下,身旁是几个杀气腾腾的小特务,都显出一副精力横溢的样子,像劫得财宝回山的强盗。房子里出奇地静。

“你就是陈子涛吗?久仰久仰!”胖子鼻子里喷出青烟,两个圆眼睛透过凸出的镜片冷峻地瞪着,肥腮帮上拉出两条弧线,是一种充满了轻蔑的仇恨表情。头微微向一旁傲慢地摆动。

“不错。”陈的瘦削的身子昂然地挺向前。

“我是这里的主任秘书,姓彭,你记清楚。”这个胖子慢吞吞的一个字一个字矜持地说,眼睛向下平视着,怨毒在积聚,“我就是你说的特务——国民党的走狗!”他大声地威严地喊着,尾音发尖。

“你说得差不多!”陈以鄙夷的声调倨傲地说。

“你混蛋!”这头畜生积聚的怨毒一下燎亮地燃着了,他大声拍着桌子,地上站着带枪的小特务,一下全前进了一步,挤拢在陈的身边,摆出要动手的样子。

“好,”这头牲口声调阴沉地继续说,又缓和了下来,“你到了这里还是这么蛮横,你这才真是一个好共产党,我佩服!哈哈……”

他伸起大拇指，嘲弄地说，鼻子里发出粗重的恶笑声，显示了他的胸有成竹的不慌不忙先玩弄你一下、消遣你一下的可恶态度，“你真有种，你算好汉！你不愧受过毛泽东的教育！好极了！哈哈……”停了一下，忽然面孔一变，绷成铁青，“我今天就先考试考试你这个共产党！来人呀！”围在老陈周围的特务抢步向前，左右都是两个，抓紧陈的臂膀，后面一个双手揪着陈的衬衣。“先剥光他！”牲口用非人的声音怒嗥着，陈一动也不动，眼睛直直地射着这个坏种，小特务们手脚利落地像剥窗户纸似的连扯带拉地剥下了陈的衣裤，只留下汗背心和短裤、袜。

“这样子不大体面了，哈哈……”牲口又玩弄地鼻笑着了，面孔好像被疾手操纵的机器似的马上又一板，“拉下去！”他随着离开了桌子，把半截雪茄使劲扔在痰盂里。

陈像臂生两翅，半空半实地被一群小特务拥着走，一股风似的下了楼梯，来到一间阴沉的小室。这里灯光阴惨，刑具俱全，是特务们出卖祖宗三代的地方。那头胖畜生跟着走进，先习惯地关紧身后的门，坐在小桌后面，面孔威严地向着凛然挺立的陈，瞪了足足有好几分钟，忽然堆下笑容来说：“你有种，真正做到临危不惧的古话，我佩服，佩服！哈哈……”忽然歪了头，伸向陈的面孔说：“我瞧你这个文弱的书生，身体恐怕吃不消吧？我也是个读书人，最能体谅读书人，你老实招了吧，我一定从宽处理，怎样？”

“……”陈挺立在地上，在小特务的挟持中。

“怎样？”

“……”陈仍然挺立在地上，在小特务的挟持中。

过了空气凝结了似的二三分钟。

“你怎么样?”牲口的声音大而厉,严厉地胁逼着陈。

“……”陈仍然挺立在地上,在小特务的挟持中。

“好,”牲口勃然大怒了,蠢笨地跳了起来,拍着桌子,“我是先礼后兵。”说着跳到陈的面前,肥掌在陈的两颊上飞快地挥动起来,啪,啪,啪,啪……

“老子给你先尝尝小点心!”打停了,牲口卷着袖子,气喘咻咻地说,“老子向来文明,不亲手打人,你太可气了,你用沉默来抗议,你不把老子当人看,你太侮辱人了,没有客气,今夜我陪你到天亮吧! 先上他老虎凳!”

小特务们把陈突然往下按去,陈的腿硬撑着,后面的小特务向陈的上腿部狠狠就是一脚,两旁按肩臂的特务,趁势就把陈按倒在地上,提起脚来一齐重重地向陈的弯放在地上的小腿部踩下去,骨节折断似的发出干硬的响声,陈的眼前摇晃,汗珠开始大颗地淌下来,他闭了眼,仍然没有声音,只是吃力地咬着唇皮。

“你有种,好汉!”大牲口双手叉着腰,冷峻地说,“提上去!”

小特务们把陈举在靠墙的老虎凳上,陈的双腿失掉作用地拖拉着,小特务们动作熟练迅快,一个使劲地当胸把陈推得脊背顶着墙,左右两个特务,一边一个拉直陈的两臂,又一个把陈的双腿拖在凳子上放平,一边向里推着两腿,使屁股结结实实地挨着墙,一个就解下挂在墙上的粗绳子,把陈的双腿和凳子绑在一起,绑一周,吃力地拉紧一下,一条很长的绳子密密地绑好了,这才拭着脸上的汗,拿起屋角放的粗木棍子,双臂挺直地用力地塞进陈的小腿和凳子的中间,又撬上去,露出空隙,那个负责陈的腿部的东西,就把预备在手里的砖头塞了一块进去。

“加!”大牲口喊着。

加上一块。

“加!”大牲口喊着。

又是一块。

“加!”大牲口声音发尖地喊。

又是一块。

“加!”大牲口非人性的声音。

又是一块。

撬腿部的棍子半垂直了。

“再加!”大牲口非人性的声音,尖锐地接近音阶的最高峰,尾音空虚。

又是一块。

“再加!”大牲口的声音恍惚了,只有一种尖而细的余音。

棍子垂直了。

塞进了第七块。

始终毫无声音。陈的眼睛深陷了下去,两颊发凹,本来是黝黑的面孔,成了青色,豆大的汗粒像泡沫似的全脸都是。

大牲口咧着嘴狞笑。

“招不招?”

“……”

“好!”他逼进一步,伸开肥掌,向陈的面颊上挥动,啪、啪、啪、啪、啪……和打墙一样。

“拧他的胸部!”大牲口气咻咻地憩了手,命令。

塞砖头的小特务,拿衬衣袖子拭着汗,握紧拳头,把陈的湿透的汗背心推上去，露出干瘦的胸脯来，这个畜生用他坚硬的拳头的棱角，在陈的胸上骨骼之间，贴着肉皮地由上到下又由左到右地全胸蹂躏，陈的嗓子里发出断续的嘶嘶声来，这么有四五分钟……

“招不招?”

尖锐的喊声响在陈的耳膜上，是微细的像一个蚊子的嗡嗡声，他的头本能地激烈地左右摆动着……

野兽们静静地睨视“人”，焦急地舐着自己发咸的唇皮。

“人”在凳子上，毫无声息，仿佛是一块冷却了的铁。

一个特务叹了一声气，马上为遮掩自己的懦弱，点了一根烟大口吸着。大牲口夺过烟去，把红红的烟头烧着青红交加的“人”的胸部，发出吱吱的声音，冒着青烟……

“人”的头倒一样地垂在一旁，汗珠遮没了眼睛，清鼻涕拖过啃得青紫的唇皮……

野兽们在寂寞中绝望地摇着头——没有法子。

大牲口到底是大牲口，他惊觉到“人”的流在胸前的口沫，和愈愈歪下的头，连忙说:“喷水!”

小特务慌忙在地上水桶里舀了一碗水，重重地吸了一口，猛然喷在“人”的脸上，又喷一口，一口，一口……

“人”头部蠕动着，微弱地睁开了眼，无神的眼里射出安详的光……

“先放下来!”大牲口凄厉地喊着，倒像他绑在老虎凳上。

小特务右脚伸起，向叠在腿下的七个砖头狠命地踢去，砖头哗啦地掉在地上；另一个小特务七手八脚地解绳子，解完绳子，踢砖的小特务双手提着“人”的两只脚猛然向后推去，发出“咯——吱”

的干裂的响声，“人”彻骨地喊了一声……

“这个共产党真可恶，我也弄倦了，”大牲口手发颤地燃着雪茄，“几点钟了？”

一个小特务看手表。

“快四点了。”

远处有鸡叫，是艰涩的模糊的从远处传来的啼声。

“先送他下去！”

五个小特务像拖一块木头似的把他拖到第一号囚室里，摔在地上，大声地锁了门，走了。

有人扶着他在狭小的地上转，他微弱地说：

“我要休息。”

“不行，”一个着急的声音，他下意识地明白，这是难友，他们大概没有睡着，或者被开门的声音惊醒了。“你不能就睡，这么要残废了。”他在难友们轮流的扶持下，在狭窄的地上转圈子，外面鸡响亮地叫着，繁密地叫着，晨风吹进来，他才觉得彻骨的痛疼和凉意……鸡更多更多地叫着，此起彼落，成了一片声音的海。电车在空旷的街道上驰骋了，这个醒来的都市开始了一天的生活和工作，他才沉沉地睡了去。有人揉着他的腿，他只感到身子不平衡的摇动，腿像脱离了自己；身子感到凉气，汗背心和短裤子都胶在身上……一天在迷昏中吃过两杯开水，黄昏的时候，他又被拖上去了，这次的凶手是苏麟阁。他不要搀扶，倒下去似的倚在地上，面向着这个因荒淫于酒色瘦得和骷髅一样的恶兽。

“先生，”这个恶棍皮笑肉不笑地嘿嘿笑着，“你是一个好汉！一个好共产党！共产党员都像你，我们早没有饭吃了。”他一边目光尖锐地考察着冷然的陈，但是像猛然开了门跑到刮风下雪的寒冷的气候中呼吸了一下却又被噎住了似的，这个兽倒吸了一口冷气，他竭力坚强着自己，用兽性打击着自己，一边却是还要柔和地接着说:“昨天晚上，姓彭的对付你那套太软了，他是这里的一个好人，一个趴在桌子上写等因奉此的人，不大来得手，所以给你造成了当英雄的机会。我兄弟你大概还不知道，我自我介绍，我姓苏，在这个机关提到我，铁人也要发抖，马上你就明白，嘿嘿……”更加紧地研究着陈的面孔，故意地停滞了一下，更柔和地接下去——这是最可恶的战术，好像是一种跑得快的人，他并不用笨重卖力的大步迈进，而是机警地、集中地用着灵活的小步，越走越快，估计到了目的地，然后伸前一步，把路走完了。特务们则是柔软，较柔软，更柔软，于是——面孔一翻，兽性泛滥地冲出。这是最可恶的一种兽类，做到这种功夫，是很需要有点“修养”的。这个兽更柔和地接下去说:“本来我们对于知识分子先生是最尊重的，没有确实的证据，我们不给他下手，要是有证据而不认账，这是和我们为难，这最不可原谅！对不起，我们要好好地请他享受享受，即或死掉，也该由他自己负责，这是他太不原谅自己嘛!”这个兽歪着头，摊开两手，简直是“可爱地”笑起来了，但那个丑脸已然成了青色了，笑只在上面随便地滑着——这个兽类作恶的阴谋在加速地努力和进步着。

“但是，”声音变了，是一种尖利的高声，脸色完全成了铁青，凶手的形态完成了，“我今天晚上要你负责答复我的第二句话:交出你的组织关系来!”

“什么组织关系，不懂!”陈冷然地说。

“不懂？哈哈！你好外行！先生，”这个兽又是那副嬉笑的神态了,“你开了口可真不容易,像我们这种人,能得到你的回话,真就很不容易了！也罢,我说给你几句,这是咱们的私人感情,回头再办咱们的公事——姓彭的昨晚那一夜是多余,害得他今天睡了一整天。我给你说吧,你的第一个问题‘是不是’,我们早解决了,你瞧,”这个兽类拉开抽屉,取得几张纸头出来,摔在陈的面前,笑着说,“这是不是你的东西?”不等陈回答,他就把桌子上的东西收回来,扔在抽屉里,叹了口气地说,“所以,我说这第一个问题本来解决了嘛,昨天那一夜只算是一个小小的见面礼,今天我正式奉陪。我们这里,哈哈,是以武会友！你说吧！”他玩弄地盯着陈,脸的下部却已开始变得冷峻,终至全脸是一片冷气,特务的脸型摆出来了。

陈蔑视地站着,没有言语,没有表示,他仿佛一个人站在狂风的荒野,精神独立。

“怎么？你真想领教我的本事吗?”野兽赫赫地说。

陈仍然如挺立于荒原。

“好吧,”野兽绝望了,“请你坐下来——推他在椅子上。”他摆了摆头,大声地命令地上伺候着的小特务。椅子像摔倒似的发出呻吟,陈被按在椅子上,在写字桌的另一面。野兽拉开了抽屉,拿出一包针摔在桌子上。这个东西,这个时候发了野性了。

“手伸上来!”大声吆喝着。

陈却像伸拳似的把右臂向野兽伸上去,这个野兽像精神上被这个充满了力量的拳头重重地捶击了一下似的,寒噤地站起来,头歪向后去;但马上他就获得了他的咆哮的据点,他带着反击的示威坐在椅子上,充血的眼睛直直地瞪着陈,头发像都要耸立起来。他很快地拿了一支针，一只手抓着陈的手腕，在旁边伺候的小特务冲上来，弄直陈的手指。一支白森森的针插进陈的指甲缝里。

于是，右手五个手指甲缝里都插满了针。

陈勇敢地伸出左臂，另一个小特务奔上来弄直陈的手指。

于是，左手的五个手指甲缝里都插满了针。

野兽露出白牙笑了。

陈凝视着那纵出的白牙齿，静静的。

“你真是一个好共产党员！”白牙齿间发出虎虎的声响。

“说！”咆哮了。

陈静静地凝视，超过了白牙齿，向前。窗布在飘动着，外面的天空漆黑而美丽，繁星闪烁着……

野兽拿起了沉重的墨盒盖，于是叮当地发出声音来——墨盒盖在针前后敲打着……

陈闭起了眼睛。

“说！”

陈还是闭着眼睛。

于是，墨盒盖又发出声音——它从针头上往下敲！

血，鲜红的血，油油地浸出来了，畅然地染红了手，流在桌子上。

陈的眼睛紧闭，汗珠坠一样地像能听见响声地掉在桌子上，和血结合在一起……

接着，又是，“第二套”，还是在静默中进行的：

陈被按在条凳子上缚紧，用毛巾围了嘴，这个野兽亲自拿了一只水壶，把水向毛巾倒去，陈艰辛地呼吸着，挣扎着，失掉了知觉……

水被喷在面上，他睁开了眼，清微的眼神。

野兽呆然地瞪视着他，开始失掉了工作的把握……

但是又来了第三套！

几双兽爪掰开陈的嘴，于是，红的香烟头在陈的舌上、唇上、颈上烫着，发出一片嗞嗞的皮肤烧焦的声音。

野兽“害羞”了，它忽然发狂似的用拳脚在陈的身上踢去，就正像蒋介石的刀兵这时在中国大地肆无忌惮地蹂躏一样，这是一幅具体的缩图。

陈在迷糊中听到鸡的高啼的清亮的鼓舞的声音……

这第二夜的“工作”完成了，他在“明天晚上我还要陪你一夜”的吼声中被拖到号子里……

在听“故事”的群中，记者方插嘴说：

“老陈被拖回来的时候，我们全号子的人都在焦望中睡去了，我忽然听到布撕裂的声音，我一个翻身坐起来，我看到老陈已然扯下一块衬衣布，往自己脖子勒去，我哭了，我夺了布，老陈已讲不出话来，他只指着自己的伤痕，发出模糊的语音，说他已抵抗不了痛苦，特务们是不让他活下去的，还是自杀了，免得再受侮辱，一边他又撕衬衣。我抱着老陈哭着说：活着就是希望，我们无论如何要抗过去！陈才不撕衣服了，忽然从眼里射出燃烧起来一样的光芒，和烈焰一样，我又伏在老陈的背上哭起来了。这时大家都醒来了。我们围着老陈，让他躺下，又没有调羹，我们只好用碗向老陈的唇边送水，用毛巾擦他的水湿的身子……”

老陈在方的叙述下看了围着他的大众一眼，又把香烟放到嘴上去……

第三夜还是这个姓苏的野兽下的手，这夜是绞头，这野兽说：“知识分子当共产党是从思想出发，要头部负责任，所以要绞头。”完了，又上了老虎凳。末了，这个兽狠狠地咧着嘴说：“我真要用那个办法了。”所谓那个办法，据说叫“猪鬃扎马眼”，是用猪鬃向生殖器的眼孔穿进去，这是清代北京的五城兵马司衙门审江洋大盗的刑法，铁汉也要死过去的，但仓促间没有刑具，“算你运气好。”这样陈突过了三关。此后再没有问过话，那野兽们费了两夜工夫的第二个问题现在还摆着，永远要摆着……

这就是我们会师的第一个夜间，所知道的老陈和敌人血的战斗的故事……

血的记忆

严厉的拷问进行了整整三夜，年轻的犯人除过用他衰弱的身体义愤地抗抵一切暴刑外，没一句话说。现在又是夜间，组长喝老酒就该回来，那么，刑讯又要开始了。

一阵战栗通过马得生的身子。这三天来，他从犯人的痛苦中所感染到的痛苦，忽然一把抓紧他，他感到苦恼的窒息。

那是在抗战的末期。这个躲在山里的小镇第一次安上这个奇怪的机关后，马得生便被从县警备队调到这里来当警卫，负责看守这个青年犯人。三个夜间，都因为他帮着组长给犯人用刑时的手脚发抖，挨了组长的拳打脚踢，都是在鸡叫的时候；他一手摸着自己红肿起来的脸，一手扶着昏迷的犯人走向监房去。今天早晨，他扶犯人出门的时候，听见副组长向组长说：

“马得生这东西是不是有什么问题？每次上刑，他都是脸色发青，手脚发抖，很不像样子！”

组长却仍是带着那种审犯人的口气说：

“你简直神经衰弱,马得生从乡下抽出来不过一个来月,人老实巴交的懂个屌!这只是不习惯,所以看见我们摆的这个场面害怕。我们慢慢训练他,这和小姑娘乍和男人睡觉一样,慢慢就会爱上的,哈哈……”

两个特务,忽然用了那么大的力气无耻地笑开了。

下午,组长换了新的衣服,预备出去的时候,微笑地拍着马得生肩膀说:

“在外边跑腿,心要狠手要辣,不要那么胆小,这里打死人又不要你偿命,还有重赏哩!像你这个熊样,简直不配穿军衣。唔,好好干,亏待不了你!……”

马得生当场没想到回话,只是听见组长的皮鞋声音远了,他才忽然觉得,他应该跟他说:他自己并不愿意穿这个军衣的。刚想到这里,他心里发了一阵冷,觉得这话是说不得的。他被抓来警备队当兵的第二天,一个兵开小差被逮回来了,高个子总队长,集合了所有的兵丁,亲自用扁担把那个兵活活打死,然后用一副外路腔调教训大家说:穿了军衣就是公家的人,不要说不准开小差,就是家里死了爷娘也不准请假,这个开小差的兵,就是一个例子。然后抬起那张发红的马脸,手里提着扁担,凶狠狠地环视着大家。他知道:总队长,组长,都是一块泥捏的,抓在他们手里,就只有受下去,一直到死……

还有,马得生也不明白:这个年轻的犯人到底犯下什么法呢?他又没操了组长的妈,为什么人家把他打得那么狠心呢?这个门口没有招牌的机关是干什么的呢?他头一天来到这里的时候,组长吩咐他说:

"马得生！你给犯人送饭的时候，不要把碗送进去，把米饭从门口倒在牢里地上就行了，他背绑着，让他趴着用嘴舐饭吃。你在乡下喂过驴吧？对，就照喂驴的样子，对共产党不能当人看，懂了没有！哼！"

这个他也不明白！看人家小伙子那副神气，受了那么大刑法，还是那么镇静，组长虽然拍桌子打板凳，可是人家硬挺在地上，眼里放光，嘴角含着叫人害怕的笑，真是可敬！共产党绝对不是坏人！倒是这个什么组长，动不动就打人，每日喝得东倒西歪地回来，有时公然把破鞋带到办公室里打闹，倒是一个坏人，一只狼！……

现在天气完全黑下来了，小镇上人家都睡了觉，没有一点声音。一股什么花香飘到院子里来，马得生狠狠地闻了一下，吐了口口水，像吐出一个不小心吃下去的苍蝇。他苦恼地仰头望着天空，一群灿烂的星星，高高地嵌在深蓝的天空上，那么安静，那么不可捉摸。马得生忽然奇怪地说："快下雨了吧？"说着，他大踏步踱到狱室外面。狱室是一间仓房改成的，在昏暗中发出霉烂的气息。犯人被倒绑着蹲在墙角里，桌上的菜油灯映着他的脸，那么平静而深沉，使马得生奇怪地想到头上的星空，那是一种只可以仰头望着的东西。

马得生觉得有许多话要说，但他一句也说不上来。这时犯人温静的眼神碰到他的脸上，马得生混乱地去摸自己的衣角，脸上显出一种奇怪的笑容，犯人看到他这副羞涩而笨拙的神气，懂得似的笑了笑，又把眼睛望着微弱的灯光，仿佛那里有一个深广的世界。

"先生，"马得生忽然连自己也想不到地讷讷地说，"你真受苦了，我们没冤没仇，今天晚上，唉……”

“我明白，我知道。”犯人简单地答道，声音清亮。

想起犯人站在组长面前那种山一样的神气，在受刑时，只是把唇啃得出血，但一句不吭的神气，和现在这种温静的眼神，清亮的声音，马得生突然感到一种说不出来的欢喜，他觉得自己可以自由地说话了。

“先生，”他望着犯人说，“我也是一个好百姓，保长抽壮丁，咱没有钱，没法子才到这里来，”他低下声音，“我还不知道这是一个什么机关呢。”

犯人有点吃惊，但随即也就明白了，他淡淡地说：“这是一个特务机关。”

“特务机关？”马得生学着犯人的声音，虽然他并不明白这是什么意思，“他们为什么抓你来受罪呢？他们说你是共产党，共产党是坏人吗？我看你先生决不是一个坏人！坏人哪有这份勇气和志气呵！”

犯人苍白的脸上非常平静，他望着马得生温和地笑着，这笑，证实了马得生的结论。

就在这个时候，马得生听到组长发嚷的声音喊他。

“有！”他大声应着，跑步穿过院子，走进组长的办公室。组长新理了发，那个三角的脸孔被蜡烛光照得发出青黑色，全身倒在椅子里，双脚跷在桌子上，鞋尖闪出一团暗光，一支牙签在嘴里吐进吐出。秃头的书记正恭谨地整理一堆案卷。这时，组长打了一个酒嗝，眼睛尖利地射在马得生出汗的脸上，低沉地问道：

“那个东西和你说什么没有？”

马得生有点慌乱，他记起了组长的嘱咐：不准和犯人说一句话。他恍惚地说：

“没有。”

组长站了起来，驼着背在地上踱，马得生直直地站在门旁，不住地用手摸着衣角。忽然，组长停住了步，向马得生说：

“今晚不问话了，你要好好看守，听到没有？”

“听到了。”马得生赶紧回答。

他举手行了个礼，快步跑出屋子，当他重又站在狱室外面的时候，他用一种喜悦的声调，向犯人报告说：

“先生，今晚不问话了，你好好睡吧。”

这就是第二天发生的事情。

早上八点多钟，马得生挂了手枪，押解犯人往县城走去，组长骑了自行车先走了，只是吩咐马得生说：

“你把犯人带到总队部，路上要当心，这东西要敢逃跑，你就开枪！”

他们出了小镇。犯人带了三斤重的脚镣，只是背绑的手松开了，换了一副雪亮的美式手铐，双手铐在胸前。

天气真美，是真正的春天。田野是一片绿色，闪出雾一样的光，使人觉得生命的可爱。这两个人在弯曲的小道上并排走着，不时有一只鹰一样的大鸟在他们头上的晴空里盘旋，发出奇怪的叫声。路上很寂静，充满了花草的刺鼻的香味。马得生和犯人一样，感到一种自由的舒畅，他向犯人大声地谈起自己来，说是因为抗战，他被从家里赶出来了，家中扔下一个母亲，一个老婆，结果却跑到这里干这种伤天害理的事，这就是抗战吗？等等。犯人却是直直地望着前面,艰辛地移动着脚步。他悲愤地想到这三天的战斗生涯,这是保卫中国,保卫真理,保卫人格的神圣斗争,但总算挺着胸平静地走了过来。斗争就是工作,坚持就是胜利。但是,无疑问的,对于自己的这种斗争气概,特务们的恐惧是与日俱增的,那么,他们是会用出残杀来完成他们的恐惧的呵。他面上显出不向死亡屈服的笑,摆动着乱发,疯狂地呼吸着洁净的空气,脚镣因为他狂猛的脚步碰在碎石上更高声地响着。

马得生看到犯人没有答他的话,觉得有点奇怪。他提高声音问道:

"先生,你怎么啦?"

犯人这才在精神上醒过来,回到马得生的问话中来。但也就在这时,好像被人推了一把似的,使他惊醒地想到自己现在的处境。他想,一个革命者必须尽可能设法从敌人的魔手中逃开,回到工作中去。眼下就是这个逃跑的机会。但马得生怎么办呢?他能伤害一个无辜的农民吗?因为他绝不是他的敌人呵!但为了服从革命的利益,他是应该从马得生这里逃开的,这就是他的责任。这样,他的思想得到了结论,精神泼辣了起来。

这时他们正走在一个小山下,小山不因为它体积的小,就损伤了它的坚强的存在,它是那么坚定,那么独立,那么沉静地站在大地上,得把头微微抬开,才能看清它,才那么吃惊于它那副岸然地支持自己的傲气。现在它是绿茸茸的,这仿佛就是它斗争得来的胜利。他的精神更加狂乱了,也更加尖锐了,达到了一种战斗开始时的心境。他们本来是并排着身子走的,这时他向马得生说:

"我要小便,你先走一步。"

马得生，对于犯人那种阴沉而狂乱的沉默，本来有些伤心，但在他的纯净的心灵上，是能理解犯人这种精神的，他原谅他，“人家难过呵。”他向自己说。所以对于犯人的请求，他高兴地应允了，从这里，自己得到了一些小快乐。他于是迈步向前走去，一边抱歉地想道：真惨呵，这样重的刑法他都挺过来了，还受着牲口的待遇，这回送到城里还不知道是怎么回事哩。想到这里，接连地想起自己，他一下子又伤心了。他自己在总队长、组长这类人眼睛看来，还不是一个牲口吗？将来也不是慢慢地被折磨死吗？他突然决意地想到，这位共产党的先生，他能那么挺住，是有道理的，只有把总队长、组长这伙人的天下搞掉，他才能不受这份气。看来，共产党是救人的呵！于是，他又伤心地想到家上来，自己被绑走后，他们不知死活怎样呵！

正在这时，身后的犯人，已用两只上铐的手迸举起一块石块向马得生的头上掷去，这是在目前的情况下他得到自己的自由的唯一办法。但是不想伤害这样一个人的犯罪心理使他的两手无力、发抖，他闭了眼，像母亲为了生活去杀害一个无知的婴儿似的忍心地把石头掷了下去，马得生唉地叫了半声便倒下去了。

“跑吧！”

这个思想奇怪地并不使他感到自由的欢乐，但他到底向田野奔去了，脚镣哗啦地响着，他充满了站在生死界限上的恐怖和一种负疚的心情。

但是，他的步子，正像掷在马得生头上的石头一样，是无力的，监狱已把他的健康毁掉了；他正拐过山脚，领子就被一只手抓住了，他听到发喘的声音，在他耳旁哀告：

“先生，你不能跑，你救救我！我出来当壮丁一家几口的命都抓在保长这伙人手里，你要跑了，我怎么交代呢？他们会说我把你放了的，那我和我的一家子都没命了！”

他叹息了一声，颓然地坐在地上，怅然地望着那个站在自己身旁哭泣的农民。

他完全陷在绝望中了。那么，就用自己的生命为一个被蹂躏的农民祝福吧。

他猛地从地上站了起来，大声说：

“咱们走吧！”

头上晴空里盘旋的鹰鸟，忽然嘹亮地叫了一声，伸直翅膀，飞向罩着轻雾的蓝天。他们沉默地向已然望得到黑幢幢的墙影的县城笔直地走去。

犯人当夜从县城押回小镇，已是半死状态了，特务们在那里给他受了那么多的刑法，比如美国人的电刑，这里已经有了。但还是没有一句口供，犯人只是说了一句：“我犯罪的理由是因为我爱我的祖国。”就把眼闭上，听候特务们的蹂躏了。至于在押解路上的经过，马得生没有报告，他是用感激的心情来看待这件事情的。

把犯人扔入狱室后，组长把马得生喊到面前，拍着桌子向马得生吆喝道：

“从明天起，不准给那个东西吃饭，喝水！”

这个特务像要炸裂地从椅子上跳起来，像受了委屈似的疯狂地叫道：

“老子整了十几年的共产党，不信就治服不了你，你要死我就让你死,我让你活活饿死!”

马得生看见组长这时又背着手,在地上踱着短促的步子,头发像要立起来似的,眼睛发红,睁得很大。他虽然觉得害怕,但又非常快乐。他觉得组长这个东西像给人倒提着脚挣扎的小鸡,除过吱吱地叫毫无办法。

当组长偶然注意到马得生脸上的笑,一下子爆发起来了,他提起黑皮靴照着马得生踢去,马得生躲在门后,他就连门带马得生乱踢,嘴里绝望地叫着:“老子不活了,都死了吧!”但是这不能解决问题。这个特务被苦恼着他的东西一下子冲走了。他失掉了力气地、无声地倒在一把椅子上,两只手抱着头,不说一句话,像一个走了气的皮球。

马得生得到了报仇似的快乐,他觉得像看见一片绿油油的庄稼一样,忽然觉得有一股说不上来的大力气,这力气真可以使他把一头牛扛在肩上转一个村子。但当他退出办公室,到了自己住的狱室旁那间小屋以后,这些力气一下子失去了,组长的话他一下子明白了过来:他们不让他吃饭,是要活活地饿死他呵!天呀,要活活饿死一个好人!他惶乱地走向狱室的门口,从那个小窗户望进去,微弱的灯光映出它旁边地上污乱的一团,犯人直挺挺地躺在地上,他的头部、手部都闪出刺目的血光。没有一点声息。他放低声音叫道:

“先生!”

没有回答,犯人只痛苦地把头在地上左右摆动了一下,把脸朝向外面,还是那么平静安详的脸,痛苦显现在他的耸起的眉毛上和紧闭的两眼中。

马得生伤心地摇了头，他突然想起，犯人今天水米还没沾牙呢！而且受了那许多种毒刑，他仿佛又闻到烧焦的气味，那个细长的美国人和组长几个人，他们把皮绳子绕在犯人的胳膊上，还用手扶着旁边一个黑匣子，于是犯人身上就发出这个刺鼻的臭味来。他听人说，这叫作电刑，是那个美国人带来的。马得生毫无精神了，但是一种强力的冲动，向他涌来，他忘了自己是在衙门当差，好像是在自己的家内，抬进了一个被狼咬伤的人，作为主人应尽的义务一样，他跑回自己的屋子，用自己喝水的碗盛了满碗水，开了狱门，直直地走向犯人，蹲身扶起犯人，把水向他的嘴唇送去。

桌上的灯光这时跳了一下，照亮了窄小的狱室黑暗，燃得非常炽烈！

三天以后。

当特务们发现犯人还没有饿死，而且仍然蹲在墙角，用一双强烈的憎恶目光回答他们在门口的注视的时候，便不禁勃然大怒。但特务是知道自己工作方法的，他一声不响地离开了狱室的门。

这天深夜，马得生照例端了自己所留下的残饭送进狱室去，他正背向着门，微笑地看着犯人匆促地吃饭。这时，身后的门一脚被人踢开了，他猛然扭回头，看见组长脸色铁青，卷着衬衣袖子，提着手枪，站在当门口。他还没有顾得及站起身，便被一脚踢开了手里的碗，接着他的身体上到处被皮靴踢着，他倒在地上了。

这个特务又回过身来，一脚踢翻了桌子上的灯，灯光熄灭了。马得生在昏迷中听到组长尖着嗓子所喊出的声音：

“妈的，你同情他，你就是共产党，没问题，从现在起，你就住在这里头，和他一起饿死吧!”

他明白这话对他的意义。但当他听到他也是共产党，仿佛有人用手把他高高举起来一样，他感到一种震动，一种无上的欢乐，觉得自己和神庙里的菩萨一样地尊严了起来。

门发出很响的声音被关住了，接着又是下锁的声音，皮鞋声也慢慢远了。黑暗的狱室没有一点声息。马得生觉得浑身酸痛，身子像裂成几块子，他挣扎着想坐起身，突然觉得有带泪花的脸贴在他的脸上，他听见一个发颤的声音，在他耳边说：

“兄弟!”

马得生觉得精神先冷咽了一下，接着便忽然充实起来。他摸到犯人背后，想替他解掉被倒绑的手，但他没有这力气，伸出的手，反被两只背绑的手一下子握紧了。

……月亮的光缓缓地透过小窗射进狱室来，有什么小虫在墙外清脆地高亢地唱着……

歌　声

一个小鸟说："我的歌真是太多了，我想把它们都唱一唱。"

——A. 都德

唉，从我的感觉来说，那好像是多年以前的事了，其实呢，那也不过是一九七五年的事。

是一个上午，我一个人走在街上。天气美好。那时正值晚夏。盛暑的气焰已成为过去了，虽然仍有余威，但已然失去了那种咄咄逼人、使你喘不过气来的力量。所以，我称之为天气美好。我进入市内的一条大街上，虽然我在这个大城市里生活了好多年代了，但由于长期的意外遭遇，现在这个城市却把我当作一个陌生的人，我也用陌生人的感觉和眼光，看待这个城市的街道、行人，一切有生命和没生命的事物。因此，热闹的街市，在我的感觉上，和广阔无垠的沙漠一样，它对我有说不出的冷漠。

我在一个小街口上的小铺里买了一盒“勇士牌”香烟和一包火柴,我站在当地,习惯地抽出一支,凑在嘴上,刚预备擦亮火柴点燃它,突然背脊被人从后面猛击了一下,这个击发,充满了友情的温暖,而这种感觉,对我来说,是很陌生和遥远的,属于记忆一类的东西,所以一下子就感觉到了。我仍然带着生活教给我的警觉性扭回头,哦！一个头发雪白的人(他的头发和他穿的那件衬衣一样地白得耀眼),站在我的身后,他的面孔,正像一朵绽开的花朵,纹纹路路里都填满了笑意;他紧紧地望着我,嘴角含着不无惊异的表情,看到我扭过身来,连忙友好地伸出了手。

我呆然地,甚至显得恐慌地望着他。深山里的矿石,如果有生命和感觉的话,它们对首次发现它们的存在的人类,大概就是这副表情吧。他大概是看出我的犹疑的样子来了,放声地笑起来了:

“老许,你忘了我们了,我们都没有忘记你哩!”

他说“我们”,这“我们”是些谁呢?……我愣住了,我在回忆——我不能不回忆,就像我们往往跑到贮藏室里去取什么物事一样。

我一手拿着一支烟,一手拿着一根火柴,茫然地站着。忽然像被什么力量猛推了一把,我的记忆的大门一下子豁然打开了。

“哦,老陆啊!”我喊道。眼下站的这个白头发的人,分明是在四十年代我在监狱相识的一个朋友,一个“同监犯”,那时他是一个地下印刷厂的工作人员,我却是一个在报刊上写写什么的被称为不安分的知识分子那样的人,我们那时可都是青年。

他听到我的回声,更放心地大笑起来了,我看到他张开的嘴里的稀稀的几颗黑色牙齿,那微微打战的下巴,我的心抽搐了一下,哦,他已经在人生的道路上走向衰老了——而他好像还不应该这么衰老。

“唉!”他忽然长叹了一声,那片欢乐的笑容顿时消失了,变成一副困惑和愤然的表情,脸孔甚至有些扭歪了,“可真是做了一场噩梦啊!”他认真地瞪着我说,又像留心我的反应。

“噩梦?”我向他说。我能理解他的意思,前些年,我从当时的报纸上知道他被戴上叛徒的帽子在挨整。可怎样一下子又忽然站在我的面前叹息和愤慨呢?唉,人生!唉,历史啊!……

“不,这可不是梦,更不能轻易地说成是一场噩梦就算了!”

我大声地说,我觉得我的声音很生硬,像抓着谁的头发喊叫。

他身子厉害地抖动了一下,但马上又镇静了自己,嘴角荡漾着一丝鄙夷的神气,又像侥幸地跳出了什么困境似的,用一种悻悻然的口吻说——他显然是在回答我的发言:

“反正我没有多久就退休了,虽然被出了一场丑,总算活下来了;识点眼色,还是早早退休算了,省得弄得不好,又是大祸从天而降!”他说着,又像疲倦又像清醒地自己笑了起来了,虽然这笑声,在我听来,却是非常陌生的,也是使人不快的。他这是在劝慰我?因为我又看到他的闪着真诚的眼光。我完全听懂了他的意思,这是说,他对生活再没有什么责任了,也不会有什么要求了,按照自然的安排,躲到一个角落里,低下头听天由命地活下去吧,只要不再陷入他所说的噩梦里就行了……因为他在生活里得到这么一个野蛮的回答和斥责:赶快跪下来!……

他像学生们交过了课卷后放心地走出了课堂似的,安然地打量着我,有些冷漠;他似乎从我的脸色上也看出些什么来了,连忙转换了话题,谈起了家常,似乎忘记了方才那些谈话,或者是有意逃避方才的谈话所引起的那些“老、大、难”问题。

“小田,”他说,像怕我听不懂似的连忙注释了一句,“就是你的爱人,今天怎么没有一块儿出来走走?”

“我这些年就是一个人生活,她不在这里!”我说。

“哦!”他吃惊了,“这这……”

“不要误会!”我连忙笑着说,“她还是我的妻子,她回到我老家种地多年了。”

他身子又抖动了一下,但马上又稳住了,好像觉得这并不稀罕,是司空见惯的生活小事,像对自己非常熟悉的东西那样,情感上反倒有些麻木了。

“前些年了,”他低声说,“听说你已经上吊死了;后来又听说从青海放回来了,在一个里弄工厂做工?”他望着我,考察着,等待回答。

“不,还在监督改造,今天是请假出来剃头的。”我连忙订正说。

他像是又吃了一惊,眼睛闪闪地望着我,好像不相信:噩梦怎么没完没了?

“哈,那你身体可真好,我们年纪差不多,你可一根头发也没有白,真是个乐天派!”他爽然地笑起来了,不知是同情还是安慰,或者是又同情又安慰,还带点羡慕。

“哈哈,”这回是我放肆地笑起来了,“不乐天,难道哭天？咱们又没有屈原的本事,他还会问天哩!”我笑着说。

他再没说什么,我们却奇怪地对着大声笑起来了。这笑,显然有着互相渗透、感染的能力,在它们的奔驰和追逐的过程中,它也唤醒了经久被压抑的心灵深处的东西,他的布满皱纹的脸突然变得年轻了,我又看到了三十多年前的我所认识的老陆。

“你的女儿呢,长大了吧?”他忽然停了笑,忙问道。

“大概长大了,她早和我们划清界限了,可是还是上了北大荒,总该还在那里吧！她成分还是太高……”

我们又沉醉在笑声里了……

当我们从笑里醒过来,才发现我们是站在一个照相馆门口,占了一方地方。这时行人更拥挤了,他们带着惊异的眼色望着我们,匆匆地流过去,流过来,有的走得老远,还回过头望一眼,像是放心不下的样子。他的带着醉意的眼里,焕发出热诚的光亮,恳切地说道:

“到我家里坐吧,走几步就到了。”

“不,”我悍然拒绝,眼睛望着照相馆墙上那些斑斑驳驳的大字报说,“那不好,很不好!”

他马上就领悟了这种“生活知识”了;他歉然地望着我的平静的笑容,因为我又说:“总有一天我会来看你的!”

他放心地走了,我们现在才紧紧地握了手。他已经淹没在杂色的人群里,白衬衣像个晃动的影子,越来越小。我仍然站着,一手拿着香烟,一手捏着一根火柴,我控制不住自己的激越的感情了,对他去的方向大声吆喝起来:

“老陆！要活得像一个人!”

他从遥远的地方站住脚,回过头来,又往回走了一段路,停了一下,抬着头,我看到他的白发下的两只眼睛,依然闪着一抹年轻的光辉,那里面燃烧着一种新生的希冀和渴望,一种勇气和力量。

他重重地摇了一摇手，就又转过身子，迅速地消失在杂色的人群中了。

看到他的突然变得年轻的、炽热的眼光，我一下子跌进了记忆的深渊里，我忘了是在什么地方，我的手有些颤抖。我木然地擦亮了火柴，点燃了手中捏着的香烟，我大大地吸了一口。望着飘散的青烟，我呆了一会儿，才信步向前走去。我照直地向前走，好像置身于荒漠的旷野，跌进了艰难的、噩梦似的历史年代……

那是四十年代中期的秋天。在我存身的这个大城市里，我被关押在一个没有招牌的监狱里，这是个很有“名气”的政治犯监狱。在我进来大约一个半月以后，牢房里又塞进来一个穿半旧西装的青年人，黑而柔润的长发，嘴角总是荡漾着一抹轻蔑和自信的笑意；他和我的岁数差不多，但肤色显得很白皙，白得有些灰暗，说明他的生活是劳碌和奔波的。在那种特种监房里，犯人们容易从人们的举止和表情上判清同志、朋友和敌人。

一天，他和我在监房里的一个角落里相遇，好像是不谋而合，彼此有意的。他小声对我说：

“你是许立吧？听他们这么喊你，我还是你的一个读者哩！你是六月间来的吧？我在一份大家都喜欢的报纸上看到过你们夫妇被捕的消息。我是一个厂的会计人员，那个厂你知道的。我叫陆清，也喜欢写点诗什么的。”他自我介绍说，真是开门见山。

这就是我们订交的开始，我们是在这里第一次握手的。过了两天，他被提审了，当天晚上，他和我在放马桶的角落里相遇，他小声对我说：

“老许，事情不好办，他们抄到我在根据地的一张照片，想从这里打开口子。”

“你怎么对付的?”我关切地望着他说。

“我不承认那是在他们认为的地方照的,抗战时期嘛,谁不穿军衣?连商人们为了走路的方便,也穿军衣哩!他们不信,让我考虑一天。”他说。

“一天?你答应考虑了?”我认真地盯着他问。

“啊,”他笑了一下,坦然地望着我,“没有,我没这么贱骨头!”

我紧紧地握住他的手,他懂得我是在祝贺他,也紧紧地回握住我的手,我们四只眼睛对视着,它们很亮。

我又说了一句:“要活得像一个人!”

他更使劲地握着我的手。……

第二天中午不到,他就被提出去了,审讯室正对着我们这排监房,当中隔着一个天井,我全身贴在铁窗的栏杆上,像是为一个远行的朋友送行,紧紧地望着审讯室的动静。

老陆先是坐在小桌对面,我看见他的上半截身子,那一面坐着一个穿绿色西装的中年特务,嘴里大口地喷着烟,一刹那间,那个特务猛地站起来,照老陆脸上狠狠打了一连串耳光,从屋子角落里一下窜出四个高低肥瘦不一的汉子,这里称为警卫的特务,他们把老陆悬空抬起来,按在窗口前的老虎凳上,老陆背向着墙,两个警卫特务用绳子很麻利地捆绑了他的全身,有两个警卫特务把木棍撬得高高的,塞进老陆被绑在凳子上的双腿下面,两个捆绑绳子的警卫特务已然腾出手,忙着低下身子往老陆腿下塞砖头,一块、两块、三块、四块、五块……我看见老陆长长的黑发在厉害地晃动,听不见什么声音,我的心要爆裂开来了……就在这时,沉默得出奇的监狱，忽然从一角里响起了一个女性的清亮的歌声：

伟大的中国共产党，你是灯塔，
照耀着黎明前的海洋……

歌声像一个战斗的号令一样，紧接着从四周的监房里得到了回响，像一堆爆竹突然燃烧起来，"犯人们"一下子都拥到铁窗、铁门前，挤得密密麻麻的，跟着放声地合唱起来：

……你就是方向，
我们永远跟着你走，
中国一定解放！
我们永远跟着你走，
中国一定解放！……

大小特务们一下拥到监房外的天井里，大声怒吼着，奔跑着，哗啦哗啦地拉响枪栓，歌声反而更高亢了，更激越了，音波占领了整座监狱的空间，仿佛无数的拳头在空中挥舞，我眼里噙着泪水，声嘶力竭地用全副生命力量跟上反复歌唱这几句歌词：

伟大的中国共产党，
我们永远跟着你走，
中国一定解放！……

我继续直挺挺地在街上走着。我觉得自己嘴唇皮又干裂了，仿佛我在唱了一路的歌，还继续在唱着……我感到分外饥渴，这是一种不属于生理上的东西。于是我又站住脚，抽出一支“勇士牌”，嚓地擦亮了火柴……

“……历史的回忆，往往给人以新的力量和勇敢，把人从迷惘中解放出来，重新认识到生活的责任，自己的价值和存在的意义，它是一眼永远不会枯竭的井泉。”

几年以后，我的一个朋友这么庄重地对我说。

附录

且说说我自己（代序）

编者同志给我出了个题目“说说我自己”，我听了不禁失声笑了起来，因为这是一个大家都面熟的老题目。从五十年代初期知识分子思想改造运动以来，以迄史无前例的“文革”，在频繁地以知识分子为对象的一浪高过一浪的历次政治运动中，接受过现代科学和文化，具有自己的独立人格意识和思考精神的中国现代各类知识分子，在大一统的政治权力意志的支配下，被作为“改造”和“再教育”的对象，他们都得以深厚的原罪意识，一而再，再而三地在“说说我自己”的陷坑中，挣扎图存，以致往往被扭歪变形，甚至殒身亡命，酿成了一代的人生悲剧，历史悲剧。以至到了七十年代末期以后，当中国历史发生了重大转折的新时期，他们步履艰辛，跌跌撞撞地走出这个近三十年的历史暗谷以后，仍然惊魂未定，心有余悸和预悸！

对我说来，顶着一个所谓“作家”“教授”的招牌，当然在劫难逃，而且情况还比较突出。一九五五年那场“胡风反革命集团”斗争兴起以后，我就大祸从天而降，捉将官里去，以“钦犯”身份，“说说我自己”十一年；一九六六年“文革”前夕，我又被定性为“胡风反革命集团骨干分子”，判处有期徒刑十二年，押回原单位，作为“胡风反革命分子”“监督对象”“四类分子”“阶级敌人”“专政对象”“牛鬼蛇神”“臭老九”以及什么“打着红旗反红旗的老反革命”“孔老二的徒子徒孙”，等等，在“群众专政”的红色风暴下，“说说我自己”凡十有三年，前后共“说说我自己”二十五年。一九八〇年，“胡案”作为冤假错案平反后，我由鬼变成了人，真是眼睛一霎，老母鸡变鸭，我又被作为“作家、翻译家、教授”，应一些编纂人名辞典的单位及个体以至英国剑桥的国际传记中心来函来访，要我“说说我自己”。因此，我真可以说是“说说我自己”的“专业户”或老油条了。这不仅又使我想起三十年代初，我在北平的美国教会办的学校读书时，我那些带洋气的同学常讲一句口头禅。“人生本是to play，何必终日study”，真有些玩世不恭的虚无党味道了。但这次受《收获》这个严肃的文学刊物的嘱托，要我“说说我自己”，因此，我得避开过去老一套的报流水账的公事公办的手法，写点我的人生际遇，以及我对人生的一知半解的零碎感受，就教于今天的读者朋友。

我虽然从三十年代以来，就开始学习写作文学作品，并出版过小说集、散文集，也写点剧本和杂文等，但我充其量不过是文坛上的一个散兵游勇；虽然我甚至因文受祸，在新旧社会都吃过断命的政治官司，但它们只能是我在崎岖不平的人生道路上的一些零星的体验和感受，我自己的一些思想和感情的浪花的自我表现，有的还是鲁迅先生所说的“遵命文学”，真如向黄浦江小便一样，它们没有什么影响力量，并且从五十年代以后，就基本办了“绝育”手续，实在算不得什么作家，而且我也早忘了我自己还曾是一个作家。八十年代初期，我又蠢蠢欲动，试图重新挣扎，写了小说和散文，当时中国大的政治气候虽然开始改变了，文艺界的小气候似乎还未变，或者由于历史的惰性，变得很慢。我是一个有"前科"的人，这又使一些编者同志望而变色，甚至排了版还得抽下来。为此，除过一篇散文被朋友转到香港《文汇报》发表，一篇小说被我们家乡的文艺刊物登出，为我亮相外，此后我就很少写这类东西，面带微笑地向我从青年时就迷恋的文学创作告别，完全办妥"绝育"手续了。

一九三五年冬，我由于热血沸腾，在党的影响下，参加了北平的"一二·九"学生运动。当时国民党政府发布了所谓《危害民国紧急治罪法》，规定，"凡在马路上游行、散发反动传单、呼喊反动口号、张贴反动标语者，格杀勿论，就地正法"。我为此被北平警察局逮捕关押，受到该局特务科的审判。我那个当商人的伯父，为此特地赶到北平，并到处找门路营救我。我们家住山西吕梁山区，世代以经商务农为生，祖辈没出过念书人，和当官为宦的更不搭界。正是因为我伯父在大码头经商，又办的是洋务，他见多识广，知道在现代社会知识的价值，因此，他才决心让我们弟兄走出闭塞的山区到城市上学。三十年代，正是中国深受内忧外患、困扰最严重的时候，加上从国际大局看，也是世界上的有良知的知识分子，包括作家，都仰慕十月社会主义革命的故乡苏联，"左倾"成为世界性时代思潮的时候，我由于身处这样的历史环境，接受这股时代思潮，又受地下党的启蒙和影响，由文学观念的确立到投身社会运动，由报刊的文学投稿者变成"政治犯"，年方二十岁，就身入牢房，尝到了铁窗风味。我的伯父，作为一个交游广阔的商人，终于辗转托了一个官面上有权势的人物，花了一千元银洋和五十两鸦片烟把我“保”了出来。但因为保单上还留着“随传随到”的政治尾巴，为了避免“二进宫”，再吃二遍苦，受二茬罪，伯父花钱买了一张大学经济系文凭，送我到日本亡命兼上学。临行前，他嘱咐我说：“你到日本住五年，每年我给你一千元到一千五百元，你脑筋好，就学医科；脑筋不行，就学银行管理，将来回国以后我对你都好安排，千万不要再参加政治活动了。你在中国参加这类活动，我虽然不认识官，但我有钱，钱认识官，官认识钱，老话说：‘千里为官都为财’，‘若要官都一般’，我还可以花钱托人把你保出来；你若是在日本闹政治，被日本警察抓去，我花钱都没法子花，因为我不认识日本人。还有，你决不能娶日本老婆，因为生下小孩是杂种，杂种进不了祖坟……”但由于我生性顽劣，除过最后一条遵照不误外，其余都没办到，实在有违家训。我参加了东京留学生的进步文化活动和李春潮、覃子豪他们办的文海社，出版了《文海》月刊第一期，由上海印好寄到东京后，全部被日本警察没收，我也陷进了东京都警视厅亚西亚特高系刑士(政治警察)的监视网中，不时受到这些不速之客的诘问和干扰，直到抗战爆发后，我辍学回国参加抗战。也是在这个时期，我从东京的内山书店内看到上海生活书店出版的丛刊式的文学杂志《工作与学习丛刊》的头一两本，我从它的编辑风格和撰稿人员阵营，惊喜地发现这是坚持鲁迅先生所开创的战斗文学旗帜的严肃文学刊物，因此把自己的一篇小说投了稿，从此结识了胡风，并在抗战的烽火中结成友谊，谁知这就种下一九五五年那场文字狱的祸根，我们文学上的朋友竟被说成为相互勾结进行反革命阴谋活动的团伙，他被加封为这个莫须有的反革命集团的头目，我则被定性为骨干分子，这真是从何说起？虽然经历了这一场生死劫的大难，但正如我在八十年代初出版的小说选上说的："我始终感激胡风同志多年来在文学上对我热情的扶持和生活上的无私的帮助。"他是一个正直的人，一个可以相信相交的真正的朋友。去年初间，我又对来访的上海中新社记者说："胡风为人诚挚正直，有中国知识分子的忧患意识与历史使命感，明知不可为而为之，对中国文学理论发展贡献甚大。"这些就是我通过多年的生活实践对一个可以相依相托的友人的认识的告白。

我在日本读的专业是社会科学，跟上园谷弘教授学习对中国社会的研究，以致一九四八年冬天，当我从关押了经年的上海国民党中统局特务监狱由友人辗转托人保释外出后，我在蛰居沪西乡间一家农民阁楼上的两个多月时间内，利用妻子和相知的朋友们多方为我借来的图书资料（多半是日本学者的著译），我编写了一部研究中国近代社会和经济的专著。这也是我多年在流转生活中打滚时养成的一种习惯和嗜好：读各类有关中国社会、历史、文化的书，以便能深入认识和了解我们这个国家的历史和现实。当时风声日紧，我又不能安生了。为此，我以贾有福的化名，用我伯父商行职员的身份，弄了一张"国民证"，离开恐怖的上海，避居到青岛。我在一家小客栈安身以后，从街头旧货摊上买的一大堆便宜的英、日文外文书内，选译了恩格斯的《住宅问题》，英国传记作家奥勃伦（Edward J.O'Brien）的《晨曦的儿子——尼采传》以及匈牙利作家 Ernest Vajda 的多幕剧《幻灭》。但除过《住宅问题》解放初得以印出外，其余两本译稿，都以不合时宜，未能印出。到了一九五五年，命运又向我进行新的挑战时，它们都在抄家时失去了。我为它们的遗失惋惜,因为我喜欢这些作品,尤其是那本被称为"一个负伤的知识分子"尼采的传记。

一九五〇年开始,我到高等学校插队落户,当了文学教授,为了教学上的需要,也为了不甘寂寞,并且还为了弄些钱补助生活,"著书都为稻粱谋",我又译了几种俄国和苏联的文学书。其中那些写于斯大林东方式专制主义统治时代的文学批评和作家研究的苏联著作,它们的理论和学术价值,现在已由历史做了公正的判决,只能作为历史的资料而存在了。而随着一九五五年那场灾难的来临,我的短促的翻译史也就结束了。

我写了上面说的我那些杂七杂八的文字活动,只能是它们消耗我的生命力的一点历史记录,虽然它们寄托了我的理想、希望、爱憎和思考,也只是如此而已。说我是一个作家或译家,那还差得很远;作为一个学问家,更不够格。我赞同梁漱溟先生在自述中的自我评价:"我不是学问中人,我是社会上的人。"总的说来,我只是个浪迹江湖,努力体现自我人生价值和尽到自己的社会责任,在"五四"精神的培育下走上人生道路的知识分子。我在这个世界上生活了七十多年了,眼看就要进火葬场了,可以自我告慰的是,在上帝给我铺设的坑坑洼洼的生活道路上,我总算活得还像一个人。生命的历程,对我说来,也就是我努力塑造自己的生活性格和做人品格的过程。我生平最大的收获,就是把"人"这个字写得还比较端正。

世纪印象

——一个老年人的自述

记得鲁迅先生在一篇题名为《死》的杂文里说过，中国人过了五十岁，就会想到死的问题。大概那个时候鲁迅正在病中，“死”这个魔影开始侵袭他了。我们乡间又有句俗话：“人老三不贵，贪财怕死不瞌睡。”也说到了死的问题。可见中国人无论智愚贤不肖，在这个自然规律面前，都有其共识与同感。让我渐渐意识到自己临近老年的标志，是在我接受的信件里，喜庆帖子越来越少，而讣文却越来越多。这些讣文的主儿大多是我的同代人和比我年事稍长者，也有五六十岁的中年一代的人。遇到较熟的朋友故世，我也常常到火葬场去参加告别仪式，每逢这种场合，像我这样拄着拐杖的三条腿角色，一般都被安排在前面一排的位置上，面对墙上用黑边围绕的死者遗像低头默哀。每当这种时候，一种幽默感就会在我心里油然而生：火葬场里旧人换新人，独独墙上那颗钉子一成不变，今天挂了这张像，我们在底下低头默哀，明天还不知道轮到谁在上面谁在下面。

所以我虽然进入人生的暮境，对死亡可谓是泰然处之。一次一位比我年长的朋友来看我，因为许久不见，我们在抽烟时，我问他："还写写文章吗？"他听了竟漠然地说："火葬场里又没有办刊物的。"换句话说，对我们这类行将就木的老头子来说，唯一前进的目标，就是快步或慢步地向火葬场走去。过去为了作文章吃过苦头，到了这个时刻，也可以一身轻了。不过我的想法与他有些区别，既然活在这个世界上，要活着就要消费，为了付饭钱，就得为这个社会做些力所能及的事情。这也是一种自我精神安慰，并不是因为"人还在心不死"，还想捞点什么带到棺材里去。

记得外国有个作家说过：一个人只要经过两种出生入死的境界的磨难，就可以获得自由了，这两种境界就是战争与监狱。我生于乱世，有幸经历过这两种境界的考验。抗日军兴，我从日本弃学回国，投身抗战，曾在中条山前线军队里做对敌日文宣传翻译工作，上下火线，也算是经历过出生入死。那时候，经常是跟了部队没日没夜地行军，在枪林弹雨里奔来奔去，也不觉得害怕。有时候长途行军，背上背了一个煮熟的牛腿，腰间挂了一个大酒壶，没日没夜地，迷迷糊糊地跟着队伍走，饿了割一块牛肉，渴了就喝一口土造的白酒。人生就是这样一步步地走过来了。再说监狱，也是我人生旅途中的驿站。我从小习性顽劣，不肯安分守己，走上社会后又接受了知识分子理想和传统的蛊惑，总是拒绝走做太平世界的顺民的道路。所以，命运之神对我的顽劣给了针锋相对的报复：把我一次次投入了监狱。一九三六年初我在北平读中学，因为参加"一二·九"学生运动而被捕；抗战后期我在徐州搞策反，被日本宪兵抓到牢房里，直到抗战胜利才被释放。到上海后不久又因为给进步学生刊物写文章，以“煽动学潮”罪而被捉将官里；转眼到了解放，总算可以松一口气了吧，且慢，批判胡风的乌云又慢慢聚拢来了，终于到一九五五年，一场风暴把胡风和他的朋友一锅端到监狱里去了，我又旧地重游，回到了相别六年的监狱里。许多朋友在突然来临的灾难面前感到绝望，有的过早地去世，有的精神错乱了，我因为有了前面几次吃官司的经验，所以虽然在苦海里浮了二十五年，还不至于被命运之神吓唬住，我还是我。但在铁窗里夜深人静的时候，每每扪心自问，也曾惶惑过：难道我这一辈子就是这么度过？监狱里的事情看得多了，人生的许多梦也做醒了，因而就像那位外国作家所说的，人就获得了自由。

我十几岁离开家乡，以后一直在外面东奔西跑，国里国外到过不少地方，其中待的时间较长的地方，除了监狱，就算上海了，如果把在上海监狱里的时间也算上，那就更可观了（这一点我的妻子没有我幸运，五十年代后期她受到反胡风运动的株连，被流放到青海许多年），我常常说，一个人年轻的时候是动物，可是到了老年就变成植物了，不能跑东跑西了。上海对我来说，是个奇异的地方，尽管我在这里生活了半个世纪，但我的语言和生活习惯却没有什么变化。我仍然操着十足味的山西土音，上海人乍听起来觉得像一种外国话；而我的饮食，至今还是以面食为主。对大米、海鲜等上海日常食品不感兴趣。不过上海人对我的顽固不化并不感到惊讶，上海是个国内的移民城市，在二三十年代里它的居民就是由各地来的移民组成的，甚至连一些冒险的老外也加入进来。它的各行各业的人员，都是外省人构成的。这就形成了活跃恢宏的海派文化，三十年代的上海成了全国文化的中心决不是偶然的。后来有了严密的户口制度，海派文化渐趋枯寂。直到改革开放以后，海外来客和外省民工又渐渐多了起来，上海这才又重新活跃起来。我在这个东西文化交流汇合最活跃的信息场所生活了几十年，深深感受到文化开放的重要性。

我在一九四六年和妻子来到上海时，开始是一个靠卖文为生的知识分子，自然生活在下层人民中间。我以前对上海这个城市并不了解，只是从作家写的上海生活的小说里知道一些，但有三件名称一直没能搞清楚："亭子间""老虎灶"和"老板娘"。我在北方从来没有见过这三样东西。"亭子间"我想一定是带有亭子的古代建筑，是个美轮美奂的好场所。后来才知道亭子间是最不值钱的房间，多半是穷困潦倒的人所租住。"老虎灶"是上海一般市民泡开水的地方，但为什么称它为"老虎"，我百思而不解。至于"老板娘"，我一直以为是老板他妈。到上海后我首先住进了亭子间，打开水也是找老虎灶，而且和弄堂口的各类烟杂店老板娘打着交道。就在这些下层社会里我认识了上海。后半辈子我在大学里教书和生活，被称为是知识分子成堆的地方，与市民生活又有了不同。尤其是近十多年来，因为年老体衰，腿脚不便，除偶尔的公务外，绝少进入市区，更不要说去闹市区了，连老城隍庙也好多年没有去了，尽管我很怀念这个有民族特色的地方。就这样，我又渐渐地变成了住在上海的"乡下人"了。

人生就是这么兜着圈子。这么颠颠簸簸地度过一生。现在我走路要用拐杖，谈话要用助听器，成了三条腿、三只耳朵的人，有时想想，觉得自己像个《封神榜》里的角色。回顾一生，自然感慨颇多。不过我并不怎样后悔,就像俄国作家契诃夫说过的那样:“如果再让我活一次,人们问我:想当官吗?我说,不想。想发财吗?我说,不想。”不用说来世的事,就是今生今世,我也没有做过当官和发财的美梦,走中国知识分子传统的“学而优则仕”的人生道路。我觉得既然生而为人,又是个知书达礼的知识分子,毕生的责任和追求,就是努力把“人”这个字写得端正些,尤其是到了和火葬场日近之年,更应该用尽吃奶的最后一点力气,把“人”的最后一捺画到应该画的地方去。

在那个凄风苦雨的日子里

——哭亡妻任敏

昨天未写日记，搁笔，因为昨天是一个阴暗的雨天，我们这个两人世界的家庭的“半边天”——一个平凡而伟大的女性，我亲爱的妻子任敏已于昨日（二十日下午二时三十五分）离开了我们两个人共同建立的“家”远行了——她下午二时三十五分撒手离我而去，我们家的“半边天”塌陷了——她远行了，走向另一个世界——她会一步三回头地在另一个世界的大道上踽踽独行、形单影只，所以昨夜全家每个居室大小灯光通宵明亮——为我的亲爱的敏照路，也许她仍在我们这个院子里徘徊，望着眼前旧居怅惘、落泪……

我亲爱的妻子，敏，您慢慢走，不久的将来我们会在另一个世界团聚，就像您活着的时候，我们到处流浪，在颠簸不平的羊肠小道上携着手一脚高一脚低地前行，挺着胸脯前进。

敏，我亲爱的敏，您走好，慢慢地走！……

沉痛悼念我亲爱的敏，感谢您半个多世纪以来，与我同甘共苦走过崎岖的人生旅途，但我坚信，我们在人间漫长道路上活得都像大写的“人”，我们在这个复杂的世界里都留下了自己的和我们双双的脚印，现在是二十一日晚近十时，我想您在另一个世界的旅游已经过了近一个驿站了。

敏，您慢慢地走，您走好！

我在这个您生活了八十四年的世界里，向您送行摇手，因为在不远的将来我们又将团聚，再次营造我们两人世界的家庭！

我相信在那另一个世界里，我们凭自己的体力和精神劳动，辛辛苦苦营造建立的家庭不会像您生前那样，一再受到政治暴力的摧毁与抢劫，这种有中国历史特色的生活悲剧。

敏于昨日下午二时三十五分辞世走了，从昨夜起到我写日记的现在，我们家里吊客盈门，从今天上午起，从韩国、日本、美国和北京、太原以及本市来的吊唁的电话、电报、电子邮件络绎不绝。我们的中外朋友们都为您一生一世在任何邪恶势力的迫害面前从不低头屈服，为您的“明知山有虎，偏向虎山行”的高贵品格与气质而致敬、悼念与哀痛。

昨夜，在您生前卧病五年的房间里，同学们为您布置了灵堂，昨夜为您守灵的有您熟识的或不熟识的研究生同学，以及您的外孙张森。

昨天、今天都整日落雨，连老天爷也为您的多灾多难的一生哭个不停。

敏，我亲爱的敏，您走好，慢慢地走！

再会！

二〇〇二年十一月二十一日深夜

我和胡风同志相濡以沫的情谊

我和胡风的友谊，是由于时代命运的播弄，这反而加深了我们相濡以沫的情谊。我们夫妇与他一家大小的友谊，就是这么在历史的风风雨雨里一步一步建立起来的。

在一九五五年中国发生了所谓胡风事件后，人们纷纷议论说，贾植芳为什么会和胡风成了朋友？论年龄，他比我大十三岁多，他在一九〇二年出生于湖北省蕲春县，我是一九一六年出生于山西襄汾县。他是南方人，我是北方人，地域相距几千里，因此可谓非亲非故。我们都算留日学生，他到日本学习的时间比我早，离开得也早。他是因为参加一九二五年中国大革命运动，后来在蒋介石国民党发动“四一二”政变的白色恐怖中，于一九二九年流亡到日本留学，并在庆应大学英文科学习。又因为参加了当时日本左翼文艺运动和日本共产党，被日本警察逮捕关押后，于一九三三年被驱逐回国。我则是因为参加了一九三五年爆发的“一二·九”学生爱国运动，在北平被警察逮捕关押后，跑到日本亡命兼上学，进入日本大学社会科学习。一九三七年抗日战争爆发后，我立即放弃学业，回国参加了神圣的抗战。我们虽然是不同时代的留日学生，却都算是政治亡命兼留学，在这一点上是相似的。而这一点又正是我们后来成为朋友的根本原因。胡风先生晚年说："虽然对许多朋友因我受牵连，我也感到内疚，但他们靠近我时，已经有了自己的思想和理想，我更多的是出于一片爱才之心。"(参见胡风夫人梅志同志回忆录《往事如烟》九十六—九十七页)胡风先生在逝世前一年为他的论文集(出版时被改名为《胡风评论集》，三卷本，人民文学出版社一九八四——一九八五年版)写了一篇很长的《后记》，这是他在生死大难之后，对自己一生的生活道路和文学道路的回顾和总结。在从日本回国后，他参加了以鲁迅为旗手的中国左翼作家联盟的领导工作，从而因工作性质关系，从接触一些作家和这个文学团体的成员开始，到协助鲁迅先生编辑《海燕》杂志。鲁迅先生逝世后，他又在党的有关领导人冯雪峰的授意下主编《工作与学习丛刊》，以至抗战爆发后，他从一九三七年创办《七月》，由上海、而武汉、而重庆，直到一九四一年皖南事变发生后，《七月》被迫停刊；一九四五年他重新创办和主编《希望》以及《七月诗丛》《七月新丛》《七月文丛》等文学丛书，在战前和贯穿整个抗日战争和解放战争时期，由于编辑文学刊物关系，在他周围结集了一批越来越多的作家和他从读者中发现的文学新人，其中不少人又成为他的朋友，相互间建立了友谊，以至有一个被称为"胡风派"或"七月派"的文学流派。而到了一九五五年，却又被打成了所谓"胡风反革命集团"，被看作是这个文学流派的作者，这时绝大多数被打成所谓"胡风分子"，从这时起，他们中的大多数在文艺界消失了、失踪了。在他逝世前一年,他在为自己的评论集写的《后记》里谈到和他们的关系时,不无辛酸地说:“我检查自己,我和他们之间建立了友谊,以致没有割断联系,原因就是上面提到的对人民(革命)的共同态度,对文艺工作的彼此思想和感情上的交流。”这也就是一九五五年发布的《关于胡风反革命集团的材料》中,把这个文学流派定性为“一个暗藏在革命阵营的反革命派别”的原因。而我就是他前后所主编的《工作与学习丛刊》《七月》《希望》《七月文丛》的一个撰稿人。

我和胡风先生,是通过投稿关系认识的。那正是我来日本上学的时期,我虽然在日本大学读社会学,但我热爱文学,从三十年代初期就开始学习文学创作,在报刊上投稿,也参加了一些进步的社会活动。所以到东京后,除过上课,参加留学生的文化活动,业余仍不放弃文学写作。我生平喜欢逛书店,在东京时期,总习惯地到开设在神田区的内山书店遛遛,因为它专门经营中国新出版的图书,所以我把这家书店看成是了解国内政治、社会、文学动态的一个渠道。一九三七年初,我在这家书店看到上海生活书店出版的《工作与学习丛刊》的第一、二两本,头本《二三事》,第二本《原野》。从它的编辑风格,撰稿人员阵营,我惊喜地发现,这是一个坚持和发扬鲁迅的战斗文学传统的严肃文学刊物。因此,我把自己这时期写的,以来日本前的监狱生活为背景的小说《人的悲哀》向这个丛刊投稿。当时我并不知道它的编者是什么人,所以也没有写信。过了不到两个月,我就收到刊登了我的小说的丛刊第四本《黎明》和三十多日元的稿费,与编者胡风的热情来信。

从这封来信我才知道,这个丛刊的编者是胡风先生。而从三十年代初期他用笔名谷非写作、翻译开始，我就是他的一个老读者了。一九三二年我在北平东安市场门口的昆仑书店花了大洋一元买过他译的《洋鬼》，而那时的左翼刊物如《文学月报》《北斗》《现代文化》，以至大型文艺杂志《现代》等都刊登过谷非的诗文……也就是说，我从他的著作和翻译，早就认识了他，也可谓“神交”已久。我认为他是一个优秀的马克思主义文艺批评家，又是诗人和翻译家。在中国文坛上，属于左翼阵营的革命作家，又是鲁迅先生晚年的忠实助手。我从鲁迅先生在逝世前写的那篇《答徐懋庸并关于抗日统一战线问题》的重要文章里，从鲁迅先生对他的生活性格和文风的评价又认识了他的为人的品质，鲁迅先生为他被“四条汉子”轻信转向者穆木天的流言，因而使胡风在政治上受到诬陷鸣不平：“胡风鲠直易于招怨。”这句话深深地印在我的脑海里，以至一九四八年为论主观问题，胡风受到在香港的同一阵营里的同志的批判，一九五四年对他更大规模的批判时，我都想到鲁迅先生的这句话。（其实，我这种观察和看法，只是皮相之见，并不能概括胡风所遇到的这两场政治性灾难的本质。咎不在他，这在今天看来，是洞若观火的）同时，恰恰也是从这篇文章中，我粗略地了解到在左翼文艺阵营里胡风和“左联”党团负责人周扬等人之间的纠纷和矛盾。现在的研究者都说，这就是一九五五年“反胡风”斗争那场冤案的历史根源。我在这个历史时期通过投稿结识了胡风，并在后来成了比较亲近的朋友，因而正是从这时起，我种下了一九五五年反胡风时受到株连的根子。

一九三七年秋，我在抗日的民族战争中回国，投身于社会。在那个战乱动荡的社会政治环境里，我没有做一个坐在书斋里寻章摘句、咬文嚼字的学者，过比较平静、安稳的生活，而且我也不屑于在祖国烽火连天中做这样的学者；更没有做发战争财的商人，虽然我是商人家庭出身；也没有去找一个安定的职业，只为个人的生计操劳，而是把有机会到手的工作当作一个中国知识分子为祖国和人民脱离历史的苦难，走向新生而应尽的历史责任来从事。我这种对生活意义的追求，这种不合时俗的生活态度，使自己在动荡的时代里，东奔西走，在生活中遭到打击，遇到挫折，使自己的人生道路上，充满了坎坷和灾难。我从日本弃学回国后，先是在山西中条山一带作战的正规军部队里担任日文翻译和宣传工作，不到一年，即一九三九年，中国抗战形势发生了第一次政治上的大逆转暗流，我不得不逃离这个部队，转到了重庆。这是同年的十一月间，我被一位在政治思想上的知心朋友安排在一个报馆里工作，这时我才先给胡风寄出一篇稿子《嘉寄尘先生和他的周围》，这是我在山西战地访问一个八路军支队长的报告文学作品。并附言告诉胡风，我已到了重庆，在一个报馆里工作。信写得很简单，虽然在这以前，当胡风一九三八年在武汉办《七月》时，我就给他投稿，并成为这个杂志的特约撰稿人。到了山西战地后，继续给他投稿，通讯，并被他约为七月社西北战地特派员。这次给他寄稿，信上没有写报馆的名字，原因很简单，我那时性情比较孤傲，不愿意拜会名人；但最主要的原因是，当时我有一种想法，作为一个青年文学写作者，最好把写作当成一种业余活动，文学界是个是非之地，最好置身其外，不要混在这个圈子里；况且我还是一个二十岁刚出头的青年人，对社会、人生认识得不够，体会得不深，需要在实际生活里锻炼自己，深入体会和认识社会和人生，了解中国的“国情”，积累生活的经验,开拓写作的素材。因此,正如一九三八年夏天在武汉,我虽然和胡风生活在一个城市里,却只是通过投稿和他建立通讯关系,并没有打算去拜会他。我们之间只发生了一种文学和思想上的联系,这就是我们常说的“文字之交”“以文会友”的意思。

但胡风先生是一个热心肠的人,在接到我的信不到三天,他就自己找我来了。因为我没有写报馆的名字,他找得很苦,几乎跑遍了重庆的各家大小报馆,最后才在这里找到了我。这时我刚在重庆落脚,和几个光棍的留日同学兼同事合住在报馆赁的一幢楼房上的两间房子里,因为只有四张床铺,我就睡在地板上,又因为晚间工作,所以胡风来到时,我还在蒙头大睡。我在打仗的军队里混过近一年,已养成一种警觉性,睡得很警醒。当我听到一个浓重的湖北口音在门口高声问道:“请问,这里有一个贾植芳吗?”马上就爬了起来,睡眼蒙眬地向发出声音的门口望去。我看到一个体格宽大的中年人,戴一顶旧式的呢帽,穿着褪了色的蓝布长衫,中式黑布裤,布满尘埃的家做黑布鞋,提一根手杖,挟着一个旧的黑皮包。他的浑圆的脸上引人注目的是一双清澈明亮的眼睛,那里散射出一种温厚而纯真的智者的光芒,和他的这身中式的朴实的衣着配合在一起,他的真实的中国书生本色令你感到亲切可敬和一见如故。这时几个早起的同学已闻声拥向门口,热情地喊道:“胡先生,你来了,请进!”其中一个指着坐在地板上的我说:“这个就是贾植芳。”他虽然已跨进了门限,一边和迎接他的人们打着寒暄,一边却停下脚步,直直地注视着我。他的情绪似乎有些激动,因为我这时正忙着穿衣服,那是一套已看不出是什么颜色的灰白色布军衣。我又黑又瘦,这副落魄的样子,一定使他感到意外而又不是意外，所以显然使他竟有些黯然神伤的表情。他的眼睛湿润了，以至竟顾不上围绕着他的那片亲切笑容，立即从长衫口袋里摸出一叠钞票，跨步递给还坐在地上的我，声调温和地说：“这是二十元，你过去在前方给《七月》寄稿子来，还存有一点稿费，因为给战地寄钱不便，存在我这里，现在我带来了。”这以后，他才在大家的纷纷让座声中，脱下呢帽坐下了，情绪上才渐渐安定下来。原来我这几个老同学一向在重庆做新闻工作，所以都认识他，大家都把他当长者尊敬。这天的中午，就由这几个同学做东，大家在我们包伙的小饭铺里吃了一顿中饭。他们纷纷掏钱加菜，因为我刚上工，还是身无分文，我来这里以后的伙食，全凭这几个同学大家维持，因为我们在思想上都是志同道合的朋友。胡先生的这次来访，使我很激动，也使我亲身体会到他的热情和纯真的品质和作风。他完全是一个平民化的知识分子的朴素形象。这也可以说是我们真正订交的开始。这以后多少年了，我和他也算是交往较深的朋友，但我没有在他身上发现任何利己主义、虚伪、圆滑等庸俗的市侩习气的东西；或盛气凌人、自认为高人一等的那些官僚文化人的恶劣行为。他是个讲信义、重感情的知识分子，一如毛泽东评价鲁迅先生那样：“在他身上没有丝毫的奴颜与媚骨。”他是一个对人民革命的文化事业忠诚无畏的革命作家，是一个可以相交、相信、相托的真正朋友。但我那次只在重庆停留了不到三个月，就被安排我在报馆里工作的地下党朋友，分派到国民党在山西的一个新闻机关去工作，因而又不得不离开重庆，但那些在重庆和他相处的日子，却留给我一段美好的回忆。

那时他家住重庆的郊区北碚，他说，重庆大轰炸后，梅志和孩子们就搬到了乡下。《七月》的编务，包括看稿和作者通讯联系，跑印刷厂，设计封面，看清样等杂务，都由他一个人唱独角戏。他进城时总事先写信通知我，约我在一块儿相聚谈叙，多半是在他在重庆租的那间斗室内，室内几样简单的家具，其中两把旧藤椅，和一个油漆剥落的写字桌算是顶出色的东西。屋角放一些炊事用具。他说，搬到乡下之前，家原来就住这里。每次约我到斗室里欢叙畅谈，我们就各坐一把藤椅；有时到化龙桥一带坐茶馆，遇上吃饭时间，就找个小馆子吃点面，或几个烧饼一碗汤。他还领我到一家湖北点心店，吃他们家乡的土特产点心——豆皮和汤圆。每当我们聚在一起的时候，海阔天空的什么都谈，谈文学，谈文坛，谈个人身世和生活，也谈抗战形势。他谈到国内政治形势和他的处境时说："我仿佛被装在一个口袋里，形势一变，只要人家把束口袋的绳子一拉，我就跑不了了。"我从他的激奋的语气里，体会到他对当时国内政治形势的估计是清醒的，他的政治态度是非常明确的，他对一贯敌视和迫害进步知识分子和作家的国民党政权是极端憎恶的。这也反映了他在险恶的政治文化环境里，坚持自己的工作岗位的决心与魄力。

在那间小屋里漫谈的时候，他还翻开堆积在写字桌上的那堆稿子给我看，它们都是《七月》的来稿。记得其中一篇用毛笔写在白麻纸上的稿子，它的作者署名是"黄既"，这是一篇题名为《麻油》的剧本。胡风说，这个作者过去还寄来过一篇写军人生活的报告文学。他说这些作品很有生活实感，作者感情也是真挚的。它的作者是一个在解放区工作的医生，是从延安寄来的等等。对于胡风重视和发掘从生活深层来的青年作者的来稿，我是有亲身体会的。他的编辑风格，可以说是继承了鲁迅先生的传统，他编杂志的取稿标准，不以作者的名位为准，而是完全看作品的思想和艺术质量。他本人就是一个著名的文学理论家和批评家。在他长期从事编辑生涯的过程中形成的中国现代文学史上的“七月派”这个文学流派，其中绝大多数作者，可以说大都是通过投稿关系和他结识，并被他培养成作家、诗人的。但是，他这样严肃认真的编辑态度，却也在无形中得罪了一些已知名的作家，他被扣上“宗派主义”“小集团”的帽子，大概与这一点不无关系。

一九四一年，中国发生了震动中外的皖南事变。我那时早已从地下党同志介绍我工作的岗位上逃离了下来，又一次受到命运的敲击，困居在西安，和一些小商贩混在一起，做些小买卖混生活，有时还得靠家庭接济。但主要是自己读些书。写点文章，也只能给自己看看。因为我不愿意把自己的文章拿给那些不三不四的报纸和刊物发表。我认为文学创作是一种严肃的事业，它不是单纯的吃饭手段和谋生方法，更不是猎取个人的荣华富贵的“敲门砖”。这时我已和胡风先生及外界的其他好朋友失掉联系，和文化知识界完全处于隔绝状态。一次，偶然从街头贴在墙上的报纸上得知，皖南事变发生后，胡风已离开重庆，远走香港，但在香港被日军攻陷后，“胡风殉难”了，云云。这则新闻对我真如五雷轰顶一般，我在悲愤中不禁想起在重庆时，他对中国抗战形势和国内政局的分析。但是过了不久，我从当地出版的一份官方文艺刊物《黄河》上，看到一条杂文式的报道说“香港被日军攻陷后，‘左倾’文人胡风已步他的同志袁殊的后尘，到南京的汪伪政府当了宣传部副部长了”云云。这个杂志是有名的女作家谢冰莹主编的。这个一九二六年参加过大革命军队工作，进过国民党军官学校，又一度加入“左联”的女作家，这时已完全成了国民党的御用文人。她在三十年代第二次去日本留学，是早稻田大学的学生。她和胡风都是一九三一年在东京建立的“左联”支部的成员。她编的这个杂志，政治色彩很鲜明，前后发表过不少攻击左派势力的文章。所以我看了这个报道后，非常气愤；同时期又在一份贴在街头的名为《中国人》的小报上，也看到了同样内容的报道。我认为这是国民党文痞对胡风的恶意造谣中伤，而且从当时的国内政治形势说来，这又不只是对他个人的中伤问题。我完全相信和我已经成了朋友的胡风的政治道德品质。我把这个自称《中国人》的小报的作为，看成有如鲁迅所云的“有背中国人现在的为人道德”的卑劣行为。鲁迅先生说的“胡风鲠直，易于招怨”，那是指“自家人”之间，而这些造谣家却别有来头。其实，这家《中国人》小报，犹如三十年代的《社会新闻》，是专以反共为能事的。语云：认识来源于实践。我的这些愤怒结论，是生活实践教给我的。直至看到胡风登在桂林出版的一份文艺杂志（大约是熊佛西办的《文艺创作》或什么丛刊之类）上的文章《当死人复活的时候》（这是借用挪威戏剧家易卜生的一个剧本的题名），对这些谣言世家的恶诼做了纵身一击的回敬时，我才感到满足和高兴，认为这是一个人应该有的生活权利。不久，我在报上看到他回到重庆，并在复旦大学任教的消息，在喜悦中，我忙给他写了问候信，立即就收到他的回信。信上说，他回到重庆后，在一次集会上听到我的一个留日同学说，我流落在西安，处境很狼狈，他对我的生活非常关心。这当中，由于我不善于经商，一点借来的本钱被人骗光了。为此，我又第二次从军，到驻扎在陕西黄河沿岸的国民党一个工程兵团，当翻译糊口，替一位日本陆军士官学校工兵科出身的团长翻译日本的工程兵书籍，如《工程兵教练法》《烟幕使用法》之类。这时，我与早就结识的在西安上大学的任敏开始了夫妻生活。但干了不到两年，又被这个部队怀疑，认为我来历可疑，有什么非法活动，并已决定了处置的办法：就地活埋。因为当时国民党政权已经命令驻守西北地区的党政军机关部队，凡是发现“异党分子”和“左倾分子”，可就近处决。团部一个姓王的小职员（文书）听到这个讯息，便跑来告诉了我。我与妻子就马上设法逃出了这个部队。一九四五年，我决意离开西北。我把这些年写的小说等文章，捡出其中比较满意的寄给了在重庆复旦大学执教的胡风，并告诉他我们要离开西北的讯息，其余的都扔到一个废井里去。这些小说后来由他分别发表在新创刊的《希望》上面，后来得知，有几篇在发排时被印刷工人遗失了，还有的被他介绍到《抗战文艺》上发表。一九四六年我到上海时，他把由他经手发表的我的小说作品编成一个小说集，题名《人生赋》，作为他所主编的《七月文丛》之一，一九四七年春天由上海的海燕书店出版。

在一九四六年到上海之前，我辗转到徐州后，又被当地的日汪警察局特高科以策反罪逮捕关押，那大约是一九四五年的五月底六月初的事，到“八一五”战争结束，即日军投降后，我才被释放出狱。这时我在上海报纸上看到胡风回到上海的讯息，便又与他恢复了通讯投稿关系。我们夫妇跑到上海，是一九四六年五六月间的事。到上海后，因为没有条件找房子，我们就暂借住在胡风家里，有近半年之久。这时中国正在激变之中，从这时起，我才正式下海卖文为生。同年底，被胡风介绍到一家名为《时事新报》的报纸编一个文艺周刊。这家报纸当时属于国民党“四大家族”之一的孔祥熙财团，它的总经理胡鄂公是胡风的湖北同乡，原来是个共产党地下党员。从一九四七年一月起，我正式为该报编辑名为《青光》的文艺周刊，但编了两个月，共出了八期后，由于中国政治形势的日趋恶化，政治协商会议的破裂，国共两党之间军事力量的冲突开始激化和扩大，这个副刊也就被迫停刊了。

一九四七年夏天，中国发生了名为“反内战、反饥饿、反迫害”的学生运动，这时我应当时的地下报纸《学生新报》之约，为这个学生们办的报纸的“五四”纪念特刊撰写了一篇名叫《给战斗者》的短文，被这个特刊约请撰稿的还有郭沫若、马叙伦等当时著名的民主人士。同时，我又应复旦大学学生们办的一个小报《文学窗》的邀请，写了一篇短文《暴徒万岁》，因为当时的官方报纸，称上街游行的学生们为“暴徒”。经人告密，我们夫妇就与几个同住的学生，也是《学生新报》的人员，于九月间突然被国民党中统局特务逮捕，被认为是“煽动”学潮。这是我的短短三十多年生活途程中的第三次政治官司。因为是以文字贾祸，捉我的那个特务机关，像以前捉我的那些官老爷一样，忙着追查我的所谓“背景”了。关了半年多后，似乎没审出什么，我也只好坐在里面听天由命。翌年的春天，来了一位上级派来的衣冠楚楚的官员（他的社会称呼是“特务”），由本机关的一个官员（他们是一票货色）陪同，说是来“看看”我。这位衣冠楚楚的官员，吸着高级的绿炮台香烟，拖着长长的腔调说：“你来的时间不少了，我们也不是只会吃干饭，你是什么人，你自己清楚，我们也清楚。”这仿佛是个过门，然后才做到题目上来了，原来他们非常关心我的“前途”，并指出了一条“光明的出路”！“这在你并不难,所谓一举足之劳,只要你领我们把胡风捉来,或者你不好意思,只把胡风住址告诉我们也行,那我们就是个朋友了,这样大家方便,要不,哈哈哈……”这两个官员彼此觑了一眼,一起仰着身子哈哈开了,笑得很可爱。我也紧紧跟上,放声地哈哈开了。我这么一哈哈,他们反倒不哈哈了,而是奇异地望着我。我哈哈了一阵子,才放下笑声说:“先生们,你们弄错对象了,我混在上海滩上,没得饭吃,胡乱写些小文章到处投稿,找口饭吃,我不认识什么文化界人,包括你们说的那个什么胡风,所以非常对不起,哈哈……”他们先是有些勃然之色,但随即抑制了自己,那位衣冠楚楚的官员跟着干笑了两声,咳了一声说:“我再说一句,这是我们一番好意,愿意不愿意,这就要看你自己了。你的命运现在还掌握在你自己手里。我们给你时间,允许你继续考虑。你要自己珍惜自己。你不过三十出头吧?太可惜了!”随即我就被押了下去,继续坐在里面,听凭魔鬼的安排。不久,他们又改为要我在国民党的《中央日报》发表《反共宣言》,作为释放我的条件,也被我拒绝了,于是又继续被关押下去,直到一九四八年初冬,才被朋友托人保释外出。我出狱后,才听先我出狱的妻子说起,胡风夫妇除过关心她、照顾她外,还积极为营救我四处奔走,因为胡风先生在日常闲谈中曾经听我说起,抗战中我在国民党那里工作时,曾认识一位国民党军人叫陈卓的,因此胡风给在南京的阿垅写了一封信,要他设法找这个陈卓保释我,但正如胡风一样,阿垅也不认识这个陈卓,因此也无从找起。但一九五五年发表的关于所谓“胡风反革命集团”的第三批材料里,竟以胡风给阿垅的这封信为依据,断定这是“胡风及其集团分子同国民党特务们的密切关系”的凭据。一九八〇年的公安部复查报告中，才对这条所谓“罪证”做了事实上的澄清。

在国民党于一九四七年八月正式下达了所谓“戡乱令”，对人民解放军发动全面进攻时，从抗战后期起就开始接受出版胡风主编的《七月新丛》，抗战胜利后又出版了胡风主编的《七月文丛》各册的海燕书店，为了逃避国民党的迫害，已迁到香港。它的老板俞鸿模这时有事回到上海，胡风对他谈到我被捕的情况，并希望他能找些关系保释我出狱。俞鸿模一口答应了，原来他认识一位叫骆美中的国民党信托局副局长，后来我才知道此人也是三十年代的留日学生，但我不认识他。他是俞鸿模的福建同乡，两个家庭之间还有商业关系。这样，由这个骆美中写了一封信给抓我的国民党中统局局长季某人，由骆美中以留日同学关系保我出狱。俞鸿模是三十年代的日本留学生，和我同时期留学日本，是东京中央大学的学生，他还是当时东京留学生组织文艺团体东流社的成员之一，在东京他还出版过一本叫《炼》的小说集。他抗战时回国后，就从事进步的出版工作。一九五五年胡风案件发生时，他也曾被株连逮捕，自杀未遂；一九六六年的“文革”中，终于自杀身亡，现已平反昭雪。胡风曾在一九八三年写了一篇名为《“七月”作者与海燕书店》的文章纪念他；我在今年出版的《上海滩》杂志上发表的我的回忆录之一《在国民党监狱中》，也曾谈到他为营救我托他的福建同乡保释我出狱的事。

我在监狱中关了一年多，对外面讯息很隔膜。放出后，我见到了胡风，他给我看了香港出版的各期《大众文艺丛刊》，那上面连续登了邵荃麟、林默涵、胡绳、乔冠华等人批胡的“小资产阶级文艺思想”的文章。可以说，这个丛刊好像是专门为批判胡风而创办的。

我这个人并不像胡风那样，是一个纯粹的书生，或“书生气十足”的知识分子、文化人。我在抗战中，曾几次在政治斗争的漩涡里打过滚，积累了一些社会斗争和政治斗争的经验，我劝胡风在解放战争节节胜利的前夕，对香港那些党员同志的批判要冷静对待，不可感情用事，否则容易被人扣大帽子，因为香港那些党内朋友的批评文章火药气很浓，不是个别人的作为。

但胡风还是写了《论现实主义的路》这篇长文，作为对香港批评的答复。他给我看过原稿，我对内容没什么意见，只是在涉及一些人事时，我劝他用语应该婉转些，要用商榷的态度讨论理论问题，所谓“就事论事”。文章写好后，原来决定由当时文协主办的刊物《中国作家》一期全文登载，并已发排了。这个刊物由叶圣陶任总编的开明书店印行，但因为遭到编委们反对，它没有刊出，这个杂志从此也就停刊了。胡风只好买下了排好的纸型，自己用“希望社”名义印出。随即他也就由党的安排转道香港，去了东北解放区。

从一九五〇年秋天起，我就到大学工作，因为这时中国现代文学已作为一门专业的学科，进入大学课堂。我近几年就是带这个专业的博士研究生和外国的进修学者。

在这里我只是着重地谈我和胡风先生在一九四九年前的交往和友谊，因为这正是一九五五年胡风事件中我受到株连的历史来源。

这里我再总括性说几句：

正如我写的一篇纪念胡风先生的文章中所说的：“对于我们这些人说来，个人的命运总是与时代休戚相关的。”我由一九五五年五月十三日报纸发表了关于“胡风反革命集团”第一批材料后的第三日被捕起，到一九六六年三月底，以“胡风反革命集团骨干分子”罪名被判处有期徒刑十二年，一周以后押回原单位复旦大学“监督劳动”，在“劳动中改造”，在监狱里蹲了近十一年；由一九六六年四月初，回复旦大学印刷厂“监督劳动”，通过十年的“文革”，在造反派和“革命群众”的不断的批斗凌辱、殴打和歧视中过日子，直到一九八〇年底，中共中央发布文件为所谓“胡风反革命集团”一案平反，我也被原判决我的上海法院宣布：“撤销原判，宣告无罪。”恢复了政治名誉与工作职务。其间又有十四年。前后总共近二十五年，我完成了自己的苦难历程。我和胡风先生通过这场灾难的考验和磨难，反而更加深了我们之间的理解和友情。我在自己一九八二年出版的小说选的《后记》里说：“对于胡风同志在漫长的历史岁月中，给予我在文学上和生活上的热情扶植和无私的帮助，我将永远感激！现在仍然以这篇《人的悲哀》作为这本小说集的首篇，在我是有很深刻的纪念意义的！”我在一九八九年六月，为上海《收获》文艺杂志写的一篇题名为《且说说我自己》的文章中又说：“去年初间，我对来访的上海中新社（即中国新闻通讯社）记者说：‘胡风为人诚恳、正直，有中国知识分子的忧患意识与历史使命感，明知不可为而为之，对中国文学理论贡献甚大。’这些就是我通过多年来的生活实践对一个可以相依相托的友人的认识的告白。”

一双明亮的充满智慧的大眼睛

原来以为人进入了老年，感情就比较麻木，遇到关涉生死之类的大事，因为参透了人生的经验，也能处变不惊，不再像年轻人那样会有大的感情起伏。所以当年轻的朋友张业松和鲁贞银告诉我他们编了一本《路翎文论集》并要我写一篇序文时，我没加思索就答应了下来。谁知，当这部书稿放到了我的案头，看到了那两个年轻人四处奔波，辛辛苦苦地从当年的《希望》《泥土》《蚂蚁小集》等旧报刊上影印或抄录下来的文字时，我这个年过八十的老年人又不由得激动起来，只觉得脑子里“轰”的一下，浑身的血都涌了上来。我仿佛听到了自己感情深处发出的悲愤而嘶哑的呼喊：“路翎！我的苦命的兄弟！”……也因此，笔握在手里却颤抖不已，画在纸上却不成句样。我只能把它搁在一边，自己才慢慢平息下来。

文章就这样拖了下来。每次拿起笔开了一个头，就感情起伏，思绪万千，不知从何说起。大概是心里总是搁着这件事，渐渐地，在我眼前浮现出一双眼睛，一双久别了的眼睛，大大的、圆圆的、充满了智慧的明亮的眼睛。这双眼睛在长夜弥天的时代里，曾经是那样闪烁着希望的火花：他从乡下女人郭素娥的感情“饥饿”里，看到了人性的原始强力；从财主儿子蒋纯祖泥泞般的生命挣扎路上，看出了中国知识分子追求个性解放的艰难历程……我是先从这些胡风送给我的小说作品里认识了路翎这个名字——路翎当时的作品几乎都是经过胡风的手编成书介绍给读者的，感受到他有一副能够看穿这个黑暗世界，看到黑暗底处隐藏着无穷孕育光明的力量的眼睛。抗战胜利以后，我流落到上海，一度住在胡风家里，路翎那时在南京工作，经常来上海看望老胡，每次来都和我同住在胡风家的楼下客堂里，我们这才渐渐地熟悉了起来。那时候的路翎虽然在南京当个小职员，但应该说是他生活比较安定幸福的时期。他的文学创作活动也正进入了最旺盛状态，几乎每期《希望》上都有他的好几篇稿子，而且还出版了短篇集《求爱》和中篇小说《蜗牛在荆棘上》等等。那时的路翎格外有精神，有自信，他仪容整洁，穿着笔挺的西装，有点像当时上海人常说的“奶油小生”的味道。他对生活、对我们这个国家的前途，也抱着很乐观的向前看态度。我那时从徐州日伪警察局特高科的监狱里放出来不久，多年的华盖运已经狠狠地教训了我，比起单纯而充满亮色的路翎来就要粗野得多，也复杂得多。那时我们对生活的一些看法不尽相同，也会常常进行争论，但争些什么内容，今天想起来脑子是一片空白，唯一记得起来的就是路翎那一双明亮的眼睛，看世界充满着希望，但又有一些疑惑而调皮的神情。

这样，随着时间的积累，我们就成了有交情的朋友了。

可是谁也想不到，时隔三十年，当一场让我们彼此都不知生死的灾难过去以后，那双圆圆的大眼睛黯淡了，迟钝了，变得有些可怕了。那是在一九七九年初冬，我们头上的“胡风分子”的帽子仍然还没有摘掉，但似乎可以以“戴罪之身”为社会主义建设所用了。我在复旦大学已经离开了强迫劳动多年的印刷厂，用当时的政治语言说，是“解除监督”，回到中文系资料室里坐班，除过做一个图书管理员的日常事务性工作外，还参加了一些有关中国现当代文学资料的编辑工作。胡风也已走出了关押二十多年的监狱大门，住在成都的招待所里，但已经与我恢复了通信。当时中国社会科学院文学所正在筹划国家“六五”社科规划中的一套大型资料丛书，复旦中文系也参加了其中的一部分工作。社科院文学所通知派有关人员去参加会议。后来会议在发给我的通知书上特意用墨笔批写着：“贾植芳同志何日进京，请电告车次车厢，以便安排车接。”这是一九五五年以来第一次称呼我“同志”，并且在我的问题平反之前，第一次恢复了我“教授”规格的待遇。我把将去北京开会的事写信告诉胡风，他随即来信，说：“你代我在北京看看嗣兴和李何林。并把两人的地址抄给我。”徐嗣兴就是路翎。我看他的地址在芳草地西巷六号，到了北京一问，说路不远，离我当时住的总工会招待所不过是一站半路程，同时还听人说，芳草地是中国文联的宿舍。一天下午，我抽了个空余时间，事先也没有打招呼，就买了一瓶二锅头和一包花生米、猪头肉之类的熟菜，自己一人找去了。到了芳草地，果然有一幢文联宿舍大楼在那儿，大约是三四层的样子。可是我在里面走来走去，问上问下，却没有人知道路翎或者徐嗣兴的家住在哪里。我失望之余，只好一人跌跌撞撞地走出那幢大楼。外面一片空旷，那是个大阴天，北风在呼呼地吹，人影也没有一个。我不甘心，独自绕着大楼走，终于发现大楼背后有一排平房，破破旧旧的，有几个小女孩在巷子口踢毽子，我上去一问，总算问着了。一个女孩用手指着那排平房说，那间没有门的屋子就是。我走过去一看，果然是有间屋子没有门。我一走进去，正好路翎一家三口全在，路翎、他的妻子余明英和小女儿徐朗。路翎枯坐在床边，看见我马上就惊异地吆喝说："贾植芳，你还活着？"他迎上来，我们俩就在这光线暗淡的屋子里面对面地看着，就仿佛是两个幽灵在地狱里相会一样。

这时，我打量着这间小屋里的陈设，除过一张大床、一张小床占了屋子的大半空间外，还有一张写字桌和一个书架，但看不见有书，书架上摆着些瓶瓶罐罐的，装油盐酱醋等调味品。书桌上只有一张《北京晚报》，乍一看，像是外地逃荒来的三口之家，这哪里像是一个由四十年代到五十年代初期就出版了两百多万字的作品并驰誉海内外的作家路翎的家庭呢！

我更想不到路翎竟这么苍老了！头发全白了，像刺猬一样，乱糟糟地向上翘着；眼睛还是那么大大的，圆圆的，可没有一点锐气，没有一点亮度，浑浊的眸子里充满的是疑虑和恐惧。现在我回忆起这个场景还觉得心酸。他与我面对面坐着，没说上几句话，就一个劲地问："老贾，你说我们这些人到底是属于什么性质的矛盾？是人民内部矛盾，还是敌我矛盾？"反反复复地问着，似乎我不是与他一样的同案犯而是公安人员。他女儿徐朗在一旁看着我不知如何回答的模样，忍不住对她父亲说："你又来了，碰到人就老问什么矛盾！"路翎听了，忽然撇下我，一个人冲到屋子外面，站在院子里向天大声号叫，发出的声音好像受伤的野兽的哀号，恐怖、凄厉，惨伤里夹着愤怒和悲哀……余明英母女看我有点惊慌，才告诉我，路翎自一九六四年起就患精神分裂，病时好时坏，清楚的时候还能写点东西，但经常要发出这种号叫。我默默地听着，这哪里是疯病？就像太史公说的，“劳苦倦极，未尝不呼天也；疾病惨怛，未尝不呼父母也。”路翎与胡风一样，在文学领域如同奥林匹斯山上的宙斯，能所向无敌，可是一离开文学领域进入社会，他们就变得单纯而幼稚，特别对于中国历史社会发展中的黑暗与野蛮，知识分子命运的复杂性和残酷性，都缺乏深刻的认识，所以一旦天塌地裂，他们的精神都会受不了。胡风是这样，路翎也是这样。他们始终不明白，他们为什么会碰到这样不公正的遭遇。他们不能想象，他们如果得不到他们所衷心拥护和信赖的政府和社会的承认，活着还有什么价值？可以说，胡风和路翎直到他们凄凄凉凉地离开这个世界，这个心病依然纠缠在他们的心头，他们是十足的书生。

路翎号叫以后稍稍平静下来，又回到屋里与我说话。他告诉我：他在狱中犯病以后，一度保外就医，不到两年，又被送回劳改队，他上书中央为自己辩护，结果被判了二十年徒刑。一九七五年刑满释放后，就住在这里长期扫街，接受监督。余明英在街道办的麻袋车间缝麻袋。最近才让他到戏剧家协会当编辑，也不用去上班，剧协的人曾经送来一篇稿子让他审读，他读得很认真，写了两大张意见送回去，以后就再也没有回音，也不见人再送稿子给他审读。他说到这里，脸上显得很忧郁，担心人家嫌他审读得不好，再也不要他工作了。我听了很难过，就劝他说：“这是人家落实政策，你看也行，不看也行，没有人会在乎你的意见，也不会不发你的生活费，你就放心静下心养病，别的什么都别管吧。”话虽是这么说，但当时我们头上的“胡风反革命集团骨干分子”的帽子还没有摘掉，中国事情又特别复杂，谁知道下一步的命运是怎样呢？我们的心情当然是沉重的。

大约是因为路翎的态度影响了我，在北京开会期间，我也开始注意一些有关我们这个案件的命运。但听来听去，似乎也没有什么值得高兴的消息可以去安慰路翎。我听人说，周扬在第四次文代会前曾表过态，胡风的问题是政治案件，非文艺界所能解决。他还有个说法：胡风在文艺理论上比他有成就，但有一点不如他，就是没有他那么对党“忠诚”。后来我又听人说：胡风问题最终也会像“右派”问题那样，也是扩大化问题，真正的反革命还会有几个的，等等。风风雨雨，这些话我都无法让路翎知道，无法帮助他恢复起对自己的信心。在我离开北京的前一天傍晚，我又去看他，本来是想随意地告别一声，但他这次看上去情绪好一点，他动情地说：“上次喝剩的二锅头还有半瓶，咱们就继续喝吧。”于是，余明英又忙着去烧菜，我们又在一起喝了一回酒。那天告别路翎出来，我独自走在街上，脑子里不断出现路翎年轻时那对明亮的大眼睛，不断出现过去契诃夫小说里写到的“负伤的知识分子”的形象，我不禁想起罗曼·罗兰的话：“屠杀灵魂者，是最大的凶手。”

路翎已经死了，他不安息的灵魂终于归复于平静了。他去世的时候我没有写什么文章纪念他，可是今天我看到这本《路翎文论集》的稿子，感情一下子就像关不住闸门的洪水一样哗哗地流出来。我对这本文论集不想多说什么。路翎是以小说和戏剧创作贡献于中国文学的，他年轻的时候生活在社会底层，接触各个社会阶层的生活，他把握创作题材的方法和审美精神，都来源于他的特殊的生活经历,他用他创作的成功,证明了胡风许多文艺理论观点的正确;同时,他也努力学习中外文学特别是俄罗斯文学的成功经验,接受了胡风文艺理论的观点,并在生活和创作实践中,充实和完善了它,又通过自己的理论活动捍卫它和宣传它,这些文论就是一个证明。“五四”以来中国作家都有比较开阔的文化视野和比较完整的知识结构,他们不但从事创作,同时还有自己较稳定的文学观点和理论主张,像鲁迅、茅盾等都是这样。胡风也是一边写诗,一边探索理论。因此,对于路翎来说,有了这本文论集,他在文学史上的形象就更加完整、更加真实。为此,我很感谢张业松和鲁贞银两位年轻朋友做完了这件很值得称道的工作。我认为,他们花了力气与下了功夫编就的这本文论集,不仅为研究路翎的为人与为文,研究胡风派或“七月派”的文学业绩与理论活动,保存了一些基本史料,也为中国现当代文学的研究,提供了富有历史意义与学术价值的文献资料。

写下这些文字,可以作为本书的序文,但在我的心里,它更是我对小我八岁却先我而去的路翎兄弟的祭文。他因为他的文艺创作与理论活动而受难,也会因为他的文学创作与理论活动而永生,这就是历史的辩证法。他的灵魂应该得到安息了。

一位值得纪念的长者

——郑超麟先生

我知道郑超麟先生的名字很早。三十年代初期,我在北京读高中,因为接触到海内外的进步力量,参加了地下党领导的社会政治活动,接触到以下当时被目为“反动”的出版物,如当时共青团办的《中国青年》杂志,在该杂志一九二四年某期上看到过他翻译的列宁的《论青年团的任务》,还有一九二五年二月发表在《民国日报·觉悟》上的列宁的《托尔斯泰与现代工人运动》,一九二六年发表在《中国青年》上的列宁的《党的出版物与文学》(即后来流行的《党的组织与文学》)。从此,郑超麟的名字就深深地藏在我的脑海里。但是直到八十年代以后,我才有机会跟他认识。那时候上海书店要编一套《近代文学大系》,由我的朋友范泉先生任主编,我被列为这套丛书的编委之一。一次,负责的编辑郑晓芳给我讲她是郑超麟的孙女,我对她说:“见到你爷爷时,请代为问候。”时间不久,晓芳来给我讲:“爷爷说他知道你,过几天他自己要来看你。”我说:“郑先生是我的前辈,我应该去看他。”晓芳后来告知我,郑先生是从一九五五年“胡风反革命集团”的“三批材料”上知道我的名字的。那时候他已被抓到提篮桥监狱里关了三年。“反胡风”时监狱里要犯人学习时“理论联系实际”,于是他这个老托派便挨了一顿打。他开玩笑说:“我知道贾植芳的名字,还挨了一顿打呢!”无独有偶,一九五二年“肃托”时,我对郑先生也有所耳闻。当时我已经到了复旦大学教书,正是学校大考的时候,我正在监考,外文系的俄文教授西门宗华突然跑到教室门口,把我叫出去问道:“贾先生,怎么你还在,昨晚没有让抓去?”我吃了一惊,问他是怎么回事?他说:“原来你还不知道,昨天晚上抓了很多托派分子。”我说我又不是托派。西门先生说:“怎么你不是托派?我一直以为你是呢。”于是就告诉我谁谁都让抓去了,他自己也很着急担心,其中就提到了郑先生。

这位西门宗华先生和当时也在复旦大学外文系教俄文的樊英都是二三十年代留俄学生,三四十年代在上海商务印书馆出版过不少介绍苏联的专著。“文革”结束后,我一次在国权路上与他相遇,他显得更加衰老了。我问他,这些年日子过得怎么样?他叹了口气说:“像我这样的人能有好日子过吗?”他告诉我,他已经平反回校被调到世界经济研究所,研究苏联农业经济。至于他的留俄同学樊英,因为在上海苏联办的塔斯社当过记者,“文革”中被打成“苏修特务”,已被迫害致死。这一次路遇后,就再也听不到西门先生的信息了。

却说过了几天,我们夫妇就和友人谢天振教授及博士研究生张业松专程去郑先生家里拜访。郑先生一九七九年平反后,从监狱里出来，在政协里挂了个委员的头衔，就住在政协分给他的位于普陀区一条普通弄堂里的两间房子里。我们去的时候，因为事先打过招呼，加上是公休日，晓芳也在家。平时她照料郑先生的生活，也当郑先生的工作助手。后来听说除过公休日外，白天就他一个人在家，孙辈都上班或上学去了。他给我们讲，平时午饭也就自己一个人弄点东西吃，有时候邻居也来照顾他，帮他弄点东西吃。只有在晚上与公休日，孙女与重孙女都回家了，一家人才可以聚在一起吃饭，享受天伦之乐。因为知道我们要来，所以他已经在等着。他坐在轮椅上，扶着手杖，穿了西装，打了领带，头上戴了一顶贝雷帽，耳朵上挂了助听器(后来才知道他平时就穿西装，打领带，这是他多年的习惯，并非因为有客人来而特意打扮的)。房子里的陈设也很简单，半新不旧的，只是还有一些外文书，显示出其主人曾经有过的修养与身份。我们来以前就听说他虽然年已高龄，但仍笔耕不辍。当时他拿出一本《郑超麟回忆录》对我说，这本书在国外有好几种译本，又拿出一本日语的《托洛茨基研究》，里面有介绍他的文章，日语他不懂，就让我给他翻译。天振还为我们照了几张相，临走时他又送我一本《怀旧集》，里面有一些很重要的史料。那时候我还注意到八十年代后期，由三联书店出版了一本俄国梅勒史克夫斯基的小说《诸神复活》的中译本，后来才知道，这本书是他三十年代在国民党监狱里翻译的。这位梅勒史克夫斯基和他的妻子诗人吉皮乌斯，这对作家夫妇在十月革命后因反对布尔什维克的暴力革命流亡西欧，成为俄罗斯侨民文学的重要作家，最终客死他乡。郑先生在国民党的监狱里待了不少时间，直到抗战开始，国共合作，才被放了出来。解放后，一九五二年抓托派，他又被抓进去，直到一九七九年出狱，前前后后在监狱里待了三十四年。郑先生早期到法国巴黎留学，是“少年共产党”的发起人之一，与周恩来、邓小平、李富春等同是最早的参与者。邓榕写的《我的父亲邓小平》有几次提到他的名字，大型文献纪录片《邓小平》第一集里也有对他采访的三个镜头。他后来从法国到苏联莫斯科东方大学学习，外语很好，通晓好几种欧洲语言。一九二九年后他赞同托洛茨基的观点，成了中国几个有名的大托派之一。托派有这么一个理论观点，即托洛茨基等人认为俄国由于社会经济条件落后，基本上还是农业国家，又有长期的沙皇专制政治的历史传统，“俄国一国建设不成社会主义”，如果强行建设的话，很可能会出现亚细亚专制主义的复辟。事实上，列宁早期也有这样的担心，因为根据马恩经典理论，只有社会由农业经济发展到以工业经济为主体的工业社会，才有可能进行社会主义革命。但后来列宁的想法有了改变，认为在布尔什维克的坚强领导下，人定胜天，可以跳过商品经济阶段，直接建立社会主义，俄国一国也能建成社会主义。列宁去世后斯大林当权，宣布托洛茨基理论为非法，并把他放逐到墨西哥，又派间谍暗杀了他，对国内被目为托派的人加以无情的镇压。中共三十年代在苏区和长征后，以及一九四二年的整风运动时，都对托派镇压过，比如著名的“王实味事件”——王氏就是被以“托派”的罪名逮捕处决的——托派分子被称为“托匪”。可是后来托洛茨基的理论却真的在苏联的历史上不幸而言中；一九九一年苏联解体，也证明了这种理论的正确性。三十年代上海有个王礼锡在神州国光社办了个《读书》杂志，专门出了三个特辑，是关于中国社会性质问题论战的。当时也有人认为中国是个半封建半殖民地的国家，除了沿海地区商品经济有所发展外，绝大部分是农业经济地区，要建成社会主义，必须经过商品经济的发展阶段，否则可能导致封建主义与亚细亚生产方式的复辟。这显然是比那种所谓的“马克思加秦始皇”的社会主义要明智而且人道得多。邓小平搞改革开放，也是为了避免出现像苏联那样的结局。郑超麟有篇《九十自述》的文章，里面说他一直觉得苏联是以农业经济为主体的社会经济条件，加上俄国长期的专制主义历史传统，建设不成社会主义，除非英法等发达国家先建立了社会主义，再扶助苏联。郑先生为了他的思想而数度入狱，半辈子在监狱里度过，但却不肯改变自己的观点。我自己也曾数度入狱，但跟搞实际政治斗争的人不同，我从未参加任何党派，我虽然是当时左翼政治力量的“同路人”，但我始终清醒地保持自己的独立人格。我不是务实的现实主义者，而是个浪漫的理想主义者，或者说，我只是个始终站在民间立场上的知识分子。我只作为在“五四”精神培养下走上人生道路的知识分子，反对封建专制主义的历史传统，追求社会进步和个人思想自由。但郑先生的这种坚持自己思想的凛凛风骨我是非常佩服的，他相信自己，相信历史，好在他高寿，晚年终于看到自己坚持的理论观点变成生活现实。

那天从他家回来以后，他又托晓芳给我带来了一本《郑超麟回忆录》。他的居住条件也有所改善了，搬到赤峰路上。由于经历有些相似之处，此后我们就有了一些来往。但遗憾的是，我还来不及去他的新居看望他，就在今年七月，晓芳突然打来电话，说郑先生病危，住进了医院。我立即打电话给谢天振，告诉了郑先生的病危情况，并请他马上来我家，陪我去医院看望郑先生。我们到了医院,问讯之后,才知道郑先生住在高干病房。进了病房,房内已有几位来看望他的人,其中大半我不认识,也大都上了年纪。晓芳对她爷爷说:“爷爷,贾先生来看你来了。”他躺在床上,双目紧闭,呼吸很急促,说不出话,但头脑似乎还清楚,听了他孙女的话还能点点头。我们进病房之后不久,陈思和也闻讯赶来了。我想不宜多打扰郑先生,妨碍他休息,坐了一会儿,向晓芳询问了郑先生的病情,并一再嘱咐她好好调护,并随时和主治医生联系,就和天振告辞出来了。但万万想不到,这就是我们在这个世界上相见的最后一面。我从医院回来后的第三天早晨,晓芳就打来电话通知噩耗,说她爷爷于当天凌晨四点钟停止了呼吸,并说定于八月七日进行告别仪式。我也上了年纪,不能远行到龙华殡仪馆为他送行。但我心潮澎湃,就根据我对郑先生的人品事业和生活遭遇的理解,写了一副挽联:

文章垂千古,
风骨映千秋。

并找到我的一位工于书法的老学生周斌武代为书写,随后又叫我的学生张新颖将我的挽联送到郑先生的新居,面交晓芳,聊表我们夫妇对郑先生的哀思。新颖为学林出版社的《印象书系》丛书编的《陈独秀印象》一书选录了郑先生的两篇有关陈独秀的文章,和晓芳有所接触,互相熟识。我特意嘱咐新颖,请他代我在先生的遗像前鞠三个躬致哀。直到上海政协给我发来郑先生的讣闻,我才知道告别式的时间突然提前了两天,改在五日举行。后来又听说告别式由原来的八月七日下午三点提前到五日的十一点，属加场。再后来才听说，由于告别式的时间临时改变，所以来吊唁的人不多。但令人不解的是，在告别仪式上各方送的挽联一律不准挂出，只能摆花圈。看来郑先生一直到去世，也没有受到公正的待遇。由于恩格斯所说的“历史的惰性”，在某些人心目中，他还是个有“前科”的“异类”，虽然苏联已经被我国称为“前苏联”，像我青年时代时俄国被称为“旧俄”一样……

郑先生在监狱里过了几乎半生，可是他宁肯长期坐牢，也不肯改变自己的观点。但他作为一名知名的知识分子，还可以在监狱中从事各种翻译活动。除了上面提到的以外，像纪德的《从苏联归来》一书，也是他在三十年代坐牢时翻译的。一九九六年我应邀到台湾参加一个学术会议，又看到台湾盗印的他与王凡西合译的托洛茨基的《俄国革命史》。事先，郑先生也看到了这个盗印本，所以他托我给他找找这家出版社，以便索要样书与稿费。我托自己熟悉的出版社的老板打听，才知道盗印书的是一个“野鸡”出版社，这件事只好不了了之。就我所看到的郑先生的译著，我发现他无论是译政治性的读物，还是文艺性的读物，都以契合他的政治理想和人格追求为依归，是有所为而为。这也从另一侧面反映了他高尚的人格境界，真正做到了文如其人、人如其文。郑先生晚年还写了不少的回忆性的文章，都是秉笔直书，向历史负责，绝不因时势变迁或处境险恶而曲笔成章，“改造”历史或自我欺骗，这也是他的风骨的具体反映与表现。他到底译了多少东西，现在还没有一个很好的统计。他的孙女郑晓芳女士来看我时，我让她整理一下郑先生的译著书目。过些天她送来了香港天地图书有限公司出版的

《史事与回忆——郑超麟晚年文选》(第一卷),其他几卷还没有出来,其中收录了他的回忆性的文章。这本书不但印刷得很精致,而且内容也比大陆出版的要全,大陆版有所删节,而这里采用的都是未经删节的原文本,因此很有历史文献价值。郑先生坎坷一生,临终还能有机会留下历史的见证,也算聊可告慰了——只是遗憾的是他未来得及见到这本书,当样书从香港寄回时,他已于这天凌晨离开了世界。这也是命运对他的不公正吧!可是不管怎样,郑先生的著作与遗作会在这个世界上继续流传下去的,因为它们有继续存在的思想和历史价值。他的风骨也会受到后人纪念的,因为作为一个关怀自己国家的命运,有自己独立的人生追求,并为之付出过沉重的生命代价的中国现代知识分子,他确实值得人们永远纪念。想到这一点,我和朋友们送的挽联即使没有被挂出来,也就不算什么了。

郑超麟先生,我的前行者,您安息吧!

我的老乡
——王瑶先生

十三日晚上近十时，我正在书房和几位研究生学生谈话，忽然接到一位北京大学青年同志从华东医院来的电话，他声调低沉而悲怆地告诉我说："王瑶先生终于抢救无效，竟于八时四十分在医院病故了。"……仿佛大晴天遇到霹雳，我一下子呆住了。当我神情恍惚地回到书房，向正在谈笑的几位研究生学生讲了这个噩耗时，笑容顿时从他们年轻的面颊上消失了。我们俯首围桌默默而坐，为王先生的不幸病逝默哀、悼念。

同学们散去后，我转身回到卧室，妻早已关了电视，默然独坐，我更无心于夜读，熄了灯躺在床上，但又实在难以入睡……

我知道王瑶先生的名字，应该是在一九四八年冬末，那是我刚从关押了经年的国民党中统特务监狱外出两个月以后，为了措办离开我不能立足的上海的路费，我埋头编写了《近代中国经济社会》。书稿匆匆完工后，我把它拿给一家愿意一次付清稿酬的出版社。这家名叫棠棣出版社的主人徐启堂，在接受了我的书稿，并付清稿酬后，大家作为朋友，他送了我一些他近期的出版物，其中就有王瑶先生的《中古文学风貌》等研究中古文学的著作。因此也可以说，从这时开始，在我的脑海中，印上了王瑶先生的名字。

一九五二年开明书店出版的王瑶先生的《中国新文学史稿》一下子在学术界引起了轰动，被誉为一部卓然成家的严谨的学术著作。从一九五〇年起，我到高等学校从事文学教学工作，主要从事中国现代文学的教学，因此，王先生的这部专著，也成为我所欢迎的严肃的学术读物之一。王瑶先生这部关于中国现代文学史的专著，不仅是中国现代文学史研究的开山之作，而且作为一家之言，它以其开阔的文化视野，翔实丰富的史料，具有自己独到的思想见解等特色，确立了自己在学术界的地位。因为它较全面地反映了中国现代文学的历史风貌，不但受到国内学术界和读书界的好评，普遍地被采用为大专院校的专业教材，而且也引起国外汉学家的瞩目，大约在五十年代末期，它就有了日译本。近些年来，我因工作关系，接触到不少治中国现代文学的外国学者，他们大都是通过王瑶先生的这部专著，开拓了自己的教学和研究事业。我尊敬他，因为他是一位具有开阔的学术视野、严谨的治学精神而且成绩卓著的学者。

由于众所周知的原因，在与世隔绝的二十多年之后，我又回到了自己的教学工作岗位。一九八二年九月我回到久违的家乡太原，参加首届赵树理学术讨论会，在此与王先生首次相会。相谈之下，才知道他是我的老乡，我们都是山西人，他比我长一岁。俗话说“人不亲土亲”，这层乡谊，又为培育我们之间的友情，提供了新的催化剂。那次我和他们夫妇一起冒雨观看了家乡的晋剧，又一块儿畅游了五台山，并合影留念。此后，在岁月的流逝中，我们又多次在学术性会议的场合相遇、相处、相谈。这当中他几次到复旦讲学，也都是我家的座上客。近几年，我每次到北京开会，他一见面就问："任敏（我妻子）怎么没来？"然后又一再叮咛我说："你往后来北京开会，一定与任敏一块儿来，你开你的会，任敏就住在北大我家里。"因为我们都已入老境，他又一再郑重其事地对我说："咱们身体要好，争取长寿，一不要戒烟，二不要长戒酒，三不要锻炼。"下次碰到时，他又照例嘱咐一遍。我笑着回答说："你早就对我说过了，我奉之为养生之道，而且力行不误。我本来就是一个按照自然规律生活的人。"说罢，我们这两个老山西相对开怀大笑。

一次在我家闲谈中，他谈起自己家世，说他的祖上是开钱庄出身。我说，我也是商人子弟。我家大门口虽然刻有"耕读传家"四个字，但到了我们兄弟这一代，才出了个念书人，祖上都是务农经商的百姓。我们山西人做买卖，世界有名，从明朝中叶以后，山西商人在中国经济、金融界举足轻重，日本人还写了专门著作《山西商人研究》……

今年八月间，北京开全国书展，我应一家地方出版社邀请，进京出席该社在这次书展上举行的一套大型丛书的座谈会，我也想进京看看家人和朋友们。在北大勺园住好后，我在食堂出乎意外地碰到了我战前在日本读书时的母校——东京日本大学的今西凯夫教授。因为他去年来上海时，曾在闲谈中说起，王瑶先生那年应邀到日本讲学时，由他任翻译。因此，我这次在北大和他相遇后，一开口就问他见到王瑶先生没有。他说："他前天刚从烟台回来，我有他家的电话。”

第二天清早，我给他挂了一个电话，身旁的出版社负责人老周同志关照我说，王先生是驰名中外的学者，本来准备发请柬请他来参加座谈会，因为听说他不在北京，所以未发，既然人在北京，就请我在电话中代为邀请。我在电话中把这层意思传达了，并说：“你有兴趣，我们就一块儿去坐坐，散散心吧。”他满口应承，并问了下午出发时间和地点，说一定按时来，并约我晚上到他家吃晚饭。但搁下电话不久，他就来了，说又快有一年不见了，大家聊聊。他说，十一月在苏州大学举行中国现代文学研究会理事会。他是这个专业团体的会长，我也被列为顾问。他动员我无论怎样忙，到时候一定来苏州开会，借此在苏州大家快活几天。我也顺口约他在苏州会议之后，参加在上海青浦举行的由复旦大学和上海作协等单位举办的首届巴金学术讨论会，会后再在上海住几天，讲讲学，休息休息，并请王师母一同来。他是我国老一代巴金研究家，他在五十年代中期发表的论巴金小说的专题论文，影响很大，为我国当代巴金的学术性研究开了先河。因此，这个会他非到不可。我们都互相应承了。我们都是七十开外的人了，见一次就少一次。他不停地抽着烟斗，我手上的香烟也不断，在这间烟雾缭绕的斗室内，我们放声纵谈，其乐融融。我看到他面色正常，精力充沛，想来经过住院治疗后又到烟台海边休养了一个时候，身体完全得到复原了。不禁暗暗地为他高兴。后来他起身告辞，说是先回去料理一点事情，下午一点半再来。我送他到门外，原来他是骑自行车来的。我开玩笑说：“你千万不要再骑这个东西了，卖了完事。我四年前被它撞伤，在医院躺了半年，现在行走还得拄拐杖，由两条腿变成了三条腿。我们都年纪大了，摔碰不起。”他也笑着说：“骑了好多年了，现在在校园内骑骑，比较方便。”说着，他跨上了车子，挺着腰杆，一溜烟似的走了。我不禁赞叹：“已是七十五岁高龄的人了，竟还有这份体力、勇气和自信心。”

下午书展会开完以后，他仍推着车子领我到他家吃晚饭。在他宽敞的书房兼客厅里，早已摆好了菜肴。他拿起一瓶汾酒对我说：“这是咱家乡的汾酒，去年六月省里开三晋文化研究会成立大会时，我自己在杏花村酒厂灌的，是道地的真货。”谈到这里，他带惋惜的口吻说：“可惜你去年六月没回来，要不我们又可以再次同游五台山，你也可以趁机到晋南襄汾老家看看。我这次就回平遥老家住了几天……”

十一月中旬，他们夫妇和我们夫妇先后到达苏州，我们望门而居。在这里召开的中国现代文学研究会理事会，由他主其事。虽然后来听说他是抱病而来，但当时他浑身是劲，全神贯注地忙于会议事务，又抽空忙于接待众多的来访者，我对他的健康和体力感到很放心，谁知这竟是他为中国现代文学研究建设事业所做的最后奉献！在会议期间以及会后，他和与会同志又畅游了东西山、吴江县、虎丘、寒山寺和角直等处名胜古迹，也是后来才听说，他在第三次出游中，在虎丘就患了感冒，但他依然鼓其余勇，坚持游历了角直。

我因为要忙于即将在青浦举行的首届巴金学术讨论会，所以会议结束后即匆返沪上。到了上月二十日，他们夫妇由他的早期毕业的研究生吴福辉同志陪同，从苏州到了上海，刚到我家坐定，他就神情疲惫，打起瞌睡来了。我认为他是会议劳累所致，让他到我们卧室里先睡一下养养神。午饭后,我请来了医生,经过诊断,医生说王先生有严重的气管炎,需要打针治疗。因为下午二时即将乘车到开会的青浦,只好先吃些药稳定一下病情。谁知到了青浦,他就感到气喘不上来,被送到医院打针治疗。翌日上午举行开幕式会议,他就坐在我身旁。他发言时说,因为身体不好,就不多讲了,还有几天的会期,另找一个时间讲吧。我见他讲话很吃力,就劝他快回去休息。散会后,我听神情沮丧的吴福辉同志说,王先生已住院治疗了。当夜十时,我在家中接到陈思和同志从青浦来的电话,说王先生体温高达三十八度多,并发现有心脏病。幸赖上海各有关领导同志的重视和关心,第二天即转到上海华东医院治疗。第三天我们夫妇探望他,他说体温已经降低了,并说他准备在这里多住一个时候,彻底把病治好,免得到北京再进医院。我们也祝他早日康复,到复旦多住几天。因为病房不是谈天说地的客厅,我们坐了一下就告辞了。此后我陆续从电话中得知,他的病况起伏不定,时好时坏。医生和护士同志,一直多方设法治疗和照护。到了二十八日,我与几位同事前去医院探望时,他虽然因为在治疗中不便讲话,但用手势比画说,病好了还要来我家喝酒。我说,我家还有名酒,我们家乡的汾酒和竹叶青,我们专等你来喝。早日把病治好,早日来。他的情绪也很振奋,面色也正常,这使我得到很大的慰藉。但到了十二月十日,我得到王先生再次病危通知后,精神上极为震动!下午我就去医院探望他,虽然借助了先进的医疗设备和技术力量,但他的呼吸已很困难,当他看到我时,向我伸出了手,我上前和他握了手。他的意识仍然清楚,对他的痊愈,我仍抱着希望和信心。谁知这次相见,竟是我们之间的永诀!

在这个复杂的世界上，有的人虽生犹死，有的人虽死犹生。王瑶先生将以他的道德文章长留在人们的记忆里。他在中国现代文学研究和文化建设上的光辉业绩，将会永远受到人们的感激、尊敬和纪念！只是，我的老乡，你走得实在太仓促了！我为中国失去一位卓越的学者，为我失去一个好友，感到悲痛！那么，我在心潮起伏中草就的这篇小文，就聊作一个后死者献在你灵前的一束野花编成的花束吧！

安息吧！我的老乡——王瑶先生。

山西新文学小说文丛

·第一辑·

生的跃动

高长虹作品选编

高长虹◎著　杜学文◎编

山西出版传媒集团　北岳文艺出版社

·太原·

图书在版编目（CIP）数据

生的跃动：高长虹作品选编 / 高长虹著；杜学文编. 一太原：北岳文艺出版社，2020.12
（山西新文学小说文丛）
ISBN 978-7-5378-6299-8

Ⅰ. ①生… Ⅱ. ①高… ②杜… Ⅲ. ①中国文学一当代文学一作品综合集 Ⅳ. ①I217.2

中国版本图书馆CIP数据核字(2020)第180818号

生的跃动 高长虹作品选编

高长虹◎著 杜学文◎编

项目负责人
陈学清

责任编辑
赵勤

书籍设计
张永文

印装监制
郭勇

出版发行：山西出版传媒集团·北岳文艺出版社
地址：山西省太原市并州南路57号 邮编：030012
电话：0351-5628696（发行部） 0351-5628688（总编室）
传真：0351-5628680
经销商：新华书店
印刷装订：山西新华印业有限公司

开本：890mm × 1240mm 1/32
总字数：1032千字
总印张：46
版次：2020年12月第1版
印次：2021年1月山西第1次印刷
书号：ISBN 978-7-5378-6299-8
总定价：198.00元（全套4册）

《山西新文学小说文丛》
编辑出版委员会名单

《山西新文学小说文丛》编辑出版说明

一、山西二三十年代新文学，开创新潮、成果累累，留下了宝贵的文学传统和创作经验，但却淹没在了历史尘埃中。为了追溯新文学源头，贯通山西现当代文学历史，给今天的读者提供独特的精神产品，山西省作家协会的评论家历经数年，探赜索隐、爬梳剔抉、逐渐丰富，形成了"山西新文学小说文丛"课题。这一课题得到了山西省委宣传部的重视和支持，2019年被列为宣传部专项资金扶持项目。

二、这里所谓"山西二三十年代新文学"，只是一个简略的称谓，主要指当时一大批山西"守土"作家与"外出"作家，秉承"五四"文学精神，开创的那种崭新的、蓬勃的新文学，成为山西现代文学的源头。这些作家的创作集中兴起于20世纪二三十年代，有的创作则延续到40年代之后。这是需要特别明确的。

三、山西二三十年代新文学，鲁迅先生称为"开垦时代"，它与20世纪40年代到60年代的"山药蛋派"，与80、90年代的"晋军崛起"，构成了百年山西文学环环相扣的三个"高峰期"，成为中国现代文学史重要组成部分。

四、山西二三十年代新文学，其成果体现在诗歌、散文、报告文学、短中长篇小说、戏剧剧本、文学评论等各种文体上。而小说无疑是其中的“重镇”。这一时期的作家绝大部分是“多面手”，小说家也往往兼写诗歌、散文，诗人也可能兼写散文、小说。作为“小说文丛”，我们主要精选他们的小说，但部分作家也选入他们有代表性的诗歌、散文等作品，这里特别予以说明。

五、全套“文丛”每种前面有“文丛”主编撰写的导言，宏观论述山西20世纪二三十年代文学的时代背景、发展态势、作家作品等。每种选集作品前面有编选者撰写的作家综论，包括作家人生经历、创作特征、艺术风格等。期望能对读者的阅读有所助益。

六、“文丛”的整理选编，严格尊重原作，保留白话文草创时期和作家的语言风貌；同时进行多方核对、校勘，尽量改正原书籍报刊的排印错讹，为山西新文学作品的传播、阅读，做好基础性工作。

七、“文丛”拟出一系列的作家作品专集、多人作品合集。由于项目经费、编选力量等方面的原因，分批出版，先出版四种，以后陆续出齐。

八、“文丛”由山西省作家协会和山西高等院校的专家、学者分工选编、撰写文章。

九、随着时代的发展，百年前的写作、出版与今天大不相同，特别是一些字词的用法，今天看可能就是错误的。我们在尊重原著的基础上，校正了过去的一些别字、错字及错词。譬如书中的“的”“地”“得”，“那”“哪”，“阿”“啊”，“它”“他”，“付”“副”，“做”“作”，“支”“枝”，“忿”“愤”，“唯”“惟”等等，都按现代汉语规范要求做了

校改。缺字处用“□”表示。亦请读者留心。

十、本“文丛”是一项“文献性”“考古性”的“工程”，由于资料的残缺、匮乏，工作经验的不足，难免有这样那样的缺点、差错，诚请广大读者及专家、学者提出宝贵意见！在此谨致谢忱！

《山西新文学小说文丛》编委会

2020年4月16日

导言:追溯山西新文学源头

段崇轩

“开垦时代”

进入时间隧道,逆行,直达1933年6月20日。在遥远、闷热的上海,鲁迅先生为太原一家木刻社郑重地修书一封,曰:“新文艺之在太原,还在开垦时代,作品似以浅显为宜,也不要激烈,这是必须察看环境和时候的。”① 这个木刻社叫“榴花艺社”,是唐诃等人发起成立的,他们知道鲁迅热心提倡木刻,便寄赠新刊,并致函索求木刻作品,给予支持。鲁迅在回信中解释了不能赐稿的客观原因,嘱咐他们要注意斗争艺术,并对太原乃至山西的新文艺做了自己的评价。鲁迅没有亲临过山西,但对这个内陆省份是了解的。他与十多位晋籍作家从20年代中期起,或来往,或共事,或通信,知晓他们的生存、活动和创作,也熟悉山西二三十年代的文学情况,以他敏锐的眼光和深广的洞察,窥见了山西新文艺的发展态势,用

①《鲁迅全集》第12卷,人民文学出版社,1991,第188页。

"开垦时代"做出了形象、精辟的概括。

所谓"开垦时代",就是正在开拓,收获可观,但尚有距离,还须推进。山西新文学作为全国新文学中的一个"版块",虽不能与得风气之先的北京、上海、南京等大都市相比肩,但在全国各省中已然是走在前列的。正如评论家杜学文所说:"山西地处内陆,环山靠水,有表里山河之誉。这种地理环境在客观上形成一种比较封闭的状态。但是,山西恰恰又是一个并不封闭的区域。"① 要论述山西新文学还须回溯到20世纪初期,景梅九、景耀月等辛亥革命先驱,他们赴日留学,成立了山西同乡会、同盟会,创办《第一晋话报》《晋乘》《夏声》等新文化报刊,还率先从事文学创作,倡导白话文学。景梅九1905年发表长篇小说《玉楼影》,1907年发表短篇小说《清快丸》等,是当时正在滥觞的白话小说中的优秀之作。董大中评价说:"景梅九是新旧文学之间的桥梁。"② 景耀月是新文化活动家、政治家,创作有诗歌,还有小说《虚无党奇谈》。梁启超1902年在他的《论小说与群治之关系》一文中,就说:"欲新一国之民,不可不先新一国之小说。"③ 他把"小说革命"纳入政治社会变革纲领之中,直接推动了古典小说向现代小说的转型。景梅九等白话小说的实践,有力引导了山西新文学乃至中国新文学的前行。

"五四"新文学最显著的变化是小说文体,而山西作家的创作

---

①杜学文:《文学的百年流变》,《长江文艺评论》2018年第4期。

②董大中:《景梅九,新旧文学的桥》,载张成德主编《跨越沧桑的美丽》,山西人民出版社,2003,第10页。

③引自郭绍虞主编《中国历代文论选》(一卷本),上海古籍出版社,2001,第408页。

大多以小说为主，因此我们的论述也便从小说创作切入。

20世纪初期，中国社会在西方政治、文化的冲击和内在变革力量的撼动下，经历着剧烈而深广的文明转型，引发了1919年前后的新文化和新文学运动。山西文学作为中国文学中的有机组成部分，也运演着由古典文学形态向现代文学形态的蜕变。1919年8月，山西省立一中的王振翼等人，就在早期党的领导人高君宇的指导下创办了《平民周刊》，传播新文化、新思想，揭露封建社会的黑暗和腐败。1920年4月，山西大学“新共和学会”成立，随后创办了《新共和》期刊，宗旨是“研究学术，宣传文化”。1921年成立的“晋华书社”，是传播新文化、新思想的集散地，不仅出售北京的《新青年》《每周评论》《向导》等革命书刊，还秘密翻印发行《共产党宣言》《共产主义ABC》等政治书刊，与北京的新文化、新文学运动遥相呼应。1925年起，山西新文学运动出现了风生水起的局面。山西大学成立“曙光社”并创刊《醒狮》半月刊，太原成立“红光文学社”同时创刊《红光》刊物，文化同仁组织“滂沱社”即创刊《滂沱》杂志，还有“海涛社”出版刊物《海涛》，“火花社”出版刊物《火花》，“晨曦社”出版刊物《晨曦》等等，特别是“太原文学社”的《文学周刊》和“晋新书社”的《国鸿》，发表了新文学运动的活跃人物胡适、沈尹默、孙伏园、孙福熙等人的多篇文章，推出了新文学的大量作品。此时影响最大并在全国“北战南征”的是“狂飙社”。1924年8月，省立一中肄业的文学青年高长虹，约集高沐鸿、段复生、荫雨、藉雨农以及胞弟高歌六人，在太原成立“平民艺术团”，筹备《狂飙》杂志，开展狂飙运动。9月，《狂飙》月刊第1期在太原出版，一年之内共出版三期。同时高长虹独自赴京，创办了北京版《狂飙》周刊。

1926年，高长虹与“狂飙社”又移址上海，出版《狂飙丛书》。“狂飙社”在五年的时间里，举办了多种文学活动，编辑了《狂飙》以及《莽原》《弦上》等数种文学书刊，不仅促使编辑成为新文学中的重要作家，同时扶植了一批文学青年。它在二三十年代的新文学发展中功不可没，直接推进了山西新文学的成长壮大。但在历史的长河中，由于各种各样的原因，却寂寂无闻。

20世纪30年代的文学，山西同全国一样，发展到“左翼”文学时期，山西文坛发生了两次论争。第一次是1931年至1932年关于“小资产阶级文学”与“普罗文学”的讨论，第二次是1934年关于“大众化”问题的争论。两次论争，对于新文学走向现实社会和广大民众产生了积极的影响，同时带动了文学理论与批评的成长。这一时期，除了如上所述的文学社团和刊物继续开展活动、推出新人、发表作品外，有几家报纸副刊，在新文学发展中发挥了重要作用。有高沐鸿主编的《山西日报》“前线上”双周刊，史纪言主编的《民报》“副刊”，高沐鸿主编的《太原日报》“开展”专刊，这些报纸副刊周期短、发行大、受众广，所发表的诗歌、散文、小说在社会和民众中产生了广泛的影响。山西新文学从“开垦时代”已然进入了“收获时代”。

1937年，随着抗日战争的爆发，中国现代文学进入抗战文学时期。山西文学在这一时期，呈现出多元共存、蓬勃发展的态势，成为整个中国文学的一面“窗口”、一方“热土”。其时，至少有三种形态的文学“绽放”在山西文坛。一种是从全国汇聚到山西的文化界人士，其中有不少著名作家，如丁玲、沙汀、周立波、艾青、周而复、阮章竞、萧红、何其芳、陈荒煤、刘白羽、柳青、田间等等，他们创

作了大量优秀诗歌、散文、报告文学、小说。另一种是山西各个抗日根据地的作家，如赵树理、冈夫、李古北、马烽、束为、西戎、孙谦、胡正、郑笃、吴象等，他们创作了一大批诗歌、散文、报告文学，特别是短篇小说、长篇小说力作。“山药蛋派”文学开始显现、成形。第三种是山西国统区或阎统区的新文学作家，加上流散到全国的晋籍新文学作家，如姚青苗、李健吾、贾植芳、穗青、张颔等。他们在二三十年代充分展示了他们的创作实力，在抗战文学中同样表现了他们的艺术风貌和个性，奉献了多篇小说精品。抗战文学自然成果卓著，但毋庸讳言的是，存在着李泽厚所说的“救亡压倒启蒙”“革命战争却又挤压了启蒙运动和自由理想”①的现象。而正是这些新文学作家，在创作中坚守了“五四”启蒙思想和对艺术的探索。

山西新文学在二三十年代创造了一个发奋开拓、弃旧图新、多姿多彩的瑰丽景象，它是由两种作家共同营造的。

第一种作家是晋籍输出作家。这类作家率先走出娘子关，或求学，或从文，或谋生，努力吸纳现代思想和文学，潜心探索新的艺术方法和手法，并带动、引导着山西新文学创作，成为山西新文学作家的中坚力量。石评梅(1902—1928)，山西平定县人。山西省立第一女子师范学校毕业，1919年考取北京女子高等师范学校，毕业后在北京师大附中任国文和体育教师。她与高君宇的生死恋情，成为现代史上的一段佳话。她陆续在《晨报副刊》《京报副刊》《语丝》《文学旬刊》等报刊上发表了大量诗歌、散文、小说、剧本等。1928年因患脑膜炎在北京病逝，终年26岁。李健吾(1906—

①李泽厚:《中国现代思想史论》，东方出版社，1987，第41页。

1982)，山西运城市西曲马村人。幼年随父居住北京，1925年考入清华大学读西洋文学专业，1930年毕业后留校任教，1931年赴法国巴黎现代语言学校学习。1933年归国，为上海暨南大学文学院、北京大学文研所、中国社科院外国文学研究所教授、研究员。在戏剧、小说、文学评论、散文、文学翻译等领域成果卓著。高长虹（1898—1954），山西盂县人，山西省立一中肄业。1924年至1929年，先后在太原、北京、上海等发起并组织文学"狂飙"运动，创办《狂飙》刊物。作为鲁迅"莽原社"的重要成员，参与编辑《莽原》月刊。30年代曾远涉重洋，到日、德、法、瑞士等国学习经济学。1938年回国，在武汉、重庆等地从事抗日救亡宣传活动。1941年赴延安参加根据地工作，1946年到哈尔滨，加入东北文协。1954年因患脑出血在沈阳去世。他创作勤奋，出版诗集、散文诗集、散文集、杂文集、小说集有17部之多。高歌（1900—1966），山西省立第一师范肄业。1926年赴京参加兄长的"狂飙"运动，负责编辑工作。大革命时期在武汉编辑《革命时报》副刊，后到上海参加全国总工会工作。以小说创作为主，兼写散文。作品有浓重的现代派色彩。贾植芳（1915—2008），山西襄汾县人。曾赴日本大学学习，后任《时事新报》《文艺周刊》主编。新中国成立后历任震旦大学中文系主任、复旦大学中文系教授。50年代被划为"胡风集团骨干分子"。一生住过三次监狱。著有多部中国现代文学论著，创作有一批短篇小说。常燕生（1898—1947），山西榆次人，思想家、哲学家、历史学家。著有诗歌、散文、小说等多篇。二三十年代，山西还出现了"三大才女作家"，这在全国也是鲜见的。石评梅之外，还有关露（1907—1982），山西右玉县人，中共地下特工，一生创作有诗集、散文集、长篇小说、短篇小说和儿童文学多部。吴曙天(1903—1942),山西翼城县人[①],一生辗转在南京、北京、上海、成都等地,与文化名流章衣萍结婚。创作有表现个人生活和爱情经历的纪实文学数部。1942年在爱情的绝望中病亡于家中,时年39岁。

第二种作家是山西守土作家。这类作家虽然都曾短期离开过山西,但绝大部分岁月特别是20年代至40年代是在本省度过的。他们与前类作家一样,同样接受的是“五四”新文化新思想,并同前类作家保持着密切的关系与联系,他们更长于取材脚下的土地与生活,对本土的文学肩负着自觉的使命。这里我们首先要说到赵树理(1906—1970),山西沁水县人,出身贫苦农民家庭。1925年考入山西省立第四师范。上学期间热衷“五四”新文学作品。20年代后期在乡村底层社会流浪。1929年开始创作,发表新诗、短篇小说作品。这些作品有浓郁的“五四”新文学味道。1937年抗战爆发,他加入故乡所在县的牺盟会,进入根据地,成为一位代表性作家。他是一位由知识分子作家,经过漫长的生活磨炼和文学探索,转变为人民作家的。高沐鸿(1901—1980),山西武乡县人,1917年考取山西省立第一师范学校,“五四”时期就与同学组织“共进学社”,创办《共鸣》刊物。1924年与高长虹交往,加盟“狂飙社”,是《狂飙》杂志的中坚人物。20年代后期,主编《山西日报》专刊“前线上”,《太原日报》副刊“开展”,在发展山西新文学事业中做出了突出贡献。1936年之后进入太行革命根据地,担负文联的领导职务。新中国成立初期任山西省文联主任。有评论家认为:他

① 关于吴曙天的籍贯,有资料明确注明:“山西翼城人。”但也有其他说法,却无证据。

是山西文学发展史上起过重要作用的人物。1957年被错划为“右派”。后曾任山西省政协副主席。他出版有诗歌、散文、长中短篇小说多部。他与赵树理都是由“五四”新文学作家转变为根据地作家的,但二人的精神轨迹却不尽相同。姚青苗(1915—2004),山西临猗县人。1931年考取太原三晋高中。1932年在太原参加“左联”,1938年考入延安鲁艺文学系。后在西安、北京等地主编过多种文学报刊。1949年到山西文联工作,1950年调山西大学中文系执教,直到退休。曾被定为“胡风分子”“反革命分子”。他发表有大量短篇、中篇小说。新中国成立后从事文学研究与评论写作。田景福(1911—2002),今山西汾阳市人。1930年考入北京大学社会学系,1935年毕业后回到太原,联合进步青年发起成立“太原青年文学研究会”,当选主席,主编《青年文学》专刊。在全国重要刊物上发表十多篇有影响的短篇小说。1948年后在西安从事基督教会工作。穗青(1918—?),原籍山西安邑县人,1936年开始在太原车站工作,当站务员、车守,后在侯马参加同蒲铁路工人抗敌自卫队,1937年考入晋南二战区民族革命大学,在《民族革命》《西线社》《文化通讯社》等任编辑、记者。抗战初期开始创作,发表了一批文艺通讯、中短篇小说。张颔(1920—2017),山西介休人,考古学家、古文字学家,40年代发表有诗歌,出版有短篇小说集。

山西新文学作家,在二三十年代谱写了山西新文学的灿烂篇章,为中国现代文学增添了浓重的一笔。这一代人已经完成了他们的文学使命。陈思和说:“自战争开始,中国文学史的发展过程实际上形成了两种传统:‘五四’新文学的启蒙文化传统和抗战以来的战争文化传统。……它们有时是以互相补充或者比较一致的方式，有时则以互相冲突以至取代的方式来影响当代文学，这就构成了当代文学的种种特点及其辩证发展的过程。”① 中国现代文学是一个环环相扣、不可分割的整体，但每个时段又有迥然不同的形态。

新文学的承传

在新文学的长足发展中，文学各文体如诗歌、散文、小说、报告文学以及戏剧文学，都不断地成熟、壮大；特别是小说文体，成为文学中的“重器”，受到作家们的偏爱。这种现象，在山西新文学中表现更为突出。小说作家是人数最多的，一些长于写诗歌的，如高长虹、高沐鸿，也兼写小说，且同样写得不错。像冈夫那样纯粹的诗人，成为个例，他早期的诗歌如《世界》《告诉我》《告别》《别离之歌》等，是为优秀之作。在新文学的实践中，作家们认识到，小说更能表现多样、深广的社会生活，更能抒发作家复杂、隐秘的思想感情，更能施展新异、变幻的艺术技巧。鲁迅、郁达夫、茅盾等就是新文学作家的榜样。

山西新文学作家承传了“五四”文学的启蒙和批判精神。鲁迅说：“我也并没有要将小说抬进‘文苑’里的意思，不过想利用他的力量，来改良社会。……说到‘为什么’做小说罢，我仍抱着十多年前的‘启蒙主义’，以为必须是‘为人生’，而且要改良这人生。”②“改良社会”“为人生”，成为山西作家的自觉追求。

---

①陈思和主编《中国当代文学史教程》，复旦大学出版社，1999，第4页。

②鲁迅：《我怎么做起小说来》，《鲁迅全集》第4卷，人民文学出版社，1991，第511页。

20世纪二三十年代的山西社会，一片衰败、混乱、昏暗的景象，同时也蕴蓄着矛盾、革命的生机。真实表现社会情状，书写下层百姓生存，便成为山西新文学作家的创作重心。石评梅自然有许多描述知识分子个体的作品，但也有表现广阔社会和下层生活的小说。阴柔与阳刚，在她的创作中呈现出两极状态。《董二嫂》的故事情节取材于作家的故乡，作家刻画了北方农村家庭妇女董二嫂，在婆婆、丈夫的淫威乃至整个社会的封建礼教下的悲惨命运，作为知识分子"我"在悲剧面前的软弱无力与沉重反思。作品与鲁迅的《祝福》息息相通。《红鬃马》的题材同样来自山西。作家用遒劲的笔触，塑造了一位革命军人郝梦雄的英雄形象。他戎马一生、屡建奇功，但与反动军阀不合，惨遭杀害。"我"作为一个赴京求学的年轻女子，在现实中跋涉得身心疲惫。面对英雄的坟冢，感觉"重新发射出一种光芒"。小说写得悲凉凄婉而又铁马金戈，显示了作家性格中阳刚的一面。田景福是一位严谨的现实主义作家，鲁迅答应为他写序的诺言，激励着他的创作。[1]《卖鸡子的妇人》是作家的代表作，小说塑造了一位乡村寡妇的悲剧形象，丈夫去世，她决定守节不嫁，扶助儿子成家立业，延续香火。但儿子积劳成疾去世，她也贫病交加而亡。作家肯定了她自立自强的性格，但也批评了她的守节意识，更揭示了乡村社会对寡妇的道德贬抑和阴暗的窥测心理。《刘二哥》中的刘二、《守忠叔》里的守忠，都是北方农村中那种勤劳、善良、忠厚的农民，但在富人阶级以及村政权

①1935年，田景福准备把自己的六篇短篇小说寄给鲁迅，先致函请鲁迅指点、作序。鲁迅9月9日复信答应为他作序。但田听闻鲁迅健康不佳，未敢寄稿。一年多之后鲁迅逝世，田深感悲痛。

恶霸的剥削和压迫下,最终走向了盲目的反抗,导致了自我的毁灭。作家揭示的是农村社会的阶级矛盾,导致革命时代到来的社会规律。李健吾是中国现当代文学史上的大家,戏剧创作、文学翻译、文学批评、小说写作等集于一身。前几项的杰出成果,遮蔽了他的小说创作成就。他发表有长篇小说《心病》1部,中篇小说《西山之恋》等3部,短篇小说《萤火虫》《机关车》《坛子》等31篇,字数有近50万字。其质量与数量,在新文学史上也是出众的。他的小说取材宽广,既有童年记忆中的乡村,又有置身其中的城市,还有正在不断发生的各种战争。长篇小说《心病》,用细腻、沉郁的文笔,描绘了二三十年代,在社会动荡、经济凋敝的背景下,北京的三家官宦、中产家庭,秦家、洪家和朱家,他们的日常生活、人际交往,特别是儿女们的爱情婚姻故事。作品刻画了老一代父母辈的沉浮、挣扎,新一代儿女们的追求、挫折,预示了传统社会的崩溃和现代社会的萌发。在思想和艺术上,作家显然受了《红楼梦》的启发和影响,是30年代长篇小说的一部力作。短篇小说《坛子》,书写的是30年代的乡村社会,故事以一个女人的命运为主线,展示了再嫁的乡村女人在家庭中的卑微地位和任人欺辱的遭遇。那个古老、丑陋的瓷坛子,被人漠视,又极易破碎,正是她命运的象征。小说寄寓了作家对乡村妇女的怜悯与对封建伦理的批判。高沐鸿是一位诗人,出版有多部诗集,在诗坛负有盛名。他的《天河》《夜风》等诗集,颇有影响;但在小说创作上不懈耕耘,成果累累,有多部中篇小说和短篇小说,既有现实主义的,亦有现代主义的。中篇小说《东山王》用讽刺艺术方法,刻画了一位国民政府的典型的县长形象,时兆庆辗转多地,颇有政声,但却是一个自私狡猾、见风使舵、铁心反共的反动县长。作家旨在提醒社会和人们,要警惕这样的危险人物。阎宗临的中篇小说《大雾》,创作于留学的欧洲旅途中,而描述的是故乡五台县农村的故事。作家展示了大山深处朴围村原始般的日常生活,底层农民同地主、官府的尖锐矛盾与斗争,外面世界对这个宁静山村的牵动和冲击,几户人家众多人物的喜怒哀乐和命运变迁。意境悠远、叙事蕴藉,是一部颇见功力的乡土小说。

表现知识分子自我的情感精神,直面个体生命的生存困境,坚持文学"为人生"并"改良人生"的宗旨,是山西新文学作家小说创作的又一重心。钱理群等指出:"我国文学史上很少有哪个时期的文学像'五四'时期文学这样,出现那么多'个人'的东西。写个人的生活,个人的情绪,是普遍的现象。"① 高长虹以诗鸣世,代表作有《精神与爱的女神》《闪光》《给》等诗集;而在小说上同样下了辛苦,多有佳作,但却很少被人关注。他出版有《实生活》《青白》《游离》等多部中短篇小说集。如果说他的诗歌突出抒发了他的愿望、激情、意志的话,那么他的小说着重表现了他的生活、情绪、思想。他的小说更带有自传性,写得平静、含蓄、简练。短篇小说《革命的心》,写诗人刘天章被上海监狱释放,再返北京寻找恋人,在革命与爱情之间的选择,对知识分子与社会革命关系的反思。大抵可以看出高长虹某一时段的真实经历,表现了"五四"退潮之后,一代知识分子的人生苦闷与探求。《结婚以后》写一位中学生象山,本是一位听话、孤僻、好学的青年却渴望一种崭新、火热的生活,向往一

①钱理群、温儒敏、吴福辉:《中国现代文学三十年》,北京大学出版社,1998,第27页。

种全新的爱情、婚姻;但他的家庭恰恰给他包办了一场旧式婚姻,配了一个没文化、不开放的旧式女子。表面上他言听计从,内心里却酝酿着逃走、休妻的计划。这是“五四”时代多少青年知识分子包括一些文化名流的命运啊!高歌是一位以小说见长的作家,出版有短篇小说集《清晨起来》《压榨出来的声音》,长篇小说《高老师》《情书四十万字》等。董大中认为:“高歌的写作,受西方现代主义思潮影响明显。……偏于印象主义,又染有未来主义的色彩。”[①] 他的小说有些表现了自我的经历和感受,如《生的一瞥》写“我”“遗弃了旧的路而走新的路”时的所见所感;《生的旋律》表现“我”面对危险、黑暗的从容机智和不懈斗争;《佚秋老人》则塑造了一位孤独、静穆、沉思的老人形象。这些都是作家作为知识分子个体情感、精神、理想的一种外化式表现。山西二三十年代的女作家,则大多把笔触深入到女性的爱情、家庭、婚姻领域中。关露出版有短篇小说集《仲夏夜之梦》,长篇小说《新旧时代》《黎明》等。短篇小说《殁落》写小知识分子老九与滨夫妻俩,从爱情到婚姻的变化历程。他们经历了自由、浪漫的爱情。但结婚之后,丈夫到汽车公司工作,妻子陷入家务之中,爱情渐渐消亡,妻子在情感的压抑中患病去世。这样的情节和构思,显然受到了鲁迅《伤逝》的影响。它再一次提出了爱情与生存的关系问题。《新旧时代》是作家的一部自传体小说,作品书写了“我”—— 一个出生在“诗书礼仪家庭”,但渴望外面世界的新青年,终于冲破旧式家庭和长辈的束缚,投身到了上海的革命潮流之中。吴曙天的《恋爱日记三种》,是

①董大中:《狂飙社纪事》,北岳文艺出版社,2017,第162页。

一部个人日记的艺术加工，可以称为纪实小说。作品记叙了“我”与丈夫章衣萍，在“乡间”“上海”“医院”的几段日常生活、夫妻爱情以及与鲁迅、周作人等文化名人的交往等，让我们看到了30年代知识分子的生存、情感和精神图画，情节新颖、动人，语言温润、隽永。这里还需要特别论述常燕生的短篇小说，作为一位思想家、政治家、哲学家、历史学家，他写小说只是偶尔为之，有短篇小说《教育家的梦》、历史题材《新撰李斯传》等，《老聃的逃亡》也是一篇历史题材小说，写孔子拜见老子的情景，把孔子的年轻、进取、担当，老子的散淡、睿智、超然，写得出神入化，其中寄托了作者对人生、社会、世界的深思与洞见。还有荆有麟，创作有长篇小说《间谍夫人》和大量短篇小说，但大多已散失。常燕生和荆有麟与鲁迅过从甚密，也有恩恩怨怨，都是山西新文学中有作为的青年才俊。

中国抗战文学中，山西抗战文学是其中重要的、核心的组成部分。因为山西是抗战的前线和主战场。山西新文学作家，在抗战文学创作中，依然坚守了“五四”新文学的启蒙思想、世界视野、现代理念，使他们的作品避免了某种简单化、理念化的弊端。譬如贾植芳的《我乡》，真实地展现了故乡在战争中的混乱、破败情景，民众的艰难生活和他们的觉醒抵抗，达到了生活真实和艺术真实的境界。再如《嘉寄尘先生和他的周围——中条山的插话》，以纪实的手法塑造了一位由乡绅转变为抗日英雄的感人形象，作为知识分子“我”对自己懦弱的反思和对民众力量的敬佩。譬如穗青的《车站上》，以铁路生活为背景，刻画了车站副站长姜尚志，怎样在抗日战争中，由一位散淡、消沉的工人成长为机智、勇敢的领头人，写出了战争中人的自省、自强。《脱缰的马》是一篇抗战文学名篇，

小说取材于晋西吕梁山农村，主人公成庆根，由一位贫穷的放羊娃，抓壮丁成为抗日士兵，重返故乡又变回梦想致富的农民，最后思想醒悟又奔赴前线，真实而充分地展现了一个普通农民在民族自卫战争中成长为坚定的抗日战士的曲折历程，是一个中国农民的代表性形象。譬如张颔的《蝙蝠》，刻画了一个在抗日军队和日伪军之间，两头欺瞒、自私狡猾的汉奸形象，最终被抗日军长识破，是一个特别的反面人物形象。姚青苗写了多篇抗战题材小说，无论是情节、思想，还是写法，都别具特色。短篇小说《马泊头》写日军屠杀下的一个小山村，农民的生活、言行、抵抗，揭示了民众的麻木、愚昧、迷信，渗透着作家的“启蒙”和批判思想。中篇小说《中条山的杜鹃花》，描述日军疯狂大扫荡，抗日部队机关战士的四散逃亡，报社编辑碧生与剧社女演员杜鉴的邂逅、相爱，其主题是表现“战争与爱情”。作家把二位年轻人在战争中的惊恐、互助和相爱，写得舒缓、浪漫、温婉、悲怆，凸显了永恒人性在战争中的萌发、绽放，反衬了战争的残忍、罪恶。小说突破了战争题材小说的模式和写法，具有了某些西方战争文学的特征，成为抗战文学中一篇鲜见的经典之作。

艺术的创造

正如钱理群等所说：“在‘五四’时期，虽然鲁迅成熟的现实主义创作已经出现，但一般作家更加向往浪漫主义，各种文体的创作中都充溢着强烈的主观情绪与抒情色彩。”[①] 山西文学在人们的印

---

①钱理群、温儒敏、吴福辉：《中国现代文学三十年》，北京大学出版社，1998，第27页。

象中，是现实主义的“重镇”。但在新文学的二三十年代，不仅有现实主义的建构，也有浪漫主义的探索，更有现代主义的实验，呈现出一种兼容并蓄、百川汇聚的澎湃气象。它比山西后来80年代的文学变革，走得更远，现代主义创作成为重要潮流。这在全国文坛上，也可能是独领风骚的。

现实主义小说创作走向成熟。山西古典文学，是以现实主义为主的。譬如诗经、唐诗、元杂剧、明清小说，关注底层社会和百姓生活，表现作家忧国忧民的人文情怀，是突出的创作倾向。山西新文学作家，承传了这一文化传统，但在小说形态上，采用的是西方的现代小说模式和方法，而不是古典白话小说表现形式。赵树理是一个例外，他在20年代后期创作了几篇现代的欧化小说，如《悔》《白马的故事》等，但到30年代就决然转向了通俗化、大众化之路，创作了《有个人》《盘龙峪》等。这些作品具有浓郁的现实主义特征，而在表现形式和语言上，则是古典小说和民间文学的有机融合。但绝大多数作家钟情的是西方小说的表现模式。田景福的短篇小说，如《卖鸡子的妇人》《刘二哥》《水警》等，已是成熟的现实主义小说，小说的重要元素如环境、情节、人物，如主题、结构、语言等，都处理得十分合理、圆熟了。这些作品大都是表现北方农村和农民的，真实而深切地呈现了现实生活的情景和走向。当然，不足之处是表现生活有简单化、作家艺术个性有雷同化之感。穗青是工人作家，作品不算多，但篇篇是佳作。他严格遵循现实主义小说规律，精心安排故事情节，倾力刻画人物形象，努力营造结构形式，专注锤炼叙事语言，达到了现实主义小说的新高度。他的小说有两个显著特点，一是人物形象坚实，如《脱缰的马》和《在车站上》，

作品中的主人公抗日战士成庆根、车站副站长姜尚志，不仅表现了他们的性格特点，而且揭示了他们的成长历程和精神演变，使人物形象有了立体感。这两篇小说发表后，受到了茅盾、姚雪垠等人的高度评价。二是结构模式多样。这两篇小说是以塑造人物为主的，可称为人物型小说。《归来》写一位老张厨师，在乡绅家里和在抗日工作队做饭的经历，人物也写得不错，但是以故事情节为重心的，因此属于情节型小说。而《草原夜话》着力描绘了浩瀚的沙漠、壮阔的草原，插入了羊与狼的民间故事，在这样的背景下写了"我"与老牧民的夜谈。故事、人物退居边缘，自然环境与民间故事成为主体，则可谓之意境小说。现实主义小说表现模式并不多，情节型、人物型、意境型是主要模式，直至今天依然在普遍运用。张领更青睐现实主义的表现形式。中篇小说《债与偿》，叙述的是一个传统乡村社会中的新女性——丁媛，她向往自由自主的爱情婚姻，但现实等待她的是包办婚姻、强权逼婚，她只能以死抗争。作品揭示了传统乡村的封闭、愚昧，年轻女性难以逃脱的悲剧。短篇小说《杜鹃》写一个被虐待的放羊孩子，深夜中的悄然出逃。寒冷的深夜、杜鹃的啼鸣、孤苦的孩子，构成了一幅悲凉的人间图画。这些作品都具有现实主义的力量和价值。

浪漫主义小说创作，风行文坛。浪漫主义与现实主义是西方18世纪至19世纪出现的两大文学思潮，它深刻地影响着中国现代文学的发展。但现实主义与浪漫主义并不是泾渭分明的，常常交集、融合在一起。所谓浪漫主义就是在真实表现现实生活时，侧重从主观心理出发，抒发对理想世界的追求，赋予现实生活以诗意，显示出更多的主观色彩来。纯粹的浪漫主义也有，但不多。山西

新文学作家中的姚青苗、石评梅、李健吾等，他们的部分作品就富有浪漫主义特征，亦可称为浪漫主义小说。而高长虹、高歌、高沐鸿（早期）的小说，更主要的是现代主义特征，但也有浪漫主义元素。姚青苗性格天真烂漫，钟爱俄罗斯文学，他代表着山西浪漫主义文学思潮。他的《中条山的杜鹃花》，没有像主流抗战文学那样，把表现重心放在反侵略战争的艰难、胜利上，放在军民团结的英勇战斗上；而是把笔墨挥洒在对中条山巍然幽深的大自然描写中，对两个逃亡青年美好人情人性的细腻展示上，对十几个战士组织的临时大家庭——“柏拉图理想中的共和国”的深情书写里，特别是对女孩子被鬼子枪弹击中，男孩子献上杜鹃花这一高潮情节的浓墨涂染，使小说具有了一种凄美的情调和盎然的诗意。今天读来依然感人肺腑！作家的另一个短篇小说《猎》，刻画了一个绿林好汉出身的抗日将领镇河东，在一次战役中被敌人追捕，奇迹般逃脱的故事。他打扮成送葬队伍中的孝子，巧妙摆脱了日军的追杀，最后又化装成樵夫，悠然地去寻找他的队伍。小说尽情表现了一个抗日英雄的机智、从容、勇敢。作品具有传奇、浪漫气息。石评梅的小说有着很强的主观主义和理想主义特质。《匹马嘶风录》写“我”——知识女性何雪樵，历经人生坎坷、情感波折，最终决定奔赴前线，做一回英雄。小说展示了她九曲回环般的内心世界、向死而生的人生理想，把浪漫主义手法用得淋漓尽致。《白云庵》中的主人公刘伯伯，从富家子弟到革命军人，到山中隐士，洞彻了世事人生，但仍对青年寄予希望。作品饱含着一种“消极”浪漫主义。李健吾的小说现实主义成分更多一些，但有些作品富有浪漫主义特点。《西山之恋》书写一个非现实的爱情故事，青年大学生萧方碧爱

上乡村的有夫之妇竹贞，故事本身就是虚妄浪漫的，结局也只能是一场悲剧。《终条山的传说》发表后，鲁迅选入《中国新文学大系·小说二集》，称赞说："《终条山的传说》是绚烂了，虽在十年以后的今日，还可以看见那藏在用口碑织就的华服里面的身体和灵魂。"①作家用华美、悠远的笔致，描绘了静穆、壮丽的终条山，讲述了一个神奇的民间传说。樵夫、农夫、怪物、矿藏，暗含着这座大山的神秘、珍贵。这是一篇典型的浪漫主义小说。李健吾、姚青苗、贾植芳，他们都写了中条山的故事，足见山西的山河在他们心目中的位置。

现代主义小说，引领风骚。现代主义小说是19世纪末20世纪初西方多国风行的一种庞杂而含混的小说创作潮流，包括意识流、超现实主义、象征主义、存在主义等诸多创作流派。山西新文学作家，在20年代就开始了现代派小说写作，他们与西方现代派几乎是同步的。当时，他们是怎样翻译、引进西方现代派小说的？是如何吸纳并形成自己的创作方法的？值得我们深入研究。高长虹是山西现代小说的开创者，他的《那个人》《革命的心》《这只是一个梦》《结婚以后》等一系列中短篇小说，都有浓厚的自传性色彩，表现了他幽深、朦胧、复杂的思想、精神和心理。高歌的小说比其兄更加先锋，在他的《爱之沫》《爱的报酬》《衬衣》《最初的接吻》《走回了家里》《高老师》等或长或短的小说中，支撑文本的是作家的意念、心理、梦境、潜意识等，而现实生活、事件、人物等，只是作为碎片、镜像闪烁其中，当时"狂飙社"同仁，甚至鲁迅都认为"晦涩难

①鲁迅：《中国新文学大系·小说二集·序》，《鲁迅全集》第6卷，人民文学出版社，1991，第246页。

解”。高沐鸿早期的小说，走的也是现代派路子。如《梦里的爱》《寡妇语》《孤婴》《狭的囚笼》等，虽然文本呈现的世界是模糊、错乱、拼接、变形的，而背后都有一个现实事件或人物，文本显示的反而是现实的折射、倒影。但高沐鸿后期的小说，逐渐转向了现实主义。至于荒诞派、象征主义、意识流，甚至元叙事等具体手法和技巧，在这些作家作品中可谓俯拾即是。其他如李健吾、石评梅、姚青苗、贾植芳等，只是作为一种表现形式和手法，借鉴了现代派。在中国“五四”文学时期，像山西新文学作家这样大规模、大尺度地探索并实践现代派艺术形式的，或许是独此一家吧？

山西新文学作家对山西现代文学的开创，对中国现代文学的丰富，其作用、贡献是显而易见的，是不可低估、不应淡忘的。但山西新文学作家的局限、缺点，也是不可不察的。譬如写作状态，有些是为了发表、出版而写作的，且同仁刊物也缺乏把关环节，这就难免造成作品的鱼龙混杂、质量参差，有的堪称精品，有的是为庸作的不平衡现象。譬如思想理论的准备，他们匮乏稳定的世界观、人生观、文学观，反映在作品中就导致了思想芜杂、观念混乱，或者概念化，或者无主题的倾向。譬如文学修养，他们接受了大量的新文化、新文学，但并没有经过消化、整合，表现在作品中，便出现了形式新异，但非驴非马、难于接受的问题。但最核心的问题是，他们恪守知识分子思想立场，而距离血与火的现实较远，闭门造车、沉湎自我，使作品疏离了现实社会，远离了底层读者。他们的作品渐渐淡出文坛，而根据地和解放区文学、新中国文学成为主潮，也是势在必然的事情。

源头与后浪

中国现当代文学走过了百年历程,在这长长的历史中,山西文学出现过三次高峰期:“开垦时代”“山药蛋派”“晋军崛起”。文学历史犹如一条波浪相连、前呼后拥、奔涌不息的河流,但山西的现当代文学史却出现了模糊、“断裂”的现象。20世纪二三十年代的“开垦时代”文学却似乎消失了。这一时段的山西文学像碎片一样记载在崔洪勋等编著的《二十世纪山西文学史》,屈毓秀主编的《山西抗战文学史》中,特别是评论家董大中的《狂飙社纪事》等众多著作里;而且这些成果是80年代以后才出现的,局限在学术圈子里。对于绝大多数作家,更广大的普通读者,“开垦时代”的文学有如“天方夜谭”,他们知道、谙熟的是40年代开始出现的“山药蛋派”文学,以为那就是山西现代文学的序幕。

山西二三十年代的新文学建树卓著,这一时期的作家如群星灿烂,其文化和文学精神是一笔宝贵的财富。山西这一段文学所以被埋没、淡忘,有两方面的原因。一个方面是,亦如洪子诚说的:“‘当代文学’这一时间,是‘五四’以后的新文学‘一体化’趋向的全面实现,到这种‘一体化’的解体的文学时期。”① 说通俗点就是,当代文学是经过不断地整合、排除、建构而发展起来的,到新时期文学这种状态才逐渐终结。山西新文学的“五四”精神和传统,既是进步的、革命的,但有时又是“异质”的;特别是那种过激的现代派文学实验,是与革命现实主义相背离的。另一个方面是,山西新文学作家,其中精兵强将的文学活动和创作,是在全国的大城市,如

---

①洪子诚:《中国当代文学史》,北京大学出版社,1999,第IV页。

北京、上海、重庆等；但这些发达区域的文学并不接纳这批流动作家的文学创作和作品，不会把晋籍作家的文学成果写进自己的文学史。而山西文学界，又把这些输出作家当“客人”，一方面接受这些作家的相助、引导，也承认他们的作品植根于山西土地，但却“不好意思”把他们拉进山西、写进本土文学史。漂泊的作家，其实没有“家”！

“山药蛋派”文学是山西现当代文学史上的第二个高峰。它从40年代兴起到60年代“走红”，始终代表着革命现实主义文学的方向。“山药蛋派”作家与山西新文学作家，是一种师生关系、承传关系。马烽曾经说，在他们那一代作家特别是他自己的成长上，“狂飙社”尤其是原“狂飙社”成员高沐鸿等人，给予过很大的影响。①事实是，“山药蛋派”作家总结了新文学作家的局限、教训，把他们的艺术目光投向农村社会和普通农民，创作了一种通俗化、大众化文学，这可以称为批判性继承。山西新文学作家代表的是知识分子文学，“山药蛋派”文学代表的是大众文学。赵树理与“西李马胡孙”、李古北、刘江等作家，突破了“五四”新文学与人民大众之间的“难关”，创造了一种民族风格的表现内容与叙事语言，这是他们对中国现当代文学的重大贡献。两代作家各有优势、特点，也各有局限、问题。新文学作家文化修养较高，思想视野宏阔，文学观念开放；“山药蛋派”作家文化素养偏低，生活经历丰富，现实主义观念坚定。新文学作家恪守“启蒙”思想，信奉创作自由，热衷自我表现；“山药蛋派”作家固守大众立场，青睐现实生活。新文学作家接

①董大中：《狂飙社纪事》，北岳文艺出版社，2017，第90页。

受西方文学，追求阳春白雪，偏爱欧化语言；“山药蛋派”作家热爱民间文艺，倾心雅俗共赏，化用大众语言。作为文学传统，都有自身的价值，都须努力承传。

“晋军崛起”是山西现当代文学史上的第三个高峰期。董大中说：“进入新时期，山西的文学创作同样引人注目，1985年就有‘晋军崛起’的美誉。追根溯源，这是跟狂飙社的出现密切相关的。……这其中第一个作家群又起着极其重要的奠基作用。”[①] 其实在80年代前期，对绝大多数山西作家来说，山西二三十年代新文学在他们脑子里只是一个模糊的影子，知道有那么一批作家和作品，知道高长虹与他的“狂飙社”，但并不清晰、具体，似乎落满了尘埃。晋军作家文化素养较高，阅读视野宽广，他们读取、借鉴的是“五四”新文学和西方现代派文学，在这样的吸纳中才发现和认识了山西新文学。我们不能忽视“山药蛋”派的作家对晋军作家的影响，同时也必须认识到晋军作家与山西新文学作家，有一种隐形的思想精神上的相通之处，绕了一圈，由远及近，才与山西新文学对接。这时一些评论家开始了对山西新文学的发掘和重评。晋军作家是由两部分人构成的。外来作家如成一、李锐、柯云路等，本土作家如张石山、韩石山、张平等。他们一面坚守“五四”新文学的思想立场，一面又融合“山药蛋派”文学的思想理念；一面遵循现实主义的创作规律，一面又借鉴现代派的艺术形式和手法，在一个更高的层面上，熔铸和发展了两代作家的文化精神和文学传统。在80年代的伤痕文学、反思文学和改革文学潮流中脱颖而出，创造

①董大中：《狂飙社纪事》，北岳文艺出版社，2017，第24页。

了山西文学的又一个高峰期，推进了中国新时期文学的蓬勃发展。

追溯山西新文学源头，是为了拂去尘埃，呈现历史，贯通山西现当代文学长河。唯有总结历史，赓续传统，文学才能面对今天的复杂现实，开创新的未来。

有鉴于此，我们编选了这套《山西新文学小说文丛》，将它呈现给广大读者，呈现给新的时代。

2020年3月13日于太原

高长虹小传
（1898—1954）

高长虹，著名诗人、作家，狂飙社发起人，狂飙运动的倡导者、组织者。1898年2月12日出生于山西省盂县清城镇西沟村。至高长虹出生时，家道开始中落。

1911年考入盂县两级小学。1914年与王巧弟结婚。毕业后考入山西省立第一中学，赴太原读书。参加反对阎锡山拥护帝制复辟活动，被迫退学。1916年曾在北京短暂停留，去大学旁听。次年因家庭经济困难返乡。1918年，与乡人创办清城镇女子小学校，为全县第一所女子学堂。1921年在《晨报》发表翻译的惠特曼诗歌，开始正式发表作品。是年，到省城在山西省图书博物馆任书记员，受到石评梅父亲石鼎丞先生的帮助。期间经常到社会主义青年团团员张稼夫等创办的晋华书社买书。1923年，在太原与同仁成立狂飙社。曾受高君宇鼓励，筹备《狂飙》月刊，1924年9月1日创刊，署“平民艺术团”编辑，“太原市桥头街少年书社”发行。

1924年9月，高长虹离开太原至北京。在景梅九的支持下创办《狂飙》周刊，作为《国风日报》的副刊出版。他先后拜访了景梅九、石评梅、孙伏园、周作人等。在受到鲁迅肯定后拜访了鲁迅，并协助鲁讯编辑《莽原》周刊，为"奔走最力者"。在京期间出版了《精神与爱的女神》《光与热》《心的探险》等作品集。其中，《心的探险》为鲁迅编选并设计封面，列入《乌合丛书》之中。这一期间是他步入中国新文化运动的中心，产生重要影响的时期。

1926年2月，《弦上》周刊问世。至4月，高长虹赴上海开展狂飙运动，组织《狂飙》周刊社，出版狂飙丛书共三辑，约二十多种作品，并在北京、上海组建狂飙出版部。同时，积极开展狂飙演剧运动，在上海、北京、南京、厦门等地演出。期间，高长虹到北京、太原、天津、镇江等地推进狂飙演剧运动。先后创办《世界》周刊、《狂飙出版部不定期刊》《狂飙演剧部不定期刊》《长虹周刊》《狂飙运动》《前线上》等刊物，出版了《走到出版界》《草书纪年》《给——》《实生活》等多部著作。在上海期间是高长虹创作最旺盛的时期，也是其狂飙运动最活跃的时期。

1930年初，高长虹离开上海去日本，考察马克思主义与经济。1932年春到德国，先后在法国、荷兰、瑞士、英国等地旅行停留，并积极开展反帝爱国运动，参加旅法救国会的工作。生活艰困，居无定所，仍赤心报国。著有长篇小说《中国》等，号召大家团结起来，一致抗日。1938年返国，先至香港，后经广州、长沙、武汉，于10月至重庆。期间，创作了大量关于国防建设、经济建设，以及国际形势与政治理论的文章，撰写了批评国民党政府腐败混乱的著作。1941年4月，高长虹执意离开重庆，只身徒步往延安。先至秋林，后至西安，于当年11月到达延安。

高长虹在延安受到了热烈欢迎。中央对高长虹非常重视，安排他在边区文协做驻会作家，后安排至鲁迅艺术学院，并请他担任重要职务。但高长虹坚持想从事经济工作，甚至要求到当时的中央研究院经济研究所工作。文艺已成为他的业余爱好。抗战胜利后，组织征求他的意见，并按照他的要求派他到东北解放区。期间出版诗集《延安集》。1946年10月至东北局所在地哈尔滨。1948年11月随东北局迁往沈阳，驻东北局宣传部招待所，享受高干待遇。但高长虹一直想在东北开金矿，着手编撰字典。1954年春，突发脑出血去世，享年五十七岁。他一生创作颇丰，涉及领域广泛。存作品集十八种，散佚十余种，未结集作品众多。

尽管高长虹性格孤傲，敏感执拗，常不切实际，但他的一生是为改变中国命运奋斗的一生，是为中国人民奉献的一生。他热爱祖国，追求光明，不计名利，甘愿付出，组织开展狂飙运动，身体力行改变社会，勤奋努力创作作品，在中国现代文学史上留下了浓墨重彩的篇章。

中国已是狂飙的中国

——高长虹略论

杜学文

"中国已是狂飙的中国,世界也已是狂飙的世界了。"这是20世纪从欧洲回国后,高长虹在《狂飙的再来》中写到的。19世纪与20世纪之交,正是中华民族苦苦探寻转型变革之路,实现民族复兴的蜕变之时。现代化的车轮滚滚向前,先发国家正在瓜分世界。古老的中华从文明的巅峰跌落,陷入了落后挨打的屈辱之中。一代又一代的人们在这巨大的逆转中努力、奋斗。中国,这个有着五千年文明史的国度,如何才能重新崛起,自立于世界民族之林?也许,从高长虹那一代人的努力中可以看到民族奋进历程的一个缩影。

一、生平与创作

1898年,清光绪二十四年,戊戌年。这是一个被历史永远铭记的年头,发生了许多重大事件。美西战争爆发。老牌帝国主义国家西班牙的衰落成为必然。新兴的美国将逐渐主导世界。在东方,中国先后被迫与俄罗斯、美国、英国等国家签订了一系列条约。

这一年，京师大学堂成立，中国出现了适应时代要求的现代教育机构。光绪皇帝颁布《定国是诏》，开始具有时代意义的戊戌变法。但仅百日，维新失败，戊戌六君子被杀。中国的变革维新仍然任重道远，需要在历史的长途中苦苦求索。

这一年，许多在中国变革中产生重要影响的人物出世。包括周恩来、刘少奇、彭德怀、张太雷等革命家，以及在文学领域产生重要影响的郑振铎、许广平等。新的变革力量正在中国这块古老的土地上生成。高长虹，亦于这一特别的年份出生在太行山深处的山西盂县清城镇西沟村。他的家族应该条件不错。按照廖久明的研究，“祖上家业殷实”，但“其时已每况愈下，日趋破落”。后来，高长虹的妻子需要到地里做农活才能维持生计。这实际上并不是高长虹一家的境况，诸如鲁迅，也曾感慨从小康落入困顿。他们家庭的境遇也可以一窥当时中国社会的某种状况。

高长虹聪慧过人，好学博闻。五岁即熟读《木兰歌》，十二岁读《红楼梦》，并知道了“生存竞争，天演公例”。《天演论》是那一时代最重要的启蒙著作，鲁迅兄弟亦受其影响很大。在高长虹的童年，经历了家道中落的变故。因八国联军到盂县烧杀抢掠而逃难，因辛亥革命的胜利而剪掉自己的辫子。包办婚姻，无法抗拒却又不得不接受。考入山西省立第一中学，到太原读书。因反对阎锡山劝进袁世凯复辟帝制，作《提灯行》(佚)以讽刺，致中断学业。随即到北京大学旁听求学。后因家境困窘回乡办学，开始发表作品。1922年，高长虹再次来到太原，在山西省立图书馆任书记员，与石评梅的父亲石鼎丞石铭先生同室办公，受到他的赏识与影响，并结识了石评梅、张稼夫等进步青年。

一般而言，认为狂飙社成立于1924年。但据廖久明考证，早在1923年10月左右，高长虹就在太原与高沐鸿、籍雨农、段复生等成立了“狂飙社”，并于次年9月开始出版《狂飙》月刊，仅出三期即夭折。1924年9月底，高长虹来到北京，开始了他改造社会、变革文学与思想革命的生涯。在京期间，他曾把《狂飙》送郁达夫、孙伏园、周作人等，受到郁达夫的肯定。同时，得到前辈乡谊景梅九的支持，在《国风日报》副刊出版《狂飙》周刊。其时亦创办了《世界英语周刊》。至12月，拜访鲁迅先生，开始了他们之间的友谊，并应鲁迅之邀，参与创办《莽原》周刊。后与向培良、高歌等创办《狂飙》不定期刊。1926年创办《弦上》周刊，亦为狂飙社刊物。这年4月至上海开展狂飙运动，并在上海创办《狂飙》周刊，由光华书局出版。后光华书局出版《狂飙汇刊》，收集了上海《狂飙》周刊1—13期的作品。1927年，与柯仲平等九人自筹资金创办《世界》周刊，为狂飙社刊物。1928年8月，上海、北京的狂飙出版部正式成立。同时，创办《长虹周刊》。狂飙演剧部也在上海成立。1929年1月，《狂飙运动》月刊出版。1930年，赴日本，欲考察马克思主义与行为科学、经济学。狂飙社也正式停止活动。次年，往欧洲。于1932年至柏林，期间曾到瑞士。1933年至巴黎。1934年至荷兰，编印《救国周报》。后返巴黎创办《中国人民报》，负责旅法救国会工作，并加入全欧华侨抗日救国会，为宣传部成员。期间曾至荷兰、瑞士、伦敦等地。在欧期间，行无定踪，居无定所，仍积极参加支持祖国抗战的活动。据董大中考证，高长虹一度曾参加法国共产党。

1938年返国。先到香港，后经广州、长沙至武汉，参加中华全国文艺界抗敌协会（简称“文协”）。10月，随“文协”至重庆。1941

年4月，离开重庆，只身徒步赴延安。先至西安，后至秋林，终于11月到达延安，在中华全国文艺界抗敌协会延安分会做驻会作家。1943年至鲁艺美术系。抗战胜利后，欲至美国考察经济，后希望到东北开发金矿。1946年，到达晋绥边区兴县，执意要去东北解放区开采金矿，为中国经济建设服务。10月终于到达东北局所在地哈尔滨。后随东北局迁往沈阳，住东北局宣传部招待所，享受高级干部待遇。1954年春，因突发脑出血去世，享年五十七岁。

高长虹开展狂飙运动，一直坚持创办各种刊物。先后计有太原《狂飙》月刊；北京《狂飙》周刊、《狂飙》不定期刊，以及《弦上》周刊；上海《狂飙》周刊、《狂飙汇刊》、《狂飙运动》月刊。此外，还创办《世界语周刊》《世界》《长虹周刊》，参与编辑了《莽原》周刊等。在欧期间，曾在荷兰创办“救国会”，并编印《救国周报》。在巴黎创办《中国人民报》。回国后，曾在重庆主编《大江日报》副刊《街头》。

高长虹的创作起点较高。他一发表作品就是在北京的《晨报》、上海的《小说月报》。这对他日后的创作产生了积极影响。他一生创作的字数无法得到确切统计。但由董大中先生主编、中央编译出版社出版的《高长虹全集》四卷共收入文字约一百八十万字左右。此外，还有大量散佚作品。综合董大中、廖久明等人的研究，目前我们能够看到的著作共十八种。

1925年3月，高长虹的第一部作品集《精神与爱的女神》出版，收集了在太原及到北京之后的诗歌作品，为《狂飙小丛书》的一种，由北京平民艺术团出版。“平民艺术团”是狂飙社成立时在《狂飙》月刊上标注的编辑机构。高长虹到北京后，在《国风日报》出版《狂飙》周刊，亦标注“平民艺术团”。由此可以看出这本书是狂飙社自已出版的。

1925年9月，高长虹的第二本集子《闪光》出版，为诗集，是高长虹以狂飙社的名义自费出版的。1926年6月，作为鲁迅编辑的《乌合丛书》第四种，高长虹第三种作品《心的探险》出版，是一部汇集了剧本、散文、论文与诗歌的作品集。该作为鲁迅所选，是高长虹的代表作。从太原至北京期间，共有三种作品出版。

高长虹的第四种作品《光与热》，是一部诗、文、剧的合集，作为《狂飙丛书》第一种于1927年2月由上海开明书店出版。9月，第五种作品，即诗集《给——》作为《狂飙丛书》的一种由上海光华书局出版。1928年1月，诗集《献给自然的女儿》作为《狂飙丛书》之一种由上海泰东书局出版，为其第六种作品。该年2月，第七种作品，也是诗文集《时代的先驱》，作为《狂飙丛书》之一种由上海光华书局出版，并于同年10月再版。4月，被标为“书信体小说”的《春天的人们》作为《狂飙丛书》之一种由上海光华书局出版，并于次年1月再版。这是高长虹的第八种作品。其第九种作品是作为《狂飙丛书》之一种的《曙》，于该年4月由上海泰东书局出版。有论者认为这是“小说”，但实际是高长虹写给自己的儿子高曙的信，是一种书信体散文。至6月，高长虹的小说集《实生活》作为《狂飙出版物》由上海现代书局印行，为其第十种作品。7月，高长虹第十一种作品，也是他最具影响的论文集《走到出版界》作为《狂飙丛书》之一种由上海泰东书局印行，并于次年3月再版。10月，其第十二种作品小说集《青白》作为《狂飙丛书》之一种由北平狂飙出版部出版。12月，其第十三种作品小说集《游离》作为《狂飙丛书》之一种由上海泰东书局印行，并于次年9月再版。同月，其第十四种作品

《从荒岛到莽原》作为《狂飙丛书》之一种由上海光华书局出版。但这并不是一部新创作的作品,而是由过去已出版的《心的探险》与《精神与爱的女神》合编而成。这时,《精神与爱的女神》被改名为《精神与爱的憧憬》。1928年是高长虹创作上的丰收年。这一年,他先后出版了九部作品。其中有八部是新创作的。这还不包括其他没有收录,发表在各地报刊的作品。

1929年7月,高长虹的《草书纪年》作为《儿童丛刊》之一种由上海狂飙出版部出版。这是一部寓言童话集,被翻译为俄语、日语与世界语多种文字,是高长虹作品中被翻译语种最多的作品。在1928年10月至11月间,高长虹还创作了小说《神仙世界》,在《长虹周刊》连载。至1929年,由上海狂飙出版部出版。这两部作品可视为他的第十五与第十六种作品。1938年,高长虹回国,辗转至重庆。这一年,高长虹以"长虹出版社"的名义出版了政论集《政治的新生》,其中也收有诗歌等非政论性作品。这是他的第十七种著作。从书名来看,初回国的高长虹对重庆充满了希望,以"新生"为其书名。但是很快他就发现了重庆的腐败混乱,由希望变为失望。约三年后于1941年离开重庆,终至延安,约至1945年底往东北。在延安大约有四年时间。1946年往东北途中,经张家口,曾与康濯等相见。夏天时,其最后一种作品诗集《延安集》由和平野营出版,应是高长虹第十八种作品。目前能够找到原作的高长虹著作共以上十八种。

不过这些作品并不是高长虹的全部。他的很多作品因种种原因散佚,还难以找到。据董大中先生等考证,高长虹可以成书的著作还有这样一些。其中,长篇小说有四种:

一是《家庭之下》，曾有部分在上海《狂飙周刊》连载，但写完没有不得而知。据高长虹所言，是在1926年开始创作的。二是《中国》，为作者在欧洲时创作。据载，他每写完一章，即有人翻译成英、德、意、西四国文字。该作呼吁正义与牺牲一起在中国人居住的地方。但现在还没有找到当时发表这部作品的报刊。这应该是高长虹比较重要的小说。除以上两种外，高长虹应该还有两部长篇小说。一为《红心》。高长虹多次谈到要发表这部作品，预计要写二百多万字。但据董大中研究，被收入《青白》之中的同名小说只写出数千字。亦有人说高长虹在日本期间已创作了七十多万字，但已散落。另一部为《从民间来》，也是高长虹多次提及的小说，但不知作者是否创作或已失散。

除小说之外，高长虹还创作了大量的戏剧作品。其中散佚的有这样几部。首先是《小剧场》。据《长虹周刊》第一期所载《本刊编者的著作》介绍，其中有一种为《小剧场》。但这本书目前还没有发现，也不知道其中所收作品是什么。但据此介绍，高长虹应出版过一部剧本集。在《高长虹全集》中，编者在此书名下收录了三种已知的剧本，按发表先后为《上海之夜》《白蛇》《火》。其次，据董大中先生考证，高长虹散佚的剧本还有几种。一是《苦人们》，是高长虹根据雨果的长篇小说《孤星泪》改编的。现在没有发现这部作品，且作者是否改编完成也存在疑问。二是《当兵去》，曾于1930年演出，剧本今未见。三是《上海的除夕》。高长虹曾说该剧要在除夕夜演出，但没有办到。这三部剧作与上面提到的三部是不同的，是不是被收录到《小剧场》中也难以说清。

高长虹后期的创作多涉及政治、经济、民族、哲学等，大大超出了文学的范畴。从已经完成，或进行了大量创作但未完成的角度来看，还有许多。据董大中先生考证，现在能够知道的有以下几种。一是《时代的姿势》，在上海《狂飙》周刊第一期中有《狂飙出版物略目》，注明其中的第八种为该作，内容为批评。但今未找到此书。二是《爱的天使》《一个青年的创造》《别了，中国！》三种。其中，董大中认为《爱的天使》就是《给——》。《一个青年的创造》应该是关于上海的一部著作。而《别了，中国！》似与之后的《留别中国》相近或为同一本书。三是《梦与预言》《到乐园去》《留别中国》三种。《梦与预言》是关于思想、文艺与人生的记录。《到乐园去》是“恋爱书简”。《留别中国》是诗歌、批评及其他。高长虹在上海期间决定要出国考察，发表了数篇《留别中国》的长诗。应该在这本著作中收录了这些诗作，并增加了其他一些作品。四是《经济学批评》。1926年上海《狂飙》周刊介绍狂飙社出版物略目中有对此作的介绍，并注明“尚未付印”。之后是否付印，或书稿在什么地方均不知。五是《行动，科学与艺术》，为学术专著。上部讨论中国的民族意识形态，下部讨论国防政策。该作为作者在瑞士与德国旅行期间创作，有德语及英语翻译，但未出版。六是《为什么我们的抗战还未胜利？》，为政论著作。1941年抗日战争中期，高长虹对国民党之腐败混乱进行批判，但未出版。七是《什么是法西斯蒂？》，政论著作。为高长虹在延安时期所作，亦未出版。八是《中文文法大辞典》，为在东北时期所编。高长虹认为自己年龄大了，不能深入生活了。他感到中国文法有许多不足之处，希望能够为中国编制一部科学的新文法。但很可能没有完成。除这些著作之外，高长虹还创作了大量的作品在各类报刊发表。这些作品没有结集出版。凡能够找到并确认的，均已收录至《高长虹全集》中。大致而言，可以列为散佚之作的著作，仍有长篇小说四部，戏剧三部，诗歌文论等其他形式的文学作品约七部，学术著作四部，字典（未完成）一部。共约十九部。

二、狂飙社、狂飙运动及其文化现象

今天我们讨论高长虹，主要是从文学的角度来说的。但高长虹并不是一个单纯的诗人或者作家。从他个人的志向来看，更是一个社会活动家、行动者。与一般的学者、作家不同，高长虹不仅强调行动，而且身体力行。从某种意义讲，文学只是他生命的一种偶然，是他行动的一种表现、手段。他在1939年《中国文化的行动成分》一文中指出，文化是行动中的一种，是在实际行动的条件之下面产生的。他认为文化和行动在根本上不可分离。在历数中外文化与行动的历史现象后，他希望文化人能够更多地将自己的文化付诸行动之中，而不仅仅是脱离行动的空谈。高长虹的一生正是这种行动的文化之印证。他在幼年求学期间，就在辛亥革命后剪掉辫子。这对在太行山深处的一个小学生来说不仅需要见识，更需要勇气。考入省立一中，积极参加反对阎锡山“劝进”复辟帝制的行动，被迫退学。回乡之后，联络同道创办新式女子小学校。高长虹从不放过各种机会来实现自己的理想。他是一个高蹈凌厉的理想主义者，也是一个说干就干不管不顾的社会活动家。他觉得应该做的事就立刻去做，从不瞻前顾后、考虑利益。但也正因此，往往事不周全，半途而废。高长虹的另一个特点就是具有突出的韧性。他认定的事是不管别人的想法、看法的，也不管是否具备条件。即使遇到挫折甚至失败,也要做到底。这是他的性格所至。

据廖久明研究,1923年,在山西省立图书博物馆做事的高长虹与高沐鸿等人成立了狂飙社,但至1924年9月才出版《狂飙》月刊。很多人也以此作为狂飙社成立的时间。实际上他们当时成立的是“平民艺术团”。“狂飙”只是平民艺术团所办刊物的名称。这是山西最早的新文化月刊之一。可高长虹却在9月底便跑到北京。这似乎不是一个成熟的人所为。他一到北京就着手狂飙运动,且成效颇丰。这也从一个方面看出高长虹是一个雷厉风行,有很强的“行动”能力的人。

到北京之后,高长虹首先结识联络了当时在北京比较重要的文化界人士。如鲁迅、周作人、郁达夫、孙伏园,以及张稼夫、阎宗临、郑效洵等。后来又结识了许钦文、荆有麟、向培良、章衣萍、许广平、尚钺、柯仲平、李小峰、韦素园、黄鹏基等。这为他之后的“行动”打下了良好的人际基础。他一来到新文化运动的重镇,就进入了最核心的地带。

其次是借助乡谊创办刊物。在辛亥老人、山西同乡景梅九的帮助下,高长虹开始在景负责的《国风日报》副刊出版《狂飙》周刊。在太原的《狂飙》月刊停刊之后,开创了一个新的阵地。同时他还创办了《世界语周报》。这是高长虹至京后最早创办的报纸。《狂飙》周刊在17期后停刊。高长虹便筹备《狂飙》月刊,后决定出版《狂飙》不定期刊。1925年,高长虹还与常燕生、张友渔、侯外庐等在北京创办《山西周报》,由常燕生主编。至1926年2月,又创办了狂飙刊物《弦上》周刊,至8月停刊。同时,高长虹还协助鲁迅创办编辑《莽原》周刊,后改为半月刊,成为“奔走最力者”,受到鲁迅的肯定。鲁迅对高长虹极为信任，委托编辑重任，资助钱款路费，帮助编选作品。期间，高长虹还支持高歌、向培良等在河南开封创办《豫报副刊》，为特约撰稿人之一。

再次是高长虹的创作也出现了新气象。不仅在以上刊物，以及《京报副刊》《语丝》等发表文章，而且出版了《精神与爱的女神》《闪光》。特别是鲁迅为他亲自遴选篇目，设计封面，校对文稿，列入自己主编的《乌合丛书》第四种的《心的探险》，成为高长虹的代表作。该著于1926年6月由北新书局出版。其广告评价曰："长虹的作品，文字是短峭的，含义是精刻的，精神是对于现社会的反抗。"在北京不到两年的时间里，高长虹做了大量工作，产生了重要影响。

1926年4月，高长虹与郑效洵相偕赴上海开展狂飙运动。10月，上海《狂飙》周刊创刊，由上海光华书局出版，至次年初停刊。虽一直想复刊，但未果，后出版《狂飙汇刊》。1927年底，高长虹与柯仲平、张申府、高沐鸿、鲁彦周、周曙山等九人自筹资金创办《世界周刊》，次年1月出版。1928年10月，创办个人刊物《长虹周刊》。1929年，《狂飙运动》月刊出版。在上年的《长虹周刊》第1期中刊有该刊广告，言"《狂飙运动》月刊是狂飙运动的机关报，由狂飙编辑所六人分类编辑"。这其中包括数学与物理、生理与心理、经济与教育，还有诗歌、小说、演剧。从体制来看，这一时期的狂飙运动似更"正规"，有了系统的组织。从月刊所刊内容来看，虽然文学部分占一半，但仍然涉及了自然科学与社会科学的许多方面。可见《狂飙运动》月刊并不是一个单纯的文学刊物。这一点非常符合高长虹"行动"的思想。但是该刊大概只出了三期。此外，据董大中考证，他们还在天津办有副刊《前线上》。

在上海另一个非常重要的工作是出版图书。其中以《狂飙丛书》成就为最。在1928年8月中旬,狂飙出版部正式成立,且分别在上海与北京设有工作地址。可见这一时期,狂飙运动并不仅在上海开展。实际上,到上海后,高长虹曾往返于北京、上海、太原及苏州、镇江、泰安、济南及西北等地。还在杭州养病,住了数月。同时他不断地寻找资金,写信给狂飙同仁,希望他们到上海参加"狂飙运动"。《狂飙丛书》共三辑。其一由上海开明书店出版,其二由上海泰东书局出版,其三由上海光华书局出版。这三辑共出版图书在二十五种左右。

在上海期间,狂飙演剧运动也开展得有声有色。他们在上海租了剧场,组织演出。高长虹并言"愿把我的全力交付给演剧运动,尤其是中国的演剧运动"(《看了袁牧之演剧之后》)。在《狂飙演剧运动说略一》中,高长虹言,自己担任筹款,集合同志,给予组织,并且要坚持下去,"非做到成功不可"。可见他的决心之大。事实上狂飙演剧运动开展得很好。不仅在上海有剧场,还在北京、天津、南京及太原等地演出。所演剧目有高长虹创作的《上海之夜》《火》等;柯仲平创作的《战士的儿子》《海夜歌声》等;向培良创作的《从人间来》等,以及翻译的易卜生的《娜拉》等。此外,还办有《狂飙演剧部不定期刊》。

这一时期也是高长虹创作极为活跃的时期。仅1928年就在上海与北京出版了八种新著,还不断地在各种报刊发表作品。其中,最具影响的是《走到出版界》《给——》《草书纪年》。前两者因涉及与鲁迅的关系尤受人关注。特别是《走到出版界》,是了解20世纪20年代中国文化状况的重要著作。后一种出版后即被翻译为多种语言，有较大的国际影响。

1930年，高长虹开始出国活动。他出国并不是为了创作，而是要进行社会考察，了解日见影响深广的马克思主义，研究行为科学与经济学，实现其改造社会的愿望。可以说，他正是在创作势头最旺盛的时刻把兴趣转向了社会思考与建设。之后尽管还有很多文学方面的努力，但文学并不是他的目的。他希望自己能够寻找到中国变革的正确道路。高长虹出国后，狂飙运动也告终止。在1931年时，曾有一位“少年的狂飙之友”给他写信，希望能够复活狂飙，而高长虹却回信说狂飙不复活了。这也可以看出，高长虹是狂飙运动的核心人物。他无论在太原、北京，或者是上海，这些地方就成为狂飙运动的核心地区。而他一旦出国，狂飙运动也事实上宣告终结。

那么，以高长虹为领袖的狂飙社是一个什么样的社团，其运动是一个什么样的运动，其核心理念是什么。还需要进行研究。

从组织形式来看，狂飙社是一个“无组织”的松散的同仁团体。它没有组织机构，没有管理运作规则，也没有固定的场所，甚至也没有固定的报刊。对参加活动的成员也没有纪律约束，没有责任要求，完全是以个人兴趣、机遇，以及工作热情聚集起来的。即使是高长虹，也没有认为自己在狂飙社中是什么角色，应该担负什么责任。他本人就是靠兴趣、热爱来做事的。所以他可以在《狂飙》月刊在太原刚刚办起来的时候就跑到北京，也可以在北京正风生水起的时候跑到上海，在上海颇见影响的时候又出国，致使狂飙社终结，狂飙运动销声匿迹。

但是又很难说狂飙社没有组织。只是这个组织是非常松散的。其核心人物当然是高长虹。其中又有一些围绕在高长虹周边的进步青年。在太原时期，是高沐鸿、籍雨农、段复生、高歌、高远征等。在北京时期是高歌、向培良、张稼夫、阎宗临、郑效洵、高沐鸿等。在上海时期是柯仲平、郑效洵、高沐鸿、张申府、向培良、高歌等。他们可能不是同时在一起，但陆续参与了相关工作。据董大中先生考证，狂飙社是新文学运动中成员最多的社团。有姓名可考者在七十人左右。他们或者直接参与狂飙社的具体工作，或者为《狂飙》撰稿。其中的很多人在中国现代文化史上做出了极为重要的贡献。如柯仲平，既是著名诗人，后又成为我党重要的文艺界领导干部，是狂飙社极为重要的组织者；张申府，中国共产党早期党员，哲学家；潘汉年，我党隐蔽战线与文化战线的卓越领导人；朱谦之，被誉为是百科全书式学者，一生著作等身；阎宗临，著名历史学家；常燕生（常乃德），著名学者、五四运动的领导者之一；杨国荣，著名马克思主义哲学家；塞克，著名剧作家，被称为“延安四怪”之一；尚钺，著名作家及马克思主义历史学家。尚钺早期接受新思想影响，参与创办多种新文化刊物，后作为地下党员组织农民运动，是金日成的引路人。金日成曾撰文《我的老师尚钺先生》，细数在求学期间尚钺对他的指导关心。此外，诸如沉樱、袁殊、欧阳山、冈夫、王鲁彦、黄鹏基、常风、赵石宾、张磐石等均为狂飙社成员。其中的大多数为进步青年。很多人从事实际工作，成为我党重要的文化干部。从某种意义讲，狂飙社通过自己的活动为中国革命培养了极为重要的人才。

狂飙社在创作上也有非常突出的成就。除高长虹外，高沐鸿、高歌的创作具有极为鲜明的个人风格。董大中先生认为，高歌的创作受现代主义思潮影响明显，偏于印象主义，且把印象主义发挥到极致。其小说直到新时期都极少见。高沐鸿则以诗歌创作为重。他早期的诗歌也如高歌一样，晦涩难解，受现代主义思潮影响很深。鲁迅先生在《〈中国新文学大系〉小说二集》的序言中对狂飙社的小说创作予以积极评价。除肯定高长虹的作品外，特别介绍了黄鹏基、尚钺、向培良三人的创作。而另外一些成员，大部分学有专攻。除文学创作外，在哲学、历史学、社会学等多个领域均有创见，是或一学科的标志性人物。

这实际上也反映了高长虹创办狂飙社的最终目标。单纯从文字来看，狂飙社基本没有关于其宗旨的清晰论述。虽然有几篇短文似乎在说明什么，但多为文学性的表达，不很清晰。其中最重要的是1925年发表在北京《狂飙》周刊上的《本刊宣言》，也同样没有明晰的表述。其主要意思是说，中国社会几百年几百年如黑沉沉的夜，人们都睡着了。但仍然有几个人从黑暗中醒来，相互呼唤，“使一切不安于期待的人们也起来”，点起灯来，照亮幽暗的前途。即使这种呼唤很微弱，但隐隐传来了强大的声音，“微小的起源可以生出伟大的结果”。这就是说，高长虹把自己及同道视作对现实社会负有“持灯者”使命的人，希望能够唤醒人们改造社会。但如何去改造，“宣言”并无明确表述。未来的中国是什么也不清楚。我们能够看到的是狂飙社并不是一个仅限于文学的社团，而是企图通过文学来实现，或者推动实现包括高长虹在内的人们的社会理想——建设一个崭新的中国。对于他们来说，文学只是一种手段，社会变革才是目的。概而言之，由高长虹发起并主导的狂飙社，是中国现代文学史中成立较早、规模最大、成就突出、影响深远的文学社团。实际上它的影响远不只文学，更涉及思想、文化、社会改造诸多方面，且均有突出的成就，成为不仅竭力倡导，而且致力于行动的文化组织，为推动中国社会的改造、进步做出了重要贡献。从这一点来看，可以说实现了高长虹及其成员的理想。

三、创作与影响

狂飙社成员中，创作成就最突出的仍然是高长虹。这不仅体现在数量上，也体现在社会影响上，更体现在其创作涉及的体裁、内容与贡献上。现在他的很多著作还没有找到，基本可以确定是散佚了。还有一些作品没有出版，原稿也难发现。还有一些可能没有完成。但总的来看，他最为人注目的是诗歌，然后是散文与各种论述。小说虽然有多种，但并不能体现他的文学成就。至于剧本，今天来看比较简略，在当时的戏剧作品中也缺少影响。

在新文学阵营中，高长虹作品的个人特色应该是比较明显的。一方面，具有突出的传统色彩，受古典文学的影响比较大。另一方面，他的作品显然与传统文学有很大的不同。或者说，其作品的"现代"特色极其突出。这应该与他接受的教育、经历与性格有极大的关系。

高长虹的家庭是旧式家庭。其父亲是清政府官员，有相应的旧学积累。他在幼年时期即开始阅读古典文学著作。他受祖母的影响较大，给予他很多民间传说之类的教育。他的大伯父是一位民间文人，曾考中秀才，在家乡办私塾，教了他很多历史方面的知识。同时，他成长的时代已是中国正在发生剧烈变革的时代。不同于传统文化的"新文化"正在不断地移介到中国。他正式开始读书生涯上的就是新式小学校。后来又考中省立第一中学，在十七岁的时候来到省会太原。这时是1914年，辛亥革命之后的第三年。在退学之后高长虹曾短期到北京大学旁听。这些经历都使他有机会接触到新文化新思想。可以说，传统之旧与时代之新均对他产生了影响。不过就高长虹自己而言，应该是更倾向于新的。到北京之后，他所接触的人也以"新"为主。与他父亲相识的景梅九，是辛亥革命的元老，具有求新的革命思想。高长虹初至北京就受到了景梅九的帮助。不过在新文化运动时期，景梅九已是"老人"，不那么新了。而以鲁迅为代表的新文化运动阵营，活跃着许许多多充满朝气与希望的新人物，与高长虹多有交往。在多年之后，就高长虹来看，即使是鲁迅也有些"暮气"，不算"新人"了。这一方面反映出时代变化之快速巨大，一方面也可以看出高长虹是一个不安分的、不断求新、求进的人。在他的性格中有一种不满足于现状，急欲取得成效的冲动。虽然他在大约七八年的时间里一直执着地、锲而不舍地推动狂飙运动，风风火火、轰轰烈烈。但我们也看到，他实际上难以稳扎稳打地、持久地把一件事做到极致。他总是在某种情况下从头再来。

高长虹也是一个极为敏感、性情狂躁，非常自我的人。敏感对于作家来说可能是一件好事，但对于做事就不一定了。他多疑、多变，耐力不足。有才华，有能力，有热情，自视甚高，自谓"超人"。自己认定的事就很难改变。这种性格也影响了他的人生。特别是他与鲁迅先生的友情，与这种性格有极大的关系。再加上周围有人出于某种目的的挑拨、误传，终使矛盾公开爆发。但在高长虹后来的文章中也可以看出，他对鲁迅先生还是非常感念的。另一件人们比较关注的事是高长虹没有参加延安文艺座谈会的原因。实事求是地说,延安对高长虹非常重视。尽管时隔多年,仍然把他作为著名的“狂飙诗人”对待,安排从事文化工作,并担任重要职务。但高长虹的兴趣已经转移,希望在西北地区开矿,要求到根据地中央研究院经济研究所工作。他认为自己的专业是政治经济学,诗只是业余爱好。这种想法一直左右着他。在延安,他参加文艺界的活动比较少,热心的工作也多为政治、经济等非文学的东西。甚至还希望去美国考察经济。他坚持去东北也是为了开矿发展经济。这虽然有其合理性,没有什么不对,但在当时却缺乏现实性。他想从事经济工作而不愿从事文艺工作是他的真实思想。因此,他也没有参加座谈会。这些事董大中先生均有极为细致翔实的研究。

高长虹的品格中还有着极为纯粹、崇高的东西。这是一般人难以企及的。他不求功利,不怕付出,甚至要比别人多付出。鲁迅先生对此极为欣赏认可。他乐于助人,不求回报,十分真诚,缺乏韬略。他就像一团火,时刻在燃烧着。只要有光就要闪射,从来不怕燃尽自己。只要是认准的理,认定的路,就不会妥协。他热爱国家,热爱人民,深明大义,爱憎分明,矢志不渝。特别是在欧期间,常常生活无着,身无分文,饥饮寒露,夜覆天幕,仍然积极从事爱国活动,坚持创作且著作颇丰。他不求名,不谋利,无家无业无余财,不为世俗所牵累。其精神境界确可谓“超人”。这些也都影响了他的创作。

大体来说,高长虹的创作在前期,也就是出国之前,有比较一致的风格。主要表现出这样几个特点。一是强调主观抒情色彩,不重叙述。即使是介绍某人某事,也非常简略,并不注重情节的完整性，以及细节的准确性，而是强调个人的主观感受。往往抓住一点，不及其余。二是借用某种意象来表达情感。其中涉及的人、景、物、象，都不是确指，而是有某种象征意义或隐喻内涵。所以对这些意象的理解不能确认为实有其事，而是要体会其中的隐喻与象征含义。三是在抒情的同时往往含有某种论述性的说理意味。但这种“理”并不清晰明确，多为概念性表述。这也反映出高长虹尽管对现实社会的变革充满期待，有个人的主观能动性，但具体的方法、道路、目标是什么，仍然是迷茫的。这与他后期的创作有明显的不同。还有一个非常突出的特点是作品体裁的模糊性。除诗歌外，其他类型的作品往往很难区分。如小说与戏剧、散文，散文与论文等等。一方面我们可以说这是高长虹创作的一个特点，另一方面也可以看出，在新文学初期，文体的分别并不很明显。或者也可以这样说，就是新的文体正在逐渐形成之中。比如狂飙社的另一位重要成员高沐鸿，就著有韵体小说。他的小说如《寡妇语》就是押韵的。我们可以认为这是介于小说与诗歌之间的一种文体。也可以说，新文学早期，文体的分类还不明显。我们以今天的眼光来看这些“过去”的作品，可以认为还没有成熟的体例。但在那一历史时期是不是已经有今天认可的文体类型还不一定。

高长虹的后期创作，也就是出国之后的创作，发生了明显变化。首先是高长虹关注的社会面越来越广。文学只是其创作的一部分。这与高长虹的文学观有极大的关系。高长虹并不认为自己只是一个作家或诗人。他从事文学创作当然有其喜爱的成分在内。但更主要的是他要“行动”，要改造社会。当他在无意之中与当时新文学运动的主将、骨干们在一起的时候，文学就成为他最主要的工具。也有人认为他在国内时期,文学创作只是谋生与办刊的手段,企图通过创作得到经济收入来支持办刊,或者说开展狂飙运动。一旦出国考察,不再承担这一责任后,他的创作也就发生了巨大转变。除文学外,更多地把关注的对象转移到社会、经济、政治、哲学等方面。所以在其后期,出现了很多"非文学"的作品。由于他流浪海外,身处战争时期,许多作品今天看不到了。其次是在这些作品中,我们可以看到高长虹在思想上的变化。他对中国社会的变革有了较清晰的目标,对理想社会也有了较为清晰的表达。这也是他返国后历尽千辛万苦要到延安的精神动力。他一直想做的事是从事经济建设。文学对他来说已经不重要了,是"业余爱好"。三是从艺术表达来看,高长虹也发生了巨大的转变。尽管仍然充满激情,在这点上保持了一贯性,但前期那种隐晦的、象征的成分大大减少了。通俗的、明晓的,甚至民间的成分多了起来。民众的命运、国家的未来、通往理想社会的方向均是具体的,而不是笼统的、概念性的。这当然是高长虹人生经历的体现,是他在从事实际工作的"行动"——经历了欧洲、抗战等诸多不同生活之后的自觉选择。

高长虹的创作,成就最大的是诗歌,其次是散文,或者说"文",然后才是小说。其戏剧没有十分重要的作品。诗歌不仅是高长虹一直坚持的创作,也是作品最多的创作。以现有资料来看,他最早发表的作品是1921年《晨报》上翻译的惠特曼的诗歌,以及1922年发表在《小说月报》上的诗歌《红叶》。之后,在他与狂飙社同仁创办的《狂飙》月刊中也发表了许多诗歌。他的第一部作品集《精神与爱的女神》是诗集,最后一部作品《延安集》仍然是诗集。简单而言，高长虹的诗歌创作有这样几个方面的突出成就。一是在早期创作中受古典诗歌的影响很深。特别是受《诗经》《楚辞》的影响比较明显。在诗歌的体例上，模仿或借鉴了这些古典诗歌的表达形式，是现代诗歌“新风体”与“新骚体”的开创者。我们还不能断定在新文学运动中，高长虹是不是唯一创作了这种诗歌的人，但至少说他是开创者还是比较合适的。二是高长虹善于创作长诗。他的诗歌一般来说都很长。有几首作品几乎就是一本集子，达百节以上。这是不多见的。因此也可以说，他为中国现代诗歌的形式表达、体例构建做出了突出贡献。三是他的诗歌具有突出的象征色彩，多借用意象隐喻内容。但这种“内容”也往往是模糊的、观念性的。这当然是他对现实认知的模糊、迷茫决定了表达的局限性。四是他的诗歌在抒情表意中具有极大的跳跃性。他更重视情绪的连贯而不注重情节的连贯。在一首诗中往往没有一个可以贯穿始终的叙述或物象主线，只有情绪线。其抒情一泻千里，心骛八极，有奇特的想象力。我们往往需要根据整篇诗歌来把握其情绪，很难就某一段、某一节来做出详细的解读。五是后期的诗歌逐渐变得明晰易懂起来。这与他倡导大众化、民族化的思想是一致的，也与他对社会的认知发生了变化是相符的。

高长虹的散文，或者说“文”可以分为这样几个部分。一是关于社会政治、文化哲学、经济军事的“论文”。这些作品应该不在“文学”的范畴之内。但可以看出他关注的领域得到了极大的拓展，也影响了他的创作。二是学术性论文。如讨论文学、文化的性质，研究国外文艺的有关情况，介绍国内的创作动态等。这些作品并不是一般意义上的“散文”，而是具有学术价值的作品。这些作品也可以让我们了解高长虹的思想，特别是关于文艺创作的思想。其中一些曾经产生过比较大的影响。特别是他关于鲁迅的几篇文章，既是对历史一个侧面的记录，也是我们了解当时文学状况的重要史料。当然从中我们也可以看出高长虹对鲁迅那种复杂的感情。从初出茅庐受到肯定支持，到渐有大名而终于分手，再到多年之后内心的留恋与难以言说的心绪等等，是十分珍贵的。此外，我们要讨论的主要是那些可以称为“散文”的作品。这是高长虹除诗歌外最重要的作品。大致而言，这些作品具有突出的抒情性，但并不仅仅以抒情为满足，而是同时表现出对社会人生的某种思考。或者也可以说，其抒情是服从于说理的，是以理为主旨而以抒情为手段的。在一些作品中也间杂有叙事的成分。但这种叙事也是服从于说理的。在表达方式上，其散文与诗歌有非常相近的地方，就是常用某种象征性手法来表达自己的思想。往往，这种思想并不是明确清晰的，而是隐喻的、暗指的。这种手法的运用在其前期作品中表现得十分突出。在被认为是童话与寓言的《草书纪年》中表现得尤为典型。这与高长虹在这一时期对社会现实的认知有关。他明确地感受到了中国社会变革的必然性，对现实有很多不满。但这种变革应该如何，高长虹并没有清晰的认知。所以，他积极开展“狂飙运动”，希望唤醒民众，唤醒社会。而实际上，这种唤醒的成效并不突出。在身边的狂飙社同仁中，很多人如尚钺、柯仲平，以及高长虹的二弟高歌等已经加入了中国共产党，并投入到实际工作中。他的三弟高远征甚至参加了“南昌起义”，并牺牲。但他仍然在迷茫、彷徨的状态里。所以，他要出国，要研究马克思主义，考察行为学社会学，以及经济学等，期望寻找到变革中国的正确道路。在欧洲，他实际参与了救亡工作，对马克思主义、中国共产党等有了清晰的认知，终于决定回国抗日。在这样的情况下，高长虹的创作也发生了变化。其作多为具有实际意义的东西，属于文学性的散文已不多。

高长虹创作了许多小说。虽然其小说在新文学史上没有产生什么重要影响，但至少丰富了新文学阵营。根据《高长虹全集》，现在能够收集到的小说作品主要有小说集《实生活》《青白》《游离》，中篇小说《神仙世界》等。总体来看数量较少，也不是作者倾注心力之作。此外，《春天的人们》在出版时标明是书信体小说，在文体上相近的《曙》也被人们认为是小说。而在我看来，这两部作品应该是散文。因为它们缺乏小说的要素。不过，也许因为新文学早期文体的不确定性、模糊性，也可以权且视之为小说。无论如何，这两部作品还是非常出色的。它们均采用了书信体，是作者以书信的方式写给自己所爱的“她”与儿子“曙”的。其情感极为真挚强烈，所言并不拘于一定，而是想起什么说什么，涉及内容十分广泛。其中不仅表露出作者的情感，也讨论了很多社会文化问题。如果说是小说的话，应可视为“非情节”小说的某种开拓性探索。而其他的小说作品，多为对青年期人生的表露。其核心问题是对社会的不满及由此而形成的迷茫。一般来说，其中的男主人公生活无着，漂泊无靠，渴求爱情而又难以如愿，希望有价值的人生却又不得。唯一的办法是逃离现实。但欲往何方也并不明确。其原因，既有社会文化的制约，又有个人的人生际遇，多带自传色彩。这些小说的叙述并不讲究情节的完整清晰、故事的曲折起伏，多注重氛围的渲染营造，以及情绪的表达。人物形象也比较模糊，其性格、行为、经历多隐含在描写之中,并不做特别的介绍。在文体上,这些作品仍然体现出多文体夹杂的状态。在小说中掺杂有书信、诗歌、戏剧的成分。总而言之,在高长虹前期的小说中,表露出来的是一种时代的苦闷与迷茫。在他出国之后的创作中,小说仍然占很大的部分。但今天我们还难以看到这些作品。他在旅法期间所著长篇小说《中国》应有大的变化。除小说外,高长虹还著有多部戏剧作品,出版有《小剧场》等。

这本书的编选,主要参考了中央编译出版社出版的《高长虹全集》一书。仅以高长虹论,诗歌与文、论是最能够代表其创作成就的。但现在编选的这套丛书要求反映新文学以来山西地区除"山药蛋派"之外,作家的小说创作,所选作品以小说为主。由于小说并不能很好地反映高长虹的创作,故也选择了部分小说之外的作品,力求能够在了解小说创作的同时,对高长虹的整体创作有较全面的了解。但这也肯定是一个极为尴尬的选择。总之,在此要感谢那些对高长虹及狂飙社进行了深入研究的学人,特别是董大中、廖久明等先生,感谢为《高长虹文集》《高长虹全集》,以及《高沐鸿诗文集》《鲁迅与高长虹》《狂飙社纪事》《高长虹年谱》等相关著作的面世做出贡献的学人。这本选集存在的问题当由我负责,并希望能够有机会编选更好的选集。而我们所能够欣慰的是,高长虹等前辈孜孜以求的"狂飙"的中国,正在成为现实。中国已是狂飙的中国。

目录

小说

革命的心①

一　梦

革命诗人刘天章从监狱出来之后，在一家书局取了五十元的版税，乘了定生船从上海回北京去。这时是十五年的冬天，天上人间都充满了严冷的空气，诗人的心也像要冻住了。他这十四天的监狱生活，在他的愤激的情绪上燃了一盆烈火。当他初出狱门的时候，他看见这个世界异常的可爱，像刚从肚子里爬出的一个婴儿，他应该哺乳它，用了更大的牺牲。可是没有经过了两天的工夫，他的这种超然的纯情，被那夹杂着人气的海风一吹，一齐都烟消云散。他仍然是颓丧、懒惰而且不平。他觉着他的旧病又要犯了。

“我可以回北京走一趟，或者——”他这样想了之后，当天的晚上，他已经是统舱茶房间的旅客了。

①原载《新生命》第1卷第3号(1928年3月1日)。《新生命》，政治性刊物，设有论说、文艺、通信等栏目。1928年1月创刊于上海，月刊。

统舱的茶房间，在一只船上，算是最下等的上等地位。它比统舱好的两点是：空气和铺位。他觉着很安适的。船摇动了，他的思想也随着摇动。他的家庭、监狱，和那个全盘的世界，都在他的思想上摇动起来。他觉得自然当真是一致的，一切都像这船，连他自己。

“我回北京有什么事情做吗？”他问他自己。他想不出一个答复来。他也许是想回去看看他的朋友们，他也许是……他想回去看他那个真正的朋友那北京的狂飙。他是同它一般生下来的，一般长大了的，以致他离开了它像是离开了他的心，像是一苗无根的草。

“我要革命，我回去只停两个礼拜，我要取我的革命的心去。”他想着，直到他的心疲倦到睡的时候。

天章恍惚在北京的一条街上走着，他遇见他的一个老朋友了。那是他的一个七十岁的老朋友。他本来是住在乡下的，大概这时已来北京住了。他像是获得了一件宝贝似的欢迎他，连他的那银白的胡须和头发，都像乐得在笑了，那个精神健壮的老头子！

“你这个时候回来了吗？真是最好也没有的事！”老头子赞叹着，问了他一些别后的状况，便硬拉着要到他的家里去。他是非常赞成的，这事，他非常赞成地去了。

他的客厅收拾得非常精致，我们的诗人一看便知道这是他女孩子的手笔。他恍惚是立在云端，俯视着那玲珑小巧的地球，珍珠般的星儿满挂着在他的头上，他却像忘记了欢乐，他像在等候着什么奇迹的降临，他……

正在谈话之间，一个绝美的，绝美的女子走了进来，夹着一个皮书包。

“爸爸!”这声音像银子一般的响。

她已经看见他了。她显然有些心跳,她的藕白的脸上立刻浮现出桃色的红,她的眼珠立刻透露出惊奇、欢乐和光荣。片刻之后,她又镇静下来,微带羞涩地笑着向他点了点头,站在她爸爸的身旁。

一个人到了幸福的时候,他会失掉了知觉,一切他都会忘其所以。幸福是一件没有形体的东西,它也会使别的东西没有了形体。我们的诗人现在是一个幸福的人了。

“你同天章谈着,我……”老人说着,走了出去。

他不知道这样个世界是如何创造成功的,他于是乎知道这是梦了。他现在是幸福在梦中,同那个梦中的她。他同她谈了一些甜蜜的,甜蜜的语言,这些语言从他的或她的嘴唇上进出就像纯熟的樱桃从它的母树上落下。他们不像是初次的倾谈,他们是久别的爱人的重逢,因为他们那样投契地谈着,正像是背诵那读熟的词句。这是谁告诉她的,谁在指使她呢?他已爱过她三年了,他几乎爱得快忘记了。她呢,她也已三年了爱他,她的爱成熟了。他们完全地领会,完全地了解,完全地信赖了他们自己。

老人走了回来,装出像什么都不知道的样子。他告辞,他们送了出来。老人嘱咐他在他未走以前时常到他家里去。他……

船在摇动着,他看见他睡在黯淡的灯光下,他笑了。

“这是一个真实的梦。”他对自己说着。他接着便追问他自己为什么会把这样一件事忘掉,他的这一段已到期的未了的心事,梦把他唤醒了。它是真实的梦,也是真实的事实。他得到意外的满足,像是一个无归落的迷魂,遇见了仙子的引渡。

“我有了我那回北京的职务了。”他最后找到了他的答复。

二　他从梦中回来

十六年冬天的北京,据住在北京的一般人说,是最穷的北京了。要说到颜色上,却也要算是最黑暗的北京。文艺家说:寂寞呵!哲学家又嫌太紊乱。一般的人们又都显出对于什么都没有办法。穷在那里的青年学生们,都像是大祸临头,找不见出路。为了目前的生活,为了中国呢,是该加入革命的战线。可是为了生命,却不能,牺牲需要有确实的代价。歧路上的徘徊者们无从抉择哪一条是正路,又不能不去走一条路,所以他们走上了歧路:有一些人抱着颗热切而恐慌的心,离开北京,有一些人平安地,愁闷地留下了。

我们的诗人自以为他不是这两派中的任何一派。第一,他靠了他的作品能够维持生活;第二,他如偷安一时呢,他便会创造出革命的艺术;第三,他如再去参与那实际的革命,他敢决然地相信他没有一点自私的观念。假如在我们的诗人的前面有三条路时,他便以为三条路都是正路,而他又可以同时都走:唱着革命的歌儿去革命,不是为了一块大洋。

可是,现在在我们诗人的前面却开了一条岔路。虽然他没有那种主见,但是,事实会证明,他回北京完全是为了恋爱。这个时候,人有讲恋爱的特权吗?他便又计算有多少人是为恋爱而去革命,他决定了回答:有!而且他显然又是对的:他恋爱,只是为了一个梦。

有北京的狂飙在欢迎他，他一接触那雄壮、激昂、凛冽的声乐，他立刻像是一个历史上的英雄了。他得胜地回来，能够再见他的故乡！他瞻望那些灰色的景物，像卷在沙土和冰雪中的，如都有生气，而且能说话。它们都在欢迎他，那北京和它所有的一切！他十分感激地领受它们的盛情，它们是中肯、坦白、自然，虽然苦艰，然而却伟大。就像那狂吼的风，它只像在行其所不得不行，但是它不伤人，它反而可以鼓舞人的勇气，磨炼人的坚忍。

"而且北京是美的，"他想，"因为它有那美的心，有那美的女子。"

他为了这种精神上的特殊的畅爽，他下了火车，便步行一路走来。人家也许说他是一只候鸟，因为他大远归来却没有携带一点行李。他像是早已回到北京，他今天在从南城走到东城，嘴里哼着一种不知名的调儿。

"刘先生回来了，可发了财了吧！"这是一个守门的老婆子的声音。他回来了，他正是一只鸟儿，飞回他的故巢来了。

每天总有捕人的消息。他的一些朋友们，在他们会见之后，知道也有几个被巡逻上了。人总是聪明的动物，他们有在别的动物间所看不见的种种的花样：他们能够这一部分人对待别一部分人就像人对待别的动物。在他的朋友中间，也有的还在写小说，有的在演剧，也有的颓废到整天萦回着自杀的幻想。但他们却是一致地穷，一致地没有一颗镇定的心。

这个时代的青年都是富于自信的,但都没有应付环境的能力。爱真理不如爱自己的意见。知道反抗而不知道同情。说不出什么理由,却时常想破坏一些什么东西。想报复,想流血,然都没有实行的精神。天章也是这些青年中的一个,他自然也多少具有同样的色彩。但他显然同他们在精神上是相反的,这便是:他是真理和爱的拥有者,他尊视建设,他不咎既往,他又是一个思想即实行论的创发者。他同那些青年们的感情是非常之好的,只因为这种精神上的差异,使他们在思想的结合上不能有十分的默契。所以天章很少有机会畅谈过他的主张。他像一个卖烧饼的,照着相当的数目在这一个村庄里卖了,他便又挑着到别一个村庄上去。他真确地知道:那下一个时代不久要来了。

这时,便有三个朋友坐在他的房里。他们在乱谈些关于文坛和演剧的事。

"听说张燕梅要演戏了,同李秋香们一块。"他们里边的一个说。

"真的吗?"天章惊异地问。

"真的,是听李秋香说的。"别一个青年回答。

"演什么剧本?"

"还没有定。"

"她如真的演时,我给她编一个剧本不好吗?"

"那她一定会非常之欢迎的!"

一定会非常之欢迎的,真的吗?燕梅女士,那个他早在潜爱着的燕梅,那个又漂亮,又有钱,又有名气,又是广交游的女子!

"她有一次,对着很多的人,她还称赞你是中国的明星呢!"他的别一个朋友又说。

“真的了！我的梦，我的认识，我的感觉，我的朋友们的谈话，一切都是真的！我无须奇怪，因为这些都是我意中的事。”他想了之后，他们的谈锋又转到文坛上去。他们快乐地谈着，直到他们分手的时候。

他知道那将要演剧的，不只是她，而且有他，而且他们将要演一本喜剧。这是很自然的，因为他们已经排演到十分纯熟了。

三　梦的实现

这是个下雪的天气。严冷的天空包围了银色的北京。富人们关在家里，穷人们倒毙在路旁。而大多数人们却仍然在街上奔波，只是头颈缩小了它们在空间所占据的地盘，脚步加快了它们的速力。在这个时候，不慌不忙，稳坐在房里，幸福到忘我，做着温暖的梦的，也许未必能够有几个人。张燕梅女士便是其中的一个。

她从学校下课回来，便打叠起心思来想这几天她的新的遭遇。她那一天接到他的信时，她受了那种意外的幸运的来袭，她以为他是从上海来信的了。她已好久了，她的秘密的思想常在系念着那个上海的他。她在一个刊物上早已拜读过他的那些华艳的、情深的、生动而且肉感的恋歌了。虽然它们是属于多个主人的，而且是回忆的，游戏的，或者怅惘的，但她的敏感启示她，它们的神异的产生完全是用了来诉说一种对于她的恋慕。这也正是她数年的梦了。她只是为了服从她那女性的心，她没有敢显然把这梦宣布出来。她有时也曾在什么上暗示一点微意，但有时她又在过分地掩藏，反给予她的内心以相反的说明，这是多么危险的事呵！这种危险也许是很普通的,也许没有人曾经失陷在它里边。但这总是女子们的一个极危险的危险。她们总须从这种危险中走了过去,这是爱的关口。她走过来了。她想她不久将要看见他。她将要心跳,……于是她便知道他已回到了北京。

“他什么时候来找我呢?也许便是现在——”她想。

“张先生,有位刘先生来拜会你呢!”一个老妈子进来向她说了。

她心跳:他来了!

“请到客厅里去!”她说,竭力装着镇静的样子。

刘天章没有在客厅候人的习惯。这大抵因为:一、一个青年和一个诗人,常有那种自由而不安分的脾气;二、一个青年和一个诗人,常是一个反节文的纯真主义者。可是,现在他屈服了。客厅又这样大,又没有火炉,他冷得只在屋里旋转地走着。他时而看看墙上的字画,时而在门口望望有什么动静。这很难寻找几句适合的话来形容他这时的心的状态。他想:很好,这是一种新的情绪。在相似的情况之下,他们也曾会谈过一次。她仍将像那时的镇定吗?不能够,因为那已经是两年以前的事了。他那时很穷,又没有名气,他们又只是初次的正式的会谈。

皮鞋的婀娜的声音,他望:她来了!他装起他的跳动的心,占好了他的地位。

她已走了进来。他们恭敬地交换了一个点头。各人坐了各人的位置,桌子横陈在他们中间。他觉着自己很羞怯的,他在她那里也看见他的相似的照相。

“什么时候回来的呢?”她开始问。

“很有几天了。”他回答。

她穿着一件朴素的棉袄,黑的裙子。他一看便知道这不是她日常的装束。他这时喜欢她穿好的衣服,虽然他往常不喜欢这个。女子们真是奇异的,在一个男子看来。那是因为他是穷的缘故吗?为什么她不把她那好的容貌,好的声音也改变了呢?她比那个往日的她更为年轻了。她正是一朵初开的蔷薇,却是生长在田野里。她的圆润的,红嫩的脸蛋儿正像是初熟的果子,他将要摘下它来。她的弯弯的眉儿,多么情深,当那新月照在她脸上的时候,她曾触动过些什么思想?他那面对着的,不正是他自己的一个完美的创作,一首赋予了灵气与形体的人样的诗吗?这些都使他确信:他现在是在恋爱着了。

她问讯了一些他最近的生活,她诉说了她一些心底的良言。她显得很快乐,很幸福,像有太阳在照临着她。她很稳微地承认了她过去的过错,并且表示她早已知道他在爱她。她对他十分地感激,他像是一个天使,从天上飞来要救她走出那浮华的深渊。她说她决意要改变她的生活,她不能再那样自弃、麻木,贪享那目前的空虚的荣耀。她反而倒怕的是她不能够改善自己,她不配做他的伴侣。他说了那一定是能够的,因为一个人只要能改变她的环境,便什么都能改变。她深深地接受了他的这种忠告。

“我只祷祝能够有那么一天!”她说着,像一个极忠实的信徒在礼拜上帝。

忽然,老妈子拿了一件缎面的皮袍子进来,要给她穿上。她竭力谢绝,说她一点也不冷,争执了好久,老妈子终于惊异地又拿着走了。他非常得意,他也许尤其得意他一点都没有参加他自己的意见。他是从心底希望她穿上的,然而他满意她从心底拒绝了她。他能够不感激她这种盛重的情意吗?女子真是圣洁的,不可及的圣洁呵!

有几个小孩子在那屏风后面偷觑着,大概他们已经听说这是个奇异的会合了。他们都很感到幸福,为了那些童骙的嬉戏。

茶已经冷了。他们已谈到契合于无间的契合。她起来给他打茶。她把一杯热茶放在他前面,她让他喝,她看着他,她像一个妖精似的美丽。他不知道他看见的是什么,他在做着什么。他只预感到他将要完全地,完全地幸福了。这预感突然使他更亲近了她。他们的嘴唇突然接触了,他们突然拥抱在一块。他们发狂地亲密,一边笑着,一边流着热的眼泪。肉的跳动真是最微妙的语言,在他们的沉默中宣布了那最真实的心。他们的眼睛相互注视着,像要相互看见了他们的灵魂。

“从今天起,连我的身体,都永久地,永久地是你的了!”她忘形地说着。

“这是我的使命,我是为你而到这个世界来的!”他报答着她。

他们都强忍住那种泛滥的感情,各人又坐好了各人的位置。他们都像是快乐,而又羞怯。他们大胆地所做过的,现在倒觉着有些像偷情了。他们不约而同地望到门外,又望到那屏风的后面。一切都寂静,他们是住在他们自己的自由的乐园里,他们胜利了。

她送了他出来,他们约会了下次见面的日期。他在雪地里走着,他知道他那曾经久住过的北京还没有过这样一个明快的天地。

四 她的回忆

张燕梅在大学校毕业以后，便在一个中学校当了教员。她时常也在一些刊物上发表点文章，但她在艺术上却没有什么成功。她被社会倾倒的宁可以说是她的美貌和她待人接物的那种和蔼与明敏。她虽然也把这个做了她生活上的一点慰藉，但她的灵魂的深处却时常感到空虚和对于自己的失望。她的日常来往的朋友中也有那美貌的、聪明的，且也举止很阔绰的男性。她也知道他们也都在怀一种隐默的希望。但她对于他们却始终保持着朋友的态度。她有时简直同他们在公园里呀，北海呀各处游玩，谈到兴致上时，她也同他们随便说着笑话，几乎忘情到使他们也会误会了她的意思。然而时会一过，她便又很端庄，很正色的了。这些事实，只在适可而止地说明她有那种罗曼的性格，她仍然保留着一个少女的天真。她也未尝没有想过：她为什么不爱他们中间的任何一个呢？她的回答是：没有理由，她只是不爱他们。便连一个都没有可爱的价值吗？没有，一个都没有！他们也都是一时薄有文名的。然而当他们称赞她的哪一篇文章好时，她觉着这只是她所不愿受，又不当受的恭维罢了。

“我为什么不能成功我的艺术呢？因为我没有那样心情，或者说，没有那样生活。我为什么——？因为——”她常这样自问自答地想，她的微妙的心灵便常引她到那别一面去了。

不料在这几天之内，她的生活忽然便达到一种不可攀延的高度，这使她自己都觉得有些不可信，太大胆了。像是一阵洪水把她同她的一切都浸泛了，而他又像是在一个晴明的天，在一个平原上突然喷发了出来的。幸福的来临,变动的节奏,使她来不及睁眼去看,她已经是属于他了。一个罗曼的故事,不是创作于那有罗曼的性格的人,而是创作自自然的。它是神圣的,而同时又是现实的,那还能说它不是自然的吗?她希望这种生活已经很久了,她几乎已经要绝望了;然而她却没有想到他到来的时候,却竟会这样容易,这样突变地不需要自己用一点力量。

她同他认识已经在三年以前,她初从大学毕业的时候。但她早已从人们的传述间听说过他了。他是一个顶奇怪的人,人们都这样说,他们佩服他的天才,他的刻苦,他的牺牲的精神,而攻击他的骄傲同不识世故。有人说他是一个神经病的患者。他后来同她的父亲认识了,而且很相好的。她便也是从她父亲那里才遇见了他。他能够不是一个奇怪的人吗?然而她的印象,竟不能够再从她的洁白的心上洗涤去了。她觉得连自己都奇怪了。她一点也没有触动过爱他的念头,但是她似乎已在爱他了。这能够叫作爱吗?不能够!这只同一个人看见过一次奇怪的景物便不能够忘记了是一样的,这不能够是爱。然而这张奇怪的景物的照像摄在她的心上,竟一日比一日显明,而且渐渐地生动,竟至主宰了她的所有的思想。

她每逢从那许多许多的人们中间特意去想那一两个人时,那便是:第一个是她的母亲,第二个是她的父亲,接着便是那个奇怪的人。

她的父亲也常对她述说他的行为。

她需要改变她的生活了。全盘地改变吗?全盘地改变!她将要舍弃了她的职业,舍弃了她的小康的生活,舍弃了她的环境。这些对于她是很舒服的,然而她被埋葬了。她想起她日常的那些朋友们来,她觉得几乎就像她在想着她在孩子时候所玩过的傀儡人儿。他们将要怎样批评她呢?社会将要说些什么呢?一件人人都料不到的事情,她做出来了。人家将要说:她被一个魔术家拐走了,拐到不知道什么地方去了。这是一件傻事,却是由一个聪明人做出来的!

她已经打定了她的主意,她只待看见他时,她便完全宣布出来。他一定也会奇怪的。他也许以为她终会是一个不革命的女子。然而那不革命的也许是他!他如何能想到她会这样改变得快呢?他也许以为他收了一个学徒,他将慢慢地教育她。而她却要去做一个急先锋,做一个比他更勇敢的战士。爱的意义便是一种更大的惊恐。它需要使接受它的人经受不住。这样爱,人们便幸福了。两个人走起路来,要比那一个人走路更快,而其中那个最快的也许正是从前停在路旁的那个,这便是爱!她怎样快乐呵,因为她在创造那快乐,而且完全地赐予了他!

她在焦急地等候着他们二次见面的那一个日子。

五　他的回忆

他从第一知道世间有她的时候,他便爱了她。他以后认识了她的父亲,他知道他所遇到的是什么机缘了。他已经梦见过她。当一个女性在他身边走过去时,他常想起她来。那时,她是一个大学生。但他呢,一个漂泊者罢了。人们的传说又好像都是反对他似的。人们也都说她的坏话,把他们的谣言当作了她的事实来宣传。他常是她的辩护者。她也将为他辩护吗?大抵人们的习惯常喜欢拿别人的生活来做自己开玩笑的材料。如其一个人同一般的习俗多有冲突的时候,就像他是一个奇装异服者,更会变成众矢之的了。但他呢,他便专喜欢这样的人,因为这正是他自己的同调。

他同她的父亲相交有半年的光景。他们的感情是好的。如果他要立刻对一个人表示他的好感的时候,那个人便怕没有法子不喜欢他。那老人也委实是一个和善的人,又有点名士的派头。他们又都有喝酒的嗜好。他常从他那里听到关于她的述说,她是他唯一的溺爱的女儿,几乎可以说他活着便是完全为了她的。她在很小的时候,他便教她看《红楼梦》《水浒》一类的小说。她在中学校的时候,便一点钟可以写六七百字的文章,而且不改一个字。她只是贪玩,不大肯用功。她爱自由,惯好同教员们打麻烦,因此还竟被开除过一次,近年来她也像很寂寞的了,那快活的小人儿!她放假回到家里的时候,她没有人谈话,便时常游山玩水,或者坐在房里。而且,有时夜间,她被臭虫咬着,竟像一个小孩子似的娇娇滴滴地哭起来了。

他那时,便预备着看见她的时候要到了。她将要怎样对待他呢?爱他或者不理他?那老人,他将要述说些什么,在她的面前,他将要怎样介绍他呢?

时候便来了。他们已经认识过而且谈过话了。她完全地淡漠:他相信他是失败了。

他们说她很胖,她的腿可笑的粗。不料才是那样个袅袅婷婷的美人。她又喜欢随声唱着歌儿,他不知道那是什么歌,但他觉得那是好听的。

他从那第一次在北京拜会她以后，他更加完全地明白：一切都完了。此后他便想竭力忘记了她。可是，他每逢走路的时候，如其可以从那里经过，他总乐于绕一点道从她的门前过去。他没有一次看见过她。他想，她也许是搬了家。

可是，他无意中在别的街上走着时，他却遇见过她几次。她总是匆匆地坐在洋车上过去了的。她总是掉回头来望他——远了，她显然是不敢认他了。他呢，他又如何能够决定那一定是她呢？

在第二年的秋天的一日，他又在公园里遇见了她。那时已是晚上了。她同几个朋友离他不远地坐着。他们在讨论演戏的事情。他从那微风中传送过来的声音知道那是她。他也依稀还能认出她的那种特有的姿势。他们谈得很热闹的。那其余的是些什么人呢？唉，是几个二百五的青年文人呵！他也有他的朋友在一块谈着。他几乎有些情急了，他放言高论地谈起当时文坛的现状。他几乎骂尽了一时的那些大的小的，所有的文豪。他看见她回头望了他几次，她有时又像在倾听着他说些什么。那一晚，直到公园里没有一个人了的时候，他才同他的朋友们走了出来。他一夜没有能安睡，他知道他做了多么坏的一件坏事！他恍惚梦见她死了，他伏在她的尸首上，接吻她，她的冷的嘴唇像一块冰。忽然她又坐了起来，他惊得便跑，他听得她的声音在他的背后喊着。他醒了。她将会恨我了吗？又是些什么梦呢，那今夜她在枕上所遇见的？

不料，没有几天，他又在一个演剧的团体遇到她了。他们又认识了，而且她待他又非常地客气。可是，不知道为了什么的缘故，他却没有再去找过她一次。

不久,他便携带了他的使命,离开北京,到上海去了。

上海的卑俗的风习,和那种军阀的,尤其是帝国主义的最露骨的横暴,催逼着他把他的全心都贡献给那革命的事业,艰难困苦,都只能使他更加勇壮起来。可是,日积月累,他亲切地感到,原来没有一个人能真正了解他的。有一些人简直以为他是一个狂人。有的人简直误认他的博大为一种愚蠢。他知道他们在他的背后嘲笑他了,虽然他们在他面前是十分要好的朋友。他真心地,真心地待他们是最好的朋友!他颓丧了,他伤感了。他想起了北京。想起了北京的她,想起了……他便写起诗来,在一个刊物上发表出去。他知道他仍然在需要着恋爱。这些诗便做了他的情感的唯一的寄托。他几乎是毫无目的地抒写着,虽然他已预感到他的恋爱将要在这些诗歌上开花了。

于是,他便坐了监,他又走了出来,他又离开上海,他又回到北京。

这些不都像是一个梦吗?现在,也许他的梦正在要醒了。当他追求她的时候,她躲开了他,到他忘记了她的时候,她又盈盈地走出来了。好的,让她出来也好,因为这正像是他所在摸索的呵!

六　古屋新生

在东城的一条僻静的胡同里,有一所中等样式的房屋,是刘天章数年来常住的地方。进了那间寥廓的东屋,看见陈设简陋,除了各处堆满了书外,最多的便是尘土。这很像是好久了没有人迹。天章住了进来,又已一个礼拜多了。他因为马上又要离开北京,所以也懒得收拾它们。因而有人编派着骂他,说他的房里是不会有阔人来的。为什么需要他们来呢？这不是太可笑的话吗？可是今天，他孩子般的想着，却真要有一个阔人来了。他也许还没有想到过这样一个地方会被这样地享用。他从早上醒来的第一眼中，已看见这里像充满了艳阳。他觉得从她这一次来临之后，这条胡同，这所房屋，它们将永远是新的，是被人纪念的了。

他们所说的她要演剧那件事，她那天已向他当面更正过了。可是他以为也不妨相信了那是事实。因为她其实已做了剧中人了，而且他也是的。他已为她编好了剧本，或者说，他们两个人已合编了剧本，他们又已在合演了。那天演的是第一幕，今天的便是第二幕了。他已出现在台上。她将什么时候才出来呢？她将说些什么，做些什么呢？他虽然像初次登台，又像是忘了剧本，但他却一点也不露出慌张。因为他知道，到那必要的时候，他自会做出那极自然的表情，念出那段纯熟的剧词。

当她在门上轻轻地一推的时候，当那门房里的老妈子刚"谁"地喊了一声的时候，他早已跑出门外去了。当然是她！他用力地握了握她的手。他们互相谦让地走了进来，面对面坐了。她正像一个生客那样不自觉地望了望屋内的周遭。

"从哪里来的?"他先问她了。

"刚下了课，从学校来的，这两天可真忙极了!"她说到这个忙字加重了语气。

"还有几天就考完了?"他又问，也许他希望那便是今天。

"后天再考一天，罢罢，就算完了！我一天都不能忍耐了，这样没却个性的事!"她说时，微微地蹙着她的双眉。

他怜悯而又快乐地望着她。他知道这几年的单调的生活几乎葬送了她,她现在已经深刻地感受到了。她也许后悔不应该直到现在才对他宣布她的心迹。他又知道了她现在预备着做什么,这几乎是出乎他意料之外的奇迹了。

他们随便谈了些关于那个学校同它的学生的闲话,引申了来又谈到教育。他们一致承认了在革命成功之前,教育是没有法子办的。他们又谈起近几天来又被抓走的学生,都不知道下落。最后,他们便断定了这时的北京,实在是一个最黑暗,最黑暗,最黑暗的北京。

“你预备什么时候走呢?”她突然问了。

“走吗? 走哪里?”他出其不意地这样反问着。“我本来想回北京住两个礼拜,但是我已经快要住到两个礼拜了!”

“都好极了,那我希望你就走!”她说时,立正了她的身子,表示慎重。

“就走? 那末——你是什么意思?”他像在试探地问。

“我是说,照你原来的计划,你住到两个礼拜,便立刻回上海去!”她解释她刚才所说过的。

“那末——你呢?”他问,不转眼地望着她。

“我——随你的便!”她没有说时,早禁不住笑了。

他从椅子上跳了起来,走到她的身边,抱住了她。他们像两苗火焰似的合在一块,流着欢喜的泪。

“我决定了跟上你走,我们一同到上海去。”她向他说,看着他的眼睛。

“同我走,便在这几天之内?”他叮咛着问她。

“便在这几天之内，到你的两个礼拜的期限满了的时候。”她决然地回答。

“但是，我不想走，我想留在北京。”他说，笑着。

“不，我们要走，我们一定会走了的。”她说，像一个预言家。

“那末，人家要说你些什么呢？”他问。

“随他们的便，他们说我跟上你跑了！但这不正是事实吗？”她解答。

“你不让你父亲知道吗？”他又问。

“我写信告诉他。”她回答。

“我过的是很苦的生活，你能够跟我一同吃苦吗？”他又问。

“什么都能够，我只要同你在一块！”她回答。

他感激而自得地在她那娇嫩而又刚健的嘴唇上接了最长的，最深的吻，他把他的所有的信托都由这一吻，输送入她的心窝，它们深藏，深藏到连他自己都不需要再看见了。

在晚上到来的时候，他送了她出来。初放光明的月亮照着积雪，在低的空间浮起了一层嫩黄的乳白。车子早已叫来。他们在最后的握手中传达了他们的最深的情意。他们最后又相互凝视了一瞬，她上了车走了。像有悠悠的音乐在空中响了起来，渐响渐远。他立在门口望着，望到看不见那车的影子。

七　革命的心

在这匆匆十几天的短时期中，北京的社会又经过了很大的变化。青年学生和那些有新思想的人士，差不多已走了有过半数了。在北京住着呢，是只有穷迫，恐怖和绝望。所以他们都不约而同地先后到南方去。他们相信,一过了新年,他们将二次回北京来了,他们那时便会用胜利的欢喜来恭贺那个新北京的典礼。

也在这匆匆的十几天中,刘天章已经寻得他的心了。他得到未曾有的精神上的刚健,他知道他已经能够更努力地,更努力地把自己完全献给那革命事业。张燕梅呢?她也像初次才发见了生命。在她的面前开辟了一条光明的路,而且她也已毫不迟疑地走上去了。

等候在东车站上的火车,现在又到了时候,载着它的旅客们送到天津,然后再听他们自己分发到各地。有那些女人们来送她的丈夫或者别的家属,她们知道是在不平稳的年头,在依依惜别之外,更神经过敏地流着多事的眼泪。普通送朋友的人们,那态度上也不但具有冬天应有的瑟缩,而且附加了一种此时所特有的不安。在这许多的人众之中,有两个人却纯然是例外。

他们是欢乐的,无忧无虑的,而且像十分消散的。人们从那表面上去看,不会知道他们是甚等样人。他们有那时代精神藏在他们的心里,但他们没有那时代色彩。他们正像是超绝一切的,如他们的生活。在北京那么多的人中,他们能够归入哪一类呢?他们离开北京,因为他们自然要离开北京;他们自然要回到上海,所以他们便回上海了。他们自己的生活同那应该为民众而生活的生活,两者间有完全的一致。

他们谢绝了他们的朋友,只他们两人来到车站。他们看那形形色色的旅客,非常有趣。有时又不免要叹一口气出来。他们共通着那些人们的心情,但他们的心情不同于那些心情。他们要怜悯他们,拯救他们,因为他们自己是幸福的,有力的人。

他们肩并肩来来往往地走着，说着话。

“我们什么时候便可回来呢？”她问。

“说不定吧，也许明年的春天，也许后年！”他回答。

几个荷枪的兵士从他们身边一溜烟走了过去，很奇异地看着他们。他也把他的眼光跟定了他们看去。

“就说这几个士兵，当我们再回来时，他们又不知道会到什么地方去呵！”当他们走远了时，他感慨地说。

“如他们有思想的时候，那中国便好了！”她也从兵这个题目上发表她的意见。

“可是，思想是危险的东西！”他说着，笑着又望到那兵们走去的地方。

“我便非常想当兵去，我只要知道什么是最后的一次革命，我便立刻愿意去当了兵！”她说着，握住了他的手。

“我觉着，最好是你去做一个将军，那末，我便给你当一个卫兵！”他说着，笑了，紧紧地捏了一下她的手。

铃响了，他们走到车上。

他出神地从窗里望到远处。今天的天气很奇冷的，但没有风。天空作苍白色，铺在那青苍的天的下面。人们都说北京是一个白都，也许是恰合的。但他这几天却习惯了叫它作死城。可是，死城里有新生命，白都有赤红的心。狂飙也坐着在他的身边。北京的灵魂，已经为他所摄来，为他所领有了。当他在上海的时候，他如何想念北京！他现在又在如何想念上海呵！他们又将要说他什么，那些浅见的人们？他真是演了一本最罗曼，最罗曼的戏剧！他想着这件事情一旦传说开来，人们将怎样奇，怎样艳羡。他们也许会以为像他那样的人决不会得到女子的爱的。还有的那等女子，没要紧地在暗中嘲笑他，还有的，简直像忠告她的同性，谁都不要爱他，还当一件重大的事。而他却不声不响地得胜了，出乎他们意料之外的得胜，他们也许编派出别样的笑话来。他又想到那些爱过他和还在爱他的女子，便有一种怅惘的悲哀从心底上升到喉头，他觉着哽咽了起来。

这时，她正扪着嘴看着他笑。车动了，他掉回头来。他笑了。

汽笛呜呜地吼着。车像学着官僚的步调，慢条斯理地向前蠕动。送行的人们也蠕动地从窗里往那相反的方面横排儿移开。行人们在窗里打着招呼，点头，摆手。

他们也立正了身子，自然表现出那种严肃，虔诚的态度，望着那茫然移动着的后方，像是留别多年的老友和唯一送行，而且不久便会重逢的北京。

十七年一月十五日

这只是一个梦①

我梦见我走进了一个世界。它不是属于我的，但是我走进去了。这并不奇怪，因为人们的行为并不都是逻辑的，而且显然的，它离我们这里很近，或者便在眼前。

那里的人们都用了奇异的眼光看我。我立刻便觉得了这件事情的不幸：对于我和对于他们的。唉，我和他们终于还有这样个一致，人类是如何不能分解的一种物质呵！

“这不是你的世界！”一个正同我对立的人用了朋友的姿势向我说话了。

他是我的朋友，因为我懂得他的语言。“如何我们不应该在同一世界呢？”我问。

“我不需要告诉你我的道理。你只要看这是我，便得了。”他说。

①原载1927年3月23日《晨报副刊》第1540号。

我于是便知道了这个世界的名字，它叫作我。

“但是，我们是朋友呵！”我说。

“什么又是朋友呢？我们这里只有一件东西，那是你所没有的。”他说着，便变作一朵烟云消散了。

我孤立在一个整块的烟云中间。因为我太富了，所以我显得十分的穷。

人不能从照相中看见历史，但能从历史中看见照相。我现在面对着我的照相。

我只是把那些遗弃了，而你们却保存着，这不是你们异视我的唯一的原因吗？

我愿意忍受，因为真理只是忍受。

只是这样简单，我住在别人的世界里了。但我并不是一个真的闯入者，我没有自己。

大抵无论什么样式的世界里，总不会没有真空的，而没有自己的人便住在那里。我只是一个真空的旅行者，从那一个世界又到了这一个世界。但是，你能够说真空便不是一个世界吗？

注：真空是一个世界，而且住着很多的人。

情节总是变换一些才好，那末，让我告诉你一个新的故事。

我遇见一个熟识的朋友。熟识是说曾经互相摸索过。

我同他还是第一次相遇。但他装着没有看见我。从此，你便可以知道，装是这个世界的一种宗教。

“哦，哦，哦。”我向他招呼了。

“——”是他的回答。

唉，这些都是没有意义的。

我总得做我的工作。

他们是爱玩的，玩着手剑与足马。但我总得做点工作。

我在创造着第三个世界。

噪音与乐曲于是便组成一种奇怪的和谐：

手剑刺自己，工程，

足马踢他人！工程，

工程！

我时常防避着侮辱的侵入，比如，唾沫侵入我的血液。但是，防避如何能够做得像不合作呢？

我需忍受，我在这忍受上写了三句箴言：不合作，不合作，不合作。于是，我看见我的忍受上的字发生了变化，而成为：合作，合作，合作。我于是想象着这背后隐藏着的秘密；讥笑与侮辱——唉，至善的防避呵！然而，这想象其实只是一些回忆。

你可以赞美这个世界是好的。它比上一个世界也许是好些了。可是也在你用了什么眼睛去看。我愿意帮忙你一些：你把你的眼睛只安放在你自己的身上。我不是指导者，请你不要误会。

对于别一个世界，这是一个更大的压迫。“别一个世界在什么地方呵？我们在压迫空虚吗？”你的话当然有你自己的道理。

我是能够看见空虚的，因为我住在真空里。我不顾忌我亲自献给你们一个口实：他是在做梦！真理是这样：我们都在做梦，但我做的是真的梦。

你将要说,做真的梦是骄傲的行为。

我便说,我的骄傲只是在向着那一面,那能够了解谦逊的!

唉,总之是那些东西在痛苦着我,那:科学与艺术,还有人类!

这里的人们是好名的,所以他们也用了好名来骂我。虾蟆不了解黄莺的叫,只因为它自己不能黄莺叫。批评的原理是自述。

还有,恋爱的原理是嫉妒,这只是适用于这里的。

在这里,还有,互助的原理是利用。

还有,人类相食,是这里的综合哲学。

我不是一个喜欢看书的人,所以我不需要翻他们的经典。我只把我所不屑于想的去想他们之所想的,我便失陷到智慧里去了。然而,我是没有智慧的。

叫天子飞在空中,麻雀啄食着在人家的檐下。

叫天子叫着。麻雀说:“唉,一只病的鸟呵!”

我为叫天子悲哀,我也想悲哀我自己。我将藏起我的鸣琴吗?

鸣琴自己在鸣着,我是他的奴隶。

“奴隶!奴隶!奴隶!”人们用了我的语言来骂我了。

我在创造。

你如问我:“你的创造在为着什么吗?”

我将答:“对于你是为着你,对于我是无所为。”

于是你将感到无上的侮辱,喊着:“打死他!”

于是你便失了我的所在。你才知道这原来是你的幻灭。

于是,我便来证明:我们已是真的朋友了。

这里的人们是爱生命的，我一看他们的眼睛便知道了。但是，他们时常嘲笑我说："你为什么不死呵？"

"因为你们都活着。"我回答。

这是一种风俗，人们时常相互宣传死的光荣。到不幸者死了时，那些宣传者们便获得了那光荣。

我反对这种风俗。于是便有人说："监视起他来！"

我一天在十字街头演说，有五个人是我的听众。

"我们需要建设！"我嚷着。

"我们需要破坏！"听众中的一个说着，走了。

"我们的现在是现在！"我又嚷着。

"但我是从过去来的！"第二个于是走回他的过去。

"真理最有价值！"我又嚷着。

"但那不合我的趣味！"第三个也舍弃了我的真理。

"这个不大妥当！"我第四次嚷着。

"奸细！"——

于是，只剩了一个人向着我微笑。他是我的影子。

"明天见！"我们也只得握别了走开。

这时，我便醒了。我于是说："这只是一个梦！"

结婚以后[1]

一

太阳的金色的光辉初次从房檐降下接吻着灰色的窗纸的时候，他从噩梦中醒来，第一个念头在他的还半在睡中的心上清晰了起来：今天他要走了。他觉得很可惜，很纳闷，又很——他不明白他在很怎么着，正像他走进了一个不是属于他自己的世界似的，他觉着一切都同他太不合适了。他低低地叹了一口气，不得已地从炕上爬了起来。

他的姐姐早已进来了，坐在窗前给他的新妇梳头。她们也好像预先觉到了这种景象似的，都显得非常静默，畏缩，甚至偶尔说一两句低声的话也像怕太声张了惊动了这种苦闷的空气。

他穿好了衣服。姐姐也许觉悟这样是太不好，便破例说出一句较为响亮的话来，像要有所挽救的样子。

---

①原载上海《狂飙》周刊第4期、5期（1926年10月31日、11月7日），在总题《家庭之下》下，《结婚以后》前加“卷一”。

她向着他问:“你这次走了,什么时候才回来呢?”

“我什么时候也不回来了!”他没有思索,回答已经做成功了。

但是,便在这两句单调的对话还正在交代地在空气里颤动着的时候,他早已从迷惘中醒了回来,他觉得惊奇了。第一,他不明白他的姐姐为什么要说那么一句话。第二,他惊奇何以自己会给她那样回答。他的心立刻真确地看见:他的姐姐失神地看了他一眼,又明白而又糊涂,又无趣而又同情,接着又看了他的新妇一眼,但当然没有什么话可说,便仍旧纳闷着去做她的工作;别一方面,他的新妇什么也没有敢看,或者只看着门扇,但在她的面前立刻腾起了疑惑的、恐惧的、悔恨的、忧虑的云。同时,他的眼睛向着那不分明的一点投去了惶惧的一掷,但是没有看他的姐姐也没有看他的新妇,却只看见那介居于她们之间的头发。一切都无可挽回了,他无须再想,连忙跳下地走出了门去。

他走到街上,好像想看见一些同他自己没有关系的物事似的。在他的望眼中的,仍然是那一口井,及井上围着的两三个人,此外便没有什么。迅速地开拓着的太阳的光线警示他,快该起身的时候。他看见什么都无趣,无意地又走回他母亲的屋里。

炕上是他的母亲、他的二姐,他的妹妹在地下跑来跑去。他坐在地下一条板凳上。随意答复了几句他的母亲的无关重要的问话,他便仍复沉默着。母亲叫妹妹给他端了饭来……

一切都无关重要,因为重要的是人们所不知道及知道而不肯说出的那些。他知道他的母亲现在当然是欢喜的了,但是也还有别一件事情扰乱她的这种欢喜,她又添了一层计议,那是如何可以使这个新加入的分子立刻变作她的理想的媳妇给她以最大的帮助与最大的服从。而她又显然有些不满足,因为那个小东西既不壮实又不温和,却正相反,她薄弱而顽强,在这十几天的斯文的几乎没有关系的新的关系中,已经证实而且扩大了她从前所只是听说过的了。她已曾表示过几次她的愤恼,他亲自看见或从别人传来的。这些愤恼很显然地在暗示他,他应该尽他的唯一的责任,威吓他的新妇去服从他的母亲。这个,他感觉得很真确,而且书上也是这样说,但他总不能够舒服。他无意地便又看了母亲一眼,却反而可以说,他看见了他的二姐,她好像正在监视着他的以后的行为,看他究竟有没有本事或肯不肯管束他的媳妇。而且他又替她设想着别一种心境,那便是她的预料一点也不错,他没有管束她,而却同她十分地亲密……

屋里已经聚满了人,他的各色的家属。他们都欢喜,冷淡,混乱。把这欢喜最夸张地表现在外面的是他的小妹妹,对于她,这俨然是比她得到任何新的玩具都更新的一件有趣的事。这一幕戏剧,它的主角烦恼而沉闷地在扮演着的,却只对于他们倒很有意思。寻常都把这件事叫作喜事,大概就是对于那些观众而说的……

他的大姐走了进来。

“头收拾好了吗?紧该动身了!还可以一到个大半天,成什么样子!”母亲不耐烦地说。

“收拾好了。——”他迟迟地回答,抛弃了他所想说的别的话。

她们谈的是关于新妇回九日的问题。他对于所有这些,觉着自己一点意见也无可参加,他只觉得无味。这时他索性想也不去想它。但是,正像无意似的,这所有经过都在告诉他。他的大姐是他的一个最亲近的人,因为她畏缩,不安,忧虑。他也越发增加了对于那个不认识的不满意的女子以较确定的怜悯,他竟然有些悔恨他不应该那样冷淡她及对于她谋划了许多的不好的待遇的策略。这一切怕都是错误。

但是,什么是正确呢?他回答不上这个问题来。正确的便是他怀疑,他带着这个怀疑回学校里去吧!

——便到了起身的时候。

当他从他自己的房子前面经过的时候,他好像有一种进去一看或至少也向那里一望的欲望,然而许多的眼睛又像在监视着他,连他的心也像在监视着他,他反而加快了他的脚步,像一个脱狱的囚徒第一次经过了监狱,他连忙跑出大门,跳在安详地等候着他的一头驴子身上。

在他的后面响着几句无关重要的说话。风似的吹入他的耳中。

二

婚礼是在前十五天举行的,前十六天他还在学校里上课,曾引起许多人们的惊异与赞叹,据差人们传说,连那个最傲慢的校长都佩服了。果然,到了结婚的次日,校长打发了差人来贺喜,送来一副对联:

合卺杯前不忘向学

银河双渡伫看成名

那时，各处的宾客都差不多来了，这一件例外的荣誉的事立刻引起很大的纷扰，家庭间更是欢喜之外且杂有矜夸的成分了。这更给人们证明，这真是一件最美满的结婚，他们没有法子不去羡慕，颂扬。所有的谈论，所有的默想，所有的空气，一时都集中在这一点了。

这些，当他晚上回来知道了的时候，也现出不可遏抑的笑容，而且心里也不能说没有得意。但像一个幻影似的，不久便都消灭了。他虽然感谢人们的和惠、热心，然而他又以为这些都太虚浮，应酬。他一点也不明白关于他自己的遭遇有什么可贺的理由，这还是他的第一次的困难呢。他们虽有人爱他，然而他们却只挑拨他，而不帮助了解。

第一，他现在并不需要结婚。他还只是十七岁的一个少年，虽然在惯例上已经是最合适的年龄了，但他觉着什么还都不明白，还得专心再读几年书。他平常的主张是，最早也得到中学毕业才结婚的。第二，他需要一个读书的女子。但是她，一个乡下的姑娘，在他三四岁的时候他祖父便给他订了的。他是不喜欢那种小足，他一看那个便可以引起他的一切的愤恨。但是，一切都做成功了。他的家庭给他定了时期是四月初八日，他便什么话也不能说，只能够静候着那个四月初八日的降临，他从学校回来给他们行礼。

那时候还是一个古时候，所以他不知道世间有离婚反抗一类事情的存在，虽然那时候离现在并不很远，便是中华民国成立后的第三年。他从书本上知道有出妻的先例，而且是孔子所实行过的。所以他时常也想，到无可补救的时候，出妻倒是一个最后的补救的方法。这样久了之后，出妻在他的心里已被理想化而认为比娶亲更重要更合理的信条。同朋友们谈起婚事,他常乘机去夸张地宣传他的出妻主义。

对于家庭呢,无论如何,他还是一个很服从的孩子。他有乖僻的脾气,他喜欢独行其意。比如,在他十五岁的时候,他父亲叫他到天津住法律学校,他很理直气壮地拒绝了,说他不喜欢法律,将来要住大学。在革命的第一年,他也很早地没有通知家庭,在教员们严重的监视底下剪掉了辫子。但是这些例虽然很多,他却时常要从书本上得到了那类先例,他仍然是一个奇怪的古典主义者。

同一般孩子一样,他也很早便开始了手淫。正在他同法律决裂的那一年夏天,从他父亲的书箱里找出续《红楼梦》的时候。但是性欲在他并不十分强烈,他没有同下流的人们来往过,他讨厌轻佻的同学们,他也不喜欢看戏赶会,追逐女子。他很君子,他的心大部分是放在书本上的,及同朋友们谈论关于将来的正大的问题。

然而,婚事已被决定了。这应该怎么办呢?自然是补救了!应该怎样补救呢?

他很相信孔子对于女子所发表的那个意见,她们常是在不逊与怨这两条歧路上徘徊着的。他又喜欢看历史上战争的记载,李广和程不识那两个相反的治军的古人也时常在他的思想中占有相当的位置,而他又不满意。他于是便采用了那一条折中的宽严相济的政策。这便成为一件大事了,他的一生的成功与失败,都取决于他的女人将来对他的态度,这不只是一个人生的造端,而且他有没有应付天下大事的经验,也要全看这试验的第一次了。他没有想过这会失败的,他想将来的幸福一定是:她爱他而又敬他,爱他所以她和他和谐,敬他所以她听他的教训。但是,万一失败了呢?

回答是:“休!”

在那长久的等待期间,他几乎有些焦急了,因为他的心时常不能安定。但他终于勉作镇静,他一直上课到了最后的一日。

于是,一头驴子便在那一天的过半的下午来到学校的门外,宣布说:事情到了!

事情到了! 这是怎么一回事情呢? 谁在需要它,谁在执行它呢? 他开始退缩了,这实在来得太快,至少也该再迟两三个月到他毕业的时候。

事情到了! 他的唯一所能办到的,便是接受那种事情。他不能迁延,他不能逃脱,他不能欣幸,他不能拒绝,一切都是固定了的。

事情到了! 他的朋友们都用无理由的笑容欢送他,其中的两三个并且再三申说他们后天一定要给他道喜去,或者不如说是看新妇去。差人们也都模仿着招呼他,表示他们的礼节。路上遇见的不说话的小同学们也都用新奇的眼睛顾盼着他。

事情到了! 他向校长告了一礼拜的假,虽然他决定了住三天便要回来。校长的脸也变得比平常和气了许多,并且攀涉着问了几句关于他父亲的话,很客气地让他下去。

从此,便是那一头驴载着他离开了无邪的学校生活,送他到艰辛的人间生活里去了。

三

当主人翁还没有回来之前,人们早已忙成一大堆了。他们在预备典礼,安排把戏,张罗娱乐,他们在取笑,他们在无事忙,他不高兴这个。只有他显得特别安闲。

相同的景象使他回想从前的事情。最初的记忆是他的祖父的死，那比现在更热闹多了。祖父是最爱他的，可惜在他七岁的时候便死去了。然而，便是那个最爱他的老人给他铸成了这一个大错。他又想起他的堂兄的娶亲，那时他非常高兴，他觉得一切都是新鲜的，他出乎范围地闹，他编了很长的歌从红纸窗里掷进去，使他堂兄看得还生了气。有很几天的光景，吃了早饭他站在他新鲜的嫂子身旁恋恋地不愿意到学校去。是那样新鲜：她像一个姑娘，而又不是一个姑娘；她是一个媳妇，而又不像一个媳妇；她像一个家人，但是又像一个外人，但是又同他那样亲密。为什么到了他自己的当前，他又这样困扰呢？

而且，他早已听说过不止一次，她是一个很好看的女孩子，她有重眼，她有酒窝，她有长脖子，她有细条身材，她娇小，她聪明。他也未尝没有想象过她，而且爱她。便在两三个月以前，他的一个同学在戏台下无意之间遇见过她的一个半疯狂性的亲戚，听了关于她的夸张的述说，他们那样恭维他，嘲笑他，他也不能说没有过一点得意，因为那时的印象直到现在还清晰得正同昨天一样呢。然而，这些便一点也不能够帮助他吗？

是的，因为这些并不是他所需要想的，而是他不得不想罢了。因为他所看见的，同往常都不一样，同他所计议过的都不一样了。他的母亲是那样忙乱，脸上堆满着焦躁，愤怒。他的伯父们以及其他亲近的人，都是同样地焦躁与愤怒。但是，他们没有对于他所应该表示的欢喜，希望，哪怕就是担忧，他们都没有的！倒是在那所有的经过之中，他看见了不少的暗示的警告。正像，他第一次成了一个外人，他有了他的特殊的责任，及他们对于他的必需的防范，像是他第一次将不属于家庭，或者他第一次将要完全遗忘了他自己。他分明看见，这一件烦杂的事情，只是他们所不得不需要，又不得不恐惧的事情。这于他一点也没有什么较好的关系，他们一点也没有在这一方面给他设想过，让他看得出来的。例外的也许只有他的祖母同她的大姐吧，因为他的祖母表示着欢喜而他的大姐表示着忧虑。

同样的焦躁与愤怒移植到他的心上来，他觉得一切都没有办法，一切都要失败了，当他的姐姐拿出新婚的衣服让他试穿的时候，他觉得他在试穿寿衣呢！

次日便是那个正式的日子。他从忙乱里起来之后，不久便被装在轿子里抬到新妇的村里去。看热闹的人影子在他的眼中摇晃着。他被引进一间房子里，坐了炕脚头上席的地位，三面便都是不认识的人，纳罕的眼睛，客气的招待。他的大伯母坐在他的右边，像特别为陪伴他似的，左边也是不相上下的一个老太婆。他觉着他变成一个女孩子，他不敢说话，不敢正眼看人们的脸，不敢发声地吃饭，什么都像成了有干例禁的事情。但是在这太多的包围中，他终于也把捉住了一点点的自由，便是他反复着去看那离开最远在地下椅子上坐着的一个年轻女人。从他们的呼唤中他知道了她是他的女人的姐姐。她也像察觉了他的那样看。她很温柔，干净，俏皮，他像想竭力在她的上边找见那个她的影子……

"新妇哭呢！"进来的一个女人偷偷地对另一个女人说，又像要人听见，又像怕人听见的样子，但结果，连他都听见了。接着是"环子……手镯……"之类的谈话。他老大地感到不舒服，愤怒在他的脸上无法地活现出来，像要执行他的夫权。刚才的幻影已飞散了，只剩着一个粗俗的毛丫头狞着脸坐在一间房里的炕沿上，他想立刻跳下去，跑进了那里，把她拖进轿子里去，那样便什么事都没有了，他接着也便可以安然地回到家里……

他的大伯母却只眨了眨眼睛，挺了一下胸脯，什么话也没说。其余的人们都不关心地静候着拖延。

出嫁，哭，出嫁，哭，这些无论如何是分离不开的事，他并不奇怪。他的大姐出嫁的时候，他送亲去，走的时候，他看见她的红眼圈里流下泪来，他也不由得暗泣着，被人们传为谈资，他不但听说过，而且已经验过了。但是，为了首饰，如其为了一些无意义的装饰品时，那便是不应该的。这不但是因为他平素讨厌奢华，而且他几乎对于那些东西有些嫉妒了。她一点也不为了他而欢喜，一个在别人所碰不到的丈夫，一个卓越的学生。

他第一天便感受了这么大的挫折。他像木偶似的坐在那里，炕又非常之烧，正应了“烧女婿”那一句笑话，而他又不能够移动，却只为了等候她一个人。如其那些首饰什么时候不被她原谅，他什么时候便得坐在这里，说不定一直得坐到黑夜……

夜了，一天的事情，一生的事情已经做成功了。他回到他的屋里。蚂蚁似的堆了一屋的人。他的一个族叔盘着足坐在炕上，装着一个顽皮孩子的傻样向新妇要冰糖吃。他不高兴看他们一眼，傲慢地跳上了炕去。他的嫂子紧凑地跟了过来。嚷声从不同的嘴里同时出发。他遵守着命令走到窗前，从新妇的头发上取下那一根什么劳什子来，他几乎是用力拔下它来。第二个嚷声：新妇给新婿脱袜子！应着声音，他的嫂子早爬到炕上拉他的足。这如何能够忍耐呢？他怒了！他把所有的力气，所有的愤懑立刻都装在一个声音里，对准了那个拉他的女人的脸："不准你动！"屋里立刻恢复了昨夜的静寂，脸们都互相顾盼着，他的嫂子失悔地，很难为情地先走了出去，很快地屋里便只剩下他同她了。只有愤怒的沉重的空气还堆积着而且充满了全个屋子。

四

生活完全在不调协中进行着，他失掉了所有的力量。

到第三天的时候，他便说明天他要回学校去。但是，他们都不赞成。他们说，那样会使新妇不舒服的，而且论理也该住满九日。他是不论什么理的，但是，第一个缘故他倒觉得很对，所以他仍然没有坚持便住下了。其实，这时的他，已经有了一些变化。他自己其实也不愿意匆匆走开，说走或者正是一种愤激的表示。

但是，住着又有什么好处呢？这个，他也是说不上来的。所以这样说或者较为合适：他不愿意走，同时，他不愿意住。

每天早上他从他的房里出来，几乎在外面停到晚上他才回来。当他在别的房子里时，他想念着自己的房子，他说不出的不平，为什么他不能常停在那里，乃至不能时常回去。那是谁的房子？新妇的？他是什么？但到他晚上回去的时候，那又变成所有房子中的一个最坏的房子了。那里没有一点生趣，没有一点声音，一切都是平板的安排。当他的脚步开始在门口响的时候，新妇点燃了灯，他进去不[能]说一句话，其实也没有一句话可说，他们两个都不约而同地静候着他睡下。她的脸对准着窗纸，像一个哲学家在从那上边搜寻什么玄妙的道理。她总不看他一眼。他也用同样的态度报复她，不看她，也不同她说话。等到他们所静候的时间到了，他便面对着墙壁胡思乱想地睡去，她也吹灭了灯，一头倒在炕脚底的一个枕头上，穿着衣服，面对着窗。过一会儿，姣细的喘息便给他送了过来，这是她给他的唯一的赠予，在黑暗的全面积中他回头来省视着，他只能听见那喘息。在他们中间相隔的这种奇异到变态的辽远的距离，使他什么都憎恶，什么都失了兴趣，他凝视着那个看不见的她，他暗暗地骂她是一个没有知识，没有情意，什么都没有，但是对于他有极大的害处的臭女人。他觉着身体的内部有什么在燃烧着，但他的皮肤却冰一般冷。他放正他的位置，仰望着房顶。她却总是那样镇静地喘息着，在等候着他的喘息的到来做和谐的唱和。

次日早上突然他醒了来，他觉得好像被什么推出来的似的，心在他的内部打着懊悔失望的手势。从什么地方他被推出的呢？为了什么？是一个他没有呼唤，没有探访，而却有所期待的地方。也许他还是胆怯，害羞，也像一个新妇，虽然他极讨厌他的新妇。她的一日的初次开张的眼睛已成了灰色的被尘土封满了的镜子，在那里边反映着面窗独坐的一个女人的影子。她仍然像昨晚那样地坐着，正像她并没有移动，而且她也不知道屋里还有一个人在着。这是那个窗子迷住了她，他向来不知道还有那样厉害的窗子，他嫉妒她。他连忙穿好了衣服跳下地去。她仍然不动。他连忙跑了出来，是的，他被什么推出去了！

这样一天，他便在各个房子里巡回着，而他的心时时挂念着，爱着而且恨着那一个木偶似的女子，像有一根绳索牢牢地把他拴着在她的小脚的上面。她的小脚穿着红鞋，正像她穿着红裤子。

娇小,纤弱正像她自己,他爱它恨它,正像他所用以挂念着她的。

他应该做什么呢?看书吗?书对于他已经失掉了它的尊严了。不是他看不在心里,而是他不很相信书上的话了。书上说的是:夫妇之道,举案齐眉。事实上却是:家庭,媳妇,劳作,憾怨,虚荣。他所希望的都看不见一点影子,他只遇见了一个庄严的对敌:各不相犯。甚至那个最后所剩余的,那个任何人都不能分享他的,比如就说那一块馒头娃娃,那存放在他房里的橱柜里的,然而干燥,坚硬,他实在不愿意而且不服气去取出来吃。

事情都不是有理由的,他这样住着,对于她其实一点用处都没有,然而她却需要这个。这在他也是不能不承认的。他的住着的唯一的效力,便是使人们知道在某一个房顶下面确乎是安排着两个人的,他们没有方法去说长道短,她也不至于无端去受他们的谣诼。除此以外,她也没有什么再需要他的地方,所以这个,正可以说,他已经对于她尽了他的完全的义务。但是,对于他自己,这却完全是一个太大的刑罚,而且连时宪书都同他作对,它故意把一个好日子放得很远,使这九日在事实上也无理由地变成了十五日。

他只得自认是一个囚犯,无聊地等候满期的到来。有时,他走进他的祖母的房里,他看那个六十多岁的老人银丝似的白发,他偶尔也回想几件在这个实际的母亲身旁的儿童的琐事。那一个小孩子现在竟长了这么大,而且给她娶来了孙儿媳妇。他看见她的脸上细腻而美的皱纹里都呈露着老来的幸福。她表示她欢喜新妇。她又给他述说她出嫁时的往事,正像她那样小,什么也不懂得,什么也害羞,她说她一生对他的祖父都是那样,她好像时常在害羞呢。

他的母亲则壮实而严厉,她有干事的经验,她是婆婆,所以她不喜欢她,她嫌她软弱,娇养,又有不贤惠的表征。她虽然也爱他,但他同她坐在一块的时候,他觉得不舒服,他简直不愿意有人在他们跟前多嘴地忽然提起关于新妇的一点琐事。

在他的姐姐们的跟前,则他不自觉地又常宣传他的出妻主义,好像他要他的大姐把这个传给新妇,二姐传给他的母亲,而他在中间发泄他的无名的怨气。

他的大伯母仍是时常眨一眨眼,挺一下胸脯,从这个房里走到那一个房里。别的人们,则到街上的仍然每天上街,做庄稼的吃了饭仍然到田地里去,没有对于这件事情发生什么显明的变化,虽然口头上却也添了不少新的谈资。

五

暑假便是毕业的时期,他只剩有两个月的学校生活了。但他从这一次回来,他觉得这两个月的期限特别长,大有不能忍耐的样子。他对于功课也不能像从前那样专心了。他的脾气也变得越坏,教员,同学,差人,他更加厌恶起他们来,他一点也不明白他们究竟在做什么事。他本来以为他自己是一个特立在高处的人,他不能不俯视一切,但他仍然是他们中的一个,现在他知道他们同他已经一点关系都不会有了。比如那个常同他在考试上角逐胜利的姓张的同学,那曾给他贺喜去的,他现在也越发藐视起他来,因为他连什么都没有。

“你为什么住了这样久呢?”他初来时,张问。

“我也说不来怎么一回事!”他回答。

“我们早知道你一礼拜回不来的。那样好看的新妇!”

“你看见过吗?”他在不重要的一点上反问。“我那天在路上从轿子外面看见的。”张答。

“轿子外面……好看……”他失笑地想着,再没有说话。

他现在时常不自觉地把他的心放在家庭那一边了,他回想那过去的短促的一段离奇的生活,他想象无限的辽远的未来,他尤其注重在暑假到来的时候。这是很快的了,她将怎样呢?他不能够按着他的计划办去吗?好像有什么在回答他,他不能的。因为那里边头绪太乱。他一个人没有那么大的能力。他也显然有些昏乱了,而且很奇怪的,他的最内部的心有时正不把那些看得重要,反而盲目地倾向到别一方面。他有时只想同她住在一块,其余的什么都不要理会。他应该怎么同她说第一句话呢?这是很困难的,因为他不需要同她说话,那是一个无意味的手续。他推想他同她说话的时候,他一定是会生气的,否则他一定会害羞。他不能设想无端地他同她变得会像两个亲密的朋友,他们突进到一种不可言说的结合中,他也不希望这个,在平常的夫妻生活上是常被仇恨在占领着,她自然也是这里边的一个。如其——否则——然而平常的夫妻们却是……

实际上,他的计划已经被动地而且自动地取消了,现在的他已经归附在昏乱的肉的支配之下。这使他后悔他失却了他所应该享受的东西,他像一只迷路的羊,鲜嫩的绿草在它的嘴边等候着,但它却忙于在走投无路,它几乎饿倒在路旁。

便是那样发昏,那样单纯的半个月的生活,他回想起来甚至把捉不住一个清晰的影子的,却有那样大的力量,宰制了他的白日,宰制了他的黑夜，宰制了他的最微细的每一个心的颤动。当他看书的时候他在恨着她，当他默想的时候他在想着她，当他做梦的时候他在梦着她。他晚上伏在被窝里的时候，往日的安眠再也找不到了，他像在被什么捉弄着，像他在他的儿童史上所听过的那些狐子所做过的。真的，到他入睡的时候，那狐子便变成女子的形象睡在他的旁边，他接吻她，拥抱她，同她享受那秘密的幸福。她有那样大的力量，便是那个面窗而坐的不说话的女子！

如其那个女子，她才说话，懂事理，读过书，没有缠足，她有高尚的志愿，特出于庸俗之上，同他亲密！同他奔赴那同样的行程，那是如何快乐的事呵！他有时仍然免不了要这样想一想，但已没有多大的兴味，因为那已是不可能的了。

他有时也想从头教她读书。但第一，他暑假后需到省城去升学；第二，她也没有多少工夫；第三，他觉得这样怕没有什么结果。比如他的同学姓王的，要他给他改文章，讲书，但他这次回来时，他一篇文章都没有做起，说，什么都做不出来。结果怕也是这样，她会什么都做不出来。读书的兴味，在实际上看来，竟是那样难能而稀有呵！

而且，她老是不同他说话，无论什么话，只要说一句也好的！她自然也害羞，也不知道该说什么，而且论理也是他应该先同她说，而且说不定她也应该恨他，因为他对待她不好，还用了别人的传言去伤她的心，去破坏在人们中间的相当的体面。

一切大概都完全失败了，便在那没有表示的半月中。他们现在已有了很深的敌意，他要休她，她也只等候着他休，他们不会再有转圜的时候了，因为一件事的开头便弄错的缘故。

他悔恨他在没有做什么中所做过了的，他自己帮助着他的家庭去毁灭他的计划与希望。他的无论什么都没有希望了。乃至那最普通的，最名正言顺的，他都没有希望了。在相互的敌视中，他只有继续着保持或增长着那种敌视以等候那不可知的将来了。

他不能够同她说话，他不能够不同她说话，他不能够爱她，他不能够恨她，他在需要她，同时他又在不需要她，他等候暑假的到来，他又恐怕暑假的到来，她不是他的女人，她只是那样一个女子，他希望，而且绝望，而且绝望，而且绝望！

省视学已经来过了，听说今年有一班毕业的学生，还特别试验过一次他们的国文。那个胖大的老头子走下来看他的卷子。他赞美他的文章，赞美他写的字，校长回复着谦恭的得意。他的心欢跃地跳着，他觉得脸上发烧了。他最先交了卷子，他觉得更有把握他要毕业一个第一了。同学们下来也都讽刺地赞美他。但这些，很快地便都过去了，它们再也没有鼓舞他安慰他的力量了。而且他知道，便是那最后一次的重要的毕业考试，也会在同样的状态中来到而且过去。

六

考期到了。同学们都忙乱着预备功课。姓张的黑夜也不睡觉了，有时又很早地睡了，看见别的房子都黑了时又偷偷地起来点着了灯。同他同居的两个姓赵的，更是两个课本的最忠实的奴隶，他服从着每一个字，他的嘴几乎找不到一点休息的机会。其余的，有的失措地□着嚷着，从这里跑到那里，有的装出听天由命的样子，只在心里着急。这状况有类乎在战场里的。

他觉着这些都好笑，但自己也免不了拿起书本。但很奇怪，当他拿起它们的时候，他看见都像已经知道的了，他放下它们的时候，又像什么都想不起来。当他不看书的时候，他觉着应该去看，当他看书的时候，他又觉着无须乎看。但毕竟，他每夜常是很早地睡。

然而他的焦躁或者比他们还更厉害，因为他觉得这几天的日子过得可怕的慢，几乎是停在那里；又过得可怕的快，人不能够握住它的最短的一节。他像在高处远望着汹涌的波涛，它们像动物一般的笨重，同时，他自己又被游进那无穷的浪花里去，他说不上来他是经过多少所有者了。毕业是人的生活上的一个关口，天南地北，暑往寒来，严厉的未来正在那里端坐着检查着它的过路的旅客呢。

别一件事情又使他不得不把他的注意分在那什么时候可以回家的日子的计算以及连类而及的许多事件上。一个烦闷的野马快走进草棚去了，虽然那是不自由的，然而在期待之下，什么还算是重要的呢？他只要回到家里，便什么都仍然没有结果，然而毕竟是有了一个结果了。但这个日子，它始终是摆着官样的步调，不肯爽快地跑来。

虚荣心在他的生活上也占据着它的相当的位置。如其他不能够毕业一个第一名时，他也许会碰破了他的头。他从九岁入了小学整整住到五年，他满足地毕业了。那时，他是十三岁的一个小学生，知县还赏了他一个银牌，上面刻着他的小而光荣的名字，他到现在想起来还觉着一切都是红色的。到了高小，他以全班中最小的年纪领袖着全班，连那个长大而机巧的敌友都无可如何的只能够被他压在下面。现在,他必须用他的全力以完成那一个最后一次的总数。

但是,他越是要想看功课,他却越是不想看功课。书本上的字只剩着些黑胡画,它们没有意义,没有同他所想着的相当的符合,而且把他所想着的都捣乱了,以致形成几段残碎的片段,夹杂在死的字缝间:香皂……曾参……状元……省城……丑脸……

到点起灯来的时候,他以为这个到了专心致志的时候了。然而灯光同他的眼都同时昏乱起来。那盏小家碧玉的煤油灯变得特别的小。灯头活是一粒大黄豆,照在书本上染出死灰的颜色,使他瞌睡。两旁的挣命的念书的噪音扰乱着他,他丢开了一切去笑他们,可怜他们,讨厌他们……他睡在被窝中,停在半眠半醒的十字路口,他觉到骄傲,犹疑,羞愧,纷扰,——遗忘。

那位姓张的如其在路上远远地碰见他时丢他一眼,他以为那位先生不知道又怀着什么鬼心思呢。

这样,便考完了。留在他的印象上的只是讲堂的热,天的呼吸同人的呼吸混合的气味,排列的呆板,没有声音的恐怖,同知事上讲堂时弯成的一条被包裹着的斜翅地移动的弓。

他的卷子都还大致不错,只是没有卷子的唱歌却失败了,他不明白为什么他还没有张嘴便心跳起来。国文也许是最好的,他常默诵着里边的得意的句子。果然,次日便有人报告他说打了一百分。不久便贴到校门外的墙上去了。

但是,到了第三天,他正在自修室里据着案看一本《水浒传》,书记蹑着脚走了进来。他低声告诉他道:“你们的历史要重考了。”“怎么一回事?”他惊疑地问。“你同张有贵的卷子雷同了。”他于是告诉他那件事的详细的经过。昨天晚上，知事派人来请校长赶快过去，说有一件要事商量。校长去了后，他便拿出那两本卷子给校长看。后来他们便商定了补考，后天，在县署里。"校长要给你们两个记过呢。"书记最后说了。

他听得几乎要唾了出来，他厌恶极了卑鄙，他又后悔不该贪图省事，他想象着在外面传说的这一个大笑话，他的最后一次的第一次所受到的侮辱。在这中间，他告诉了那书记说，那是他伯父的一篇文章，因为他平素背熟了，那天正遇到同样的题，他一时发懒便照样抄出了。他看见姓张的那时不住地回头看他的卷子。谁知道他竟会这样呢？说着，他恍惚又看见那颗不住掉回来的头，他几乎想在那上边打他一个把掌。他的心里继续地骂着：卑鄙！卑鄙！卑鄙！

消息立刻传到各处。连最老的国文教员王先生都生气了，睁大了眼睛，指着窗外骂着："人家是抄他家里的课卷，你是甚么东西，也抄起来了！"

人们围在明伦堂的前面看新挂出的牌示。姓张的记了一大过，他被赦了。当他出来的时候，他看见他们都在看他，他觉得他犯了一次大罪。

姓张的躲在他的房里，一句话也没有说。

他从此又得到了一次自谴，而且人们在他的眼睛里边也都受了株连，变得越可憎，出乎他的想象的可憎了。他只想着，补考终于会在羞耻中过去的，那他便到了家里，他便永远地脱离了这个污秽的所在。

二次的卷子他做得很好，打了一百分，同国文卷子贴在一块，而且他考了第一，他胜利了！

七

同学们都消闲地忙乱着了，东跑西跑，像脱狱的囚犯。离城近的且有已经回家的了，如姓周的便是一个最先宣布了自由的。那是一个短而胖的青年，而胖的倒宁可说是他的骨架，他的足正像把身体缩小了平放在地下的，他无处不表现着平板与笨重，读起来书也同他走起路来是一样的结果，他在班中常考的是最后一名。但是他的父亲非常爱他，不亚于一个木匠爱他的一块最无用的木头。他有一个侄儿子，很聪明，前两年死了，一天，同学们同他谈起这个，他们称赞他的侄儿子而嘲笑他，立刻便响出了一阵呜咽的声音。看呵！那一块奇怪的木头竟流出泪来了，那样多的泪，谁都绝望着以为自己没有安慰他的能力了。忽然那个姓郑的教员带着一双尖眼的脸在玻璃中出现，且立刻走了进来，用照例的严厉看着他的照例背不出书的学生。他不理他的责问，尽气地哭着。别的人们便给说明了什么缘故。教员的怒的脸色中立刻放出笑容，他像深刻地被感动了。他也像变成了一个同学，而且是最高尚的一个，和蔼地对他们说："他伤心了，你们不要再说了，呵！"他又转向着那一面。"不要哭了，呵？"他说着，立刻又转成了照例的口气，但显然有假装的成分，恐吓他道："再哭我可要打你，呵！"他转身走了，像极欢喜的样子，临走到门口时，还轻声赞叹着："这孩子还有点意思！"那个悲哀的人果然沉默起来了，不久，又恢复了原状，他们又谈起别的事情来。到了第二天，他的父亲便最先来到学校里，他便最先一个被接回家去了。

现在剩下六个人了，两个姓赵的便是同他住在一个寝室里的，他们是相隔三里地的乡亲。一个是本家的叔，直爽，一个是侄，朴壮，相同的是都能用功，但是家里都很穷，所以他们一生的目的只用在如何担负家务那一件琐碎的事情上。他同他们算最合脾胃，然而没有同路人的友谊。他们为了那一次案件都很不满意姓张的，叔还当面责备过一次。其余的两个，是同张住在一块，一个姓陈，别一个姓韩。韩、张都是老北乡人，那里向来都是种地的，离城很远，被人们看作未开化的区域。但是，到学校成立了时，忽然从那里跑了来第一个学生，为人，功课都很好，博得人们一致的赞美，便在第一班里毕业了第一个到省城升学去了。第三班便第二批来了姓张的两个，姓张的早以一个光荣的继起者自命了，不料他遇见了这样一个年少的硬敌。他已经是一个城市化的乡下人了，机智，奢华。韩则有同他一样的外表而没有他的心计。他们显然也并不投气。陈的一切，则只有他的叔父是城里的一家缎店的老板这一点可以叙述。

他们那时正聚在炕上闲谈，陈吸着一杆长烟袋走了进来。

“象山，你什么时候回家?”陈向他问。

“我打划后天走，”他说，“我的饥荒还没有钱打，你的叔父能让我走吗?”他因为娶亲做了两件新衣服，是从陈老板的店里赊的。

“我叔父也做不了主，我也不高兴同他说话。”他说。“那叫张有贵替你打好吗？他还欠的好多，等家里人来他才能走呢！”

“这个——我不愿意要他打。”他说。

“有什么呢！暑假后到省城你还他好了。他近来也觉着很对不住你呢！”

次日张有贵到他的房里来。怎么好呢？他们和解了。他也觉着事情倒没有什么大不了，他自己原也不该那样，只是姓张的太过不去，太不像平素的朋友。但是，他们终于和解了。张有贵说了给他打饥荒，他也允许了。

欠债是他近三年来照例的事情，他每一次放了暑假总是很迟地回去，起先是欠饭钱、书钱，现在却又欠到衣服上了。这使他在每次回家之前都陷在愤怒的扰乱里。他恨他的伯父爱钱，又恨他自己不会用钱。他的钱总是时常不够用的。现在，他轻松了好多，但他又觉得有些不能释然，好像他收了一笔贿赂。终于，“管他呢！我还不应该用他的钱吗？”他这样糊里糊涂地想着，作为了事。

他想着这个姓张的，起先来的时常是那样一个山汉，人们都嘲笑他，不料竟变成这个样子。可是，他自己也变了多了！他初来时才只十四岁，穿着很好的衣服，先进的学生们都好奇而玩笑地在远处指点着看毕业生，他觉着害羞而又讨厌，他那时是怎样一个小孩子呵！他庄重，但是又好游戏，他自负，但是又很和气。但这些，以后便都改变了。他简直不能够说出详细的理由，何以他这样纯乎地骄傲，严厉，厌恶所有的人。教员们都称赞他，说他不但功课是第一，而且品性也是一个最好的。他时常看书，不告假，星期日不出门，不看戏赶会，不同同学和差人们吵闹。他虽然也得意有这样的批评，然而毕竟觉着他的生活上实在太少趣味了。

他几乎像时常在独居着的，除了一些闲谈以外，他找不见一个说话的朋友，说几句比较要紧的话。是的，他在学校已经独居终了，他现在又要回家里独居去了。他于是又想到家里，忽然又从家里想到学校近旁的老师衙门。那里住过的老师的孩子，是他的一个很好的小朋友，他活泼，精干，聪明，比他小一岁，民国成立后衙门被裁，他便搬到省城去了。他从前去过几次衙门里。他想起他来，就像想着他从前的自己，想起他的母亲来，就像想着他自己的母亲。他——想起他的姐姐，一个未出嫁的大姑娘。他有一次坐在她的房里，他不敢看她，但他觉着十分爱她，像要想爬在她的身上。后来，他出来了，那一夜他同他的朋友睡在客厅里，他在梦中恍惚像抱着他又像抱着她——那大概他又想着他的女人了吧？

那个人

一

那个人，我不必说我怎样爱她了。我第一次把她同我放在一条线索上思想去时，我便再找不见我有什么不满足的地方。她的到来，不是由于我的寻求，而是无端而来，正像是从天上降下来的。我的生活的内容，只在那一刹那，便生了极大的变化。这个，我的某一部分的生活，在这里便结束了。从此以后，我的生活的每一刹那都有她在。我觉得没有一点气可生。我时常担心的倒是怕我太快活了。当人们都以为这只是一种幻想的时候，我相信这是事实。纵然我在白日里能够忘记了她，而在我的梦中，她又回到我的身边了。我有时候，以为她正是我在童年时候，每晚的夜里都看见的那幅美女的画儿。因为画儿，我的祖母已曾告诉过我，日久是会变成了活人儿的。在这二十几年的沧桑中，它有了生息，它是她了。我并且觉得这是一种极有理由，极现实的思想。

我不能够再去爱别一个人。我纵然去想别一个女子，我也知道这只是一种好奇的结果，一种艺术的积久的习惯。这个是实生活以外的点缀。我时常觉得我再不需要一点努力了，关于这个，本来便是一种自然的遇合。一切都只剩时间的问题。再呢，我有时自然希望把这个时间缩短到极短的一节，而我有时又未尝不想象它的无限制的伸长。我不再知道怎样是好，怎样是不好，或什么合适我，什么不合适我。换句话说，便是一切都好，一切都合适我。

我只怕我太快乐了会离得人间太远，因为人间是布满了悲苦，而我又需永住在人间。我愿意快乐化了那些悲苦，也愿意悲苦化了我的快乐。我自己的一切既已都做尽了，我已不再为我所有，公开了，完全公开了吧，给各样的，各样的人间。我于是也将化这所有的各样而归于齐一。

那末，无论如何，这总归是一段极短的刹那的经过，两个世界的一座桥梁，两种生活的一种分界，而我现在又只在述说着那桥梁的一端或界石的一面。

一九二八，四，三〇，夜见月晕而写此

二

青年小说家谢与同拿起一张稿纸随便在上边写了这一段文字之后，他不觉自己失笑了。他本来是想写一篇小说的，想在他的想象中创造出几个新奇的人物来。事实呢，在这种年月，自然是恋爱最好。可是也难说定。因为有一些读者，处在这样压抑苦闷的局面底下，要说自己去做一种惊天动地的举动出来呢，又觉得无谓的牺牲，太不上算，所以不知不觉，便把这一肚子心思怀抱，指望在小说家们身上。这时，你才给他述说一段恋爱的故事，纵然说得十分动听,他也不会喜欢你的。况且,据最近的调查,那些小说的读者们几乎十个便有九个都在以为,现在流行的小说的主人翁几乎十个便有九个便是那作者自己。这个时候去讲恋爱,那不是不打自招吗?并不是说,既然做了一个艺术家,便必须时常去吃苦,给人们开心。也并不是,当人家不喜欢看恋爱的小说的时候,小说家们便都不准恋爱。在事实上,你尽可恋爱得更为放荡,更为舒服一些,但你总需作几篇杀气腾腾的文字出来,使人们读过后便好像觉得你是刚从战场里回来的样子。我们的谢先生自己知道他做不出这种英雄的举动来,因为他知道他自己实在不是这样一个英雄。最不幸的事是,连我们的小说家都承认了小说没有不是作者的自传的,或者说是一种广义的自传。不管这些。只说,当我们的小说家拿起笔来写的时候,像是自己十分满意的样子,后来他回头一看他所写的,他才发见了一个老大的破绽,确而又确,他在写了一段自述,无意之间写了他的隐避中的心情。读者当然是不必顾虑到的。可是,她,那个人,如其她读了这个,将发生些什么影响呢?他知道,一个人如果在讲恋爱的时候,那他便应该装得像没事人儿似的,像一块大理石似的冷静,像铁样没有心肠,完全像不知道里边装的是什么药的一只葫芦。所以,你如果是一个声乐家时,那你便该立刻三缄其口去做一个金人。如其你惯好寻章摘句,那便立刻把你的诗笔投在火里。这样,你便像神秘中的神秘,你将看见你所在恋爱着的那个人将怎样颠倒,怎样痴迷,怎样像上帝似的来崇拜她的偶像。你还要简直不把这个当一回事似的,然后你再慢慢地,慢慢地收服了她,你于是便做成功恋爱的圣手,人生的胜利者。可是,现在的结果却很显明,完全做错了。这就像一个小说家必须有那种从容的态度去指挥他的小说中的人物，而现在他却自己去做了那小说中的人物。如其她，那个人，她才要来做他的小说家呢？

谢与同停住了笔，思想像乱麻一般这样在他的心里经过了片刻之后，他立刻便接触了一个问题，这像有神助似的来解决他的困难，这便是：她，那个人，她可以是一个什么样式的人？他从这里真的便握住了一种新的灵感，他正是才开始找到了他的小说的题材，他将在这里写出的那个或者说那几个新奇的人物，那在他的想象中创造出的。是的，他真的是，而且仍是一个小说家，他将从容地写出他的小说也便是他的自传，或者说广义的自传。

三

这两天的风刮得很讨厌，春天眼看又要去了。爱人们最怕的是春天太短，因为春天能给人一种十分香艳而又十分纯洁的观感，对于恋爱是再好也没有的作料。住在北京的人们，更是担心着刮风。可巧这两天偏刮起风来，像是特地来给春天送别似的。与同这天到万牲园一个人去逛，他看的那天香国色、富贵堂皇的牡丹花的确有些动情，伤感着他这一个春天也许又会不着痕迹地过去。在品格上看来，她也很像这牡丹尊贵，也许比牡丹还更为尊贵得多。人家叫她做女王，牡丹不也是花中之王吗？可是牡丹却这样多，简直什么地方都可以看见，什么人都可以看。不，她不能够是像那牡丹，他立刻想起他在报纸上看见的那稀奇的中国只有一株的太平花的新闻。这个名字也真好，和平中的和平，这的确像她。他一面想着，他的手早一面伸近了一株花的枝间偷偷地摘了它一片红的花瓣，夹在他身边带的一本恋歌集中。礼拜二，礼拜三，礼拜四,他一直想到礼拜六上,大概风是会住了的了。他这时便早打定了一种主意,他不久便带着他的主意回到他的房里来了。到再来一个不久的时候,我们便可以看见夹在书中的那一片牡丹花瓣,正在被装进一个信封里去,而且那上面写着几行蝇头小楷,我们如牺牲一点道德,满掬着好奇心去看时,便见是:

花的女神:

五月五日下午二时,在故宫博物院太平花前鹄候,务希光降是幸!

你的王子

到晚上的时候,这封信已在路上旅行去了。与同坐在房里,觉得有些不很安定。他想,这封信的结果将是怎样呢?当他平日写小说的时候,恋爱到了他的笔下,他觉着自由运用,怎么写便怎么好。可是每逢他自己去讲恋爱,偏又觉着这件事情常是不痛快得很,像同什么人打官司似的。女子,也不如小说里边的主人翁那么可爱,反倒时常在露布她的弱点。所以,他自己也几次去实验过他小说中的人物的行事,但他实验到一半,便常丢开了手。现在,据他自己说,是他的恋爱的最后一次。他虽然也准备好失败后孤独一生,但他却确信这一次是必定要成功的。什么理由,他自己没有说出来过,我们也不便问他。可是正在这两天似乎在他的生活上也像起了一种风似的,使他的日常的举动不免多少失了一点常态。这不用说,这一种风,是从那个人那里来的。她是怎么回事呢?他这样想着,他顺步便走到屋外来,他恰好看见那天上的月儿周围正在戴着一个圈，这正像她！看来明天还需刮风，他生怕这个会破坏了他的好事。她也许简直会不搭理他，不给他回信，而且不践他的约！那怎么办呢？难道会完了吗？在他的性格上，他的确不能够再忍耐那种没要紧的繁琐哲学，可是他现在想来，他却无论如何不能够想到这事会有停顿的日子。这是什么缘故呵？她曾给过他以什么秘密的海誓山盟吗？她为什么又不同他一般的热心？难道只因为她是一个女子？难道女子便必须——？

与同回到屋里，一堆稿纸堆在他的书案上，像蝴蝶一般的飞。他的心眼立刻便觉得有些热花，他的手痒痒地便就势拿起一支笔来。还是小说有趣，于是他便为了暂时忘记他的生活，他去写起他的小说来了。

四

无论想象力如何丰富的作家，如其他离开了实际的人物，再说得近些，如其他没有见过一个女子，那我们便在他的小说里将看不到关于女子的描写。一本小说里边的主人翁，我们如精细地分析起来，正可看出她生的是王小姐的面貌，穿的是刘太太的服装，理着张姑娘的头发，以及其他。即便不必都是，但由小说家们会坦白地证明，小说中的人物最大多数的便是这种碎玉式的人物。谢与同更是最先来宣布这种秘密的一个人了。

当他决定了要从他的想象中创造出一个她的时候，便立刻在他的回忆中开了个摄影展览会，接二连三地跳出几个活鲜鲜的可爱的人儿。他叫她们作“曾经爱过的人”，可是也说不定他现在还在爱着她们。总之，恋爱这件事是非常变幻的，何况是一个艺术家的神宫鬼府，恋爱的创造所呢？

他将写得完全同那个人不一样吗？这件事也有点难办。第一，因为那个人在他的想象中时常占的是最大的面积。第二，真的去写那个人时，他自然会写得更为精彩。小说中的人物，最重要的条件是生动。可是，他便不能够再创造一个她出来吗？天地间，无论是什么自然的美总归是缺陷太多了，还有人说，这正是艺术所以成立的原因。他正可以在这里创造出一个人间所没有的美人。而且，他的材料又已经完备；她们都鹄候在那里了。好吧，他决定了做一件非分的事。他聚会起所有的他的精神，他开始来端详那些他所收摄来的影像，预备要从这所有的印象的联合中跳出一个新生的生命。

他第一便是看见那些人中几乎没有一个还保存着她那原来的美了。也许只有一个，那别一个她。而且她们显然都不高兴再来到他这里，更是没有法子去做这一种工作。她们都显得很呆板，淡漠，像同他完全不认识了的样子。他们或者还会故意做出一种怪象来，或者说鬼脸来阻挠他的工作。她们也许会突然起来跑掉，留着那半张白纸给她们的创造者逗趣。他看了这个，感到异常的一种不舒适，一种题外的丧气，他于是从那所有的人中，他毕恭毕敬地请出了那一个人儿，那个唯一还保存着她平日的姿态来到他这里来的人儿。

五

不消说，这篇小说的男主人翁，便是我们的小说家谢与同了。因为在这一点上，他不但没有给我们什么辩证，而且还不嫌重复几次地申说小说是小说家的自传，哪怕是广义的自传。作者对于这个好像还意在言外夸示自己的得意。本来也难怪。正在火上的爱人们，大抵时常是自以为比什么人都更幸福。可是有时候，他又会觉着他自己便是世间那个最不幸的人。谢与同竭力想避开他所在朝思暮想的人，来创造一个纯然是小说上的人物出来，却又像卖弄自己的履历，反而牵引出许多个自己所曾朝思暮想过的人来。这一点，我们或者可以原谅过他去，我们读者。是的，我们是忠诚的读者，我们正在为我们的小说家担心，他将因此引起他的那个人的伤感，她将拒绝了他的约会。再说，这种什么幽会，虽然小说家们还当一件荣耀的事情来述说，其实现在已经是一件十分平常的事了，平常得几乎同吃饭睡觉差不多。我们如喜欢看人家，小说中的主人翁的幽期密约的时候，那我们是因为他和她是生在古典主义的时代。我们喜欢鹦鹉是因为它会说话，我们却不喜欢随便一个说话的人。小说家无论如何想写出一个十分勇敢的女主人翁，她像男子一般的不恤人言，富于创造的天才，然而我们却总常在小说中看的是女性的女性。我们读者也认为这是一件最大的憾事。说我们的肺腑的话，我们在怎样热诚地希望更进而至于鼓励女人们发挥出她们的最高的力量！然而我们时常是在失望中默然了。唯其我们知道除她们自己以外，再没有人能够做出这种空前的大事。所以我们至少总希望有一个人，哪怕就在小说里边，她为一大事而出。在这种秘密的心怀里，我们还知道小说家差不多都是我们的忠实的同志。那末，他们那样常像不能出口似的态度，也许他们也正同我们感受到的是同样的苦处吗？

可是，当这一篇小说开场的时候，我们却看见了一种奇异的风格。我们在那里感到有那什么奇迹将要发见的预兆。虽然这个正像一阵风儿，我们不久便看见风头一转，忽然又变了一个方向，然而你如其是一个能够透视艺术的真实的人，你正可以看出作者的一番苦心，他在如何艰苦地想从那个人转到这个人这边。而且，你如是一个心平气和的人的时候，你不难证明我的预言，这篇小说将有一个什么样式的结局。

六

现在在我们的小说家的面前亭亭玉立的这一个人儿，如其要经过一番精意的描写，她也许正是这篇小说里的一个合适的女主人翁。她的生成的历史，的确也费过一番造物的精意的创作，或者说是一个现实中的罗曼的人物。她在北京的一个艺术学校教授西洋画。她的作品同她自己，同样是美的至高无上的标准。在与同的美的情操上着想，他确曾认为这是千载一时的机缘。他同她认识已经有三年的光景。从她那第一次看他时的眼睛里，他已知道了她在看着她的一个什么人儿。此后他们也不断地见面，他没有一次不在更得到了一种证明，她是爱上他了。他呢，他只觉着这个爱字是一个浅薄的字。她的丈夫不正是他的朋友吗？他不是很显然知道他绝不是他自己的敌手吗？艺术的成分不只是美，而且还有伟大。他不需要自杀，因为他不是一个空想中的维特。他后来也曾得到过一种机会，他有做成那个白林齐弗的机会，可是他也终于把这种艳福化验成同情，赐给了那可怜的基独。他虽然毅然决然这样做了，但在他的生活上，这个终留给他自己以一种最深刻的苦闷。后来来救他的，便是那个人。她而且十分赞美了他的这种举动，而且十分同情了她。她真是伟大的自身，那个人！

谢与同聚精会神地看着这个人儿呆想了半天，他完全像变作一个呆子，他已经忘记他在写小说了。及至他的自由思想复原了的时候，他想，他不应该拿她做这篇小说的主人翁。因为第一，他觉着这样便有些对不住那个人。第二，她虽然确曾被他忘形地爱过，但她在他的生活上所引起的并不是一种最高的镇定。因为，艺术的成分不只伟大，而且还有真实。的确，她是用了一种最亲热的爱来爱他，比如这次的约会，如在她时，他是丝毫都不用担心的。可是，罪过罪过，也许说不定这正是因为她已经有了丈夫的缘故。

这样，我们的这篇小说的确很危险的，因为它的女主人翁现在又发生问题了。一篇小说，至少总需有一个女子。那末，再请另一位人儿来走一趟如何？真是无巧不巧的事！我们的小说家在十年前的时候，曾经爱过一个女优，是一种孩子气的爱，因为那时他差不多还是一个孩子。有一次他的一个朋友不知说起什么来，他正色说道："她，再过十年，我们还不都是一块的人吗？"他的朋友听得笑了，似乎以为这完全是一种不经之谈。而他那时却以为这完全是可能的事。已经有很几年了，那个女优已经不知道何处去了。却不料，恰好在这几天之内，她又有再来出演的消息。与同对于这个，正像是猜中的谜，觉着再没有一点新奇。再呢，他的那个朋友不幸已经死了，而他显然也再不能来做这种事情。那末，请她在小说上来做一次主人翁不好吗？不但是可能的事，而且更是事，不也是一篇很新奇的小说吗？他接着又想，她将去到故宫博物院，他将同她谈话，她将——于是他想象不来这篇小说将如何完结，或者他将写出一篇平凡的罗曼斯来。

七

他终于知道自己是没有办法的了。那个人便必须是那个人才行,他自己不能够有一点更动。她将要不回他的信吗?她将不受他的邀请吗?她将更加十分地骄纵,或者说更加十分地畏缩吗?她将保持着她的那女性的充分的特点吗?她可以这样,因为这是她的权利!

小说真是一种可怜的职业,一点都没有法子帮忙它自己。一个人做了小说家,仍然是不增不减,像他做一个人。最重要的不是那小说,而是那生活。而一个人不能更动他的生活,也正如不能更动他的小说。一个小说家能够描写山明水秀的天,也能够描写尘土飞扬的天,然而他不能够使人间没有风雨。当月儿喜欢戴上她的项圈的时候,便没有人能够替她解放,纵然你是十分的爱她,你像你自己受了刑罚。

谢与同丢开了笔,拿起他所写下的稿子撕了个粉碎。从此以后,他并且想,他不会再写一篇小说了。

青　光

“灰鸽鸽，灰鸽鸽，客人来了上桌桌。”大学生王辰匀的睡脸上忽然浮出一缕笑容来，连忙睁开了眼睛，自然地做出那一种像从一个小孩忽然变成大人也似的怪样子，老长地打了一个呵欠。他只恨没有能够在梦中伸出两只手来抓住了那种比梦更为轻妙的幸福。他废然地转动了几下他的手臂，他像是想在那青色的空气中补足他那应有的手续。也真有一种甜美的回味，只是清淡了一些。人的行为也真怪，偏会无中生有创造一种幻境来满足自己，而那种幻境，不但是在现实生活上不能够有的，而且在白日里时一个人连想都想不到。他的笑容渐渐扩大了，变成一个大圆占领了他的全个面部，这力量立刻传达遍他的全体，像发生了一种极愉快的震动，把他从床上掀翻了起来。他挟着这种像是天授的奇惠跳下地来，手舞足蹈，几乎像变成一个狂人。

天色像洗过似的从暗夜中醒来，从曙光中生长，还没有经过太阳的渲染，下临着太空。太空都变成了淡青的一色，包被着所有的静物与动物,一切都像在等候着什么。叫卖的声音已经在活动着了。一天的人间又已经在开幕了。不同的情绪与希望隐伏在不同的心间。但似乎有一种一致的轻松一致地在每一个屋顶上蠕动地笼起,好像人们都在发表出各人的意见:又来一次变换了!

这一个早晨是北京最清新的一个早晨。相同的日子,也许他只在初到北京投考小学校的时候有过一次,那是民国五年的阴历五月,在那天宣布新皇帝死了!那时,他只九岁光景,他只觉得说不出的高兴。在那时,他没有引起思想上的扰乱。第二个日子,便是今天。正像太阳不久上升,一切都开敞,乐观,熹微。过去的两年的长夜,而今是过去了!过去了!过去了!像人刚才看见正在颓然倾倒的破旧的房屋。一年不应该老是冬天。

"是真的去了吗?"有人们在这样想着,尤其是老娘儿们。

"是真的,去了。"别一些人说。

"前天便去了!"这是比事实更灵通的一种消息,是商人们的口吻。

同学们正在提议——

"烧饼——,麻花儿——!"

昨日儿晚上他的一个亲戚跑来看他,是在前门外一家商店当老板的,好久没有同他见面了。一来,他便知道这是怎么一回事。他竭力解释,他毕业后正想到日本留学去,一点别的心事都没有打算。这自然像是谦恭的话,不然,便不免太书生气了。他送了客人出去之后,为这个不高兴了好久,好久。中国人真是怎么好!尤其是这些山西人:财迷!他们也许都在计议着如何发一次洋财。近几年来看见人家奉天人呀什么人呀早有些眼红,却不料也有轮到自己名下的一天。王辰匀也真有些怪，总被人家看作是一个不懂事的傻子，无能为力，没有财命！人家有时恭维他几句，也许反而挨他的一场好骂。他自己呢？这两天的感想本来轻快得多了，但这么一来，他又不由得嗟叹起来：民间还存留着这么多古代的废物！

但无论如何，他仍然是很高兴的。他也不能完全说他没有一点什么心事。因为第一，他是一个真实的民族主义者，他看中国民族的生命就像他自己的生命。第二，他也的确在计虑着如何在经济上活动，好同杨海珊女士一路到国外去留学。他们相爱已经有一年多了。近来他们似乎打得很热，几乎有不能离开的样子。但她终还没有答应了他的那个请求，她也许是因为经济的原因，因为在他看来，也似乎她总以为他是一个穷人。

他如何能够立刻同她开始了那种幸福的生活呢？他昨晚睡在床上后最后的一个念头还在这么想着。果然他每月交涉到一千元的津贴，他同她到了日本，他学医学，她继续她的音乐的演作。在一个礼拜的早上，他们携着手到一个公园里散步。忽然一阵鸟声从那浓碧的树叶丛中悠扬地传来，他们不知道是什么鸟儿。连忙向着那叫的地方跑去。她在前面，他追着在她的身后。忽然，他看见她是一个七八岁的小女孩子，他们是跑在一个田地里，那声音，是从她自己的喉咙里唱出的一首儿歌。他在后面追着嚷道："音乐家！音乐家！"他自己也忽然变成一个小孩子了。她不搭理他，像完全没有听见，像完全不知道有他在着似的提起她那婉妙和悦的调子，唱了一次又一次地尽跑尽唱。

“打水!”他掀起帘子照例叫了一声,立刻便得到回响:“给王先生打水!”他像没有去听它似的,出神地望着天空,像要从那里求得他这一天的行为的暗示。大概是一个晴天,没有一点云翳,一个上好的,上好的日子! 一阵微风便从那帘子开处向他吹送过来,他感到一点轻寒,同时他放下帘子回到屋里,像他正想回去的样子。像有什么在勾引着他,他走到书案旁边,他的脚步迤逦的也像在打量着什么心事。像一缕银灰色的淡雾,是回忆的色调。梦立刻再现在他的心上。也许真会有一只灰鸽鸽……但最好是青鸟………青鸟………便恍惚真有一只青鸟在桌上冉冉地飞动,扑着翅膀,很生疏的,很不安的,像是初次到了人间。忽然,她的翅膀上像有一种新生的力,她飞了起来,飞在墙上的一个地方,忽然便不见了。他的手便循着那飞去的路线,他摘下一张照片来:他像初次才认识似的,端详着这照片上的人物。他获得了一切的欢喜。他一面接吻着那张照片,一面不断地想着:“青鸟! 青鸟! 我的真真实实的青鸟!”

“嘣!”是水桶的响声,茶房走了进来。

“昨日儿忘记对你说了,刘先生来了两趟找你,都没有找着。她说,叫你今日儿上半天一定等着她。”茶房笑着说。

“哼——好吧!”他答着,竭力要显得俨然不在乎的样子。

可不是,他昨日儿怎么会找到她呢? 世间的事常是这样:越是着急偏越是耽搁。他昨日儿找了她三次呢!

她住大学的女子部,同他一样,正在今年暑假毕业。她很喜欢音乐。据批评家说,她缺乏音乐的天才。他也常劝她不如研究教育好些,而且也比较实用。中国正需要的是国民教育。她并不反对他这种主张。但她在多年的习惯上总觉得不愿意选择那种劳苦的工作。音乐多好玩！或者将来做一个大学的乐师，所以，她必须到国外留学。她也知道教导音乐的人不必有音乐的天才。只是，她的家庭并不怎么有钱，给不给她使用也很有问题。可惜，她竟爱上了他！她如爱了一个阔家公子的时候也许比较好些！

问题正在这里，王辰匀早已看得明白。她爱他吗？他的回答是:爱！但是，他更爱她的生活和她的心愿。他早觉得她近来对他的态度有点外亲近而内提防。至少，她总有点像要籍此抬高她的身份，他需出一笔相当的代价。他爱她吗？没有疑问，甚于她之爱他！然而，如其他们没有达到一种，比如说结婚的目的，他便觉着无论如何这不能够叫作是爱，或者只是一种无结果的爱，甚至是一种精神上的侮辱。

当茶房出去的时候，他二次又拿起了她的照片。的确是很漂亮的。他爱她的眼睛，爱她的鼻子，爱她的嘴，爱她的脸和身体的全部，只要他能够——

他并没有去详细计算，却像是他已经能够了似的，他最后又在那照片上接了一个胜利的吻，便把那捕获物放在案上，他洗脸去了。他使了三次胰子，又在房里洒了些香水，因为他知道待会儿她要来了。

当太阳上来的时候，第一个眼风便丢在王辰匀的窗上，至少，王辰匀是在这样想了。那不是真的太阳吗？今天是一个阴天吗？真的，什么话！从有日子以后，没有过一个比今天更光明的日子！青天白日旗不久要悬遍各处了。如你说王辰匀是一个国民党党员,证据确凿,那你便得认错。反可以说他很有点讨厌那些从事政治生活的人,不是讨厌根本上的那种生活,而是讨厌那种人的生活。真真实实地为大家做事,谁能说不是最好的人呢? 便是他自己,在小时也立意将来要做一个政治家。后来他知道错了,他改习了文学。后来他又觉得文学太不实用,同自己也不很相近,他才终于把他的学课集中在自然科学,尤其是生理学方面,预备将来做一个医生。他把实际看得比什么都更重要,所以他厌恶浮夸与势利。他的同情于国民革命,只是因为他是新资产阶级的一个分子,他具备一个代表的新资产阶级对于人生,民众,国家所应有的态度。他常自谓除不奔走,不喊口号这些小缺点外,他比那大多数的国民党员是更忠实的国民党员。他相信那种新的经济学说,政治只是经济中的一部分事实。他对于他的阶级利益,民族利益,没有不相吻合的地方,这便足够说明他是一个优秀的国民了。

恰好,这个时代已在开幕了,这可以叫作国民的时代。近十几年来完全像演的是文明新戏,就是那种改头换面的旧戏。是黄色和白色的混合,帝政时代的遗毒和帝国主义的余威里勾外连,主宰了中国民族的生命。现在,正像一个时代的早晨,一个新的时代的开始,无论如何,是未来的幸福的征候,是青色的世界了。

也许只缺乏的是那种新的国民! 唉……也罢!

他从屋里走出,把自己放在那新的太阳光中。这时,已经有些热了。太阳的光线已经稀微地映出一点红色。今天一定又不会凉快。

他刚走出了大门,一个人影子在他的眼梢里一晃,是公寓的老板,他站在大门的旁边,连忙给他点了三四个连环头。

“王先生起得很早!”他足恭地说。

“不早了吧,已经七点多钟了!”他回答。

“这一来,王先生该有好事了吧……是的……巴结巴结……”夹杂着连珠式的谄笑。

像是一粒枪弹打中了他的要害的地方,他冷冷地哼了一声,加快了脚步走到街上去了。

他便最怕的是这些群众。不认识的人们又比较少讨厌些,因为他们对他不敢装出那种亲热的怪样子来无忌惮地乱说。民众的——未必吧！那不过是一个口号！

街上的民众,的确比较可爱些了。他们三三五五地围着谈论。里边有一个像是什么都知道的,他的话说得特别多,其实你仔细去听时,那只是因为他喜欢说错话。

他走到学校的门口,几个很面熟的同学光彩焕发地连说带笑地簇拥着跑了进去。他只叫得上那里边的一个的名字是周德发,是很有名的活动专家。

他越显得逍遥自在,背拖起手来,向着那边的河沿走去。

从来的小说都是有话即长,无话即短。但新的小说却不尽然。有些省略的地方,也许反而有更多的话,只是没有去说。新小说家有时不愿意把惨淡的事迹给读者看。他总想从他的小说中提起读者的精神,给以新的活力。在这五天之内,王辰匀的生活上没有留下多少记录,也许便是由于作者的这种苦衷。

第一,什么事情都没有人所意想的那么圆满;第二,什么事情都没有人所需要的那么迅速;第三,什么事情都容易受无谓的影响。王辰勾这几天的生活，也被这三条律例在支配着了。

第一，那天他同刘海珊女士会面之后，话不投机，没有谈到几句便冲突了。又是同钱有关系的。因此，他更加讨厌这钱，他想他的无论什么都会被它破坏。他又觉得一切人为什么都成了财迷，尤其连那个可爱的她？第二，这几天来时局又不免有小小的波折，他的朋友还一个都没有到京，以致他的心事还没有能够开始进行。第三，公寓的老板、伙计们看他几日了没有动静，料定这人一定又死心眼儿了，不会有油水吃的，所以对他又换了一副嘴脸。这与这些奴才们有什么相干呢？他因此联想到那些官场的黑幕的由来，他才知道了这些老国民们真该受人们鄙视，简直比什么都可恨。

天气非常闷热。从那天下午便刮起风来。时而稀疏地平铺着散漫的云，全个天地综合地形成一种苍灰的团块。上面再加上人的点缀，就像平添了不少黄的、白的斑痕。

这又使他自己的情调变成了紫的、黑的。他本来像是人间的一朵红花，但是，他的心忽然又碎了。

一天，他的一个同学的同乡来找他谈天，谈到这个假中的生活，便顺便问他这一暑想做什么事。他说了他想运动做三个月的执法官，杀一些人，他便到国外去。“只是，唉唉唉，”他长叹着说，“这事也仍然是办不到的，因为我第一想杀的是咱们那些商界的乡亲，第二便是这个公寓里的老板和伙计！”

他的朋友听得笑了。“公寓，哼，”他笑着说，“比住会馆可好得多了！像我们会馆的长班，更是那个老乞婆，当面三分笑，背后还要幽幽默默地骂人呢！你认真要赏她几个嘴巴，又觉得犯不上！这两天也在嫌我不活动了，真令人气也不是，笑也不是！我正在预备着要修理她一次!”

“总之是,我们山西人太善了,所以随处受人们的侮辱!说起来,其实商界的同乡又何尝不受种种的排挤呢?只是,他们反而比狗还坏,对外人摇尾巴,专咬自己人!”王辰匀愤然地说。

“像我们,真是倒霉!从前是,因为有侦探的嫌疑,今天被检查,明天又问话了。现在,又凭空受这般小人的气。将来,大概还有第三种味道呢!”他的朋友说。

“那可,恕我不能恭候了!”王辰匀说着,算是结束了这一段谈话。

到他的朋友走了以后,他终于又想:怎么好呢?别的都不打紧,只是她呢?

“灰鸽鸽……”这歌声又像在他的耳中缭绕着,使他终于决定了:他必须赶快寻她回来!

次日,便有一个大不相同的北京了。到处都挂起青天白日旗,带红的尤其鲜艳得好看。到处都是灰色短矮的兵,面目黧黑,精神困倦,引不起一点人们的恐怖。奴气十足的北京市民几乎把这个传为美谈,这种太不凶狠的兵!

天上仍然点缀着浮云,好像在做出怅惘的表情说:和平与光明在人间是不能够存在的!风们也交头接耳,传街走巷,表示他们不但还没有到休息的时候,简直还是非有他们来镇压这地面不可!

一排马队在这一段的街上连续地走过,街旁便站了两排观众。“这些都是老西儿吗?”是一个小孩的声音。“都是老西儿!”旁边的一个老头儿回答。

“老西儿!”当这种声音从风中传到他这里的时候,许多非人的屈辱的回忆一时都集团地呈现在他的眼前,他看见这些观众立刻都像变作了卑劣的恶狗,他的同乡们不知道多少年月久已生活在它们的吠声中了。

他非常同情于那些兵们。他认为这些才是真正地道的山西人:忍耐,牺牲,朴素,忠实,而且和气,而且和气,而且和气!是他的真正的同乡,不像那些卖国贼们商人!他只是默祝他们更为勇敢起来,精干起来,机巧起来,他甚而至于希望他们也凶暴起来,不讲道理起来!

他到东安市场转了一个弯儿。“还是——”他这样想着,出来叫了一辆洋车到西城去了。

差不多半点钟的光景,他已坐在一个大学校的客厅里,几乎快有五分钟了。这不同的周围,总会使人觉得如身在异域,新奇,不安。男女的行为,无论如何,总不会没有差异。因为基本的差异是生理的。除非能使男女合体复原为单性生殖。因为,男女的行为的形态同它们相互的差异,恰确正像那男女的性器官的形态同它们相互的差异,相反相成——

“刘先生不在屋!”门房突然进来说,立刻又出去了。

这可真是相反得太过火了!她竟然——?王辰匀的胸口头像中了一粒枪弹,说不出的苦。门房的脸色很不好看,这可活画出来她是很生气地叫他出来说她不在屋。这是在她的权力所管辖的范围之下,他怎么办呢?她认真能够一气直生到第七天吗?她能够一生不再同他见面吗?他本来倒是想来忏悔他那天的过错,请求她的饶恕,顺势也便责备她不顾事实,孩子气太重,他想她一定会立刻同他言归于好，比从前更进一步地亲密起来。他们便立刻一同出去逛北海去。不料竟然会——

当他从女校走出来的时候，像是失掉了一颗明珠，他的面色苍白，他几乎怕人看他，像一个偷儿似的匆遽地溜了出来。他不知道该到哪里去的好，他又不愿意回到他自己的房里，那个发生问题的地方。

恰好一辆很干净的车子从他的身边走过，铃声响得很清脆，他不由得回过头来。

“洋车！”他随感地叫了一声。

“拉哪儿？”车夫立刻跑地来问。

“哼——中央公园！”他随感地说。

这时正是上午十一点钟光景，是六月九日，礼拜六，还没有多少人来游逛。他进了园，在临水的一棵大柏树下坐了。茶座也很冷清。他的邻人是四五个约莫四五十岁的官僚。

他要过一堆报纸来翻看。“莫索利尼与溥仪……”这个东西真混账，他想……

“革命成功是成功了，可是地土也变色了！”邻人中的一个用洪亮的演说的声音，睁大了眼睛，说。

“今天进来不少了吗？”别一个似乎在问。

“怎么那样疲累，看见不像些兵的样子！”演说家似乎在答。

“山西人苦寒……和气……”第三个人也插嘴说。

王辰勾的眼睛轮流地注视在他们的身上。

“山西也是出人才的地方，就像关羽……好地方！”又是一个人的声音，似乎在赞叹了。

“还是大家都能够觉悟过来，好好地整理几年，同小鬼子打一战，胜了更好，败了亡国也算——”又是演说家的声音，似乎要想转过口风来。演说家是一个极善于谈吐的人，王辰匀几乎是聚精会神地来听他的演说了。他说，项城当年如何的威望，如干到现在……总是国运不好，忽然想做皇帝……像他那样儿子，望之不似人君……做好人最难，处处需吃苦……做坏人又舒服，又容易……据他的说话，他曾做过旅长，他因为要办到“不扰民”这三个字，他每到一个地方，总是早去迟走，每晚上亲自查点兵士，每走时又要查问谁家遗失了什么东西。有那种坏人，还要借故撞骗，说他丢了一只表。但问过几个证人之后，都证明他的家里没有表。也有的说是有表，便赔了他表，或折成了钱，但走后不久，又有人赶来退还，说是查明了他还是没有表。

“兵们有时候每天走十四个钟头，要走一百四十里地，查得又严。中国人还不是那样，旅长黑夜查一次，团长便查两次，营长四次！饶那样还是有的半夜里跑出去抢人！他真有那精神！”演说家终于怅惘，而且赞叹地说了。

王辰匀随听随想：帝政下的遗民也许不尽然都无用；他们究竟能不能够变好呢？他又触类旁通地想到许多，许多事情，刘海珊这个名字，现在也许完全被他忘记了。

生的跃动①

一

现在他哑然失笑了，他不能对自己说明，他究竟为了什么留在P城的。

就在一个月以前，他在T城找到一件小职业，是这样，教两个小孩，吃饭之外，给每月二十元的薪水。这在他，也不能不说是比较合适的生涯了，他可以有钱喝酒，还可以买一点书，而且，还有时间可以让他写一些什么。有三天的光景，他陷在一种极难委决的境遇中，终于他留在P城了。

一个月已经过去了，他自己呢，是一点也没有发见他有留在这里的必要，他对于一月以前所决定的行动，再不能够忍耐下去了。他自己嘲笑自己地问："我为什么要留在这里呢？"以下便是默然，因为他实在说不出可信的道理来。

①原载1925年12月《狂飙》不定期刊。

八月节快要来到了,他身上只搭着几十元的债及一件布大衫,这显然地,过节在那些有钱的人们是一个好玩的日子,他却没有这种权利。他如何能跨过那节去呢?不然,这他便应该想法子了!这法子真是难想,因为实在没有什么法子给他预备在那里。凡可以抓出几个钱的地方,他都抓了来,都从他的手上溜走了,他现在只剩了一双空手。

他只得去想那些别人的手,但这别人向来是专惯作怪的,他恍惚看见有许多的手出现在他的面前。那些里边握着钱的,都坚实地握着,像铁锤都不容易敲开一点隙缝。那些向他公然展开了的,正是同他一样的空。

他想着,气愤了:我为什么把我的手展开呢?我的酒,我的书,我的舒服,为什么我都让他们溜走了呢?这些,我是该坚实地握住它们,而且,我的一切,都是该坚实地握在我的手中,不让它们漏出一滴油汁去的。

他觉着,他实在有些被辜负了,他遗忘了一切,而希图做出一点什么来,但是,有什么呢,除了把他陷在穷苦的生活中外,还有什么是可以看见的呢?

他失望了,他厌恶人们。

他立刻想到离开P城,到一个荒漠的地方去。看不见人迹,人也许会变得可爱一些。然他终于不能毅然走开,像有什么在牵连着他似的。

"我总是这样傻!"他想着,摔了一下他的胳膊,就像要把他的傻摔在地下。

他只得走到野外去,在那里,他可以骗他,他仿佛是到了荒漠中了。风们在那里欢唱着，歌音拂在树叶的皮肤上，发痒了，急得一上一下地打跟头。他笑着，悲哀便从那突的舌头上进去，塞住了他的喉咙。

这时，便有几个熟的面孔，他摸索都可以知道那是属于谁们的，给他跳了来。他像是躺在床上，模糊的眼皮上还留着梦的残痕，那梦，已经被他们惊得飞去了。他待着看着这些面孔，红的嘴唇在那下部开了缝，便从里边吹出死灰色的烟，吹出冷的气息，没有意义的言语，这些，正是他把他的时间全个儿奉给了的。他吸了一口冷气，颤抖把捉不住地从他的身上滚下，他疑惑他是害了病。

“算了！算了！这便是我所做出来的，这冷气，这颤抖！多么伟大的事业啊，我的英雄！”他发狂似的讥笑着自己，连他自己都觉得这太刻毒了。

他想着，在一条河的边上走着。柳树在他的身边相离不到五步远地排列成一条直线，把影子掷在深碧色的水面上。太阳把金质的装束赐给那些为树荫所遗弃了的碧波，穿起松花绿的外衣。几条钓丝，垂直地立在水上，水上起了一阵漩涡，钓竿便被那主宰着它的一只手提了起来，钓丝悠然飞在水所接近的空中，在它的顶端便看见一条小鱼轻佻佻地摆动着，舞着……这便是一切，这些，他们倒都觉着是大有深意在焉的样子。凄苦的微笑飘浮在他的脸上，他像是着了迷，几乎要失脚了，却仍然固执地向着那在他面前铺开的路径上大踏步走去。……

二

在他的心里像是藏着一些秘密，这是近来才在他的生活上开始了的，照例，这是很可以信为是真实的情形。他不愿意让一个人知道。世间有一些事情，确乎是不能让人知道的，人们太轻薄了，他们只会在蜜酒中撒沙，而炫耀他们的本领。况且像他那样厌恶人们的人，这自然更是一种决不能轻于启口的密诏。为什么要让他们知道呢，那些可厌的东西！

的确，当他坐着的时候，当他在街上散步的时候，当他睡在床上的时候，乃至他在梦中的时候，都像有一朵彩云常罩在他的头上。他的眼常看着内面，似有深藏的神秘在那里诱惑着他。有时候，他没有看见什么也便笑了，有时候，却又无端地叹出一口冷气，有人站在他旁边，那便一定会以为他发了狂。

他向来是这样的，到他的一切都失了依据时，他便常去造出一种幻想来以羁縻他那把捉不住的心神。心神，这是很可怕的，他不能够让它陷入无底的深渊，因为他是那样牢固地要它时常在飞翔着。但这牢固也不是没有松懈的时候，到他看见，或者说是爽直地承认，他那最小的希望都变成无物，便是那一切的缺点都几乎像是一块分不出界线的整块的烂布的时候，倒卧降临在他的身上，他觉着他的脚要失陷了。“这是很可厌的，我不能够屈服于它！”他狠毒地想着，于是，便有什么新的景象给他呈献出来了。理想吗？天才吗？伟大的人类的爱吗？这些都已被他破坏了。不是的，他是在悬想着一个真实的渺茫的女性。

他时常在需要着一种证明，以使他确信，他所以如此者是为着什么，但他时常是失败了。为他自己吗？他觉着他自己实在不需要这样，一杯酸酒，也便够他享用了。为着别人吗？那是些谁们，便是那些冷笑着他的热狂，得意着他的失望，酩酊着他的酸辛的人们;他似乎并没有从别人的手里得到过什么可爱的东西,如其有时,那便是需要加倍的报酬的。人们只在利害上打算盘,这便糟了,他以为一切他所想弄掉的东西正是从这架算盘上打出来的。

他于是便想到一个美的女性,那能够用微笑保证他的理想的,用接吻启示他以人类的结合的预言的,用无目的的拥抱给他铸造出不灭的坦白的胸怀的。

这是可以看见的,他到了几乎要绝望的时候,他便开始了这种冒险了。这诚然是一种冒险,或者说,这是一种永远要碰头的瞎撞,但他有时候,又以为的确一切都只是个瞎撞罢了。所不同的,也许是因为这样的瞎撞,在疲倦了的心里比较容易漩起一些波浪来。

第一步,他是要找一个依据了。自然,他是采选一个没有见过面的,那样,他可以比较延长些看不见破绽。也可以在某个预定的期间把他的幻想完全嵌放在她上边。在他的经历之下,他几乎不敢相信,这在他的幻想之外,还会有别的什么出现的。

接着,便有一个遗物,如他所幻想的,同他开始了生活。这是冥合着他的思想的,共同着他的感情的,直爽地能够走进他的心的深处的,像太阳般能够光照着他的灵魂中所有的幽寂的角落的,这便是丰富了他的生命,颠扑不破了他的勇气,正像自然亲手把它的所有呈献给他的那个地上的女神。

这样的工作,他已尝试过几次,但是都失败了。他像要走进一间新房子里似的,但有的,他刚看见那个房顶而便掉过头去,有的,他也真的像走到那房门口,但他却不温和地进去,而在那里怪声嚷叫起来。他时常是把自己的手里所放出的彩云又用自己的手随即扇掉。他时常是那样不安,他什么都不能满意,这是无足怪的,到他连他的这种工作都厌恶了时,一切于是又都成了空的。他简直以为这只是一出滑稽戏,而又是自己自告奋勇去排演的,这够多么可笑!

他有时这样想,如其真有什么有价值的事实在存在时,那是应该毫无踪影地在一刹那间出现的,那是不应该仍然要经过什么试验,恳亲种种烦琐的手续如那些讨厌的事实所必须经过的。如其有一个美的女性,那便是应该立刻便这样吻抱着,缠绵着,沉酣着,生活着,那是应该超出了一切的限制的。

因此,他到了一切熟的面孔都消灭了的时候,到那一切的声音都在他的院子的内外寂静了的时候,到一切在白日里缠绕着他的游丝飞散了去的时候,到他的心宛然是一张白纸铺在他的眼前的时候,他突然便感到有响声在外边敲门,敲他的心的门,于是进来了,他不认识而却久已熟识的,正是那个他所叫作的美的女性。他看见那一片纸上红了,真的变成了奇异的云……

"我走出世界去了,然而我确乎是住在世界中!"他这样不识其所以然地想着,像一切都不可能,而一切又都可能的样子,他的思绪从这里游离了去,沉没着,沉没着,在不可知的处所。

三

他想象着他做家庭教师的情状。他到T城下了火车,走进一所官僚的住宅里去。他面对着两个官僚,一个长着须子,一个是光嘴巴,他同他们像极亲热的朋友们久别重逢似的,做出极要好的样子。这便是说纸烟从他的嘴里吸进去,接着又吹出些同烟一样的言语来，烟和言语，周旋便尽于此了。他有时，实在觉着，同什么人周旋，也不过是那么一回事，只不过是随着兴趣吹出几口气来，时而再套杂一些欢笑进去，这样，便到哪里都会变成一个上客。他时常那样寂寞，他需要真的吹气，真的欢笑，但是什么地方找去呢？比如你，什么都得不到的时候，你便觉着墙壁呀，石头呀，树木呀，都会成了你的朋友，你会时而同它讲说，同它欢笑，虽然你也知道这是件极无聊的事情。朋友！其实是这样，人们只是些机械，你高兴的时候，给它灌一些油进去，或者你扳几下它的某部分的机关，或者……这些都是没有关系的事实呵！

就是这样的，上客已经做成功了。这便呈有一间很敞阔的房子，把他停放在里边。为了合适他起见，他想象这间房子一定是模仿他的一个朋友家的客厅建造的，里面有一个小房间，他住在里边，两个不满十岁的小孩被配置到外面的大房间里，那两个小孩，自然其中有一个是女的，这是怪有趣的呵！她也许是年纪大一些吗？不然！她一定是属于那个小的，他可以常听见那种天真的"妹妹！"的叫声。比如就在现在，他正坐在他的小屋里看书，或者写什么东西，外边便传进几声蚊子的叫，这些念书的声音，他听得惯了，其实只等于蚊子的叫，它是一点都不能够扰乱他的工作的。猛然间，又有一种可爱的声音给他飞了进来，便是由那个小小的喉咙里所迸出的嚷"妹妹！"的声音，他立刻便看见许多美丽的东西，在空中飞舞起来，那时，他也许正在描写着一个儿童生活，或者给他的女朋友写信，于是，便有一种特殊的力量，像从天外飞来似的，蜂拥着，一齐都奔赴在他的笔头尖上。

到他写完了他的东西的时候，孩子们都走散了，听差的开进饭来。这些每天几乎是同样的食料，虽然他已厌烦到一见了便会作呕，然而他却并不理会这类事情。他也正像周旋他的主人似的，胡乱把这些东西开发了下去，他便赶忙走出外面的房间，散起步来，那像是特为给他散步而预备的，或者，他在那地下打起拳来。这一天，如其天气特别清爽，或者刮起极大的狂风，他的心里特别痛快，或者极度的烦闷，他便走出来到海滨逛去。他是那样爱海，没有她，他像是没有生活似的，然他却一向还没有看见过海。他虽听说过T城的海滨并看不见大海，那只是一些臭水坑，但他现在却似乎已经看见大海了，而且海，有时候正像是无分乎大小的，至少，他在那里嚷叫的时候，总可以听见一种洪壮的回音。

有时候，他便出去到一个工厂里去，这是人们都不知道他的生活上的一种秘密。他在那里已经结识了几个很好的朋友，他们是诚朴，义愤，机警，是上选的平民的战士。当他们工作停了的时候，他们便相跟出来，到一个人们不大注意的地方，他们谈着，他无意之间的眼睛盯在他们里边的一个短躯干者的粗黑的指头上……他回来了，他的女学生握住他的手跳着问道："老师！今天海边上你看见什么好东西没有？"他笑着回答："看见的，一只像鹏鸟一般大的白鸥。"

所有这些，他想象起来都很满足，或者正可以说，这是他的地上的天国。然天国也不是永远可以住下去的。于是，他烦躁了，三个月已经过去了，他需要像弃掉鞋上的泥皮似的弃掉他的天国了。于是，他便毫不迟疑，只带着一种对于那两个小生命的恋恋不舍的心情，同节省下的两个足月的薪水起来走了。他到什么地方去呢？S埠吗？H山吗？或者一个没有计虑过的村庄吗？这有谁能够知道呢?

四

有很几年了。几乎是每夜,他做着一个频繁的梦,这是他只要梦见一次便会痛苦到心底的。他时常在搜寻一些方法,想把这个梦魔驱逐出去——的确,像是有一个梦魔在那里捉弄他,一见他把眼皮闭上了的时候,它便给他个防避不及而把一种东西灌进他没有睡着的心里去——然没有一次不是要失败的。他愤怒地谴责着自己,连自己的梦都没有力量去移动它一点,那还有什么用处呢!他能够在白日做梦,做腾上天空的梦,做沉入海底的梦,这些都可以随他的意之所欲为而去安排就。但一到夜间,他对于他自己的生活便完全变成一个旁观者,或者说,他变成一个可笑的中国式的机械论的信徒,他自己是无所用武,只能够呆看着那副机械在那里盲目地动作。这机械便把他的可怕的毒汁,在它游戏到疲倦挥手而去的时候,掷在他的心底,这毒汁,到了白日,仍然看不见痕迹地盘据着他的生活的基址,继续着,增加着,他悲哀,他偏激,他烦躁,他以为都是由这种毒汁作祟的。

他早上醒了的时候,揉着他的眼睛,好像他的眼中还存留着那种污积的渣滓而要竭力去掉他的样子。他几乎不愿意去想,他刚才所从中走出来的是一种什么世界,这压得他太紧迫了,正像他不须思索便知道有天空在他的头上压着。他模糊地觉着,有些黑的云雾零落地排列在他的脑后,在它们中间,浮现出几个烂熟的面孔,从他少年时代便已认识了而直到去年秋天还看见过的。在这些面孔的左右,起伏着几处房屋及它的附属品,都是同样烂熟了的。就在这样无趣的布景中，戏剧便开演了，吵闹，吵闹，吵闹，永远是重复地排演着一幕戏剧。

这幕戏剧中的角色，他已经在十年之前便同他们开始了疏远，而且同他们坚决地分手，也已有四五年的光景了。虽然以后也曾有几次遇在一处，然而山林呢，池水呢，他不是也时常遇在一处吗？如其做梦时，这是应该有一些别的故事，为他所比较时常在重视的。为什么那些排列在眼前的，它不去摄取，而特地去搜寻那些陈旧到腐烂的，而且不厌烦地温习那同样的东西呢？他有他的朋友，有他的社会，有他的理想，有他的偶尔在幻想着的女子，有他的步步荆棘的生活，为什么这些都被它遗弃了，正像没有其他可陈述的似的而必须要追溯那些先朝的遗迹呢？这梦，他简直不能够明白，他的肉的生命的记录何以会颠倒错乱到为他所预料不及的荒谬。

他有时候怀疑他的近代生活也许太不确实了，这在历史上是应该省略了去的。然而，他们的脚踵不是同样地深刻地印在他的生活上吗？他不曾为了同样过度的疲劳而失眠过吗？他不曾同样折磨他自己而倒在醉中吗？他的胸脯不曾同样像锋刃刺着，他的神经不曾同样像要被什么震断而常怀着发狂的恐惧吗？然而，这些，统统都像是被忘却了，像另一个毫无关系的人的身影被瞥了一眼而随即掠过去了！

生活便是这样，那些他所不愿意生活着的，都到他的生活中来了，那些他所不愿意梦着的，都到他的梦中来了。

他便精细地检查起他日常的生活来，他把它们一门一类地分开，就像一个动物学家对于他所采集到的材料所做的。但在这里边，他找不见可以确实做他的梦的根据的，他只不过无意之间偶尔想到过它们罢了。这东西的力量真大，它便会在这无意之间渗进他的生命的核心去吗？他恐怖了，又像是颤抖起来，的确，不是他的身体，而是他的灵魂在颤抖了。于是，他明白过来他时常感到这种颤抖的，他有时简直觉不出来，他也不曾考虑过那是什么缘故，但是，这却几乎时时刻刻的像有阴风在看不见的黑洞里向他吹拂着。便是在现在，他也亲切地感觉到，他愤怒地摸索着那些东西，他恍惚便看见些熟的面孔，熟的房屋及他的附属品，正是他在梦中所时常见的，"这是它们！这是它们！"他没有声响地嚷了起来。"这在我的面前捉迷藏的，便是它们！"

于是，所有他的历史，便都平铺在他的面前，这是一具除了创伤之外别无余物的尸骸，这便是从有生以来便保存着，爱护着的那个生命的幼芽的遗型。

他想着，他是一直到现在都在被什么包围着。起先他并没有觉到，他的少年时代便从那种模糊中夹杂着幸福溜过去了。后来他发见了传说，他于是厌恶家庭了。后来他发见了家庭，他于是厌恶了社会了。后来他发见了社会，他于是厌恶了自己了。他什么都厌恶，于是包围着他的也便越发严密起来，而且分工了，那白天不能够向他睁开眼睛的，便穿起夜袭的衣蹿进他的死海中去。

在一圈漆黑的整块上像是开了缝，这意义便是"我应该如何去驱逐了它们呢？我应该用什么新的东西去代替他们呢？"但接着，立刻又合回去了。

五

公寓的老板走了进来。他一看见那一副笑容，心里便着慌道：

"糟了！外交家来了！"

他看见他的屋里充满了债。

"钱到了吗？"笑容问。

像得了传染病似的，另一副笑容立刻挂在他脸上。他注视着那一颗胖脸，却不回答，先点着一支纸烟。

"你不是说过几天可以付一些钱吗？"笑容愈加笑了，问。

"这两天——我还没有找到钱。"他像是理由十分充足地回答，却终藏不住有一种抱歉的神情要跳出来了。

"是这么回事，外边有好多的债；这不是，月底又快到了！"

"债吗？好的，要债的是应该负债的！不然，你岂不太便宜了吗？"他心里想着，几乎要笑了出来，却答道："好了，过几天我预备下好了！"

"好吧！赶月底你无论怎么总对付几块好吧！"这是一种愈加殷勤的请求，同时也是坚决的勒索，说着，头点了一下，便出去了。

他愈加猛烈地抽起烟来。他立刻看见他的屋子空了，连一个铜子都不见了。

过几天！这不是还是那一个过几天吗？然而，月底快要到了，这如何是好呢？其实，赶过节有钱，便什么问题都没有！然而，过节不是也快到了吗，这如何是好呢？

他有些懊悔了，他不应该不给报馆里投稿，左不过是弄几块钱罢了，有什么关系？几时曾有过义财给他预备着呢？他想着，立刻又憎恶起他自己来，好像这不是他所应该想的。几十块钱的债，横竖也不会要了命，况且命又能值得一个铜子吗？

他想着，又反转来痛恨起那些报馆来了。一首诗只给八分钱，真是气死人！笑死人！比如，他开一顿客饭，便得两角钱，客人走了的时候，他便必须做出两首半诗来了，而他的客饭又那样多，每天至少也得平均两顿，他如何有那样许多诗作呢？

因为他不能作灰土那样多的诗，因此他便像灰土那样的穷了！

他于是想起他的穷来，他的过去的和未来的。他尤其乐于去想那未来的，他如何一天比一天穷。债一天比一天多，直到他的尸首埋在那穷和债的堆积里。

一支烟抽罢了，他又另换了一支烟抽着，从那死灰色的云雾中，他看见他的继续不断的生命。

六

装载着许多的人与货物的火车蠕蠕移动了。但他的眼睛却只注视着其中的两个人，由注视又变成远望，直到火车失掉了它的踪影。这一天的火车，像同往常他所见的大不一样，它走得是那样迅速，正像里边，完全装载着火。夜已深了，秋寒从他的大布衫中侵入他的肌骨。然他并不颤抖，因为有火烧着在他的心里。正如他刚才所说的，秋天的旅人要去做夏天的梦，凉意便都消散了，的确，在萧瑟的晚风中踯躅的他，正在做着夏天的梦呢！

只有在他的手中，他感到荒凉，只剩有他自己的手了！他们因为要共同走路，于是各人便走了各人的路。

他向着远空凝望着。小屋的欢谈，公园的漫游，这些都哪里去了？远空中，他只听得见隐约的心的共鸣。

往事历历都复现在他心间。恍惚他们正坐在树枝上纵谈着自己的和别人的故事。忽然，隔壁的院中坐着的两个女人向他们掷来无须的惊恐的顾盼，阴谋于是发见了。接着，便是警察，侦探，屋的检查，院中的巡视，气愤的失笑。恍惚他又到了北漠，听见客中呻吟的病人的声音。莲花中呈露出的穷途者的瘦影。酒杯中的悲愤……这些正像是昨天的事，但是，明天呢？这大概快要来了。

火车的声音，又宛然在他的耳边响起。那是神行者在空中驰骋，鸟中之灵在天外扑翅的声音。这火车便载着两个苦行者送他们到人世的下层，去享受那人世的最高的痛苦。

"仅只是一个小兵！"他突然像听见从人群中迸出的嘲笑的恶声，他打了一个寒战，但倏而又变成惨痛，悲欣与惭愧了。

"我以后不应该再那样胡思乱想了，我必须把我的力量尽量用在我的工作上……但是，明天呢？这大概快来了。……"

在这所有的经过之中，他饮着热泪，走出了车站。

七

生活之于他，变成一副凶毒的刑具，他再也不能忍耐下去了。同朋友们在一块呢，他为扰攘麻痹而疲倦了。孤独起来呢，他为寂寞不安而疲倦了。反正是疲倦，而且这疲倦逐渐蔓延，直到淹没了他的所有的活力。

"生活为什么这样无聊呢？"他像叩着一块石头痴愚地问。没有能够回答他的。

他一个人走出屋去，他看见一切都浮在空中，他的脚颠簸着，像踏在船上。地常有失陷的恐惧，像是一颗流星，他同一切所信任而依据着的。"飞了！飞了！"他心里想着的常如此。"飞了！飞了！"他眼里所看着的常如此。

假如有一只苍蝇，飞在他的手上，他觉得再也不想动一下他的指头了。这有什么意义呢？他时常在追求着意义，于是他便觉着一切都没有意义了。

“生活是为生活而生活的，不是为意义而生活的。”他有时也这样反驳他过。“那末，生活究竟是怎么一回事呢？那就是说，为无聊而生活的吗？”这声音更接着诘问起他来，像藏在他的身旁特为给他以更大的击打而预备的。

他不能够这样生活下去，他需要变换一种生活的形式，他不能够从朋友们身上痴望着他自己的懒散的颓形，他不能够吸吮着那些死去的安闲的人们所遗留下来的唾余而自谓蜜酒，他不能追随在女子的背后空望着她的绝无的偶然的回盼，他不能够把华宴排列在云端而焦急地把他的馋吻压在脚凳的下面，他不能够摆着一双空手而希冀别人的援助或自谓有援助别人的慈心，不的，他不能够这样下去，这些太不像是生活了。

“生是同死面对着的”，他想，“一只脚踏在生上，别一只脚踏在死上，大概，只有这样，才算是正确的生活吧？”

加里波得的红外套，突然出现在他的眼前，他以为他看见的是一颗太阳。

他想着，如其有这样一件红外套，而那上边聚集了有一千个焦烧的窟窿的时候，他也许会建设他的生活了。

恍惚便有一座悬崖，挺然立在海边，上面高耸着不尽的长空，下面深陷着无底的幽渊。他悠然立在崖上，在上升下降的一刹那间的判决中，他享受着最高的悦乐。

“路径大概便只有这一条了！”他想着，眼睛盯着他的前面。正像那唯一的路径已在那里铺开了等候着他踏上去的样子。

八

门响了,他睁开眼睛。现在是什么时候,他不知道。他时常是不能够知道,他在什么时候从床上起来的,也许可以说,那就是门响的时候了。但他知道,他每夜总在三点钟以后睡觉,因为他必须等着人们离开他的时候,外面的声音,如二黄呀,胡琴呀之类的声音都给他静默了的时候,他才能够写一点东西或者看一看书,这些又都是他每天决不能放弃的工作。他睡下了,所有这一天所经过的,都聚会在一起,好像变成一个黑团悬在他床的上面。他闭着眼睛,然知道有物在上面悬着,不安的情调也越发紧张起来而荟萃于一点。他也不叹气,也不伤心,却只把凝视的眼睛睁开一瞬随便投在无足轻重的地方。又合了回去,疲倦便降临了他,他睡着了。此后,便是那个频繁的梦的开场,虽然有时候也换一下场面,直到门响的时候。

他怀疑他的对于什么都没有兴致,是不是因为睡觉不足的缘故。他每天平均便只睡四五点钟,他虽然也曾这样理想过,然主张仍然是主张,实行起来有没有破绽,谁都不能够知道。况且,他也许并说不到是实行他的主张,因为他的觉醒是由于门响的缘故,而这门,又连他自己都不能够说定是在什么时候响的。

他在梦中自由地游泳着,倏地,外面伸进一只手把他揪了出去,于是他的水便立刻枯竭了。如何懊丧呵,这只手又不是一只女性的手!

他接着便竭力去想象一只女性的手,但是他只能够想象起一些平凡的手，他惘然地吹着气。“我的生命，真的，枯竭了！”

于是，他便不得不承认，他是躺在床上，被一只平凡的手拉起来，他围着被窝坐着，像从水中拉出的鸡，浸湿的羽毛还淋漓着剩余的刻滴。嘴被敲了一下，他说话了，他不知道说的是什么。眼睛惺忪着，像一半闭着在梦中，一半睁着在日里。他像是没有满期的囚徒从监狱里跑了出来，不是由于他自己的脱走的计划，而是被典狱官捉弄以装潢什么把戏似的，他感到有比在幽囚中等候着命运的时候的更大的忐忑。忽然，便是一种酒杯落地的响声，他的在那里装着美女的像的酒杯被打碎了，他的希望，他的幻想，他的诗的美，都像在这一落之下被打碎了，这是他的一个朋友的手打碎了的。

“我的手哪里去了？”他疑问着。“我是该关住我的门，我是该把我所需要的捉了来，把我所不需要的赶了去，我的手哪里去了？”他想着，看了看他的手。那同样是多么一只平凡的手啊！

他撂开他的手，呆坐在床上，许多的手从开着的门中伸了进来，都像要抓住了他。它们争先恐后地嚷着：“给我你的三点钟的时间！……给我你的五钱重的诗！……给我你的银样的梦！……给我你的红的火焰！……给我你的最后的敬礼！”他听到这最后的要索，这怕是从死亡那里提出的条件吧，他无聊地笑了一笑，想道：“那还远着呢！我的敬礼还怕没有只剩下最后的一份给你留着的时候呢！”

今天，他又是这样醒了。他的一个朋友进来同他说了几句话又起来走了，他停放在被窝底下，计算着他现在可不可以起来。他仍然是很瞌睡的。但睡的希望是不容易有了，因为他已经被惊醒的缘故,况且这也已经成了习惯了。起来呢?他的纸烟都抽完了,窗沿上只存着一个铜子,不抽烟的生活,一点钟,不可能!他又怨恨起他的朋友来,他把我惊醒,便应该让我能够醒了下去,这太无理取闹了!

胡琴的声音,又从那淡青色的空气里给他转了过来,这是报告他以世界上可有的消息的。他的计算已不知道丢到哪里去了。他真的像变成一副机械,忽然从床上跳下,被什么把大衫给他披在身上,三脚两步地跑出了门去,不知道到什么地方去了。

就从这一天起,P城里没有人再看见他的踪迹。

游　离[1]

我的名字是N,这便是我的唯一的所有。历史吗,我不久要有二十八足岁了。

我望着我的前面,空空洞洞的,我望不见什么。

虽然有时候,也有些幻象经常出现。但它们是很变化的,我常认不出哪一个真的是我的幻象。

在那里,我可以看见我所想望的,也可以看见我所厌恶的。我想,那都同现在一样,不变的是我的名字。别一方面,则我或者可以活到五十足岁。

当我孤身躺在野地里的时候,我不妨做一个将军梦。同样,我可以孤身躺在战场上。一切都像是梦。

美的云彩在空中游荡着,排列出各样的形式,我知道那是夏天,我想象雷雨,想象被风吹折的花,想象窗旁倦卧的美女,想象我

①原载1926年3月1—4日、7—11日《京报副刊》第425—428、431—435号。

在泥泞的山路中奔驰。但一到冬天，我的想象便都另换了一套；那是些，荒漠，厮杀，白骨。然这一切我都在爱慕。

我苦的倒是这些，我常觉到空空洞洞的。人生不便是这样吗？几时会有充实的时候？

今天我同一个朋友谈起这话，我的朋友叹了一口气笑了。我想，人生永久是如此的，让我们叹一口气笑了吧！

然而我不能常笑，也不能常叹气，因此，我便做了负重的牛。我需要的，倒像是喘气。

我负的究竟是不是重？为什么我又常觉着空空洞洞的？我负的难道便是空吗？这样想时，我又叹了一口气笑了。

然而我又时常在回望着过去，像有铁索想把我绊住。

但我宁愿把铁索握在我的手中，我玩一套把戏给大家看。大家已经不大看见把戏了，因为大家都住在荒漠中。亲爱的白骨！让我们一同起来走索好吗？

我做着一个奇异的梦，我熟睡了。

我住在无定居。如其今天有人问我在哪里住，我将说在C家里，但晚上我却睡在B床上了。但这也并不是我所痛苦视之的。我以为一切人都同我差不多。

但我终究不能忘情于安居，在梦中我常偷跑回家里，在我的夫人的身旁。

谁是我的夫人呢？是小说上的仙女吗？是我的理想的爱人吗？不然，你们在你们的身旁大概都可找见她的类似，一个不认识字的缠足的乡下妇人。

人常把他的梦赠给他所不喜欢的。那梦，那是人生的精华，那是艺术之所由生，哲学之所由成呵！

我的梦便这样挥霍了！我不□于绝望者，因我白日还剩着另一样的梦呢！

然我昨天在梦中也居然看见我的白日。

我梦见我睡在大学校里。外边进来一个小孩。我不认识他，但我知道他是从河南来的。他问我道：Q住在这里吗？我答：你为什么不到他公馆里找去？他听着，跑了。我在后面追他，我问：你见小弟弟没有？远处我听见答复——你一年后才能够见他呢！

我又梦见一个老朋友，铅铁一般的皮肤贴在脸上。我惊得发颤，他常是那样健壮呢！我想着他的女孩子呢！

然这些，在我的梦中，可以说是例外。

我的弟弟住在家里，来信说他很痛苦。我同情于他的话，所以我发誓不再回家，我已二十八岁了！

我的母亲在家中病着，我有什么法子呢？如其我在这里病着，谁有什么法子呢？

我不愿叫家里知道我的行踪，他们会骂我没有天性。天性呵，我早与你分手了！但有之者，谁敢于骄傲我？老实说，我愿意毁灭了一切的家庭，并且连家庭的情感！

但不回家，我终觉很痛苦的，我大概仍然被天性束缚着吗？

在一间中产家庭的房子里，躺着我的母亲，一边坐着我的弟弟，地下立着我的夫人。我哭了。我想看见他们！

我的母亲，便是那个在我的儿童时代以怒脸向我的，在我的少年时代以笑脸向我的,在我的青年时代以苦脸向我的,一个脸色不定的妇人。今年五十岁了,已生了三分之二的白发。我已生了三分之一的白发。我将不死于发之白:我赠给母亲的,只有一个少年的孩子!

我将不再看见我的母亲吗?我反对一切的母亲!唉,痛苦的母亲呵!痛苦的孩子呵!我们遭遇的是什么时代?

同样的,我也有我的孩子,今年五岁了。我去年还看见过他。他有我那样的聪明,我不可以赞扬我自己吗?

我实在爱我的孩子,他常拉着我带他到街上玩,只有他能够拉得动我。他,我从那里看见那儿童时代的我,我可以从他接吻我的过去。我爱他甚于别的一切孩子,我爱他如我自己。

我如何能够现在抱住我的亲爱的孩子呢?这岂是二百里路程所能隔绝了的吗?

有母,有妻,有子,而我不得归。我将弃绝家庭。

故乡的风物,我时常想起,但我不能看见。它们只给我的历史做了背景。我不能离开温泡的洗麻泉去找我的七八岁时的游戏。我想起十四岁的我时,我一定会先想起城里小饭铺的油布袋。

他们可以节省一笔酒钱了吧,虽然他们失掉了一个人,虽然这个人是不为他们所容的。

然我知道,便是在今天,我的母亲,我的弟弟,我的夫人,我的孩子,一定都会有一个时间想到我,无论是望我或恨我。除了玉米面,赵大夫之外,我还是他们的一个很有关系的人。

我回到这里已两个礼拜了。我本来便只打算住两个礼拜。但火车不通了,我只得一气住下去。我不如兵有身份,这是火车的意见。我后悔我没有早去当兵。

我看不起那些兵小子们,不是因火车问题而有所私恨。我希望战争,但他们是胆小的,枪常负在肩上。枪压着兵,所以看不见火。如其我是兵时呵!

太原不见火光,已经十四年了。论理是应该打几下,调和一些空气。老百姓们也太怕死了,不适于竞争生存,闻一闻烟火气不好吗?

况且,我既被关锁了!被什么,不是被战争吗?战争在哪里?我走到街上,只看见一些死气沉沉的路人和死气沉沉。连个抢劫的都没有,太平得多么无聊!

我的上海,我的黄浦江,我的江湾,我如何能立刻走到你们跟前?

住着实在无趣,一天等于一天,一连住了十四天寻不出一些变换,只有天气冷了吧?

我仍然穿着我的秋天的衣服。前天Z问我:你不害冷吗,穿我的马褂去如何?我说:不冷!真的,我是冷而不冷。我现在害冷,但我不高兴说冷。我想我的夹衣还可以穿两个礼拜下去。

我看见穿着棉衣的人,我愤恨他们夺人所有。我看见穿着夹衣的人,我愤恨他们奴气十足。我看见我自己的夹衣,我笑了。

我一只眼望着北方,一只眼望着南方,我的身体躺在中间。连汽车都停卖客票了,我能飞到哪里去?这些猴儿们,只会大惊小怪的!

唉!天冷,火炉在哪里呢?笔头,笔头……

我一个人在街上走着，是晚上九点钟了。这里的人们都害的是早睡病。街上的电灯，只能够看自己。极细的雨点零落着，只有皮肤些微感觉到。风却紧张地吹到我的身上，使我时刻忘不了我所穿的夹衣，我战栗了。这便是荒凉的写照吧？我疑惑有人在后面追我，大概是黑暗。

我计算着今天晚上的宿处，何处有火，我将逐火而居。

天上的云彩稀疏地堆积着，这是不会下雨的。虽然，如其一下雪，天气便会冷了。如其下雨，明天一定会变成雪。

我计算着赁一间房子，过我的寂寞的文字生涯。总之，除寂寞外，还会发见什么呢？

娘子关已经开火了吧？今天一个朋友从火车头上得到消息，井陉的兵已开到北京去了。火车头又如何靠得住？我还是相信我所相信的，三日内，太原会换成别样的形式。

我恍惚看见几个熟的面孔，伸出在军装上的，我同他们握着手，但不说话。

唉！我是——太迟了。失败……失败……

别一个军人向我对面走来。更其熟识，但我想不到是谁。

你是？——我问了。

是我！是我自己的声音。

我一个人在走着呢。

在两礼拜前，我和小弟弟一同从北京起身。我们一到了太原，便不约而同地说，住三两天，我们赶快走吧。

谁知小弟弟走了，我却一个人留在这里，而且没有信来。

在他走的那一天,保定开火,打伤南下的火车。次日保定又开火。小弟弟!莫不你已做了火下人?

我的意料,他一到石家庄,便要给我写信。如今已是八天了,为什么还没有一些消息?

我只往坏的一方面想,他被人误认作侦探抓去了吗?他触在不知何处来的飞弹上了吗?他死在他的愤怒中了吗?

自然,如其他已坐在东安楼上,同H、P吃栗子时,我还有什么话可说呢?

我想念着H,他给我新鲜,给我活泼,给我美,但我所给予他的是什么?

我想念P,我时常在担忧,怕他太喝多了酒。

我想念着X,我太对不住她了。我确乎太残忍,我用毒药敷在她的新伤上,虽然我并没有歹意。

女子像一朵花,你如爱她只可爱她的美,她是不能够经受暴风雨的,而我却给她以暴风雨。

有益于女子的,是同情,赞扬和和善,而我却施之以暴戾的斥责。

我希望扇着一支嫩焰蔓延而成为大火,但我却用力太大几乎扇灭了。当真吗,我好久不听见她的声音了。

但我昨天却发见了她的一点秘密,她告诉我她是勇敢的人,还是第一次的宣布呢。

但她以为我在骄傲她,虽然我在崇拜她,而且我舍她外再没有崇拜过别的。上帝之于我,是一个可笑的传说。我常把他嵌在我的诙谐的谈话中,我甚而至于蔑视我自己的思想。

我想念着——我什么都无须想念了。

一苗死焰！是我的自赞。

我在被包围着，东西南北都是兵，我不能到何处去。因为我一个兵也没有。

然使我有五千兵时，我早已把那个包围了。太原是一座空城，所有的兵都是预备偷跑的。只要我有五百兵时，我一定会先去占领了火药库。

在无人之境，我却闲废着，我摸着我的额脑。

时候倒正是夏天，我自己才是冬天呢！

今天还没有得到消息，不知外面打得如何了？

学生们都忙着回家，学校大概快关门了。我赞成解散学校，因为它那里只能装那么些学生。但我不赞成回家，离家，回家，离家，我们的所谓智识阶级的先生们，永远走的是这一条乏路！

把眼睛放远一点呵！家庭之外——

一旦我有了兵，我一定要分驻在各个的家庭中，把栈房留给那些游民，人们都住了栈房时，社会也许会变好一些了吧？

我的亲爱的青年们，把眼睛放远一点吧！

为什么那个漂亮的面孔，忽然闯进我的心来呢？

这是一种颓废病，我时常思念女子。虽然她在我的思想中只占三分之一的地位。到我完全屈服于她时，我便一时完了。

我有时竟会只想念一个女性的，——这多么危险！

我诅咒一切！

我从海子边走过，看见有兵在那里操，我可以叫他们做兵吗？他们在学开步走。

为什么我同人们谈起海子边的那些兵时，他们都要发笑呢？

这几天开走的兵，是不是便从那里训练成的？

他们的腿像枪那样地笨，但他们没有枪。

街上的洋车夫少得很，莫不都到了这里？

栈房里都住满了兵，原来便是他们。

我想跳到他们跟前说道：让我们打一战好吗？他们也许会发了怔，问：打战——什么是打战？

打战！打战！我们一齐都打战去呵！

我做的是表现派的梦，但我的现实，是比写实主义更简单。

今天刮起风来。风是英雄，它能使静者动而动者更动。

我看着风时，想起我的朋友了。我给他写了一封信，从下面寄去。

亲爱的朋友！

好久没有接你的信，你的工作如何了？各处的人们都在反对你，有的还简直在笑嘲你，咒骂你呢！这很奇怪，他们倒像是以为你是世界上的唯一的恶人！你的到罪恶之路做成功了吗？我想，怕你没有工夫做，你正在走着罪恶之路呢？

在距离今天两个月的光景，我曾听到关于你的不好的消息。你知道我当时的血液奔流到多么遄急吗？但不久我镇静下来了,我相信那一定是谣言。人们为什么那样喜欢造谣呢?假如有上帝的时候,我第一便是要斥责他不应该把嘴付与了人人。

朋友!你知道吗?我时常在想你,当我最绝望的时候,我一想起你,我便立刻承认世界还是一个世界。我的亲爱的朋友!你为什么不把这个世界多显示给几个人呢?这怕可以说是你的罪恶吧!朋友!连我都这样说了,你够多么不幸!当人们把责任放在你的肩上的时候,他们空闲了,便来搜寻着说你的坏话。你是我们人类中间一个真的受苦的人,你能说这不是因为你曾经犯过罪吗?

昨天,我碰见你的一个乡亲,他问我你现在在何处。我说不知道。他很失望,他没有从我这里猎到可以夸示于人的消息。我觉着像我在把你藏在暗处,你能宽恕我吗?

这里也许有事情要发生了。但我却是个旁观者,我因此很颓丧。不久,我将到别处,当有路可走的时候。我已闲得疲倦了!

以后再通消息,别了,我的朋友!

到明天太阳上来时,我用它给你祝福!

X月Y日于太原

我写完了这封信,又从头看了一遍。我看见太阳上来了。风刮得越发凶暴。那岂止是风吗?

风之大者莫若绥远,我想到绥远去。

我梦见我在追寻天堂，
一个老人站在我面前，
我从那老人的头上望去，
我看见一块地狱的门匾。

老人指引着我走了进去，
我知道那老人便是上帝，
上帝走着在我的前面，
我知道那上帝呵，便是我自己。

当黑夜走到两点钟的时候，我失陷在脑思的麻木里，钟声同我的耳鸣及远处一两声犬吠占据着声界的空间。我想着海鸟与骆驼。

我从M的门前路过时，我想进去看她一看，但我没有进去。

我有些对不住M，我在她的脑筋里造出些幻想来，但我不能够实现她的幻想。

她以为我是一个能帮忙她的人，我如何有那种能力呢？她所需要的是一个丈夫，但是我反对丈夫。我以为不帮忙，对于她所得到的，甚于帮忙。

我曾对她说过："离婚我可以帮忙，但是结婚呢，我是没有办法的。"她听了很奇异，她说："那末，你是主张独身主义的吗？"

后来她知道了我的意思，她说她只愿寻个生活的方法，将来为社会做事。但一面她又在进行结婚。

我有什么生活的方法呢，对于一个没有思想，没有决断的女子？

女子都是一样的形式，她只是其中的一个。我将爱女子呢，或将憎女子呢？她们生下来便只为牺牲的吗？然而她们又并不为自己牺牲！

前天我听得说她又在那里找丈夫了，唉，我有什么办法呢？

女子，她可以叫作“一个丈夫的妻子！”

我想她如见了我，她一定要派我做一个媒婆，我有什么办法呢？

我从她的门前路过时，我望着那门子，我在留恋着一个可怜的女子；但我很快地走过去了，我是在逃避我的债主呢！

在这里躺着的那个女尸，这不是我杀了的吗？谁呢，救我！

一个中等身材的女性的形体，低着头像有罪的样子，穿着家造的白鞋，如临大敌似的坐在我的对面，黑眼镜底下隐藏着卑怯的眼睛，羞惭，无力，一个缩小的生物，现在又出现在我的纸上了！

一颗月亮，是我第一次的收获！

这是一颗真的月亮，她有清白的光。

我听见绵远的音乐，从银琵琶上弹出来的，那调子在说：悠久！

我踏着月亮，放轻了脚步，像踏着透明的薄冰。我的脚点着水，脚心下喷起了温泉，但不觉浸湿。

像在战场中，树木，树木，树木后面藏着的兵，树木和兵的影，影的动作，生气的爆裂，嘣！

丁香花下立着我的雕像，我看着我自己的影，是两个人的影，风，香，沉默，夏天。

远了，远了，我始终走着远路，远到望不见我自己。一块墓地，铺着我的尸衣，跳舞者还没有动身吗？

我在水中照了照我自己，我看见我的圆的面孔。

今晚的月亮多丰富呵！后天，她要圆了！

空气已和缓了一些，正太车已开行，这是个不好的消息，我愤怒。

风是同我表同情的，它怒吼着，不问明夜。她像要吹倒那顽固的和平。

我计算着我的行程——河南？北京？绥远？上海？

我沉默着与风对语。风呵！你也计算过你的行程吗？

行时不得不行，止时不得不止，除此外，什么还是你的哲学呢？

你把土石吞入你的肚中，而吐给那些不欢迎它们的人，这是你号叫的意义吗？

你使树木乱舞，而关软弱的人们于屋内，这是你号的意义吗？

你号叫而使人不能懂，这是你号叫的意义吗？

你使太阳失了光，你封闭月亮以灰色的金色衣，你使天空变色，电灯在你的威严之下像鬼眼，这是你号叫的意义吗？

风生于我的心，我将于何处获得我的解答？

走呵，车开了！

昨夜我做了一个好的梦。

“爱的吗？”

“英雄的吗?”

都不是！是一个理想的现实的梦，我看见寻常的人都变成理想的了。

但我现在对于那个梦却并没有什么留意，我想起另一件事。我给她写一封信。

亲爱的！

我觉得我十分地对不住你，我有一件秘密的事，是我所认为一生最重要的，而且我不愿意对第二个人说的，我从未向你宣布过。我在以外人对待你吗？这我如何能承认！但我又如何能不承认！事情是如此的，我常以为一个人有好多的自己，因为太多了，太变幻了，所以自己永远没有能够以完全的公开对待自己的，这我们似乎不应该说这是一种隐瞒，谁有那么多的时间去防避他自己呢？

唉，我所爱！但是我总不能把这个顽固的念头排除出去。我无论如何着想，我觉得对于你实在是一个罪人。

我那天没有告诉你我便走了。你不会知道我到了什么地方。这也许会给你许多猜疑，你会以为我——我如何能知道呢？

人谁能够不把一些无可隐避的事不自觉地弄成隐避呢？我自己便是这样一个人！

我有十分的愿望，把我自己完全献给你，你有这样收受一个或者在你是并不重要甚至于是讨厌的礼物吗？我若用冒昧触怒了你，在我，这是同样的罪过。

我时常在窥探你的心理，我的宇宙！我如何有那样能力呢，既然我不是你？一切的隔绝，且使我们对面而看不见真面，这样的时代已经传说得太久了！

理智说：我可以照我所恐惧的停止了我的幻想，我如何能相信我的理智呢？情感说：我的愿望是唯一的真实，不幸只是给怯懦的人所预备的逃难所，我如何能相信我的情感呢？我自己吗，那个完全的我吗？他便是这样：他想着你而目注着别处！

我的心终日地游离着，我有时候简直不知道我究竟在不在爱你。爱吗？那只是我的梦中的游戏，我还有别的工作要做呢！然而，为什么，我做着那些别的工作的时候，我又忽然会想到了你，而且真的我想到你的时候，总不自觉地以为你是同别人都不一样呢？

我不能常看见你，这也许是由于我的制止，或者是由于我的懒惰，或者……但你却常在我心头浮现出来，我有时以为这样的会合甚于寻常的见面万万，它的本身不便是一首美的诗吗？然而诗并不能代表完全的爱，因此，我又常疑惑，我并没有爱你，我只是爱着诗样的东西。

我的——我应该如何叫你呢？一个字，这是决定一个命运的字呵！

真的，你常以冷淡，或者厌恶，或者周旋，或者敬鬼神而远之的态度对待我吗？我时常在追求一些琐事的意义，在我的思想上，一个针所引出的骚动常会像彗星所能做到的，因此，我便怀疑我究竟有没有了解真实的能力了，在这个问题没有解决之前，我将对你永远失掉了我的能力！

你还记得你那次寄给我的那封短信吗？写在那上面的寥寥数语，曾经被我如何的重视，我如何的努力要在那里找见我的哲学，找见我一生的全部的工作呵！我那时实在觉得那是你第一次用你的坦白对我的谈话。在那里，我一点也不能够怀疑有意外的不好的分子在内。你，我数年来所悬望而不能得到片言以慰我心怀的一个美的女神，你忽然从你那沉默的宝座上走了下来，捧给我你的心看，你知道我那时是如何的惊极而颤，我是在发见了如何希（稀）有的珍奇！我昏醉了，我倒在你的美的下面，我从最深的心底下宣告：我永远是你的所有了！

但是，就从那时以后，我又被你撂在水中，这都是你所知道的，我还说它做什么呢？这是我的过错呢，还是你的呢？我相信，你是不会有错的，我只可承认那完全是由于我自己的了！唉，那撂我在水中的，原来正是我自己！

然而，我终于不能不怨恨你，你的态度毕竟变得太快了。月亮变得太快，因为她美，是的吗？但我之对于你，终是一样的态度，否则那是我太爱了你！

那一天，我无意中与你相遇，到我看见是你时，我的心在警告我不要漠视了我所遭逢的。我几乎不敢相信那真的是你。我只得偷偷地望着你，我觉得我如被你看见，是我的羞耻，我是如何奇怪呵！但我终于被你看见了。而且你对着别人向我说话，你的话中，我本希望从那里有所获得的，却充满了抱怨及讽刺。你搜寻着最锋锐的字句刺在我的伤上！那时，你是一个精明的猎人，你知道所有残杀的秘奥，我便在那种情形底下，我失陷在无底的空中了！哦，你，你曾有过藐视我的心理吗？如其我不爱你，如其你是另一个人的时候，我决不能让这个人自由地从我身边过去！

是的，这只是一种艰辛，走着远路的人是不怕艰辛的，我不曾也给了你一些艰辛吗？完了，过去的一切都让过去吧！

吾友！请你用你的原谅读我的信，我写得太乱杂，连我自己都不知道我说了些什么，你是有慈善的心肠的人呵！

但是，我所说的秘密是什么呢？我曾经对你说出了没有？连我自己，也不愿意再去考较，总之，我还有给你写信的机会呢！

此外，则请你放心，我并没有占有你的野心，我所有的话只是在说其所不得不说而已！

祝你健康！

被你忘却的N，

月，日，太原

我想起我的《光与热》来，那是我的新时代的花，不幸它是空的，所以我现在只能悬着我的望眼。

是的，女子爱我是件很难的事，我怀疑现在有没有同我共感的女子存在，如有时，为什么她能够无物地从我身边走过去呢？

我所溺爱着的女子，是不是便是我的理想的女子呢？这只有待事实出现之后，我才能够解答，只有事实是真实的。

现在呢，我是有热而无光，我是没有灵魂的热，因此我常凝望着天空而只送给它以疲倦的眼神。我不能安心地把我的全部献给我的工作,我常不能努力于我的目前而只希冀着远方,这些,我的游离的心的寄托所,我的光呵,你何时才肯降临我而为我驱除了飘荡着我的这些呢?

今天报没有来,火车又不通了。我于是又决定了暂且留在这里,但我的心已不知飞到何处去了!

C说我每天只讲恋爱,太不急进,这也许是对的。但我自以为我很急进,或者我把一切看得太严格了。我以为需要牺牲的工作只有少数有人能去担任。人得到一些知识,那是能够换取金钱和声誉的,宣传对于他们有什么用处呢?况且,这宣传,我也不大相信,真的,是那些自己起来的宣传,或者只是一种对于那些自己起来的人们的一些刺激罢了。我以为,我所能够的,只是给予人们一些刺激。

S说,他想当军官,又想到乡村组织一种秘密结社。我说:你还是当军官去了!S以为我莫不在讽刺他,或者,我也应该受到同样的讽刺,我把军事看得那样重要!

我并不反对农民和工人的团结,是一件极重要的事,我只以为这还没有人能去担任呢!

我们现在所缺乏的,是那革命的心。我们的民族的心太腐烂了!

天气又暖和起来。风也停止了它的吼鸣。软弱的人们喜欢呵!我觉时寂寞,我的风也得久停止了!

又是太平景象，人们只叽咕着山海关的消息，切身的问题，已不很记得注意了。

我是个和平论者呢，或者战争论者呢？我只是一个旁观者吗？

海子边已经生了冰，我的心海呢？

我疲倦了，我还是到西湖养病去好吗？我的目的地又多一个了。

我可以休息三个月，其实再睡十年觉，醒来还不是这个样子？我只怕西湖未必能供给我以休息。

我还是——唉，一切都靠不住，我还是无须休息吧！

“我想到西湖去！”我对F说时，他笑了。“到西湖一定有几首好诗呢！”

但如有诗的生活给我过时——我是需要生活的呵！

我看着我的路程，
在前面，
我空望一个人影。

请你待一会儿呵，
我的爱，
让我们一路同行。

世界是悲哀的，我今天在一个地方看见W的像，我变成厌世主义者了！

她是那样美，装在我的诗中，她一定会跳动。她是应该为我而生的,那同她并肩站着的,你如何不是我呵?

我曾赞美过她:“你呵,你是艺术的化身呵!”我的朋友同她听了都很高兴。我却偷偷地藏起了我的眼泪!

这个世界简直不是我所能享受一点什么的,所以我每逢看见可爱的什么时,那上边一定写着道:太公在此!

在她的身旁,也有太公在此,那正是我的朋友。我曾默默地对我朋友说:“我让给你吧,看在友谊的面上!”但他并不表示一点感谢。谁知道我的这种侠义的行为呢?

我,真的,不可以夺去她吗?

让花儿好好地开吧,春呵!

接到一封四人署名的信,是P、H、Y、D。Y快起身了,我已经证实他已到了北京。一切的疑云,都从此消去了吧!

D是一个自命疯狗的朋友,我走前只见过他三面,但我自谓我大致已了解他。现在,他们又聚在一块了。因做文章,受了他未婚妻反对,他说:“宁可离婚吧,文章是非做不可的。”这便是他之所以流落而至非同我们要好不可的缘故。疯狗第一咬坏的便是他夫人的脚。

“亲爱的朋友!我很为你着急,你还没有离了婚吗?”P要汾酒喝,小弟弟带去的三瓶已喝完了。

只有H没有说话,我总不能在纸上听到H的话。我想起他的时候,一定是先想到他摇动他的散发时的那种姿态,我在小说上常见过的,那是一种美的姿态。H在我的朋友中是一个最美的,但我也并不是说他有如何美。他今年才只十八岁,十年后他会变成什么样子呵！他的身干细而长，我常想象他站在柳树上的那种情况。我面对着他时，我觉着另有一个可爱的女孩子坐着在我的身旁。

但是，看呵！P醉了！他摇动着他的棍，嚷着："打去！……打去！……打……"

十年后，这一幅小小的画图会变成什么样子呢？人生是不可测忖的呵！

小弟弟，去吧！回来时给我们带回一点礼物来，好奉送那赐福于我们的祖国！大西洋上有我的游踪在浮浪着时，那便是我们聚会的时候呵！

听见了人们的无聊的谈话，我立刻觉着他们可杀，但一闭住眼睛想起了一个最坏的人时，我又觉着他可怜了。我对于人，用的是这样矛盾的态度。

我看见X的一篇文章，觉得他实在是一个极慈善，极纯洁的青年，只是胆量小了一点吧。但我很爱他，我被这个藏在纸后面的像所引起的幻象已经很多了。然而我终没有同他当面一谈的决心，我以为见面时常是悲剧的排演。我的爱，的确只是限于在纸上的吗？我爱过很多纸上的人，然而在现实上，我时常是不容易遇到。

我对于X如有不满意的地方时，那便是他的家庭的情感太多了。家庭是一个人最大的阻碍，它几乎能使健足者望不见远的路程。否则，X为什么那么局促呢，在他的才能上处处生花的？

如你不能坦然撂开手时，那你便痛苦地撂开手吧！对于家庭，除此撂开手之外，谁还能够有较好的策略呢？我对于X所能致意的，也仍然只有这一句罢了。

只要有一个健足者被家庭绊倒，那我便宁愿看见十万人在我的面前死灭！

但我一闭住眼睛想起家庭时，我又觉着在它底下庇伏着的那些老人们实在太可怜了！他们都睁着眼向后边望，但照我的话说，他们将只能够望见空虚！

谁能够救那些老人们呢？

我的眼睛望着前面，我的眼泪却向着后面流淌，尽着望，尽着流淌啊！

今天我的幻想都消灭了，我只想到西湖去，虽然我路过河南武汉时，我还想认识几个朋友。

我在睡中已经失掉了安宁，我像是睁着眼睡似的。我做的梦，也只是一刹那的。

我的身体安放着在的是什么地方，这样时常要坍塌下来？近四年中，我还没有过这样的身体，无论我的心如何热叫，我的身体总是冷冷地倒在一边。我想，是我的历史在作祟，看呵，那无穷的鬼！我只有那么薄的一片历史，它已有这样可惊能力！

我在梦中，也常是同这些鬼们欢聚着。她们触怒我，他们偷取我的血，但我终不能从梦中驱除她们出去。他们已变成我的主人了吗？

一夜没有睡得好，越发疲倦起来，我太疲倦了！

我希望看见一个勇敢的人，四处一望，只看见一些比我更加十倍疲倦的人。

在他们的瞌睡的眼皮上还遗留着腐烂的痕迹。他们偶尔走几步路，那也只怕饿死鬼活捉了他去，而且像随时都可以倒在路旁那样残废的走路。

中国人是堕落的民族，而山西为最。

我掉过我的头去。

我还是想几个朋友好点，即如L同S，便是一对很好的青年。

朴讷，直谅，愤激，这是l的品德。同他相反的是他的夫人S。她是活泼、机敏、豪放，她是一个更富于男性的女子。我去年见她时，才只十六岁，但她比我直到现在为止所见过的女子都勇敢。我那时的心曾这样惋惜过：唉，一个可爱的人又被L夺去了！而且我那时，为了他们自己的利益，不得不劝他们早点结婚。我曾经受过人生最痛苦的刑罚。

一天L说了："你把S带到北京去吧！"我如何敢于带她去呢？我又疑惑也许L在不满意我。我时常用了过分的优遇，对于我所惊讶的人，这在男女之间，有最好的朋友都不免有所误会的。

后来我走了不久，他们便结婚了。我一直还没有看见他们在如何样式地共同生活着，我只有遥遥地祝福这一双纯洁的灵魂了！

北伐如有双雁过，
南京请赐一纸书！

我将舍弃了绥远，北京，而到西湖去，近来的心已经把我判决了。

不知道为什么缘故，我确信再有一个礼拜京汉车一定会开到郑州。我那时可以到开封去了。我在那里住两个礼拜，再到武昌住一个礼拜，再到南京住一个礼拜，我便到了上海。我还可以在旅行上消费我的两个月的时间。此后，我便停歇在西湖，作文章，睡觉，作文章，睡觉，到我的兴致恢复了时为止。

这不是我的天国吗？我能不能够实现这个伟大的梦呢？

今天我到了Z的屋里。今天是礼拜六，我预先便知道他不在家。差人也出去了，我自己开了锁子。我于是做起主人翁了。

Z的屋子比F的好，因为有火，而且今天也没有人。

差人回来了，用惊异的眼睛看着我，好像在说：你的胆量可真不小！

是的！我的胆量比世界还大，我可以偷取他所有的一切而自谓那是我的权利！

只是差人太胆小了，他怕没有捉摸，问我了。

"先生贵姓？"

"我姓——"

我招了我的口供。他没法，便出去了。这是一次胜利吗？

但如我有了我的屋子时，而且我的屋里有了差人时，我不可以警告他"这是我的屋子，这里不准有第二个人进来"吗？我听见恍惚有一种声音说：你永久不会有你的屋子！

我是这里的主人翁呢！

我在这里开始了我的活动。两种有韵的和散文的音节给我唱着进行曲：那是火与时钟。

小火立在我的身旁，
我闷坐在我自己的膝上。

我亲爱的焰花呵，
你在想着什么？

你要知道我的语言吗，
请问你自己的烟！

我想起今天在街上遇见的少年诗人。他在太原像是埋在尘土底下似的，没有人能看见他。所以他病了，我第一次见他时他正生着病。

他那样年轻，却有那样丰富的诗意，然而人们是并不知道惊异。

我正站在街头读他的诗，回头时，他正站在我的身旁，于是我们都笑了。他是时常在守候着他的诗的，我那时想。

“你的病好了吗？”

“好些了。”

他回去了。他的父亲管束他很严，这尤其不适于诗人的呵！

我已找过他两次，他连一次也不找我，诗人大抵都是那样骄傲的吗？

也许我要同诗永别了，好几个月来我没有诗的情绪了。现在充满了我的生命的，只是些，金钱，旅行，战争。

把我的希望，搬移在那些小孩子们身上，他们是纯洁的生物呵！

我想找Z回来,我一个人坐得太闷,而且显然是坐在别人的家里,所以连什么都写不出来。我到什么地方找他去呢?

没有人时,我嫌孤寂,同朋友们对谈时,我却想象着一个寂寞的地方。

出去找朋友吗?我同人能够谈的话,都不是我要谈的话。只有对着我的笔头时,我才能倾出一些我的肺腑,虽然那已是十分地隔膜了!

但今天是一个不适于写的日子,所以笔头显得很笨,它只能呆着头停在我的手中。因此,我又想起枪杆来,我立刻便想起身走,好像一走之下便一切都能得到似的。

走!走!我走了。但是,我只是走进饭馆子去了!

我回头看时,他正站在我的身旁,他强制着他的笑容。今天他显得很美丽,他像得到了什么秘密的快乐似的。他是才会了他的爱人出来的吗?他有没有爱人。他的诗是那样凄咽,绝望,他一定是一个孤独者。一个十七岁的少年,他已经热衷于爱,而又颓丧于无爱了。也许这便是时代的进化,我在十一年前时,我只知道痛恨我的新结婚的夫人。

那时,站在我身旁的,正是一首诗:它是蔷薇一般鲜艳的颜色。当微风从那里经过时,它欢喜地呈现出她那含着朝露的笑靥。祝这朵花在诗人的心里永远开放着吧!

也许我已经做过一首好诗了,在我回到太原之后。到明年春天来的时候,我愿意看见一个更好的春天。于是,我所信为是真理与经验都画了诺的那个“担心些,那是一个幻想呵!”的教条,我不愿再把它述说了。

这是一个死的国,这里是没有可爱的! 有能够保持住他的高尚的心的人,那是如何稀有地可贵的呵!

我所希望的,大概只有一种人可以做到,那便是:一个真的诗人。

我怀疑我是中了邪,我的生活完全是无意识的冲动。我时刻要想,我酷爱动作,我一切都走的是乖僻的路径,这些都是中邪的症候。

我有时也想,也未尝不可和缓一些下来,一切还不永久是这样? 但我终觉着只要那样一想,我已成为堕落了。

或者我的父亲的计划是对的,当我十五岁的时候,便住了法政学校,现在我便可像他似的做那小康生活的承审员。但我现在如想干一件每月八十元的差事,也并不是办不到的事。只是我自己要派定我受苦。我的施舍,在人们都认为多事,都像不需要这些。而我偏要强自宽慰,我是为着那些未来的人们。他们不会同样地认我为多事吗?

我的伯父常抱怨我没有能够把家庭弄成一县的首户,这是他出自心底的抱怨,我小时他反常地爱我,我所报答他的是如何的巨创!

我现在如能给家庭赚回一百元钱去,我的母亲的病也许会突然好了,但我却把这些时间用在那无用的行动和讨人厌的文字上了!

我也不难叫我的夫人倾心向我,她做我的一个完全的奴隶,她享受那无上的奴隶的幸福,但我给予她的却只是苦命。

我的生活是这样:牺牲自己,而且牺牲别人,而且牺牲的正是那些畜我如聪慧的猎犬或尊我为慈善的天神的人。

其余的人是需要我的力量,拒绝我的思想,正如K所说的。但是因思想太多之故,我的力量反而减少了。我因此觉得对不住人,而且我有时竟想全杀掉他们。

力量吗?力量只剩这些了!F叫道:暗杀呵!P叫道:暗杀呵!我也有时想道:暗杀呵!

我从失眠的床上起来的时候。我只能写这么一些东西。

接到从北京寄来的几封信,一致催我回北京。我也久已想走了。京汉车,正太车,两头都开不到石家庄,我不可以像邮件似的,在兵的监视中起一程早吗?

或者,住在太原,住在井陉,都一样。

P和H在望着我回去,P的是惨苦的微笑,H的是真的呜咽。我的心在微笑着,在呜咽着,在——我不暇理会在怎么着。

北京是一个陈腐和债务编织成的囚笼,但那里失陷着我的朋友。我能够不自愿地回到囚笼中去吗?

亲爱的弟弟们,我要回去!我要回去排解你们的寂寞,分享你们的痛苦!

这世界是个什么劳什子,打碎它呵!

我大概是命定了,我要保持着坚忍去安心于那辽远的工作了。眼前的一切,请你们弃我而去吧!

小弟弟已从北京起身了。他像是不辞而行的。痛苦使他失了孩子气的乐天。他痛苦,P痛苦,H痛苦。

他临去时写给我信,劝我快快回北京。

那不是三个礼拜前的一个早上的景象吗?我看见他在车上流出眼泪来。我连忙又跳上车去,握住他的手。他放声哭了。眼泪在我的眼中跳跃着,我强制着竭力安慰他。他说:"你赶快回北京去吧!并且你赶快到法国去吧!"那不正像是刚才所看见的景象吗?

车开行了,我才跳下来。在那些送行者中,我迟疑地退在后面,我让我的眼泪自由地流淌。走着,走着,出了车站,我再也不能够往回走了。我迟疑地向着旁边的旷场中走去,我的眼泪自由地流淌着,我听见Z在后面叫我的声音。突然有人抱住了我,是F,我放声哭了,正像我在车上所看见的景象。

我回到Z的屋里,他给我买了酒来,我喝了。我不知道我喝了多少,到我知道我在睡着时,是下午三点多钟。

于是小弟弟又走上京奉车了,于是他不愿意他们送他行。

看我们这般软弱的英雄!我们的力量便只剩眼泪了吗?

江湾小住的小弟弟呵!到你看见大西洋上的浪花在飞溅时,太平洋上的浪花也在同样地飞溅着呢!

我出去寻钱去,我只拿得空手回来,好像我正是从谈天回来似的。我很后悔不该把T送给我的十元钱随便溜掉。

一切都没有意义。末路的思想都齐集在我的眼前。E又在给我写照:一切都黑暗了!

我竭力回想一些较为愉快的事,虽然那仍然是苦楚,但我只想那愉快的一面。例如——

R唱给我的赞美诗,那是一个大的光明,虽然一刹那便消灭了去。

或者,X的热诚的要求:我正期盼着!虽然也已冷寂了。

或者,B在沉吟着我的诗。

或者,使我心跳的O的眼珠。

或者,A的粗豪的命命:N,给我叫三鲜面去!

或者,W在玩着贝壳——

我不见W已三个月了。她的姐姐要我给她带东西去,我只为了这一点职务,还没有十分充足的回北京去的理由吗?也许她还会给我玩贝壳要呢!

我今天又诅咒起艺术来,因为它不能够给人以一条可走的路。但是,什么能够呢?这是——这是——什么都不能够的,因为它们比艺术更其低能。

革命,革命,我们何尝不正在需要革命呢?但那些聪明人们却以为他们已在革命着了,需要一只手去创作的,比那需要一千只手去创作的,不只容易到一千倍。艺术家于是产生。但他们有点忘记了本来的面目,他们从那艺术上却找出互相仇视的理由。

革命,科学,都可以供给互相仇视的理由,因此,他们对于他们自己的工作却都荒废了。

世界像是被火烧着的一所院子,放火的人在争吵着,救火的人在争吵着,被火烧着的人在争吵着。

什么都不干吗?人想救出自己,他便只配,而且不能避免去做一个被火烧着的。但我现在倒正愿意被火烧。

我这时回看那些我日常所重大视之的，我失笑了。那些都是没趣的把戏。到我重新估定一切价值时，于是那一切都没有价值了。可知所谓哲学家者流的话，其本身只不过是在骗人。

诗人是没有的，我们不要让善哭的人去卖弄才华，那是可鄙的行为。

牺牲者是因为自己不愿意活着了。我也时常在厌恶生活，所以我赞美牺牲。

被人压待的人，他希望别人也被人压待，这是同情的来源。

一切都是黑暗，只是，当我们看见那一块大的黑暗，或者也可以说是小的，在异常地冲动着时，我们误认那是光明罢了。

给你一块糖，向我笑一面谁不是很和气的人呢?

我诅咒生活，但并不是故意。

世间只有一首诗，只有一个真理，只有一件是值得叫作革命的，那便是人类的大灭亡。而人，却只是坐以待毙的蠢物。

住在北京也没有趣味，或者还是另找一块地方好。P是可以自由行动的，只是H被家庭绊着，而他又十分不愿意我走。我从前曾有过同他共居江湾的计划，但他被家庭拒绝了，他只急得嚷叫。他有叫家庭供给他留法的希望，所以他不能太早地实行他的战略：偷家庭的钱。我为他应该留在北京。

小弟弟只带了四百元钱走了，后事如何？我为了他应该赚钱。

为了别一种缘故，我应该到军队去。为了别一种缘故，我又应该去隐居。为了别一种缘故，我又应该做留法的筹备。为了别一种缘故，我又应该著书，办报。为了别一种缘故，我又应该堕落。

这些都是不通的路，因为是太多的路。

或者，我还必须住在那无趣味的北京吗？但这些还是较辽远的未来的事。目前是，我如何走出娘子关去呢？

亲爱的弟弟：

接到P和H的信，知道你已经从北京走了。现在也许你已经坐在太平洋的船上，因为他们的来信路上耽误得很久，我应该寄信给你到哪里去呢？

我的照片，你偷去了，这在我很幸福，我幻想也许我的生命也一并被你偷去，带他到那我所久欲去而不得的一块迷恋人的地方。

你已经看见过V了吗？他还是那样的精神，他说话的时候还是常把他那拇指要挑起的吗？他得到爱人了没有，还是明年决定走了再到法国去呢？

你的旅行生活如何？自然你现在所储蓄的痛苦已经很多，你自然不会有忘掉的时候，可是在旅行中，你至少还不能得到一些爽气吗？况且，太平洋的水，尤其可以把所有一切都形容得像芥子一样的微小的呵！

H说你走时，不让他们知道，他因为没有能够送你行，很苦，你还要到天津给他寄信呢！你的不安定的心，你的这种反常的行动，我听得已经战栗了。可是你终不应该这样对待H，我怕他是不能够经受太多的打击的呢！他来信说，东安楼自我走后，他们只去了一次，三层楼已关门了！这在他便有无限的悲哀，我也觉着有什么秘意在里边似的——我又知道，你到北京后,也没有同他们惠顾我们的东安楼一次!

火车还没有全通,所以我还留在这讨厌的太原。有人劝我回家,你说,这够多么可笑呵!至于,我所进行的事,我只完全停止了三个礼拜。这里的人们,对于我们的工作,一点也不以为重要,如何能够要他们帮助?我看了那几个较为阔绰者的面孔,我的心已经冷了,我再没有狠心去找那些穷朋友了!可是,我如其晓得那种淫荡的生活时,他们倒很乐于掏他们的腰包呢!我从此,又得到一个觉悟,我此后不愿意再向人祈求了。一切都要从我们自己的手里弄来,我决意牺牲一切去开始赚钱的工作,大概P也有这样决心。但是,如有人要希望我的帮助吗?我将要叫他在我的面前跪到一百年以后!

T送了我十元钱,是给我买衣服用的,中途被Z扣了二元。我现在已有帽子可戴了,但因为酒鬼时常跟在我身旁,所以我还没有脱得了夹衣。倒亏Z的好意,给了我两件旧衣裤穿,这是可以郑重报告你知道的!

P和H都催我早回北京,我将一个大子也不带地回去吗?我已决定这样办了,我也许三两天便走,到火车不通的地方,我预备起一程旱路。

可是,小弟弟,前面的世界是很敞亮的,你也不要太悲哀吧!到了你的目的地后,你只可用全力于你的工作;我明年也决意要去了,让我放开大声说一句话吧:十年后的时代是我们的!

你带去的那一点可怜的旅费,怕只够三个月用。你把那边的情形告诉我好了,这是不会阻止你的兴致的!

此外，则我在太原，也还得到了一种意外的惊奇，我发见了一个十七岁的少年诗人！

余——再谈了！

祝你的胜利！我们的胜利！

N，我们一同出京的后一月，于C、F的屋里

来信都收到了。我也想赶快回去。昨天我本打算找二十元钱先给你寄去，但是，我找了两个人，一个是没有找下钱，一个是没有找见人。因此，今天便只能给你写一封空信。

别一方面，我曾托一个朋友给你汇一些钱去，他来信说已经汇去了，只有几元。不管多少吧，这是我们的唯一的资本呢！

从这些上看来，我可以无须对你说，“我的计划完全失败了”吧！这是我们时常可以听到的话，所以，我也相信你并不会受一点小惊。事实很表现得明白，我们所处的是完全孤立的地位，我们得不到人们的帮助，也不必要人们的帮助，让我们挺起身子来担当一切呵，这是在需要我们用更大的力量的时候呵！P，我们无须保守我们的穷的财产，我们现在是该牺牲一切去捞摸几个钱去，给我们的孩子买乳吃。那些势利的人们吗？待我们的孩子长大成人时，赏他们一点小便宜；他们那时才学会给我们笑呢！

L所编辑的报，我看见了，我第一句要同你说的，是那块地盘太小，我们从那上边怕只能找出纸烟钱。

此外也没有什么大不了的事，可以无须多说。

祝你同你的棍幸福！

见了疯狗时，说我问他好。

N，月，日，于无地

H弟弟：

你的信给我以愉快，因为上次我接到P和Y的信时，你连一个字也不会写；现在我已得到补充了！

你为什么要那样难受呢？Y是一个海阔天空的人，他有征服一切痛苦的能力，你何苦要为他难受？

寂寞吗？你多看两次Les Miserable好了，那里你可以找见很多的好朋友，而且那并不是小说。我们不久便可以亲眼看见那样的人出现，我们的新时代是快来了呵！

你听Y说我住这里很苦，你知道，我无论什么时候不是很苦的吗？这算什么？但是，我们见面的时候不远了，也许就在几天之内。

我不愿意再在北京，但你又不容易走动，我将如何舍你而去呢，那样需要我在这的你？我也许终于会留在北京，唉，亲爱的小友，我不知道我将何以自处！

我走后，你们只去过东安楼一次，虽然我曾劝过你少去，但这在我，却是一个引起我无穷的悲哀的消息。什么缘故，我是说不上来的，人生有许多事实都是说不上来的，而且这些才真是重要的事实。

拿起笔杆呵，弟弟，我又要这样劝你了！并且，你不会失望，它能给予你未曾有的力量。

待我到北京时，我们一块到北海去逛，那里的景象也许越发萧条了！

别了，见面时再谈！

祝你努力！

老大徒伤悲的N，于娘子关内

K：

我今天一计算口子，我很吃惊，你回去已经两个多月了。母亲的病好了吗？

我回到这里已经一个月了，但你不要告母亲知道，因为我不回去，怕她伤心。唉，我有什么法子呢，除了默默地祷祝她快快病好之外？

我不两天大概要起身，大概是先回北京，虽然我急想去河南。我很痛苦，我时常不能随我所愿意的到什么地方或做什么事，然人生不便是这样吗？我们从别一方面夺回过我们的自由，但我们终究不能够私藏起它来，所以我们又把它送给新的主人去了。

外面的朋友，意思是叫你早一点出去。那里很需要你的，但是，母亲也需要你。我应该如何主张呢？我想代替你去，但别一方面又在需要我，我应该如何行动呢？

这里的朋友们大抵都忍耐不住了，都想跑出去。而且，现在也正是一个好玩的时候，我前天得到一个好听的消息，那消息是在说你赶快出去，你现在还不能够动身吗？

革命吗？我们现在倒不要轻易谈革命了，我们只要能够找到一点反抗的力量，我们便可以十足的自豪我们是真的英雄。纯然属于我们的时代现在还很辽远呢，坚强地走去，不会有绊倒我们的东西，我们还都是二十几岁的人！

路经阳泉时，待听取我的懊恼的哀音！别无它话。

祝母亲好！

祝孩子们都好！

N

L：

近来看见你的几篇文章，也许你的病已经好了吗？

你新近编辑起的日刊，我也曾见过一期，我只嫌那是一个小的日刊。现在是需要我们放火的时候，但是，我们何时才能放起一个大的火呢？

七日刊停止后，听说要改出半月刊了。我的意思是，倒不如大一点出一个月刊好。但是，这些都没有要紧，我所倾向的，只要有一个大的刊物。

近来北京很热闹，可惜我没得看见。我每天只望着我的故乡的那个破城门楼。

这里一切都黑暗，无可叙述，无可叙述。

一个月已经荒废过去了。虽然，我在近两礼拜内，也曾从事过一点小的工作，便是这一本小小的书，一个红的心的写照，寄给你，转赠给有癖性的读者。

祝你并读者的健康！

N，一九二五，一二，一〇，于太原

最后的著作①

一切事情都应该有个结束，现在，我是到了结束我自己的著作生涯，也便是结束我全般的生涯的时候了。

当我的笔厌烦地又握到我的手中的时候，我觉得一切都变得特别荒凉，我知道我的这件玩具，它随着我一生时常迸出火和光来的，它现在会给我玩出如何煞风景的把戏，便是我的生涯将要断送在它手里的。

我今天下午才到了这里。这是我生平所常神往的一座名山，我不愿意写出它的名字。但是，我今天才能第一次来享受它，即此一端，已足令我感慨我的八十七年的生涯完全给白过了，现在，我便是要面对这种浪费的最后的一掷。

我是这样，带了一支手枪——我的五十四年的伴侣，同我的最

①曾由朱鹏华翻译成法语发表于《长虹周刊》第1期（1928年10月13日）。

亲爱者同时进占了我的历史的——一支笔、一本稿纸，我跑到这里。我的出走，一定会惹起许多人的惊疑和猜想，但是，他们永远不会知道我的秘密。我的她，现在也许陷在极度苦恼中，我有什么法子呢，当我一切都已感到无足轻重的时候？

我一到了这里，便拿起我的笔。我很惊讶我何以连一点赏玩这个多年形诸梦寐而直到现在才能一见其面目的名胜的兴致都没有呢？除了我所走过的路，我什么地方都觉得不需要去。在这里，同在一个平凡的村庄里。乃至一个最污秽的所在。我一点也找不出区别来。只要能够容得下我的笔同枪在，我以为都是同样的天地。

自然，我的生涯是白过了的，所以我觉着今天的死，正同我初生下来便死是一样。我从前曾悲悼过我的孩子，他是在时间里只有过一点钟的活动的，但现在，我觉着我同这个小生命所负的正是同样的命运，而且我再不能够悲悼我自己了。

我想起昨天集会中的情形，我为什么还想到这个呢？除我以外，那时候，谁还知道那便是我一生中最后一次的集会呢？我当时，看见许多的手都向空中举起，我一点也不以为这仍然是属于欢迎一类的表示。我以为，我当时是站在一座冰山上，除冰山和我自己外，我再也看不见什么。我想来，我是快要完结了。但我并不伤感，我看见我自己的末运正像我看见一块石头要从山上掉下的一样，这只是一件寻常的事情。是的，当石头掉下山去的时候，谁能够在那中间发见在石头掉下以外的其他的事实呢？

今天早上我没有看报，我没有闲情再理会它上边关于我的有如何记载。其实,也不过是些照例的条文,真的新闻,连我自己都找不出来。也许我今天倒可以供给他们一件新闻,只是这对于他们有些太无趣了,虽然以为有趣的人一定也不在少数。我想,明天一定会喧动了我的失踪的消息,到后天,他们便又明白了我的失踪是如何的失踪了!

他们将要有如何的表示呢?这个问题,我现在大可以不必加入讨论,这完全是他们的事情。真的,我现在觉得一切人对于我都是外人,连我自己在内,连我的最亲爱者,连我的多次出生入死的伴侣们。这也许一向便是这样。无论人们如何献我以无上的荣誉,但我自己,却一向没有快乐过。我不以为人与人之间,有密切的关系的存在,或者相互决斗,可以说是一种真的密切的关系,此外种种,便都是委蛇,委蛇。

谁能够在接吻里边找到爱呢?让那些自欺者们去做欢乐的好梦,实际是,一切都只是机械式的碰冲罢了。人类因为是愚蠢的,所以无中生有地要想在碰冲中找他的爱憎,而他终于是得到憎,或者憎而自以为是得到爱。科学,革命,哪一个是能够超越出碰冲之上的呢?我没有碰死,这便是我没有牺牲给那长期的奋斗的完全的意义,而我现在却在要碰死了,这些,都一样!然而人们偏要赞美我的成功!然而人们偏要哀悼我的失踪!

近三个月的生活,正是达到了我的生活的顶点,上的上面再没有上了,因此我便应该捉下去。我所多年在追求着的,我把我的数十年的心身放在地窖底下,我为的便是这一段升腾。很幸福的,我居然达到我的目的了。但是,我在这三个月,也曾把我的心血呕吐干净,以至我的生存的欲望也都随之俱去。如有明白我的人,他一定知道这只是我的痛苦的顶点,那我所快乐地矗立在上面的。人生只是痛苦,可惜明白人终是太少!

没有一个人问过我我的成功的秘诀。人们都是那样傻头傻脑的,当他们碰见一块肉的时候,他们的唯一的责任,便是吃掉那块肉,此外一切,他们便都不去理会。这好像一切都正是他们分所应得的。我在年幼的时候,常听说讨吃子的议论,他们互相叫道:孩子们给我们做下饭了,我们吃去吧!这样议论,可以无论应用在哪一个人身上,都恰合。

社会的成功,仅只是个人的失败。我自己的失败已算到了最后一次了。完美的社会,我只可让给他们去享受,因为他们正像是分所应得而且他们能够认它做完美的。我吗?我什么都不曾得到,或者我所得到的仅只是这一卷《最后的著作》。

施舍,施舍,我的一身都把来给施舍出去了。凡我所需要的,我得忍着肚皮,让人们自由采选。人们所需要的,我得忍着肚皮,给他们寻找得来。但人们都像不明白,因为我没有看见过他们有一点抱歉的表示,虽即是只一点抱歉的表示。这不知道是由谁判定的,我来到这个世界是专为着牺牲的,我的责任便是变作一座桥让他们从上面走过去,他们那样卑怯,那样苟得,他们只知道渔人得利,你不要妄想他们为了他们自己的利益会榨出一点油来。我的工作,便是为着这些人们吗?我的工作是不是只是我的罪恶呢?

我的精神虽常健壮的,但我的眼睛却太苍老了,我从我年幼时一直到现在,我只能够看见过无穷的小孩子。真的,一切人都是小孩子,他们只知道享受,而不知道那所享受的来源。在我的眼中,小孩子是一个罪人，虽然我在别一方面也喜欢他们。

在我的思想中，独居的生活，恋爱的生活，是一切生活形式中两种最好的。把我的时间完全献给我自己，或献给我的爱人，只有那时，我才能够相信我自己是独立存在的，我可以完全享受我自己。但是，我虽然在实行着我的思想，而且我是一个鲜明的思想即实行的主张者，然而，那些属于我自己的幸福的思想，我一点也没有得到实行的机会。我在忙乱中断送了我的一生。我的时间，这一段被A占据着，那一段一定已被B预约了去。我不是一个整块的东西，我时常得违反了我自己的愿望，把我切成许多瓣子，分送给那些需要着它们的人们。我的活动，便是这样消费了的。直到今天，我才能够一个人活在这里，我将永久活在这里，虽然我已经快要死了。但是，爱，爱，……我不能够想了，那于我是太大的痛苦。

我的爱，在我三十岁的一个夏天认识了她，在我三十三岁的一个冬天同她开始了共同的生活，同我相处五十四年，我们可曾享受过一天那是我们的完全的日子吗？我们时常在等候着，当我们被什么牵连着的时候，我们时常在期盼着别一个时候。但是，那所谓别一个时候者，谁能够给我们证明那是实有的时候呢？我现在竟然有些后悔了，我后悔我临走的时候，何以不通知她一下，那样，我们俩可以一同在这里完成我们的恋爱生活，虽然我那时有不通知她的十分充足的理由。

当我想同她握手的时候，她的手却被一些讨厌的东西占据着，或者我的手在写什么，或者我在多人聚处的我的屋里并看不见她的影子。而且，许多许多次，我只能看见她同别人对立着，我在另一方面，也只同别人对立着。正是世间有一种最凶暴的力，它把我们强蛮地切作两瓣，一瓣分给一些人享受，别一瓣又分给别一些人，而我所看见的，便是这幕悲剧的排演。

人类的生存，只是一幕悲剧。但是，那应该由我去排演的一幕，现在是要闭幕了。

历史是一个什么东西呵？我很苦闷，我如何能够把那些所有关于我的历史都一并带了去呢？那不是造谣式的诼伤，而是根据了我的事实去侮辱我，我诅咒这些事实！那些述说我的历史的，他们没有两个人有相同的记载，而且他们没有过一个人所述说的是没了错误的。一个人生了下来，只要去更正他的历史，我已觉得目不暇接了。然而，我有时竟还需装出像十分感谢他们的样子——我当时如能看见自己的那种可笑的样子，一定会发笑——正像，我如不然，他们便会很诧异地责备我："你为什么连我们的话都不相信!"

我死去了，而让我的历史活着：我的真的历史同我一并死去了，而让别人所装演的我的历史永存于我的死后。

也许正在今天，正在此刻，便有些消闲的先生们在团聚着谈说我，于是在他们的纯然无要的开心中，我已被宰割了。

这都是没有法子的事情，而又都是我所最痛苦视之的事情，我现在还可以很清晰地看见这些旧有的痛苦的面目，这些几乎无时无地不在追随着我，不在增加着包围着我的面目。

别一方面，我回望着我的历史——我的真的历史——我吃惊了:为什么它们正同我在少年时代所唾弃过的一切的历史陈腐到那样相像呢?这些,是我当时用如何的谨慎,如何的勇敢所织成的一幅鲜花呵!我用了如何新的理想把来去代替那些旧的,我想在那黑夜的天空中,在那连星也没有的全黑的天空中,放一颗太阳在上边。但当那颗太阳刚一被我放在它所当去的地方的时候,它立刻又掉在不知道的什么地方去了。

人在山下望那山顶的时候,它正像太阳似的耸立云端,那里蕴藏着所有的神秘与光明。人的希望着他的眼睛一齐都交付给那山顶。他向着那山顶去找寻他所当走的路径。当他经过了一切危难,经过了一切损失而达到那山顶的时候,他于是明白了:他所获得的,便只有他的损失。他开始站在山上,他开始看见他脚下所有的一切,都是些平凡的土石,正同他所原先站着的地方一样。他开始去望他来时所经过的一切,他一点也不能够明白,那些,何以有那样大的诱惑,一会使他把死时不得不死的同样的力量完全交付出来。

这便是我的现在,我现在便是那颗耸立山顶的太阳,同样地,我现在正要掉在不知道什么地方去了。

但是,无论如何,我今天是可以呼吸一口自由的空气了。从我到我的山,一切都是属于我的。我现在是一个永远未曾有过的国王,我的时间,我的地盘,我的呼吸,我的生,我的死,一切都完全是属于我的。我什么时候要想把我的生递给我的死,那么,那个司生的自然,它便没有法子不给我跪在地下。然而,我却偏要学一个放风筝的顽童,我把那死的线放了出去,而我却故意地玩弄着,不肯立刻收了它回来。

我现在的世界，是一个不属于生而又不属于死的世界，这是一个世界之上的世界，在这里，我可以望得见生，我也可以望得见死，我可以在这里，让我的生踏在死的尸体上跳舞。我也可以让我的死入据生的王宫去做它的最后的主人。而我自己，是那样一个公平的父亲，我一点都分不出它们中有差异的地方，以致有所借口而偏袒我的爱憎。

我现在，是完全占有我的呼吸的领域，决不会再有任何的呼吸来触犯我，可爱的或可憎的，来变更它的独有的色泽。在我的望眼中，连一只野鸟都没有。我是居住在一个没有天地的天地，而我有天地的愉快，我是走进荒漠中，而我有荒漠中的痛苦。

我现在，是得到一种最大的解放，我不只不受别人的束缚，不只我的敌人们都灭绝了他们的形迹，我的解放，是从我自己的理想中的解放。这是我的第二个样式的安那其。对于那个完全的我自己的一种安那其，而且是一个唯一的真的安那其。

这是我没有料到的，我在这最后的失败中得到了我的最后的胜利。虽然这些，我似乎早已知道过了。

我拿起我的伴侣来面对着我的胸膛，我说了——

亲爱的朋友！我现在到了需要你的时候了吗？

我们的一生的经历，我们在多次的出生入死中所建筑起来的伟绩，你也曾注意到预先想一想它会是个什么劳什子吗？

我们在一生的奔波之后，现在才走入一个绝地，这也许是你所要诧异的？但是，只有我和你，这个绝地，让我们愉快地享受它呵！

我们不死于纷扰，而死于幻灭，我们用自己来结果我们自己，这是我们的权力的最后的执行。

世人将不复诅咒你，我的亲爱的朋友！那个最大的，最后的杀人者将要屈服在你的威严之下！

我们诀别之后，让天日永远不再看见我们吧！让我们的子孙永远在和平中追逐其幸运，让我们把绝望一同带到绝地去，而只贻我们的孩子们以希望吧！

让你的最后的颤歌，被我的亲爱者们所听见，给他们以震惊或哀泣，我将携着你的赐予而同你满足地同归于尽！

最后的一次，让你照耀我以你的光！

生命呵，再见！

震动的一环①

我已经死过一次，但我现在又在活着了，这于我是最大的痛苦——痛苦吗？你是如何浅薄的字呵！

我那时，好像很聪明——，我的计划好像比事实还周密，我以为那简单的一死之下，一切问题都可以解决。

我没有那样傻过，我的目前的生在给我的过去以公平的惩罚。

我是一个犯罪者，我的犯罪超于一切法律，道德，苦恼，生存及死亡所规定与所未规定之上，我永远没有解脱的一日，当剩有一个任何的未解脱者苟延残喘的时候。

我现在已经老了，虽然我正像是昨天的一个新生的孩子。我走得太快了，所以老紧追着我的少站在我的身旁，它要给我介绍一千次死到我的历史上。

心是一个疣子，而那个最大的疣子被装置在我的胸腔里了。没有比它更性急的，它无时不在焦躁着如何可以把它的最多的血

①原载《小说月报》第17卷第8期（1926年8月10日）。

在最短的时间流出。它命令我去捕捉我所最爱者而一口一口地把它咬死。谁还能比我更是一个服从者呢？然而，最爱者——除那些使我烦恼而冷淡而又不得不爱者外，什么是我所最爱者呵？

夜了。睡眠永远拒绝他所不愿意接见的客人的拜访。在我的国里没有休息。

世间有一种小东西叫人类，我不知道这个命名的来意，大概同苍蝇差不多，我想，因为它们同苍蝇很难找出一点区别。它们藐小，浮动，闹嚷，而且骄傲，而且骄傲，而且骄傲！

我对于我的影子，将永远成为一个胆怯者，同一个什么东西相像的发见，即如同苍蝇或人类，那是如何可怕的事呵！

没有再坏的事！我仿佛听见有一个声音在说：你是人类！

我逃走……

头与墙的碰撞是最伟大的音乐。当歌者把他的喉管叫断时，我将永远纪念着他的荣名。

会哭的动物时常保持着脸的平衡，皮膏炸裂的喜剧，你们天才者有敢上演的吗？

一个都睡熟了，因为太阳已放弃了他的爱护的责任。那个光明的总批发者总会有一天掉在自己破灭的黑暗里。只有什么喜欢什么，所以连那些小哲学家星们也都已弃世而去，而把丑恶让给享乐的阴云。

只要有一听噪音，我会如何矜奇呵！

哭了，笑了，骂了，闹了——做梦的都在做梦了——然而没有爱,没有思想。

我看见骆驼女子的影子。

骆驼自以为美丽。

我也不喜欢女子,因为她没有我那样多的眼泪。但是,她说话了。

“我在什么地方见过你呵?”

“在你的眼睛里。”

“我们曾经是朋友过吗?”

“在我为你死掉的那一天以前。”

“你是鬼吗?”

“鬼是人的化身。我现在已是鬼的化身了。在你们的字典里还没有我的名字那一个字。”

“你保留着旧的记忆的新生者呵,你还爱我吗?”

“我愿为你而哭,而笑,而骂,而闹,而思想,而抛掷一百次的生命,然而我不能再爱你了。”

“在我们,那是还没有发明的伟大的爱。”

“从轻侮中丢一个铜子,对于叫花子是博爱者的实行。”

“那末,你厌弃我了吗?”

“不然!那是你的灵魂的忏悔,逃开它呵!”

现在只有骆驼是我的唯一的寂寞的破坏者。

“你忘掉你的责任而假装你的虚荣的笨重而轻狡的蠢材,给我滚开!”

我现在也许变成一个灵魂,活在狡猾者的神话里。

她现在也许乳头在痛,于是她想:我今天遇见一个灵魂。

他现在也许饥饿在荒沟中,于是他想我今天遇见一个灵魂。

逃开它们!

我跑到一个水池边,一棵柳树像所谓爱人似的偎抱在他的身旁。

我一跃坐在她的肩膀上。她跳舞了,我也同她跳舞。

“有什么在重压着我吗?”她纳罕地想着。

“一个最大的重量!”我也想。

但她并不去发觉,仅只想着。于是,她什么也不觉得了。

“那只是一个幻觉!”她终于这样想了。

我乐得掉下我的头来。

——在水的中间,一个可怕的形象!

没有遗下一点踪迹,我模仿着太阳跑了。

“到底还在有一个重压,但现在已经逃走了”,我分明听见她觉悟了。

“我还捉住他的一个影子呢!”水池也为表示他的骄矜而牺牲了他的沉默。

让失望者失望吧,那只是她自己的影子呵!

我应该跑到什么地方去,一点也不能够知道,所有都差不多,我以为。

黑暗，冷寂，污水，土丘，小房间，小房间——一个呆笨的小球在它们的下面旋转着。

太阳会看上这块地方，所以它是一个盲者。

别一颗小球应着我的思想出现。它跑着，疲倦在热汗中。

我追上它去，它更快地跑着。我放慢了脚步；它也几乎像停住了。

"一个同样的狡猾者，那个孩子们的爹爹！"我失意地想了。

我明白了这个说谎者的伎俩。它只知道装潢，却忘记了养成。它把红的胭脂涂抹在地上，因为贪多的缘故，它们变成了紫色。它没有想到那是些假的颜色，所以它一走之后，一切便都脱落了。

这都是无关重要的事，我现在无须管它。

我的心也是一颗太阳，但它忘掉了照耀自己，它只使我发烧。我是一个永久的热病患者。

我将把它们分发在哪里呢，这些散之则全得，聚之则自殃的东西？

那是我的母亲，病趴在床上，她已入睡了，但她的眼皮仍醒在痛苦中。

我接吻她的眼皮。

"你不是我的孩子吗？"

"我是你的——你的邻人，你的孩子已经死了。"

"是的，我刚才还在哭他。是我的梦给我安慰；他在活着呢。"

她的梦已经醒了，但她的睡眠仍梦着在她的痛苦中。

我的病已达到九十九分。

我的女人也横陈在她的小床上。

“我是你的丈夫。”

“我的丈夫已经死了。”

“但是，我活着。”

“我为她痛苦。”

“但是，你活着，我说！”

农夫也睡在草房中的床上。脚心出血。鼾声在他的疲倦响出。

他的颊上迸发出笑容，他在做着欢喜的梦。

驴子倒毙在他的脚下，吸他的血。

到某个时候，他们将重复起来。

其余的都是他们的兄弟。

我不怜悯，且不诅咒，一切任其自然。

沸水成冰，冬已至。

我曾见过一些星星，它们美丽，聪明，温和，然而藐小。我曾迷恋过凝望，但我不爱它们。

它们在那颗蓝色的布片上排列出网状的花纹，它们的眼睛互相传达着诱惑的，忘我的密笑，它们一切都满足。它们的满足是最大的贫乏。

“你们为什么不搬移到那个罗曼的扫帚上去呢？现在的娱乐场是一个平凡的地方呵！”我曾凝望着它们这样想过。

它们以为遇见了一个傻子呢。

但现在则阴云是空间的统治者了。

“如其有一颗最小的带着在我的无名指上时——”我无聊地想着，“我还会把它丢给狗子吞了去呢！”

世间没有可爱的东西，虽然不乏求爱者。

复活吗？除掉看见更多的丑恶之外，什么还是你的内容呢？

冰变成最阴沉的冷。我的热达到最高潮。

我纵跃在空中，无阻碍亦无牵挂。

地球倒吊在我面前。

我将——

一个没有睡觉的天文学家在报告书上写了下面的两行字：——

某月某夜，一彗星由地球侧面驰出，在空中做一长蛇舞，火裂自歼，幸未伤及地球。

春天的人们

〃

一①

亲爱的人儿：

昨夜我梦见你。

太阳从昨日早晨开始露面了。梦中的你呵！

上海的天气也是这样地阴郁，一个正月来，它总是愁眉不展，甚至还时而流下那严冷的眼泪。我无时不在担心着它。我心中的太阳呵！我忍于在这般情境中捧出在天心吗？

一冬来也没有看见雪花。一片两片，也许是有过吧？是我忘记了吗？

可是，昨天太阳便出来了。我的健全的欢乐出来了。我也许不应该一个人欢乐，然而欢乐是人心的奇迹，让我一个人祝福它的长成。发展呵！发展这欢乐到没有人我的界限，覆盖了一切，孕育

①原载《世界》周刊第7期（1928年2月12日）。

了一切！

昨天我的精神非常地充实，我像是做了那玄虚之王，我原谅了一切，我爱了那些鬼中的厉鬼！夜晚我睡在床上，天地，宇宙，一切实在的实在，都拥抱在我的胸怀里了！我在那里最坚固的基础上安放了那些最易摇动的，我并且说：“运动呵，无理由地运动呵，你们！”

我从什么路径走到你的房里去呢？你能够指导我吗？否则，我将报告你我的行程，好吗？

你的那间房子仍然与先前一般无二。我走进你的房子去了，我没有看见你的人。也许是你在躲开了我。也许是你害羞！我走进我的实验室了！

我从什么路径进来的呢？我忘记了！梦呢，它已去了，我该问谁呢？我还是问我的梦吧，因为它也许还没有走远。“你是从梦的路径进来的，你可以说”，梦这样告诉我了。

我翻看了你房里的一切。

我寻出几个小小的纸条儿来。那可以说是寻出吗？它们是铺着在你的书案上，而且墨迹还没有干！活鲜鲜的生命之曙呵！它们每两个上面的第一个字是：“朱”与“李”。我不知道这是隐含着什么典故的，但我一看这个，我便一切都明白了。

我像是三年之久了，没有看见你。然而，我知道，便在这十天之内呵，我便会占有你了。

你个小小的被征服者！

那几个红纸条儿，正像是春联儿的模样。我又回到中国的古国里了！

真的，我回到我的房里，是一个小学校的自修室。我不知道我那时在忙着些什么！

一个老人走进来了。我一见便认得是他！你愿意我画一张他的像给你看吗？

他是一个心广体胖的老人，服装也很华丽。尤其华丽的是他的那一团和气，他的脸上闪耀着红的光彩。他走着，用太阳的脚步。我知道他是来做什么的！

我还用再述说吗？

"有富的生活才能有富的行为。"可是，他最后这样说了！

这对于我，会是一个打击吗？我只是在梦中呢！还有什么样式的怀疑能侵入我呢？

今早醒来，我又看见太阳了！太阳将永生了！

祝福了，我的亲爱的朋友！

你的朋友，二月十五日

二

亲爱的：

太阳又从窗玻璃中射到我的书案上了。这些亲爱的白光，这些嫩黄的新生的圆与直线，我在它们上面接吻了千次，千次呵！你不会忘记了那般景况的！去年正在这样的时候，不——是比较晚些，但正是这般的景况。这只是因为我是一个南方人的缘故。也是的，所以我爱了那北方的女子。而且，我住在中国最繁华的一个地方。所以，我也才爱了那个乡下的姑娘。可是，太阳如不是偏私的时，它不也在照着你的纺车上吗？你个饱学的人儿，也许你正在看着一本《浮士德》,也许你在唱着那同样的歌儿?那歌儿是多么姣美呵,从一个处女的心怀里孕育了的!她像是一只小小的白羊,匍匐在那浅绿的草地上。她也在同样地唱着。我用了神的灵感,于是把那歌词录出在我的诗稿上了。我这里便记下了你的口供,雕塑了那艺术的真实。如其有人要说这是很荒诞的时候,那我是要多么地发笑呵!哪怕那一个人便是你自己,我不能够再被什么戏法所欺骗了!

我今天又要好好地生活一天了,用了我的全力。我每天都在用了全力生活,而我总没有好好地生活。你又要说,这个世界太不合适我们了吗?你聪明的人儿,又被你猜着了呵!可是,也别再怨天尤人了吧!吾谁欺呢?一切都是真实的。所贵乎大人者,便是在能够毅然决然地承认了这真实!我们也不必要自命是什么大人。我们都是小小的人儿。然而,我们如已是大人了时,那又有什么法儿呢?

前天我在杂志上剪下的那儿幅画儿,今天我已寄你看了。你第一便会看见一座塔,第二还是一座塔,第三你还会看见一座塔。那座不大不小的塔,是我在徬徨过的。最小的那座,是我在望不见你的时候,我在望过它一千次的。最大的那座,那最大的一座,我曾攀登到过它的顶端,它的每一个窗洞,我都曾在那里立过了半天,望过了半天。我曾在它的胸怀里完成过一个作品。你会知道那是一个什么作品。而且,你还会知道再没有第三个人曾经看见过它。虽然那时与我同行的,似乎还有我的一个最好的朋友,那叫作狂飚的,你也早已认识过了。还有那,玉泉,玉泉,玉泉……我们那时是有过好多朋友的。还有玉泉的爸爸,玉泉的妈妈……还有我们的华严宫——是华藏吗，都好的！还有白塔，景山，城楼，天光，云影，蜜蜂，蜻蜓，花香，鸟语。那般小的鱼儿，你如不是俯首凝望了好半天时，你是不会看见它们的！但是，到你看见了时，你又会惊奇它们是那么多，而且有那么多不同的颜色！我只忏悔我那时没有承纳一个很好的建议，我没有握一掬水噙在我的口里，以致我的血液里才没有玉泉的一滴！以致我时刻像在渴望着什么。我在渴望着，渴望着，我要回去，回去，回到民间去了呵！

是的，我在渴望着那个小小的乡村。我的生命是属于她的。我渴望着去听那些土老儿们的舆论，我渴望着那土的色泽和情调，那树木，那鸦鹊，那些劳动与艺术。她的邻人，那古城，那广漠，那崇高，那伟大，那素朴，我在渴望着。我不再替情绪说话，我在替那事实说话：便在那去年的那天呵，我又将是她的，她的，她的人了！

别了！别了！过几天我会再报告你我的消息！

你的他，二月十六日

二十九

我的唯一的生命：

太阳落了！太阳落了！

我从什么地方回来，你当然会知道的。你也不难知道我现在的心情又在怎样凄苦着。那末，你还需问“群英会上的酒晏乐吗”？

唉唉，太阳落了！我们的科学家死了！

当我去了的时候，早已高朋满座。我一个一个地都同他们握过了手。大抵都是平素的熟人。我只没有看见我所最希望认识的那个科学家在座。我便问我们的小说家了。他听了我的话，立刻显出很奇怪又很哀矜的神情。“你还不知道吗?”他向着我问。“便在今天上午,他已经同我们的世界永别了!”我立刻像在狂飙的夜里立在最高的山巅。我分辨不出那死了的是他还是我。我看见一切都黑暗了。我立刻便联想起近日在一个无聊的刊物上所看见的关于他的讽刺。接着,又涌现了一些愚蠢而淡漠的脸。“一个中国容不得一个科学家的生存。”我想着。我周遭一看这些在座的各家英雄们,立刻像从那欢乐的海上浮起了惨淡的轻烟,我们都笼罩在这种轻烟中间,徐徐地变成了浓雾,我们的眼睛便像一齐都仰视到天上。

每一个人都说不出他这时所遭遇的是一种什么情绪了。我们又谈到关于他的死的情形。据说是害了天花——多么漂亮的名字!——还没有来得及医治,又转了热病。他平日的身体是很健壮的呢!病也来得奇怪,不是春天应有的病。看来,真使人会相信了是“天亡中国”!

我还有什么吃酒的心肠!我们都草草地完结了这层手续,我像从鸿门宴上逃走似的匆匆地便跑出来了,我完全不应该等到明天才走。有时候,不幸的消息,我们觉着不听见还较为好些。我们中国本来也不应该有这样的科学家。一切都是多事!

太阳落了!太阳落了!我们的科学家死了!

我已买好了船票,我明天是一定会走了的,我已再没有停留的必要。我只抱歉,白叫你多等候了我几天,你的眼睛会生了指头!我更加十分十分地爱了你!我更爱了科学,更爱了我们的旅行!我已从心底发誓:“中国的科学的建立,要完全地,完全地放在我们的肩上。”我们用了全力为他们奋斗,我们哪怕放弃了我们的环游世界的计划!

这里装着的是我的全心,我最后一次寄给你了:你会珍重了他的! 你会数着我的归程! 你会心跳,当我什么时候回去敲你的门!

我们将是一个,而且永生,永生,那个新生的太阳! 春天将永久是我们的!

你的春天的人,三月三十一夜

曙

曙:

近几个月来我特别地,非常地,时刻地在想念你。我几至于连自己也说不出这是由于什么缘故,只因为这些缘故是太多了。总之:我每逢遇到什么不释然的外感的时候,我归结一定是想到你的。你成了我一切想念的最后的一个想念。似乎我已是一个老人,垂死了,只有你在我的身边,我握着你的手,同你见那最后的一面。我在人世经历也算够了,它们将要磨难你——不,你已是,那时你也已半老,它们也已磨难着你——我不能够再看见它们怎样磨难你了!自然,事实是,你现在还很年幼,你才只——我常记不起你的岁数,你是我第一次居留去了以后的那一年到这个世界来的,那是——一九二一年,到现在是七年了。但我看见你在我的面前的日子,还没有到过二年。不,大概只有一年又一两个月吧!我是时时刻刻愿意你在我面前的!无论如何我今年要看你一次去了。我要冒一切的危险!我是绝对地,绝对地不愿意把我最爱的一个小生命丢弃在这荒漠的国里。而我又知道我所愿意的事又几乎也是绝对地，绝对地办不到的事。便只是，我也决不忍不得到她的同意从母亲的身边夺走了她的孩子，更不必说到其他了。我是什么都知道了的，所以我什么都办不到。让人生去负责吧，只因了它自己的冲突！我只是太感情了，而且太理智了，而且太完善了，以致我牺牲了别人而痛苦自己。为什么不快乐些呢？人类不应该是快乐的动物吗？是的，我不反对，而且我没有反悔过我为人类创造快乐的初衷，这是我的工作。我确信这工作会成功的，它已不断地成功过了。在生命没有停顿的时候，我永远不会停顿了我的工作，是的，我也永远不会停顿了我的"生命"，在工作没有停顿了的时候。我昨天害了一点寒病，但今天已经好了。我只是有更多的悲哀，这不会于我有再大的关系。上一次我害热病的时候，这些都是没有多大关系的！重要的是我只在想念着你！而且，昨夜我曾梦见你的母亲，你的祖母，祖父，大祖父！是我负了他们与她们！我将永生在地狱里！而且，今天又有一个朋友同我谈起你来，说你天分很高，是看了我的《土仪》的。少年时代的记忆力，早被忧伤销蚀尽了，使我虽想，而终再想不起你的那些曾经给我以惊叹与狂悦的甘感的故事。如其不是我当时的记录，我将不能留取你些少的影像。我也曾给过不少人以惊叹与狂悦，在我的童年时候。只是，我长大后学坏了。只是，你没有我童年时候那样好的环境。我不敢设想你将怎样长大的！我不能权量一个人所能有的天分究竟有多大的限度。我的历史，可以说是在我刚有智识时起，是我个人奋斗上来的。我没有受过好的教育。但以后，我个人便变成教育，以后我又将创造那好的教育了。我在十九岁以前，常被人们传习地恭维，在十九岁以后，又常受人们传习的攻击，等于传习，人世何曾进化呢？我只是不能忘掉我的儿童生活，你所没有过的，或者你也将不能过了。我已荒弃过我的天分，我失掉了绘画的能力。这也是我儿童时候所得到的教育中最好的一种。记着有一次你的母亲从一本书上看见一张小孩画片，问我要去了。我劝她钉在墙上，她却要藏在箱里。你的母亲是这样一个不懂教育的人！你将没有绘画，没有诗歌，没有流泉，没有提携，如我那童年时候所有的！我在七岁的时候，悲哀已深深地侵入了我，因为我的祖父的死。你的花年或者已经过去了吗？我应该怎么办呢？我为什么要遗弃了我的孩子？近十年来，我们家里的孩子已走到厄运上去，有的野了，有的死了！你能否脱出了这两者的羁绊？我将怎么办呢？时候已经太迟了吗？我将仍让时候迟下去吗？在人生的战场上百战百胜的老军，而今已退伍了，而将回到儿女场中便变成一个没分晓的人吗？不，我将给你以完全的教育！我的学生名册的第一页第一行将要填入我的光荣的曙的名字！我没有同过去的时代隔绝过，我也将不同未来的时代隔绝！我将贻我的生命与未来，如我之度我的生命于现在！我现在不在度着我的生命，而且，不在贻着——？曙！我现在在做着什么？你现在如何不在我的身边？你也同他们一样，是特长于听信流言，说“你的父亲永总再不回去，永总再不关心你了”，而也便不知道有我的存在了吗？你将说，“我的父亲已经死了”，因为你不再看见过他吗？流言多于我的自白，可知我现在还是很孤立的！但是，我将为自己辩护！

一九二七，九，五，父亲

曙：

早上起来，便吃了些不喜欢吃的东西，今天怕又不会有灵思飞来了。我渴想家里的饭，尤其是在上次的病中，有十几天我简直不能吃一点东西。除去几样外，家里的饭，我想起来都是好的，可是，我在童年时候，有时也很不喜欢吃它们过。昨夜我梦见你的大祖父，给我送来些很好的食物，但不在这里，有好多人聚在一块吃，有你没有见过的大馒头，还有锅锅……我们是生在穷的家里的，我们是生在穷的地带的，天时地利都保证我们是赤条条的穷人。我们也以此自幸，而且我们也喜欢了穷。只有你的祖父是一个例外，做了小小的官，但其实也只是服事知县而已。说起来话太多了，关于你的祖父，我还是告诉你些别的事情。我今天要特别地奋斗，我要创造灵思！我确信人的能力是无边的，同人的智识一样的无边，同原子与地球一样的无边。因此，我才确信了教育的无边。因此，我创造……

孩子，我打消我的计划了。我到图书馆看了看报，又看了一篇项羽——这个人是很好笑的！——已到了午饭时候。我将休息半日，休息我的身心。因我节前饥荒还不知能否开销。我也时常在思量弄一些钱给你的母亲寄去；虽不至没饭吃，然衣物零用也大是问题。然而我始终是自顾不暇。今年过年，我是说不来的穷！五月节过在途中，所以几乎忘记了。这个节气，可也算今年一个最好的节气，且待那三十元的下落如何再说吧！我如没有上次的病，或者不病在上海，那我便可多有五十元，寄你们三十元去，定会减少你们半年的惨伤呢！

我刚才又睡了一觉，到身体不康健的时候，便常觉得是睡眠不足。世间的事情常是这样，并不与事实符合。我们中国人大抵只知道事情，而不知道事实。事实是需要科学证明的呢！记得十几年前给一个亲戚谈天文的常识，他竟不相信，同我大辨(辩)论一场，现在想来还觉好笑。他是少年好事的缘故。一个人不是没有自由，而是没有智识。因为军阀有自由，所以才压迫思想，阻碍科学的普及的，不又非较好的理由，而只是那些权力，迷信，玄学与固执吗？你有你的事情，他有他的事情，而事实却只是一个。愿意知道事实的人难得呵！而科学的传布，又岂是指顾之间所能办到的呢？我早已不像那样了；非其人，非其时，非其地，我是不言，不言，不言的！自然，地非一块，时有流变，人也将不自觉地受其影响！事实不原是很分明的吗？

有时觉得太饱，有时觉得很饿，这是不病的生理的特征。而也越想吃家里的饭。幼时的习惯，引申之而至教育，有多大的力量，便无须多说了。最契合我的是荞麦饸饹，也因为我在别处再不能遇见它的缘故，我在阳高，在绥远，吃过更好的莜面，我也吃过更好的馒头。但锅锅呢，则唯一唯一而已！唉，人生是不幸的！我的别样方式的生命又在这里触动了！唉，你是这样年幼！

唉，你的母亲，我贻她以痛苦！然而乡党犹自传为美谈：我们是最好的夫妇！也可见他们过的是怎样的夫妇生活了。然而，历史埋葬了她，我又何能与她以新生呢？以致她不喜欢旧而也不喜欢新；不能亲近而也不能疏远。她也痛苦了我，我们也将贻这痛苦于你的将来。然而,这又算什么呢?我委实不以为这会与我们的基本的生活以如何的动摇。我们曾相安于无事,我们也将仍然相安于无事。在生命上开一个创局,不便是进化的意义吗?我们已是而且我们不将是那样吗?

你的母亲是很爱你的,人家将要说,你的母亲是最爱孩子的母亲呢!她从我这里也学到了一些爱的艺术。不像我童年时候的母亲,纯然地同我父亲一样地严肃。也许他不喜欢她放纵了孩子。你总算幸运得多了。有一次,我同你的母亲接吻,我不知道那时你幼稚的心里在做何感想,你忽然也跑过来接吻你的母亲。也许你现在会忘记了的,已是两年前的事了。我们的仍然是旧的家庭,但在十年前的家庭下如何会有这样生动的乐趣呢?可是,你的母亲也不让你劳动,因为你软弱了的缘故。还有什么比劳动更好的强健身体的方法吗?可是,人们都乐于说:“身体软弱的人是不宜于劳动的!”这正是应该反抗的,正是应该有好的教育打破那些不合理的传习的,哎!可惜,你的母亲正是那些人们之中的一个!爱是容易学会的,而思想则否!

让我也多给你以我的爱:中夜了,甜美地睡吧!

九,七,你的父亲

孩子:

只因为没有钱,所以我穷。我受了环境的监禁,我不能到广州,到南京,到汉口,我不能纡曲于九疑,舒缓于潇湘,缥缈于峨眉,溯长江而跨黄河,而登华岳之巅与故人把晤。长白山与珠江,都常出没于我的梦中。这需要多少钱呢?不过曰:月百元足矣!然而我现在每月拿不到五十元。我不能常到乡村中居住。我必须有一个新的生活的方式。几个月了,我没有能够买几本我急需的书籍。我在自杀,因为我没有方法使我自己生长。我需要的是一个地球,而我却把自己关在地球上的一座楼上。天文台同我的距离既远,化学实验室又只能形诸想象。看来我仍然是痛苦的！但这都是应该的,我为什么而必要气愤呢？而且我也并不再痛苦。一切都是自然,在,而我也在内。而且,——唉,我不能出版我的周刊,我不能立刻看见它变成一个“长虹与——”！也没有一个“科学与艺术的中国”,更无论于“科学与艺术的世界”！是这样空虚,而世界又如此其没有长进！

“在西湖好呢,还是在上海在北京好?”有一个朋友这样问我。“各有各的好处。”除此外,我还能有什么更好的答复呢？然而,这几块地方我现在都不想居留！我又想读书,而我又没有读书的时间！我又不得劳动!“你是很清高的!”那个朋友说了。是的,我能够不去大学教书,也不去捞摸一个什么委员！然而我只是闲散而已！我如何能对劳动家表示我的清高？今天我开始吃起素饭来,唉,我是这样的清高!

孩子,如其你不愿意给你的母亲掇炭,那末,你也清高了吗?中国人这样一致地穷得可怜,是一个经济问题,还是一个清高的问题？然而又将有人说:时代是什么,而且列宁是那样地主张！可是,历史是历史,农业是农业,此刻现在是此刻现在,没有科学,没有充分的劳动。一个民族便要衰颓而且灭亡!

一个民族！为了这一个民族,我读《海夜歌声》一直到第四次！人家将要说:“竟会有这样一个发傻气的读书的人!”为了这一个民族，我竟会写寄了同一个七岁的小孩子以这洋洋洒洒数万言的通讯！

我不能不说今年的中国有一个伟大的时代。我光就文艺说话，最有价值的创作都是在今年开始出版的。去年是一个发端，而今年却是成形了。一个新的中国民族，一部分的新的人类，今年已经具足了它的雏形！还有其他，其他，一切我都惊奇！我所欢快与憾怨的，只是这些都太稀有了！

我有灵敏的感觉，我还不可自慰吗？我有丰富的经验，正确的认识，坚决的勇敢，我还不可自慰吗？我有和善与忍耐，而又这样地知道自爱，我还不可自慰吗？

再同你谈一些太早的话。到近代来，人们知道注重经济学和两性学了，抛弃了宗教、政治、哲学等。近代的教育学也还很算发达的。在实验这一点，教育学算是最进步；但它还没有发见了它自己的全盘的面目。经济学比较是最普遍的！然而它太偏于历史的，而忽视现代的实际状况。两性学比较知道地理的研究；而没有看见多数人，所以增长了绅士们淫乐的气焰。总而言之：都不合我们的需要，不是我们所满足的新的科学。我们要从头创造，从小孩时候起便立下这样的决心！我们的新的科学是要适合于所有的人类，它能够说明我们所看见的一切现象。

我每从城里坐船回孤山的路上，我看见那对面的山峰房屋的地位有说不出那样繁复的变化。及至我回到楼上，则那些山峰，不在对面的一面,而是环绕在我的前后右旁三面了。人类的生活也是如此,我们不能够用直感去认识它们,而须用精密的科学方法。然而人们却都有相信他自己的直感的性癖。

那个女子说要同我通讯,因为我们的语言不相通的缘故。这真是最困难的事。我是极喜欢接到她的第一封信的。到南方来,简直没有一个女子同我做朋友。而她来了,即此也可以想见她不是一个寻常的女子!

我在年幼的时候,曾有过一个最好的,最好的女朋友。我很少再有同样的机遇了。她现在已很衰老,你有时也会看见她的。而且我知道,她一定会非常爱你。我每逢想到她时,我的心神总是超越地畅旺,一个好朋友是能有这般大的力量!

孩子,我今天又接到一个女朋友的信了。她是办教育的,我觉得她是一个天生来的教育家。我觉着女子都能成功很好的教育家。只要她们对于教育的科学再下一番研究的功夫。我觉得近来的女子很有纯然从事政治生活的,这不是一种自然的和更为进化现象。她们很可以去发挥她们的天才去担任那比政治更重要而也具有政治的优点的教育工作。我也许能从这一个朋友那里得到些更好的消息,那时我将要告诉你,那些关于孩子们的更好的消息。

如其我们中国的新女子都成功了很好的教育家时,我不能想象那是孩子们多么大的幸福!这也许不至于神经过敏:我觉得中国将有泰戈尔出现了,是一个新的泰戈尔,而且她是一个女子!

人类的进化史很显然地表明战争的范围渐次扩大,战争的次数渐次减少。我们看现在的趋势,地球上的人类的大和平已很接近。一个反对战争的科学家也曾悲哀地说,世界还须有两三次战争。但如在人类能力的范围内加以修正,它也许可以减少至一次或者两次。然而无论如何,至少是怕难免有一次的。中国近来的文艺,战争的多于和平的。而战争的中,又破坏的多于建设的。世界的大战既不能避免,则崇高的战歌犹自有其崇高的价值。省略过那些徒然的扰乱,在崇高的战歌中,《海夜歌声》是一个重要的成绩。人类的一分子都能够读它,鼓励自己的前进的勇气,则人类的进化,一定会强烈地增长它的速度。

我手头只有一本,以致我不能够送几个朋友看去。《海夜歌声》,它成了我这几日时刻在想念着的一个题目。我因此也想象及我童年时候读木郎歌的情形的依稀。

九,二七

亲爱的曙:

事情到快成熟的时候,常会生一些波折,有时竟至于全盘失败。我的心情,每逢到了做一个段落的时候,也常在横生枝节,更至回复到空虚。一个人的生命最成熟的时候,便是那死的时候。在自然的活动中,人类的生命只等于一首诗中的一个“,”,而个人呢?又是人类的活动中的一个“,”而已!两个人中,才又有不少为天灾人事外感内忧所残害,不能终享其天年,不能尽量发展出他的所有。而在全人类的历史中,则又不过等于少用了一个“,”而代之以“——”。在我的生活中,现在所应该标点的是一个“,”呢?或者是“——”？然而，生活而已！有新的创作，便有新的文法，便有新的符号。我将回复，而我是将回复到我的春，也便是我们的春。春是我们的生日，也是我们的生命。亲爱的孩子，我想到这里，我便不知道我的快乐是从哪里来的，而又为什么有这么许多所能够的！一切，我都已预约给你，预约给你，而且预约给所有人类！我们更进而客观一切，则人类呀，个人呀，标点符号呀，活动呀，不还只是一首抒情小诗，而诗的前面冠着一个题目叫作“自然”？西湖，上海，南京，北京，友情，敌对，所有的一切，在我的面前，它们还能保存着一些什么个别的义谛？

明天我要走了！到什么地方去？我将经过那冬天的大路去回到我们的春！我的伴侣也叫作春，我们将携手偕行去结纳我们的所有的伴侣！

我们将重复发见了我们的语言，还何所需要于纸笔呢？我将带给你我的礼物，然而，除我自己以外，还有什么是我的更好的礼物？世界是太平的，或者是混乱？我将遇见剪径的强人或者路宿的神女？你将依闾而望呢或者问客何来？你的小小的指头可在计算着我的归程？或者你还在问你的母亲，我再回来不回来吗？或者在我们见面以后，你仍将说，“我不认识这个人”吗？我只要想及女子的时候，或者小孩子的时候，我那时便是一个最善的最善的人了，你还能说这个于你完全没有关系？

亲爱的孩子，这一卷小小的书又在完成了！这便是一个证据：你在爱我，而且你常守护着我的工作。我的工作常在守护着我的快乐，我能不用了这快乐来答谢你吗？我将要做更多的工作，为了快乐我的孩子，我愿为爱而死，所以我更将为爱而生！所以，我将终是一个小孩子！我将尽我的生命的长远做一个小孩子们的忠实的朋友！

我的话将说到何时止呢？我真的像一本书可以有完成的时候？我将在使用一些新的符号，什么是更多的新的符号呢？我将……

亲爱的孩子朋友，我的，我的，我的，再见！

一九二七，一〇，二一，西湖的长虹

附录

散文

创 伤

一 沉没[1]

我本来想着上升，然而我却下降了。

什么是生命呢？生命是不断的努力，更高的享乐的追求，永无止境的向上。

“我感到空虚，我在桎梏的现实底下，我快要破灭，枯朽了。我需要新的食物，新的痛苦，我需要更大的负担，我需要创造！”当生命在我的心中这样地喊着的时候，我便开始了我的上升。

然而我却下降了。如海上游行的小船，我遇到暗礁。如天空飞行的鸟儿，我触在突出的坚硬的岩石上，折断了翅膀。我将死地呻吟着，躺在最下者的下面，愤怒的火焰，张着血红的唇吻，贪婪地咀嚼着我。

---

①原载1925年2月23日《京报副刊》第69号。《京报副刊》，1924年12月5日创刊，孙伏园主编，随《京报》发行。《京报》为近代著名报纸之一，1918年10月5日创刊于北京，由邵飘萍主办。

我将呼救吗？同情已经死了。在我的周围，只有讪笑，侮辱。

朋友！假如你要倒在地下的时候，除了足的蹴踢之外，你还想有所别的希求于这些人们吗？

我将做梦吗？我梦中所见的仍然是触礁的破船，折断的翅膀，讪笑，侮辱，足的蹴踢。

我将无所需要，我将仇视人类，我将以愤怒为唯一之食物，我唯将以愤怒充实我之空虚。

二　血的帝国[1]

只有血是有价值的，紫黑的血，从罪恶的胸腔里喷出的血。

你饿了吗？美女的含毒的血管里有过多的滋养料在储存着。张开你的锐利的牙齿，去咬那嫩的皮肤，便会有喷泉般的鲜血，射进你的嘴里，使你醉饱，使你因过度的享乐而感到疲劳，你将一无所思，满足地睡倒在烟雾弥漫的榻上。

被别人吸尽了血的人们，尤其需要十倍之多的血，从别人所流出的，以作补养。

你与其拜倒于没有的上帝之前，倒不如给血的帝国做了恭顺的臣民。祈祷是需要着颁赐的，如此，你将得到血的温泉的供养，如供养于香花之上。

有爱人而只握其手，而只接其吻，而只享乐其肉，比鳏夫望洋而兴叹者更其不幸。爱的真理，便是从灵魂里流出的血的相互酬赠。如此，你便恋爱过，生活过了，你用猎人的残忍吸尽你的爱人

---

①原载1925年2月24日《京报副刊》第70号。

的血。

苦呵，无血可食的人！……

我是苦的人吗？……

三　我愿入地狱[1]

我愿入地狱。地狱有狞猛的面目，浴血的尸体，裂帛的吼鸣，宰割的嬉游，强盗们、泼妇们的肉搏。

有将死的喟叹给我传来。这是来自天堂上的。好名而不务实的君子贤人，为平静与单调所喧哗所扰乱而啜泣了。啜泣着他们生前所珍惜的血。血是以流尽为满足的，不善流者，却流之于虚无，于不安。

我听见天堂的极细的声响，我恐怖，我周密地防御，我惧有天女之手携我而投彼浮华之深渊。

能满足我者，便是我的天堂。我自有我的天堂，我的天堂便是地狱。

我渴望真实的痛苦，嗜好痛苦者以得到痛苦为享乐，我的享乐永无满足之一刻，我时时追求更大之痛苦。

旁观者的揶揄，朋友的腹议，敌人的讥笑，使我失望，使我热爱打击之灵魂不堪忍其无济之扒抓，之疲倦。我藐视一切人类，一切生物，一切目之所见与所未见的实有。

我愿入地狱，我将于彼处寻求更大之打击，而得无上之法悦。我将被吞于毒焰铄金之口中，而焦化我之血肉，而飞进于跳舞者之

---

①原载1925年3月1日《京报副刊》第75号。

脚上，而与毒龙之饥号做和谐之共鸣。

我将立于魔王之顶上做狮子吼：我是更大的魔王！

四　希望之一①

我希望有一座大山，不可移动的，压在我的胸脯上。这太消闲了，只有薄的破被，只有毫无重量的屋顶，只有空虚的天空，消闲到连睡眠都捉不住了。

只要有一座大山，社会一般黑的，黑暗一般重的，人类的兽性一般不可移动的，压在我的胸脯上，我便会复活，生命的光，便会又复热烈地焦烧着我。

只要如此，我的胸脯里便会有女性的娇音，发出饿狼的绝叫。

那时，我所失去的力，便会交还了我，我便会挣着自效的决死的勇气去承受它的压迫。

那时，我的额上，便会喷出跳跃的热汗。我的四肢，便会因过度的抵抗而睡眠于死的瘫痪里。

那时，奔流的血液，当又复还于镇静，然已是得胜后的镇静了。

那时，便只有灵魂还清醒着，发着健全的光，照耀着镇静的血液、瘫痪的躯体、发汗的额脑、甜美的睡眠的胸脯。

五　街上②

我无心地徘徊着，在街上，在坟墓中。

---

①原载1925年3月7日《京报副刊》第81号。

②原载1925年3月16日《京报副刊》第90号。

我看着人们的相互践踏，相互遗忘，复活了的尸首们的还阳，人类的灭亡的复演，我愉快。

我看着胖的绅士，腐肉的紫肿，工厂中制造出的花样的玩偶，被侮辱的物质的力，死的驰逐，卑下的傲慢。

我看着被他的脊背和他脊背以外的东西所推运，所豢养的力士，同样卑下的，同样傲慢的。

我看着只剩有两腿的残废者，在土的飞舞中旋转着，跳跃着。

我看着钱，及钱的变形，无人样，无人味。

我看着在腐肉底下压碎的淫猥的女性，自命方正的，自命清高的，自命能干的，自命觉悟的。

我看着新死的英雄，活动的话匣，敷着白粉的破布，画匠的写生，古董店中的赝造品。

我看着自然母亲的怀，迸流的血，飞扬的沙土，成群的苍蝇，乌鸦。

我看着光明的黑暗，公开的秘戏，实有的虚无。

我看着棺材，棺材……

我无心地徘徊着，无心地躺了下去，在街上，在坟墓中。

六　幻灭[1]

烟，缭绕的云，

微盼的天青，

交织的明星。

---

①原载1925年3月16日《京报副刊》第90号。

云的衣，
美的吻，
酩酊着，酩酊着，
醉的心。

银的羽，
翩翔着，
心的倩影。
在无地，
我织着，
美的梦，
无物地轻盈。

烟，缭绕的云，
破碎的我的心，
无似的波动。

七　精神与蔷薇[1]

1

精神　是谁在那里叹气呢？
蔷薇　是谁在那里叹气呢？

①原载1925年3月25日《京报副刊》第99号。后由鲁彦译成世界语，载《长虹周刊》第18期（1929年2月9日）。

精神　你的声音好熟呵！

蔷薇　你的声音好熟呵！

精神　你不是蔷薇吗？

蔷薇　你不是精神吗？

精神　我们离别好久了！

蔷薇　久到连什么时候离别的都记不得了！

精神　你这一向的生活还好吗？

蔷薇　我在这里叹气呢！你呢？

精神　你刚才不是已经听见我叹气了吗？

蔷薇　我们都是一样的苦！（沉默片刻）你的希望都哪里去了？

精神　我被绝望充满了。

蔷薇　还是你勇敢一些。我只剩下了空虚！

精神　他们是多么卑下的动物呵，这曾经令我们误认为神之子的！

蔷薇　尤其是他们的鄙俗！

精神　他们虽然很怯懦的，然一见了我，他们好像便勇敢了，他们用了全副的力量来抵拒我，他们便是抵拒盗贼的时候，都没有那样勇敢。怯懦的勇敢呵！

蔷薇　最讨厌的，是他们的那种猥琐。他们也好像在爱我似的，然而他们却损坏我，他们享受了我的颜色，却残贼我的生命。

精神　我现在相信，他们比狗也好不了什么，或者还要坏得多，因为狗只是没有接纳我的能力罢了，而他们却要抵拒我。唉，我曾如何忙碌过来呵！而我终于连一片安身之地都没有找到。我的生命全送到追蹑去了。你应该珍惜我的叹气,因为这是唯一剩下来的我了!

蔷薇　假如他们也像狗那样地拒绝我时,那我便幸福了。我连追蹑都得不到,我只有忙碌,被锢闭的忙碌,然而我终究侥幸,我还有这最后的叹气留给你呢。

精神　我爱你的叹气!

蔷薇　我爱你的叹气!

精神　亲爱的!我的生命复活了,从我听见你的叹气的那一刹那起。

蔷薇　亲爱的!你的叹气使我有能力说了这许多的话,而且还要说下去,永远没有断绝了的。

精神　让我们享乐自己吧!

蔷薇　因为只有我们自己是可爱的。

精神　他们灭亡的时候快到了,让我们静静地拥抱着,等候这个好玩的把戏吧!

蔷薇　这的确比什么都有趣。我们还一向没有看见过呢。然而这的确快要来了。

精神　也不叫喊,也不痛苦,去就那死的灭亡!多么新奇的故事呵!

蔷薇　我却希望他们叫喊,他们痛苦,因为那样,我便更觉得快乐了。

精神　亲爱的!我的生命酩酊了。

蔷薇　亲爱的!我的话多到要沉默了。

精神　亲爱的!让我们沉默着享受我们的生命吧。

蔷薇　亲爱的！让我们拥抱吧。

精神　给我你的手！

蔷薇　给我你的手！

精神　你的手在哪里？

蔷薇　你的手在哪里？

精神　你……？

蔷薇　你……？

2

蔷薇　我们是在做梦吗？

精神　我却听见了你的声音呢。

蔷薇　我们被墙隔绝了。

精神　多么冷的，硬的墙呵！

蔷薇　我以为我们是在他们上面呢，却早已被他们压在下面了。

精神　这便是我们的义勇的，牺牲的报酬！

蔷薇　我们连自己都失陷了——

精神　为了救那些失陷了的。

蔷薇　让我们捣碎他们的圈套。

精神　我的手已经出血了。

蔷薇　我的气力已经用尽了。

精神　这比他们自己还坚固呢，这圈套！

蔷薇　所以他们也将死在他们自己的圈套里。

精神　而我们却不能，让我们更加用力地捣碎了它。

蔷薇　让我们互相听着我们捣它的声音。

精神　我的手折断了,我只剩下了血。

蔷薇　我的心碎了,让我拿我的心的血来医治你的手。

精神　我们已经被隔绝了。

蔷薇　可怜的你的手呵!

精神　可爱的你的心呵!

蔷薇　可怜的,可爱的我们的血呵!

精神　可恨的,可杀的畜生们呵!

蔷薇　但是,他们快要灭亡了。

精神　我们也要灭亡在他们底下。

蔷薇　在他们上面的我们?

精神　我们现在是在他们下面了。

蔷薇　救救我们自己!

精神　杀掉那些压迫着我们的!

蔷薇　杀掉那些为救他们的灭亡而灭亡了我们的!

精神　他们在灭亡的路上还大摇大摆地摆架子呢,这些虚伪的,迟缓的东西!

蔷薇　让我们点一把火烧掉了他们的虚伪!

精神　让我们吹起狂飙促进他们的死亡!

蔷薇　灭亡的唯一的福音呵!

精神　我被愤怒充满了。

蔷薇　我被希望炸裂了。

精神　我要回到拒绝我的那里去。

蔷薇　我不再需要他们的拒绝了。

精神　他们将要欢迎我。

蔷薇　我要借他们自己的手去杀他们。

精神　我要用更大的虚伪毁灭他们,因为他们是不拒绝虚伪的。

蔷薇　我要在他们喜欢喝的蜜酒里渗进毒汁去。

精神　让我们用一切的方法——

蔷薇　只要能够更加迅速他们的灭亡——

精神　因为只有他们灭亡我们才能够复活。

蔷薇　我们将要在他们的尸首上跳舞。

精神　我们将要喝他们的血的合欢之酒。

蔷薇　这样的一日快要到了。

精神　让我们赶快动身吧。

蔷薇　我们不能再握一次手了吗?

精神　快走!快走!我们已被隔绝了。

蔷薇　将来的握手?

精神　快走!快走!

蔷薇　亲爱的?!

精神　亲爱的?!

八　指骨[1]

我看见一块骨头在地上跳跃。我立刻认识了这是我某年从我某个指头上掉下来的一块骨头。我的心跳了,从它跳的声音中,我

①原载1925年3月31日《京报副刊》第105号。

听见这样的说话——

“我亲爱的微质！你现在还活着，所以你还跳跃吗？

“或者，你已剩下最后的一跳，特地来辞别你的兄弟们吗？

“或者，你只是偶尔的一跳，为着要显示我：我的一切将要同你是一样的吗？

“或者，你是受着自然的某一刹那的冲动，而只是不自觉地跳跃着吗？

“或者，你便是完全的自然，你在用你这无端的一跳，告诉我你的真理，你的永久的神秘吗？

“或者，你并没有跳，也并没有你，只是我的心跳的某种反映的幻象吗？”

她只是跳跃着，一句话也不说。

我的心跳得更加疾迫了，竟发出这样的声音：——

“呔！你妖怪！你说谎！也没有你，也没有我，更无论于我的心跳，我的说话。一切都是空的，而且空也没有，一切也没有！”

于是，一切便都没有了。

九　压油子①

关于压油子的历史，是我小时候在大烟灯旁听说过的。据说，压油子是鸟类里边的一种，它的身体中可以自然生出油来。这也有一定的时期，它身体内的油太多了的时候，它便飞到空中，“压油！压油！”地叫了起来。听见的人，便把它射了下来，把它的油全

①原载1925年4月24日《京报副刊》第128号。

行压掉之后，抛到野地里去。二次又到了一定的时期，它便又“压油！压油！”地叫了。

我所听说过的止于如此。我不知道压油子有没有死的时候，或者现在还有没有压油子一类的鸟。

但我却好像听得空中又在“压油！压油！”地叫了。我知道，到了一定的时期，到我的光与热太多了的时候，我也会飞到空中。

十　市场[①]

我不知道这是很大的一个，或者是很多的小的堆积，我只看见这是一所市场，建筑在女尸上的无聊的人们的俱乐部。

这里也许曾经华丽过；也许曾经充满过女体固有的，女子装饰品的香；也许曾经有过春天；也许有年轻的英雄流连过的，但现在却只剩着黄的沙土，沙土底下埋着的尸体，尸体上颠倒着的无聊的人们，及为这些人们习惯了而自以为香的奇臭。

在这腐烂的，为不可统计的足的蹴踢所致而发着的奇臭的尸体上，设立着茶馆、酒馆、杂货店，消渴的、昏醉的、无处归落的人们，每天整千整万地颠簸了来，便都化成了臭水，被吞没在尸体的溶解中。

有几处特别膏腴的地方，大概是曾经做过妖冶的眼珠，储藏过神秘的唇吻，无餍地要索过拥抱的乳头，变化过由红而紫，由紫而黑的血心，流通过，吸吮过，酩酊过精液的——，便开设了绸缎店、香料店、药房，以使自杀的保身者不自觉地被诱入毒的寝衣里。

---

①原载1925年4月24日《京报副刊》第128号。

口是如是之大：可以填进所有的牺牲品而仍不失其空，而且也没有口的形式。

我不知道是需要在模仿着供给，或者是供给在注定着需要，或者是两者的盲目的撮合。总之，我看见许多许多的人都悦乐着奔赴这同样的处所。

同样的市场，我在各处都可以看到。

我在空旷的世界招呼伴侣而无所回应的时候，我不复能够叹气了，因为我已经知道了我们的男子到了什么地方和我们的女子在做着什么。

十一　永久的真理[1]

我竭力在感觉中搜寻着一件失却的东西，被许多年的过去，许多许多的人，和理想的未来所偷了去的。

我开始模糊地看见在床上躺着的我自己，同时也便是别人。我好像在熟睡，却又觉着清醒，好像在死灭，却又觉着生存，同时也便是别人清醒地熟睡在、生存地死灭在他自己的床上。

屋中如夜般黑暗，却又像新生的太阳从墙角上正在上升。无人的拥挤，空气一般密的人体所合奏的跑马式的音乐，践踏着我的血管，泛滥着我的每一个细胞，寂寞着我的灵魂。我从我自己，看见了人类的堆积，已死的和未死的，和未死而且未生的。我没有欢喜，没有痛苦，而且没有欢喜和痛苦的感觉，遗忘在没有的别人中。

在无足轻重的门与门的开之间，我看见地上也站着一个人，他

①原载1925年4月30日《京报副刊》第134号。

是刚才进来的吗？或者他在我之前便站在这里的吗？或者他是永久站在，或者没有站在这里吗？这些都是无足轻重的。我现在所愿说的，只是这个站着的人，便是我自己，同时也便是别人。

这另一个我，含毒地凝视着床上躺着的我，我立刻便明白了从前只是听说过的谋杀的意义。但我并不惊惧，我从太多的传说已经决定了如何是必然的命运了。我现在正在面对着命运，正在要开始一种新的试验。我沉默着侦探我的敌人的秘密，我看见他的飘浮着微笑的唇吻上渗出淡白的毒汁，他的不动的手如何会像鹰的爪流星般抓住我的咽喉，我的咽喉如何会像汽笛般呜呜地叫，把它那要节用起来还可以消费三十年，或者四十年的呼吸如何付之于慷慨的一掷。

我觉着身体开始被麻绳绑起来了，呼吸像被猎犬追逐的兔子的脚开始急促起来了，虽然我的敌人连毛孔都没有一点轻微的颤动。但这并不能轻松我的感觉，因为事实是如此的。这只能告诉我，我的敌人所用的，正是传说上大蟒捕捉小鸟时使食物自己飞在他的嘴里所用的战略。

我相信接触是真的，便是没有接触也终会接触在一块的。这相信使我遗忘了床上躺着的镇定的自己，冷笑着地上站着的阴谋的自己。这相信告诉我，我的失败的胜利，另一个自己如何会死在被杀者的被杀中。

同样的历史，可以应用在别人同另一个别人上。在某一刹那中我已经读尽了所有的真的历史，在别人的某一刹那的历史中。

十二　手的预言[①]

灵魂住在心里，生命住在手上。

当手偶尔缩了回来的时候，灵魂便开始在活动了。它从永久的寂寞中找见了它自己。它绝望，它怜悯手的过去和未来的盲动。手听见它从心里所传出的叹声，也便开始麻木起来，而生命也便开始被关锁起来。

不羁的生命被一度关锁之后，它因死的破灭的恐怖而咆哮了。它不能复忍，而手却越发麻木起来，而灵魂却仍然不息地发叹。

于是，生命便把灵魂的罪恶提诉到心的面前。

心在片刻的惊疑之后，它便开始在啜泣了，啜泣着血精的红泪。

"我早已知道会有这种事出现，所以我把英雄递给了我的好动的手，而把哲学家留在我的身旁。"心终于指着灵魂和生命说了。

"假如我有过错的时候，那便是我不应该怜悯罢了。然而手的缩回却是我的怜悯的原因。我虽然聪明，然我还没有聪明到无病呻吟的程度。"灵魂继续着辩护它自己的行为。

"我不许你叹气，不管你为了什么！你是死的说教者，你是除叹气之外一无所能的蠢物！"生命忘记了它是在心的面前，气愤地谩骂起来。

心见了它的无礼的态度，也有些气愤了。它向着生命斥道："但缩回的是手，你应该质问你的手去！——"它说到这里，忽然缩住了口，因为它觉悟了手本来是从它生出来的。

①原载1925年4月26日《京报副刊》第130号。

“这还是我自己的过错吧？我为什么把我的生命交给这样弱的手呢?”心恍然自失地质问着自己。

当然有一个时候,会有强的手出现,因为心已经知道弱的手怎样可以使它自己的计划归于失败。

当强的手出现的时候,灵魂虽然还要偶然地发出它的叹声,而生命却可以为所欲为地向前去了。

当强的手出现的时候,心便会用它的手说出它不能用话说出的更真实的话来。

狂　飙[1]

//

人物　一个老人

地点　沙漠中

时间　狂飙的日子

苍老呵！不可忍耐的苍老呵！

我的热都哪里去了？(他拍着胸脯。)我的春都哪里去了？(他望着天空。)

今天的风很大，这是最合适我的一个日子！(猛省)今天不便是狂飙时代的最后的日子吗？我的末运不是已经到了吗？看呵！那边的春，那辽远的，那似乎有什么味道输送过来的地方！(他望着远处，好久，好久。)

什么都没有！什么都不会有！

①原载《弦上》周刊第6期，署名C。

孩子们都哪里去了？为什么一个世界只有一个老人？我恍惚听见呱呱的声音。不然，那是吱吱的声音。不然，那是——那是我的梦！我想变作一个孩子，一个最小的孩子！

世界多么丰富呵，当他只要有一个最小的孩子的时候！

我是最小的孩子！我是最小的孩子！我是最小的孩子！（他发狂着，沉默着，好久，好久。）

我现在真的要走了。一分钟的居留在我是一部冗长的历史。那焦急的风，不便是给我催行的警号吗？

吹呵，吹呵，我的风！我无时不愿你成为最后的一次！

我现在真的要走了。到世界的别一处去呢？还是到别一处的世界去呢？

你们有欢迎一个苍白的老人去的地方吗？（他望着空间。）

这里没有一点热，因此我便很快地变成一个苍老者！

我的热都哪里去了？你们有热的地方吗？（他望着空间，好久，好久。）

冷呵！冷呵！这是冰！这是冰！这是冰！（他抚摩着他的面颊。）

现在是一个结冰时代，他来代替了狂飙时代，而且代替了那当来的春。

这便是我所望着的吗？那报告我的，便是这样的味道吗？

连声音都冻住了吗？

多么可怕的黑暗！我的手呢？我的手呢？我的手呢？（他的手痉挛着，渐渐显出像摸索的姿势。）

那里开着的不是一朵花吗？我有生以来还没有看见过那样美

丽的花！但是，我现在要走了！（呓语。下去。）

那不是一朵花！那不是一朵花！那不是一朵花！

我的孩子来了。我的亲爱的未来！让我接吻我自己！

那是我的父亲！是我久死的父亲！是我新死的父亲！

我将要走进去了。那能够不是天国吗？那庄严的门，那以音乐作槛，在黄莺的叫中，在孔雀的尾巴的舒展中开着的门，但是——

我怎么还没有走呢？我怎么还没有走呢？我怎么还没有走呢？（他睁大着眼睛，好久，好久。）

一个世界只有一个老人！一个没有妻子，没有孩子，没有朋友，没有时代，没有希望的老人！（他突然清醒。）

最后的狂飙来了——

我要走去——（他倒下。）

（闭幕）。

黎　明[1]

//

那在天空响着的是什么声音呵！

我今早才登上这山的顶巅！我今早才登上这人群的顶巅！

空气流动呵！自由地流动呵！

那在几乎望不见的苍茫的下面像带着什么神秘隐藏着在的不是太阳吗？哦，它一定是带着伟大的意义！

只是这样苍茫！一切都这样苍茫！一切都这样灰白色分不出明暗！

连星们都把她们的俊俏的眼睛闭了。星们呵，你们是怕看见黑暗吗？你们是怕看见光明吗？但是，白日快要到了。

空气！流动呵！你带着我的声音告诉给全世界：白日快要到了。

只是这样灰白色！我望不见我的邻山！邻人们，你们都还没

①原载《莽原》半月刊第11期（1926年6月10）。

有醒来吗?

我今早才算逃出了那里,那被黑夜封锁着的!

那在下边,那在拥挤着的,那在呻吟着的——那是一个噩梦!

那在梦魔的指挥之下夜游的人们,我的兄弟们呵,我的兄弟们,你们再不会疲吗?白日快到了!

那是从太阳来的声音。不然,那是从天空来的声音。不然,那是从地底来的声音。不然,那是我自己的心的颤动。

我的心在跳了!那在拥挤着的,那在呻吟着的,便是我自己的心!

一座战场,建立在我的心上,多么无意识的,怪异的,混乱的冲突呵!

喂,我的邻山!你为什么痴立着像一尊石像?

钟声还没有响吗?那可以吞没了一切啾嘈的洪亮的声音,那预示太阳之将升的?

弱者倒在我的脚下。站起来呵,去反抗那些强者!

强者也将要倒了。他们将要永远站不起来。哦,究竟谁是强者呢!

天是这样的昏暗!天是这样的昏暗!地是这样的昏暗!

太阳!

太阳!

四　季

冬爱花，春爱狂风，夏爱雪，秋爱露。

冬占有了世界，那是多么美富的世界呵！然它很烦闷，因为它看不见一朵花。

到不可忍耐的时候，冬把它的所有让给了春。于是，春开始看见那些它所在梦想着的都变了。

绝望的春终于又把它的所有让给了夏，而夏又让给了秋。

它们在相互交替中绝望着，梦想着，永没有疲倦的时候。

太阳与月光①

月亮本来没有光。

一个晚上，太阳旅行到西海之滨，在他的正对面，他望见了月亮。

“一颗精致的小球呵！”太阳惊异地想了。

“但是，这还缺少些什么，这——我能够分给她一些吗？”

太阳想着，用了他的全力把他的光向着月亮发射出去。

潇洒的月亮忽然感到了一种过度的紧张，震动得几乎要昏眩了。她不知道什么缘故，立刻用了她的全力向着远方跑去。

太阳立刻追赶着在她的后面，用了他的全力。

在光的赠予与逃避的争执中，月亮开始变成白黄色的。而且，在每一个月的末了，月亮几乎要被追上的时候，她便有一天藏在一个看不见的地方。

①原载《莽原》半月刊第13期（1926年7月10日）。

凤凰的再生

两个天使，一天他们都厌烦了天国的和谐与美丽，他们不约而同地叹道：“我如何能够到什么地方旅行一次呢？”

于是，他们两个立刻便成了同志，他们一路从天空飞了下来。

他们停止在一座大山上。他们的呼吸开始急促起来，因为那里的空气是那样污浊，停滞。

“一个更坏的世界！”他们二次不约而同地又叹了出来。

这时，在山上所能望到的一块地方便出现了一些奇形怪状的东西，有大部分都蹲在地上，倒像在欢呼着什么似的。

——那两个天使望见的，便是皇帝的巡狩呵！

于是，天使们气得都几乎要哭了出来，这是连他们的眼睛都没有想到过的一种奇形怪状。

从此，天使们二次又回到天国，永远没有再下来，因为他们爱那里的和谐与美丽。

这两个天使便是书上所说的凤凰，但人们却误会为他们是为那个皇帝而出来的，虽然他们正是为那个皇帝而回去的。

从此，我们的国里便再没有看见过凤凰，除非到了一个和谐与美丽的新的时代。

艺术与悲哀

当那个最大的母亲把人类造成的时候,他们还都是些小孩。他们活泼,欢跃,然而粗俗浅薄。

母亲很忧愁,这不像是她自己的孩子。她竭力想着如何去做她的第二个工作。

她拿起一把剪刀,用五色的美丽的云剪成许多蝴蝶的样式,她把它们放在嘴边轻轻地吹了一口气,便像一阵奇异的雪花从空中飘扬地飞散了下去。

那时正是夜里,孩子们都满足地睡在床上。每一个蝴蝶从每一个小孩的胸口飞了进来。他们立刻便都做了一个同样的梦——这是他们第一次的做梦。

次日,他们醒来时,他们的梦都已忘记了,但是都觉着有说不出的苦楚似的,他们第一次互相很亲密地两两地握住他们的手。

我来为世界辟一条生路，你在苦难中的人类呵，我援救你们！①

//

《长虹周刊》，只这个名字便把一切都说明了。第一，说明是一个周刊；第二，说明是我个人的刊物。在这里发表我所有的文字，与关于我的文字。

是在夜间吗？太阳要赶来了！天在阴雨吗？太阳要出面了。他是最大的欢乐，一切都将待他来而欢乐！我是没有礼节的，来，我先受用了他那脸上掬出来的甜笑！

惭愧！我将自己问我，我是什么吗？

---

①原载《长虹周刊》第1期（1928年10月13日）。作者在该刊发表作品近300篇（有几期尚未找到），除《神仙世界》已经单独出版，几个剧本收入《小剧场》，个别作品编入同题专著外，其余全收在本卷。

别替我担心，你多情的朋友们！四年前的夙愿，而今才偿了呢！我已吃饱了人间的苦味！只愿不再吐出苦味来给你们吃！我愿给你们乐天，刚健，敏活，大无畏！给你们所需要的一切！只一个刊物，不算一回事！每期一万八千字，第一期还是特刊，也有许多稿子被挤掉了。如不是怕将来天事人事有时不免小耽搁，我会早把他每期都增多到三万字呢！

内容是，我愿意他便是一切！不怕头痛时，我将开列给你们理、数的公式，闷了时，我自己还会来跳舞给你们看！或者便为你们介绍诗人仲平的蒙古舞！他带的赤道上的热情从沙漠中归来了！可是，我知道你们还是最爱听痛快话。那末，来，我们实做痛快事，空言是一种游戏！

总之，科学论文，诗歌，戏剧，小说的创作与翻译，图画及相片，艺术的，以至于历史的，地理的，人物的，世界的消息与实际的记载，朋友们的重要的来往信件，日记，还有情书，还有英，法，日等各样文字，我的与关于我的，这里都有！

人类的苦难几时了呵！不，这不是一件苦难的工作！把有些人关在工厂里，一切问题便迎刃而解。多杀不但是罪恶，而是由于愚蠢。我几时曾放掉过我的责任？望天边，一漫长青，不像有风会到来！便有再大的风，我自己也将在当中，没要紧！英雄们，是真伟大的，更要勇壮些，做事不赚钱，愿牺牲，不妨牺牲你自己，可是须珍爱别人的生命！

来来来，是真的朋友，别胡骂，别使促狭！我不会死于乱箭之下！不正大光明，我将同你绝交！有话大家说，我欢迎你们不同的议论！唉，不认识的朋友们，我真亏负得你太多了！我过去，也许对你们曾无小补。我那时，正在同我自己的苦难拼命，没有余暇再顾到你们！我在包围之中，才只打得出这样一个小小的圈子！可是，我们现已接近，你们已都在我的望眼中了！

你苦难的人类，劳动者，少年和小儿，我来援救你们！

在地球的上面有许多的道路给人们走。许多便是好吗？纷争扰乱，都从这个来了。这些道路原来是死路！

地球，人不可把它看得太大。路，不可让它太多。我们居住在一个地球的上面，就像我们居住在一个房屋的中间，窗门设备，都要让我们自己来安排。

一个人需要一个地球，这是没有法子的事，地球其实太小了！便丢开太阳不管，请看那虚弱多病的月姑娘，每夜还会走一个来回！

我将随身带了我的《周刊》巡游遍地球，我并且给他以新的生路！

只有你，向隅了吗，我的最亲爱的？你为什么反给我以疏远与冷淡？你愿意我长此独行了去吗？

我等候着你，我爱，我还没有走远！

一九二八，九，二七，长虹，在上海

附录

论文

艺术与时代①

1　艺术的起源

从来艺术学者们都很注意于艺术的起源那一个研究,但都没有得到完满的结果。有些人说艺术起源于欲望,也有人说是起源于游戏,而马克思派的学者又说艺术是起源于工作。他们的主张虽然不同,然而有一个相同点,便是:他们都不承认艺术是独立存在的。

我们如不用实际的眼光去考察时,我们自然觉着这些不同的主张都有相当的理由。我们觉着艺术中似乎有欲望那么个东西,我们觉着艺术不像劳动似的可以做出生产品来,而它又有显明的经济的色彩。

我现在要丢开那个欲望说,而来考察一下那游戏说与工作说。我现在要问那些游戏说者:既然艺术是起源于游戏,为什么所有的

①原载上海《狂飙》周刊第11期(1926年12月19日)。

游戏不都变成艺术，而艺术发生之后又为什么游戏还存在着呢？我又要问那些工作说者：性的生活也有显明的经济的色彩，那也可以说性的生活是起源于工作的吗？这两个问题，他们是回答不上来的。

我们中国向来有的是名士。名士者，玩世不恭之士人也。如其艺术是起源于游戏时，那么，这些玩世不恭的人们倒正可以给我们遗留下不少的艺术品来，然而却没有。我们看中国古代的文学作品也只有《楚辞》是艺术品，然而屈原却是一个没有一点玩世气味的人。游戏时间多的是儿童，工作时间多的是成人，然而中国的儿童和成人都没有给我们创作出艺术品。

我们如要丢开事实而回头问一下“艺术是什么”的时候，我们又觉着很难得到一个确切的答复了。因为那个答复，如其合于近代的艺术时，它才不合于古代的艺术，它才不合于民间的艺术。然而艺术却是通古今中外而只是一件事。但是，我们如要丢开那种种的说法，而具体地给这个问题下一个解答时，那便很容易了。我们说，艺术便是，诗歌，音乐，绘画，雕塑，小说，戏剧，跳舞之类。

这并不是一个没有意义的解答，反之，我们正可以从这里认识了什么是真的艺术，而且什么是真的艺术的起源。

比如，歌，舞两事，不但是人类都有的行为，而且我们很显明地可以看见生物中的鸟类也有这样行为。在确切的意义上，我们不便于说兽类也能唱歌，然而舞蹈却是兽类所通同有的。再则植物也有类似舞蹈的活动，虽然我们也不便于叫它作舞蹈。但是，这已经可以说明，艺术中的音乐，诗歌，跳舞，其实是从动物起便出现在世间的行为了，而到了人类才有了明显的进化，而且人类又因时代的进化而显明地去进化着。

绘画,雕塑,在动物中也可以看见有相类似的动作,只是离形成还较远些。最显然的是,这两种艺术是不能离却手的动作的,所以直到人类才具体建设起它们来。其他,如音乐也是要伴着手的动作的,所以人类的音乐便比鸟类的歌唱进化多了。而形成的诗歌,又是要伴着言语的,所以人类的诗歌也不同于鸟的单纯的歌唱。

人类的行为所以能够丰富者,手与言语的发见是关系极大的,而且也可以说是唯一的原因。艺术也是如此的。我们在动物中看不见小说,因为小说完全是言语的产物,而动物没有言语。到了原始人类,有了言语,便有原始的小说即神话的出现了。

而戏剧则是一个综合的艺术,它随着各种艺术的进化而进化着。

2 艺术是人类的行为

我们在各种生活不同的人类中可以看见各种不同的艺术。民间文学有民间的经济的和性的色彩,原始文学有原始的经济的和性的色彩,中国的士人文学有士人的经济的和性的色彩,外国的各时代各阶级的人类文学有各时代各阶级的经济的和性的色彩。然而这只是证明艺术是有经济的和性的色彩的,而不是说艺术便是经济或性。

现在有一部分劳动家劳动的时候,也仍然唱着一种调子,那末,这一种唱究竟是工作呢,还是游戏呢?妓女也给嫖客唱曲子,这唱又是工作呢,还是游戏呢?学校里的唱歌,儿童的踊跃,乃至所谓苦闷的象征的艺术家的制作,究竟是工作呢,还是游戏呢?

不,都不是的,艺术是人类的行为之一,它正同经济的,性的行为之为人类的行为之一是一样。

当一个人的经济的生活满足的时候,他可以唱出快乐的调子,当一个人的经济的生活不满足的时候,他便唱出悲哀的调子。当一个人的性的生活正在上升的时候,他会写出美的颂歌。当一个人的性的生活下降的时候,他会写出恶之花的警句。这些都是经济的和性的色彩之附属于艺术者,而且还可以说在这里经济和性便是艺术之所由而产生者。然而,艺术却并不便是经济或性。

当一个艺术家为人类而奋斗而感到失败的悲哀而犹奋斗到底的时候,他便写出伟大的悲剧来。当一个艺术家乐观未来的人类的生活时,他写出华美的理想的小说。一件艺术品中可以有经济的色彩而同时又有性的色彩,那末,艺术又如何能认为纯然的经济的产物呢?一首情诗能够没有经济的色彩吗?反之,有多少完全没有性的色彩的所谓经济的小说吗?

3　人类与个人

我们现在的人还很少明白人类和个人的分别。所以,如其我们说艺术是人类的行为时,则现在的那些写诗或小说的个人都找到一个根据,说他的诗或小说是艺术了,然而这是不行的,因为艺术是人类的行为,但它不是个人的行为。

本来所谓个人者,是一个空想,实际上是没有那么个确定的东西的。那一个个人能特别由上帝的手创造出来,不与自然发生关系,不与其他个人发生关系的呢?没有吃别一个女人的乳而生活下来的孩子,世间有吗?有不同其他个人谈话,帮助其他个人,或受其他个人的帮助而能独善其身的人吗？如其没有其他个人，只剩一个个人，他能不能仍然存在？否则，个人又是什么呢！

我们研究艺术时，我们知道这是人类的行为了，因此我们也便要抛弃了那个个人的空想，而去研究人类的艺术：某一个个人，在艺术的研究上，正如某一只鸟儿之在生物学的研究上，科学是不为某一个单纯的个体尽其独特的义务的。

4 什么是好的艺术

好坏在科学上是没有意义的。但是在我们的语言上，这仍是极通行的一种用语。这个，我们是叫它主观的评判的，老子的《道德经》，康德的《纯理评判》，同戏园里的“好!”或“咄!”，都同样是主观的评判。艺术批评上的价值派或印象派，乃至托尔斯泰的人类观之艺术论，都同样是离不开好坏的主观的评判。我们暂且也把这种批评借用一下，看看什么是好的艺术。

李白的诗何以是当时最好的诗呢？李白的时代是君主的时代，当时的贵族便是艺术的赏鉴家同批评家。李白的诗被皇上和皇后所喜欢，而且又被封为翰林院大学士。那个事实便是说李白的诗是那个时代的代表作品，而被时代称他做桂冠诗人的。在君主时代的贵族，皇帝之下自然是大臣了，所以贺之(知)章也代表赞扬李白的诗，而且称他作谪仙人。谪仙人有两种意义：一种是有罗曼风的诗人，一种是不得志的士人。

所以所谓好的艺术者，便是说那是时代的产物而为时代所需要的艺术。然因此，我们也正可丢开了好坏的评判而用时代去说明艺术了。

5 时代与艺术

时代有时候进步得很快,有时候进步得很慢,艺术也是这样。欧洲中世纪便是进步很慢的,实业革命而后,便进步得很快了。中国从战国而后直到《新青年》时代,进步是很慢的,但从《新青年》时代起,进步便很快了。在艺术上也是如此。前有《离骚》,后有《女神》《呐喊》,在艺术史上看来,正像是相离不远的作品,然而在实际上却正是中经二千年的长时间的距离呢。

中国近代的文人们大抵都尊崇杜甫,异视李白,而漠视屈原,因为杜甫的纯然丞相风度的诗,正是那时所需要的。但到《新青年》时代,杜甫便一落千丈,而李白抬头,而屈原便被公认为古代唯一的诗人了。为什么屈原合适于《新青年》时代呢?因为《离骚》是战国时楚国的国民文学,《新青年》时代的文学又正是帝国主义侵略下的中国的国民文学。

什么样式的时代便产生什么样式的艺术. 当时代没有进步的时候,艺术也便没有进步。

6 时代如何划分

所谓时代者,不是书籍记载上的历史,而是实际生活上的历史。时代是属于自然的,而记载是属于人为的。人可说谎,而自然不说谎。是人被时代支配,而不是时代被人支配。自然是逻辑的,而人类则有时发昏。

何以从战国到《新青年》时代,中国的艺术没有进步呢?因为这中间没有很大的经济的变化。何以欧洲从实业革命而后,艺术有很快的进步呢？因为经济生活有了根本的变化。什么是战国时代呢？那便是封建的经济生活破灭而入于中产阶级自由竞争的时代。什么是《新青年》时代呢？那便是中国的手工业的经济生活遇了国外的机械工业的经济生活而陷于危难的时代。艺术是时代的产物，在战国时代产生了《离骚》，在《新青年》时代产生了相反而实相同的现实的《呐喊》与罗曼的《女神》。

当经济的生活起了大的变动的时候，一个新的时代便出现了，一个新的时代出现的时候，新的艺术于是而产生。

7　艺术的水平线

由经济生活的变动而划分出新的时代而产生新的艺术。既然是一种变动，所以它的表面是很紊乱的。在这一个时代的人类虽然都在被这种变动紊乱着，然因某一部分人同别一部分人的经济生活的差异而对于这种变动起了不同的反应，这在艺术上也便有了差别。过着温暖的生活的人，做着温暖的梦。但这已不是时代所需要的东西了。水平线上的艺术，是真切的，而且代表的，接收到那个时代的生活的变动的刺激而起反应的艺术。这便是说，在一个紊乱的时代中有一个并不紊乱的姿势，这个姿势便是那紊乱的时代不紊乱的变动了去的。水平线上的艺术便是那代表这个姿势的艺术。到什么艺术不能够代表这个姿势的时候，便变成了旧的艺术，而又产生了能够代表这个姿势的新的艺术而形成艺术上的进化。

8 原始文学与民间文学

原始文学是原始的人类的文学，也便是水平线上的文学。原始文学大抵是由实际而向空想的，所以我们后来便叫它作神话或传说了，其实这也只是一种主观的评判。原始文学同儿童文学实际上是有共同性质的。

到了民间文学，人类经济的生活已显然分出阶级，所以经济的色彩便很浓厚。从古代的民间文学《国风》中便可以看得出来。民间文学是代表那个时代的姿势的文学，它也是水平线上的文学。

当没有专门的文学家出现之前，文学是水平线上的文学，因为那纯然是人类的艺术的行为。到了那些专家们出来以后，于是文学变成了某一部分人的职业，于是离艺术也便很远了。

当我们看民间文学的时候，我们不知道谁是它们的作者，它们的作者是人类。到我们看古典文学的时候，我们看见不少的作家，然而艺术作品却很少得见了。

真正的文学，是直接由原始文学同民间文学而来的。我们在《楚辞》中也可以看见同样的所谓神话与传说。在实际生活上也已证明《楚辞》是代表战国时代姿势的艺术。《离骚》不是屈原那个小个人的产物，而是代表了那个时代，不只是楚国，而是代表了战国的人类的艺术的行为。《离骚》的绝灭便是预言了战国的绝灭，而是战国时代唯一的艺术作品，在中国的艺术史上独立地占据了一个时代的作品。

真正的文学是原始的，而且也是民间的。我们看《国风》与《楚辞》，我们正像看见了昨天。

从秦汉到明清，实际上只是一个黑暗时代，是一个争王时代。而且文学专家也养成了，也都得志或不得志地陷入黑暗的漩涡。所以这一个时代的那些作家的真正的艺术作品，我们只能看见一些仿民间文学或准民间文学而已。

给鲁迅先生①

长虹

鲁迅先生：

昔日曾使你惊喜过的《狂飙》周刊，今已借尸而还魂了，这对于你，想来仍然是一个好的消息。回忆当时情况，“普天下”能赏识《狂飙》者，只有你，郁达夫先生，日本友人伊东干夫，与开封的欲擒而已。达夫外恭而内倨，仅一次往来，遂成路人。你呢，我们思想上找差异本来很甚，但关系毕竟是好的，《莽原》便是这样好的精神而表现。今者周刊复活，伊东干夫不知漂流何处，才特异而年特少之可爱的欲擒乃不幸已永别人间，想我当时旧友一话此中之快痛者，乃只剩先生一人而已！不幸此执笔之初乃有一事不得不先同你谈谈，这诚然是一件不幸的事呵！我诅咒这样事实发生的那一个日子！

接培良来信，说他同韦素园先生大起冲突，原因是为韦先生退

①本篇在《狂飙》发表时，总题《通讯》。

还高歌的《剃刀》，又压下他的《冬天》。《冬天》一剧，培良曾以友谊的关系帮助《新女性》稿件而被拒，现在又给韦闹，因此而感想及于《冬天》的命运之可笑，言下愤怒而凄苦。但此系私事，无须多说。所欲言者，则以此事证之，现在编辑《莽原》者，且甚至执行编辑之权威者，为韦素园先生也。素园曾以权威献人，今则用以自献，然权威或可施之于他人，而不应施之于同伴也。忆月前在上海相遇，我曾以《莽原》编辑为问，你说丛芜生病，霁野回家，目前大概由素园维持，将来则属之霁野。霁野眼明中正，公私双关，总算一个最合适的人物。

现在暑假已过，不知霁野何以没有回京。如已回京，又何以仍由素园编辑。如已由霁野编辑，培良又何以同素园相闹。我真有点不明真相。不过既已闹出事来，免不得要累及霁野。忆去年《莽原》改组议初起的时候，你曾要我编辑，我当时畏难而退。虽经你解释，然我终于不敢担任，盖不特无以应付外界，亦无以应付自己；不特无以应付素园诸君，亦无以应付日夕过从之好友钟吾。党同伐异，我认为是客观的真理，然我不愿拿它做主观的态度。然而这个，在当时是行不下去的若再说到何者为同，何者为异，亦漫无定论。以朋友关系说，钟吾为同，素园为异。以刊物说，《莽原》为同，其他刊物为异。然则即以党同伐异为是，编辑《莽原》，也不能于《莽原》内部而有所党伐也。后来半月刊出现，发行归之霁野，编辑仍由你自任。然从半月刊的形迹之间，几无处不显示有人主出奴之分，此则我不能不为霁野不直者。然而还可以诿之于客观的真理，所以我始终未提出异议。今则态度显然，公然以“退还”加诸我等矣！刀搁头上矣！到了这时，我还能不出来一理论吗？

《莽原》本来是由你提议，由我们十几个人担任稿件的一个刊物，并无所谓团体，形式上的聚会，只有你，衣萍，有麟，培良及我五人的一次吃酒。它的发生，与《狂飙》周刊的停刊显有关联，或者还可以说是主要的原因。撰稿的人，也是由我们几个人"举尔所知"。以后培良南去，衣萍又不大作文，《莽原》内部事，当其冲者遂剩我们三人。无论有何私事，无论大风泞雨，我没有一个礼拜不赶编辑前一日送稿子去。我曾以生命赴《莽原》矣！尔时所谓安徽帮者则如何者！乃一经发行，几欲据为私有，兔死狗烹，现在到时候了！言之痛心，想来这也不是你办《莽原》的本意吧！我对于《莽原》想说的话甚多，一向搁于情势，未能说出，现在一时也无从提起，究竟有没有说的必要，待几天再看。你如愿意说话时，我也想听一听你的意见。

新生的《狂飙》周刊已由书局直接寄你，阅后感想如何？这次发刊，我们决意想群策群力开创一新的时代。但只是冒险，实无把握，成绩如何，俟之他日。或者中途死灭，亦意中事。但如能得到你的助力时，我们竭诚地欢喜。

《彷徨》，我曾写了一点的短感想。培良想批评《孤独者》，我或者也批评一点《伤逝》，此中消息不足为外人道也！

一九二六，一〇，一〇，长虹

1925,北京出版界形势指掌图[①]

长虹

我今应时代的需要来做此图,以述明北京出版界的实情。我想做此图,本于去年暑假中居北京时,即我对北京出版有较正确之了解时。初来也同一两个朋友略示此意,不料图尚未做,我个人之形势突然变异,直到现在,我还没有明白究竟。但我敢在这里特别声明的,即我为一游离者,中产阶级的利益我既不屑顾,无产阶级的战线我又未能至,故对于世人实不愿,也无其必要而行任何样式之斗争。我所说的话,其实只是看见什么便不愿意私有,以为说明其象,对于同时代的人们都不无用处。至于世间也不是没有人喜欢秘密,厌恶公开,然此只个人好恶不同,他喜欢秘密便秘密他的,我喜欢公开便公开我的,各行其是,本无抵触,闲言太多,画归正图。

①原载上海《狂飙》周刊第5期(1926年11月7日)。本文所谈北京出版界事,均发生在1925年,《狂飙》周刊发表时题目上的年份即为"1925"。单行本排为"1926",显为误植,今据原刊本改为"1925"。

这里所谓出版界者，此出版界一词，我在《走到出版界》中已屡用之。现在我也趁此加以一些说明。要知我们普通虽然也说什么文坛，什么思想界，实则仔细一考校时，才都是妄言妄听，并没有那么一回事。我现在问你：“文坛建立何处？”思想界在三界的哪一层？则你必瞠目不能对答。因为这本来都是些错误的说法。即如你说文坛，实则说的只是这本诗集呀，那本小说呀，又一本杂感呀之类，你说说思想界，其实也只说的几本书，或几种定期刊物，此外便什么没有。你说某人的思想如何，你并不看见他的思想，他也不能拿出他的思想给你看，这其间所说的只是书报，即出版物是也。出版物是什么？便是，有人写出，有人印出，有人去看。我今便混名此写，此印，此看，而称之以出版界。所以出版界的范围是很大的。

我何以此图阐述北京的出版界呢？一，因为北京出版界比较发达，界限也比较显明。我们不妨大致这样说，广东重实行，上海多工厂，北京多言论。广东的出版物，我们常看不见什么。上海出版物虽然不少，然除商务派与非商务派外，我们看不见其他的色彩。北京则不但有专注于思想的工作者，即章士钊做一总长，也要来办一刊物，发挥他个人的主张，我是在别处所看不到的。二，本来都住在中国，北京并不是中国境外的一块地方，所以北京出版界的形势中也有中国出版界形势的缩影潜伏在里边，说北京则大致可知道全国。三，我个人对于北京出版界的状况知道得比较多些，而且是自己曾经参加过的，关系较亲，则言之较确。四，读者对于北京出版界的注意较多，而隔膜亦较多，所以有早于说明的必要。

在三年以前，我对于出版界的情形是什么也不知道。我当时曾听人说过，鲁迅即周建人的别字，我便信以为真。亦如在今年暑假以前，培良尚以为章锡琛是一女士。那时狂飙社虽已成立，然潜声默影，初无表示。我个人为生活所苦，日唯解决出国问题，他无所顾。沐鸿尔时已有诗稿不少，我亟称之，而彼不信，要我就正于北京负时望之作者。我虽允许，然机缘既少，我又自信多而信人者少，所以终未成为事实。后来，不用说是些什么原因了吧，我们在一九二四年九月一日办起一个小小的《狂飙》月刊，虽只出了三期，然因此我们在出版界终于便成为“闯入者”了。

便在这一年的冬天，我又因为出国问题，认识了《晨副》编辑孙伏园，也便送了他两份《狂飙》月刊。后来见了他时，他说他给周作人看了，但没有说什么。但我却得到郁达夫的两信。我早已便想国中的文艺界虽然分作文学研究会，创造社两派——那时我以为鲁迅、周作人都是文学研究会会员，后来才知道不是的——但我们的刊物，两派大概是都会赞赏的。这时却又疑惑未必：一面我又觉得郁达夫倒很率真。还是说归我的出国问题，伏园倒很好，说每年帮我二三百元的旅费是可以的，我给他留了一篇《离魂曲》，一面便想动手做《幻想与做梦》。不料，大概不到一月的光景吧《离魂曲》还没有发表，《幻想与做梦》所以也还没有写，《晨副》却发生问题，伏园辞职了。这个问题，便是因为鲁迅的《我的失恋》而发生的。这个事件也影响到我：我的出国计划失败了！

于是，便到了双十节。北京政局起了剧变，即冯玉祥班师是也。应运而来的，一个老朋友所办的被曹政府封闭的日报复活了。我们在那里便又办起两个周刊：一，《世界语周刊》；一，即《狂飙》周刊也。《狂飙》因此也便再生，我同北京出版界的关系也便正式开始了。这一次的政变与北京的出版界是很有关系的，政变以后，定期刊物很出了几种，除五四时期外，怕没有再那样热闹过吧？我们居然在那种热闹中也凑了一个份子，却是我们想不到的事情。再则，当《狂飙》周刊出版的时候，其实那时也还只一种也没有出版，《语丝》还是一两期以后才出的。我们对于出两个刊物，当时都觉得不好。《语丝》的文字我只看见第二期《烽话》颇有意味。以后的《野草》，自然是又作别论了。我们对于当时出版界是不大注意的，我们只想做我们的工作。那时，还想办一个《每周评论》，批评实际生活，但没有成功。我同高歌向来不满意《新青年》时代的思想，但那时也并没有想开始批评，而我自己又还在妄想着出国。如我那时真的能够出国时，现在想来，还是一件好事体，因为这样可以不看见无大关系的中国的出版界！

在这里，我想夹叙一段似乎无大关系的事情，但我想，识者可以看出它不唯无大关系的吧！我有一个朋友叫“君宇”的，曾做《向导》记者，在思想上我们可以说是互相反对的，但是却听说过他很希望是我办一个刊物出来说话。也正在这年暑假中，我在一个地方遇到他了。谈话当然是没有结果的，所以他又说希望我出来办一刊物。但到我们办起刊物不久，他却死了。我虽然以为他思想浅薄，然而他的这种态度是我始终喜欢的。而他赏死，也更减少了我从事某种批评的一个机缘，我在这里不得不又想念这一个朋友。

十一、二月之间吧，《京副》出世，我又见了伏园，但不过随便谈谈，因我此时已无稿可卖了。我问起关于《狂飙》周刊的舆论。他说：“鲁迅曾问过长虹何人，那日请客，在座人很多，有麟也在。大家问《狂飙》如何，他说，据他看是好的。”我从此便证实我那一个推想，因鲁迅、郁达夫已都赞赏《狂飙》也。当时的《狂飙》是没有多少人看的，我们当时的无经验的心实私自欣慰，以为此两人必将给我们一些帮助，而《狂飙》亦从此可行得去也。而谁知乃有大谬不然者！

当我在《语丝》第三期看见《野草》第一篇《秋夜》的时候，我既惊异而又幻想，惊异者，以鲁迅向来没有过这样文字也。幻想者，此入于心的历史，无从证实，置之不谈。自我从伏园处得到消息，于是鲁迅之对于《狂飙》，我已确知之矣。在一个大风的晚上我带了几份《狂飙》，初次去访鲁迅。这次鲁迅的精神特别奋发，态度特别诚恳，言谈特别坦率，虽思想不同，然使我想象到亚拉籍夫与绥惠略夫会面时情形之仿佛。我走时，鲁迅谓我可常来谈谈，我问以每日何时在家而去。此后大概有三四次会面，鲁迅都还是同样好的态度，我那时以为已走入一新的世界，即向来所没有看见过的实际世界了。我与鲁迅，会面不只百次，然他所给予我的印象，实以此一短促的时期为最清新，彼此时实在为真正的艺术家的面目。过此以往，则递降而至一不很高明而却奋勇的战士的面目，再递降而为一世故老人的面目，除世故外，几不知其他矣。

说到这里，我将转而一述郁达夫矣。一日下午，我同两个朋友——此中一友，今已不在人世，我哭之不及矣！——围炉座谈，门外有叫长虹声者，我走出去。来者说："你是长虹！"我也说："你是达夫！"于是围炉者添一新友，而为四人矣！此时达夫出其雄谈，滔滔不绝，我等几无插言地。达夫去后，我谓此人态度率真，特言多宣传，隐含傲意，未能真正认识我等。在此以前，达夫曾给过我两次信，我则报以一诗，而无复信，但我却找过他两次，都没有遇见。我亦一骄傲人也,即我之友人,亦不乏斥我为骄傲者,他更无论。然我低头真理,面视坦白,蔑弃世故——然我亦非不识世故之童呆,我曾饱经世故,历受挫折,但我终不为彼所屈服——此则我敢于私心自信者。我当日晚上,便给达夫写了一率直而骄傲的信,我说:“明日下午想请你来大家喝一次酒,我觉得你身体很弱,但不知我能否帮助你些什么吗?”我何以请他来而不找他去呢?因为我曾问过他何时在家,他说,每天常在外面跑,改日他再来谈。并不像去今两月以前,达夫在北京遇见仲平,要他改日去谈谈,仲平未去,达夫便大生其空气。不料到次日,我们等至晚上,达夫仍不来,我们才饿着肚子出去吃饭。而且连回信都没有。我犹疑惑或者信未接到,也说不定。又次日,我同高歌及另一两个朋友同去找他,人其凄凉之客厅,等候了好久,主人才拐着腿走来,谈话亦应酬多而真挚少矣。我现在再述一琐事,万一达夫贵眼见此贱文,以助其唤起当时的回忆。达夫指高歌问我曰:“此位?”我说:“高歌,我的弟弟。”达夫笑曰:“看见倒像你的哥哥。”我笑说:“舆论向来如此!”别有一事,则达夫谓张资平常发不平,说自己的小说比他的好,他也以为资平的话是对的。说着,把《东方杂志》上资平的一篇小说撕下来给我看。此文我回去只看一段,至今再未翻过。但从别处看了资平的几篇小说,则非小说也。我顺便报告给达夫我的意见。从这一次会面,我才知道了真相,因为达夫说信已收到,因他断酒,亦未复也。然而真相怕还不只于如此吧。我们从此以后便再没有见面,也便无从证实了。

那时,我对于我处的境地并没有觉得有什么困难,因为我那时编辑《狂飙》的态度是认作品不认人,对朋友则认人不认其他。现在想来，才是错了。我那时已经是处于语丝社与创造社之间了。然而当达夫初次同我见面的时候，也说他在鲁迅那里他们也谈起《狂飙》，他还为《狂飙》发不平，说狂飙社人如是从外国回来的时，则已成名人了，在鲁迅处，我也问过他对创造社的意见，他说，还是达夫大胆一些。大家都正像朋友似的。

在那时我曾看见一个很好的时代的缩图，这可以使我想象到未来的那一个时代，我相信那一个时代是一定要到来，那绝不是一个黄金时代，但比过去的时代却好得多了。那时，我并没有多大的妄想，但我终没有料到它会那样恍惚的，它会像做了一个刹那的梦，那一个光明的缩图他才只做了现在这一个《形势指掌图》中的一个不重要的沙洲。那时，我在《幻想与做梦》中想写一篇——那是什么名字呵？我那时没有写得出来，我现在还是写不出来，我想，它将来是总可写得出来的吧！

当《幻想与做梦》还没有写完的时候，我写了一篇《精神的宣言》起来走了，到那篇文字发表出时，我早已离开北京了。这个宣言，是不久便证明是说谎。我不久便又回到北京，已经入了一九二五年的初间，于是我看见一切都变态了。于是我的《幻想与做梦》便写了第十六篇《噩梦》，于是便一切都完了。我知道我所希望的无论什么，都还在辽远的将来呢！

"《狂飙》，你们弟兄两个包办了吧？"鲁迅向我同高歌说。

"成了兄弟周刊了！我们也正想办兄弟周刊呢！"我说。

这时，我开始来写《创伤》与《土仪》。这时，郁达夫也已走了。这时，鲁迅给予我的印象是一个平凡的人。这时，狂飙社内部发生问题。这时，狂飙的销路逐期递降。这时，办日报的老朋友也走了,印刷方面也发生问题。终于,《狂飙》周刊到十七期受了报馆的压迫便停刊了。于是一切都完事大吉。一面,我还在写我的《创伤》与《土仪》,而且我的《创伤》还添了不少新的材料。

当我们的周刊办成兄弟周刊的时候,朋友们没有给我们表同情的,因为他们正在四处攻击我们:他们有的是在袖手旁观我们。但是,我把那个困难解决了,我质问一个攻击我们的朋友到他无话可说的时候,我们又变成原来的朋友了。我从此也便同培良开始了初次的长谈,我们开始做了形式上的同路人。但是,那个形式同形式以外的一切,对于我们都不大合适,所以还是到那个形式破灭之后,我们才渐渐入于实际的朋友。

郁达夫说过要给《狂飙》写的感想,当然没有写。鲁迅只给我的一个日本朋友译了两首诗。还是他好,他时常说想法给《狂飙》推广销路。但他说不能做批评,因为他向来不做批评,因为他觉得自己是党同伐异的。我以他这种态度是很好的。但是,如对于做批评的朋友,却要希望他党同伐异,便至少也是为人谋而不忠了!

当由兄弟周刊而变成朋友周刊的《狂飙》停刊之后,便是快入于《莽原》时期的时候了。但中间也还又有一点牵连,颇有一述的必要。当时有一个朋友愿意介绍《狂飙》到《京报》做一附属物,条件却是要他加入狂飙社。培良是偏于主张这样办的。听说那时鲁迅也赞成这样。我同高歌是反对这样办法。因为这个朋友,我们知道是不能合得来的,再则我们吃尽了附属的苦,而且连自己的朋友都隔膜太多。《狂飙》遂不得再出。过了几天,我便听说鲁迅要编辑一个周刊了。最先提议的,大概是鲁迅、有麟、培良吧。我也被邀入伙,又加了衣萍,这便组成了那一次五人吃酒。这便是《莽原》

的来历。《莽原》的倾向，是已从文艺而扩张到批评。培良是最好说话的人。我呢，虽已似老气横秋然而只要得其当也并不是不好说话。我那时是想开始批评从《新青年》所沿袭下来的思想。培良是思想之外，又着重于文艺，戏剧。我那时以为，一个文艺家其实是一个孤独者，如中国人都能像冰心、郁达夫者，岂不是一个很好的社会了吗？批评作品，则当然可以，批评作者则不大必要。这是我们当时的态度所不同的地方。但这些在《莽原》上可以都说没有实现，因为《莽原》还没有出版时，培良已留下几篇《槟榔集》离京他去，我又陷入自己生活的迷雾中，无批评的余裕了。这时，高歌也已他去，所以现在的《莽原》半月刊倒无妨认他是一个外人。

担任《莽原》稿件的人，当时是大家"举尔所知"。尚钺，燕生是我举出的，沐鸿(即高成均，亦即劣者)的稿子也都是我带去的。别一方面，财是霁野、素园、丛芜几个人。《莽原》实只是大家的工作。至于外面人的观览呢，则那又只是鲁迅办的一个刊物，再不会认识其他。这不但是反对者如此，连赞成者也都是一鼻孔出气，所以我当时委实以为这两派人都差不多，所歧途者只是个人间利害关系不同而已。

大家想来知道当时引人注意的周刊可以说有四个，即：《莽原》《语丝》《猛进》《现代评论》。《莽原》是最后出版的，暂且不说。最先，那三个周刊并没有显明的界限，如《语丝》第二期有胡适的文字，第三期有徐志摩的文字，《现代评论》有张定璜的《鲁迅先生》一文，孙伏园又在《京副》说这三种刊物是姊妹周刊，都是例证。徐旭生给鲁迅的信说，思想革命也以《语丝》《现代评论》《猛进》三种列举，而办文学思想的月刊又商之于胡适之。虽然内部的同异是有的，然大体上却仍然是虚与委蛇。最先对于当时的刊物提出抗议的人却仍然是狂飙社的人物，我们攻击胡适，攻击周作人，而漠视《现代评论》与《猛进》。我们同鲁迅谈话时也时常说《语丝》不好，周作人无聊，钱玄同没有思想，非攻击不可。鲁迅是赞成我们的意见的。而鲁迅也在那时才提出思想革命的问题。但这个是没有什么结果的，因为并没有怎么实行。思想运动倒是从别一方面才表现出来，从实际的事件。至于思想上的战线，则始终没有分清，所以到霉江写《联合战线》一文时，终于碰到了《语丝》的壁而撕碎了。而鲁迅则说，他对于《语丝》的责任，只有投稿。但大体上的界限却是很显明了：《莽原》《语丝》《猛进》对《现代评论》；《京副》《民副》对《晨副》。但孙伏园以后在《京副》以《语丝》《猛进》《现代评论》并举的时候也还有过。

我做关于实际的文字，是从《莽原》第八期《弦上》才开始的，正是当时的实际运动很急遽的时候。这文字的动机：一是因为《莽原》内部的问题，一是为想给予少数真正的反抗者以一些感兴。虽然人们从此便有以为我是专好骂人的，然而我的文字却并不是为骂人而作，倒是人们没有看懂。而且骂人的地方其实也很少。不过，人们既谓之曰谩骂，则我亦“谩骂”之而已！实则，我倒是反对谩骂的一人。但思想既与人们不同，这些处所当然也无从分辨，故当时也只好将错就错，听之而已！但要找当时骂人的口实时，则也怕还是从我开始的吧！直到现在还很风行的“他妈的！”那几个字，便是《莽原》第一期我在《绵袍里的世界》才初次使用。但那是《绵袍里的世界》的声音，而不是骂某一个人，也不是泛常的骂，则怕明白的人还不多有呢！

到实际运动起来的时候，思想革命的工作自然更无暇做起了。也许有人以为那已经做过且已完成了吗？否则，我们的现在又如何这样寂寞呵！当初的《语丝》并没有做这个工作的意思，《猛进》也没有的。只是《莽原》有其志而却未能做。而且《莽原》的内部对于这个问题也是别有问题的。我是主张批评的，我以为如不批评，思想革命是没有结果的，而且连界限都分不清。鲁迅却是主张骂，不相信道理。但是，骂的结果又怎么样呢？像做了一个噩梦，醒来时连主张过的思想革命都也像忘怀了！

我在这里顺便要批评几个人了。鲁迅是一个直觉力很好的人，但不能持论。如他对自己不主张批评，我不反对。但如因为自己不能批评，便根本反对批评，那便不应该了，我同他在初期的谈话里他倒并不反对批评，我以为还是那时的态度好些。以后的态度，我以为那是被感情、地位、虚荣等所摇动了。岂明是比较能够持论的了，但直觉力却不很好，这在事实上是便成为妥协。所以江绍原一面在《晨副》作文，一面又在《语丝》作文，而且使霉江撕毁了"联合战线"。我承认岂明的思想是在水平线上的，要奋发起来，还是好的。我去年也曾给过他一次信，希望他多作文字，自然我是不足道的。徐旭生是研究哲学的，当然能持论了，然直觉力实在不好，连人都认识不清。但他是一个最诚实的人，这一点我佩服。

如想再来一次思想革命，我以为非得由几个青年来做这件工作不可：他们的思想是新的，他们是没有什么顾忌的，他们是不妥协的，他们的小环境是单纯而没有什么纠葛的。已经成名的人，我想能够得到他们的帮助便是最好的了。鲁迅当初提议办《莽原》的时候，我以为他便是这样态度。但以后的事实却不能证明他是这样态度。这事实只证明他想得到一个“思想界的权威者”的空名便够了！同他反对的话都不要说，我想找一些人来替他说话，说他自己所想说的话，而他还不以为他是受了人的帮助，有时还反疑惑是别人在利用他呢！然而他却是得到了“思想界的权威者”“青年叛徒的领袖”的荣誉！

在文字的战斗时期，鲁迅显然只知道有他自己，而忘记了同伴。我现在要举两件事实出来。当黎锦明屡次投稿不登的时候，在一个刊物上发表了一篇文字攻击《莽原》，但不敢攻击鲁迅，却除开鲁迅去攻击其他的人。鲁迅是《莽原》的编辑，不登稿也是鲁迅不登，并不是其他的人，两者都应该他出来说话。而他不但不说话，到我写了那篇已经十分和平的《弦外余音》的时候，他反以为是无须乎的样子。他说过几次要攻击江绍原，但又说要等到暑假开学以后。我在《莽原》第十三期写了《弦上》第八《我的命令》一文后，《语丝》第四十期便有江绍原的一篇仿近人体骂章川岛，我很疑惑，后来知道那是仿《民副》上的一篇文字。我那时说应该说几句话了。但他却说，江绍原已托川岛来向他认错，所以无须说话。江绍原向鲁迅认错，便可以白骂了别人！但到了霉江的信来的时候，他又说他对于《语丝》的责任只有投稿了！若再述一件琐事，则鲁迅更不应该。当“他妈的”三字在《绵袍里的世界》初次使用的时候，鲁迅看了，惊异地说：“这三个字你也用了！”我说：“其实工人绥惠略夫上也有过，但只是用你的娘。”我们看鲁迅《论“他妈的”》一文，却居然有“予生也晚”云云了！

我们再回头看一看霉江的那封信，再看信中征引的岂明“而新的还没练好”那一句话，我们又当做何感想呢？他使“新的”撕碎了

"联合战线"而不自知,他却知道说"新的还没练好"!对于自己何其宽容,对于他人何其夸大!我们如再看了他关于国民文学的那两句话"要切开民族昏愦的痈疽,要阉割民族自大的疯狂"时,又当做何感想呢?我当时看了此文,便老大地不满意,真不知岂明何以自处,又何以处人!岂明年纪至多不过四十以上,以古例之,正在不惑的时候,以新例之,则托尔斯泰未著其《忏悔》也。乃自己不努力,而把责任推在青年身上,而独不自知,乃敢谓在训练新兵!试问岂明不知科学,何以训练科学的新兵?不敢批评,无创作力,何以训练艺术的新兵?左顾孺人,右对稚子,身不履险,足不行远,茶余酒后,偶作一二率直短文,便以为功不再世,此何以能训练实行的新兵?若夫当时的所谓新兵者,亦大抵是二十以上的人,力量却是大得多,即鲁迅所谓富有生力者也。他们所缺乏的倒只是地位与声望,这倒正需要有人帮助,如蔡孑民昔日之帮助《新青年》者。我写到这里真不免有怀古之感而有如鲁迅之怕敢想下去者!不料当事诸人无蔡孑民之雅量,不重视青年思想之自觉,而视为若为彼等私人急气,而独不知感激,反妄以主帅自诩,我当时真叹中国民族之心死矣!至于反对刊物,则又谣诼繁兴,横加污蔑,而诸作者不特忽视他人之痛苦,而反故贻人以口实!对于私人方面,则又某籍某系,盈篇累幅,屈出不穷,如人心未死,请清夜自思,亦有一二可供自我谴责者否?

我今再转而一述徐旭生又何如者。徐旭生为人老实,我曾听河南朋友说过,鲁迅也曾说过。第一次是我同培良为《狂飙》事找他去的,我所见过的他也以这一次是为最坦白。他说,《猛进》文艺稿甚少,希望我们做点文字。我们是极愿意帮助他,只是当时做不出多少文字。然而我们也终于帮助他了。《猛进》第十五期发表欧阳兰诗，一时传为笑柄，我知再难坐视，遂先后送了他几篇稿子，即：第二十期我的《三段故事》，第二十三期劣者的《游惰的灵魂》，第二十六期尚钺的《一切都黑暗了》《生活与希望》是也。谁知道这个诚实的朋友也知道摆他们所攻击的臭架子，不但毫无谢意，且不久乃似以敌眼看我了。这都是伤心话，不免还要详细叙述一番。

这便又该回头来说到《莽原》事件，而且得回头来说到《狂飙》事件。《莽原》内部的派别无可讳言，当初是鲁迅、有麟、尚钺同我算是一派，素园、霁野、丛芜又是一派。当暑假将到的时候，尚钺走了，有麟听说素园等不来稿了，因为我有稿费，他们没有。这桩事既因我而起，遂同鲁迅商量也给他们一些稿费，鲁迅说，无须，我又说，那我便去找他们一次，鲁迅也说，无须。当时有麟是怕暑假中没有稿件，但鲁迅同我却不怕这层。我当时说，不但还有一两个朋友可以寄稿来，便只剩我们三人，也能维持下去。不料过了一两礼拜，素园等又寄稿了。实则我一月虽拿十元八元钱，然不是我亲自去代售处北新书局讨要，便是催迫有麟去讨要，并不是正当薪水，出纳分明。这其实是普通视为丢脸的事。鲁迅也同有麟，小峰说过，因为我穷，给点钱用，这一点我感激鲁迅。素园等坐在家里，不见编辑，不见发行，又不到代售处，而想有人送稿费去，如何能办到。素园今发行《莽原》，与北新书局不无往来。当已知北新的钱不是容易拿到了吧！素园今发行《莽原》之对于撰稿者与昔日有麟又如何者。不退稿已足，我们不愿有过外的要求也！请素园平心静气酌量前后事件而比较观之，此中亦究有公理存在否？

从稿费问题起后，我才听有麟说，某君在《莽原》初办时已在鲁迅前攻击过我同高歌。这类事我本早可想到,以其无关重要,不去理会。攻击我的人向来是多的,然都是口出耳入,不敢写在纸上,所谓流言,说者既不负责任,我又何苦多事计较?此事又涉及《狂飙》时期卖稿事件。然某报之穷,人所共知,我等又无买稿权,何必积怨成仇?我想素园,丛芜亦未必如某君之小器也。我向来看人,不愿以类视,一个人还他一个人,不特某君不同素园,即素园亦不同于丛芜。且此事说来,牵涉更多,不复细述。如素园提出异议,我必奉陪。

现在我再一说《民副》事件,此关系较大,也是我视为最痛心的一事。内情鲁迅知道,素园知道,不足为外人道。是我当时看见静农态度不好,然我不愿意说出。静农去后,鲁迅也说出同样怀疑,我于是也说出。鲁迅托我次日 到徐旭生处打听一下。我次日有打听去,却又到了鲁迅家里。鲁迅又提起此事,又托我去打听。我再次日去打听时,则诚如我等所怀疑者。鲁迅当下同我商量,说要给徐旭生去说明真相。我说:“为思想计,则多一刊物总比少一刊物好,为刊物计则素园编辑总比孙伏园好,其他都可牺牲。”鲁迅说:“只是态度太不好——但那样又近于破坏了!”于是鲁迅没有写信,而《民副》产生。这些本来与我无关,无须多管闲事。但不料此后我再见徐旭生时,则看我为贼人矣!此真令我叹中国民族之心死也!不料不久以后则鲁迅亦以我为太好管闲事矣!此真令我叹中国民族之心死也!

当《民副》定议出版前,素园来找我要稿,此素园之无伏园编辑臭架子也!素园又谓听鲁彦说,衣萍对鲁迅说他们用手段,事出误会,不知果否传闻之误。然我当时则以为素园之不坦白也,故未致一辞。又素园要我做稿，态度大似，“鲁迅做稿，周作人做稿，某某人做稿，所以你也可以做稿”，这又是使我很不满意的。我以为既是来要我做稿，则只这要我做稿好了。然而萍水相逢，我留他吃饭，我对于朋友，也并不怠慢！而且我也做稿。虽然他们把自己的稿子放在前面，拿我的稿子掉尾巴，然而我终还做稿，为所谓“联合战线”也！

于是“思想界权威者”的大广告便在《民报》上登出来了。我看了真觉得“瘟臭”，痛惋而且呕吐。试问，中国所需要的正是自由思想的发展，岂明也这样说，鲁迅也不是不这样说，然则要权威者何用？为鲁迅计，则拥此空名，无裨实际，反增自己的怠慢，引他人的反感，利害又如何者？反对者说：青年是奴仆！自“训练”见于文字；于是思想界说：青年是奴仆！自此“权威”见于文字；于是青年自己来宣告说：我们是奴仆！我真不能不叹中国民族的心死了！

须知年龄尊卑，是乃父乃祖们的因袭思想，在新的时代是最大的阻碍物。鲁迅去年不过四十五岁，岂明也大抵在四十上下，如自谓老人，是精神的堕落！思想呢，则个人只是个人的思想，用之于反抗，则都有余，用之于压迫，则都不足！如大家都不拿人当人，则一批倒下，一批起来；一批起来，一批也仍然要倒下，猴子要把戏，没有了局。所以有当年的康梁，也有今日的康梁；有当年的章太炎，也有今日的章太炎；有当年的胡适，也有今日的胡适；有当年的章士钊，也有今日的章士钊。所谓周氏兄弟者，今日如何，当有以善自处了！

说话太多，再来叙事。我又见了鲁迅，他问及《民副》投稿事，我说了我的不满意。他很奇怪地问：“为什么？”我便说了那个“某人……所以你……”的公式。鲁迅默然。停了一歇，他又说道：“有人——，就说权威者一语，在外国其实是很平常的！”要是当年的鲁迅，我不等他说，便提出问题来了。即不然，要是当年的鲁迅，我这时便要说，“外国也不尽然，再则外国也不足为例”了。但是，我那时也默然了！直到实际的反抗者从哭声中被迫出校后，我当晚到鲁迅家略谈片刻后，鲁迅遂戴其纸糊的权威者的假冠入于心身交病之状况矣！此后，我们便再没有能谈坦白的话。

实际的运动虽然失败，然文字的运动总算是胜利了。这却是由于“联合战线”的好处。单凭一两个人是没多大用处的。《现代评论》本来是由太平洋社同创造社合作的，但创造社却逐渐退出了，有不少青年学生因此都知道了《现代评论》的没有价值。虽然比陈源会说话的徐志摩编辑了《晨副》，然而也无所施其技。虽然用“话匣子”做题目似乎同我开过玩笑，然而我当时已无心做文，无心看报，所以始终不知其详。我本来对于文字方面是主张批评的。对《现代评论》，对《甲寅》，我都曾想批评过。便是在反陈空气最热的时候，我仍然同鲁迅这样说。而且我说：“便是陈源同我做朋友也好，但是批评仍然是批评。”这当然是他所不高兴的话了。我当时没有能够实行我的主张。便是到徐志摩编辑《晨副》消息传出时，我仍想批评过。但不久，不但批评，我连什么文字都不想做了。在闹嚷嚷的这一个时期，只有张申府同周作人的辩论辟出另外的一个境地，却是张申府占优势的。我当时不赞成张申府的态度，但我也才知道他的见解好，能持论。到吴稚晖的文字出现后，则又是另外一个景象了。

郁达夫去年也是回过一次北京的，但只做了一篇反甲寅的照例文字，一面又敷衍于陈杨之间。所以他那时至少也是妥协派。郁达夫是时常唾骂大人先生的，曾发表过文字劝青年去偷，他也是青年，为什么反同压迫青年的大人先生们妥协呢？这便又涉及所谓文学共和国里的党派问题了。

我是不懂什么党派的，如有不认识的人攻击我的朋友，如其攻击得对，我也赞成。我自己呢，如其我今天的思想不攻击我昨天的思想，那我也便没有进步了。如有人攻击我，我倒是非常感激呢！岂明有时候也有这样的态度，这是我最赞成他的一点。即如他不佩服鲁迅的小说，却佩服郁达夫的，这是他的一种最好的自由批评的精神。他如能把这一种精神尽量地表现出来，便是一个最好的批评家了。郁达夫是写过“文学上的阶级斗争”的人，然他所举的例却是新旧艺术的斗争。郁达夫是写实派呢，还是罗曼派呢？郁达夫同当时压迫青年的《现代评论》社妥协，是艺术上的罗曼运动呢，还是写实运动呢？或者阶级斗争可以解作此社与彼社的斗争吗？则成仿吾，《洪水》何以又攻击陈源，岂明何以又佩服郁达夫？然则郁达夫不过是受了因袭的党派思想的支配罢了，如何能拿阶级斗争来做护身符呢？中国的经济状况同外国是不一样的，如有人要主张阶级斗争，实际上的或艺术上的，须先把中国的经济状况说得明白，分出界线，才行。否则，那只是党同伐异而已！

一个人的作品和思想，都是环境和时代的产物，个人不得据为私有。写的写出，印的印出，看的去看，批评的去批评。四者之中本无所谓联合战线。著作者虽然无妨用其作品卖钱，然作品并非为卖钱而产生；著作者虽然无妨以作品而得名，然作品不能做求名之工具。若著作者既已假此而得名，而又患得患失，得而又欲扩而充之，而著作者间乃至行其相互之仇恨，即退一步说，视之为亦无不可。然挟此私恨以见于群众运动之中，不惜淆乱黑白，假公济私则与章士钊之所为何异，有何颜面去反对章士钊呢？

我本来对于从事艺术工作的人，都是表同情的，正如前面所说艺术家都是孤独者。不但我在《莽原》第六期《中国与文学》一文曾以《呐喊》《沉沦》《超人》并举，而且我同鲁迅在谈话间也没有攻击过他。而且我对于创造社几个人都是同样态度。有一次谈起成仿吾批评《呐喊》，我只说，态度不好，但见解我以为有一部分还是对的。鲁迅则常说郭沫若骄傲，我则说他的态度才能倒都好，颇有类似歌德的样子。鲁迅说，他可没有歌德的伟大。我说，他正是学歌德学坏了，所以我将来想批评他，把他的错处指出，他大概可以变好。鲁迅则说，他不以为你说得对的。我说，只是我对于歌德没有研究，我想用歌德批评他最好。鲁迅说，那他要同你辩论。我说，辩论是可以的。只是，鲁迅说郭沫若骄傲不止一次，我时常疑惑他是借郭沫若说我的，所以我常不说什么话。他也说《女神》好，《星空》不好，却同我的意见一样。因为我对于创造社的态度如此，所以到后来我在鲁迅处听品青说郁达夫往来于杨陈之间的时候我真不能不为他痛惜的了！

所谓党派者，在传说上好像是很热闹的，我对此实在是莫名其妙。有一次，听一个朋友说，从北新书局传出的消息，郭沫若醉后写了一付(副)对联给周作人，意思是什么成文豪置房产之类吧，原句已记不起了。当时我以为沫若不至如此，但真相如何，却无从证实，我也没有调查，不久便忘掉了。但事实有无，且不管它，既然成了一种传说，则在某种意义上也便是一种事实了。我不知道外国有没有这类现象，我想，大概是不会有吧？这对于中国的艺术，总不是一个好的现象，我想将来是可以不会有的吧？

但不久，好像我也陷入这样漩涡了。一次，鲁迅对我说，有个叫李玄的山西人住某路某号，给周作人去信，说他听说北京只有五个人，他想看一看这五个人究竟如何。他听说我从前在那里住过，所以要我调查一下。我当时觉得好像这信便是我写的似的。我确乎也有这样一个朋友，但我却没有知道他到了北京。我便转托了一个朋友去调查时，果然是那个朋友到了北京。以后事实如何，我没有再留心。我实在不高兴再留心这一类事实。其实，这些倒还是常有的事实呢！

传说这一类事，我是讨厌透了的，这不能证明事实，而只能淆乱事实。关系《莽原》的，有一些人都疑惑是我编辑，连徐旭生都有一次这样问过我。外面来稿不登的，也有人便积怨于我。事实则是，《莽原》通信处是有麟住的地方，收到的稿，他再转给鲁迅看。例如焦菊隐，是我曾见过一次面的，他投稿几次都没有登，听说他初次投稿时曾提及我，但到我知道时，已是两三个月以后了。所以我连信都无从回复。又如黎锦明也曾给有麟同我去过一次信，有麟倒转给我了。但他的意思是想借我的笔骂锦明，所以我便索性不说话。此类事实还很多，后来我因此在我的生活上还接受过一次报复，但那时不但主持正义的先生们，便是土匪派的先生们也没有注意，以为那只是我个人的私事。至于时常传说有某某人想办一刊物专攻击《莽原》，则又知道在暗中似乎又有一所谓反《莽原》派了。我却是欢迎这样攻击的，形诸文字上的攻击，至少也可以表明各个的态度，这在中国是很需要的一种现象。然而偏始终没有出现，或者已无形消灭也未可知了。

当时虽然是打着思想革命的招牌，然而工作却已偏重到事实方面，而且大有被节外生枝的另一些琐碎事实所混乱了的趋势。到暑假中，我觉得《狂飙》月刊不可以不进行了。也已经[约]同鲁迅、徐旭生担任稿件，但后来却都没有做。我又想暂且停止了这个工作，退出北京的出版界，到上海游逛一次。我开始写《生的跃动》，预备写六七万字来上海卖稿。但又有朋友提议先出一期不定期刊，于是我把《生的跃动》写了五分之一的样子便收缩住留给不定期刊用了。培良、高歌也正在这时回到北京。培良写了一篇批评《现代评论》前二十六期的小说的文字，我本来想写一篇文字批评《现代评论》的思想，但又没有做起。到《狂飙不定期刊》中经颠连困顿出现到北京出版界的时候，我已不在北京了，《狂飙不定期刊》此时便走了孤独的路，不像本来的《狂飙》周刊了。这已到了一年的末了的一月，《狂飙》月刊把着开始思想上的联合战线上的思想的批评工作，然而没有能够开始，而仅只出了一本不定期刊，且已像站在联合战线以外了。从《狂飙》周刊起，中经《莽原》周刊，而又到了《狂飙不定期刊》，这是我在北京出版界经历的一部分的实情。

一九二六，一〇，二八，在上海

思想上的《新青年》时期[1]

中国之有显明的思想运动，是从《新青年》开始的，中国的国民在此以前也有过几次革新运动，但有的是偏于实行，在思想上没有显明的色彩；有的是宣传思想，而在时代上没有成为主要的潮流。例如，前清的同盟会，是以推翻专制，建设共和为职志的，然而种族的思想，民主的思想，社会主义的思想，同时并具，而又以种族的思想为最多。所以到了辛亥之变，种族革命是成功了，然而同盟会的政策却归于失败。又如《新世纪》是偏于宣传思想的，然而思想如离实际太远，则不会引起时代的反应，所以也失败了。所以到了民国初年，思想上遂转入消沉时期，而时代也便成黑暗的了。民国初年的中国，表面上好像是一个很和平的时期，然而实际上却是一个极紊乱的时期。如其要不知道那个时期的紊乱，也便没有法子认识《新青年》以后的时期是什么时期了。在那个时期，思想与事实

①原载上海《狂飙》周刊第9期（1926年12月5日）。

遇了冲突，而思想被击破了，而事实也走上了极分歧的路，不但军阀与共和无从分辨，而且同盟会的势力也无形消灭。在当时的言论界，所以章太炎提倡士气的文字震动一时，然而士气根本便不是思想，所以昙花一现，而结果终于都走上了旧路。

《新青年》杂志本来同《甲寅》月刊同样是偏于政治方面的刊物，然而何以走上了新的路程呢？这原因仍然不得不归之于白话运动。由白话运动而扩张到文学运动，科学运动，实际的国民运动。白话运动也是属于实际的运动的，且正应时代的要求，所以成为一时的潮流。出版物方面，由《新青年》而扩张到《新潮》《少年中国》，乃至后来的《创造周报》，乃至后来的《语丝》周刊，乃至现在所风行着的各种新出版物，都是这次运动所留给时代的成绩。我这一篇文字并不是想说明实际运动，而是想说明思想运动，所以关于白话运动与国民运动的实情，只可置之不谈。什么是思想呢？思想是一个时代的苏醒，是由经验的直觉而发动的。一个时代如其具有这种力量，便成为一个时代的思想运动。一个人如具有这种力量，便成为一个思想家。从事思想运动的不必都是思想家，因为思想上也是有群众运动的。思想是时代的，而同时又是超时代的，所以思想能够毁灭一个旧的时代，而又能开始一个新的时代。思想没有科学那样合于实际，所以它的势力是很薄弱的。它遇见科学时便一定失败，它又没有科学那样较富于永久性，到它的自身停止了时，它便变成旧的思想，而成为新的思想进行的障碍了，于是便受了新的思想的打击而归灭亡。

我这里所用的“新青年时期”是包含从《新青年》到《语丝》的这一个时期的。这不但《语丝》的主要做文字的人是曾在《新青年》做过文字的，而且《语丝》的思想也仍然同《新青年》的思想大致一样。《少年中国》正是同《新青年》是同时的刊物，思想上的色彩也差不多。《创造周报》似乎是另具色彩的，然而在思想上看，仍然是属于这一个时期的。而且，连标榜无政府主义的，以至极端相反的依傍政府的《现代评论》，也都不是例外。

我们现在看来，如《语丝》《现代评论》《向导》《醒狮》《创造》这几种刊物，都是各自一派的，而且都是相互反对的，几乎是绝对不能归在一类的样子。但是要从思想上去观察，却仍然是一类的。比如，《向导》与《醒狮》的冲突是什么冲突呢，我们看见的是政治主张上的冲突，而不是思想上的冲突。又如，《现代评论》主张军阀舍武力而以政治决胜负，无政府主义者却根本反对政治，这像是极端相反的了，然而也只是对政治的主张相反，而不是思想上的相反。《创造》与《语丝》，又像是相反的了，然而也只是艺术上的主张不同，而不是思想上的根本不同。《语丝》在这几种刊物中几乎成了很奇怪的一个刊物，这原因也只由于《语丝》仍然继续《新青年》的思想工作，而其他却是丢开思想工作了，这原因也便使《语丝》成了这一类刊物中的一个最进步的刊物。《创造》也是一个较进步的刊物，因为它从事的是艺术的工作。

我们如从《独秀文存》中翻出《新青年宣言》那一篇文字一看，便会知道它同《创造周报》所主张过的，同《语丝》第一期《发刊辞》所主张过的大致都差不多。我们不妨这样说，到《新青年》停止了思想工作的时候，《创造周报》便起来代替了。到《创造周报》停止了思想工作的时候，《语丝》便又起而代替了。这种工作的相同点是什么呢？曰：提倡美感，提倡自由思想，拥护科学，而要之是主张国民运动。所以《新青年》时期的思想运动，我们可以说它是中国国民思想的觉醒运动。

这个时期的思想运动在实际上是同样的，但在表面上却分开门户了。《新青年》分出的派别最多，如陈独秀成立了向导派，鲁迅、周作人又成了语丝派，胡适是国学派，陶孟和、高一涵又入于现代评论派，《少年中国》则又大部分现在都是狮醒派了。郭沫若、田汉本都与少年中国学会有关联，后来又分立创造社与南国社了。这个时期的思想大致都不出于救国，而救国的方略，大致又是出于科学，文学，德谟克拉西。在主张上呢，则除现代，醒狮两派外，又大致都倾向共产主义。思想同主张都大致一样，然而却分出不少派别来，而且到派别分出后，又几乎有一个相同的变革，则德谟克拉西这几个字不再看见了。我们现在如再找德谟克拉西思想的遗迹时，只有从田汉或周作人那里可看到一二而已。这是什么缘故，我将在《经济学批评》一书中去说明，现在不能多说，现在所说到的，仍只是关于思想者。

比如，周作人是主张过文学上的德谟克拉西的，但不久，他却几乎像退出文学界了。而且他不久已实行其文学上的阶级斗争了。郁达夫是主张文学上的阶级斗争的，那他们正应该是同志，如马克思、列宁之同主张阶级斗争者，然而却不是那样。如郭沫若本来是主张罗曼主义的，后来主张了阶级斗争，也便主张写实主义了。写实主义正是鲁迅、周作人所主张过的，那他们又应该是同派了,如佛罗倍尔[1]、左拉[2]、都盖缴夫[3]之同派者,转而事实又不是如此。郭沫若主张写实主义,然而《落叶》却并非写实主义的作品。郭沫若主张了阶级斗争而来主张写实主义,而周作人也主张了阶级斗争而却又抛弃了写实主义而主张罗曼主义了,正像是时常在对立着的。至于这些相信马克思主义的人们而又互相分家,各自成派,则更是无须说的事实了。

这个时期的思想,又大抵都是相信科学的,然而科学也不能使他们联合在一块。而且又各有各的科学。胡适,顾颉刚以为整理国故是科学,现代评论社又以为谈法论政是科学,向导社以为政治运动是科学,吴稚晖又以为制枪造炮是科学,徐旭生则又说几何,几何,几何,逻辑,逻辑,逻辑是科学。各又都像是各自成派的。然而有一小相同的色彩,则是:胡适、顾颉刚没有做出一本科学的中国史,现代评论社也没有科学的政治法律学,向导社没有科学的经济学,吴稚晖不是自然科学家,徐旭生也没有几何与逻辑。所以上个时期只是一个科学的宣传时期。然而大家都宣传科学,而又各自成派,则科学究竟又是什么东西呢?

宣传科学而不去做科学的工作,是不能明白什么是科学的,所以如纯然抱着宣传科学的态度如吴稚晖者,那是很好。如以为宣传科学便是科学工作,于是而有假科学,如国故及政论之类。这不但现代评论社是如此,胡适也是如此,陈独秀也是如此。而宣传科

①佛罗倍尔,现通作福禄贝尔,法国作家。

②左拉,法国作家。

③都盖缴夫,现通作屠格涅夫,俄国作家,主要作品有《罗亭》《贵族之家》《父与子》等。

学反而做了科学的阻碍。

艺术上的主义在欧洲诚然是有的。然而有一点不能够忽略了的，则是：欧洲艺术上的主义无论是先有主义或者先〔有〕作品，要之，作品同主义是先后都有关联，都要出现的。中国却不是这样。宣传写实主义的没有写实的作品，宣传罗曼主义的也没有罗曼的作品。即如周作人、郁达夫、郭沫若的作品，究竟是什么派的作品，同他们所主张的有确定的关系吗？甚至，本来是主张罗曼主义的，不久又忽然主张写实主义了，而这时从前主张写实主义的于是又来主张罗曼主义了。然而这主张，不但没有作品的产生，而且连应用这种主张于已有的几部作品的批评都没有。

《新青年》时期的思想是对于过去的思想的反抗。用什么去反抗过去思想呢？用从欧洲舶来的思想。因为这思想只是从欧洲舶来的，而没有经过自己的制造，所以是极其浅薄的，一挥而去，于是便又合回过去的思想去了。思想是环境的产物，宁可以说是思想支配人，而不是人支配思想。到欧洲舶来的那一点思想失其支配的力量时，中国人当然还是回头来受中国思想的支配。

《新青年》杂志自己所走的路便是如此。前期的《新青年》有科学文学的介绍，有文学作品。但到后期的《新青年》便只成为政治的了，然而还自以为是经济的，然而却没有经济学的材料。《新青年》另一派人出来创办了《努力周刊》，然而也变成政治的，国故的了，《新青年》时代的精神已经没有了，然而办《努力》的人们却仍然自以为是继续《新青年》的工作。至于文学一方面，则《努力》又改变了从前介绍外国文学的态度，而用国语式与《九命奇冤》式的文学观来批评中国的新作品了。所以《努力》其实开的是倒车。

《创造》一派呢，除自己的作品外，思想上也是用了舶来品以攻击当时流行的古董，所以又成为一时的潮流。但不久，也便衰谢了。所以初来很有造成罗曼运动的姿势，但不久便也社会化了。于是《新青年》的别一部分人便又卷土重来，办了《语丝》，也颇有继承《新青年》工作的趋势，然而人少力微，把舵不定，所以到现在便变得无聊之态可掬了。

现在的《向导》，也许还以为是继续《新青年》的工作，《语丝》也许是以为是这样，这可知道人们如何不求实际。《新青年》时期的思想运动最大的缺点便是这不求实际。比如，胡适提倡了白话，这页[①]是给文学换了一套衣服罢了，而他却幻想飞得很高，便想凭这点功绩以评衡天下的文学，岂不可笑，而且要失败吗？果然，他近两年来已不谈文学了。又如周作人译了几篇外国作品，做了些宣传文字，介绍的功绩自然是有的，但也并没有超于一个人的工作以上的意义。鲁迅想做权威者，然而世间没有这件东西，一个思想者除了几本著作外其实没有其他，此几本著作有何权威可说。创造社创造的工作，不去拿作品去担任，已失其工作的意义，此外也便无能为力了。然而却都各自以为天下之文宗，一代之领袖，又如何其能不失败呢？

这个时期虽然是尊崇科学的，然而科学的工作却没有去做，也没有介绍过重要的科学思想来。所以这个时期的思想，都是属于空想的。实际上是国民运动，思想上却生了许多不同的派别，这便是由于思想不求实际的缘故。思想没有经过科学的工作，没有认

①原文如此。当为“也”或“仅”之误。

识了实际的生活，而都凭了空想去估计实际，所以从同样的实际运动而分出不同的派别。实则，胡适固然主张救国，向导派，醒狮派也都是一样，便是在文学的派别上也是一样，创造社固然是国民文学派，而语丝社主张的也同样是国民文学，因为不求实际，所以连作品与主张都不能相符，而反成了敌对的形势。

空想也是环境的产物，但空想不能够认识环境的真相，它反而常受环境变动的摇乱。中国的两派主张国民文学的，成了对立的两派之后，互相在思想上的暗斗的结果，几乎连同国民文学都失败了。一派倾向复古，一派则倾向自遣，但同样不能够成为国民文学的洪流。所以《新青年》时期的文学运动留下来的成绩，只完成了一个褊狭的国民文学运动，与俄国文学比较，正是只到了哥哥尔①时期而止，而没有到了德国的希来尔时代，更无须高谈歌德了。

一九二六，一一，一四

①哥哥尔，现通作果戈里，俄国作家，其代表作《死魂灵》由鲁迅翻译。

花园之外[1]

诗人

诗是生活，不是技巧。

假的诗人只想从模仿，做，写中求得诗，所以他们终于是迷途者。

先有行为：诗人是人生的实行者。

诗人的人生，不是自我的利害，个别的琐事，而是人类全体的生命。

诗人诅咒罪恶，非根据法律第几条，而为由人性的深奥处所破发者。故世间无单独的罪人，一切人类是犯罪者，现实便是人类犯罪的证据。

诗人歌颂理想，不出于理智的判别，不出于刹那的幻想而为由人性的深奥处所开掘者。诗人是人类的灵魂的探险家。他不能满

---

①原载《莽原》半月刊第5期（1926年3月10日）。

足有不能被他透视的隐蔽的真实。

光明藏在黑暗的下面。诗人是光明的嗜好者,也是黑暗的嗜好者。诗人对于一切,不取躲避的态度。诗的自身便是最高的勇敢。

诗人读别人的作品,只是要从别人中看见自己,不含有下级的研究的意味,研究是①懒惰者偷窃的勾当。

行为的本身是创造的,人不能够偷窃别人的行为。诗人站在人类的上面,同时又站在人类的下面。但他决不与庸众妥协,委蛇而周旋。

诗人是敏感的,社会是跛脚的,真的诗人必不为社会所了解。诗人所明见的未来时代的真实,在社会是疯狂者的呓语。

诗人的行为,在社会必常以怪诞目之,诗人常成为人生的奇装异服者。

诗人是神行者,他常背负着时代的运命向辽远的前面蹟进,但他所背负者毕竟是太重了!

一首好诗,一定是当代文化的最高点。它需要科学,革命的合作而完成人类的使命。

诗人是人类的一首好诗。

一九二五,十一,二十八

花园之外②

前几年虽常听见文学革命的呼声,然文学革命,却好像没有看

---

①原文作"的",据《莽原》半月刊改。

②原载1925年3月8日《京报副刊》第82号。

见过。中国人是只会喊叫的，而且喊叫也是很容易疲倦的，不错，现在连文学革命的呼声都听不见了。

中国文学，也许已经革新过一些似的，从前在古典中抄典故的，现在已经没有了。中国新文学的创作者已经从古典中跳了出来，然不幸却又跳到花园里边去了。

也许中国文学已经革命过了？大概中国无论什么革命都是如此的。政治革命的结果，产生出军阀，军阀，军阀。文学革命的结果，产生出花园，花园，花园。

假如文学不是花的表现的时候，我想，中国新文学的创作者，一定还没有认识了文学呢！

我们所以反抗古典文学者，是因为它没有生命，不是因为它没有花。由反抗古典文学而发生的新文学，花则诚然有了。然而生命呢？生命呢？生命在哪里？

不然！中国文学还说不到什么反抗，只有模仿罢了。而且模仿也只(止)于模仿了一些花罢了。只(止)于把旧的动词、副词换了新的，从古典中摘出一些好看的花名，重新排列过一回罢了。甚至，连重新排列都不容易看到，只(止)于是堆集，杂凑罢了。

唉！中国新文学的创作者，还在抄袭古典呢？

唉！也许真的花园还没有，花园还只是建筑在古典中呢！

我并不是说文学中不应该有花，然而文学中决不能止于有一些花。假如文学要止于是一所花园时，有自然的花园便够了，便用不着文学。假如文学要止于是一些花名的堆集时，有一本花谱便够了，便用不着许多人去自费时间创作。

也许中国的社会太紊乱了,有一些人,为了自己的清静便跳进花园去。然而跳进去便跳进去好了,这于文学没有关系。而且也太软弱,太自利了,这也不应该是文学的创作者。然我还不敢相信,像这样没有别的目的而能跳进花园去的人,还怕少有呢。

欧洲文学,在古典主义之后,由各个的觉醒而发为罗曼主义,由社会的发觉而发为自然主义,由灵魂的解剖而发为象征主义,神秘主义,由力的要求,精神的要求而发为未来主义,表现主义……中国呢?中国只有花罢了。

诚意的新文学的创作者,应该跳出花园,去看见自己,去看见社会。不然,花园则有了,然而文学呢?文学呢?文学在哪里?

新文学的希望[①]

新文学还在萌芽时期,我们原不必急于要求成功的作品出现,而且事实上也不能一下办到的。无论什么新的东西的创造,都是件极其困难的工作,必须要经过长期的努力才行,新文学又何能出此例外?

中国的传统精神,及由这传统精神而表现的社会思想,根本上都是同新文学冲突的。无论哪一个人,既然生在中国,做了社会的一个分子,便都不能避免为这种精神与思想所支配,自己的生命,便都不能避免为这些东西所吞没了去。文学是生命的表现,生命还没有觉醒之前,如何会有表现出来呢?所以,想从事于新文学的工作的人,第一,必须先去发见自己的生命,先从自己中把由历史

①原载《莽原》周刊第5期(1925年5月22日)。

与社会所传习来的东西尽量驱逐出去,以救出遗失了的生命。如是,则新文学的创作者,必须同时是一个反抗者了。如这种工作,做到某种程度上,可以做出成功的作品——严格地说,成功是没有的,只有进步——正在进行的时候可以做出幼稚的作品。(所以幼稚的是好的,因为他有成功的希望,但一固定了时,便坏了,便要退回旧路上去了。)但是,这种不息的反抗精神,在中国是很难于发见的,最明显的缘故,便是吞没了生命去的妖魔,已经一并把生命中具有的这种精神也吞没去了。这妖魔并且使自命在文学的路上走着的人们,连文学是什么东西都不能认识。有的以为只要是用白话写的,便是新文学了;有的以为白话中用一些好看的字句,便是新文学了;有的以琐碎的描写,事实的记载为自然主义……幼稚的作品都难于看见。充满了报纸杂志的几乎都是假的东西。这如何能够避免呢?名誉呀,地位呀,什么呀,都在诱惑着文学家们赶快去做文学家吧。文学家们还没有做出什么东西,已可以十足地摆起文学家的架子,社会也可以交口称道某人是文学家了;文学家也可以大踏步地走到社会的上面去了。够了,够了,人生一世,这还不是很荣耀的事吗?什么反抗社会,什么享受别人的痛苦,谁又有那么傻呢?于是,文学家层出不穷之际,新文学却早已流产了。

中国如想有新文学吗?我们干脆不需要什么文学家!我们只希望多出现几个反叛;至少,我们也只希望多出现几个有志于反叛者!

中国与文学[①]

号称精神文明国的中国，打败仗，受外人欺负，或者有可以原谅的地方，谁能够拿一本《孝经》去退敌呢？但那些精神方面的产物如文学之类，至少，也总该有一些成绩才是，不然，岂不是太说谎了吗？不幸，文明是假的，而说谎是真的，中国的确没什么文学，而且连文学还没有认识！

"《红楼梦》《水浒传》，也不是文学作品吗？你为什么污蔑中国？"何处来了反抗的声音。

"朋友，一两部好书，不足以证明中国有文学，正如你一个人爱国不足以证明中国人都爱国一样。"我回答。

我们的反对者已经没有响声地走了。现在我们试把中国的小说翻开一看，其实也不需要重翻，我们知道的就已经不少了。我们在这些东西里边，实在找不见什么情感，而只听见某作者在那里说话。如其这本书是叙述不好的事呢，你便只听见作者在那里骂着他的几个仇人。如其是叙述好事呢，也便只听见作者在那里说着他的某一种心愿。其余的，就不外是说鼓儿词的跳在书里杂凑的一些无味的事实的连锁之类罢了。在这些东西里边，我们只看见某人用一本书为他自己说话，正如一切人用嘴为他自己说话，作者的特长，只是比别人会拿笔杆罢了。中国，文学家虽然没有几个，然会拿笔杆的人却不在少数，况且又是古国，由这许多许多集合起来，堆积起来的拿笔杆的人们，为自己说话的小说的产额，的确已不很少了。把这些小说同样地集合起来，堆积起来，可以成一座很

①原载《莽原》周刊第6期(1925年5月29日)。

大的图书馆。但这图书馆，与杂耍场，说书摊，并没有什么根本的分别，不同的只是进去的没有娘儿们，而是认识几个字的人们罢了。

文学究竟是什么东西呢？如只是为自己说话，哪一个人不会为自己说话呢？用笔写的和用嘴说的，或亲自写的和用一个书记写的，究竟有什么不同的地方呢？

我们再去看一下那些小说的读者，他们究竟为了什么去读小说呢？不加思索地立刻便可答道：他们也是为去读那为自己的说话。读者同作者真是英雄所见呵！他们读什么小说的时候，立刻便去占据了作者的地位，去为自己说话了。如其叙述的是不好的事呢，他们也便在那里述说他们的心愿。或者他们在那里议论什么事实。

这样的读者，当他们去读几部例外的好的作品时，也用的同样的眼光。林黛玉漂亮呢，还是薛宝钗漂亮呢？我如娶老婆时，一定是要薛宝钗，多么温和！娶下夏金桂那样老婆时，可就糟了。无论如何，我是喜欢十三娘的，因为我太没本事了。读小说的人们，至多，也只能发出这一类的批评。

同样的读者也用了同样的眼光去读几部例外的新小说。当他们读《呐喊》的时候，以为《阿Q正传》是在讥笑别人。读了《沉沦》[①]之后，至多，也不过是来一回手淫罢了。《超人》呢，他们觉着有一只女性的手在那里抚摩他们呢！所以，《玉君》之类的东西，倒正是应读者们的需要而产生的，无论在文学上如何没有价值。

---

①《沉沦》，郁达夫的小说。

中国实在是没有什么文学,也没有能够赏鉴文学的群众,有志于文学的人没有文字可资研究,偶尔做出一点好的东西来也不为中国所容纳。外国的作品翻译进来,因为里边没有事实可为自己所应用,一般人都不去读。关于文学的理论的书,既没有几本可读,有的,人们也不读,读了的,也未必肯去细心理解中国的文学,无论在创作,在阅读,在批评,在翻译,在理论,哪一方面看来,都还是一片荒地。有愿意站在这片文学的荒地上向四处瞭望的吗?朋友!我相信你并且可以看见了中国的精神文明的真相!

一点回忆①

——关于鲁迅和我

（一）

一九三八年的六月里，我在香港看到茅盾的时候，他说："鲁迅的三周年纪念快要到了，《文艺阵地》预备出版一期纪念号。我们写的文字太多了，写来写去恐怕还是那么些话。你是深知鲁迅的，你写一点批评鲁迅的文字，也许要客观一些。"我对他说："批评鲁迅，写一点文字纪念他，这事我时常想做。只因我从前看过他的书只有那几本，近十年来他出版的书，我几乎和没有看过一样，所以总没有写。现在要从头来看也没有时间，一时也找不到这么些书。"这后一个问题，他立刻替我解决了。他愿意把他收存的鲁迅的著作都借给我看。我的困难，只剩下时间的了，我问他："可否把这些书带到汉口去呢？"我说时，已经觉到这话很不实际。他也笑

①原载1940年8月25日和9月1日重庆《国民公报·星期增刊》。

着答，带到汉口去很麻烦；在那里也可以找到，我也认为这话说得对，只从他那里拿了几本鲁迅的杂感集翻了翻。因为很快就离开了香港，到汉口后很少时间看文艺的书，也就是从那时以后，鲁迅的著作我还没有再翻过一次。

现在又是两年以后了。这中间，关于我和鲁迅，还不免有一种传说留存在人们的记忆里，甚至在去年的新加坡的报纸上，还有人把以讹传讹的风闻当事实讲，说我是鲁迅的什么敌人，一九三〇年后在上海重归于好。一九三〇年我已离开中国，这种事实的反证比什么都更有力量。其实，我和鲁迅在《莽原》时期，是很好的朋友。《狂飙》周刊在上海出版以后，有过一番争执，不过以后我们就都把它忘记了。一九三〇年后，他的光明的行动，我在国外也时常为之激赏，庆幸。除这以外，人造的谣言都是没有□□处的。

我同鲁迅的认识，是在一九二四年的冬天。在北平分手时是一九二六年夏天。最后的一次见面是在上海，时间是一九二六年的秋天。友谊经历两年之久。最契合的时候，当然要算是一九二五年同办《莽原》的时候了。不过，以后的分裂，还是因为《莽原》而引起的。所以，这种友谊，可以说是以《莽原》始以《莽原》终的。

怎么样认识起来的呢？原因是我在一九二四年的冬天，同几个狂飙朋友在北平创办了《狂飙》周刊，获得鲁迅的同情反应。在这以前，我有些朋友在一个世界语学校里做了鲁迅的学生，我时常听到他们谈说鲁迅。《呐喊》恰好也在这年出版，这也是给鲁迅传说增加兴味的原因。不过我看了《呐喊》，认为是很消极的作品，精神上得不到很多鼓励。朋友们关于他的传说，给我的印象也不很好。他们都喜欢传述鲁迅讲书时说的笑话。比如，这个说了，鲁迅今天说:“中国人没有孙悟空主义,都是猪八戒主义,我也是猪八戒主义。”这已经不很好听。可是另一个还会说,鲁迅说了:“人人都以为梅兰芳好看,这我不能理解,我觉得梅兰芳也没有什么。”诸如此类。这种传说,给看《呐喊》的人所增加的印象,当然不会是很积极的。可是,说也奇怪,《狂飙》周刊在北平出版了还不到几期,居然在北平的文艺界取得它的地位,而最与以重视的,郁达夫外,尤其是望重一时的大小说家鲁迅。我同鲁迅见面的机会来了。可是我初次同他谈话的印象,却不但不是人们传说中的鲁迅,也不很像《呐喊》的作者鲁迅,却是一个严肃,诚恳的中年战士。此后我同鲁迅的见面时候很多,其中只有一次,仿佛是达夫传述了什么,鲁迅以世故老人的气派,同我接触。不过,除这以外,我们总是很好的朋友,甚至在友谊中间不无芥蒂的时候,不但是很好的,而且在形式上总是很深知的朋友。

我那时候,还正在青年时候,年纪二十六七岁,理想还是那时生活中的主要成分,对于艺术的主张,是必须通过同情。当时的主要企图,是要到国外去。不过因为种种的人事关系,一直到五年后才成为事实。平常很喜欢文艺,却绝不想做一个专门的作家。《狂飙》的创办,只因为有些朋友喜欢写作,办起来给大家发表的机会。同鲁迅认识以后,文艺的朋友越多,精力和时间也越大半为文艺活动占据去了。

鲁迅那时仿佛像一个老人,年纪其实也只四十三四岁。他的中心事业,是文艺事业,思想事业。不过因为当时的环境不好,常持一种消极的态度。写文章的时候,态度倔强,同朋友们谈起话来,却很和蔼谦逊。

见面多了,谈话的题目大部分还是文艺。在文艺的兴趣上也不很一样。我喜欢的作家如歌德、托尔斯泰,对他并不发生兴趣。不过他喜欢的契诃夫、果戈里等,却也是我所喜欢的。对文艺的基本理解,都认为不但是要现实的,还要为现实的。不过他写的多是黑暗的一面,我喜欢揭发光明。

对于当时的文艺现状,都感觉还好得不够。不过如何往前发展跃进,却不容易有一定的办法。鲁迅那时所希望的是,一面把读者的文艺理解能力提高,一面仿佛也希望有所谓天才者出现,为完成前一种工作,他翻译了厨川白村的几种著作。一面他也很喜欢同新起的青年作家们结识。

因为他的作品在当时被视为难于理解,所以在谈话的时候,他也喜欢讲到他的作品。

我当时还是初事创作,鲁迅认为我的作品是很难懂的。当时一般的感想,便是这样。不过我自己还不很注意,大众化的问题,在当时还没有发生。当时注意的只是内容问题,而作品的内容又必须从作家的生活经验出发。

(二)

作家对于自己的作品,能不能有一种较正确的认识,这是一向来不很能决定的问题。鲁迅在那时对这问题的意见,他是屡次讲到的。他常以为一个天才作家时常不能意识到自己是天才,因此他常倾向这种结论:一个作家不能意识到自己的天才的,才是天才作家。我时常喜欢拿托尔斯泰的话来同他讲:托尔斯泰说过他自己的理想的作品不是他自己的作品,却是陀思妥耶夫斯基的作品。

我的话常被他拿来做一种论证,他证明陀思妥耶夫斯基就是一个天才作家而不能意识到自己的天才。也许把这理论应用到托尔斯泰还要合适一点,因为这个被当代作家公推为最天才的作家的他却常否定他自己的作品的艺术价值。不过这里是要添上时间的条件的。托尔斯泰不能意识到自己的天才的时候,已经是他写过天才的作品以后的事了。

我那时就不相信鲁迅完全意识不到自己的天才,不过,我相信,他不能意识到自己的作品究竟有多大的艺术价值。他为人是很自负的,但对自己的作品缺乏很强的自信力。他想叫自己的精神弄得平衡一些,常把这种缘故归之于自己缺乏冷静。他常说,他不能写批评,因为他不能冷静。

可是无论在什么时候,都不能找到一种证据,说鲁迅对作品缺乏认识力,甚至因为偶然的疏忽错误认识了任何作品。当他偏袒某人的时候,他仍然知道那人的作品有什么缺点,当他痛恨某人的时候他其实对于那人的作品的价值完全领会。他是以自己的感情做标准来批评一切的。说他把认识藏在心里,而叫自己的感情说话,这就对了。

周作人在当时的北京是唯一的批评家。但他对于作品的认识与鲁迅相差很远。第一他有时认识得不对,第二,有时他又常认识得不深。鲁迅完全没有这些。人时常相信作家,不相信批评家,不是没有理由的。比如李金发的诗常为周作人所称道,我觉得是很好笑的事。

可是,鲁迅对于自己的作品的认识绝不像他对于别人的作品认识得一样确当和不可动摇。一个作家对自己的作品做一种正面的声明,这也是常有的事。鲁迅却向来不做这个。他很希望有人来批评他的作品,可是批评的结果,他又常是不能满意的,甚而至于以为是含有恶意的。

成仿吾是他最不喜欢的批评家。有一次谈起成仿吾来,他很愤慨的,我向他说:“你还记得那件事情吗?”他豹眼圆睁地昂然答道:“他要毁灭我,我如何能忘记了呢?”这里所说的那件事情,就是成仿吾在《创造周报》写过的对于鲁迅的作品的一篇批评,而所谓毁灭,就是说,把他的作品批评坏了。鲁迅对于同时代的作家们,以对成仿吾的感情最坏。这是说把徐志摩等除外的,因为他根本不把他们当作作家。他对成仿吾所以这样坏,原因就是他批评了他的作品。有一次还有别的朋友在一道,大家说笑话,鲁迅又说了:“只要有成仿吾把在艺术之宫的门口,我是不进去的。”这话,他说过不止这一次。

我本来以为成仿吾批评鲁迅时的态度,已经是很尊的。如只是意见上有出入的地方,作家对于批评家也不必过于苛求。那时写批评的人本来很少,批评鲁迅的文字,更是少见,成仿吾对他的批评,不但是写得最好的,也是把他批评得最好的。所以鲁迅对成仿吾的态度,我以为是矫枉过正。

从五四运动过来的人,都还记得那时候的作家们所经过的艰苦奋斗的情形。每一个成名的作家,都是从挨骂中壮大起来的。越是好的,挨骂越多,被骂越凶,成名越晚。鲁迅文名的普遍,在《呐喊》出版以前,是远赶不上周作人的。《呐喊》出版以后,看的人多了,名气也广播起来了;不过《呐喊》的多数读者都以为这是一部厌世的讽刺小说,看了觉得好玩。这时候,有成仿吾出来堂堂正正地批评《呐喊》,对于读者的理解上是有很大帮助的。

那时候,也许谁都会想,鲁迅这人,只好叫人骂,不好说他好,说了好不讨好。他的性格上确有这么一点,被人骂了时,常是激昂慷慨的。他自己说,刚一被人骂了时,先是有一点沮丧,但歇一歇气,就激昂起来了。

跟着《语丝》《莽原》的出版,鲁迅战斗的姿态,越来越显明起来。不过,直到《语丝》初出版的时候,鲁迅被人的理解还是在周作人之次。他自己也常说同《语丝》的关系只是一个撰稿人。这时,确是鲁迅转移阵地的时候。《语丝》是为孙伏园辞掉北平《晨报》副刊的编辑才创刊的。孙伏园辞职是因为《晨报》的总编辑抽掉了鲁迅的稿子。被抽的稿子不是别的,就是《野草》里的那篇《我的失恋》。这篇稿子,在我以后看见的时候,也觉得不很好。可见竟因为这样一篇稿子而创刊了《语丝》,鲁迅当时在文坛的作用是大起来了。

那时候最前进的青年作家们,对于《语丝》是不很满意的。首先是因为《语丝》缺乏正面战斗的态度。而在这一点上,也正是大家对于鲁迅所感到的一种缺点。他自己当然把这个知道得很清楚。所以鲁迅与《狂飙》的会合就创刊了《莽原》,这有十分充足的理由。《莽原》在当时的《莽原》同人看来,是唯一的战斗的刊物。

鲁迅的态度越显明,挨骂也就越挨越多些,可是地位因此高起来了,他的笔这时变得像一把刀。实际行动家们这时都给他以应有的注意。可惜的是,鲁迅无论如何,在当时还不是一个行动家。

一次又谈起《呐喊》来,他问,成仿吾的批评如何呢?我说:“观察得不够深,大致却还是不错的。”比如《不周山》一篇我当时也认为是表现的内容较丰富的一篇，鲁迅同意，不过他说，从中段以后写得不好了，因为同活人开起玩笑来了。他问《呐喊》中最好的是哪一篇？我说，情绪紧张，还是《狂人日记》，不过以小说而论，还是《阿Q正传》最好，只是开玩笑的地方太多了，鲁迅听了不很喜欢，不过他是同意的。他常把中国作家喜欢开玩笑的原因归之于社会太坏。作家在创作时不能忘情于社会，因此使艺术成分不能丰厚。

同活人开玩笑，鲁迅说是他写《不周山》到中段时，上海的那些人又闹起来了。我没有问是哪一些人，因为想来说的是创造社诸人。就像同人讨论问题的时候，一面不能不同另一些人吵嘴，讨论的内容一定会被弄乱的。创作时需要的精神集中比讨论问题时所需要的要多得多。艺术中的现实是再组织的生活，不是现实生活的记录。创作时外在现实的侵入可以破坏艺术的完整。这些是没有问题的事。留在现实的问题只是：魏延踏熄了孔明的神灯，这责任究竟是应由魏延来负呢，还是孔明也应负一点责任呢？我那时是完全同情鲁迅的，不过，也只是以《不周山》这类作品为界限的。

鲁迅常希望有人来批评他的作品，可是他所要求的又过高，几乎没有人能做到。希望批评的理由最简单的是作品难懂，没有人批评读者是很少明白的。批评文字，无论如何，总比作品容易理解。作品的难懂，第一是文字方面的言简意赅，读者没有养成习惯，必须边看边想，才可以懂。第二是表现的技巧，独创的手法，读者必须看惯了，才可以理解。第三是所表现的内容。内容的社会意义，才是最难理解的一点，不经批评家指出，就是容易懂的作品，也常被读者模糊过去。这三个难懂的点，在鲁迅的作品中都具有的。难懂的作品经过两种方法获得读者的理解，一种方法是不懂的读者慢慢老了，新的读者生长起来，他们的生活经验和文艺训练都与作者相隔很近，所以容易理解。一种方法是发挥批评的功能，把难懂的地方都一一指明，详加解释，叫作品变得易懂。这种方法不但可以缩短作品的时代距离，把它从未来提进到现在，也可以推进社会的文艺水平，把进步的历程加快。不过，这种工作也不是容易做的。比如说，成仿吾的文字在当时是比鲁迅的容易理解，所以他批评鲁迅，可以收一部分功效。可是他在作者那边所引起的反应，却完全是反面的。这时周作人也写了一篇文字批评《呐喊》，听说没有发表，原因是鲁迅不很喜欢。鲁迅也说过周作人的批评应有尽有，只是不很深刻。可是当时的读者对于周作人的文字，也划分很深刻的一派。所以周作人的批评文字，对于作品的易于理解，也是可收功效的。

鲁迅，以后又加上周作人，都希望我多写批评文字。那时我创作，论文，都喜欢写，但对于写文艺批评，却不很喜欢。我初走进文艺界，不过，我对于当时文艺界的情形已经有些不满。我走进文艺界时的理想，是把文艺界团结起来与现实的黑暗势力作战，以当时的事实来看这个理想却还渺茫得很。文艺界内部的斗争还是很尖锐的。但无论如何，对现实黑暗的战争是起来了。不但鲁迅，连周作人都参加了这种战争。我当时在政治，社会批评外，还间或写文艺批评。《玉君》是那时很流行的一本庸俗的小说，我用《假话》的题目写了一篇文字批评了它。这篇文字，周作人是十分赞成的。

只有关于《呐喊》的批评，我常想写，却始终没有动笔。甚至有时仿佛已经答应了鲁迅要写，还是没有动笔。一个写创作的人，他愿意有人批评他的作品，但他自己不喜欢批评别人，我那时大概也有这种心情。不过我那时好像还有一种心境：宁愿挨别人的骂，不喜欢说别人好。因为从我开头发表文字以来，仿佛连我也觉得有些太多了。

从谈话的经验看来，我对于《呐喊》的批评鲁迅是不能十分赞成的。比如谈到《阿Q正传》时，我也说过第一段闲话说得太多了。《呐喊》描写的深刻处，在当时是无与伦比的。写实中间，常有热情流露。有根深蒂固的人道主义做创作的轴心。这些都是鲁迅的生命。然而文字的生硬，形式的偏于欧化，人物的缺乏活跃性，平面性，都在说明这书的思想价值。在谈话中间，泛论中国新文艺的时候，这些问题时常成为中心问题。在写批评时这样讲，就是不很妥当的了。

比《呐喊》谈得更多的是《野草》。我那时比《呐喊》，更喜欢《野草》。态度比《呐喊》战斗，情调比《呐喊》紧张，文字比《呐喊》精炼，形式比《呐喊》民族，表现比《呐喊》深刻。只是，百利之外，不免一弊：厌世主义的思想也比《呐喊》更为浓厚。如王品青一类人常反复传述：《野草》是周先生的哲学，我认为它是一种写意的象征主义的散文诗，在当时，鲁迅对于他的这种厌世主义是并不讳言的，他有时候，把这叫作同自己的生命战斗。我想批评《野草》的时候，比想批评《呐喊》的时候要多一点，不过到我写出文章来，已经是在上海《狂飙》周刊的时候了。

鲁迅的短篇小说虽然不很多，但在当时的小说界占压倒的优势。在这一点上，没有一个人能够提出异议来。只是，文艺界最容易有的一种错觉以为必须是块头很大的作品才有很大的艺术价值,不幸普遍流行在中国的文艺界里。这种只看形式,不重内容的批评态度,对于作家的窘迫,有时叫人喘不过气来。鲁迅有时候也说,想写一个中篇小说,可是始终没有写,因此,他的文艺财产除了一集散文诗外,就是些短篇小说了。在当时那样的环境里,就是鲁迅,也不免要气短的。有一次《小说月报》上发表了一篇批评,大致是说中国的新文艺赶不上欧洲还很远。鲁迅气苦地说:我们的作品真连欧洲的那些小国家的作品都赶不上吗?这里特别指出小国家来,第一因为他们的作家在当时是很被重视的,第二因为他们的作品翻译过来的多半是短篇小说。民族的尊荣心,我在那时久已根深蒂固的了。我对这问题的答复是,中国新文艺不会比任何一国次一点的。我们愿意拿来比的是俄国的文艺。可是俄国文艺并没有叫我们感觉到前途已受什么威胁。厌世的情绪,在俄国文艺里,甚至在高尔基的作品里,也是时常流窜着的。

我们感到时常有一种缺陷不容易填满的就是一种完满的艺术性。不过,这种缺陷,不但在中国有,就是在外国,特别是在几个大作家的作品里,也都像治不好的伤疤一样,顽强地存在着。说到作品的行动内容,中国的新文艺,就在那时也已是毫无疑义地开示了他们新的路途了。

块头要大,件数也要多,这种社会心理,在鲁迅文艺活动的中流造成了逆流中的主流,也在青年读者间的影响常不能不让出防地来,让他的对手郭沫若来进据,除青年情绪容易为青年所领会外,绝不是没有第二个原因的。鲁迅为克服这些困难,他在思想上采取了突出的战略,为青年开路。这种企图,他大部分是成功了。

大部分的青年们从此觉得,鲁迅是站在自己的这边了。

他为青年们开示的行为指南是:生存,自由和发展;求学的戒条是:不读线装书。他受到很多的攻击,但也获得更多的拥护。

《彷徨》和《热风》也在这年出版了。《彷徨》,他自己谈比《呐喊》没有进步的地方。不过,其中《长明灯》一篇,我在报纸初次看到时,是一篇印象颇深刻的文字。全书感到不很均整,热情比《呐喊》衰歇。不过其中也有几篇在小说的形式上是比较完美的。《热风》是五四运动以后杂感的辑录,这是鲁迅写作中最好和最精彩的一部分,这些文字,在《新青年》《新潮》以唐俟的名字发表的时候,给人的印象是最深刻的。他那时写的杂感很少,每篇都像是到不得不写时才写的,态度也严肃,矜持,集名《热风》,名实颇能相符。不过也有可惜的地方。这册书的出版,在鲁迅的著作生活上形成了一个转换点,他从此以后,杂感写得越多,创作却越写越少了。

鲁迅对于创作,也不免常抱一种厌世的态度。他常攻击中国文字,说,用语太少,是新文艺成功的很大障碍。我那时对于他的这种意见,是不赞成的。我以为中国文字表现的意义是很丰富的。用语太少,由于有很多的白话□□□□□□□□□□□□□可是,他对于当时的青年作家们,却常鼓动他们多写。他以为写得多就写得好了,不写是写得不好的,他鼓吹多写,我那时有不同的意见,以为青年应多学少写,写都要写得好。他时常攻击这种意见。有的青年作家,的确是写得多就写好了。不过这种好是进步的,不是跃进的,也是有止境,有限度的。

不过,批评不算外,鲁迅鼓动我多写的时候,连一次也没有。

鲁迅也很少讲到他自己的创作计划,他时常讲的只有一个,说他想描写鬼，结尾是一个人死的时候，看见鬼掉过头来，在最后的这一刹那他看见鬼的脸是很美丽的。这样的一篇东西，他说想把它写成一个剧本。我常鼓动他快写，但可惜他始终没有写。因为有些创作计划，要不是马上写出来，过一个时候，就会觉得没有用处，没有再写的必要了。

比写创作鲁迅是更喜欢斗争的。他的杂感文字，是快而且多产的。这些文字大抵是为斗争的目的来写的。他常说，刚一挨了人的骂时，不能写东西，歇一歇就可写了。

那么是不是说创作不可以当作斗争的武器呢？完全不是的。创作也是一种斗争的武器，不过必须有某些条件和在某些条件下，斗争才能拿创作来做武器，而且艺术碰到它，就要变格了。十年之争是可以动用创作的武器的，只是年，月，日之争，就不是很必需的了。

在读者方面，也有相类的情形。杂感文字像短兵相接，人一看就可以明白的。可是艺术，也许到人领会了的时候，那拿它致用时候已经过去了。

但也有人想用杂感写得太多做事实来动摇鲁迅的艺术家的地位。这是没有用处的。一个大作家的杂感文字，时常是有价值的。而在鲁迅杂感文字是被他用作主要的武器而来完成他的斗争目的的。他写的创作越少，他的杂感含有的创作性也越多。因重视鲁迅而重视他的杂感是可以的，因杂感而低估鲁迅的价值，就不可以了。

一九二五年在中国民族解放的历史上，不是很消沉的一年，因为“五卅运动”是在这年发生，一九二七年的革命浪潮是在这年掀起的。在北京，反动势力的压迫先造成“三一八惨案”。“三一八惨案”一发生，《莽原》《语丝》和徐旭生主办的《猛进》周刊，都用尽力量来援助学生运动。到“五卅运动”的滚轮伸展到北京的时候，学生运动和它汇合在一起，由轩然大波而达到学生运动的高潮。

这在鲁迅的杂感的系统中，就是从反《晨报》反徐志摩、陈西滢、章士钊诸战役而与当代的运动巧妙地联系着。当时主要的战场，除上述几个刊物外，还有《京报》副刊，是由荆有麟介绍孙伏园编辑的。

当时鲁迅的生活情形很简单，在北大，和女师大做讲师外就剩教育部的佥事了。在世界语学校教书是不给薪金的。他的教育部的职业，我同几个青年朋友们初知的时候，觉得很奇怪，又很好笑。不过过后就不怎么样了。家庭里边人口很少。他对他的母亲是很孝顺的。不过看起来，并不是完全出于感情的自然。所以，他有时候说，母亲死了是孩子的幸福。他这话的大胆，最受钱玄同佩服。因为这些缘故，我同我的朋友们都常常拿最多的同情心来看鲁迅，他的一切不合青年理想的生活形态，我们后来都是应当的了。

鲁迅那时的生活，看来是毫无快乐的。他的快乐，只有斗争，他的眼睛里光采焕发的时候。就是讲到同人斗争的时候。斗争对他还有很多益处，可以结识青年朋友，接近时代，以及其他种种。

他同人斗争的方法，好像是等人来厮打的。就如徐志摩、陈西滢，起先只是传言传语，是他先写文字骂起来的。骂徐志摩的一篇文章利(厉)害的，把徐志摩比作一只不老实的小雀儿，自比是真正的鹞的恶声。骂陈西滢时，就都是用杂笔了。他骂人不是把他骂得不能说话，或者骂得敬悔，却骂得人不能不回骂。被骂的人一回骂，他就激昂起来，真像一个寻人厮打的人，摩拳擦掌的样子。陈西滢是他最理想的对手。因为隔一月，陈西滢要回骂一次，这一来鲁迅就有文字写了。可是对于章士钊，这方法却不生效力。他总不回骂。但后来把他教育部的佥事免职了。他只得准备同章士钊起诉。

我那时同一般青年朋友们一样，以为不在教育部做官，一点也不是坏的事情。所以对他的法律斗争，并不十分注意。他的版税，稿税的收入，论理已不很少，不过，他的生活，确是比从前困难起来了。那时唯一的救济，是一个朋友为他举行借款。那个朋友在女师大任教务长，一时曾代理校长。

一次，鲁迅说道，马裕藻说起为北大担任教授，他还没有决定答应。鲁迅寻常很喜欢讲一个人一娶了太太，当了大学教授，就什么都完了。大学教授，对于一个喜欢战斗的人不是很合适的职业。我当时又以为，鲁迅的性格也不适于教授的职业，所以不加赞成，当时，以为鲁迅只要多写一点文章，著作职业应是不成问题的。鲁迅却仿佛觉得朋友们对他的生活情形太不注意了。

烟，酒，茶三种习惯，鲁迅都有，而且很深。到鲁迅那里的朋友，一去就会碰见一只盖碗茶的。我同培良，那时也正是喜欢喝酒的时候，所以在他那里喝酒，是很寻常的事，有时候也土耳其牌，埃及牌地买起很阔的金嘴香烟来。我劝他买便宜的国产香烟，他说："还不差乎这一点！"

到这年的秋天，鲁迅就病起来了。一天，尚钺到我的住所来说，鲁迅家里开了一间客厅出来，他却被请在客厅里了，所以他很生气。我只几天没有看见鲁迅，觉得很奇怪。我去时，不料也被挡在客厅里。从此以后,这些青年朋友们的足迹,在鲁迅的家里就很少看见了。一直到他病好以后,才恢复了原状。不过,友谊间再也没有从前那样的休戚相关了。

孙中山的北上把国民党在北京根芽繁荣滋长起来了。《民报》出版,文艺副刊,请了鲁迅编辑。每星期只有三天,篇幅也很小。我也是主撰者中的一个。

那时加入国民党的人很多,成了一时期的风气。我问鲁迅为什么不加入国民党。他说他想骂的人不一定是国民党要骂的人,国民党要骂的人他不一定想骂,所以他不加入国民党。这话在现在看来好像是很奇怪的,在那时却十分平常。那时在我们的谈话里把骂人看得像现在的抗敌一样光荣。我那时写骂人的文字也不少了,鲁迅还时常表示不满,说一个人不可以像上帝一样面目,有时像一个无赖。

不过,鲁迅当时对于孙中山却是十分敬仰的。我同狂飙朋友们出版了《弦上》周刊的时候,对当时的军阀势力毫无忌惮的攻击。有一次我写了几句话同孙中山先生幽默,说:“有一个老革命家指着一个军阀向他的英文秘书说,那个老头儿会不赞成革命的吗?”鲁迅当时听了,表情上是很不赞成的。

鲁迅那时的政治思想还没有确定,凡是革命的,进步的,他都赞成。我曾问过他对于马克思主义有什么意见,他说:“怕是对的吧!”不过,他对于那时的青年共产主义者却很表示不满,常说他们是皇太子主义,以为明天的天下一定是他们的。

鲁迅是一个很现实的人,他不很相信理想。最喜欢嘲笑的是黄金时代,那是永远没有的。不过循理论,厌世主义在他的思想里是很深刻的。他时常攻击我是理想的人,说:“再过五十年还是这样,这里有《莽原》,那里有《现代评论》!”

我同鲁迅第一次伤感情的事是《闪光》的出版。《闪光》是一百首短诗的诗集,印得很精美的一个小册子,是在一九二五年的夏天用狂飙社的名义出版的。我付印的时候告诉他,他仿佛像自语地说:“这样太快了!”我那时什么都喜欢快,《闪光》一两个星期就印出来了。当这些短诗交给鲁迅在报纸上发表的时候,鲁迅是很喜欢它们的。我时常试探着想叫他说出哪几首不好来,可是他总是说很好。他常喜欢说的,写批评又写创作,最容易把杂志带到艺术里面,我因而问他:“这首太理智了吗?”可是他常是答说:“还好,歌德也是这样。”不料后来就因为这本小诗集的出版在我们友谊中造成了初次的裂痕。

我初时仅以为这只是鲁迅的一种派别感情。因为这种感情在他是很深的,他对于郭沫若、郁达夫,有时候他对于周作人都常被这种感情支配着。他常批评郭沫若太骄傲,我说他是可与讨论的人,鲁迅说,他会同你辩论。我说,辩论是可以的。可是在鲁迅的意见认为辩论是个平行线永远交叉不在一点,所以他就不言语了。他编辑了一个文艺丛书,《彷徨》《热风》外,也要把培良和我的著作收编在内,而命名是《乌合丛书》。《莽原》的结合也很散漫,丝毫不像一个团体,反之,狂飙朋友们无论思想上,生活上都是打成一片的。所以我当时一点也没有想到鲁迅想在文艺上创立一个新派别出来。

我当时也有过过不去的事情。比如说,培良本来是同鲁迅很接近的,但从同我认识后参加到狂飙这面来了。尚钺是他的学生,也参加到这面。他们因为对未名社诸人的不满,同鲁迅的感情也越来越疏远。后来朋其也参加了狂飙。北京一时有希望的青年作家都被狂飙席卷了去。鲁迅精神上不免显得孤立。

一天的晚上,我到了鲁迅那里,他正在编辑《莽原》,从抽屉里拿出一篇稿子来给我看,问我写得怎样,可不可修改发表。《莽原》的编辑责任是完全由鲁迅担负的,不过他时常把外面投来的稿子先给我看。我看了那篇稿子觉得写得很好,赞成发表出去。他说作者是女师大的学生。我们都说,女子能有这样大胆的思想,是很不容易的了。以后还继续写稿子来,此人就是景宋。我那时候有一本诗集,是同《狂飙》周刊一时出版的。一天接到一封信,附了邮票,是买这本诗集的,这人正是景宋。因此我们就通起信来。前后通了有八九次信,可是并没有见面,那时我仿佛觉到鲁迅与景宋的感情是很好的。因为女师大的风潮,常有女学生到鲁迅那里。后来我在鲁迅那里同景宋见过一次面,可是并没有谈话,此后连通信也间断了。以后人们所传说的什么什么,事实的经过却只是这样的简单。景宋所留给我的唯一印象就是一副长大的身材。她的信保留在我的记忆中的,是她说她的性格很矛盾,仿佛中山先生是那样性格。青年时代的狂想,人是必须加以原谅的,可是这种朴素的通信也许就造成鲁迅同我伤感情的第二次原因了。我对于当时思想界那种只说不做的缺点,在通信中也是讲到的。

后来我问了有麟,景宋在鲁迅家里的断熟情形,我决定了停止与景宋通信,并且认为这种办法是完全正确的。

那时,凡是能叫我同鲁迅的友谊巩固起来的事,我都是断然去做的,但可惜我没有很多的办法来收到这样的效果。

于是到《莽原》周刊停刊后,鲁迅想改用《莽原》半月刊交给未名社印行并想叫我担任编辑的时候,我赞成了出版的办法,把编辑责任辞却了。《莽原》半月刊的编辑责任,由鲁迅继续担任了一个时候,以后事实上落到未名社手里,因此就潜伏下狂飙与鲁迅决裂的最后的原因了。

《狂飙》不定期刊在一九二五年冬间的出版,鲁迅本说要写篇小说,后来又说翻译,但最后连译稿都没有。狂飙朋友都攻击起鲁迅来。我时常为鲁迅辩护,从中劝解。

以后的《弦上》周刊篇幅小得同游戏一样,撰稿者不署真名,只以一拉丁字母代替。而鲁迅仍然惜墨如金,不给一点稿子,我只得把他说的《一句诗》登了,以和缓中间的感情。

很可惜的,鲁迅对狂飙的这种中立主义成了我们友谊上隔离的第三个原因了。当时的狂飙朋友们,越是年少的,也越是对鲁迅不能谅解的。

一九二六年的春天,鲁迅的《小说史大纲》①出版,他也送了我一本。我看了之后,觉得鲁迅不很适于做这种工作,太吃力了。后来鲁迅问我对于那本书的意见,我没有置可否。好像就在这时,鲁迅整理起他的《小说旧闻钞》。

这时鲁迅的生活是很平静的,飞扬的气概已经不大看见了,生活仿佛是规律起来。对未名社有时也发一点牢骚,但还是很在意地帮助韦素园经营出版事业。那时未名社出版了一个青年的诗

---

①应为《中国小说史略》1925年9月,北新书局将上下册合为一册出版。所说,指此。曾题为《中国小说史大略》,由北京大学印刷科出铅印本。

集，很给鲁迅增光。同时，他还保持着同北新书局和《语丝》的关系。一面又在不声不响地进行他的新家庭的组织工作。

一九二五年北京文化界的斗争，最大的损失是“三一八惨案”牺牲了女师大的学生刘和珍和奉军入关后枪决了《京报》记者邵飘萍。鲁迅在生活上虽然也受到了一点损失，不过同他的收获比较起来，那就是很小很小的了。他在思想界几乎做了一时的盟主。韦素园在一个新开广告上把他称作“思想界的权威者”，在当时进步的青年界报反感的人是很少的。而在这些以外，他又获得组织新家庭的机会和便利。这在一年以前也许是连他自己都没有想到的事。

可是鲁迅觉得他自己受到很大的牺牲。在他病的时候，陶元庆给他画了一张像，把这种感情表现得很尽致。

不过对于他的新家庭的理想，大家是一致希望能够实现的。鲁彦和鲁迅是比我更厮熟的朋友，到了鲁迅家里，随便躺在躺椅上的，鲁迅说笑话时，把他当作兄弟，称为“吾家鲁彦”。这时他到了北京。看见鲁迅，不料也生疏起来，叫他也不能不说，鲁迅这种人，青年朋友们听到说，鲁迅也恋爱了，很高兴。希望成功，不料他连一个字也不肯露出来，我当时以为鲁迅这种谨慎态度也是应有的顾虑。我所纳闷的是像汽车拐弯时不放一点声响，不是反容易弄出岔子来吗？不过，以后事实都证明，鲁迅，是很现实的人，他没有打算的事情没有做，他打算做的事情都做到了。一切顾虑，对于他都是不很必要的。

一九二六年的夏天，我从北京到了上海。我的此行，他不十分赞成，但也没有反对。对于在上海出版《狂飙》的事，他当然应允赞助。

我在上海寄给他两篇稿子，给《莽原》半月刊，是关于郭沫若和周作人的批评文字，好久没有发表出来，我去信问一个少年朋友，并叫他到鲁迅那里去看怎样回事，鲁迅说是，交给韦素园了。韦素园说，鲁迅交给他的时候，说："就说你们不发表吧。"那个少年朋友给我的信上很惊奇地说："为什么鲁迅也这样呢？"我却没有感觉什么，认为这两篇稿子没有什么，不发表也没有什么关系。

过了些时候鲁迅任了厦门大学的教职，从北京到了上海。我同章锡琛一道去旅馆里看他，也许因为旅行关系，他的感情很不平静。谈话多关于北京当时的情形，因为那时的北京，完全在反动势力的支配下面。顺便我问到那两篇稿子，鲁迅气急地谈起周作人来，好像有一点事情都是想暗害他的样子。我知道他们兄弟间的关系，听得这样说就完全放下不谈了。这是我们最后一次的见面，在这次谈话里，仍然是像很深知的朋友。

那时，已经同章锡琛讲好出版《狂飙》季刊，已经就到交创刊号的稿子的时候了。不料次日看见章锡琛的时候，他留难起来，让先出版一期看看。这天鲁迅已经走了，我当时感情很激越的，就把《狂飙》季刊出版的计划立刻停止了。

九月间，在光华书局创刊了《狂飙》周刊。十五开本，每期三万六千字，有插图，在当时的周刊中，是颇为壮观的。我在《狂飙》周刊中写的文字，对鲁迅那边的青年朋友，隐隐约约地挑起战来了。我立即在《狂飙》上提出□□的警惕，不料正在这个时期，接到北京的来信，说培良和高歌写给《莽原》半月刊的稿子都被韦素园拒绝发表了。这下一来，再没有办法了。我同鲁迅的友谊就从此断绝了。

我本想写三万六千字来答复鲁迅,因为这恰好可以做满一版《狂飙》的篇幅。写到三分之一的时候,想想说:“鲁迅老了,何苦这样呢!”后来我看到他的“岂有此理”的事时,才想,要是写满三万六千字的时候,也许还要好一点。文章写好后,给一个朋友看,我还说:“不发表吧!”那个朋友说:“写了,就发表了好了。”我擦干眼泪,就交给书店付印了。

鲁迅始终没有从正面答复,他也不能答复。只是以后,在他的杂感里,时而也听见一两声枪响. 是向我这面射击的。我偶尔也用枪声回应。这情形一直到一九三〇年初我离开中国的时候。要在一九三〇年以前没有发生这事的话,那就不会发生了。

一九四〇年七月二十六日,在北碚写完

中国文化的行动成分①

——从战时文化的发展到国防文化的建立

文化是行动中的一种，是在实际行动的条件之下面产生的。所以，文化和行动，在根本上不可分离。但是，文化行动毕竟有其特殊的形态，而与一般的行动形态不同。在人类行动五种基本的形态中，经济政治行动，结婚行动是属于实际行动，艺术行动，科学行动属于文化行动，而教育行动介于实际行动和文化行动之间。在原始时代的人类，这五种形态的行动还是混合在一起，没有显明的区分。一直到了封建时代，这五种行动的形态才各各发展起来而都成了一种特殊的形态。文化就在这时发达起来。所以文化的发展是由于行动的分化，在分化的过程中而达到了自己的独立。

中国文化的发展当然也遵循着这种客观的过程。不过在种种情形下中国文化和欧洲文化有各别不同的景象。例如欧洲的哲学

①原载《战时文化》第2卷第1期（1939年1月10日）。

是由宗教分化而来的，中国的哲学则来自古代的[论]说。欧洲的哲学以求知为目的，中国的哲学则以行动为目的。欧洲的传说的主人翁是神，中国传说的主人翁是人。这些都是最主要的区别。

中国传说中的伏羲、神农，是经济行动的象征，是政治行动的象征，也是文化行动的象征。封建时代的周公，是政治家，是军事家，是哲学家，是诗人。传统文化的代表者，孔子，他的思想，是政治，道德，文化，家庭，混合不分的。管子、商鞅是政治家，也是政治著作家。孙子、吴子是军事家，也是军事著作家。屈原是政治家，也是诗人。项羽是军人而诗人。刘邦是政治家而诗人。曹操是政治家，军事家而诗人。诸葛亮是政治家，军事家，科学家而诗人。这些都是实际行动与文化行动混合不分的典型的例证。因此，在行动方面看来，是有丰富的文化成分，在文化方面看来，则又有丰富的行动的成分。

中国文化虽与行动混合在一起，然而这与原始人类的混合则不一样。因为在形态上，是显明地区分出来了。所以，更正确地说，应称之为综合。中国文化既然是一种综合的文化，所以当文化的发展衰落的时候，综合的机构就要失调而成为单方面的发展。周公是综合文化的代表者，而代表文化的孔子却只是一个理想家。战国时期文化发展的结果才又产生了综合文化的管子和孙子，三国时期文化发展而有综合文化的曹操、诸葛亮。

中国文化是在悠长的封建时代成长起来的，所以各时期各有其特殊的形态外，一直地在内容上都属于封建文化。中国文化的创造者同时常是统治者。历史上的平民运动从吴广，刘邦以后就成为一种周期的运动，但在这些运动中常不能孕育出一种平民文化运动来，这就是由于平民之历史的行动力还在很薄弱的阶段。在每一个周期，封建文化都要受到平民运动的影响，但是平民运动的本身中常不能创造出自己的理论系统来，而常以迷信和传说来做行动的指南。就中如平民文艺运动，在各时期中都有一点鼓荡，但直到元代才发展成普遍的运动而成为文艺的主潮，这是由于平民运动在元代是与民族运动合流的缘故。至于平民运动之与平民文化运动合流，则一直到太平天国运动中才算出现。而太平天国运动同时又正是民族运动。也直到这时才产生了平民综合文化的代表人石达开和李秀成。而他们的最后失败又在说明平民和平民文化还很薄弱，没有发展成历史的决定力量。

各时期中平民出身的政治家，常较贵族出身的为低，刘邦、朱元璋的道德、学问，比之于刘秀、李世民，自不如远甚。虽就是到了太平天国，石达开、李秀成所代表的文化运动虽较富创造性，然终不如曾国藩、左宗棠所代表的文化复古运动的气力雄厚。但无论是封建文化或者平民文化运动，中国文化之以行动为主要内容，文化之行动成分丰富，则是历史上一贯的现象。而文化发展就成了实际行动的最好的温度表了。

近五十年来，康梁所代表的维新运动，是政治运动，同时也是文化运动，也是某种程度[以]上的民族运动，形式是维新而内容实近于是复古运动。孙中山所代表的民族运动，与五四文化运动，平民运动合流而发展为一九二七年的历史主潮。孙中山是政治家，是理想家，康有为是政治家的学者和诗人。

孙中山的知难行易的学说是对于知行分离，即民族文化的衰落现象之挽回和纠正。知行分离的结果是不知难行。知属于文化而行是实际行动。所以知难行易，正是中国的民族文化的行动内容和民族行动的文化内容的综合。孙中山不但是近代中国民族运动之政治的代表者，而同时也是民族文化运动的代表者。

欧洲文化的发展，到现代，科学是其主要的内容。科学是实际行动，所以也是综合文化。现代世界文化已发展到综合文化的阶段，而知行分离的现象将再无存在的余地。列宁是政治家，而同时也是科学家。巴比塞是小说家，而同时从事过实际行动。科学是正确的知识，行动是科学的实验，艺术是行动的结晶。中国的民族文化，在这样的历史条件之下，必须进展到科学的阶段，才能保留着行动的丰富成分，而不落入知行分离的颓势。

我们现在是在战时，是在国防运动时期，但我们还没有规模完备和普遍全国的国防运动和国防文化运动。我们只有某种程度上的国防运动和战时文化运动和某种程度上的国防文化运动。首先是游击运动带到民间的民主的文化运动。这种文化运动不单是相当的普及，而且水准也相当高。它的进展采取的是一种跃进的方式，不单使很多不识字的农民二次又理解了文化的意义，而且能享受相当的文化生活。他们不单能增长知识，而且能知其所行和行其所知。他们所形成的集体力量不单是国防运动的前驱，而且是国防文化运动的前驱。游击区域里边当有不少的农民被称作文化人而无愧色。这不是说他们能享受无线电音乐或具有最新式的国防技能，而是说他们已有了高度的民族的意识形态。

士兵们的文化享受，官佐们文化水准的提高，直接间接的是得力于战地文化服务运动和军事委员会政治部的成立。在相对的情形之下，这些部队比游击区中需要更高度的近代文化的配布，所以工作也就相对地不很充分,而需要更大的努力。而同时游击区中也应引为鉴戒而于百尺竿头更进一步。

新启蒙运动,是张申府、陈伯达所倡导的。所以谓之新启蒙运动者,即是因为欧洲十七八世纪间曾有过启蒙运动,中国五四时期也有过新文化运动[额]的缘故。所以,新启蒙运动的中心骨干仍然是民主和科学。在今日而言文化运动,与实际的工作不能分离,不单为了普及,也正为了提高。民主以人民为主,所以启发民众,同时有普及和提高的两种意义。科学是技术,是发明,是发见,更与实际工作生长在一起。因此,则一切有文化意义的运动都有相当的新启蒙运动的意义,而新启蒙运动之扩大和深入,还须付之以最大的努力。

但就一般的意义说来,新启蒙运动仍是一种思想运动,而从事者也是思想界的人士。即不以新启蒙来标榜的,如通俗读物运动,如通俗科学运动,也都是新启蒙运动中的主要内容。入战时而后,而有一般通俗的战时读物,通俗的国防科学读物。在这些小册子中,我特别要提到胡绳主编的救《中国小丛书》,是把这工作做得最好的引证。这运动与三年来在欧洲盛行的保卫文化运动也有韵律的关系。

最近在华南艺术界出现,由欧归国,隐然促成一种文化上的动力之陈依范,其生疏的名字绝无碍于其对中国文化复兴上所负之使命。在《抗战文艺》的《保卫武汉》特刊上所发表的《近代中国艺术家是一个政治家》一文,是有战时文化以来所发表的论文中最能指出中国文化的特质的一篇文字。正因为过去的中国艺术家是一个行动家,所以今日的中国艺术家应是一个政治家。因而在中国的政治活动中也的确有艺术部队和科学部队的存在和更进而发展为完整的力量的必要。在同刊物中有奚如的一文问文艺家的位置在何处,事实上的答案是在实际行动中。至于位置之还未稳定,还未能收到其应有的效应,则仍当责成于艺术界、文艺界的集体努力。

科学在行动上的位置比艺术更为重要。但科学界的结合比艺术界显得冷淡得多。同文艺家的发问相仿佛,七卷四期的《科学世界》有署名寰的也问到《中国的科学家到哪去了?》,黄一裳在《内外什志》四卷八期中也发表了《无科学则无善政》一文,对科学发出紧急的号叫。最近一期的《时事类编》还没有看到,但其所发表《如何展开科学运动?》一文的内容,也不难于想象而知。从事实上看取成形的科学运动,确尚未有,但科学家之战时服务,国防服务,则早已开始。翁文灏虽以地质学家出任经济部务,然确已开了科学家政治服务之先例。最近胡适出任驻美大使,则又其次者。科学家们如能集合起来,整饬阵容,对于现代中国的战时服务,国防服务,居于首要地位,又为民族文化和民族行动之所一致要求。

最重要的国防科学在现在仍付缺如。中国以国防科学著者只蒋百里先生一人。近数年来,国防著作数量激增,然大抵述而不作,有所创发者,不可多观。这不能不说是国防运动和国防文化运动中的最大缺陷。集科学界的全力而来从事于国防科学的创造,以坚强国防实力,从今日起,尚未为晚。

对日作战已实行了一年又两个月的今天,论战略的专书,仍很罕见。有之。这就是毛泽东的《论持久战》这一本小册子。本来前中国红军作战,除政治作用外,特别以战略战术见长,而武装则不但不很精致,有时甚至不很完备。但把前红军作战的战略发挥光大,用之于对日作战,写成一本比较完整,有系统的著作,则自这书始。凡关于对日作战战略上的主要问题,这书里边都有答案,而且十分正确。一年来在华北狂飙突起的游击运动,可以说就是这书在事实上的具体的写照。但这事并非收场,而还只是序幕,正剧还正在事实发展的辩证机构中发育孳长。战略的扩大应用,在内在条件的逐渐改变中,还需要新的著作,用笔写并用事实写。但基本的原则已在这里。

九,二十二,汉口

《狂飙》周刊宣言①

黑沉沉的暗夜，一切都睡熟了，死一般的，没有一点声音，一个动作，阒寂无聊的长夜呵。

这样的，几百年几百年的时期过去了，而晨光没有来，黑夜没有止息。

死一般的，一切的人们，都沉沉地睡着了。

于是有几个人，从黑暗中醒来，便互相呼唤着。

——时候到了，期待已经够了。

——是呵，我们要起来了。我们呼唤着，使一切不安于期待的人们也起来罢。

——若是晨光终于不来，那么，也起来罢。我们将点起灯来，

①原载北京《狂飙》周刊第14期（1925年3月1日），题《本刊宣言》，无署名。又载1925年3月1日《京报副刊》，题为《狂飙周刊宣言》，无署名。《京报》，中国现代著名报纸之一，由邵飘萍主办。日报。1924年底，孙伏园离开《晨报》，来到《京报》，主编副刊。本书用《京副》题目。

照耀我们幽暗的前途。

——软弱是不行的，睡着希望是不行的。我们要做强者，打倒障碍或者被障碍打倒。我们并不惧怯，也不躲避。

这样地呼唤着，虽然是很微弱的罢，听呵，从东方，从西方，从南方，从北方，隐隐地来了强大的应声，比我们要大的应声。

一滴水泉可以做江河的始流，一张树叶之飘动可以兆暴风之将来，微小的起源可以生出伟大的结果，因为这个缘故，我们的周刊，便叫作《狂飙》。

附录

诗歌

给——

1[①]

我曾经一次看见你，
在弟弟的梦中。
虽然是邂逅相遇呵，
却好像我们是久已熟识的人。

你穿着一件粉红衫，
你跑着在我的前面，
微风吹起了你的衣裳，
你的衣裳呵，像蝴蝶儿飞出花间。

你大概是十六七岁吧，
但这有什么要紧，

①原载《语丝》周刊第29期（1925年6月1日）。自本篇至第8首，曾收入《心的探险》。

你是超出了时间的限制的，
时间在你呵，永久是青春。

是一个初春的晚上，
我们跑着在田地里，
这是多么轻软的田地呵，
因为它开拓在弟弟的梦里。

我们踏着弟弟的梦跑着，
我们忘记了幸福，忘记了自己，
我们自己的幸福呵，
躲在弟弟的心中，变作了颂祝的言语。

我们虽仅只一次的相遇，
但我们的幸福呵，却永久在生存，
因为我们生存在弟弟的梦里，
幸福在我们呵，是一个永久的梦。

28[①]

我在天涯行走，
月儿向我点首，
我是白日的儿子，

①原载上海《狂飙》周刊第7期。序号为2。

月儿呵,请你住口。

我在天涯行走,
夜做了我的门徒,
月儿我交给他了,
我交给夜去消受。

夜是阴冷黑暗,
月儿逃出在白天,
只剩着今日的形骸,
失却了当年的风光。

我在天涯行走,
太阳是我的朋友,
月儿我交给他了,
带她向夜归去。

夜是阴冷黑暗,
他嫉妒那太阳,
太阳丢开他走了,
从此再未相见。

我在天涯行走,
月儿又向我点首,

我是白日的儿子，
月儿呵，请你住口。

40①

我爱你，
在我们初见的时候，
唉，可惜他呵，他呵，
他才是我的朋友！

我爱你，
是艺术的化身，
唉，我呵，我呵，
我正是艺术的情人！

我所爱的你呵，
你在玩着贝壳，
我没有偷一只回来呵，
唉，手的乳白！

我说我是南方人，
最高的批评呵你的唇音，
也有人说我是酋长的子孙，

①原载上海《狂飙》周刊第12期。序号为2。

唉，也罢呵，重瞳孤愤，帝子泣绿云。

唉，好一张倩艳的小影，
美人儿呵素手亲赠，
自然写就了自然美景，
挂着在，挂着在，唉，我的心中!

你的发儿呵，发儿呵，
惹来了一双蜜蜂，
唉，是波纹，还是湘云，
唉，我的诗儿呵像蜂声嗡嗡!

我几次想向他哀求，
唉，你归还了我吧，
她是我的，唉，我也是她的，
你呵，为甚做情场的恶霸!

唉唉，我是个短命鬼，
唉唉，我是个负心人，
为了一点点友谊，
唉唉，我牺牲了爱情。

蝶儿飞，蝶儿飞，
跳着小白脚儿的那是谁?

双影入梦中，

醒来双泪垂。

献给自然的女儿[①]

时间呵，时间呵，它快来到，
我的心儿呵，心儿呵，
请为我唱一曲凄凉调。

这不像我自己的琴音，
数月了，萦回不去，
也终没有弹成声。

而今欲哭无泪，
看心血斑斑，
歌心也为它碎。

①原载《小说月报》第18卷(1927年)第7期。原刊本题后标“之一”。

你既是知音，
何以好久了，
听不见你的新声。

我也自怨不该做甚诗人，
更不该是一个天才，
病眼看世都成病。

天幸病中自清醒，
眼不花昏，
神经依然锐敏。

人之将死其言善，
病人自有善心肠，
何况又同病相怜。

鸟之将死其鸣哀，
病是艺术与天才，
还有个病的时代。

听歌别问何处来，
自是病人身危殆，
绝调成千载。

近日我颇思念娘子关，
彼善于此，
较干净的河山！

流血多梦幻，
如能再和平十年，
再和平十年，天上人间。

又有好男儿，
好煤田，
饮我汾酒，开发地下宝藏。

愿去印度访游僧，
怕见故国刀兵，
扰我清新梦。

愿采制和平的圣油，
遍撒向地球，
同饮一杯太平酒。

我与世而相遗，
我与世而相违，
殊途而不同归。

你即爱我，
愿与你同行，
同床复同梦。

不强如你也凄冷，
我也凄冷，
隔世凄冷同世心。

难得相逢复相识，
相识复相爱，
何苦使形影疏阔。

恒山青青华山黄，
九疑连绵难分辨，
泰山仰止心向往。

黄河入海流，
长江几度秋，
一水绕五洲。

水是氢二氧，
愿入实验室，
把自己化验。

不与绿林再来往，
还我新道山，
装取宇宙入点线。

人生有几何纷争点，
世界有几何和平线，
不到和平时代不下山。

和平时代还有多么远，
试俯察地底化石，
仰观天中星象。

地球只是一颗星，
人类同根生，
愚而好自用。

自然何其大，
人类何其小，
犹不知相爱而自扰。

历史送入博物院，
同上天文台，
同来观天象。

再别受人家的赞扬，
别去访白发书班，
同他们胡捣乱。

再别路见不平充好汉，
送了命儿人家袖手看，
反说是求仁得仁又何怨!

同访于自然，
童心同时现，
人生也自然。

一个人是一颗星，
星星相辉映，
各自放光明。

老少年龄小差，
东西本是一家，
天真同戏天涯。

可是我今天不能起程，
没得我爱人的音信，
懒握笔又只为心儿凄冷。

时间呵,时间呵,它早来到,
我的心儿呵,心儿呵,
也早已凄凉过了。

我的心儿呵,心儿呵,别再凄冷,
眼前有大道,
愿与你同行。

再为我传一个音信,
说她已准备了好时辰,
明日个新阳初上升。

边区是我们的家乡[1]

边区是我们的家乡，
住在[2]边区的同胞们，
也[3]都是我们的老乡。
我们要[4]把身体紧靠着身体，
就像是绵羊们遇见了豺狼。[5]
我们要像[6]五个指头，
结成一个比铁还结实的拳头，
战斗是[7]为了团结，

①原载1944年11月6日《解放日报》。
②住在，原刊本作“来到”。
③也，原刊本作“便”。
④要，原刊本缺。
⑤本句，原刊本作“不怕前面有虎豹豺狼”。
⑥要像，原刊本作“像是”。
⑦是，原刊本缺。下句同。

团结是为了战斗。

西北风是我们赶不走的客人，
她给我们带来黄[①]的沙，
和刻骨的寒冷。
太阳给我们送来温暖，
它跑过来把它冲散；
我们的云散成雾，
我们的雾散成烟。
我们冬天呼吸不够雪花，
夏天也常常苦旱。

我们的土地瘦，
我们多把肥料喂；
我们的人口稀，
我们一个人出十个人的力气。
我们一百个人里边，
有九十五个生来是贫穷的，
为的来创造新天地。
我们是从苦难里训练出来的军队。
在抗日战线上，
我们是前卫。

---

①黄，原刊本作“紫”。

我们先准备好总反攻，

我们先胜利。

新中国是一个新天下①

//

中国，
站起来了，
像一个壮年的人
同侮辱永诀了，
来接受欢迎。

中国，
是在进军，
像新成立的部队，
一切战斗力量，
都编制在这里。

①原载《抗战文艺》第3卷第3期(1938年12月17日)。《抗战文艺》，中华全国文艺界抗敌协会机关刊物，1938年5月4日创刊于武汉。武汉失守后迁往重庆。郭沫若等主编。初为三日刊，后改为周刊，又改半月刊、月刊。

中国，
侵略者的死敌，
世界和平的前卫，
从血泊中喊杀来了，
喊声震遍天地。

喊声集合起和平同盟，
喊声动摇了敌人的灵魂，
侵略者将连袂地倒了，
中国从血泊里升起，
仍在喊杀不停。

在喊杀声中，
多少弟兄埋葬在，
这个血泊之家，
仁者无敌，
要把敌逐出天涯!

中国，
世界的新英雄，
怀抱着胜利走来了，
向全世界的苦难，
向未来的光荣走来了。

英雄，
穿着新的血衣，
血来自自己腕底
烧红着晓日，
从天涯升起。

敌人将绝迹了，
英雄血红化天涯，
遍地都映日华，
和平得救了，
新中国应受迎迓。

光荣归于中国，
全世界光荣复活，
新中国将仍前进，
向世界的苦难，
向人类的永乐。

劳动里没有休假，
英雄也没有自家。
全世界都站起来了，
在欢迎新中国，
一个新式的天下。

十二，一

山西新文学小说文丛

·第一辑·

白云庵

石评梅作品选编

石评梅◎著　段崇轩◎编

山西出版传媒集团　北岳文艺出版社

·太原·

图书在版编目（CIP）数据

白云庵：石评梅作品选编 / 石评梅著；段崇轩编. —太原：北岳文艺出版社，2020.12

（山西新文学小说文丛）

ISBN 978-7-5378-6299-8

Ⅰ. ①白… Ⅱ. ①石… ②段… Ⅲ. ①小说集－中国－现代 Ⅳ. ①I246

中国版本图书馆CIP数据核字(2020)第181818号

白云庵 石评梅作品选编

石评梅◎著 段崇轩◎编

项目负责人
陈学清

责任编辑
王朝军

助理编辑
高海霞

书籍设计
张永文

印装监制
郭勇

出版发行：山西出版传媒集团・北岳文艺出版社
地址：山西省太原市并州南路57号 邮编：030012
电话：0351-5628696（发行部） 0351-5628688（总编室）
传真：0351-5628680
经销商：新华书店
印刷装订：山西新华印业有限公司

开本：890mm×1240mm 1/32
总字数：1032千字
总印张：46
版次：2020年12月第1版
印次：2021年1月山西第1次印刷
书号：ISBN 978-7-5378-6299-8
总定价：198.00元（全套4册）

《山西新文学小说文丛》编辑出版委员会名单

《山西新文学小说文丛》编辑出版说明

一、山西二三十年代新文学，开创新潮、成果累累，留下了宝贵的文学传统和创作经验，但却淹没在了历史尘埃中。为了追溯新文学源头，贯通山西现当代文学历史，给今天的读者提供独特的精神产品，山西省作家协会的评论家历经数年，探赜索隐、爬梳剔抉、逐渐丰富，形成了"山西新文学小说文丛"课题。这一课题得到了山西省委宣传部的重视和支持，2019年被列为宣传部专项资金扶持项目。

二、这里所谓"山西二三十年代新文学"，只是一个简略的称谓，主要指当时一大批山西"守土"作家与"外出"作家，秉承"五四"文学精神，开创的那种崭新的、蓬勃的新文学，成为山西现代文学的源头。这些作家的创作集中兴起于20世纪二三十年代，有的创作则延续到40年代之后。这是需要特别明确的。

三、山西二三十年代新文学，鲁迅先生称为"开垦时代"，它与20世纪40年代到60年代的"山药蛋派"，与80、90年代的"晋军崛起"，构成了百年山西文学环环相扣的三个"高峰期"，成为中国现代文学史重要组成部分。

四、山西二三十年代新文学，其成果体现在诗歌、散文、报告文学、短中长篇小说、戏剧剧本、文学评论等各种文体上。而小说无疑是其中的“重镇”。这一时期的作家绝大部分是“多面手”，小说家也往往兼写诗歌、散文，诗人也可能兼写散文、小说。作为“小说文丛”，我们主要精选他们的小说，但部分作家也选入他们有代表性的诗歌、散文等作品，这里特别予以说明。

五、全套“文丛”每种前面有“文丛”主编撰写的导言，宏观论述山西20世纪二三十年代文学的时代背景、发展态势、作家作品等。每种选集作品前面有编选者撰写的作家综论，包括作家人生经历、创作特征、艺术风格等。期望能对读者的阅读有所助益。

六、“文丛”的整理选编，严格尊重原作，保留白话文草创时期和作家的语言风貌；同时进行多方核对、校勘，尽量改正原书籍报刊的排印错讹，为山西新文学作品的传播、阅读，做好基础性工作。

七、“文丛”拟出一系列的作家作品专集、多人作品合集。由于项目经费、编选力量等方面的原因，分批出版，先出版四种，以后陆续出齐。

八、“文丛”由山西省作家协会和山西高等院校的专家、学者分工选编、撰写文章。

九、随着时代的发展，百年前的写作、出版与今天大不相同，特别是一些字词的用法，今天看可能就是错误的。我们在尊重原著的基础上，校正了过去的一些别字、错字及错词。譬如书中的“的”“地”“得”，“那”“哪”，“阿”“啊”，“它”“他”，“付”“副”，“做”“作”，“支”“枝”，“忿”“愤”，“唯”“惟”等等，都按现代汉语规范要求做了

校改。缺字处用“□”表示。亦请读者留心。

十、本“文丛”是一项“文献性”“考古性”的“工程”，由于资料的残缺、匮乏，工作经验的不足，难免有这样那样的缺点、差错，诚请广大读者及专家、学者提出宝贵意见！在此谨致谢忱！

《山西新文学小说文丛》编委会

2020年4月16日

导言：追溯山西新文学源头

段崇轩

“开垦时代”

进入时间隧道，逆行，直达1933年6月20日。在遥远、闷热的上海，鲁迅先生为太原一家木刻社郑重地修书一封，曰：“新文艺之在太原，还在开垦时代，作品似以浅显为宜，也不要激烈，这是必须察看环境和时候的。”① 这个木刻社叫“榴花艺社”，是唐诃等人发起成立的，他们知道鲁迅热心提倡木刻，便寄赠新刊，并致函索求木刻作品，给予支持。鲁迅在回信中解释了不能赐稿的客观原因，嘱咐他们要注意斗争艺术，并对太原乃至山西的新文艺做了自己的评价。鲁迅没有亲临过山西，但对这个内陆省份是了解的。他与十多位晋籍作家从20年代中期起，或来往，或共事，或通信，知晓他们的生存、活动和创作，也熟悉山西二三十年代的文学情况，以他敏锐的眼光和深广的洞察，窥见了山西新文艺的发展态势，用

①《鲁迅全集》第12卷，人民文学出版社，1991，第188页。

“开垦时代”做出了形象、精辟的概括。

所谓“开垦时代”，就是正在开拓，收获可观，但尚有距离，还须推进。山西新文学作为全国新文学中的一个“版块”，虽不能与得风气之先的北京、上海、南京等大都市相比肩，但在全国各省中已然是走在前列的。正如评论家杜学文所说：“山西地处内陆，环山靠水，有表里山河之誉。这种地理环境在客观上形成一种比较封闭的状态。但是，山西恰恰又是一个并不封闭的区域。”① 要论述山西新文学还须回溯到20世纪初期，景梅九、景耀月等辛亥革命先驱，他们赴日留学，成立了山西同乡会、同盟会，创办《第一晋话报》《晋乘》《夏声》等新文化报刊，还率先从事文学创作，倡导白话文学。景梅九1905年发表长篇小说《玉楼影》，1907年发表短篇小说《清快丸》等，是当时正在滥觞的白话小说中的优秀之作。董大中评价说：“景梅九是新旧文学之间的桥梁。”② 景耀月是新文化活动家、政治家，创作有诗歌，还有小说《虚无党奇谈》。梁启超1902年在他的《论小说与群治之关系》一文中，就说：“欲新一国之民，不可不先新一国之小说。”③ 他把“小说革命”纳入政治社会变革纲领之中，直接推动了古典小说向现代小说的转型。景梅九等白话小说的实践，有力引导了山西新文学乃至中国新文学的前行。

“五四”新文学最显著的变化是小说文体，而山西作家的创作

---

①杜学文：《文学的百年流变》，《长江文艺评论》2018年第4期。

②董大中：《景梅九，新旧文学的桥》，载张成德主编《跨越沧桑的美丽》，山西人民出版社，2003，第10页。

③引自郭绍虞主编《中国历代文论选》（一卷本），上海古籍出版社，2001，第408页。

大多以小说为主，因此我们的论述也便从小说创作切入。

20世纪初期，中国社会在西方政治、文化的冲击和内在变革力量的撼动下，经历着剧烈而深广的文明转型，引发了1919年前后的新文化和新文学运动。山西文学作为中国文学中的有机组成部分，也运演着由古典文学形态向现代文学形态的蜕变。1919年8月，山西省立一中的王振翼等人，就在早期党的领导人高君宇的指导下创办了《平民周刊》，传播新文化、新思想，揭露封建社会的黑暗和腐败。1920年4月，山西大学"新共和学会"成立，随后创办了《新共和》期刊，宗旨是"研究学术，宣传文化"。1921年成立的"晋华书社"，是传播新文化、新思想的集散地，不仅出售北京的《新青年》《每周评论》《向导》等革命书刊，还秘密翻印发行《共产党宣言》《共产主义ABC》等政治书刊，与北京的新文化、新文学运动遥相呼应。1925年起，山西新文学运动出现了风生水起的局面。山西大学成立"曙光社"并创刊《醒狮》半月刊，太原成立"红光文学社"同时创刊《红光》刊物，文化同仁组织"滂沱社"即创刊《滂沱》杂志，还有"海涛社"出版刊物《海涛》，"火花社"出版刊物《火花》，"晨曦社"出版刊物《晨曦》等等，特别是"太原文学社"的《文学周刊》和"晋新书社"的《国鸿》，发表了新文学运动的活跃人物胡适、沈尹默、孙伏园、孙福熙等人的多篇文章，推出了新文学的大量作品。此时影响最大并在全国"北战南征"的是"狂飙社"。1924年8月，省立一中肄业的文学青年高长虹，约集高沐鸿、段复生、荫雨、籍雨农以及胞弟高歌六人，在太原成立"平民艺术团"，筹备《狂飙》杂志，开展狂飙运动。9月，《狂飙》月刊第1期在太原出版，一年之内共出版三期。同时高长虹独自赴京，创办了北京版《狂飙》周刊。

1926年，高长虹与“狂飙社”又移址上海，出版《狂飙丛书》。“狂飙社”在五年的时间里，举办了多种文学活动，编辑了《狂飙》以及《莽原》《弦上》等数种文学书刊，不仅促使编辑成为新文学中的重要作家，同时扶植了一批文学青年。它在二三十年代的新文学发展中功不可没，直接推进了山西新文学的成长壮大。但在历史的长河中，由于各种各样的原因，却寂寂无闻。

20世纪30年代的文学，山西同全国一样，发展到“左翼”文学时期，山西文坛发生了两次论争。第一次是1931年至1932年关于“小资产阶级文学”与“普罗文学”的讨论，第二次是1934年关于“大众化”问题的争论。两次论争，对于新文学走向现实社会和广大民众产生了积极的影响，同时带动了文学理论与批评的成长。这一时期，除了如上所述的文学社团和刊物继续开展活动、推出新人、发表作品外，有几家报纸副刊，在新文学发展中发挥了重要作用。有高沐鸿主编的《山西日报》“前线上”双周刊，史纪言主编的《民报》“副刊”，高沐鸿主编的《太原日报》“开展”专刊，这些报纸副刊周期短、发行大、受众广，所发表的诗歌、散文、小说在社会和民众中产生了广泛的影响。山西新文学从“开垦时代”已然进入了“收获时代”。

1937年，随着抗日战争的爆发，中国现代文学进入抗战文学时期。山西文学在这一时期，呈现出多元共存、蓬勃发展的态势，成为整个中国文学的一面“窗口”、一方“热土”。其时，至少有三种形态的文学“绽放”在山西文坛。一种是从全国汇聚到山西的文化界人士，其中有不少著名作家，如丁玲、沙汀、周立波、艾青、周而复、阮章竞、萧红、何其芳、陈荒煤、刘白羽、柳青、田间等等，他们创

作了大量优秀诗歌、散文、报告文学、小说。另一种是山西各个抗日根据地的作家，如赵树理、冈夫、李古北、马烽、束为、西戎、孙谦、胡正、郑笃、吴象等，他们创作了一大批诗歌、散文、报告文学，特别是短篇小说、长篇小说力作。“山药蛋派”文学开始显现、成形。第三种是山西国统区或阎统区的新文学作家，加上流散到全国的晋籍新文学作家，如姚青苗、李健吾、贾植芳、穗青、张颔等。他们在二三十年代充分展示了他们的创作实力，在抗战文学中同样表现了他们的艺术风貌和个性，奉献了多篇小说精品。抗战文学自然成果卓著，但毋庸讳言的是，存在着李泽厚所说的“救亡压倒启蒙”“革命战争却又挤压了启蒙运动和自由理想”①的现象。而正是这些新文学作家，在创作中坚守了“五四”启蒙思想和对艺术的探索。

山西新文学在二三十年代创造了一个发奋开拓、弃旧图新、多姿多彩的瑰丽景象，它是由两种作家共同营造的。

第一种作家是晋籍输出作家。这类作家率先走出娘子关，或求学，或从文，或谋生，努力吸纳现代思想和文学，潜心探索新的艺术方法和手法，并带动、引导着山西新文学创作，成为山西新文学作家的中坚力量。石评梅（1902—1928），山西平定县人。山西省立第一女子师范学校毕业，1919年考取北京女子高等师范学校，毕业后在北京师大附中任国文和体育教师。她与高君宇的生死恋情，成为现代史上的一段佳话。她陆续在《晨报副刊》《京报副刊》《语丝》《文学旬刊》等报刊上发表了大量诗歌、散文、小说、剧本等。1928年因患脑膜炎在北京病逝，终年26岁。李健吾（1906—

①李泽厚：《中国现代思想史论》，东方出版社，1987，第41页。

1982)，山西运城市西曲马村人。幼年随父居住北京，1925年考入清华大学读西洋文学专业，1930年毕业后留校任教，1931年赴法国巴黎现代语言学校学习。1933年归国，为上海暨南大学文学院、北京大学文研所、中国社科院外国文学研究所教授、研究员。在戏剧、小说、文学评论、散文、文学翻译等领域成果卓著。高长虹(1898—1954)，山西盂县人，山西省立一中肄业。1924年至1929年，先后在太原、北京、上海等发起并组织文学“狂飙”运动，创办《狂飙》刊物。作为鲁迅“莽原社”的重要成员，参与编辑《莽原》月刊。30年代曾远涉重洋，到日、德、法、瑞士等国学习经济学。1938年回国，在武汉、重庆等地从事抗日救亡宣传活动。1941年赴延安参加根据地工作，1946年到哈尔滨，加入东北文协。1954年因患脑出血在沈阳去世。他创作勤奋，出版诗集、散文诗集、散文集、杂文集、小说集有17部之多。高歌(1900—1966)，山西省立第一师范肄业。1926年赴京参加兄长的“狂飙”运动，负责编辑工作。大革命时期在武汉编辑《革命时报》副刊，后到上海参加全国总工会工作。以小说创作为主，兼写散文。作品有浓重的现代派色彩。贾植芳(1915—2008)，山西襄汾县人。曾赴日本大学学习，后任《时事新报》《文艺周刊》主编。新中国成立后历任震旦大学中文系主任、复旦大学中文系教授。50年代被划为“胡风集团骨干分子”。一生住过三次监狱。著有多部中国现代文学论著，创作有一批短篇小说。常燕生(1898—1947)，山西榆次人，思想家、哲学家、历史学家。著有诗歌、散文、小说等多篇。二三十年代，山西还出现了“三大才女作家”，这在全国也是鲜见的。石评梅之外，还有关露(1907—1982)，山西右玉县人，中共地下特工，一生创作有诗集、散文集、长篇小说、短篇小说和儿童文学多部。吴曙天(1903—1942),山西翼城县人[①],一生辗转在南京、北京、上海、成都等地,与文化名流章衣萍结婚。创作有表现个人生活和爱情经历的纪实文学数部。1942年在爱情的绝望中病亡于家中,时年39岁。

第二种作家是山西守土作家。这类作家虽然都曾短期离开过山西,但绝大部分岁月特别是20年代至40年代是在本省度过的。他们与前类作家一样,同样接受的是“五四”新文化新思想,并同前类作家保持着密切的关系与联系,他们更长于取材脚下的土地与生活,对本土的文学肩负着自觉的使命。这里我们首先要说到赵树理(1906—1970),山西沁水县人,出身贫苦农民家庭。1925年考入山西省立第四师范。上学期间热衷“五四”新文学作品。20年代后期在乡村底层社会流浪。1929年开始创作,发表新诗、短篇小说作品。这些作品有浓郁的“五四”新文学味道。1937年抗战爆发,他加入故乡所在县的牺盟会,进入根据地,成为一位代表性作家。他是一位由知识分子作家,经过漫长的生活磨炼和文学探索,转变为人民作家的。高沐鸿(1901—1980),山西武乡县人,1917年考取山西省立第一师范学校,“五四”时期就与同学组织“共进学社”,创办《共鸣》刊物。1924年与高长虹交往,加盟“狂飙社”,是《狂飙》杂志的中坚人物。20年代后期,主编《山西日报》专刊“前线上”,《太原日报》副刊“开展”,在发展山西新文学事业中做出了突出贡献。1936年之后进入太行革命根据地,担负文联的领导职务。新中国成立初期任山西省文联主任。有评论家认为:他

① 关于吴曙天的籍贯,有资料明确注明:“山西翼城人。”但也有其他说法,却无证据。

是山西文学发展史上起过重要作用的人物。1957年被错划为“右派”。后曾任山西省政协副主席。他出版有诗歌、散文、长中短篇小说多部。他与赵树理都是由“五四”新文学作家转变为根据地作家的，但二人的精神轨迹却不尽相同。姚青苗（1915—2004），山西临猗县人。1931年考取太原三晋高中。1932年在太原参加“左联”，1938年考入延安鲁艺文学系。后在西安、北京等地主编过多种文学报刊。1949年到山西文联工作，1950年调山西大学中文系执教，直到退休。曾被定为“胡风分子”“反革命分子”。他发表有大量短篇、中篇小说。新中国成立后从事文学研究与评论写作。田景福（1911—2002），今山西汾阳市人。1930年考入北京大学社会学系，1935年毕业后回到太原，联合进步青年发起成立“太原青年文学研究会”，当选主席，主编《青年文学》专刊。在全国重要刊物上发表十多篇有影响的短篇小说。1948年后在西安从事基督教会工作。穗青（1918—?），原籍山西安邑县人，1936年开始在太原车站工作，当站务员、车守，后在侯马参加同蒲铁路工人抗敌自卫队，1937年考入晋南二战区民族革命大学，在《民族革命》《西线社》《文化通讯社》等任编辑、记者。抗战初期开始创作，发表了一批文艺通讯、中短篇小说。张颔（1920—2017），山西介休人，考古学家、古文字学家，40年代发表有诗歌，出版有短篇小说集。

山西新文学作家，在二三十年代谱写了山西新文学的灿烂篇章，为中国现代文学增添了浓重的一笔。这一代人已经完成了他们的文学使命。陈思和说：“自战争开始，中国文学史的发展过程实际上形成了两种传统：‘五四’新文学的启蒙文化传统和抗战以来的战争文化传统。……它们有时是以互相补充或者比较一致的

方式,有时则以互相冲突以至取代的方式来影响当代文学,这就构成了当代文学的种种特点及其辩证发展的过程。”① 中国现代文学是一个环环相扣、不可分割的整体,但每个时段又有迥然不同的形态。

新文学的承传

在新文学的长足发展中,文学各文体如诗歌、散文、小说、报告文学以及戏剧文学,都不断地成熟、壮大;特别是小说文体,成为文学中的“重器”,受到作家们的偏爱。这种现象,在山西新文学中表现更为突出。小说作家是人数最多的,一些长于写诗歌的,如高长虹、高沐鸿,也兼写小说,且同样写得不错。像冈夫那样纯粹的诗人,成为个例,他早期的诗歌如《世界》《告诉我》《告别》《别离之歌》等,是为优秀之作。在新文学的实践中,作家们认识到,小说更能表现多样、深广的社会生活,更能抒发作家复杂、隐秘的思想感情,更能施展新异、变幻的艺术技巧。鲁迅、郁达夫、茅盾等就是新文学作家的榜样。

山西新文学作家承传了“五四”文学的启蒙和批判精神。鲁迅说:“我也并没有要将小说抬进‘文苑’里的意思,不过想利用他的力量,来改良社会。……说到‘为什么’做小说罢,我仍抱着十多年前的‘启蒙主义’,以为必须是‘为人生’,而且要改良这人生。”②“改良社会”“为人生”,成为山西作家的自觉追求。

---

①陈思和主编《中国当代文学史教程》,复旦大学出版社,1999,第4页。

②鲁迅:《我怎么做起小说来》,《鲁迅全集》第4卷,人民文学出版社,1991,第511页。

20世纪二三十年代的山西社会，一片衰败、混乱、昏暗的景象，同时也蕴蓄着矛盾、革命的生机。真实表现社会情状，书写下层百姓生存，便成为山西新文学作家的创作重心。石评梅自然有许多描述知识分子个体的作品，但也有表现广阔社会和下层生活的小说。阴柔与阳刚，在她的创作中呈现出两极状态。《董二嫂》的故事情节取材于作家的故乡，作家刻画了北方农村家庭妇女董二嫂，在婆婆、丈夫的淫威乃至整个社会的封建礼教下的悲惨命运，作为知识分子"我"在悲剧面前的软弱无力与沉重反思。作品与鲁迅的《祝福》息息相通。《红鬃马》的题材同样来自山西。作家用遒劲的笔触，塑造了一位革命军人郝梦雄的英雄形象。他戎马一生、屡建奇功，但与反动军阀不合，惨遭杀害。"我"作为一个赴京求学的年轻女子，在现实中跋涉得身心疲惫。面对英雄的坟冢，感觉"重新发射出一种光芒"。小说写得悲凉凄婉而又铁马金戈，显示了作家性格中阳刚的一面。田景福是一位严谨的现实主义作家，鲁迅答应为他写序的诺言，激励着他的创作。[①]《卖鸡子的妇人》是作家的代表作，小说塑造了一位乡村寡妇的悲剧形象，丈夫去世，她决定守节不嫁，扶助儿子成家立业，延续香火。但儿子积劳成疾去世，她也贫病交加而亡。作家肯定了她自立自强的性格，但也批评了她的守节意识，更揭示了乡村社会对寡妇的道德贬抑和阴暗的窥测心理。《刘二哥》中的刘二、《守忠叔》里的守忠，都是北方农村中那种勤劳、善良、忠厚的农民，但在富人阶级以及村政权

---

①1935年，田景福准备把自己的六篇短篇小说寄给鲁迅，先致函请鲁迅指点、作序。鲁迅9月9日复信答应为他作序。但田听闻鲁迅健康不佳，未敢寄稿。一年多之后鲁迅逝世，田深感悲痛。

恶霸的剥削和压迫下，最终走向了盲目的反抗，导致了自我的毁灭。作家揭示的是农村社会的阶级矛盾，导致革命时代到来的社会规律。李健吾是中国现当代文学史上的大家，戏剧创作、文学翻译、文学批评、小说写作等集于一身。前几项的杰出成果，遮蔽了他的小说创作成就。他发表有长篇小说《心病》1部，中篇小说《西山之恋》等3部，短篇小说《萤火虫》《机关车》《坛子》等31篇，字数有近50万字。其质量与数量，在新文学史上也是出众的。他的小说取材宽广，既有童年记忆中的乡村，又有置身其中的城市，还有正在不断发生的各种战争。长篇小说《心病》，用细腻、沉郁的文笔，描绘了二三十年代，在社会动荡、经济凋敝的背景下，北京的三家官宦、中产家庭，秦家、洪家和朱家，他们的日常生活、人际交往，特别是儿女们的爱情婚姻故事。作品刻画了老一代父母辈的沉浮、挣扎，新一代儿女们的追求、挫折，预示了传统社会的崩溃和现代社会的萌发。在思想和艺术上，作家显然受了《红楼梦》的启发和影响，是30年代长篇小说的一部力作。短篇小说《坛子》，书写的是30年代的乡村社会，故事以一个女人的命运为主线，展示了再嫁的乡村女人在家庭中的卑微地位和任人欺辱的遭遇。那个古老、丑陋的瓷坛子，被人漠视，又极易破碎，正是她命运的象征。小说寄寓了作家对乡村妇女的怜悯与对封建伦理的批判。高沐鸿是一位诗人，出版有多部诗集，在诗坛负有盛名。他的《天河》《夜风》等诗集，颇有影响；但在小说创作上不懈耕耘，成果累累，有多部中篇小说和短篇小说，既有现实主义的，亦有现代主义的。中篇小说《东山王》用讽刺艺术方法，刻画了一位国民政府的典型的县长形象，时兆庆辗转多地，颇有政声，但却是一个自私狡猾、见风使舵、

铁心反共的反动县长。作家旨在提醒社会和人们,要警惕这样的危险人物。阎宗临的中篇小说《大雾》,创作于留学的欧洲旅途中,而描述的是故乡五台县农村的故事。作家展示了大山深处朴围村原始般的日常生活,底层农民同地主、官府的尖锐矛盾与斗争,外面世界对这个宁静山村的牵动和冲击,几户人家众多人物的喜怒哀乐和命运变迁。意境悠远、叙事蕴藉,是一部颇见功力的乡土小说。

表现知识分子自我的情感精神,直面个体生命的生存困境,坚持文学"为人生"并"改良人生"的宗旨,是山西新文学作家小说创作的又一重心。钱理群等指出:"我国文学史上很少有哪个时期的文学像'五四'时期文学这样,出现那么多'个人'的东西。写个人的生活,个人的情绪,是普遍的现象。"① 高长虹以诗鸣世,代表作有《精神与爱的女神》《闪光》《给》等诗集;而在小说上同样下了辛苦,多有佳作,但却很少被人关注。他出版有《实生活》《青白》《游离》等多部中短篇小说集。如果说他的诗歌突出抒发了他的愿望、激情、意志的话,那么他的小说着重表现了他的生活、情绪、思想。他的小说更带有自传性,写得平静、含蓄、简练。短篇小说《革命的心》,写诗人刘天章被上海监狱释放,再返北京寻找恋人,在革命与爱情之间的选择,对知识分子与社会革命关系的反思。大抵可以看出高长虹某一时段的真实经历,表现了"五四"退潮之后,一代知识分子的人生苦闷与探求。《结婚以后》写一位中学生象山,本是一位听话、孤僻、好学的青年却渴望一种崭新、火热的生活,向往一

①钱理群、温儒敏、吴福辉:《中国现代文学三十年》,北京大学出版社,1998,第27页。

种全新的爱情、婚姻;但他的家庭恰恰给他包办了一场旧式婚姻,配了一个没文化、不开放的旧式女子。表面上他言听计从,内心里却酝酿着逃走、休妻的计划。这是“五四”时代多少青年知识分子包括一些文化名流的命运啊!高歌是一位以小说见长的作家,出版有短篇小说集《清晨起来》《压榨出来的声音》,长篇小说《高老师》《情书四十万字》等。董大中认为:“高歌的写作,受西方现代主义思潮影响明显。……偏于印象主义,又染有未来主义的色彩。”[①]他的小说有些表现了自我的经历和感受,如《生的一瞥》写“我”“遗弃了旧的路而走新的路”时的所见所感;《生的旋律》表现“我”面对危险、黑暗的从容机智和不懈斗争;《佚秋老人》则塑造了一位孤独、静穆、沉思的老人形象。这些都是作家作为知识分子个体情感、精神、理想的一种外化式表现。山西二三十年代的女作家,则大多把笔触深入到女性的爱情、家庭、婚姻领域中。关露出版有短篇小说集《仲夏夜之梦》,长篇小说《新旧时代》《黎明》等。短篇小说《殒落》写小知识分子老九与滨夫妻俩,从爱情到婚姻的变化历程。他们经历了自由、浪漫的爱情。但结婚之后,丈夫到汽车公司工作,妻子陷入家务之中,爱情渐渐消亡,妻子在情感的压抑中患病去世。这样的情节和构思,显然受到了鲁迅《伤逝》的影响。它再一次提出了爱情与生存的关系问题。《新旧时代》是作家的一部自传体小说,作品书写了“我”—— 一个出生在“诗书礼仪家庭”,但渴望外面世界的新青年,终于冲破旧式家庭和长辈的束缚,投身到了上海的革命潮流之中。吴曙天的《恋爱日记三种》,是

①董大中:《狂飙社纪事》,北岳文艺出版社,2017,第162页。

一部个人日记的艺术加工，可以称为纪实小说。作品记叙了“我”与丈夫章衣萍，在“乡间”“上海”“医院”的几段日常生活、夫妻爱情以及与鲁迅、周作人等文化名人的交往等，让我们看到了30年代知识分子的生存、情感和精神图画，情节新颖、动人，语言温润、隽永。这里还需要特别论述常燕生的短篇小说，作为一位思想家、政治家、哲学家、历史学家，他写小说只是偶尔为之，有短篇小说《教育家的梦》、历史题材《新撰李斯传》等，《老聃的逃亡》也是一篇历史题材小说，写孔子拜见老子的情景，把孔子的年轻、进取、担当，老子的散淡、睿智、超然，写得出神入化，其中寄托了作者对人生、社会、世界的深思与洞见。还有荆有麟，创作有长篇小说《间谍夫人》和大量短篇小说，但大多已散失。常燕生和荆有麟与鲁迅过从甚密，也有恩恩怨怨，都是山西新文学中有作为的青年才俊。

中国抗战文学中，山西抗战文学是其中重要的、核心的组成部分。因为山西是抗战的前线和主战场。山西新文学作家，在抗战文学创作中，依然坚守了“五四”新文学的启蒙思想、世界视野、现代理念，使他们的作品避免了某种简单化、理念化的弊端。譬如贾植芳的《我乡》，真实地展现了故乡在战争中的混乱、破败情景，民众的艰难生活和他们的觉醒抵抗，达到了生活真实和艺术真实的境界。再如《嘉寄尘先生和他的周围——中条山的插话》，以纪实的手法塑造了一位由乡绅转变为抗日英雄的感人形象，作为知识分子“我”对自己懦弱的反思和对民众力量的敬佩。譬如穗青的《车站上》，以铁路生活为背景，刻画了车站副站长姜尚志，怎样在抗日战争中，由一位散淡、消沉的工人成长为机智、勇敢的领头人，写出了战争中人的自省、自强。《脱缰的马》是一篇抗战文学名篇，

小说取材于晋西吕梁山农村，主人公成庆根，由一位贫穷的放羊娃，抓壮丁成为抗日士兵，重返故乡又变回梦想致富的农民，最后思想醒悟又奔赴前线，真实而充分地展现了一个普通农民在民族自卫战争中成长为坚定的抗日战士的曲折历程，是一个中国农民的代表性形象。譬如张颔的《蝙蝠》，刻画了一个在抗日军队和日伪军之间，两头欺瞒、自私狡猾的汉奸形象，最终被抗日军长识破，是一个特别的反面人物形象。姚青苗写了多篇抗战题材小说，无论是情节、思想，还是写法，都别具特色。短篇小说《马泊头》写日军屠杀下的一个小山村，农民的生活、言行、抵抗，揭示了民众的麻木、愚昧、迷信，渗透着作家的“启蒙”和批判思想。中篇小说《中条山的杜鹃花》，描述日军疯狂大扫荡，抗日部队机关战士的四散逃亡，报社编辑碧生与剧社女演员杜鉴的邂逅、相爱，其主题是表现“战争与爱情”。作家把二位年轻人在战争中的惊恐、互助和相爱，写得舒缓、浪漫、温婉、悲怆，凸显了永恒人性在战争中的萌发、绽放，反衬了战争的残忍、罪恶。小说突破了战争题材小说的模式和写法，具有了某些西方战争文学的特征，成为抗战文学中一篇鲜见的经典之作。

艺术的创造

正如钱理群等所说：“在‘五四’时期，虽然鲁迅成熟的现实主义创作已经出现，但一般作家更加向往浪漫主义，各种文体的创作中都充溢着强烈的主观情绪与抒情色彩。”① 山西文学在人们的印

①钱理群、温儒敏、吴福辉：《中国现代文学三十年》，北京大学出版社，1998，第27页。

象中，是现实主义的“重镇”。但在新文学的二三十年代，不仅有现实主义的建构，也有浪漫主义的探索，更有现代主义的实验，呈现出一种兼容并蓄、百川汇聚的澎湃气象。它比山西后来80年代的文学变革，走得更远，现代主义创作成为重要潮流。这在全国文坛上，也可能是独领风骚的。

现实主义小说创作走向成熟。山西古典文学，是以现实主义为主的。譬如诗经、唐诗、元杂剧、明清小说，关注底层社会和百姓生活，表现作家忧国忧民的人文情怀，是突出的创作倾向。山西新文学作家，承传了这一文化传统，但在小说形态上，采用的是西方的现代小说模式和方法，而不是古典白话小说表现形式。赵树理是一个例外，他在20年代后期创作了几篇现代的欧化小说，如《悔》《白马的故事》等，但到30年代就决然转向了通俗化、大众化之路，创作了《有个人》《盘龙峪》等。这些作品具有浓郁的现实主义特征，而在表现形式和语言上，则是古典小说和民间文学的有机融合。但绝大多数作家钟情的是西方小说的表现模式。田景福的短篇小说，如《卖鸡子的妇人》《刘二哥》《水警》等，已是成熟的现实主义小说，小说的重要元素如环境、情节、人物，如主题、结构、语言等，都处理得十分合理、圆熟了。这些作品大都是表现北方农村和农民的，真实而深切地呈现了现实生活的情景和走向。当然，不足之处是表现生活有简单化、作家艺术个性有雷同化之感。穗青是工人作家，作品不算多，但篇篇是佳作。他严格遵循现实主义小说规律，精心安排故事情节，倾力刻画人物形象，努力营造结构形式，专注锤炼叙事语言，达到了现实主义小说的新高度。他的小说有两个显著特点，一是人物形象坚实，如《脱缰的马》和《在车站上》，

作品中的主人公抗日战士成庆根、车站副站长姜尚志，不仅表现了他们的性格特点，而且揭示了他们的成长历程和精神演变，使人物形象有了立体感。这两篇小说发表后，受到了茅盾、姚雪垠等人的高度评价。二是结构模式多样。这两篇小说是以塑造人物为主的，可称为人物型小说。《归来》写一位老张厨师，在乡绅家里和在抗日工作队做饭的经历，人物也写得不错，但是以故事情节为重心的，因此属于情节型小说。而《草原夜话》着力描绘了浩瀚的沙漠、壮阔的草原，插入了羊与狼的民间故事，在这样的背景下写了“我”与老牧民的夜谈。故事、人物退居边缘，自然环境与民间故事成为主体，则可谓之意境小说。现实主义小说表现模式并不多，情节型、人物型、意境型是主要模式，直至今天依然在普遍运用。张颔更青睐现实主义的表现形式。中篇小说《债与偿》，叙述的是一个传统乡村社会中的新女性——丁媛，她向往自由自主的爱情婚姻，但现实等待她的是包办婚姻、强权逼婚，她只能以死抗争。作品揭示了传统乡村的封闭、愚昧，年轻女性难以逃脱的悲剧。短篇小说《杜鹃》写一个被虐待的放羊孩子，深夜中的悄然出逃。寒冷的深夜、杜鹃的啼鸣、孤苦的孩子，构成了一幅悲凉的人间图画。这些作品都具有现实主义的力量和价值。

浪漫主义小说创作，风行文坛。浪漫主义与现实主义是西方18世纪至19世纪出现的两大文学思潮，它深刻地影响着中国现代文学的发展。但现实主义与浪漫主义并不是泾渭分明的，常常交集、融合在一起。所谓浪漫主义就是在真实表现现实生活时，侧重从主观心理出发，抒发对理想世界的追求，赋予现实生活以诗意，显示出更多的主观色彩来。纯粹的浪漫主义也有，但不多。山西

新文学作家中的姚青苗、石评梅、李健吾等，他们的部分作品就富有浪漫主义特征，亦可称为浪漫主义小说。而高长虹、高歌、高沐鸿（早期）的小说，更主要的是现代主义特征，但也有浪漫主义元素。姚青苗性格天真烂漫，钟爱俄罗斯文学，他代表着山西浪漫主义文学思潮。他的《中条山的杜鹃花》，没有像主流抗战文学那样，把表现重心放在反侵略战争的艰难、胜利上，放在军民团结的英勇战斗上；而是把笔墨挥洒在对中条山巍然幽深的大自然描写中，对两个逃亡青年美好人情人性的细腻展示上，对十几个战士组织的临时大家庭——“柏拉图理想中的共和国”的深情书写里，特别是对女孩子被鬼子枪弹击中，男孩子献上杜鹃花这一高潮情节的浓墨涂染，使小说具有了一种凄美的情调和盎然的诗意。今天读来依然感人肺腑！作家的另一个短篇小说《猎》，刻画了一个绿林好汉出身的抗日将领镇河东，在一次战役中被敌人追捕，奇迹般逃脱的故事。他打扮成送葬队伍中的孝子，巧妙摆脱了日军的追杀，最后又化装成樵夫，悠然地去寻找他的队伍。小说尽情表现了一个抗日英雄的机智、从容、勇敢。作品具有传奇、浪漫气息。石评梅的小说有着很强的主观主义和理想主义特质。《匹马嘶风录》写“我”——知识女性何雪樵，历经人生坎坷、情感波折，最终决定奔赴前线，做一回英雄。小说展示了她九曲回环般的内心世界、向死而生的人生理想，把浪漫主义手法用得淋漓尽致。《白云庵》中的主人公刘伯伯，从富家子弟到革命军人，到山中隐士，洞彻了世事人生，但仍对青年寄予希望。作品饱含着一种“消极”浪漫主义。李健吾的小说现实主义成分更多一些，但有些作品富有浪漫主义特点。《西山之恋》书写一个非现实的爱情故事，青年大学生萧方碧爱

上乡村的有夫之妇竹贞，故事本身就是虚妄浪漫的，结局也只能是一场悲剧。《终条山的传说》发表后，鲁迅选入《中国新文学大系·小说二集》，称赞说："《终条山的传说》是绚烂了，虽在十年以后的今日，还可以看见那藏在用口碑织就的华服里面的身体和灵魂。"①作家用华美、悠远的笔致，描绘了静穆、壮丽的终条山，讲述了一个神奇的民间传说。樵夫、农夫、怪物、矿藏，暗含着这座大山的神秘、珍贵。这是一篇典型的浪漫主义小说。李健吾、姚青苗、贾植芳，他们都写了中条山的故事，足见山西的山河在他们心目中的位置。

现代主义小说，引领风骚。现代主义小说是19世纪末20世纪初西方多国风行的一种庞杂而含混的小说创作潮流，包括意识流、超现实主义、象征主义、存在主义等诸多创作流派。山西新文学作家，在20年代就开始了现代派小说写作，他们与西方现代派几乎是同步的。当时，他们是怎样翻译、引进西方现代派小说的？是如何吸纳并形成自己的创作方法的？值得我们深入研究。高长虹是山西现代小说的开创者，他的《那个人》《革命的心》《这只是一个梦》《结婚以后》等一系列中短篇小说，都有浓厚的自传性色彩，表现了他幽深、朦胧、复杂的思想、精神和心理。高歌的小说比其兄更加先锋，在他的《爱之沫》《爱的报酬》《衬衣》《最初的接吻》《走回了家里》《高老师》等或长或短的小说中，支撑文本的是作家的意念、心理、梦境、潜意识等，而现实生活、事件、人物等，只是作为碎片、镜像闪烁其中，当时"狂飙社"同仁，甚至鲁迅都认为"晦涩难

①鲁迅：《中国新文学大系·小说二集·序》，《鲁迅全集》第6卷，人民文学出版社，1991，第246页。

解”。高沐鸿早期的小说，走的也是现代派路子。如《梦里的爱》《寡妇语》《孤婴》《狭的囚笼》等，虽然文本呈现的世界是模糊、错乱、拼接、变形的，而背后都有一个现实事件或人物，文本显示的反而是现实的折射、倒影。但高沐鸿后期的小说，逐渐转向了现实主义。至于荒诞派、象征主义、意识流，甚至元叙事等具体手法和技巧，在这些作家作品中可谓俯拾即是。其他如李健吾、石评梅、姚青苗、贾植芳等，只是作为一种表现形式和手法，借鉴了现代派。在中国“五四”文学时期，像山西新文学作家这样大规模、大尺度地探索并实践现代派艺术形式的，或许是独此一家吧？

山西新文学作家对山西现代文学的开创，对中国现代文学的丰富，其作用、贡献是显而易见的，是不可低估、不应淡忘的。但山西新文学作家的局限、缺点，也是不可不察的。譬如写作状态，有些是为了发表、出版而写作的，且同仁刊物也缺乏把关环节，这就难免造成作品的鱼龙混杂、质量参差，有的堪称精品，有的是为庸作的不平衡现象。譬如思想理论的准备，他们匮乏稳定的世界观、人生观、文学观，反映在作品中就导致了思想芜杂、观念混乱，或者概念化，或者无主题的倾向。譬如文学修养，他们接受了大量的新文化、新文学，但并没有经过消化、整合，表现在作品中，便出现了形式新异，但非驴非马、难于接受的问题。但最核心的问题是，他们恪守知识分子思想立场，而距离血与火的现实较远，闭门造车、沉湎自我，使作品疏离了现实社会，远离了底层读者。他们的作品渐渐淡出文坛，而根据地和解放区文学、新中国文学成为主潮，也是势在必然的事情。

源头与后浪

中国现当代文学走过了百年历程，在这长长的历史中，山西文学出现过三次高峰期："开垦时代""山药蛋派""晋军崛起"。文学历史犹如一条波浪相连、前呼后拥、奔涌不息的河流，但山西的现当代文学史却出现了模糊、"断裂"的现象。20世纪二三十年代的"开垦时代"文学却似乎消失了。这一时段的山西文学像碎片一样记载在崔洪勋等编著的《二十世纪山西文学史》，屈毓秀主编的《山西抗战文学史》中，特别是评论家董大中的《狂飙社纪事》等众多著作里；而且这些成果是80年代以后才出现的，局限在学术圈子里。对于绝大多数作家，更广大的普通读者，"开垦时代"的文学有如"天方夜谭"，他们知道、谙熟的是40年代开始出现的"山药蛋派"文学，以为那就是山西现代文学的序幕。

山西二三十年代的新文学建树卓著，这一时期的作家如群星灿烂，其文化和文学精神是一笔宝贵的财富。山西这一段文学所以被埋没、淡忘，有两方面的原因。一个方面是，亦如洪子诚说的："'当代文学'这一时间，是'五四'以后的新文学'一体化'趋向的全面实现，到这种'一体化'的解体的文学时期。"① 说通俗点就是，当代文学是经过不断地整合、排除、建构而发展起来的，到新时期文学这种状态才逐渐终结。山西新文学的"五四"精神和传统，既是进步的、革命的，但有时又是"异质"的；特别是那种过激的现代派文学实验，是与革命现实主义相背离的。另一个方面是，山西新文学作家，其中精兵强将的文学活动和创作，是在全国的大城市，如

---

①洪子诚：《中国当代文学史》，北京大学出版社，1999，第IV页。

北京、上海、重庆等;但这些发达区域的文学并不接纳这批流动作家的文学创作和作品,不会把晋籍作家的文学成果写进自己的文学史。而山西文学界,又把这些输出作家当“客人”,一方面接受这些作家的相助、引导,也承认他们的作品植根于山西土地,但却“不好意思”把他们拉进山西、写进本土文学史。漂泊的作家,其实没有“家”!

“山药蛋派”文学是山西现当代文学史上的第二个高峰。它从40年代兴起到60年代“走红”,始终代表着革命现实主义文学的方向。“山药蛋派”作家与山西新文学作家,是一种师生关系、承传关系。马烽曾经说,在他们那一代作家特别是他自己的成长上,“狂飙社”尤其是原“狂飙社”成员高沐鸿等人,给予过很大的影响。① 事实是,“山药蛋派”作家总结了新文学作家的局限、教训,把他们的艺术目光投向农村社会和普通农民,创作了一种通俗化、大众化文学,这可以称为批判性继承。山西新文学作家代表的是知识分子文学,“山药蛋派”文学代表的是大众文学。赵树理与“西李马胡孙”、李古北、刘江等作家,突破了“五四”新文学与人民大众之间的“难关”,创造了一种民族风格的表现内容与叙事语言,这是他们对中国现当代文学的重大贡献。两代作家各有优势、特点,也各有局限、问题。新文学作家文化修养较高,思想视野宏阔,文学观念开放;“山药蛋派”作家文化素养偏低,生活经历丰富,现实主义观念坚定。新文学作家恪守“启蒙”思想,信奉创作自由,热衷自我表现;“山药蛋派”作家固守大众立场,青睐现实生活。新文学作家接

①董大中:《狂飙社纪事》,北岳文艺出版社,2017,第90页。

受西方文学，追求阳春白雪，偏爱欧化语言；“山药蛋派”作家热爱民间文艺，倾心雅俗共赏，化用大众语言。作为文学传统，都有自身的价值，都须努力承传。

“晋军崛起”是山西现当代文学史上的第三个高峰期。董大中说：“进入新时期，山西的文学创作同样引人注目，1985年就有‘晋军崛起’的美誉。追根溯源，这是跟狂飙社的出现密切相关的。……这其中第一个作家群又起着极其重要的奠基作用。”① 其实在80年代前期，对绝大多数山西作家来说，山西二三十年代新文学在他们脑子里只是一个模糊的影子，知道有那么一批作家和作品，知道高长虹与他的“狂飙社”，但并不清晰、具体，似乎落满了尘埃。晋军作家文化素养较高，阅读视野宽广，他们读取、借鉴的是“五四”新文学和西方现代派文学，在这样的吸纳中才发现和认识了山西新文学。我们不能忽视“山药蛋”派的作家对晋军作家的影响，同时也必须认识到晋军作家与山西新文学作家，有一种隐形的思想精神上的相通之处，绕了一圈，由远及近，才与山西新文学对接。这时一些评论家开始了对山西新文学的发掘和重评。晋军作家是由两部分人构成的。外来作家如成一、李锐、柯云路等，本土作家如张石山、韩石山、张平等。他们一面坚守“五四”新文学的思想立场，一面又融合“山药蛋派”文学的思想理念；一面遵循现实主义的创作规律，一面又借鉴现代派的艺术形式和手法，在一个更高的层面上，熔铸和发展了两代作家的文化精神和文学传统。在80年代的伤痕文学、反思文学和改革文学潮流中脱颖而出，创造

①董大中：《狂飙社纪事》，北岳文艺出版社，2017，第24页。

了山西文学的又一个高峰期，推进了中国新时期文学的蓬勃发展。

追溯山西新文学源头，是为了拂去尘埃，呈现历史，贯通山西现当代文学长河。唯有总结历史，赓续传统，文学才能面对今天的复杂现实，开创新的未来。

有鉴于此，我们编选了这套《山西新文学小说文丛》，将它呈现给广大读者，呈现给新的时代。

2020年3月13日于太原

石评梅小传

（1902—1928）

石评梅，中国现代著名作家，1902年9月20日生于山西省平定县，乳名心珠，学名汝璧。因爱梅花的高洁，又常用名评梅，笔名波微、漱雪、冰华、心珠、林娜等。父亲石铭，为清末举人，学识渊博，曾任职于山西大学堂、山西省立图书馆、文史馆。石评梅自幼聪明，很小就跟父亲认字读书。辛亥革命后随父母迁往太原，先后在太原女子师范附小、山西省立太原女子师范学校就读。她学业优异，酷爱文学，思想进步，积极参加学生运动，曾与同学创办油印小报。在一次学校风潮中，几乎被校方开除。1919年秋，她满怀“致力教育以改造社会”的大志，考入北京女子高等师范学校。本想报考国文系，因当年不招生而改考体育系。1923年6月毕业，受聘为北京师范附属中学女子部学级主任兼体育教员。

石评梅与共产党早期领导人高君宇的生死恋情，充分表现了觉醒的现代青年对爱情、自由、进步的执着追求，留下了千古佳话。1928年9月30日，石评梅患脑膜炎病逝于北京协和医院，最终实现了与高君宇“生前未能相依共处,愿死后得并葬荒丘”的愿望。

1921年12月,石评梅在国立山西大学新共和学会出版的刊物《新共和》第1卷上发表了处女作新诗《夜行》。此后,她陆续在《晨报副刊》《京报副刊》《语丝》《文学旬刊》《绿波旬刊》等报刊上发表作品,其中有诗歌、散文、小说、剧本、游记、评论等。

石评梅的小说作品,其内容主要涉及三个方面:一是知识分子的命运与出路,二是妇女解放问题,三是中国革命的前途。她的很大一部分作品是描写妇女的生存和命运的。《董二嫂》写一个农村妇女被家庭摧残而死的悲剧,不仅揭露了封建礼教的罪恶,而且矛头直指当权者。她还接触了弃妇题材。小说《弃妇》《林楠的日记》都对这类女子的不幸和痛苦表示了深深的同情。石评梅作品中出现了两种截然不同的人物形象。一种是献身革命的女英雄,如1927年暑假写于故乡平定的小说《匹马嘶风录》中的何雪樵,写得淋漓动人。对另外一种人,作者的态度则是厌恶和批判的。《偶然来临的贵妇人》刻画了一个投机革命的新贵女性。《红鬃马》里的革命者郝梦雄,英武雄壮,功勋卓著,在反对“现代军阀”的斗争中,不幸被害。她有强烈的悲剧意识,甚至像《归来》那样写军队凯旋的作品,也赋予浓厚的悲剧色彩。

石评梅是“五四”文学时期与陈衡哲、冰心、庐隐、苏雪林等齐名的女作家。杨义在《中国现代小说史》中评价说:“‘五四’女作家是觉醒了的‘人’,她们乘思想解放和妇女解放的春风,参与了开拓期的小说创作。”2014年,中国书籍出版社出版了《石评梅全集》,包括散文游记、戏剧书信、诗歌小说共三卷。

现代女性先驱者的“生命”绝唱

——石评梅的人生与小说综论

段崇轩

“为人生”的文学

在“五四”新文学潮流中，涌现了一个引领风骚、备受瞩目的女作家群，石评梅就是其中的一位。正如杨义《中国现代小说史》中所说：“‘五四’女作家是觉醒了的‘人’，她们乘思想解放和妇女解放的春风，参与了开拓期的小说创作。她们的作品在生活内容上尚不够深厚，在艺术分量上尚不够沉重，但她们带来了男作家所不能替代的清新的生活气息和艺术气质，她们以清婉的歌喉加入了‘五四’文学的大合唱。”①石评梅不仅是一位富有文学才华和建树的女作家，而且是一个活跃在京城的现代女性的先行者。她与高君宇之间“凄美绝伦”的生死之恋，凸显了一位现代女性独特的精神品格。她以自己全部的身心和行为，书写了一曲“生命”的绝唱！

“五四”一代作家，是把文学与社会、人生融为一体的。鲁迅的

---

①杨义：《中国现代小说史》(一)，人民文学出版社，1986，第226页。

文学“为社会”并“改良社会”、“为人生”并“改良人生”的思想，成为绝大多数作家的崇高追求。而“为社会”首先要从“为人生”做起。石评梅短暂的一生坎坷曲折。文学不仅是她的爱好，同时就是一种“生活”。她运用文学抒写人生，文学也改变和升华她的人生。她从“小我”扩展到“大我”，社会和文学把她锻造成一个进步的、革命的现代女性。

石评梅的一生充满了独特性、传奇性。她1902年出生于山西平定县城西关一个乡村。父亲石铭是清末举人，曾任几个地方县的儒学教官，后任山西大学管理员、省立图书馆馆员、太原几个中学的兼职国文教师，有着丰厚的文化修养。这是一个较为殷实、人口不多的书香之家。家定居平定县城，后移居省城太原。石评梅的童年、少年时代是美好而快乐的。她从小就在父亲的教导下识字、读书，阅读了大量的古典文学经典。她先上太原女子师范附小，后又入女子师范学校，聪明好学、成绩优异，善作文、爱音乐，被誉为“才女”。她思想进步，经常阅读的是《新青年》《每周评论》《晨报》等报刊。“五四”风潮传到太原后，她与一些女生创办油印刊物，又与校方争执要上街游行，几乎被学校开除。石评梅的赴京求学是大胆的、成功的。1919年秋，她考入北京女子高等师范学校。原想报考国文系，因当年未招生而改报体育系。她觉得自己国文有基础完全能够自学，学体育可以掌握一门专长，又可健体强身。一个十九岁的女孩子，走出娘子关，单枪匹马赴京求学，又报考了体育专业。这在当时落后封闭的山西，是令人惊诧难解的，也是需要勇气和胆识的。四年苦学，终于学成。她被时任北京师范附中的主任林励儒招聘，担任了该校的女子部学级主任兼体育教员，后又兼任了本校及外校的国文教员。被赞为:“劳绩卓著”。她赴京之时,恰是“五四”大潮退潮之际,硝烟未散、余音犹在。它依然激发、引导着这位青春少女,去探寻新的人生道路。石评梅的爱情经历是灿烂的,但又是悲剧的。她从求学到工作的八年间,先后遇到两个挚爱她的男子。一个是北京大学高年级学生,后到外交部工作的吴天放;一个是共产党早期领导人高君宇。她也真心敬爱他们。但二人都已有妻室,这让她纠结、痛苦、彷徨。她最终选择了“独身主义”,完成了她精神的“涅槃”。石评梅的社会事业也是出色的、有作为的。她在高君宇的引荐下,参加了北京大学马克思主义学说研究会,主持了《京报·妇女周刊》并一直担任编辑。她积极参加北京的文化文学活动,不顾危险参与了1924年女高师的学潮。她还用快捷、锐利的笔触,写下大量讴歌革命行动、揭露反动统治的诗文,彰显了一个现代女性的英姿和力量。

钱理群等指出:“我国文学史上很少有哪个时期的文学像‘五四’时期文学这样,出现那么多‘个人’的东西。写个人的生活,个人的情绪,是普遍的现象。在以创造社为代表的浪漫主义一派作家中,‘表现自我’成为自觉的文学追求。”①所谓“个人的生活”,连缀起来就成为“自叙传”。石评梅属于文学研究会成员,但她的文学创作更倾向于浪漫主义。即用主观的、理想的创作方式,表现个人的生存、经历、情感、思想等,使文学成为个体生命的一种体现。这正是文学“为人生”的一种方式。石评梅从1921年12月10日山西大学《新共和》发表第一首诗歌开始,到1928年10月17日《中央

①钱理群、温儒敏、吴福辉:《中国现代文学三十年》(修订本),北京大学出版社,1998,第27页。

日报》发表最后一篇小说结束，创作时间只有七年，包括后来有关人士代她刊发的部分遗稿，创作了各类文学作品五十多万字。其中诗歌六十余首，代表作有《碎锦》《我愿你》《流萤的火焰》《血染的枫林》《梅花树下的漫歌》《灵魂的漫歌》《末次的泣祷》《痛哭英雄》等；散文有七十多篇，重要作品有《母亲》《梅隐》《素心》《战壕》《痛哭和珍》《爆竹声中的除夕》等；游记散文二部十六篇；话剧剧本一部《这是谁的罪？》；书信三十三封。小说无疑是她创作的重心，共二十余篇。她的小说和散文，界限并不分明，有部分作品有时划到散文中，有时划到小说中。其实散文《涛语》八章亦可当小说去读。标志性篇什有《董二嫂》《弃妇》《红鬃马》《白云庵》《流浪的歌者》《匹马嘶风录》等。如果说她的诗歌表现了她瞬间的灵感、美感、想象，更带有古典诗词韵味的话。那么她的散文则书写了她片段的生活，对生活人生的印象感受，更带有现代散文的特点；而小说则描述了她所经所见的广大的社会与人生，体现了深广的理性思考，更具有了现代小说的思想和艺术特质。但不管是哪一种文体，其中都有作家的人生、个性，澎湃的感情和燃烧着的生命。

杨义全面分析、评论了“五四”新文学20年代出现的两组作家，其中：“一组是庐隐、石评梅、冯沅君。她们的小说表现出浓郁的自叙传的和主观抒情的色彩，她们多由自己本身或身边人物的悲惨遭遇，看出旧社会、旧礼教的冷酷和黑暗，从而产生感伤的和社会反抗的情绪。”[1]进而对石评梅的小说创作作了充分的评价。

北京女子高等师范学校在20世纪20年代，形成了一个风生水

①杨义：《中国现代小说史》(一)，人民文学出版社，1986，第217页。

起的女作家群。有石评梅、庐隐、陆晶清等。她们不仅是同学、更是亲如姐妹的密友。她们在创作上追求"为人生"的文学理想,青睐浪漫主义写法,但比较而言,石评梅的小说创作更具有"个人性"特征。她在《再读〈兰生弟的日记〉》一文中,引申日本文学家厨川白村的观点说:"艺术的天才,是将纯真无杂的生命之火红焰焰地燃烧着的自己,就照本来面目投给世间。把横在生命的跃进的路上的魔障相冲突的火花,捉住它呈献于自己所爱的面前,将真的自己赤裸地、忠诚的、整个的表现出。"①又说:"我常想只有缺陷才能构成理想中圆满的希望,只有缺陷才能感到人生旅途中追求的兴味。"②这就是她的文学观、美学观。生命、燃烧、缺陷、追求,是其中的核心元素。

石评梅在她的小说创作中,展现了丰富的人生内容、社会生活,刻画了众多的人物形象特别是女性形象,运用了多样的艺术结构形式,形成了个性化的叙事语言。但实事求是看,她的小说无论是思想还是艺术上,显得有些稚嫩、粗放,譬如主题的直露、形象的单薄、语言的冗杂等,显示出现代小说初期的局限,更表现出一个年轻作家创作早期的操切来。这是让人遗憾的。如果不是过早夭折,她一定会成熟起来,写出更多纯熟、丰厚的作品。

---

①文谨主编:《石评梅全集·散文·游记卷》,中国书籍出版社,2013,第243页。

②文谨主编:《石评梅全集·散文·游记卷》,中国书籍出版社,2013,第245页。

从个体到群体

从个体生命的焕发到群体情怀的形成，石评梅的情感、思想发生了深刻变化和质的飞跃。

在中国漫长的封建社会中，作为个体生命特别是女性的个体生命，是没有地位和尊严的。“五四”文学最深刻的革命，就是“人的文学”理论的提出。周作人在《人的文学》中宣言似的说：“我们现在应该提倡的新文学，简单的说一句，是‘人的文学’。应该排斥的，便是反对的非人的文学。”① 这里所谓的“人”就是现代意义上“个体生命”的人。鲁迅也提出了他的“立人”和“立国先立人”的理念，即摒弃国民劣根性，重塑现代的国民性格。没有人的现代化，就没有国家、民族的现代化。“人”既是文学问题，更是社会、政治问题。但由西方引进的“人学”思想理论，也有两面性。觉醒的“个体”，既可以走向“大我”“群体”，也可以走向“小我”“个人”。这一悖论，实际上贯穿在整个历史进程中，至今没有得到妥善的解决。

石评梅出生在一个温暖的、开明的文化家庭中，成长在省城的现代女子师范学校。她的个体生命没有受到压抑，得到了自然而然的发展。当她一个人独闯京城，面对浩大而冷漠的城市，她的个体生命经受着严峻的考验。《病》写“我”在北京上学的第四个年头，正逢春节、又遇生病，在孤苦无依中，对家庭和母亲的怀念，对社会和人生的感想，表现出一种自我的软弱和无力来。《祷告》通过年轻护士婉婉的日记，描述了她的人生经历，当下的医护工作，对自己孤儿身世的猜测，传递出作家一种深刻的孤独感。《冰场上》写“我”

①杨扬编：《周作人批评文集》，珠海出版社，1998，第29页。

为了逃避人生的苦痛和社会的压抑，加入冰场滑冰的行列，是为了获得暂时的“晕醉”和“麻木”，折射出作家对现实的反抗与自身无力之间的尖锐矛盾。《卸妆之夜》描述的是一位女教师蘅如，偶然中当了校长、又被众人暗算推倒，卸掉责任之后的一身轻松和对各种人物丑恶面目的洞悉，表现出个人力量的渺小和世俗力量的强大。这些作品的情节和人物，有些具有自叙传色彩，有些则是对生活的虚构，但都显露出作家独特的个性与生命体验，即一个单纯、正直的小知识分子，面对严峻复杂的社会、人生，她的敏感、忧患、孤独，她的坚守、抗争、反思。

“五四”文化和文学，倡导“个体”的独立、自由、自主，批判传统社会的专制、等级、奴役，目的旨在建构一种全新的现代公民。但事实上，这种个体、自我，也有可能滑向“歧途”。石评梅敏锐地看到了这种现象，表现在了她的小说中。譬如《晚宴》中的主人公胡先生，当年曾是积极投身革命的新青年，但在北伐成功后，成为掌权的新贵，不仅过着铺张奢华的生活，还宣扬“天下为婆”——即世间的女人都可以为我服务。效仿的正是已打倒的旧军阀张宗昌的腐化堕落生活。他们从个体生命的解放之路，滑向了个人欲望的膨胀之途。譬如《毒蛇》里的美女琪如，在冰场上显得那样活泼、天真、优美，俨然是一个完美的现代女性，但内心却自私自利、狠毒贪婪，过着玩弄男性、插足他人家庭、挥霍无度的生活。个体的解放使一些女人成为“魔女”。譬如《偶然来临的贵妇人》中的张蔚然，一天突然光临昔日老同学、现在是教师的藻如的寒舍。这位贵妇人，八年前闹学潮、当主席、发传单、游行示威，是一个热血青年，被称“女界伟人”。现在嫁给成为权贵的离婚男人衡如，有钱、有名、有地位，过着养尊处优、骄奢淫逸的富人生活。她教导老同学说："一个人最终的目的，谁不是梦想着实现个如意的世界，使自己能浸润在幸福美满中生活着。"这是她的人生目的，也是当年革命的目的。她还说："精神方面，衡如自同他妻离散后，对我的感情是非常忠诚专一，假使他有什么变化，我也不愁没有情人来安慰我。"她信奉爱情自由，这个自由可以插足他人的婚姻，也可以背叛爱人去爱别人。自由、爱情这些神圣的字眼，在她那里完全异化了。贵妇人来找老同学，是为丈夫的儿子考学说项的，自然被洁身自好的藻如婉拒了。作家深刻地揭露了"五四"之后，当年一些激进青年成为新贵后的腐化变质、重蹈覆辙，批判了自我解放偏向之后的人性变异与欲望膨胀。

石评梅却从个体走向了群体。在她身上，既有西方现代文化中个体生命的崭新意识，又有中国传统文化中群体观念的厚实积淀。她吸纳了两种文化的积极因素，形成了一种新的人生和社会理念。这也正是当时许多精英知识分子共同的思想历程。当然，这两种文化观念的兼收并蓄，也给她带来一种困惑和矛盾，特别是在处理爱情、婚姻问题上更是使她进退失据。作为一位教书育人的教师，她从孩子们以及家长身上，看到了生活和世界的希望，看到了更广大的底层社会和民众。《余辉》中的女老师苏斐，三年前奔赴战场当护士，看到的是战争的残酷、破坏，看到的是上层的"私见纷争，自图自利"，看到的是"陷溺同胞于水火之中"。她理想幻灭，回到故乡的教书职位上，在孩子们中间找到了快乐，发现了"人间的光明和热爱，就在她们天真的童心里。"回到生病的母亲身边尽孝，感受到了人生的真义。作家虚构了一位女教师，但传达的是她自己的感悟和思想。《忏悔》里的“我”也是一位教师，“我”忍受着“人世艰险”，内心处于分裂状态。“我”阅读意大利作家亚米契斯《爱的教育》，决心用全部的爱心，爱护来教导学生。班里三位学生不幸的个人遭遇和家庭变故，使她更感受到了自己责任的重大和光荣。

石评梅的艺术视野，没有局限在教师和孩子们身上，而是不断地扩展到了城市和乡村的下层人物身上。《同是上帝的儿女》情节意蕴颇有鲁迅《一件小事》的特色，也是“我”作为上层知识分子坐人力车的故事。作品的主题旨在反思：“我”和拉车的小姐弟俩，“同是上帝的儿女”，但“我”在坐车，他们在拉车：“我能在他们面前当小资本家，他们只在我几枚铜子下流着血汗?”表现了作家深切的人文情怀，对社会不公的痛切反思。《董二嫂》中的董二嫂是一位勤劳而俊气的农村妇女，不仅要忍受婆婆的虐待，还要忍耐丈夫的毒打，最终自杀而死。“我”陷入深深的悲愤之中而束手无策。《一夜》里的七祖母，早年丧夫、没有子嗣，不想改嫁、孤苦一生，“我”守着她告别人世。作家对董二嫂、七祖母寄寓了深深的同情与理解，彰显了她们勤劳淳朴的品格，批判了封建社会的伦理道德和贫富分化。《弃妇》中的主要人物表嫂，则是一位大家庭中的儿媳妇。外祖母性格暴烈，对儿媳妇要求苛刻。表哥在外工作，十年不归，移情别恋。表嫂忠厚勤快，尽职尽责，但她盼来的是丈夫一纸离婚休书，悲愤之下服毒自杀。作家揭示了农村妇女在家庭中的卑微地位和悲剧命运，一代一代妇女都是这样走过来的；谴责了表哥在外面自由“乱爱”，随意抛妻的不仁道做法。石评梅对旧式女性有着浓浓的怜悯之情。她赞赏爱情、婚姻的自由、自主，但却不能容忍男人不负责任的弃妻再婚，把无辜的女人置于死地。而她后来恰恰陷入这样的泥潭中。

石评梅在这类人生、社会小说中，更多采用了现实主义表现方法，或叙故事、或写人物，都用较写实的手法、较朴素的语言。但这类小说有些缺乏精心构思，有些思想内涵单薄，有些人物形象薄弱，显示出作家思想艺术上的准备不足。

爱情悲剧中的“涅槃”

石评梅的爱情经历，绝不仅仅是一个凄美感人的爱情悲剧，更是一部现代女性的“心灵秘史”。

她在京求学和工作的八年，悲喜交加、纠缠不清的爱情始终伴随着她。她是一个敏感、文静、聪慧的女子，但性格却孤僻、执着、坚强。面对京城驳杂、动荡的社会生活，面对各种人物陌生、多变的面孔和心理，她的人生不可能一帆风顺。她与两个男人：吴天放和高君宇，不只是“三角关系”，而是“多角关系”。而她的爱情又不是隐秘的。她向女朋友倾诉，写进文章发表在报刊，文化圈尽人皆知。1919年她初到北京，就结识了北京大学高年级学生吴天放，两年之后又在“山西同乡会”认识了高君宇，从此这两个优秀的山西男人，就成为她情感生活的支柱和“旋涡”。从相关的资料中得知，石评梅与吴天放的感情是真挚的，他们的爱情持续了四年之久。让石评梅不能容忍的是，吴隐瞒了已有妻室并把妻子儿子接到了北京，其妻还给石写信，请求她断绝与丈夫的关系。天性纯洁的石评梅决然斩断了与吴的关系，但失败的爱情给她的心灵上留下了深深的创伤。高君宇是革命家、政治家，曾是石铭昔日的学生。他引导石评梅走上追求进步、革命的道路,在生活上、写作上给予多方面的帮助。他们之间产生爱情也是自然而然的事情。但令石评梅震惊的是,高君宇向她坦白了自己的婚史,让她一下子像跌入了“冰窖”。更令石评梅吃惊的是,高君宇顺道回到家乡,解除了婚姻,向她发出了“求婚”的信号,她断然回信说:“我不能原谅你!封建势力已使她不幸,你这样一来,她不是更加不幸了吗?你这种行为难道是人道的吗?”她首先想到的是那个“弃妇”。此后,石评梅与吴天放依然保持着藕断丝连的关系,与高君宇维持着不即不离、精神相恋的感情。石评梅没有插足吴天放的家庭,保全了一个本是和美的旧式家庭。石评梅没有同高君宇走向婚姻,避免了一场道德的风波和舆论的哗然。故事其实简单,但内涵丰富而复杂。

在石评梅的小说中,爱情、婚姻、家庭题材是其中格外出色的篇章。有一部分是根据她熟悉的人和事加上艺术虚构创作的,有一部分则是依据她的亲身经历如实写成的。二者呈现出不同的艺术风格。在前一类作品中,她从各个层面,揭示了爱情婚姻的束缚和桎梏,表现了现代青年在追求自由爱情中的艰难步履。她的爱情题材没有喜剧,只有悲剧。

首先是来自传统社会和家庭的束缚。《只有梅花知此恨》中的主人公潜虬,是一位上层社会青年。八年前与上海女子薏蕙相爱,但他已有了妻子,薏蕙也有了家庭,而爱情却刻骨铭心。现在他们的家就在一条胡同里。女子想见男子,男子却避而不见。潜虬在电话中对女子说:“上帝怎样安排,我们就怎样承受。你的责任,便是爱你的丈夫,爱你的女儿,我的责任,也是爱我的妻子。”沉重的婚姻制度和家庭压抑着这位懦弱的公务员。虽然爱心不死,但连见一面女友的勇气也没有了。其次是道德观念对纯洁爱情的扼杀。《被践踏的嫩芽》里的中学生林翰生,是一个品学兼优的高才生。他给长相漂亮、家庭富有的同学郑海妮写了一封情书。中学生写情书,是一种常见的现象,并没有什么大惊小怪的。班主任梦白想私下劝说解决。而郑海妮坚持要向学校报告。学校领导决定:"给林翰生一个行为不检的特别惩戒,由本级级任面加训迪。"林翰生吃惊而悲伤,当夜辞别学校,留下一封信给郑海妮:"为了你的绝情,陷我于这黑暗的深渊。"青年学生萌生爱心,本是纯洁的、美好的,要善意地加以教育、引导。而传统道德认为是邪恶的、可耻的。梦白老师想保护这颗嫩芽,而美女学生及校方却粗暴地践踏了嫩芽。这一事件将改变和影响一个人的一生。再次是家庭生活给女性造成的悲剧。《林楠的日记》运用日记体形式,展示了主人公林楠的命运变迁和内心波澜。她本来是上过中师学校、追求进步的新青年,嫁给了同样进步的魏琳。但十五年过去,丈夫飘零在外,她在家伺候公婆、养育孩子,含辛茹苦,俨然成为旧式家庭妇女。丈夫终于归来,但却有了新欢,要闹着离婚。林楠割舍不下老人与孩子,在留、走还是死之间痛苦地抉择着。家庭日常生活,看似平常而凡俗,但它却可以把一个新女性变成旧女性,可以消解夫妻之间的爱情,拉大夫妻之间的距离,进而导致爱情与婚姻的悲剧。

在石评梅的笔下,爱情本身就是一场悲剧。《流浪的歌者》是一篇构思别致、诗意浓浓的小说。作品中的青年男女,构成了天壤之别的两个世界。一边是女画家碧箫,因生病住在海边自家的别墅里，在海边画画、散步。一边是一位流浪歌者，身无分文、衣衫褴褛，靠弹琴讨饭。但女主人公在他的说话中、在他的琴声中，感受到这是一位出身不凡、琴艺很深的人物。海边的邂逅，弹琴、画画中的共鸣，使他们的心灵有那么多相通之处。最后，流浪者留下一封长信，诉说了自己悲壮的经历，跳海而亡。女主人公悲伤欲绝，涕泪长流。世事沧桑、人海茫茫，他们心灵相通，却根本走不到一起；偶然相逢，却又是以这样一种形式，旋即又生死相隔。这似乎是一个爱情寓言，蕴含了爱情的偶然与必然，瞬间与永恒，喜剧与悲剧。

石评梅的虚构类爱情小说，注重情节的完整，人物的突出，结构的多变，语言的锤炼，多一些现实主义特征。而纪实类爱情小说，着力的是情调的营造，意境的渲染，细节的运用，语言的抒情，多一些浪漫主义韵味。这后一类爱情小说，报刊编辑往往把它们划到散文文体中，但它同样有情节、有人物、有细节，亦可当小说去阅读。在这些作品中，集中展示了作家的爱情生活和经历，折射出作家复杂、变幻、幽微的情感和心理世界。譬如《涛语》中的八个短章。

石评梅与吴天放、高君宇的爱情，为什么能演变成那样一种样子？导致了那样一种结局？其原因是深刻而复杂的，从《涛语》系列作品中，大致可以寻觅到这样几个缘由。一是两种文化的纠结与矛盾。《父亲的绳衣》中，石评梅一边为父亲织绳衣，一边反省自己与高君宇的爱情："为了天辛的死，令我觉悟了从前太认真人生的错误，同时忏悔我受了社会万恶的蒙蔽。"她是一个时代的先行者，她自然信奉爱情的自由、自主。但她又是一个传统文化积淀深厚的读书人,相信婚姻的严肃、庄重、程式,她缺乏足够的勇气和力量冲破传统婚姻的“城堡”。高君宇的死,使她认识到了自己“太认真人生”“受了社会万恶的蒙蔽”,造成了一场悲剧,而自己也是有责任的。《一片红叶》里,高君宇把在西山采摘的红叶寄给石评梅,其实是一片爱心、一件信物。石评梅在背面写了“枯萎的花篮不敢承受这鲜红的叶儿”,复寄回去。在石评梅的心里,她与吴天放爱情的失败,已使自己的情感受伤和枯萎了,没有条件和力量去爱别人了。这同样是一种贞洁观念的反映。正如刘慧英说的:“她们为了确立自我而不能不叛逆传统,又因为叛逆传统而不得不否定自身,‘五四’女性就是如此缠绕在叛逆传统与‘挑战’自身之间,这构成了一代女性文化心理上的死结。”[①]二是群体意识与道德观念的重负。如前所论,石评梅是一个从“小我”走向“大我”的人,是一个注重道德修养和道德声誉的人。她知道第三者插足,必然导致一个家庭的解体,甚至连累女人和孩子。所以她谴责高君宇的离婚是“不人道”的。她也深知正在变迁的中国,传统的道德观念依然强大,而插足婚姻、嫁给二婚男人,是人们不齿的失德行为。因此不管走向吴天放,还是走向高君宇,那是隔着千山万水的距离。《殉尸》中“我”想到高君宇讲的恋爱悲剧,一场“三角恋爱”,导致一个人投海自杀。这样的结果令她恐惧。《夜航》里高君宇说梦:两人在海上划船,一个巨大的海浪把他们卷入水中。这浪涛就是道德藩篱、社会舆论。不仅石评梅惧怕,高君宇也害怕。三是独身主义、“精神恋爱”酿成的苦果。石评梅在给她的闺蜜的信中,用锋利的

①刘慧英:《“五四”女性:反叛传统,还是挑战自身?》,《文艺研究》2002年专刊。

尖刀解剖了自己的内心世界乃至潜意识："我自小的幻想，便是孤独地生活。""我的罪过自然是一方面要求爱情，而一方面我又拒绝我素所恨恶的结婚。""我愿意把这颗心这素心交给了天辛，算是有个归属。"①面对爱情与婚姻的矛盾，面对冷酷的现实与可怕的舆论，面对吴天放与高君宇各自的困境与缺点，石评梅逐渐形成了她的独身主义，限定与她所爱的男人只保持"冰雪友谊"。这实在是一种无奈的选择。《最后一幕》里，在高君宇弥留之际，石评梅终于痛哭着说："现在我将我这颗心双手献在你面前，我愿它永久用你的鲜血滋养，用你的热泪灌溉。"《象牙戒指》中，女友陆晶清看到她手指上戴着"惨白枯冷"的象牙戒指，请求她脱掉这不吉祥的饰件。石评梅回答说："我已经决定戴着它和我的灵魂同在。"直到高君宇临终之前，石评梅才放下"独身主义"，把"冰雪友谊"化为"炽热爱情"。她的理智很清醒，只有高君宇死去，他们的爱情才不会有婚姻的成分，变成一种纯粹的精神之爱，或者称柏拉图精神恋爱。这样就永葆她一生的清白，又有了精神上的归属。于是戴上高君宇赠她的、象征他们纯洁爱情的象牙戒指。这是一种扑灭人的情感欲望、只留下精神相爱的纯粹之爱，是一种"向死而生"的精神"涅槃"。

踏着先烈的脚印

对石评梅来说，1925年冬天高君宇的病逝，是一个沉重打击与严酷考验。她将怎样对待自己的爱情、婚姻？怎样选择自己的

---

①袁君珊：《我所认识的评梅》，《石评梅全集.戏剧·书信卷》，中国书籍出版社，2013，第169—170页。

人生、事业和生活之路？好在石评梅身上具有两种性格，表面看是一个多愁善感的弱女子，骨子里却是一位坚韧刚强的女强者。亦如她的好友庐隐所说："在这个时期中，她的思想，是由悲哀中找到出路了。她已经能从她个人的悲海里跳出来，站在喜马拉雅山的最高峰，下观人世的种种色色，以悲哀她个人的情，扩大为悲悯一切众生的同情了。她这时期作品，不但是替她自己说话，同时还要替一切众生说话。这在她的思想上，和艺术上，都是更向上的好现象。"①在爱情、婚姻上，她把二者巧妙分开。她与高君宇没有婚约，但却有纯洁的爱情。她所以一次次地前往陶然亭高君宇墓前哀悼，所以一篇篇写诗文怀念，就是与情侣的心灵交流、精神相会。也有男子写信、示爱想走进她的心灵，但她把情感之门彻底关闭了。她更加忘我地工作、写作，用紧张的劳作填补精神的空洞。除了师大附中和一些学校的体育、国文课外，她积极投身社会事业。她与陆晶清先后兼任着《京报·妇女周刊》《世界日报·蔷薇周刊》的编辑。两人精诚合作，通过许广平征求鲁迅的意见，加大了评论的分量。1926年北京爆发"三·一八"斗争，由李大钊召集主持集会，北京五千余名民众汇聚天安门广场，反对日英美等八国提出的撤除大沽口军事设施的无理要求，要求执政府拒绝八国最后通牒，会后举行了大游行。师大附中全体学生，在林励儒、石评梅的率领下参加了集会和游行。执政府竟下令军警开枪，女师大学生杨德群、刘和珍中弹牺牲。惨案的第二天石评梅就写了《血尸》，发表在《京报副刊》3月22日；追悼会后石评梅又写了《痛哭和珍》，发表在《京

①庐隐：《石评梅略传》，卫建民编选：《魂归陶然亭——石评梅》，人民文学出版社，2002，第28页。

报副刊》3月29日。文中说:“你的血虽然冷了,温暖了的是我们的热血,你的尸虽然僵了,铸坚了的是我们的铁志。”鲁迅与许广平也参加了追悼会,并写下了《纪念刘和珍君》,发表在《雨丝》周刊4月12日。

党的早期领导人李大钊、高君宇,在石评梅的成长道路上起了重要作用。石评梅赴京不久,就加入了李大钊秘密发起组织的北京大学马克思主义学说研究会,参加了文学讨论、诗歌评议和世界名诗翻译等活动。她多次聆听李大钊的讲话、报告,在生活中也有交往。高君宇既是她的朋友、情侣,更是她的兄长、老师。他耐心地给她讲社会革命理论、认真地给她修改文章、诗文,使她在思想上、写作上不断地开阔、成熟起来,一步步成为青年革命者。1925年之后,高君宇、李大钊先后去世。她在悼念高君宇《缄情寄向黄泉》中写道:“我相信你的灵魂,你的永远不死的心,你的在我心里永存的生命;是能鼓励我,指示我,安慰我,这孤寂凄清的旅途。我如今是愿挑上这副担子走向遥远的黑暗的,荆棘的生到死的道上。”1927年4月28日,李大钊被反动军阀杀害,石评梅在诗歌《断头台畔》长吟:“英雄啊是否有热血在你胸头如焚:醒来醒来呼唤着数千年古旧残梦。”“怕那鲜血已沐浴了千万人的灵魂,烧不尽斩不断你墓头的芳草如茵。”写作、发表这些纪念、讴歌革命者的诗文,是冒着风险的,但石评梅已全然不顾了。这些熟悉的朋友、老师,已成为先烈。她的选择就是踏着他们的脚印继续前行。

从1925年到1928年,是石评梅文学创作的喷发和提升期。一个突出的现象是,她的诗歌少了,而散文、小说多了。特别是小说,从1927到1928年两年间就有十四篇之多。它标志着作家思想、艺术上正在走向阔大、成熟。这一时期的小说，在思想探索上显得深广了，触及了人生、社会的重要方面。譬如社会的腐败问题、知识分子的出路问题等。在人物形象中出现了带有英雄色彩的人物。在小说的艺术风格上，细腻、凄婉中又平添了开阔、阳刚的特征。她的小说代表作，大抵创作于这个时期。

20世纪20年代中期到后期，是北洋军阀势力走向末路、地方军事势力混战，国民革命从兴起、发展到失败的一段历史。在这样一个时代，知识分子以及一些年青军人，何去何从，是一个突出的社会问题。正如鲁迅所说的："因为终极目的的不同，在行进时，也时时有人退伍，有人落荒，有人颓唐，有人叛变，然而只要无碍于进行，则愈到后来，这队伍也就愈成为纯粹，精锐的队伍了。"[①]石评梅在小说中就写了历史落潮期各种各样的人生情状。

石评梅最熟悉的是青年知识分子。《噩梦中的扮演》里的"我"就是一位颓废的女青年。"我"曾经有追求，有奋斗，渴望成为文学家、革命家，但在现实中却屡屡失败。"我"成为一位歌舞演员，在"醉酒"中狂歌乱舞，供人娱乐。只有在梦醒后，才想到远方的母亲，渴望回到她的身边。小说采用心理描写乃至意识流手法，在简短的篇幅中，把一个颓废青年的心理和精神世界，表现得突兀有力。《蕙娟的一封信》中的蕙娟，则是一个落荒的青年。这位现代女子，在历经人生变故、看破红尘后，决心隐姓埋名，远走天涯。在给表弟留下的告别信中，表现了对母亲、亲人、朋友、情人的真挚感情以及细心安排，体现了一位知识分子对家庭、社会的责任感和对自

①鲁迅：《非革命的急进革命论者》，《鲁迅全集》（第四卷），人民文学出版社，1991，第226页。

己的反省。但逃到哪里去，是去当演员、还是嫁给富人？她一片茫然。小说运用的是一封信的结构方式，把主人公的心理踪迹，展现得曲径通幽。

青年知识分子中有颓废者、落荒者，也有前行者。《匹马嘶风录》中的何雪樵就是一位走上战场的革命青年。小说用第一人称视角展示了一位现代女性的人生经历与心路历程。她学校毕业后从事了教育工作，经受了种种困难和挫折，留下的是“千疮百洞”的残躯。兵匪之祸又使她家破人亡，连最后的栖息地也没有了。她爱着海外归来的革命者云生，但又觉得自己身心疲废不能拖累他。于是告别平静、优渥的小资式生活，决心奔赴战场，做一回英雄。这里的何雪樵不是有多么高尚的爱国情怀，才去战场当英雄的，而是坎坷的人生与理想的无望使她不能承受。她要上战场换一种生活，轰轰烈烈地做一回英雄。这是一种真实、深刻的人生情状。开赴战场、当了护士，真正见识了战争的残酷、战士的牺牲、同胞的受难，她一点一点地坚强、成长起来。但当她获悉男友被敌人杀害的消息后，顿时休克过去。黄昏时她骑马来到河边，扬鞭催马，呼啸狂奔，欲掏枪自杀，又想到云生的大仇未报，抱着马头号啕大哭。小说把一个知识分子走上战场、成为英雄的人生与心理轨迹，展现得淋漓尽致、慷慨悲歌。如一首激越的交响曲感人肺腑。

石评梅走出知识分子的小圈子，塑造了多位进步的、革命的军人形象。《归来》篇幅不长，但却刻画了一位独特的军人形象。马子凌本是一个书生，但在军阀混战中，他的父亲死于战乱。他投笔从戎奔向战场，在无数战役中立下卓著战功。而他的妻子也死于叛军之手。他看透了政坛各派的争斗，百姓在战火中的挣扎；看透了自己“只是一个历史使命的走卒”。毅然解甲归田，回家乡守护父亲、爱人的英魂去了。这是一位洞悉人生、急流勇退的军人形象。《红鬃马》与《白云庵》都书写了军人的英雄形象，但与马子凌又不尽相同。前一篇中的郝梦雄，出身贫寒、少有大志，流浪天涯、投身革命。在战乱中南征北战，在同逆军的战斗中立下奇功，升任旅长，镇守省城；娶得一位美丽英武的夫人，二人感情深笃。但由于同大军阀政见不合，被无辜杀害，葬在晋东大山之中，有妻子默默守着。这是一位在战场上屡战屡胜、在政坛上遭到暗算的悲剧英雄。其模特就是平定县的蔡荣寿将领。后一篇中的“刘伯伯”，则是一位辛亥革命先驱，出身清末贵族，因与佣人之女相爱，封建家庭不容，导致女孩自杀。他愤然与家庭决裂，参加革命，两次赴日，加入孙中山领导的革命事业。投身军界、转战南北，又奉命暗杀“伟人”、未能成功。从辛亥革命到袁氏称帝、到军阀混战，他看厌了世事无常、人性的阴暗，告别二十年的革命生涯，隐居大山，搭一座草庵，整理一生的日记，打发平静的余生。这是一位历经沧桑、回归自然、超然世外的隐士式英雄。在马子凌、郝梦雄、“刘伯伯”身上，都寄托了作家的一种情怀、理想。在她心目中，他们是真正值得敬仰的英雄。在后两篇小说中，都有一个“我”的形象，即真实的作者自己。郝梦雄是父亲的学生，“我”称梦雄哥，他曾送“我”漂亮的小白马，他的英雄人生犹如耀眼的光芒，“这光芒复燃起我烬余的火花”。“刘伯伯”是父亲的老朋友，虽然隐居山林，但对“我”依然寄予厚望：要走“光明正坦的大道”，“寻得幸福美满的人生”。他的话“激动了一个久已消沉的女子”。石评梅心中深藏着一个“英雄梦”。

1928年9月30日,石评梅因患脑炎去世。按照她的遗愿安葬在陶然亭高君宇墓旁。一个现代的“梁祝化蝶”悲剧落幕了,但他们的爱情传奇一直传诵着,石评梅的作品一直被阅读着、阐释着。

目录

小说

附录

散文

小说

“只有梅花知此恨”

这是夜里十点多钟，潜虬坐在罩了碧罗的电灯下，抄录他部里的公文，沙发旁边放着一个白漆花架，紫玉的盆里正开着雪似的梅花。对面墙上挂一幅二尺多长的金漆钻花玻璃镜框里面的画片，是一个穿着淡绿色衫子的女郎，跪在大理石冢前，低了头双手抱着塑在墓前的一个小爱神，后面是深邃的森林，天空里镌着半弯秋月，几点疏星。

潜虬似乎有点儿疲倦，写不了几个字，他就抬起头来，看看这幅画片，有时回头向铜床上望望盖着绣花紫绸棉被的，已经入梦的夫人。

今夜不知为了什么，飘浮在他脑海里的都是那些纤细的银浪，是曾经淹没过他整个心魂的银浪。他无意识地站起来，伸了伸懒腰，遂慢慢踱到那盆梅花前，低了头轻轻吻着，一直到清香咽入温暖的心房时，沉醉地倒在沙发上，那时皎洁辉煌的灯光，照着他泛着红霞的面靥！

这时候忽然客厅的电话铃响，他迷惘中睁开眼惊讶地向四周望了望，停了一息，差人进来说："周宅请老爷说话。"他想了想说："问清楚是找我吗？"差人低低地说："是的，老爷。"

他慢慢踱进那间庄严富丽的客厅，电灯上黄白流苏的光彩，照着他惺忪睡眼，脑海里像白雁似的思潮，一个个由茫远处急掠地飞过！沉思了半晌，才想起他是来接电话的，遂坐在电话旁边的一个玫瑰绒躺椅上。

"喂！你哪儿！找谁！"

"你是谁？呵！你是潜虬吗？……你是八年前北京大学的潜虬吗？"

"是的，我是潜虬……声音很熟。呵！你莫非蕙妹吗？"

"潜虬，我是蕙蕙，我是你西子湖畔的蕙妹，你近来好吗？你一直莫有离开北京吗？咳！潜虬，八年我们莫有通消息了，但是你能想到吗？我们在公园的荷花池前曾逢到一次，崇效寺枯萎了的牡丹前，你曾由我身边过去。"

"蕙妹，真做梦都想不到你今夜会打电话给我，你怎么知道我的号数呢？"

"今天下午我到一个朋友家赴宴，无意中我看见一本你们部里的人名录，翻出你的名字，我才知道你原来也在北京，后来我更知道你的住址和电话号头。"

"蕙妹，想不到今夜我们还有个接谈的机会，咳！我毕业以后，一直就留在北京；后来因为家乡被海寇扰乱的缘故，民国十二年的八月，我回南把家搬出来。你大概不知道我是死？是活？更不知道我是近在咫尺，还是远在天涯？但是我，在这八年里，我什么都知道你，你是民国十年由天津来到这里，又由西城搬到东城，现在你不是就住在我们这个胡同的北口吗？去年腊月底，有一天我去衙门，过你们门时，确巧逢见你牵了你那六岁的女孩上汽车，那时你穿着一身素服，面色很憔悴，我几乎要喊你。你自然哪能想到风沙扑面，扰扰人海的北京市上，曾逢到你八年前的潜虬呢？我此后不愿再过你门口；因此我去部里时，总绕着路走。薏妹！薏妹！你怎么不理我呢？怎么啦！现在你还难受吗？咳！我所以不愿意和你通消息的缘故，就是怕你苦痛！”

“潜虬，你怎知道我怎样消磨这八年呢？我是一点泪一滴血地挨延着。从前我是为了母亲，现在呢我又忍不下抛弃了小孩们，我告诉你，我母亲在去年腊月底已经死了，你逢见我的那一天，我正是去法源寺上祭。我从来不愿意埋怨父母，我只悲伤自己的命运，虽然牺牲的对得住父母，但是他们现在都扔下我走了，世界孤零零的只留着我。”

“薏妹！何尝是孤零零地只留着你，你岂不知世界上还有我是在陪着你吗？八年前的黄浦江上，我并不是莫有勇气，收藏起我的血泪沉在那珀石澄澄的江心；那时我毫无牵系，所以不那样做的缘故，当然纯粹是为了你，为了成全你的孝心，我才牺牲了一生幸福。为了使你不念到我的苦痛，我在这世界上才死里求生，这正是为了在这孤零零的世界上陪你。我常想哪怕我们中间有高山，有长流，但是我相信天边明月，一半是你的心，一半是我的心！现在你不要难受，上帝怎样安排，我们就怎样承受。你的责任，便是爱你的丈夫，爱你的儿女，我的责任，也是爱我的妻子。生命是很快的，转瞬就是地球上我们的末日，光华的火焰终于要灭熄的！”

“我现在很好，很安于我的环境；早已是麻木的人了，还有什么痛苦，不过我常想毁灭我们的过去，但是哪能办到呢？我愿意我永久这样，到我离开世界的那一天。你近来部里事情忙吗？你很久莫有在报上做文章了。”

“我本想毕业后就回到乡村去，这污浊纷纭的政治舞台我真不愿意滥竽唱随；但是我总不愿意离开北京。部里事忙得很，工作繁多是减少繁思的妙法，所以我这八年的生活，大都消磨在这个‘忙’字上。”

“喂！潜虬！子和已在上星期去了上海了，假如这时期，你愿意见到我时，我可以见你……”

“你应该满意现在的隔离，侯门似海，萧郎路人，这是我们的命运；我们是地球上最后的胜利者，我们是爱神特别祝福的人！我现在不能见你，我莫有理由、勇气去见你；你应该知道社会礼教造成的爱，是一般人承认的爱，他的势力压伏着我们心灵上燃烧的真爱。为了这个，薏妹，我不愿见你，并且以后你连电话都不要打。这是痛苦，已经沉寂了的湖，你让它永久死静好了。薏妹！你怎么了？薏妹！你不要难受！呵！你怎么不理我呢？喂！喂！”

沉寂了，一切像秋野荒冢一样的沉寂；潜虬晕倒在那个玫瑰绒的躺椅上，旁边也一样放着一盆桃色的红梅，一阵阵冷香扑到他惨白的脸上。

（选自1925年3月14日《京报副刊·文学周刊》第十二期）

董二嫂

夏天一个黄昏，我和父亲坐在葡萄架下看报，母亲在房里做花糕；嫂嫂那时病在床上。我们四周围的空气非常静寂，晚风吹着鬓角，许多散发飘扬到我脸上，令我沉醉在这穆静慈爱的环境中，像饮着醇醴一样。

这时忽然送来一阵惨呼哀泣的声音！我一怔，浑身的细胞纤维都紧张起来，我掷下报陡然的由竹椅上站起，父亲也放下报望着我，我们都屏声静气地听着！这时这惨呼声更真切了，还夹着许多人声骂声重物落在人身上的打击声！母亲由房里走出，挽着袖张着两只面粉手，也站在台阶上静听！

这声音似乎就在隔墙。张妈由后院嫂嫂房里走出；看见我们都在院里，她惊惶地说："董二嫂又挨打了，我去瞧瞧怎么回事？"

张妈走后，我们都莫有说话；母亲低了头弄她的面手，父亲依然看着报，我一声不响地站在葡萄架下。哀泣声，打击声，嘈杂声依然在这静寂空气中荡漾。我想着人和人中间的感情，到底用什么维系着？人和人中间的怨仇，到底用什么纠结着？我解答不了这问题，跑到母亲面前去问她：

“妈妈！她是谁？常常这样闹吗？”

“这些事情不稀奇，珠，你整天在学校里生活，自然看不惯。其实家庭里的罪恶，像这样的多着呢。她是给咱挑水的董二的媳妇，她婆婆是著名的狠毒人，谁都惹不起她；要牌输了回来，就要找媳妇的气生。董二又是一个糊涂人；听上他娘的话就拼命地打媳妇！隔不了十几天，就要闹一场；将来还不晓得弄什么祸事。”

母亲说着走进房里去了。我跑到后院嫂嫂房里，刚上台阶我就喊她，她很细微地答应了我一声！我揭起帐子坐在床沿，握住她手问她：

“嫂嫂！你听见莫有？那面打人！妈妈说是董二的媳妇。”

“珠妹！你整天讲妇女问题，妇女解放，你能拯救一下这可怜被人践踏毒打的女子吗？”

她说完望着我微笑！我浑身战栗了！惭愧我不能向她们这般人释叙我高深的哲理，我又怎能有力拯救这些可怜的女同胞！我低下头想了半天，我问嫂嫂：

“她这位婆婆，我们能说进话去吗？假使能时，我想请她来我家，我劝劝她；或者她会知道改悔！”

“不行，我们刚从省城回来时，妈妈看不过，有一次叫张妈请她婆婆过来，劝导她，当时她一点都不承认她虐待媳妇，她反说了许多董二媳妇的坏话。过后她和媳妇生气时，嘴里总要把我家提到里边，说妈妈给她媳妇支硬腰，合谋的要逼死她；妹！这样无智识的人，你不能理喻的；将来有什么事或者还要赖人，所以旁人绝对不能干涉他们家庭内的事！咳！那个小媳妇，前几天还在舅母家洗了几天衣裳，怪可人的模样儿，晓的她为什么这般薄命逢见母夜叉？”

张妈回来了。气得脸都青了，喘着气给我斟了一杯茶，我看见她这样忍不住笑了！嫂嫂笑着望她说：

“张妈！何必气的这样，你记住将来狗子娶了媳妇，你不要那么待她就积德了。”

“少奶奶！阿弥陀佛！我可不敢，谁家里莫有女儿呢；知道疼自己的女儿，就不疼别人的女儿吗？狗子娶了媳妇我一定不歪待她的，少奶你不信瞧着！”

她们说的话太远了，我是急于要从张妈嘴里晓的董二嫂究竟为了什么挨打。后来张妈仔细地告诉我，原来为董二的妈今天在外边输了钱。回来向她媳妇借钱，她说莫有钱；又向她借东西，她说陪嫁的一个橱两个箱，都在房里，不信时请她去自己找，董二娘为了这就调唆着董二打他媳妇！确巧董二今天在坡头村吃了喜酒回来，醉熏熏的听了他娘的话，不分皂白便痛打了她一阵。

那边哀泣声已听不到，张妈说完后也帮母亲去蒸花糕，预备明天我们上山做干粮的。吃晚饭时母亲一句话都莫有说，父亲呢，也不如经常高兴；我自己也莫明其妙的荡漾起已伏的心波！那夜我莫有看书，收拾了一下我们上山的行装后，很早我就睡了，睡下时我偷偷在枕上流泪！为什么我真说不来；我常想着怎样能安慰董二嫂。可怜我们在一个地球上，一层粉墙隔的我们成了两个世界里的人，为什么我们无力干涉她？什么县长？什么街长？他们诚然比我有力去干涉她，然而为什么他们都视若罔睹，听若罔闻呢！

"十年媳妇熬成婆",大概他们觉得女人本来不值钱,女人而给人做媳妇,更是命该倒霉受苦的!因之他们毫不干涉,看着这残忍野狠的人们猖狂,看着这可怜微小的人们呻吟!是环境造成了这个习惯,这习惯又养了这个狠心。根本他们看一个人的生命和蚂蚁一样的不在意。可怜摈弃在普通常识外的人们啊!什么时候才认识了女人是人呢?

第二天十点钟我和父亲昆侄坐了轿子去逛山,母亲将花糕点心都让人挑着。那大我们都高兴极了!董二嫂的事,已不在我们心域中了!

在杨村地方,轿夫们都放下轿在那里息肩,我看见父亲怒冲冲的和一个轿夫说话,站得远我听不真,看样子似乎父亲责备那个人。我问昆侄那个轿夫是谁?她说那就是给我们挑水的董二。我想到父亲一定是骂他不应该欺侮他自己的女人。我默祷着董二嫂将来的幸福,或许她会由黑洞中爬出来,逃过野兽们蹂躏的一天!

我们在山里逛了七天,父亲住在庙里看书,我和昆侄天天看朝霞望日升,送晚虹迎月升,整天在松株青峰清溪岩石间徘徊。夜里在古刹听钟声,早晨在山上听鸣禽;要不然跑到野草的地上扑捉蝴蝶。这是我生命里永不能忘记的,伴着年近古稀的老父,偕着双鬟未成的小侄,在这青山流水间,过这几天浪漫而不受任何拘束的生活。

七天后,母亲派人来接我们。抬轿的人换了一个,董二莫有来。下午五点钟才到家,看见母亲我高兴极了,和我由千里外异乡归来一样:虽然这仅是七天的别离。

跑到后院看嫂嫂,我给她许多美丽的蝴蝶,昆侄坐在床畔告诉她逛山的所见，乱七八糟不知她该告诉母亲什么才好。然而嫂嫂绝不为了我们的喜欢而喜欢，她仍然很忧郁的不多说话，我想她一定是为了自己的病。我正要出去；张妈揭帘进来，嘴口张了几张似乎想说话又不敢说，只望着嫂嫂；我奇怪极了，问她：

“什么？张妈？”

“太太不让我告小姐。”

她说着时望着嫂嫂。昆侄比我还急，跳下床来抱住张妈像扭股儿糖一样缠她，问她什么事不准姑姑知道？嫂嫂笑了！她说：

“其实何必瞒你呢：不过妈因为你胆子小心又软，不愿让你知道；不过这些事在外边也很多，你虽看不见，然而每天社会新闻栏里有的是，什么稀奇事儿！”

“什么事呢？到底是什么事？”我问。

张妈听了嫂嫂话，又听见我追问，她实在不能耐了，张着嘴，双手张开跳到我面前，她说：

“董二的媳妇死了！”

我莫有勇气，而且我也想不必，因之我不追问究竟了。我扶着嫂嫂的床栏呆呆地站了有十分钟，嫂嫂闭着眼睛，张妈在案上检药包，昆侄拉着我的衣角这样沉默了十分钟。后来还是奶妈进来叫我吃饭，我才回到妈妈房里。

妈妈莫有说什么，父亲也莫有说什么，然而我已知道他们都得到这个消息了！一般人认为不相干的消息，在我们家里，却表示了充分的黯淡！

董二嫂死了！不过像人们无意中践踏了的蚂蚁，董二仍然要娶媳妇，董二娘依然要当婆婆，一切形式似乎都照旧。

直到我走，我再莫有而且再不能听见那哀婉的泣声了！然而那凄哀的泣声似乎常常在我耳旁萦绕着！同时很惭愧我和她是两个世界的人，我感觉到自己的力量太微小了，我是贵族阶级的罪人，我不应该怨恨一切无智识的狠毒妇人，我应该怨自己未曾指导救护过一个人。

（选自1925年11月25日《京报副刊·妇女周刊》第五十号）

弃　妇

一个清晨，我刚梳头的时候，琨妹跑进来递给我一封信，她喘气着说：

“瑜姐，你的信！”

我抬头看她时，她跑到我背后藏着去了，我转过身不再看她。原来打扮得非常漂亮：穿着一件水绿绸衫，短发披在肩上，一个红绫结在头顶上飞舞着，一双黑眼睛藏在黑眉毛底，像一池深苍的湖水那样明澈。

“呵！这样美，你要上哪里去，收拾的这样漂亮？”我手里握着头发问她。

“母亲要去舅妈家，我要她带我去玩。上次表哥给我说的那个水莲公主的故事还未完呢，我想着让他说完，再讲几个给我听；瑜姐，你看罢，回来时带海棠果给你吃；拿一大篮子回来。”说到这里她小臂环着形容那个大篮子。

“我不信，母亲昨天并莫说要去舅妈家，怎么会忽然去呢？”我惊疑地问她。

“真的，真的，你不信去问母亲去，谁爱骗你。母亲说，昨夜接着电报，姥姥让母亲快去呢。”她说着转身跑了，我从窗纱里一直望着她的后影过了竹篱。

我默想着，一定舅妈家有事，不然不会这样急促地打电报叫母亲去。什么事呢？外祖母病了吗？舅父回来了吗？许多问题环绕着我的脑海。

梳好头，由桌上拿起那封信来，是由外埠寄来的，贴着三分邮票，因为用钢笔写的，我不能分辨出是谁寄来的。拆开看里面是：

瑜妹：

我听说你已由北京回来，早想着去姑母家看望你，都因我自己的事纠缠着不得空，然而假使你知道我所处环境时，或许可以原谅我！

你接到这信时，我已离开故乡了，这一次离开，或者永远莫有回来的机会。我对这样家庭，本莫有什么留恋；所不放心的便是茹苦含辛、三十年在我家当奴隶的母亲。

我是踢开牢狱逃逸了的囚犯，母亲呢，终身被铁链系着，不能脱身。她纵然爱我，而恶环境造成的恶果，人们都归咎到我的身上；当我和这些恶势力宣战后，母亲为她不肖的儿子流了不少的泪，同时也受了人们不少的笑骂！

我更决心，觉着母亲今日所受的痛苦，便是她将来所受的痛苦；我无力拯救母亲现实的痛苦，我确有力解除她将来的痛苦；因之我才万里外归来，想着解放她同时也解放我，拯救自己同时也拯救她。

如今我失败了，我一切的梦想都粉碎了！我将永远得不到幸福，我将永远得不到愉快，我将永远做个过渡时代的牺牲者，我命运定了之后，我还踌躇什么呢？我只有走向那不知到何处是归宿的地方去。

我从前确有一个梦想，这个梦想像一个毒蟒缠绕着我，已经有六年了。我孕育了六年的梦想，都未曾在任何人面前泄露，我只隐藏着，像隐藏一件珍贵的东西一样的，我常愿这宝物永远埋葬着，一直到黄土掩覆了我时，这宝物也不要遗失，也不要现露。这梦想，我不希望她实现，我只希望她永久做我的梦想。我愿将我的灵魂整个献给她，我愿将我的心血永远为她滴，然而，我不愿她知道我是谁。

我园里有一株蔷薇，深夜里我用我的血我的泪去灌溉它，培植它；它含苞发蕾以至于开花，人们都归功于园丁，有谁知是我的痴心呢！然而我不愿人知，同时也不愿蔷薇知。深夜，人们都在安息，花儿呢也正在睡眠；困之我便成了梦想中的园丁。

我已清楚地认识了自己的命运，我也很安于自己命运而不觉痛苦，但是，这时确有一个人为了我为了她自己，受着极深长的痛苦，是谁呢？便是我名义上的妻。

我的家庭你深知。母亲都是整天被人压制驱使着做奴隶，三十年到我家，未敢抬起头来说句高声话。祖母脾气又那样暴烈，一有差错，跪在祖宗像前一天不准起来。母亲这样，我的妻更比不上母亲了，她所受的苦痛，更不堪令人怀想。可怜她性情迟钝，忠厚过人；在别人家她可做一个好媳妇，在我家里，她便成了一个仅能转动的活尸。

我早想着解放她了，让她逃出这个毒恶凌人的囚狱：无论到什么地方去，都比我的家自由幸福多了。我呢，也可随身漂泊，永无牵挂；努力社会事业，以毁灭这万恶的家庭为志愿；不然将我这残余生命浮荡在深涧高山之上，和飞鸟游云同样极止无定的飘浮着。

决志后，我才归来同家庭提出和我的妻子正式离婚，哪知道他们不明白我是为她，反而责备我不应半途弃她；更捕风捉影的，猜疑我别有怀抱。他们说我妻十年在家，并未曾犯七出例条，他们不能向她家提出。更加父亲和她祖父是师生关系，更不敢起这个主意。他们已经决定要她受这痛苦，我所想的计划完全失败了。不幸的可怜的她，永远地在我名下系缚着，一直到她进了坟墓。这是多么残酷的事情，我懊丧着，我烦恼着，也一直到我进了坟墓，一切都完了，我还说什么呢？

瑜妹！我给你写这封信的动机，便是为了母亲。母亲！我不能不留恋的便是母亲！我同家庭决裂，母亲的伤痛可想而知，我不肖，不能安慰母亲。瑜妹！我此后极止何处，我尚不知。何日归来，更无期日；望你常去我家看看我的母亲，你告诉她，我永远是她的儿子，我永远在天之涯海之角的世界上，默祝她的健康！

瑜妹！我家庭此后的情形真不敢想，我希望他们能为了我的走，日后知道懊悔。我一步一步离故乡远了，我的愁一丝一丝的也长了。

再见吧！祝你健福！

徽之

我读完表哥的信，母亲去舅舅家的原因我已猜着了，表哥这样一走，舅母家一定又闹得不了，不然不会这样焦急地催母亲去。我同情母亲的苦衷，然而我更悲伤表嫂的命运，结婚后十年，表哥未曾回来过，好容易他大学毕业回来了，哪知他又提起离婚。外祖母家是大家庭，表嫂是他们认为极贤德的媳妇，哪里让他轻易说到离婚呢？舅父如今不在家，外祖母的脾气暴躁极了，表哥的失败是当然的，不过这么一闹，将来结果怎样真不敢想；表哥他是男人，不顺意可以丢下家庭跑出去；表嫂呢，她是女人，她是嫁给表哥的人，如今他不要她了，她怎样生活下去呢？想到这里我真为这可怜的女子伤心！我正拿着这封信发愣的时候，王妈走进来说：

"太太请小姐出去。"

我把表哥的信收起后，随跟着王妈来到母亲的房里。母亲正在房里装小皮箱里的零碎东西，琨妹手里提着一小篮花，嫂嫂在台阶上看着人往外拿带去的东西。

"瑜！昨夜你姥姥家来电，让我去；我不知道为的什么事，因此我想着就去看。本来我想带你去，因为我不知他们家到底有什么事，我想还是你还是不去好。过几天赶你回京前去一次就成了，你到了他们家又不惯拘束，琨她闹着要去，我想带她去也好，省的她留在家里闹。"母亲这样对我说的时候，我本想把表哥的事告诉她，后来我想还是不说好了，免得给人们心上再印一个渺茫的影子。

我和嫂嫂送母亲上了火车，回来时嫂嫂便向我说："瑜妹，你知道表哥的事吗？听说他在上海念书时和一个女学生很要好，今年回来特为的向家庭提出离婚。外祖母家那么大规矩，外祖母又那么严厉，表嫂这下可真倒霉极了。一个女子，像表嫂那样女子，她的本事只有俯仰随人，博得男子的欢心时，她低首下心一辈子还值得。如今表哥不要她了，你想她多么难受呢！表哥也太不对，他并不会为这可怜旧式环境里的女子思想；他只觉着自己的妻不如外边的时髦女学生，又会跳舞，又会弹琴，又会应酬，又有名誉，又有学问的好。”她很牢骚地说着。我不愿批评，只微微地笑了笑。到了家我们也莫再提起表哥的事。

但是我心里常想到可怜的表嫂，环境礼教已承认她是表哥的妻子了——什么妻，便是属于表哥的一样东西了。表哥弃了她让她怎样做人呢？她此后的心将依靠谁？十年嫁给表哥，虽然行了结婚礼表哥就跑到上海，不过名义上她总是表哥的妻。旧式婚姻的遗毒，几乎我们都是身受的。多少男人都是弃了自己家里的妻子，向外边饿鸦似的，猎捉女性。自由恋爱的招牌底，有多少可怜的怨女弃妇被践踏着！同时受骗当妾的女士们也因之增加了不少。我想着怎样才能拯救表嫂呢？像她们那样家庭，幽怨阴森简直是一座坟墓，表嫂的生命也不过如烛在风前那样悠忽！

过了三天，母亲来信了，写得很简，她报告的消息真惊人！她说表哥走后，表嫂就回了娘家，回去第二天的早晨，表嫂便服毒死了！如今她的祖父和外祖母闹得很厉害，舅父呢不在家，表哥呢，他杀了一个人却鸿飞渺渺地不知哪里去了。因此舅母才请母亲去商量怎样对付。现在还毫无头绪，表嫂的尸骸已经送到外祖母家了，正计划着怎样讲究地埋葬她！母亲又说琨妹也不愿意在了，最好叫人去接她回来，因为母亲一时不能回来，叮咛我们在家用心服侍父亲。

嫂嫂看完母亲的信哭了！她自然是可怜表嫂的末遇，我不能哭，也不说话，跑到院子里的葡萄架下站着，望着晴空白云枝头小鸟，想到表哥走了，或者还有回来的一天。表嫂呢，她永远不能归来了！为了她的环境，为了她的命运，我低首默祷她永久地安眠！

（选自1925年12月20日《京报副刊·妇女周刊》周年纪念特号，原署名漱雪）

祷　告

——婉婉的日记

九月三号

今天是星期日，她们都出去了。这屋子往日多么热闹，如今只觉得空寂可怕。我无地方可去，也无亲友可看，结果只好送她们去了，我孤身回来。天天忙着，我是盼有一天闲，但是闲了又这样情绪不宁感到无聊。

晚饭后，魏大夫叫我送一束花给四十四号的吴小姐，她是个极美丽的姑娘，虽然因为病现的清癯点。和她谈了半天才知道她就是吴文芳的侄女。我问到文芳，她说她自从辞了医院事情后，不久就和一位牙医生结婚，如今在青岛。正谈着，她的母亲来了。我便把花插在瓶里，把魏大夫写的那个英文片子放在花瓶前，我和她们笑了笑就开门出来了。

路过大楼时，想进去看看赵牧师，我心忽然躁烦起来，不愿意去了。

回到寝室楼，依然那样空寂，我真有点害怕，静默得可怕！推开娟玉的房门，雪帐低垂着，一缕花香扑鼻而来。她未曾回来，风吹着帐帷正在飘动！站在这里待了一会，我回到自己的床上来。我想睡，睡了可以把我安息在幸福的梦里；但心情总是不能平静，像黑暗中伸出无数的苍白手臂在接引我。睡不成，我揭被起来，披了一件斗篷，走到楼下回廊上看月亮。

夜静极了，只有风吹着落叶瑟瑟，像啜泣一样击动我的心弦。天空中一碧如洗，中间镌着繁星，一轮秋月又高又小，照得人清寒澈骨。我合掌跪在这晶莹皎洁的月光下，望见自己不知道来处的影子。

世界上最可怜最痛苦的大概是连自己都不知道是谁的人吧！连自己的父母都不知道是谁，连自己的父母都不知道在哪里的人吧？你照遍宇宙照尽千古的圆月，告诉我，我的父母是谁？他们在哪里？你照着的是他们银须霜鬓的双老，还是野草黄土中的荒冢呢？

落叶在阶前啜泣时，抬头或者还认得它的故枝。我是连树叶都不如，这滔滔人海，茫茫大地中，谁是亲昵我的，谁是爱怜我的？只有石桥西的福音堂，是可怜的婉婉的摇篮。这巍峨高楼的医院，是可怜的婉婉栖居的地方。天天穿上素白的长袍，戴上素白的高冠，咽着眼泪含着笑容，低声柔气，服侍许多呻吟愁苦的病人，这是可怜的婉婉的伴侣和职务吧！

主啊！只有你知道，夜静的时候，世界上有一个可怜无父无母无兄弟姊妹的孤女，在月光下望着一堆落叶咽泪！

夜深了,我回来,斜倚在枕上,月光很温柔地由窗纱中射进来,它用纤白的玉臂抱吻着我。我希望做梦,或者梦中可以寻见认识了我的父母,或者我还能看见我的姊妹弟兄。我真不敢想下去了,今天看见吴小姐的母亲时,我才知道世界上还有那么亲爱自己的一个女人,她是自己的母亲。

婉婉! 你自己的母亲呢?

九月五号

昨夜刮了整夜的风,今天忽然觉着冷,早晨三十号来了一位病人,患着脑膜(炎)。头疼得他一直喊叫着,我给他枕上冰囊似乎止住点痛。他是一个银行的办事员,送他进来的是几个同事,和他年纪仿佛的青年。魏大夫看过了,告诉我劝他平静些,不能让他受刺激,最好不要接见亲友,晚上再吃药,这时候最好先令他静静地安眠。

我拉过绿幕遮住射进来的阳光,将他的东西都安放在橱里。整理好后,拿了花瓶到后园折了几枝桂花。当我悄悄送花来时,他已醒了,睁着很大的眼望着我。我低头走进去,把花瓶放在病榻畔的小几上。

"要水吗? 先生!"我问他。他摇了摇头。我就出来了。

十二点钟午餐来了,我请他少用一点,他不肯。再三请他,他才在我手里的杯子内喝了三口牛乳。这位病人真奇怪,进来到现在,他未曾说过一句话,时时都似乎在沉思着严重的问题。

给他试验温度时,我拿起他床前的那个纸牌,他的名字是杨怀琛,和我同姓。

夜里魏大夫把配好的药送来，我服侍着吃完了药，换上冰袋，临走时我告诉他：要东西时，只要把电铃一按便有人来。在楼梯上逢见娟玉，问她去哪里，她说要去值夜，在大楼上。

到了寝室很远便听见她们的笑语声，我没有去惊动她们，一直走到我的房里。书桌上放着一本书，走过去一看是本精装的《圣经》，里边夹着个纸条，上边写着：

婉婉：

那天你送花来，母亲看见你，说你怪可爱的。我已告诉了她你待我的好处，她更觉喜欢，今天送东西时给你带来一本《圣经》。她叫我送给你，她说这本书能擦去你一切的眼泪！

——吴娴

我捧着这本书，把这短笺回环地读了四五遍。因为别人的母亲偶然施与的爱，令我想到我自己的母亲。《圣经》，我并不需要它，我只求上帝揭示我谁是我的母亲，她在哪里？只有她能擦去我一切的眼泪。主啊！只要你告诉我她在哪里，我马上赴汤蹈火去寻找她。然而默默中命运涎着脸作弄我，谁知道何时何地才能实现我如意的梦。

惨淡的灯光照在圣母玛利亚的像上，我抬头默然望着她！

九月九号

昨夜我做了一个梦，梦见我走到一个似乎乡村的地方，一带小溪畔有几间茅屋，那里透露出灯光来。我走到茅屋前，听见里面有细碎的语声，窗外映着淡淡的月光。我轻轻推开门，月光投射进来，黑暗的屋角里看见床上坐着一个老妇人，她合掌念着佛。一盏半明半暗的油灯，照见她枯皱的脸上挂着两道泪痕！我走近一步，跪下去伏在她膝头上痛哭！

不知何时醒来，枕衣上已湿了一大块。

今晨梳洗时，在镜子里照见我自己，我自己孤苦伶仃的一个人在这世界上挣扎，转眼已十九年了。自从我进了福婴堂到现在没有一个亲人来看过我，也没有一个人认识我。我找不着我亲爱的父母和姊妹兄弟，他们也一样不曾找到我。记得我在福婴堂住了七年，七年后我服侍一个女牧师，她教我读《圣经》，做祷告。十四岁那年她回国去了，把我送到一个外国医院附设的看护学校习看护，三年毕业后，魏大夫就要我在这医院里当看护，已经有两年了，我想假使这时候我的母亲看见我，她也许不认识我。

三十号那个病人已经来了四天了。他病还见好，魏大夫说只要止住痛就不会有什么危险。今天他已和我攀谈起来，问我哪里人？家里还有些谁？唉！让我怎么回答他呢？连我自己都不知道，怎样能告诉他？这是我一生的耻辱，我只有低下头咽泪！他大概也理会到我有不能说出的苦衷，所以不曾往下追问。

他的病不能移动，所以他只可静静地躺着。晚饭后我给他试验口温，我低头用笔在簿上记录时，他忽然向我说："姑娘，我请求你一件事，你可肯替我办？"

"什么事？"我问。

他又几次不肯说。后来他叫我从衣橱里拿出一本日记，里面夹着信纸信封。他告诉我了，原来是请我给他写一封信，他念着我写：

文蕙妹鉴：

你信我已收到，事已如斯，夫复何言。我现已移入病院，将来生死存亡，愿妹勿介意，人生皆假，爱又何必当真。寄语方君，善视妹，则我瞑目矣。

怀琛

写好，他又令我在日记里找着通信地址，原来也是姓吴。

我心里真疑惑是吴文芳的姊妹，什么时候去问问文芳侄女便知道究竟了。信封也写好后，我递给他看。看完他很难受，把眼睛紧紧闭上，牙齿嚼着下唇，脸一阵阵现得（显得）苍白。我把日记放在他枕头畔，给他喝了几勺开水，我轻轻问他："这信付邮吗？"他点点头。我轻轻闭门时，听到一声最哀惨的叹息！

晚风吹在身上，令我心境清爽一点，望着星月皎洁的天空深深地吐了一口气。

我凝视着手中的这封信，假如这真是最后消息时，不知这位文蕙小姐看了该怎样难过？最可怜这生病的青年，进来医院这许久，未曾来过一个人，或者一封信一束花是慰问讯候他的。

今夜晚间本来不是轮我去，不过我看见他那种伤心样子真不放心。十二点了，我又从魏大夫那里拿了药亲自给他送去，一推门我便看见他正在流泪！我给他吃了药，他抬起那苍白的脸望着我，他说："姑娘，我真感谢你，然而我怕今生不能报答你了，但是我有个唐突的请求，我愿知道姑娘的芳名。"我完全被他那清澈的、多情的目光摄去了我的灵魂。当淡绿的灯光映在他脸上时，我真觉得这情况太惨了。我抖战着说:“我叫婉婉,和先生同姓。”他不曾往下问,我也未曾多告诉他一点。

十二点半钟了,我的责任应该请他休息。我用极诚恳的态度和他说:“先生,你宽怀养病,不要太愁苦,我求上帝赐福给你。”

“谢谢你,婉婉姑娘,祝你晚安!”他含着泪说。

九月十二号

昨夜魏大夫告诉我今天陪他到城外出诊,我的职务已另请一位看护代理。我从衣橱里拿出我那件外衣和帽子围巾,这三件东西是那女牧师临回国时送我的,因为我不常出去,所以虽然它们的式样已经不时髦,不过还很新。

收拾好已九点钟,我想去大楼看看三十号的病人。走到他病室前,我忽然有点迟疑,因为自己的装束现在已不是个看护了,我来看他不是不便吗?我立在门口半天,终于推开门进去。他正脸向里躺着,我进去,他才回过头来。他看见我忽然惊惶地坐起来,眼睛瞪视着问我:“你是文蕙吗?我没有想到你会来看我呀!”他伸着双臂问我,他哭了!啊呀!这一吓把我直退到门口。

我定了定心神才告他说:“先生!我是婉婉,你不要吃惊。”我说着走过去扶他睡下。

我等他休息了一会,我才告他我今天要出城去,职务已有人代理。我问他要不要什么东西给他带来,他这才和我说:“你今天的装束真像她。原谅我对姑娘的失礼,因为我是在病中。”他说着流下泪来。我真不忍看了,也不知该怎样安慰他好,只呆呆地立在他床前。

“姑娘，你去吧！我不要什么，我在这世界上没有需要的东西了。”

“你好生静养，晚间我回来给你读《圣经》。”我把他的被掩好，慢慢走出来。

汽车已在医院门前，魏大夫站在车门口等着我。

在车上饱看着野外的秋色，柳条有点黄了，但丝丝缕缕犹想牵系行人。满道上都是落叶，汽车过去了，它们又和尘土落下来。平原走尽，已隐隐看见远处的青山。魏大夫告诉我，我们要去的地方便在那青山背后，渐渐到了山根，半山腰的枫树，红得像晚霞一样，远看又像罩了一层轻烟软雾。

走进了村庄，在一个别墅门前车停了，这时已十点多钟。我们进到病房里，是一位小姐患着淋巴腺结核，须用手术医治。我帮着魏大夫，割完已经一点半钟了。主人是个五十多岁的老人，很诚恳地招待我们。用完午餐我们就回城来，一路上我不看景致了，只想着三十号那个病人，真懊悔今早不应这样装束去看他，令他又受一个大刺激。

到了城里又去看了一个患肺病的人，七点钟才回到医院。我在花店买了两个精巧玲珑的小花篮，里面插满了各色的菊花和天冬草。

今天一天真疲倦，回到医院我就到自己房里来。叫人送一个花篮给吴小姐，另一个花篮我想送给三十号的病人。

本想今夜亲自送去，不过不是我轮值，因为早晨又惊扰了他，现在也不愿再去了。连我自己也奇怪呢，为什么我这样可怜他，同情他？我总想我应该特别注意关照他，好像他是我的哥哥，或者是弟弟一样。

夜里我替他祷告,我想到他心中一定埋藏着一件伤心的历史,那天我给他写信的那个女子,一定就是使他今日愁病的主人。不知他有父母没有?也许他和我一样孤苦呢!今天我忽然想也许他是我的哥哥,因为他也姓杨。最奇怪的是我心里感到一切令我承认他是我的哥哥。

我想明天去大胆问问他,他有莫有妹妹送到福婴堂,在十九年前。

九月十(　)号[1]

今晨七点钟,我抱着那个花篮到大楼去,在楼梯下我逢见两个人抬着软床上来。我心忽然跳起来,不知为什么我忽然想到他不好的消息,急忙跑上楼,果然那间房子门口围着许多人,我走进去一看,他死了!僵直地卧在床上,嘴边流着口液,两眼还在半开着,手中紧握着一张相片。

这时软床已上来,把他抬到冰室去。

我一直靠在墙上,等他们把他抬走了,我才慢慢走到他床前,咽着泪收拾他的床褥。在枕头畔我又发现了他那本日记。我把他的东西整理好,包了一个小包和我那个花篮一块儿教人送到冰室去。不知道这是不是犯罪,他的日记我收起来了。我想虽未得到同意,但是我相信在世界上知道他抱恨而终的大概只有我,承受他最后的遗什的也许只有我。

说不出来我心头紧压的悲哀,我含着泪走进了冰室。里面已

①此处原排"十号",疑脱字。——编者

有几个人在，大概就是送他进来的那些银行同事们。地上放着一个大包袱，他们正在那里看殓衣。我一张望，见他的尸骸已陈列在墙角的木板上，遍体裹着白布，他的头偏向里面，地下放着那个花篮。

唉！我悔，昨夜未来看他，如今我站在他面前时，他已经脱离了人间的一切烦恼而去了。可怜他生前是那样寂寞孤苦地病着，他临终也是这样寂寞孤苦地死去，将来他的坟头自然也是无人哭吊无人祭献的寂寞之墓。我咽着泪把花篮放在他的头前，我祷告：他未去远的灵魂，接受世界上这孤女的最后祭献！

我走出了冰室，挟着这本日记，我不敢猜想这里面是些什么记叙。朝霞照着礼拜堂的十字架，我低头祷告着回来。

（选自1927年4月7日、19日《晨报副刊》）

红鬃马

那是一个春天的早晨，一轮赤日拖着万道金霞由东山姗姗地出来，照着摩天攀云的韩信岭。韩信岭下的居民，睡眼蒙眬中，忽然看见韩侯庙里的塔尖上，插着一杆雪白的旗帜，在日光中闪耀着，在云霄中飘展着。这时岭下山坡上，陆陆续续可以看见许多负枪实弹的兵士，臂上都缠着一块白布，表示革命军特别的标志。

他们是推倒满清，建设民国的健儿。一列一列整齐的队伍过去，高唱着激昂悲壮的军歌，一直惊醒了岭下山城中尚自酣睡的居民。

韩信岭四周的山城，为了这耀目的白采，勇武的健儿们，曾起了极大的纷扰，但不久这纷扰便归于寂静；居民依然很安闲愉快地耕种着田地，妇人也支起机轮纺织布匹，小孩们还是在河沟里掏螃蟹，沙滩上捡石子地玩耍着。一切都和从前一样。

在当时纷扰中，隐约的枪声里，我和芬嫂、母亲扮着乡下人，从衙署逃出来，那时只有老仆赵忠跟着我们。枪林弹雨中，我们和一群难民跑到城外，那时天已黄昏，晚霞正照着一片柳林，万条金线慵懒地垂到地上。树荫下纵横倒卧着的都是疲惫的兵士，我们经过他们的面前连看都不敢看，只祷告不要因为这杂乱的足声惊醒他们的归梦。离城有五里地了。赵忠从东关雇来一辆驴车，母亲告诉车夫去南王村，拿着父亲的一封信去投奔一个朋友。我那时才十岁，虽然不知为什么忽然这样纷扰，不过和父亲分离时，看见父亲那惊吓焦忧的面貌和母亲临行前收拾东西的匆促慌急，已知道这不幸的来临，是值得我们恐怖的！

逃难时我不害怕也不涕哭，只默默地看着面前一切的惊慌和扰乱，直到坐在车上，才想起父亲还陷在恐怖危险中，为什么他不和我们一块儿出来呢？问芬嫂，她掩面无语；问母亲时，她把我揽在怀中低低地哭了！夜幕渐渐低垂，树林模糊成一片漆黑，驴车上只认出互相倚靠蜷伏的三个人影。赵忠和车夫随着车走。除了车轮的转动和黑驴努力前进的呼吸外，莫有一点响声。广漠的黑暗包围着，有时一两声的犬吠和树叶的飘落，都令人心胆俱碎！到了南王村已是深夜，村门上有乡勇把守，因为我们是异乡人不许走进村。后来还是请来了父亲的朋友王仁甫，问明白后才让我们进去。过了木栅门，王宅已派人拿了灯笼来接，这时我心中才觉舒畅，深深地向黑暗的天宇吐了一口气。坐上王宅车到他家时，我已在路上睡着了。

这一夜，母亲和芬嫂都未安眠，我们焦虑着父亲的吉凶。芬嫂和母亲说：“早知道这样两地悬念，还不如在一块儿放心。”母亲愈想愈觉着难过，但是在人家这里也不愿现出十分悲痛的样子。第二天，母亲唤醒我，才知道父亲已派人送信来了。说城中一切都平静，革命军首领是我们同乡郝梦雄，他是父亲的学生，所以不仅父亲很平安，连这全县一百余村也一样平安。这消息马上便传布了全村，许多妇人领着自己的小孩来到王宅慰问我们！母亲很客气地接见了他们。那天午餐是全村的乡董公请，母亲在席上饮上三杯酒，庆祝这意外的平安！

午餐完毕，王宅用轿车送我们进城，这次不是那样狼狈了。一进城门，便看见军队排立着向我们举枪致敬。车进了大门，远远已看见父亲和一位雄壮英武全身军装的少年站在屏风门前迎接我们。下了车，我先跑过去抱住父亲，父亲笑着说："过去给你梦雄哥行礼，不是他，我也许见不着你们了。"这时真说不出是悲是喜，母亲和芬嫂都在旁边擦着眼泪，父亲笑声中也带了几分酸意。我走到梦雄面前很规矩地向他行了礼，他笑着握了我的手说："几年不见，妹妹已长大了，你还认识我吗？"他蹲下来捧着我的下颚这样问，我笑了，跑到母亲跟前去，父亲笑了，梦雄和赵忠他们都笑了！

过了几天，父亲和梦雄决定了一同进省，因为军旅中不便带女眷，所以把我们留在这里。在梦雄走的前一天，我们收拾好行装搬到南王村王仁甫家中暂住，等父亲派人来接我们。临行时父亲和梦雄骑着马送我们到城外，我也要骑马，父亲便把我抱在他的鞍上。时已暮春，草青花红，父亲和梦雄并骑缓缓地走过那日令我惊心的柳林，我忽然感到一种光荣，这光荣是在梦雄骑着的那匹红鬃马的铁蹄上！

到了东关外，父亲把我抱下马来，让我和母亲坐在车上去。我知道和父亲将要分离，心中禁止不住的凄哀，拉着父亲的衣角哭了！梦雄跳下马来，抚着我的额前短发，他说："妹妹，你不要哭，过几天便派人来接你去省城。你想骑马,我那里有许多小马,我送你一匹,你不要哭,好妹妹。”母亲、芬嫂下了车和父亲、梦雄告别后,赵忠又抱我上了车。车轮动了,回头我见父亲和梦雄并骑站在山坡上,渐渐远了,我还见梦雄举扬着他的马鞭。

梦雄因为这次征服了岭南各县的逆军,很得当道的赞喜!回到省城后,全城的民众开大会欢迎他的凯旋。不久他便升了旅长,驻扎在缉虎营,保卫全城。在这声威煊赫后的梦雄,当时很引起我们故乡长老的评论。他家境原本贫寒,父亲是给人看守祠堂,母亲是个瞎子。他十岁时便离开家乡去漂泊,从戎数载,转战南北。谁都以为他早已战死沙场,哪料到革命军纷起后,他遂首先回来响应。不仅他少年得志令人敬佩,最使人艳羡的他还有一位美丽英武的夫人,听说是江苏人,她的来历谁都不知道,但是她的芳名冯小珊是这城里谁都晓得的。

我们到了省城后,便和梦雄住在一条胡同内。小珊比我大十岁,我叫她珊姐。她又活泼又勇武,憨漫天真中流露出一种庄严的神采,教人又敬又爱。梦雄和她感情很好,英雄多情,谁也看不出英武的梦雄在珊姐面前缠绵柔顺却像一只小羊。

过了中秋节后四天,是我的生日。父亲特别喜欢,张罗着给我过一个愉快幸福的生辰。那天早晨,母亲给我换上玫瑰色缎子的长袍,上边加了一件十三太保的金绒坎肩,一排黄澄澄的扣子上镌着我的小名;芬嫂与我梳了两条松长的辫子垂在两肩,她又从小银匣内拿出一条珠链给我挂在颈上。收拾好,母亲派人来叫我,芬嫂拉着我走到客厅,在廊下便听见梦雄和珊姐的笑声!我揭帘进去。珊姐一见我便跑过来握着我的手说:“啊呀!好漂亮的小姑娘,你过来看看我送你的礼。”“她一定喜欢我的,你信不信?”梦雄笑着向珊姐说。我走到母亲面前,母亲指着桌上一个杏黄色的包袱说:“你还不谢谢珊姐给你的礼。”我过去打开一看,是一套黑绒镶有金边的紧身戎装,还有一顶绒帽。梦雄不等我看完,便领我走到前院,出了屏门那棵槐树下拴着两匹马,一匹是梦雄的红鬃马,还有一匹小马,周身纯白,鞍辔俱全。我想起来了,这是梦雄三月前允许了我的礼物。我真喜欢,转过身来深深地向他们致谢!那天收了不少的礼物,但是最爱的还是这两样。

不久我便进了学校,散课后,珊姐便和我骑着马去郊外,缘着树林和河堤,缓辔并骑;在夕阳如染,柳丝拂鬓的古道上,曾留了不少的笑语和蹄痕。有时玩得倦了,便把马拴在树上,我们睡在碧茵的草地上,绿荫下,珊姐讲给我许多江南的风景;谈到她的故乡时,她总黯然不欢,我那时也不注意她的心深处,不过她不高兴时,我随着也就缄默了。

中学将毕业的前一年,梦雄和珊姐离开了我们去驻守雁门关。那时我已十六岁了,童年的许多兴趣多半改变。梦雄送给我的小白马,已长得高大雄壮。我想留着它不如送给珊姐自用,所以我决定送给她。在他们临行时,我骑着它到了城外关帝庙,父亲在那里设下了别宴。我下了马,和梦雄、珊姐握别时,一手抚着它,禁不住的热泪滴在它蒸汗的身上。珊姐骑着它走了三次,才追着梦雄的红鬃马去了。归途上,我感到万分的凄楚,父亲和母亲也一样的默然无语。斜阳照着疏黄的柳丝,我忽然想起六年前的往事,觉童年好梦已碎,这一阵阵清峭的秋风,吹落我一切欢乐,像漂泊的落叶陨坠在深渊之中。

八年以后，暑假里，我由燕北繁华的古都，回到娘子关畔的山城。假如我尚有记忆时，真不信我欢乐的童年过后，便疾风暴雨般横袭来这许多人间的忧愁，侵蚀我，摧残我，使我终身埋葬于这荒冢寒林之中。此后只有在一缕未断的情丝上，回旋着这颗迂回而悲凄的心，在一星未熄的生命余焰里，挥泪瞻望着陨落的希望之星，和不知止于何处的遥远途程。这自然不是我负笈千里外所追求的，又何尝是我白发双亲倚闾所希望的。然而命运是这样安排好了，我虽欲挣脱终不能挣脱。

这八年中，我在异乡沉醉过，欢笑过，悲愁过，痛哭过，遍尝了人间的甜酸辛辣；才知道世界原来是这个罪恶之薮，而我们偶然无意中留下的鸿爪，也许便成了一种忏悔罪恶的遗迹。恍惚迷离中，一切虽然过去了，消逝了，但记忆磨灭不了的如影前尘，在回忆时似乎尚可得一种空幻的慰藉。

黄昏的灯光虽然还燃着，但是酒杯里的酒空了，梦中的人去了，战云依然深锁着，灰尘依然飞扬着，奔忙的依然奔忙，徘徊的依然徘徊，我忽然踟蹰于崎岖荆棘的天地中，感到了倦旅。我不再追求那些可怜的梦影了，我要归去，我要回到母亲的怀里，暂时求个休息去。我倦了，我想我就是这样倒下去，我也愿在未倒时再看看我童年的摇篮，和爱我的双亲。

挣扎着由黑暗的旅舍中出来，我拂了拂衣襟上的尘土，抚了抚心上的创口，向皎洁碧清的天空深深地吐了一口气后，踏着月色独自走向车站。什么都未带，我不愿把那些值得诅咒，值得痛恨的什物，留在身畔再羁绊我。就这样上了车，就这样在刹那间的决定中抛弃了一切。车开行了，深夜里像一条蜿蜒在黑云中的飞龙，我倚窗向着那夜幕下庄严神秘的古都惨笑！惨笑我百战的勇士逃了！

谁都不晓得，这一辆车中载着我归来，当晨曦照着我时，我已离开古都有八百里，渐渐望见了崇岭高山，如笏的山峰上，都戴着翠冠，两峰之间的瀑布，响声像春雷一般。醒了，我二十余载的生之梦，这时被涧中水声惊醒了！禁不住的眼泪流到我久经风尘的征衫！为了这天堑峭壁的群山，令我回想到幼年时经过的韩信岭，和久无音信的珊姐和梦雄。

下了火车，我雇了一只小驴骑到家；这比什么都惊奇，我已站在我家的门口了。湖畔一带小柳树是新栽的，晚风吹拂到水面，像初浣的头发，那边上马石前，卧着一只白花狗，张着口伸出血红的舌头，和着肚皮一呼一吸的，正看着这陌生的旅客呢！我把小驴系在柳树上，走向前去叩门，我心颤动着，我想这门开了后，不知将来的梦又是些什么？

到家后三天，家中人知我心境忧郁，精神疲倦。父亲爱怜我，让我去冠山住几天，他和小侄女蔚林陪着我。一个漂泊归来的旅客，乍承受了这甜蜜的温存和体贴，不觉感激涕下！原来人间尚有这块园地是会使我幸福的、骄傲的。上帝！愿永远这样吧！愿永远以这伟大的慈爱抚慰世上一切从痛苦失望中归来的人吧！

山道中林木深秀，涧水清幽，一望弥绿，把我雪白的衣裳也映成碧色。父亲坐着轿子，我和蔚林骑着驴，缓缓地迂回在万山之间；只听见水声潺潺，但不知水在何处！草花粉蝶，黄牛白羊，这村色是我所梦想不到的。一切诅恨宇宙的心，这时都变成了欣羡留恋，一草一木，一山一水之微，都给予我很深很大的安慰。我们随着父亲的轿子上了几层山坡，到了我家的祖茔；父亲下了轿，领着我和蔚林去扫墓，我心中自然觉到悲酸，在父亲面前只好倒流到心里。烧完纸钱，父亲颤巍巍地立在荒墓前，风吹起他颌下的银须和飞起的纸灰。这一路我在驴上无心再瞻望山中的风景，恨记忆又令我想到古都埋情的往事。我前后十余年中已觉世事变幻，沧桑屡易，不知父亲七十年来其辛苦备尝，艰险历经的人事，也许是恶苦多于欢乐？然而他还扎挣着风烛残年，来安慰我，愉悦我。父亲！懦弱的女儿，应在你面前忏悔了！

远远望见半山腰有一个石坊，峰头树林蔚然深苍中掩映着庙宇的红墙，山势蜿蜒，怪石狰狞，水乳由山岩下滴沥着，其声如夜半磬音，令人心脾凛然清冷。蔚林怕摔，下了驴走着，我也下来伴着她，走过了石坊不远便到了庙前，匾额写着“资福寺”。旁边有一池清泉，碧澄见底，岩上有傅青主题的“丰周瓢饮”四字。池旁有散发古松一株，盘根错节，水乳下滴，松上缠绕着许多女萝。转过了庙后，渡一小桥是槐音书院，因久无人修理已成废墟，荆棘丛生中有石碑倒卧，父亲叹了一口气，对我说，这是他小时读书之处。再上一层山峰至绝顶便到冠山书院，我们便住在这里。晚间，芬嫂又派人送来许多零用东西，和外祖母特别给我做的点心。

夜里服侍父亲睡了后，我和蔚林悄悄走出了山门，立在门口的岩石上，上弦月弯弯像一只银梳挂在天边，疏星点点像撒开的火花。那一片黑漆的树林中时时听见一种鸟的哀鸣。我忽然感到这也许便是我的生命之林！万山间飘来的天风，如浪一样汹涌，松涛和着，真有翻山倒海之势。蔚林吓得拉紧了我的手，我也觉得心惊，便回来入寝。父亲和蔚林都睡熟了，只有我是醒着，我想到母亲，假如母亲在我身畔，这时我也好睡在她温暖的怀中痛哭！如今我仿佛一个人被遗弃在这深夜的荒山之中，虎豹豺狼围着我，疾风暴雨下战栗的蜷伏着。我不能抑制我的情感，眼泪如泉涌出！

鸡鸣了，我披衣起来，草草梳洗后便走出了山门，想看看太阳出山时的景致。一阵晨风吹乱了我的散发，这时在烟雾弥漫中，又是一番山景。我站在山峰上向四面眺望，觉天风飘飘，云霞烟雾生于足下，万山罗列，如翠笏环拱，片片白云冉冉飘过，如雪雁飞翔；恍惚如梦，我为了这非人间的仙境痴迷似醉。天边有点淡红的彩色，渐渐扩大了，又现出一道深紫的虹圈，这时已望见东山后放出万道金光，这灿烂的金光中捧出一轮血红似玛瑙珠的朝阳！

我下了石阶走去，那边林中有个亭子，已废圮倾倒，蛛丝尘网中抬头看见一块横额，写着“养志亭”三字。四周都是古柏苍松，陵石峻秀，花草缤纷，静极了，静得只听见自己呼吸的声音。我沉思许久，觉万象俱空，尘念一清，心中恍惚几不知此身为谁？走下了养志亭，现出一条石道，自己忘其所以地披荆棘，践野草走向前去，望见一带树林中，隐约现出房屋，炊烟飘散，在云端缭绕。

下了山，看见一畦一畦的菜园，红绿相间。粉墙一带，似乎是个富人的别墅，旁边有许多茅屋草舍，鸡叫犬吠俨然似个小村落。看看表已七点钟了，我想该回去了，不然父亲和蔚林醒来一定要焦急我的失踪呢！我正要回头缘旧径上山去，忽然听见马嘶的声音，而且这声音很熟，似乎在哪里听见过一样！我奇怪极了，重登上了山峰，向那村落望去，我看不见马在哪里！又越过一个山峰时，我可以看见那一带粉墙中的人家了，一排杨柳下，拴着两匹马，我失惊得叫起来，原来一匹是梦雄的红鬃马，一匹是他赠我，我又赠珊姐的小白马。我仔细地望了又望，看了又看，一点都没有错，确是它们。

我像骤然得到一种光荣似的，心中说不出的喜欢，哪想到我会在这里无意中逢见它们。我又沉默了一会，觉着这不是梦。重新下了山，来到那个村落，我缘着粉墙走，看见一个黑漆大门，旁边钉着个铜牌写着郝宅，门口站着一个小姑娘，抱着一个小孩。我问她这里是谁住着？她说是郝太太。我又问她："你是谁呢？"她指着怀中小孩说："这是郝少爷，我是他的丫头叫小蟾。"

我说明来历，她领我走到客厅，厅里满挂着写了梦雄上款的对联和他的像，收拾得很整洁。院子很大，似乎人很少，静寂得只听见蝉声和鸟唱。碧纱窗下种着许多芭蕉，映得房中也成了绿色。院中满栽着花木，花荫下放着乘凉的藤椅。我正看得入神时，帘子响了，回头见一个穿着缟素衣裳的妇人走过来。我和她一步一步走近了，握住手，但是一句话也说不出，四只眼睛瞪望着。我真想哭，站在我面前这憔悴苍老的妇人，便是当年艳绝一时天真活泼的珊姐。我呢？在珊姐眼中也一样觉得惊讶罢！别时，我是梳着双髻的少女，如今满面风尘，又何尝是当年的我。她问我为何一个人这样早来？我告诉了她父亲和蔚林在山上时，她即叫人去告诉我在这里，并请他们来她家午餐。后来我禁不住了，问到梦雄，她颜色渐渐苍白，眼泪在眶中转动着，她说："已在一年前死了！"我的头渐渐低下，珊姐紧紧握住我的手，我和她都在静默中哭了！

珊姐含泪领我到她的寝室，一进门便看见梦雄的放大像，像前供着几瓶鲜花。我站在他遗像前静默了一会，我心中万分凄酸，哪知关帝庙一别便成永诀的梦雄，如今归来只余了一帧纸上遗影。我原想来此山中扫除我心中的烦忧，谁料到宇宙是如斯之小，我仍然又走到这不可逃逸的悲境中来呢!

"珊姐! 难得我们在此地相见,今日虽非往日,但我们能在这刹那间团聚,又何尝不是一种幸福。你拿酒来,我们痛饮个沉醉后,再并骑出游,你也可以告我别后的情况,而且我也愿意再骑骑小白马,假如不是它的声音,我又哪能来到这里?"我似乎解劝自己又系解劝珊姐似的这样说。

珊姐叫人预备早餐,而且斟上了家中存着的陈酒。痛饮了十几杯后,我什么东西都没有吃,遂偕同珊姐走到后院。转过了角门,我看见那两匹马很疲懒地立在垂杨下。我望着它们时心中如绞,往日光荣的铁蹄,驰骋于万军百战的沙场,是何等雄壮英武!如今英雄已死,名马无主,我觉红鬃马的命运和珊姐也一样呢! 我的白马也不如八年前了,但它似乎还认识故主,我走近了它时,它很驯顺地望着我。珊姐骑上梦雄的红鬃马,我骑上白马,由后门出来。一片绿原,弥望都是黄色的麦穗,碧绿的禾苗。珊姐在前领着道,我后随着,俨然往日童年的情景,只是岁月和经历的负荷,使我们振作不起那已经逝去的豪兴了。

远远望见一片蔚浓的松林,前面是碧澄的清溪,后面屏倚着崇伟的高山,我在马上禁不住地赞美这个地方。停骑徘徊了一会,抬头忽然不见了珊姐,我加鞭追上她时,她已转入松林去了。我进了松林,迎面便矗立着一块大理石碑,碑顶塑着个雕刻的石像,揽辔骑马,全身军装,碑上刊着:"革命烈士郝梦雄之墓"。珊姐已下了马,俯首站在墓前,墓头种满了鲜花和青草,四周用石柱和铁环围绕着。

我把马拴在松树上,走近了石碑,合掌低首立在梦雄墓前,致这最后的敬意和悲悼！梦雄有灵也该笑了，他一生中所钟爱的珊姐和红鬃马，都在此伴着他这静默的英魂！偶然相识的我，也能今朝归来，祭献这颗敬慕之心。梦雄！你安息吧！殡葬你一切光荣愿望、热烈情绪在这山水清幽的深谷中吧！

珊姐望着石像哭了！我不知怎样劝慰她，只有伴她同挥酸泪！她两手怀抱着梦雄的像，她一段一段告诉我他被害的情状和死时的慷慨从容。我才知道梦雄第二次革命，是不满意破坏人民幸福、利益的现代军阀。他虽然壮志未酬身先死，但有一日后继者完成他的工作时，他仍不是失败的英雄。他的遗嘱便是让珊姐好好地教养他的儿子，将来承继他的未完之志去发扬光大，以填补他自己此生的遗憾！

自从听见了珊姐的叙述后，不知怎样，我阴霾包围的心情中忽然发现了一道白彩，我依稀看见梦雄骑马举鞭指着一条路径，这路径中我又仿佛望见我已陨落的希望之星的旧址上，重新发射出一种光芒！这光芒复燃起我烬余的火花，刹那间我由这个世界踏入另一世界，一种如焚的热情在我胸头缭绕着，燃烧着！

（选自1927年5月9日、11日、12日《晨报副刊》）

余 辉

日落了，金黄的残辉映照着碧绿的柳丝，像恋人初别时眼中的泪光一样，含蓄着不尽的余恋。垂杨荫深处，现露出一层红楼，铁栏杆内是一个平坦的球场，这时候有十几个活泼可爱的女郎，在那里打球。白的球飞跃传送于红的网上，她们灵活的黑眼睛随着球上下转动，轻捷的身体不时地蹲屈跑跳，苹果小脸上浮泛着心灵热烈的火焰，和生命舒畅健康的微笑！

苏斐这时正在楼上伏案写信，忽然听见一阵笑语声，她停笔从窗口下望，看见这一群忘忧的天使时，她清癯的脸上现露出一丝寂寞的笑纹。她的信不能往下写了，她呆呆地站在窗口沉思。天边晚霞，像绯红的绮罗笼罩着这诗情画意的黄昏，一缕余晖正射到苏斐的脸上，她望着天空惨笑了，惨笑那灿烂的阳光，已剩了最后一瞬，陨落埋葬一切光荣和青春的时候到了！

一个球高跃到天空中，她们都抬起头来，看见了楼窗上沉思的苏斐，她们一齐欢跃着笑道："苏先生，来，下来和我们玩，和我们玩！我们欢迎了！”说着都鼓起掌来，最小的一个伸起两只白藕似的玉臂说：“先生！就这样跳下来吧，我们接着，摔不了先生的”。接着又是一阵笑声！苏斐摇了摇头，她这时被她们那天真活泼的精神所迷眩，反而不知说什么好，一个个小头仰着，小嘴张着，不时用手绢擦额上的汗珠，这怎忍拒绝呢！她们还是顽皮涎脸、笑容可掬地要求苏斐下楼来玩。

苏斐走进了铁栏时，她们都跑来牵住她的衣袂，连推带拥地走到球场中心，她们要求苏斐念她自己的诗给她们听，苏斐拣了一首她最得意的诗念给她们，抑扬幽咽，婉转悲怨，她忘其所以地形容发泄尽心中的琴弦，念完时，她的头低在地下不能起来，把眼泪偷偷咽下后，才携着她们的手回到校舍。这时暮霭苍茫，黑翼已渐渐张开，一切都被其包没于昏暗中去了。

那夜深时，苏斐又倚在窗口望着森森黑影的球场，她想到黄昏时那一幅晚景和那些可爱的女郎们，也许是上帝特赐给她的恩惠，在她百战归来，创痛满身的时候，给她这样一个快乐的环境安慰她养息她惨伤的心灵。她向着那黑暗中的孤星祷告，愿这群忘忧的天使，永远不要知道人间的愁苦和罪恶。

这时她忽然心海澄静，万念俱灰，一切宇宙中的事物都在她心头冷寂了，不能再令她沉醉和兴奋！一阵峭寒的夜风，吹熄她胸中的火焰，觉仆仆风尘中二十余年，醒来只是一番空漠无痕的噩梦。她闭上窗，回到案旁，写那封未完的信，她说：

钟明：

自从我在前线随着红十字会做看护以来，才知道我所梦想的那个园地,实际并不能令我满意如愿。三年来诸友相继战死,我眼中看见的尽是横尸残骸,血泊刀光,原只想在他们牺牲的鲜血白骨中,完成建设了我们理想的事业,谁料到在尚未成功时,便私见纷争,自图自利,到如今依然是陷溺同胞于水火之中,不能拯救。其他令我灰心的事很多,我又何忍再言呢!因之,钟明,我失望了,失望后我就回来看我病危的老母,幸上帝福佑,母亲病已好了,不过我再无兄弟姊妹可依托,我不忍弃暮年老亲而他去。我真倦了,我再不愿在荒草沙场上去救护那些自残自害,替人做工具的伤兵和腐尸了。请你转告云玲等不必在那边等我。允许我暂时休息,愿我们后会有期。

苏斐写完后,又觉自己太懦弱了,这样岂是当年慷慨激昂投笔从戎的初志。但她为这般忘忧的天使系恋住她英雄的前程,她想人间的光明和热爱,就在她们天真的童心里。宇宙呢?只是无穷罪恶无穷黑暗的渊薮。

十六年五月二十六日

(选自1927年5月31日《世界日报·蔷薇周刊》第二十七期)

归 来

马子凌的军队快到Q城的时候，市民便在公共体育场，筹备开欢迎战士凯旋的大会。那时晴空无云，温阳正照着这绿色的原野，轻浮着一种草花的香气，袭人欲醉！场中央已扎起一座彩台，台上满摆着鲜花，花中放着一张新月式的白漆桌，两旁列着十几把椅子，全场中连系着十字交叉的万国旗，台顶上那杆令万人崇敬钦仰的旗子，这时临风飘展，使一切野花小草都含笑膜拜！

烟尘起处，军乐悠扬，旗帜飘摇中先是负枪实弹的步兵，一列一列过去之后，便是马队。在这种雄壮静肃的空气中，只听见悠扬的军乐和着整齐的步履，沙沙沙沙，这是光荣的胜利的语声吗？两旁的观众，扶老携幼，有认子的老母，有寻夫的娇妻，也有是含着悲酸哀痛，来迎接那些归来的沙场英魂；这时也许哀悼之感甚于欢欣之情吧！最后一队中有个清癯的戎装英雄，在马上他忍泪含笑向两旁狂呼投花的群众点头，这就是十年前投笔从戎，誓扫阴霾的马子凌。

子凌到了场中，军队和民众环绕着那一座高台，万头攒动中，子凌在台上演说他十年中百战成功的经过，他结论说这并不是他的光荣胜利，这是民众的光荣，民众的胜利。今日侥幸功成归来，宇宙重现了清明之象，他自然一样为祖国庆贺欢祝，不过为了证明他这次归来是把这光荣胜利送还给故乡父老，所以他才解甲弃枪，不愿拥兵高位自求荣利。

他演说完后，在民众热烈的掌声中，脱下他那件染满了血斑的战袍，一抬手扔挂在那杆大旗上，露出他背部和右臂的创痕，不知怎样他忽然流下泪来，他想到他的老父和他的爱人的惨死！

第二日他把一切军务都交给他的秘书王静泉代理后，提了一个小箱，就悄悄地离开Q城。一路上他心情很烦乱悲怆，往日他只希望着战争胜利和成功，几年中他摒弃了自己一切的情怀而努力迷恋着这愿望的实现。如今果能如愿归来，但是他在群众热烈的掌声中，惊醒了他的幻梦，他失望了！他抱着这虚空的怅惘，回到他的故乡。这时他知道自己的幸福欢乐已埋葬了，他所能偿愿无愧的，就是他能手刃了敌人的头颅，给他的老父和爱人报仇，除此以外，他不能再在这光荣胜利的欢笑中求幸福求爱情求名利了。

十年前，子凌的故乡木杨镇，正是E军和G军开火接触的战线，炮火声中，将这村庄里多少年的安宁幸福给破碎了！那时幸好母亲和妹妹已逃到外祖母家，他呢，在城里念书车路不通，不能回来。在军队开到的前几天，子凌的父亲是这一乡最有名望的老者，所以许多乡人都信仰尊敬他，自从风声紧急后，便在他家里开了几次会议，但这是绝对无办法可想的，后来只议决先让妇女躲到别的乡村去，余下男人们在家里守着，静等着战神的黑翼飞来。

一天黄昏时候，晚饭后许多农民都聚集在小酒店的门口，期待着那不堪设想的惊惶惨淡之时来临。这时正好村西瓦匠的儿子张福和已从前线上逃回来，他传来的消息是G军失利，E军追击着，离这里只有三百里。夜来了，一切的黑暗把这几千户的乡镇包围后，忽然由西南角传来一阵枪炮声，一缕缕的白烟在荫深的树林中飘浮着，惊得树上的宿鸟都振翼向四下里乱飞，村中隐隐听见惶恐喧嚷之声，他们抖颤着，可怕的噩运已来了。

夜里十点钟时候，枪声愈来愈近，隐约中在大道上可以看见灰色蠕动的东西蜿蜒而来；这时子凌的父亲也来到酒店门口，虽然在这样急迫危险中，他仍然保持着那往日沉默庄严的态度，不时把头仰起望着黑漆无星光的天宇！枪声近了，人们马上现露出惊惶来，村门口的狗，都汪汪汪汪向着大道狂吠，这安逸幸福的乡镇，已在这一刹那中破碎了！

败兵进了木杨镇后，大本营便扎在子凌的家中，自然因为他是这里的首富，人格资产房屋都较为伟大！这是木杨镇的酷劫，一切啊！在顷刻之中便颓倒粉碎，妇女和小儿更践踏凌辱得可怜。

当翌晨太阳重照着木杨镇天宁寺的塔尖时，子凌的家中忽然起了极大的扰乱和惊惶，镇中的人们都十分悲痛哀悼地跑来看，原来了凌的父亲，在后院马槽中被人刺死了！死得自然凄惨，周身的衣服都被脱去，紫的血和土已凝结在一块，雪亮的刺刀还插在咽喉上！到底是为什么死的？至如今都是疑案，但也无甚可疑，总之在枪弹飞来飞去的战翼下，一切都是毁灭，一切都是牺牲。

一月之后，子凌从Q城奔丧归来，母亲和弱妹都在外祖母家中病着，他咽下悲痛愤慨的眼泪，料理完一切后，遂辞别了老母稚妹回到Q城。这时他热血沸腾，壮怀激荡，誓愿拼此头颅，拼此热血，为惨死的老父伸此一腔冤气，并为许多同胞建筑平和幸福之基。这时Q城已有一帮青年男女，组织了一个铁血社，同心同志向这条路去进攻，不久子凌便被推为这社里的首领，为若干热血健儿所尊崇所爱护。内中有一女同志胡君曼，和子凌肝胆相照，情意相投，协力互助着求铁血社的进行发展，数年之中，他们的社员已有十万余人。这时国内各派擅权，相继消长，战争不已，民苦日深，但是铁血社的雏形，已召了许多敌人的忌恨，每欲乘机扑灭此潜伏的势力而甘心。

有一年的暑假中，君曼负了使命南下，哪晓得敌方的侦探已追踪了她，当她在Y埠下车时，便被那里的军队捕了去。捕去后在她身上搜出许多密件公文，都是对于敌军不利的计划。Y埠的军长大为震怒，连审讯都没有，便把君曼赏给了捕她的那个营长去当姨太太。这消息子凌知道后万分的愤怒悲痛，更觉这世界是人间魔窟，险恶已极，虽然那时他们势力薄弱，不能相敌，但是这耻辱，已给铁血社不少的兴奋和努力。过了几天，子凌忽然接到君曼一封潦草简短的遗书，说她虽死请子凌不要太过伤心，只盼他积极去进行他们的社务，以事业便是爱情，爱情便是事业的话来勉励他。从此以后子凌专心一意的以改革社会环境为己任，一想到父亲和君曼的惨死，便令他热血沸腾，愤不欲生！

十年之后，子凌杀死一切的敌人，凯旋归来，这是一般人所最钦仰羡慕他的，然而当他脱去了赤血斑驳的战袍，露出他背上和右臂的创痕，同时也撩揭起他心底的悲痛，他觉得在枪林弹雨中十年奔走湖海飘零，如今虽然是获得一时的胜利成功，不过在人类永久的战斗里，他只是一个历史使命的走卒，对他自己只是增加生命的黯淡和凄悲！毫无一些的安慰，反因之引起了不堪回首的当年。

一个驰骋疆场，叱咤风云的英雄，如今夕阳鞭影，古道单骑，马儿驮也驮不动那人间的忧愁和怆痛！他抛弃了一切的虚荣名利，独自策马向故乡去了。去哭吊父母的坟墓，去招祭君曼的英魂去了。

十六年蒲节前一日

（选自1927年6月7日《世界日报·蔷薇周刊》第二十八期）

被践踏的嫩芽

梦白毕业后便来到这城里的中学校当国文教员，兼着女生的管理。虽然一样是学校生活，但和从前的那种天真活泼的学生时代不同了。她宛如一块岩石在狂涛怒浪中间，任其冲击剥蚀，日子长久了，洁莹如玉的岩石上遂留下不少的创洞和驳痕。黑影掩映在她的生命树上，风风雨雨频来欺凌她惊颤的心，任人间一切的崎岖，陷阱，罗网，都安排在她的眼前，她依然终日来来往往于人海车轨之中，勤苦服务她这神圣的职业。

她是想借着这车马的纷驰，人声的嘈杂，忘掉她过去的噩梦和一切由桃色变成黑影的希望。

不知道梦白身世的人，都羡慕她闲散幽雅的兴趣，和蔼温柔的心情，所以她在这学校内很得她们一群小天使的爱敬。她自己，劫后残灰，天涯飘萍，也将这余情专诚地致献于她们，殡埋了一切，在她们洁白的小心里。

有一天梦白正在办公处整理她的讲义，一阵阵凉风由窗纱吹进来，令她烦热的心境感到清爽舒畅。这时候已经日暮黄昏，回廊上走过一队一队挟书归去的白衣女郎，有时她偶然抬头和她们相触的目光嫣然微笑！

钟声息了，只剩下这寂寞的空庭，和沉沉睡去的花草，梦白为了这清静的环境沉思着！散乱的讲义依然堆集在桌上。这时忽然有轻轻叩门的声音，门开了走进一个颀长淡雅的女郎，丰容盛鬋，眉目如画，那种高洁超俗的丰度，令人又敬又爱。梦白认识她是这校中的高才生郑海妮。

海妮走到梦白的桌子前，她嗫嚅着说："先生！我有点事来烦扰您。"说着把书包打开拿出一束信来，这一束信真漂亮，颜色是淡青、淡黄、淡紫、淡红，还有的是素笺角上印着凸起的小花。梦白笑了！她说："呵！这一段公案又来了。"

海妮脸上轻泛起那微醉的酡红，薄怒娇嗔地告诉梦白这束信的来历和那厌烦的扰人，为了免除家庭的责难，同学的嘲笑，她希望梦白向学校提出，给他一种惩罚，不要再这样来扰人讨厌。梦白翻着这一束信静听她絮烦的妙语，她心现在有点醉了！"海妮！把这信留在这里我看看，你先回去，明天应该怎么办，我再和你商量。""谢谢先生！"海妮微微弯着腰，姗姗地走出去了。

晚餐后，梦白在灯下坐着看学生的试卷，她忽然想起海妮给她的一束信，她遂把试卷放在一边，她把那束信抽出来看：

海妮：

假如上帝安排下他的儿女是应该相爱的，那我就求你接到这信时你不必惊讶！我仅仅是个中学生，既不是名画家，更不是大诗人，我不能把我崇敬爱慕的女郎，用我的拙腕秃毫来描写于万一；我不须要赞美，我只求心灵有一块干净地方来供奉她，人间采一朵幽淡如兰的鲜花来祭献她，再用我的血泪灌溉这朵花永远是盛开着，令她色香不谢。

昨天我独自在图书馆看书，正是心神凝注时，门帘动了，你姗姗地由我身边走过去。借完书，你又姗姗地惊鸿一瞥似的走出去。就是这样一来一去，把我平静的心波鼓荡得狂涛怒浪，山立千仞。我不能在这里枯坐，遂挟了书走到操场的树阴下。我想在那嘈杂人声中，来往人影里，消失了我心头的倩影。谁知道你偏又和你的同伴来到操场上散步。我明知道是我自己的心情恍惚，但是我那时真恨你，并且恨那和你同行的女伴。

我自己也莫名其妙，在学校已经三年半了，女性的同学我见过数百人，在万花群艳中未曾令我神夺志移，但是你来了之后我就觉得两样了，几次自己想驱逐这幻影的来临，但是终于无效。海妮！这些诉告在你自然是值的鄙视讪笑的，我本不愿把这些难邀一笑的言语来扰你清听，但是我的心在悄悄地督催我，我也觉真心的祭献是不至于令神嗔怪的！

林翰生

梦白看完后，觉得这信写得很真诚别致，还不怎样令人不能往下看，海妮的情书自然也该超出于旁人吧！她想着不禁笑了！接着又抽看第二封：

海妮：

我早知道你是不理我的，也知道你对于这渴慕你的人们，环绕于你足下的人们是一样的与以冷笑！我不能把我自己怎样超拔于群侪，令你垂青，我只是一个中学生，我毫无特别的才能建设值得你敬慕。

我现在是求学时代，不幸便无意中受了爱神的戏弄，令我由光明的前途，沉溺于黑暗的陷阱，我哪敢怨你，我自然是痛恨诅咒那嘲弄人的命运，我好似驰骋山野的骏马，忽然自愿把鞍辔加上，任人鞭骑，这是令我日夜痛心怆然下泪的遭逢啊！海妮！不论怎样，我永远珍藏这颗心至永久吧！我不敢说是爱你。

我应该告诉你我的身世，我是孤儿，父母都在十年前相继弃我而去，族叔抚养我到如今，我从未曾奢望过人间的幸福，只求能有点树立时，不辜负叔父一场教养。在我这十八年凄空清寂的生活里，微微有点余温使我生命之火星光彩闪烁的就是你了，你的学问品格处处都令我敬慕，我才不自主地把这棵幼小被伤的嫩芽，重献到你的足下来求践踏。

你是名门闺秀，富室千金，天赋给你的是人间的欢乐和幸福，我也明白，到什么时候我和你也是两个世界的人，侯门似海，我终于是徘徊在朱门外的流浪者。我本不必把我的衷曲向你谈述，希望求你的怜恤，你是不能表同情于我的；但是海妮，我能够珍藏你于方寸灵台之中，我就不再奢求什么了。

林翰生

梦白连读了几封信后，她的神色异常颓丧，她觉这信里所说的话，好像十年前也有人这样向她说过一样。前尘梦影又涌现到她的回忆边缘上来，令她默默地向着灯光沉思，她不知怎样来处理这一段公案。

翌晨，梦白同海妮商量，海妮的意思还要令梦白提出校务会议，因为不给他惩罚时，怕他还要再写信来，频频相扰。她是想借此申明表白给她的家庭同学看一看的。梦白原想探一探海妮的口吻，如果她能通融和缓时，她是不愿意声明这件事的，因为这事的结果，在她素有经验的心中已都安排好了；林翰生又是品学兼优的高才生，她怕他受不住这无情的风波！但是海妮这样坚决她也无计再能调剂。这严重的空气，遂允许了海妮的要求，在当天下午把这件事情提出校务会议。

会议室里一张长桌上，铺着雪白的桌布，放着瓶花，四周都坐满了穿长衫西装的人们，这都是校中的重要职员。门开了，梦白手里拿着那一束鲜艳的信笺进来，他们都很注意地问道："这是什么？"开会时，梦白先把这一束信的公案报告了一遍，主席一面读着信一面征求各位的意见。有的主张重办，有的主张从宽，众见纷纭，莫衷一是。主席后来把两种意见折中办理，议决给林翰生一个行为不检的特别惩戒，由本级级任面加训迪。这是姑念他平常品学兼优，所以这次才不出牌示给他保留情面。林翰生做梦也不知道，他写给海妮的情书遭了这般厄运，在这庄严堂皇的会议席上，互相传观。

三天后的早晨正是狂风暴雨的时候，海妮神色仓忙，面容灰白，又来到梦白的办公处，她站在梦白面前嘤嘤啜泣！梦白不知她受了何人的委屈，再三问她，她由衣袋中拿出一封信来递在梦白手中，拆开来写的是：

海妮：

我不怨你对我这样绝情。就是这一点行为不检的惩戒，我也不介意；不过我三年多在学校里师长同学面前，我未曾失意过，这次事情发生后，似乎一切人们都觉着我是个轻薄可鄙的少年，将不齿于友侪，这是令我最痛心的。

到如今我在情感上并不忏悔我过去是错误，我用天真忠诚的心血，滴沥着写给你的信，就是枪眼对着心口，钢刀放在颈上，我也不懊悔那是罪恶的表现，不道德的行为。他们那些假道学的人们，根本不能来讪笑我，虽然我自始至终，对于这件事我不愿有所表白。海妮！为了你的绝情，陷我于这黑暗的深渊，不能振作。但是我已另外发现了路途了。我已和叔父商议好，明日便束装回里，我不愿再在这学校逗留，这里对我无一点留意，海妮！就是你，我也不再向你说什么了，我为了你的清静，我从此不再写信，也不再在这里停留，愿我们从此永远隔绝好了。

本可以不必写信给你，不过我想告诉你我此后的消息，你也该放心了。海妮！我自然爱你一如往日，此后不论飘泊到天涯地角，我也遥远地替你祝福！也希望你慧心里不要忘了这被你践踏的嫩芽。海妮！海妮！从此你的倩影日离我远了，也许是日距我近了。假如你是有情人，愿你将来心幕上不要留今日的残痕。至于宇宙对我的命运安排，我也不怨恨冷酷，因为我能在极短的时期中认识你，而且又与你以微小可记的印象，我已曾满足了。夜深了，我按着惨痛的心灵，向你告别，向我认识你的学校告别！

林翰生

梦白看见这封信，她并不惊奇，不过她心头感到万分的凄酸！抬头见海妮还在低低地泣！纯是个不懂事的儿女态度，她本想说她几句，后来因她已经心碎便忍住了。

一阵风吹开了窗帏，梦白忽然见阶前的一株不知名的紫花，被风雨欺凌得落红满地。这时雨直如注，狂风卷着雨丝把纸窗都湿了，梦白低低地向海妮说了声："也许这时候他已经走了。"

（选自1927年7月12日《世界日报·蔷薇周刊》第三十三期，原署名碧茜）

白云庵

天天这时候，我和父亲去白云庵。那庵建在城东的山阜上，四周都栽着苍蔚的松树，我最爱一种披头松，像一把伞形，听父亲说这是明朝的树了。山阜下环绕着一道河水，河岸上都栽着垂杨，白巉巉的大小山石都堆集在岸旁，被水冲激的成了一种极自然美的塑形。石洞岩孔中都生满了茸茸的细草，黄昏时有田蛙的跳舞和草虫的唱歌消散安慰妇人们和农工们一天的劳苦，还有多少有趣的故事和新闻，产生在这绿荫下的茶棚。

大道上远望白云庵像一顶翡翠的皇冠，走近了，碧绿丛中露出一角红墙，在烟雾白云间，真恍如神仙福地！庵主是和父亲很好的朋友，据说他是因为中年屡遭不幸，看破了尘世，遂来到这里，在那破庙塌成瓦砾的废址上结建了一座草庵。他并不学道参禅，他是遁潜在这山窟里著述他一生的经历，到底他写的是什么，我未曾看见，问父亲，也不甚了解，只知道他是撰著着一部在他视为很重要的著述。

早晨起一直到黄昏，他的庵门紧闭着，无论谁他都不招待不接见。每天到太阳沉落在山后，余霞散洒在松林中像一片绯纱时，他才开了庵门独自站在岩石上，望着闲云，听着松啸，默默地很深郁地沉思着。这时候我常随侍着父亲走上山去，到松林里散步乘凉，逢见他时，我总很恭敬地喊一声“刘伯伯”。慢慢成了一种惯例，黄昏时父亲总带着我去白云庵。他也渐渐把我们看作很知己的朋友，有时在他那种冷冰如霜雪的脸上，也和晚霞夕照般微露出一缕含情的惨笑！

父亲和他谈话时，我拿着一本书倚在松根上静静地听着。他不多说话，父亲和他谈到近来南北战事，革命党的内讧，和那些流血沙场的健儿，断头台畔的英雄，他只苍白着脸微微叹息！有时他很注意地听，有时他又觉厌烦，常紧皱着眉峰抬头望着飘去飘来的白云。我不知他是遗憾这世界的摒弃呢，还是欣慰这深山松林，白云草庵的幽静！久之我窥测出他的心境，逆料这烟云松涛中埋葬着一个悲愁的惨剧，这剧中主人翁自然是这位沉默寡言，行为怪僻的“刘伯伯”。

有一天父亲去了村里看我的叔祖母，我独自到松林里的石桌上读书，那时我望着将要归去的夕阳，有意留恋；我觉一个人对于她的青春和愿望也是和残阳一样，她将悄悄地逝去了不再回来，而遗留在人们心头的创痕只是这日暮时刹那间渺茫的微感。想到这里我用自来水笔写了两行字在书上：

黄昏带去了我的愿望走进坟茔，
只剩下萋萋芳草是我青春之魂。

我握着笔还想写下去，忽然一阵悲酸萦绕着笔头，我放下了笔，让那一腔凄情深深隐埋在心底。我不忍再揭开这伤心的黑幕，重认我投进那帷幕里的灵魂。这时我背后传来细碎的足音，沉重而迟缓，回过头来见是白云庵中的“刘伯伯”。我站起来。他问我父亲呢，我方回答着，他就坐在我对面的石凳上，俯首便看见我那墨水未干的两行字，他似乎感触着一种异样的针灸，马上便陷进深郁的沉思里。半天他抬头向我说：“蕙侄，你小小年纪应该慧福双修，为什么写这样的悲哀消极的句子？”他严肃的面孔我真觉有点凛然了，这怎样解说呢！我只有不语。过了一会他深深地叹了口气，他又望着天边最后的余霞说：“我们老年人总羡慕你们青年人的精神和幸福，人老了什么也不是，简直是一副储愁蓄恨的袋子，满装着的都是受尽人生折磨的残肢碎骨，我如今仿佛灯残烛尽，只留了最后的微光尚在摇晃，但是我依然挣扎着不愿把这千痕百洞的心境揭示给你们年轻人，蕙侄！像你有什么悲愁？何至于值得你这般消极？光明和幸福在前途等候着，你自前去迎接吧！上帝是愿意赐福给他可爱的儿女。”到了最后一句时他有点哽咽了，大概这深山草庵孤身寄栖的生活里，也满溢着他伤心的泪滴呢。这时云淡风轻，暮色苍茫，他低了头若不胜其所负荷的悲愁，松涛像幽咽般冲破这沉静的深山，轻轻唤醒了他五十余年的旧梦，他由口袋里拿出他的烟斗燃着，缥缈的白烟中，他继续地告我他来到这里的情形，他说：“蕙侄！我结庵避隐到这山上已经十年了，我以前四十余年的经过，是一段极英武悲艳的故事，今天你似乎已用钥匙开开我这秘密的心门，我也愿乘此良夜，大略告诉你我在人生舞台上扮演过的角色。

“三十年前我并不是这须发苍白的老翁，我是风流潇洒的美少年，我的祖父和父亲都是亡国盛朝的大臣，我是在富贵荣华的府邸中长大，我的故乡是杭州，我也并不姓刘，因为十年前我遭了一次极重要的案件，我才隐姓埋名逃避在这里。

“西子湖畔苏堤一带，那里有我不少的马蹄芳踪，帽影鞭痕，这是我童年欢乐的游地，也是我不幸的命运发轫之处。有一年秋天，我晚饭后到孤山去看红叶，骑着马由涌金门缘着湖堤缓辔游行，我在马上望见前面有一个淡青竹布衫，套着玄青背心的女郎，她右手提着一篮旧衣服向湖边去。我把鞭子一扬，马向前跑了几步，马的肚带忽然开了，我翻镫下马来扣时，那女郎已姗姗来到我面前了。她真是我命中的女魔，我微抬头便吃了一惊！觉眼前忽然换了一个世界，我恍如置身在广寒宫里，清明晶洁中她如同一朵淡白莲花！真是眉如春山微颦，眼似碧波清澈；我的亲眷中虽不少粉白黛绿，但是我从未曾看见过这样清秀幽美的女郎。当时把我的马收拾好，她已转到湖边去了，我不自禁地牵了马跟着她，她似乎觉得我是在看她，她只低了头在湖边浣衣，我不忍令她难堪，遂悄悄地骑了马走了。从此以后，我天天到这堤上来徘徊，但总没有再逢见她，慢慢这个印象也和梦中的画景一样，成了我灵台中供养着的一朵莲花。这一瞥中假如便结束了这段因缘，那未尝不是一个绮丽神仙的梦境。哪知三个月之后，我从嫂嫂房里出来，逢见赵妈领着一个美丽的姑娘进了月亮门，走近了，她抬起头来，吓了我一跳！这是奇遇，你猜她是谁，她就是苏堤上逢见的浣衣女郎，她两腮猛然飞来两朵红云，我呆呆地站在走廊上。

“后来我问嫂嫂的丫头，才知道她是赵妈的女儿，名字叫梅林，那年她才十六岁，我的母亲喜欢她幽娴贞静，聪明伶俐，便留在我家里住，不久我们便成了一对互相爱恋的小儿女，我那时十八岁。这当然是件不幸的事件，我们这样门第，无论如何不许我娶老妈子的女儿，我曾向我母亲说过，爱我的母亲只许我娶亲以后，可以收她做我的妾，我那时的思想遂被这件不幸的婚姻问题所激动，我便想当一个家庭革命者，先打破这贫富贵贱的阶级和门阀的观念，后来父亲听见这消息，生气极了，教训了我一顿，勒令母亲马上驱逐赵妈出门，自然梅林也抱着这深沉的苦痛和耻辱出了我家的门。

“在她们没有走的前一天夜里，我和梅林在后门的河沿上逢见，她望着垂柳中的上弦月很愤怒地向我说：‘少爷！我今天听太太房里的兰姑告我，说老爷昨天在上房里追问着我和少爷的事，他生气极了，大概明天就要我和我妈回去。少爷，这件事我现在不能说什么话，想当初我原不曾敢高攀少爷，是少爷你，再三地向我表示你对我的热感。我岂不知我是什么贫贱的人，哪敢承受你的爱情，也是你万般温柔来要求我的。如今，我凭空在你家闹了这个笑话，我虽贫贱，但我……唉！我家里也有三亲六故，朋友乡里，教我怎样回去见人呢？’她说着低了头呜呜地哭了！这真是晴天的霹雳！我那时还是个不知世故的小孩，我爱梅林纯粹是一腔天真烂漫的童心，一点不染尘俗的杂念，哪知人间偏有这些造作的桎梏来阻止束缚我们。我抚着她的肩说：‘梅林！你不用着急，假若太太一定让你回去，你就暂时先回去，我总想法子来成全我们；如果我的家庭真是万分不叫我自由，那我也要想法子达到我们的目的，难道我一个男子不能由我自己的意志爱我所爱的人吗？不能由我自己的力量去救一个为我牺牲的女子吗？至于我的心，你当然相信我，任海枯石烂，天塌地崩，这颗爱你的心是和我的灵魂永远存在。梅林！我总不负你，你抬起头来看！我对着这未圆的月儿发誓：梅林我永不负你。'她抬起头来说：'少爷！从前的已经错了，难道我们还要错下去吗？我呢！原是很下贱的人，在你们眼底只是和奴婢一样的地位……至于说到深层的话，少爷，梅林没有那么大的福分，就是你愿意牺牲上你的高贵来低就我，我也绝不做那非分之想。谁叫我们是两个世界中的人。假如我是宦门小姐，或者你是农夫牧童，老天就圆满了我们的心了。假如少爷慈悲爱怜梅林，只要在你心里有一角珍藏梅林之处，就是我不幸死去，也无所憾！少爷，其他的梦想，愿我们待之来生吧！'

"她走后，我被父亲派到海宁去看生病的姑母，我回来便听见她们说梅林死了，说她回去后三天便投湖死了！当时我万分悲痛，万分忏悔，我天天骑着马仍到逢见她的苏堤上去徘徊凭吊，但这场噩梦除了给我心头留下创痕外，一切回忆，渺茫轻淡，恍如隔世。这样过了二年，我憔悴枯瘦得如一个活骷髅，那翩翩美丽的青春和幸福，都被这一个死的女郎遮蔽成阴森、惨淡、悲愁的黑影，因之我愤恨诅咒这社会和家庭，以及一切旧礼教的藩篱。于是我悄悄地离开家庭走了。

"戊戌政变时，我在京师大学堂，后来又到上海当报馆主笔，那时我已和家庭完全决裂，父亲和我的思想站在两极端不能通融，他是盛朝的耿耿忠心的大臣，我是谋为不轨的叛徒。太后临朝，光绪帝被囚于瀛台，康梁罢斥的时候，封闭报馆，严拿主笔，我和一个朋友逃到日本，那时我革命的热心更是拼我头颅，溅此鲜血而不顾。以我一个文弱书生，能这样奋斗，我自己的思想建筑在革命的程途上，这自然都是一个女子的力量，我爱敬的梅林姑娘。

“在日本晤孙文和宫崎寅藏，庚子那年我回国随着唐才常一班人，奔走于湘鄂长江，两粤闽浙间，后来在汉口被官兵破获，才常等二十余人均死。我那时幸免于难，又第二次逃到日本。不久联军入北京，太后挈光绪出走，父亲母亲和全家都在北京被害，只剩了杭州家里老姨太养着的我的三弟，从此以后我湖海飘零，萧然一身，专心致志于革命事业者十余年，其间我曾逢见不少异国故乡的美婉女郎，她们也曾对我表示极热烈的愿望，但是我都含泪忍痛地拒绝了。因为我和梅林有海枯石烂永不相忘的誓言。

“我的少年期，埋葬了这一段悲惨的情史在我心底，以后我处处都是新疮碰上我的旧创。在日本我逢见黄君璧女士，她是那时在东京最有名的中华女侠，她学医我学陆军，我们是天天见面，肝胆相照的朋友，但是我心头有我的隐恨埋殡着，永不曾向她有超过朋友情谊的表示和要求。

“辛亥革命，我二次回国投身军界，转战南北，枪林弹雨中侥幸逃出这副残骸来。民国以后我实指望着革命是得到了真正的成功，哪知专制的帝王虽推倒，又出了不少的分省割据的都督将军，依然换汤不换药的是一种表面的改革，我觉悟了中国人的思想，根本还是和从前一样，渐渐我和这般革命元勋，旧时同志，发生了意见。我乃脱甲投戈又回到日本。袁氏称帝，那一般同志在日本重整旗鼓的预备挞伐，我也随着回来。这次我去向一个伟人抛掷炸弹，未中，我扮着乡人逃出北京，回到杭州看了看我的三弟，和已经出嫁并生有子女的妹妹。这时我才觉着我飘泊生活，已如梦一般把我那青春幸福的时代逝去了。我那时候更凄楚地想到梅林，我独自去苏堤一带又追寻了一番我们二十年前的旧梦。她一个勇武柔美，霜雪凛然的女郎，激发我做了这许多轰轰烈烈的事业，但如今我独自在苏堤上，回想起来更增加我的悲痛！二十余年中我像怒潮狂飙，任忧愁腐蚀，任心灵燃烧，到如今灵焰成灰烬，热血化白云，我觉已站在上帝的面前，我和人间一切的愿望事业都撒手告别。宇宙本无由来，主持宰制之者唯我们的意欲情流；人生的欢乐，结果只留过去的悲哀；人生的期望，结果只是空谷的回音，这和巍峨的宫殿，峥嵘的宝塔一样，结果只是任疾风暴雨摧残欺凌，什么美人唇边的微笑，英雄手中的宝刀，都是罪罚的象征，都是被梦来戏弄。地狱，死刑，暗杀；事业，爱人，金钱，在我的心底啊，从前都是热血的结晶，如今都化成苍白的流云飞上天边去了！”他说到这里忽然站起来，用手向星月灿然的天空指着，他的血又重新沸腾了，苍白的月色下，我看他的脸却和刚才的晚霞一样红，颔下银须被晚风吹的在襟头飘拂着。

“蕙侄，你知道吧！我从前的雄心壮志，爱国热诚，革命思想，也和现在的青年们一样狂热呢！那时悬赏捕我的风声日紧一日，我也不能再振作我往日的雄心了，一切都和太阳下的融雪一样，我不能再扎挣支持上这孤独、悲哀、空虚的躯壳和无穷无尽的前途奋斗征战了！我遂肩行李云游到这山中。我爱这里有水涧瀑布，翠峦青峰。微雨和风，白云明月之下，我找了这一块干净土，把五十年雄心壮志，绮情蜜意都一齐深葬此山。任天下怎样鼎沸混乱，人民怎样流离痛苦，我不闻问了，我将深藏此深山松篁中，任白云飘过我的头顶。我老了，我的担子青年人已接过去了，我该休息了，整理完成这二十年中的日记后，我想可以寻梅林去了！只恐怕她还是青春美丽的少女之魂，而我已经是龙钟苍老的白头翁了！”他手里拿着烟斗，微仰着头望着松林中透露出的半弦月出神，他心里又想起二十年前那夜的月色，和梅林最后诀别的河畔蜜语。

我始终未曾打断他的话，这时我看他已不能再说什么了，我说：“刘伯伯！人生的悲剧，都是生活和思想的矛盾所造成。理想和现实永远不能调和，人类的痛苦因之也永无休止。我们都在这不完善的社会中生活，处处现实和理想是在冲突，要解决这冲突的原因，自然只有革命，改变社会的生活和秩序。不过这不是几个人几十年就能成功的，尤其因为人生是流动的进步的，今天改了明天也许就发现了毛病，还要再改，革了这个社会的命，几年后又需要革这革过的命。这样我们一生的精力只是一小点，光阴只是一刹那，自然我们幸福愿望便永远是个不能实现的梦了。一方面肉体受着切肤的压迫，一方面灵魂得不到理想中的安慰，达不到梦中的愿望，自然只有构一套悲剧了事。伯伯！你五十多岁了，也是一个时代的牺牲者，哪知我二十多岁也是一样作了时代的牺牲者！说句不怕伯伯笑话的话吧！我如今消极的思想，简直和你一样。虽然我是个平常的女孩儿，并不曾有过什么惊天动地的作为，建过什么爱国福民的事业，和伯伯似的倦勤退隐。不过近来我思想又变了，我自己虽然把人生已建在消极的归宿处——坟墓之上；但是我还是个青年，我不希望我为了自己的悲愁就这样悄悄死去的。我要另找一个新生命新生活来做我以后的事业。因之，我想替沉没浸淹在苦海中的民众，出一锄一犁的小气力，做点能拯救他们的工作，能为后来的青年人造个比较完善的环境安置他们。伯伯，假如你愿意，你便把你那副未卸肩的担子交付给我，我肩负上伯伯这副五十年湖海奔走，壮志如长虹的铁担。”

他听了我这一番话，冰森冷枯的脸上，忽然露出浅浅的笑痕，他放下了烟斗，站起来伸过他那瘦枯如柴的手来握住我的右手，他说：“蕙侄！二十年来我这时是第一次得意！你这番话大大令我喜欢！你们青年，正该这样去才是光明正坦的大道，才可寻得幸福美满的人生。蜷伏在自己天鹅绒椅上哼哼悲愁，便不如痛痛快快，去打倒，去破坏这使你悲愁的魔鬼。革命的动机有时虽因为是反抗自己的痛苦，但其结果却是大多数民众的福利，并不能计较到自己的福利。所以这并不是投机求利的事业，虽然为了追求光明幸福而去，但是这也是梦想，你不要因为失望便诅咒他，我从前曾有过这样错误思想，现在先告诉你。蕙侄，你去吧！你去用你的血去溅洒这枯寂的地球去吧！使她都生长成如你一样美丽的自由之花。我在这松林里日夜祷告你的成功，你接上这副铁担去吧！事完后你再来这里和我过这云烟山林的生活，我把我整理好的日记留给你。假如我不幸死去，蕙侄！我也无恨憾了，你已再造了我第二次的生命！”他说到这里，山下远远看见一盏红灯隐现在森林中，走近时原来是我家的仆人，母亲叫他燃着来接我的。我向刘伯伯说：“天晚了，明天我再来和伯伯说。这样大概我行期要提早，也须这一星期便可动身。谢谢伯伯今天给我讲的故事，令我死灰复燃，壮志重生。”他望着我笑了！我遂和来人点着母亲的红灯下了山，归路上月色凄寒，回头望白云庵烟雾缭绕，松柏森森中似乎有许多火萤飞舞，星花乱迸，这是埋葬在这里的珠光剑气罢！

我默想着松林下桌旁的老英雄，他万想不到他和梅林的一番英雄儿女的侠骨柔情，四十年后还激动了一个久已消沉的女子。

十六年，七，二十六，山城栖云阁。

（选自1927年8月9日《世界日报·蔷薇周刊》第三十七期，三十八期）

流浪的歌者

碧箫是一个女画家，近来因为她多病，唯一爱怜她的老父，伴她到这背山临海的海丰镇养病。海丰镇的风景本来幽雅，气候也温和，碧箫自从移居到这里后，身体渐渐地恢复了健康。

他们的房子离开海丰镇的街市还有四五里地，前面凭临着碧清浩茫的大海，后面远远望见云气郁结、峦峰起伏的是青龙山蜿蜒东来的余脉；山坡上满是苍翠入云的大森林，森林后隐约掩遮着一座颓废的破庙。这是碧箫祖父的别墅，几间小楼位置在这海滨山隅，松风涛语，静寂默化中，不多几天，碧箫的病已全好了。黄昏或清晨时，海丰镇上便看见一位银须如雪的老人，领着一个幽雅淡美的女郎在海岸散步，林中徘徊。

有时她独自一个携着画架，在极美妙的风景下写生，凉风吹拂着她的衣角鬓发，她往往对着澄清的天宇叹息！她看见须发苍白的老父时，便想到死去已久的母亲。每次她悄悄走进父亲房里时，总看见父亲是在凝神含泪望着母亲的遗像沉思；她虽然强为欢笑地安慰着父亲,但不能制止的酸泪常会流到颊上。这样黯淡冷寂的家庭,碧箫自然养成一种孤傲冷僻的易于感伤的性情,在她瘦削的惨白的脸上,明白表现出她心头深沉的悲痛。

这时正是月亮尚未十分圆的秋夜,薄薄的几片云翼,在皎朗的明月畔展护着,星光很模糊,只有近在天河畔的孤星,独自灿烂着。四围静寂得连犬吠声都没有,微风过处,落叶瑟瑟地响,一种清冷的感触,将心头一切热念都消失了,只漠然引起一缕莫名的哀愁。

碧箫服侍父亲睡后,她悄悄倚着楼栏望月,这里并不是崇岭瀑泉,这时也不是凄风苦雨,仅仅这片云中拥护的一轮冷月,淡淡地悠悠地翻弄着银浪颤动流漾时,已波动了碧箫的心弦,她低了头望着地上的树影冥想沉思。这时候忽然由远处送来一阵悠扬的琴声,夹和着松啸涛语,慢慢吹送到这里,惊醒了碧箫沉思之梦。她侧着耳朵宁神静气地仔细听,果然是一派琴音,萦绕在房后的松林左右。这声音渐渐高了,渐渐低了,凄哀幽咽中宛转着迂回缠绵的心曲,似嫠妇泣诉,夜莺哀啼;悲壮时又满含着万种怨恨,千缕柔情,依稀那树林中每一枝叶,都被这凄悲的音浪波动着。碧箫禁抑不住的情感,也随着颤荡到不能制止,她整个的心灵都为这月色琴音所沉醉了。忽然间一切都肃然归于静寂,琴声也戛然而止,月色更现得(显得)青白皎洁,深夜更觉得寒露侵人,她耳畔袅袅余音,仿佛还在林中颤动流漾。那一片黑森森的树林,荫翳着无穷的悠远,这黑暗悠远的难以探索,正和她渺茫的人生一样呢!

碧箫想:这是谁在此深夜弹琴,我来到此三个月了,从未曾听见过这样悲壮哀婉的琴音。她如醉如痴地默想着,心中蜷伏抑压的哀愁,今夜都被这琴声掘翻出来;她为这热烈的情绪感动了,她深深地献与这无限的同情给那不知谁何的歌者。

晨曦照着了海丰镇时，多少农夫和工人都向目的地工作去了，炊烟缭绕，儿童欢笑的纷扰中，破了昨夜那个幽静的好梦。

碧箫在早晨时，发现她父亲不在房里了。下楼去问看门老仆，他说："清早便见主人独自向林中去了。"她匆匆披了一件外衣，出了栅门向北去，那时空气新鲜，朝霞如烘，血红的太阳照在渐渐枯黄的森林，如深秋的丹枫一样。走进了森林，缘着一条一条草径向破庙走去，那面有路通着海丰镇的街市。她想在这一条路上，一定可以逢见父亲在这里散步回来。不远已看见那破庙的山门，颓垣残塔，蔓草黄叶，显得十分凄凉肃森。她走上了台阶，忽然听见有人在里面低吟，停步宁神再听时，父亲正从那面缓步而来。她遂下了台阶，跑了几步迎上去说："爸爸，我来寻你的，你去了哪里呢？""到镇上看了看梓君，他病已好了，预备再过两星期就要回去。他问我们是再住几天，还是一块儿回去呢？"她听见父亲这话后，低了头沉思了一会，这里的环境，确是太幽静太美丽了，她真有点留恋不肯去呢！她又想北京父亲还有许多事要办理，哪能长久伴她住在这里。因之她说："爸爸，如果你急于回去，我们就同梓君一块儿去，不然再多住几天也好，爸爸斟酌吧！他们等着我们吃早餐呢，我们回去罢。"走到铁栅门时，服侍碧箫的使女小兰在楼上扬着手欢迎他们，碧箫最爱的一只黑狗也跑出来跟随在她的足下嗅着。这时她心中充满了无限的哀感，这些热烈的诚恳的表情，都被她漠然不加一瞬地过去了。

碧箫同她父亲用完早餐后，她回到房里给她的朋友写一封信，正在握管凝思的时候，忽然又听见一缕琴音由远而近，这时琴音又和昨夜不同，虽然不是那样悠远，但也含着不少穷途漂零，异乡落魄的哀思。这声音渐渐近了，似乎已到了栅门的左右，她放下笔走出了房门，倚着楼栏一望，果然见她家铁栅门外站着一个颀长的男子，一只手拿着他的琴，一只手他抚着前额，低头站在一棵槐树下沉思；浓密的树叶遮蔽了，看不清楚他的面容。她觉这个人来得奇怪，遂叫小兰下去打听一下，他在那里徘徊着做什么呢？

小兰跑下去，开了栅门，他惊惶地回过头来，看见栅门旁立着一个梳着双辫，穿碧绿衣裳的小姑娘。他挟着琴走向前，嗫嚅着和她说："姑娘！我是异乡漂游到此的一个逃难的旅客，我很冒昧，我很惭愧的，请求姑娘赏我点饭吃！"

小兰虽是个小女孩，但她慈悲的心肠也和她女主人一样。她自己跑到厨房向厨子老李要了一盆米饭，特别又给他找了点干鱼、干饽饽一类的东西拿给他。

小兰在槐树下拾石子玩耍，等他吃完了，她才过来收回碗碟。他深深向小兰致谢，他说："姑娘！我不知用什么言语来代表我的谢忱，我只会弹琴，我弹一曲琴给姑娘听吧。"

他脸上忽然泛浮着微笑！轻轻地又拨动了他的琴弦。小兰回头望望楼上的碧箫，她憨呆地倚着栅门，等他弹完后走到林中去了，才闭门回来告诉她的小姐。

碧箫在楼头望着他去远后才回到房里，她想这个人何至于流落到求乞呢！他不能去做个琴师吗？不能用他的劳力去求一饱吗？他那种谈吐态度真是一个有知识的人，何至于缘门求乞，而且昂藏七尺之躯也不应这样践踏；也许他另有苦衷不得不如此吗？她吩咐小兰告诉厨子，以后每天都留点饭菜给他。

从此每夜更深人静时，便听见琴声在树林中萦回；朝阳照临时，他便挟着琴来到她家门口，讨那顿特赐的饱食。吃饱后他照例在槐荫下弹一曲琴，他也不去别处；但过了两三天后，这左右的农家都互相传说着，海丰镇来了个弹琴的乞丐。

两个星期后，碧箫的病已全好了，父亲和她商量回北京去。

临行的前一天，将到黄昏时候，碧箫拿了画架想到海边画一幅海上落日图。她披了一件银灰色的斗篷，携了画架颜色向海边去。走不多远已望见那苍茫的烟海，风过处海水滔滔，白浪激天，真是海天寥廓，万里无云。她拣了一块较高的沙滩把架子支起来，调好了颜色，红霞中正捧着那一颗落日，抹画得那海天都成了灿烂的绯色，连她那苍白的面靥都照映成粉白嫣红，异常美丽。她怀着惊喜悲怆的复杂心绪很迅速地临画着；只一刹那，那云彩便慢慢淡了，渐渐褪去了绯色，又现出苍茫的碧海青天。一颗如烘的落日已沉没到海底去了，余留的一点彩霞也被白浪卷埋了，这寂寞的宇宙骤然现得(显得)十分黯淡。她掷了画笔呆呆地望着大海；她凄恋着一切，她追悼着一切，对着这浩茫的烟海，寄托她这无涯涘的清愁。

这时候她忽然听得背后有沉重的足步声，回过头看，原来是那个流浪的歌者，他挟着琴慢慢地向这里走来。这次她才看清楚他的面貌：他有三十上下年纪，虽然衣履褴褛，形容憔悴，但是还遮不住他那温雅风度，英武精神；苍白瘦削的面靥上虽流露着饥寒交迫的痛苦，那一双清澈锐利的目光，还是那样炯炯然逼人眉宇。她心里想："真风尘中的英雄。"

他走近了碧箫的画架，看见刚才她素腕描画的那一幅海上落日，他微微叹息了一声，便独自走到海岸的高处，在这暮色苍茫，海天模糊的黄昏时候，他又拨动着他那悲壮愤怨如泣如诉的琴弦。这凄凉呜咽的琴音，将他那沦落风尘，悲抑失意的情绪，已由他十指间传流到碧箫的心里。

晚风更紧了，海上卷激起如山的波浪，涛声和着忽断忽续的琴弦更觉万分悲凉！吹得碧箫鬓发散乱，衣袖轻飘，她忍不住的清泪已悄悄滴湿了她的衣襟，惨白的脸衬着银灰色的斗篷，远远看去浑疑是矗立海边的一座大理石的神像呢！是那么洁白，那么幽静，那么冷寂！

她觉得夜色已渐渐袭来，便收拾起画架，一步懒一步地缘着海岸走回来。半路上她逢见小兰提着玻璃八角灯来接。到了铁栅门口，她无意中回头一望，远远隐约有一个颀长的黑影移动着。

这一夜她的心情异常复杂，说不出的悲抑令她心臆如焚！她靠在理好的行装上期待着，期待那皎皎的月光来吻照她；但只令她感到幽忧的搏击。黑暗的恐怖，月儿已被云影吞蚀了；那卷着松涛的海风一阵阵吹来，令她觉得寒栗惊悸！小兰在对面床上正鼾声如雷，这可怕的黑夜并未曾惊破她憨漫的好梦。

她期待着月色，更期待着琴声，但都令她失望了。这一夜狂风怒号了整夜，森林中传来许多裂柯折枝的巨响，宇宙似乎都在毁灭着。

翌晨十时左右，碧箫正帮着父亲装箱子，小兰走进来说："有小姐一封信，我放在你桌子上了。"

她把父亲箱子收拾好后，回到自己房里果然见书桌上放着一封信，她拿起来反复看了一遍，觉这信来得奇怪，并没有邮票也没有写她的名字，只仅仅写着一个姓。她拆开来那信纸也非常粗糙，不过字却写的秀挺饱满，上面是：

小姐：

我应该感谢上帝，他使我有机缘致书于你，借此忏悔我的一切罪恶，在我崇敬的女神之足下。我不敢奢望这残痕永映在你洁白的心版上，我只愿在你的彩笔玉腕下为我落魄人描摹一幅生命最后的图画。

到现在我还疑惑我是已脱离了这恶浊的世界，另觅到一块美丽欢乐的绿洲呢！但是如今这个梦醒了，我想永随着这可爱的梦境而归去呢。原谅我，小姐，我这流浪欲狂的囚徒来惊扰你；但是我相信你是能可怜我的同情我的，所以我才敢冒昧陈词，将我这最后的热泪鲜血呈献给你！小姐，求你念他孤苦伶仃，举世无可告语，允许他把这以下种种，写出来请小姐闪动你美丽的双睛一读。

我的故乡是在洛阳城外的一个大镇，祖父在前清是极有威权的武官，我家在这镇上是赫赫有名的巨族，我便出生在这雕梁画栋，高楼大厦的富贵家庭中。十八岁时我离开了家去北京游学，那时祖父已死了，还剩有祖母父母弟妹们在洛阳原籍住着。

近数年内，兵匪遍地，战云漫天，无处不是枯骨成丘，血流漂橹；我的故乡更是蹂躏得厉害，往往铁蹄所践，皆成墟墓。三年前我那欢乐的家庭不幸变成了残害生灵的屠场，我的双亲卧在血泊中饮弹而亡，妹妹被逼坠楼脑碎，弟弟拉去随军牧马，只剩下白发衰老的祖母逃到我的乳妈家中住着，不久也惊气而亡，一门老少只余了我异乡的游子，凭吊泣悼这一幕惨剧，当时我愤恨的复仇心真愿捣碎焚毁这整个的宇宙呢！

从此后我便成了天涯漂泊的孤独者，我虽竭力想探得我弱小弟弟的行踪，但迄今尚无消息，也许早已被战马的铁蹄践踏死了。在这样的环境下煎熬着、悲苦着，我更彻底地认识了这万恶的社会，这残酷的人生，不是人类所应有。生命的幸福欢乐既都和我绝缘，但是人是为了战胜一切而生存的，我不得不振作起来另找我的生路，想在我们的力量下，改造建设一个自由的和平的为人民求福利的社会和国家。因之我毅然决然把这七尺残躯交付给我所信赖的事业，将为此奋勉直到我死的时期。

这几年中流浪于大江南北，或用笔或用枪打死了无数的敌人，热血在我心腔中汹涌着，忘了自己生命上的创痕；虽然日在惊险危急中生存，我总自诩我是一勇敢的战士。假使这样努力下去，那我们最后的成功指日可待。谁想世事往往如此，在这胜利可操的途程上，内部忽然分裂，几个月后嫉妒争夺，金钱淫欲，都渐渐腐化了我们勇武的健儿，敌方又用各种离间拉拢的手段来破坏我们的集团，从前一切值得人赞美钦佩的精神勇气，都变成人人诅咒的罪恶渊薮。我当时异常灰心，异常愤怒，便发表了一篇长文劝告这些在前敌在后方的同志，哪知因此便得罪了不少的朋友，不久我便被人排挤陷害，反成了众人攻击的箭垛，妄加我许多莫名其妙的罪名。我也明知道黑幕日深，前途黯淡，这日深一日的泥泽，也不是我一人的精力所能澄清，遂抱了无语的懊丧与失望离开了他们。

我无目的去了上海，那里住着我一很好的女朋友朱剑霄，我想顺便看看她。并且愿借此机会往外国再念几年书，重新来建设我信赖的事业，目下中国的时局确实太浑浊，新兴势力既为腐化所吞蚀，一时恐绝无重振的希望。

到了上海我并未寻见朱剑霄，到她寓处说她去广东了，我也毫不迟疑她怀有异心。哪想到第三天我在旅馆里正弹着我新买的琴时，忽然去了许多军警把我逮捕到龙华，也未加审诉便把我下了监牢，这真是一个闷葫芦，后来有人告我是朱剑霄告发了我，说我来沪带着危险的使命，先请我在监狱中暂住几天，防我意外的暴动。

我倒是很感谢她！进了监狱后身体上虽略有痛苦，但我精神上非常舒适，初从一种忙乱嚣杂的环境里逃出，冷静寂寞的狱中反给我不少心灵上的反省和忏悔。我觉这世界为什么永远是这样污浊黑暗呢！因为人类的心太残忍冷酷了的缘故吧！这几年牺牲了青年英雄多少头颅，多少热血，然而所建设的功绩依然渺如云烟。给人民争得的福利不知梦在哪里，而人民流离颠沛的痛苦，确是我们的努力所促成。我原是家破人亡的孤儿，为了拯救别人才奋勇去投效从军；哪知我这一番热心忠诚，反是促成破人家、亡人头的罪魁，回忆我枪炮声中所目观的惨剧，又何尝不是我心头的惨剧呢！

我并不怨恨我走的道路错了，我也绝对不怀疑我的主义事业有何足以疵议，我只可惜我们同志们的毅力太薄弱了，抵不过恶势力的包围和腐化而亡。叹息这次失败的自然不仅是我，和我抱此澄清宇宙，再图发扬的一定还有人在，我想以后得到机会再舒伸我的未遂的壮志。因此我在狱中很安静地过了三个月。

一天夜里我忽然听见枪声连续地响,渐渐近了,我望见天空中缭绕的黑烟和火星。天将明时,我见许多囚犯都聚集在院中,狱卒也不知都哪里去了。后来我们便都破狱出来,那时已无人管看我们。枪林弹雨中我挟着我的琴躲在一个酒店内,等到黄昏时候我乘着混乱离开酒店,沿途求乞,一个星期后才来到海丰镇,我已精疲力竭,不得不暂时在这里休息几天。

那一夜我悄悄逃到这森林中的破庙,当时可怜我除此琴外,别无长物,孤苦伶仃,饥寒交迫,蜷伏在这颓荒的墙角,激荡着如焚的怅惘!那时我真惶悔,早知道今日这样落魄异乡,我宁愿做个永久监禁的囚徒,平安舒适地在狱中住着,不强似这漂流无定,饥寒侵凌的乞丐生活?

翌晨,我穿过松林弹着琴来到你家门口,我在树影里远远看见你伫立楼头。那时我虽领受了你的厚赐,但是我心中却充满了莫名的惭愧和羞愤。

多谢你慈善的小姐,救活了街头的饿殍。这许多天你赐给我的,我想并不是那仅仅果腹的一餐,我觉在生命的海中,踏上了青春美丽的绿洲,而你便是那指导我接引我去的女神!

今晨我在你家门口探得你将离此的消息。我似乎惊醒了一个梦,才知道自己目前的境遇和将来的企图,该如何处置?

黄昏时来到海边,望着雪浪汹涌的大海,猛然看见生命的神光在那里闪耀,似乎唤醒我这昏醉的灵魂!我望着一团一团的浪花涌来，又化作白沫溅散在四周，刹那间冲洗尽我这颗尘封血凝的碎心，化成了万千只自由翱翔的海鸥在水面上沉浮。海啊！海啊！你是我母亲温柔的怀抱罢！我愿永眠在这雪浪银涛之中求她的蜜吻。这纷扰的，破碎的世界有何留恋？在这枯骨战壕，血肉屠场找生命的幸福和欢乐吗？我早无望了。如今人海飘零，孑然只身，扎挣着去战斗罢，也不过是痛苦着自己的心神，去做些殃民祸国的勾当。我的主义事业也终于是空虚的幻想，愿他永远留在我的梦里。因之，我决意把这创伤的躯壳在此求死，不再向扰攘的人群中觍颜去求生。

这时却巧逢见你来海边绘画，本想冒昧过去面谢你的一切恩惠，哪知道我走到面前望见你那惨白的佼颜时，又令我踌躇不前。你是那样幽淡高傲，令我凛凛然不敢侵犯，只好借琴弦来致此最后的虔诚，但万想不到你竟为我这哀酸迂回的心曲而落泪沾襟？

我不希求什么了，这宇宙间虽未曾赐给我一点安慰，但我已在这时邀得你的同情，这几滴珍贵的同情之珠泪，便可淹没埋葬我这黯淡凄凉的生命，在你那光明洁白的心海中了。

我由海边回来，觉着我须要给你一封信，叙述我的一切让你知道；但既无笔墨，又无灯烛，阴云迷漫怕今夜更无月色。这时候我猛然想到小衫上还有一个金质的领章，这是中学时代一个最爱我的老牧师赠给我的，十年了从未一刻离开我。我就拿了它到镇上换买了纸笔蜡烛，伏在灰尘的神案上给你写这封信。

夜是这样恐怖，狂风由颓垣中袭来，几次吹熄我这萤火摇曳似的烛光，令我沉没于可怕的黑暗。这也许便是我一生的象征吧！我闭目时看见含笑的母亲，她在张臂欢迎着我！

明晨还到你家门口领那最后的一餐。不过你用惊奇的心情披读我这封信时，我已挟着我最爱的琴投向碧海中去了！去了，带着人间一切的悲哀去了。再见吧小姐！原谅我的唐突，接受我的感谢，我用在天之灵替小姐祝福！

你不必知道我是谁。在你心里，只是一个流浪的歌者。

海丰镇上忽然起了一阵惊扰，这消息传布得很快，不久便到了小兰的耳中："海边沙滩上漂浮着一个男子的尸体"。她急忙跑上楼来告诉她的小姐。

一推门，见碧箫伏在桌上。她跑过去扶起她的头，见她玉容惨淡，神情颓丧，苍白的脸上挂着两行清莹的珠泪。

（选自1927年8月9日、16日《世界日报·蔷薇周刊》第三十七、三十八期）

匹马嘶风录

一

一切都决定了之后，黄昏时我又到葡萄园中静坐了一会，把许多往事都回忆了一番，将目前的情况也计划了一下，胸头除了梗酸外，也不觉怎样悲切。天边冉冉飘过的白云，我抬头望着她惨笑，愿残梦就这样醒来吧！

这小园是朝朝暮暮常来的地方，在这里也曾沉思过，也曾落泪过，然而今夜对之略无留恋之情，我心中汹涌的热血，将这些悲秋伤逝之感都湮没了。青天的云幕慢慢移去，露出了皎洁晶莹的上弦月，三五小星散落在四周，夜景清寂中，我今晚最后在这古城望月，明天这时也许已在漂泊的途程上了。

出了葡萄园闭上那木栅门，我又回头望了望，月儿一丝丝的银辉，射放在一棵棵的树林里，仿佛很甜蜜地吻着，满园的花草也都沉睡在月光中，低垂着慵懒的腰肢。我不知为什么，忽然这样痴迷如醉，像饮了浓醴一般。

远远听见犬吠声时，才独自回来。屋内零乱极了，满地都是书籍和衣服，我望着它们真不知如何整理！呆呆地对灯光想了半天，才着手去收拾。先把信件旧稿整理了一下，这都是创痕，我也不忍揭视，把它们都收集在字纸篓中，拿到阶前点着火烧了，风吹着纸灰飘飞了满院，在烟气缭绕中映出件件分明的往事。把信烧完后，将这些书装在箱里，封上了号数，存在采之处。身边只剩下一个小箱，装着衣服和应用东西，一块毡子放在外边。其余零星什物都堆在墙角，赏给这里的佣(用)人们。

收拾完，已是夜里三点钟。

这次离开P城是秘密的，我谁也不让他们知道，免却许多纠缠。云生他要送我到C岛，顺路我去G城看看我的姑母。我们都是把生命赋予事业的，所以云生对于我这次走又鼓励又留恋，但是我怎能不走，为了我们的工作。他和我一块儿去又不能，因为他在这里有很重要的职务，不能脱身。今天他同我在路上逢见亚芬后，他就问我："雪妹，假如你走后，我不幸在这里遇了险，你怎样呢？"我笑着说："不管你怎样，我也和亚芬对死了的天华一样。"他很黯然！我还笑着说："云哥，英雄点吧！我们事业成功后，一切的悲愁烦恼便都解决了。"

我忽然又想到碧茜，这次走前途茫茫，吉凶未卜，我和她总是多年相知，虽然这回做的怎样斩钉截铁，也该告诉她一声。我坐在案旁，披笺濡毫，写这封信：

碧茜：

这时月儿也许正抚吻着你的睡靥，在你梦中我倚装写这个短笺向你告别。想多年相知的你，对我这次走自然也许是意中事而不觉惊奇。

五年来频遭不幸，巨创深痛中，含泪扎挣走上了这最后的途程，这是我的思想在残酷的磔刑下迸散出的火花，这火花啊！虽能焚毁那万恶社会的荆棘，但不能有所建白时也能用以自焚呢！但是朋友，我只有不顾一切地去了。

此后我残余的生命便交给事业了。以我抛弃了这花园派小姐的生活，去向枪林弹雨中寻找一个流浪漂泊的人生。前途的黑暗惨淡我也早已料及，不过我是欢迎一切的毁灭去的，我并不畏惧那可怕的将来。当我欣然而去的时候，朋友，你也不必为我那不堪想到的命运悲哀罢！

碧茜，纸短情长，后会有期，再见啊，愿你文笔日健！

何雪樵

更柝声又响了，一声声在深夜里，令我这要远行的人听见更觉凄凉！拧熄了灯，月光照得屋里和白昼一样，我倚在行装上，静静地坐着，斑驳的树影在窗上摇曳，心潮的浪花打激在我的脑海里，不禁想到自己畸零的身世。三年前父母在A城，被土匪驱逐到山洞里，在里面燃着青椒，外面封住口，活活地熏死。去年哥哥又被流弹打死在铁道旁，现在还未找到尸身，只剩了一个叔父，三四年无音信，也不知流落何处？我自恨为什么生在这乱世，从小就受着残酷的蹂躏和践踏，直到现在弄得人亡家散，天涯孤身，每一念及，令我愤恨流涕，痛不欲生。如今，我更去那远道漂泊，肩负那毁灭一切的使命去了，但是我不能扎挣时，想到自己的前尘不更觉这样扎挣是罪恶吗?

毕业后到F城逢见云生,那时他正从海外回国,四处寻找同志,预备组织一个团体,我们经朋友的介绍便认识了。他沉静寡言秉性敏慧,文字交五载,他不仅是我的良友而且是我的严师,我遭了几次的不幸,都是他竭尽心力地帮助我,安慰我。我何尝不知他迂回宛转的心曲,但是我千疮百洞的残躯,又怎忍令云生为我牺牲他前途的快乐和幸福呢!

云山迷漫中,我爱天边的虹桥,然而虹桥永不能建在地上,愿云生就是我心中的虹桥罢!我怎能说爱他。

二

昨夜倚着行装不知何时睡去,醒来窗前已露鱼白色,晨鸡喔喔地叫了,破晓的角声,从远处悲沉的吹起。我翻身起来草草梳洗后,遂到前院去寻见赵竹君,我告诉她要去G城看姑母,也许要住几天须得请人代课的话。她一一都答应了,送我到门口上了车,太阳出来,红霞迷漫树梢时我已到了车站了。云生已和采之在等着我,此外还有许多同志来送行。七时车开,采之笑着说:"云生好好地护送雪樵一程,希望雪樵常常有信给我们。"我和云生立在车窗前边和送行的人们笑说:"再见"。一霎时便看不见这庄严苍老的古都,一片弥绿都是一望无际的春郊。云生坐在我的对面笑了!我问他笑什么?他说:"我笑你的行色呢!"我也笑了,然而这欢笑的幕后便是悲哀,想到眼前暂聚久别的情境,又不禁泫然!

一路上云生告诉我许多的风景和他往日的生活,沿途颇不寂寞,我一点没有想到这次旅行的苦楚,和将来置生命于危险的悲戚。

到了C城下了车，云生去看他的朋友，我去看姑母，惠和表妹见我来了，喜欢得她跳出跳进地给我预备午餐，收拾房屋。我不敢向姑母说别的话，我只说有点事去C岛。姑母要我多住几天，我因为云生不能久待，所以在第二天的早晨遂乘车向C岛去。

午后到了C岛，我们住在大东旅舍，云生心里似乎极不高兴，常独自长吁！我也明知道他心中的烦恼，但是我该怎样安慰他呢！我们终须要撒手分离的。午餐后这里的分部开会，在那里逢见从前的同学王学敬，她预备和我一块儿去A埠，这也好，省得路上寂寞。

开完会回到旅社已黄昏了，明晨云生就要回P城去，晚饭后他要我去海边玩。

C岛的街市，清静得宛如一座公园，这时正是春天，路旁的松柏都发出青翠的苞芽，柳条嫩黄的鲜艳，风过处一阵阵芬芳的草香，沁人如醉。我和云生顺路进了外国坟茔的园门，那里边苍松翠柏，花红草碧，汉白玉的塑像，大理石的墓碑，十字架，都很幽静地峙立着，这都是些异国漂泊的孤魂，战士忠勇的英灵。我坐在石头上，云生伏在碑上，他的面色很苍白，背过脸去似乎在暗暗咽泪！我也默望松林中夕阳残照余晖沉思。这垒垒芳冢都是不相识者，我们哀悼谁呢，这只有上天知道。

出了坟茔的门向海边去，正是月圆时候，一轮皎洁的明月照得这宇宙像水晶世界，静悄悄的海边只听见低微的涛语，像夜莺哀啼，嫠妇呜咽一样的悲幽凄凉！我们缘着沙岸走，那黑影高耸，斜上去的土阜便是炮台旧址。这时海风滔滔，海雾蒙蒙，月光下冲激的浪花和烂银一般推涌着，一波过去，一波又来，真是苍天碧海，一望无际，我忽然觉着自己太渺小了，对着这苍茫的大海不禁微有所感。想我这孤苦伶仃、湖海飘零的弱女子，在这样地狱般的人间扎挣着，也许这里便是我二十年来最后奋斗的坟墓了，又何必到异乡建设什么事业去！云生见我这样驻了足呆想，他低声问我："雪妹！你怎么了，冷吗？"说着便把我的大衣递过来，我穿上后他给我扣好了扣，扶着我的肩说："不许你现在想心思，有心思明天我走了你再想吧！我们聚时无多，后会难知，在这样伟大雄壮的大海边，冷静凄悲的月夜下，我就借天上的星月当蜡烛，地上的青草当桌子，我们把带来的这瓶酒喝完。我拣这个地方来给你饯别，虽然简陋，但也还别致吧！良会难再，明天此时怕我和你已撒手分道在天涯海角了！唉！'碧海青天无限路，更知何日重逢君'……"他说到这里已哽咽不能成声。风声涛语中夹着云生这悲壮的别辞，猛然抖起我心头的旧恨新愁，禁不住地倚着云生悄悄地咽泪！月儿照着这一对将离的人影，似不忍见这黯然惜别的情况，它也姗姗地躲进了云幕，宇宙顿现了灰暗之象。

夜深了，他和我又向前走了几步，拣了一块干燥点的沙岸坐下，这时云散月霁，波平浪静，云生将酒瓶打开，我把姑母昨天给我的熏鸡撕着就这样邀明月对沧海的痛饮起来。

喝了几杯后，我似乎有点醉了，我对着这无际苍茫的大海，一清如洗的明月，和云生说："云哥！我此去好像断线的风筝，也不知停栖何处？大概是风晨月夕，枪林弹雨，黄沙碧血中匹马嘶风地驰骋着！如今，我把生命完全付给事业，我现在除了自己外，举目无亲，别无系恋，像我这样的命运和遭际，我个人的幸福快乐此生是无望了，我也不再希冀什么，只求我们的事业成功罢。云哥，你也是热血的青年，忠诚的同志，我们此后便这样努力好了。目前呢，都是不如意的世界，我们不去牺牲谁去牺牲呢？你不要太儿女情长，英雄气短。我们多年好友，彼此相知，我这样畸零孤苦的境遇，蒙你鼓励劝勉才有今日，不然我早随着父母的幽灵在地下了。你看！前面是四无边际的大海，后面是崇峦如笏的高山，星光灿烂，明月皎洁，这时候这宇宙是我们统治着，这般良辰美景，我们在此叙别，又悲壮，又绮丽，你还不喜欢吗？我们的生命虽然常在风波之中，但也不见得真个后会无期。云哥！我们饮尽此杯！”我喝完时便把那个盛着半盏葡萄酒的杯子投入大海，月光下碧海中打了一个螺旋的波纹，那杯子已滴溜溜沉下去了。他勉强苦笑着道：“何必呢！不过也好，就在今夜深埋在这海中罢，那杯子便算我们的坟墓。”

海风起了，海里鼓涌着的波浪渐渐冲到我们坐着的河岸上来，我和云生站起来，抬头望那一轮圆月又高又小，涛声正凄凄咽咽，似叙说我们心头的惆怅！我向云生说：“回去吧！人间没有不散的筵席，只是今天的别宴太好了，这令我永不能忘。”他没有说什么话，走了几步忽然又回去，把那个酒瓶也投入大海，海面上依然起了一个水泡。

三

今天刚起来打开窗户，茶房便进来了，他手里拿着一封信道：“吴先生已经走了，这封信他教我交给您。”我急忙打开来，上边写的是：

雪樵：

你也许要怪我不辞而别，不过请你原谅我！我不愿明天再看见你了，见了你时怕我更要比今夜还不英雄呢！我知道你现在已经睡了，但是这样明月，这样静夜，我无论如何这凄楚的心情不能宁贴，教我如何能睡。今夜海边的别宴，太悲壮了，也太哀艳了，可惜我不是诗人，不是画家，不能把那样美丽雄壮之景，缠绵婉转之情描写出。雪妹，我们离别这并不是初次，这漂浪无定的行踪，才是我们的本色，我何至于那样一说别离就怯懦呢！不过连我自己都莫名其妙，常怕你这次远道去后，我们就后会无期了。

学敬的哥哥敏文在C城，我已写信去了，你到了那里他自然能招呼你，这次走有学敬伴你到A埠，一路上我也可放心了。有机会我这里能脱身时，我就去找你，愿你忘掉一切的过去，努力开辟那光明灿烂的将来。谁都是现社会桎梏下的呻吟者，我们忍着耐着，叹气唉声地去了一生呢，还是积极起来粉碎这些桎梏呢！我和你都是由巨创深痛中扎挣起来的人，因悲愤而失望，便走了消极不抵抗的路，被悲愤而激怒，来担当破坏悲哀原因的事业，就成了奋斗的人了。雪妹！你此去万里途程，力量无限，我遥远地为我敬爱的人祷祝着！

至于我，我当效忠于我的事业。我生命中是有两个世界的，一个世界是属于你的，愿把我的灵魂做你座下永禁的俘虏，另一个世界我不属于你，也不属于我自己，我只是历史使命中的一个走卒。我侪生活日在风波之中，不能安定，自然免不了两地悬念，因之我盼望你常有信来，我的行踪比你固定，你有了一定驻足处即寄信来告我。

雪妹！千言万语我不知从何处说起，也不知该如何结束。东方已现鱼肚色，晨曦也快照临了，我就此在你梦中告别吧！雪妹，“一点墨痕千点泪，看恋笺都渍殷红色，数虬箭，四更彻。”这正是替我现时写照呢！再见吧，我们此后只有梦中相会！

吴云生

我看完后喉头如梗，眼泪扑簌簌地流下来，把信纸都湿透了，这时我才感到自己孤身在旅途中的悲哀！想这几年假使不是云生这样爱护我，安慰我，勉励我，怕我已不能挣扎到现在。如今我离开他了，此去前途茫茫，孤身长征，怎能咽下这一路深痛的别恨。但转念一想，我既走上了这条路，哪能为了儿女私情阻碍我的前途，我提起了理智的慧剑斩断了这缠绵惜别的情丝。

吃完早点，我给云生写了封信。正预备出门时学敬来了，她说船票已都买好，明天上午八时开船，她的事情都办清楚了，让我今天就到她家去，明天一块儿上船。

翌晨八时，我已和学敬上了船。船开后她有点晕船，我还能扎挣着，睡在床上看小说。黄昏时我到船头上看海中的落日，和玛瑙球一样，照的船栏和人间都一色绯红。我默倚着船栏看那船头涌起的浪花，落下便散作白沫，霎时白沫也归于无处寻觅。我旁边站着一个老人须发苍白，看去约有七十多岁了，我看他时他似乎觉着了，抬起头来和我笑了笑！问我去哪里，我告诉他去A埠，后来我就和他攀谈起来，他姓王，和小孩一样处处喜欢发问，并且很高兴地告我他过去四十年经商的阅略。他的见解很年轻，绝不像个老年人，而且他很爱国，他愿看到有一日中国的旗插在香港山巅上，这更是一般主张无抵抗主义——投降主义的学者们所望尘莫及了。

回到舱内，学敬睡着了，隔壁有人在唱，我心情也十分凄楚不能睡着，回想一切真如春梦，遗留在我心底的只是浅浅的痕迹，和水泡起灭一样的虚幻，什么人生的折磨，事业的浮沉，谁是成功，谁是失败，都如波浪、水泡一样，渺茫如梦。这时风起了，波浪涌击着舱窗，又扑的一声落下，飞溅起无数的银花，船更颠簸了，这宛如我的生命之海呢！

远远我似乎听见云哥唱歌的声音，声音近了，我看见云哥走近我的床来，我张手去迎他，忽然见他鲜血满身！我吓得叫了一声，惊醒后哪里有云哥的影子，想想才知是梦。但是这梦太可怕了，我的心惊颤着！我跪在床上祷告！上帝！愿你保佑他，我唯一的生命之魂影！

我伏在床上哭了！这一只大船，黑夜里正在波涛中冲撞挣扎着前进！

四

到了A埠，见着敏文，是学敬的二哥，他领我到他家去住，许多旧友都来看我，他们见我能这样抛弃了旧日安乐的生活，投向这个环境中来，自然都异常欢迎！在他们这种热烈的空气中，我才懊悔来晚了。一切的烦恼桎梏都落在我的足下，我的勇气真能匹马单骑沙场杀敌！

在这里又逢见三年未见的琦如，他预备和我去C城。第三日我们遂离A埠。海道走了三天，琦如和我谈这几年漂泊的生活，人生的变化，在路上还不寂寞。到了C城，这里正是战区，军队已开走了，三四天内还要出发大队。我和琦如见了学敬的大哥敏慧，他说云生来信他已收到了，问我愿意在哪部做工作，我说要去前敌，他说去前敌就是宣传队和红十字会救护队，救护要有点医学研究的才能去呢！我道："做看护还可以，我们因为五卅事件发生后，学校里曾组织过救护班，而且我们还到过医院实习过。缚缚绷布总能会呢！"他们都笑了！

第二天敏慧同我到医院找王怀馨，她是日本毕业的，回国后便在C城服务，在东京时和云生他们都认识。她颀长的身腰，凤眼柳眉，穿着军装，站在我面前真是英气凛然，令人起敬！她告我说，救护队分两种，一种是留在C城医院救济运回的伤兵，一种是随军临时救护，问我愿意哪一种。我说去从军。她道："那更好了，这次出发一共去一百人，你就准备吧！队长是黄梦兰，她从前在P城念书，也许你们认识的，我令人请她来介绍一下。"一会工夫梦兰来了，似曾相识，她握着我手说："欢迎我们的新同志。"我们都笑了！

在这里住了三天，一切都准备好了，我早已换上军装，她们都说是很漂亮呢！明天就出发，这时我们真热闹，领干粮，领雨衣，领手枪，领子弹，其余便是我们的药品袋和救护器具。

到夜里她们都睡了，我给云生写了封长信，告诉他昨天我就出发的消息，和我近来的生活，别的话都没敢写，我让他写信时寄C城王怀馨转我。到了这里不知为什么，心中一切的烦恼都消失了，只是热血沸腾着想到前线去，尝尝这沙场歼敌是什么滋味？

天还黑着我们就起来了，结束停当后我们先到集合场去，这时晨雾微起，四周的景物都有点模糊，房屋树林都隐约地藏在黎明的淡雾下。等到七点钟集合号响了，这时公共运动场上一排一排地集合了有三万多人，军乐悠扬中，我们出动了，街市上两旁都是欢迎我们的群众，当我们武装的救护队宣传队过去时，妇女们都高声地呐喊着，我们都挺着胸微笑了！火车开动时敏慧来看我，他又给了我一件工作，令我写点战场上的杂感给他编辑的《前锋周刊》。我和冯君毅坐在车窗边，他告我P城的消息很紧，云生久无信来，我真念他呢！

车道旁碧水长堤，稻田菜圃，一点都没有战云黯淡的情景，这样锦绣的山河，为什么一定要弄得乌烟瘴气，炮火迷漫呢！但是我们的军队是民众的慈航，为了歼灭和打倒民众之敌，我们不得不背起枪来。午餐便是随身带的干粮，不知为什么，我们大家吃起来，都觉着十分香甜。这一车的同志们，英武活泼，看起来最低限的程度也是高小毕业，又都是志愿从军，经过训练的，自然较比那些用一个招兵旗帜拉来的无知识的丘八，不啻天渊之别；这样的军队不打胜仗我真不信呢！

第二天傍晚到了F镇，景象非常之惨淡，据云匪军刚刚退去，我们的前线在这里的已有五千人。下了火车我们整齐队伍走到龙王庙，一路的男女老少都出来看我们，而且惊奇得都低低地互相传说："还有女兵呢！"在他们无恐怖的面色上，我知道我们军队是和人民一体的。

到了龙王庙我们可以休息了，其余的军队是驻扎在附近的兵营里。我把身上的累赘东西放下后，就拉了梦兰到后边去看，走到殿上忽然看见神座下放着三四副棺材。梦兰走进去，她忽然叫起来，她告我说："有一个棺材板正蠕动呢！"我走近了看时，原来棺板未钉，外面还露着灰布的衣角。也许是听见我们说话的声音了，棺材内有微微喘息的声气，梦兰说："一定还没有死呢！我去叫人去打开看看。"我在殿上等着，少时她带了二个粗使的人来，让他们揭起棺板，里面原来叠放着两个死兵，上边的这一个脸伏在底下那个的胁间。把他提出来翻了个身，果然是个活人，面色虽苍白如纸，但还有呼吸！底下那个已死了，梦兰教他们重新把棺板钉好，一齐连那几副棺都抬出去找个空地掩埋了。把那个未死的伤兵抬到前面去。给他灌了点药，检查后，他的伤在腰部，子弹还未拿出呢！于是我们设法取出加以医治。

在我军攻击F镇时，敌军伤兵太多，因无人救护就都活着掩埋了。这有棺材装着的大概还是官长吧！

翌晨黎明我们骑着马到离F镇三十里的T庄去，这一带便是前几天的战场，树木枝柯，被炮打击得七零八落，田中禾苗都践踏成平地，邻近乡村的房屋，十室九空，被流弹穿了许多焦洞，残垣断桥间，新添了许多凸起的新土，这都是无定河边骨，深闺梦里人。五年前我的故乡，我的家园，何尝不是这样的蹂躏，在炮火声中把我多年卧病在床的祖母惊吓死！谁能料到呢！当年那样娇柔孱弱的小姐，如今也居然负枪荷弹，匹马嘶风驰驱于战场之上，来凭吊这残余的劫后呢！

在马上我又想起云生，假使他这时和我鸾铃并骑，双枪杀敌，这是多么勇武而痛快的事。如今别来将及一月了，还未见他一字寄来，我心惊颤极了，他在P城好像在虎狼齿缝间求生活，危险时时就在眼前！

正午时前线有消息来，说敌军败溃B山，T庄全在我军手里了。那时我正给一个伤兵敷药，听见后他抬起头来和我笑了笑，表示他牺牲的光荣。

五

今天下午我们便去T庄驻防，缘途情状惨极了，黄沙碧血，横尸遍野，田畔的道路上，满弃着灰色制服、破草鞋、水壶、饭盒，狼藉黯淡真不忍睹。到了那里他们已给我们找好地点，军队在野外扎着帐篷。宣传队男男女女正在街市上讲演呢！

黄昏时我约了文惠骑着马去街市上看看，走到一家门口，忽然看见一堆人正在院里围着哭呢，喜动的文惠下了马跑进去看，我也只好随她进去，他们见我们追来，都不哭了，但还在抽咽着！文惠问："你们哭什么？我们的军队来嘈扰你们吗？"一个老婆婆过来，擦眼抹泪地说："告诉你们也不要紧，唉！我们都是女人。我的两个女儿死了，不是好死的，是那可杀的土匪兵昨天弄死的。一个出嫁了，怀着七个月身孕，一个还未出嫁呢，才十二岁，刚才埋殡了，这时大女婿来了，我们说起来伤心地哭呢！"我们听了自然除了愤恨这残暴的兽行外，只好安慰这老婆婆几句。她见我们这情形慈悲，又抽咽着说："你们要早来一步，就救了她们了。这时已晚了。"这是什么世界，想当初我父母和哥哥的惨死，也都是这些土匪兵害的，恶魔们为了争地盘闹意见，雇上这般豺狼不如的动物四处去蹂躏残害老百姓，把个中国弄得阴森惨淡连地狱都不如。

辞别了那伤心流泪的老婆婆，我们到征收局去看冯君毅，到了办公处见他们几个人都垂头丧气默无一言地坐着，顽皮的文惠说："打了胜仗还不高兴，愁眉苦眼的干吗？"君毅叹了口气说："这比败十几个仗的损失都大呢，真是我们的厄运。"我莫名其妙地问"到底是什么事，这样吞吞吐吐？"君毅说："敏慧刚才由C城来一密电，说P城的同志都被捕去，三天之内将三十余人都绞死了！""云生和采之呢？"我很急地问。他不说话了，只是低着头垂泪！我已经知道这不幸的噩耗终于来了！云生大概已成了断头台畔的英雄，但是我还在日夜祷祝盼望他的信呢！我觉得眼前忽然有许多金星向四边迸散，顿时，全宇宙都黑了，我的血都奔涌向脑海，我已冥然地失了知觉！

睁开眼醒来时，文惠和君毅、梦兰都站在我面前，我的身子是躺在办公处的沙发上，我勉强坐起来，君毅说："雪樵！你自己要保重，又在军旅中一切都不方便，着急坏了怎么好，这样热的天气。这种事是不得已的牺牲，我们自然不愿他们死。他们的死，就是我们组织细胞的死。不过到不得不死时，我们也不能因为他们死就伤心颓毁起自己来。你不要太悲痛吧！雪樵，我们努力现在，总有一天大报了仇，这才是他们先亡烈士希望于我们未死者的事业呢！你千万听我的话。"梦兰和文惠也都含着泪劝我。我硬着心肠扎挣起来，一点都不露什么悲恸，我的脑筋也完全停滞了思想，只觉身子很轻，心很空洞。这时把我一腔热血，万里雄心马上都冰冷了！刚由巨创深痛中扎挣起来，我也想从此开辟一个境地，重新建筑起我的生命，哪知我刚跨上马走了几步就又陷入这无底的深洞！云哥！我只有沉没了，我只有沉没下去。

君毅们见我默默无言地坐着,知我心中凄酸已极!文惠她们和我回到宿处后,又劝了我一顿,我只低着头静听,连我自己都不知为什么这样恍惚,想到云生的死只是将信将疑。

晚餐时她们都去了大厅,我推说头痛睡在床上。等她们走了,我悄悄起来,背上我的枪,拿上我的日记,由走廊转到后院,马槽中牵了我那小白马,从后门出来。这时将近黄昏,景物非常模糊,夕阳懒懒地放射着最小的余晖,十分黯淡。我跨上马顺着大道跑去,凉风吹面,柳丝拂鬓,迎面一颗赤日烘托着晚霞暮霭,由松林中慢慢地落下,我望着彩云四散,日落深山,更觉惆怅!这和我的希望一样,我如今孤身单骑,彷徨哀泣,荒林古道已是日暮穷途。

我也不知去哪里,只任马跑去,一直跑到苍茫的云幕中,露出了一弯明月,马才停在一个村店的门口。看着小白马已跑得浑身是汗,张着嘴嘶喘!我也觉着口渴,下了马走进村店去,月光下见席篷下的板凳上坐着一个老者,正在打盹呢。我走近去唤醒他,他睁眼看见我这样子,吓得他站直了不敢动。我道:“我是过路的,请你老给点水喝,并饮饮我的马。”他急忙说:“那可以,那可以,请军爷坐下等一等。”回身到里面去了,不一会出来一个十二三岁的小孩提着水壶,拔着鞋揉着眼,似乎刚醒来的样子。我也不管干净与否,拿起那黄瓷大碗喝了一碗。那老者手里执着个油灯出来,把灯放在石桌上回头又叫:“三儿,你把马饮饮去!”三儿遂把马牵到水槽旁去。我由身上掏了一张票子给他,也不知是多少,我说:“谢谢你老,这是茶钱。”翻身上马又顺着大道下去。

这时才如梦醒来,想到自己的疯狂和无聊。但这一气跑我心中似乎痛快,把我说不出来的苦痛烦恼都跑散了!这时我假如能有暴风在右手，洪水在左手，我一定一手用暴风吹破天上的暗云，一手将洪水冲去地上的恶魔！那时才解消我心头抑压的愤怒！

夜已深了，天空中星繁月冷，夜风凄寒，这仿佛一月前海边的情景又到眼底，怎忍想呢！云哥已是绞台上的英魂了，这时飘飘荡荡魂在何处呢！沉思着我的马又停住了，抬头看，原来一条大河横在眼前，在月下闪闪发着银光，静悄悄地只有深林幽啸，河水呜咽。我下了马，把它拴在一棵白杨上，我站在它旁边呆呆地望着河水出神。

后来我仰头向天惨笑了一声！把我的手枪握在右手，对着我的脑门扳着机，冷铁触着我时，浑身忽然打了一个寒噤，理智命令我的手软下来了。“我不能这样死，至少我也要打死几个敌人我再死！这样消极者的自杀，是我的耻辱，假使我现在这样死了便该早死，何必又跑到这里来从军呢！我要扎挣起来干！给我惨死的云哥报仇！”我想如今最好乘这里深夜荒野，四无人烟，前是大河，后是森林，痛痛快快地哭哭云哥，此后我永不流泪了！我也再无泪可流。“露寒今夜无人问”，我只有自己扎挣了。拾起地下的手枪，解开我的马，我想归去罢！它似乎知道我的心思，走到我身边抬起头来望着我，我一腔悲酸涌上心头，不由地抱住它痛哭起来！

（选自1927年12月28日《世界日报·蔷薇周刊》周年纪念增刊）

噩梦中的扮演

我流浪在人世间，曾度过几个沉醉的时代，有时我沉醉于恋爱，恋爱死亡之后，我又沉醉于酸泪的回忆，回忆疲倦后，我又沉醉于毒酒，毒酒清醒之后，我又走进了金迷沉醉五光十色的滑稽舞台。近来我整天偷工夫到这里歌舞欢呼，通宵达旦而无倦态。

我用粉红的绸纱，遮住我遍体的创痕，用脂粉涂盖住我苍白面庞，我旋转在狂热的浪漫的舞台上，被各种含有毒汁生有荆棘的花朵包围着。我是尽兴的歌，尽兴的舞！毫无忌惮，各种赞颂我毁谤我的恶魔在台下做各种鬼脸。他们看着我，我也看着他们。

如今，我任一切远方怀念我的朋友暗地里挥泪，我任故乡的老母替我终身伤感。但，我是不再向这人间流半滴泪了，我只玩弄着万物，也让万物玩弄着我这样过去，浑浑噩噩无所知觉地过去。我还说什么呢？我整天混迹在人海中，扰扰攘攘都是些假面具，喧哗嚣杂都是些留声机，说什么，说向谁去？想到这里时，我就披上那件忘忧的舞衣到剧场去了，爽性我自己就来一个虚伪的角色，妃色的氛围中遮掩了我这黑色的尸身，把一切灵感回忆都殡埋于此。这是我的一种新发现，使我暂时晕厥的麻醉剂。上帝！我该向你再祈求什么呢？除此而外？

灯光暗淡，人影散乱时，我独自从魔鬼狂呼声中逃到清冷的街头：那一带寒林，那一弯残月，那巍然插上云霄的剧场，像一个伟大的狮王，蹲着张开那血盆的巨口预备噬人。这刹那间我清醒了！我身体渐渐冷地发抖，我不知那里面暖融融是梦，这外面还冷清清是梦？这时我瞪着眼嚼着唇在寒林下飞奔回来，立在那面衣镜前，看见一个披发苍白寒缩战颤的女郎时，我不能认识了；那红绒毡上，灯光照耀着的美丽的高贵的庄严的神采，不知何处去了。

我对镜凝视后，便颓然倒在地上。这时耳畔隐隐有低呼我名字的声音，我便在这种幻想的声音中睡去。半夜里我会抱着桌子腿唤着母亲醒来，有时我梦见我的灵魂之影来了，扑过去会碰在板壁上哽咽着醒来！总之，我是有点不能安定的心灵了。翌晨，我依然又披上舞衣，涂上脂粉，做出种种媚人娇态，发出种种醉人的清音，来扮演种种的活剧，这时我把自己已遗失了，只是一副辗转因人的尸体。

我本是几个朋友拯救起来的一个自甘沦落的女子，那时我从极度伤心中扎挣起来也含有不少的希望：希望我成一个悲剧的主人翁，希望成一个浪漫的诗人，希望成一个小说家，更希望成一个革命先驱或政治首领。东西南北漂游归来，梦都做过了，都不能满足我，都不能令我离开苦痛；最后才决定做戏子，扮演滑稽剧给滑稽的人们看着寻开心。

有几次我正在轻歌曼舞逸兴遄飞时，忽然台下露出几个熟悉的面孔，他们虽不识我本来面目，不过我看见他们却引起我满腔悲愁，结果我没有等闭幕便晕倒在琴台旁了！以后我的含忍力强了，看见了他们也毫不动心，半年后我简直也不识他们了。我恐怖过去的梦影来扰我，我希望我的环境中都是些不相识的，新来的观众！

上帝！愿你有一天能告诉我的母亲和系念我的朋友们说："我已找到我的墓在我愿意殡埋的那个地方了。"

（选自1928年1月《世界日报·蔷薇周刊》52期，原署名波微）

毒　蛇

谁也不相信我能这样扮演:在兴高采烈时,我的心忽然颤抖起来,觉着这样游戏人间的态度,一定是冷酷漠然的心鄙视讪讽的。想到这里遍体感觉着凄凉如冰,刚才那种热烈的兴趣都被寒风吹去了。回忆三月来,我沉醉在晶莹的冰场上,有时真能忘掉这世界和自己,目前一切都充满了快乐和幸福。那灯光人影,眼波笑涡,处处含蓄着神妙的美和爱,这真是值得赞颂的一幕扮演呢!

如今完了,一切的梦随着冰消融了。

最后一次来别冰场时,我是咽着泪的;这无情无知的柱竿席棚都令我万分留恋。这时凄绝的心情,伴着悲婉的乐声,我的腿忽然麻木酸痛,无论怎样也振作不起往日的豪兴了。正在沉思时,有人告诉我说:“琪如来了,你还不去接她,正在找你呢!”我半喜半怨地说:“在家里坐不住,心想还是来和冰场叙叙别好;你若不欢迎,我这就走。”她笑着提了冰鞋进了更衣室。

琪如是我新近在冰场上认识的朋友,她那种活泼天真,玲珑美丽的丰神，真是能令千万人沉醉。当第一次她走进冰场时，我就很注意她，她穿了一件杏黄色的绳衣，法兰绒的米色方格裙子，一套很鲜艳的衣服因为配合得调和，更觉十分的称体。不仅我呵，记得当时许多人都曾经停步凝注着这黄衣女郎呢。这个印象一直到现在还能很清楚地忆念到。

星期二有音乐的一天，我和浚从东华门背着冰鞋走向冰场；途中她才告诉我黄衣女郎是谁，知道后陡然增加了我无限的哀愁。原来这位女郎便是三年前逼凌心投海、子青离婚的那个很厉害的女人，想不到她又来到这里来了。我和浚都很有意的相向一笑！

在更衣室换鞋时，音乐慷慨激昂，幽抑宛转的声音，令我的手抖颤得连鞋带都系不紧了。浚也如此，她回头向我说：

“我心跳呢！这音乐为什么这样动人？”

我转脸正要答她的话，琪如揭帘进来，穿着一件淡碧色的外衣，四周白兔皮，襟头上插着一朵白玫瑰，清雅中的鲜丽，更现得(显得)她浓淡总相宜了。我轻轻推了浚一下，她望我笑了笑，我们彼此都会意。第二次音乐奏起时，我和浚已翩翩然踏上冰场了，不知怎样我总是望着更衣室的门帘。不多一会，琪如出来了，像一只白鸽子，浑身都是雪白，更衬得她那苹果般的面庞淡红可爱。这时人正多，那入场的地方又是来往人必经的小路，她一进冰场便被人绊了一跤，走了没有几步又摔了一跤，我在距离她很近的柱子前，无意义地走过去很自然地扶她起来，她低了头，腮上微微涌起两朵红云，一只手拍着她的衣裙，一只手紧握着我手说：

“谢谢你！”

我没有说什么，微笑地溜走了，远远我看见浚在那圈绳内的柱子旁笑我呢！这时候，连我自己也莫名其妙，忽然由厌恨转为爱慕了，她真是具有伟大的魔术呢！也许她就是故事里所说的那些魔女吧！

音乐第三次奏起，很自然地大家都一对一对缘着外圈走，浚和一个女看护去溜了，我独自在中间练我新习的步法，忽然有一种轻碎的语声由背后转来，回头看原来又是她，她说：

“能允许我和你溜一圈吗？”

她不好意思地把双手递过来，我笑着道：

“我不很会，小心把你拉摔了！”

这一夜是很令我忆念着的：当我伴她经过那灿烂光亮如白昼的电灯下时，我仔细看着她这一套缟素衣裳和那一双温柔的玉腕时，猛然想到沉没海底的凌心和流落天涯的子青，说不出那时我心中的惨痛！栗然使我心惊，我觉她仿佛是一条五彩斑斓的毒蛇，柔软如丝带似的缠绕着我！我走到柱子前托言腿酸就悄悄溜开了，回首时还看见她那含有毒意的流波微笑！

浚已看出来了，他在那天归路上，正式地劝告我不要多接近她，这种善于玩弄人颠倒人的魔女，还是不必向她表示什么好感，也不必接受她的好感。我自然也很明白，而且子青前几天还来信说他这一生的失败，都是她的罪恶；她拿上别人的生命、前程，供她的玩弄挥霍，我是不能再去蹈这险途了。

不过她仍具有绝大的魔力，此后我遇见她时，真令我近又不是，避又不是，恨又不忍，爱又不能了。就是冷落漠然的浚也有时会迷恋着她。我推想到冰场上也许不少人有这同感吧！

如今我们不称呼她的名字了，直接唤她魔女。闲暇时围炉无事，常常提到她，常常研究她到底是种什么人？什么样的心情？我总是原谅她，替她分辩，我有时恨她们常说女子的不好；一切罪恶来了，都是让给女子负担，这是无理的。不过良心唤醒我时，我又替凌心子青表同情了。对于她这花锦团圆，美满快乐的环境，不由要怨恨她的无情狠心了，她只是一条任意喜悦随心吮吸人的毒蛇，盘绕在这辉煌的灯光下、晶莹的冰场上，昂首伸舌地狞笑着；她哪能想到为她摒弃生命幸福的凌心和子青呢！

毒蛇的杀人，你不能责她无情，琪如也可作如斯观。

今天去苏州胡同归来经过冰场的铁门，真是不堪回首啊！往日此中的灯光倩影，如今只剩模糊梦痕，我心中惆怅之余，偶然还能想起魔女的微笑和她的一切。这也是一个不能驱逐的印象。

我从那天别后还未再见她，我希望此后永远不要再看见她。

（1928年2月28日至3月6日连载于《世界日报·蔷薇周刊》第58期，署名波微）

偶然来临的贵妇人

我正午梦醒来，睁眼见窗外芭蕉后站着一个人，我问谁？女仆递给我一张名片，接过来看时，上面写着：胡张蔚然。啊！是她！

我赶快穿上鞋下了床，弄展了皱褶的床毡，又掠梳了一下纷乱的散发，这时候竹篱花径传来了清脆的皮鞋声音，隐约帘外见绯红衫子的身影分花拂柳而来。我迎出去，只见她珠翠环绕，雍容端丽，无论如何也不敢认这位娇贵的妇人，就是前八年名震一时的女界伟人。

寒暄后，她抬起流媚的双睛打量了我，又打量了我的房子，蓦然间感觉到自己的微小和寒酸，在她那种不自禁流露的傲贵神韵中。

我十分局促嗫嗫着说："蔚然姊，我们在学校分离后就未再见。听同学们说你在南方很做了许多实地的工作，这次来更可以指导我们了。"她抿嘴微笑着道："我早不做什么工作了。一半灰心，一半懒惰，自从我和衡如结婚后，大概也是环境的缘故罢！无论如何振作不起往日的精神，什么当主席，请愿，发传单，示威，这套拿手戏，想起来还觉好笑呢！一个人最终的目的，谁不是梦想着实现个如意的世界，使自己能浸润在幸福美满中生活着。现在衡如有力量使我过这种不劳而获的生活，我又何必再出去呼号奔波。有的是银钱，多少享乐的愿望，都可以达到，在社会上既有名誉，又有地位。物质的享受，我没有什么不满意。精神方面，衡如自同他妻离散后，对我的感情是非常忠诚专一，假使他有什么变化，我也不愁没有情人来安慰我。我高兴热闹时到上海向那金迷纸醉的洋场求穷奢极欲的好梦，喜欢幽静时找一两个闲散的朋友到西湖或牯岭去，那里都有自己的别墅，在天然美丽的风景中，休息我的劳顿和疲倦。如果国内的情形使我厌烦时，也许轻装简服悄悄地就溜到外国。我想手里只要有钱，宇宙万物都任我摆布。我现在才知道了，藻如！你晓得如今一般不得志的人，整天仰着头打倒这个铲除那个，但是到了那种地位，无论从前怎么样血气刚强，人格高尚的人，照样还是走着前边人开辟的道路，行为举动和自己当年所要打倒铲除者是分毫无差，也许还别有花样呢！衡如和他现在这一般朋友，哪一个不是几十万几百万的家产，四五个美貌如花的爱人。从前他们革命时那种穷困无聊的样子你也见过，世界就这样一套把戏，不论挂什么招牌，结果还是生活的问题，并且还是多数人饿死少数人吃肥的问题。”

我真没有想到她忽然发现了这样的人生哲学，又像吹法螺，又像发牢骚，这么一来我真不知她今天来的目的是什么了。

接着她又说：“藻如，别后你还是那样消沉吗？在南边时听人说你死了，隔些时又说你嫁了，无论什么谣传都是这生生死死吧！

到这里打听,才知道你还是保持着旧日那孤傲静默的生涯。你真有耐心,这多年用粉笔灰撑着半饱的肚子,要是我早想别的方法了。不过这样沉默的生活也有好处,不声不响的;你就是掀天揺地翻山倒海地弄一套,结果也是这样。你瞧我,一定笑不长进,不过我想只有这样是我的需要。”她哈哈地笑了,这清脆的笑声,颤溢在这狭霉的小书斋。

我不知该说什么话好,只痴笑着陪她。仔细揣摩她这惊人的伟论,及在她那粉白黛绿、珠翠缤纷的美型中,找寻往日那种英俊的丰采是隐没不见了。

她又向我问讯了几个旧朋友的近况,最后她说了目的:是衡如的儿子想考学校,托我帮点忙让他取录。明晚她家里开个跳舞会。请的客人都是新贵,再三请我去,我向她婉谢了。我没有力量和她应酬,我愿在这小书斋当孤傲的主人,不愿去向那广庭华筵,灯光辉煌下做寒伧的来客。

送她上了汽车,灰尘中依稀似回眸一笑。

回来捡起茶杯,整理了一下书桌:坐在藤椅上觉屋中氤氲着一种清芬的余香,这气息中我恍惚又看见她娇贵的高傲的倩影。

(选自1928年8月8日《世界日报·蔷薇周刊》第75期,署名波微)

惆　怅

先在上帝面前，忏悔这如焚的惆怅！

朋友！我就这样称呼你罢。当我第一次在酒楼上逢见你时，我便埋怨命运的欺弄我了。我虽不认识你是谁？我也不要知道你是谁？但我们偶然的遇合，使我在你清澈聪慧的眼里，发现了我久隐胸头的幻影，在你炯炯目光中重新看见了那个捣碎我一切的故人。自从那天你由我身畔经过，自从你一度惊异的注视我之后，我平静冷寂的心波为你汹涌了。朋友！愿你慈悲点远离开我，愿你允许我不再见你，为了你的丰韵，你的眼辉，处处都能憾得我动魄惊心！

这样凄零如焚的心境里，我在这酒店内成了个奇异的来客，这也许就是你怀疑我追究我的缘故罢？为了躲避过去梦影之纠缠，我想不再看见你，但是每次独自踽踽林中归来后，望着故人的遗像，又愿马上看见你，如观黄泉下久矣沉寂消游的音容。因此我才强咽着泪，来到这酒店内狂饮，来到这跳舞厅上蹁跹。明知道这是更深更深的痛苦，不过我不能自禁的沉没了。

你也感到惊奇吗？每天屋角的桌子上，我执着玛瑙杯狂饮，饮醉后我又踱到舞场上去歌舞，一直到灯暗人散，歌暗舞乱，才抱着惆怅和疲倦归来。这自然不是安放心灵的静境，但我为了你，天天来到这里饮一瓶上等的白兰地，希望醉极了能毒死我呢！不过依然是清醒过来了。近来，你似乎感到我的行为奇特吧！你伴着别人跳舞时，目光时时在望着我，想仔细探索我是什么人？怀着什么样心情来到这里痛饮狂舞？唉！这终于是个谜，除了我这一套朴素衣裙苍白容颜外，怕你不能再多知道一点我的心情和行踪罢？

记得那一夜，我独自在游廊上望月沉思，你悄悄立在我身后，当我回到沙发上时，你低着头叹息了一声就走过去了。真值得我注意，这一声哀惨的叹息深入了我的心灵，在如此嘈杂喧嚷，金迷纸醉的地方，无意中会遇见心的创伤的同情。这时音乐正奏着最后的哀调，呜呜咽咽像夜莺悲啼，孤猿长啸，我振了振舞衣，想推门进去参加那欢乐的表演，但哀婉的音乐令我不能自持，后来泪已扑簌簌落满衣襟，我感到极度的痛苦，就是这样热闹的环境中愈衬出我心境的荒凉冷寂。这种回肠荡气的心情，你是注意到了，我走进了大厅时，偷眼看见你在呆呆地望着我，脸上的颜色也十分惨淡。难道说你也是天涯沦落的伤心人吗？不过你的天真烂漫，憨娇活泼的精神，谁信你是人间苦痛中扎挣着的人呢？朋友！我自然祝福你不是那样，更愿你不必注意到我，我只是一个散洒悲哀，布施痛苦的人，在这世界上我无力再承受任何人的同情和怜恤了。我虽希望改换我的环境，忘掉一切，舍弃一切，埋葬一切，但是新的境遇里有时也会回到旧的梦里。依然不能摆脱，件件分明的往事，照样映演着揉碎我的心灵。我已明白了,这是一直和我灵魂殉葬入墓的礼物!

写到这里我心烦乱极了,我倒在床上休息一会再往下写吧!

这封信未写完我就病了。

朋友!这时我重提起笔来的心情已完全和上边不同了。是忏悔,也是觉悟,我心灵的怒马奔放到前段深潭的山崖时,也该收住了,再前去只有不堪形容的沉落,陷埋了我自己,同时也连累你,我哪能这样傻呢!

那天我太醉了,不知不觉晕倒在酒楼上,醒来后睁开眼我睡在软榻上,猛抬头便看你温柔含情的目光,你低低地和我说:

“小姐!觉着好点吗?你先喝点解酒的汤。”

我不能拒绝你的好意,我在你手里喝了两口橘子汤,心头清醒了许多,忽然感到不安,便扎挣的坐起来想要走。你忧郁而诚恳地说:

“你能否允许我驾车送你回去么?请你告诉我住在哪里?”我拂然地拒绝了你。心中虽然是说不尽的感谢,但我的理智昭示我应该远避你的殷勤,所以我便勉强起身,默无一语的下楼来。店主人招呼我上车时,我还看见你远远站在楼台上望着。唉!朋友!我悔不该来这地方,又留下一个悽惨的回忆,而且给你如此深沉的怀疑和痛苦,我知道忏悔了愿,你忘记我们的遇合并且原谅我难言的哀怀罢!

从前为了你来到这里,如今又为了你离开。我已决定不再住下去了,三天内即航海到南洋一带度漂流的生涯,那里的朋友曾特请去同他们合伙演电影,我自己也很有兴趣,如今又有一个希望在诱惑我做一个悲剧的明星呢！这个事业也许能发挥我满腔凄酸，并给你一个再见我的机会。

今天又到酒店去看你，我独隐帏幕后，灯光辉煌，人影散乱中，看见你穿一件翡翠色的衣服，坐在音乐台畔的沙发上吸着雪茄沉思，朋友！我那时心中痛苦万分，很想揭开幕去向你告别，但是我不能。只有咽着泪默望你说了声：

“朋友！再见。一切命运的安排，原谅我这是偶然。”

晚　宴

有天晚晌，一个广东朋友请我在长安春吃饭。

他穿着青绿的短服，气度轩昂，英俊豪爽，比较在法国时的神态又两样了。他也算是北伐成功后的新贵之一呢！

来客都是广东人。只有苏小姐和我是例外。

说到广东朋友时，我可以附带说明一下，特别对广东人的好感。我常觉广东的民性之活泼好动，勇敢有为，敏慧刚健，忠诚坦白，是值得我们赞美的。凡中国那种腐败颓废的病态，他们都没有，而许多发扬国华，策励前进的精神，是全球都感到惊畏的。这无怪乎是革命的根据地，而首领大半是令人钦佩的广东人了。

寒暄后，文蕙拉了我手走到屋角。她悄悄指着一个穿翻领西装的青年说："这就是天下为婆的胡先生"！我笑着紧握了她手道："你真滑稽"。

想起来这是两月前的事了。我从山城回来后，文蕙姊妹们请我到北海划船，那是黄昏日落时候，晚景真美，西方浅蓝深青的云堆中，掩映夹杂着绯红的彩霞，一颗赤日慢慢西沉下去。东方呢！一片白云，白云中又袭着几道青痕，在一个凄清冷静的氛圈中，月儿皎洁的银光射到碧清的海面。晚风徐徐吹过，双桨摇到莲花深处去了。

这种清凉的境地，洗涤着这尘灰封锁的灵魂。在他们的倩影中，笑语里，都深深感到恍非人间了。菡萏香里我们停了桨畅谈起来。偶然提到文蕙的一个同学，又引起革命时努力工作的女同志。谈着她们的事迹，有的真令我们敬钦，有的令我们惊异，有的也令我们失望而懊丧！

文蕙忽然告我，有一位朋友和她谈到妇女问题说："你们怕什么呢！这年头儿是天下为婆。"我笑起来了，问她这怎么解释呢？她说这位主张天下为婆的学者大概如此立论。

一国最紧要的是政治。而政治舞台上的政治伟人，运用政治手腕时的背景，有时却是操纵在女子手中。凡是大政治家、大革命家的鼓舞奋发，惨淡经营，又多半是天生丽质的爱人或者是多才多艺的内助辅其成功。不过仅是少数出类拔萃的女子，大多数还是服务于家庭中，男子负荷着全责去赡养。

因此，男子们，都尽量地去寻觅职业，预备维持妻妾的饱暖；同时虚荣心的鼓励，又幻想着生活的美满和富裕。这样努力的结果，往往酿成许多的贪官污吏。据说这是女子间接应得的罪案。

例如已打倒的旧军阀张宗昌，其妻妾衣饰杂费共需数十万。风闻如今革命伟人之妻妾，亦有衣饰费达十余万者。（这惊人的靡费我自然确信其为谣言无疑了。）——男子一方面生产，女子一方面消费。这"天下为婆"似乎愤怨，似乎鄙笑的言论，遂在滑稽刻薄的胡先生口中实现了。我们听见当然觉得有点侮辱女性，不无愤怒。但是静心想想，这话虽然俏皮，不过实际情形是如斯，又何能辩白呢!

试问现在女子有相当职业，经济独立，不受人供养的有几多?像有些知识阶级的贵妇人，依然沉溺于金迷纸醉，富裕挥霍的生活中，并不想以自己的劳力求换取面包，以自己的才能去服务社会。

不过我自己也很感动呢，文蕙她们也正是失业者。整日想在能力范围内寻觅点工作，以自生活，并供养她五十余岁的病母。但是无论如何在北平就找不到工作，各机关没有女子可问津的道路。除非是和机关当局沾亲带故的体己人外，谁不是徘徊途中呢！意志薄弱点的女子，禁不住这磨炼挫折，受不了这风霜饥寒，慢慢就由奋斗彷徨途中，而回到养尊处优的家庭中去了。

这夜偶然又逢到胡先生。想起他的话来，我真想找个机会和他谈谈，不过事与愿违，他未终席就因有要事匆匆地去了。

（选自1928年9月4日《世界日报·蔷薇周刊》第76期，署名梦黛）

卸装之夜

蘅如偶然当了一个中学校的校长，校长是如何庄严伟大的事业，但是在蘅如只是偶然兴来的一幕扮演。上装后一切都失却自由，其实际情形无异是做了收罗万矢的箭垛。

如今箭垛的命运算是满了，她很觉值得感谢上苍。双手将这顶辉煌的翠冠，递给愿意接受的朋友后，自己不禁偷偷地笑了！这来也匆匆，去也匆匆的命运。

在纷扰的社会里，嘈杂的会场上，奸狡万变的面孔，口是心非的微笑中，她悄悄推倒前面那块收罗万矢的箭垛，摘下那顶庄严伟大的峨冠，飘然回到她幽静的书斋去了。走进了深深院落，望见紫藤的绿荫掩着她的碧纱窗。那一排新种的杨柳也长高了，影子很婀娜的似在舞动，树荫下挂着她最爱的鹦哥，听见步履声，它抬起头来飞在横木上叫着：

“快开门，快开门！”

她举眸回盼了一下。湘帘沉沉中听见姨母唤她的声音。这时帘揭开了，双鬓如雪的姨母扶杖出来迎接蘅如。一股晚香玉的芬馥，由屋中照来，她猛然清醒！如午夜梦回一样。

晚餐后，她回到自己的屋里，卸下那一套“恰如其分”的装束，换上了一件沾满泪痕酒渍的旧衣，坐在写字台前沙发上深深地吐了一口气。觉得灵魂自由了，如天空的流云，如海上的飞鸟。瓶中有鲜艳的菡萏，清芬扑鼻，玻璃杯里斟着浓酽的绿茶，沁人心脾。磨好了墨，蘸饱了笔，雪亮的灯光下，她对一叠稿纸支颐沉思。

该从何处下笔呢！这半截惊惶纷乱，污浊冷酷的环境；狡诈奸险，可气可笑的事迹，都如电影一般在她脑中演映着。

辗转在荆棘中，灵魂身体都是一样创痛。虽然是已经受了她不曾受过的，但认识的深刻，见闻的广博，却也得到她不曾知道的。人生既是活动的变迁，力和智的奋争，那她今夜归来的情况，真有点儿像勇士由战壕沙场的梦中惊醒，抚摸着自己的创痕，而回忆那炮火弥漫，人仰马翻，赤血白骨，灰烬残堞，喟叹着身历的奇险恐怖一样。

丁零零门铃响了，张妈拿来了几封信。

她拆开来，都是学校里来的。

一封是焕之写来的。满纸都是愤慨语，一方面诅咒别人，一方面恭维着自己，左不是那一套类乎黄钟毁弃，瓦釜雷鸣的笔调。她读后笑了笑！心想何必发这无意义的牢骚。她完全不懂时势和社会的内容，假使社会或个人的环境，没有一点儿循环的变化，这世界就完全死寂了，许多好看热闹的戏也就闭幕了，那种人生有什么意味呢！

又一封信，笔迹写得很恶劣，内容大概说堂内同学素常对蘅如很有感情，不应对她忽然又翻脸攻击，更不应以一种卑鄙钻营的手段获得胜利。气了个愤填胸臆，骂了个痛快淋漓，那种怒发冲冠，拔剑相皆的情形，真仿佛如在目前。

但是蘅如看到信尾的签字呢。令她惊异了！原来这个王亚琼，就是在学校中反对蘅如最激烈的分子，喊打倒，贴标语，当主席，谒当局的都是她。

这真是奇迹啊！

蘅如拿着那封信对着灯光发呆，看见纸上那些怎样钦佩，怎样爱慕，怎样同情，怎样愤慨的话，每一字每一句都像毒刺深插入她的灵魂。她真不解：为什么那样天真活泼、伶俐可爱的女孩们，她洁白纯净的心田，如何也蒙蔽着社会中惯用的一套可憎恨的虚伪狡诈罪呢！明知道，爱和憎或是关乎切身的利害，这都是人人顾虑的私情，谁敢说是恶德呢！不过一方面喊“打倒”一方面送秋波的伎俩，总不是我辈热血真诚的青年所应为的罢！她忏悔了，教育是失败了呢，还是力量小呢？

起始怀疑了，这样的冲突。赞美你的固然是好听，其本心不见得是真钦佩你。咒骂你的自然感到气愤，但是也不必认为真对你怎样厌恶。她想到这里，心境豁然开朗，漠然微笑中，把这两封信团了个球掷在纸筐里。

夜深了，秋风吹过时，可以听见树叶落地的声音。这凄清秋意，轻轻掀动了宁静的心波，她又感到人间的崎岖冷酷和身世的畸零孤苦，过去一样是春梦烟痕；回想起来，已是秋风起后另有一番风景了。

她愿恢复了旧日天马行空的气魄，提起了久不温存的笔尖，捉摸那飘然来去的灵感。原本是游戏人间来的,因之绝不懊悔这一次偶然的扮演。胸中燃烧着热烈欲爆的灵焰,盼这久抑的文思如虹霓一样,专在黯淡深奥处画出她美丽伟大的云彩,于是乎她迅速地提起了笔。

(选自1928年9月11日《世界日报·蔷薇周刊》第77期,署名林娜)

蕙娟的一封信

你万想不到，我已决定了走这条路，信收到时我已在海天渺茫的路程中了，这未卜前途的摸索，自然充满了危险和艰苦，但是我不能不走这条路。玲弟！我的境遇太惨苦了！你望着我这渐沉于黑暗的后影也觉得黯然吗？

请你转告姑母，我已走，就这样悄悄地走了。你们不必怀念，任我去吧！我希望你们都忘掉我和我死了一样。因为假如忆到我，这不祥多难的身世徒令人不欢——我愿我自己承受上躲到天之一角去，不愿让亲爱我的人介怀着这黯淡的一切而惆怅！

来到这里本是想排解我的忧愁，但孰料结果又是这样惨淡！无意中又演了一幕悲剧。玲弟，我真不知世界为什么这样小，总捉弄着我，使我处处受窘。人间多少事太偶然了，偶然这样，偶然那样；结果又是这般同样的方式，为什么人的能力灵感不能挣脱斩断这密布的网罗呢！我这次虽然逃脱，但前途依然有的是陷阱网罗，何处不是弋人和埋伏呢！玲弟！我该怎样解脱我才好？这世界太我到我离开这世界。这些都是刺伤我的毒箭，上边都沾着我淋漓的血痕和粉碎的心瓣。

唉！让我追忆一下吧！小时候，姑父说蕙儿太聪慧了，怕没有什么福气，她的神韵也太清峭了。父亲笑道：我不喜欢一个女孩儿生得笨蠢如牛，一窍不通。那时大家都笑了，我也笑了！如今才知道自己的命运，已早由姑父鉴定了。我很希望黄泉下的姑父能知道如今流落无归到处荆棘的蕙儿，而一援手指示她一条光明超脱的路境以自救并以救人哩！

不说闲话吧！你如觉这些东西可以给素君看时，不妨让他看看。他如果看完我那些日记和书信，他一定能了然他自己的命运，不是我过分的薄情，而是他自己的际遇使然了。这样可以减轻我许多罪恶，也可以表示我是怎样的一个女子，不然怕诅咒我的人连你们也要在内呢！如果素君对于我这次走不能谅解时，你还是不必让他再伤心看这些悲惨的遗物，最好你多寻点证据来证明我是怎样一个堕落无聊不自努力的女子，叫他把我给他那点稀薄的印象完全毁灭掉才好，皮箱内有几件好玩具珍贵的东西，你最好替我分散给表姊妹们。但是素君，你千万不能把我的东西给他，你能原谅我这番心才对，我是完全想用一个消极的方法来毁灭了我在他的心境内的。

皮箱上边夹内有一个银行存款折子，我这里边的钱是留给母亲的一点礼物，你可以代收存着，过一两个月，你用我名义写一封信汇一些钱去给母亲，一直到款子完了再说，那时这世界也许已变过了。这件事比什么都重要，你一定要念我的可怜，念我的孤苦，念我母亲的遭遇，替我办到这很重要的事。另有一笔款子，那是特别给文哥修理坟墓用的。今年春天清明节我已重新给文哥种植了许多松树，我最后去时，已葱茏勃然大有生气，我是希望这一生的血泪来培植这几株树的，但是连这点微小的希望环境都不允许我呢！我走后，他墓头将永永远远地寂寞了，永永远远再看不见缟素衣裳的女郎来挥泪来献花了，将永永远远不能再到那湖滨那土丘看晚霞和暮霭了。秋林枫叶，冬郊寒雪。芦苇花开，稻香弥漫时，只剩了孤寂无人凭吊的墓了，这也许是永永远远的寂寞泯灭吧！以后谁还知道这块黄土下埋着谁呢？更有谁想到我的下落已和文哥隔离了千万里呢！

深山村居的老母，此后孤凄伶仃的生活，真不堪设想，暮年晚景伤心如此，这都是我重重不孝的女儿造成的，事已到此，夫复何言。黄泉深埋的文哥，此后异乡孤魂，谁来扫祭？这孤冢石碑，环墓朽树，谁来灌浇？也许没有几年就冢平碑倒，树枯骨暴呢！我也只好尽我的力量来保存他，因此又要劳你照拂一下，这笔款子就是预备给他修饰用的。玲弟，我不敢说我怎样对你好，但是我知道你是这世界上能够了解我，可怜我，同情我的一个人。这些麻烦的未了之事也只有你可以托付了。我用全生命来感谢你的盛意，玲弟！你允许我这最后的请求吗？

这世界上，事业我是无望了，什么事业我都做过，但什么都归失败了。这失败不是我的不努力而是环境的恶劣使然。名誉我也无望了。什么虚荣的名誉我都得到了，结果还是空虚的粉饰，而且牺牲了无数真诚的精神和宝贵的光阴去博那不值一哂的虚荣，如今，我还是依然故我，徒害得心身俱碎。我悔，悔我为了一时虚名博得终身的怨愤。有一个时期我也曾做过英雄梦，想轰轰烈烈，掀天踏海地闹一幕悲壮武剧。结果,我还未入梦,而多少英雄都在梦中死了,也有侥幸逃出了梦而惊醒的,原来也是一出趣剧和我自己心里理想的事迹绝不是一件事,相去有万万里,而这万万里又是黑黯崎岖的险途,光明还是在九霄云外。

有时自己骗自己说:不要分析,不要深究,不要清楚,昏昏沉沉糊涂混日子罢!因此奔波匆忙,微笑着,敷衍着,玩弄面具,调换枪花,当时未尝不觉圆满光彩。但是你一沉思凝想,才会感觉到灵魂上的尘土封锁创痕斑驳的痛苦,能令你鄙弃自己,痛悔所为,而想跃入苍海一洗这重重的污痕和尘土呢!这时候,怎样富贵荣华的物质供奉,那都不能安慰这灵魂高洁纯真的需要。这痛苦,深夜梦醒,独自沉思忏悔着时:玲弟!我不知应该怎样毁灭这世界和自己?

社会——我也大略认识了。人类——我也依稀会晤了。不幸得很,我都觉那些一律无讳言罢,罪恶虚伪的窝薮和趣剧表演的舞台而已。虽然不少真诚忠实的朋友,可以令我感到人世的安慰和乐趣,但这些同情好意,也许有时一样同为罪恶,揭开面具还是侵夺霸占,自利自私而已。这世界上什么是值得我留恋的事,可以说如今都在毁灭之列了。

这样在人间世上,没有一样东西能系连着继续着我生命的活跃,我觉这是一件最痛苦的事。不过我还希望上帝能给我一小点自由能让我灵魂静静地蜷伏着,不要外界的闲杂来扰乱我;有这点自由我也许可以混下去,混下去和人类自然生存着,自然死亡着一样。这三年中的生活,我就是秉此心志延长下来的。我自己又幻想任一个心灵上的信仰寄托我的情趣,那就是文哥的墓地和他在天的灵魂,我想就这样百年如一日过去。谁会想到,偶然中又有素君来破坏捣乱我这残余的自由和生活,使我躲避到不能不离开母亲和文哥而奔我渺茫不知栖止的前程。

都是在人间不可避免的,我想避免只好另觅道路了。但是那样乱哄哄内争外患的中国,什么地方能让我避免呢!回去山里伴母亲度这残生,也是一个良策,但是我的家乡正在枪林弹雨下横扫着,我又怎能归去,绕道回去,这行路难一段,怕我就没有勇气再扎挣奋斗了,我只恨生在如此时代之中国,如此时代之社会,如此环境中之自我;除此外,我不能再说什么了。

玲弟!这是蕙姊最后的申诉,也是我最后向人间忏悔的记录,你能用文学家的眼光鉴明时,这也许是偶然心灵的组合,人生皆假,何须认真,心情阴晴不定,人事变化难测,也许这只是一封信而已。

姑母前替我问好,告诉她我去南洋群岛一个华侨合资集办的电影公司,去做悲剧明星去了。素君问到时,也可以告诉他说蕙姊到上海后已和一个富翁结婚,现在正在西湖度蜜月呢。

一九二八,五,二九,花神殿。

忏 悔

许久了，我湮没了本性，抑压着悲哀，混在这虚伪敷衍，处处都是这箭簇，都是荆棘的人间。深深地又默窥见这许多惊心动魄，耳聋目眩的奇迹和那些笑意含刀，巧语杀人的伎俩。我战栗地看着貌似君子的人类走过去，在高巍的大礼帽和安详的步武间，我由背后看见他服装内部，隐藏着的那颗阴险奸诈的心灵。有时无意听得许多教育家的伟论，真觉和蔼动人，冠冕堂皇；但一转身间在另一个环境里，也能聆得不少倾轧、陷害，残鄙过人的计策，是我们所钦佩仰慕的人们的内幕。我不知污浊的政界，也不知奸诈的商界，和许多罪恶所萃集的根深处，内容到底是些什么？只是这一小点地方，几个教室，几个学生，聚天下英才而教育之的学校里，也有令我无意间造成罪恶的机会。我深夜警觉后，每每栗然寒战，使我对于这遥远的黑暗的无限旅程更怀着不安和恐怖，不知该如何举措，如何忏悔啦！

我不愿诅咒到冷酷无情的人类，也不愿诽议到险诈万恶的社会，我只埋怨自己，自己是一个懦弱无能的庸才，不能随波逐流去适应这如花似锦的环境，建设那值得人们颂扬的事业和功绩。我愿悄悄地在这春雨之夜里，揩去我的眼泪，揩去我忍受了一切人世艰险的眼泪。

离母亲怀抱后，我在学校的荫育下优游度日。迨毕业后，第一次推开社会的铁门，便被许多不可形容描画的恶魔系缚住，从此我便隐没了。在广庭群众，裙屐宴席之间周旋笑语，高谈阔论的那不是我；在灰尘弥漫，车轨马迹之间仆仆于风霜，来往奔波的那不是我；振作起疲惫百战的残躯，复活了业经葬埋的心灵，委曲宛转，咽泪忍痛在这铁蹄绳索之下求生存的，又何尝是我呢？五年之后，创痕剧痛中，才融化了我“强”的天性，把填满胸臆的愤怒换上了轻浅的微笑，将危机四伏，网罟张布的人间看作了空虚的梦幻。

有时深夜梦醒，残月照临，凄凉(静)寂中也许能看见我自己的影子在那里闪映着。有时秋雨淅沥，一灯如豆，惨淡悲怆中也许能看见我自己的影子在那里欷歔着。孤雁横过星月交辉的天空，它哀哀的几声别语，或可惊醒我沉睡在尘世中的心魂；角鸥悲啼，风雨如晦的时候，这恐怖战栗的颤动，或可能唤回我湮没已久的真神。总之，我已在十字街头，扰攘人群中失丢了自己是很久了。

其初，我不愿离开我自己，曾为了社会多少的不如意事哀哭过嗟叹过，灰心懒意地萎靡过，激昂慷慨地愤怒过；似乎演一幕自己以为真诚而别人视为滑稽的悲剧。但如今我不仅没有真挚的笑容，连心灵感激惭愧的泪泉都枯干了。我把自己封锁在几重山峰的云雾烟霞里，另在这荆棘人间留一个负伤深重的残躯，载着那生活的机轴向无限的旅程走去——不敢停息，不敢抵抗地走去。

写到这里我不愿再说什么了。

近来为了一件事情，令我不能安于那种遗失自己——似乎自骗的行为；才又重新将自己由尘土中发现出，结果又是一次败绩，狼狈归来，箭锋刺心，至今中夜难寐，隐隐作痛；怕这是最后的创痛了！不过，我愿带着这箭痕去见上帝，当我解开胸襟把这鲜血淋漓的创洞揭示给他看的时候，我很傲然地自认我是人间一员光荣归来的英雄。

自从我看了亚米契斯的《爱的教育》之后，常常想到自己目下的环境，不知不觉之中我有许多地方都是在试验她们，试验自己。教育到底能不能开辟一个不是充满空虚的荷花池，而里面有清莹的小石，碧澈的水波，活泼美丽的游鱼？

第一次我看见她们——这幻想在我脑中成了一个亟待解决的问题，许多活泼纯洁、天真烂漫的苹果小脸，我在她们默默望着我行礼时，便悄悄把那副另制的面具褫去了。此后我处处都用真情去感动她们。

有一次，许多人背书都不能熟读，我默然望着窗外的铁栏沉思，情态中表示我是感到失望了。这时忽然一个颤抖的声音由墙陬发出：

> 先生！你生气了吗？我父亲的病还没有好，这几天更厉害了，母亲服侍着也快病了。昨夜我同哥哥替着母亲值夜；我没有把书念熟。先生！你原谅我这次，下次一定要熟读的。先生！你原谅我！

一个十二岁的小女孩，她的头只比桌子高五寸。这时她满含着眼泪望着我，似乎要向我要怒宥她的答复。“先生？芬莱的父亲因为被衙门裁员失业了，他着急一家的衣食，因此病了。芬莱的话，请先生相信她，我可以作证。”中间第三排一个短发拂额的学生，站起来说。

“先生！素兰举手呢！”另一个学生告诉我。

“你说什么？”我问。

“先生！前天大舅母死了，表姊伤心哭晕过去几次，后来家人让我伴她到我家，她时时哭！我心里也想着我死去五年的母亲，不由得也陪她哭！因此书没有念熟，先生……”

素兰说着哽咽地又哭了！

我不能再说什么，我有什么理由责备她们？我只低了头静听她们清脆如水流似的背书声，这一天课堂空气不如往常那样活泼欣喜；似乎有一种愁云笼罩着她们，小心里不知想什么？我的心确是非常地感动，喉头一股一股酸气往上冲，我都忍耐地咽下去。

上帝！你为什么让她们也知道人间有这些不幸的事迹呢？

春雨后的清晨，我由别校下课赶回去上第二节时，已迟到了十分钟。每次她们都在铁栏外的草地上打球跳绳，远远见我来了，便站一直线，很滑稽地也很恭敬地行一个童子军的举手立正(礼)，然后一大群人拥着我走进教室，给我把讲桌收拾清楚，然后把书展开，抬起她们苹果的小脸，灵活的黑眼睛东望西瞧的不能定一刻。等我说：“讲书了。”她们才专神注意地望着我看着书。不过这一天我进了铁栏，没有看见一个人在草地上。走进教室，见她们都默然的在课堂内，有的伏着，有的在揩眼泪，有的站了一个小圆圈。我进去行了礼,她们仍然无精打采的样子。这真是哑谜,我禁不住问道:“怎么了? 和同学打架吗? 有人欺侮你们吗? 为什么不高兴? 为什么哭? 因为我迟到吗?”我说到后来一句,禁不住就笑了。“不是,先生,都不是。因为波娜的父亲在广东被人暗杀了! 她今天下午晚车南下。现在她转来给先生和同学们辞行。你瞧! 先生,她眼睛哭得像红桃一样了。”自治会的主席,一个很温雅的女孩子站起来说:“什么时候知道的! 唉! 又是一件罪恶,一支利箭穿射到你们的小心来了! 险恶的人间,你们也感到可怕吗?”我很惊惶地向她们说。

“怕! 怕! 怕!”许多失色苍白的小脸,呈现着无限恐怖的表情,都一齐望着我说。

我下了讲台,走到波娜面前,轻轻扶起她的头来,她用双手握住我,用含着泪的眼睛望着我说:

“先生! 你指示我该怎样好,母亲伤心得已快病倒了。我今天下午就走。先生,我不敢再想到以后的一切,我的命运已走到险劣的道上了,我的希望和幸福都粉碎成……”她的泪珠如雨一般落下来。

“波娜! 你不要哭了,这是该你自己承受上苦痛扎挣的时候到了。我常说你们现在是生活在幸福里,因为一切的人间苦恼纠葛,都由父母替你堵挡着,像一个盾牌,你们伏在下面过不知愁不认忧的快乐日子。如今父亲去了,这盾牌需要你自己执着了。不要灰心,也不要过分悲痛,你好好地侍奉招呼着母亲回去。有机会还是要继续求学,你不要忘记你曾经告诉过我的志愿。常常写信来,好好地用功,也许我们还有再见的机会……”

小了。

这次走，素君完全不知道。现在他一定正在悲苦中，希望你能替我安慰劝解他，他前程远大，不要留恋着我，耽误他的努力。他希望于我的，希望于这世界的，虽然很小，但是绝对的不可能，你知道我现在——一直到死的心，是永不能转移的。他也很清楚，但是他沉溺了又不能自由意志地振拔自己，这真令我抱歉悲苦到万分。我这玩弄人间的心太狠毒了，但是我不能不忍再去捉弄素君，我忏悔着罪恶的时候，我又哪能重履罪恶呢！天啊！让我隐没于山林中吧！让我独居于海滨吧！我不能再游于这扰攘的人寰了。

素君喜欢听我的诗歌，我愿从此搁笔不再做那些悲苦欲泣的哀调以引他的同情。素君喜欢读我过去记录，我愿从此不再提到往事前尘以动他的感慨。素君喜欢听我抚琴，我愿从此不再向他弹琴以乱他的心曲。素君喜欢我的行止丰韵，我愿此后不再见他以表示决绝。玲弟！我已走了，你们升天入地怕也觅不到我的踪迹，我是向远远的天之角地之涯独自漂流去了。不必虑到什么，也许不久就毁灭了这躯壳呢！那时我可以释去此生的罪戾，很清洁光明地去见上帝。

姑母的小套间内储存着一只大皮箱，上面有我的封条。我屋里中间桌上抽屉内有钥匙，请你开开，那里边就是我的一生，我一生的痕迹都在那里。你像看戏或者读小说一样检收我那些遗物，你不必难受。有些东西也不要让姑母表妹她们知道，我希望你能知道我了解我，我不愿使不了解不知道我的人妄加品评。那些东西都是分别束缚着。你不是快放暑假了吗？你在闲暇时不妨解开看看，你可以完全了解我这苦悲的境界和一切偶然的捉弄，一直逼我说不下去了，转身上了讲台，展开书勉强镇静着抑压着心头的悲哀。

“我们不说这回事了，都抬起头来。波娜！你也不要哭了，展开书上这最后一课吧！你瞧，我们现在还是团聚一堂，刹那后就风吹云散了。你忍住点悲哀罢，能快活还是同这学校同学、先生同乐一下好了。等你上了船，张起帆向海天无际的途程上进行时，你再哭吧！听我的话，波娜！我们今天讲《瘗旅文》。”

我想调剂一下她们恋别的空气，自己先装作个毫不动情漠然无感的样子。

无论怎样，她们心头是打了个不解的结，神情异常黯淡。

下课铃摇了！这声音里似乎听见许多倾轧陷害，杀伤哭泣的调子。我抬起头望了望波娜，灰白的脸，马上联想到（她那）僵毙在地上，鲜血溅衣惨遭暗害的父亲。人间这幕悲剧又演到我的眼前，如此我只有走了。匆匆下了课，连头都不曾抬就走出了教室。隐约听见波娜和她们说话的声音，和许多猛受了打击的惊颤小心的泣声。

我望望天上无心的流云和晴朗的日光，证明这不是梦，也不是夜呢！

第二天上课时，她们依然神情颓丧，我的目光避躲着波娜的空位子，旁近她的同学都侧着身体坐着，大概也是不愿意看见那个不幸的地盘。那日下午那个空位子我就叫素兰填补了。

自从那天起我们都不愿意谈到波娜，她们活泼的笑容也减少了，神态中略带几分恐怖顾虑的样子，沉默深思，她们渐渐地领略了。我怨恨这残毒万恶的人间呢！污染了这许多洁白的心灵！求今天来了不少客。大姐和黛都来了，琳对她们也很冷淡。大姐客气坐了一会儿就走了。黛简直莫名其妙，呆呆地望望我又望望他。

吃完饭，琳就去睡觉。连父亲都没有机会和他谈话，母亲显然有点生气了，抱怨不该请他回来。璟和岫琴似乎更为难的样子：一方面对我，一方面对琳，大有难于应付的情况。

母亲偶然揭开璟的皮箱，看见许多像夹，那里面都是他们的像。除了璟和岫琴的外，就是琳和钱颐青小姐共摄的，多半是西湖的风景。我向琳笑了笑！母亲简直说："啊！原来是她！"璟和岫琴都彼此望着，现出很惊惶的样子。

钱颐青小姐是我们的同乡。她在北大读书，去年为了奉系逮捕学生，她也有点嫌疑，遂逃到南京去。那时琳正在某军的军需处当处长，就让她在那里帮点忙，琳住处很宽广，岫琴，小萍，钱小姐都在那里。机会造成了璟和岫琴，自然也造成了琳和钱，那种浪漫的环境中自然容易发生这浪漫的爱情。去年琳在杭州养病，给我的信上曾提到钱小姐病中看护他的好意。我也觉异乡做客，尤其是病中，难得钱小姐这样热心，我也深深地感激她。但是我相信钱小姐是知道我的，琳呢！更不会以对我的情谊去对别人。那时我并不曾疑惑他们有超乎友谊的恋爱。

但是如今事实告诉我是这样呢！

上帝啊！我没有伟大的力量，灭熄我心底的悲愤之火。但是琳有个力量逼迫他离开我，遗弃我，令我的生命沉落。这种局面一布置，我自然是一个最痛苦最可怜的妇人，不过他们果真能毫不顾忌地去爱吗？我怕一样是人间被命运拨弄的可怜者呢！

上帝,允许谅恕我的忏悔吧！我愿给我以纯真如昔的她们,不再拿多少未曾经见的罪恶刺激残伤她们。

平常一件不经常的小事,有时会弄到不可收拾、救药的地步。罪恶都是在这样隐约微细中潜伏着,跃动着。

学校里发生了一宗纠葛不清的公案,这里边牵涉到素兰。我一直看着她宛转在几层罗网几堵石壁中扎挣,又看见她在冷笑热讽威吓勒逼中容忍,最后她绞思焦虑出许多近乎人情的罪恶来报恩,她毅然肩负了一切,将自己做了一个箭垛,承受着人们进攻射击而坦然无愧于心。多少委曲求全,牺牲自己来护别人的精神,这是最令我惭愧的、汗颜的。

我曾用卑鄙的态度欺凌她;我曾用失望的眼光轻视她;我曾用坚决的态度拒绝她;我曾用巧语诱惑她。如今我忏悔了,我不应随着多数残刻浅薄的人类,陷她在极苦痛中呻吟着,将她的义气侠性认为罪恶,反以为这是自己的聪明。

当她听了我责备她的话时,她只笑了笑说:"先生！我希望你相信我,我负了这件罪恶时,却能减少消失一个人的罪恶,我宁愿这样做,我愿先生了解我,我并不痛苦!"她面色变为灰白了。

"我爱我死(去)的母亲之魂,如我的生命。先生！我请母亲来鉴谅我,这不是罪恶,这是光荣。"她声音颤抖地说。

当我低头默想这件事的原因时,她已扶着桌子晕过去了!

四周都起了纷扰,吓得许多女孩望着她惨白的面靥哭了！我一只手替她揩着眼泪,一只手按着她搏跃的心默默祷告着,愿她死去的母亲之灵能原谅我的罪过,我悄悄说:"让她醒来吧！让她醒来吧!"

从三点钟直到五点钟，她在晕迷中落泪，我也颤抖着心，想到人间的险艰，假如她真个是牺牲上自己代别人受过时，那么我们这些智慧充分、理智坚强的人，不是太对不住她了吗？可怜她幼无母亲的抚爱，并遭继母的仇视，因此她才得了神经衰弱之疾，有一点刺激便会昏厥不醒的。她在无可奈何中，寄居在舅母家，这种甘苦我想绝不是聪明的人所能逆料到的吧！每次读到有关慈母或孝养的书时，她总泪光模糊地望着我。我同情她，我也可怜她，因此我特别关心挂想这无人抚管的小孤女。但是这一次我是不原谅她，因为我自认她曾骗过我。

她晕厥归去的那一夜，我曾整夜转侧不能入寐，想到她灰白的面庞和黑紫的嘴唇，我就觉得似乎黑暗中有种细小的声音在责备我。我一直在悬心着怕她有意外，假如她常此失去健康，那我将怎样忏悔这巨大的罪戾呢？我想到母亲，她在炮火横飞的娘子关内，这时正在枕畔向我祝福吧！母亲！我真辜负了你濒行的教诲和嘱咐。

翌晨我去学校，打听了她的住处，我拟去看素兰，后来莲芬说我不去好，怕她见了我又伤心。打电话去问时，说她病已有转机了。

为了这件事，我痛心到万分，自己旧有的创痕也因此迸溃。

几周后，素兰来校上课了，她依然是那样沉默着，憔悴的脸上，还隐约显着两道泪痕，我不忍仔细注视她，只微微笑了笑，这也许表示忏悔，也许是表示欣慰！

事情就这样糊涂了结。作文时，我出了《别后》的题目，素兰写了一封信给她死去的母亲，是这样说：

亲爱的母亲：

我已经觉着模糊中能看见你慈祥的面容儿，但如今又渐渐在清醒中消灭了！我是如何的怅惘啊！这件事我想你的阴灵该早知道了，不过母亲，我不能得任何人了解同情的苦衷，我该诉向母亲的，母亲！你知道吗？

在一月前你的侄儿翔持着一封信，托我顺便带给莲芬，不解事的我，便不加思索地带给她。母亲啊，我哪知道这是封冒名的情书。学校先生叫了我去盘诘，但我因顾及翔的前途，不敢直说，终于说了个'不知道'蒙哄过去。

奇怪啊！每天在我书桌上笑盈盈督促我用功勤读的你的遗照，竟板起面孔来向着我。这时我的良心也似乎看见你的怒容叱责我："你为什么欺骗先生，小孩子不应该说谎话。"

我是小孩，我哪知道人事情形是如此复杂，我鼓起了勇气，到先生处以实情相告，如释重负般跑到家里，预料到你一定是笑盈盈地迎我了。哪知事实与理想是常常相背的，你依然郁郁不乐地向着我。我现在说实话了，为什么你还不乐呢？隐约中良心又指示："你竟这样的糊涂，虽然说了实话，但翔将如何？翔的前途便因你这一句话完全布满了黑暗和惊涛。他固罪有应得，不过舅父对你那样好，你忍心看他的爱子被学校惩罚革除吗？"母亲？我那样真不知怎样才好，不实说，将蒙欺骗之罪对不起先生，实说了，翔将不利又对不起舅父。终于用我幼稚愚拙的脑筋，想了一个我认为最完善的办法。

第二天，我鼓起那剩余的勇气，毅然决然地再到先生处，去实行我昨夜的计划——代翔认过——然而不幸又被莲芬指破,她不忍看我受先生的埋怨,她不忍见先生失望我是如斯无聊的一个学生,她将我代翔受惩以报答我恩深义重的舅父一番心都告诉了先生,我真悔,无论如何不该告诉莲芬以致泄漏。母亲呀!请你特别原谅我,因为我意志不坚,想及代翔认过后的前途和名誉,不免有点畏缩,但你的影子、你的话,都深深缭绕于我的脑际,又使我不得不自认。终于想了这个拙法告诉莲芬,在我的愚笨心理以为有一个人知道我的曲衷,就是死也不冤枉了。

不幸翔家人都认为我诬赖翔,学校先生也疑惑我诬赖翔,都气势汹汹地向着我,我宛如被困于猛兽之林的一只小羊。而且翔的姐姐到先生处声辩质问,先生又叫我去审问。母亲啊!我为了你,为了翔,为了恩深情重的舅家,我最后,承认冒名情书是我写的,以前的话是虚伪的。我只能说这一句,别的曲衷我不愿让表姐知道的,哪知先生说:

"这封信原来就是你写的,我万想不到你是这样一个学生,我白用苦心教你了。你一直在欺骗我,你说的话以后教我怎能相信?素兰,我白疼你了,你对不起我,也对不起亡去的母亲。"这话句句像针一样刺着我,我不能分辩,只默受隐忍着这不白之冤,不过先生又用慈悲的眼光望着我,她似乎在我坦然的态度上看出了我是代翔认过的情景真实了。但是,母亲,这几天的惊恐、颤栗、劳疲、绞思,到如今不能支持了,我的小心被这些片片粉碎了。我的神魂失主了,躯壳也倒地了……醒来,父亲抱着我,继母没有来,舅母和表姐和翔都含泪立在床畔，我欣慰中得到一种可骄傲的光荣。你的遗照上满布了笑容，而且你似乎抚慰我说："兰儿！努力你的功课吧！这点小事不必介介于怀啊！如今她们都了解你了，翔的前途也无危险了，不过你告翔以后务要改过谨慎，星星之火足以燎原，连你也要记着！"

正在热望你复活的爱女

素兰

我深夜在灯下读完这篇作文时，我难受地落下泪来！我在文后批了这几句话：

"我了解你，不过我怨恨人类，连自己。这次在我心版上深印了你的伟大精神，我算一件很悲哀、残忍、冷酷、庄厉的罪恶忏悔着。愿你努力读书，还要珍爱你的身体，母亲在天之灵是盼望你将来的成就，成就的基础是学问和身体。"

四月十号清华园归来后完稿

（选自1928年5月北平女一中《女一中季刊》第二期）

林楠的日记

七月三十日

今天小蓉又咳嗽了，母亲说这是夜里受了凉，意思怪我太疏忽了。小蓉近来也是可恶，总是不停地哭。父母这些时正想念着琳，听见她哭自然心中更觉不痛快。我向母亲寻药，她面色沉得很厉害，伸手接那黄色小瓶时明明觉得我手是抖索着。吃完药，张妈抱着她睡了，我去侍候父母用晚餐。

琳他像浮萍一样漂泊着，家呢，又似乎被种种阻力隔绝了。我们都希望能看见他，自从国民党胜利的帜标飘扬在古城雉堞时，盼望着他的归来是现得（显得）更逼切了。

一天一天过去了，信息消沉。琳是误认他乡作故乡呢？还是别种原因羁绊着他——这只有天知道。

每日聚餐时，都是默然寡欢，举箸不能下咽，喉头似乎有东西梗塞。母亲有时滔滔不绝地数说着，父亲不语，我停了箸听。一种死寂的空虚，忽然填满了不宁的颤动，似乎风起了，海面怎样也不能平静。

晚餐后，我在房里给小莲洗耳朵，听见母亲叫我的声音，来到上屋，父亲拿着一封信，母亲笑着说："琳快回来了！"

十五日写的信，说在上海耽搁几天，计算起来一两天内就到家了。这真是惊喜的消息，仿佛黑云四布的阴天，忽然云霁雾散，现出碧清如洗的天空。心里眼前都觉得光明而澄清，从前是漆黑的夜，如今是朝旭如烘的晨光，琳无疑是一颗亮晶晶的星。

阴霾和忧愁都在这刹那中消失了。谁的精神都觉振作了许多，连佣(用)人们做事都似乎勤快了，霎时间，打扫房屋，预备床褥，忙乱个不了。张妈说："蓉小姐第一次见爸爸，换一件漂亮衣服穿罢！"我笑了！在她玫瑰般腮上轻轻吻了一下，她也拍着小手笑了。

我心总是跳动着，三年来腐蚀苦痛的心，今天更感到凄酸！我真有点怕见他。从箱中拿出那件浅碧色的云罗衫，在镜中望见自己时，觉憔悴多了，不知在琳眼中是不是旧时容颜？禁不住泣然流涕！后来想忍下去吧。今天的眼泪该在琳的怀内流了，让他热烈的吻来烘我的悲痕罢！

抬头见瓶花含笑，灿烂的灯光也分外明亮，好像有意逗我一样，我走到哪里它跟到哪里。去罢，灯光！琳回来后你再照我们俩影双双。

十一点钟了，母亲还不睡，我劝她先睡下，大概今夜不会回来了。小兰也不睡，我骗她："爸爸在你做梦的时候才回来呢！"她果真赶快睡了，但不过一会，她又伸着小头问："爸爸回来了吗？"

在院中葡萄架下，预备冰激凌汽水和水果。厨房还未封火，满院都是白昼般的灯光。等得不耐烦了，我悄悄踱到大门外。夜静了，巷中冷清死寂，四无人声，银河畔双星正在好梦初浓，月如钩，淡淡的光辉照着这静悄悄的大地，这好像一个梦境。远远有汽车警笛声，我屏息静听，是否来了呢？但渐渐远了，只有冷静的夜幕包围着衣单霜露重。

两点钟了。大概是不回来了，让佣(用)人都去睡觉。母亲隔着窗子说："他一定不来了，你睡吧！"我心想母亲也是一样和我醒着，就是睡了，心也永久醒着。

八月二日

琳昨夜归来了。提笔写这几个字时，我心如绞。

和他同来的是璟弟和他的爱人岫琴。岫琴是黛的同乡，又是同学，她们很熟，所以他们未回来前，我早由黛那里听到关于璟弟和她的事。这一双爱侣在这家庭中像一对刚飞来的新燕子。谁都是充满了新奇和欣慰来欢迎他们！他们无疑是爱神羽翼下藏着的幸福儿女。

岫琴是个刚健英武的女子，处处都显露出她反抗的精神。她在俄国住了一年多，还略带点新俄罗斯的气魄。在我们这种家庭中，她真是一手执着警钟，一手执着火把的改造者。我哪能比她，多少镣铐加在身上，多少创疤结在心头，然而我只是早生了六年，时代就将我遗弃了。母亲对她默然摇着头。我呢！很愿知道她那个世界中的光明，透射出我这暗惨的环境。

琳！我还是喊他琳。不过他的灵魂已和我分裂了。

命运告诉我，那前面是个深黑的洞，我应该忍痛含泪一步一步走过去,前途太渺茫了,不知哪里是终程。阴森的林中我只听见琳的声音,渐渐远了,我只听见幽谷中的怪鸱悲鸣。梦醒了,我是一个人在道旁涕哭!

自从昨夜到如今,琳不曾和我谈过十句话。我走到哪里,他躲到哪里,冰霜一般的脸,难以亲近,目光充满了凶狠的无情。昨夜回来后一定催促着佣(用)人给他外间支张床,我给他拿出从前的紫绸被,一回手扔在地下。连张妈都莫名其妙,他和谁生气。

我一夜都不曾安眠,悄悄站在他床头,听见他鼾声如雷。等我进来了,静听仿佛有转侧的声音,并夹着低微的叹息。他心底一定有深长的隐痛,但是这隐痛是为了什么呢?无论如何想不出他讨厌我躲避我的原因。我第三次走到他床前时,低低喊着"琳"!他像在天涯地角那样远,空气激荡着我抖颤的声音,无人答应。

我颓然倒在床侧。琳归来的一夜是这样过去。

八月三日

晨曦照着窗纱时,我心里正布满了阴霾,梳洗后,走到他床前,他闭着眼,但是已经醒了。我想悄悄过去唤醒他说几句话;无奈,怕那冷冰如铁的面孔。我已听见自己热情的呼吸了,忍不住眼中满了泪水,又怕招他生气,我急忙走开。

轻轻推开了母亲的门。母亲隔着帐问谁?我答应了,那时我喉头凄酸如梗。母亲又问:"为什么这样早就起来,让他多睡一下,你起来一定要吵醒他。"我不知该说什么,默然站在帐门前。母亲也觉异样,她穿好了衣裳揭起帐,望了我一眼,说:"林楠,为什么这样?"我给她折着绒毡,张妈进来打脸水。

八月五日

昨夜我问琳:“你有什么困难问题,不妨和我谈谈,我给你想法子去解决,整天这样愁闷,也不是一回事啊！你是多么有决断的人,为什么不拿出点勇气来呢!”

问了几次,他只冷冷道:“我并没有怎样,你不要多心。”再问他时,已面壁装睡,似乎怨恨多生了两只耳朵。

这时我真气愤,恨不得捶他几拳,咬他几口才痛快。

夜半他起来在暖壶里倒水喝,我拖了鞋在冰箱里拿出汽水给他,开了两瓶都喝完了,似乎是灭熄他心头燃烧着的情焰。

我扶着桌子问他:

“琳！我到底什么事情得罪了你,还是哪样事情做得对不住你,都请你明白地说出来。我在家里的生活你是该知道,一切都是为了你,侍候着爹妈,抚养着小孩,我不敢有一点怨言。你为什么反和我生这样大的气呢？无论如何,想不出令你对我恩断情绝的原因。什么难解决的事呢？告诉我,我替你想方法,只要你感到愉快幸福,我宁愿帮忙你成功。整天唉声叹气能济事吗？

父母盼望你回来,真是食不甘味,寝不安枕,而你对家庭是这样冷淡、厌绝。你看母亲这几天的面色多么难看,今天在父亲屋里哭呢！走了三年,好容易回来,你是这样态度对我,真不曾想到。”

他站起来打了个哈欠道:“我自然对不起你,不过父母也对不起我呢！不必谈这些了,你去睡吧!”一直走到他床前,一翻身用绒毡盖上头又睡去了。

我呆呆地站在桌子旁,望着绿绸罩下凄凉的灯光哭了！他明明听见也不来理我。琳,我情似水,怎奈君心如铁,从前那样温柔深爱的琳,近在咫尺远若天涯。

八月七日

今晨我刚睡着,他就来外间翻箱倒笼地闹了一阵。

黛来了,她手里拿着一大包东西,坐在床上,给我搬摆了一床。什么小洋狗、日记本、照相机、皮鞋、手绢、丝袜、衣料等等。她像小孩一样问我:“嫂嫂!三哥给了你什么?这是他刚才送我的,凡我喜欢的东西都在里头,三哥真会给女人置东西,又别致、又合意。”

我勉强笑了笑!接着她就说:“嫂嫂,我和你好,我偷偷告诉你,但是你可千万不要向三哥提起,不然他要恨我呢!”

“什么话,值得这样秘密。”

“岫琴昨天去我那里,我说你病了,她就叹起气来!我问她到底三哥为什么和嫂嫂闹别扭呢?她笑说我哪里知道。我仔细打听才知道三哥的行踪。他和钱颐青要好已经有一年多了,程度很深,到底他为什么爱她,那是神秘的爱,谁也不解。也是机会造成的,他病的时候都是钱来服侍,煎汤熬药。你想一个孤男,伴着个多情有意的怨女,哪能够不爱呢!在南边那种浪漫的环境中。因为她离开了南京,三哥也不办公事请上假去到杭州看她去,杭州的西湖上,特别租了一座楼房;他说在杭州养病,什么病?伴她的病!三哥对她的事,向璟他们也不常提到,想法子解决罢,他也无从下手。正式和她结婚,怕钱小姐还不愿意呢!也许有目的,醉翁之意不在酒。三哥是老实人。假如要是不老实,他也不会如此傻,回了家对嫂嫂这样,你也不要难受,将来他和钱怕不能长久聚着,据闻钱想回广西去;隔离后,爱情慢慢就淡了,楠嫂!那时三哥还是你的。这次你不要留在家里了,你还是跟着三哥去,外国人的夫妇,从来不能离开的,一离开就保不了险。只有中国,男人在外面做买卖混事十多年不回家,女人在家里睁眼泪合眼泪地熬着。所以文学的表现,总是什么闺怨,寄外,寒砧明月,阳关归梦,说不尽那些春愁秋恨,悲欢离合。"

她说得我笑了,黛的小嘴真能说,无怪乎琳昨天对母亲说,黛妹有点像王熙凤呢!

吃了点百合粉,我想扎挣起来。明天是父亲的生日。一切事都要我去张罗,要不然母亲又该抱怨了,琳虽然可以不理我不爱我,但是我对他的家庭一天不离开,一天总要负相当责任。岫琴笑我旧道德观念深,我也无法,我完全在这环境中势有所不能反抗,因为我已是时代的牺牲者了。岫琴有一天正式和璟结了婚,她的地位和我就不一样。谁都觉她是可以当客人一样坐着瞧,坐着吃,坐着说笑是应该,我的环境地位就不能了,我是娶来的媳妇,不是请来的爱人。

八月九日

什么事有了隔膜,就有了痛苦。谁都不肯披肝沥胆地说出来,本来想哭,还要咽下泪去换上笑容;本是讨厌你这个人,而表面还要做作多少亲热的样子,这虚伪敷衍简直是中国人的美德,充满了社会,充满了家庭,充满了个人。我真恨,然而我不能不这样做,哪个环境允许你把赤条条的本性供献出来呢?

我的家庭:老的有心事有痛苦,小的有心事有痛苦,除了那三个天真未凿的小孩外，连来的客人都有心事有痛苦。

昨天父亲过生日，表面上多么热闹，来了不少的客。黛更是高兴了，跑出跑进，哪里也有她的声音，哪里也有她的影子。琳说她是赶戏台的，哪一个舞台下也有她的角色点缀着。我真爱她，大概谁也爱，人又能干，长得又清秀，性情更是温柔和蔼，看什么地方她应付的恰如其分，一点也不讨厌。她在学校教书赚来的钱，一个人用不清，无拘无束，更无牵挂，不受任何人的欺凌，也不看任何人的脸色，她真幸福！假使我有她那点程度，也不拿琳当生命：似乎成了他的玩具，爱时就可享福，恨时就要受罪，弃了你只可在道旁哭泣！也不敢像娜拉一样发脾气关上门就走了。

午餐时，岫琴和黛都喝醉了。琳也有几分。

岫琴大概心中有事，喝了几杯，没有浇愁反而引起愁来了，睡在璟的床上，打着滚痛哭！她真是解放的女子，一切都不在乎，不介意。母亲在背后骂她野姑娘，一点礼貌都不懂，不怕人笑话。父亲过生日她哭，也该有个忌讳。其实他们哪管这些，在外面惯了，想喝酒就吃个烂醉如泥，不论笑震天哭翻地也是自由，谁敢管。我看璟和岫将来最好组织小家庭，如果在这大家庭中，哪能生活呢！处处都是新旧不相融的冲突。母亲总是说："你们真是幸运，像我们从前做媳妇，什么都是自己做，白天站一天给公婆装烟倒茶，晚上还要给小叔小姑们做鞋袜。谁像你们，整天玩，公园电影场跑个不嫌烦呢。"她老人家不说相差了多少岁数，只说她少年时的受苦受罪。她羡慕我们，而我们还觉得不满意这种生活呢！

昨夜三点钟才睡，我本来精神就不好，又累了一天；洗完脸我就晕在椅子上起不来；琳看着我他都不过来问问我怎样了。

我勉强扶着墙走进里间,倒在床上悄悄地流泪！不禁想到我自己的身世。想想这世界上除了琳谁是我的亲人。父母早死了,兄弟姊妹没有一个。孤零零来到他魏家,受了无数的虐苦;但是觉世界上只要琳爱我,我在他家里忍受点痛苦也不算什么。十五年这样过去,我没有埋怨过自己的命运。如今,维系我幸福的链子断了,我将向黑暗的深洞沉落下去。

哭得疲倦了,我回头看看小蓉可爱的睡靥;我的泪都流在她脸上,她脸上有过母亲伤心的泪痕,除了她,只有天知道我的悲痛。夜半,我起来去看琳,他头向里睡着。我无意中去摸了一下他的头,忽然觉着手上沾了水,啊！我知道了,琳也在偷偷哭呢！心中更觉难过,我伏在他身上问他:“琳！你为什么?”他默然。连着问了他三次,他一揭被单,翻起身来气冲冲地说:“我明天搬到旅馆去,晚上都扰我睡不着。我还不知你为什么呢?”

我不是怕他,但是我为了息事宁人,我忍下去了。

八月十一日

黛今天来了。刚从璟弟房里走到我屋,她看见我这愁眉苦脸的样子,不禁叹了口气说:“你们的家庭怎么好?喜欢的太喜欢,忧愁的太忧愁。我也真不知该怎么处?走到东屋你们演悲剧,走到西屋,他们演喜剧。你还是和琳哥说清楚点,他到底怎样态度呢！仅这样也不是一回事啊！时代已经变了,而且你也是师范毕业的学生,受过相当的中等教育,犯不上真个屈服在如此家庭中,过这样的痛苦的日子。楠嫂,我完全同情你,怜恤你,并且可以援助你。老是哭,气得病,也不能解决这问题啊！”

"我和他说什么呢？他只是一个不理你，我也知道我们中间是完全分割了，什么维系，在爱情方面是勉强不来的。他自然也是很痛苦，爱的人不能结合，不爱的人偏常在眼前，而且是挥之不去，驱之又来的讨厌他。在如今，他正式和我离婚未尝不可，不过怕父母不愿意，我一半固然是他的妻子，而我一半还是父亲母亲的媳妇，他们是正在需要着我，如果我去了，后来的人谁能这样长年在家里陪伴着他们。母亲先前不满意我，觉得我没有她们当媳妇时的勤苦，但是要拿我比上岫琴，那我就完全是个旧家庭中的妇人，而她呢！正是改革这类家庭的反抗者。她只能做璟的爱人，她不能当媳妇。我走罢，未必离开魏家真就讨饭吃，就是出去当佣(用)工，也可以维持我自己的衣食，不过我有点留恋，莲、兰、蓉三个孩子，我怎忍心让她们尝受失掉母亲的痛苦。小莲已经懂事了，不要看她是聋子，她看见我哭时，她也哭！有时夜间她听见我哭，自己跳下床，跑到我身畔来抱着我。'妈妈不要哭，妈妈不要哭！'小兰昨天告妈说：'奶奶！爸爸和妈妈淘气，急得妈妈哭！你为什么不说爸爸呢？'她们小灵魂内已经知道我是可怜的妈妈了，假使我真走了，那她们的命运更是不堪设想了。因之，我宁愿为了她们，使我置身在这苦痛中生活。"

我正和黛谈着，琳让云香来请她。

一会汽车喇叭响了，是他们去看电影。

黛来到这里也是左右做人难，然而她真能干，哪一面都处的非常圆满，毫无破绽。

我想黛劝我解决的话，也许是琳故意托她来探我的口气，预备由我和他提出离婚，假使果然如斯，那琳的心也太狠毒了。他既和我决绝，然而表面并不现出什么来，对着人有时还要有意和你开玩笑。妈已经有点不满意了，说琳不回来是盼他回来，回来了又故意找闲气令他不喜欢。她不怪儿子，反而怪我。

我连哭都不能哭，哭了他们骂我“逼他走”，琳自己也再三说家庭苦痛一刻都不能忍，谁曾替我设身处地想一下。

昨天岫琴说：“这家庭真叫人气闷，爽性公开出来也痛快，谁都不肯揭掉假面具，不彻底的敷衍。过几天我想回家看母亲去了，我住在我嫂嫂那里也是气闷，整天拿着我的婚姻问题寻开心。来到这里又是这样别扭，真是你，楠嫂沉得住气，要是我早跑了。璟常向我夸他的家庭好，和气，爹妈的脾气都不怪，来到这里一瞧，满不是那么回事啊。老实说，楠嫂，我真有点悔了。琳哥和你也是相爱的夫妻，如今为了个钱颐青弄得这样结果，璟将来还不是这一套，哼！男人的心靠不住。”

她不知为什么反向我发牢骚，我没有说什么，只笑了笑！

八月十五日

这几日我心情异常恶劣，日记也不愿写了。

我想到走，想到死，想到就这样活下去。

（选自1928年10月17日、18日《中央日报·红与黑》第四十二、四十三号）

病

窗外一片片飞着雪花，炉中的兽炭熊熊地燃着，我拥着浅紫的绸被，睁着半开的眼，向窗望着！这时恰是黄昏，屋里的东西，已渐渐模糊起来；病魔又乘着这黑暗的势力，侵入我这无抵抗的身体内。当时微觉有点头痛，但我的心仍觉清明的存在。迷离恍惚中，依稀听见枕畔有轻轻语声：

“母亲远在故乡，梅隐姐姐又在日本，云妹你哪里能病？”这凄清的声音，传到我的耳鼓时，不觉一阵心酸，眼眶里的泪又湿透了枕衣！但当我睁开眼看时，床前只有何妈，背着暗淡的灯光，拿着一杯煎好的药静静地低头站着。伊脸上堆满了愁纹，也似乎同我一样诅咒这苍天是如何的不仁啊！

我起来喝了半杯这不治病痛的药，仍睡下，我忽然自己也莫名其妙的，向何妈微微地一笑！但伊如何能知道我的笑是何种的笑啊？我把眼闭后，伊也蹑手蹑脚，轻轻地出去了。我实在再无勇气看这惨淡的灯光；确是太凄凉而且恐怖了！一时间又将二十年来的波纹，都连续不断地浮上脑海，一幕一幕像电影一样，很迅速地转动。

一年一年的光阴催着我在痛苦的途程中工作，我未曾找到一株青翠的松枝！或是红艳的玫瑰！只在疲倦的床上，饮伤了未母辣的火酒，刺遍了荆棘的针芒！只见一滴一滴的血，由我心巢中落到土壤里；一点一点的泪，由眼中逆流到心房，一年的赠予，只有惆怅的悲哀；我更何忍，对着这疏峭的寒梅，重温那迷惘的旧梦啊！

这样群众欲狂的新年，我只张了病幕，隔阻了一切；在电话的铃声里，何妈已替我谢绝了一概虚伪的酬酢。不过当爆竹声连续不断地刺入耳鼓时，我又想到家乡的团圆宴上，或者母亲还虚着我的坐位待我？伊们又岂能料到可怜的我，是病在天涯！

今天早晨雪已不下，地上满铺着银沙；让何妈把窗上的纱幔都揭起，顿觉心神舒爽！美丽的朝霞，正射在我的脸上，紫红的轻绡一层一层地退着，渐渐变成淡蓝色的云座；那时由云幕中捧出了一轮金黄的太阳！再加蔚青的晴空，绚烂的云霞，白玉似的楼阁，雪绒似的花球；这一幅冬景——也可说是春景，确是太理想的美丽了；窗前小鸟，也啭着圆润的珠喉啁啾着；案头两株红梅，也懒松松地半开着！当一阵阵馥郁的清香，送到枕畔的时候，不禁由心灵的深处，发出赞美！这是半载隐逸的(也可说是忧愁的)生活中最快乐的一时。“自然”确能有时与人以莫大的兴奋和安慰！

这刹那的安慰只有少时间的逗留，悲哀的纤维又轻轻地跳动着——直到将全身都浸在悲哀的海里：那神妙的搏动，才肯停止。

沙漠中开不了蔷薇似的红花！谁也不能在痛苦的机轮上安慰我！我明知道世间和被捣碎和伤害的不仅是我！就是现在把理想

的种子，植在我希望的田里，将镇痛剂放在我创伤的心上，也是被我拒绝的。我只觉我应当高声地呼喊，低声地啜泣；或者伏在神的宝座下忏悔我生的罪恶。从前热心要实现的希望，现在都一齐包好，让水晶的匣子盛着，埋葬在海底！

任那一切的余烬燃着，或有一天狂风把他们一齐吹化啊！

当灵肉分裂的时候，我把灵魂轻轻向云头浮起，用着灵的眼望着病榻上的我！不禁想人生诚然是可怜而悲痛，漂泊者的呼声，恰是隔了重重尘网的人所不能听到的。

我确是太痴了！在这样人间，想求到我所希望的星火！人生只应当无目的转着生之轮，服从着严酷的制度！虽然人是具有理智的判断，博感的系恋；但同时人类又组织了一切的制度和习惯；你绝无勇气，把许多堑壁都粉碎了，如你心一样的要求！这种压伏的宇宙下，遂迷漫了失望的呼声！

病的时期内，我就这样不断地运用我心的工作；我毫未觉着光阴是怎样飞驶——像金箭一样的迅速！我只觉太阳射着我时，脸上现着金辉色！可怖的黑暗侵到我的病屋时，只有烈炽的火焰，似乎和这黑暗搏战！

静静的夜里，只听到心浪的起伏，钟声的摆动；有时远远的一阵爆竹声，但没有多时仍归寂然，那时我联想到一件往事：

依稀是八岁的时候，我也是在新年中忽然病了；我由厢房的窗上，知道了新年中的点缀。雪花铺满了屋顶和院中的假山；一棵老槐树上，悬挂着许多晚上要放的鞭炮；远看去像挂着许多红绿的流苏。客厅的门上，挂着大红的彩绸，两旁吊着许多玻璃灯。

母亲嘱咐了监督我的王妈，没有出房门的权利；或许是怕我受风寒,那时心里很不快活,总想有机会出去玩玩。一到灯光辉煌的时候,母亲怕我孤寂,就坐到我的小竹床上,用伊软绵的爱手,抚着我的散发,谈许多故事给我听。当我每次由睡梦中哭着醒来的时候,母亲准在我旁边安慰我。虽然是病着,但药有母亲看着王妈用心地煎,并且有许多样的汤点给我吃。父亲有了工夫,也踱到我的房里来看我,有时还问问我已认过的字忘了没有?

当那时我毫未知道在母亲的帏下生病,是多么幸福的事!这种温柔的仁爱,我就那样使他不得意过去。现在我在天涯已漂泊四年了:当我缠绵床褥,心情烦乱,医药无人过问的时候,我是怎样渴望我亲爱的母亲!系念我亲爱的母亲啊!

梦中有时能望到母亲的影儿,伊慢慢走到我的床前,把伊的手放在我发上抚着;我喜欢地张着双臂抱伊的时候,可恨的晨鸡又喔喔地叫了!迨梦醒后,只有梅花的冷香,一缕缕沁入心肺;阑珊的疏影,在壁上盘曲蜷回地映着。床前确是立着一人,是我忠心的女仆,虽然伊也是伊女儿的母亲;但伊的影子绝不是我的母亲!

我确是囚在病笼中了,但朋友啊!请你立在云头向下界一望,谁是不受病笼羁束的?谁是逃出生命之网的漏鱼?病身体的,或不受精神的烦闷;病精神的,或不受身体的痛苦;我呢?精神上感受着无形的腐蚀;身体又感受迟缓而不能致命的斧柯!我的病愈重,我诅咒人生也更深;假如没有生,何至于使我病呢?所以我诅咒社会人情怎样薄浮,制度怎样万恶!我以为社会是虚的总名,借以组织中心的还是人类——聪明的人类。

我或者是太聪明!或者是神经过敏!在我眼帘下的宇宙,没有安全的整个,只有分析的碎屑;所谓奇丽,只有惨淡;所谓愉快,只有悲哀。我以为世间一切奇丽快乐都是虚幻，而悲哀惨淡，确是宇宙中的主宰，万古不灭的真理！我对于生，感不到快乐，只有悲哀，同时我又怀疑着宇宙中的一切。

病中心情，确有时太离奇，不过我已是为群众所讪讽为疯狂的呻吟者！

不禁又觉着一生太无收获了！游戏了这许多年，所尝受的只是虚伪的讪笑，面具的浮情。有时也曾如流星一样，坠颗光明的星在我面前；但只有刹那的火花到地后又变成坚硬的岩石了！宇宙唯一的安慰，只有母亲的爱；海枯石烂不倦不转之情，都是由母亲的爱里，发蕾以不于开花。这在悲哀的人生，只有为了母亲而生活！母亲为了怕我逸去，曾用伊的鲜红的血丝，结织了生网。我为了爱母亲，我更何忍斩断了母亲结织的生网！另去那死的深洞内，受那比较连母亲都没有的生活！

这样似乎母亲已很诚恳地昭示了；我伏在母亲的宝座下忏悔了；为了母亲，我应当抗议病魔侵占；这样计划之后，可怜我又开始转动这机械的人轮了！

一九二三年二月十日病中

（原载《新民意报·绿波周刊》第十三期，1924年2月26日，原署名评梅）

一　夜

我吃了晚饭独自一个正在楼上望西沉的落日，侄女昆林跑上来说："梅姑！祖父让我来请你，不知为了什么事，祖母在哭呢！"我怀着惊诧的心情来到母亲房里，芬嫂也在这里。他们都正在沉默着，母亲坐在椅上擦眼泪，屋里光线也很黯淡，所以更显得冷森严肃。父亲见我进来，他望着我说："刚才珑珑来，他说你七祖母病得厉害，你回来还未看过她，这时候我领你去看看罢，也许还来得及。那面的事情我已都让你瑾哥去理了。"

骤然听得这消息，我心里觉着万分凄楚！母亲也要过去，我们因为天太晚了，劝阻她明天再去。我换了件衣服，随着父亲出来，昆林也伴着我，提了芬嫂燃着的玻璃灯。这正是黄昏时候，落日照在树林菜圃，发出灿烂的金光。缘着菜圃的垄走去。

走过了菜圃，下了斜坡，便是一道新修的马路，两旁的杨柳，懒懒地一直拖到地上。夜幕渐渐垂下，昆林手中提着玻璃灯，发出极光亮的火焰，黑暗的阴森的道上，映着我们不齐的身影。父亲拄着龙头拐杖，银须飘拂，默无一语地慢慢踱着，我和昆林也静悄悄地随在他身畔，我们都被沉重的严肃的悲哀包围着。

马路的南边现出一带青石的堤，进了石堤门口有两棵老槐树的便是七祖母家了。

我们在这黑漆的大门口。我的心搏跳得很厉害，我等候一个悲剧来临在这叩门声中。门开了，是瑾哥。后面还跟着一个十三四岁的小童，提着一把药壶，他就是珑珑。

“病人怎么样？”父亲问。“医生刚走，他说老病没有希望了。现在还清楚，正在念着梅妹呢！快进去看看去吧！一直是喊着你的名字。”瑾哥又转头向我说。

瑾哥先把父亲让到东厢房，留着昆林伴着他，小童给沏上茶，我随了瑾哥来到上房，上了台阶揭帘进去，是三间大的一个外间，中间长桌上供着一座白瓷观音，两旁挂着杏黄绸神幔，香炉里还有余烟未尽，佛龛前燃着两支蜡烛。西间垂着一个软竹帘，映着灯光，看见里面雪帐低垂的病榻。我轻轻地走进去，一个女仆向我招呼了一下，我就来到病床前。她的面色十分的枯干苍白，双眼深陷下去，灰白的头发披散在枕畔，身体瘦小得盖着绒毡和床一样平。我哽咽着喊了一声“七祖母”，她微睁开那慈和温祥的眼望着我，她似乎不敢相认。“谁”？一个细小的声音由帐中传出。“是梅玲妹妹来看你的，你不是正在念她吗？”瑾哥伏在床前向她说。“啊！原来就是玲玲。”她惊喜地把头微微抬起，伸出一只枯瘦不能盈握的手，握住我；她瞪眼望着我流下泪来，她道：“玲玲！我恐怕不能再见你呢！前些天你父亲来，说你怕暂时不能回来，火车又快不通了，我很念你呢！可怜我病了许久了，今年春天就不能起床了，我天天祷告着，让我快快死了罢，我在这世上早就是废物了。我在你小时就抚抱着你，从摇篮里一直看你长了这么大，我真欢喜啊！我时时都想着你，玲玲！我莫有白疼你，你能在这时候回来给我送终。”她说着老泪流到颊上，手在抖擞着。

屋里点着两盏煤油灯，但我只觉得昏暗的可恐怖。女佣(用)人给我搬一个椅子在床边，我坐下后详细地和七祖母谈她的病况，她有时清楚，有时糊涂，病像是很危险了。我有心里凄酸的说不出什么，可怜她孤苦无儿女的老人，她从小那样珍爱我抚育我，今天既然来了，当然愿意伴着她令她瞑目死去的。乘她昏睡时出来到东厢去看父亲，我道：“父亲，七祖母病危，怕今夜就过不去的，我想今夜留在这里陪着她，父亲，我求你的允许。”我说时哽咽地泣了，父亲也很难过，他吩咐瑾哥去买办衣服棺材，并请几个人来帮帮忙。瑾哥走后他和昆林到上房来看病人，已不如见我时清楚了，似乎在呓语着，父亲唤她几声“七婶”，她只睁开眼看看，也不说话，面部的表情非常苦痛悲惨！

父亲出来到外间向我说：“梅玲，你就在这里伴着她好了，回头我让你乳娘也来，如果无事明晨我再来；假如情形不好你就让珑珑去报个信。瑾哥今天晚上也在这里，也许还有别的人，你不要怕。七祖母抚养你的小，你送终她的老，是应当的。梅玲！你好好安慰她令她含笑而终……”父亲说话的声音有点颤抖了。

我燃亮了玻璃灯，仍让昆林提着，送他们到大门口，我又嘱咐昆林好好招呼着祖父。一直望着他们的灯光给树林遮住看不见了，才掩门回来。

女佣(用)人和我伴着七祖母，珑珑在厨房煎药。瑾哥回来已十点多钟了，衣服已买来，我都交给女佣(用)人去看一遍，还少什么不少。我们匆忙中现出无限的凄凉和惨淡，我时时望着她的脸抚着她的手，我希望她再和我说几句话，这真是痛心的事情，顷刻中她的灵魂便去了永不回来。

一会工夫乳娘也提了灯笼挟着一个衣包来了，是母亲给我带来的衣服。

这一夜我便在病床边伴着她，她已失了知觉。只余了一点未断的气息慢慢喘着，在她那枯干苍白的脸上，看出她在人间历经苦痛的残痕。我祷告。最好就这样昏迷地死去，不然她在这时候一定会感到人间的恨憾呢！她是个孤独者，她是扎挣奋斗了七十多年，一员独守残垒的健将。

她二十岁嫁给了七祖父，结婚不到三年，七祖父便客死异乡，余下一点薄薄的财产，也都被强暴的族人占了去。她困苦无所归，便只身来到我家，给我们帮忙做点粗活计，祖母很同情她可怜，常嘱咐父亲要照顾着她。我生后一月，不幸爱我的祖母便死了，那时母亲也病着，一切料理丧事，看护母亲，都是七祖母。后来我的乳娘走了几天，也是她代理着母亲的职务来抚养我，那时她真把一切的爱都集注在我身上，我的摇篮中埋殡着她不可言说的悲痛和泪痕，那时我的浅笑，我的娇态，也许都是她唯一的安慰呢！

十数年来，凭着她的十指所得，也略有点积蓄，父亲劝她承继一个儿子，将来也有个依靠，她只含泪摇头的拒绝。后来她也老了，我们又都是漂泊在外边不常回去，父亲就借她这所房子让她住着，雇一个小孩服侍她，她虽然境遇孤苦，但还不至于令她做街头饿殍的，自然是我父亲的力量。

为人是非常的和蔼，不论心里有什么悲哀的事情，表面上都是那一副微笑的面靥；她是忍受着默咽着一切的欺凌和痛苦。她是无抵抗主义者的信徒。她似乎认定人间不会给予她什么幸福快乐的，所以她宁愿依人篱下求暂时温饱，不希望承继儿女，来欢娱她荒凉的暮景。她甘于寂寞的生活，不躲避自己孤苦的命运，不怨天不尤人，很平淡的任其自然的来临；这种漠然的精神也许是旁人做不到的。我虔诚地替七祖母祈祷，愿她将这永久的平淡和漠然，留给世间苦痛的朋友们自己慰解着！

阴森的夜里，我在她床前来回地走着，一盏暗淡的灯，在黑暗中摇晃着现出无限的恐怖，我勉强抑压着搏跳的心等待着死神黑翼的来临！一会工夫我又去看看她的面色和呼吸，乳娘整理着她的殓衣，女佣(用)人在分散族人的孝帽；瑾哥常常探首来问消息，他的面色已现得(显得)十分憔悴！

天黎明时，病人渐渐垂危，呻吟苦闷，气息也喘得很紧；瞳孔也缩小了，而且昏暗无光。我注视着她，抚着她的手，轻轻呼着“七祖母”，她似乎还想说什么，嘴唇微微动着但一点声音也没有发出，面色渐渐红了。身体转动了几下，微睁开眼望了望我，她就闭上眼，喉间痰涌上来，喘息着；一阵一阵气息低微，我这时低低喊着她，泪已落满了床褥。

(见《世界日报·蔷薇周刊》第55期，1928年2月7日，第一、二版，原署名评梅)

冰场上

连自己都惊奇自己的兴致，在这种心情下的我，会和一般幸福骄子、青春少女们，来到冰场上游戏。但是自从踏进了这个环境后，我便不自主的被诱惑而沉醉了。幸好，这里没有如人间那样的残狠，在不介意不留意时，偷偷混在这般幸福骄子、青春少女群中，同受艳阳的照临，惠风的吹拂，而不怕获什么罪戾！因之我闲暇时离开一切可厌恶的，到这里，求刹那的沉醉和慰藉。

在美丽欢欣的冰场上，回环四顾是那如云烟般披罩着的森林，岩峰碧栏红楼；黄昏时候落日绯霞映照在冰凝的场中，雪亮的刀上时，每使我怆然泫然，不忍再抬头望着这风光依稀似去年的眼底景物。我天天奔波在这长安道上，不知追求什么？如今空虚的心幕上，还留着已成烟梦的遗影，几乎处处都有这令我怆然泫然的陈迹现露在我的眼底。这冰场也一样有多少不堪回首的往事，驻足凝目时心头常觉隐隐梗酸，有时热泪会滴在冻冷的冰上，融化成一个小小的蚀洞。

自然有人诅咒我这类乎沦落的行径，颓唐的心情吧！似乎这年头莫有什么机会或兴趣，来和那些少爷小姐们玩这类的开心运动？诚然，我很惭愧，除了每日应做的事务和自修外，我并不曾效劳什么社会运动、团体工作。不过我也很自安，没有机会去做一件与人类求福利的事，但也未曾做过殃民害众的罪恶。

看起来中国目前似乎都是太积极了，“希望”故意把人都变成了猛兽，随时随地都可以使烈火燃烧起来！鲜血喷洒出来！尸体堆集起来！枪炮烟火中，一切幸福和安宁都被恶魔的旗帜卷去了。这几乎退化到原始的世界，我时时都在恐怖着！暴动残杀，疯狂般的领袖，都是令我们钦佩敬爱的英雄吧！只是他们的旗帜永远那么鲜明正大，而他们的功绩却永远是这样黯淡悲惨呢！不知为什么？

假如后人的幸福欢乐真能建筑在现今牺牲者的枯骨血迹之上，那也是一件值得赞颂的事，不过恐怕这也终于是个幻影，只是在人们心中低低唤你前进的一个声音。

在疲倦的工作后沉思时，我总哀我自己并哀我祖国。屡次失望之后，我对于自己从前热诚敬慕的英雄和一切曾令我动念的事业都恐怖鄙视起来了。因此在极度伤心悲痛中才逃到冰场上去求刹那的晕醉。

我虽想追求快乐，但快乐却是永不能来安慰我。我的朋友在炮火枪林里，我的故乡在战气迷漫里，我的父母在忧惧焦虑中，我就是漠不关心逃到冰场上来自骗的去追寻快乐，怕快乐也终于是遗弃而不顾我。不过晕醉，暂时的晕醉却能令我的心情麻木一时。

我告诉你们：冰下有无数美丽娟洁的花纹，那细小的雪屑被风吹着如落下的球,我足下的银刀划在冰场的裂痕,如我心膜里的残迹。轻飘飘游龙惊鸿般的姿态,笑吟吟微露醉意的霰颜,如燕子穿梭,蝶翅翩跹似的步履,风旋雪舞,云卷电掣,这都是冰场上青年少女们的艺术。朋友!怎的不令我沉迷于此而暂忘掉一切人间的痛苦呢!是这般美妙的活泼的天真的烂漫的乐园。

不过这依然是梦。

这些幸福骄子,青春少女们也有一日要失去她们的愉乐而换成惆怅!目前的现实变作回忆的梦影。露沙笑我把冷寂的冰场当作密友是痴念,她说:

“你觉得冰冷的心情最好是安放在冰天雪地之中。不过你要知道冷的冰最是靠不住的东西,它若逢见热烈的火气,立刻就消失了原来洁白的冷严的质地,变成柔和的水,氤氲的气了。结果反不如一直是个氤氲的气到免得着迹!”

她这话自然包含了多方面的意思,不过表面上看来,她已警告我将来是一场欢喜,空留惆怅了。什么事不是这样呢!如今冷寂坚冻的冰,本就是往日柔和如意的水,此时欢喜就是他年悲叹,人生假使就是这样时,怎禁得住我们这过分聪敏的忧虑呢!

朋友!不要想以后怎样,只骗如今这样过去吧!

十六年十二月二十四日圣诞节前夜

附录

散文

同是上帝的儿女

狂风——卷土扬沙的怒吼，人们所幻想的璀璨庄严的皇城，确是变一片旷野无人的沙漠；这时我不敢骄傲了，因为我不是一只富于沙漠经验的骆驼——忠诚地说，连小骆驼的梦也未曾做过。

每天逢到数不清的洋车，今天都不知被风刮到哪里去；但在这广大的沙漠中，我确成到急切的需要了。堪笑——这样狼狈，既不是贿选的议后，也不是树倒的猢狲，因有温馨的诱惑我；在这萧条凄寒的归路里，我只得蹒跚迎风，呻吟着适之先生的“努力”！

我觉着走了有数十里，实际不过是由学校走到西口，这时揉揉眼睛，猛然有了发现了：

两个小的活动的骷髅，抬着一辆曾拖过尸骸的破车，一个是男的在前面，一个是女的在后面，她的嘴似乎动了一动，细听这抖颤的声浪，她说：

“大姑儿您要车？”

“你能拉动我吗？这样小的车夫。”

“大姑儿,您坐吧,是哪儿?”前边那个男小孩也拖着车问我。但是我总不放心,明知我近来的乡愁闲恨,量——偌大的人儿,破碎的车儿,是难以载起。决定后,我大踏步地向前走了。

“大姑儿,您见怜小孩们吧!爸爸去打仗莫有回家,妈妈现在病在床上,想几个铜子,给妈妈一碗粥喝,但老天又这样风大!”后面那女孩似唱似诉地这样说。

真大胆,真勇气,记得上车时还很傲然:等他们拖不了几步,我开始在车上战栗了!不禁低头看看。我怀疑了,为什么我能坐车,他们只这样拉车?为什么我穿着耀国丝绸的皮袍,他们只披着百结的单衣?为什么我能在他们面前当小资本家,他们只在我几枚铜子下流着血汗?

谁能不笑我这浅陋呢?

良心,或者也可说是人情,逼着我让他们停了车,抖颤地掏出钱袋,倾其所有递给他们。当时我只觉两腮发热,惭愧地说不出什么!

他们惊讶的相望着,最终他们来谢我的,不是惨淡的笑容,是浸入土里的几滴热泪!至现在我还怀疑我们……同是上帝的儿女!

十二月八号狂风的深夜里

（见《京报副刊·妇女周刊》第一期,1924年12月10日,第七、八版）

素　心

我从来不曾一个人走过远路，但是在几月前我就想尝试一下这踽踽独行的滋味；黑暗中消失了你们，开始了这旅途后，我已经有点害怕了！我搏跃不宁的心，常问我“为什么硬要孤身回去呢”？因之，我蜷伏在车厢里，眼睛都不敢睁，睁开时似乎有许多恐怖的目光注视着我，不知他们是否想攫住我？是否想加害我？有时为避免他们的注视，我抬头向窗外望望，更冷森地可怕，平原是一堆一堆的黑影，明知道是垒垒荒冢，但是我总怕是埋伏着的劫车贼呢。这时候我真后悔，为甚要孤零零一个女子，在黑夜里同陌生的旅客们，走向不可知的地方去呢？因为我想着前途或者不是故乡不是母亲的乐园？

天亮时忽然上来一个老婆婆，我让点座位给她，她似乎嘴里喃喃了几声，我未辨清是什么话；你是知道我的，我不高兴和生人谈话，所以我们只默默地坐着。

我一点都不恐怖了，连他们惊讶的目光，都变成温和的注视，我才明白他们是绝无攫住加害于我的意思，所以注视我的，自然因为我是女子，是旅途独行无侣的女子。但是我为什么要这样呢？因为我身旁有护卫——不认识的老婆婆，明知道她也是独行的妇女，在她心里，在别人眼里，不见得是负了护卫我的使命。不过我确是有了勇气而且放心了。

靠着窗子睡了三点钟，醒来时老婆婆早不在了，我身旁又换了一个小姑娘，手里提着一个篮子，似乎很沉重，但是她不知道把它放在车板上。后来我忍不住了说："小姑娘！你提着不重吗？为什么不放在车板上？"可笑她被我提醒后，她红着脸把它搁在我的脚底。

七月二号的正午，我换了正太车，踏入了我渴望着的故乡界域，车头像一条蜿蜒的游龙，有时飞腾在崇峻的高峰，有时潜伏在深邃的山洞。由晶莹小圆石堆集成的悬崖里，静听着水涧碎玉般的音乐。你知道吗？娘子关的裂帛溅珠，真有"苍崖中裂银河飞，空里万斛倾珠玑"的美观。

火车箭似的穿过夹道的绿林，牧童村女，都微笑点头，似乎望着缭绕来去的白烟欢呼着说："归来啊！漂泊的朋友！"想不到往返十几次的轨道旁，这次才感到故乡的可爱和布置雄壮的河山。旧日秃秃的太行山，而今都披上柔绿；细雨里行云过岫，宛似少女头上的小鬟，因为落雨多，瀑布是壮观而清脆，经过时我不禁想到Undine。

下午三点钟，我站在桃花潭前的家门口了。一只我最爱的小狗，在门口卧着，看见我陌生的归客，它摆动着尾巴，挣直了耳朵，向我汪汪地狂叫。那时我家的老园丁，挑着一担水回来，看见我时他放下水担，颠巍巍向我深深地打了一躬，喊了声："小姐回来了！"

我急忙走进了大门，一直向后院去，喊着母亲；这时候我高兴之中夹着酸楚，看见母亲时，双膝跪在她面前，扑到她怀里，低了头抱着她的腿哭了！

母亲老了，我数不清她鬓上的银丝又添几许？现在我却是一枝阳光下的蔷薇，在这温柔的母亲怀里又醉又懒。素心！你不要伤心你的漂泊，当我说到见了母亲的时候，你相信这刹那的快慰，已经是不可捉摸而消失的梦；有了团聚又衬出漂泊的可怜，但想到终不免要漂泊的时候，这团聚暂时的欢乐，岂不更增将来的怅惘？因之，我在笑语中低叹，沉默里饮泣。为什么呢？我怕将来的离别，我怕将来的漂泊。

只有母亲，她能知道我不敢告诉她的事！一天我早晨梳头，掉了好些头发，母亲忽然想起什么似的，问我这样一句话："你在外边没有生病吗？为什么你脸色黄瘦而且又掉头发呢？"素心！母亲是照见我的肺腑了，我不敢回答她，装着叫嫂嫂梳头，跑在她房里去流泪。

这几天一到正午就下雨，鱼缸里的莲花特别鲜艳，碧绿的荷叶上，银珠一粒粒的乱滚，小侄女说那是些"大珠小珠落玉盘"。家庭自有家庭的乐趣，每到下午六七点钟，灿烂的夕阳，美丽的晚霞，挂照在罩着烟云的山峰时，我陪着父亲上楼瞭望这起伏高低的山城，在一片青翠的树林里掩映着天宁寺的双塔，阳春楼上的钟声，断断续续布满了全城；可惜我不是诗人，不是画家，在这处处都是自然，处处都寓天机的环境里，我惭愧了。

你问到我天辛的消息时，我心里似乎埋伏着将来不可深测的隐痛，这是一个厄运，常觉着我宛如一个狰狞的鬼灵，掏了一个人的心，偷偷地走了。素心！我哪里能有勇气再说我们可怜的遭逢啊！十二日那晚上我接到天辛由上海寄我的信，长极了，整整地写了二十张白纸，他是双挂号寄来的。这封信里说他回了家的胜利，和已经粉碎了他的桎梏的好消息；他自然很欣慰地告诉我，但是我看到时，觉着他可怜得更厉害，从此后他真的孤身只影流落天涯，连这个礼教上应该敬爱的人都没有了。他终究是空虚，他终究是失望，那富艳如春花的梦，只是心上的一刹那；素心！我眼睁睁看着他要朦胧中走入死湖，我怎不伤心？为了我忠诚的朋友。但是我绝无法挽救，在灿烂的繁星中，只有一颗星是他的生命，但是这颗星确是永久照耀着这沉寂的死湖。因此我朝夕绞思，虽在这温暖的母亲怀里有时感到世界的凄冷。自接了他这封长信后，更觉着这个厄运是绝不能幸免的；而深重的隐恨压伏在我心上一天比一天悲惨！但是素心啊！我绝无勇气揭破这轻翳的幕，使他知道他寻觅的世界是这样凄惨，淡粉的翼纱下，笼罩的不是美丽的蔷薇，却是一个早已腐枯了的少女尸骸！

有一夜母亲他们都睡了，我悄悄踱到前院的葡萄架下，那时天空辽阔清净像无浪的海面，一轮明月晶莹地照着；我在这幸福的园里，幻想着一切未来的噩梦。后来我伏在一棵杨柳树上，觉着花影动了，轻轻地有脚步声走来，吓了我一跳。细看原来是嫂嫂，她伏着我的肩说："妹妹你不睡，在这里干吗？近来我觉着你似乎常在沉思，你到底为了什么呢？亲爱的妹妹！你告诉我！"禁不住的悲哀，像水龙一样喷发出来，索性抱着她哭起来；那夜我们没有睡，两个人默默坐到天明。

家里的幸福有时也真有趣！告诉你一个笑话:家中有一个粗使的女仆,她五十多岁了！每当我们沉默或笑谈时,她总穿插其间,因之,嫂嫂送她绰号叫“刘姥姥”,昨天晚上母亲送她一件紫色芙蓉纱的褂子,是二十年前的古董货了。她马上穿上在院子里手舞足蹈地跳起来。我们都笑了,小侄女昆林,她抱住了我笑得流出泪来,母亲在房里也被我们笑出来了,后来父亲回来,她才跳到房里,但是父亲也禁不住笑了！在这样浓厚的欣慰中,有时我是可以忘掉一切的烦闷。

大概八月十号以前可以回京,我见你们时,我又要离开母亲了,素心！在这醺醉中的我真不敢想到今天以后的事情！母亲今天去了外祖母家,清寂里我写这封长信给你,并祝福你！

十三年七月二十二日山城栖云阁

归 来

四围山色中，一鞭残照里，我骑着驴儿归来了。

过了南天门的长山坡，远远望见翠绿丛中一带红墙，那就是孔子庙前我的家了，心中说不出是什么滋味，这又是一度浩劫后的重生呢；依稀在草香中我嗅着了血腥，在新冢里看见了战骨。我的家，真能如他们信中所说的那样平安吗？我有点儿不相信。

抬头已到了城门口，在驴背上忽然听见有人唤我的乳名。这声音和树上的蝉鸣夹杂着，我不知是谁？回过头来问跟着我的小童：

“珑珑！听谁叫我呢！你跑到前边看看。”

接着又是一声，这次听清楚了是父亲的声音。不过我还不曾看见他到底是在哪里喊我，驴儿过了城洞我望见一个新的炮垒，父亲穿着白的长袍，站在那土丘的高处，银须飘拂向我招手；我慌忙由驴背上下来，跑到父亲面前站定，心中觉着凄梗万分，眼泪不知怎么那样快，我怕父亲看见难受，不敢抬起头来，也说不出什么话来。父亲用他的手抚摸着我的短发，心里感到异样的舒适与快愉。也许这是梦吧，上帝能给我们再见的机会。

沉默了一会，我才抬起头来，看父亲比别时老多了，面容还是那样慈祥，不过举动现得(显得)迟钝龙钟了。

我扶着他下了土坡，慢慢缘着柳林的大道，谈着路上的情形。我又问问家中长亲们的健康，有的死了，有的还健在，年年归来都是如此沧桑呢！珑珑赶着驴儿向前去了，我和父亲缓步在黄昏山色中。

过了孔庙的红墙，望见我骑的驴儿拴在老槐树上，昆林正在帮着珑珑拿东西呢！她见我来了，把东西扔了就跑过来，喊了一声"梅姑"！似乎有点害羞，马上低了头，我握着她手一端详：这孩子出脱得更好看了，一头如黑云的头发，衬着她如雪的脸儿，睫毛下一双大眼睛澄碧灵活，更显得她聪慧过人。这年龄，这环境，完全是十年前我的幻影，不知怎样联想起自己的前尘悄悄在心底叹了一口气。

进了大门，母亲和一个不认识的女人坐在葡萄架下，嫂嫂正在洗手。她们看见我都喜欢得很。母亲介绍那个人，原来是新娶的八婶。吃完饭，随便谈谈奉军春天攻破娘子关的恐慌虚惊，母亲就让我上楼去休息。这几间楼房完全是为我特备的。回来时母亲就收拾清楚，真是窗明几净，让我这匹跋涉千里疲惫万分的征马，在此卸鞍。走了时就封锁起来，她日夜望着它祷祝我平安归来。

每年走进这楼房时，纵然它是如何的风景依然，我总感到年年归来时的心情异昔。扶着石栏看紫光弥漫中的山城，天宁寺矗立的双塔，依稀望着我流浪的故人微笑！沐浴在这苍然暮色的天幕下时，一切扰攘奔波的梦都霍然醒了，忘掉我还是在这喧嚣的人寰。尤其令我感谢的是故乡能逃出这野蛮万恶的奉军蹂躏，今日归来不仅天伦团聚而且家园依旧。

我看见一片翠挺披拂的玉米田，玉米田后是一畦畦的瓜田，瓜田尽头处是望不断的青山，青山的西面是烟火、人家、楼台城郭，背着一带黑森森的树林，树梢头飘游着逍遥的流云。静悄悄不见一点嘈杂的声音，只觉得一阵阵凉风摩着鬓角衣袂，几只小鸟在白云下飞来飞去。

我羡慕流云的逍遥，我忌恨飞鸟的自由，宇宙是森罗万象的，但我的世界却是狭的笼呢！

追逐着，追逐着，我不能如愿满足的希望。来到这里又想那里，在那里又念着回到这里，我痛苦的，就是这不能宁静不能安定的灵魂。

正凝想着，昆林抱着黑猫上来了。这是母亲派来今夜陪我的侣伴。

临睡时，天幕上只有几点半明半暗的小星星。我太疲倦了，这夜不曾失眠，也不曾做梦。

涛　语

一、微醉之后

几次轻掠飘浮过的思绪，都浸在晶莹的泪光中了。何尝不是冷艳的故事，凄哀的悲剧，但是，不幸我是心海中沉沦的溺者，不能有机会看见雪浪和海鸥一瞥中的痕迹。因此心波起伏间，卷埋隐没了的，岂只朋友们认为遗憾，就是自己，永远徘徊寻觅我遗失了的，何尝不感到过去飞逝的云影，宛如彗星一扫的壮丽！

允许我吧！我的命运之神！我愿意捕捉那一波一浪中汹涌浮映出过去的噩梦。虽然我不敢奢望有人能领会这断弦哀音，但是我尚有爱怜我的母亲，她自然可以为我滴几点同情之泪吧！朋友们，这是由我破碎心幕底透露出的消息。假使你们还挂念着我，这就是我遗赠你们的礼物。

丁香花开时候，我由远道归来。一个春雨后的黄昏，我去看晶清。推开门时她在碧绸的薄被里蒙着头睡觉，我心猜想她一定是病了。不忍惊醒她，悄悄站在床前，无意中拿起枕畔一本蓝皮书，翻开时从里面落下半幅素笺，上边写着：

波微已经走了，她去哪里我是知道而且很放心，不过在这样繁华如碎锦似春之昼里，难免她不为了死的天辛而伤心，为了她自己惨淡悲凄的命运而流泪了！

想到她我心就怦怦地跃动，似乎纱窗外啁啾的小鸟都是在报告不幸的消息而来。我因此病了，梦中几次看见她，似乎她已由悲苦的心海中踏上那雪银的浪花，翩跹着披了一幅白雪的轻纱；后来暴风巨浪袭来，她被海波卷没了，只有那一幅白云般的轻纱飘浮在海面上，一霎时那白纱也不知流到哪里去了。

固然人要笑我痴呆，但是她呢，确乎不如一般聪明人那样理智，从前她是个杀人不眨眼的英雄，如今被天辛的如水柔情，已变成多愁多感的人了。这几天凄风苦雨令我想到她，但音信却偏这般渺茫……

读完后心头觉着凄梗，一种感激的心情，使我终于流泪！但这又何尝不是罪恶，人生在这大海中不过小小的一个泡沫，谁也不值得可怜谁，谁也不值得骄傲谁，天辛走了，不过是时间的早迟，生命上使我多流几点泪痕而已。为什么世间偏有这许多绳子，而且是互相连系着！

她已睁开半开的眼醒来，宛如晨曦照着时梦耶真耶莫辨的情形，瞪视良久，她不说一句话，我抬起头来，握住她手说：

“晶清，我回来了，但你为什么病着？”

她珠泪盈睫，我不忍再看她，把头转过去，望着窗外柳丝上挂着的斜阳而默想。后来我扶她起来，同到栉沐室去梳洗，我要她挣扎起来伴我去喝酒。信步走到游廊，柳丝中露出三年前月夜徘徊的葡萄架，那里有芗蘅的箫声，有云妹的倩影，明显映在心上的是天辛由欧洲归来初次看我的情形。那时我是碧茵草地上活泼跳跃的白兔，天真娇憨的面靥上泛映着幸福的微笑！三年之后，我依然徘徊在这里，纵然浓绿花香的图画里，使我感到的比废墟野冢还要凄悲！上帝啊！这时候我确乎认识了我自己。

韵妹由课堂下来，她拉我又回到寝室，晶清已梳洗完正在窗前换衣服，她说：

“波微！你不是要去喝酒吗？萍适才打电话来，他给你已预备下接风宴，去吧！对酒当歌，人生几何，去吧，乘着丁香花开时候。”

风在窗外怒吼着，似乎有万骑踏过沙场，全数冲杀的雄壮；又似乎海边孤舟，随狂飙扎挣呼号的声音，一声声的哀惨。但是我一切都不管，高擎着玉杯，里边满斟着红艳艳的美酒，她正在诱惑我，像一个绯衣美女轻掠过骑士马前的心情一样的诱惑我。我愿永久这样陶醉，不要有醒的时候，把我一切烦恼都装在这小小杯里，让它随着那甘甜的玫瑰露流到我那创伤的心里。

在这盛筵上我想到和天辛的许多聚会畅饮。

晶清挽着袖子，站着给我斟酒；萍呢！她确乎很聪明，常常望着晶清，暗示她不要再给我斟，但是已晚了，饭还未吃我就晕在沙发上了。

我并没有痛哭，依然晕厥过去有一点多钟之久。醒来时晶清扶着我，我不能再忍了，伏在她手腕上哭了！这时候屋里充满了悲哀，萍和琼都很难受地站在桌边望着我。这是天辛死后我第六次的昏厥，我依然和昔日一样能在梦境中醒来。

灯光辉煌下，每人的脸上都泛映着红霞，眼里莹莹转动的都是泪珠，玉杯里还有半盏残酒，桌上狼藉的杯盘，似乎告诉我这便是盛筵散后的收获。

大家望着我都不知应说什么？我微抬起眼帘，向萍说：

“原谅我，微醉之后。”

二、父亲的绳衣

“荣枯事过都成梦，忧喜情忘便是禅。”人生本来一梦，在当时兴致勃然，未尝不感到香馥温暖，繁华清丽。至于一枕凄凉，万象皆空的时候，什么是值得喜欢的事情，什么是值得流泪的事情？我们是生在世界上的，只好安于这种生活方式，悄悄地让岁月飞逝过去。消磨着这生命的过程，明知是镜花般不过是一瞥的幻梦，但是我们的情感依然随着遭遇而变迁。为了天辛的死，令我觉悟了从前太认真人生的错误，同时忏悔我受了社会万恶的蒙蔽。死了的明显是天辛的躯壳，死了的惨淡潜隐便是我这颗心，他可诅咒我的残忍，但是我呢，也一样是啮残下的牺牲者啊！

我的生活是陷入矛盾的，天辛常想着只要他走了，我的腐蚀的痛苦即刻可以消逝。这是一个错误的观念，事实上矛盾痛苦是永不能免除的。现在我依然沉陷在这心情下，为了这样矛盾的危险，我的态度自然也变了，有时的行为常令人莫名其妙。

这种意思不仅父亲不了解，就连我自己何尝知道我最后一日的事实；就是近来倏起倏灭的心思，自己每感到奇特惊异。

清明那天我去庙里哭天辛，归途上我忽然想到与父亲和母亲结织一件绳衣。我心里想得太可怜了，可以告诉你们的就是我愿意在这样心情下，做点东西留个将来回忆的纪念。母亲他们穿上这件绳衣时，也可想到他们的女儿结织时的忧郁和伤心！这个悲剧闭幕后的空寂，留给人间的固然很多，这便算埋葬我心的坟墓，在那密织的一丝一缕之中，我已将母亲交付给我那颗心还她了。

我对于自己造成的厄运绝不诅咒，但是母亲，他们也应当体谅我，当我无力扑到你怀里睡去的时候，你们也不要认为是缺憾吧！

当夜张着黑翼飞来的时候，我在这凄清的灯下坐着。案头放着一个银框，里面刊装着天辛的遗像，像的前面放着一个紫玉的花瓶，瓶里插着几枝玉簪，在花香迷漫中，我默默地低了头织衣；疲倦时我抬起头来望望天辛，心里的感想，我难以写出。深夜里风声掠过时，尘沙向窗上瑟瑟的扑来，凄凄切切似乎鬼在啜泣，似乎鸱鸮的翅儿在颤栗！我仍然低了头织着，一直到我伏在案上睡去之后。这样过了七夜，父亲的绳衣成功了。

父亲的信上这样说：

> ……明明知道你的心情是如何的恶劣，你的事务又很冗繁，但是你偏在这时候，日夜为我结织这件绳衣，远道寄来，与你父防御春寒，你的意思我自然喜欢，但是想到儿一腔不可宣泄的苦衷时，我焉能不为汝凄然！……

读完这信令我惭愧，纵然我自己命运负我，但是父母并未负我；他们希望于我的，也正是我愿为了他们而努力的。父亲这微笑中的泪珠，真令我良心上受了莫大的责罚，我还有什么奢望呢！我愿暑假快来，我扎挣着这创伤的心神，扑向母亲怀里大哭！我二十年的心头埋没的秘密，在天辛死后，我已整个的跪献在父母座下了，我不忍那可怕的人间隔膜，能阻碍了我们天性的心之交流，使他们永远隐蔽着不知道他们的女儿——不认识他们的女儿。

三、醒后的惆怅

深夜梦回的枕上，我常闻到一种飘浮的清香，不是冷艳的梅香，不是清馨的兰香，不是金炉里的檀香，更不是野外雨后的草香。不知它来自何处，去至何方？它们伴着皎月游云而来，随着冷风凄雨而来，无可比拟，凄迷辗转之中，认它为一缕愁丝，认它为几束恋感，是这般悲壮而缠绵。世界既这般空寂，何必追求物象的因果。

> 汝负我命，我还汝债，以是因缘，经百千劫常在生死。汝爱我心，我爱汝色，以是因缘，经百千劫常在缠缚。
>
> ——楞严经

寂灭的世界里，无大地山河，无恋爱生死，此身既属臭皮囊，此心又何尝有物，因此我常想毁灭生命，锢禁心灵。至少把过去埋了，埋在那苍茫的海心，埋在那崇峻的山峰；在人间永不波荡，永不飘飞；但是失败了，仅仅这一念之差，铸塑成这般罪恶。

当我在长夜漫漫，转侧呜咽之中，我常幻想着那云烟一般的往事，我感到梗酸，轻轻来吻我的是这腔无处挥洒的血泪。

我不能让生命寂灭，更无力制止她的心波澎湃，想到时总觉对不住母亲,离开她五年把自己摧残到这般枯悴。要写什么呢? 生命已消逝的飞掠去了,笔尖逃逸的思绪,何曾是纸上留下的痕迹。母亲! 这些话假如你已了解时,我又何必再写呢! 只恨这是埋在我心冢里的,在我将要放在玉棺时,把这束心的挥抹请母亲过目。

天辛死以后,我在他尸身前祷告时,一个令我绻恋的梦醒了! 我爱梦,我喜欢梦,她是浓雾里阑珊的花枝,她是雪纱轻笼了苹果脸的少女,她如沧海飞溅的浪花,她如归鸿云天里一闪的翅影。因为她既不可捉摸,又不容凝视,那轻渺渺游丝般梦痕,比一切都使人醺醉而迷惘;

诗是可以写在纸上的,画是可以绘在纸上的,而梦呢,永远留在我心里。母亲! 假如你正在寂寞时候,我告诉你几个奇异的梦。

四、夜航

一九二五年元旦那天,我到医院去看天辛,那时残雪未消,轻踏着积雪去叩弹他的病室,诚然具着别种兴趣,在这连续探病的心情经验中,才产生出现在我这忏悔的惆怅! 不过我常觉由崎岖蜿蜒的山径到达到峰顶,由翠荫森森的树林到达到峰顶,归宿虽然一样,而方式已有复杂简略之分,因之我对于过去及现在,又觉心头轻泛着一种神秘的傲意。

那天下午我去探病,推开门时,他是睡在床上头向着窗瞧着,我放轻了足步进去,他一点都没有觉得我来了,依然一页一页翻着书。我脱了皮袍,笑着蹲在他床前,手攀着床栏说:

“辛! 我特来给你拜年,祝你一年的健康和安怡。”

他似乎吃了一惊,见我蹲着时不禁笑了! 我说:

“辛！不准你笑！从今天这时起，你做个永久的祈祷，你须得诚心诚意的祈祷。”

“好！你告诉我祈祷什么？这空寂的世界我还有希冀吗？我既无希望，何必乞怜上帝祷告他赐我福惠呢？朋友！你原谅我吧！我无力而且不愿做这幻境中自骗的祈求了。”

仅仅这几句话，如冷水一样浇在我热血搏跃的心上时，他奄奄的死寂了，在我满挟着欢意的希望中，现露出这样一个严涩枯冷的阻物。他正在诅咒着这世界，这世界是不预备给他什么，使他虔诚的心变成厌弃了，我还有什么话可以安慰他呢！

这样沉默了有二十分钟，辛摇摇我的肩说：

“你起来，蹲着不累吗？你起来我告诉你个好听的梦。快！快起来！这一瞥飞逝的时间，我能说话时你还是同我谈谈吧！你回去时再沉默不好吗！起来，坐在这椅上，我说昨夜我梦的梦。”

我起来坐在靠着床的椅上，静静地听着他那抑扬如音乐般声音，似夜莺悲啼，燕子私语，一声声打击在我心弦上回旋。他说：

“昨夜十二点钟看护给我打了一针之后，我才可勉强睡着。波微！从此之后我愿永远这样睡着，永远有这美妙的幻境环抱着我。

“我梦见青翠如一幅绿缎横披的流水，微风吹起的雪白的浪花，似绿缎上纤织的小花；可惜我身旁没带着剪子，那时我真想裁割半幅给你做一件衣裳。

“似乎是个月夜，清澈如明镜的皎月，高悬在蔚蓝的天宇，照映着这翠玉碧澄的流水；那边一带垂柳，柳丝一条条低吻着水面像个女孩子的头发，轻柔而蔓长。柳林下系着一只小船，船上没有人，风吹着水面时，船独自在摇动。

“这景是沉静，是庄严，宛如一个有病的女郎，在深夜月光下，仰卧在碧茵草毡，等待着最后的接引，怆凄而冷静。又像一个受伤的骑士，倒卧在树林里，听着这渺无人声的野外，有流水呜咽的声音！他望着洒满的银光，想到祖国，想到家乡，想到深闺未眠的妻子。我不能比拟是那么和平，那么神寂，那么幽深！

“我是踟蹰在这柳林里的旅客，不知道这是什么地方？我走到系船的那棵树下，把船解开，正要踏下船板时，忽然听见柳林里有唤我的声音！我怔怔的听了半天，依旧把船系好，转过了柳林，缘着声音去寻。愈走近了，那唤我的声音愈低微愈哀惨，我的心搏跳得更加厉害。郁森的浓荫里，露透着几丝月光，照映着真觉冷森惨淡！我停止在一棵树下，那细微的声音几乎要听不见。后来我振作起勇气，又向前走了几步，那声音似乎就在这棵树上。”

他说到这里，面色变得更苍白，声浪也有点颤抖，我把椅子向床移了一下，紧握着他的手说：

“辛！那是什么声音？”

“你猜那唤我的是谁？波微！你一定想不到，那树上发出可怜的声音叫我的，就是你！不知谁把你缚在树上，当我听出是你的声音时，我像个猛兽一般扑过去，由树上把你解下来，你睁着满含泪的眼望着我，我不知为什么忽然觉得难过，我的泪不自禁地滴在你腮上了！

“这时候，我看见你惨白的脸被月光照着像个雕刻的石像，你伏在我怀里，低低地问我：

“‘辛！我们到哪里去呢？’

“我没有说什么，扶着你回到系船的那棵树下，不知怎样，刹那间我们泛着这叶似的船儿，飘游在这万顷茫然的碧波之上，月光照的如白昼。你站在船头仰望着那广漠的天宇，夜风吹送着你的散发，飘到我脸上时我替你轻轻一掠。后来我让你坐在船板上，这只无人把舵的船儿，驾凌着像箭一样在水面上飘过，渐渐看不见那一片柳林，看不见四周的缘岸。远远的似乎有一个塔，走近时原来不是灯塔，是个翠碧如琉璃的宝塔，月光照着发出璀璨的火光，你那时惊呼着指那塔说：

"'辛！你看什么！那是什么？'

"在这时候，我还没有答应你，忽然狂风卷来，水面上涌来如山立的波涛，浪花涌进船来，一翻身我们已到了船底，波涛卷着我们浮沉在那琉璃宝塔旁去了！

"我醒来时心还跳着，月光正射在我身上，弟弟在他床上似乎正在梦呓。我觉着冷，遂把椅子上一条绒毡加在身上。我想着这个梦，我不能睡了。"我不能写出我听完这个梦以后的感想，我只觉得心头似乎被千斤重闸压着。停了一会我忽然伏在他床上哭了！天辛大概也知道不能劝慰我，他叹了口气重新倒在床上。

五、殉尸

我怕敲那雪白的病房门，我怕走那很长的草地，在一种潜伏的心情下，常颤动着几缕不能告人的酸意，因之我年假前的两星期没有去看天辛。

记得有一次我去东城赴宴，归来顺路去看他，推开门时他正睡着，他的手放在绒毡外边，他的眉峰紧紧锁着，他的唇枯烧成青紫色，他的脸净白像石像，只有胸前微微地起伏，告诉我他是在睡着。

我静静地望着他，站在床前呆立了有二十分钟，我低低唤了他一声，伏在他床上哭了！

我怕惊醒他，含悲忍泪，把我手里握着的一束红梅花，插在他桌上的紫玉瓶里。我在一张皱纸上写了几句话："天辛！当梅香唤醒你的时候，我曾在你梦境中来过。"

从那天起我心里总不敢去看他，连打电话给兰辛的勇气也没有了。我心似乎被群蛆蚕食着，像蜂巢般都变成好些空虚的洞孔。我虔诚着躲闪那可怕的一幕。

放了年假第二天的夜里，我在灯下替侄女编织着一顶绒绳帽。当我停针沉思的时候，小丫头送来一封淡绿色的小信。拆开时是云弟寄给我的，他说："天辛已好了，他让我告诉你。还希望你去看看他，在这星期他要搬出医院了。"

这是很令我欣慰的，当我转过那条街时，我已在铁栏的窗间看见他了，他低着头背着手在那枯黄草地上踱着，他的步履还是那样迟缓而沉重。我走进了医院大门，他才看见我，他很喜欢地迎着我说："朋友！在我们长期隔离间，我已好了，你来时我已可以出来接你了。"

"啊！感谢上帝的福佑，我能看见你由病床上起来……"我底下的话没说完已经有点哽咽，我恨我自己，为什么在他这样欢意中发出这莫名其妙的悲感呢！至现在我都不了解。

别人或者看见他能起来，能走步，是已经健康了，痊愈了罢！我真不敢这样想，他没有舒怡健康的红靥，他没有心灵发出的微笑，他依然是忧丝紧缚的枯骨，依然是空虚不载一物的机械。他的心已由那飞溅冲激的奔流，汇聚成一池死静的湖水，没有月没有星，黑沉沉发出呜咽泣声的湖水。

他同我回到病房里，环顾了四周，他说：

“朋友！我总觉我是痛苦中浸淹了的幸福者，虽然我不曾获得什么，但是这小屋里我永远留恋它，这里有我的血，你的泪！仅仅这几幕人间悲剧已够我自豪了，我不应该在这人间还奢望着上帝所不许我的，我从此知所忏悔了！

“我的病还未好，昨天克老头儿警告我要静养六个月，不然怕转肺结核。”他说时很不高兴，似乎正为他的可怕的病烦闷着。停了一会他忽然问我：

“地球上最远的地方是哪里呢？”

“便是我站着的地方。”我很快地回答他。

他不再说什么，惨惨地一笑！相对默默不能说什么。我固然看见他这种坦然的态度而伤心，就是他也正在为了我的躲闪而可怜，为了这些，本来应该高兴的时候，也就这样黯淡地过去了。

这次来探病，他的性情心境已完全变化，他时时刻刻表现他的体贴我原谅我的苦衷，他自己烦闷愈深，他对于我的态度愈觉坦白大方，这是他极度粉饰的伤心，也是他最令我感泣的原因。他在那天曾郑重地向我声明：

“你还有什么不放心，我是飞入你手心的雪花，在你面前我没有自己。你所愿，我愿赴汤蹈火以寻求，你所不愿，我愿赴汤蹈火以避免。朋友，假如连这都不能，我怎能说是敬爱你的朋友呢！这便是你所认为的英雄主义时，我愿虔诚地在你的世界里，赠予你永久的骄傲。这便是你所坚持的信念时，我愿替你完成这金坚玉洁的信念。

"我在医院里这几天，悟到的哲理确乎不少，比如你手里的头绳，可以揣在怀里，可以扔在地下，可以编织成许多时新的花样。我想只要有头绳，一切权力自然操在我们手里，我们高兴编织成什么花样，就是什么。我们的世界是不长久的，何必顾虑许多呢！

"我们高兴怎样就怎样罢，我只诚恳地告诉你'爱'不是礼赠，假如爱是一样东西，那么赠之者受损失，而受之者亦不见得心安。"

在这缠绵的病床上起来，他所得到的仅是这几句话，唉！他的希望红花，已枯萎死寂在这病榻上辗转呜咽的深夜去了。

我坐到八点钟要走了，他自己穿上大氅要送我到门口，我因他病刚好，夜间风大，不让他送我，他很难受，我也只好依他。他和我在那辉亮的路灯下走过时，我看见他那苍白的脸，颓丧的精神，不觉暗暗伤心！他呢，似乎什么都没有想，只低了头慢慢走着。他送我出了东交民巷，看见东长安街的牌坊，给我雇好车，他才回去。我望着他颀长的人影在黑暗中消失了，我在车上长长地呼了一口气。

就是这天夜里，我做了一个奇怪恐怖的梦。

梦见我在山城桃花潭畔玩耍，似乎我很小，头上梳着两个分开的辫子，又似乎是春天的景致，我穿着一件淡绿衫子。一个人蹲在潭水退去后的沙地上，捡寻着红的绿的好看的圆石，在这许多沙石里边，我捡着一个金戒指，翻过来看时这戒指的正面是椭圆形，里边刊着两个隶字是"殉尸"！

我很吃惊，遂拿了这戒指跑到家里让母亲去看。母亲拿到手里并不惊奇，只淡淡地说："珠！你为什么捡这样不幸的东西呢！"我似乎很了解母亲的话，心里想着这东西太离奇了，而这两个字更令人心惊！我就向母亲说：

“娘！你让我还扔在那里去吧。”

那时母亲没有再说话，不过在她面上表现出一种忧怖之色。我由母亲手里拿了这戒指走到门口，正要揭帘出去的时候，忽然一阵狂风把帘子刮起，这时又似乎黑夜的状况，在台阶下暗雾里跪伏着一位水淋淋披头散发的女子！

我大叫一声吓醒了！周身出着冷汗，枕衣都湿了。夜静极了，只有风吹着树影在窗纱上摆动。拧亮了电灯，看看表正是两点钟。我忽然想起前些天在医院曾听天辛说过他五六年前的情史。三角恋爱的结果一个去投了海，天辛因为她的死，便利他爱的那一个也撒手断绝了关系。从此以后他再不愿言爱。也许是我的幻想罢，我希望纵然这些兰因絮果是不能逃脱的，也愿我爱莫能助的天辛，使他有忏悔的自救罢！

我不能睡了，瞻念着黑暗恐怖的将来不禁肉颤心惊！

六、一片红叶

这是一个凄风苦雨的深夜。

一切都寂静了，只有雨点落在蕉叶上，淅淅沥沥令人听着心碎。这大概是宇宙的心音罢，它在这人静夜深时候哀哀地泣诉！

窗外缓一阵紧一阵的雨声，听着像战场上金鼓般雄壮，错错落落似鼓桴敲着的迅速，又如风儿吹乱了柳丝般的细雨，只洒湿了儿朵含苞未放的黄菊。这时我握着破笔，对着灯光默想，往事的影儿轻轻在我心幕上颤动，我忽然放下破笔，开开抽屉拿一本红色书皮的日记来，一页一页翻出一片红叶。这是一片鲜艳如玫瑰的红叶，它夹在我这日记本里已经两个月了。往日我为了躲避从来不敢看它，因为它是一个灵魂孕育的产儿，同时它又是悲惨命运的扭结。谁能想到薄薄的一片红叶，里面纤织着不可解决的生谜和死谜呢！我已经是泣伏在红叶下的俘虏，但我决不怨及它，可怜在万千飘落的枫叶里，它衔带了这样不幸的命运，我告诉你们它是怎样来的：

一九××年十月二十六日的夜里，我翻读着一本《莫愁湖志》，有些倦意，遂躺在沙发上假睡；这时白菊正在案头开着，窗纱透进的清风把花香一阵阵吹在我脸上，我微嗅着这花香不知是沉睡，还是微醉！懒松松的似乎有许多回忆的燕儿，飞掠过心海激动着神思的颤动。我正沉恋着失去的童年之梦，这梦曾产生了金坚玉洁的友情，不可掠夺的铁志；我想到那轻渺渺像云天飞鸿般的前途时，不自禁微笑了！睁开眼见菊花都低了头，我忽然担心它们的命运，似乎它们已一步一步走近了坟墓，死神已悄悄张着黑翼在那里接引，我的心充满了莫名的悲绪！

大概已是夜里十点钟，小丫头进来递给我一封信，拆开时是一张白纸，拿到手里从里面飘落下一片红叶。“啊！一片红叶！”我不自禁地喊出来。怔愣了半天，用抖颤的手捡起来一看，上边写着两行字：

“满山秋色关不住

一片红叶寄相思。”

天辛采自西山碧云寺

十月二十四日

平静的心潮，悄悄被夜风吹皱了，一波一浪汹涌着像狂风统治了的大海。我伏在案上静静地想，马上许多的忧愁集在我的眉峰。我真未料到一个平常的相识，竟对我有这样一番不能抑制的热情。只是我对不住他，我不能受他的红叶。为了我的素志我不能承受它，承受了我怎样安慰他；为了我没有一颗心给他，承受了如何忍心欺骗他。我即是不为自己设想，但是我怎能不为他设想。因之我陷入如焚的烦闷里。

在这黑暗阴森的夜幕下，窗下蝙蝠飞掠过的声音，更令我觉着战栗！我揭起窗纱见月华满地；斑驳的树影，死卧在地下不动，特别现出宇宙的清冷和幽静。我遂添了一件夹衣，推开门走到院里，迎面一股清风已将我心胸中一切的烦念吹净。无目的走了几圈后，遂坐在茅亭里看月亮，那凄清皎洁的银辉，令我对世界感到了空寂。坐了一会儿，我回到房里蘸饱了笔，在红叶的反面写了几个字是：

枯萎的花篮不敢承受这鲜红的叶儿。

仍用原来包着的那张白纸包好，写了个信封寄还他。这一朵初开的花蕾，马上让我用手给揉碎了。为了这事他曾感到极度的伤心，但是他并未因我的拒绝而中止。他死之后，我去兰辛那里整理他箱子内的信件，那封信忽然又发现在我眼前！拆开红叶依然，他和我的墨泽都依然在上边，只是中间裂了一道缝，红叶已枯干了。我看见它心中如刀割，虽然我在他生前拒绝了不承受的，在他死后我觉着这一片红叶，就是他生命的象征。上帝允许我的祈求罢！我生前拒绝了他的，我在他死后依然承受他，红叶纵然能去了又来，但是他呢！是永远不能回来了，只剩了这片志恨千古的红叶，依然无恙的伴着我，当他抖颤的手捡起它寄给我时的心情，愿永远留在这鲜红的叶里。

七、象牙戒指

记得那是一个枫叶如荼，黄花含笑的深秋天气，我约了晶清去雨华春吃螃蟹。晶清喜欢喝几杯酒，其实并不大量，仅不过想效颦一下诗人名士的狂放。雪白的桌布上陈列着黄赭色的螃蟹，玻璃杯里斟满了玫瑰酒。晶清坐在我的对面，一句话也不说，一杯杯喝着，似乎还未曾浇洒了她心中的块垒。我擎着杯望着窗外，驰想到桃花潭畔的母亲。正沉思着忽然眼前现出茫茫大海，海上漂着一只船，船头站着激昂慷慨，愿血染了头颅誓志为主义努力的英雄！

在我神思飞越的时候，晶清已微醉了，她两腮的红采，正照映着天边的晚霞，一双惺忪似初醒时的眼，她注视着我擎着酒杯的手，我笑着问她：

"晶清！你真醉了吗？为什么总看着我的酒杯呢！"

"我不醉，我问你什么时候带上那个戒指，是谁给你的？"她很郑重地问我。

本来是件极微小的事吧！但经她这样正式的质问，反而令我不好开口，我低了头望着杯里血红潋滟的美酒，呆呆地不语。晶清似乎看出我的隐衷，她又问我道：

"我知道是辛寄给你的吧！不过为什么他偏要给你这样惨白枯冷的东西？"

我听了她这几句话后，眼前似乎轻掠过一个黑影，顿时觉着桌上的杯盘都旋转起来，眼光里射出无数的银线。我晕了，晕倒在桌子旁边！晶清急忙跑到我身边扶着我。过了几分钟我神经似乎复原，我抬起头又斟了一杯酒喝了，我问晶清说：

“真的醉了！”

“你不要难受，告诉我你心里的烦恼，今天你一来我就看见你带了这个戒指，我就想一定有来由，不然你决不带这些饰品的，尤其这样惨白枯冷的东西。波微！你可能允许我脱掉它，我不愿意你带着它。”

“不能，晶清！我已经带了它三天了，我已经决定带着它和我的灵魂同在，原谅我，朋友！我不能脱掉它。”她的脸渐渐变成惨白，失去了那酒后的红采，眼里包含着真诚的同情，令我更感到凄伤！她为谁呢！她确是为了我，为了我一个光华灿烂的命运，轻轻地束在这惨白枯冷的环内。

天已晚了，我遂和晶清回到学校。我把天辛寄来象牙戒指的那封信给她看，信是这样写的：

……我虽无力使海上无浪，但是经你正式决定了我们命运之后，我很相信这波涛山立狂风统治了的心海，总有一天风平浪静，不管这是在千百年后，或者就是这握笔的即刻；我们只有候平静来临，死寂来临，假如这是我们所希望的。容易丢去了的，便是兢兢然恋守着的；愿我们的友谊也和双手一样，可以紧紧握着的，也可以轻轻放开。宇宙作如斯观，我们便觉毫无痛苦，且可与宇宙同在。

××节商团袭击，我手曾受微伤。不知是幸呢还是不幸，流弹洞穿了汽车的玻璃，而我能坐在车里不死！这里我还留着几块碎玻璃，见你时赠你做个纪念。昨天我忽然很早起来跑到店里购了两个象牙戒指，一个大点的我自己戴在手上，一个小的我寄给你，愿你承受了它。或许你不忍吧！再令它如红叶一样的命运。愿我们用“白”来纪念这枯骨般死静的生命。……

晶清看完这信以后，她虽未曾再劝我脱掉它，但是她心里很难受，有时很高兴时，她触目我这戒指，会马上令她沉默无语。

这是天辛未来北京前一月的事。

他病在德国医院时，出院那天我曾给他照了一张躺在床上的像，两手抚胸，很明显地便是他右手那个象牙戒指。后来他死在协和医院，骨骸放在冰室里，我走进去看他的时候，第一触目的又是他右手上的象牙戒指。他是带着它一直走进了坟墓。

八、最后的一幕

人生骑着灰色马和日月齐驰，在尘落沙飞的时候，除了几点依稀可辨的蹄痕外，遗留下什么？如我这样整天整夜的在车轮上回旋，经过荒野，经过闹市，经过古庙，经过小溪，但那鸿飞一掠的残影又遗留在哪里？在这万象变幻的世界，在这表演一切的人间，我听着哭声、笑声、歌声、琴声，看着老的、少的、俊的、丑的，都感到了疲倦。因之我在众人兴高采烈，沉迷醒醉，花香月圆时候，常愿悄悄地退出这妃色幕帏的人间，回到我那凄枯冷寂的另一世界。那里有唯一指导我呼唤我的朋友,是谁呢?便是我认识了的生命。

朋友们!我愿你们仔细咀嚼一下,那盛筵散后,人影零乱,杯盘狼藉的滋味;绮梦醒来,人去楼空,香渺影远的滋味;禁得住你不深深地呼一口气,禁得住你不流泪吗?我自己常怨恨我愚傻——或是聪明,将世界的现在和未来都分析成只有秋风枯叶,只有荒冢白骨;虽然是花开红紫,叶浮碧翠,人当红颜,景当美丽时候。我是愈想超脱,愈自沉溺,愈要撒手,愈自激恋的人,我的烦恼便绞锁在这不能解脱的矛盾中。

今天一个人在深夜走过街头,每家都悄悄紧闭着双扉,就连狗都蜷伏在墙根或是门口酣睡,一切都停止了活动归入死寂。我驱车经过桥梁,望着护城河两岸垂柳,一条碧水,星月灿然照着,景致非常幽静。我想起去年秋天天辛和我站在这里望月,恍如目前的情形而人天已隔,我不自禁的热泪又流到腮上。

"珠!什么时候你的泪才流完呢?"这是他将死的前两天问我的一句话。这时我仿佛余音犹缭绕耳畔,我知他遗憾的不是他的死,却是我的泪!他的坟头在雨后忽然新生了一株秀丽的草,也许那是他的魂,也许那是我泪的结晶!

我最怕星期三,今天偏巧又是天辛死后第十五周的星期三。星期三是我和辛最后一面,他把人间一切的苦痛烦恼都交付给我的一天。唉!上帝!容我在这明月下忏悔罢!十五周前的星期三,我正伏在我那形销骨立枯瘦如柴的朋友床前流泪!他的病我相信能死,但我想到他死时又觉着不会死。可怜我的泪滴在他炽热的胸膛时,他那深凹的眼中也涌出将尽的残泪,他紧嚼着下唇握着我的手抖颤,半天他才说:

“珠！什么时候你的泪才流完呢！”

我听见这话更加哽咽了，哭得抬不起头来，他掉过头去不忍看我，只深深地将头埋在枕下。后来我扶起他来，喂了点橘汁，他睡下后说了声：“珠！我谢谢你这数月来的看护！”底下的话他再也说不出来，只瞪着两个凹陷的眼望着我。那时我真觉怕他，浑身都出着冷汗。我的良心似乎已轻轻拨开了云翳，我跪在他病榻前最后向他说：

“辛，你假如仅仅是承受我的心时，现在我将我这颗心双手献在你面前，我愿它永久用你的鲜血滋养，用你的热泪灌溉。辛，你真的爱我时，我知道你也能完成我的主义，因之我也愿你为了我牺牲，从此后我为了爱独身的，你也为了爱独身。”

他抬起头来紧握住我手说：

“珠！放心。我原谅你，至死我也能了解你，我不原谅时我不会这样缠绵的爱你了。但是，珠！一颗心的颁赐，不是病和死可以换来的，我也不肯用病和死，换你那颗本来不愿给的心。我现在并不希望得你的怜恤同情，我只让你知道世界上有我是最敬爱你的，我自已呢，也曾爱过一个值得我敬爱的你。珠！我就是死后，我也是敬爱你的，你放心！”

他说话时很勇气，像对着千万人演说时的气概，我自然不能再说什么话，只默默地低着头垂泪！

这时候一个俄国少年进来，很诚恳地半跪着在他枯腊似的手背上吻了吻，掉头他向我默望了几眼，辛没有说话只向他惨笑了一下，他向我低低说：

“小姐！我祝福他病愈。”说着带上帽子匆匆忙忙地去了。这时他的腹部又绞痛的厉害，在床上滚来滚去的呻吟，脸上苍白的可怕。我非常焦急，去叫他弟弟的差人还未见回来，叫人去打电话请兰辛也不见回话，那时我简直呆了，只静静地握着他焦炽如焚的手垂泪！过一会弟弟来了，他也没有和他多说话只告他腹疼得厉害。我坐在椅子上面开开抽屉无聊的乱翻，看见上星期五的他那封家书，我又从头看了一遍。他忽掉头向我说：

“珠！真的我忘记告诉你了，你把它们拿去好了，省得你再来一次检收。”

我听他话真难受，但怎样也想不到星期五果然去检收他的遗书。他也真忍心在他决定要死的时候，亲口和我说这些诀别的话！那时我总想他在几次大病的心情下，不免要这样想，但未料到这就是最后的一幕了。我告诉静弟送他进医院的手续，因为学校下午开校务会我须出席，因之我站在他床前说了声“辛！你不用焦急，我已告诉静弟马上送你到协和去，学校开会我须去一趟，有空我就去看你。”那时我真忍心，也没有再回头看看他就走了，假如我回头看他时，我一定能看见他对我末次目送的惨景……

啊！这时候由天上轻轻垂下这最后的一幕！

他进院之后兰辛打电话给我，说是急性盲肠炎已开肚了。开肚最后的决定，兰辛还有点踌躇，他笑着拿过笔自己签了字，还说：“开肚怕什么？他也这样脑筋旧。”兰辛怕我见了他再哭，令他又难过；因之，他说过一二天再来看他。哪知就在兰辛打电话给我的那晚上就死了。

死时候没有一个人在他面前，可想他死时候的悲惨！他虽然没有什么不放心在这世界上，没有什么留恋在这世界上，但是假如我在他面前或者兰辛在他面前时，他总可瞑目而终，不至于让他睁着眼等着我们。

狂风暴雨之夜

该记得罢！泰戈尔到北京在城南公园雩坛见我们的那一天，那一天是一九二四年四月二十八号的下午，就是那夜我接到父亲的信，寥寥数语中，告诉我说道周死了！当时我无甚悲伤，只是半惊半疑的沉思着。第二天我才觉到难过，令我什么事都不能做。她那活泼的倩影，总是在我眼底心头缭绕着。第三天便从学校扶病回来，头疼吐血，遍体发现许多红斑，据医生说是猩红热。

我那时住在寄宿舍里院的一间破书斋，房门口有株大槐树，还有一个长满茅草荒废倾斜的古亭。有月亮的时候，这里别有一种描画不出的幽景。不幸扎挣在旅途上的我，便倒卧在这荒斋中，一直病了四十多天。在这冷酷，黯淡，凄伤，荒凉的环境中，我在异乡漂泊的病榻上，默咽人间一杯一杯的苦酒。那时我很愿因此病而撒手，去追踪我爱的道周。在病危时，连最后寄给家里，寄给朋友的遗书，都预备好放在枕边。病中有时晕迷，有时清醒，清醒时便想到许多人间的纠结；已记不清楚了，似乎那令我病的原因，并不仅仅是道周的死。

在这里看护我的起初有小萍，她赴沪后，只剩了一个女仆，幸好她对我很忠诚，像母亲一样抚慰我，招呼我。来看我的是晶清和天辛。自然还有许多别的朋友和同乡。病重的那几天，我每天要服三次药；有几次夜深了，天辛跑到极远的街上去给我配药。在病中，像我这只身飘零在异乡的人，举目无亲，无人照管，能有这样忠诚的女仆，热心的朋友，真令我感激涕零了！虽然，我对于天辛还是旧日态度，我并不因感激他而增加我们的了解，消除了我们固有的隔膜。

有一天我病得很厉害，晕迷了三个钟头未曾醒，女仆打电话把天辛找来。那时正是黄昏时候，院里屋里都罩着一层淡灰的黑幕，沉寂中更显得凄凉，更显得惨淡。我醒来，睁开眼，天辛跪在我的床前，双手握着我的手，垂他的头在床缘；我只看见他散乱的头发，我只觉他的热泪濡湿了我的手背。女仆手中执着一盏半明半暗的烛，照出她那悲愁恐惧的面庞站在我的床前！这时候，我才认识了真实的同情，不自禁的眼泪流到枕上。我掉转脸来，扶起天辛的头，我向他说："辛！你不要难受，我不会这容易就死去的。"自从这一天，我忽然觉得天辛命运的悲惨和可怜，已是由他自己的祭献而交付与上帝，这哪能是我弱小的力量所能挽回。因此，我更害怕，就更回避，就是万不能承受他这颗不应给我而偏给我的心。

正这时候，他们这般人，不知怎样惹怒了一位国内的大军阀，下了密令指明的逮捕他们，天辛也是其中之一。因为我病，这事他并未先告我，我二十余天不看报，自然也得不到消息。

有一夜，我挣扎起来在灯下给家里写信，告诉母亲我曾有过点小病如今已好的消息。这时窗外正吹着狂风，震撼得这荒斋像大海汹涌中的小舟。树林里发出极响的啸声，我恐怖极了，想象着一切可怕的景象，觉得院外古亭里有无数的骷髅在狂风中舞蹈。少时，又增了许多点滴的声音，窗纸显出豆大的湿痕。我感到微寒，加了一件衣服，我想把这封信无论如何要写完。

抬头看钟正指到八点半。忽然听见沉重的履声和说话声，我惊奇地喊女仆。她推门进来，后边还跟着一个男子，我生气地责骂她，是谁何不通知我便引进来。她笑着说是“天辛先生”，我站起来细看，真是他，不过他是化装了，简直认不出是谁。我问他为什么装这样子，而且这时候狂风暴雨中跑来。他只苦笑着不理我。

半天他才告诉我杏坛已捕去了数人，他的住处现尚有游击队在等候着他。今夜是他冒了大险特别化装来告别我，今晚十一时他即乘火车逃逸。我病中骤然听见这消息，自然觉得突兀，而且这样狂风暴雨之夜，又来了这样奇异的来客。当时我心里很战栗恐怖，我的脸变成了苍白！他见我这样，竟强做出镇静的微笑，劝我不要怕，没要紧，他就是被捕去坐牢狱他也是不怕的，假如他怕就不做这项事业。

他要我珍重保养初痊的病体，并把我吃的西药的药单留给我自己去配。他又告我这次想乘机回家看看母亲，并解决他本身的纠葛。他的心很苦，他屡次想说点要令我了解他的话，但他总因我的冷淡而中止。他只是低了头叹气，我只是低了头咽泪，狂风暴雨中我和他是死一样的沉寂。

到了九点半，他站起身要走，我留他多坐坐。他由日记本中写了一个Bovia递给我，他说我们以后通信因检查关系，我们彼此都另呼个名字;这个名字我最爱,所以赠给你,愿你永远保存着它。这时我强咽着泪,送他出了屋门,他几次阻拦我,病后的身躯要禁风雨,不准我出去,我只送他到了外间。我们都说了一句前途珍重努力的话,我一直望着他的颀影在黑暗的狂风暴雨中消失。

我大概不免受点风寒又病了一星期才起床。后来他来信,说到石家庄便病了,因为那夜他被淋了狂风暴雨。

如今,他是寂然的僵卧在野外荒冢。但每届狂风暴雨之夜,我便想起两年前荒斋中奇异的来客。

十五年十一月二十五日

我只合独葬荒丘

昨夜英送我归家的路上，他曾说这样料峭的寒风里带着雪意，夜深时一定会下雪的。那时我正瞻望着黑暗的远道，没有答他的话。今晨由梦中醒来，揭起帐子，由窗纱看见丁香枯枝上的雪花，我才知道果然，雪已在梦中悄悄地来到人间了。

窗外的白雪照着玻璃上美丽的冰纹，映着房中熊熊的红炉，我散着头发立在妆台前沉思，这时我由生的活跃的人间，想到死的冷静的黄泉。

这样天气，坐在红炉畔，饮着酽酽的清茶，吃着花生瓜子栗子一类的零碎，读着喜欢看的书，或和知心的朋友谈话，或默默无语独自想着旧梦，手里织点东西，自然最舒适了。我太矫情！偏是迎着寒风，扑着雪花，向荒郊野外，乱坟茔中独自去徘徊。

我是怎样希望我的生命，建在美的，冷的，静的基础上。因之我爱冬天，尤爱冬天的雪和梅花。如今，往日的绮梦，往日的欢荣，都如落花流水一样逝去，幸好还有一颗僵硬死寂的心，尚能在寒风凄雪里抖颤哀泣。于是我抱了这颗尚在抖颤，尚在哀号的心，无目的迷惘中走向那一片冰天雪地。

到了西单牌楼扰攘的街市上，白的雪已化成人们脚底污湿的黑泥。我抬头望着模糊中的宣武门，渐渐走近了。我看见白雪遮罩着红墙碧瓦的城楼。门洞里正过着一群送葬的人，许多旗牌执事后面，随着大红缎罩下黑漆的棺材；我知道这里面装着最可哀最可怕的“死”！棺材后是五六辆驴车，几个穿孝服的女人正在轻轻地抽噎着哭泣！这刹那间的街市是静穆严肃，除了奔走的车夫，推小车卖蔬菜的人们外，便是引导牵系着这沉重的悲哀，送葬者的音乐，在这凄风寒雪的清晨颤荡着。

凄苦中我被骆驼项下轻灵灵的铃声唤醒！车已走过了门洞到了桥梁上。我望着两行枯柳夹着冰雪罩了护城河。这地方只缺少一个月亮，或者一颗落日便是一幅疏林寒雪。

雪还下着，寒风刮得更紧，我独自驱车去陶然亭。

在车上我想到一九二五年正月初五那天，也是我和天辛在雪后来游陶然亭，是他未死前两个月的事。说起来太伤心，这次是他自己去找墓地。我不忍再言往事，过后他有一封信给我，是这样写的：

“珠！昨天是我们去游陶然亭的日子，也是我们历史上值得纪念的日子，我们的历史一半写于荒斋，一半写于医院，我希望将来便完成在这里。珠！你不要忘记了我的嘱托，并将一切经过永远记在心里。

“我写在城根雪地上的字，你问我：‘毁掉吗？’随即提足准备去踏；我笑着但是十分勉强地说：‘踏去吧！’虽然你并未曾真的将它踏掉，或者永远不会有人去把它踏掉；可是在你问我之后，我觉着我写的那‘沁珠’好像正开着的鲜花，忽然从枝头落在地上，而且马上便萎化了！我似乎亲眼看见那两个字于一分钟内，由活体变成僵尸；当时由不得感到自己命运的悲惨，并有了一种送亡的心绪！所以到后来橘瓣落地，我利其一双成对，故用手杖掘了一个小坑埋入地下，笑说：埋葬了我们罢！我当时实在是祷告埋葬了我那种悼亡的悲绪。我愿我不再那样易感，那种悲绪的确是已像橘瓣一样的埋葬了。

“我从来信我是顶不成的，可是昨天发现有时你比我还不成。当我们过了葛母墓地往南走的时候，我发觉你有一种悲哀感触，或者因为我当时那些话说得令人太伤心了！唉！想起了‘我只合独葬荒丘’的话来，我不由地低着头叹了一口气。你似乎注意全移到我身上来笑着唤：‘回来吧！’我转眼看你，适才的悲绪已完全消失了。就是这些不知不觉地转移，好像天幕之一角，偶然为急风吹起，使我得以窥见我的宇宙的隐秘，我的心意显着有些醉了。后来吃饭时候，我不过轻微地咳嗽了两下，你就那么着急起来；珠！你知道这些成就得一个世界是怎样伟大么？你知道这些更使一个心贴伏在爱之渊底吗？

“在南下洼我持着线球，你织着绳衣，我们一边走一边说话，太阳加倍放些温热送回我们；我们都感谢那样好的天气，是特为我们出游布置的。吃饭前有一个时候，你低下头织衣，我斜枕着手静静地望着你，那时候我脑际萦绕着一种绮思，我想和你说；但后来你抬起头来看了看我，我没有说什么，只拉着你的手腕紧紧握了一下。这些情形和苏伊士梦境归来一样，我永远永远不忘它们。

“命运是我们手中的泥，我们将它团成什么样子，它就得成什么样子；别人不会给我们命运，更不要相信空牌位子前竹签洞中瞎碰出来的黄纸条儿。

“我病现已算好哪能会死呢！你不要常那样想。”

两个月后我的恐怖悲哀实现了，他由活体变成了僵尸！四个月后他的心愿达到了，我真的把他送到陶然亭畔，葛母墓旁那块他自己指给我的草地上埋葬。

我们一切都像预言，自己布下凄凉的景，自己去投入排演。如今天辛算完了这一生，只剩我这漂泊的生命，尚在扎挣颠沛之中，将来的结束，自然是连天辛都不如的悲惨。

车过了三门阁，便有一幅最冷静最幽美的图画展在面前，那坚冰寒雪的来侵令我的心更冷更僵连抖战都不能。下了车，在这白茫茫一片无人践踏，无人经过的雪地上伫立不前。假如我要走前一步，白雪里便要留下污黑的足迹；并且要揭露许多已经遮掩了的缺陷和恶迹。

我低头沉思了半晌，才鼓着勇气踏雪过了小桥，望见挂着银花的芦苇，望见隐约一角红墙的陶然亭，望见高峰突起的黑窑台，望见天辛坟前的白玉碑。我回顾零乱的足印，我深深地忏悔，我是和一切残忍冷酷的人类一样。

我真不能描画这个世界的冷静，幽美，我更不能形容我踏入这个世界是如何的冷静，如何的幽美？这是一幅不能画的画，这是一首不能写的诗，我这样想。一切轻笼着白纱，浅浅的雪遮着一堆一堆凸起的孤坟，遮着多少当年红颜姣美的少女，和英姿豪爽的英雄，遮着往日富丽的欢乐，遮着千秋遗迹的情爱，遮着苍松白杨，遮着古庙芦塘，遮着断碣残碑，遮着人们悼亡时遗留在这里的悲哀。

洁白凄冷围绕着我，白坟，白碑，白树，白地，低头看我白围巾上却透露出黑的影来。寂静的真不像人间，我这样毫无知觉地走到天辛墓前。我抱着墓碑，低低唤着他的名字，热的泪融化了我身畔的雪，一滴一滴落在雪地，和着我的心音哀泣！天辛！你哪能想到一年之后，你真的埋葬在这里，我真能在这寒风凛冽，雪花飞舞中，来到你坟头上吊你！天辛！我愿你无知，你应该怎样难受呢！怕这迷漫无际的白雪，都要化成潋滟生波的泪湖。

我睁眼四望，要寻觅我们一年前来到这里的遗痕，我真不知，现在是梦，还是过去是梦？天辛！自从你的生命如彗星一闪般陨坠之后，这片黄土便成了你的殡宫，从此后啊！永永远远再看不见你的颀影，再听不见你音乐般的语声！

雪下得更紧了，一片一片落到我的襟肩，一直融化到我心里；我愿雪把我深深地掩埋，深深地掩埋在这若干生命归宿的坟里。寒风吹着，雪花飞着，我像一座石膏人形一样矗立在这荒郊孤冢之前，我昂首向苍白的天宇默祷；这时候我真觉空无所有，亦无所恋，生命的灵焰已渐渐地模糊，忘了母亲，忘了一切爱我怜我同情我的朋友们。

正是我心神宁静的如死去一样的时候，芦塘里忽然飞出一对白鸽，落到一棵松树上；我用哀怜的声音告诉它，告诉它不要轻易泄漏了我这悲哀，给我的母亲，和一切爱我怜我同情我的朋友们。

我遍体感到寒冷僵硬；有点抖战了！那边道上走过了一个银须飘拂，道貌巍然的老和尚，一手执着伞，一手执着念珠，慢慢地到这边来，我心里忽然一酸，因为这和尚有几分像我故乡七十岁的老父。他已惊破我的沉寂，我知此地不可再久留，我用手指在雪罩了的石桌上写了“我来了”三个字，我向墓再凝视一度，遂决然地离开这里。

归途上，我来时的足痕已被雪遮住。我空虚的心里，忽然想起天辛在病榻上念《茵梦湖》：

“死时候啊！死时候，我只合独葬荒丘！”

十五年十二月六日

痛哭和珍

和珍！冷得我抖颤，冷得我两腿都抖颤！一只手擦着眼泪，一只手扶着被人踏伤的晶清，站在你灵前。抬起头，香烟缭绕中，你依然微笑地望着我们。

我永不能忘记你红面庞上深深的一双酒靥，也永不能忘记你模糊的血迹，心肺的洞穿！和珍，到底哪一个是你，是那微笑的遗影，是那遗影后黑漆的棺材。

惨淡庄严的礼堂，供满了鲜花，挂满了素联，这里面也充满了冷森，充满了凄伤，充满了同情，充满了激昂！多少不相识的朋友们都搁着眼泪，来到这里吊你，哭你！看那渗透了鲜血的血衣。

多少红绿的花圈，多少赞扬你哀伤你的挽联，这不是你遗给我们的，最令我们触目惊心的便是你的血尸，你的血衣！你的血虽然冷了，温暖了的是我们的热血，你的尸虽然僵了，铸坚了的是我们的铁志。

最懦弱最可怜的是这些只能流泪，而不敢流血的人们。此后一定有许多人踏向革命的途程，预备好了一切去轰击敌人！指示我们吧！和珍，我也愿将这残余的生命，追随你的英魂！

四周都是哀声，似乎有万斤重闸压着不能呼吸，烛光照着你的遗容，使渺小的我不敢抬起头来。和珍！谁都称你做烈士，谁都赞扬你死的光荣，然而我只痛恨，只伤心，这黑暗崎岖的旅途谁来领导？多少伟大的工程凭谁来完成？况且家中尚有未终养的老母，未成年的弱弟，等你培植，待你孝养。

不幸，这些愿望都毁灭在砰然一声的卫士手中！

当偕行社同学公祭你时，她们的哀号，更令我心碎！你怎忍便这样轻易撒手地离开了她们，在这虎威抖擞，豺狼得意的时候。自杨荫榆带军警入校，至章士钊雇老妈拖出，一直是同患难，同甘苦，同受惊恐，同遭开除，同到宗帽胡同，同回石驸马大街。三月十八日那天也是同去请愿，同在枪林弹雨中扎挣，同在血泊尸堆上逃命；然而她们都负伤生还，只有你，只有你是惨被屠杀！

她们跟着活泼微笑的你出校，她们迎着血迹模糊的你归来，她们怎能不痛哭战线上倒毙的勇士，她们怎能不痛哭战斗正殷中失去了首领！

一年来你们的毅力，你们的精神，你们的意志，一直是和恶势力奋斗抵抗，你们不仅和豺狼虎豹战，狗鼠虫豸战，还有绅士式的文妖作敌，贵族式的小姐忌恨。如今呢，可怜她们一方面要按着心灵的巨创，去吊死慰伤，一方面又恐慌着校长通缉，学校危险，似乎这艰难缔造的大厦，要快被敌人的铁骑蹂躏！

和珍！你一瞑目，一撒手，万事俱休。但是她们当这血迹未干，又准备流血的时候，能不为了你的惨死，瞻望前途的荆棘黑暗而自悲自伤吗？你们都是一条战线上的勇士，追悼你的，悲伤你的，谁能不回顾自己。

你看她们都哭倒在你灵前，她们是和你偕行去，偕行归来的朋友们，如今呢，她们是虎口余生的逃囚，而你便做了虎齿下的牺牲，此后你离开了她们永不能偕行。

和珍！我不愿意你想起我，我只是万千朋友中的一个认识的朋友，然而我永远敬佩你做事的毅力，和任劳任怨的精神，尤其是那微笑中给予我的热力和温情。前一星期我去看晶清，楼梯上逢见你，你握住我手微笑的静默了几分钟，半天你问了一句，“晶清在自治会你看见吗？”便下楼去了。这印象至今都很真的映在我的脑海。第二次见你便是你的血尸，那血迹模糊，洞穿遍体的血尸！这次你不能微笑了，只怒目切齿地瞪视着我。

自从你血尸返校，我天天抽空去看你，看见你封棺、漆材，和今天万人同哀的追悼会。今天在你灵前，站了一天，但是和珍，我不敢想到明天！

现在夜已深了，你的灵前大概也绿灯惨惨，阴气沉沉的静寂无人，这是你的尸骸在女师大最后一夜的停留了，你安静地睡吧！不要再听了她们的哭声而伤心！明天她们送灵到善果寺时，我不去执绋了，我怕那悲凉的军乐，我怕那荒郊外的古刹，我更怕街市上，灰尘中，那些蠕动的东西。他们比什么都蠢，他们比什么都可怜，他们比什么都残忍，他们整个都充满了奴气。当你的棺材，你的血衣，经过他们面前，触入他们的眼帘时，他们一面瞧着热闹，一面悄悄地低声咒骂你“活该”！他们说：“本来女学生起什么哄，请什么愿，亡国有什么相干？”

虽然我们不要求人们的同情，不过这些寒心冷骨的话，我终于不敢听，不敢闻。自你死后，自这大屠杀闭幕后，我早已失丢了，吓跑了，自己终于不知道究竟去了哪里？

和珍！你明天出了校门走到石驸马大街时，你记的不要回头。假如回头，一定不忍离开你自己纤手铁肩，惨淡缔造的女师大；假如回头，一定不忍舍弃同患难，同甘苦的偕行社诸友；假如回头，你更何忍看见你亲爱的方其道，他是万分懊丧，万分惆怅，低头洒泪在你的棺后随着！你一直向前去吧，披着你的散发，滴着你的鲜血，忍痛离开这充满残杀，充满恐怖，充满豺狼的人间罢！

沉默是最深的悲哀，以后你便赠给我永久的沉默。

我将等着，能偷生时我总等着，有一天黄土埋了你的黑棺，众人都离开你，忘记你，似乎一个火花爆裂，连最后的青烟都消灭了的时候，风晨雨夕，日落鸟啼时，我独自来到你孤冢前慰问你黄泉下的寂寞。

和珍！梦！噩梦！想不到最短时期中，匆匆草草了结你的一生，然而我们不幸的生存者，连这都不能得到，依然供豺狼虫豸的残杀，还不知死在何日？又有谁来痛哭凭吊残齿下的我们？

冷风一阵阵侵来，我倒卧在床上战栗！

三月二十五日，赴和珍追悼会归来之夜中写

（《京报副刊》第四五三号，1926年3月29日）